U0691951

淮阴文征

HUAIYIN WENZHENG 上

徐业龙 ◎ 主编

中国文史出版社

图书在版编目（CIP）数据

淮阴文征：全二册／徐业龙主编. —北京：中国文史
出版社，2023.12
ISBN 978-7-5205-4203-6

Ⅰ.①淮… Ⅱ.①徐… Ⅲ.①中国文学－作品综合集－
淮阴区 Ⅳ.①I218.534

中国国家版本馆 CIP 数据核字（2023）第 141079 号

责任编辑：王文运　　　　　装帧设计：王　琳　程　跃

出版发行：中国文史出版社

社　　址：北京市海淀区西八里庄路 69 号　　邮编：100142
电　　话：010 - 81136606　81136602　81136603（发行部）
传　　真：010 - 81136655
印　　装：廊坊市海涛印刷有限公司
经　　销：全国新华书店
开　　本：787mm×1092mm　1/16
印　　张：61.75
字　　数：976 千字
版　　次：2023 年 12 月北京第 1 版
印　　次：2023 年 12 月第 1 次印刷
定　　价：198.00 元（全二册）

文史版图书，版权所有，侵权必究。

文史版图书，印装错误可与发行部联系退换。

序

王建军

《淮阴文征》收录了历代淮阴籍名人贤士及在淮为官、寓居、游历的名家作品 855 篇，从不同角度展现了淮阴的自然风光、人文风貌、名胜古迹和历史沧桑，既是一部探寻淮阴历史文化根与魂的精品力作，也是一份传承弘扬中华优秀传统文化、充分展现淮阴地方特色文化的可喜成果。

文化是一个国家、一个民族的灵魂。习近平总书记高度重视传承和弘扬中华优秀传统文化，指出"我们文化不断流，再传承，留下的这些瑰宝一定要千方百计呵护好、珍惜好"，并强调"盛世修文，我们这个时代，国家繁荣、社会平安稳定，有传承民族文化的意愿和能力，要把这件大事办好"。地方文化是民族文化的重要组成部分，文章著作是研究地方文化的重要文献资料。淮阴历史悠久、人文荟萃、风景秀美，帝王将相、贤士大夫、文人墨客往来上下，创作了很多脍炙人口的名作经典，但在历史嬗变中不少著作已经流失湮没、鲜为人知。近年来，淮阴一批文史工作者怀着挚爱家乡的拳拳之心，坚持以继承和弘扬优秀传统文化为己任，广罗文献史料、细细甄别遴选，继《淮阴诗征》编印出版后，又辑成《淮阴文征》一书。该著内容丰富，结构明晰，分量厚重，融系统性、专业性、学术性、史料性于一体，书中收集的各类文章著作见证了韩信故里、淮水名城、运河之都的历史盛况，积淀并孕育了淮阴深厚的历史文化底蕴。该著的出版，必将为外界了解淮阴打开一扇新的窗口，为人们研究淮阴历史文化提供一份珍贵资料，不仅给淮阴人民留下了丰富宝贵的精神文化财富，也为淮阴未来发展提供了坚定自信、坚实底气和强大精神力量。

文有脉，行必远。当前，淮阴干群正铆足干劲、奋力拼搏，全力争创"全国百强区、全国百强高新区"目标，全面推进中国式现代化淮阴新实践。实现这样的目标，不仅取决于经济实力、发展实力，也取决于文化实力。我们要带着一份责任、一种情怀、一份担当，进一步传承和弘扬中华优秀传统文化，立足脚下这块生于斯长于斯的土地，赓续历史文脉，深挖特色资源，讲好淮阴故事，全力打响千年古县、文化之城品牌，为优秀传统文化注入时代活力，以无比坚定的历史自信和文化自信，在新时代新征程上阔步前行。

（序者系中共江苏省淮安市淮阴区委书记）

目　录

（上编）

上编

· 汉 ·

韩 信

> 韩信（前230—前196），淮阴人。西汉初期著名军事家。楚汉战争中，韩信为刘邦运筹东向争权天下的根本方略，继而举兵出关，北破魏、代，东出井陉，取赵、胁燕、定齐，南击楚军二十万，杀楚名将龙且，最后麾军垓下戡除项羽。韩信不仅为开创两汉四百多年基业建立了历史功绩，而且也为我国由秦末纷乱走向重新统一和发展作出了重要贡献。

图项羽并三秦对

信拜礼毕，上坐。王曰："丞相数言将军，将军何以教寡人计策？"信谢，因问王曰："今东乡争权天下，岂非项王邪？"汉王曰："然。"曰："大王自料勇悍仁强，孰与项王？"汉王默然良久，曰："不如也。"信再拜贺曰："惟信亦为大王不如也。然臣尝事之，请言项王之为人也。项王喑噁叱咤，千人皆废，然不能任属贤将，此特匹夫之勇耳。项王见人恭敬慈爱，言语呕呕，人有疾病，涕泣分食饮，至使人有功当封爵者，印刓敝，忍不能予，此所谓妇人之仁也。项王虽霸天下而臣诸侯，不居关中而都彭城。有背义帝之约，而以亲爱王，诸侯不平。诸侯之见项王迁逐义帝置一江一南，亦皆归逐其主而自王善地。项王所过无不残灭者，天下多怨，百姓不亲附，特劫于威强耳。名虽为霸，实失天下心。故曰其强易弱。今大王诚能反其道：任天下武勇，何所不诛！以天下城邑封功臣，何所不服！以义兵从思东归之士，何所不散！且三秦王为秦将，将秦子弟数岁矣，所杀亡不可胜计，又欺其众降诸侯，至新安，项王诈阬秦降卒二十余万，唯独邯、欣、翳得脱，秦父兄怨此三人，痛入骨髓。今楚强以威王此三人，秦民莫爱也。大王之入武关，秋毫无所害，除秦苛法，与秦民约，法三章耳，秦民无不欲得大王王秦者。于诸侯之约，大王当王关中，关中民咸知之。大王失职入汉中，秦民无不恨者。今大王举而东，三秦可传檄而定也。"于是汉王大喜，自以为得信晚。遂听信计，部署诸将所击。

出处：（汉）司马迁《史记·淮阴侯列传》（卷九十二）。又见（宋）司马光《资治通鉴》（卷九）；（宋）袁枢《通鉴纪事本末》（卷二）；（宋）沈枢《通鉴总类》（卷八）；（宋）汤汉《妙绝古今》（卷二）；（明）贺复徵《文章辨体汇选》（卷五百零五）。

上尊号疏

汉五年（前202）正月，诸侯上疏曰："楚王韩信、韩王信、淮南王英布、梁王彭越、故衡山王吴芮、赵王张敖、燕王臧荼昧死再拜言，大王陛下：先时秦为亡道，天下诛之。大王先得秦王，定关中，于天下功最多。存亡定危，救败继绝，以安万民，功盛德厚。又加惠于诸侯王有功者，使得立社稷。地分已定，而位号比儗，亡上下之分，大王功德之著，于后世不宣。昧死再拜上皇帝尊号。"汉王曰："寡人闻帝者贤者有也，虚言亡实之名，非所取也。今诸侯王皆推高寡人，将何以处之哉？"诸侯王皆曰："大王起于细微，灭乱秦，威动海内。又以辟陋之地，自汉中行威德，诛不义，立有功，平定海内，功臣皆受地食邑，非私之也。大王德施四海，诸侯王不足以道之，居帝位甚实宜，愿大王以幸天下。"汉王曰："诸侯王幸以为便于天下之民，则可矣。"于是诸侯王及太尉长安侯臣绾等三百人，与博士稷嗣君叔孙通谨择良日二月甲午，上尊号。汉王即皇帝位于氾水之阳。

出处：（汉）班固《汉书·高帝纪下》（卷一）。又见（宋）徐天麟《西汉会要》（卷十五）；（宋）王钦若《册府元龟》（卷十六）；（明）冯琦《经济类编》（卷二）；（明）梅鼎祚《西汉文纪》（卷六）；（清）严可均辑《全汉文》（卷十四）。

注释：刘邦氾水称尊，韩信实为劝进之领袖。

请汉王权

愿益兵三万人，臣请以北举燕、赵，东击齐，南绝楚之粮道，西与大王会于荥阳。

出处：（汉）班固《韩彭英卢吴传》（卷三十四）。又见（宋）倪思《班马异同》（卷十）；（宋）王钦若《册府元龟》（卷三百二十三）；（宋）王应麟《通鉴地理通释》（卷七）。

注释：韩信灭魏以后，总揽楚汉战争全局，提出了这一正面持久防御同侧翼大举进攻相结合的战略计划，得到刘邦的首肯。

与诸将释兵法

此在兵法，顾诸君不察耳。兵法不曰"陷之死地而后生，置之亡地而后存"？且信非得素拊循士大夫也，此所谓"驱市人而战之"，其势非置之死地，使人人自为战；今予之生地，皆走，宁尚可得而用之乎！

出处：（汉）司马迁《史记·淮阴侯列传》（卷九十二）；（汉）班固《韩彭英卢吴传》（卷三十四）。又见（唐）杜佑《通典》（卷一百五十九）；（宋）司马光《资治通鉴》（卷十）；（宋）曾公亮《武经总要》（后集卷十二）；（明）唐顺之《武编》（后集卷四）。

注释：（汉）班固《韩彭英卢吴传》（卷三十四）："诸将效首虏，毕贺，因问信曰：'兵法右倍山陵，前左水泽，今者将军令臣等反背水陈，曰破赵会食，臣等不服。然竟以胜，此何术也？'"韩信答诸将。

谢 武 涉

臣事项王，官不过郎中，位不过执戟，言不听，画不用，故倍楚而归汉。汉王授我上将军印，予我数万众，解衣衣我，推食食我，言听计用，故吾得以至于此。夫人深亲信我，我倍之不祥，虽死不易。幸为信谢项王！

出处：（汉）司马迁《史记·淮阴侯列传》（卷九十二）；（汉）班固《韩彭英卢吴传》（卷三十四）。又见（唐）张守节《史记正义》（卷九十二）；（宋）司马光《资治通鉴》（卷十）；（宋）朱熹《御批资治通鉴纲目》（卷二下）；（明）贺复徵《文章辨体汇选》（卷五百零五）；（明）夏良胜《中庸衍义》（卷十三）；（明）冯琦《经济类编》（卷六十七）。

注释：潍水之战，楚将龙且败亡，项羽的自信心发生动摇，派盱眙人武涉游说齐王韩信，希望韩信能背汉自立，与楚、汉形成三足鼎立的形势。

答 蒯 通

汉王遇我甚厚，载我以其车，衣我以其衣，食我以其食。吾闻之，乘人之车者载人之患，衣人之衣者怀人之忧，食人之食者死人之事，吾岂可以乡利倍义乎！

出处：（汉）司马迁《史记·淮阴侯列传》（卷九十二）。又见（唐）张守节《史记正义》（卷九十二）；（宋）倪思《班马异同》（卷十）；（明）贺复徵《文章辨体汇选》（卷六十五）；（明）冯琦《经济类编》（卷六十七）。

告诸将相

此壮士也。方辱我时，宁不能死？死之无名，固忍而就此。

出处：（汉）司马迁《史记·淮阴侯列传》（卷九十二）；（汉）班固《韩彭英卢吴传》（卷三十四）。

枚 乘

枚乘（？—前140），字叔，淮阴人。初为吴王刘濞郎中，吴楚七国之变因两谏吴王而显名。后为梁王刘武的门客，汉景帝时被任为弘农郡都尉，汉武帝刘彻即位后被以安车蒲轮征召，于入京途中逝世。代表作

《七发》在辞赋发展史上具有重要地位，是汉大赋形成的标志性作品。《隋书·经籍书》著录《枚乘集》二卷，已散佚。近人辑有《枚叔集》。

七 发

楚太子有疾，而吴客往问之曰："伏闻太子玉体不安，亦少间乎？"太子曰："惫！谨谢客。"客因称曰："今时天下安宁，四宇和平，太子方富于年。意者久耽安乐，日夜无极，邪气袭逆，中若结轖。纷屯澹淡，嘘唏烦酲，惕惕怵怵，卧不得瞑。虚中重听，恶闻人声，精神越渫，百病咸生。聪明眩曜，悦怒不平。久执不废，大命乃倾。太子岂有是乎？"太子曰："谨谢客。赖君之力，时时有之，然未至于是也。"客曰："今夫贵人之子，必宫居而闺处，内有保母，外有傅父，欲交无所。饮食则温淳甘脆，腥醲肥厚；衣裳则杂遝曼暖，燀烁热暑。虽有金石之坚，犹将销铄而挺解也，况其在筋骨之间乎哉？故曰：纵耳目之欲，恣支体之安者，伤血脉之和。且夫出舆入辇，命曰蹶痿之机；洞房清宫，命曰寒热之媒；皓齿蛾眉，命曰伐性之斧；甘脆肥脓，命曰腐肠之药。今太子肤色靡曼，四支委随，筋骨挺解，血脉淫濯，手足堕窳；越女侍前，齐姬奉后；往来游宴，纵恣于曲房隐间之中。此甘餐毒药，戏猛兽之爪牙也。所从来者至深远，淹滞永久而不废，虽令扁鹊治内，巫咸治外，尚何及哉！今如太子之病者，独宜世之君子，博见强识，承间语事，变度易意，常无离侧，以为羽翼。淹沉之乐，浩唐之心，遁佚之志，其奚由至哉！"

太子曰："诺。病已，请事此言。"

客曰："今太子之病，可无药石针刺灸疗而已，可以要言妙道说而去之，不欲闻之乎？"

太子曰："仆愿闻之。"

客曰："龙门之桐，高百尺而无枝。中郁结之轮菌，根扶疏以分离。上有千仞之峰，下临百丈之溪。湍流溯波，又澹淡之。其根半死半生。冬则烈风漂霰、飞雪之所激也，夏则雷霆、霹雳之所感也。朝则鹂黄、鸼鸣鸣焉，暮则羁雌、迷鸟宿焉。独鹄晨号乎其上，鹍鸡哀鸣翔乎其下。于是背秋涉冬，使琴挚斫斩以为琴，野茧之丝以为弦，孤子之钩以为隐，九寡之珥以为约。使师堂操《畅》，伯子牙为之歌。歌曰：'麦秀蔪兮雉朝飞，向虚壑兮背槁槐，依绝区兮临回溪。'飞鸟闻之，翕翼而不能去；野兽闻之，垂耳而不能行；蚑、蟜、蝼、蚁闻之，拄喙而不能前。此亦天下之至悲也，太子能强起听之乎？"

太子曰："仆病未能也。"

客曰："犓牛之腴，菜以笋蒲。肥狗之和，冒以山肤。楚苗之食，安胡之饭，抟之不解，一啜而散。于是使伊尹煎熬，易牙调和。熊蹯之臑，芍药之酱。薄耆之炙，鲜鲤之鲙。秋黄之苏，白露之茹。兰英之酒，酌以涤口。山梁之餐，豢豹之胎。小饭大歠，如汤沃雪。此亦天下之至美也，太子能强起尝之乎？"

太子曰："仆病未能也。"

客曰："钟、岱之牡，齿至之车；前似飞鸟，后类距虚。稻麦服处，躁中烦外。羁坚辔，附易路。于是伯乐相其前后，王良、造父为之御，秦缺、楼季为之右。此两人者，马佚能止之，车覆能起之。于是使射千镒之重，争千里之逐。此亦天下之至骏也，太子能强起乘之乎？"

太子曰："仆病未能也。"

客曰："既登景夷之台，南望荆山，北望汝海，左江右湖，其乐无有。于是使博辩之士，原本山川，极命草木，比物属事，离辞连类。浮游览观，乃下置酒于虞怀之宫。连廊四注，台城层构，纷纭玄绿。辇道邪交，黄池纡曲。溷章、白鹭，孔鸟、鶤鹄，鹝雏、鸡鹬，翠鬣紫缨。螭龙、德牧，邕邕群鸣。阳鱼腾跃，奋翼振鳞。漃漻薵蓼，蔓草芳苓。女桑、河柳，素叶紫茎。苗松、豫章，条上造天。梧桐、并闾，极望成林。众芳芬郁，乱于五风。从容猗靡，消息阳阴。列坐纵酒，荡乐娱心。景春佐酒，杜连理音。滋味杂陈，肴糅错该。练色娱目，流声悦耳。于是乃发《激楚》之结风，扬郑、卫之皓乐。使先施、征舒、阳文、段干、吴娃、闾娵、傅予之徒，杂裾垂髾，目窕心与；揄流波，杂杜若，蒙清尘，被兰泽，嬿服而御。此亦天下之靡丽皓侈广博之乐也，太子能强起游乎？"

太子曰："仆病未能也。"

客曰："将为太子驯骐骥之马，驾飞軨之舆，乘牡骏之乘。右夏服之劲箭，左乌号之雕弓。游涉乎云林，周驰乎兰泽，弭节乎江浔。掩青苹，游清风。陶阳气，荡春心。逐狡兽，集轻禽。于是极犬马之才，困野兽之足，穷相御之智巧，恐虎豹，慑鸷鸟。逐马鸣镳，鱼跨麋角。履游麖兔，蹈践麔鹿，汗流沫坠，冤伏陵窘。无创而死者，固足充后乘矣。此校猎之至壮也，太子能强起游乎？”

太子曰：“仆病未能也。”然阳气见于眉宇之间，侵淫而上，几满大宅。

客见太子有悦色，遂推而进之曰：“冥火薄天，兵车雷运，旍旗偃蹇，羽毛肃纷。驰骋角逐，慕味争先。徼墨广博，观望之有坼。纯粹全牺，献之公门。”

太子曰：“善！愿复闻之。”

客曰：“未既。于是榛林深泽，烟云闇莫，兕虎并作。毅武孔猛，祖裼身薄。白刃磑磑，矛戟交错。收获掌功，赏赐金帛。掩苹肆若，为牧人席。旨酒嘉肴，羞炰宾客。涌觞并起，动心惊耳。诚不必悔，决绝以诺；贞信之色，形于金石。高歌陈唱，万岁无斁。此真太子之所喜也，能强起而游乎？”

太子曰：“仆甚愿从，直恐为诸大夫累耳。”然而有起色矣。

客曰：“将以八月之望，与诸侯远方交游兄弟，并往观涛乎广陵之曲江。至则未见涛之形也，徒观水力之所到，则恤然足以骇矣。观其所驾轶者，所摧拔者，所扬汨者，所温汾者，所涤汔者，虽有心略辞给，固未能缕形其所由然也。怳兮忽兮，聊兮栗兮，混汨汨兮，忽兮慌兮，俶兮傥兮，浩瀇瀁兮，慌旷旷兮。秉意乎南山，通望乎东海。虹洞兮苍天，极虑乎崖涘。流揽无穷，归神日母。汨乘流而下降兮，或不知其所止。或纷纭其流折兮，忽缪往而不来。临朱汜而远逝兮，中虚烦而益怠。莫离散而发曙兮，内存心而自持。于是澡概胸中，洒练五藏，澹澉手足，颒濯发齿。揄弃恬怠，输写淟浊，分决狐疑，发皇耳目。当是之时，虽有淹病滞疾，犹将伸伛起躄，发瞽披聋而观望之也，况直眇小烦懑，醒醲病酒之徒哉！故曰：发蒙解惑，不足以言也。”

太子曰：“善，然则涛何气哉？”

答曰：“不记也，然闻于师曰，似神而非者三：疾雷闻百里；江水逆流，海水上潮；山出云内，日夜不止。衍溢漂疾，波涌而涛起。其始起也，洪淋淋焉，若白鹭之下翔。其少进也，浩浩澄澄，如素车白马帷盖之张。其波涌而云乱，扰扰焉如三军之腾装。其旁作而奔起者，飘飘焉如轻车之勒兵。六驾蛟龙，附从太白，纯驰皓蜺，前后络绎。颙颙卬卬，椐椐彊彊，莘莘将将。壁垒重坚，沓杂似军行。訇隐匈礚，轧盘涌裔，原不可当。观其两旁。则滂渤怫郁，闇漠感突，上击下律，有似勇壮之卒，突怒而无畏。蹈壁冲津，穷曲随隈，逾岸出追。遇者死，当者坏。初发乎或围之津涯，荄轸谷分。回翔青篾，衔枚檀桓。弭节伍子之山，通厉骨母之场，凌赤岸，篲扶桑，横奔似雷行。诚奋厥武，如振如怒。沌沌浑浑，状如奔马。混混庲庲，声如雷鼓。发怒庢沓，清升踰跇，侯波奋振，合战于藉藉之口。鸟不及飞，鱼不及回，兽不及走。纷纷翼翼，波涌云乱，荡取南山，背击北岸，覆亏丘陵，平夷西畔。险险戏戏，崩坏陂池，决胜乃罢。澌汩潺湲，披扬流洒。横暴之极，鱼鳖失势，颠倒偃侧，沈沈湲湲，蒲伏连延。神物怪疑，不可胜言，直使人踣焉，洞闉凄怆焉。此天下怪异诡观也，太子能强起观之乎？"

太子曰："仆病，未能也。"

客曰："将为太子奏方术之士有资略者，若庄周、魏牟、杨朱、墨翟、便蜎、詹何之伦，使之论天下之精微，理万物之是非；孔、老览观，孟子持筹而算之，万不失一。此亦天下要言妙道也，太子岂欲闻之乎？"

于是太子据几而起，曰："涣乎若一听圣人辩士之言。"涊然汗出，霍然病已。

出处：（南朝·梁）萧统《六臣注文选》（卷三十四）；（明）唐顺之《文编》（卷三十七）；（明）梅鼎祚《西汉文纪》（卷七）；（明）贺复徵《文章辨体汇选》（卷四百四十二）；（清）严可均辑《全汉文》（卷二十）。

梁王菟园赋

修竹檀栾，夹池水，旋菟园，并驰道，临广衍，长冗坂，故径于昆仑，狠观相物，芴焉子有，似乎西山。西山隥隥，恤焉陒陒，峷岩崭嵸巍，鍊焉暴燎，激扬尘埃。蛇龙奏，林薄竹，游风踊焉，秋风扬焉，满庶庶焉，纷纷纭纭。腾踊云，乱枝叶，翚散摩来，幡幡焉。溪谷沙石，洞波沸日，湲浸疾东，流连焉。轔轔阴发，绪菲菲，闯闯謺扰，昆鸡蝭蛙，仓庚密切，别鸟相离，哀鸣其中。若乃附巢蹇鹬之，傅于列树也，榲榲若飞雪之重弗丽也。

西望西山，山鹊野鸠，白鹭鹍桐，鹝鹝鹧雕，翡翠鸲鸽，守狗戴胜，巢枝穴藏。被塘临谷，声音相闻。喙尾离属，翱翔群熙，交颈接翼，阆而未至。徐飞驳骆，往来霞水，离散而没合。疾疾纷纷，若尘埃之间白云也。予之幽冥，究之乎无端。

于是晚春早夏，邯郸、襄国、易阳之容丽人，及其燕饰子，相与杂遝而往款焉。车马接轸相属，方轮错毂，接服何骖，披衔迹躅。自奋增绝，怵惕腾跃水意而未发，因更阴逐心相秩奔，隧林临河，怒气未竭。羽盖繇起，被以红沫，濛濛若雨委雪。高冠扁焉，长剑闲焉，左挟弹焉，右执鞭焉。日移乐衰，游观西园之芝，芝成宫阙，枝叶荣茂，选择纯熟，挈取含苴。复取其次，顾赐从者。于是从容安步，斗鸡走菟，俯仰钓射，煎熬炮炙，极乐到暮。

若乃夫郊采桑之妇人兮，袿褵错纤，连袖方路，摩眂长髦，便娟数顾。芳温往来接，神连未结，已诺不分。缥并进靖，傧笑连便，不可忍视也。于是妇人先称曰："春阳生兮萋萋，不才子兮心哀，见嘉客兮不能归，桑萎蚕饥，中人望奈何！"

出处： （宋）王应麟《玉海》（卷一百七十一）；（宋）陈仁子《文选补遗》（卷三十一）；（明）李濂撰《汴京遗迹志》（卷十九）；（清）严可均辑《全汉文》（卷二十）。

柳赋（并序）

梁孝王游于忘忧之馆，集诸游士，各使为赋。枚乘《柳赋》，路乔如《鹤赋》，公孙诡《文鹿赋》，邹阳《酒赋》，公孙乘《月赋》，羊胜《屏风赋》。韩安国作《几赋》，不成，邹阳代作。邹阳、安国罚酒三升，赐枚乘、路乔如绢，人五匹。

忘忧之馆，垂条之木。枝逶迟而含紫，叶萋萋而吐绿。出入风云，去来羽族。既上下而好音，亦黄衣而绛足。蜩螗厉响，蜘蛛吐丝。阶草漠漠，白日迟迟。于嗟细柳，流乱轻丝。君王渊穆其度，御群英而玩之。小臣瞽聩，与此陈词。于嗟乐兮！于是樽盈缥玉之酒，爵献金浆之醪。庶馐千族，盈满六庖。弱丝清管，与风霜而共彫。枪锽啾唧，萧条寂寥。隽乂英髦，列襟联袍。小臣莫效于鸿毛，空衔鲜而嗽醪。虽复河清海竭，终无增景于边撩。

出处：（汉）刘歆《西京杂记》（卷四）。又见（宋）章樵《古文苑》（卷三）；（明）李濂《汴京遗迹志》（卷十九）；（清）陈元龙《御定历代赋汇》（卷一百一十六）；（清）严可均辑《全汉文》（卷十九）。

上疏谏吴王

臣闻得全者昌，失全者亡。舜无立锥之地，以有天下；禹无十户之聚，以王诸侯。汤武之土不过百里，上不绝三光之明，下不伤百姓之心者，有王术也。故父子之道，天性也。忠臣不避重诛以直谏，则事无遗策，功流万世。臣乘原披腹心而效愚忠，惟大王少加意念恻怛之心于臣乘言。

夫以一缕之任系千钧之重，上悬之无极之高，下垂之不测之渊，虽甚愚之人犹知哀其将绝也。马方骇鼓而惊之，系方绝，又重镇之；系绝于天，不可复结；坠入深渊，难以复出。其出不出，间不容发。能听忠臣之言，百举必脱。必若所欲为，危于累卵，难于上天；变所欲为，易于反掌，安于泰山。今欲极天命之上寿，弊无穷之极乐，究万乘之势，不出反掌之易，居泰山之安，而欲乘累卵之危，走上天之难，此愚臣之所大惑也。

人性有畏其影而恶其迹，却背而走，迹逾多，影逾疾，不如就阴而止，影灭迹绝。欲人勿闻，莫若勿言；欲人勿知，莫若勿为。欲汤之沧，一人炊之，百人扬之，无益也，不如绝薪止火而已。不绝之于彼，而救之于此，譬由抱薪而救火也。养由基，楚之善射者也，去杨叶百步，百发百中。杨叶之大，加百中焉，可谓善射矣。然其所止，百步之内耳，比于臣乘，未知操弓持矢也。福生有基，祸生有胎；纳其基，绝其胎，祸何自来？

太山之溜穿石，殚极之绠断干。水非石之钻，索非木之锯，渐靡使之然也。夫铢铢而称之，至石必差；寸寸而度之，至丈必过。石称丈量，径而寡失。夫十围之木，始生如蘖，足可搔而绝，手可擢而抓，据其未生，先其未形。磨蹭砥砺，不见其损，有时而尽。种树畜养，不见其益，有时而大；积德累行，不知其善，有时而用；弃义背理，不知其恶，有时而亡。臣原大王熟计而身行之，此百世不易之道也。

出处：（汉）班固《汉书》（卷五十一）。又见（梁）萧统《六臣注文选》（卷四十一）；（明）贺复徵《文章辨体汇选》（卷六十八）。

再上疏谏吴王

昔者，秦西举胡戎之难，北备榆中之关，南距羌笮之塞，东当六国之从。六国乘信陵之籍，明苏秦之约，厉荆轲之威，并力一心以备秦。然秦卒禽六国，灭其社稷，而并天下，是何也？则地利不同，而民轻重不等也。今汉据全秦之地，兼六国之众，修戎狄之义，而南朝羌笮，此其与秦，地相什而民相百，大王之所明知也。今夫谗谀之臣为大王计者，不论骨肉之义，民之轻重，国之大小，以为吴祸，此臣所以为大王患也。

夫举吴兵以訾于汉，譬犹蝇蚋之附群牛，腐肉之齿利剑，锋接必无事矣。天下闻吴率失职诸侯，愿责先帝之遗约，今汉亲诛其三公，以谢前过，是大王之威加于天下，而功越于汤武也。夫吴有诸侯之位，而实富于天子；有隐匿之名，而居过于中国。夫汉并二十四郡，十七诸侯，方输错出，军行数千里，不绝于道，其修怪不如东山之府。转粟西乡，陆行不绝，水行满河，不如海陵之仓。修治上林，杂以离宫，积聚玩好，圈守禽兽，不如长洲之苑。游曲台，临上路，不如朝夕之池。深壁高垒，副以关城，不如江淮之险。此臣之所为大王乐也。

今大王还兵疾归，尚得十半。不然，汉知吴之有吞天下之心也，赫然加怒，遣羽林黄头，循江而下，袭大王之都；鲁东海绝吴之饷道；梁王饬车骑，习战射，积粟固守，以逼荥阳，待吴之饥。大王虽欲反都，亦不得已。夫三淮南之计，不负其约，齐王杀身以灭其迹，四海不得出兵其郡，赵囚邯郸，此不可掩，亦已明矣。今大王已去千里之国，而制于十里之内矣。张、韩将北地，弓高宿左右，兵不得下壁，军不得太息，臣窃哀之。愿大王孰察焉。

出处：（汉）班固《汉书》（卷五十一）。又见（明）唐顺之《文编》（卷十四）；（明）贺复徵《文章辨体汇选》（卷六十五）；（清）严可均辑《全汉文》（卷二十）。

陈　球

陈球，字伯真，下邳淮浦（时淮阴境，今没入洪泽湖）人。少涉儒学，善律令。阳嘉中，举孝廉，任繁阳令。迁零陵太守，平李研、朱盖叛乱。历魏郡太守、南阳太守，拜廷尉、太常。官终永乐少府。后以诛宦官谋泄下狱。子瑀、琮，从子珪并名显。祀郡学乡贤祠。

窦太后配飨议

皇太后自在椒房，有聪明母仪之德。遭时不造，援立圣明，承继宗庙，功烈至重。先帝晏驾，因遇大狱，迁居空宫，不幸早世。家虽获罪，事非太后。今若别葬，诚失天下之望。且冯贵人冢墓被发，骸骨暴露，与贼并尸，魂灵污染，且无功于国，何宜上配至尊？

出处：（南北朝·宋）范晔《后汉书·张王种陈列传》（卷五十六）。又见（宋）司马光《资治通鉴》（卷五十七）；（清）严可均辑《全后汉文》（卷六十一）；又见（清）卫哲治等修，叶长扬等纂《乾隆淮安府志·艺文》（卷二十九）。

注释：汉孝廉陈球，淮浦人。淮浦，时淮阴境，今没入洪泽湖。（清）汪之藻《洪泽考议》曰："洪泽，汉淮浦地，即汉陈球、三国陈登、南唐刘仁赡之本籍。唐以后始称洪泽，盖胜地也。"淮阴旧有洪泽镇，为淮阴名镇之一，（清）鲁一同《清河县乡镇原委》曰："盖镇莫古于洪泽。初，齐有洪泽涧，在淮阴镇之西，或曰隋炀帝至破釜涧而雨，易名洪泽。旧志镇在治东南六十里，滨淮河，古南北大道，设洪泽驿及巡检司。"

· 三 国 ·

陈 珪

陈珪（一作圭），生卒年不详，字汉瑜。下邳淮浦（时淮阴境，今没入洪泽湖）。广汉太守陈亹之孙，太尉陈球之侄，吴郡太守陈瑀（一作陈璃）、汝阴太守陈琮的从兄，陈登、陈应之父。官至沛相。

答袁术书

昔秦末世，肆暴恣情，虐流天下，毒被生民，下不堪命，故遂土崩。今虽季世，未有亡秦苛暴之乱也。曹将军神武，应期兴复典刑，将拨平凶慝，清定海内，信有微矣。以为足下当戮力同心，匡翼汉室，而阴谋不轨，以身试祸，岂不痛哉。若迷而知反，尚可以免，吾被旧知，故陈至情，虽逆于耳，肉骨之惠也。欲吾营私阿附，有犯死不能也。

出处：（晋）陈寿《三国志·魏书·董二袁刘传》。又见（宋）佚名《三国志文类》（卷四十四）；（元）郝经《郝氏续后汉书》（卷九）；（明）梅鼎祚《东汉文纪》（卷二十六）；（清）严可均辑《全后汉文》（卷六十一）。

注释：（宋）佚名《三国志文类》（卷四十四）曰：袁术与陈圭书，时沛相下邳陈圭，故太尉球弟子也。术与圭俱公族子孙，少共交游，书与圭曰："昔秦失其政，天下群雄争而取之，兼智勇者卒受其归。今世事纷扰，复有瓦解之势矣，诚英义有为之时也。与足下旧交，岂肯左右之乎？若集大事，子实为吾心膂。"圭又答书。

陈 登

陈登（163—201），字元龙，下邳淮浦（时淮阴境，今没入洪泽湖）人。陈珪之子。二十五岁时，举孝廉，任东阳县长。后为典农校尉，建安初，奉使赴许，向曹操献灭吕布之策，被授广陵太守。以灭吕布有功，加伏波将军。在广陵多年，多次击败孙策势力。迁东城太守。年三十九卒。其子陈肃，魏文帝时追陈登之功，为郎中。

劝刘备领徐州牧

今汉室陵迟，海内倾覆，立功立事，在于今日。彼州殷富，户口百万，欲屈使君抚临州事。

公路骄豪，非治乱之主。今欲为使君合步骑十万，上可以匡主济民，成五霸之业，下可以割地守境，书功于竹帛。若使君不见听许，登亦未敢听使君也。

出处：（晋）陈寿《三国志·蜀书·先主传》。又见（宋）司马光《资治通鉴》（卷六十一）；（宋）郑樵《通志》（卷八）；（宋）王钦若《册府元龟》（卷一百八十三）；（元）郝经《郝氏续后汉书》（卷二）。

遣使诣袁绍

天方灾眚，祸臻鄙州，州将殂殒，生民无主，恐惧奸雄一旦承隙，以贻盟主日昃之忧，辄共奉故平原相刘备府君以为宗主，永使百姓知有依归。方今寇难纵横，不遑释甲，谨遣下吏奔告于执事。

出处：（晋）陈寿《三国志·蜀书·先主传》。

步 骘

步骘（177—247），字子山，汉末临淮淮阴（今江苏淮阴）人。孙权统事，召为主记，除海盐长，还辟东曹掾，出领鄱阳太守，徙交州刺史立武中郎将，拜使持节征南中郎将，加平戎将军，封广信侯。黄武中迁右将军左护军，改封临湘侯。权称尊号，拜骠骑将军，领冀州牧，都督西陵。赤乌九年（246）代陆逊为丞相。有《表言塞江》《上疏请备蜀》《上疏论典校》《上疏奖劝太子登》等。

表言塞江

北降人王潜等说，北相部伍，图以东向，多作布囊，欲以盛沙塞江，以大向荆州，夫备不豫设，难以应，卒宜为之防。

出处：（晋）陈寿《三国志·吴书》（卷五十二）。又见（唐）虞世南《北堂书钞》（卷一百五十八）；（宋）王钦若《册府元龟》（卷四百五十二）；（清）吴士玉《御定骈字类编》（卷二十）；（清）张玉书《御定佩文韵府》（卷二十一之三）。

上疏请备蜀

自蜀还者，咸言欲背盟与魏交通，多作舟船，缮治城郭。又蒋琬守汉中，闻司马懿南向，不出兵，乘虚以掎角之，反委汉中，还近成都。事已彰灼，无所复疑，宜为之备。

出处：（晋）陈寿《三国志·吴书》（卷五十二）。又见（宋）王钦若《册府元龟》（卷一百九十）；（宋）郑樵《通志》（卷九）；（明）杨士奇《历代名臣奏议》（卷七十八）；（清）张玉书《御定佩文韵府》（卷六十七）；（清）严可均辑《全三国文》（卷六十六）。

注释：本文引自《吴志·大帝传》："赤乌七年（244），步骘、朱然等各上疏。"

论中书吕壹典校纠举四疏

伏闻诸典校擿抉细微，吹毛求瑕，重案深诬，辄欲陷人以成威福。无罪无辜，横受大刑，是以使民局天蹐地，谁不战栗？昔之狱官，惟贤是任，故皋陶作士，吕侯赎刑，张、于廷尉，民无冤枉，休泰之祚，实由此兴。今之小臣，动与古异，狱以贿成，轻忽人命，归咎于上，为国速怨，夫一人吁嗟，王道为亏，甚可仇疾。明德慎罚，哲人惟刑，书传所美。自今蔽狱，都下则宜谘顾雍，武昌则陆逊、潘濬，平心专意，务在得情，骘党神明，受罪何恨？

天子父天母地，故宫室百官，动法列宿。若施政令，钦顺时节，官得其人，则阴阳和平，七曜循度。至于今日，官寮多阙，虽有大臣，复不信任，如此天地焉得无变？故频年枯旱，亢阳之应也。又嘉禾六年（237）五月十四日，赤乌二年（239）正月一日及二十七日，地皆震动。地阴类，臣之象，阴气盛故动，臣下专政之故也。夫天地见异，所以警悟人主，可不深思其意哉！

丞相顾雍、上大将军陆逊、太常潘濬，忧深责重，志在竭诚，夙夜兢兢，寝食不宁，念欲安国利民，建久长之计，可谓心膂股肱，社稷之臣矣。宜各委任，不使他官监其所司，责其成效，课其负殿。此三臣者，思虑不到则已，岂敢专擅威福欺负所天乎？

悬赏以显善，设刑以威奸，任贤而使能，审明于法术，则何功而不成，何事而不辨，何听而不闻，何视而不睹哉？若今郡守百里，皆各得其人，共相经纬，如是，庶政岂不康哉！窃闻诸县并有备吏，吏多民烦，俗以之弊。但小人因缘衔命，不务奉公而作威福，无益视听，更为民害，愚以为可一切罢省。

出处：（晋）陈寿《三国志·吴书》（卷五十二）。

上疏奖劝太子登

臣闻人君不亲小事，百官有司各任其职。故舜命九贤，则无所用心，弹五弦之琴，咏南风之诗，不下堂庙而天下治也。齐桓用管仲，被发载车，齐国既治，又致匡合。近汉高祖揽三杰以兴帝业，西楚失雄俊以丧成功。汲黯在朝，淮南寝谋；郅都守边，匈奴窜迹。故贤人所在，折冲万里，信国家之利器，崇替之所由也。方今王化未被于汉北，河、洛之滨尚有僭逆之丑，诚揽英雄拔俊任贤之时也。愿明太子重以经意，则天下幸甚！

出处：（晋）陈寿《三国志·吴书》（卷五十二）。又见（宋）司马光《资治通鉴》（卷七十一）；（明）杨士奇《历代名臣奏议》（卷一百三十）；（清）严可均辑《全三国文》（卷六十六）。

为故将军周瑜子胤陈情表

故将军周瑜子胤，昔蒙粉饰，受封为将，不能养之以福，思立功效，至纵情欲，招速罪辟。臣窃以瑜昔见宠任，入作心膂，出为爪牙，衔命出征，身当矢石，尽节用命，视死如归，故能摧曹操于乌林，走曹仁于郢都，扬国威德，华夏是震，蠢尔蛮荆，莫不宾服，虽周之方叔，汉之信、布，诚无以尚也。夫折冲捍难之臣，自古帝王莫不贵重，故汉高祖封爵之誓曰使黄河如带，泰山如砺，国以永存，爰及苗裔；申以丹书，重以盟诅，藏于宗庙，传于无穷，欲使功臣之后，世世相踵，非徒子孙，乃关苗裔，报德明功，勤勤恳恳，如此之至，欲以劝戒后人，用命之臣，死而无悔也。况于瑜身没未久，而其子胤降为匹夫，益可悼伤。窃惟陛下钦明稽古，隆于兴继，为胤归诉，乞匄余罪，还兵复爵，使失旦之鸡，复得一鸣；抱罪之臣，展其后效。

出处：（晋）陈寿《三国志·吴书》（卷五十四）。又见（宋）佚名《三国志文类》（卷二十二）；（明）杨士奇《历代名臣奏议》（卷二百八十五）。

注释：（晋）陈寿《三国志·吴书·周瑜传》记载：瑜两男一女。女配太子登。男循尚公主，拜骑都尉，有瑜风，早卒。循弟胤，初拜兴业都尉，妻以宗女，授兵千人，屯公安。黄龙元年（229），封都乡侯，后以罪徙庐陵郡。赤乌二年（239），诸葛瑾、步骘联名上疏陈情。

·晋·

刘 颂

刘颂（？—300），西晋时司法官。字子雅，广陵（郡治淮阴）人。年少时明辨事理，被时人称颂。历任司马昭相府掾、尚书三公郎、中书侍郎、议郎等职，后任淮南国相，元康元年（291）随淮南王司马允入朝，历任三公尚书、吏部尚书。在刑法方面颇有成就，第一次系统地阐述了封建法制的罪刑关系原则。有《刘颂集》三卷。

除淮南相在郡上疏

臣昔忝河内，临辞受诏："卿所言悉要事，宜大小数以闻。恒苦多事，或不能悉有报，勿以为疑。"臣受诏之日，喜惧交集，益思自竭，用忘其鄙，愿以萤烛，增晖重光。到郡草具所陈如左，未及书上，会臣婴丁天罚，寝顿累年，今谨封上前事。臣虽才不经国，言浅多违，犹愿陛下垂省，使臣微诚得经圣鉴，不总弃于常案。如有足采，冀补万一。

伏见诏书，开启土宇，以支百世，封建戚属，咸出之藩，夫岂不怀，公理然也。树国全制，始成于今，超秦、汉、魏氏之局节，绍五帝三代之绝迹。功被无外，光流后裔，巍巍盛美，三五之君殆有惭德。何则？彼因自然而就之，异乎绝迹之后更创之。虽然，封幼稚皇子于吴蜀，臣之愚虑，谓未尽善。夫吴越剽轻，庸蜀险绝，此故变衅之所出，易生风尘之地。且自吴平以来，东南六州将士更守江表，此时之至患也。又内兵外守，吴人有不自信之心，宜得壮主以镇抚之，使内外各安其旧。又孙氏为国，文武众职，数拟天朝，一旦堙替，同于编户。不识所蒙更生之恩，而灾困逼身，自谓失地，用怀不靖。今得长王以临其国，随才授任，文武并叙，士卒百役不出其乡，求富贵者取之于国内。内兵得散，新邦乂安，两获其所，于事为宜。宜取同姓诸王年二十以上人才高者，分王吴、蜀。以其去近就远，割裂土宇，令倍于旧。以徙封故地，用王幼稚，须皇子长乃遣君之，于事无晚也。急所须地，交得长主，此事宜也。臣所陈封建，今大义已举，然余众事，傥有足采，以参成制，故皆并列本事。

臣闻：不惮危悔之患，而愿献所见者，尽忠之臣也；垂听逆耳，甘纳苦言者，济世之君也。臣以期运，幸遇无讳之朝。虽尝抗疏陈辞，汜论政体，犹未悉所见，指言得失，徒荷恩宠，不异凡流。臣窃自愧，不尽忠规，无以上报，谨列所见如左。臣诚未自许所言必当，然要以不隐所怀为上报之节。若万一足采，则微臣更生之年；如皆瞀妄，则国之福也。愿陛下缺半日之间，垂省臣言。

伏维陛下虽应天顺人，龙飞践阼，为创基之主，然所遇之时，实是叔世。何则？汉末陵迟，阉竖用事，小人专朝，君子在野，政荒众散，遂以乱亡。魏武帝以经略之才，拨烦理乱，兼肃文教，积数十年，至于延康之初，然后吏清下顺，法始大行。逮至文、明二帝，奢淫骄纵，倾殆之主也。然内盛台榭声色之娱，外当三方英豪严敌，事成克举，少有愆违，其故何也？实赖前绪，以济勋业。然法物政刑，固已渐颓矣。自嘉平之初，晋祚始基，逮于咸熙之末，其间累年。虽鈇钺屡断，剪除凶丑，然其存者咸蒙遭时之恩，不轨于法。泰始之初，陛下践阼，其所服乘皆先代功臣之胤，非其子孙，则其曾玄。古人有言，膏粱之性难正，故曰时遇叔世。当此之秋，天地之位始定，四海洗心整纲之会也。然陛下犹以用才因宜，法宽有由，积之在素，异于汉、魏之先；三祖崛起易朝之为，未可一旦直绳御下，诚时宜也。然至所以为政，矫世众务，自宜渐出公涂，法正威断，日迁就肃。譬由行舟，虽不横截迅流，然俄向所趣，渐靡而往，终得其济。积微稍著，以至于今，可以言政。而自泰始以来，将三十年，政功美绩，未称圣旨，凡诸事业，不茂既往。以陛下明圣，犹未及叔世之弊，以成始初之隆，传之后世，不无虑乎！意者，臣言岂不少概圣心夫！

顾惟万载之事，理在二端。天下大器，一安难倾。一倾难正。故虑经后世者，必精目下之政，政安遗业，使数世赖之。若乃兼建诸侯而树藩屏，深根固蒂，则祚延无穷，可以比迹三代。如或当身之政，遗风余烈不及后嗣，虽树亲戚，而成国之制不建，使夫后世独任智力以安大业。若未尽其理，虽经异时，忧责犹追在陛下，将如之何！愿陛下善当今之政，树不拔之势，则天下无遗忧矣。

夫圣明不世及，后嗣不必贤，此天理之常也。故善为天下者，任势而不任人。任势者，诸侯是也；任人者，郡县是也。郡县之察，小政理而大势危；诸侯为邦，近多违而远虚固。圣王推终始之弊，权轻重之理，包彼小违以据大安，然后足以藩固内外，维镇九服。夫武王圣主也，成王贤嗣也，然武王不恃成王之贤而广封建者，虑经无穷也。且善言今者，必有验之于古。唐虞以前，书文残缺，其事难详。至于三代，则并建明德，及兴王之显亲，列爵五等，开国承家，以藩屏帝室，延祚久长，近者五六百岁，远者仅将千载。逮至秦氏，罢侯置守，子弟不分尺土，孤立无辅，二世而亡。汉承周、秦之后，杂而用之，前后二代各二百余年。揆其封建不用，虽强弱不适，制度舛错，不尽事中，然迹其衰亡，恒有同姓失职，诸侯微时，不在强盛。昔吕氏作乱，幸赖齐、代之援，以宁社稷。七国叛逆，梁王捍之，卒弭其难。自是之后，威权削夺，诸侯止食租奉，甚者至乘牛车。是以王莽得擅本朝，遂其奸谋，倾荡天下，毒流生灵。光武绍起，虽封树子弟，而不建成国之制，祚亦不延，魏氏承之，圈闭亲戚，幽囚子弟，是以神器速倾，天命移在陛下。长短之应，祸福之徵，可见于此。又魏氏虽正位居体，南面称帝，然三方未宾，正朔有所不加，实有战国相持之势。大晋之兴，宣帝定燕，太祖平蜀，陛下灭吴，可谓功格天地，土广三王，舟车所至，人迹所及，皆为臣妾，四海大同，始于今日。宜承大勋之籍，及陛下圣明之时，开启土宇，使同姓必王，建久安于万载，垂长世于无穷。

臣又闻国有任臣则安，有重臣则乱。而王制，人君立子以嫡不以长，立嫡以长不以贤，此事情之不可易者也。而贤明至少，不肖至众，此固天理之常也。物类相求，感应而至，又自然也。是以暗君在位，则重臣盈朝；明后临政，则任臣列职。夫任臣之与重臣，俱执国统而立断者也。然成败相反，邪正相背，其故何也？重臣假所资以树私，任臣因所籍以尽公。尽公者，政之本也；树私者，乱之源也。推斯言之，则泰日少，乱日多，政教渐颓，欲国之无危，不可得也。又非徒唯然而已。借令愚劣之嗣，蒙先哲之遗绪，得中贤之佐，而树国本根不深，无干辅之固，则所谓任臣者化而为重臣矣。何则？国有可倾之势，则执权者见疑，众疑难以自信，而甘受死亡者非人情故也。若乃建基既厚，藩屏强御，虽置幼君赤子而天下不惧，曩之所谓重臣者，今悉反忠而为任臣矣。何则？理无危势，怀不自猜，忠诚得著，不惕于邪故也。圣王知贤哲之不世及，故立相持之势以御其臣。是以五等既列，臣无忠慢，同于竭节，以徇其上。群后既建，继体贤鄙，亦均一契，等于无虑。且树国苟固，则所任之臣，得贤益理；次委中智，亦足以安。何则？势固易持故也。

然则建邦苟尽其理，则无向不可。是以周室自成康以下，逮至宣王，宣王之后，到于赧王，其间历载，朝无名臣，而宗庙不陨者，诸侯维持之也。故曰，为社稷计，莫若建国。夫邪正逆顺者，人心之所系服也。今之建置，宜审量事势，使诸侯率义而动，同忿俱奋，令其力足以维带京邑。若包藏祸心，惕于邪而起，孤立无党，所蒙之籍不足独以有为。然齐此甚难，陛下宜与达古今善识事势之士深共筹之。建侯之理，使君乐其国，臣荣其朝，各流福祚，传之无穷；上下一心，爱国如家，视百姓如子，然后能保荷天禄，兼翼王室。今诸王裂土，皆兼于古之诸侯，而君贱其爵，臣耻其位，莫有安志，其故何也？法同郡县，无成国之制故也。今之建置，宜使率由旧章，一如古典。然人心系常，不累十年，好恶未改，情愿未移。臣之愚虑，以为宜早创大制，迟回众望，犹在十年之外，然后能令君臣各安其位，荣其所蒙，上下相持，用成藩辅。如今之为，适足以亏天府之藏，徒弃谷帛之资，无补镇国卫上之势也。

古者封建既定，各有其国，后虽王之子孙，无复尺土，此今事之必不行者也。若推亲疏，转有所废，以有所树，则是郡县之职，非建国之制。今宜豫开此地，令十世之内，使亲者得转处近。十世之远，近郊地尽，然后亲疏相维，不得复如十世之内。然犹树亲有所，迟天下都满，已弥数百千年矣。今方始封而亲疏倒施，甚非所宜。宜更大量天下土田方里之数，都更裂土分人，以王同姓，使亲疏远近不错其宜，然后可以永安。古者封国，大者不过土方百里，然后人数殷众，境内必盈其力，足以备充制度。今虽一国周环近将千里，然力实寡，不足以奉国典。所遇不同，故当因时制宜，以尽事适今。宜令诸王国容少而军容多，然于古典所应有者悉立其制，然非急所须，渐而备之，不得顿设也。须车甲器械既具，群臣乃服彩章；仓廪已实，乃营宫室；百姓已足，乃备官司；境内充实，乃作礼乐。唯宗庙社稷，则先建之。至于境内之政，官人用才，自非内史、国相命于天子，其余众职及死生之断、谷帛资实、庆赏刑威、非封爵者，悉得专之。今臣所举二端，盖事之大较；其所不载，应在二端之属者，以此为率。今诸国本一郡之政耳，若备旧典，则官司以数，事所不须，而以虚制损实力。至于庆赏刑断，所以卫下之权，不重则无以威众人而卫上。故臣之愚虑，欲令诸侯权具，国容少而军容多，然亦终于必备今事为宜。

周之建侯，长享其国，与王者并，远者仅将千载，近者犹数百年；汉之诸王，传祚暨至曾玄。人性不甚相远，古今一揆，而短长甚违，其故何邪？立意本殊而制不同故也。周之封建，使国重于君，公侯之身轻于社稷，故无道之君不免诛放。敦兴灭继绝之义，故国祚不泯。不免诛放，则群后思惧，胤嗣必继，是无亡国也。诸侯思惧，然后轨道，下无亡国，天子乘之，理势自安，此周室所以长在也。汉之树置君国，轻重不殊，故诸王失度，陷于罪戮，国随以亡。不崇兴灭继绝之序，故下无固国。下无固国，天子居上，势孤无辅，故奸臣擅朝，易倾大业。今宜反汉之弊，修周旧迹。国君虽或失道，陷于诛绝，又无子应除，苟有始封支胤，不问远近，必绍其祚。若无遗类，则虚建之，须皇子生，以继其统，然后建国无灭。又班固称"诸侯失国亦犹网密"，今又宜都宽其检。且建侯之理，本经盛衰，大制都定，班之群后，著誓丹青，书之玉版，藏之金匮，置诸宗庙，副在有司。寡弱小国犹不可危，岂况万乘之主！承难倾之邦而加其上，则自然永久居重固之安，可谓根深华岳而四维之也。臣之愚，愿陛下置天下于自安之地，寄大业于固成之势，则可以无遗忧矣。

今阎间少名士，官司无高能。其故何也？清议不肃，人不立德，行在取容，故无名士。下不专局，又无考课，吏不竭节，故无高能。无高能，则有疾世事；少名士，则后进无准，故臣思立吏课而肃清议。夫欲富贵而恶贫贱，人理然也。圣王大谙物情，知不可去，故直同公私之利，而诡其求道，使夫欲富者必先由贫，欲贵者必先安贱。安贱则不矜，不矜然后廉耻厉，守贫者必节欲，节欲然后操全。以此处务，乃得尽公。尽公者，富贵之徒也，为无私者终得其私，故公私之利同也。今欲富者不由贫自得富，欲贵者不安贱自得贵，公私之涂既乖，而人情不能无私，私利不可以公得，则恒背公而横务。是以风节日颓，公理渐替，人士富贵，非轨道之所得。以此为政，小大难期，然教颓来既久，难反一朝。又世放都靡，营欲比肩，群士浑然，庸行相似，不可顿肃，甚殊黜陟也。且教不求尽善，善在抑尤，同侪之中，犹有甚泰。使夫昧适情之乐者，损其显荣之贵，俄在不鲜之地；约己洁素者，蒙俭德之报，列于清官之上。二业分流，令各有蒙，然俗放都奢，不可顿肃，故臣私虑，愿先从事于渐也。

天下至大，万事至众，人君至少，同于天日，故非垂听所得周览。是以圣王之化，执要而已，委务于下而不以事自婴也。分职既定，无所与焉，非惮日昃之勤，而牵于逸豫之虞，诚以政体宜然，事势致之也。何则？夫造创谋始，逆暗是非，以别能否，甚难察也。既以施行，因其成败，以分功罪，甚易识也。易识在考终，难察在造始，故人君恒居其易则安，人臣不处其难则乱。今陛下每精事始而略于考终，故群吏虑事怀成败之惧轻，饰文采以避目下之谴重，此政功所以未善也。今人主能恒居易执要以御其下，然后人臣功罪形于成败之徵，无逃其诛赏。故罪不可蔽，功不可诬。功不可诬，则能者劝；罪不可蔽，则违慢日肃，此为国之大略也。臣窃惟陛下圣心，意在尽善，惧政有违，故精事始，以求无失。又以众官胜任者少，故不委务，宁居日昃也。臣之愚虑，窃以为今欲尽善，故宜考终。何则？精始难校故也。又群官多不胜任，亦宜委务，使能者得以成功，不能者得以著败。败著可得而废，功成可得遂任，然后贤能常居位以善事，暗劣不得以尸禄害政。如此不已，则胜任者渐多，经年少久，即群司遍得其人矣。此校才考实政之至务也。今人主不委事仰成，而与诸下共造事始，则功罪难分。下不专事，居官不久，故能否不别。何以验之？今世士人决不悉良能也。又决不悉疲软也。然今欲举一忠贤，不知所赏；求一负败，不知所罚。及其免退，自以犯法耳，非不能也。登进者自以累资及人间之誉耳，非功实也。若谓不然，则当今之政未称圣旨，此其徵也。陛下御今法为政将三十年，则功未日新，其咎安在？古人有言："琴瑟不调，甚者必改而更张。"凡臣所言，诚政体之常，然古今异宜，所遇不同。陛下纵未得尽仰成之理，都委务于下，至于今事应奏御者，蠲除不急，使要事得精可三分之二。

古者六卿分职，冢宰为师。秦汉已来，九列执事，丞相都总。今尚书制断，诸卿奉成，于古制为重，事所不须，然今未能省并。可出众事付外寺，使得专之，尚书为其都统，若丞相之为。惟立法创制，死生之断，除名流徙，退免大事，及连度支之事，台乃奏处。其余外官皆专断之，岁终台阁课功校簿而已。此为九卿造创事始，断而行之，尚书书主，赏罚绳之，其势必愈考成司非而已。于今亲掌者动受成于上，上之所失，不得复以罪下，岁终事功不建，不知所责也。夫监司以法举罪，狱官案劾尽实，法吏据辞守文，大较加同，然至于施用，监司与夫法狱体宜小异。狱官唯实，法吏唯文，监司则欲举大而略小。何则？夫细过微阙，谬妄之失，此人情之所必有，而悉纠以法，则朝野无全人，此所谓欲理而反乱者也。

故善为政者纲举而网疏，纲举则所罗者广，网疏则小必漏，所罗者广则为政不苟，此为政之要也。而自近世以来，为监司者，类大纲不振而微过必举。微过不足以害政，举之则微而益乱；大纲不振，则豪强横肆，豪强横肆，则百姓失职矣，此错所急而倒所务之由也。今宜令有司反所常之政，使天下可善化。及此非难也，人主不善碎密之案，必责犯强举尤之奏，当以尽公，则害政之奸自然禽矣。夫大奸犯政而乱兆庶之罪者，类出富强，而豪富者其力足惮，其货足欲，是以官长顾势而顿笔。下吏纵奸，惧所司之不举，则谨密网以罗微罪。使奏劾相接，状似尽公，而挠法不亮固已在其中矣。非徒无益于政体，清议乃由此而益伤。古人有言曰："君子之过，如日之蚀焉。"又曰："过而能改。"又曰："不贰过。"凡此数者，皆是贤人君子不能无过之言也。苟不至于害政，则皆天网之所漏；所犯在甚泰，然后王诛所必加，此举罪浅深之大例者也。

故君子得全美以善事，不善者必夷戮以警众，此为政诛赦之准式也。何则？所为贤人君子，苟不能无过，小疵不可以废其身，而辄绳以法，则愧于明时。何则？虽有所犯，轻重殊殊，于士君子之心受责不同而名不异者，故不轨之徒得引名自方，以惑众听，因名可乱，假力取直，故清议益伤也。凡举过弹违，将以肃风论而整世教，今举小过，清议益颓。是以圣人深识人情而达政体，故其称曰："不以一眚掩大德。"又曰："赦小过，举贤才。"又曰："无求备于一人。"故冕而前旒，充纩塞耳，意在善恶之报必取其尤，然后简而不漏，大罪必诛，法禁易全也。何则？害法在犯尤，而谨搜微过，何异放兕豹于公路，而禁鼠盗于隅隙。古人有言："鈇钺不用而刀锯日弊，不可以为政。"此言大事缓而小事急也。时政所失，少有此类，陛下宜反而求之，乃得所务也。

夫权制不可以经常，政乖不可以守安，此言攻守之术异也。百姓虽愚，望不虚生，必因时而发。有因而发，则望不可夺；事变异前，则时不可违。明圣达政，应赴之速，不及下车，故能动合事机，大得人情。昔魏武帝分离天下，使人役居户，各在一方；既事势所须，且意有曲为，权假一时，以赴所务，非正典也。然逡巡至今，积年未改，百姓虽身丁其困，而私怨不生，诚以三方未悉荡并，知时未可以求安息故也。是以甘役如归，视险若夷。至于平吴之日，天下怀静，而东南二方，六州郡兵，将士武吏，戍守江表，或给京城运漕，父南子北，室家分离，咸更不宁。又不习水土，运役勤瘁，并有死亡之患，势不可久。此宜大见处分，以副人望。魏氏错役，亦应改旧。此二者各尽其理，然黔首感恩怀德，讴吟乐生必十倍于今也。自董卓作乱以至今，近出百年，四海勤瘁，丁难极矣。六合浑并，始于今日，兆庶思宁，非虚望也。然古今异宜，所遇不同，诚亦未可以希遵在昔，放息马牛；然使受百役者不出其国，兵备待事其乡，实在可为。纵复不得悉然为之，苟尽其理，可静三分之二，吏役可不出千里之内。但如斯而已，天下所蒙已不訾矣。

政务多端，世事之未尽理者，难遍以疏举，振领总纲，要在三条。凡政欲静，静在息役，息役在无为。仓廪欲实，实在利农，利农在平籴。为政欲著信，著信在简贤，简贤在官久。官久非难也，连其班级，自非才宜，不得傍转以终其课，则事善矣。平籴已有成制，其未备者可就周足，则谷积矣。无为匪他，却功作之勤，抑似益而损之利。如斯而已，则天下静矣。此三者既举，虽未足以厚化，然可以为安有余矣。夫王者之利，在生天地自然之财，农是也。所立为指于此，事诚有功益。苟或妨农，皆务所息，此悉似益而损之谓也。然今天下自有事所必须，不得止已，或用功甚少而所济至重。目下为之，虽少有废，而计终已大益。农官有十百之利，及其妨害，在始似如未急，终作大患，宜逆加功，以塞其渐。如河、汴将合，沈莱苟善，则役不可息。诸如此类，亦不得已已。然事患缓急，权计轻重，自非近如此类，准以为率，乃可兴为，其余皆务在静息。然能善算轻重，权审其宜，知可兴可废，甚难了也。自非上智远才，不干此任。夫创业之美，勋在垂统，使夫后世蒙赖以安。其为安也，虽昏犹明，虽愚若智。济世功者，实在善化之为，要在静国。至夫修饰官署，凡诸作役务为恒伤过泰，不患不举，此将来所不须于陛下而自能者也。至于仰蒙前绪，所凭日月者，实在遗风系人心，余烈匡幼弱，而今勤所不须，以伤所凭。钧此二者，何务孰急，陛下少垂恩回虑，详择所安，则大理尽矣。

世之私议，窃比陛下于孝文，臣以为圣德隆杀，将在乎后，不在当今。何则？陛下龙飞凤翔，应期践阼，有创业之勋矣。扫灭强吴，奄征南海，又有之矣。以天子之贵，而躬行布衣之所难，孝俭之德，冠于百王，又有之矣。履宜无细，动成轨度，又有之矣。若善当身之政，建藩屏之固，使晋代久长，后世仰瞻遗迹，校功考事，实与汤武比隆，何孝文足云！臣之此言，非臣下褒上虚美常辞，其事实然。若所以资为安之理，或未尽善，则恐良史书勋，不得远尽弘美，甚可惜也。然不可使夫知政之士得参圣虑，经年少久，终必有成。愿陛下少察臣言！

出处：（唐）房玄龄等纂《晋书·刑法志》（卷四十六）。又见（宋）王钦若《册府元龟》（五百二十七）；（明）黄淮、杨士奇《历代名臣奏议》（卷二百零八）；（明）梅鼎祚《西晋文纪》（卷九）；（清）严可均辑《全晋文》（卷四十）。

上复肉刑疏

臣昔上行肉刑，从来积年，遂寝不论。臣窃以为议者拘孝文之小仁，而轻违圣王之典刑，未详之甚，莫过于此。

今死刑重，故非命者众；生刑轻，故罪不禁奸。所以然者，肉刑不用之所致也。今为徒者，类性元恶不轨之族也，去家悬远，作役山谷，饥寒切身，志不聊生，虽有廉士介者，苟虑不首死，则皆为盗贼，岂况本性奸凶无赖之徒乎！又令徒富者输财，解日归家，乃无役之人也。贫者起为奸盗，又不制之虏也。不刑，则罪无所禁；不制，则群恶横肆。为法若此，近不尽善也。是以徒亡日属，贼盗日烦，亡之数者至有十数，得辄加刑，日益一岁，此为终身之徒也。自顾反善无期，而灾困逼身，其志亡思盗，势不得息，事使之然也。

古者用刑以止刑，今反于此。诸重犯亡者，发过三寸辄重髡之，此以刑生刑；加作一岁，此以徒生徒也。亡者积多，系囚猥畜。议者曰囚不可不赦，复从而赦之，此为刑不制罪，法不胜奸。下知法之不胜，相聚而谋为不轨，月异而岁不同。故自顷年以来，奸恶陵暴，所在充斥。议者不深思此故，而曰肉刑于名忤听，忤听孰与贼盗不禁？

圣王之制肉刑，远有深理，其事可得而言，非徒惩其畏剥割之痛而不为也，乃去其为恶之具，使夫奸人无用复肆其志，止奸绝本，理之尽也。亡者刖足，无所用复亡。盗者截手，无所用复盗。淫者割其势，理亦如之。除恶塞源，莫善于此，非徒然也。此等已刑之后，便各归家，父母妻子，共相养恤，不流离于涂路。有今之困，创愈可役，上准古制，随宜业作，虽已刑残，不为虚弃，而所患都塞，又生育繁阜之道自若也。

今宜取死刑之限轻，及三犯逃亡淫盗，悉以肉刑代之。其三岁刑以下，已自杖罚遣，又宜制其罚数，使有常限，不得减此。其有宜重者，又任之官长。应四五岁刑者，皆髡笞，笞至一百，稍行，使各有差，悉不复居作。然后刑不复生刑，徒不复生徒，而残体为戮，终身作诫。人见其痛，畏而不犯，必数倍于今。且为恶者随发被刑，去其为恶之具，此为诸已刑者皆良士也，岂与全其为奸之手足，而蹴居必死之穷地同哉！而犹曰肉刑不可用，臣窃以为不识务之甚也。

臣昔常侍左右，数闻明诏，谓肉刑宜用，事便于政。愿陛下信独见之断，使夫能者得奉圣虑，行之于今。比填沟壑，冀见太平。《周礼》三赦三宥，施于老幼悼耄，黔黎不属逮者，此非为恶之所出，故刑法逆舍而宥之。至于自非此族，犯罪则必刑而无赦，此政之理也。暨至后世，以时崄多难，因赦解结，权以行之，又不以宽罪人也。至今恒以罪积狱繁，赦以散之，是以赦愈数而狱愈塞，如此不已，将至不胜。原其所由，内刑不用之故也。今行肉刑，非徒不积，且为恶无具则奸息。去此二端，狱不得繁，故无取于数赦，于政体胜矣。

出处：（唐）房玄龄等纂《晋书·刑法志》（卷三十）。又见（宋）王钦若《册府元龟》（卷六百一十四）；（元）马端临《文献通考》（卷一百六十四）；（明）梅鼎祚《西晋文纪》（卷九）；（清）严可均辑《全晋文》（卷四十）。

刑 法 疏

自近世以来，法渐多门，令甚不一。臣今备掌刑断，职思其忧，谨具启闻。

臣窃伏惟陛下为政，每尽善，故事求曲当，则例不得直；尽善，故法不得全。何则？夫法者，固以尽理为法，而上求尽善，则诸下牵文就意，以赴主之所许，是以法不得全。刑书征文，征文必有乖于情听之断，而上安于曲当，故执平者因文可引，则生二端。是法多门，令不一，则吏不知所守，下不知所避。奸伪者因法之多门，以售其情，所欲浅深，苟断不一，则居上者难以检下，于是事同议异，狱犴不平，有伤于法。

古人有言："人主详，其政荒；人主期，其事理。"详匪他，尽善则法伤，故其政荒也。期者轻重之当，虽不厌情，苟入于文，则循而行之，故其事理也。夫善用法者，忍违情不厌听之断，轻重虽不允人心，经于凡览，若不可行，法乃得直。又君臣之分，各有所司。法欲必奉，故令主者守文；理有穷塞，故使大臣释滞；事有时宜，故人主权断。主者守文，若释之执犯跸之平也；大臣释滞，若公孙弘断郭解之狱也；人主权断，若汉祖戮丁公之为也。天下万事，自非斯格重为，故不近似此类，不得出以意妄议，其余皆以律令从事。然后法信于下，人听不惑，吏不容奸，可以言政。人主轨斯格以责群下，大臣小吏各守其局，则法一矣。

古人有言："善为政者，看人设教。"看人设教，制法之谓也。又曰："随时之宜"，当务之谓也。然则看人随时，在大量也，而制其法。法轨既定则行之，行之信如四时，执之坚如金石，群吏岂得在成制之内，复称随时之宜，傍引看人设教，以乱政典哉！何则？始制之初，固已看人而随时矣。今若设法未尽当，则宜改之。若谓已善，不得尽以为制，而使奉用之司公得出入以差轻重也。夫人君所与天下共者，法也。已令四海，不可以不信以为教，方求天下之不慢，不可绳以不信之法。且先识有言，人至遇而不可欺也。不谓平时背法意断，不胜百姓愿也。

上古议事以制，不为刑辟。夏殷及周，书法象魏。三代之君齐圣，然咸弃曲当之妙鉴，而任征文之直准，非圣有殊，所遇异也。今论时敦朴，不及中古，而执平者欲适情之所安，自托于议事以制。臣窃以为听言则美，论理则违。然天下至大，事务众杂，时有不得悉循文如令。故臣谓宜立格为限，使主者守文，死生以之，不敢错思于成制之外，以差轻重，则法恒全。事无正据，名例不及，大臣论当，以释不滞，则事无阂。至如非常之断，出法赏罚，若汉祖戮楚臣之私己，封赵氏之无功，唯人主专之，非奉职之臣所得拟议。然后情求傍请之迹绝，似是而非之奏塞，此盖齐法之大准也。主者小吏，处事无常。何则？无情则法徒克，有情则挠法。积克似无私，然乃所以得其私，又恒所岨以卫其身。断当恒克，世谓尽公，时一曲法，乃所不疑。故人君不善倚深似公之断，而责守文如令之奏，然后得为有检，此又平法之一端也。

夫出法权制，指施一事，厌情合听，可适耳目，诚有临时当意之快，胜于征文不允人心也。然起为经制，经年施用，恒得一而失十。故小有所得者，必大有所失；近有所漏者，必远有所苞。故谙事识体者，善权轻重，不以小害大，不以近妨远。忍曲当之近适，以全简直之大准。不牵于凡听之所安，必守征文以正例。每临其事，恒御此心以决断，此又法之大概也。

又律法断罪，皆当以法律令正文，若无正文，依附名例断之，其正文名例所不及，皆勿论。法吏以上，所执不同，得为异议。如律之文，守法之官，唯当奉用律令。至于法律之内，所见不同，乃得为异议也。今限法曹郎令史，意有不同为驳，唯得论释法律，以正所断，不得援求诸外，论随时之宜，以明法官守局之分。

出处：（唐）房玄龄等纂《晋书·刑法志》（卷三十）。又见（宋）司马光《资治通鉴》（卷八十三）；（宋）王钦若《册府元龟》（卷六百一十四）；（宋）沈枢《通鉴总类》（卷二上）；（明）杨士奇《历代名臣奏议》（卷二百零八）；（明）湛若水《格物通》《卷七十五》；（明）梅鼎祚《西晋文纪》（卷九）；（清）严可均辑《全晋文》（卷四十一）。

赵王伦加九锡议

昔汉之锡魏，魏之锡晋，皆一时之用，非可通行。今宗庙乂安，虽嬖后被退，势臣受诛。周勃诛诸吕而尊孝文，霍光废昌邑而奉孝宣，并无九锡之命。违旧典而习权变，非先王之制。九锡之议，请无所施。

出处：（唐）房玄龄等纂《晋书·刘颂传》（列传第十六）；（宋）李昉《太平御览》（卷十；（宋）王钦若《册府元龟》（卷四百五十九）；（明）陈耀文《天中记》（卷三十一）；（清）严可均辑《全晋文》（卷四十一）。

·唐·

周 渭

周渭（740—805），字兆师，淮阴人。大历十四年（779）己未科进士第二名，即为榜眼。第二年，即唐德宗建中元年（780），又参加"贞师伐谋对有明法"科（即军谋越众科）考试，中武举第一（即武状元）。初授汝州襄城尉，历任长安尉、监察御史、殿中侍御史、膳部员外郎、祠部郎中、守秘书少监致仕。

寅宾出日赋

陶唐氏钦若日出，资授人时。乃命羲仲，往哉汝司，纪寅宾而建始，旌照烛兮无私。旸谷初升，退群冥于仄陋；扶桑适上，分万象于毫厘。日之为德也均，日之为功也大。作朝夕之程准，见乾坤之交泰。无远无近，幽而必通；惟植惟生，罔不咸赖。出于东兮，示发生之所在；倾于西兮，睹光灵之不改。必将表岁以务穑，岂独陵虚而赋彩？尔其孟陬叶月，太蔟和声，农祥正而土膏咸动，庶绩凝而百度惟贞。于以秩东作，于以望西成。涂足沾体，勉穑夫与田畯；布和施令，乐国泰而君明。岂不以五行班序，七曜宣精者哉？则有三足呈实，重晖降祉；端圣斯应，为光有以。远色杲杲，非童子之辨焉；浮彩昭昭，惟仲尼之揭矣。爰考休征，图牒与能。既煦育之无外，同寅宾而有恒。宾者导也，惟人之导阳；寅者敬也，惟人之敬授。谅难逾而可仰，参地载而天覆。观其烨熠动川，澄明丽天；消瀎瀎之残雪，敛蔼蔼之轻烟。谣东君于楚客，祀岱岳于汉年。顾捧图称瑞以相宣。

出处：（宋）李昉《文苑英华》（卷三）。又见（清）陈元龙《御定历代赋汇》（卷二）；（清）周绍良《全唐文》（卷四百五十三）。

注释：大历十四年（779）己未科主考官是礼部侍郎潘炎，试题为《寅宾出日赋》和《花发上林苑诗》，本文是周渭应试答卷。

金精百炼赋

有攻金之工兮，求百炼之精钢。涉越水之表，登楚山之阳。目眇眇而有待，心遥遥而不遑。工曰矿斯得炼斯力，夫何器之不良。乃召风胡，邀欧冶，计日淹速，商工众寡。我心天纵，我力神假。鼓焱焱橐以喧豗，轰云锤而上下。金火惟序，载离寒暑。光融融而焰焰，疑雷击以星流。声有往而有还，若唱予而和汝。始于一而终于百，炼既存而锻乃举。成利器兮为国珍，自私家兮献公所。于是砺以越砥，淬于江流，灿龟文于复绝，射龙藻于清浮。将四海而是震，岂千金而可求。

当赤帝之所提，常闻逐鹿。为庖丁之所得，未见全牛。金从炼兮白受采，知成形之所在。金中选兮史亦书，念逢时之不居。故炼金者非锤炉而勿用，选士者非考核而何于。且金生土，土效祯，炼于代，代作程。岂上决则凛然霜锷，下麾而炯若水精。为邦如之何，莫大于通变。为金如之何，必资于锻炼。虽蹈刃以垂范，谅申威而去战。俟袁宏之片言，符薛烛之一见。

出处：（宋）李昉《文苑英华》（卷一百一十八）。又见（清）陈元龙《御定历代赋汇》（卷九十七）；（清）周绍良《钦定全唐文》（卷四百五十三）。

齐七政赋

天之垂象兮，无臭无声。君之立德兮，赫赫明明。将同符而合矩，在璿玑于玉衡。故运彼四时，寒燠随其建指。齐其七政，有道感于无情。故使黎民于变，万物由庚。神不秘其福，地不爱其祯。原其天斯覆兮，地斯载播群芳而作主。日阳德兮，月阴灵俾五星而为辅。谅无私于照烛，或任晦于烟雨。国风可仰，守官方赞于羲和。人力不俾，杖策已疲于夸父。夫能文者，政乃不乏示寰瀛之大法，运天者道在于乾，占日月之初躔。既推历以生律，亦钩深而索元。徒观其如璧之合，如珠之联。甲子不迷，符太初之朔旦。精意以享，同肆类于昊天。七政匪差，万邦攸共。采石氏之经，听畴人之颂。

远而望也，粲粲映非云之云。默而识之，昭昭为非用之用。岁在木而循度，镇居中而不携。荧惑无犯于奋若，太白莫陵于摄提。将不盈而不缩，岂乍高而乍低。故我后所以引唐尧而作式，指虞舜而思齐。动于天兮德有一，丽于天兮曜有七。四海以之升平，千箱以之充实。岂比见晕珥适背之状，语怪变云气之质。非训俗以齐人，徒废时而乱日。客有从笔砚而未达，怀忠信而待命。望莳葐于朝阶，知如春之圣政，窃昧谈天之辩，庶俾观象之咏。

出处：（宋）李昉《文苑英华》（卷十八）。又见（清）张英《御定渊鉴类函》（卷三百六十九）；（清）陈元龙《御定历代赋汇》（卷一）；（清）周绍良《钦定全唐文》（卷四百五十三）。

李　珏

李珏（785—853），字待价，淮阴人，晚唐时期一位较有影响的官员。他家世仕宦，早年一路连科，仕途顺遂，经历十分丰富。唐文宗年间出任宰相，武宗年间也短暂担任宰相，《旧唐书》《新唐书》皆有传。

谏穆宗大宴群臣疏

道路皆言陛下追光颜等，将与百官高会。且元朔未改，陵土新复，三年之制，天下通丧。今同轨之会适去，远夷之使未还，遏密弛禁，本为齐人，钟鼓合飨，不施禁内。夫王者之举，为天下法，不可不慎。且光颜、愬忠劳之臣，方盛秋屯边，如令访谋猷，付疆事，召之可也，岂以酒食之欢为厚邪？

出处：（唐）白居易《白孔六帖》（卷三十六）。又见（北宋）欧阳修、宋祁《新唐书》（卷一百八十二）；（明）杨士奇《历代名臣奏议》（卷一百二十二）。

谏增茶税

榷率本济军兴，而税茶自贞元以来有之。方天下无事，忽厚敛以伤国体，一不可。茗为人饮，与盐粟同资，若重税之，售必高，其敝先及贫下，二不可。山泽之产无定数，程斤论税，以售多为利，若价腾踊，则市者稀，其税几何？三不可。陛下初即位，诏惩聚敛，今反增茶赋，必失人心。

出处：（北宋）欧阳修、宋祁《新唐书》（卷一百八十二）。

请加炉铸钱

今请加炉铸钱，他法不可先有。止令州府禁铜为器，当今以铜为器，而不知禁所病者，制敕一下，曾不经年，而州县因循，所以制令相次而视之为常。今自淮而南，至于江岭，鼓铸铜器，列而为次。州县不禁，市井之人逐圭刀之利，以缗范为他器鬻之，售利不啻数倍。是则禁铜之令，必在严切。斯其要也。

出处：（后晋）刘昫等《旧唐书·食货志》（卷五十二）。又见（宋）李昉《太平御览》（卷八百一十三）；（清）陈梦雷《钦定古今图书集成·经济汇编·食货典》（卷三百四十）。

唐文宗皇帝谥册文

维开成五年（840），岁次庚申，七月乙亥，朔十一日乙酉，哀弟嗣皇帝。臣伏惟大行皇帝德升上元，功定内难，百辟劝进，万姓乐推，洎顺人抚运嗣统，立极凝旒，建大中之道，执契弘无为之化。聪明天纵，孝敬日新，翼翼承九庙之祭，蒸蒸奉三宫之养。以文思光赤县，以武德澄沧海。慈俭厚下，端庄肃物，达聪无不察黈纩。若不知成汤之六事，罔俟大禹之九功。咸序学无常师，惟格王是式。仁必由己，以苍生为心。修雅乐而箫韶成音，戒逸游而灵囿望幸。遏外夷之教羁縻殆绝举中古之典，汪洋勃兴，宫禁无私恩，嫔嫱无侈服。每宰臣伏奏，卿士宴见，论道何啻于日旰，恤刑以至于岁减。大辟谏路，深排倖门，危言激讦，惟理是听。匪唯纳之，而又赏之，密戚贵宠，惟法是训。匪唯戒之，而又绳之。祯符秘瑞，王者之所宝。郡国承诏，寝而不扬。鸿名徽号，列圣之所重。臣寮抗疏，约而不受。兴起儒术，修明祀事，刻经诰于琬琰。真宗庙之琮璜。鸡鸣而起，孜孜于众，善日入而息。矻矻于群书。敦叙九族，厚戚藩之恩。协和万邦，惇戎狄之信。至公不私，于天性体道必从乎人欲。应变悬解，知机如神，日者数逢俶扰，星有谪见。克己修德，侧身励政。和人心以保乂，谨天戒而来祥。复贞观之故事，编开元之政要。旌别淑慝澄清品流，一物失所，必形于晬。容百姓未康，每劳于圣虑。听政余，力游艺缘。情探二南之风雅，穷六义之教化。汾水著韶，柏梁变体腴。隽人口馨香，国风南山。崇崇京国之望，不列祀典。绵千百年举神授职，发自精恳，兴云致雨，响应虔祈。至于出。宫，人放鸷鸟。大官节重味之膳，外府减任土之贡。倾仓赈乏，平籴恤饿，虫螟不为灾，水潦不成沴。日月临照，天地含弘，肖翘蠢蠕，乐生遂性。稽帝王之能事，鄙封禅之虚美。超迈三五，度越圣贤。由是四裔八蛮。罔不廷，九州六合罔不顺。在宥天下，十有五年。于戏身居九重，心遍万宇，日用忧济，时臻治平，形悴神劳，至于大渐。启金縢而无验，凭玉几而有命。顾属冲昧，丕承宝图。祇奉神器，惧不克荷。今因山戒期复土备礼痛深手足哀结精灵。呼天擗摽，触目增感。夫谥者行之迹，号者功之表。采鸿生钜儒之议，从公卿庶尹之请。考彼古道，易兹大名。对越昊穹，式扬徽烈。谨遣太尉中书侍郎同中书门下平章事李珏谨奉册上尊，谥曰元圣昭献孝皇帝，庙号文宗。伏惟圣灵昭格，膺受茂典，阴骘宗社，介福无穷，呜呼哀哉。

出处：（宋）李昉《文苑英华》（卷八百三十五）。又见（清）周绍良《钦定全唐文》（卷七百二十）；（清）陈梦雷《钦定古今图书集成·经济汇编·礼仪典》（卷一百二十六）。

·五代·

刘仁赡

刘仁赡（900—957），字守惠。淮阴洪泽（今没入洪泽湖）人。五代十国时期南唐名将，年轻时略通儒术，好读兵书。南唐建立初期，历任右监门卫将军及黄州、袁州刺史。南唐元宗即位后，累官武昌节度使，参与南唐灭楚之役，攻克巴陵。后调任清淮节度使，镇淮西要地寿州，多次击退后周进攻。保大十五年（957）病重，部下假借其名义投降，后周世宗追封其为彭城郡王。南唐加赠为太师、中书令、卫王，谥号"忠肃"，后主改赠越王。

袁州厅壁记

南唐保大二年（944）春二月，廉使彭城公新建大厅者，所以延宾旅，服不庭也。载笔之士，得以总叙兴复叛乱。

始龙蛇之起陆，旋戎马以为墟。万井之桑田垂变，由是群雄角立，诸化风行。而列郡之俗，犹尚草创。爰属大统，土德中兴。汉恋刘宗，宝祚重尊于光武。夏思禹力，鸿图复霸于少康。我烈祖光文肃武孝高皇帝反正宗祧，光宅寰宇，云龙自契，风虎相符。乃命我公解印黄冈，拥旌袁水。公半千应运，七叶袭勋。郑武公则父子匡周，乃赋缁衣之什。贾太守则兄弟理洛，爰刊棠棣之诗。方枝干以犹疏，比源流而未浚。夏日冬日，莫之与并。一酪一酥，俱弗如也。初客省司徒清河公监临是郡，乃究寻往制，奏复旧基。召良工而方切运斤，奉急征而遽回丹阙。公才临理所，历览区中。公署则颇极欹邪，巷陌而仍多燥湿。翼日，与通判员外中山郎公议葳斯事，且曰："马文渊所过，都城皆理。叔孙婼所馆，一日必葺。岂位居牧守，运叶昌期，而不崇廨署者乎？"矧又舆情攸愿，帝命曰俞，乃蠲帑廪以市梗楠，创陶冶以备瓴甓。物无苛费，人不告劳。日居月诸，厥功克就。所建立郡斋使宅，堂宇轩廊，东序西厅。州司使院，备武厅球场，上供库、甲仗库，鼓角楼、宜春馆，衙堂职掌，三院诸司，总六百余间。仍添筑罗城，开辟濠堑。所役将士，皆均其劳逸，赈其饥寒。气等指梅，言如挟纩。同孙仲谋之砌垒，咸矜铁瓮之坚。异皇国父之筑台，取谤泽门之晢。终乃图施丹腰，表进斯庭。飞章陈戮力之功，丹凤降紫泥之诏。褒崇迥异，赏赐有差。先是兹郡鬻竹木柴炭者，有舠门之税。公乃复南顿之免，于是丰财足用。士庶易其居第，二载之内，阛阓栉比。逮于三载，周而貌辑焉。公俭于身而富于人，孝理家而忠奉国。心惟恻隐。德契清宁。故千里之稼穑登丰，四序之雨风调顺。昔汉宣帝有言曰："与我共理者，其惟良二千石乎？"即我唐得斯人也。暨先皇晏驾，圣上御图，庆赐遂行，无有不当。敕升袁州都团练观察处置等使，赐明威将军，食邑三百户，褒政绩也。邸之大厅，旧有壁记，以纪方伯除任授代。自干戈偢扰，岁月微失其本末，唯存姓氏。乃命笔吏，叙而补焉。故使刊勒，复纪于壁。其年五月一日记。

出处：（清）周绍良《全唐文》（卷八七六）。又见（清）谢旻《江西通志》（卷一百二十二）。

·宋·

张　耒

张耒（1054—1114），字文潜，号柯山。淮阴人。"苏门四学士"之一。神宗熙宁六年（1073）进士，任临淮主簿。元祐元年（1086）通过制科考试，授著作郎、秘书丞、史馆检讨。哲宗绍圣初年，授直龙图阁学士、知润州。徽宗初，拜太常少卿，列入元祐党籍，数遭贬谪，晚居陈州。其著作被后人多次雕版印行，名《柯山集》《张右史文集》《宛丘集》等。

大礼庆成赋

惟宋六世皇帝践祚之七年，所以和同天人，绥静中外，垂鸿袭裕，增高累厚，以对于神祇祖考者，固已蒙被充塞，光融翕赫，六合一意，四海一口，无得而言矣。粤以壬申之仲冬，将有事于南郊，乃诏列位，恪职赋事。而有司建言："惟我国家，因时施礼，郊丘之位，天地咸在，牲币并荐，礼乐合举。而古者乃以阴阳之至，即南北之郊，别位殊时，荐献异数，有司其何从？"于是天子惕然深思，祇畏敬慎，曰："兹大事，我其敢专？群公卿士、典礼之官，竭思和会，以订不易。"于是议者曰："先王斋明以享帝，而帝之享否，虽圣人未由知之，惟受福者其享之占。恭惟国家，合祭天地，于兹六世矣。惟我太祖，躬膺骏命，以遏乱略，堂皇二仪，拓落八极，以定万世之业。太宗威定宇内，震荡大漠，以一九有，定天下于一尊。真宗熙洽富盛，符瑞委积，南牧之旅，不战请命，威加北荒，奏功岱宗。仁宗席安据厚，不动指顾，孽獠猾羌，含毒内向，吏士未顿，藏窜屈伏，终始太平垂五十年。英宗入纂，百姓与能，神考有为，六服承德，此可谓受天地之福矣。然则神祇之安，吾享也其久哉。"

于是天子乃翳青云之屋，乘雕玉之舆，应龙受辔，招摇翼辅，建虹霓之修竿兮，扬彗星之飞斿。太一执节以先驱兮，二十八星拱手布武经营而周游，貔貅六师，雷霆万乘。初海沸而云涌，忽山峙而川静。盖天子粹然玉温，健然天运，望宫门而动色，顾执策而命进。惟烜赫之灵源兮，实鼻祖于神明。览光德而来降兮，馆玉宇之严清。张咸英之广乐，备干龠之盛舞。景光交彻，鸾鹤来下，神嬉灵豫，醉爵饱俎。翼翼清庙，观德之宫。七圣在天，时降于宗。世有哲孙，岂弟无疆，惠我文人，□□□□。瞻祖祐而念功兮，顾祢室而感亲。圣孝油然发中兮，在位望而含辛。霁阳告旦，祥飚掠尘。从我髦士，来只精禋。御史肃吏，司马饬兵。既逶逶迟迟云流而日行兮，又汹汹业业海运而天声。灵旗洪颐翕赫歘霍兮，攫挐龙虎而乱鲲鹏。雄鸷憯威而震伏兮，柔良化礼而肃清。弛天威戢天戈兮，固已熄威蚩尤而折欃枪。执飞廉圉商羊属之有司矣，羲和磨刮披拂尽献其光明。盖倾都空闾，翘首跂足，俯窥履綦。傍觇佩玉者，忽焉不知手之加额，口之成祝也。于是背都城，望帷宫。郊坰坦其迤逦兮，场圃既寒而毕功。颓青云以连属，縿虹霓之经纬。紫微下属于两观，勾陈错施于万雉。扶倾之神，仰立而拱；翔德之龙，下视而曳。疑神变之欻成兮，涌九地而出峙。连庑千柱，广殿万栱，飞甍斗桷，洞牖屹壁，酸股之隅，眩目之极。唐洛执算而莫计，班倕操斤而自惑者，类非资才于斲墁，而皆机杼之纺绩也。一室之用，足以温一家；一宫之费，何啻衣一国？

惊霆之踕既震，汹蝥之声咸寂。敞斋寝之静深兮，何清虚而邃密。天子方端，俨而虚一，多仪未举，精意已塞。甲夜始晦，严鼓再作，飞敛走伏，神訾鬼愕。望舒腾精以烛宵兮，玄冥收威而布德。灵鼍五震，轸车将中。天子乃披衮执玉兮，斋明庄肃之诚。动于进趋，表于形容，千燎具扬，万炬毕融。上撩荧惑，旁烁烛龙，近为朝阳，远为融风。赫赫曦曦，煌煌辉辉，列次之士，野屯之师，峗如酌醇，醶而御兼衣。黄流汪洋，璧玉照彻，祥祲衡布，协气下浃。音为乐和，形为人悦。白质之兽，箫声之鸟，纷披杂沓，应奏而舞节。陟降既周，燎烟始升，奔星走虹，奉璧荐牲。丰隆奔驰而仰鹜兮，祝融焜煌而上征。开阊阖兮辟清都，后帝燕兮百神愉，圆锡盖兮方献舆，岳输固兮溟效濡。

于是礼备乐成，整车而旋，万类环极，端门辟天，赏出千庾，恩流百川。北包大壤，南尽岛蛮，西越流沙，东穷海壖。令未脱口，雷运风传。野无穷人，狱无宿怨，破械解缧，负帛囊钱。车反其舍，士复其伍，效技呈才，千钟万鼓。天子举酒以属群公，咸曰：休哉！天子之功。系曰：

於穆圣王，建皇极兮；严防精禋，帝来格兮；柔祗并位，俨牲璧兮；文祖在坐，临有赫兮。於惟祖宗，有常则兮；讳兵畏刑，后货食兮；政有损益，兹不易兮；帝则鉴之，戬谷锡兮。兢兢业业，日一日兮；三载一祀，年万亿兮。

出处：（宋）张耒《柯山集》（卷一）；（宋）张耒《张右史文集》（卷一）。又见（宋）吕祖谦《宋文鉴》（卷八）；（宋）楼钥《攻愧集》（卷七十四）；（元）祝尧《古赋辩体》（卷八）；（清）陈元龙《御定历代赋汇》（卷四十八）。

游东湖赋

纷不知吾之所如兮，独漫漫而若狂。乘醉饱之余力兮，遂陟巘而缘冈。惟大冬之栗烈兮，莽川泽之茫茫。农功休乎场圃兮，平陆散夫牛羊。悯大木之百围兮，惨赤立而无裳。鹳鹤群鸣而下上兮，杂篁竹之青黄。忽平陆之既穷兮，渐积水之汪洋。曰是为齐安之东湖兮，右派合乎涛江。荒湾寂寥而葭苇兮，悬疏罾于夕阳。为举网而无获兮，嘉鱼逝而洋洋。吊村落之柴荆兮，哀淮夷之陋荒。呼徒侣而还归兮，阴风振而尘扬。畏星昴之将中兮，冒玄夜之飞霜。顾谓童子，汝其赋诗。爰有小子，褎然致词。歌曰：岁穷木落兮大泽空，雁宵征兮天北风。曷不饮酒兮御玄冬，归来归来兮乐未终。余曰：汝歌置之。乃歌曰：临山川兮怀故乡，岁穷阴兮昼不阳，升高堂兮洁余樽，耿余思兮古之人。

出处：（宋）张耒《柯山集》（卷一）；（宋）张耒《张右史文集》（卷一）。又见（清）陈元龙《御定历代赋汇》（卷二十七）。

问双棠赋（有序）

双棠者，予寓陈僧舍，堂下手植两海棠也。始余以丙子秋，寓居宛邱东门，灵通禅刹之西堂。是岁季冬，手植两海棠于堂下。至丁丑之春，时泽屡至，棠茂悦也，仲春，且华矣。余约常所与饮者，且致美酒，将一醉于树间。是月六日，予被谪书，治行之黄州。俗事纷然，余亦迁居，因不复省花。到黄且周岁矣，寺僧书来，言花自如也。余因思兹棠之所植，去余寝无十步，欲与邻里亲戚一饮而乐之，宜可必得无难也。然垂至而失之，事之不可知如此。今去棠且千里，又身在罪籍，其行止未能自期，其于棠未遽得见也。然均于不可知，则亦安知此花不忽然在吾目前乎？因赋《问棠》以自广云。

寓舍之壤，既膏且腴，手植两棠，于堂之隅。风来自东，冰雪融液，兴视吾棠，既葩而泽。乃沾我酒，又命我人，期一醉于树间，聊快酬于芳春。夹钟之初，谪书在门，陆走千里，止于江滨，天星一周，穆然旧春，想见吾棠，粲然含姿。俯睨旧棠，今居者谁？婉如怨而有待，淡无言其若思。嗟乎！始种自我，其享将获，盈我旨酒，会我宾客，一酌未举，俯仰而失。事至而惊，其初孰测，惟得与失，相寻无极，则亦安知夫此棠不忽然一日复在余侧也？且夫棠得其居，愈久愈敷，无有斧斤斲伤之虞。我行世间，浮云飞蓬。惟所使之，何有南东？夫以不移，俟彼靡常。久近衡从，其志必偿。歌以讯之，用著不忘。

出处：（宋）张耒《柯山集》（卷一）；（宋）张耒《张右史文集》（卷一）。又见（清）陈元龙《御定历代赋汇》（卷一百二十五）。

柯 山 赋

入东门而右回兮，原逶靡以相属。拔磅礴以陆起兮，是为柯山之麓。其上萧森而晻霭兮，冠万竿之修竹。下硗确而坚密兮，拱高林与乔木。散鸡犬于危厄兮，杂茅茨与夏屋。通樵牧之蹊径兮，路纵横而断续。撮土石列，暗窦谷虚，鸣鸟上下，伏兽号呼。俯江流之荡潏，招列山之蟠纡。林峦作态而蔽亏兮，风云效技而卷舒。固可以开阖阴阳于一气，寅饯日月于天衢。

爰有穷人，癯然无归，旷四海无所投其足兮，后帝命我于山之隈。庇蓬茅之数椽兮，抚枵腹而常饥。时醉饱而自得兮，亦杖履而遨嬉。逾山而东，席门草藩，爰有君子，于兹考盘，自种自食，邻里莫干。图书满家，儿稚饥寒。相见辄喜，有时不冠。寄万事于一笑兮，不知食粝而衣单。吾不加物以一毫兮，亦莫受人之燠暄。悟纷华之多虞兮，幸寂寞之至安。饮我薄酒欢有余，啜我豆羹甘而腴，隐几而休读我书。乃曳杖歌曰：

升柯之巅，明远眺兮。筑柯之崦，可以老兮。终古不忒，天之道兮。于于而行，无丧吾宝兮。

出处：（宋）张耒《柯山集》（卷一）；（宋）张耒《张右史文集》（卷一）。又见（清）钱谦益《牧斋初学集》（卷三十五）；（清）陈元龙《御定历代赋汇》（卷二十一）。

卯 饮 赋

张子晨起，落然四壁。千林霜晓，四顾寒寂。先生惘然而不自得，顾视壁间，若有物焉，短胫魁腹兮，长啄旁喙，而椎髻上直也，虽未知其何祥，而津津然有喜色矣。于是童子趋而进曰："是有客曰曲生者，愿奉先生于顷刻。"先生欣然，三揖而进之。盖其气盎盎，冽而浮兮；其声浏浏，和而幽兮；其质醇醇，毅以柔兮。先生曰："甚矣！予之不敏也，今日乃知从子之游。"于是体之栗然寒者温，心之郁然结者散，已大忘于寒暑，尚何有于夜旦？揖曲生而告之曰："吾将旦旦与君周旋，既导君以良辰，又饯君以芳鲜而可乎？"曲生对曰："斥子之泉，吾泉出兮；枵吾之腹，君腹实兮。陋彼昏之献嘲，何啻富子于一日？"

出处：（宋）张耒《柯山集》（卷一）；（宋）张耒《张右史文集》（卷一）。又见（清）陈元龙《御定历代赋汇》（卷一百）。

芦 藩 赋

张子被谪，客居齐安。陋屋数椽，织芦为藩。疏弱陋拙，不能苟完。昼风雨之不御，夜穿窬之易干。上鸡栖之萧瑟，下狗窦之空宽。先生家贫，一裘度寒，曾肤筐之不恤，何藩篱之足言！鼓钟于宫，声出于垣，中空然而无有，徒望意而辄还。故吾守此败芦，其固比夫河山。若夫朝阳不出，微霰既零，声如跳珠，淅淅可听。及夫衡门暮掩，鸟雀就栖，挂荒山之落景，络衰蔓之离离。其下榛草，樵苏往来，蝼蚓出入，羊牛觇窥。先生趹然杖藜过之，瞻顾四隅，悯然歌之曰：

公宫侯第，兼瓦连甍。紫垣玉府，十仞涂青。何尝知淮夷之陋俗，穷年卒岁乎柴荆也哉！

出处：（宋）张耒《柯山集》（卷一）；（宋）张耒《张右史文集》（卷一）。又见（清）陈元龙《御定历代赋汇》（卷八十三）。

杞菊赋（有序）

予到官之明年，以事之东海，道涟水，涟水令盛侨，以苏子瞻先生《后杞菊赋》示予。予不达世事，自初得官，即不欲仕而亲老矣。家苦贫，冀升斗之粟，以纾其朝夕之急。然到官岁余，困于往来奔走之费，而家之窘迫益甚，向日悲愁叹嗟。自以为无聊，既读《后杞菊赋》，而后洞然，如先生者犹如是，则予而后可以无叹也。

有蓬四垣，张子居官，童子晨谒，有驹在门。张子迎客，平生故人。予致其勤，馈客以殽。撷露菊之清英，翦霜杞之芳根。芬敷满前，无有馨膻。客愠而作，谓余曷然？张子始叹，终笑以言："陋虽尔弃，分则余安。子闻之乎？胶西先生，为世达者，文章行义，遍满天下，出守胶西，曾是不饱。先生不愠，赋以自笑。先生哲人，大守尊官，食若不厌，况于余焉！不称是惧，敢谋其他？请卒予说，子无我嗟。冥冥之中，实有神物，主司下人，不间毫发。夫德不称，享者殃，劳不称，费者罚。予身甚微，余事甚贱，聊逍遥于枯槁，庶自远于人患。"客谢而食，如膏如饴。兹山林之所乐，予与尔其安之。

出处：（宋）张耒《柯山集》（卷一）；（宋）张耒《张右史文集》（卷一）。又见（清）陈元龙《御定历代赋汇》（卷一百）。

涉 淮 赋

涉清淮之浩荡兮，聊以豁吾之幽忧。转峡石而下泛兮，观波涛之复流。

何佛庙之巍峨兮，隐于两山之幽眺。东崖之飞阁兮，纳万里之清秋。昔淮人之倔强兮，恃江左而不宾。方中原之多故兮，遂窃帝而称邻。遭世宗之勃兴兮，乘累圣之威神。尽疾驰而奉命兮，戈一挥而遂臣。始盘桓于寿春兮，盖尝挫而益振。驱貔虎于顺流兮，临长江之广津。驰千里之玉帛兮，拥百万之精军。计其一时之气兮，固此咤而风云。嗟百年之几时兮，山川俨其如新。忽人事之几变兮，抚墟庙而湮沦。访遗事于樵夫，野人之谈说，指余迹于荒城，故垒之荆榛，徒见夫云悠悠而朝出，水漠漠而东流。飞沙鸥于晴渚，听夜橹于行舟。彼时豪盛此日废，昔人功业今人愁。嗟夫！旦之心，暮不可求；前之迹，后不可再。胡为寂寥之前古，乃以兴亡而感慨。虽物至盛者，其存也宜久；势极大者，其亡也可惊。方登临而远想，岂独予兮忘情。

出处：（宋）张耒《柯山集》（卷一）；（宋）张耒《张右史文集》（卷二）。

后涉淮赋（有序）

甲寅之秋，自正阳涉淮，作《涉淮赋》。既至泗之临淮，邑之东南皆淮也。朝游夕济，凡淮之惊畏，风涛之变，无不历之矣。今秋又以事之东海，至涟水，入涟河，舟人告予曰："淮水自是入海矣。"予生二十有二年，吴、楚、秦、蜀之国，来往殆遍。窃悲其迹之不常，作《后涉淮赋》以自广云。

浩淮流之汤汤兮，荡余身以沿洄。嗟我居之不常兮，未期岁而再来。始进棹于正阳兮，睨下蔡之穷城。界陈许之北壤兮，望荆涂之两山。缅川原之回复兮，思禹功而慨然。爰系舟于徐邑兮，浸淮隅之两墉。驾长帆于朝风兮，凌星河于夜湍。岂所览之未周兮，恨未穷其本源。忽行役而南去兮，税吾楫于清涟。指溟渤于西北兮，曰此淮流之所还。彼百川之归海兮，吾固知其必然。惟循源而极末兮，哀予迹之未安。当天时之晚秋兮，风露惨其既至。山峭峭而瘦出兮，水绀洁而无滓。曳孤篷而忽惊兮，出游鲈于短苇。白鹭飞而下来兮，翩如避世之君子。酒芳香而盈碗兮，吾陶陶而日醉。方颓然而遗形兮，孰卑高而贱贵。彼贵者乐其府兮，富者怀其资。无二者之累予兮，何羁游之足悲。穷天下之奇观兮，极覆载之所藏。膏吾车而勿反兮，毕吾世而徜徉。

出处：（宋）张耒《柯山集》（卷一）；（宋）张耒《张右史文集》（卷二）。

暮 秋 赋

嗟予志之莫就兮，哀天时之不予谋。岁冉冉以将暮兮，无以荡吾之幽忧。昔吾之既有知兮，独信道而不顾。鞭吾驹之不戒兮，眇一世而独骛。俨章甫以自好兮，安知越人之异容。恃所持之不欺兮，谓彼此之情同。夫何事物之多故兮，因少愚而老智。彼善恶岂有常兮，固系夫一世之贱贵。或指砾以为玉兮，人皆知其不然众。既讹而莫返兮，事随信而名迁。伪言实于众舌兮，至宝贱于独知。正无助者必危兮，恶乘朋而或济。

决大河而东奔兮，挽予舟而上沂。嗟尔楫之几何兮，蛟龙郁其方怒。外既揆而内度兮，考旧好之同异。韬九袭以深藏兮，固可死而不可试。卷杜蘅之幽佩兮，苞芳兰之翠衣。畏久畜之不扬兮，时窃陈以自戏。怨所资之不售兮，非达人之宏规。彼废兴之有命兮，何忧乐之足系。奏吾琴之愤怨兮，酌吾酒之洌清。揽芳桂与秋菊兮，聊以驻吾之颓龄。

吾又将之夫深山兮，遂绝世而远去。身九浴而后衣兮，齿三涤而后咀。纳冰霜于胸中兮，荡焦膈之宿污。求仙人之奇术兮，与彭咸乎为伍。彼君子之蹈常兮，曷急世之有知。聊逍遥以卒岁兮，乐天命而不疑。

出处：（宋）张耒《柯山集》（卷一）；（宋）张耒《张右史文集》（卷二）。又见（清）陈元龙《御定历代赋汇》（卷十二）。

超然台赋（有序）

或有疑于超然，曰："古之所谓至乐者，安能自名其所以然耶？今夫鸟之能飞，兽之能驰，与夫人之耳目手足，视听动作，自外而观之者，岂不足为大乐乎？然鸟兽与人，未尝自以为乐也。古之有道者，其乐亦然，又安能自名其所以然耶？彼方自以为超然而乐之，则是其心未免夫有累也。"客应之曰："吾岂以子之言非耶？吾方有所较，而后知超然者之贤也。予视世之贱丈夫方奔走劳役，守尘壤，握垢秽，嗜之而不知厌。而超然者方远引绝去，芥视万物，视世之所乐不动其心，则可不谓贤耶？今夫世之富人，日玩其金玉而乐之，是未能富也；忘其所有而安之，是真能富矣。夫惟有之，是以贵其能忘之，使其无有，则将何所忘耶！子以为将忘超然为真超然，则其初必有乐乎超然而后忘可能也。子以为乐夫世之乐者乎？然则子亦安知夫名超然者果非能至乐者也？"赋曰：

登高台之岌嶪兮，旷四顾而无穷。环群山于左右兮，瞰大海于其东。弃尘壤之喧卑兮，挹天半之清风。身飘飘而欲举兮，招飞鹄与翔鸿。莽丘原之茫茫兮，吊韩侯之武功。提千乘之富强兮，凭百胜而称雄。忽千年而何有兮，哀墟庙之榛蓬。

有物必归于尽兮，吾知此台之何恃？惟废兴之相召兮，要以必毁而后止。彼变化之无穷兮，嗟其偶存之几何？聊微乐于吾世兮，又安知夫其他？

或有疑夫超然者兮，岂其知道而未纯。曰："彼天下之至乐兮，又安能自名其所以然？惟乐而不知所以乐兮，此其所以为乐之全。彼超然而独得兮，是犹存物我于其间。"

客有复之者，曰："子知至乐之无名兮，是未知世之所可恶。世方奔走于物外兮，盖或至死而不顾。眇如醯鸡之舞瓮兮，又似乎青蝇之集污。众皆旁视而笑兮，彼独守而不能去。较此乐于超然兮，谓孰贤而孰愚？何善恶之足较兮，固天渊之异区。道不可以直至兮，终冥合乎自然。子又安知夫名超然者，果不能造至乐之渊乎？"

出处：（宋）张耒《柯山集》（卷二）；（宋）张耒《张右史文集》（卷二）。又见（清）陈元龙《御定历代赋汇》（卷八十一）。

注释：作者原注：苏子瞻守密，作台于圃，名以超然，命诸公赋之。予在东海，子瞻令贡父来命。

鸣蛙赋（有序）

予寓山阳学舍。夏大雨，屋四隅成塘，聚蛙以千计，声鸣不绝，夜为不能寐。客有献予以杀蛙之术，曰："投予药一丸，蛙无遗类矣。"童子将用之，予曰："不可。"复为赋示之。

夏雨初至，积潦过尺，有蛙百千，更跳互出。幸此新霁，夜月清溢，我劳其休，归偃于室。于时蛙鸣，若啸若啼，若诉若歌，若惧而悲，若喜而语，若怒而诟，若哆而呕，若咽而嗽。瘖者之呼，吃者之斗。或急或缓，或清或浊。若羌丝野鼓，杂乱无节兮，又似夫蛮歌獠语，诡怪之迭作也。尔其困于泥潦，失其所处而悲，又若夫旱暵既久，得其所处而乐也。爰有童子持烛来，谒曰："蛙群夜鸣，君寝其聒。考之《周官》，'洒灰驱蛤'。君其教之，予得尽杀。"予语童子："尔无是酷。尔乐而歌，而哀则哭，哭则悲嗟，乐有声曲。聚语群争，引吭而呼。一日之间，不宁须臾。蛙不汝嫌，汝奚蛙诛。万物一府，谁好孰恶？尔奚自私，己厚蛙薄。参通彼己，乐我自然。弭尔怒心，置烛而眠。"

夜半，张子援枕而吁，顾谓童子："记吾言欤。前言未究，请卒吾说。物各有时，夫谁敢遏？尔观夫春露初霭，朝华始敷，文羽清喙，飞鸣自如。若奏琴筝，而和笙竽，清耳悦心，听者为娱。及夫阳春既徂，炎火将极，恶草蕃遮，淫潦潴积。蛙于此时，生养蕃息，跳梁号呼，意气横逸。子如之何？时不可逆。时乎！时乎！美恶皆然。当其盛时，谁得而迁？及其雪霜既降，木实草衰，飞蝇聚蚊，蛰无所施。于是此蛙歙吻收足，厎然土中，一声不出。党散巢披，不可终日。盛不可常，兴衰迭乘，子姑忍之，奚以杀为哉。"

出处：（宋）张耒《柯山集》（卷二）；（宋）张耒《张右史文集》（卷二）。又见（宋）吕祖谦《宋文鉴》（卷八）；（清）陈元龙《御定历代赋汇》（卷一百三十七）；（清）张英《御定渊鉴类函》（卷四百四十八）。

斋 居 赋

仲夏之月，阴气始至。阳既盛而初剥，阴浸亨而用事。水伏畏涸，火燎方炽。其于人也，心实过炎，而肾受其弊。惟人之生，受命在子。推卦曰《坎》，于行为水。微阳所潜，元气之始。故火甚烈，则正气或因而衰，则水受害者，君子之所深畏。于是屏事燕息，涤虑斋居。既静事以无刑，又远眺而高居。却纷华而弗陈，与淡泊乎为徒。绝嗜窒欲，爱精啬神。声色不御，滋味弗亲。冲然与和俱游，湛兮以道合真。故能体强志宁，愉乐寿考，远去疾疠，保此难老。

呜呼！苟能推此以尽道，攻此以察物，则岂惟斋戒以御时，宜其颠沛而勿失。且夫冰炭相乘，利害交至，陨真盗和，岂独阴沴！道心惟微，易失难常，困于侵陵，有如微阳。则洗心涤虑以却外垢，虚中保和以全天君，故能涉至变而而不濡，更万变而常存。盖将穷年以齐居，岂特养生而善身乎？

出处：（宋）张耒《柯山集》（卷二）；（宋）张耒《张右史文集》（卷二）。又见（宋）吕祖谦《宋文鉴》（卷八）；（清）陈元龙《御定历代赋汇》（卷六十九）。

怀 知 赋

嗟予生之苦艰，涉世故而多违。坌群嘲而众侮，独子子其从谁。嗟若人之好修，外洵直而中奇。挈予手而指津，谓予车之不迷。遵常度以夷行，正六辔而安驰。嗟终日而无禽，曰固然而曷疑。惟言动之合符，若方圆于矩规。振高言于皇极，流余丽于奇辞。沃道德以相酬，心厌满而忘饥。爱日月而畏别，卒悠远而多怀。跂予望兮莫瞻，将驾言其从之。

何出门之多艰，顿我马以嗟咨。山丛丛而造天，车欲进而畏摧。临江湖以浮舟，蛟龙郁其扬鬐。路幽迥而莫通，心郁塞而增悲。赠琼瑶以致情，恐所托之吾欺。惟至技之难投，或举世而莫知。倘一遇而见明，盖至乐之无俪。彼取舍之迷方，或骨肉而相遗。苟我心之不察，虽亲爱而何恃。故烈士之报知己，或杀身而不辞。岂以生而易名，诚内激而忘私。

风萧萧以戒秋，蝉嘒嘒而鸣悲。白露團兮夕凉，木飒其先衰。羁我马于东周，盖三岁其于兹。老骎骎而来逼，心郁郁而不夷。顾所乐之莫从，托宵寐兮庶几。酌尊酒以忘忧，写我心兮陈诗。

出处：（宋）张耒《柯山集》（卷二）；（宋）张耒《张右史文集》（卷二）。又见（清）陈元龙《御定历代赋汇》（外集卷三）。

遣 幽 赋

居子子以无与兮，出莫知其所之。独端居以终日兮，耿默默以长思。古之人不可得而见兮，存者灭曒之遗辞。顾一世之异情兮，予谁者其从之？惟我生之拙迂兮，嗟所慕之名奇。挹廉清之遗风兮，曰吾其进难而退易。百驱不加于跬步兮，却辔疾返而莫追。践斯言之不欺兮，庶吾心之无愧。日月忽其迁流兮，老忽忽而既来。惟所蹈之日迷兮，抚前心而自非。欲改故而图新兮，从灵龟而问疑。兆改横而上从兮，史为予而告辞："横为窒而善处兮，上从直达其无巇；岂外拘而中泰兮，或者既塞而将遂；保尔守而无变兮，神明于汝其遗之。"相利害而为术兮，彼乡人其犹耻。美灵龟之告繇兮，得我心之所止。彼跰跰其焉往，聊安安以自恃。

岁冉冉以将老兮，草木飒其变衰。玄蝉号乎高柳兮，溢菡萏于清池。宵虫悲鸣以相语兮，朔雨振迅而南窥。嗟吾客于东周兮，周天星之三移。写我忧以命驾兮，凭高明以远视。览平田以茫泱兮，瞰清洛之东驶。山重复而南积兮，万岭矗矗以鳞次。微云霏霏以忽布兮，孤翼灭没而高逝。熊耳高高而西峙兮，女几奋涌而南危。束平川于两间兮，散佃渔于平地。鸡犬密其相闻兮，沟塍布而如棋。牛羊闲以就牧兮，乌鸟号呼以群嬉。登故国之余墟兮，望遗宫之颓基。伤者来世而无穷兮，乐者昔人其既止。惟达观其超忽兮，等废兴于一视。考物变以自乐兮，遗余情于酒醴。大人无即而非乐兮，浅夫系物以自治。彼方窘我以局促兮，我则顾步而广肆。制忧乐于在彼兮，夫何贵乎明智。忘吾忧以洋洋兮，将以语夫君子。

出处：（宋）张耒《柯山集》（卷二）；（宋）张耒《张右史文集》（卷二）。又见（清）陈元龙《御定历代赋汇》（外集卷五）。

南 山 赋

南山岩岩兮，其下有人佩玉而握珠。刻意鲁叟之古经，不习世儒之臆书。我顷见之于宛丘，貌秀晳而眉疎。别去忽兮几时，面苍瘠而垂须。爱德器之老成，资巧琢于璠玙。问所与之为谁？亦黄槁之仙癯。禁八马之超骛，同刍豆于群驽。时慷慨而长鸣，耻贱工之附舆。我行世之多艰，三年困兮江湖。幸天恩之放还，过都梁兮踌躇。奉两月之周旋，越长淮之驰驱。屡饮我于山间，出翩跹之两姝。舟师告予以当行，具樯楫于斯须。岁方春而寒骄，犯冰雪于野墟。云漫漫兮垂天，风飘飘兮切肤。稊蕲翳于宿莽，妍柳秀于群枯。泛羽觞之清冷，聊览物以为娱。思佳人兮天未望，莫见兮愁予。

出处：（宋）张耒《柯山集》（卷二）；（宋）张耒《张右史文集》（卷三）。又见（清）陈元龙《御定历代赋汇》（卷二十一）。

注释：作者原注：寄张嘉甫。

秋 风 赋

张子夕坐于堂之南轩，有风飒然来自西方，感乎人心，异于寻常。初披偃乎草木，亦泛动乎轩窗。张子曰："是风也，所以成岁而佐阳者乎？"时也朱火就谢，七月始凉，既导迎于肃杀，又介绍于雪霜其中人也。万窍洒然，汗泽为乾，纤绤鲁缟，不胜其单。其加物也，未败其形，先伤其情，未陨其生，先夺其英。使之嗒然萎者，见于颜色；黎然槁者，动于声鸣。吾尝中夜而听之，淅沥飕飔，群动百虫，怨泣悲吟，感人忡忡者，秋之声；且起而望之，清明高洁者，秋之容。于是庶草效实，九谷献功，既狝于野，又尝于宗，感天时之不留，念岁律之将穷。张子曰："吾何为乎？戒裘褐以备严冬而已。"

出处：（宋）张耒《柯山集》（卷二）；（宋）张耒《张右史文集》（卷三）。又见（清）陈元龙《御定历代赋汇》（卷七）。

吴故城赋

乱吾舟兮大江，夕余济兮樊口。登武昌之故墟，吊西门之衰柳。出东郊而南眺，访遗城之培塿。嗟颓墙之迤靡，半已平乎耕耨。杂溪涧而沮洳，稻冉冉而将秀。曰是吴王之故宫兮，昔孙仲谋之所有。

当弊汉之委地，群凶聚而啄剖。伟紫髯之永图，独穴据乎江右。岂无意于雍洛，易虚夸为善守。观其作都于武昌，夫何险陋而即安。是为大江之上流兮，于备敌焉不繁。顾诸将之凡才，岂袁、曹之敢班？欲身当中原之一面兮，事便时利一苇济乎涛澜。当是之时，两观万雉，缥阙应门。内拥燕赵之美，外屯貔貅之军。笙磬钟鼓之喧阗，旗旆车马之缤纷。固已包蒙川泽，震耀山原，安知夫千载之后，陵谷易位。

夫何遗珠与弃玉，顾此遗墟之将圮。于是与客休于祠宫，披樵苏之微路，嗟牛羊之入室。固牲酒之不具，与客愀然三叹而去。

予近读曹植诸小赋，虽不能缜密工致，悦可人意，而文气疏俊，风致高远，有汉赋余韵。是可矜尚也，因拟之云。

出处：（宋）张耒《柯山集》（卷二）；（宋）张耒《张右史文集》（卷三）。又见（清）陈元龙《御定历代赋汇》（卷一百一十一）。

咸平县丞厅酴醾记

咸平五年（1002），诏以陈留之通许，镇为咸平县。先是章圣皇帝幸亳祠老子道。通许筑宫以待幸，既为县。即以宫为，令治所主簿居中书府，而枢密府为尉舍。熙宁年，始置丞于是。迁尉于外而丞居焉。丞居之堂庭有酴醾，问之邑之老人，则其为枢密府时所种也。既老而益繁，延蔓庇覆，占庭之大半。其花时大于其类，邑之酴醾，皆出其下。盖其当时，筑室种植以待天子之所，必有珍丽可喜之物。是以独秀于一邑而莫能及也。每思唐自天宝以至于周，历岁数百，天下未尝无战。安史以来，藩镇四据，分裂攘夺。至五季而中原，正朔之所加。仅止门阀之中，惟我艺祖。仁宗受天休命，神武四达。于是断百年之蟠据，合历世之分裂。肆我章圣皇帝诞承祖武以无忘大功，宽赋薄徭，四方无虞。休养滋息，如人之疾。病蛊败医者，既已击逐钩。取其累年之蠹矣，而后为之调利。抚养安居，美食以使之丰腴而坚强也。由是观之，自开元以来，至于章圣而天下之人，如复见大治之全国。呜乎。亦可谓盛矣。于是封禅祀后，土祠老子，徜徉四方，以明示德意。八鸾之所经，六龙之所驻，是宜一草木，一瓦砾皆当护守保藏。无敢弃坏，以无忘骏功成烈。酴醾之生当是时，盖尝沾雨露之濡，近日月之光。与夫旄头属车，皆为一时之物，可不爱哉。

出处：（宋）张耒《柯山集》（卷四十一）；（宋）张耒《张右史文集》（卷四十九）。又见（宋）吕祖谦《宋文鉴》（卷首）；（明）贺复微《文章辨体汇选》（卷五百九十六）。

进学斋记

古之君子，无须臾而不学，故其为德无须臾而不进。鸡鸣而兴，莫夜而休，出则莅官治民、事师友、对宾客，入则事其亲、抚其家，教其幼贱，无须臾之间不习其事、学其礼。观天地之道，察万物之理，以究道德之微妙，未始有顷刻之休，是故其德日进而不可止。

古之君子，饮食、游观、疾病之际，未尝不在于学。士会食而问肴烝，则饮食之际未尝不在学也。曾皙风乎舞雩咏而归，则游观之际未尝不在学也。曾子病而易大夫箦，则疾病之际未尝不在学也。今之所谓学者，既剽盗其皮肤，攘掇其土苴，比于古之人大可愧矣。冠而仕则冠而弃之，壮而仕则壮而弃之。故后世之君子大抵从仕数年，则言语笑貌嗜欲玩习之际，比之进取之初以儒自名者，固已大异矣。

元丰之乙丑（1085），余官于咸平，治其所居之西，即其旧而完之。既洁□新矣，于是取《诗》、《书》、古史陈于其中，暑则启扉，寒则塞向，朝夕处乎其中。余惰者也，故取古之道而名之曰"进学"，而书其说，庶朝夕得以自警焉。

出处：（宋）张耒《柯山集》（卷四十一）。又见（宋）谢维新《古今合璧事类备要别集》（卷十八）；（宋）魏了翁《经外杂抄》（卷一）；（明）贺复徵《文章辨体汇选》（卷六百）。

思淮亭记

淮之原发于桐柏，其初甚微，或积或行，洋洋而东，旁会之合，滂沛淫溢，连颍合蔡，一流而下，会于寿春，其流浩然。于是蛟龙之所藏，风雨之所兴，包山界野，而负千斛之舟。又东行数百里而汴泗合焉，水益壮，其所负益重，非游者益谨。旁沾远溉，丰田沃野，物赖其利；而萦抱城郭，间以山麓，洄洑清泚。长鱼、美蟹、茭蒲、葭苇之利，沾及数百里，而南商越贾、高帆巨舻，群行旅集。居民旅肆烹鱼酾酒，歌谣笑语，联络于两隅。自泗而东，与潮通而达于海。

予淮南人也，自幼至壮，习于淮而乐之，凡风平日霁，四时之变，与夫蛟龙风雨之怪，无所不历。而今也得官于洛阳之寿安，二官居福昌，凡风俗之所宜，饮食之所嗜，与淮之南异矣！官居之西有泉，幽幽出于北阜，瀹而注之，有声淙然，聚为小潭。其上有亭，环以修竹。吾游而乐之，濑濯汲引，无一日不在其上。而时时慨然南望，思淮而莫见之也。于是易亭之故名曰"思淮"焉。

夫士虽耻怀其故居，而君子之于故国也，岂漠然若秦越之人哉！故孔子之法去鲁也，迟迟吾行也，曰"去父母国之道也"。君子不敢乐其私私而无志于天下，故自其壮也，则出身委质，奔走从事于四方，以求行其学。至安其旧而乐其习，岂与人异情哉？特与夫怀土而不迁异耳！夫弃故而不念，流寓而忘返，则必薄于仁者也。予既不敢爱其所处，出而仕矣。然少之所居处，耳目之所习狎，岂能使予漠然无感于中哉！且夫怀居而不迁，流寓而忘返者，均有罪矣。然与其轻弃其旧也，则累于所习者不忧厚欤！

出处：（宋）张耒《柯山集》（卷四十一）；（宋）张耒《张右史文集》（卷四十九）。

鸿 轩 记

鸿轩者，文潜读书舍也。客有言曰："吾闻之时，其往来以避寒暑之害；而高飞远举，能使弋人无慕者，鸿也。今子以戆暗不见事，几得谴辱于圣世，蒙垢忍耻于泥涂，苟升斗以自养，而欲自比于鸿，不亦愧乎。"张子曰："子之言是也。然予居此。以己卯之秋；其迁也，庚辰之春。与夫嗷嗷陂泽中，猎食以活。秋至而春去者，得无类乎？"客曰："唯。"

出处：（宋）张耒《柯山集》（卷四十一）；（宋）张耒《张右史文集》（卷四十九）。

司马温公祠堂记

元祐元年（1086）九月甲子，丞相司马公薨，朝廷议所以追崇之，于是进爵为公，而国于温。惟司马氏系出晋安平献王孚，而献王河内温人也，故推本其故家而封之。五年，奉议郎王仲孺为温令，告其邑人曰："惟司马公道德功烈著于朝廷，施及生民者，自匹夫匹妇与夫荒外戎狄，悍夫奸民心革诚服，左右两宫格于太平，是其功德宜配社稷天下祀之。"而温者国也，顾不能祠而可乎。于是度地作堂，画公像而礼祠焉。告于谯郡张耒，使记之。

耒为之言曰："盛德之不作于世久矣，古之所谓盛德者，不施而民服，无事而民信，未尝动颜色，见词气，而天下从之。若子弟之慕父兄，故其为功也，不劳而物莫之能御。三代之亡，圣贤不作，而士之能有所立于世者亦多矣。然皆费心殚力，招天下而从之，以其智胜之后能有成，是何也？德不足而取办于其才故也。故其所建立，劳苦而浅陋，夫岂不欲为盛德之事哉。盖其所积者，有不足故也。子产君子也，犹曰：'惟有德者能以宽服民，其次莫如猛。'夫子产岂欲为猛哉？以谓德之效实难惧夫好高之难成也。是以甘心于其次，以求夫无失。呜呼！德者子产之所难，而况其下者乎。故自秦汉而后，更千有余岁，而盛德之士不作，盖无足怪。惟司马公，事君而君敬之，未尝求民而民与之，非其类者有不合而无不信，受其罚者有不悦而无敢谤，其自洛入觐也，郡邑田里至于京师，观者千万，环聚嗟叹，至于泣下。嗟乎！此可以言语术智得之哉，故其相天下也，因物之所利而与之，因人之所厌而更之，从容指麾内外响应而天下无事矣。盖自秦汉以来，至公而盛德之，效始见于世可谓盛矣。呜呼！当大事处大疑，勇者招敌，智者招谋，惟有德而后万物服，则夫二圣之所以用公其可知也，夫某辱游公之门，而喜王君之好德，使以其说书于堂而刻之。"

出处：（宋）张耒《柯山集》（卷四十二）；（宋）张耒《张右史文集》（卷五十）；（宋）张耒《苏门六君子文粹》（卷二十）。又见（宋）阙名《宋文选》（卷三十）；（明）贺复徵《文章辨体汇选》（卷五百九十三）。

太宁寺僧堂记

圆明岳师住淮阴之太宁寺。其始至也，墙屋圮毁，佛事不严。岁乃大饥，寺田之入不足以给其众，圆明日夜克苦菲薄，率其徒为劳辱事，完补葺治，虽寒暑不休，寺乃仅完。余去，太宁五年而再至入门，视左右前后，脱然疑非昔者。视听步履，明洁安稳，盖易旧而新者十五六矣。余劳圆明曰："小邑民贫，能相劝而成此，未易也。"圆明曰："自容而已，未足道也。佛之道，先物而后己，苦身而安人。吾之僧堂庳陋，弊恶不足以延四方之学者，吾将易为重堂，使容百人饮食寝处，于前读诵燕息，于后而吾之居，此可以无愧矣。"明年春，堂成，其周广丽好皆如其言，而命余为之记。曰：

天下之物，各以其功，而居其享，未有无故而安受天下之养者。不幸而冒得之，则讥骂诟辱，其或倾害篡取，必夺之而后已。若佛者，世固未尝见，独以其书东越几千万里而来中国，未尝期人之尊敬奉事。而自一邑一国，望其宫室栋宇杰大壮丽者，必佛与其徒之所居。富人大家，爱啬蓄藏，至不以分骨肉，而择取精好，交手而献之佛，其心惟恐其不我享也。人之所畏爱，莫若赏罚。人君持玉帛爵赏，刀锯鈇钺，率其下从所欲，有偃然不肯为用者。世之营治塔庙佛像者，其不能为也，无强之者，其能为也，岂遽有利哉？而其动力者，不啻如爱父母、畏官府，殚智毕力，不以一毫自欺，至其有成，公上之力或有不能及。夫君子之于箪食豆羹，其得不得皆以为有命，彼独安享天下之奉如此，国君不以为僭，天下莫之敢议，谓之无故而得，世岂容有此理哉？呜呼！世之学佛者，无有一毫之累以劳其心，饥而人与之食，居而人与之舍，人任其饥寒之忧，而已享其学道之利者，无乃人以其望佛者望之耶？呜呼！使诚得佛之道，则吾将以所以事佛者事之。知其不足如将冒而处也，则资物之一毛亦将偿。彼佛者果无故而得之，盖亦视其所享而占其功，观其所取而知其与，是其默相天下阴利万物之功，宜亦不可计矣。而惑者尝欲愤诋而胜之，不亦过乎？彼屡诋而不胜者，其必有可恃也。

出处：（宋）张耒《柯山集》（卷四十二）；（宋）张耒《张右史文集》（卷五十）。

上曾子固龙图书

某尝以谓君子之文章，不浮于其德，其刚柔缓急之气，繁简舒敏之节，一出乎其诚，不隐其所已至，不强其所不知，譬之楚人之必为楚声，秦人之必衣秦服也。惟其言不浮乎其心，故因其言而求之，则潜德道志，不可隐伏。盖古之人不知言则无以知人，而世之惑者，徒知夫言与德二者不可以相通，或信其言而疑其行。呜呼！是徒知其一，而不知夫君子之文章，固出于其德，与夫无其德而有其言者异位也。某之初为文，最喜读左氏、《离骚》之书。丘明之文美矣，然其行事不见于后，不可得而考。屈平之仁，不忍私其身，其气道，其趣高，故其言反复曲折，初疑于繁，左顾右挽，中疑其迂，然至诚恻怛于其心，故其言周密而不厌。考乎其终，而知其仁也愤而非怼也，异而自洁而非私也，彷徨悲嗟，卒无存省之者，故剖志决虑以无自显，此屈原之忠也。故其文如明珠美玉，丽而可悦也；如秋风夜露，凄忽而感恻也；如神仙烟云，高远而不可挹也。惟其言以考其事，其有不合者乎？

自三代以来，最喜读太史公、韩退之之文。司马迁奇迈慷慨，自其少时，周游天下，交结豪杰。其学长于讨论寻绎前世之迹，负气敢言，以蹈于祸。故其文章疏荡明白，简朴而驰骋。惟其平生之志有所郁于中，故其余章末句，时有感激而不泄者。韩愈之文如先王之衣冠，郊庙之江鼎俎，至其放逸超卓，不可收揽，则极言语之怀巧，有不足以过之者。嗟乎！退之之于唐，盖不试遇矣。然其犯人主，忤权臣，临义而忘难，刚毅而信实，而其学又能独出于道德灭裂之后，纂孔孟之余绪以自立其说，则愈之文章虽欲不如是，盖不可得也。

自唐以来，更五代之纷纭。宋兴，锄叛而讨亡。及仁宗之朝，天下大定，兵戈不试，休养生息，日趋于富盛之域。士大夫之游于其时者，谈笑佚乐，无复向者幽忧不平之气，天下之文章稍稍兴起。而庐陵欧阳公始为古文，近揆两汉，远追三代，而出于孟轲、韩愈之间，以立一家之言，积习而益高，淬濯而益新。而后四方学者，始耻其旧而惟古之求。而欧阳公于是时，实持其权以开引天下豪杰，而世之号能文章者，其出欧阳之门者居十九焉。而执事实为之冠，其文章论议与之上下。闻之先达，以谓公之文其兴虽后于欧公，屹然欧公之所畏，忘其后来而论及者也。某自初读书，即知读执事之文，既思而思之，广求远访，以日揽其变，呜呼！如公者真极天下之文者欤！

出处：（宋）张耒《苏门六君子文粹》（卷十九）。又见（明）贺复徵《文章辨体汇选》（卷二百二十九）。

投知己书

五月日，耒谨因仆夫百拜献书某官：某闻古之致精竭思以事一艺，而其志不分者，其心之所思，意之所感，必能自达于其技，使人观其动作变态，而逆得其悲欢好恶之微情。

某自丱角而读书，十有三岁而好为文。方是时，虽不能尽通古人之意，然自三代以来，圣贤骚人之述作，与夫秦汉而降，文章词辩，诗赋谣颂，靡不毕观，时时有所感发，已能见之于文字。所习益久，所亲益众，所嗜益深。故自十有三岁而至今三十有二年，身之所历，耳目之所闻见，著于当世而可知，与夫考于前古而有得者，无一不发之于文字。不幸少苦贫贱，十有七岁而亲病，又二年而亲丧。既仕而困于州县者，十有二年矣。其煎熬逼迫之情，郁塞愤懑之气，盈心满怀。而又饥寒困穷，就食以活其妻孥者，往来奔走率常数千里。大夏炎暑，流金裂石，积阴大寒，烈风霰雪，皆已习见而安行。计其安居饱燠，脱忧危而解逼仄，扬眉开口无事一笑者，百分之中不占其一。又观一世之情，其所矜尚可以自振于贫贱厄穷者，某素于其身无有其一。故虽出仕四方，修身治官，庶几于有闻，而门单族薄，执版趋拜以见大吏，大则骂辱诟责，小则诘问陵侮。其穷愁困塞有不可胜言者，又岂独此哉！

古之能为文章者，大率穷人之词十居其九，盖其心之所激者，既已沮遏壅塞而不得肆，独发于言语文章，无掩其口而窒之者，庶几可以舒其情，以自慰于寂寞之滨耳。如某之穷者，亦可以谓之极矣。其平生之区区，既尝自致其工于此，而又遭会穷厄，投其所便。故朝夕所接，事物百态，沛然于文，若有所得。某之于文，虽不可谓之工，然其用心，亦已专矣。某之区区，盖已尽布于此，则世之高明博达之君子俯而听之，盖有不待夫疑而问，问而后知其心也。

伏惟某官以文章学术暴著天下，方为朝廷训词之臣，而不腆之文尝欲奖与。人谁不欲自达于世之显人，而某自顾所藏，无一而可，敢书其平日之文与诗几六十卷，以辱左右，伏惟闲暇而赐观焉，则某之精诚，虽欲毫发自伏，而不可得矣，公亦念之耶？

出处：（宋）张耒《张右史文集》（卷五十八）。又见（宋）阙名《宋文选》（卷二十八）。

送秦少章赴临安簿序

《诗》不云乎："蒹葭苍苍，白露为霜。"夫物不受变，则材不成，人不涉难，则智不明。季秋之月，天地始肃，寒气欲至。方是时，天地之间，凡植物出于春夏雨露之余，华泽充溢，支节美茂。及繁霜夜零，旦起而视之，如战败之军，卷旗弃鼓，裹创而驰，吏士无人色，岂特如是而已。于是天地闭塞而成冬，则摧败拉毁之者过半，其为变亦酷矣，然自是弱者坚，虚者实，津者燥，皆敛藏其英华于腹心，而各效其成，深山之木，上挠青云，下庇千人者，莫不病焉，况所谓蒹葭者乎？然匠石操斧以游于林，一举而尽之，以充栋梁、桷杙、轮舆、輠辐、巨细强弱，无一不胜其任者，此之谓损之而益，败之而成，虐之而乐者是也。

吾党有秦少章者，自予为太学官时，以其文章示予，愀然告我曰："惟家贫，奉命于大人而勉为科举之文也。"异时率其意为诗章古文，往往清丽奇伟，工于举业百倍。元祐六年（1091）及第，调临安主簿。举子中第可少乐矣，而秦子每见予辄不乐。予问其故，秦子曰："予世之介士也，性所不乐不能为，言所不合不能交，饮食起居，动静百为，不能勉以随人。今一为吏，皆失己而惟物之应，少自偃蹇，悔祸随至。异时一身资养于父母，今则妇子仰食于我，欲不为吏，亦不可得。自今以往，如沐漆而求解矣。"余解之曰："子之前日，春夏之草木也。今日之病子者，蒹葭之霜也。凡人性惟安之求，夫安者天下之大患也。迁之为贵，重耳不十九年于外，则归不能霸，子胥不奔，则不能入郢。二子者，方其羁穷忧患之时，阴益其所短而进其所不能者，非如学于口耳者之浅浅也。自今吾子思前之所为，其可悔者众矣，其所知益加多矣。反身而安之，则行于天下无可惮者矣，能推食与人者，尝饥者也；赐之车马而辞者，不畏步者也。苟畏饥而恶步，则将有苟得之心，为害不既多乎！故陨霜不杀者，物之灾也；逸乐终身者，非人之福也。"

出处：（宋）张耒《柯山集》（卷四十）；（宋）张耒《张右史文集》（卷

五十一）；（宋）张耒《苏门六君子文粹》（卷二十一）。又见（宋）吕祖谦《宋文鉴》（卷九十二）；（明）贺复徵《文章辨体汇选》（卷三百四十）。

钱申《医录》序

予尝爱太史公传述仓公传，为记自齐侍御史咸至齐文王病，凡数十人。其察脉观色，所用药剂汤熨之法，皆载之以为后法。所谓黄帝、扁鹊书，今已不尽见，而其遗法往往见于此，世医所宜刿心而学者也，尚何议焉！予顷年谪官齐安，邻郡蕲春有庞安时者，高医也。其于黄帝内外，甲乙诸书深矣。予尝从之游，喜闻其说，而不能尽究也。居无几何，安时死，余为志其墓。因求其平生所尝治疾，或奇证变候，有人不能晓者，使具其说，与所用药，欲载之墓志之后，以为后法。而其家不甚晓知，虽有所疏陈数十条，皆无论叙，勉择十余事载之，而予至今以为憾也。近宛丘闲居，吴人钱申以《医录》授予，得之欣然，盖申善医而著为录，以治疾之尝效，言其察脉观色之方，而往往著其药物之剂。呜呼！其用心可见矣。恨予不学医不能与君上下其论，愿益勉之，求世之高医而问焉，子将有得焉。因公孙先以见阳庆之阙。

出处：（宋）张耒《柯山集》（卷四十）；（宋）张耒《张右史文集》（卷五十一）。

知 人 论

甚矣用人之难也！天下之实才，常深伏而不发，非遇事焉，则有终身不可窥者。故其勇足以暴三军服四夷而其外如怯，其节足以断大事成大功而其外若不能有所为者。方其未发也，其言语动作坦然无异于常人，卒然即之而不知其器，是故非有深智英明之君不得而用之。而世之小人，常有以自蔽，其不肖以惑世主之听，而卒败天下之事，可胜叹哉！彼小人者，其中实怯、而视其外则发扬振厉而若勇，其中实庸、而听其言则辩洽开敏而若才，卒然即之，若真可与有为者；是故世主往往甘心而不辞，至于谋穷计失而后悔悟。呜呼，用人之难也如此！

盖尝闻之：古之求知人也，于人也不观其形似而察其中，于己也不逆于耳目而逆于心。察其中则见其所穷，逆于心则为虑也深。彼小人将欺我也，不过多为形似，以动吾耳目之间而已，彼安能为实哉！而吾应之也，常出其所不意，而后小人之情见，而天下之实才亦虽欲伏匿而不得。

昔汉霍光之所为，因非有征伐攻取之谋，而文采缘饰之可喜也，朴然庸人而已耳！非有武帝聪明不足以知之。故卒然用之而不疑，与之以兵，尊之以权，提孺子之天下使之谋之，而光果有以当之也。盖当其初委任之际，朝廷之臣孰不为过之，而至其有所立则有震惧而不敢与者！然则光之平生之所为，岂可以占其后之所发哉？议者不知武帝之用光，盖本知人之明，而遂以谓当时之臣唯光可以胜其任。彼徒见其成功而后知之，不知当时之人才，足以治军旅决成败，而书生儒者之论，孰非伏节死义之人，安肯弃而不求，而授一木强之霍光哉！

唐之文宗、昭宗，其溃乱也甚矣，而爱高爵重禄以致天下之士，投其诚而与之，此其志皆可与立功；而其取人无术，故徒以益乱。彼李训、张睿者，其言动作止如何与立功也？大言而不顾，敢为而不禅，故二君惑之，虽有间焉不可得而入。其所卒然而发，以区区之官人，不能少制其乱，提兵数万不能取李克用之一镞，卒之身灭国弱，为天下笑。彼二君惑于形似故也。李系好言兵而与之兵，张平好大言而授之权，卒于无成为天下笑。呜呼！使人之知人独视其外而可以不疑，则知人者帝何其难之也！

出处：（宋）张耒《苏门六君子文粹》（卷二）；（宋）张耒《张右史文集》（卷五十三）。

韩 信 议

（一）

或问：韩信服高帝乎？予曰：韩为高帝将数年，常将重兵灭大国，而动以镞，通武涉之邪说，信无所顾，召之而至，令之而行，何为不服？曰：服，则何为卒反？予曰：信服高帝之智力，而不服其为人，是以反也。然则何也？夫信之反，非重失楚也，在于伪游云梦而执也。夫伪游云梦之计，是市井下俚之智，而万乘之主，亲行之，此信所以怏怏，北面而薄其君，以谓不足为其下也。夫暴夺人之富贵，而幽囚之。欲使夫雄杰者，帖然而无怨。非服之以德，屈之以理，则不可夫。以市井下俚之策，而诈韩信，彼身可执心轻其上矣。彼且闻其计于谋臣，则君臣皆轻矣，是不反何待？然则为高祖者，奈何必待？夫反行明白，引天下兵诛之耳。信虽难制，然不数年而定一伪游，而缚韩信自尔，出令天下，谁敢信之欤？

（二）

自古士有所负而功名见于世者，未尝肯以身就人者也，何者？彼轻人者，其规矩准绳，将在彼矣。夫如是，则我之所有，安得尽布之哉？且保镆铘之利者，不以试薪。售和氏之璧者，不登门。彼皆不求人，而人求之，若不得已焉。而后即之者，亦自其理然也。韩信当亡秦之日，天下之穷士也。非有孔孟进退之节，然萧何独察其非，汲汲于求，显待之不厚，礼之不至，则不为用也。故以高帝之倨，必使之筑坛，斋戒备礼，而后官之，举之三军之下，而加之诸将之上，而不疑知不若是，信将不满而无留心矣。诸葛亮，战国之策士也，高卧于隆中，其主就彼，彼孙武求试兵法、事业、功名，卒以不显，有以也夫。

出处：（宋）张耒《柯山集》（卷四十二）；（宋）张耒《张右史文集》（卷五十二）。又见（清）陈梦雷《钦定古今图书集成·理学汇编·经籍典》（卷三百七十七）。

祭秦少游文

呜呼少游，海淮之英，自其少时，文章有毂。脱略等辈，论交老成，众誉归之，谁敢改评。聿来秘书，亦既飞鸣，脱身亟去，事变随生。呜呼！官不过正字，年不登下寿，间关忧患，横得骂诟，窜身瘴海，卒仆荒陋。君孤奉丧，归葬广陵，拜我于黄，尚有典刑。会葬抚孤，我穷不能，具此菲薄，聊致我诚。只鸡斗酒，怀想平昔，嗟我少游，尚肯来食。

出处：（宋）张耒《柯山集》（卷四十八）；（宋）张耒《张右史文集》（卷四十五）。又见（宋）李之仪《姑溪居士前集》（卷四十三）。

祭晁无咎文

惟我与公，交游之义，外虽朋游，情实兄弟。公生癸巳，我长一岁。平生宦学，何一非是念。初相遇，盱眙逆旅，一见如旧，绸缪笑语。契阔积年，俱职太学，并试玉堂，同升馆阁。读书饮酒，两各壮年，意气豪盛，自以无前。公之文章，瑰琦卓荦，割裂绵绣，挥磨矛槊。石渠天禄，典籍之委，过目辄诵，不复再视。我守丹阳，公镇于齐，行世之艰，坎壈自兹。建中之初，同官于都，相对叹息，苍鬓斑须。我出汝阴，公守于蒲，我负重谴，责居江湖。知公金山，艺圃葺庐。最后闻公，乘太守车，往刺于淮，庆未及书。呜呼哀哉！九月之庚寅，闻讣于陈，惊呼号天，烦冤摩伸。年且六十，非夭之恨。所甚痛者，歼此善人。公素强健，无戾于身，何恙之速，一仆不振。呜呼哀哉！平生胶漆，永隔存亡。吊不抚棺，窆不哭坟，事也多违，不敢爱勤。聊陈菲薄，侑此一樽，尚想平生，见我欢忻。至悲薰心，言不能文。

出处：（宋）张耒《柯山集》（卷四十八）；（宋）张耒《张右史文集》（卷四十五）。

庞安常墓志铭

君性喜读书，闻人异书，购之若饥渴，书工日夜传录，君寒暑疾病，未尝置卷。其藏书至万余卷，然皆以考医方之事。晚好佛学，盖有得焉。以是年闰九月二十七日，葬于蕲水龙门乡图佛村。

君临终以书遗子，若托以铭其墓者。嗟夫！予名微位卑，又方得罪于时，何足以为君重。然君尝有得于予，且其孙必以见属，不得辞也。既铭其藏，又著所尝治而愈，人所传道者更刻于碑阴，且以为法。铭曰：

生民之病，尧舜是医。惟周与孔，世之良师。遘疠于身，扁鹊善治。惟民与身，同一矩规。狷软于衷，执毒于肢。有来求予，径取无遗。饮酒著书，终身游嬉。欲知其仁，吊者垂涕。即化而安，不爽厥知。有考其书，铭以昭之。

出处：（宋）张耒《柯山集》（卷四十九）；（宋）张耒《张右史文集》（卷五十九）。

欧阳伯和墓志铭

君欧阳氏，讳发，字伯和，庐陵人，太子少师文忠公讳修之长子也。为人纯实不欺，内外如一，淡薄无嗜好，而笃志好礼，刻苦于学。胡瑗掌太学，号大儒，以法度检束士，其徒少能从之。是时文忠公已贵，君年十有五，师事瑗，恂恂惟谨，又尽能传授古乐钟律之说。

既长，益学问，不治科举文词，独探古始立论议，自书契以来至今，君臣世系，制度文物，旁至天文地理，无所不学。其学不务为抄掠应目前，必刮剖根本见终始，论次使族分部列，考之必得，得之必可用也。呜乎！其志亦大矣。然其与人不苟合，论事是是非非，遇权贵不少屈下，要必申其意，用是亦不肯轻试其所有，而人亦罕能知君者。而君之死也，今眉山苏公子瞻哭之，以为君得文忠之学，汉伯喈、晋茂先之徒也。

初以文忠公恩补将作监主簿，三迁为大理寺丞，赐进士出身，勾当箔场。迁光禄寺丞，赐五品服，勾当京西排岸司。又迁殿中丞，官制改为奉议郎，监粳米中第七界。俄权少府监丞，迁丞议郎。某年月日卒，享年四十有六，积勋至轻车都尉。

君为殿中丞时，曹太后崩，诏定皇曾孙服制。礼官陈公襄疑未决，方赴临，召君问其制，君从容为言，襄即奏用之。是时，方下司天监讨论古占书是否同异，折中为天文书，久未就，而襄方总监事，即荐君刊修。君为推考是非，取舍比次，书成，诏藏太史局。襄因奏言旧仪怀不可用，而后所造新仪，孜之又不合，愿付君详定，诏从之。本朝自至道中用韩显符浑仪，其后司天官周琮，于渊加黄道。熙宁中，旧器坏，诏沈公括更造，括以其意增损之，器成数年未能定，与浮漏景表不应。

君治官无大小，不苟简，所创立，后人不能更。其著书有《古今系谱图》《国朝二府年表》《年号录》，其未成者尚数十篇。

夫人吴氏，故丞相正宪公充之女，封寿安县君。男一人，曰宪，滑州韦城县主簿。女七人。元祐四年（1089）十一月甲子，葬君郑州新郑县旌贤乡刘村文忠公之兆，而宪来求铭。铭曰：

呜呼伯和父！学不欺其志，而不以为利。非不售之畏，而不知之愧。岂与世为怼，其将有所耻。云谁之似，惟文忠之子。

出处：（宋）张耒《柯山集》（卷四十九）；（宋）张耒《张右史文集》（卷五十九）。

药 戒

张子病痞，积于中者，伏而不能下，自外至者，捍而不得纳。从医而问之，曰："非下之不可。"归而饮其药，既饮而暴下。不终日，而向之伏者，散而无余；向之捍者，柔而不支。焦膈导达，呼吸开利，快然若未始有疾者。不数日，痞复作，投以故药，其快然也亦如初。自是逾月，而痞五作五下。每下辄愈。然张子之气，一语而三引，体不劳而汗，股不步而栗，肤革无所耗于外，而其中薾然莫知其所来。嗟夫！痞非下不可已，余从而下之术未爽也、而吾之薾然者，独何欤？

闻楚之南，有良医焉，往而问之。医叹曰："子无叹是薾然者也。凡子之术，固为是薾然也。坐！吾语汝。天下之理，有甚快于予心者，其未必有伤，求无伤于终者，则初无望于快吾心。阴伏而阳畜，气与血不运而为痞，横乎子之胸中者，其累大矣。击而去之，不须臾而除甚大之累，和平之气不能为也。必将击搏震挠而后可。夫人之和气，冲然而甚微，洎乎其易危，击搏震挠之功未成，而子之和气尝已病矣。由是观之，则子之痞凡一快者，子之和一伤矣，不终月而快者五，则子之和平之气不既索乎？故肤不劳而汗，股不步而栗，薾然如不可终日也。且将去子之痞，而无害于和平。子归，燕居三月，而后予之药，可为也。"

张子归，燕居三月，斋居而复请之。医曰："子之气少完矣。"取药而授之曰："服之三月而疾少平，又三月而小康，终年而复常。且饮药不得亟进。"张子归而行其说，然其初使人懔然迟之，盖三投其药而三反之也。然日不见其所攻，久较则月异而时不同，盖终岁而疾平。

张子谒医，再拜而谢之，坐而问其故。医曰："是治国之说也，岂特医之于疾哉！子独不见秦之治民乎？敕之以命，捍而不听令；勤之以事，放而不畏法。令之不听，治之不变，则秦之民尝痞矣。商君见其痞也，厉以刑法，威以斩伐，劲捍猛鸷，不贷毫发，痛划而力锄之。于是秦之政如建瓴，流荡四达，无敢或拒，而秦之痞尝一快矣。自孝公以至于二世，凡几痞而几快矣，顽者已圮，强者已柔，而秦之民无欢心矣。故猛政一快者，欢心一已，积快而不已，而秦之四肢枵然，徒有其物而已。民心日离，而君孤立于上，故匹夫大呼，不终日而百疾皆起，秦欲运其手足肩臂，而漠然不我应矣。故秦之亡者，是好为快者之过也。昔者先王之民，其初亦尝痞矣。先王岂不知辈然击去之之为速也，惟其有惧于终也，故不敢求快于吾心，优柔而抚存之，教以仁义，导以礼乐，阴解其乱而徐除其滞，使其悠然自趋于平安而不自知。方其未也，旁视而瀵然者有之矣，然月计之，岁察之，则前岁之俗非今岁之俗也。不击不搏，无所忤逆，是以日去其戾气而不婴其欢心，于是政成教达，安乐悠久而无后患矣。是以三代之治皆更数圣人，历数百年而后善乎！"董生之爱，其亲陈起居饮食之节，导引吐纳之方，以调其平居。又考其方术，试药物以防其疾痛，务以强其身，养其寿，而不知其他。呜呼！使诚身强而永年耶，则虽樵渔以自给，饮水曲肱而枕之视天下所乐，无以易之矣。反顾爵位车服，饮食之奉，果何物哉。予读高堂延寿录，既自伤致养之不逮，而嘉生之能爱其亲，而其书可以助孝子，慈孙之养也，反复读之不厌。董生今有母八十余，耳目聪明，饮食动作如壮人，余知生之方既试矣。于是为书其末。

出处：（宋）张耒《柯山集》（卷四十五）；（宋）张耒《张右史文集》（卷四十八）；（宋）张耒《苏门六君子文粹》（卷二十二）。又见（宋）阙名《宋文选》（卷二十九）；（清）魏之琇《续名医类案》（卷十三）。略见（宋）洪迈《容斋随笔》（卷七十四）。

进《大礼庆成赋》表

臣伏见皇帝陛下即位以来，事天治民，虔恭岂弟，光被四表，格于上下。虽太母保佑，一遵圣训，而仁厚之诚，不言而孚。乃者肇见天地，实陛下即位之初郊，内自臣工，外达海宇，于以观神人感格之际，占信顺获助之验。前祀二日，阴霾暮集，俄而氛祲廓清，星月明润。将事之夜，风伏不兴，景气晏湿，圆穹清明，神祇来格，于是乎在。凡执事在列之臣，与夫侍御奔走之隶，喜动乎容，和见乎豤。《记》曰："福者，备也。备者，百顺之名也。"天既顺之，备孰甚焉！帝之来格，见于天时；祭之受福，见于人情。

臣幸执笔，待罪太史，实奉祝册，天威咫尺，亲见齐庄粹穆之容，陟降拜俯，诚敬兼尽。臣窃喜太平之必至，多祥之必集，四方之民，受福不疑，奸宄作慝，不禁而息，谨撰成《大礼庆成赋》一篇，随状上进。虽不足以追配《甘泉》《河东》之广大盛丽，然犬马之愚，庶以自竭。伏惟清闲之燕，略仁览观，干犯宸严，无任激切。

出处：（宋）张耒《柯山集》（卷三十一）；（宋）张耒《张右史文集》（卷四十三）。

谢明堂赦书表

伏以宗祀于明堂，既尽寅恭之志；大赉于四海，遍覃在宥之仁。凡出照临，悉陶惠泽。恭惟皇帝陛下尧仁若日，舜孝格天。法度修明，既聿迫于先烈；号令宽厚，已深结于民心。肆时大享于合宫，是谓严亲之盛节。礼成有庆，既赉予于善人；德及无疆，将陈常于时夏。兴哀多罪，囹圄涣然一空；颂锡六师，忠勇为之十倍。丕冒出日，罔不乡风。洪惟盛朝，集此熙事。臣职司牧养，责在承宣，敢不抚陛下可封之民，镇以无事，布陛下维新之惠，期在措刑。

出处：（宋）张耒《柯山集》（卷三十一）；（宋）张耒《张右史文集》（卷四十四）。

黄州谢到任表

准告罢管勾明道官落职添差监黄州酒税矾务者，臣已于今年三月到任管勾讫。伏以矜其多病，禄之仙圣之祠；诛其积愆，斥之筦榷之任。雷霆既震，蝼蚁曷逃？罪大责轻，感深涕陨。

伏念臣粗亲翰墨，笃好文词，曾未窥其藩墙，妄见称于流辈，漫蒙宠禄，颇躐等夷，久雠中秘之逸书，与记汉家之故事。入侍帷幄，曾未岁时，而疾病侵凌，精神疲耗，一辞螭陛，两换虎符，蔑闻报政之能，徒幸养疴之便。投闲置散，于分为宜；号寒啼饥，其穷已甚。方大明于淑慝，固无逭于诛夷。唯是齐安近在淮右，虽薄加于黜削，乃犹即夫便安。非大明之烛幽，顾微生之何恃？兹盖伏遇皇帝陛下至仁溥及，盛德好生，谓刑以止邪，用之初非获已，而罪非极恶，议之必傅惟轻。遂致凤愆，犹逃大戮。敢不改心思过，择地图新。驽马已疲，久息锵鸾之望；秋葵未殒，常倾向日之心。苟一介之有施，终九死而无悔。

出处：（宋）张耒《柯山集》（卷三十一）；（宋）张耒《张右史文集》（卷四十四）。

黄州安置谢表

准告责授房州别驾，黄州安置，臣已于九月初三日到黄州公参讫。率情而动，盖缘不学之愚，议罪惟轻，上赖好生之德。伏念臣僻迂陋学，庸琐散材，顷守汝阴，实名长吏，不能明义以自立，乃敢徇私而致哀？迹涉背公，事非考古。果不逃于正论，犹窃逭于严诛，尚卑散官，更居善地。兹盖伏遇皇帝陛下聪明洞照，博厚有容，论罪必原其情，用法每加之恕，故令蝼蚁少缓雷霆。臣敢不祗服上仁，深思往咎？提身以敬，学礼必明。从多士以立朝，莫谐素愿；问老农而学稼，誓毕余生。

出处：（宋）张耒《柯山集》（卷三十一）；（宋）张耒《张右史文集》（卷四十四）。

辞免起居舍人状

窃以言动之职，最近清光；儒学之臣，以为荣选。臣孤贫晚进，驽散薄材，擢自选人，实之太学。复天禄、石渠之职，首预选抡；抽金匮玉版之书，两领著作。功能何有，屏退所甘。加以冒昧史官，颇糜岁月，论次故事，未就简编，何有贤劳，遽叨奖擢？浸阶华近，入侍禁严，内循弱植之易摇，实惧多言之可畏，敢倾诚恳，祈止误恩，免速颠隮，更累乐育。

出处：（宋）张耒《柯山集》（卷三十一）；（宋）张耒《张右史文集》（卷四十四）。

任起居舍人乞郡状

右臣准尚书省劄子，以臣乞知颖、相、徐、润州一次，奉圣旨不允所乞者。臣伏以君父之命，当即奉承，尚敢烦言，罪当万死。臣秉笔史馆，入侍禁严，渐阶宠荣，固愿冒昧。然亲近清光，而衰瘵败其支体；论次旧闻，而疾苦耗其心精。常误尸官，安能称职？义当自列，敢避重诛。

伏念臣自患风痹，今已五年，虽粗支持，而去年冬末，因患疮疹，毒气流注支节，脚膝痛痹，甚则屈弱，乘骑拜伏，动忧颠仆，力加调养，或可完安，失今不治，必成沉痼。圣君在上，仁爱兼容，臣下得以言情，卑贱亦思从欲。伏乞除臣知颖、相、徐、润州一次，庶得少就优便，专意药物，民社可以竭力，俸廪足以纾贫，犹冀疲驽，复备鞭策。

出处：（宋）张耒《柯山集》（卷三十一）；（宋）张耒《张右史文集》（卷四十四）。

龚 开

龚开（1221—1305），字圣予，号岩叟，淮阴人。少与陆秀夫同居广陵幕府。景定中，供职于两淮制置司监。元人南犯，在浙闽间从事抵抗活动。宋亡，隐居吴中，以书画自给。文亦极佳，有《宋江三十六人赞并序》开施耐庵《水浒传》之先河，又有《宋文丞相传》《宋陆君实传》《辑陆君实挽诗序》等，人以为"班马复出"。

宋文丞相传

文宋瑞，讳天祥，吉州富田人。初生，祖父梦宋瑞身腾紫云而上，名曰云孙，字曰天祥。宝祐乙卯（1255）岁大比，以字为名，应举得荐，改字履善。明年，礼部奏名庭对策，有司次在第五，奏读擢居第一。父留旅舍感疾，及见宋瑞成名而逝。护丧归庐陵，服除检会，授承事郎金书，宁海军节度判官厅公事。宋瑞入京行进士门生谢礼，将之任，会鄂渚交兵，吴丞相潜再相，入内都知事，董宋臣主迁幸，中外汹汹，宋瑞上书乞斩宋臣以安人心，及团结抽兵，破资格用人数事。不报，还里。景定庚申（1260），除镇南军节判，主管仙都观，历秘书省正字，著作佐郎，试郡知瑞州，再除礼部郎官，提点江西刑狱公事，改守宣城，麾节中外，践更不常，及往来周行，人犹以清要望之，其权直也。贾似道托疾归越，乞休致而实有要君之心，宋瑞草不允诏，裁以正义。是时，王言先呈稿于权臣而后行，宋瑞径行且无所避忌。似道怒使台臣论夺职，除湖南运判。俄以提刑知赣州。

甲戌（1274）冬，十有二月，北军渡江。乙亥（1275）改元德祐，寿和圣福太皇太后垂帘，与幼君同听政，诏诸道入卫，宋瑞除右文殿修撰、枢密都承旨、江南安抚副使知赣州，寻兼江西提刑使。夏四月，领兵东下，权兵部侍郎，仍旧职，丁祖母忧，改官承重。既葬，起复总兵，起发吉州，中途权刑部尚书领旧职。八月至阙，驻兵西湖，除浙西、江东制置使，兼江西安抚大使，知平江府，进端明殿学士，领旧职出兵援常州，败绩。独松关危急，趣师入卫，进资政殿学士，浙西、江东制置大使，守独松关。丙子（1276）正月十八日，伯颜丞相驻军皋亭山，是夕丞相陈宜中遁去。十九日甲申，早除宋瑞枢密使，午除右丞相兼枢密使，都督诸路军马。已而解兵权，诣北军讲解。二十日，诏以资政职，诣北军留营中。明日，宰臣吴坚、贾余庆率廷绅以国降，勤王兵尽放散。二月八日，北军遣宋瑞偕祈请使俱北。二十日至镇江，三十日宋瑞夜同其客杜浒及厮役共十一人，以舟西走仪真。三月一日，入仪真城。后三日，郡守苗再兴以阃府令，命给宋瑞出门，以轻兵护出境，听所之。经维扬不见纳，从者四人亡去矣。趋高沙，道遇哨马，杀一人，缚一人去，宋瑞与同行伏废墙得免。历七水寨，由泰至通州，所历诸郡以阃府命皆不见内。遵海而南至温州，谒景炎新主，授通议大夫，拜右丞相兼枢密使，都督诸路军马，辞改枢密使同都督，驻军南剑州。入汀州，移漳州龙岩县至梅州，进银青光禄大夫，领旧职，乃经略江西。五月，入赣州会昌县。六月，战雩都，乘势遣兵攻赣、吉，斩汀州伪天子黄从，临洪袁瑞豪杰并起，应之与国。黄州新复，号令通江淮。已而吉赣兵败，移军惠州，至崖山，朝行在所，封信国公，职仍旧，封母齐魏国太夫人。其九月，丁母忧，夺情起复。十一月，屯潮阳，移屯海丰。二十日，北兵追及，所将兵溃，被执。己卯（1279）三月，张元帅遣都镇府石嵩管押宋瑞北去。至会同馆，赴枢密院见博罗丞相、张平章及诸院官，博罗丞相令译者问："德祐尔君，何为弃德祐别立景炎，岂得为忠？"宋瑞曰："德祐既失国，二王在南，中立以存宗庙社稷，岂不为忠？从怀愍者非忠，从元帝者为忠。从徽钦者非忠，从高宗者为忠。"众皆笑，忽一人曰："晋元帝、宋高宗皆有来历，二王何所受命？立不正，岂非篡位？"宋瑞曰："景炎乃度宗长子，德祐之兄，如何不正？践位在德祐既去，天位如何是篡？陈丞相奉二王出宫，具禀太皇太后之命，如何是无所受命？"博罗丞相曰："若将三宫走，亦是忠臣？不走，出城与伯颜一战决胜负，亦是忠臣？"宋瑞曰："此说当责之陈丞相，他人何预？"博罗又曰："既知做不得，如何又做？"宋瑞曰："譬如父病在膏肓，明知不可为，岂有不进药之理？不可救则天也。今日文天祥至此，有死而已，何用多言。"

岁在壬午（1282），乃至元十九年也。于是祥兴亡且三年矣。宋瑞因中作赞并序曰："吾身居将相，不能救社稷安天下，军败国亡，辱为俘囚，其当死久矣。被执以来，欲引而无间，今天与之机谨，南乡再拜以死。"其赞曰："孔曰成仁，孟曰取义，惟其义尽，所以仁至。读圣贤书，所学何事。而今而后，庶几无愧。宋丞相文天祥绝笔。"

龚开曰：仆见青原邓木之藏，文公手出纪年皆小草，首尾备具。因求得誊本，取其始末为传，与赵、陆二传并存，而有感于古之立国者，权臣握重兵在外，必有重臣居中以制之，若国之危殆，则权臣与重臣合而为一，正须声援相应，此又一时不可同日而语。宋将亡，两淮重镇居西者无议焉，而东镇又在远地，文公自江右提乌合之众入卫，遇战则北。及独松失守，一身在朝，拥将相虚位，而遣解兵印，驾单车，称使者，不辞徒曰纾君之急云耳。使事有人，未闻都督军马为之而受执者也。五代时，李嗣源告庄宗曰："王彦章败，段凝未知，纵知救兵必渡黎阳，败万众，须舟楫，岂能一月而济。此去汴不数百里，信宿可到，汴既入，段兵何施。盖是时梁朝虚内，重兵尽在外，故唐兵肆行无忌。嗣源以千骑先锋至封邱斗，扣关而入，梁君臣束手相顾而已。"乌乎！似者尚可取监，况身亲之，以此知兵力与天时、人事，未始不相倚为用也。

出处：（明）陶宗仪《草莽私乘》。

宋陆君实传

陆君实，讳秀夫，号君实，一字实翁，楚州盐城人。生三岁，父母携抱避地南来，居京口。比免幼，出从师肄业，聪明颖悟异他儿。郡有二孟先生，以宿学教授生徒，大小学多逾百人，知君实不凡，刮目待之。学举子文，下笔有奇语，不待师烦，日进不休。年十五应乡举，得贡，补太学牒，非其好也。后三年，岁在丙辰（1256），用乡书登乙科。是时，殿撰章子美琰居京口，负时望，以兄之孙子妻之，因留妇家。需次，淮尉李祥辅庭芝置淮东，君实当歙板辕扣，而同年进士钱淳浦直孙，于制使有连姻，又殿撰赘婿，于是相携入淮南幕府，淮尉书考历而已。

淮南幕府号小朝廷，人物如林，淳浦与君实能自植立。其为人沉默寡言，与人交不翕翕然，凡僚吏因公过阁，要以主宾情接为贵，而君实退然托处，非谢举谒告，未尝过阁。有集则持敬尊俎间，终日与众客俱退，制使以此雅器重之，不欲挠拂其志。驯以举格，改合入官，三迁至主管机宜文字，分拟诸房公事，职无不举。京湖制使吕少傅巍，诏李制使改镇江陵，君实仍以机宜佐行。襄阳失守，李制使投闲寓朱方，君实与亲友朝暮见，不以前疏为少，后密为多，日从事诗酒，如在山林间也。未几，印制使应雷卒于维扬，阃治大敌压境，人心易摇，金字牌命制使往维扬，用乙夜绝江，小驻瓜洲，维扬出铁骑三千来迓拥元戎，两时顷入城。君实以鞍马从，自是帏幄之谋无不与，而机职领之如故。召赴都堂禀议，权臣诱进之，君实恬然无自献之意，循比除提辖文思院，出为置制大使参议官，兼淮安东路提点刑狱公事。淮宪与浙右不侔，既无合治，亦无公使供给，以故多制垣上介兼领，因之望幕焉，君实处之晏如也。事会艰危，制臣领赴阙，奉请留中。未几，随至帅府，过浙东。景炎新造，君实以端明殿学士参赞都督军事。陈宜中既得政，兼将相权，知君实久在兵间，历谙戎事，引以自近，多所谘访，君实亦倾心赞助之，期于能济。末几，又不合，以言者被谪，大将张少保世杰，谓宜中曰：大业未济，人才有限，动辄令台谏论人，世杰若不可相公意，亦当如此。宜中惶恐，即日召还。迁海上，君实遂执政事。海滨诛茅，捧土为殿，陛遇时节朝会，君实端笏盛服，如立太古班，未尝少怠。既罢，则望海山凄然，至于朝衣揾泪，悲动左右。草莽中，百种疏略，君实随时稗辅，尽心力而为之。及祥兴继立，两军相见于崖山，南军大舟三百舵，分前后中三部，以对敌者为前锋，而以中部居宸康，中坚反居其后。前锋失利，波涛掀舞，旌旗交错，部伍为之混乱。君实出，仓卒仗剑驱妻子先入海，哭拜幼君："陛下不可再辱。"拜起抱幼君，以匹练束如一体，用黄金锤腰间，君臣赴水而死。己卯岁祥兴二年（1279），二月六日癸未也，年四十二。

君实在海上，与青原人邓中甫光荐善，尝手书日记，授中甫曰："足下若后死，以此册传故人。"仆尝托黄唐佐圭，从中取册不得，姑以所闻，辑为此传，用申桑梓之义。先是仆尝序大略，成长句四韵，率朋从赋诗，或谓仆合疏一传，存公之大体，勿以详略为拘。仆闻之泣下，既而叹曰：吾郡以忠孝闻死节，有赵公相望，而其子乃先驱入海，使陆氏一枝无后续，赵公则有三岁孤儿，有收养者，幸而成人，可为公后，至若君实之子，年已弱冠，假令不死托之何人，此君实宁有愧于节孝，受先后之罪而于赵公不能作烈士断腕之事。时世有不同者，庸讵知其心不尔，然则传其可以不作乎。朋友之言，岂可以不怀笔力短，不能使潜德幽光浮于传节，斯为可愧焉耳。

龚开曰：昔赵简子使尹铎治晋阳，请曰："茧丝乎，保障乎？"曰："保障哉！"尹铎结民心，坚壁垒，以备其入也。及襄子为智伯所攻，卒以晋阳获济。自甲戌（1274）大敌渡江，东南如晋阳可走者，何所舟造而亡，几及五年，竟无三里之城、七里之郭，使其民效死勿去，惟有遑遑迁转而已。国之亡固有天数，抑亦人事有不至欤。而吾君实鞠躬尽瘁，死而后已。呜呼！悲夫！天耶？人耶？

出处：（明）陶宗仪《草莽私乘》。又见（明）王梦熊编纂《陆忠烈公全书·列传》（卷一）；（清）卫哲治等修，叶长扬等纂《乾隆淮安府志·艺文》（卷二十九）；（清）王琛《淮安艺文志》；冒广生《楚州丛书》。

辑陆君实挽诗序

处死丈夫之能事，哀亡朋友之至情，因能事而至情，尚幽明相需之理也。至若无间亲疏久近，而能使人一切哀之，如汉之李广将军，知与不知，皆为流涕，此其理又安在哉？尝求其说于太史公传赞，有云："彼其忠实心，诚信于士大夫也。"曰："否，不然。"夫李将军英特伟杰人也，当其穷而自裁，非命与非义相为重轻，义重则命轻，命轻则不知死之为非，故人之哀之也，不复以久近亲疏为间，盖知哀其私，而不知为人才世道悲也。呜呼！以英伟杰特之人穷而自裁，时人哀之，尚无间于亲疏久近，而况舍生就义，为万世立纲常，绝无而仅有者乎？是故大中之道也，陆公君实其谓是矣。

仆自泉南回浙西，闻公死事，悲悼不胜，将以诗吊，惧传闻之失实也。既久，闻于乡人尹应许，云得其详于翟招讨国秀，翟得之辛侍郎来。辛侍郎，公安藕池人，仕海上，目击其事，可信无疑。然后成长句一首，并为之序。又念公之事在人心，在天下后世，顾欲成一己之私，非也。于是乃遂誊写，庸俟诸作者。伏惟诸作者与之素交，或闻名而未及识，或识而未至于稔，一切以天理民彝处之。幸惠之词异时刊刻以传，其亦庶乎其可也。或曰："厓山败时，公位右丞相，云枢密使，非也。"虽揆席，本兵，皆一时外物，不足为公之重轻，既二其传，孰为之定名？故字而不爵，如布衣云。

壬辰（1292）三月廿八日，淮阴龚开序。

出处：（明）陶宗仪《草莽私乘》。又见（清）王琛《淮安艺文志》；冒广生《楚州丛书》。

宋江三十六人赞

序曰：宋江事见于街谈巷语，不足采著，虽有高人如李嵩传写，士大夫亦不见黜。余年少时壮其人，欲存之画赞，以未见信书载事实，不敢轻写。及异时见《东都事略·中书侍郎侯蒙传》有疏一篇，陈"制贼之计"云："宋江三十六人横行河朔，京东官军数万无敢抗者，其材必有过人，不若赦过招降，使讨方腊，以此自赎，或可平东南之乱。"余然后知江辈真有闻于时者。于是即三十六人为一赞，而箟体在焉。盖其本揆矣，将使一归于正，义勇不相戾，此诗人忠厚之心也。余尝以江之所为，虽不得自齿，然其识器超卓有过人者，立号既不僭侈，名称俨然犹循轨辙，虽托之记载可也。古称柳盗跖为"海贼之圣"，以其守一至于极处，能出类而拔萃。若江者其殆庶几乎！虽然，彼跖与江，与之盗名而不辞，躬履盗迹而无讳者也，岂若世之乱臣贼子，畏影而自走，所为近在一身而其祸未尝不流四海！呜呼，与其逢圣公之徒，孰若跖与江也！

呼保义宋江：不称假王，而呼保义。岂若狂卓，专犯忌讳？

智多星吴学究：古人用智，乂国安民。惜哉所为，酒色粗人！

玉麒麟卢俊义：白玉麒麟，见之可爱。风尘太行，皮毛终坏。

大刀关胜：刀关胜，岂云长孙？云长义勇，乃其后昆。

活阎罗阮小七：地下阎罗，追魂摄魄。今其活矣，名喝大伯。

尺八腿刘唐：将军下短，贵称侯王。汝岂非夫？腿尺八长。

没羽箭张清：箭以羽行，破敌无颇。七札难穿，如游斜何！

浪子燕青：平康巷陌，岂知汝名？太行春色，有一丈青。

病尉迟孙立：尉迟壮士，以病自名，端能去病，国功可成。

浪里白跳张顺：雪浪如山，汝能白跳。愿随忠魂，来驾怒潮。

船火儿张横：太行好汉，三十有六，无此火儿，其数不足。

短命二郎阮小二：灌口少年，短命何益！易不监之，清源庙食。

花和尚鲁智深：有飞飞儿，出家尤好。与尔同袍，佛也被恼。

行者武松：汝优婆塞，五戒在身。酒色财气，更要杀人。

铁鞭呼延绰：尉迟彦章，去来一身。长鞭铁铸，汝岂其人？

混江龙李俊：乖龙混江，射之即济。武皇雄尊，自惜神臂。

九文龙史进：龙数肖九，汝有九文。盗从东皇，驾五色云。

小李广花荣：中心慕汉，夺马而归。汝能慕广，何优数奇？

霹雳火秦明：霹雳有火，摧山破岳。天心无妄，汝孽自作。

黑旋风李逵：旋风黑恶，不辨雌雄。山谷之中，遇尔亦凶。

小旋风柴进：风存大小，黑恶则惧。一嗯之微，香满太虚。

插翅黑虎雷横：飞而肉食，存此雄奇。生入玉关，当伤今姿。

神行太保戴宗：不疾而速，故神无方。汝行何之？敢离太行。

先锋索超：行军出师，其锋必先。汝勿锐进，天兵在前。

立地太岁阮小五：东家之西，即西家东。汝虽特立，何有吾宫？

青面兽杨志：圣人治世，四灵在郊。汝兽何名？走圹劳劳。

赛关索杨雄：关氏之雄，超之亦贤。能持义勇，自命可全。

一直撞董平：昔樊将军，鸿门直撞。斗酒彘肩，其言甚壮。

两头蛇解珍：左齿右噬，其毒可畏。逢阴德人，杖之亦毙。

美髯公朱仝：长髯郁然，美哉丰姿。忍使尺宅，而见赤眉。

没遮拦穆横：山没太行，茫无畔岸。虽没遮拦，难离火伴。

拼命三郎石秀：石秀拼命，志在金宝。大似河豚，腹果一饱。

双尾蝎解宝：医师用蝎，其体实全。反其常性，雷公汝嫌。

铁天王晁盖：毗沙天人，澄紫金躯。顽铁铸汝，亦出洪炉。

金枪班徐宁：金不可辱，亦忌在秽。盍铸长殳，羽林是卫。

扑天雕李应：挚禽雄长，唯雕最狡。毋扑天飞，封狐在草。

此皆群盗之靡耳。圣予既各为之赞，又从而序论之，何哉？太史公序游侠而进奸雄，不免异世之讥，然其首著胜、广于《列传》，且为项籍作《本纪》，其意亦深矣！识者当自能辨之。

出处：（元）周密《癸辛杂识续集》。又见冒广生《楚州丛书》。

题自写苏黄像

海风吹发如短蓬，精魄弄成秃鬓翁。归来已觉阳羡邻里隘，不似雪堂概江空。六年岁月幪尊中，何况如今一螺墨。安能及公目如初生犊。细观此画尤崛奇，两颧巉岩无剩肉。百年光景春梦婆，人间遂少天上多。一炷清香留永日，奈此堂堂不语何。譬如宝鼎沦泗上，万夫之力那能起。后来博古彼谁子，犹写雄深吞籧篨。不然岂徒有三足两耳，独留天地中间泣神鬼。

人之龙，文之虎，人言海内四学士，又云苏门六君子。洪崖肩高万丈余，谈笑拍摩何轩渠。当为谁作前者王，当为谁作后者卢。诗到圣时不读书，高处岂独煮汤坐团蒲。岂不迢迢百世下，好事亦写苏黄图。又非中郎虎贲之自身，又非叔敖身后之规模。典刑摩诘劣少须，一丈精神三尺素，光芒射入数百步。布袍便是山谷褐，可能其中有菜肚。

出处：（明）朱存理《珊瑚木难》（卷六）。

人马图记

雪巘褚先生为士友戴祖禹画马，谓得一翘举者为佳，因忆敦器之评。曹孟德诗云："如幽燕老将，气韵沈雄。"此语若施之画马，尤为至当。虽不翘举，亦可此薨。一年前手定，今以先生之言，用酬来意，又似不偶然也。

至正壬辰（1292）八月九日。淮阴龚开。

出处：（明）朱存理《珊瑚木难》（卷六）；（明）朱存理《赵氏铁纲珊瑚》（卷十二）。又见冒广生《楚州丛书》。

自题中山出游图并记

髯君家本住中山，驾言出游安所适。谓为小猎无鹰犬，以为意行有家室。阿妹韶容见靓庄，五色胭脂最宜黑。道逢驿舍须少憩，古屋无人供酒食。赤帻乌衫固可烹，美人清血终难得。不如归饮中山酿，一醉三年万缘息。却愁有物觑高明，八姨豪买他人宅。侍君酒醒为扫除，马嵬金驮去无迹。

人言墨鬼为戏笔，是大不然，此乃书家之草圣也，岂有不善真书而能作草书者。在昔，善画墨鬼有如颐真赵千里，千里丁香鬼诚为奇特，所惜去人物科太远，故人得以戏笔目之。颐真鬼虽甚工，然其用意猥近，甚者作髯君野溷，一豪猪即之，妹子扶杖，披襟赶逐，此何为者耶。仆今作中山出游图，盖欲一洗颐真之陋，庶不废翰墨清玩，譬之书犹真行之间也。钟馗事绝少，仆前后为诗，未免重用。今即他事成篇，聊出新意焉耳。

淮阴龚开记。

出处：（明）朱存理《赵氏铁纲珊瑚》（卷十二）。又见（清）厉鹗《宋诗纪事》（卷八十）；（清）卞永誉《书画汇考》（卷四十五）。

题天马图

往余见姜白石诗一卷，有绝句，作小草尤佳，云道人野性如天马，欲摆青丝出，帝闲甚爱此诗，第恨不通画，不能使无声诗有声画相表，见此为欠事，因戏作前马，既又念此句，此马终无出路，复成后纸去，冬有瘦马一匹，寄天台僧存书记，鹤髅亦以书来取画，久之未报，今得此归，丈室如有数也。天随言凡物惟散者，为得二马得失何如。白石不可作析而辨之，其在鹤髅。有知道能言者，并幸惠教。楚龚开。

出处：（明）朱存理《珊瑚木难》（卷六）；（明）朱存理《赵氏铁纲珊瑚》（卷十二）。又见（清）卞永誉《书画汇考》（卷四十五）；冒广生《楚州丛书》。

题大令保母帖诗序

二王书由晋，历南北（朝）、隋、唐，以至于今，学书家共知宝爱。大令保母帖近出埋瘞中，乃复见珍于世。或谓字体若有所本，遂疑好事者为之，又其文与苏文忠《乳母志》后"世知其为苏子之乳母尚，勿毁也"之语相近。故疑者愈甚，古之君子所自树立，皆能自必，惟其自信自必，故人亦许而与之，传之后代。理契言符，有不期然而然者。二铭语意相近，何必不尔？周公谨、鲜于伯几各藏墨本，谓是于古砖上抚拂得之，视异时传刻，特为可宝！亦既装袭，作为歌咏，且帅朋从共赋之。余谓大令名迹，有即遂传，古今疑似，正何容深辨。吾独念保母而得铭，推而上之于人伦风教，有大关系。感叹之余，作诗一首，用美其事，永锡尔类，实获我心，其在字书直可略焉耳。往余于王氏清节堂初见此帖，自是时时见之，今而有作，固非偶然，其亦二君雅志，有以渐而成之也欤。

出处：（宋）叶绍翁《四朝闻见录》，转引自冒广生《楚州丛书》。

·明·

石 渠

石渠（1438—？），字翰卿，淮安府清河县（今江苏淮阴）人。成化二年（1466）进士。授刑部主事，历升山东按察使司佥事，分巡辽海东宁道。在辽数年，按究官吏，抚恤军民，边境以宁。升本司按察使，审核重囚，日有平反，察举廉贪，宪体贞肃。受到当事者忌恨、倾轧，拂衣而去，惆惆然归隐乡里。卒祀乡贤。

改迁清口驿记

清河县清口驿，故在县治东三里许滨河之浒，创自永乐年间。历年既久，淮水汹涌，不复故道，驿基渐为淘汩，门墙倾圮，垫没殆尽。弘治乙卯（1495）冬，兖之阳谷刘君来尹斯邑，首至其处。见其栋楹挠欹，使臣无栖息之所，爰召乡宿耆旧，相与相度县治之西马神庙南隙地一区，南北长三十三丈，东西阔三十丈。遂图厥地形，请谋于都宪李公、太守才公，皆可其请。于是构材鸠工，审视高下，巅者削之，埝者培之，梓人度材，陶人埏埴，攻金攻石。诸色之工，皆执艺以待事。首建前厅三栋，东西厢各三栋，后厅五栋，东厨五，西库五，照壁屹立，牌坊昂竦。厅之后，东有浴堂，西有湢所。驿左古沟，疏浚深阔。北建桥，名曰平康桥。南建闸，名曰平康闸。以泊使舟，避风涛之险。右则官有廨所，吏有房舍。尊卑序，大小别。肇工于弘治九年（1496）八月十九日，落成于是年十一月十五日，不三月而完美若是。匪刘侯持廉秉公力任而果为之，吾知其必不能尔用，直书以记之。

出处：（明）吴宗吉修，纪士范纂《嘉靖乙丑清河县志》（卷四），嘉靖四十四年（1565）刻本；（清）朱元丰、孔传檀修，吴诒恕纂《乾隆清河县志》（卷十三），乾隆十五年（1750）刻本；（清）吴棠修，鲁一同纂《咸丰清河县志》（卷十一），咸丰四年（1854）刻本。

汤福新传

公讳福新，字寿之，本河南杞县廪贡生，父信公，科第早仕镇江府。自元迁淮，公娶于王，王乃淮之世家也。公髫龄时，学富五车，才敏七步。长入宦途，居积致富，为垫合府钱漕，致遭奸害，诬公下狱，五月监禁，至十月中，各省报旱，圣主焚祝云："朕想无有获天之过，何动发天怒？"御史胡进本曰："臣查，自汤福新进监后，天下无雨。"圣主叹曰："彼有何德，感动于天？"提禁当殿开释。未及三日，各省皆报大雨。圣主悔听污言，始信公真忠义之臣。召进宫，赐龙袍御酒，封赠内五宫行走。公告腿患，辞仕归里。圣主不舍，敕授淮安九县总路。适值大荒，万民衔恩，公倾囊接济民粮。由沭邑开涧沟，清邑造涧河，运粮行船，赈救九县穷民，敕授海宁州，即补云南道。江西匪乱，漕粮不足，助兵饷七百万；河南决口，帑银不继，筑黄堤八百里，升江西布政司加内阁尚书衔，敕封朝议大夫。公独不以富贵傲人。广置良田数千顷，山邑祠堂，盐邑水衢庄，阜邑羊寨，安邑洞庭，桃邑赤鲤湖，海沭汤家沟、汤家圩等处皆公所造。惟清邑，公代仲子遵迁居旧县马头镇，大治宅第，重修庙宇，移盖圣宫，创修县志，预立神位。入乡贤祠，历历功德，考核府县志书，此皆公之力有以倡之。公年七十，不禄，配享府县圣宫，事迹载入府县志。公卒葬山邑灌沟契丹庄，复搬葬桃邑赤鲤湖。人咸谓"公丰于德而啬于年"，讵知积德流光，一传而生通、生遹、生遵、生暹。通为伯亨公，仕中书省宣事；遹后隐居不仕；遵为伯钦公，太常礼仪院都事，授淮安路总管，敕封通议大夫；暹为伯启公，仕沂州兵马指挥升屯田判官，为观音奴所害。其下承之曾孙、玄孙有扬名于家国者，不可枚举。公于中叶年间，封赠朝议大夫，以子遵晋赠奉训大夫，崇祀府县乡贤祠，岂非公厚德深仁乌能受天宠如是耶？吾与公之孙系同年同乡，岂无一二语以表公之德？故掇公之大略而书之，以待后之阐幽者采择焉。

出处：（清）汤慕曾主修《玉茗堂汤氏族谱》，光绪壬午（1882）刻本。

注释：本文原题《敕封朝议大夫仕海宁州任云南道授江西布政司加内阁尚书以子遵诰封奉训大夫汤公福新传》。

丁 凤

丁凤（1463—1504），号朝阳，府学生，嘉靖三十八年（1559）己未科状元丁士美的祖父。性资颖异，经术茂明，弱冠蜚英，宿于推重。立心持躬，路拾百金，如数交还失主。犹好施与，族之贫乏者因为周恤。蓄德深仁，福贻子孙。

丁氏家训

一家之有训诫，犹一身之有绳检，一心之有准衡也。群子若弟，其恪听余训是谨。

夫人受天地之中，以生得于天者为性，而成于人者为教。教子时义大矣哉：若于教，为圣为贤；不若于教，即丧失可圣可贤之身，而流于不肖。不肖之近于人类者，几稀尔，可不教欤？

余略言其端，以为幼子童孙劝：敦伦以务孝悌，立诚以守忠信，人生之大本立矣。由是，谨以居心，和以接物，惠以济人，宽以御下，俭以养德，静以去嚣，勤以广业，强以励行，人生之完行具矣！将见五品以训、五教以齐，居乡树正人君子之目，立朝著纯臣良相之名。帮家之光，天地之瑞，举积于兹。可不慎哉！可不勉哉！

虽然不戒而淑，不教而成者，可以期上哲，难以望中材。其自余约后，敢有大本不立，大行不全者，许族之长伯于家庙严责之，有不悛者必反复倍惩之，其毋怠。他如一事之愆，一行之失，亦须讽劝详施，诰戒互用，乃可以消萌杜渐，为吾宗佳弟子。

《书》曰：惟怀永图。《诗》曰：遹修厥德。尔后人其恪听之，俾世守斯训，百代犹一日，是则余所望于累业者已。

出处：（清）丁纬五等修《御书堂丁氏族谱》（第四谱），光绪壬辰年（1892）刻印。

杨　清

　　杨清，生卒年不详，字廉夫，号友竹。清河县（今江苏淮阴）人。明弘治己未（1499）进士，由户部员外郎历官浙江布政司参议。性纯洁，有竹笼青菜之风。以疾致仕，宦囊可洗。居乡与王东皋、沈菊田、马本厚先后五六辈，或素衣名德相亚者结为诗坛，日相酬和。有诗稿《友竹贻后卷》三集。

重修清河县儒学记

　　贤才之生，无处无之，而养之在得其地而已云云。大抵用世之才取具于学校者恒多，而崛起于山林者无几。信学校为人才所出之地不可缓焉而弗重也云云。

　　清河县学，余旧游之地也云云。弘治乙卯（1495）冬，会阳谷刘侯以前乡进士来为之尹，政尚廉平，尤专意学校，欲事更之，乃于弘治辛酉（1501）纠诸同寅各捐俸首倡于学云云。遂抡材董匠，撤□大成殿、两庑、鸿门、堂舍而一新之。又缋夫子、四配、十哲像，并造两庑、郡贤几案，继凿泮池，改门楼、筑夹道、峻垣墉、立射圃，有亭，创公廨，有地表儒林，有坊，靡不攻缀碞密。是皆出于至诚之经画，非苟焉以悦人者。工就，犹以前逼民，君于心未慊，将以在官隙地易之，缘岁晚且入觐，匆匆不果而止。越明壬戌（1502），适都宪张公来抚淮甸，驻节清河谒庙余云云，众即以侯之素心告焉。公大悦，欲其成故。今门墙轩豁，俯瞰河流，安知斯土斯人不有非常英杰之出以裨益吾君吾民者乎？此则刘侯遗泽及人之远且大者，不可忽也。矧今又有别驾处州之擢，而吾民去后之思宁有慨耶？

　　一日，教谕杨君鸿等征余文以记之。窃谓士而受教养之责，克究知本源不少妄费，以成大功，皆可大书深刻纪之贞珉，以垂永久。余虽不工于文，其何辞？

　　出处：（明）吴宗吉修，纪士范纂《嘉靖乙丑清河县志》（卷四），嘉靖四十四年（1565）刻本；（清）朱元丰、孔传橿修，吴诒恕纂《乾隆清河县志》（卷十三），乾隆十五年（1750）刻本。

汤 遵 传

先生讳遵，伯钦其字也。乃寿之公之仲子，为人慷慨，品行端方。自淮迁居清邑旧县马头镇，督办运河，改立圣宫，与修志书，建三宫殿、城隍庙、奶奶庙、火星庙，造诸闸等坝，刊立碑记，至今遗存未朽。元脱脱征张士诚于高邮，饷馈不继，公助大军粟数十万斛，因旱，路难行，在治北四十里开涧沟达淮河，涟、沭二水运粮行船，路通京道。商民不便，造桥一座，即今涧桥镇是也。六塘河塞，委公督办，贴银数十万，驻扎金城驿，绘图入告，即于此居焉。建立家庵，施香火田，延僧主持南北中三汤家庵，至今犹存。明弘化年间，山东盗起，南蛮作乱，旨召公伐兵剿灭，贴银数百万。黄河水漫，运粮保险，饬令公防筑堤数百里，敕授淮安路总管加内阁中书衔，封赠通议大夫。一时诵声洋溢乎中国，暨达于郊衢。

嗟乎！公何以脍炙于人口哉？要皆公之能体君，能恤民，功劳另登部书，事迹载入府县志。人咸谓公德厚于身，恩及于国，以故流光。一传而生崙、生尧、生崌。崙为子高公，以怀才报德授国子监丞太尉府知府；尧为子汉公，以怀才报德授山东邱县知县；崌为子西公，以人才举授鸿胪寺序班，而公之曾孙、玄孙进士连榜。非公之厚德深仁，乌能至此欤？弘化年间，公垂疾，天子临轩赐龙袍御酒。为中书侍讲，敕授通议大夫，加封父奉训大夫。公殚仁及累世而重膺天宠若是。吾与公之孙有世谊，今逢汤氏兴修家乘，命予作传，予掇其大概而书之云。

出处：汤慕曾主修《玉茗堂汤氏族谱》，光绪壬午（1882）刻本。

注释：本文原题《敕封通议大夫太常礼仪院都事淮安总路管加升内阁中书衔汤公遵传》。

丁士美

丁士美（1521—1577），字邦彦，号后溪。明南直隶淮安府清河县（今江苏淮阴）人。嘉靖三十八年（1559）己未科状元，授翰林院修撰，四十一年任重录《永乐大典》分校官。隆庆元年（1567）任右春坊右谕德兼翰林院侍读，四年任翰林院侍读学士、掌院事、经筵日讲官，五年任太常寺卿、国子监祭酒，六年兼任视篆翰林院兼教习庶吉士。万历元年（1573）任礼部右侍郎、经筵日讲官，二年任吏部右侍郎，三年改吏部左侍郎。未几丁忧归。卒赠礼部尚书，谥文恪，祀乡贤。著有《经筵四书直解》（已佚），有若干诗文传世。

嘉靖己未科状元殿试策对

皇帝制曰：

朕恭承上天明命，君此华夷，亦既有年矣！夙夜持敬，不敢怠恣，一念在民，欲人人得所。夫何与我共理者，彼各一心，皆未见以我心？而是体百务，惟欺君以欺天，害民亦害物。彼尝言之者，后尽背弃之。夫《大学》之道，专以用人理财为急。用得其人，政自治；理财得宜，用自足。吁！人之不我用，而代理自责岂我独能耶？兹欲闻人得用、财得理，以至治美刑平、华尊夷遁，久安之计，何道可臻？尔多士，其言之必尽所怀焉！

臣对：

臣闻帝王之致治也，必君臣交儆，而后可以底德业之成；必人臣自靖，而后可以尽代理之责。

何者？天地之大德曰生，而其所欲生者，莫甚于民，故立之君以理之。是君也者，承天之命者也，当以天之心为心者也。圣人之大宝曰位，而所以守位者，莫要得于民，故设之臣以分理之。是臣也者，承君之命者也，当以君之心为心者也。君以天心为心，则有纯天之心，有宪天之政，宗子之责尽矣。臣以君之心为心，则事君如事天，事君如事亲，家相之责塞矣。是知君责任乎臣，臣责难于君，是谓交儆，交相得而益章，泰道之所以成也。

志存乎立功，事专乎报主，是谓自靖。君得臣而化行，理道之所以永也。然则一心一德，君臣固当共成其休，而自靖自献，人臣又可不自尽其心也哉！帝王所以礼乐明备而天地官，刑政肃清而民人服，莅中国而内顺治、抚四夷而外威严者，胥此交儆之诚、自靖之谊，有以致之也。

恭帷皇帝陛下，禀刚健中正之资，合天地阴阳之德，际中兴极治之会，成明圣作述之能，至道超于元始而灵贶昭祥，精诚格于重元而休征协应，德教洋溢于域中，威声震扬于海外，嘉靖万邦，迄今三十又八载矣！臣窃伏草茅，霑被治化，何幸囿于天覆地载之中，而游于鸢飞鱼跃之境也。乃今万几之暇，进臣等于廷，俯赐清问，首言凤夜祗畏之心，次言臣工欺慢之失，终及用人理财之道、久安长治之方。臣有以仰窥陛下之心，视民如伤之心，望道未见之心也，敢不披沥愚衷以对，扬休命于万一耶！

臣闻之《书》曰：惟天地，万物父母；惟人，万物之灵。亶聪明作元后，元后作民父母。又曰：惟皇上帝，降衷于下民，若有恒性，克绥厥猷惟后。盖言天有父母斯民之心，而不能以直遂也。于是即亿兆之中，择夫聪明之尽者，而界之以统一华夷之位焉。是君也者，上焉而有奉天之责也，子道系焉，敢不敬与！下焉而有子民之责也，父道系焉，可不勤与！天之于民，其理一也；敬之与勤，其撰一也。故明此于二帝，其道隆矣。然必曰钦若昊天，必曰敬授人时也；必曰敕天之命，必曰食哉惟时也。明此于三王，其治烈也。然必曰昭受上帝，必曰下民昏垫也；必曰顾諟明命，必曰子惠困穷也；必曰亦临亦保，必曰卑服即功也；必曰恭天成命，必曰天赉四海也。若是者何？居君道则然也。故君必敬天勤民而后为克君。

臣又闻之《书》曰：明王奉若天道，建帮设都，树后王君公，承以大夫师长，不惟逸豫，唯以治民。《礼》曰：惟王建国，辨方正位，体国经野，设官分职，以为民极。盖言君有父母斯民之心，而不能以自遂也。于是即类聚之中，择夫才能之备者而与之，以共理民物之责焉。是臣也者，上焉而有代终之义也，为上为德，敢或欺与？下焉而有长民之寄也，为下为民，可或害与？君之于民，其体一也。忠君爱民，其心一也。故明此于舜禹，其绩懋矣。然必曰熙载亮工，必曰柔远能迩也；必曰过门不入，必曰敷土奠川也。明此于稷契皋陶伊傅，其职殚矣。然必曰树艺五谷，必曰敬敷五教也；必曰思日赞襄，必曰知人安民也；必曰俾后尧舜，必曰时予之辜也；必曰以匡乃辟，必曰以康兆民也。若是者何？居臣道则然也，故臣必忠群爱民而后为克臣。

三代而下，英君宜辟，代有作者，而昏迷，而怠弃，而狎侮，而盘游者不少。名卿硕辅亦不乏人，而诬上，而蠹国，而慢君，而贼民者比比也。则知唐虞三代之所以久安长治者，非其气数之适然也。其君臣之交修交省，其人臣之自靖自献者，有以致之也。后世之所以不能有唐虞三代之治者，亦非其气数之适然也。其君臣之以逸以豫，其人臣之自私自利者，有以致之也。

仰惟陛下仁孝之德，上通于天；乐利之修，磅礴于地。临御以来，圣政之详固不能以殚述，而敬天勤民犹为先务之急者焉。观诸钦天有记焕发昭事之忱，大报有歌丕扬祗答之敬。以至因星变而敕谕，因水旱而责躬，寅奉之心彻显微而无间。其敬天也，何如其至也。殆与尧之钦天，舜之敕天，禹之昭受，汤之自责，文之临保，武之恭承，一而已矣！《无逸》有殿，克念小民之依；《豳风》有亭，昭示力本之教。以至发内帑以赈民穷，减贡献以节民力，惠恤之念，合遐迩而皆然，其勤民也，何其急也。殆与尧之如天，舜之好生，禹之尽力，汤之子惠，文之如伤，武之若保，一而已矣。

然陛下敬天之心虽已至，而臣之秉承德意者，每不能精白以承休；陛下勤民之心虽其殷，而臣之承流宣化者，每不能忠纯以仰副。其在朝廷辇毂，固必有竭忠秉义之臣矣，而为上所命、诬上行私者，未必其尽无也；其在内司庶府，固必有效忠宣力之臣矣，而靖言庸讳、违道干誉者，未必其尽无也；其在内台司谏，固必有匡救启沃之臣矣，而阿意顺旨、容悦面从者，未必其尽无也；其在藩臬守令，固必有旬宣惠和之臣矣，而尸素养望、苟且塞责者，未必其尽无也；其在军门督府，固必有忠勇致身之臣矣，而儒怯偾事、坐损国威者，亦未必其尽无也。又其甚者，上以欺于君，仰以欺于天，胞则害于民，与则害于物，诚有如陛下所言，甚哉！

陛下以天之心为心，而诸臣不能以陛下之心为心也。诚使诸臣早夜以思，各务自靖，俨恪以图之，兢业以承之，敬其事而后其食，毋私便其身图。冢宰以掌邦治也，则曰吾黜陟必公；司徒以掌邦计也，则曰吾出纳必允；宗伯以掌邦礼也，则曰教必修；司马以掌邦政也，则曰吾军属必恤；司寇以掌邦禁也，则曰吾不可以不得其情；司空以掌邦土也，则曰吾不可以不兴其利。以沃君心、以弼君违，而台谏之，自靖犹是也；以阜成兆民、以惠养元，而藩臬之，自靖犹是也。大法小廉，百官修辅，而自靖如一焉，则人各无负于心矣。无负于心则有裨于民，而能以君之心为心矣。是人臣之能自靖者，始于一念之不欺，终于有孚之盈缶也。其不能自靖者，始之内以欺于心，终之上以负于君也。有君如此，宁忍负之耶？

臣伏读圣制曰：《大学》之道，专以用人理财为急，用得其人政自治，理财得宜用自足。吁！人之不我用，而代理自责，岂我独能耶？

臣以为：天道不言，而品物亨岁功成者，四时之吏、五行之佐，宣其气也；君道不劳，而庶续熙治功成者，公孤论道、六卿率属，张其教也。使举代天理物之责，而望陛下以独能，是犹长养万物、甄陶万类，不必四时之生成、五气之翕散，而望于穆之天道，以独能运其化也。不曰圣如尧舜，而水土之平、稼穑之教，必有赖于禹稷之贤；五教之弼、山泽之烈，必有待于皋陶伯益之俦耶？

臣又伏读圣制曰：兹欲闻人得用、财得理，以至治美刑平、华尊夷遁，久安之计，何道可臻？且欲臣等有言之必尽也。

臣窃以为：用人有道，务乎聪明之实而已矣。何谓聪明之实？精其选、严其课，久其任而已矣。是故，精择于未用之先，如其道德经济之兼优，则虽沉沦草泽，降之大任可也，古有傅说筑严而爰立作相者矣；慎察于既用之后，如其贪残宠赂之用彰，则必纠之重罚，勿狥其誉言可也，古有烹阿大夫而齐国大治者矣；责成于考绩之余，如其政绩显著，则增禄进秩，勿移其地可也，古有为京兆九年者、为郡守十年者。或请久任，或谏数易者矣。如是而人之不我用者，未之有也。

理财有道，理其所以耗吾财者而已矣。所谓理其耗者，去三浮、沃三盈、审三计而已矣。是故，官浮于冗员也，禄浮于冗食也，用浮于冗费也，此之谓三浮；去浮以存约，曾巩之说可举也。赏盈于太滥也，俗盈于太侈也，利盈于太趋也，此之谓三盈；酌盈以济虚，陆贽之说可举也。有不终岁之计、下也，有数岁之计，中也，有万世之计，上也；是诚天下不能使之灾、地不能使之贫、盗贼不能使之困，苏轼之计可图也。如是而财之不理者，未之有也。

然此固用人理财之方也，所以求端用力之地，臣请探本尽言之焉。

孔子曰：为政在人，取人以身。言纯心为用贤之本也。今日之用人，亦曰在陛下之居敬而已矣。居敬则明通，由是而照临百官，将贤否不能淆、邪正不能眩也。居敬则公溥，由是而鼓舞群工，将赏罚无所私、彰弹无所狥也。以之而取贤敛才，则皋夔稷契之在列，而善人为宝矣；以之黜伏庸回，则共工驩兜之放远，而不畜聚敛矣。此又非用人之大本乎！

伊尹曰：慎乃俭德，惟怀永图。言克俭为君道之大也。今日之理财，亦曰在陛下之崇俭而已矣。崇俭则后宫无曳地之衣，由是公卿励杨绾之素、勋戚有马廖之风也。崇俭则一人惜露台之费，由是百官有羔羊之节、兆民有蟋蟀之俭也。自是而开财之源，则生之者众、为之者疾，而有财有用矣。自是而节财之流，则食之者寡，用之者舒，而以财发身矣。此又非理财之大本乎？

本立则本治，上行则下效。由是身帅天下而兴让兴仁，将治日益美；大畏民志而使民无讼，将刑日益平；正是四国而中国治安，将华日益尊；蛮貊率俾而守在四夷，将夷日益遁。由是而卜鼎于亿年，由是而传世于万叶。圣神功化之极，久安长治之方，要在本源之地，加之意焉而已矣。

臣草茅犯瞽，不识忌讳，干冒天威，不胜战栗陨越之至！

臣谨对。

出处：邓洪波等编著《中国状元殿试卷大全》，上海教育出版社，2006年10月版。又见（清）丁纬五等修《丁氏族谱》（第四谱），光绪壬辰年（1892）刻印。

注释：此文为明嘉靖三十八年（1559）三月十五日内府殿试，嘉靖皇帝殿试赐策问，丁士美所作策对，因之得中己未科一甲一名进士（状元）。此文也被称为"状元卷"。

及第谢恩表

臣丁士美伏以奎耀天开，万国仰文明之象；乾符圣握，一人操制作之权。荷大造以兼容，愧凡才之并录。荣宠逾分，感激由衷。兹盖伏遇皇帝陛下，道备君师，德侔天地，尊临华夏，普六合以咸宁，仁育黎元，无一夫之不获。至敬恒持于凤夜，渊衷每敕于时儿。神圣独隆，犹切求贤之念；雍熙允洽，尚勤望治之心。爰降丝纶，下询韦布，图用人理财之大要，迓祈天永命之洪休。自分刍荛，曷克对扬明命；岂期葑菲，猥蒙次第恩荣。际会风云，共庆泰交之盛；沾濡雨露，叨承晋锡之蕃。京兆送归，南宫赐宴。冠袍特赐，出尚方玲珑之奇；楮镪均颁，布内帑宝元之富。

臣等仰龙宸而戴德，极知覆载之难名；趋鹓列以观光，何幸照临之孔迩。敢不勉行幼学，誓励初心，期无负于登廷，庶少申于报答。伏愿建中三极，介福万年。文运与国运而并隆，地久天长，永抚亨昌之祚；臣心体君心而共济，景从云附，载赓喜起之歌。

臣等无任瞻天仰圣，激切屏营之至，谨奉表称谢以闻。

出处：（清）丁纬五等修《御书堂丁氏族谱》（第四谱），光绪壬辰年（1892）刻印。

赐御书字记

万历二年（1574）夏四月四日，上御文华殿讲读，进讲必憩于后殿。有倾，召中使取笺墨至前，上握管染翰，书"责难陈善"大字一幅以赐讲臣士美预焉。

仰惟皇上天纵聪明，日新圣学，虽心画咸臻其妙。今观宸翰，结构匀停，体裁严重，昭回云汉，与二曜同明，诚古今帝王所未逮也。

臣叨侍讲帷，学术寡陋，无能仰承德意万分之一，而滥被恩私，岂胜祗惧。谨拟摹勒之中庭，以昭天鉴在兹之严，日笃不忘，用彰圣君之赐，永为世宝。

臣士美拜手稽首谨识。

出处：（清）丁纬五等修《御书堂丁氏族谱》（第四谱），光绪壬辰年（1892）刻印。

注释："责难陈善"出自《孟子·离娄上》："责难于君谓之恭，陈善闭邪谓之敬，吾君不能谓之贼。"大意是说：大臣应当勉励君王做难做却是有益的事情，向君王陈述有益的言辞以规避歪门邪道，这才是臣下对君王的"恭敬"之道，不然，一味的为君王没有做善事的能力为其开脱，纵容君主胡作非为，这就是奸佞、坏人。

是集义所生者（节程）

大贤详气以义充，而因明义之非外焉。

夫心慊则气充，故养气必从义也。彼以义为外者，恶足以知之？

且塞天地、配道义，气得其养固然矣，而养之之始，其功抑何如耶？

盖由察之于念虑之微，而无欲所不欲者，析义极其精；守之于应感之著，而无为所不为者，充义至于尽。

自一时合义，推于无时之不义，是以不愧不怍，而浩然之体段具于心矣。岂曰时暂由义，非造诣之深也，即可掩取其体哉？

自一事合义，推于无事之不义，是以不忧不惧，而浩然之功用备于我矣。岂曰事偶协义，无积累之渐也，即可幸致其用哉？

苟或一事义矣，而他行未必皆义，则必内省有咎而疑畏从之，然则义可袭耶，则事多义矣；而犹有一行未合，则亦自反不缩，而悔吝未忘，然则义可不集耶？义集则必慊而气不馁矣。

是气者志之辅，气内也故可生不可取也；义者心之制，义亦内也故可集不可袭也。

我所谓告子未尝知义者，正以外义耳。外义则意见既凿，已先失直养之原；强制虽劳，将不胜作为之害，其不动心，袭取尔气能终不馁耶？我之异于告子者以此。

出处：田启霖、刘秀英编译《明清会元状元科举文墨今译》（第二册），黑龙江大学出版社，2017年6月第一版。

注释：此文题出自《孟子·公孙丑上》，为丁士美于嘉靖二十八年（1549）参加南直隶乡试时的文章。丁士美此次乡试以第十九名中举。后人评价此文"当详处不放过一字，当略处不牵扰一词"（傅仁泉），"题中字义，无一不切"（杨维斗），"谓集义兼念虑应感尤确，复伴笔势超佚"（徐越）。尤其是清代大儒李光地对此文评价甚高："此节文意不重在攻驳袭取者，盖以气可以集而生，不可以袭而取。见得气不在外，义尤不在外，而告子之外气者，其病根乃在外义也。呆讲非义袭取，而轻带告子者，大失辩论本意，此文后半语语对针。结句云，其不动心袭取耳，是借题字作波澜，非谓告子是以义袭取气者。"

隆庆四年顺天府乡试录序

隆庆庚午（1570），秋八月，顺天当乡试，府臣以考试官请上命，右谕德臣士美、修撰臣时行往典厥事。

臣士美方供事讲幄，自惟章句贱流，无裨圣学，诚夙夜祗惕，乃兹复叨任使，又惟先是丁卯尝滥竽斯役。今再承宠命，深惧暗劣，无能甄拔，愈惴惴不自胜。因是心自盟曰：所不惟至公至慎，颛精翕虑以图报塞者，非夫也。乃以七日壬寅，陛辞入院，偕同事诸臣，首以所自盟心者，道语之胥戒胥饬，而后从事。于是，进提学御史臣李辅所选士，暨诸曹六馆所选士，凡四千一百有奇三，试之遵宸断增额，取中式者一百五十人。又以所拔优者文二十篇，稍加删润，为录献焉。钦成命也，臣士美拜手稽首，序诸简端。

臣闻，古昔帝王之兴道致治也，未始不以得贤为急务，其取贤敛才也，亦未始不以敷求为先图。孺子之称才难，有曰唐虞之际，于周为盛。夫五臣之熙载，九人之造周。后世诚莫比其隆矣。然在尧舜则明扬侧陋、询岳咨牧，嘉言罔伏，野无遗贤；在文武则克知三宅、灼见三俊，誉髦作人，修废举逸。所以旁求者恒矻矻也，得人之盛良有自哉。洪惟我国家养士于学校，罗才于科目，道本唐虞，法鉴周室，每三岁大比，士乡各举之以为常，圣圣相承，率由兹典簿，历年来耇卿硕辅，胥此途出，后先相望，比于虞周，固已无逊也。仰惟皇上以神圣之资，抚明昌之运，厉精化理，寤寐才贤。践阼以来，广进士之额矣，增吉士之选矣。间因言者请诏，许天下郡县学校拔廪生优异者各一人，升于国学。今济济贤关皆若人也。迩又特允儒臣之议，诏两京科额各增十之一焉。此希旷之典世所罕遘者，我皇上侧席之怀，视尧舜文武又奚异者？矧京邑四方之极首善之地，被化特先，思皇多士之趋阙下，而欲献其辞说者，不啻云蒸雾集。然当必有奇伟卓荦之士，应期而兴，以奉扬圣天子中兴之烈也矣。臣再承乏，纵观多士之文，类能阐明六籍之微，总萃百家之指，剖析群言之似，敷衍当世之宜，乃与同事者品陟之，曰某卷其言蔼如，所谓仁义之人也；某卷辞旨丰美，所谓得中和之气者也；某卷文词温雅，所谓别见孝弟之性者也。已而沾沾喜曰蔼蔼兹多士乎！诚元凯宅俊之流亚也，比于往昔所谓月异而岁不同矣。自是，维君子使庶几媚于天子哉。时同事者曰：吾侪所校者艺耳，未观其行，焉能信之即若所云？得无论笃是与乎？臣应之曰：不然。夫虞廷官人其惟敷奏，周室兴贤厥有言扬，因言以知人也久矣，而奚疑耶？昔宋儒朱熹尝推易以观天下之人曰：凡阳必刚，刚必明，明则易知。凡阴必柔，柔必暗，暗则难测。故光明正大，疏畅洞达，无纤芥可疑者，必君子也。其依阿淟涊，回互隐伏，闪倏狡狯，不可方物者，必小人也。臣谓文辞之发也亦然，取以校士又安能廋哉？然臣于今兹犹有所厚望焉，夫多士皆先皇丰芑之诒也，际主上敷求之会，行将渐鸿振鹭于帝庭矣。其感恩思报以求无负明时也，宜何如用情耶？必将有趾美皋夔追踪旦奭者，焉宁俾元凯宅俊专美有前哉！此臣愚以人事君之意，亦皇上增额之至意也，多士最诸是役也。

同考则进士臣希夔、臣拱宸、臣致中、臣汝汇；学正臣邦宠；教谕臣邦基、臣邦奇、臣一岳、臣一位、臣起凤、臣浚；提调则府尹臣永禄、府丞臣纁；监试则御史臣丕扬、臣宗载；其防检于外则御史臣叶梦熊、臣王应吉；视昔加严已，其诸执事皆慎选，以充者例得书之左方云。

奉训大夫右春坊右谕德兼翰林院侍读丁士美谨序。

出处：《隆庆四年顺天府乡试录》，明隆庆刻本，宁波市天一阁博物馆藏。

注释：明隆庆四年（1570）八月，皇帝任命奉训大夫、右春坊右谕德兼翰林院侍读学士丁士美、翰林院修撰申时行担任当年顺天府乡试的主考、副主考。考试结束后，丁士美按例为本次乡试录撰写了序文，上报朝廷。明清时把乡、会试中式考卷编刻成书，明称小录，清称闱墨，别称试录。

送少司空双江方公赴任留都序

双江方公之为南京少司空也，自中丞迁焉。始者天子新服厥命，化理维新，慎简大僚，聿求耆旧。维时诏起都御史方公于家，爰命总漕兼抚淮甸督军务焉。涣汗三锡，厥惟重哉。

公之被命开府也，再历年所三事底绩。会南京少司空缺，廷臣推资望并优者以闻。上曰俞，乃以公为南京工部右侍郎。夫阶跻大列，秩亚司空，崇矣。

客犹有啧啧，惜公之南征者，谓余曰：方公起家进士，历有年矣，始推祥刑也，以明允称。既陟客台也，以寅清著。则尝出守矣，恒持宪臬矣，所至，名实有加。往以中丞抚江南也，值吴会淘淘，人情莫测，公为推心置腹，已而不动声色，反侧自安，可谓折冲樽俎矣。矧今转输奏功，保厘既效，壮猷振旅，海波不扬，屹然长城焉。其文武足宪又若是者，以公之才之望，俾佐冢宰，领度支，正司马，奚所用而不周哉，乃今以工贰之南耶？

余曰：客所谓者，岂以工列六卿之末，而南为散地也欤？此客所谓狃于习闻，而暗于古道，不观其深者也。夫今之工部，古之司空，后世尝列之三公矣。惟我朝廷官人准周六典之制，乃后司空耳。故虞廷之命也，以司空平水土，居典礼、典乐之首。王制之班爵也，以司空次冢宰，在司徒、乐正、司马、司寇之先。振古重之，由来尚矣。夫禹平水土乃宅百揆，则以地平天成，府修事和，永赖之功为烈焉。

今圣明御极，明目达聪，讲虞廷之治法，公效往也，亮工熙载振起伯禹之事，异日召公入焉，置诸左右，以宅百揆可立致者。今所以用公之意，得毋有在哉。顾余于公有深幸焉。

吾闻巨室考成，比楹乃壮；大车以载，并轮乃行。是以君子贵同人也。往，南大司空缺，诏慎择之，务惟其人，乃得退斋林公为之。林端人也，所谓邦之典型也。今荐绅著蔡之以林公为之长，而又得公为贰焉，则一心一德立定厥功，以掌邦土，任百工生万民也，其孰御之。譬之鸾凤比翼，以翱翔天际也，孰不览其辉耶。余方幸南国之得所羽仪，惟恐公之不南也，而乃云云耶。

客唯唯而退。

适郡守丰城黄君暨僚佐三人诣余，征言赠公者，余不敢以不文辞也，且述所以语客者因就正云。

出处：《东安方氏宗谱》（卷四），民国五年（1916）修。

注释：双江方公即方廉（1514—1583），字以清，号双江。新登（今浙江富阳）人。嘉靖二十年（1541）进士。历任江西南康府推官、礼部祠祭司主事、松江府知府、左佥都御史，累官至工部右侍郎。纂修《新城县志》。

赠督抚方公擢南京少司空序

国家岁漕东南之粟以输灌京师，并设文武大臣领其事焉，诚重之也。征之睹记，则同心同德者不少概见，何居？盖权侔则抗，议角则持，抗则志以日揆，持则事以日偾，无惑乎？成于同者寡，而败于异者多也。矧品隔于薰莸，质殊于珉玉，智愚相越或相倍速莛而无算耶。乃若体国和衷，协恭共济，则今总漕方公、总戎福公其人哉。

嚮余告归里中，获谒方公于辕门，见公简重敦博，知公为社稷之臣也。公间为余道总戎之贤。已而谒福公，目福公之魁梧卓荦，曰，此干城之将也。福公数为余称总漕政。余两重之庶几哉，古人推贤让能之义，且深嘉二公之相与有成云。

今年春，上从廷议，以方公为南京工部右侍郎。濒行，福公属赠言于余，余尝阅先朝故实，见尚书周文襄公往以冬官卿贰巡抚江南。时海运初罢，讯息举河漕，军民兼用之。军则官为置艘，民率雇舟往复。逾年，坐失农业，颇闻非计。公时与恭襄陈公议之，乃为定水次之规，立转搬之法，酌加兑之宜。而衬垫之需，罔不曲为之处。自是军民称便，江南之民戴公如父母，至今尸祝之。思周尚书为人，谓公善计似刘晏，先后理财者皆莫能及也。

迨方公之开府于淮，视文襄奚忝哉。公之甫下熊与也，深维漕政之日弛，毅然思以涤其旧，诸凡注措，日与福公商榷。即福所欲兴，公已莫逆于心；福所欲革，公扫而除之矣。至如悯士卒之劳，惩师长之黩，严期会之程，平料量之准，综盈缩之数，积弊种种一切厘定之。俾上无以肆渔猎之奸，下获免诛求之扰。以是，舻舳相次，千里如鳞，所至恐后，涂之人称飞渡焉。乃今度支告盈，司计上绩，则方公之绩何伟哉，于文襄信无逊也。

顾文襄更制于经始之初，使民宜之也易；公革弊于积习之后，变而通之也难。文襄之抚绥也，以多历年所而成保乂之功；公之督漕也，未及三年而奏转输之绩。使能俾公久任此，其勋名事业直方驾文襄已哉，殆远过之也。

余又推之，望愈重者，其卑愈隆；位弥崇者，其施弥高。望至方公重矣，位至六佐崇矣。兹往也，奉职率属以贰司空，以赞天子所谓康兆民，奠南国者，不于公有赖哉。

余重违福公之请也，敬以是复。若公维新之业，则握管俟之矣。

出处：《东安方氏宗谱》（卷四），民国五年（1916）修。

赠冒桂亭荣任南都序

圣天子承天嗣统，百度聿新，尤寤寐豪隽以匡勷化理。凡馆阁台省暨内外大小臣工，罔弗精意罢置之。若鸿胪太常之长往冗流得滥竽者，悉易以甲科。即其诸僚属，亦咸慎简以充。维兹元岁秋仲，维扬桂亭冒君，拜南胪丞之命，实际盛会也。凡君同里闲而宦都会者，相率为庆，属言于余。余固与君接壤，又雅知君者，谊奚容辞？

窃惟南都为祖宗根本重地，犹周——丰镐、汉——西京也。百司庶府，星列其间，而胪卿南北丞班，即宋阁门使之职，尤为司朝章、肃邦礼所系。是故分兹秩于南者，视北罔或殊也。矧养资储，望致远，受人胥，自是基焉。苟非负宏器而著隽才者，其孰能任之？

今闻冒君自厥始祖运丞公显于元，爰及其叔高祖履贞公，以大中丞济美于我武宗朝，以至其列祖若得庵公以参藩显，成斋公以邑令显，坦斋公以藩佐显。适其严君双桥公，则又膺光禄之崇阶，接武竞盛，其文献家传稔矣。君且夙著颖慧，髫龄即蜚声邑庠、肄业南雍，又蜚声国学，虽格于数，屡举未第，而时髦之推德艺雄才者，则每于君屈指焉。所谓负宏器而隽才者非耶？乃兹膺是选也，莫不扼腕惜之！余独知君优是任而致远，受大诚基于此矣。

盖论士于三代曰"伊、傅、周"，召下及百执事之臣，惟颂其德之默默师师已尔！固未闻谆谆然以登进之路为优劣也。君虽厄于一第，然就是选而能其官，益饬其履，淬其业，以隆其资望，广令闻于朝宁，行膺内召之命，日侍衮旒，与馆阁台省诸臣僚出入禁闱，周旋讲幄，修明我皇家之典章仪制，以辨上下，官天地，用兹以积功树烈，耄封褒于其二人，以光昭尔列祖之荣，问钜孝。用兹以陟华登要，沐殊简于圣天子，以上答其痀瘝之勤，眷钜忠也，讵不韪哉！以君之器之才，余固知优于此无疑矣。余不佞，载笔史局，敬当濡毫，以俟大书用风夫来者。

时隆庆元年（1567）丁卯季秋望月。

出处：（清）冒文焕主修《如皋冒氏宗谱》（卷八），1984 年油印本。

臬副纪文泉传

纪公讳诚者，方伯常仲子也，字勉夫，号文泉。生有异质，方伯曰："是儿当亢吾宗者。"戊午乡比，方伯公疾，公侍不欲试。方伯公占古风，致期待意："我望汝为忠为孝，岂在区区奉汤药乎？"强之行。遂举于乡，明年成进士，授南京行人。公以远亲为念，方伯公遗之书曰："汝委质初，何分南北？我尚未老，勿二尔心。"继进表归省。方伯公病且不起，公诀绝哀毁，几不能生。起复，擢行人司正。寻迁工部虞衡司郎中，分署遵化督铁冶。人多视为闲局，率无所事事。公熟察弊端，至则条议九事：广召佃、清山场、定册籍、罢窑税、止发配、复本色、减工料、修厂城、革冗食，皆切时务，次第行之。其载铁冶志中。及阅射于讲武亭，见亭后有堂，可令诸生肄业，遂辟涌泉书院。扁其堂曰："讲易"。诸生进而质曰："公以《易》语诸生，诸生又皆学《易》，名固宜。尔后进或有别业，其继公而至者，亦未必皆治《易》也。奈何?"公曰:"《易》五经之原而文字之祖也,《书》得《易》之事,《诗》得《易》之情,《礼》得《易》之序,《乐》得《易》之和,《春秋》得《易》之断语,《易》而五经该之矣。孔子假年学《易》可无大过,《易》之道其可远哉。因书为记。"嗣徙怀庆守,治郡如理家事,三年孳孳不少息。上疏均地,郡人至今祝之,入名宦。有丹、泌二水,支流湮废已久,旱潦皆以为病。公按求故迹,察地势所宜,疏为六道,自是河无泛滥之患,而农有溉滋之利。泌河环城里许,往来病涉,公造舟为浮桥,民甚便之。凡若役皆不费公帑,不烦建白,而凿凿成绩。以材望推任山西按察司副使,整饬井陉兵备三关。令民什伍相保,互相纠察,民无为盗,即盗亦无所容,境内肃然。滹沱故道,自深州、饶阳达献、青二县入海。自饶阳既垫之后,每一水至,民多鱼鳖。公谓:"必欲除永远之害,莫如复故道;必欲举疏瀹之利,莫如排群疑。"竟阻于众咻,事未及行。公病作疏,归三载卒。公事亲孝,居恒不离左右,有疾侍汤药尤谨。方伯晚举二幼子,友爱特至,事伯兄经历言如事方伯公。与人情愫披见,胸寸洒然。学问该博,为文能达其意。常抱志先忧,喜谈当世务,谓事功无不可成。故自行人以至持宪,凡人所缩首引避而不敢为者,公毅然为之。又尝议屯盐利弊,至数千言,皆一言一当,寻以谢政辍之,惜哉!

出处:(清)杨朝麟、胡泝《文安县志·艺文》(卷九),清康熙四十二年(1703)癸未刻本。

《经书音释》序

客有持书一帙示余者,曰:"此双林公所著经书小学音释疑难字义也。公夙有异资,博览群籍,每阅经书,值字义之疑难者,辄反复数十过,已而证辨以考其音,已而旁通以释其义,有得必手录之,分更分漏不厌探索以为常。近公暇则取所尝会萃者观之,已盈筲成帙矣。今将梓之以传也。敢请叙之。"余闻而嘉焉!

余惟世之从事佔毕者岂少者,至叩其奇探其奥,则噤不能对。大都阙疑者或失则殆,苦难者或失则止。固有童而习之,皓首茫如者,岂字义之涉端使然哉?不善学之过也!

吾观兹帙之所著其音，正其义章，将使后之学者得有所考，以不谬于六书之精；得有所据，以不诡于圣贤之指。由文以达辞、由辞以达意，自是而明无疑、自是而先难后易。是何异于撤丰蔀而睹繁星，觉迷途而履周道哉？

是帙也，诚后学之指南，发蒙之要机也。且公不以私诸箧笥，而以公之人人，其嘉惠来学之心，岂谓鲜哉？余未倾盖于公，而乐成人之美也，因为叙之简端云。

隆庆五年（1571）六月既望，赐进士及第、翰林院侍读学士掌院事、经筵日讲官淮阴丁士美书。

出处：（明）冯保撰《经书音释》，明隆庆五年（1571）刻本，清华大学图书馆藏。

高家堰记

山阳旧有高家堰，违郡城西南四十里许，而圮废久其矣。其最关水利害者，则大涧口也。先是堰屡决屡筑，工皆不钜。尔者决益甚，工益钜，当事者始难之矣。

按：堰迤西当淮、泗二水合流之冲，二水东北与黄河会胥入海。比岁河流冲决，则淮泗泛溢，势必由涧口建瓴下注，汇于津湖，甚者穿漕堤入射阳湖。而山阳、盐渎之间，以及海陵诸地，通为巨浸，茫无际涯已。间者黄河亦为牵引，而漕渠口就湮淤，是其害不直在民生，而且移之国计也。爰考郡乘独不之载，故欲拯民之溺者，无征焉。先后议筑者凡逾二纪，而喙喙纷如，大都唯者十一，否者十九。其唯者率如前指曰"筑之便"，否者辄称财诎。至有执道旁之见，上不便状者，故屡议罢不果行。

迩者郡守陈公治淮之明年，诸坠具修，雅意问水，至是特因士民之请，亲至其地，用中而荒度之。已而慨然曰："淮之休戚将是焉在困，可弗图乎？是余之责也夫，是余之责也夫！"顾民力竭矣，难重劳也，夙夜筹之不置，将有待而举者。会督抚王公至，灌输之暇，问俗亹亹廉堰状，为愕然曰："淮之休戚将是焉在，可缓图乎？彼称不便者，职财诎尔，余能官帑成之。"遂发帑金万二千有余，令募民筑之，以其事属诸陈公。然公计此已其稔矣。公因肩其事，乃以其役属诸致政周君于德等，曰："惟兹堰事，盍为余往董之，惟桑梓是念，勿我辞也。"周君等唯唯，承指惟谨，相与环堰而笑处焉。是时饥者载道，闻募而至者七千有余，翕然趋事已，其扶携老稚而就食者又倍蓰不啻也。工始于隆庆六年（1572）九月，迄于万历元年（1573）春正，凡五阅而堰成云。堰随地高下，其高者约一丈许，面阔五丈，底阔十五丈。涧口水深一丈，实土与之等，阔三十七丈，堰筑于其上，外为偃月堤，长一百丈，高六尺，水小至或能御之，大至虽势能裹堤，比至堰，力已杀矣。其贝沟、六安沟、旧漕河等口，皆为月堤以护之，其崇如墉，观者曰壮。又导堰内湖涧诸水由毕沟入西湖，数十里间，皆为膏腴，可树可艺云。堰延袤五千四百丈，用帑金六千有厅，民不劳而事就绪，皆督抚之石画，郡守之经理也。

淮人请刻石以垂表经，函书属余记之。闻之语云：非常之原，黎民惧下来，民之难与虑始也，自昔然也。其堰之谓与。余尝观宋天圣中海潮漫为碱卤，范文正公时监泰州西溪仓，议筑捍海堰比于通、泰、海三州境，长数百里以卫田，逾年堰成，民享其利，三州之民生祠之。及元祐中，杭之西湖多葑田，大井几废，苏文忠公时守杭，遂浚茅山、盐桥二河，复光大井，又取葑田积湖中，南北径三十里，为长堤以通行者，杭人名苏公堤。家有画像，饮食必祷于公。今兹堰之举，视文正、文忠又奚异也？淮民之户祝二公也无疑矣。世尝谓古今人不相及，非然哉，非然哉！

出处：（清）赵田恩《江南通志》（卷五十四）。又见（清）丁纬五等修《御书堂丁氏族谱》（第四谱），光绪壬辰年（1892）刻印。

遗弟士良书

兄本薄劣，以一介书生幸遭逢盛世，仰赖朝廷作养，祖宗荫庇，父母教育，因得起家一经，叨中一甲。我中己酉科（1549）乡试，后中己未科（1559）会试，汝方二岁有半。我官翰林修撰八年，官春坊谕德五年，任祭酒一年，历升礼部右侍郎一年，转吏部左侍郎一年。平生小心谨慎，虽官居三品，折奉不多，以此日用衣食，与做秀才一般，此父母昆弟，在京士大夫所素知者。不意于万历三年（1575）六月二十二日，父丧，我以吏部回家守制。因见家中事体，多不顺序，昼夜忧惶，致成笃疾，念弟尚欠历练老成，汝侄等幼小无知。凡我身后，但愿贤弟无好佚游，无交佞朋，无嗜山石、花木、禽鱼，斯为令弟；其或不然者，不愿弟有是也。至一切外侮相加，亲识人等有妄生事端者，执此赴所在官司断理，计仁人在位，必从公分部重治，而欺孤弱寡者，定无所售其奸矣。为此置立遗书与弟执之，我因久病，作字不端，命书办王成代书。

一、家人等只用老成旧人，不可轻用新进，致取坏事；

一、孤儿寡妇之家，不可轻留远亲住歇，及供诸般歌唱杂剧；

一、子女将来议婚配还在清河为当，淮安尚繁，吾家不能应酬也；

一、家人年及弱冠者，不可容进内院。如有不遵约束者，遇相知及门生者，托禀府县，官司重治之。

出处：（清）丁纬五等修《御书堂丁氏族谱》（第四谱），光绪壬辰年（1892）刻印。

佟应龙

> 佟应龙，淮阴人，山东辽东定远卫籍。正德辛巳（1521）进士，见任凤阳府知府。

悬尺所记

弘治中，余过苏之浒墅，见有一小闸，问之，曰乃过小舟免税者也。继复闻维、扬之关，亦建便宜桥，听小舟出入。余嘉叹久之，曰："仁哉，何创法之良乎！"因思淮埭通舟，十有三道，非若苏、扬之汇流一关焉。是故淮不可闸，亦不可桥，重为系念。迩者，壶淙先生监榷于此。凡厥经画，悉遵先中宪一溪公在关之政。宅心公而持己廉，律下严而行法恕。关约所著，梗概可窥也。且以小舟利益微渺，法所宜恤，而胥吏为奸，莫或尽防。乃殚厥心智，制为二尺，其状如"丌"。一曰免尺，凡舟梁与尺协者，斯给免票，大都已给二千余舟；一曰月尺，凡舟梁与尺协者，斯给月票，大都已给四千余舟。宽恤之仁，盖斟酌苏、扬之制而善用之也。余见且喜曰："懿哉，何效法之精乎！"夫关市之赋，庸待膳服，固法之不容己者。然藏富于民，古之善政也。苟尽积而取之，亦岂用法之意哉？是故可闸可桥，则闸且桥焉，不可，则尺焉。壶淙复能躬勤舟次，目睹丈量，实惠被民，棹歌作颂，苏、扬不得专美于前。向壶淙尹我山阳，去之日，民树碑以识感。今之榷舟，盖即其仁一邑者以推之，而纤悉罔遗，爱民允切矣。或者乃曰兹可以义行之，似无待于二尺者。呜呼，此岂识治之谈者？夫尺以定法，法以立政。二尺立，而豪胥黠隶始无所盈缩于其间，则是壶淙之意与此尺长存也。立于此而复加以善守，为利岂小小哉！维兹清时，贤智辈出，继来诸君子必有协心同底于道者，其传之以永久，盖无疑也，不亦韪乎？二尺悬于榷署公堂之别室，因扁曰"悬尺"。《书》不云乎"关石和钧"。王府则有盖言轨物之存于官者，不可不重也。然则昼尺之悬，亦岂可轻也哉？余故述而记之。壶淙，黄姓，曰敬名，莆阳人。岁次乙巳夏五月吉。

出处：（清）元成《续纂淮关统志》（卷十四），光绪辛巳（1881）重刊本。

注释：文首作者自署："凤翔知府佟应龙，淮阴人。"

纪士范

> 纪士范，生卒年不详。清河县（今江苏淮阴）人。万历元年（1573）恩贡，见任峄县训导。纂修《嘉靖清河县志》，多综核论断之功。

清 口 驿

清口驿旧在治东五里。洪武四年（1371）建。永乐初知县张益重建。天顺七年（1463）知县卢宁重修。弘治十五年（1502），知县刘慧因历年淮水冲劫崩坏，迁徙治西二里许。嘉靖二年（1523），知县陆琳亦因倾圮仍改立治东一里许，皇华堂三间、厢房六间，大门三间。额审本县水夫六百名，分为五号，每号以一百二十名应当一年，五年一轮，每名征银十二两。本县管支银三百六十两；海州插站银五百四十两，管夫银六十两；赣榆县土夫银一百五十两六钱；沭阳县土夫银一十五两六钱；河南尉氏县过关银一百二十两，以为该驿一年应付之需，此国［明］初定制也。自后海州各处协济钱粮

100

多不完解，使客关文日增，应付不足，乃以本县水夫一百二十名分为十二号，管十二月，每号十家，轮流管账，尽其赔补。然管账正身多系乡民，不惯应付在驿，积年因而为奸，通同过客船头横肆逼索，每遇夏秋旺月，率至破家，甚至有被掠至死者。以故未役之先率多挈家而逃，邑为之累，几至于废。嘉靖四十一年（1562），咨访舆议，乃令各号通融，总一年计之据见在户若干，大率扣该纳银一千四百两有零，依仿旧制令各号按季自行征纳，责成街民近驿惯当者一人管领，按季轮替，自是应付不失。见在之民始有定志，逃去者稍稍归复矣。

出处：（明）吴宗吉修，纪士范纂《嘉靖乙丑清河县志》（卷三），嘉靖四十四年（1565）刻本。

仲汝孝

仲汝孝，生卒年不详，字纯吾。其先泗水人，先贤仲子之后，家于清河（今江苏淮阴）。为人醇厚雅重，不苟营逐，性宽大，能容茹人，乡党称为"有道先生"。博综经史，凡邑中碑、铭、表、传之辞，多出其手。以年贡仕至凤阳教授，师表之望卓然。致仕归以乡饮宾公，自邑大夫以下执事莫不严重，曰惟先生称是礼云。著有《泗水家乘》。

清河县分减河粮碑记

今宇内有四渎，淮与黄称二焉，其水汇于清口之东南境，合流入海。清固素所号为泽国也，然于祖陵、运道犹两无恙。

自万历初年，筑高堰，护民田，障长淮，俾不得东注。遂以清河为壑，而陵寝岁有淮患。当事者忧之，屡议开堰泄淮，以奠安祖宗根本之地。无奈挠之者众，议竟格不行。迨乙未年（1595），总河杨公谓"堰城障淮，淮拥而北，复为河流所障，不能直突入海，既忧在陵园矣。且黄流湍悍，时复南溢淤漕，则又忧在运道。"不得已而议分黄导淮，曲为调停之术，以故开黄坝支河。起大事，动大众，调三省人夫，费金钱百万，诚谓役不大兴则害不能已也。

自是黄河分势，淮由清口得以安澜入海，不可谓非保陵济运之一策也。第支河一开，民田尽为河广地，且河灾衍溢治北一带，延袤九十里而遥，汪洋浩瀚，无复尺土可耕。乃上征有额之粮，下输无田之赋。一遇催科，则镌磨锻炼，其民其负耒而窜他乡者，何可胜纪。越己酉年（1609），乡民薛瓒者，乃走燕伏阙，陈民疾苦状，累累千百言，真可痛哭而流涕也。疏入，奉旨自元辅暨部院台寺诸公，靡不色动曰："破民之产而复歼民之脂，可乎！"遂移咨抚按会议，于江北府州均代之。良以分黄一河，上裨陵运，公家之利也。即普天率土，宜当共之。况大江以北诸郡，原有同舟之义者。顾此，河粮胡不可众而举焉。余按清河民田，其废没亦已多矣。先是，邑令刘君所勘废田凡一千二百五十余顷，当事者置不议，谓不系以河废也。而所勘支河计二千三百六十四顷有奇，当议减遗粮二千九百余金，乃有倡为河成病民之说者，力主减一千五百余金，遂为成案。府四代若干，州三代若干，约代废田之半，抵清河惟正之供焉。当事者亦聊以谢清民而称众口矣。诗云："其何能淑，载胥及溺。"又云："民亦劳止，汔可小康。"清民亦若是已。惜乎，民困之未尽纾也，至今粮额犹存五千八百三十金，民何堪焉。后有仁人在位，能由既减者以及未尽减者，由未尽减者以及未议减者，清河之民瘼其有瘳矣。

是役也，宣上德，达下情，则抚台陈公、按台颜公也；任劳任怨，不令府州推诿，则兵宪李公、郡守杜公、节推元公也；履亩踏勘，不避跋涉之劳者，则郡副王公、董公，县正刘公、徐公也；若乃破家拆产，叩阍请命，且栉风沐雨如拯溺救焚然者，则义士薛瓒之力不可泯也；例得备书于石。时万历四十年（1612）三月初八日，知县徐一皋立。

出处：（清）朱元丰、孔传檀修，吴诒恕纂《乾隆清河县志》（卷十三），乾隆十五年（1750）刻本；（清）吴棠修，鲁一同纂《咸丰清河县志》（卷七），咸丰四年（1854）刻本；（清）胡裕燕等修，吴昆田纂《光绪丙子清河县志》（卷六），光绪五年（1879）刻本。

清河县恢复学田碑记

清河之创有学田，盖六十余年于兹矣。当嘉靖季年，人文蔚起，丁文恪公士美以己未大魁天下，邑令郭公慨然以兴起斯文为任。是岁，以草场一区为学田云。厥后隆庆、万历间，屡复水淹，学田为壑者近三十年。未几，河伯效灵，地道献瑞，而土见如昔。居民盗其利者，持伪卷以为己业，占而居之者数年。

先是，屡议请复，而二三豪猾为梗。吏胥因缘为奸，当事者数为寝阁。会邑令杨公长春来牧斯邑，嘉惠学校惟殷，恻然曰："学田虽湮，县乘可据，是诚在我。况今学宫圮坏极矣，岁欠，人无二酺，纵上请，无济也。莫若恢复旧物。"遂于丁巳（1617）春，亲履其地，按志而经画之，疆界遂定。历年筑室之谋，公第以一朝决之。因上其事于院、道，悉报可。

夫学田之设也，用以济寒士。今学田之复也，兼以修学宫。是地也，在三里沟，广三里，长四里，计地六十四顷八十亩。地且荒野，历难耕种，岁可获草租若干金。然草视水之大小为有无，租亦视草之盛衰为增耗。虽物不加多，而利赖实远。黉宫之漏厄于是乎塞，贫生之婚丧于是乎举，薪米于是乎充，春秋之礼仪于是乎佐，盖一举而庶事皆资者也。昔滕甫知郓州事，生儒食不下给。有争公田不决者，甫曰："生儒无食，而以良田饱顽，可乎！"竟请以为学田。我思古人，实获我心，杨令之谓也。恢复之功，足成郭公开创之志矣！无何，公以任满行。而曩请于台，使诸公者议，复下。安公承训初莅任，复以独断成之。而学田遂垂不朽。今特纪其事，以诏来兹。

时天启元年（1621）辛酉孟春吉旦。

出处：（清）朱元丰、孔传橿修，吴诒恕纂《乾隆清河县志》（卷十三），乾隆十五年（1750）刻本。

仲朝典

仲朝典，生卒年不详。清河县（今江苏淮阴）人。崇祯年贡生，见任泗州儒学训导。

迁建儒学记略

清河县儒学于洪武二年（1369）创建兹地，历代相延，未之有改。迨天启元年（1621）河决，学宫沦没于水，倾覆过半，其仅存者亦湮沙垫中。是时，几无学宫矣。议者谓故址逼近河浒，皆欲迁建，以远河患。阅癸亥冬，高公崇毅适来秉铎，士庆得师，即主迁建之议。又得李公遇贤相与协谋。遂搜括学田得草租若干金，次请各院台得赎锾若干缗，又倡诸生各捐费助工有差，遂鸠材庀工，建先师殿于故址西北数十武，次建棂星门三座，又次建戟门三楹，重门洞开，规模略具。正拟似续修举，而公倏以内艰去。西粤杨公纯继之，建东西两庑。又二年，江公道振任，与李公谋曰："有殿庑而无堂皇，其于拥皋比称摹范者，谓何？又安所讲学而明伦焉？"乃捐俸为诸生倡，且令各输所领变价官田之资以佐之。经费稍充，即鼎建明伦堂三间。同时辟云路，建门三楹。又培文峰于河阳，取临水面山之义。猗欤盛哉！

夫讲学，广文职也；建学，守令事也。四公横经设帐之暇，殚心学宫，先后一揆，又简诸生之练达者二人董其役，曰仲生汝弼，曰周生文炜。戴星视事，不避寒暄，需以岁月，次第考成。余深羡四公以广文之职而兼有司之能，非具有圣贤之才略者不及此。是何可以无纪！今聊次其事于壁，俟落成之日，秉核笔者为记，以勒贞珉，垂之永久云。

时崇祯二年（1629）己巳季秋月朔日。

出处：（清）朱元丰、孔传檀修，吴诒恕纂《乾隆清河县志》（卷十三），乾隆十五年（1750）刻本；（清）吴棠修，鲁一同纂《咸丰清河县志》（卷九），咸丰四年（1854）刻本。

周文炜

周文炜（1588—1643），字存白，号鲁源。清河县（今江苏淮阴）人。赋性刚直，勇于任事，知商州（今陕西商洛）时，体恤民生，多有惠政。李自成兵临商州城下，婴城据守，血战十日，城陷被絷，父子同时被残忍杀害。雍正五年（1727），朝廷追封为忠烈公，敕建忠孝祠，两地（商州、清河）崇祀。

恩贡生授永兴县教谕汤公日昇传

先生讳日昇，字右军，为人冲雅而惇孝弟。少年读书时，每遇古人之嘉言懿行，尝取以自励。博览经史，精通诗文以及诸子百家，无不考核其详。先生情性豪爽英迈，当明祚已衰之日，天下汹汹，独奖英流结贤士，日歌夜吟，为修身之助，人心向慕而犹以下人为虑。天启年间，淮安岁荒，先生捐己囊，接济粥米三千石以救乡邻。众感其恩，送"积善好施"匾额悬挂于三宫殿，至今未朽。先生最好积德，造桥铺路，怜孤恤寡，祭扫乡贤，帮办志书。后以清高自尚，造庐西郊，课子与孙，以名山之业属之焉。合学推为雅人，事迹载入志书。是以积善者，有余庆。一传而生调鼎，为洛阳公，清顺治丁亥（1647）进士。调鼎生濩，是为圣昭公，顺治己亥（1659）进士。父子连榜，此皆公阴骘甚重而人不觉也。先生卒葬旧县北夹堤内，祖孙同茔，昭穆列次，钦赐碑记并祭田八十亩。谕张仲景铭其墓，至今有三大墩存焉。予与先生至契，素知先生行状，故掇其大概而传之，庶几老成之风范，终莫替焉。

出处：（清）汤慕曾主修《玉茗堂汤氏族谱》，光绪壬午（1882）刻本。

万寿祺

> 万寿祺（1603—1652），字年少，又字若、介若、内景。本籍徐州。崇祯三年（1630）举人。明亡后与陈子龙、顾炎武、阎尔梅等人从事抗清活动，兵败后被执，遇救得脱，流寓淮上，结庐于清江之南村，名隰西草堂。常被僧服，自称沙门慧寿，而饮酒食肉如故。工诗文，善书画，百工技艺，无不通晓。一时遗民故老过淮者，莫不枉道草堂，流连竟日。卒殡南村。有《隰西草堂诗集》五卷、《隰西草堂文集》三卷，近人辑有《万寿祺集》。

隰西草堂记

戊子（1648）仲冬，徙宅于浦西，西近洪泽，南曰徐湖，北则河淮合流东入于海，四区皆隰也。筑其原为隰西草堂，载老幼，携瓶罍鹿车乘往居之，春日下檐秩瓜落圃，草堂无事，负瓮而已。居士曰：吾尝南临石梁，北过流沙，东观于海，西登熊耳矣。当是时，中外宴然，人物广衍，曾几何时，休西滋以税驾，汲东皋之寒泉，山川如故，哀乐丧人，能不悲乎？悲则思，思则勤，夙兴夜寐，以毋忘吾劳苦。曰"南村"。记曰：吾移居隰西之明年，始买圃于其阳，杂莳群药，筑馆引畦，以自勤苦。春秋佳日，深巷中辄闻犬鸣，则邻曲来携酒过饮，饮辄醉也。因忆陶令有云："昔欲居南村，非为卜其宅。闻多素心人，乐与数晨夕。"名其圃曰"南村"。村之中引泉入畦，结篱树蔬，地坦可锄，曰"平畴"。由畴北折入圃，有廊焉，列韵以步之曰："韵步"。翼翼临于其上，高举翔视，若将远游者，馆也，曰"远游馆"。其侧夕阳多荫，草木翁密，有树焉，曰"春阴"。南北七武，东西十武，茅茨相望，蔓然蔽亏，周旋折矩，若不可已。嗟乎！天下之大，四海之广，其为地不知几万里也，弃不取。取数武之内，以一人之身徘徊其间，四时无不足，此奚为者耶？"敝庐何必广，取足蔽床膝，邻曲时时来，抗言谈在昔。"此亦陶令之言也。今昔之感，宁独移居而已乎？酒酣乃为之歌曰："皇天平分此南北兮，予独凛此中皋。日月淡其沉潒兮，水又重之以寒潦，岂申申而将旦兮，何众蔓靡散而不可蹈也。往既不可见兮，来者越趄而烦劳也。惨郁陶而谁语兮，窃将适乎远郊，步清尘于柴桑兮，承休风于啜糟。"

出处：（清）吴棠修，鲁一同纂《咸丰清河县志》（卷十九），咸丰四年（1854）刻本；（清）胡裕燕等修，吴昆田纂《光绪丙子清河县志》（卷二十二），光绪五年（1879）刻本。

·清·

汤调鼎

汤调鼎，生卒年不详，字右君，号旨庵。清河县（今江苏淮阴）人。明崇祯癸酉（1633）举人，清顺治丁亥（1647）进士。官岳州知府，迁沣州知州，创建延光书院，开教育先河。有《兹堂诗文集》《辩物志》等。

淮水分清赋

维禹导河龙门，拓淮桐柏。九折戾东，千里洒液。清口界泗，昔惟堪泽。朱仙既溃，河始南宅。遂挟沛流，与淮薄格。交胸于泗水之危，合气乎韩城之额。

汇两派而夹逝兮，押此中潢；争一门而互括兮，周比其滂。拔坤维而上际兮，硠磕九闾；进阴精而立鬣兮，才澜蛟房。此黝鑫而浊淖兮，或雾黑而云黄；彼滟激而昭旷兮，齐丽色于朝阳。既湍流以濯足兮，又雾景而濯缨；鼓雄涛以撼日兮，又纵浪以浮清。历风雷而不惑兮，夫孰殚其故也；且百年之如一兮，嘉不徙之度也。如德木之交让兮，均荣悴于一树也。

尔乃埃飞，薄暮雨洗；奔沙狂飙，昼昏腾虹。东斜缪缪，荡荡彭彭；陆陆畿畿，溢溢匹碧。或跃空而蹴云，或非系而截渡，或狂午而骇曛。舞蛟人而下泣，感游子而索群。终泾涓而渭素，区派别而流分。

及夫执矩乘秋，□□北狩。雪劲滩高，霜深水瘦。两河中裂，各恬步骤。浴清风而散彩，遵彝路而回澜。埃卷狂而罢籁，淮弄影而吹兰。右安行而濯王，左雁序而分翰。咸配精于二气，如代错于两丸。

于是公子楼船，朱垠画桨。缥笛沉烟，鹅笙发响。驾长风而首北，信周途而壮往。鼓云吹于芳涛，挹双源于河广。

于是扣弦歌曰：坤灵烂兮，明灭涣兮。浮之湛之，各丽畔兮。入江蹈海，颐不乱兮。有辩有章，贞而干兮。君子于敖，德容粲兮。此沧浪之所以兴歌，汝坟之所以起化也，又何有乎淮阴之侯，项楚之霸哉。

出处：（清）朱元丰、孔传橝修，吴诒恕纂《乾隆清河县志》（卷十三），乾隆十五年（1750）刻本。

张 弨

> 张弨（1625—1694），字力臣，号亟斋。清江浦人。专心"六书之学"，尤嗜金石文字，曾躬身赴焦作、入秦川、临济州，手拓《瘗鹤铭》《昭陵六马图赞》、孔庙五汉碑等著名石刻碑铭，详加辨识，多所卓见。与顾炎武友善，为刻录《广韵》《音学五书》，并亲为校雠。其符山堂藏书甚富，世称张博古。著有《六马图辨》《瘗鹤铭辨》《济宁州儒学碑考》。

济宁州学碑释文叙

东汉隶书碑版皆出名公巨卿之手，如蔡中郎、钟太傅，而下例不著书，误姓氏，流传千古，不独奉为文字之典型，并可补史传之不足，而正其讹误也。今世所存寥寥，惟有曲阜庙门与济州学舍各立数通，为海内罕觏者。予家淮阴，幼承庭训，捧观旧藏揭本，辄蚤夜临摹。强仕后遍历五岳，入秦晋巴蜀，闻古碑则力求，尝探险僻、披荆榛，所得仅见一二，终不能过是。至癸丑（1673）岁，同东吴顾亭林先生出都，恭谒阙里，既揭诸碑，便经济州，又各得数纸，倏以严寒遄归。嗣是冉冉至老，偃息家园，凡十七载。己巳（1689）春，闰阜城多子玉严固邀北行，舣舟南池之岸，先寻吾乡马子素庵，旋携两儿一孙急访诸碑，相与盘桓三日，幸值风景清和，古柏交荫，予以幡然一老，抚摩审视，督施揭具，不禁大笑称快焉。时司铎两先生以从衡文在郡，适晤于子介庵，陈子柏台，晨久周旋，授粲诚意外之契合。因向予曰："我辈书憾，诸碑渐次漫漶，子其释之叙之，欲专刻一册为吾庠世宝，并作艺文志之冠冕。"予唯唯而别。仲夏抵阜，淹留三秋，命家儿以洪氏隶释邮至。初冬入都，更搜诸书考订纂成一卷。以汉碑五通居前，以唐桥亭记次之，以党书王诗并和韵附之。按此汉碑释文虽本之洪氏，但参以愚意者有二一：其一为洪本皆用隶体，若以隶释终属蒙昧，今悉用楷法，庶一见了然；其一为洪本移碑行以就书格，遂损去缺字，无从稽察，今各依本碑字数，使原行相对可推测互见，即随各或刊刻书本亦不为大，则寻丈之全碑敛归咫尺，仍还具体。乃仿古之良法，非敢私意创造。曾质之朱竹垞太史，亟以为是，赞而成之也。庚午（1690）春仲，缄书以寄二子，二子必喜予之既践前言，同持展视以就诸碑对校。斯楚楚可读，复广之四方，使尽人可读，则东汉以来之法物焕然重新耳目，而济庠诸君表彰之功，恒与金石并垂不朽矣。亟斋迁叟张绍力臣氏撰。

出处：（清）张绍《张亟斋遗集》，同治四年（1865）望三益斋刻本。

《瘗鹤铭辨》序

予之作《瘗鹤铭辨》，非敢过为抉择也，诚恐千百世神物日渐讹舛，予甚惜焉。今幸原石尚存，思欲据此复加驳正，第因文字阙裂，又无时代姓名可考，故各逞臆说，条绪纷纠，非可以一篇半幅遽令洞然也。几为筹画，必逐段疏解，元立小序，标目为五庶，随考随喻。一为渚石错落于江滨，下探极其艰险，故以摹搨为原始，摹搨全则根究有准矣。一为黄、董二论最详，阅之则疑团尽释，故以引证次之，引证明则不烦赘词矣。一为原刻自左而右，斯可就势推测，故以考据次之，考据定则脉络井然矣。一为维挽之法最易，止在返本寻源，故以重立为要归焉，重立行而神采顿复，与山光辉映矣，后之览者当不以琐屑鄙猥笑予滋蔓也。

出处：（清）张绍《张亟斋遗集》，同治四年（1865）望三益斋刻本。

《昭陵六骏图赞辨》序

唐太宗葬文德皇后于昭陵，御制刻石文并六马像，皆立于陵后，敕欧阳询书，因无庸疑矣。乃游景叔云："高宗又诏殷仲容别题马赞于石座。"又云："询书不复见，殷书独存。今所传之赞正仲容所别题，非太宗御制者。"

若然，则赞有异词，书有两种矣。谓得之图陵记，果足信否？是以赵子函有四疑，范仲阁又援杨用修殷误欧书之说，互有不同。弨初不敢遽定，迨辛亥（1671）冬后从汉南过云栈，冒雪先至醴泉抵赵村石鼓寺一宿，登九嵕甬道，恭谒殿前，上下历览，皆如昭陵诸志所志，不敢赘一词。及审视六马，其制琢石如屏风，每方高四尺五寸，广五尺五寸，厚一尺，周遭边界棱起马身半凿，空处剜下三寸。西第一四蹄端立，有马围前立拔箭，东第一西第二则三蹄立前，左一蹄作驰势，余三则绝尘而奔，各马头之上一隅皆留石一尺，正方与边界相平，隐隐有字迹，是当日刻赞处也。下座每边三马相连，各雕尺许，共置一座，座面之石即与地平合缝，有铁锭连属。是石座无容书处也，不知景叔何以不察，子函以为马无座，书诚是矣！弨忍冻槃旋其旁者两日，抚摩推测，惟喜得上一隅出赞之处显然可见，想因其地位颇狭，笔法细瘦，非同大书深刻，更经千百载风雨剥蚀，自当漫灭。幸赵氏《金石录》云："昭陵刻石文六马赞，皆欧阳询八分书，世或以为殷仲容书，非是。至诸降将名氏，乃仲容书耳。今附于卷末，是欧、殷两书各存之征也。今马之上方无一字可见，是欧书已亡之征也。"又据志云骏石居后殿，左右下一坎两行列数石人，或无上半，且下埋入于土，皆不全此。贞观时擒服诸番将，君长颉利等十四人之像列之北司马门内者。弨视之，其余无几，并下半衣甲之文亦残毁不可名状，安得有胸前之字是殷出已亡之征也？只以两处字迹皆亡，议者复未亲目谛观，深加参考，遂纷纭悬揣，所言各异，今亦不复置辩，但请观赵说自明矣。越翊日，又驰至旧县观太宗庙遗址，见昭陵图六骏图（即游景叔仿陵石制画刻一碑，每马高七寸许）。二碑巍然对列，命仆各拓数纸而归，每有向予质询者，不能一一详解，乃仿刻为图而缀鄙说焉。至番将十四人，游记止有十二。想彼时已阙二矣。曩岁壬子（1672），曾同顾亭林在济南施方伯衙斋，遍搜《长安志》《醴泉志》《昭陵志》诸书，皆无可证佐。越己巳入都，见朱竹垞太史所纂唐史列传，载有十人，其相同者七人，不同者三人，为弃宗弄赞、龟兹王白叶护、于阗国王尉迟伏，阁信亦无确据，莫敢指定孰是。附书于末，以待识者教我。癸酉（1693）端午日，淮阴张弨力臣撰。

出处：（清）张弨《张亟斋遗集》，同治四年（1865）望三益斋刻本。略见（清）段朝端《张力臣先生年谱》。

黄菊图跋

东坡云："菊，黄中之色，香味和正，花叶根实，皆长生药也。"北方随秋之早晚，独岭南至冬乃盛。考其理，菊性介烈，不与百草并盛衰，须霜降乃发，而岭南常以冬至，微霜故也。其天姿高洁如此，宜其通仙灵也。予初读而异之，至今岁已冬至矣，而菊犹芳。乃取一朵置砚山之旁，日日相对，甚珍玩之。六一老人张弨记。

出处：（清）程钟《淮雨丛谈》；（清）段朝端《张力臣先生年谱》。

鲁君碑阴跋

亟斋张弨曰：右鲁君碑阴题名隶释原未载此，想亦如景君碑之跋语所云，盖未见也。今照本碑誊出，但洪公在数百年之前，其碑文应尚完好，此时则有断裂漫灭者，只得缺之。至凡碑题名书法，亦不一例。此碑每名之意则有六层，首故吏、门生等，是属下之称也；次河内、九江、东郡等，是各人籍贯之郡名也；次夏、寿春、顿邱等，是各邑名也；次管懿、任琪、许踰等，是各姓名也；次幼远、孝长、伯迥等，是各表字也；次千、五百等，是各出助工钱数也。古人之举事，详悉如此，较今之列名者殊远。恐近时未谙古制，归咎于碑字难辨，特为标出，可随前例读之，自无阻滞。即断缺处，亦可意会为某等字样，可俟后补，若去之，则不成文理矣。附注蒲反即蒲坂，儿姓即倪姓，古字原从省文也。

出处：（清）张弨《张亟斋遗集》，同治四年（1865）望三益斋刻本。

张　縠

> 张縠，字剡度，清江浦人。张弨弟。生平事迹不详。

东海大松赋

维自混漭初分，清宁既奠。高山耸峙，洪流灏衍。天浮日浴，风腾雾卷，洵称百谷之王，而朝东之势弥远。

于是含灵蕴精，珍奇百出；孕珊瑚于铁网，现明珠于月窟。胡秀气之所钟，忽高松之特立。忘种植之柯从，俨商周之法物。枝亭亭而日上，影或疏而或密。饮沆瀣以为浆，滋遍体之膏液。因托根之既深，听洪涛之出没。

尔乃夕汐朝潮，澎湓滉漾。孤干凌空，耻依羞傍。即八千岁以为春，犹不足以少形其状。

若夫春日融融，烟笼树杪；遥接扶桑，朝暾映绕。色青青而欲流，间红霞而飘渺。何百卉之敷荣，而此株更鲜妍于云表。

抑或涨势连天，风雷怒赫。众草披靡。万象敛色。独百丈之奇姿，保孤贞而自得。

无何金风淅沥，水落潭寒。委黄塞径，惟羡枫丹。且也霜雪霏微，白满群山。宇宙既已无华，尽摇落而凋残。胡此松之不改柯易叶，而毕苍苍翠翠，露异质于浩森之间。

至于涛声上下，若鸣若吼，鱼龙激浪，乾坤失守。鼓万石之洪钟，翳山颓而石剖。听者既骇愕而莫前，望者复惊惶而欲走。

是皆秉资独厚，负质攸奇。不趋时艳，突兀陆离。五石之瓠对之，而自形其小；千载之柏遇之，而亦愧其微。

因而傲性独立，孤芳自妍。惟青鸾与白鹤兮，时翱翔于其巅。惟蓬莱与方丈兮，时拱护于其前。何岁月之日迁兮，常见龙干之蜿蜒。何寒暑之不计兮，弥见虬枝之蹁跹。诚为深山隐士，诚为幽岛神仙。诚贞士乐与之为友，诚烈士欲与之忘年。故辞大夫之封，而甘与惊涛怒沫蛟穴鼋潭，傲造物而自全其天。

乱曰：海水茫茫兮，东望云山。乔松偃盖兮，骨节珊珊。苍秀欲滴兮，宁逊烟鬟？龙鳞遍体兮，驳驳斑斑。始自何年兮，日月已阑。乃大莫与京兮，蟠亘回环。后人惊其神异兮，徒色沮于观澜。致凭吊者，对海若而咨嗟兮，仅可望而不可攀。

出处：（清）王琛《蚍珠赋钞》（卷三），同治五年（1866）刻本。

注释：王时扬《游云台山序》：云台山本名郁洲山，载《山海经》，形似苍梧，故又名苍梧，在东海中，称最大。先是为古德道场，近有淮人谢淳创三官庙其上。三官者，世所传陈子春三子，而子春者，名姓见干宝《搜神记》，为东海人。出州门十里许，至恬风渡入海。抵岸，过南城，宿大村，由九龙口而茶庵，而接佛院，而三官庙，上为清风顶。其山巅可望日出，有宋孝子徐积所咏古松，纷挐如虬。

汪之章

汪之章，生卒年不详，字木夫。清河县（今江苏淮阴）人。为人疏爽，不周旋世法，有文名。顺治初以年贡为灵璧县儒学训导。有《古文大章》四卷、《研山文集》、《学宫礼乐考》等，编辑《康熙灵璧县志》四卷。

河淮分清赋

太极南仪兮，初生水于鸿蒙；区中四渎兮，辟诸侯而朝宗。或龙门兮衍派，或陪尾兮发蒙；或碣石兮而下，或秦碑兮以降。四州之分野，冀北兮扬东；千里之殊归，溟渤兮瀛蓬。

胡浑河之善迁兮，屡变而屡从；于清淮之守专兮，分始而合终。争涂南口之下兮飒飒，分界迅溜之下兮澎澎。同流别派兮神功，二渎齐驱兮犹龙。此黄金之万斛兮，浴日月而浮光；彼碧玉之一片兮，合青秋而映苍。此八斗之泥缓衍兮浓浓，彼三洲之澱巨浪兮淙淙。此紫山倒影兮龙宫，彼青苔被浦兮渔丛。此负图兮文字之宗，彼瑸珠兮贡赋之崇。此应天汉兮纵横，彼劳禹王兮会同。

各友共神兮，辟流而分风；共有所主兮，合外而清中。谓清漳浊漳而同鹜兮，燕与进之共度；或浊检清检而并泻兮，鲦与鲋之乐距。比滨海之黑白殊分兮，远近以目寓；方赣井之青黄各半兮，清澹而不吐。即除泉有白素兮，凉燠以分贮；虽越溪薰冶腺兮，冬夏而岐数。

凡川渠有异容兮，匪若斯之交溢；维津途而改壮兮，无如此之合赴。登台而远瞩兮，无长虹青紫之路；汛舟以挠乱兮，有酥水分明之游。□□游而

□□兮，循尔界以行旅；鲦鲦戏而畏照兮，望碧波而反阻。

夫惟乾坤之定位兮，清浊复判于兹渚；亦胡源流之翼佩兮，色相恒并于万古。必灵瑞之有方兮，若青红二气之浙江；抑魁奇之所产兮，如泾渭合流之咸阳。

故洪泽地灵兮，少府累叶而生元龙；且奕代允臧兮，太师家世而建南唐。淮阴之国士兮无双，金城之太史兮流芳。后先之人物兮相望，兼有其淑气兮观光。

既开龙迹兮泷泷，淯之不浊兮汪汪。灌输转运兮，胥万艘以汤汤；同流滋润兮，成丰年之穰穰。辑瑞天家兮琼与璜，王会北阙兮冠与裳。

分野奎娄兮文章，州域海岱兮泱泱。圣人有道兮河清，水天一色兮沧浪。于河界分兮灵长，复有龟龙兮相将。

出处：（清）朱元丰、孔传櫄修，吴诒恕纂《乾隆清河县志》（卷十三），乾隆十五年（1750）刻本。

御书堂丁氏首修族谱序

谱牒，国家纲维也。族姓既分，本支渐远，世法所弗及而宗法及之。国风系削，天道存焉！名家世族，自周、汉、唐、宋以至于今，历数千年不乱，固有其人其德，而亦其家法之有以纲维之也。国姓不赐，同姓有分，外姓不入，内姓不出。或进之、或退之，笔之、削之、庶乎《春秋》之法矣！以《春秋》之法为家法，则有天道、有国风；不以《春秋》之法为家法，则悖理伤化，非义无亲。故谱牒之如世史，不如谱牒之如《春秋》。知此道者，北吕南欧，皆为谨严。程朱精义，苏黄大体，新安江右，列为各家，闽浙三吴，皆有润色。自此以还，家一班马，族有左国。或知修谱，不知宗法，是犹董狐操管，而献灵治国也。然乎哉？故知谱牒之必本家法，而家法之又必于其人也。

清河丁氏文恪公以嘉靖廷对第一人为少宰，晋大宗伯，明史称为笃行君子，总裁实录，又尝亲为董狐，惜乎天不假年，未究大用，然而宗德劭长，家法立矣。

丁氏来自江右，世居涧桥，宏正后渐从入邑，昌启间或南迁至山，而族姓犹在金城，其郡中者文恪之子姓半之，通已十世，丁口渐繁，门户各出，秀髦复生，人文迭起。于是其家之贤哲，思以宗法再振家声，而族谱之修，缘是以亟。

辛卯（1651）夏五，大乙、明征两先生曾以修谱见访，后复与大占、吉谐共论宗法，断以家礼，旁参文清、文庄及升庵三先生之言，颇不敢为时人所闻，今越十年矣！于王俊才平分颉籀，又留心于宗法世谱之间，芒鞋五岳，偶过灵阳，与余章及其事，至夜分不寐，遂以新谱凡例属章为序。

凡例：首，世系定统也；次，遗像思成也；次，传赞纪功德也；次，敕诰国恩也；次，艺文言亦不朽也；次，墓图防侵汶、展教思也。其不必传又不可遗者，附录于简，共五卷，为清河丁氏长发之谱。法用欧苏，义兼吕氏，修谱之道得矣。夫谱，史也、法也；祖德，本也。文恪一代名公，祖孙父子，德修于前，法立于后，又何疑焉？既建家庙，必立宗法，义田、义塾，皆有共度，使亲疏远近有系属，贤否智愚有劝戒。且于是谱中，识诗书，明礼法；于家之中，明王事，知天道。然后成孝思，然后立纲维，然后其人其德，历数千年不乱，则今日吾清之丁，宁让庐陵、眉山于千百年之上哉！

康熙壬子（1672）秋七月吉日，后学汪子章顿首谨序。

出处：（清）丁纬五等修《御书堂丁氏族谱》（第四谱），光绪壬辰年（1892）刻印。

陆腾骏

陆腾骏，字驭之。清河县（今江苏淮阴）人。顺治初，以贡士授怀柔令，摄密云，清豪右侵占民田，断久系疑狱，代完密云逋谷千三百石，豁重编四百六十余丁，吏声大振，迁西城兵马指挥。擢户部河南司主事，监铸督关，慨然有曼容之愿。长假归，筑室西园，悠游以终。有《石林汇编》《南游记》等。

清河县开水口养驿马碑记

淮于中原为边幅，多广泽大川，舟楫所通，轮蹄会之，遂称孔道。清之于淮也，小而剧。在昔盛时，编四十图，口近五万，不足以支上下百二十里之邮置，披剥以逮今日，而伤如何矣。

去年，唐公佐臣莅清，值浸大祲决川，淫雨灌田庐，而仅存者十才二三；浪石之口不渡，尾闾不泄，境内成湖，麦苵不秋，牛马无牧；中人之家衣萑蒲而食螺蛳，无以乐生。当是时，江上方苦用兵，烽堠及马逻以上清河一渠眉之堤，奔走繁急，宵旰子午，日以百计。未几，马且尽，马户且逋，而驿废矣。夫清之岁额口钱才过四千，而驿马一差浮费满万；敛贫民一岁之田，破差户百家之产，而仅以供清口一日二日之役递；清河尚可为哉？或进公筹者曰："今令役政官马官牧，岁取度支钱若干，无浮科者。昔兵垣李公令清河时，行之三年，官不劳而马大蕃息，民称便。"公闻之，亟请于大中丞蔡公及郡刺史，得官马数十匹，更价诸民间私圈，足以应驿。而止设厂于仪门内之西侧，为八棚，列左右道，中祠马祖先牧食焉。有总管人，有小甲，有随差，有巫马、饩廪、刍豆之费，一准诸库额钱，于民无扰办。嗟乎！公之造清岂小哉！

昔者清民养马，客使者诛求百出，鞭箠之威，虐人如马。乡村小民畏公差如狼虎。故不惜变车牛，撤田屋，以雇马户。马户得钱花费而刍豆不足以供马，马不足以供差。则计出于逃，逃而加贴马钱，更养马户，仍民病也。今而后，吾知免矣。公曰："未免。清民之病，苦无他职业，唯给于田，而田以卤洿不治，岁包于水。浪石之防，如瘕块在吾腹中，必思所去。思所去而不得类前却于鼠子之两端，而涟人不足以要我。"于是，命车诣故渡口，刻日偾功。取土著人遵依状，水行，辄报上曰："卑县已带罪开放矣。"他日，大中丞庭见公，谓曰："涟人以浪石之故，出其故详文案若干卷，为尔邑难端。予告之曰：'清人困于水，濒死。彼令以不属情面，愤为此举。苟无甚利害于涟者，若姑置之。'"嗟呼！大中丞知公心矣。公以实心，拯清人之溺，置一时利害不较，而浪石之防即开。浪石开则水落栖苴，民便蒲鱼，旦夕之利也；沮洳生菌，荐草溃茂，田禽走之，民之贯利在是，终岁之利也；人厌虾蟹，地熟五谷，渴泽之土，其化膏壤，高者宜麦，卑者宜稆，十世之利也。清民之病，今而后吾知免矣。嗟乎！公之造清岂小哉！

淮海之间故患潮，溢坏民田。范文正监西溪盐仓时，筑长堤捍之，水患以去。至今名范公堤，不忘也。夫彼以防为利，筑之；此以防为害，疏之；其有功于民，一而已矣。清人士德公之赐，谓清口数十百年之利害，自公兴剔之。用镵诸石，为不朽云。时顺治十七年（1660）庚子春二月也。

出处：（清）朱元丰、孔传檀修，吴诒恕纂《乾隆清河县志》（卷十三），乾隆十五年（1750）刻本。略见（清）吴棠修，鲁一同纂《咸丰清河县志》（卷十一），咸丰四年（1854）刻本。

城隍庙迁碑记

城西五里，志载有奉圣寺，建自明嘉靖朝，阅今百年许，已废成荒陇。余偶过其处，见败砌中勒石磷峋，知为当年名胜地也。爰披荆茨，就识营制，间列是碣，则甘大司空感怀咏也。司空以天寿之役，采石于怀，顾于鸠作之际，动遴才之思，倏尔兴怀，寄诸贞珉。猗欤休哉。古大臣虚怀延访，殷勤于山谷之间者，类如斯也。

因忆昔贤遗文，有足兴起后人者，虽断碑残碣，至漫灭不可句读，尚脍炙人口，矧兹篇什具在，墨迹犹新，其奚忍蔽翳榛莽也。会余壬寅岁（1662）重修城隍庙，堂宇阶墀，廊庑垣墉，悉改旧观。越明年，乃嘱赵尉迁司空之石于阶右，将庙貌与新治并永，而此石亦附不朽也。

嗟乎！司空用石且及于人，余慕司空仅及于石，何懿德之好耶？余滋愧也，抑不啻余也。后之览者，有感于斯，当不以余为好事云。

康熙二年（1663）春三月［丙辰，淮阴陆腾骏撰］。

出处：（清）吴景果等纂修《怀柔县新志》（卷七），康熙六十年（1721）刻本。

注释：明嘉靖十五年（1536），工部尚书甘为霖为修皇家庙宇和修缮皇陵，来怀柔督运采石。他偶过奉圣寺，见其景感怀赋诗《旧石叹》书于奉圣寺。清康熙元年（1662），时任怀柔知县陆腾骏来到奉圣寺，见此寺荒废杂草丛生，唯独甘为霖碑字迹犹新，碑上的草书苍劲有力，运笔流畅，其内容感人肺腑，是难得的前代遗物。当时，陆腾骏正主持重修怀柔县城隍庙，城隍庙修成后，命赵尉将该碑迁往城隍庙，安放在台阶右侧的空地上，因作此文，使该碑更为后人推崇。

胡应华

胡应华，生卒年不详。清河县（今江苏淮阴）人。顺治年恩贡。初任浙江建德知县，升四川简州知州。

清河县分立甲长办差碑记

淮之清河，昔日议废之小县也。治当极冲，民疲奔命，土滨黄淮，日见冲蚀，故桑田为沧者十之七，户口耗去者十之九。其有不去，以见户包逃亡，以一甲包一里，以一人包一甲，公私上下责成，里长转向负累，因而俱逃。故原编四十里，递减至十二里，犹里不全甲，甲不多丁。

究其废之所由，则里长之故也。强有力者先去，贫弱者后逃，田地抛荒，白茅无屋。黄淮之滨，化为鼋宅蛟宫；人烟屋庐，但于湖市蜃气中仿佛见之。而欲以地丁、粮鞭应付差徭，问之水滨者，求之里长，胥徒托为责成，实则利其无证。挤之去耳，去而欲敲无髓，欲剜无肉。征比无人，官民赔累，故历年清民有租率而告废之议也。

顷，周公世涟来令清河，知积疲之由，日与邑中耆夙议革里长为甲长之法，而又推原所以负累里长，在于逃鞭水粮之田，痛哭陈书于上台，以为"清河仅百余家，无城无市，茕茕孑遗，露处河干。驿站之冲繁，纤夫之杂遝，略无宁晷；而洪舍等类水国波臣，更不可问耕桑之地。若以逃粮、逃鞭取足于见在之里长、本甲，尚苦追呼，岂堪外责赔累已。"

蒙具题，虽蠲豁之恩尚须补牍，而里长之革不容稍迟。今查五河、盱眙各县革去里长，止用排年卑职仿行。名为甲长，分办差粮，轮用一甲长在县应官，每月周而复始，民以为便。乞批下县勒石，永远遵守。当奉凤抚部院张宪牌，仰府转饬该县奉行，即具遵依报查，已经遵行在案，所谓便而通之，准乎民情者是也。

若不载诸贞珉，无以垂后。且水粮、逃鞭二项之大累，民情已急，势必有疏通之事。而其发端，亦在于此。先叙其巅末而记之。时康熙七年（1668）戊申冬十一月谷旦立石。

出处：（清）朱元丰、孔传橒修，吴诒恕纂《乾隆清河县志》（卷十三），乾隆十五年（1750）刻本。

丁象临

丁象临，生卒年不详。清河县（今江苏淮阴）人。顺治十七年（1660）贡生，考授庐江训导，迁溧阳教谕。

重修仓储记

康熙庚午（1690）春，邑侯管公仓大修，邑人望而喜之。乡之人奔走骇嘱，莫之所出。谓高曾以来，未有如今日之事者也。

考仓旧制，前明洪武三年（1370），邑宰孔克勋建东廒十间，西廒十间，官厅三间，碑厅一间，门厅一间，在治之西南隅。至隆庆时废减其半矣，止存东廒三间，西廒三间，官厅一间，门屋一间，碑厅无。世世相延，风雨不蔽；虽岁有所修，仅为饰观故事；此倾废之所由来也。至康熙二十五年（1686）颓甚，只余零星瓦砾而已。其年粮，借储于大王庙、城隍庙，甚而明伦堂里收守之。晨夕弗敢舍酒食谑浪，未免神明亵越也。

公慨然问修计，皆曰"例在民"。公曰："残黎乌可劳哉！"遂捐历任之俸以构之。计粟若而石，计钱若而缗，计木若而材，计砖甓若而万，无或取也。工师、司凿、陶人、司埴、垩人、司涂、隶人、司畚，无或调也。躬为观之、绳之、省之、试之，克日而底厥绩。美备悉如旧制，而东西廒各增之，南官厅亦廒之。

是役也，不派里甲一环，比户一徭。视诸灵台，经营庶民来攻，其越古又当何如矣。由此，时和年丰，红腐贯朽，民无箕斗之嗟，侯有征抚之乐，南风解愠，其亦奠清民于千百世者乎！

是为记。

出处：（清）朱元丰、孔传橒修，吴诒恕纂《乾隆清河县志》（卷十三），乾隆十五年（1750）刻本；（清）吴棠修，鲁一同纂《咸丰清河县志》（卷三），咸丰四年（1854）刻本。略见（清）胡裕燕等修，吴昆田纂《光绪丙子清河县志》（卷三），光绪五年（1879）刻本。

周遂生

　　周遂生，生卒年不详。清河县（今江苏淮阴）人。周文炜次子，康熙元年（1662）贡生，考授训导，迁天长教谕。

均 粮 记

　　览天下之大计，而财赋之用，半给予于东南。故大江南北郡县，田不一制，赋不一规，约至今日无不重且困也。

　　清河小邑，无城郭，止滨河数百家，原田二折一，数五千九百二十六顷。万历三十八年（1610），因河成地废，题减废田一千五百六十六顷，犹存四千六百五十一顷有奇。未几，洪泽舍头，湖淮弥漫，尹家口至王家营，止封颓堤一线矣。顺治年间，岁岁冲决，田亦飞沙。高者谷，谷者陵，阡陌失所，即世守者亦不可识别。独官亭一荡，竟成数百顷腴田；豪猾固为金穴，蚕食鲸吞，或以一顷而占数顷，或以一顷占数十顷，不十年，富甲于县。

　　嗟乎！富者赋少而田多，贫者田无而赋在，何不均至此！更有甚者，所占之田既无粮可征，本身之粮又入永沉案内，至灾浮于粮，又卖入别氏，折银自肥。以西北之膏腴，假东南之波溺，户胥里役，交弊障天。

　　管侯闻之，既明且断，细稽地亩，共计地若干顷，计粮若干数，履亩清丈，照地均粮。欺隐者罚如律，而豪猾有惧色矣。旋有某报余田数顷者，有报余田数十顷者，侯亦不深究，止粮与田符，多者减之，少者加之，每顷地纳粮饷代鞭，升科银若干。共地若干顷，粮饷代鞭，升科若干两，漕米若干石，通县画一无差，富无无粮之田，贫无无田之粮。

　　侯之福清人亦至矣！遂不辞鄙陋，而为之记。

　　出处：（清）吴棠修，鲁一同纂《咸丰清河县志》（卷七），咸丰四年（1854）刻本；（清）胡裕燕等修，吴昆田纂《光绪丙子清河县志》（卷七），光绪五年（1879）刻本。

陈伯坚

陈伯坚，字子贞，号冬轩。清河县（今江苏淮阴）人。弱冠为诸生，通历典故，闻见益博。康熙庚戌（1670），以明经入对，授布政司理问。

均 丁 记

岁辛未（1691），丘陵、阡陌失所，即世守者亦不可考。独官亭一荡，竟成数百顷腴田。大猾豪衿，固为金穴，蚕食鲸吞，或以一顷而占数十顷者，不十年，富甲于县。嗟乎！富者赋少而田多，贫者无田而赋有，何不均至此！更足异者，所占之田既无粮可征，而本身之粮又入永沉案内，甚至灾浮于粮而又卖入别氏，折银自肥。以西北之膏腴，假称东南之波溺，户胥里役，交弊障天，以致穷民代输者比比，其人有不可胜指，其害有不可胜言者。

独我管侯闻之，既明且断，细稽地亩，共计地若干顷，共计粮若干数。履亩清丈，照地均粮。期隐者罚如律，而衿猾鳃鳃然有惧色矣。旋有某报余田数顷者，某某报余田数十顷者，一一在案，侯亦不深究。止粮与田符，多者减之，少者加之，每顷地纳粮饷代鞭升科银若干。共地若干顷，粮饷代鞭升科若干两，漕米若干石。通县画一无差，富无无粮之田，贫无无田之粮。

侯之福清人，抑何至哉！除其积弊，许其更新，田鼠池蛙，俱入覆载包荒之内，其精明而寓浑厚者乎。知我侯之义，当益知我侯之仁矣。因寄瓒千里，闻侯之贤，不辞鄙陋而为之记。

出处：（清）朱元丰、孔传檀修《乾隆清河县志》（卷十三），乾隆十五年（1750）刻本；（清）吴棠修，鲁一同纂《咸丰清河县志》（卷七），咸丰四年（1854）刻本；（清）胡裕燕等修，吴昆田纂《光绪丙子清河县志》（卷六），光绪五年（1879）刻本。

周敷政

周敷政，清河县（今江苏淮阴）人。康熙二十五年（1686）贡，考授训导。余不详。

清 屯 赋

兴屯兮裕国，清屯兮恤民。以国为忧兮，计及于履亩。以民为本兮，慷慨乎直陈。吁嗟一言之利溥兮，犹幸仰赖乎仁人。

且吾清之土田也，按籍不及中邑之半。乃奉行者，一一而取盈。非无新畲之可税，其如廉访之未真。于是田浮正额，无从检核胶柱和盘积。丈积尺弃，不毛而弗顾，割膏腴为上策。一田分封，一村分宅，谁复望乎更生，可想民命之岌岌。

今乃拯之于千丈之渊，举而安诸一榻之侧。虽天鉴兮不远，恩下兮九重，还之以固有，而豪猾乎潜踪。设非贤侯之请命，安保积苦之不上台。迩时庐其庐，墓其墓，乐已去之，田园昔之吞而今之吐。况计地以均粮，无重轻之异数。征有成规，屯有定处。桑府野绿，桃杏春红。隔篱无惊吠之犬，中泽鲜哀嗷之鸿。忘旱涝之为天灾，群鼓舞于解愠之南风。其所以得服先人之畴者，一世万世永食德于明公。

出处：（清）朱元丰、孔传槛修，吴诒恕纂《乾隆清河县志》（卷十三），乾隆十五年（1750）刻本。

王孙钓台赋

表东海，裔楚疆。淮阴古渡，王孙故乡。蟠龙灵于地轴，接虹瑞于都梁。百泉朝宗而缨络十城，绣错而文章。水灵聚族，渊客相佯。观蜃楼兮湖市，听渔歌兮中央。于是鼓枻泗口，问津上游。烟火万家，钟鼓三洲。南昌旧谊，胯下桥头。访三亭兮碧浦，吊漂母兮青丘。

见夫亭皋之畔，河唇之陬。石甃方丈，画槛一周。�若断壁，涅辚环流。丰碑树杰，藻井复樛。游人蜡屐，驿使舣舟。砲砲即即，蒸蒸秋秋。若临流而吊古，且叹息乎封侯。曰此王孙钓台也，猗与壮哉！

在昔微时，寄食一丝。川隈曲，雨沐风缅。屠鼍鼋兮错饵，握丝缗兮登陴。操鲵鲨之命兮如燕如赵，诱鳣鲔之族兮如楚如齐。扳箺竿兮夏阳长戟之兵，浮游兮木罂夜渡之奇。于烟于水兮熊罴，或浮或沉兮龙漓。夜水寒兮鱼不吸纶而奚为，时不利兮阳桥吞饵而去之。亭长晨炊兮汝且饥，淮阴恶少兮我安归。左投右投兮如召小儿，一胜再胜兮乃锡王圭。归故乡兮锦衣，忆旧游兮水湄。效灵佑兮冯夷，仿佛发迹兮蓝田滋水之太师。惜哉云梦之泽，人施网罟。跋扈之穷，我实鼎俎。载之后车兮畴谷久而为飞蛊，赐诸钟室兮不得蓬藁而托处。

我将拂衣按剑，洒酒临风，登台而吊之。歌曰："芳草生兮萋萋，王孙游兮不归。马蹄兮月题，器不守兮鸥夷。望赤松兮云与泥，愧子陵兮钓矶。"

出处：（清）朱元丰、孔传橝修，吴诒恕纂《乾隆清河县志》（卷十三），乾隆十五年（1750）刻本。

丁兆球

> 丁兆球，淮安府清河县（今江苏淮阴）人。康熙二十九年（1690）贡生。余不详。

黄河之水来天上

黄河之水来天上，万里迤逶姿荡漾。清邑适犯河之冲，东与淮汇两相抗。翻沙啮岸没田庐，民疲赋重蓄无余，况复催科杂供亿。

官斯土者拂袖而唏嘘，慨自流氛纵焚孽，父老长叹无家别。曾记李公轶群，噢咻几多年，宁为水濡母，火烈芳踪远。继亦寥寥，残复残兮凋复凋。

天锡管侯莅兹邑，仁风厚泽薄云霄。一年废者振，二年狡者顺，三年风之和，四年雨之润。县今抚字恰，五年两袖清风不爱钱，为民上请苏大困，土服诗书农授田。入其时，击鼓赛先胜。士妇两相依衣食，吹踏雅采其芹半。水馥缤纷光含藜，阁火日射斗牛文。潘花彩映王乔曼，中牟雉驯莱公柏。照天之烛通天犀，仲父奇才原一脉。教尔邑，乐闻琴，不尽长歌和短吟。

我侯功德谁称似，仿佛黄河深又深。

出处：（清）朱元丰、孔传檀修，吴诒恕纂《乾隆清河县志》（卷十三），乾隆十五年（1750）刻本。

杨 穆

> 杨穆，生卒年不详，字西牧。王家营（今江苏淮阴）人。康熙间增贡生，以中书通判归德，才气过人，治水、听讼，声绩甚著。善为诗，著有《柳溪诗略》《芸香草》等。

重迁王家营镇记

与袁浦对峙，所谓王家营者，盖清东壤之冲道也。其镇滨河而处，凡二千余家，五十年间已三迁矣。独康熙之二十七年（1688）秋大水，日崩崖数十丈，市井房舍尽入蛟宫，妇子茕茕向波而泣。其民中宵露处者有之，鸟飞兽散者亦有之。葱郁之区，几成旷野。

事闻，邑父母管公闻之惧，单骑就道，周视原趾，只余茅屋数椽而已。遂聚老少而谋，似非东迁不可，问其地，乃山阳朱生业也。使里正往白之，曰"否"。又使县尉曲谕之，亦曰"否，否！"事急，力请督、抚两院并淮扬道胡公。公曰："安插百姓，招抚流遗，此有司责也，毋负加惠元元至意。"急迁如议。复捐俸以助价，价不足，督宪又命加三十金。盖安众无损一也。侯不自计，竭捐如数。民因得以复聚，或诛茅为屋，或筑堵冯登，或陶瓦成宇，不二月，巍然一巨镇矣。

呜呼！仁人之于人，其利溥哉！古之有司，凡一言一行果有益于民生，即歌之咏之，光流史册，况其援已溺之命，苏将子之遗，而复我镇治者乎！民为之歌曰："谁夺我居？侯为之区；谁覆我宇？侯为之处。水涸草枯，如沐时雨；子子孙孙，永安乐土。"因感之深，不自知其祝之长也。

予，里人也，躬遘其事，故备述之，以志不朽。

出处：（清）朱元丰、孔传檍修，吴诒恕纂《乾隆清河县志》（卷十三），乾隆十五年（1750）刻本。略见（清）吴棠修，鲁一同纂《咸丰清河县志》（卷三），咸丰四年（1854）刻本。

注释：康熙二十七年（1688），黄河决王家营，知县管钜迁镇于东，招抚流遗，杨穆参与其事，为立石作《重迁王家营碑记》。

汪 椿

汪椿（1760—1825），字春园，初名光大，晚岁潜心三式，号式斋。幼能强记，十行并下。贡成均，累试辄罢。于学无所不窥，尤明积算推步之术，著《王制里亩二数考》。中岁以后，究心太一、壬遁，著《周秦三式疏证》数十卷。

《三式序目》序

三式之道，即三易之道。三易之道，即三才之道也。其见于书者，仲康十一年闰四月朔日食，后人以授时法推而得之者，岂知授时即太一之法乎？武王十三年二月四日，以无射之上宫毕陈，后人以三统法推而得之者，岂知三统即壬遁之法乎？由是观之，三代曷尝无三式哉！春秋时，梓慎裨灶史墨之徒，皆深明此术。迨仲尼没而微言绝，七十子丧而大义乖，史官失职，典籍无征，复以谀闻窜乱其间，如风角七政元气六日七分，日者逢占，挺专须臾孤虚等术，流为機祥小数，而谶纬兴焉。东汉张平子上书，郑君注乾凿度，独契太乙九宫之旨。盖至是而晦者复明，绝者复续。厥后精太乙者，有三国之刘惇、赵达，精遁甲者有陈武帝、吴明彻，精六壬者有晋戴洋、五代之梁祖。兼通三式者，有伪蜀之赵延义，元之刘秉忠，著于史传。至于《南齐·高帝纪》，《宋史》"礼志""律志"，《金史·选举志》以及晋唐宋元"艺术""方伎"列传，不可枚举。而唐六典，且掌之太卜令焉，岂非郁之既久，发之弥耀者乎？窃谓太乙明天数，奇门明地数，六壬明人数，备乎三才，通乎三易，要为周秦以上古神贤之所创造，非汉以后曲士短书所能拟也。其目凡四十有四篇，文多不传。其他著术，多稿藏于家，世所行者，十一而已。

出处：（清）吴棠修，鲁一同纂《咸丰清河县志》（卷十八），咸丰四年（1854）刻本。

《三式疏证》提要

论奇门非汉儒所能造，论奇门乃中庸之道，不必务为高论，转失其真。论姚广孝，不用超接置闰之非。论甘氏主客之分，不若六壬太乙之简明。论三奇咒语、禹步九星，名字皆后世道家添设。论奇门专属兵家之误。论奇遁以治水最有实用。论奇遁通于医道，受病主治，配合精密，可合风后、岐伯为一家。论汤若望移次法，以冬至起星纪之非。论分野，古法自有真传，后人驳斥不可从。论西法太阳过宫之误并及冬至，起元枵之次不可易。论毛奇龄《八卦方位图》之误并及其不知经义，不知术数，只凭笔舌胜人。论毛奇龄谓伶州鸠，不知旋宫之法，不自知昧于算数，妄诋古人。论《六壬指南》，有武断欺罔之处，不可信。论六壬既用太阳，当以太阳出入分昼夜，不得拘于卯酉二时，并及银河棹所分昼夜之误。论《六壬书》以毕法赋为第一，系宋凌福之作，非邵康节。论六壬是易之支流，决非汉儒所能作。论奇门太乙，不若六壬之简捷。论太乙是汉以前律算法，决非汉儒所造。论吕不韦《月令》、伏生《鸿范五行传》、《淮南子·天文训》、扬雄《太元经》、《汉书·律志》、郭守敬《授时法》皆本乎太乙。论《皇帝内经》、鬼臾区之术，其来甚远。论岁差之法萌于太乙，为汉代所不知，至晋始著。论李淳风不知岁差并及其推步之误。论太乙推卦与纬书不同，间有穿凿附会，乃后人所加。论王肯堂斥太乙不精算法之非。论宋刘蠡以太乙所在为福之误。论遁通于壬，壬于人事为切，遁于天文为优，未有轩轾。论《奇门要略》，摭拾五总龟，略加诠次，于得奇、得门、得使毫无发明，即超神接气小木之及，而以为得宋平章、赵公之传，复援刘基、徐达以自神其术。论《国语》七律，夷则上宫大吕，上宫推之皆有合于六壬之义。论《吴越春秋》载伍员、范蠡，鸡鸣、日出、日昳、禹中四课时，将加乘龙蛇、刑德。论《越绝书》载公孙圣今日壬午时，加南方。论子胥之占三月甲戌时，加鸡鸣、青龙；在酉是甲日，丑为阴贵。论范蠡石室之占十二月戊寅时，加日出、青龙、临酉、功曹为螣蛇，是戊子丑为阳贵。论《新唐书·李靖传》赞谓"靖以临机，果料敌明，根于忠智，世称靖精风角，鸟占、云寝、孤虚之术，故善用兵"，是不然。论唐开元王希明奉敕撰《太乙金镜式经》十卷，推积年至宋景祐元年（1034）为后人窜入。论太元揲法用三十六策，王谠《唐语林》称王相涯取以卜所中多于《易经》。论北周庚季才灵台秘苑、星验分野、风雷云气之占。论《唐开元占经》载麟德推入蚀限术、月食所在辰术、日月蚀分术，皆唐志所无。论《汉书》所载东方朔射覆奇中，与灵棋经悉合。论《乙巳占略》，例取《占经》，与真本《乙巳占》之文参互而成，非李淳风所作。论李淳风观象玩占于日月交会、五星退留有常经者，亦断以占候；即日月所不至，五星所不经者，亦虚成其象。论天文鬼料窍即步天歌，因《通志》称"只传灵台"，秘之曰"鬼料窍"。论刘基《清类天文分野》之书，以星土本于周礼，其占错见《左传》，其法以国分配；汉晋诸志少变其例，以州郡分配；此乃更以一州一县推测剖析，但不载占验。论《白猿经》为明刘基注，沈士谦《明良录》言："基以洪武八年（1375）四月卒。以天文书授其子，戒之曰：'无令后人习。'"论《三式》非正人不能习，浅者妄有陈说，流入异端，非其本义，凡四十四篇。《十四经通考》《金石存目录原稿》《日知录补正》《续补正》《日知录补注》《潜邱日知录补正又注要》《论史汉隋书五礼通考》《韩诗考》《四书字辨》《说文引经异字》《汉学经纬》《仕学备余》《九宫纂要》《鼠壤余蔬》，以上大凡百余卷，皆未行世。

出处：（清）吴棠修，鲁一同纂《咸丰清河县志》（卷二十三），咸丰四年（1854）刻本。

《十四经通考礼记类》序

柘塘氏之湛深于经也久矣，式自十四经溰漫之后，流而入于数术，数与理术与道，周秦以降迥不相谋。柘塘口不言而心窃非之，然尝为之校定论语孔注证讹，为之辑补韩诗内传、吴氏说文引经考，颇为其所许可，式亦哑然自笑也。近又读其所著孝经征交体记释注二编，夫孝经古文不可得而知矣，惟醴注从吾所好见猎心喜不自已，仍于蓝本中求之依次检寻，尚得若干，则其间容有展转，牵连无关实义以及所得不敌所失者，往往而在，皆由曩时信笔书之，今耄矣无能一一讲求，姑付筑工质之。柘塘可者存之，其不可者听之而已，且夫踵唐人之成见，未免有意。呵唯岂大儒之所乐闻乎？然而群言期于折衷，千里起于足下，其诸嗜郑学者，亦有乐于此欤。式楣日识。

出处：（清）汪椿《十四经通考礼记类》（卷首）。

《亚圣年谱》序

古者纪年别系之书，谓之谱。孟子一生言行见千十四篇者，人尽童而习之矣，顾其生卒年日，说者五异，惟任均台考略差善，而序次犹欠详审。若不为之旁通曲证，坐使当日身世之故不彰，将昌黎所称其功不在禹下，杨绾请与《论语》《孝经》为一科《皮子文薮》，欲以为学科者，仅有齐、梁之空文为据，而无七雄争夺之实迹可征也夫。人之读《战国全策》者鲜矣，今取《史记》《通鉴》《竹书》及亭林、潜邱、武曹诸说，参究而辨订之，为年谱一卷。俾读《孟子》者知运数之已过，欲平治而益难，麟经尊周怀楚之志，可行于春秋而不能行于战国，则夫王充之刺，冯休之删，李泰伯之非，晁以道之诟，黄大仍之评，不亦可以已耶。或问司马文正之疑，孟何居曰"《野客丛书》已言之矣"，文正生平非不尊信孟子者（见本集），其疑殆出于一时偶然耳，讵意攀附门牖如晁氏者，从而甚之，以致千古莫明其故。嗟乎！此僧宗杲所谓不善学公者也，然则温公何疑之有！

出处：（清）汪椿《十四经通考四书类·亚圣年谱》（卷首）；（清）邱沅、段朝端《山阳艺文志》（卷四），民国十年（1921）刻本。

《亚圣年谱》跋

孟氏谱称孟子卒于赧王之二十六年，寿八十四，由是逆推之，则生于烈王之四年，寿适八十四。为合至史记孟子传疏略殊甚，谓先游齐，后事梁，尤谬。通鉴纲目知先梁后齐是矣，然于乙酉至梁，而谓至壬寅始去，在梁凡十八年，亦未免于误。今博考诸书，及诸儒绪论，或从或不从，必折衷于至是，以便读孟子者有所考焉。即与孟子之书无涉者，亦略叙其某年某事，窃附于孟子论世之意云。

出处：（清）汪椿《十四经通考四书类·亚圣年谱》。

《金石存》后序

山夫先生《金石存》一书，余得之淮阴市上，展玩数过不忍释手。盖作者于六书之学用力最勤，故其辨别字体，指势灼见，真伪工拙，临摹钩勒，在近代鉴裁诸家，特为精审而且于史传之是非，典故之得失皆能搜讨厘订，序述周详，尤足补诸家所未备。兹略撼数事言之：如以王母为要荒君长，则根柢于尔雅郭注之义；以背人为邶人，则有合于尚书分北之文；道士写卿始于唐睿识容齐三笔之非（见洪氏本书）；荆山公主未嫁伯阳，知新香列傅之谬（由是以推，则新书所称再嫁、三嫁亦未可尽信。）；礨落碑预立于咸亨之年，虽李绰尚书故实有所未知（见李氏本书）；石鼓文出于先秦以上，即亭林金石文学未免臆断，至昌黎之重用韵字，宋人说部多笑之。观此书知本于汉曹全碑，而曹碑又本之焦仲卿诗及大雅云汉之章，并可见宋学之陋多妄议前贤矣。然亦有持之过坚，及言而未当者，汉人重服制，安帝诏所载甚明（见班书），何以故吏故民不当，致于其长谢承后汉书潜邱记屡引其文（如云高堂生名字，皆亡不是伯其字也，见谢承后汉出陇右倡和诗，莫言北地便无古。注云钱氏尝言内阁有谢承后汉书为一时相持去，今人间绝无其本子，曾于太原郡城见之，永乐间刻也），岂舍阳曲传家，此外别无传本。吴天发神谶碑虽有周在浚释文，而郭允伯之金石史则斥其伪。曹全碑末丙日核之，汉纪不符而钱竹汀之潜研堂跋尾以长律推算又云不误，此类俱未及审辨，亦属偶疏，其诠解字义多引广韵，巨鹿之鹿谓古亦从金，以正亭林之失。乃孔子娶亓官氏，不取广韵之所引先贤传作亓，而取明人万姓统谱之引，先贤传作并何钦，且统谱此条亦本通志，收在梗韵，固不作去声读也（宋大中祥符元年加封郓国大夫敕邓名世古今姓氏辨证，王伯厚姓氏急就章俱作并官。）。要之广韵之注亦不可为典，要丁度等集韵已议之未可据以驳亭林也。凡此一眚之微，无损全书之善。近有刊中州、关中两省金石记者，采撼弥富，考订加详，可以补此书之缺者，不一而足，始知作者非智不逮，力不赡耳。然吾逆睹此书出，而后人之重此必愈于重彼者，则孤诣苦心之非筑室道谋可比也。惟此载唐右侯射裴遵庆碑，谓当在西安，又中岳沙门释法如禅师行状，谓近在嵩山，而关中与中州记皆无之，殊不可晓。今以两记与此书相参究几，字画年代、人名，仿牛运震经眼，录之例别，为补说件系于后，证明之所以不知者，乃从阙如李延寿云不敢苟。以下愚自申管见也。

出处：（清）邱沅、段朝端《山阳艺文志》（卷四），民国十年（1921）刻本。

孙长源

孙长源，生卒年不详，字问津，岁贡生，家居阛市，门无停舆，削面长身，道气充然。殚心律吕之学，于丝音尤暗解。著有《琴鹄》《琴旨补正》《琴谱拙存》《琴况》。

《琴旨补正》序

琴谱率以大小分吟猱，至吟猱之上下，则以绰注别之，亦未逐一注明，惟凭指下约略计取，漫无定则。此关音律之阴阳顺逆，非如左右手之指法，但取节奏铿锵已也。王氏《琴旨》，主以上下分吟猱；在徽之上，取音为猱者，不拘位分；惟在徽之下，取音为吟者，则有一定之位而不可易焉。凡曲操以一音立体，以立体之音所生者为用。又以为用之声所生者相续为用，相间于立体。为用、相续为用之中，取用吟之位，极有定，亦极无定。而有定移宫换羽，消息微茫。《琴旨》一书，辨论音调极精当。惟取《定位》及《变声》《清声》《辨五音》《以宫声为本论》等篇，前后条例，互有龃龉，反复契勘，悉为条陈而详辨之。名曰《琴旨补正》，以质知音。

出处：（清）吴棠修，鲁一同纂《咸丰清河县志》（卷十九），咸丰四年（1854）刻本。

《琴况》序

《溪山琴况》，二十有四，适符司空诗品之数。予欲效其体而为之偶，赋闲居知友酬唱。自弱冠操缦垂三十年，未有如是岁之暇肆力之勤且专也。兴会所到，日成一二；或越旬日，裁构一篇；或一成遂无可易，或屡易乃犹未成，似有非可力致然者。

出处：（清）吴棠修，鲁一同纂《咸丰清河县志》（卷十九），咸丰四年（1854）刻本。

汪 枚

汪枚（1693—1752），字卜三，号梅峰、钵山。清河县（今江苏淮阴）人。生而醇谨，虽质仅中人，而耽学嗜古，读书昼夜不少懈。尝下帷扬、通间，淹博之称籍甚淮上。屡应乡举不售，终艰一第。著有《钵山存稿》《古文选注》《秦淮游草》等。

淮 水 赋

粤自洪波既奠，淮水流长，控御南北，襟带徐扬。次四渎而弥漫，宗百谷而溁泱。滥觞于桐柏胎簪之下，决出于南阳平氏之乡。初潜流而经大复，绕原鹿而过庐江。西来同醴水之道，东注分涡浦之疆。问义乃齐均乎河济之势，释名则围绕乎江汉之旁。极泓瀚之寥廓，眺瀑滆之渺茫。潋灜漫减，泫涢潏湟。碧沙瀢㳋而来往，蒸雾瀜浮以杳洸。诚天之奥府，亦地之灵藏。非夏王之三至，将曷克靖乎怀襄。

其在古也，荆山之左，当涂之右，共六水而支分，夹二山而奔骤。冲马丘以迅激，经下邳而放溜。合蕲涧以并驱，会泗沂而不斗。导淮入海，其义既奏。命庚辰而大智如神，锁支祁而水妖若兽。

其在今也，会大河之苍溁，接长湖之惊涛，嗃㴸而澎湃，滃沦而淡瀄。匋匋兮其浩浩，盘兮其滔滔。商榷涓浍，包络隍壕。津梁要渡，转运通漕。杂沓兮千帆之所经泊，熙攘兮百族之所游遨。

尔乃旭日初融，和风乍扇。看滑笏以回纹，生漪涟而似练。淮阴城下，水涨半篙；洪泽湖边，春流一片。韩侯台畔，芳草萋萋；帝子山前，清泉潋滟。争睹桃浪之留红，坐觉岸苔之可荐。

若其恢台歊炽，隆炽氤氲，浪汹涌其豗突，飓鼓怒而纷纭。雨合天浮，烘烟云以泼墨；雷鸣地动，奏鼍鼓于倾盆。发碙山泓兮如蓴坡涧，歑喧水泛兮渐汲堤垠。将乘槎而访淮南王于泽国，抑制币而祀长源王于水滨。

至如遥村依渚，远浦栖鸥，迷一泓之水色，静万籁于新秋。漠漠寒烟，隔篱田舍；萧萧疏柳，傍岸渔舟。月照渔梁兮正满，霜生蟹断兮初浮。荻叶斓斒，遍公路之浦；雁声嘹呖，过赵嘏之楼。

迨乎水静天寒，崖枯草朽，余波暗咽，狂澜不吼。向中流而釜冰兮，龟坼成衃；步长堤而踏玉兮，雪大于手。舳舻冻而难移，蛟龙蟠而不走。三洲水涸，周王之钟鼓无闻；五夜渡师，蔡城之鹅鸭何有？思浇望溉之鲋鱼，安得如淮之浊酒！

若夫异物珍材，无所不育，雀入大水而为蜃兮，化文雉而变微族；橘与枳其竟分兮，昔贡蠙珠于上国。叔鲔王鳝，鸭鸥鹚鶒，振羽扬髻，飞浪喷瀑。鼋鼍冕麂之伦，蟹蟳虾蛤之属，鳞甲璀璨兮，不一而足。泂材用之渊薮，任虞衡之课录。

若乃鼓长枻，驾短艇，率淮浦，寻盘涡。忆仲宣南征之咏，访黄初沉璧之坡。将撷芳而采杜若，还溯洄而荡轻波。对澄清而思揽辔，聊乐饥而啸轴。当斯时也，心怡目旷，意惬神和。于是句吐珠玑，怀抒磊落。文成潮海，笔舞婆娑。续杜台乡长淮之赋，吟徐节孝淮水之歌。歌曰：

潋滟兮淮水青，青于蓝兮波不惊。安澜永奏兮地平天成，淮渎其可封兮与河清而并赓。

未已也，又重为乱。乱曰：

帝德广渊兮百川效灵，循良奏绩兮饮水淮滨。世□雍熙兮荡荡平平，淮无遗珠兮野无遗英，愿化鹍鹏兮将徙南溟。

出处：（清）王琛《蚍珠赋钞》（卷一），同治五年（1866）刻本。（清）元成《续纂淮关统志》（卷十四），光绪辛巳（1881）重刊本。

淮堤霜月赋

紧白露之既凝，维丹林其未偃。山容净而烟气浮，云影苍而天光远。洞庭叶脱，舞青女之翩跹；江上风清，降素娥而婉娩。当兹霜月之交浓，更眺淮堤于既晚。

观夫长川带薄，一曲清流。广覆绿杨之岸，旁通芦荻之洲。萧萧苇舍，落落渔舟。在水一方，客据垂纶之渚；残星数点，人倚长笛之楼。孤飞汀鹭，闲集沙鸥。地迥而长天不夜，物寂而满目皆秋。

尔乃琼英正积，宝镜如揩。无声湿地，有影投怀。一片清光，堪拟贝阙；如许夜色，绝胜天街。楚户砧鸣，瀜沆宵飞于碧落；小山桂茂，金波夜涌于清淮。

于是策杖行吟，呼朋莅止。将挟仙以遨游，眺娟娟其未已。赋悲秋于一时，共辉光而万里。抚伯奇之操，而韵发清商；诵窈窕之章，而怀兴彼美。飞盖应骋乎西园，研词直抽乎东鄙。盼雁阵兮冲寒，望楼台兮浸水。

当是时也，驰寥廓，历通津，朔云路，接苍旻。朗如行玉，丽若铺银。疏林疑积雪，广陌绝飞尘。野寺寒钟，惊闻午夜；隔篱庞犬，稳卧花茵。岂风景之依稀似旧，觉辋川之图画如新。

至若草验荣枯，蟾窥盈缺，叹华发之星星，嗟兔走与乌越。孰若驰情高朗，雾拨云披；览胜清幽，珠光玉孛。羡造物之无尽藏，任取携而用不竭。板桥人迹，地无在而非花；沙岸澄清，霜亦疑而是月。

吾因思夫少陵巫峡，白傅江滨，元辉庭牖，张翰鲈莼。或临风而悲悼，或感物以逡巡。以是斗柄宵澄，心同冰洁；秋容易老，调寄阳春。倚啸长干，或听数声之欸乃；狂呼水畔，时烹三寸之游鳞。寻枚皋之故宅，吊漂母于荒埋。伴鱼虾而作侣，结焦木以成邻。羡中央之宛在，惟溯洄于伊人。

噫嘻！苍苍兮蒹葭，泠泠兮霜华，皎皎兮月白，历历兮晴沙。悬冰壶以高映，照碧玉以无瑕。时徘徊于斗牛之侧，或浮乘于河汉之槎。干青云以直上，赋白雪于天家。

出处：（清）王琛《蚍珠赋钞》（卷一），同治五年（1866）刻本；（清）元成《续纂淮关统志》（卷十四），光绪辛巳（1881）重刊本。

河 清 赋

圣天子大化沦浃，至德湛汪，暨东渐与西被，集山梯而海航。恺泽旁流，如川方至；恩波浩荡，应地无疆。激浊扬清，四海入冰壶之鉴；道河周岳，八纮瞻荣烛之光。兴《江汉》之讴吟，而惧同蠡测；拟渊云以载笔，而陋说宣房。

维时景星出，庆云见，璧合辉凝，珠联彩炫。醴泉甘露，酿氤氲以如醇；九穗两岐，著英华其若绚。鹣鲽驰贡于要荒，凤麟翔游于郊甸。吐上林之宝萼，毓秀苞琼；献沧海之奇珍，腾光掣电。巍巍乎旷世难名，垒垒乎嘉祥已遍。顾且浪静桃花，流平竹箭。寸胶不借，而千层之碧涨如银；九曲澄涛，而万派之长川若练。

尔乃道流积石，溯源昆仑，横分钜鹿，直达龙门。阳侯趋而远遁，冯夷静而不喧。天吴息其浩浩，巨灵劈此浑浑。影彻金堤，拥珠光而辉腾夕宇；波澄云液，显扶桑而朗射朝暾。盖其为状也，洋洋活活，森森弥弥，轻风荡拂，漩锦于回澜；滑笏平莹，似长虹之迤逦。流而不混，依然清济。所通灌者为缨，仿佛沧浪之水，凌万顷于茫然，直渟泓而千里。其为色也，洁比寒潭，光如玉泽，一望晶明，浑同凝碧。纤尘不染，恍金镜以宏开；叔霭初融，俨春冰其未释。诵《伐檀》之咏，而涟漪可风；泝桂棹之光，而空明若积。

至若上昭银汉，远接苍冥，可以澄斗柄，列云屏，影飞鸟，渡流星。散余霞以成绮，现蜃市而浮青。又若俯临贝阙，下测珠宫，可以控赤鲤，探游龙。乘槎而远泛，洗耳而达聪。窥鲛人之潜伏，若犀照之能通。他如堤草茂密，岸柳阴浓，影与波光而上下，泽还沾溉而青葱。晴川掩映，极目玲珑。同入照临之内，悉归藻鉴之中。

溯自祥符百代，瑞历千秋，或卦呈于龙马，或极锡于龟畴，或腾翠妫之川，而鳞攀王国；或献皇图之兆，而柱砥中流。孰若彩焕青霄，琼沙日丽，辉澄夜气，玉浪烟收。鳌足长撑，鄙龙渊之乍现；地雷不吼，笑马璧之空投。润非仅于九里，光直遍于十洲。是惟一人之广渊齐圣，致四国之震叠怀系。阅千年而罕见，偕五老以来游。于是群工庶尹，洁虑洗心，白叟黄童，登高望远。睹星桥与月坡，而游子颜开。荷霜笠与烟蓑，而渔郎梦稳。熙熙乎乐惠泽之舒长，洋洋乎俯清波而缱绻。莫不击壤而颂高深，临渊而思务本。歌曰：河之水清且涟兮，河之流清且妍兮，愿随孤槎至斗侧兮，澄清千里曾不可极兮，净洗尘埃浇胸臆兮。

出处：（清）元成《续纂淮关统志》（卷十四），光绪辛巳（1881）重刊本。

张贞女传

贞女张氏，安东监生张君绍载之女，山阳进士朱君涵所聘子妇也。绍载止一女，最钟爱之。以妹夫涵子嘉树夙慧，遂许字焉。朱君涵止一子，其伯叔兄弟皆同居。先是，其从弟庠生演病故，所聘州同知陈君崙之女吊其丧，守贞逾二十余年。朱君悯其志，命嘉树以叔母事之惟谨。乾隆八年（1743），嘉树年十七矣。朱君甫自京师归，将谋为完姻。秋九月嘉树病殁，时贞女年十五。闻讣，促家人治素服如朱氏，至则诣殡而吊，已吊而谒其舅姑，舅姑恸不胜。其叔姑陈氏亦贞女也，尤悲怜之。当是时，戚党见者，无不太息泣下。初，贞女有姑许字于涟水朱氏，闻婿殁，即绝粒不食，家人守视之甚密，已而复食，伺守者稍懈，自经死。事闻于朝，获旌表如典礼。贞女又有从姐，亦许字朱氏。未嫁婿死，竟归于朱，守其义，誓终身焉。当贞女之来吊焉，请于父母，欲不许之，女曰："儿志已决矣，顾儿岂偷生者，不能效吾姑乎？念吾亲无子，何不俾儿效吾姐耶。"父母知其终不可夺，故卒如其志云。

论曰：闻之《礼》：女嫁有期而婿死，则往吊其丧，既葬而除服，士庶人之丧葬不逾月，葬而遂除。以朱成为妇，故不以妇礼责之。圣人制礼，盖不欲以难能之事率天下，而自来奇节卓行，往往伸其志于常礼之外，又岂圣人所禁哉。余征张贞女事，见其姑姐间以贞烈著者四人，何严气正性之独萃一门欤！故其天性然哉，抑濡染渐积非一朝夕之故矣。

出处：（清）元成《续纂淮关统志》（卷十四），光绪辛巳（1881）重刊本。

淮扬河防论

淮扬之河渠，上接黄淮，中通运道，下达江海，各省转漕之要道，两淮盐筴之通津，而数百万生民财赋之所都，故言河防于淮扬也为最重。汉唐以前勿论矣，自宋元明以来，治河者或主疏，或主塞，成法具在，不一其方。而以愚窃论之，淮扬之河防，其要害有三焉：曰周桥开而纵淮水于湖也；漕堤加而垫河水于腹也；下河塞而沈积水于釜也。三者害本相因，而治之各有要。

一则宜防淮决而清湖水之源。夫淮扬地势西高东下，自盱眙、寿春及诸汊涧之水，越十四塘注于高宝之三十六湖，潆潆数百里已为巨浸，而又有洪泽湖踞其上流，昔人筑高家堰起武家墩至高良涧等处，以捍淮东侵，意至善也。自堤防不谨，淮水溢出，往往从翟坝、古沟，下灌泛光、白马诸湖，以致溃堤东注，浸城郭而淹田卢，盖其弊始于前明万历年间，淮水涨及泗陵，河臣建闸以泄水，而后人每当伏秋水盛虞危，高堰必开，周桥闸放坝滚木以为可消泗州之厄，而不知其为壑邻计矣。夫防淮则当坚筑高堰，而不当擅开周桥，且蓄淮所以敌黄，淮水泄则清口淤，而淮尽东黄亦蹑其后，害有不可胜言者，故必守高堰，堵翟坝，塞周桥，而后能清湖水之源，河之上接黄淮者可免泛滥也。

一则宜浚运道而去河身之淤。运河起天妃闸，经清江浦、淮城、宝应、高邮、江都、仪征以至江口，昔之河常患不足以挤运，故唐李吉甫、宋陈亨伯辈，或立坝、或建闸以蓄水，而向子谨谓运河高于江淮，当时患河身之高，虑其下江海而易涸；今日患河身之高，则虑其受黄淮而难容。盖运河自黄流内灌，每致淤垫，考漕规旧制，沿河额设浅夫，惟令浚河使深，帮堤使厚，不许堤上加高。自康熙十六年（1677），河臣靳文襄公疏请展运挑河之后，数十年来惟是守以清刷黄之法，塞漏补罅，永不挑浚，且镶柴卷埽，外实中虚，徒为美观，不坚杵筑，水荡雨淋，旋就摊塌，是非取土加岸，实乃增土填河，徒使河身日浅而水势益涨，堤堰日高而民居益下，以数百里黄淮并入之河，攻一线丸泥孤危之堤，何恃而不恐？故必深浚河身，使不至外溢，而于瓜仪江口尤宜深挑，夫然后无闻于运道也。

夫淮水不入湖则上流不狂，河身不淀淤则中道无梗，而下河不治则上流中道终难底于安澜，水自运河而入于下河者，在山阳则有涧河、泾河闸，在宝应则有子婴沟，在高邮则有滚水诸坝，在泰州则有运盐河，在江都则有芒稻、人字诸河，亦既多开闸座宣泄于下流，而注江注海之道未能彻底疏通，则下河诸邑有受水之地而无出水之时，终沉于釜底，是又以邻国为壑也。故尤要者在疏下河，而通江海之口、入江正道、瓜仪江口是已，而其最径且捷者，莫若自金湾河以达芒稻河，治此则河自入江矣。然下河之水入江易而入海亦便，古人于近海之处开行水支河，无虑数十，凡以串场达海也，自串场河淤塞，则海口不通矣。海口去漕堤数百里，堤东诸河不疏，则无由达于串场矣。濒海盐场闸座，原以拒外潮而泄内涨，故范堤为濒海金汤，今沿堤闸座不开，无由出水于海口也。堤外海滩近百里，诸港口年久尽湮，港口不浚，则无由出水于海洋也。今诚将一带支河与串场河以及闸外之海河，细详水势，酌量挑浚，使之口面阔而河底深，则下河通流，而入海得其道矣。入海得其道，则以接上流之黄淮，承中流之运道，亦奚至淤横溢也哉。

总之，以推扬全河之大势而论，诸湖其喉也，运道其腹也，下河海口其尾闾也。喉欲通而不欲噎，灌以淮水则噎矣；腹可容而不可涨，河身不浚则淤浅而涨矣；尾闾宜泄而不宜塞，积水不消则壅滞而病蛊矣。其利害本相因，而治之有要，惟防淮而清湖水之源，浚运而去河身之淤，疏下河而通江海之口，持是三者以治淮扬之河防，或者于国计民生不无少补也欤。

出处：（清）邱沅、段朝端《山阳艺文志》（卷四），民国十年（1921）刻本。

淮扬水利论

淮南古泽国也，多水之害，鲜水之利。禹贡扬州之域，厥土涂泥，厥田下下，岂非以其有水害欤。然考大禹之治水也，决九川，距四海，浚畎浍，距川小水治而大水亦平，后世之言水利者无以过之。故同是水也，善用之则为利，不善用之则为害。淮扬之水，惟思先除其害，而后可徐议其利。方今皇上开万世之利，辟西北田畴，浚东南沟浍，特命大臣勘修海塘，次及苏常水道，复浚淮扬之串场诸河，此即导川距海之良法也。

顾淮扬之水利，与三吴不能无异者。三吴之水利在三江入而震泽定耳，淮扬则当黄淮之冲，有诸湖之汇，而今日之急务尤在疏下河而浚海口。盖当日黄淮之未汇，淮扬之水或患其不足，而今则恒患其有余。患不足者以塘潴之，以坝止之，以澳归之，以洞泄之，时其启用而旱涝可以无虞。今湖水易涨，近湖之地多不可田，说者曰"宜作圩堰以障之"，不知湖水泛滥，每伏秋时至，翟坝诸水尽注于湖，则一望渺漫，圩堰皆没。今岁之水未消，而来年之水复发，故近湖之田皆沉湖底也。且河大易涨，则近河之地多不可田。说者曰"宜作涵洞以通之"，不知河身日淤，外高于里，内田低洼，积水难消，且漕堤闸洞官司启闭，旱不能如期以入水，涝不能如期以出水，故近河之田皆受水患，治近湖之水利者必使淮水不入湖，而复十四塘之制，则近湖之地始可田。治近河之水利者必深浚河身，而闸洞得宣泄之宜，则近河之地始可田。至下河一带，尤湖水之所由泄，河水之所由分，使下流滞期上流溢，中满之患不独病此一方民矣。

考淮南州邑，惟江都、仪征、泰兴近江，若通州、泰州、山阳、安东、盐城皆近海，治之者亟宜疏下河而浚海口，顾下河海口皆以串场河为通塞，串场河浚而后白涂海沟、车路诸河可以无阻塞也。串场河浚，而后丁溪、小海、草堰、白驹、大团诸间口可以得流也。必广浚深挑，疏沦无壅，开范堤之闸座，通近海之港口，如是则不独近湖、近河之田，可变沮洳为沃野，即下河近海之地，皆可变斥卤为桑麻矣。是知除水害即所以兴水利，水害除而水乃为我用。夫然后或修河堰，或筑湖堤，或建新塘，或复旧闸，举行自有次第，而有治法者尤须有治人，诚得贤守令奉圣天子并养兆民之意，存良司牧泽民济物之心，履亩诹咨，相度原隰，因地制宜，随时变通，则亦何难除泽国之水患，而开万世之大利也哉！

出处：（清）邱沅、段朝端《山阳艺文志》（卷四），民国十年（1921）刻本。

汪之藻

汪之藻，生卒年不详，字荐官。清河县（今江苏淮阴）人。邑廪生。博涉经史，凡宗工以文字相契洽者，无不以国士推之。持躬严毅端方，与乡邻接，退让温恭，捐置祭田，敦和宗族。县志久堙，请于邑令邹公兴相纂修，独任厥职。康熙乙亥（1695），管公钜续修县志，亦董其成。著有《易经衍义》《诗义发挥》《止止堂文集》等。

水 河 赋

天地之大，五行之中。包络华裔，亭毒鼋龙。大哉黄河，鬼神与通。曾一苇之不度，与小刁之弗容。岂蓬莱之水浅，遂投鞭而车东。

彼泉之始，百泓沮洳。万里中国，再析而至。西薄天汉，东裂砥柱。惊风怒雷，驱神役魅。黎阳古亭，瓠子汉帜。鸳鸯之口，飞云之臂。其立为山，其驰为驷。其幻为鬼，其狂如戏。其暴为秦，其刻为吏。其气虹蜺，其力赑屃。伊百世之雄哉，乃时迁而顿异。筑时长蛇赴壑半，没修鳞日鸟忧寒。一朝却走飞霜夜，驱征鸟失偶匪风。骨发匪龙，蚴蟉其始也。或聚或散，如群鸥鹭之惊。或泛或沉，如吴江浮秭之重轻。其盛也，峙峙訇訇，扰扰碰碰，如韩侯木罂夜渡之精兵。合沓层匝，垒壁坚莹。轧盘涌裔，踰清升。其太阳之云，物上者羊下者，蟠石骈集而硁硁。

吾闻昆仑之山，故名大雪玉峰。千棱冰崖百折石，有时勒水有时结。将鼋击乎祖龙之鞭，而砥峙乎共工之烈。又闻河伯之神，鱼为人民，水为城郭。昔决香炉，委乱淮洛。穿龟长鱼，生填沟壑。是城廓之弗完而流徙者众也，又曷禁乎大国之悉索。以故天老肃兵，土伯拥川。鹢膞桓胡，环甲披坚。蟹奴鱼婢，奔命后先。撤蜃母之楼，驰射工之弦。移戴山之鳌，集嘬冰之蝎。蛇蜓连蜷易，棰海而冰天。

当是时，日不可沐，月不可浴，风不可涛，凫不可宿。云影不流，汉津不复，淮不分清，河不挠浊。星源赤流，不可瓠取。绛帻鬼龙，不可犀烛。浮鹅沉铁，望于冰山。爵舫龙舟，胶于舣曲。此天之所以限南北也哉。

呜呼！其风车而羽为幅，其铁桥而山为麓。将画水而成路兮，跨阆风之弱流。畴浮查而上天兮，窃织女之机石。吾且溯绣江，濯沧浪，登太山，谒夫子之堂，南旋渡淮，周游大江。买山五泄，吊古三湘。而今沮矣，是冰彝之炉我，而却足于封疆。

呜呼！神龙变化，制于阴阳。地气沮泄，是谓发房。君子体之，以正行藏，而何疑乎水德之柔且刚。

出处：（清）朱元丰、孔传檀修，吴诒恕纂《乾隆清河县志》（卷十三），乾隆十五年（1750）刻本。

天妃庙赋

神祀坤后，器陈铁鼓。取土德以镇压河流，用金声而发扬天府。判南北之形胜，扼黄淮之险阻。

尔其庙貌嵯峨，霞光赫奕。波平而蓬岛呈辉，雾散而蜃楼现赤。落虹影于半天，卧苍虬于一席。结香云以瑞霭含虚，隐台阁而翚飞峦翼。

至乃雕槛簇起，雪浪排空。贝叶晨翻，俄惊风雨。玉关晓闭，拟窟蛟龙。玳瑁檐前，云气湿而凝碧；珊瑚树底，浪花照而浮红。密砌龙鳞，片片欲飞之碧瓦；遥闻鼍吼，隐隐不尽之疏钟。

尔乃升玉级，倚朱阑，人立九天银汉，身登五色鳌山。旷望无涯，思逸云霄之上；跻攀无地，神驰弥渺之间。凌浩森兮心戚戚，击箜篌兮泪潸潸。爰瞻琼宇，用跻玉堂。块矗峙之正殿，郁并起之回廊。撼金铺之玉户，仰文杏之雕梁。镂珠贝之栌槫，饰犀瑁之栋枋。挂鲛绡之锦幔，佩翡翠之瑶珰。供南金之宝鼎，喷辽海之香。极其备物之靡丽，岂诚固国之金汤。

于以遥瞻金相，仰觐芝眉。乍离王母蟠桃之宴，甫别湘妃泪竹之湄。云帔花冠对波涛之渺渺，绡衣鹤氅怅烟雾之离离。浴日月而拂菱花之镜，挂星斗而开碧玉之奁。环峙五岳，为晓起梳妆之案；连绵四海，乃晚余汤沐之池。擘太行王屋之峰，画出峨眉几点；挹荥波孟潴之泽，转成渌老斜窥。宁仅人间之御像，是真天帝之后妃。更复采昆丘之金，铸头悬之黄。五更毝壮，鲛人掩口而不敢扬声；万里传音，河伯诚感而莫能示武。从此汤汤方割，仰柔德而效命归诚；即今荡荡怀悠，溢颠道而安闲中矩。是皆情之所推为哉！擢之所叹嗟乎！

休哉！天地既毕，万宇齐开。游观无疑，感想自来。慨勤劳之委骨，悲疏凿之捐骸。曾不得半盂之麦饭，一酹之圩杯；而乃构此琼瑶之宇，筑是黄金之台。怅中情之惨淡，逝将去而徘徊。

出处：（清）朱元丰、孔传櫄修，吴诒恕纂《乾隆清河县志》（卷十三），乾隆十五年（1750）刻本。

注释：作者原注："庙在黄淮交汇处，俗人供天妃以镇压河流。中有铁鼓，又名铁鼓祠云。"

崇正书院记

书院立于邑令张公，学者称为裕吾先生者。旧为如意尼庵，将废，公下车改为书院，额曰"崇正"。院内立号舍二十间，考选诸生二十入课读，其中立斋长二人为领袖。中有讲堂，公日至掣签，讲、书、背、课、诵，三、六、九日会文，必批评等第；之间亦命题赋诗，或检故事相与质问，以验所学；或漏下二鼓，以二人前导，步至书院，察夜读之勤惰，以示赏罚。置院地一区为园，园丁二十人，设书院老人董其事，供其膏火饮馔。或有因事罚赎者，亦令具书院纸笔膏火。每课日，邑中荐绅或学博，丞尉或耆民皆治馔呈送，以副公意。诸生贫者赡其家，病者佐其药饵，不能娶者为之完婚，有丧者则率诸生共为其经纪。课业时尊如严师，平时色笑则家人父子。以故造士有成，宗山、陶成德、汪如淮、吴璜皆一时知名之士，后先鹊起。不三年，公调汶上去，书院之设，仅存故事。天启间遂以其地变价云。

论曰：今之学由古之学也，今之学人由古之学人乎？望旗亭观□场者，君子耻之。然安定月川，岂其无人，即不逮夫此而奖励而整齐，亦庶几焉，苏湖子弟言其大凡耳，盖夫豪杰之士不待文王宁待安定乎。大者忠孝名节之间，次即文章勋业之盛，皆足以考风化、志人文，而推明学校之本，则教者学者愈益知省也夫。

出处：（清）邹兴相修，汪之藻编辑《康熙壬子清河县志》（卷一），康熙十二年（1673）刻本。

清河八景

志何必景，而郡邑皆取之，谓夫古有从游问道与登高作赋者之有取尔也。而景皆有八，若或约之，毋使盘焉，亦或推之，毋使郁栖焉。旧志中不可以景目、不欲以景目者，今稍订之以问诸有道云。

淮水分清。淮水南来，黄水东下，急流相接，清浊如界，至淮口合流处，二水瀯旋，更如碧落中，山岫云影，吞吐万状，区中一奇观也。

星墩列秀。北岸无高山，崛起三墩，控镇两河，怀抱千家，春晴雨霁，时烟树苍苍，亦有声眺之乐。

丹巇晴岚。山临淮水，峭起半壁，南接盱眙都梁，龟霍俱在眉端，历历可数，不独以仙迹为胜。

甘城晚渡。此即韩侯旧钓处也。烟波森然，孤城西枕，渡者从城隅接流而过，片帆一叶，捷如凫荡波中，豪客骚人每多歌咏焉。

漂岸渔灯。水啮岸崩，久失故地，从三洲野涨处望，渔艇纵横，芦村灯火，凸然母墓在焉，亦吊古者所流连云。

妆台牧笛。土人传为梳妆台故址，黄土一丘而已。丘下村落绎布，聚牧不时，胜日登临，尝闻短笛声出陂泽中也。

灵祠夕照。祠三面控河，屹然如山立水上，楼阁空中。每在夕阳秋月中南望，水天或万顷浮金，或朱霞天半，照耀眉目间气象万千，诚一邑之胜概也。

富陵风帆。舟集湖口，非风不渡，渡则千帆相望，以上远近为艨艇，急如鸢鹭凌空，瞬息千里。

出处：（清）邹兴相修，汪之藻编辑《康熙壬子清河县志》（卷一），康熙十二年（1673）刻本。

清河县河防志

淮水委清河境越洪泽，经甘罗城，北达安东入海。旧不为患。自黄河入小清口，夺道争流，互为胜负，而水患始见。顾患有在民、有在漕。患在民者，荡一乡之地，误一岁之田，尽免额赋钱不过一万已。乃视水之所患，轻者塞之，甚者导之，更甚者因之以防以渠，而分杀河势，经略之法不必循一途、守一辙也。若患在漕，则河淮牵掣，弱则相济，亢辄相抵。议者每云漕之专仰运河，譬之孤军；引黄河之水以济漕，譬之借寇；不分黄河之势，缓清口之冲，而冀南漕之由江入淮，由淮入河，两利而永存之，譬之斗虎，则漕之在闸倚淮，出口倚河固矣。乃近日淮水大势多东南趋北，行不泛黄，至桃源上下，南北溃乱，不顺归故道，此固责之河身高垫，入海道梗无疑。然因河垫则议挑河，海梗则议浚海，正不如力主塞决冲沙之说为经略之犹胜者。但今日之河道与昔年异。昔年河道以清流荡涤，老底故深，又滨河一带土性埴黏，故旧筑之堤经百余年有坍塌而无淌卸，以故束水冲沙有效。今日则沙积坮岸，筑夫掘老土不得，就用新沙，虽极高厚，不植桩埽不固也。陈公河防志云，黄河直下徐邳，地高势猛，冲淌新堤，不啻拉朽，所冲堤缺，滚为深渊，下埽植桩，百计难塞。幸而堤就，虽能束水在堤，其实水行上急如建瓴，则故道宜讲，此达见也。所谓故道，如嘉靖诸名臣议必浚涡河、白河趋淮旧处，分杀河势，而南更用楮公鈇议，建高良涧坝闸，以泄淮水之涨溢，一议也。治西北三十里有新河故道，旧为分黄而开，堤岸所存什犹强□□年决，七里沟三汊以东舟不可渡，漕□□堂者乃从决口道新河经半边店、娘子庄迤东南，出王家营，溯淮入口。若从旧河浚通，一以分黄，缓清口之冲流，一以接淮，备漕运之缓急，二议也。崔镇等滚水石坝，旧与遥堤同建，以缓泛溢之水，今已重建改置，而下流不开，水道散漫，坏民田庐，国赋何出。法必视水势之缓急，开渠达流，委之去路，即支河一坝归旧新河，河堤存废不齐，前年暂一行漕，水漫废堤，淹民豆田几十百顷，从此不浚，民何以生，则坝口之下流当讲，三议也。不然，淮必北汇，河必东趋，并道合流，势如破竹，幸则下云梯、荡苇套、扩清海口，否则淮助河流，必北坏堤防，席卷村聚而患重于民，河夺淮流，则又南破闸坝，排挤高堰以上清流，集泥沙以坏运道，而患又重漕，岂独重漕，准诸水平法度，水与通济闸齐，则皇华亭前已深数尺，股肱重地，百万生灵，其侥幸免哉？则清之河防不独为清志也。

出处：（清）邹兴相修，汪之藻编辑《康熙壬子清河县志》（卷二），康熙十二年（1673）刻本。

清河县山川志

环清邑皆水也，其西南老子山，亦湖滨之孤屿耳。洪泽周数百里，波涛浩渺，几与洞庭等。兼以黄、淮汇流，沂、泗混合，六塘横其西北，盐、运径其东隅，便民沟河络绎于中，水利工程变迁随地。故他邑之川流多任地势，而清河之水道全赖人工，踵事而详志之，备施政要务焉。

老子山，治西南一百里，一名"脑子山"。山势自嵩高蜿蜒而来，至此南面突起，传为老子炼丹之地，其巅石色殷红，土人指为仙迹。霍山在老子山南。形势起伏，一峰萃然，跨盱眙、清河之间，上有宋建东岳庙，为清河南界。仙人洞在老子山西，洞深二丈许，下临淮水，四壁如削，宛然石室。

三台墩为一邑之镇，治坐中墩，左右二墩为辅弼，左形长，右形圆，术家有龙盘虎踞之论。太山墩，治东去马头镇二里许，即漂母冢。因下有东岳祠，又名太山墩。今陂泽中突兀一丘，望若浮翠。旧《郡志》称此山为盱眙来龙至此开局，锁两河之口，为郡城龙脉，关系水或不至滥溢者，赖有斯云。

黄河，四渎之一，原经天津卫北入海，后南溃留城，超徐、邳、乱洸、沂直下，从三汊河至清河吴城，由治前东合于淮，经境内之大河口、王家营，东北抵安东云梯关入海。旧迹自桃源三义镇入口，由毛家沟抵县后为大河口，会淮流过渔沟以达安邑，谓之老黄河。嘉靖初年，三义口塞，南从治前与淮合，谓之小清口，即今河道。

淮河，四渎之一。自桐柏山，经光、亳诸州，合汝、颖、濠、泗诸水，汇为洪泽，由治东南三里沟故平江伯所凿道，分入通济闸以接漕运，其委乃经甘罗城以北，合黄河入海。大清河口、小清河口，二河即泗水之末流，源出泰安州，经徐、邳至县西北三汊口分流：一由治西北老黄河口绕北出治东北入淮，为大清河，今久淤塞；一由治前百五十步东入淮，为小清河，即今河道。旧以泗流清于淮，故名清河。弘治初，黄入小清口，其水遂浊，至今犹名清口。

运河，元时故道由郡东入淮至清口，明平江伯改自郡西经清江浦入本县七里沟东界，迤南出三里沟达于淮以溯河。俗名运河为里河，黄河为外河。旧运口，在大王庙前。康熙十七年（1678）改向南三里，今又改迤南七十五丈。旧口之南，新口之北，龙亭一座，康熙四十年（1701）建。新运口，乾隆二年（1737），河院高以旧运口径直，去黄淮交汇不远，西北风劲，黄仍倒灌，运口易淤，题请另开运口，在旧运口之南七十五丈，长一千六十八丈，宽二十余丈。四年（1739），大学士鄂定议粮艘重运北上出旧运口，过毕即堵。回空及商民船只俱行新运口。

中河，康熙二十六年（1687），河决杨家庄，运道阻塞，总河靳辅题请开河，自宿迁骆马湖引清水，历桃源由清河治北达安东入海，长八千五百八十五丈，以行漕避黄河二百里之险。三十八年（1699），总河于成龙奏请中河北岸改为南岸，另筑北堤，挑河建闸，谓之新中河，而旧河废。三十九年（1700），总河张鹏翮以"新中河首纠曲，三义庙河身浅狭，难以容纳湖水；旧中河首至三义坝，河身深广，惟仲庄闸河身极浅兼与黄近，防守维艰"，遂于三义坝筑堤一道，用旧中河上截、新中河下截为一河以行运；又于河之首尾各建石闸，以时启闭。四十二年（1703），上谕以"仲庄闸清水南冲，有碍运口"，又于陶庄闸下开挑引河，改从杨家庄出口，并建束水草坝三座。一经圣画，至今运河永赖焉。

新河在治西北四十五里，自黄家嘴经渔沟、娘子庄、永兴集，北达安东入海。万历二十三年（1595）为分黄而开，今久淤废。

永济河在治东南运河旁，自窑湾杨家涧，历武家墩，至新庄旧闸接运河四十六里。万历九年（1581）开，以备清浦之险者。今淤。

营河，治东北十里胡贤口北，其左右皆军营田，故名。康熙十年（1671），河决七里沟，三汊下流沙淀，漕回空者由新河入营河，南经半边店出西营湖于淮，即此。

富陵河，在古富陵县，洪泽镇西，其源出盱眙塘山，山下冈阜重叠，溪涧萦纡，凡四十里。水自高而下，至刘家渡入淮。《后汉书》称，自明帝时沦为麻湖，南通白水塘，有三堰障水护田。堰不治，则洪泽沿淮受害。宋魏胜守淮，运粮至此出闸。元初，置屯田万户府，引塘水灌田。明初因之，自白水塘不修，遂汇为洪泽。

洪泽湖，在治东南，本古淮浦县，地连三郡，淮水经其旁。昔为洪泽镇、洪泽馆、洪泽村、洪泽桥，因士夫停骖，商旅辐辏所也。东北通富陵河，自白水塘堰敝，水势混流。又，宋元迄明，黄水溃入。于是会万家湖、泥墩湖、富陵湖以及淮泗诸水总为一湖，而波势较之骆马、射阳，不啻十倍。故高堰一工，漕粮运道所关，淮扬生命所系，而田之沉废又无论也。康熙初年，湖水坏堰，溃清水潭，没七州县；后虽高堰加筑，减坝建修，正流仍出清口，然黄屡决入湖，湖身垫高丈余。又，豫省祥符七邑水奔会，湖渐浅而水日增，黄淮涨而宣泄缓，不惟古沟、塘梗、茆家圩等处屡决，即本邑商贩鱼盐之利与舍头一带薪苇之资，抑且出没无时矣。

包家营河，一名张家河。康熙四十五年（1706），河院张鹏翮题请，自大坝开挑，分泄黄流，经浪石、娘子庄东湾，由戴范河、永兴集三岔口入安东硕项湖，达海州五丈河朝图口，下北潮河入海。两岸亦建堤堰，嗣因堰溃水溢，民田受害，旋即题请永闭。

便民河，乾隆八年（1743）"水利"案内，题允给帑，知县郑时庆承挑。自县西马麻桥起，经县后浪石、渔沟、娘子庄、刘皮、涧桥、永兴集接安东县张家河归南六塘河入海。乾隆十二年（1747），题请加挑宽深以资畅泄，故七镇之生民赖之。便民支河，乾隆八年发帑开挑，一自渔沟西南沿浪

145

石夹堤北出驿路三孔桥，由圆通庵前东入便民河；一自张家庄由浪石西夹堤北入支河。

张福口引河，康熙三十九年（1700）开。天然引河，康熙四十年开。张家庄引河，康熙四十年（1701）开。裴家场引河，康熙十七年（1678）开。天赐引河，康熙四十年（1701）湖水冲开，宽十余丈不等，上接裴家场，在帅家庄外。今渐淤。烂泥浅引河，康熙十七年（1678）开，四十二年（1703）加挑。三岔引河，康熙四十一年（1702）开，乾隆元年（1736）加挑。

按，清河无名山峻岭，而水汇四渎之二，险控东南，为岁漕数百万出入之咽喉，其余支分派衍、蓄泄多方，或利于农，或利于商。惟览者识前人浚防苦心，详今日高下地理，庶按籍可稽，即后事之师也。

出处：（清）邹兴相修，汪之藻编辑《康熙壬子清河县志》（卷二），康熙十二年（1673）刻本。

清河县名镇考

沧桑之以时变也，地灵之以人变也，岂独小聚哉。清之大河口，重屯也；马头，大郡也；吴城，旧县也；涧桥，通津也；洪泽，剧驿也；今非昔矣。即壬子（1672）之编，距乙亥（1695）二十余年，而盛衰迥异。迄今又垂五十年。睹志者察其民物，览其阛阓，识其贸迁，则盈虚消长，未可委之气数适然已。

马头镇在治东五里，近淮阴故城之地，为今漕运出入要道。旧为马头郡，今设马头巡检司。原与天妃坝、新庄闸为河东三镇，人烟辏聚称盛。明末兵燹后居民鲜少，徒以水陆应付为苦。今承平已久，居民渐复。

大河口旧镇在治东北十里，原为旧县治所。治迁后，居民恋土成聚，犹数百家为镇，后骎骎鸟散，仅存小庄数处，星缀河干而已。

吴城旧镇在治西二十里。宋绍兴三年（1133）罢楚州吴城县为镇，即此。旧有东西吴城，皆坊市成聚；今惟南岸土著者三五十家而已。

渔沟镇在治北四十里，亦传为本县旧治所在。昔真武庙一带旧家遗俗犹有存者，自河决七里沟后，冲没不时，居民移散。近以南北大路，商贩归之，农末相资，民多生殖，而旧俗则有间矣。

浪石镇在治北三十里，旧浪石渡有水道通海口，为境内尾闾之地，新河既堙，土人利河滩之腴，勾涟人防塞之。每遇河决淫潦，田为湖泊，久不可耕。顺治十六年（1659），知县唐佐臣毅然开浚，以报于上。其地北连渔沟，南通王家营，御路所经为过客腰站，向以水冲镇废。今便民河开，田为本邑沃壤，故居民渐聚云。

王家营镇在治东北三十里，由陆路为入京孔道，士商雇役车必出于此，为本邑巨镇。顾坊店牙埠，率南北流寓之民，土籍者十不一二。康熙六年（1667），河决东迁，衰落过半。二十七年（1688）大水冲镇，坊市庐舍尽崩于河，知县管钜捐资买地，东迁里余，居民复聚。至三十二年（1693）复被水冲，又请于河院，伐去近堤官柳以居民，不三月，市廛复旧。昔与清江浦分河为界，后以北岸土沙，黄河冲刷，北徙数里，遂启山邑奸人侵夺之谋，屡经控理，至今犹多被占云。

娘子庄旧镇在治东北五十里。西北五里许有鲍三娘居址，传有梳妆楼，乃金皇统间事，未详其实。

永兴镇在治东北八十里，俗名张家集。旧与娘子庄同镇，多邑中大姓聚族而居，有果园竹木之利。自王营河决，漂没田庐，娘子庄以当冲几废。此镇地远新淤，北通涟沭，农商竞集，甲乙渔沟。近以田屡被水，里户多艰，风俗波靡，尤有待于挽回云。

涧桥旧镇在治北六十里。镇西有汤家涧河，旧引涟沭二水，以通南北舟楫，民利其济，历久堙塞。其地军民杂处，军田十七，民田十三，因河决沙漫，里户凋敝，故镇集几归于屯军。

刘皮新镇在治北八十里，在永兴之西、涧桥之北，北界安东，地多高沙。比因小聚，遂即其地以名镇。

官亭旧镇在治北九十里，旧名崇河集。明初都金陵，此为山东驿传中道，设爬泥荡铺，建有官亭，故名。其地北接沭，西接桃，东距安，南通爬泥荡桥，多鱼蒲菱芡之利。自河决地淤，黄白之籍，迁著东南新滩，其西北界铺基久为桃人欺占，毁没旧碑，贿改府志，曾经上控，宪勘昭然。今经迁镇，应存旧镇，以备考据。

新兴镇在治北八十里，俗称小房子，在旧官亭镇东南。康熙十七年（1678），河决黄家嘴，官亭居民不忍远徙者，率迁于此。其东为包家冲，河通安沭海州伊山一带，互贩柴粮，联数百家为小聚。后以镇差过繁，民多北去。海沭知县王登龙加意招抚，乃复聚云。

金城镇在治北七十里，旧为镇，洪武年置金城驿，又有小金城铺，俱久废。其城不知所建，或云唐初于涟州置金城县，此其遗址。今别为一镇，然地多淤洼，亦止村落棋布耳。

洪泽旧镇在治东南六十里，滨淮河，古南北大道设洪泽驿及巡检司，盖剧镇也。自高堰筑后，黄河复屡决入淮，湖水泛溢，全镇俱没。向犹余高阜数家寄生浮梗，今惟一片汪洋。宋绍兴九年（1139），韩世忠伏兵洪泽镇，将杀金使，即此处。

老子山镇在治西南一百里，与盱泗接壤，负山面湖而居，从无水患，有稻塍网罟之利，鱼盐商贩亦皆丛集。近以湖水郁不东注，淹及山下，阪田、稻塍、鱼利皆失其旧矣。

《旧志》云：镇之废也，废于水，亦废于夫。谓夫厂之不足者，往往取给于镇也。今夫不扰镇，而镇不如昔者，乃水为之也。黄淮灾及数镇，六塘灾及数镇，霆霖积潦，便民河之所不及泄，又延及数镇。地瘠民贫而水复冲之、汩之，是则清之□□□□□□□□□则安而全之，当必有首矣。

出处：（清）邹兴相修，汪之藻编辑《康熙壬子清河县志》（卷二），康熙十二年（1673）刻本。

朱　涵

朱涵，清河县（今江苏淮阴）人。乾隆辛酉（1741）举人，壬戌（1742）进士。余不详。

钵池山炼丹台仙迹记

郡城西北二十里有山曰"钵池"，盘纡凹曲，形若钵盂。相传王子乔炼丹于其北麓。山经锻炼，故隐隐隆隆，无巉岩峻岭之观，然树木阴翳，山径环叠，遥望蔚然。晦明风雨，俯仰百变，皆有可乐。邑在山之南，故以山阳名焉。广生案，《县志疆（城）[域]沿革》引《晋书·地理志》：义熙初，分南兖州之广陵界置山阳郡。又引《宋书·州郡志》：并于射阳县境立山阳县，与郡俱立。是县以郡得名，不以山得名也。朱说误。

唐杜光庭载寰中洞天三十六、福地七十二，钵池固其一云。尝按：史传王子名晋，字子乔，为周灵王太子。赋性闲静，居常好吹笙作凤凰鸣。晋平公使叔誉来聘，与之言，五称而三穷。归告平公曰：太子年十五，誉莫能与言，君请事之。及灵王二十一年十一月，穀、洛二水斗，将毁王宫。王欲雍之，太子谏，王不听，卒雍之。遂逃去，游伊、洛间，遇浮邱公，从之游。浮邱公接以上嵩山，三十余年道成，择地为炼丹所，至淮，得山之幽远闲旷者，于冈垄之际筑台以居。台下浚有井，洌且甘，即钵池也。丹成先以试鸡犬，则皆僵。王子曰："功徒然矣！"因掷丹于井。顷之，鸡犬为麟凤，王子乘凤去。从此山砂尽赤，井水日幻三色，较他水重四铢。时见锦幢宝羽，冉冉腾云雾中。

逾时，柏梁复遇王子，王子曰："可告人，七月七日待我于缑氏山头。"至期，乘白鹤吹笙，驻缑岭，可望不可即。俯首谢时人，数日乃去。王子有两妹，继亦得道仙去。先时，崔文子学仙于王子，王子化白蜺，持药与之。文子惊怪，以戈击之，因堕其药。服之亦仙去。卫叔卿者，亦仙人也。其子名度世，见叔卿与数人博戏于石上，紫云蒸郁玉为床。叩问列坐为谁，叔卿曰："是王子晋与洪崖先生、许由、巢父诸同辈耳。"迹其仙去之后，犹隐现幻化不测如此。窃谓神仙之说渺矣。或谓神仙不死，时逍遥蓬岛，世人不克见。又或混迹嚣中，神通游戏，多怪变不经，故儒者多弗道。今王子事见传记，且遗迹可考据，文人学士时称引不衰。固未可与荒唐诞谩者同日道也。

山旧有台，郡人创立仙祠台上，肖王子像于其中，崇祀之。国初，户部主事戴玑为榷关使者，建亭榭，广祠宇，环植竹木，护以廊槛，更为四方君子游观吟咏之所。东坡谓："春夏之交，草木际天，秋冬雪月，千里一色。"此殆庶几焉。丙午春，予读书乾元道院，山人王君含一垦刈榛莽，植桃柳五百株，更构小屋数椽于东偏，有重修丹台之志。属予为记，爰本其梗概而历序之，俾览者知所考云。

或谓子乔辟谷，小隐其间，尝丹泉兮漱齿，采芳药以驻颜；成九转以谢尘市，随八公而入仙班。而斯境也，俨然方壶圆峤，并海上为三山。且谓灶下丹成，林间凤舞。安公之冶独神，葛洪之火毕吐。以是地变丹崖，居同紫府。种琼玉以矜奇，疑赭山而分土。孰知传闻近诞，按理尤乖。周太子曾经早逝，《列仙传》已类《齐谐》。即或吹笙霞举，驾鹤云排，迹亦著于缑岭，人非隐于长淮。岂神仙善幻，遂易地则皆是。

盖山孕结于土膏，色递分乎地脉。泉奚煅而能红，岸谁烧而始赤？语实不经，理无可绎。惟象自天成，名由实责。如谷以盘而得称，峰肖炉而著迹。兹既像乎钵盂兮，锡嘉名而自昔。

出处：冒广生《钵池山志·建置志第二》，方志出版社 2006 年 4 月版。

丁如玉

丁如玉（1746—1830），字在衡，号少溪。清河县（今江苏淮阴）人。乾隆三十六年（1771）举人，历江西永丰、玉山县令，广东雷州府同知、澳门同知、广州府同知，署韶州、嘉应、南雄、肇庆、惠州诸府州，摄广南韶连（即广州、南雄、韶州、连州）兵备道。多次担任江西、广东乡试考官，诰封"奉政大夫"。

重建清河县学宫碑记

天下事有待而后者，良以事会之未乘，人才之难得，而其事非一手足之烈，一朝夕之计也。如清河学改作，岂偶然哉！县治清江浦，旧为山阳县巨镇，学制旧为清江书院，始于明嘉靖间，其后建置不一。及我大清康熙十六年（1677），靳文襄公捐建先师殿，三十七年（1698），于襄勤公题清政书院为学宫，置学田二十顷，移山阳县训导居之，谓之清江浦学，而非清河县学也。

迨乾隆三十六年（1771），知府尹文端公、抚军陈文恭公，奏请迁清河县治于清江浦，即以清江学为清河县学，此清河学之所由起也。其地湫隘，其制简陋，当道日役于河防而不暇及，都人士又诎于财用而莫之前，如是者有年。及黎襄勤公治河十年，平水之暇，首重敷文。道光元年（1821）冬十月，同志者与玉谋之金曰，此吾学改作之时也。次年，上书于襄勤公，公慨然许诺，而诘以财若干，人安在？玉等对以士民乐输银可若干两，襄勤公曰：予亦如数筹之，而特难其任事之人。退而访之，惟知府衔、襄河同知张公名栋者，堪任其事。又请于襄勤公，公亦以为然。适太守入见襄勤公，语及此事，揖太守而言曰：是事也，盍为我任之？太守曰：唯唯。

夏间，玉等集同志于明伦堂，请县尹江公名翰者，分给印簿劝励之，各管其乡之输款，以登于簿。襄勤公亦檄行三道，会议筹款。初则前任淮海兼淮扬道沈公名惇彝、升淮扬道费公名丙章、淮海道林公则徐议其略，继以现任河库道福公名兆，淮扬道沈公名学廉，淮海道梁公名章钜议其详，皆志在兴学，大有造于吾邑者。

于是度基址，正向背，有民居占学地而碍兴作者，给以折费，草房每间十两，瓦房每间二十两，民乐重赏，皆徙去。县尹李公名正鼎，经始而荒度之。太守复命其弟名栋者引绳墨、虑丈尺，无纤毫差。命工绘图，中为大成殿，东西两庑，神厨省牲所；前为大成门，门左名宦祠，右乡贤祠；中为内泮池，桥三；外为棂星门，为外泮池，桥二；外屏宫墙，墙之东奎星阁，东西栅栏，牌坊皆具；大成殿后明伦堂，崇圣祠，最后尊经阁；明伦堂有东西斋房，外为教谕训导署，分列左右，环以黉墙。其殿庑进深宽长，具有贴说。图成，上之院道，传之士林，咸称善。

于是迁木主，撤旧屋，募工匠，作丕基。车徒毕集，版筑云兴，其地增高八九尺及四五尺不等。未几而豫章之木，金陵之石，海陵之瓴甓，阳羡之琉璃黝垩，罔不以梯航而至。欢者骇其神速，而不知太守初任此事，与其弟口讲指画，成算在胸，不待公顷，先已设法垫购，故人觉其不亦而速，不劳而至。惟时木工、石工、金工、砖埴之工、刮磨之工、设色之工，群萃于斯，乃命经营，维新旧址，揆日占星，庀材卜吉，龙桷临空，凤甍特起，宫墙式俊，璧水环流，高阙乔皇，大文炳焕，规模具备，矜式咸昭，非仅以妥圣人之灵，亦使邑人之群相瞻拜者，固不待铿吰钟律，蠲洁齍明而已，肃然如在焉。

工始于道光三年（1823）九月，落成于道光四年（1824）九月。知府大学士孙公名玉庭适至浦，偕新任河帅张公名文浩率文武僚属及绅士等，敬奉至圣木主升殿，行释奠礼。跄跄济济，肃肃雍雍。礼成，相国嗟叹久之，出而示人曰：自来人才之盛衰，视学校之兴废。从此人文竞秀，蔚为国华，深堪嘉尚。于是各制碑文，以志其盛。

太守之成厥功也，防河之暇，必亲视其工，财用有节，而工程必期巩固，公顷不足，捐廉俸以济之。其于估册外捐置各物，尤难更偻数也。其弟亦善成兄志，日督匠三四百人，昼则课其勤惰，夜则戒其灯火，漏三四下犹必亲阅一周，晨起见霜露之濡，木石之滑，工匠登高履下，虑有失足之虞，必时时申儆。故工作一年，而无意外之患。初，兼署淮扬道沈公论及此事，决之曰三年有成，言工之巨也。今太守与其弟经营图度，一期年而葳厥事，工亦伟矣。是亦足以副襄勤公倚任之重，答吾侪仰望之心。

呜呼！襄勤公已矣。公以今年正月卒，惜图其事而不克见其成也。先期筹银一万八千两，河帅张公莅任，又筹银七千余两。吾乡之捐，顷未足者，幸值督学周公名系英按淮，督同前署县尹范公名凤谐，今县尹张公名师恺，竭力劝捐以足之，合计官民两项共计银一万五千有奇。工之竣也，实用银五万数千两，顷不多敷而臻美备，皆太守力也。夫迁县立学迟至数十年，襄勤公治河十年底绩，而始能改作，且仅得太守任其功。所谓天下事有待而后行者，不其然哉！邑之同志者：总理一切、任劳任怨者，林君啮凤也；不厌不倦、好谋而成者，申君秉愚也；作事谋始，无二无虞者，万君镛也；实心任事，力矢勤慎者，严君保泰、茅君鉴也；不惮烦劳、兼办礼乐器者，田君大椿也。其实力劝捐与乐善输捐之绅士，则有明伦堂之碣石在。

道光四年（1824）十一月。

出处：（清）丁纬五等修《御书堂丁氏族谱》（第四谱），光绪壬辰年（1892）刻印。

吴　瑭

吴瑭（1758—1836），字配珩，又字鞠通，淮阴人。年轻时慨然弃举子业而专攻医学。乾嘉间游学京师，参与检校《四库全书》，遍考晋唐以来诸贤议论，结合丰富的实践经验，著成《温病条辨》。另著有《医医病书》《吴鞠通医案》。

《温病条辨》自序

夫立德、立功、立言，圣贤事也。瑭何人，斯敢以自任？缘瑭十九岁时，父病年余，至于不起，瑭愧恨难名，哀痛欲绝，以为父病不知医，尚复何颜立天地间，遂购方书，伏读于苦块之余，至张长沙"外逐荣势，内忘身命"之论，因慨然弃举子业，专事方术。越四载，犹子巧官病温，初起喉痹，外科吹以冰硼散，喉遂闭，又遍延诸时医治之，大抵不越双解散、人参败毒散之外，其于温病治法，茫乎未之闻也，后至发黄而死。瑭以初学，未敢妄赞一词，然于是证，亦未得其要领。盖张长沙悲宗族之死，作《玉函经》，为后世医学之祖，奈《玉函》中之《卒病论》，亡于兵火，后世学者，无从仿效，遂至各起异说，得不偿失。又越三载，来游京师，检校《四库全书》，得明季吴又可《温疫论》，观其议论宏阔，实有发前人所未发，遂专心学步焉。细察其法，亦不免支离驳杂，大抵功过两不相掩，盖用心良苦，而学术未精也。又遍考晋唐以来诸贤议论，非不珠璧琳琅，求一美备者，盖不可得，其何以传信于来兹！瑭进与病谋，退与心谋，十阅春秋，然后有得，然未敢轻治一人。癸丑岁，都下温疫大行，诸友强起瑭治之，大抵已成坏病，幸存活数十人。其死于世俗之手者，不可胜数。呜呼！生民何辜，不死于病而死于医，是有医不若无医也，学医不精，不若不学医也。因有志采辑历代名贤著述，去其驳杂，取其精微，间附己意，以及考验，合成一书，名曰《温病条辨》，然未敢轻易落笔。又历六年，至于戊午，吾乡汪瑟庵先生促瑭曰："来岁己未湿土正化，二气中温厉大行，子尽速成是书，或者有益于民生乎！"瑭愧不敏，未敢自信，恐以救人之心，获欺人之罪，转相仿效，至于无穷，罪何自赎哉！然是书不出，其得失终未可见，因不揣固陋，黾勉成章，就正海内名贤，指其疵谬，历为驳正，将万世赖之无穷期也。

　　淮阴吴瑭自序。

出处：（清）吴瑭《温病条辨》（卷首），山西科学技术出版社 2008 年11 月版。

题《医医病书》

　　病人之病，赖医人之医。医人之病，层出不穷，将何以补偏救弊，捍卫民生哉？孔子谓："工欲善其事，必先利其器。"孟子谓："不以规矩，不能成方圆。"医人者，规矩也；病人者，所制之器也。今将修规矩以制器，作《医医病书》。

出处：（清）吴瑭《医医病书》（卷首），山西科学技术出版社 2008 年 11 月版。

注释：《医医病书》为作者晚年亲自删定的一部论文集，议论精辟，历来为医家所珍视。该书是应浙江胡沄先生所托，纠正时医之弊的文章，因胡沄曾被时医所误，感慨颇深。

时医俗医病论

孔子谓：如有周公之才、之美，使骄且吝，其余不足观也已。时医多骄且吝，妄抬身分，重索谢资，竟有非三百金一日请不至者。此等盛气，苏州更甚。果真能起死回生，亦觉太过。盖病者不尽财翁。细按其学，甚属平平，用药以三分、五分、八分、一钱为率，候其真气复而病自退，攘为己功，稍重之症，即不能了。为自己打算财利，其如人命何？已以是谋生，人竟由是致死，清夜自思，于心安乎？俗医之病百出，予不忍言。即以一端而论，或谓之买卖，或谓之开医店，可耻之极，遑问其它。且即以市道论，杀人以求利，有愧商贾远甚。

出处：（清）吴瑭《医医病书》，山西科学技术出版社 2008 年 11 月版。

答病家怕不怕论

病家多有以怕不怕为问，医者答之不易，非可以漫答也。胆大者，答以不怕，然小病必大，大病必危。虽不怕亦答以可怕，再三警戒，收其怠纵之念，而后可成功。胆小者，答以怕甚，则病家毫无主见，甚至一日延十数医，师巫杂进，不可救矣。有识见，有担当，答以可救之理，但不可乱，而后可成功。时下医者，一概答以不怕。因都下风气，答以怕甚，则另延医矣。只为自己打算，不为人命打算，恶在其为医者也？

出处：（清）吴瑭《医医病书》，山西科学技术出版社 2008 年 11 月版。

名医病论

名医之病，首在门户之学。其次则以道自任之心太过，未免奴视庸俗，语言过于刚直，为众所不容；或临症之际，设有不对症之方，妄生议论者，则怒发冲冠，有不顾而唾之势。其或性情柔逊者，不肯力争，宛转隐忍，又误大事，做成庸医杀人。安得许多圣贤来学医哉？

名医之病，首在门户之学。其次则以道自任之心太过，未免奴视庸俗，语言过于刚直，为众所不容；或临症之际，设有不对症之方，妄生议论者，则怒发冲冠，有不顾而唾之势。其或性情柔逊者，不肯力争，宛转隐忍，又误大事，做成庸医杀人。安得许多圣贤来学医哉？

出处：（清）吴瑭《医医病书》，山西科学技术出版社 2008 年 11 月版。

医非上智不能论

予年三十时，汪瑟庵先生谓予曰："医非神圣不能。"予始聆之，惊且疑，以为医何如是之难？医道何如是之深哉？今历四十年，时时体验，事事追思，愈知医之难且深也。医虽小道，非真能格致诚正者不能。上而天时，五运六气之错综，三元更递之变幻；中而人事，得失好恶之难齐；下而万物，百谷草木金石鸟兽水火之异宜。非真用格致之功者，能知其性味之真邪？及其读书之时，得少便足，偏好偏恶，狃于一家之言，入者主之，出者奴之，喜读简便之书，畏历艰辛之境。至于临症之时，自是而孟浪者害事，自馁而畏葸者亦害事，所谓有所好乐恐惧忧患皆不得其正。非真用诚正之功者，岂能端好恶、备四时之气哉？

出处：（清）吴瑭《医医病书》，山西科学技术出版社 2008 年 11 月版。

李廷标

李廷标（1760—1848），字耘长。清河县（今江苏淮阴）人。郡庠生，加捐五品衔员外郎。乾隆间尝奉巡按四川之节，勚赈账务，民怀其惠，以功钦赐蓝袍，声闻朝野。

李氏家训

盖家之有训诫，犹一身之有绳检，一心之有准衡也。群子若弟其恪听余训是谨。夫人受天地之中，以生得于天者为性，而成于人者为教，教之时义大矣哉！若于教为圣为贤，不若于教，即丧失其可圣可贤之身，而流于不肖，不肖之近于人类者，几希尔。可不慎欤？余略言其端，以为幼子童孙劝：一敦伦，以务孝弟；一立诚，以守忠信，人生之大本立矣。由是谨以居心，和以接物，惠以济人，宽以御下，俭以养德，静以去嚣，勤以广业，强以励行，人生之完行具矣。将见五品以训，五教以齐，居乡树正人君子之目，立朝著纯臣良相之名，邦家之光，天地之端，举积于兹，可不慎哉？可不勉哉？虽然，不诫而肃，不教而成者，可以期上哲难以望中材，其自余约后，敢有大本不立，大行不全者，许族之长伯于家庙严责之；有不悛者，必反复倍惩之！其毋怠！他如一事之愆，一行之失，亦须讽劝详施，诚诰互用，乃可以消萌杜渐，为吾宗佳子弟。《书》曰："惟怀永图。"《诗》曰："聿修厥德。"尔后人其恪听之，俾世守斯训，百代犹一日。是则余所望于累业者已。武生廷标训。

出处：李敬亭主编《问礼堂淮阴李氏族谱》，民国十一年（1922）印刷。

蒋　阶

蒋阶（1791—?），字升之，拔贡生。晚清清河文士，著作具有体裁，书法兼河南、渤海之胜，以擅八股制义名动四方。儒素自守，以教授终。著有《七指山人类稿》《甦余日记》。

赈饥善后事

敬止来商赈饥善后事。缘咫闻拟于四月初饼粥厂俱收，距麦熟尚十余日，谷价翔贵，必苦无钱买食。且饥民远来者，或百里，或数百里，沿途无处觅食，仍恐饿死。虽咫闻收厂之日，必仍如去年各给路粮，而人心难厌，得陇望蜀，匍匐哀号，遣之不去。若任其羁留此地，仍觉为善不终。今拟劝本镇商民，各捐钱米若干，俟收厂后补给外籍流民。明白晓谕，庶有业者得以复业，无业者亦可四散谋生。招古音、素修、问扬共议，俱称善。即将此议商诸各家，皆欣然乐助，计得钱五百千，真快事也。

出处：（清）蒋阶著，吴涑纂辑《甦余日记》。
注释：本文为作者道光癸巳（1833）三月二十三日所记。观《甦余日记》实录，知渔沟首富吴氏乐善好施，渔沟镇商民在吴氏兄弟的影响之下，对救灾赈饥"皆欣然乐助"。

伤哉咫闻

景伊使来告，咫闻于昨日即世。

呜呼！伤哉！咫闻与余数年前止泛交，前年张蕴斋死，观其所为慎医药，治丧具，营墓田，厚待其子而善处其家，慨然有古人风，而后知其有真性情、真节概者。及今年借书院作粥厂，朝夕相见，事无大小必商之，其不惜费，不惜劳，不沽名，不辞怨，惟恐饥民不得实惠为憾。此等存心作事，则尤近今所罕见。前月二十四日晚，同人集斋中共饮。咫闻忽言："我生性刚直，遇事便一直做，有话便一直说去。自己当时亦不能主张，故往往有不满人意处，然我全是一片诚心。当时人或怒我，究竟亦不恨我。"余曰："君真赞语也。"

乌乎！由今思之，不且为语谶耶？吾又乌知其碌碌以死，不竟湮没以终耶？抑吾闻之，大兵不问命，大疫不问行，不谨避之而日与已死将死之人相逼处，其不触臭秽而致疾疫者，与有几千金之子，坐不垂堂保身慎疾之道，亦圣贤之所重也，吾又岂徒为咫闻惜哉！

出处：（清）蒋阶著，吴涑纂辑《甦余日记》。

注释：本文为作者道光癸巳（1833）四月十三日所记。渔沟富豪吴以训（字景伊），于道光十二年（1832）、十三年（1833）春连续散家财，设粥厂赈饥民，忘情投入，奋不顾身，其三弟吴以志（字咫闻）全力赈饥，竟致积劳成疾，赍志而没。作者闻此，不由得感慨叹息，唏嘘不已。

方公生传

公姓王氏，世本好道，不近荤酒。家于清河渔沟之北乡。年十岁，祝发于其乡之龙君庙，法派属海，名藏，字方智。幼而纯笃，尝自言质鲁，读儒书不慧，及诵经文，破若有悟，是殆有宿根也。二十岁，持戒于扬州宝轮寺。闭关三月，聪颖顿开。又参禅于高旻寺，寺主笃爱之，欲授以法，屡强不可，往来两寺者数年。后与其同戒僧静修参投京城万寿寺，师莲筏道济，遂授以法。留之，不可。自是，历游五台、九华、峨眉、天竺、灵隐诸胜，笠屐几半天下矣。三十时，归乡省母。母时已八十。志欲终养。适镇北有延寿庵者，原名十家，久废圮。镇之荐绅吴公殿升邀同会郑君树涵等捐赀，重建于渔镇之西，以事属公。公披荆刈棘，累砖叠瓦，日则酷暑无盖，夜则露处无屋，凡两月，成殿宇六楹，于是有卓锡地。遂奉母至院，朝夕供养，亲为涤溺器，理发髻。母以天年终，而感吴公之厚谊与诸檀越之情缘，已不能复言去矣。

公经营家事，一如常人，前后创造，动经巨万，虽甚烦剧，毫无匆遽。接人无贵贱，皆平等，容色和蔼，语言安慎，见之者如和风一吹，热恼自散。其居处甚俭，衲衣草屦，床不茵蓐，食惟蔬菜。尝谓僧家前生来历浅，今世福泽薄，若再享用，将召天谴。吾淡泊，分也。性至慈，遇贫乏乞钱物者，笑与之。四方行脚，望风投止，遇之如家人礼。饮食外，或给以衣屦。

呜呼！可以风矣。

先是，刘子进南主讲临川书院，院与梵刹连，曲径通焉。余与吴子古音就刘结诗社，推公为惠远，每会必继以饮。时公年五十五六，偶病风，乃劝以酒，不辞；量甚洪，进以巨觥，亦不辞。竟亦不醉，即大醉，神色仍如常也。此其所谓内天外人，不定不乱者欤？

去年，余复主讲于此，往来过从日数四，花晨月夕，瀹茗谈禅。余虽不甚解，而理语如雪，颇能发明心性，与吾道相吻合。

公今年六十又七，步履强健，犹四十许人。窃窥齿发稍稍变矣。居平常自慨曰："学道不入深山，与俗家相去几何？"固知其久有去志也。

前九月九日，忽以庵事属其徒，凡所手创，皆笔诸书座，客观者如指掌。自后退暇，密缝衣屦。余笑谓曰："行当告我！"公曰："唯唯。"

闰九月八日，治具要饮，情意肫然，言色洒如。夜半，行意始露。余登其床，大笑曰："公已告我矣，余不悟耳！"问："何往？"曰："仍扬州宝轮寺也。"

夜，诸徒罗拜泣留，但笑慰之，勉以力行，无一语及他事。

天明，将饯以酒，则去已远矣。

呜呼！公智慧高超，器量宽厚，不质人短，不炫己长，处世如虚舟之触物，行迹如浮云之在天。余叹之羡之、思之悲之，不知涕之何从也。去之明日，闻者皆叹息泣下，以不得见为恨。非公之盛德感人，何以至此？若但谓割俗情，慕高节，禀刚毅之性，有坚忍之力，犹未足知公尔。

出处：（清）蒋阶著，吴涑纂辑《甦余日记》。略见（民国）刘樾寿修，范冕纂《续纂清河县志》，民国十七年（1928）刻本。

沈香城

> 沈香城，生卒年不详。清河县（今江苏淮阴）人。淮阴名宿，才高望雅，见重于江苏布政使梁章钜等，时有唱和。

河 口 说

河之为病于今剧矣，非河之病，而不能通漕之病。盖昔之河患甚于今而漕通，今之河患减于前而漕滞，议者皆知黄水日高，清水不能出，遂争为蓄清敌黄之说，不知黄之高由于底淤，底淤不除，黄水不落，徒恃蓄清以敌之，此扬汤止沸，于事何裨。而况堰盱石堤风暴可危，实有万万不可多蓄之势乎。议者又谓清水诚出，黄水当可落低，说似近理，又惜其昧乎。今昔之情形也，盖清水诚劲，然必劲于黄，始能收刷涤之，益今之清口非犹夫昔之清口，幸而黄流未涨，清水得高一二尺，谓足以入黄济运，则可谓之汇黄且不可，况欲藉以刷黄乎？

谨案国初黄河于河口、运口逼近，每遇黄涨，病运、病湖。康熙三十八年（1699）筑成御坝，挑溜北趋，而又有转水墩、东西坝，层层夹激。转水墩在运口头坝之上，引湖溜七分敌黄、三分济运。东西坝在风神庙前，冬则接长以蓄，夏则拆展以泄。其时，湖河相连，水出坝口奔腾汇注。披览旧图，黄流仅靠北岸一线，强弱之分如此，刷黄所由得力也。四十年，接筑顺水堤工四百八十五丈。四十二年，筑御坝撑堤三百四十六丈。乾隆初年，高文定公以运清两口直对，恐浊流易灌，遂移运口于旧口南七十余丈，避黄纳清。自康熙三十八年以后，至乾隆四十年间，凡所谓因时立制，救敝补偏者，均各有所见，实无害于全河。惟黄水有时而强，清水有时而弱，则亦倒灌频仍，从无十年之治，此萨诚恪公所为汲汲陶庄引河也。陶庄引河始挑于康熙三十八年，而旋淤，复放于乾隆七年（1742）而又淀，是以萨诚恪公于四十二年开放新河，后即于南岸积土之外筑束水堤八百九十一丈，又筑拦黄大坝一百三十丈堵截旧河，并于拦黄坝迤上加筑顺黄坝一百三十丈，将东西两坝移下一百六十丈，建于平成台后，从此二渎划然，而分湖水出口直至彭家马头与黄流交汇。清口下移实为全河一大变局，始意黄流自此可无倒灌，而次年彭家马头即有淤淀阻漕之事。四十四年，复因清水迁缓不下，又将东西两坝下移二百九十丈，在惠济祠前。四十六年，因湖水较弱于通湖引河，以下运口以外添筑兜水坝，为重门。自后数年，因青龙冈失事断流，至四十九年，河仍南趋倒灌。五十年，湖水过弱，清口竟为黄流所夺，淤成平陆，漕船不通。经阿文成公来江筹勘，堵闭湖口，开回龙口，专引黄水回空。其时，黄水直至扬州，幸河身尚低，不至夺溜，而全黄入运实始于此。次年，清水虽出，仍嫌过弱，兜水坝加厢高厚以束清，并将东西两坝移下三百丈，于福神庙前，束御两坝之名由此起。嘉庆十年（1805），改御黄坝于高家马头，斜长三百六十丈，移东坝于运口之南挑清坝之外，东西共长一百五十丈。二十二年，复于距御黄正坝一百九十丈处添建三坝一道，长一百三十丈四尺，每年即在二坝启闭。此自康熙以至嘉庆年间，清口逐渐外移之情形也。上下百余年，时势不同，制度互异。此时而欲于湖口、运口施工，谓宜复转水墩，则自拦黄筑坝，清黄相距数千丈，水何自而转？谓宜接长盖霸，则自嘉庆间已屡加增制未尝废，且湖水盛涨之日，正御黄堵闭之时，即挑溜开行，舍运口别无他路，若欲于顺黄坝再加接筑，则黄水现本北趋，并未南卧。而谓经此一挑，水可落低，必无是理。

总之，黄夺淮已成强宾压主之势，在当日湖高于河，犹有迭为宾主之日，今则反主为宾，则以河底淤高，黄水日炽，从前蓄清五六尺即可畅出，今蓄至一丈六七尺而伏汛黄涨，尚高下悬殊。从前东西坝冬收夏展，但患清之不足，今则御坝冬启夏开，尚患清之常高。其所以日高之故，则因数十年中决口不少，陈陈积淀，已非一朝。兼之徐属黄河闸坝无岁不启，以致势分溜杀沙停，借黄济运之害又从而加厉。故图治于今日，惟有落低河身，消除中高，则百病自愈。然所谓落低河身之法，又不可强为穿凿也。

出处：（清）麟庆《黄运河口古今图说》，道光二十一年（1841）刻本。

萧令裕

> 萧令裕（1793—1848后），字梅生（一作枚生），清河（今江苏淮阴）籍，世居板闸。文采风流，卓然不群，然皆不得申其志，长年作幕自给，从阮元督两广，在幕府二十年，颇谙古今文章，雅练有体。著《清河疆域沿革表》，见重于时。传世著作有《楚州使院石柱题名记》一卷，《淮壖志遗》二卷，《寄生馆文集》四卷、附录一卷等。

《清河县疆域沿革表》自序

清河县始见于《宋史》，宋以前为何地，史无明文。予幼而失学，长辞乡县故书雅记，数典惧忘，征考有年，乃辄为说曰：清河以泗水得名也，泗水与淮水合流也，淮以北为泗口，古淮泗之会也；淮以南为淮阴，古镇县之地也。自元秦定间河夺汴渠以入泗，而泗口之名遂没；自明弘治开河绝北流以入淮，而淮阴之地渐潴。然古淮阴实跨今清河之宇，古泗口亦正得角城之名。角城、淮阴，中隔一水，寻其左证，历有据依，郦道元《水经注》："淮水右岸，即淮阴也。"《水经》："淮水又东北，至下邳淮阴县西，泗水从西北来，流注之。"又《水经注》："淮泗之会，即角城也，左右两川，翼夹二水，决入之所所谓泗口也。"右岸淮阴，隔岸角城，两川翼夹，决入泗口，今代淮流故仍禹迹，其所决入尚名清口，此一证也。《南齐书·州郡志》："北兖州镇淮阴，旧北对清泗，临淮守险。"对泗临淮，渡岸即至，南朝史传略可参稽，此二证也。《魏书·高闾表》曰："欲修渠，通漕路，必由于泗口泝淮而上，须经角城，淮阴大镇，舟船素畜，敌因先积之资，以拒始行之路。"云云。由泗泝淮，路经角城，防大镇之舟船，信淮阴之邻左，此三证也。胡身之《通鉴注》引《南北对境图》曰："淮阴县距淮五十步，北对清河口十里，清河口即泗口。"图名"南北对境"，明是分淮为界，相距十里尤称密迩。今县疆域实兼对境，此四证也。《魏书·高闾表》又曰："角城蕞尔，处左淮北，去淮阳十八里。"淮阳，今桃源县。胡渭《禹贡锥指》："今桃源县西北有淮阳故城，今清河县东南五里有淮阴故城，角城县故城在县西南，去故淮阳城十八里。"元本《魏书》至为确凿，角城既得淮阴益明，此五证也。证佐摭实，聚讼未已，理其棼乱，复有二端。杜佑《通典》泗口属今临淮郡宿迁县界，李吉甫《元和郡县志》泗州宿迁县下，谓淮水入县境，南与楚州山阳县分，中流为界。唐时泗口明在宿预，定为清河显相刺谬。考《隋书·杨素传》："治东楚州事陈将樊毅筑城于泗口，素走之，夷毅所筑。"乐史《太平寰宇记》："隋开皇三年（583），罢郡，乃省临清县，其城因而荒废。"《旧唐书·地理志》："贞观元年（627），省淮阳县入宿预。"此泗口之所以界宿迁也。宋咸淳九年（1273），置清河县。《元史·地理志》："清河本泗州之清河口地，宋立清河军。"《明史·地理志》："清河，南有淮河，东北与黄河合，谓之清口。旧谓之泗口，此泗口之所以入清河也。"自唐至宋，此地未立清河，亦无桃源，止为宿迁县境下，与山阳连界，后乃设军清河，割隶角城故地，故记传之单词，无须胶执史志之原委，实有明征已。《隋书·地理志》："江都郡山阳，大业初淮阴县并入焉。"《元史·地理志》："至元二十年（1283），并淮安、新城、淮阴三县入山阳。"淮阴一县两经并入山阳，命曰清河尤为缘饰。然《宋史·地理志》："淮阴县，嘉定七年（1214）徙治八里庄，八里庄近甘罗城，其地有韩王庄。"徐积《节孝集》以甘罗城为淮阴故城，顾祖禹《读史方舆纪要》："清河县吴城下，元注又有清河旧城，志云县初治大清口，元泰定中黄河决溢，迁于甘罗城。"《明史·地理志》："清河县治滨黄河，崇祯末迁县治东南之甘罗城。"八里庄、甘罗城近在一地，宋淮阴，元、明清河，同此治所，淮阴之并入山阳，恐史氏之驳文，清河之包有淮阴，乃目验之《舆地》已说者，又据《宋史·地理志》：山阳郡淮阴县中，"清河军，咸淳九年置，领县一清河。"当时，淮阴、清河别为两县，今兹牵合，将毋附会，不知泗口、淮阴，南北对境，自《水经注》以下历有明据，皆在今县。咸淳建立，实北岸泗口之区；至元并入，乃南岸淮阴之地。明于南北之故，而界址瞭如，溯其沿革之由，而疆理黟若焉。枌社周旋维桑，敬念旧闻，采获略具，域分非如休文所言千回百改，巧历不筭。寻校推求，未易精悉之比也，亦非如君卿所讥，自述乡国灵怪，人贤物盛，参以他书，率多纰缪之比也。作《清河县疆域沿革表》。

出处：（清）萧令裕《清河县疆域沿革表》（卷首），道光十一年（1831）刻本。

《清河县疆域沿革表》札后

作《清河县疆域沿革表》，竟阅一年，读《大清一统志》表，清河县有淮阴县、怀恩县、角城县、临清县，均与鄙著暗合，其角城县前列淮阳郡，淮阳郡下有绥化县、淮阳县。按《隋书·地理志》，下邳郡领县为淮阳，元注梁置淮阳郡，东魏置绥化县，后周改县为淮阳，又有梁临清、天水、浮阳三县，东魏并为角城县，后齐改曰文成县，后周又改为临清，开皇三年（583）省入焉，是开皇之世角城省入淮阳，而绥化一县本属淮阳郡，郡治绥化，改称淮阳，角城又经省入，可以见清河、桃源之沿革也。惟《一统志》表以绥化为梁置，似与《隋志》小异，至淮阴一县表，谓至元二十年（1283）省入清河，考诸《元史》，殊无明文，不审《一统志》叙次清河沿革引据何书，以未窥全豹。故今仍依《元史》，而冠表篇首，用专昭代，改遵表文，愿以异日，斯实事求是，不敢少存稗贩也。

出处：（清）萧令裕《清河县疆域沿革表》，道光十一年（1831）刻本。

与朱浣堂借《山阳耆旧诗》书

寒雨忽来，高柳霁碧，朝暾乍上，残草已霜，此时相思不可企及。仆独居孤愤，排闷吟咏，饮水辨味，探源选楼，数典怀祖。偻指枚里，伏念古诗十九，考诸《玉台》，则都尉居其八。苏门六君，复乎大雅，则柯山应其声，风骚之盛，振古然也。继世而降，作者寝衰，《元诗选》于愿绝少端家，《明诗综》于朱莫图宗派然，如本朝牛叟、虞山、毅文、谨齐、季贞诸公，未尝不铮铮铁中，矫矫云表。近则戢园一老高视九州岛，掩乡先生而上之矣。千金之裘待集于狐腋，五都之市，灿陈乎鸡斯。故山夫吴氏有《山阳耆旧诗》仿甬上耆旧诗之例焉，文献足征小大未坠，歌之可以感旧，存之厥备朵风，窃闻足下终焉心藏遍经手写轻裘，故应与共有焉，何妨借人是用，两瓶不持一缄以请，愿披鸿宝无肩鱼钥，庶几出北堂转钞之本，广推阴后起之传读东观未见之书，即楚国先贤之传。

出处：（清）邱沅、段朝端《山阳艺文志·补遗》（卷六），民国十年（1921）刻本。

记港脚火轮船

道光十年（1830）夏四月，港脚国（《海录》谓之唧肚）来火轮船一，泊粤洋。澳门同知、前山等营驰报，咸以为昔所未见也。船长六丈余，宽一丈有奇，船面突出烟管一，烟气上腾，旁两车轮自转。盖中藏水火，火盛水激，水气冲轮，轮转拨水，无假帆樯，而船行甚捷，虽逆风亦能戗驶。舱中并安炮位。船顶亦有篷桅，遇风顺，张帆，灭火，不知其为烟船也（粤人曰烟船）。自嗌呀啦寄书至广州，海行不及一月。制哶离吁（即米利坚国），而小西洋诸国多效之矣（据《海录》）。英吉利兰墩，其国中驾车亦用此法，或以之织布成疋，自矜奇巧，沾沾齿颊。

尝见所为图画，上有大铁罐盛水欲满，书甲字二；下为火炉，以炽炭，书乙字二；罐旁开一口，为丙字，筒由丙横斜至子字，筒分为二，其上己筒，其下庚筒；由己入丁，为丁字筒，与己庚平列；丁有上筒，复有下筒，中安铁片一（或铜片）为戊字；而子字筒复启一小门，转移于己庚两小筒之间，此通则彼塞，密合其筒，而铁片从之上下焉；庚之下一小筒为癸，癸之下一大盘为壬；而戊字铁片复连一铁管，上出筒外为辛字，即船面所突之烟管也。凡火炽水滚，气从丙字出至子字小门，上己筒，进丁筒，戊字铁片则迫下子字，小门封塞己筒，水气由庚筒下，进丁筒戊字片，复激上子字，小门封闭庚筒。铁片常时上下，而所进之气，不更由己庚二筒，乃穿庚后之癸筒，出壬字之大盘，气复为水矣。水气蒸激，往来不已，戊之铁片与辛之铁管牵挽并动，在船轮机，无不周转者此也。盖英夷之自述云尔。然与人规矩，不与人巧，使中国仿而成之，未知其用果何如耶。

昔杨幺轮船横于洞庭，岳少保制之以草，无几而败。今圣化覃敷，梯航效顺，火轮之船，诚非杨幺之比。顾备御之方，不容不讲，大瀛波浪，初非草能塞。假令英夷负固，窥我疆圉，擅此利器，于何制伏？不可不未雨绸缪也。记之以验能者。

出处： 萧令裕《记港脚火轮船》清抄本，中国科学院图书馆藏。

萧文业

萧文业，字梅江，清河县（今江苏淮阴）人。世居板闸，为淮关榷使幕僚。文笔骏逸，泾县包世臣为他的《永墓庐文集》作序时写道："下笔千言，不属稿而委曲详切，声色备具"。与兄令裕被时人称为"清河二萧"。

《楚州使院石柱题名记》跋

楚州金石，世不恒见，射阳画象近出于安宜，娑罗古碑重摹于隆庆，东家题识足配武梁北海，真书罕传吴会，外此而松质赘状，仅收德甫之录象之碑目，并阙舆地之纪（王象之《舆地纪胜》楚州碑目全阙）。好古徒切，怅望无端。有唐石柱建在郡城，节堂作记，题刺史亡名；墨卿工书，是会昌之字。一千余岁，渐剥蚀于薜苔，三十六人竟见遗于欧赵，诸家著录悉未遑搜，涤石打碑。始余兄弟物之显晦，信有时矣。兄服颂多暇，属寄拓本，钩贯史成，遂成疏证。夫柏人西门之刻，足印虞书泗水亭长之文，有裨汉史。兄于学素非专门，援据既精淹通，乃最后来地志幸有取焉。道光辛卯（1831）夏，弟文业谨识。

出处：（清）萧令裕《楚州使院石柱题名记》，道光十一年（1831）刻本。

答山阳大令张君书（节录）

再，淮人生计艰难，农惰而工拙，贫户无自疗之术。又淮北磋务，自坏藩篱，势穷而变，附食之民，近且流为饿殍。清江浦、板闸镇一带庶人，在官者居多，自少至壮，习于晏乐，雅片盛行，流毒无尽。温饱之家，女尤不知操作，以女红为贱者之业，此真大有系于风俗人心。仲尼之言，先富后教，宜如何使民男女各知务本，而后可以顽廉懦立也。愚尝与南中友人，语及松、常两郡棉布之利，纺织之勤，窃以淮郡生民，欲令可免饥寒，无过于教之纺织。及读县志，乾隆八年（1743），前令金君曾经申请上宪条上事宜四则，未知当时能行与否？愚以为先事不必遽用公牒，似宜广劝富家自为之。迁松、常居民数户来淮，指宅与居，资其一岁所用，买纺织器具，教其妻妾子女，使织棉布。既成，制虽劣于松、常，价已轻于贩运，列市贸布，俾无致耗散原本。如是渐以教其邻佑，使老幼乐为之，民知纺织为女子分内之事。又见淮人有为之者，其价贱则被服亦易，自当鼓舞作兴，来受教育益多，久之土著之妇必多通晓纺织，甘心为之，而淮人家有机声矣。或谓庸人难于谋始，编氓钤而听之，尤不能绳之以法。不知松、常之民，家习纺织，亦非生而知之，母子兄弟相授受，耳濡目染，习惯成自然也。今淮安联城有蓬机匠户，以生丝织为土绢，筛罗用为蒙底。又有业织口袋布，虽器具工作不同，安在其不能为此耶！此法行，而淮之贫者可少，游惰者日亦不多，敦庞之化，莫善于此。阁下恫瘝在抱，仁者先难，敢祈查明旧案，变通行之。他日邵陵之男女为字，宛邻之家具多修，是可五岁言要万家得封者矣。谨又启。

出处：胡燕平选注《淮安名人作品选》，中共党史出版社2003年4月版。
注释：山阳大令张君，即道光十二年（1832）、十五年（1835）、二十二年（1842）三任山阳知县的张用熙，桐城人，举人出身。当时由于纲盐改票，淮人生机日蹙，萧文业已敏锐地看到长此以往，淮安经济的畸形繁荣不可能长久，应该发展手工业，或可以治惰富民，故向山阳知县提出教民纺织的建议。

鲁一同

鲁一同（1805—1863），字通甫，一字兰岑。淮安府清河县（今江苏淮阴）人。道光十五年（1835）举人。好言经世，凡田赋、兵戎、河道。文章气势挺拔，切于事情。尝佐清河知县吴棠守城御太平军。著有《通甫类稿》《邳州志》《清河县志》等。

正 统 论

正统之论，得欧阳氏而尊，得苏氏而辨，得魏氏而严。然则将奚从？

曰：三子之说善矣，而不能无弊。欧尊而不辨，苏辨而不严，魏严而不精。所谓一端之论，非善之善者也。欧阳氏重以予人统，而不能不予晋、隋。彼晋、隋者可谓得统矣，可谓得正乎？故曰尊而不辨。

苏子曰：正统者犹曰"有天下"云尔，欧阳氏重予之，吾轻予之。故不以实伤名，名亦不能伤实。夫君子所恃以与篡夺争者名尔。《传》曰："惟名与器不可以假人。"名莫大于正统，器莫大于有天下，彼不幸而窃吾器，吾又从而假以名，名既去矣，而区区持贤不肖之说以绳其后，庸有济乎？故曰辨而不严。

魏氏曰：天下不可一日无君，故正统有时而绝，而统无绝。于是有正统，有偏统，有窃统，三统明而天下之统不绝。篡弑之人亦终不得以干正统，可谓严矣！而以西晋、北宋为窃统，以东晋、南宋为正统，此何说也？夫居得其正之谓"正"，相承勿绝之谓"统"。是东晋与南宋，其所承者，何统乎？非其祖若宗所窃之统耶？其父盗人之物，其子据而有之，断是狱者以为是盗耶，是其所自有耶？且夫以太宗、仁宗之升平郅治不免为窃，以高宗、孝宗之扰攘偏安进之为正。论正则高、孝不足，论统则高、孝之统，即太祖、太宗之所贻留也。故曰严而不精。

然则正统之论遂不定乎？曰：天下名实之淆自有正统，始去正统之名而后名实定。且夫居得其正之谓"正"也，相承勿绝之谓"统"也。不幸而得正者无统，得统者不正，当此之时，全名则丧实，全实则丧名。是故，由欧阳氏、魏氏之说则正统重，正统重则义不得不绝魏、梁，绝魏、梁则不得不绝晋、隋；绝晋隋不已，不得不绝北宋；晋、北宋绝，而东晋、南宋势不得不相随，而并绝之；自汉以来，更千数百年独得唐为正统，而唐之受隋禅也，又何以服晋、宋之心哉？是千数百年而无正统也。由苏子之说则正统轻，则予晋、隋，势不得不予魏、梁，予魏、梁势不得不予宋、齐、梁、陈、唐、晋、汉、周，而新莽亦在所不容绝也。

呜呼！吾不惜乎统而惜乎正也。故重正统则穷于夺，轻正统则穷于予。且夫既已谓之正矣，而轻以予夫盗贼篡弑极不正之人，此人之所以兹不服也。故曰：莫若并去正统之名，去正统之名而后可以惟吾所予。篡而得者谓之篡，盗而得者谓之盗，而皆不绝其为君，而卒亦不予之为正。《春秋》之法：用夷礼则夷之，通上国则进之。予夺何常？惟变所适。令一去无实之名，而各如其所。自为帝则曰帝，王则曰王，高、光崛起，李、赵彷徨。魏、晋盗窃，秦、隋强梁，偏安割据，画土分疆，无所拘滞，安所纷扰哉。

出处：（清）鲁一同《通甫类稿》（卷一），咸丰九年（1859）刻本。又见（清）饶玉成编《皇朝经世文续编》（卷七）。

胥 吏 论

（一）

天下之断然自弃于恶又不能不用，用之则卒有害，必无善者，在内为宦官，在外为胥吏。当宦官之横也，举天下士大夫尝相与疾首痛憾，环顾而无策。而我国家二百年来，弭首帖耳，周旋宫掖、外廷，寂然不知谁何者，诚御之得其道也。今天下之于胥吏，盖亦疾首痛憾环顾而无策矣。果不可制乎？抑御之者非乎。

今之制胥吏者曰：严刑以威之，额数以裁之，二端而已。人果爱肌肤、顾耻辱，必不为胥吏，胥吏之不畏刑明矣，而胥吏必不可裁，何也？法密也。法密，官不能尽知，必问之吏，吏安得不横？法安得不枉乎？法密，何也？事多，法不得不密也。事多，何也？官多也。官少，事逾多乎？天下之患，盖在治事之官少，治官之官多。州县长吏、丞、簿、尉，治事之官也，州县以上皆治官之官也。天下事无毫发不起于州县，若府、若道、若布政按察使、若巡抚、若总督，其所治者即州县之事也。州县者，既治事而上之府矣，不足信；信道，又不足信；信布政、按察，又不足信；信总督、巡抚，又不能一信也。而两制之，自府道以上益尊且贵，事不足分州县之毫发。为州县者，必以公文书遍达之，不合则遽委而仍属之州县。故一县之事得府、道数倍，得布政、按察又数倍，得巡抚、总督又数倍。县令一身两手，非有奇才异能，而常身任数十倍之事，势必不给。不给不已，胥吏乃始攘臂纵横而出乎其间。自州县以上莫不有胥吏，凡文书皆胥吏治之，胥吏受之。非胥悍而官不勤也，吏治而吏受，州县之事已棼而不可理矣。故官多者非事之利也，胥吏之利也。自知府以上，少其治官之官；自州县以下，多其治事之官。治官之官少则事少，治事之官多则事皆自治。彼胥吏者，能攘臂而夺之哉？如此则胥吏必大衰少而事得理矣。

（二）

所谓少其治官之官者，何也？

曰：重府之权以统州县，而并道、按察于布政使，得详察所属，专达于天子。其盐、漕、军、政兴革之大者，设总督若巡抚一人主之，而地方之事不得挠布政使之权，布政使者亦不得越府而苛责州、县，则州、县之事减。

夫总督、巡抚之并设，以为相制乎？以为大省事殷而分任之乎？其人果才且能，一人足以治天下；其人果不才，两人一心也，又何足以制？夫巡抚之与总督，弟之与兄也。匹夫小家，兄若弟交治之，其家必敝，权疑地逼，虽皆君子有意见焉，况乎其不然也。故宜并去道与按察，不已甚乎？

曰：以其事属之府，以其权归之布政使，布政使不已剧乎？

曰：州若县治之，府统之，布政使总其成，何病于剧？昔汉之盛，太守上有刺史，以六百石而刺二千石，近于小加大。今若仿州牧之法，赫然伸其方伯之权。府有不称职若不法者，升若降者皆主之，其有疑讼大狱，府所不能决，然后上之。小者勿听，为钱粮为国利所储，纳之勿改，知府不已重乎？

曰：今天下之弊，盖在于知府拥其虚名，以容与于属吏上官之间，其实无所能为。法令之不行，吏治之不古，皆此之由也。知府者，亲民之首也。诚重知府之权，以制所属长吏，又其统辖不甚辽阔，耳目易周，情伪易悉，赏罚与夺，朝发而暮至。门钥未峻，百姓愚民呼号而易达，佐贰丞尉详察而周知。苟得其人，委以数百里之地，即事必举。又有大吏镇抚其上，以专达于部。如此，府之去部一阶之间耳，天子一旦下诏书访问贤否，了然立见，无有扞格之苦。合于古重二千石之意，于法诚便，而制得其宜也。

（三）

治官之官少，则州县不扰于无益之事，得厉精以当吾胥吏矣。然而胥吏犹未可遽减者，何也？官不亲事，事不在官也。今自县令以下，若丞、若簿、若尉者事，何事乎？催科问胥吏，刑狱问胥吏，盗贼问胥吏，今且仓监、驿递皆问胥吏矣。彼丞若簿尉之权，乃不如一横吏。为州县者宁以其权与吏，不与丞、簿、尉，其意以为丞、簿、尉易掣吾肘，而胥吏惟吾欲。为丞、簿、尉者，亦自视不胥吏之若，平居相为首尾，仰面取意旨，饮食欢呼，兄事而弟畜者，比比也。百里之地，知县一人，耳目精神纷扰倥偬。独坐穷山，与群狐为伍，莫若求二三兄弟偈俫而共事，庶有济乎？

且今法、刑、名、钱、谷，盗贼之大者，民辞之重者，佐贰不得一问。意将以一州县之权，不知反散其权于千百虎狼之手。为今之计，莫若州县之中量增佐贰二三人，少分以权，左提右挈，而长吏董其成。其州县胥吏，佐贰得以指挥驱使，有不自尊重与交通者，立与镌夺，胥吏事佐贰如长官，呵责鞭笞，惟所欲为，上下清肃，门户洞达，官皆亲事，事皆亲官。彼州县者，上无上官驳责审覆之烦，下有丞尉僇力同心之助，文牍衰少，综核有余，然后胥吏之数可得而减也。

成周之时，闾胥、比长、鄹长、里宰，以及掌囚、司隶之属，皆中下士为之，举非吏也。计《周官》一书，吏之数不能十官。今且千百至于无算焉，岂不缪哉。

或曰：丞尉果必贤乎？

曰：丞尉未必贤，要为贤于胥吏，胥吏易辱而无耻。丞尉故官也，爱名求进之心视胥吏为重。奈何此之不为而彼之久行？诚使一县之中，长吏以下常有十余人，亲民听讼、侦盗刺奸，长令可以暇晷劝农兴学，雍容而有余。彼胥吏者，留今日三分之一，制为定额，足以集事。役亦如之。如此，则有宋以来七八百年积弊纰政一旦更易，根株绝矣。

（四）

有官则有吏，不能相离也。多设丞、簿、尉，吏不逾多乎？丞之吏，令之吏一间耳。

曰：不然。吏非能害人也，必假官以害人。官尊则吏横，官卑则吏弱。以今言之，州县之吏，病民而止尔；司道之吏能病官；督抚之吏病大吏。去其大病，则小病易治。

今夫人读书取科名，亲受天子之简擢，冢宰之铨选，寄以百里，宠之章服，乃与上官之奴隶分庭而抗礼。此诚士大夫所悲愤，而庸吏所以苟且而无耻也。彼为州若县者，岂不知此之为辱！而为大吏者，曷尝不申饬而约束之哉？然而不能者，吏假官之尊，虽强令无如何也。今使督抚不制州县而委重于布政使，布政使又不越府而苛责焉，府之权重，则上足以抗司之吏。州县去府近，必无畏其胥吏之理。且夫州县之吏与督抚司道之吏，其势必相为首尾，交通固结，姻娅而往来。故裁道与按察，而减督抚之权者，非徒省官而少事也，所以掘发豪胥、横吏之巢穴，使州县之吏懔然失其所恃，而后可以独断而有为。然则诚去督抚、司道之吏，虽州县小丑，吾已不畏之，况乎佐贰之徒隶耶？彼丞、尉者，其官甚卑，其所用吏役不过乡里愚民，欲少而易满，才猥而易制。丞得制之，尉得制之，县令得制之，府得生杀之，其能为患者，亦鲜矣。十丞尉吏不当州县一，十州县吏不当司道一，尊卑之势然也。天下莫患乎以至轻之人而寄以至重之权，朝笞暮辱，颐指而气使。其人固已轻矣，而其权乃能操纵阖辟一县之事，故作奸易而畏罪难，今既设为州县佐贰胥吏多寡之定额，而其待之之方，不妨稍存宽大，无轻笞责，重其颜面。其有不道、不法、罔上、作奸，赫然告之太守，请于方伯，杀一二人以殉其余，则内外肃矣。

（五）

或曰：去道与按察使并督抚，而以权与府州县，为减胥吏，则得矣。如此，则州县专行自恣，法令必颇，冤民必多。

应之曰：民之所以多冤者，州县冤之乎？为大吏冤之乎。

必曰：州县。民冤于州若县，则往诉之府；府仍饬县，则往诉之道、司；若道、若司，仍饬府，则往诉之督、抚；督、抚仍饬道若司，转饬之府，府乃亲提而鞫讯之，其审判必与县断略相等；民于是不得已控之部，部饬督抚；督抚者不得已使省会州县杂治之，地方州县又先往为之地，曲徇锻炼，何所不有。民冤之获伸者，盖百而一二。而当事之身家，局外之株连，证验之旁逮，奔走道路，经年累月，干冒寒暑，死丧相继，财殚身冤，痛入心髓。故能冤民亦能不冤民者，州县也。不能冤民亦不能雪民冤者，督抚也。一案下司，动费千数，转相研驳，毫发皆病，贿赂一到，纤悉吻合。徒伤吾民之肌肤，而倾州县之囊橐，囊橐一尽又将剥民。其大奸巨贼，州县畏到司之费，匿不成案，不在此数，何取上司之累累，名为详慎，实漏吞舟。

且州县冤民与否，本心自然，必非大吏所能检制，太守耳目最近，喘息必闻，苟畏上司，莫此为甚。今不责之府而责之司道，何以天下之府皆不肖，而司道皆贤，此愚所谓舛者也。诚能使一廉平公正之方伯，正身率属，府必得其人；府得其人，州县莫敢为奸，天下不过须数千辈。圣天子详察于侍从、公卿之间，亲择其可信，风裁素著，宽重有体者，付以一面之事，久任而责其成功。其视督抚、司道丛治一方者，功相万也。

嗟乎！上寄其地方于方伯，下寄其民于州县，以知府转输其间。亲民之官多，治官之官少，胥吏之数减，长吏之权伸。彼州县者，以趋承上司之力治吾民，以申详反复之精明治吾吏，必将公务修举，耳目清明，文法简易，然后议久任之法，复代耕之制，使民庶凫凫，三代之法不难再见，岂徒汉文景、唐贞观之间云尔哉！

出处：（清）鲁一同《通甫类稿》（卷一），咸丰九年（1859）刻本。又见（清）饶玉成编《皇朝经世文续编》（卷二十四）。

注释：作者这一系列专论，明确提出了区分"治官之官"与"治事之官"的思想，又以此为基础提出改革吏制与吏治的设想。本文原作《胥吏论一》《胥吏论二》《胥吏论三》《胥吏论四》《胥吏论五》，各自独立成篇，编者将同一主题且内容相互交错、呼应、补充的系列文章合为一篇。

吊淮阴侯文

乌乎！穷而为饿夫，达而为王侯，盛而四海在其掌握，衰不能为其身谋，此英雄之故辙，亦又何求？惟君侯之牢荦，岂布、越所能侪？其出处勋业，盖将超管迈乐，而与伊、吕游；其英谋密计，又庶乎孙、吴所不能测，而廉、李所未足侔。方其韬光晦迹，寄情一钩，固已神游六合，心驰八邱。洎乎困辱于斧锧，流离散亡，迍遭淹滞，忽焉登坛而达筹，席卷山东，转战河北，天下已定，卒未免于俘囚。理耶？数耶？何怨？何尤？盖尝观君侯之一身：生之，一女子；杀之，一女子。始之，一淮阴；终之，一淮阴。用之，一高帝；忌之，一高帝。荐亡，一萧侯；诳之，一萧侯。固已风飘尘散，雷惊电逝，草荒烟灭，渺乎太虚之云浮，独英风与伟迹，日月悬而江河流。其忽起忽仆，又似乎神龙之在天，攫拿盘屈，倏然不见，雨止而云收。

呜呼！人所以悲君侯者，盖以生置万家之冢，死无噍类之留。岂知良史之笔削，士大夫歌咏、流涕、痛哭，生君侯于千秋，又乌识夫解推之为恩，而烹斩之为仇，用怀古而与吊，尚含笑而无忧。

出处：（清）鲁一同《通甫诗文补遗》（卷下）。

祭漂母文

呜呼！勇足以冠三军，不足以取太仓之一粟；知足以屈万物，不足以谋糟邱之斗浆；提三尺之剑，足以云兴雷奋而取侯王，不免槁项黄馘而泣路旁。此古之志士抚膺而同伤，岂独王孙之垂钓，无门托足而彷徨？唯我母之高义，实旷古而无双，穷途饭客，义心侠肠，施不求报，高风激扬。方其虎跧豹伏，岂遽知其顾盼中原，咆哮六合，连兵百万，决刘、项之兴亡。徒以壮士失路，落魄而凄怆。然使信不活，则汉不兴，楚不灭，而海内之祸，将猛于蹈火而烈于探汤。然则，母诚汉氏功宗，宜庙食百世，岂千金之饱偿！余观秦、汉之际，得二人焉，惟母之饭信与力士之佐良，皆有盖世之功。母更至今有耿光，此天下后世莫不钦仰。况予之生于其乡，又穷困而无所望。呜呼！安得见此人兮！唯临风怀想，敬奠一觞。

出处：（清）鲁一同《通甫诗文补遗》（卷下）。

拟论姚莹功罪状

臣闻：齐有黔夫，燕祭北门；楚杀得臣，晋人相贺；赵用李牧，秦不加兵。列服之君，犹有爪牙之佐。爰及后代，守边之士，魏尚、郅都、班超、梁瑾之伦，皆威信千里，坐摧强寇。用之则边境安，舍之则戎心启。故延寿不赏，汉臣寒心；道济见杀，宋疆日蹙。何者？忠孝勇猛之士，敌人所构忌，谗间所由横生，徒以纤芥之间，疑似之衅，卒繄吏议，使折冲奇士旋踵及身，为世深戒，诚可痛也！

窃见前台湾道姚莹，忠勤文武，守边数年，横塞夷虏之冲。虏尝三犯之，摧败，夺气以去。军兴以来，南绖广、闽，北连江、浙，失地丧师者，骈肩望于道。台湾地广不过一大郡，卒不过千人，其所摧陷，足以暴白于天下矣。

往者和议初成，佥谓可恃。厦门旋复，浙东再蹶。准今视昔，和之不可信，可见于此矣。今信逆虏反复之说，轻折捐命之臣，摧败士气，为夷复仇。

夷自定海以来，小入覆军，大入夺城，焚杀淫掠，动以万计。就如逆虏失风被剿，送死东陲，亦足雪数年之深耻，偿士卒之冤痛。

奉命守土，惟敌是求。皇上天容地载，沛大恩于上；诸臣守义，死节于下。以守则固，以和则久，国体事机，亦无损缺。臣见其功，未见其罪。

窃料夷人张其凶暴，咆哮中国，深入腹地，得而不有，非有余力而不肯施，技止此也。使边将皆如莹等，出万死不一顾返之计，纵不百全，胜负之理，亦当相较，或未易量。

今怵其诡说，变易有功之臣。莹等一去，海外孤危。后有来者，避畏吏议，孰敢击贼？边吏解体，辱军之将有所饰其耻，率相委以去。东南之祸未有艾也。

且国家诛诸将以委城，而罪莹以敢战，进退之义，臣未得其中。谓宜湔雪莹罪，激厉有功，以劝来者。

谨状。

出处：（清）鲁一同《通甫类稿》（卷四），咸丰九年（1859）刻本。入编刘世南、刘松来选注《清文选》，人民文学出版社2020年1月版。

注释：道光二十三年（1843），台湾兵备道姚莹曾屡次击退进犯台湾之英军，后受诬革职治罪。张际亮陪姚莹上京，积极呼吁营救，鲁一同有《闻张亨甫卒于都门哭之有作》诗和《拟论姚莹功罪状》文。

檄凤颍淮徐滁泗宿海八府属文 [代]

狂寇稽天，讨之日久矣。自正月以来，两省不戒，蔓延江北，维扬士庶怵于邪说，开门揖盗，坐受残辱。皇上赫然震怒，大军徂征，毁其土垒，烧其船只，胁从而来归者日以千计。贼势穷蹙，婴城自守。节镇大臣方为百全之谋，环攻而待其毙。乃三月中旬，有贼数千，豕突江浦，蜂扰六合。六合义民操白梃而蹄之，杀贼千余，烧船数百。贼负残创，掠滁、来，走凤、宿。此皆惊丧之余孽，迸散之丑徒，非有器械之坚利、旗队之整肃也。然而清流之险不守，临淮之关不闭，俾贼游魂假息，荡漾中土。夫徐方古多英杰，凤、颍风气劲快。岂今昔之殊势，而勇怯之情异与？备预不素，而久安之民易摇；联络不坚，而自孤之心多危也。棠，泗产也，官于淮楚，南当广陵之冲，西承洪泽之委，地散民庞，众情焱焱。待罪三月，幸不辱命。每当简众誓师，聆江介之悲风，望淮西之烽火，何尝不按剑冲冠，抚弦流涕？

嗟夫！猘犬狂噬，久而自毙。天厚其毒，于斯极矣！淮右吾桑梓，缘河尽股肱，绵地千里，二渎如带，形胜都要，遮蔽中原。齐乃心力，何寇不殄；守乃险隘，何锋不遏？至于贼情，可得而言。夫贼无征调之繁，无文法之密，行无纪律，居无部次。千里不赍粮，发掘掳掠，去则委弃，走如飘风，聚如蚁蚁，此其所长也。至于两阵相敌，炮火齐发，则贼之藤牌布障不能当也；平原善地，戈矛进退，则贼之短刀竹竿不能支也；马步并进，更番休息，贼之芒屦赤足，不能敌也；村堡自守，野无所掠，贼之饥困不能给也；连城犄角，远近相救，贼之徒众弗能应也。由是言之，贼之长在剽疾，遇坚则退；贼之情在恫喝，能忍则全。岂有八属义众，不及六合一隅之民？千里维城，竟无六合一战之效！窃为士大夫羞之！敬陈约言，各勉忠义：

一约心。有惟恐见贼之心，贼斯至矣；有惟恐不见贼之心，贼斯去矣。譬如十人同居密室，忽疑鬼至，则左右皆鬼矣。使十人操戈而逐鬼，则无鬼矣。奉约八属官绅军民，各自磨砺，时存恐不见贼之心，胆气自倍。贼有不来，来则歼旃。

一约耳。闻急报而不惊，恐以惊我众也；闻捷音而不喜，恐以懈吾志也。其言自贼中来者，安知非妄语；其言不自贼中来者，安知非妄传。奉约八属官绅军民，塞耳不闻，以止煽惑。

一约足。足用之立，奈何乎徒行？足用之进，奈何乎徒退？能行而不能立，终无立足之地矣；能退而不能进，终无可退之地矣。奉约八属官绅军民，思进有不死，而退无十全，何必纷纷迁徙，自蹈危亡为？

一约力。人各用其力，则勇生；一人倡而众人从，则勇生；知众进之不能俱死，则勇生。奉约八属官绅军民，齐心同奋，如左右手，则前无强寇矣。

一约财。窖金藏币，为盗守也，裹囊负橐，为盗馈也。盗不有之，人得而有之矣。下智守财，散十之一；中智守财，散三之一；上智守财，全散之。十之一者，可以守；三之一者，可以战；全散者，百战而百胜。奉约八属殷富之家，散财养士，以卫厚资。

一约官民。官非民何卫？民非官何与卫？弃其民而思苟免者，是匹夫也。出城一步，童子制其命矣。弃其官而思逃亡者，是鸟散也。出乡一步，豺狼食其肉矣。奉约八属官民，相爱相结如父兄、子弟，虽有黠寇，不敢正视。

一约城镇。城镇之民，主客各半，其情必贰。贰者，盗之乘也。客财多浮，思卷而趋，主人弗恤，与客龃龉。虽有秦越之人，不亲于盗贼乎？虽有仇隙之家，不恩于盗贼乎？奉约八属城镇之人，破除彼此之怀，庶得同舟之济。

一约乡野。小村并大村，堑而守之；小堡并大堡，堑而守之。五里一小聚，十里一大聚。聚少百家，多及千户。昼获于野，暮藏于室。丁壮处外，妇子处内。警至鸣鼓，连聚毕集，不集者罚，聚必有长。苦乐必均，饥饱必恤。出入必察，恩分相得。贼之散而之乡，必非大众也。四面而攻之，无噍类矣。

以上八约备矣，尤有请者。国家休养二百年，朝廷旰食近三载。自粤贼踞桂管，破湖湘，走九江，下皖桐，陷金陵，厄维扬，前后兴师十万，屡经创艾，而其烽未熸者，节镇有追剿之师，郡县无堵截之力。逐西则走东，攻南则窜北。犄角之势未备，而守令之权散也。计贼大众，不过数千，并其裹胁，不过数万，总其数，不能敌一大县。江宁分其一，镇江分其一，扬州分其一，临淮又分其一。其势已散，力已孤。今向大臣围金陵，战江南；琦大臣围广陵，战江北，漏而出者，仅数千人。诚使郡县各守其疆，连城相应，则立时散破，迁延日久，滋蔓可忧。

棠不自揆，敬与守土八属僚友，遥申歃血之约，共指天日之誓：贼至一县，四县应之；贼至一府，府属诸县应之。其或不应，鬼诛神殛。既上不以忧贻君父，而下以安其民业，流福子孙，不亦美乎！麦熟急刈麦，禾熟急刈禾。杀贼所获，恣所取。从我者生，背我者死。吴棠谨约。

出处：（清）鲁一同《通甫类稿》（卷四），咸丰九年（1859）刻本。

注释：此文为鲁一同为吴棠代作。咸丰三年（1853），吴棠时宰清河，鲁一同为之明部分，决机宜，传檄凤颍淮徐滁泗宿海各府州若县，对抗太平军，清河得守。本文亦见（清）吴棠《望三益斋诗文钞》（卷二），题名《敌忾同仇八约》，吴君自注曰：此山阳同年生鲁通甫一同代作，癸丑发贼陷江宁、镇、扬，淮南北震动，棠由邳州仓遽回清河任。其时，内抚外攘，一切规画，得鲁君力居多，告以敌忾同仇，人心同然。请为八约飞布诸郡，幸撑危局。癸亥，鲁君归道山，为挽联云：患难笃交情，列郡记飞诛贼檄；文章憎命达，空山竟老著书才。盖纪良朋急难也！

与高伯平论《学案小识》

伯平足下：承示唐氏所纂《学案小识》，问有所疑滞者。窃少翻阅，粗尽指要，颇谓唐氏有志于道矣。其书体义不敢苟同，今条其一二私于左右。君子之论人也，是非功罪，粲然明白，犹所难言。至于学术，藏之于心，未易高下。人非亲书，事隔时地，徒凭纂述议论以相差等。且班氏为《古今人表》，高下舛驳，遗议到今。无他，分晰太多，不无蹉失故也。昔孔子以上圣之姿，操人伦之鉴，其于列国公卿子产、平仲、文仲、公绰之流，只是各就其人，抑扬是非，未尝较分等列。子张问令尹子文、陈文子，皆曰："未知，焉得仁？"孟武伯问："子路，仁乎？"子曰："不知也。"又问，而对以"其才不知其仁也"。冉有、公西华亦然。师之于弟，何所讳忌，隐微之地，诚未易为测识也。今唐氏之书，横列三等，曰"传道"四人、曰"翼道"十有九人、曰"守道"四十有四人，综计一代老师、耆德、魁艾、大贤，而第其上下，进退率于胸怀，轻重凭其位置，虽具高论之识，实乖虚己之义，不可一也。

传之与翼，似殊高下；守之与传，何判优劣。昔孟子谓："守先王之道，以待后之尊学。"吾以为必如孟子，足以当之。若三千之徒，皆传孔子之道，未必人能守也。帝王卿相，下逮匹夫小家，莫不传诸子孙，子孙莫不传其先业，或乃中更零落，坠宗失绪，由此言之。传者未必能守，守者断无不传，今更颠倒其次。《诗》曰"有凭有翼"。《传》曰"辅之翼之"。翼只是辅，守乃为主。加翼于守，尤所未喻，其不可二也。

盖传道之说，始于韩子，韩子托于孟子，而颇失其义。孟子述闻见之知，乃是粗举大概，故曰："若禹、皋陶则见而知之。若汤则闻而知之，若伊尹、莱朱、太公望、散宜生皆然。"且如稷、契并履帝廷，契掌五教，尤当斯道大宗。周公亲承文谟，今皆疏脱。古人文字宏简，不为促促苛细。韩子则不然。曰："尧以是传之舜，舜以是传之禹，禹以是传之汤，汤以是传之文、武、周公，文、武、周公以是传之孔子，孔子以是传之孟轲，轲也死，不得其传焉。"推其义例，直如佛祖传灯，支派可考。书家笔诀，递相口授，后世儒者，因缘推广，而有道统之说。又以为孟轲既殁，直至宋，河南程氏始出，自时厥后，乃更流衍，递相祖述。至宋历元逮明，先后相望，俎豆纷如。总览上下四千年间，唐虞迄周，每五百年裁一二见，总五六传而绝，中间旷一千五百余年，至宋而复兴，兴六七年不绝。而治不加古。古之传道，世远而人少；今之传道，世促人多，中间旷绝，理不相接，天地气运不应，疏数乃尔。愚则以为道无不传，而传必不统，正如子贡所谓文武之道，未坠于地，贤者识其大者，不贤者识其小者。汉承秦弊，遗经废缺，诸儒修明粗迹，未遑精微，识小为多。宋世遗经大备，因藉前资，乃复讲求微言奥义，识大为众。要之，是非不谬于圣人，行己无惭于天地，代有其人，故足扶树世教到今。今必标树风旨，区别猥多，既列三章，又述经学，不知经者为是道耶？为非道耶？经不蹈道则非学，道不宗经则非道，适开门户之私，又非文章性道合一之旨。其不可三也。

有传则有统，有统则有争，禀质既殊，致功亦异，各循从入之途，遂有彼此之说。盖在圣门，子夏、子张之论交，曾子、子游之言礼，子夏、子游之言教，迄以不合，不无优绌。而义并两存。往者，象山标尊德性之旨，姚江开致良知之说，率其高明，自趋简易，承学之士沿流增波，浸以放滥。要之，二子未为披猖，今必斥之为异端，为非圣无法，比之杨墨之邪说，商鞅之坏井田、废封建。甚以明社之屋，归罪阳明，掊击之风，于斯为甚。或曰："阳明之徒，排摈程、朱，拒之不得不严，攻之不得不力。"君子立言期于明道，不尚意气，非曰："彼攻之，我乃攻之。"如愚夫之詈于市，争胜不已，于何穷极。昔孟子生衰周之世，杨、墨横行，无父无君，故毅然辞而辟之，不遗余力。阳明立教，不无任心自便，高论动人，要其立身，自有本末，功业轩天地，忠孝感金石。作人如此，愚曰："可矣！"今谓事功豪杰所为，闻道则未？不知豪杰复是何人？闻道又将何用？要而言之，程、朱之学，模范秩然，圣哲由之以利用，中材循之以安身。陆、王之学，高明得之为简易，愚顽蹈之为猖狂。此其优劣，乃在疏密之分，非关邪正之别。意见一胜，彼此凿枘，遂使吾道之内，矛戟森立，歧畛横分。世变日下，人材至难，何苦自相摧败如此。推寻唐氏一书，不过攻王尊朱，用意良厚。然持之过坚，有一言攻击王氏者，虽有底蕴未尽可知，而必加褒美。或少涉出入，虽以李二曲之笃实，李文贞之醇深，而不无抑扬。孔子恶乡愿，孟子放淫词，只是生平一事，未见两经之中，连章累牍，尽是此言。著述如此，诚所未喻。三代以下，有无欲之君子，无无意之君子。"意"之一字，七百年中，贤者不免。子张所谓"执德不宏，信道不笃"，诸君子信之笃矣，执之恐未宏也。追寻空虚之弊，岂惟陆、王实开其端，利器示人，有由来矣。昔圣人教人，因事各殊，大要即其日用之常，求其灿著之迹。自子贡之徒，索之高深，每加裁抑，曰："天何言哉。四时行焉，百物生焉。"曰："下学而上达，及其积久有得。"乃曰："夫子之文章可得而闻，夫子之言性与天道，不可得而闻。"性与天道，固非谈论之资，岂是口耳所涉？自宋以后，言性益详，言天道益精，妙义一开，横流歧出。胜衣授学，便讲无极之精；毁齿操觚，已谈五常之蕴。浅者尚欲循途，高者辄思任道。辨论太多，不能无生得失。得失既分，遂成同异，人人有直接心源之意，而道几乎裂矣，陆、王特其甚者耳。救斯之病，惟当原本忠孝，推崇节义，综取先儒，立身、行己、居官、立政之大方，如先贤传言行录之例，以风化流俗，标举当世。其有空文无实，虽极精微，概从刊落，庶几允蹈大方，亦可稍息群论。梼昧无闻，率其胸臆，曼衍遂多，知不免见罪于当世。足下笃道励志，必有发明，惟恕其狂愚而裁正之。幸甚！不宣。

出处：（清）鲁一同《通甫类稿》（卷二），咸丰九年（1859）刻本。又见（清）饶玉成编《皇朝经世文续编》（卷二）。

与吴稼轩书

两日河湖紧报未到，国家幸甚！诸公幸甚！仆窃妄以谓今日之事须小有变动，以振作当路一切愉慢昏娱之习而悔其心。而今日湖运关系重钜，万不可变，不变益狃，事故之来，岂有止极。自甲申（1824）之岁，湖水东溃，乙酉（1825）、丙戌（1826）大工叠举，议迁议浚，迄无定局。大府被罪以去者相属。当此之时，朝廷震动，疆吏愒息，视南河若畏途，以挂冠为得计。天其或者大儆百寮，肃恭震惧，以承其敝。转运之机，正在此时。自后逶迤补苴，经营二载，费帑千万，汔可小休。十余年来，优游偃息，向之畏途于然来，仕路膏腴，轸骈辐凑，丛弊如山，治丝逾乱，天使数临不能有以正也。乃更法制，荐拣京曹，明示上意。而积习所趋，众流东下，缁纁染人，一入遂改。总内外大小百职，未有优闲美滥如河员者也。天意将大有所震惧，改革属当景运休隆，圣天子寅畏，懋德。不欲上累朝廷，故小小示警。初四五日之事，天意可知矣。当事诸公不知刷厉振奋，杜门雨泣，望洋叩头，作此瑟缩，成何举动。天下事大于此者万万，变故之来，难可逆睹。一旦猝有缓急，欲恃此等调度，折冲千里，从容而夷大难，岂不难哉？即日天气澄肃，阳候顺轨。窃恐诸君子痛定不思，以宝珪白马为可恃，不知天意所助佑，食菱刍竹楗为己功，霜陨澜清，复优游而颂太平也。

夫有事则举止错莫，事过而拱手相贺，非所以承天意也。夫惟天不可恃。夏秋以来，淫霖愆期，南接皖、豫，北连齐、兖，数千里内，人其流离。忧来方大迮者，淮、海八县一望沦胥。大府垂虑，州县鉏铻。时势如此，通为一局，作吏故大难，民生亦不易。《诗》云："天之方蹶，无然泄泄。"当事诸公，必有硕画杞人之愚。本性不改，潘、周俎谢，谁与谈此？恃足下知我心耳，质庵兄弟，偭勉从公。此书或可与见外人，滔滔毋使仆以直翘祸。

出处：（清）鲁一同《通甫类稿续编》（卷上），咸丰九年（1859）刻本。

与左逸民书

书来，推大雅明哲之义，葆爱茂勉甚厚，材猥知下，不能尽明。窃怪足下谓士人好论时势，中贾生之毒，殆非明识所宜言也。又汉文不用贾生，善守家法，益不然也。人生要不立天地间，一日践毛土，不可不求豪毛补益，仁贤用心，自古亦然，何必贾生独为狂惑。汉兴，承千载之衰周，蹑暴秦之覆辙，风纪荡佚，法制乖迕，贾生一痛哭而明主回心。史册所载：文帝遇大臣有礼，先仁义，后刑罚，广积储，兴礼乐，以化天下，开梁、代以制六国，延及孝武，推恩分封，坐制强藩，皆师其意，何谓不用哉？孔子曰："三年无改于父之道。"又曰："武王、周公其达孝矣乎？"因时立政，与世推移，斯为善守。藉令汉文不用贾生之言，箕踞怒骂，不好儒术，岂非其家法哉？斯已颇矣。周公承文、武之德，乃作周官，及其所用又不尽合，夜而思之，坐以待旦。孔子告颜渊四代礼乐，帝王御世如日御天，历年既久，必有差忒，动烦推算。

足下乃谓守成之世，一切不宜更改，则周公不当兼三王，孔子不当论四代矣。又谓人以才智加友，友必嫉之。加其祖父，嫉之弥甚。以明臣子不宜议法，一不知忠臣、亮士日夜焦心，苦思以求天下之故者，将以利国家、安社稷邪！将嫚其君父，以才智加之也。不求其端，不责其是，而曰故事。故事，此汉、唐中主饰非拒谏之常谈。足下又黜大义而伸小忠，益便于人臣持两端而保爵禄者也。一代之兴，规模大体万世不易。其小小节目日变月易，自以不同。宣、成之制已殊文、景，开元之礼变于贞观，推移之渐故也。且如本朝二百年来，列圣相继，未尝一议更革，然冗官渐多，岁出浸广，文法浸繁，准之开国，已难悉合，而论者不以为非。今汰冗官，省岁出，易文法，则以变易为罪，不知变者为变乎，不变者为变乎？天下安常习故，庸人乐其无事，而不肖有所容。彼自全躯畏祸耳。至于草野讲求，何畏何忌？乃欲卷舌入口，以无讳之世为重足之忧，非所望于士君子也。足下抱观古之识，究极物变，汪洋其文，仆每目惊心怖，尝欲极论以拯足下之惑，而足下先施教戒，其敢不尽言以报大德？夫足下推禅让，薄世及，进退尧、舜，抑扬禹、文；降汤、武于莽、操，进范、蔡为知机；谓太伯、伯夷有心为善，此皆衰周大乱之世，庄、惠、驺、慎之徒所以惑世而害民。方今圣人御宇，正教昌明，犹守此不变，以为奇怪可喜，则谈鬼说梦颇足娱心。何必诐词陈陈厌耳。若实见为如此，则是衰周数子之学待倡明于足下也。万一远近流传，诧为诡诞，采风之使密以上闻，事后之悔殆不可讳。

数十年来人心渐肆，士大夫为大言以毁前圣，小人斗私智而抗国法，此宜深识所用隐忧，足下又从而张之，殆加甚焉。凡人议论贵平实，文章务切事情。至于求高好险，譬犹舍菽米而吞马肝，毁冠裳而衣木叶，甚非所以养性命之道也。耳目所及当世之故，粲然易明，犹扞格不入。唐虞、殷、周，去今数千载，法度、典籍，百无一存；壁书、冢史，真伪参半。上圣用心凡近迥绝。今舍当世之得失，究皇古之是非，掇断烂之词，参私臆之说，推常人之腹，测圣哲之心，已乃不合，一切诋毁，首尾横绝，黑白混淆。人禀天地之余气，百年如驶，精爽几何？徒弃掷于无用之地，使当世斥其狂愚，后世指为异学，岂不哀哉？推足下之心，岂谓往圣可非，群籍可毁？徒以流俗文字奄弱，一出高论，震惊万物，大名立致，不知文章如水、火、土、谷，可以养身，其余以养人，其余以养天下。后世要其指归，无足惊喜，若画布为龙，张革为虎，以诧乡里小儿，则哗然走矣。宇宙甚大，后来无穷，岂皆童昏幼稚，可以鼓而惊之哉。

闻足下为诗杂取子史，追琢为词，储而待选，大才盛气何所不可？要之，此事须从心出。夫假物于人，虽十年不还，其主亦不追索。要之，吾心岂不摇摇如传舍哉？足下疏达而和，深明退让之理，必受尽言。吾辈议论不厌十反，直谅之友，古人所贵。若鄙论可采，感动于心，去其曼衍，割其假借，则足下之清空迈往，足以自雄于天下，仆将执鞭而从其后。若足已自是，听言不答，则足下之业止矣。天下之人必无能如仆之爱足下，进苦口于足下者。异才难成，直口易忤，交臂之间可为浩叹。又前赠诗，诚钦澹泊之风，高素尚之志，不图怪异以为见轻足下。十年不入城，五年不入市，犹以贫贱为羞耶！文章事业皆以静俭为根柢，诚不愿畸人高德，效此俗怀也。

仆见足下文词奇质，爱重不已，至于昕夕不能去怀，又感教戒之意，于鄙心私有未尽。故敢布其区区，狂言伤直，惟恕而赐覆。幸甚！不宣。

出处：（清）鲁一同《通甫类稿》（卷二），咸丰九年（1859）刻本。又见（清）饶玉成编《皇朝经世文续编》（卷二）。

注释：道光十八年（1838），清廷严惩烟贩。黄爵滋请以死刑禁烟，林则徐复议黄。在黄爵滋发起禁烟前夕，都门处士横议。一时文章议论，掉鞅京洛，宰执亦畏其锋。鲁一同《与左逸民书》《与左逸民第二书》，反驳针对这场议论的"守成之世一切不益更革"的观点。道光帝招林则徐入京，授为钦差大臣，赴广东禁烟。

与左逸民第二书

书未发，又得来教。喜足下议论渐确，实多可采者。虽然，足下殆未明于今日之大势也。《传》曰："高言不止于众人之心。"又曰："法后王，何也？"为其论卑而易行。昔盖宽饶刚直高节，好犯上意，王生伤之，寓书相规，以为数进不用难听之言匡拂左右。夫言不取高，务在切时，高而不切，犹乖时用，况于匪高。

足下之言曰："国家取利多途，政源不清，下流易浊，于是欲罢乌喇探珠之军，止吉林采参之贡，革三姓征貂之官，辞叶羌搜玉之使，却波斯珊瑚之琛，去关市之征，开鱼盐之禁，绝外洋之商，清心寡欲，以风天下。"陈议甚高伟，纠时甚直切。抑足下徒观前世之失，未睹今日之弊，若陈此论于汉太初、宋大观、明万历之世，岂不识时务、明政体、豪俊士哉？惜乎献暗主之规于有道之世，绳墨虽切，肯綮未得，譬奏刀于无用之地，虽不缺折，亦无解焉。国家列圣相承，世德继美。皇上御极以来，躬行节俭，为天下先。闻诸近臣：皇上御浣濯之衣，却珍奇之味，后宫无盛宠，外戚鲜恩私，匪颁有节，出入有常，可谓恭俭矣。未明而视朝，既晡乃罢，纲纪庶政一日万几，可谓兢业矣。且今吉林三姓叶尔羌之属，昔称绝远悉隶版图，物贡其方，何有费帑劳人、上困下敝哉？天下大利所在，圣人必操其权，节其出入而救其敝。关市有征，盐利有禁，外夷有市，所以权衡百货，消息万物，历汉、唐、宋、明千数百年，蹈沿不改。今乃欲引隆古迂远之事，一切罢去，不知天下地丁、杂税，岁入四千余万，灾荒停缓在其中。而户部奏岁出至三千三四百万，脱田赋之外，悉取裁革。军国事体重大，匪如足下匹夫小家可以拮据补苴，偈俛卒岁。此真经生之迂谈，宜吾不敢服也。古人之税民，有田有口。周官九赋，汉有口率，唐称两税，所以警游手恤南亩也。今天下之丁皆并于田，法取简捷，农夫重困，游民滋多，足下又议去杂税，农人焉得不流亡？奸民焉得不滋横？钱之与银，流通货物而已，非可煮而食之，裁而衣之也，不在于此则在于彼。上下转输无关息耗。足下以银贵为外洋通商之故，此朝士已议之矣。不思天下之困不专银少，由衣食之源不足，衣食不足由物力之艰，物力之艰由糜费之众，糜费之众由风俗之奢，风俗之奢由百官之侈。官侈于上，士华于下，工作于市，农效于野。斫朴为凋，皆官之由。以今日河员言之，一饭之费，八口数月之食也；一衣之费，中人一家之产也。河水非金穴，堤防非银矿，何由而致哉。

足下谓仆节省工帑为言利聚敛。仆诚不肖，不至为桑宏羊、裴延龄，而足下必欲庇此积习，至引汉高、陈平之事，纵其出入以为大度，而专一责取。朝廷以节俭之意，是犹治家者听奴仆之通窃，而疏食饮水以求无贫，不可得也。足下但识嘉庆年间河费至五六百万，谓今日省减，不知当其有事，千万不啻；当其无事，则两河四百万之帑，漏卮非小。吾见其长奸而病国，未见其为大度也。足下又谓胥吏无能为弊，官不勤也。官之不勤，捐职多也。今捐职渐少矣，由科甲者未见其能勤民而制吏也。古之治天下者，能略于上而详于下，三代封建数千，皆州县也，方伯连帅落落数十人，分土而治，诸侯以下，卿、大夫、士无虑数百，胥吏减少，足以为治。汉法极重守令，刺史之秩甚微。唐县七等节度，观察为数亦少，其后失制乃更加多。明初督臣用之沿边，中叶以后，浸以遍设。由此言之，封疆大吏在得其人，不在多设。夫州县所以不能制胥吏者，牵制太多，文牒太繁，驳覆太密。穷日夜之精神以承总督、巡抚、布政、按察、巡道五六公之意旨，而恐其不给，又安能亲民而督吏？足下以督抚为心膂，司道为耳目，州县为手足，胥吏为袖履。心膂不太多乎？耳目不太多乎？手足不太多乎？袖履不太多乎？吾则以为：宰相，心膂也；近臣，耳目也；院司，臂也；州县，指也；胥吏，犬也。两臂不能运一指，故院司宜少；一指不能御千犬，故胥吏宜减。夫牵一指于两臂，尚不能御犬，况为臂者，又纵犬而啮其指，指益困矣。足下切齿州县之弊，由今之道，虽足下为之焦心苦思，倾产破家亦不能给，又安能去弊？诚牵制之患深，长吏之职难也。天下事必有受病之处，不得其处，东指西斥，愈纷愈乱。论国用则减赋额而纵官贪，论治术则乐牵制而护胥吏，皆由好高不由情实。由君子言之，欲国不贫，先核浮冒；欲吏不扰，先一事权。浮冒核，则出入有经矣；事权一，则臂指相使矣。足下幸留心当世，熟思其宜，无徒高言，匡拂朝廷，宽纵臣子，以从王生之戒。

出处：（清）鲁一同《通甫类稿》（卷二），咸丰九年（1859）刻本。

覆潘四农书

枉书首尾三千言，举六说，委备曲折于天下之故，如良医视疾，望色、闻声，洞症结、察腠理，又善用古方出新意，与病者强弱、时气、寒燠相副，诚经世之宏谟，练事之老识。虽世之病者未必假藉一试，然善吾方，谨藏吾药，必有抄撮荟萃获效者，毋恨温绎流览。又叹今之病在经脉，有见端矣，而起居、燕笑充好如常，但觉筋骨缓散，善睡而恶药。此其证未甚深而特难治，何则？外实，则庸医不知所从受；恶药，虽有国医奇方废格不施。且天下病者多而率相类同，自证谓人生常然，不复是患苦。今无故执康强安逸之人，谓且大病，制方投剂，强使立饮，强者必怒，弱者谓此妄医中风狂走人耳。然则医者既苦于不信，病者又苦于不知。而病又不可久待，久待益深，益不信医。独宜委之而去乎？天下之所以恶药者，恶闻病也；其恶闻病者，由于言病者少，言不病者多。举世拱手相庆，而一人奋臂狂呼叫号，此贾生所以见逐，而陈亮所以不免囚伍也。

　　方今圣天子宵旰求治，大臣恭俭在位，而天下恶言病者，何也？天下有气有习，二者相乘鼓荡，还转一世于不自知。今天下多不激之气，积而为不化之习，在位者贪不去之身，陈说者务不骇之论，学者建不树之帜，师儒筑不高之墙。寻寻常常，演迤庸懦之中，叨富贵，保岁暮而已矣。他莫敢谁何？今乡里愚人，虽其长老与其子弟，暖暖姝姝，若恐惊怪燥发，说友莫敢规督过失；卑属对尊官，谦屈无度，一字不敢驳复，又况敢对扬天子之大廷，冒雷霆、犯斧钺，以见丰采论当世之事者乎？至于作奸犯科则敢为之，非勇于彼而怯于此也，天下卑贱之于尊贵，必有所自伸，不伸于正，必伸于邪，不伸于刚直，则机巧伸焉。善治天下者，务伸其气于振厉激发之中，而杜其旁出于阴佞之门。伏见有明之世，纲维法度、康和丰美不及本朝远甚，又多邪臣巨奸，苛法弊政，然且支持二三百年，礼乐不废，文质炳然。无他，士气伸也。今国家太平，度越百祀，而所未复于三代之隆者，独士气萎薾不振。姁孺咕嗫，容容自安，海内升平晏熙，风烈不纪。独恐一旦猝有缓急，相顾莫敢一当其冲。今之隐忧盖在于此。而士大夫方容与委蛇，顺风靡波，温颜浮说，更相欺诿。虽无大患苦，而营卫拥塞、神志惛媮，所谓病在经脉，骨节缓散，又善睡者，可一药而愈，而举世不以为病，或稔病不敢言，岂非习深气锢使之然耶！

　　愚以为习气牢固，于下不可破，则上当有以激之。风之发也，伐木蹶石，毁山动屋，及其离披涣散，不能扬腐灰。故气之始盛也，刀锯、水火不能沮于前；其衰也，张目而视之，缩首而退，气倡于一二人而应于天下，鼓舞荡风乔，久则合天下为一气。汉、宋党人，明三案诸公，岂必皆英豪盖世君子哉！一夫大声，众人奋响，忽不知其勇之何从生也。国家恩礼大臣，未尝诛一言者。虽大罪止黜削，而人怀观望，莫敢激发，或毛举细故，无关痛痒，一违忤即终身结舌，此张目而视之之说也。今欲返其书，一作其气，独宜尊劝敢言之士，设不谏之刑，广上书之路，削颂诿之章，起退废之人，使天下明知朝廷风旨所在，示中外无拘禁，以震动一切之耳目，内至部郎，外至郡守、州县吏，皆得言事，天子取其善者而恕其失中，则方直之士来矣。居谏垣者，不以时规切主上，究当世利病，徒饰小说为巧避者，置之刑典，则庸懦之风革矣。山野布素之士，有深识远略者，许其献纳，虽未必称旨，其言多朴拙，藉以风天下，如此则耳目广矣。上封章者，必取裁经义、陈要道，茸阘依违，沿习陋词勿采，则情理之说伸矣。往御史上疏，有婞直获戾者，其人至难得，虽言失当，投弃草野，非所以观天下也。宜加甄录，始终保全之，则忠谠之心固矣。惟阴词告讦，在所必禁，以杜浇风，兼闳雅道，如此则大化光矣。

或曰：宸躬万几，岂得人人垂省？愚以为不然，自三代、汉、唐，泊宋、明盛时，皆言禁疏阔，不闻烦渎，皇上圣明天纵，达聪自易。且今法，大吏用一丞倅畿辇，断小小一狱，动辄请旨引条，牵例千百为词，改抹涂饰，尽失本真，徒费精神，无裨大化，而朝廷不以为烦，若少减庶事一二，垂聪献纳，其为闳益，岂有剂量。前年一举人论事，言多迂直，皇上恕而容之，后即有一举人条上封事，言涉妄滥，旋蒙锢斥，此皆白面书生，未悉时务，宜见摈逐。然天下深沉阔达之士，必不轻于一试，其冒险始进者，独此辈耳。脱少宽此人，粗加颜色，诱引豪俊，必有通才魁士接踵而来。在位窥见意旨，亦将矫厉振奋以自显，善罗鸟者必设媒，迂妄者，豪杰之媒也，天下习于庸浅，见瞋目论事，粲然皆笑，宜激一二人以变其心，渐激渐变，筋骨缓散者强，睡者醒，滞者通，人人思自伸而不忍，尽弃于阴佞之途，虽复手足、皮肤小有病痛，随发随医之。言病者多，恶闻病者益少，然后斟酌当世之利弊，而来书所谓六说，可得而行也。天下事深远切至者，非吾辈所宜言，纵言之善及身亲，多龃龉不易措手，然其大端要可闭门而定，临事变通，在苦持而力行之耳。然使恶药讳病不改，虽言亦不必从，所谓"无故而制方投剂，强人立饮者也"。

丈人，今医之良者也，制方善矣，合古宜今。一同窃推方之意，又加引焉，其称说近烦驳，更审定束之高阁上，如其施用，以俟君子。论快手滑，黩冒道严，伏惟饬正。不宣。

出处：（清）鲁一同《通甫类稿》（卷二），咸丰九年（1859）刻本。又见（清）饶玉成编《皇朝经世文续编》（卷十二）。

与于司马书

一昨奉诣。执事适阅勇于安镇局，不获一见，翼日见存，又相左也。时势孔棘，非可坐论制敌，故不敢数数烦渎。然私心有所欲效愚款，觊或裨补智勇万一。谨彻于左右：逆贼东扰省垣，困迫清淮，民庶无故惊扰，自相煽惑，一夕数变。非人情好乱，患生于所不见，而动于所猝也。譬如居密室，乍见鬼魅，人各自孤，便若赤发星眸森列左右，非徒民不见贼也，乃至兵不见兵。平日训练，轻如戏剧，符檄之下，面色灰死，未望尘而肝胆迸散，岂有所谓行列、部伍、坐作、进退耶？夫以如是之民情，如是之师律，贼行数千里，皆出空虚之地，其为溃散，非为不幸。旬日以来，消息百端，日益危逼，然而镇江之师不西，瓜仪之勇不南，皖帅变易，拥符离之兵而不进，坐视金陵之危，勇懦一辙，环而相顾，欲侥幸于狂寇之未必至，岂可得耶？清河蕞尔，河垣寄重，地小而冲，民多而散，前无可枕之险，退不能据河以为固，闻声听息，荷担而立。明府吴君以宽勇之姿，久获士民之誉，重抚此土，下车之日，欢声雷动，人情固少戢矣。又得当事诸君子提挈而翼导之，筹饷日益集，练勇日益习，以此坐镇，必无他变。

仆，瞀儒也，逍遥其间，喜托身之得所，然意少有所未惬者。窃谓当事之筹划善矣。所可议者，国容多而军容少。夫院、道、府、县相承，贵贱有体，容服有章，请谒有度，文礼繁重，传呼而后进，拱揖而退，此国容也。将帅偏裨，卒伍相统，期时而集，金鼓为节，坐止有方，分合有部，裁减小礼，严静耳目，此军容也。国容主于详雅，军容贵于简质，虚文足以费日，盛礼足以隔情。应请大帅自今以后，皆至总局公见，上下不隔耳目交通，其三五八十之期悉免，司总局者日一至，府道间日至，大帅三日至，以此为率。惟县令至无时，或疏、或数。惟其事而已，此之谓省事以惜日。夫容观所以变视听，肃心志。应请自今以后，大官乘马出入，不得缓步肩舆，佐贰统领改用戎装，结束严劲，与士为伍。章服既改，耳目易观，此之谓变容以作气。局委十数，总统各勇，十羊九牧，部分不明，应请以若干人为一队，每队领以佐贰官。简阅之日，分队领赴，编诸册籍，无事相与，讲说恩义，抚摩疾痛，使队各自亲其主，此之谓分部以明分。简阅之日，大帅居止必有赏罚，勇与兵异，赏优以体貌，罚止于声色。昔路文贞练勇二万，大阅三日，手觞赏赍，士皆感泣，此清河往事也。情义既联，勒以兵法，赏加财帛，罚及鞭贯，渐以增重，十日五日，犒赍羊酒。勇士固多徇宠，一飧之德，报以七尺，此之谓推心以收威。练勇各于寺观栖息，非可当此即安。应请筑立壕堑，制备锅帐，分番驻守，渐与之习。营数百人，官为统领，同止共作，亦以番代。使平居无事，常有严敌之意，此之谓变节以防猝。本邑十八坊，烟火三万户，请家自为守，分为三等，各简壮丁，制备器械，报名县籍，已与吴明府言之矣。县谕一出，地方之人欣然愿乐，此非能用之战也。所以阴为部勒，呼吸灵便，每当简阅兵勇，调取数坊，晷刻毕集，排立左右，观习陈势。阅毕间错编入，率以周巡，整齐行次，少识旗队。攻战之意，久益亲狎，所以重固根本，钤制枭杰，此之谓练民以归兵。

　　总此数端，皆以军容改易常调，逸者渐而趋劳，脆者渐而趋坚，纷者渐而趋一。恩势固结，胆气自倍，然其大要又有进焉。圣人曰："好谋而成。"董子曰："设诚而致行之一。"不知诸君子之练此勇也，将以备非常而报国家邪？将姑为声势，以镇一时之人心已邪？将知其必至而全力以待之邪？抑徼幸于不必然而聊与之试耶？以浦垣之重，诸君子之仁武，苟坚意必行，无所回惑，则当思四郊多垒，枕戈待旦。减彻服御，与士卒同甘苦，倾身养名，不以名位自异，破除意见，以收雄桀之才，召询父老，以联上下之脉。夫江介之士，去妻子家室，上雾下湿，蓐食不饱，部臣节将，亲冒矢石之地，而数百里外，窖金寄孥，人自择便，艅艎交于川渎，鞅鞲挂于衢路，岂恶忠义而不与军垒之士共主哉？一鸟飞，百鸟鸣。一兽走，百兽惊。一夫跌足，则千人臂掉矣。夫去者有与倡，而守者无与徒，虽斩刖之，法弗能禁，而虚文只取侮矣。仁者在上，所以率之。伏惟诸君子自坚而已。草茅衰劣，不能荷戈，仰惭天日，惟贡其区区裁察。幸甚！

　　出处：（清）鲁一同《通甫类稿》（卷二），咸丰九年（1859）刻本。又见（清）饶玉成编《皇朝经世文续编》（卷七十七）。

　　注释：本文原题《癸丑二月二十三日与于司马书》，题下作者原注："时江宁失守，信尚未至。"

与吴中翰论时势书

流贼之祸，其起于郡县之世乎？汉之张角、唐之黄巢，势数倍于今日而卒以扫除者。汉州郡之势强，唐节镇之兵骁故也。至明之季，州县积轻，而镇侯之权不如一监军道，尊贵相压，非复初制。寇之在楚、豫、秦、晋，如泻水平地，东、西、南、北，惟其所之。虽以卢象升、孙传庭之忠勇，曹文诏父子之骁健，随扑随炽，无他，大帅有攻剿之兵，州县无堵御之力。且官家之兵，有朝廷之节制，有文书之往来，有供顿之繁费，有驿站之稽迟，有支给之浩穰。贼则不然，行如飘风，止如蚁集，一切取之于吾民。民不劝而输，兵不调而集，行不请命，战不克期，野掠所获，各肥其私。上无吏议，功罪无所营，惟盗之是骛，狂悖暴虐，而其心乃齐一坚定，故不可制也。以古况今，亦略相同矣。自正月以来，粤贼北犯，汉、黄不守，据长江之势，恣其荡轶，破皖桐，下金陵，踞镇、扬，又分其群丑，涉汴入晋，东扰畿辅。国家兴师十万，南北攻围，旷日迟久，凶锋未损十一二，而力已不支矣。

夫贼无定势，众多而散，行疾无方，此非尾击之兵所能制也。制之以吾民，民各守其家室，统于一令，令各守其城垣，统于一郡，民不变贼，杀一贼则少一贼。四面而蹙之，贼无所走，则穷矣。国家休养二百年，兵且畏贼，奈何责之民。曰：不然。夫贼即吾民，非有奇才异状也。民去而从贼则勇，民居而捍乡里、卫家室则怯，此故可思也。贼无纪律法度，而能用其权。今之守令无权，非独无权。以东西南北之人，强之为父母焉、为祖公焉。或三月而去，或半岁、一岁而去。其视民与民之视之也，万不能如贼与贼之亲而能用其权，亦明矣；或小有建树，监司制之，督抚制之，台省又制之，万不能如宿贼与新附之贼之能必用其权，亦明矣。苟能用权，以狂虐无赖，数千之丑徒，横行八九省而不可制；苟不用权，虽以朝廷之威德，贤士大夫之声望，不能使一城一镇之人临变而不去。为今之计，独使天下之守令，各私其郡县。郡县亦各私其守令，则贼无所乘而入，如之何而能私？令不十年不迁，终其职者，即削其故籍而居焉；守不十年不迁，终其职者，即削其故籍而居焉。令之加官可至四品，而仍令；守之加官可至二品，而仍守。守令之上，独留一督以主军事，而民事民兵，全付之守与令。城垣其墙宇也，仓库其囷窖也，四境其田里也，民知守令之为吾守令，则忠义有所效。守令知民之为吾民，虽欲虐用，濡惜而不忍竭其力。欲苟且而后顾，无所诿让，而权乃能行乎其间。今天下州县，虑无不言团练，比如团沙，胶之而不固，掷之而仍散。非权不能团，非久且亲，团亦不坚。久且亲矣，民之耰锄、白梃，贤于十万师可也（久任而削其故籍，略用顾氏郡县论之说。要为近日救弊良策。不必费之自己出也。）。

今夫天下之大患，盖莫如贫矣。兴师十万，日费万金，军兴四年，计所用不下二千万。筹饷之艰，固非意外事也。诚重守令、团乡兵，则可省客兵之半。夫以西北之兵而救东南，远者数千里，动经旬月，兵未至而贼已去，贼未见而帑已竭矣。凡兵行粮，人日三百，若以守令督率乡兵，人得百钱便有饱腾之效。又无道理之费、驿站支应之苦。爱其家室，知其道路，家出一丁，虽小县可得二三万人。当贼未至，小村并大村，小堡并大堡，劝其长老私相董率，官与旗帜（凡旗帜勿令私造，既虑参差，且权之所在，不可假也。）。以时训练而约束之。贼至百里之外，然后支用官钱，勒成部伍，追贼不出境，迁徙不出境，出境有诛。凡支官钱，动用地丁，正杂准与开消；正杂不足，私相捐输，皆登簿籍，报部而奖之。凡本县民瘠，许一府之内外有殷实相为输将，仍不得抑勒。凡输钱粟于邻境，奖有加。凡钱之与粟相为低昂，钱出之官，粟出之民。今年以来，粟价颇低，凡富贵捐粟加二三成入册，乡兵得粟便可坐饱。粟有所泄，其价必平。凡一县之乡兵，与四邻分日而会于境。凡贼至一县，则四县交出兵而会于境。凡贼至一府，所属之县各分三之一，交出兵而会于府（惟此不在出境之例）。凡出境者，粮有加。凡用乡兵，皆报府。凡督抚提镇以下，皆不得调用乡兵。如此则远近相联，村与村团，镇与镇团，县与县团，如手足之捍头目，不呼而集。兵无远涉之苦，国无筹饷之艰，贼之平也有日矣。

额兵不足，于是有招勇，勇须乡也，乡须勇也。今之招勇大概募兵，昔人有言："轻去其乡，安望其勇旨哉？"言乎招勇有二，非饥饿无赖即枭桀不逞。苟钱粟丰裕，赏赐优渥，可激使一战，亦浪战无法，乘胜争利，易蹶主将，脱或支用不给，小不如意，睚眦而疾视，沙行而偶语，一旦有急，铤而走险，不能有益，适足为祸。夫无故费数十万之帑，招群无赖不逞而养之。以待一旦之变，计之不得，无过于此。前勇既散，后者复招，拾人之余，转蹈覆辙，甚无谓也。古者招勇不出其乡，用勇亦不出其乡。故曰：乡兵或有山陬海涯，兼兴屯田。自昔行之，成效尤著。议者多以东南之民柔脆，招用西北之勇。于是有川勇、楚勇、寿勇、徐勇，时或用之得力，亦必强宗豪姓，素昔蓄养，自成一队。多则千人，小则数百，固非临时乌合，取济又苦，大帅统之无方，驭之无术，良者弭首而就法，强者长啸而远引。此不足丧豪杰之心、开祸乱之门乎？古之贤将多蓄牙兵，握手亲昵，与共生死。衙队强盛，虽有客兵降将，力能钳制。今之法制，临敌命将，素无爪牙，猝与之以大队之劲勇，本轻末重，上疑下贰，彼皆各为其主，万无相能之理，亦非大帅之咎，势使然也。故莫若各用其乡，自战其地，得贤守令抚而练之，使耕战相杂，一岁之中便成劲旅，何必远征轻滑，自取骏散。昔刘裕称京口为劲兵，项籍用江东之子弟，岂有东南之人不可用之理乎？夫颍、亳素称强悍，汉、黄古多犷桀，然而贼众一至，大股裹胁乃反而为之用。近日扬州溃勇，濠泗居先，至于六合一黑子之地，丹徒为文柔之乡，虽逼近贼巢而民气自固，乡兵若此，招募若彼，明效彰彰矣。

出处：（清）鲁一同《通甫类稿》（卷二），咸丰九年（1859）刻本。

注释： 咸丰三年（1853），太平军占领南京，正式建都，改名"天京"，开始北伐、西征。鲁一同有《癸丑十一月与吴中翰论时势书》，建议朝廷用地方地主武装对抗太平军。

复戴孝廉

桐城再陷，牧庵以屡胜之兵一蹶不救。方进兵之前三日有书见告，心常耿耿，道路阻绝，传疑百端。足下身在行间，所见既真，又无所庸，其憎爱当有确论，书以示我。足下初意就曾侍郎，不果，而就袁都宪。今侍郎驻兵何所，都宪被议入都，足下一身将安之乎？海内拥重兵，持节钺者，不下六七公。其才气志量，果足以当大难之冲，固疆圉于盘石，拯斯民于水火者，不过二三人。又皆更事未久，独恃其志气，以驰驱于仓猝受命之际，根基未立，筹略未定，兵分而无统，勇骄而难驭，饷缺而不给，于以乘机蹈会，侥幸一胜则可矣。遂欲荡扫群氛，肃清万里，盖事之不可几者。此江帅之所以死，而曾侍郎之所以遭回而不得进也。今贼欲掠汉、黄，蹒武昌，旁趋广饶，死守庐、皖，九江之师不能进尺寸以捣江左。综览天下之大计，决非岁月所能定。比如一人之身，痈疽流注，先当壮其元气，使心膂肢体之间，血气融固，疮痏不生，然后可聚一身之力以攻其毒。昔王逸少谏深源北伐，谓须"根立势举"，谋之未晚。只此四言深明大略，所谓识时之俊杰、活国之良方。而英拔之士，乃欲取成一战，仆未之前闻也。今天下不被贼之省尚有八九，被贼而未剧者尚有二三。窃谓深谋老算之士，当先注意于此，须近贼之边，各自有守。重守令之权，勤耕战之务，复一城则一城守，得一险则一险固。夫曾帅拥数万之精卒，乘新胜之全势，蔽江东下，而豫章不能翼其南，皖桐不能犄其北，是谓孤军单进，胜则旬月可以成功，败则进退失据，此智者之所共知，而曾无一人筹万全以善其后，可为长太息也。

来书谓江帅赴皖时，侍郎以仆与足下荐诸幕府资商大计。惜哉！不见此公一拊掌也。足下若决计北行者，试以此言诵诸当路。天下非孤注，功业难幸成，非智深勇沉之士不足与共事，亦不可与共言。古之报国复仇者，不期早发，期于有成。惟愿忍而固之，以待事机之至。若屡试不中，则锋锐消亡，盛壮之气、惨痛之情不可复追，惟足下忍之而已。使便匆匆，不及端书，以草奉寄，风便时示近履为幸！

出处：（清）鲁一同《通甫类稿》（卷二），咸丰九年（1859）刻本。

复戴孝廉书

当今祸乱方始，非有出群之雄，乘藉势力，扶倡名义。财足以结州郡之豪，义足以动遐迩之心，苦身力战以树基植业，势不足以抗拒群凶，屏蔽方域。至于陇上之夫，太息俟风云，幕下之英，指挥分楚、汉。要是腹背之毛，须凭借乎六翮，故不能溯风而独往已，尝试顿五指而计之，今海内长者，谁为凭借乎？昔者张、陈之交欢，分身泚水，曹、吕之亲密，阖门并命。今之达者无古人之俊快，而蹊壑之间动相什伯，故有武士露刃猝起两柱之下，银章白简密陈温室之上。积爱生信，积信生畏，积畏成猜，积猜成杀。虽复流涕动三军，抚孤感行路，又安能以不赀之身。取偿日暮之一悔乎？足下国仇家耻并在一身，疾首痛心，思有所藉，以恢大业，惟愿慎其所凭而已。

来书又以仆所陈"根立势举"亟得灭贼之本，而未免迂缓，请更得而申言之。粤事初起，仆在京师，颂言当路以为潢池小丑，何劳天师，但复土司数姓，责以成功，其人宗姓豪强，山蹊涧峒，径途熟习，跣足趫捷，长技皆同，复一州镇便以相假，得一蹊洞永许镇压。昔时改土归流，今仍改流归土，不费京帑，不劳征调，期岁之间便可大定。先时泗城黄姓土司之后，宗党颇盛，贼犯泗城，黄率子弟守城，歼其党羽殆尽，此其成效，昭然可睹。假令此策遂行，何至劳师五年，流毒海内，至今为梗哉？当时朝士不能远虑，谓为迂谈。故计有似迂而实切，事有似缓而实要，此类是也。贼在浔梧，初无远计，及翻然度岭，便有长驱江、汉，窥伺河、洛之心。故长沙未下，先扰鄂、岳。武昌一破，顺流东趋，金陵袭踞，遂窥宋汴。逾太行之岭，叩临洺之关，横扰畿南，迴翔齐右。如狂风盲雨，瞬息变灭，贼之言曰："不怕杀一千，只要走一天；不怕死一万，只要破一县。"其用兵大略可以想见。独于金陵盘踞三载，似有规为根本之意。而分兵沿江，死守庐、皖，屡残汉、黄，三破武昌，窥贼之意，初欲出奇，窃发畿辅，以震动天下。北略之不行，然后横踞长江，往来策应，亘天下之腰膂，断南北之襟喉。此其志不在小。曾侍郎起湘南之众，下巴陵之船，一战而复汉阳，再战而夺江夏，乘胜长驱，有破竹之势，然而兵阻于九江，船厄于湖口，贼救死扶伤，死守不下。罗大纲、石达开之党，悉锐来援者，攻其所必救也。假令以此之时，以一将缀金陵，一将缀庐州，按兵不动，而独命一上将，将水陆之师卷甲疾走，不攻一城，不接一战，直造二贼之背，西面以争湖口之利，则九江必下。从此以东，便无坚壁。袁副宪久镇临淮，留讨诸坞，而仅遣忠壮营之二千人，行收城邑，即无桐城之挫，亦理不得达，何者？兵少而将轻，留战不足，孤进不能，逆贼生心，反用吾术以挠曾帅之后。曾营所将，皆三楚轻侠，闻贼走其上游，勇气自然挫蔺。凡用兵如布棋，先后轻重之间，不可不察也。侧闻朝廷已命大将，率北方新胜之兵，专救武昌，以壮东师之气。然而庐镇、金陵，皆攻围数载，征输浩竭，诛求遍海内。晋、陕之富室，吴、越之商贾，两淮之盐筴，朘削搜括，骨髓枯耗，奉行之吏，不能深固根本，铢求箕敛，以敛怨于下。于是楮弊之法行，重钱之局设，抽厘之令下，其近贼之边县，各有募勇，募勇百人，岁耗千金。官吏因缘为奸利，横索抑勒，爬搔疏栉，关津坊市，百织千罗，民怨深矣。故今日之忧，不在已被贼之省，而在未被贼之省；不在已残破之州县，在未破而先自残之州县；不在已从贼之民，在未从贼而岌岌思为贼之民。故愚之计，以为今日经营天下之大势，当先注意于此。

首重州县之权，自汉、沔以下，东至海门，州县百数，贼一日不平，州县一日不得升迁调移。贪酷者革之，甚者杀之，贤者进秩，平时劝农练勇，支动正课，要以积谷多而练勇勤，户口实、关隘修者为上考，上考之令加秩进律。凡贼涉县境，力战却退，或围城日久，坚守不下，皆为首功，许荫子弟。其有临变寄孥，心怀去就，藉辞越境，巧避贼锋者，一绳以法。夫战胜则子弟邀其荣，变至则骨肉不得保。其于爱民勤职，不期自奋，民便久职，自亲其上。寇至出战，用素练之民，出必死之地，有如手足捍头目，家人卫亲长。纵不百胜，其与今之视若传舍，固相万也。其城池已为贼踞，民心去就未定者，吏部且停其选。县有强宗豪姓，能复一城即权县事，复一镇者权丞、簿、尉之职，需待贼平编入流官。人情劫于久威，易致翻然，须令常有所系。又其本土族姓，恩威易洽，强者希觊富贵而荣居其乡，杀贼必力，羁以名器，则常为我用；予之分地，则上下协力。尽停入赀铨选之涂，使近贼之郡仕途必出于武功。如此能沿江数千里皆为贼敌，凡贼所守，不过一城之地，过师枕席之上，驻军藩篱之中，何有长江之不能断，金陵之不能拔哉？

次讲耕战。顺辅以行，其于灭贼，可期旦夕。然其施之也有方，而攻之也有序。贼之初起，数千辈愚妄人耳，胁从既多，遂出枭桀。又有缙绅科目之无耻者闲厕其间，指使引导，于是其教则参以泰西，其军制略仿周官，军师卒旅，其官杂取汉、宋诸目色，而其用兵之法，令严而法简，行速而多诈。既得金陵，志意稍满，僭立制度，然而未有立国之势也。自古战伐之朝，有立国之势者，则先攻其本。桓温之直走成都，王镇恶之溯舟渭水，韩擒虎之顺流三山，李愬之夜入淮蔡是也。无立国之势者，则宜先翦其枝，张角死而飞燕、黑山炽，仙芝殪而黄巢、尚让横。迎祥灭而自成、献忠狂。皆由贼基未立，东西游走，合散无常，奸厥渠魁，则各自雄长，益多树敌，翦除党翼，首恶自孤。夫贼犹蔓草，寸寸而断之，随地滋长，根株虽绝，枝叶转茂。为今之计，莫若暂缓金陵之攻而端牧旁郡。豫帅壁信阳，收蕲、黄；皖帅仍壁庐，收舒桐；江帅壁广饶，收宣、歙；苏帅壁江南；北帅壁江北，仍同收瓜、镇，皆观衅择利。而专责西帅以上游之任，武昌若复，深驻大军，营缮耕战，益具舟船，练习水师，以观变待时。而以曾侍郎九江之围，为缀贼之势，西师既盛，出其不意，顺流东下，直踞安庆。突出九江之前，号召南北，使罗石之党，外牵于曾塔之师急不得返顾，沿江诸贼必当同时解散，入穴金陵则成功可望。若不论先后之序，不权轻重之宜，旷日持久，而劳费不休，军民咨怨，衅生难测。万一先破金陵，使贼分而势散，即首逆就擒，蔓延之祸，未知所底。此仆前书所谓："宜待根立势举，筹全局以善其后。"区区狂愚矣，聊以发愤于足下也。若夫将有能否，时有利钝，兵势百变，难可遥度。要之，先翦枝叶，再图根本，重州县之权，系豪杰之心；急屯种之务，振荒残之略；去苛细之政，收捐助之实。他时决胜，必由于此。

足下有济世之大略，而志存仇耻，不怵于利害，不震于功名，抱策皇皇，必有合也。大著草茅一得，及续得前后数万言，当有英谋秘计。开时成务，返王路于清平，聚鲸鲵为京观。仆意远才疏，老加庸散，久欲充耳不闻世事，因枉来指，故纵言及之，以广足下之所未备，而不觉云云之多至于如此也。伏惟英略咨商详密，冀可假手，道路悠悠，秘密。幸甚！

出处：（清）鲁一同《通甫类稿》（卷二），咸丰九年（1859）刻本。

注释：咸丰三年（1853），太平军占领南京，曾国藩办团练，治水师。十月，江忠源驰赴安徽巡抚之任，曾国藩向其荐鲁一同为幕府，江、鲁因故未晤。

吴城义塾记

吴城义塾者，南清河吴氏所创也。吴城，乡名也。吴氏旧有临川书院，复创义塾于吴城，所以养人才不一而足也。不曰书院者，教其乡之子弟，不足乎"书院"云尔。鲁子曰：非也。盖国家所以教育人材之具，其亦多矣。于内，则有诸宫八旗之教习，宗室子弟入焉，勋戚之士造焉，有国子监，四方之贡士教焉；于外，府州县皆有学，民之秀者入焉，三年学臣按部而试之，学官教之，天子遣使者校其良楛，达之部，礼部试之，取其秀者而进之，廷试而官之。其乡试见遗者，学臣择其尤异而贡之，太学教之，廷试选之，其繁且密如此，犹以为未足，于是有书院。通都大省、山僻小县，书院之布于天下无虑千百数，隆礼纵聘当代之通儒为之长，封疆之大吏，州县之长官执主人礼焉，其尊且重如此。

今太学居辇毂之下，近臣清德重望，或不尸厥职，犹不能如古，至如州县学官率皆疲老、昏瞀，积资累年而后得之，或以货入，以罪降者，益不自厉，资望积轻，为教亦苟，月课不征文，读法不莅事，而书院之长，必视荐者之气力为进退，内官外吏请托相属，门生姻旧遥领兼权。于是教法大坏，人轻其师，窜名易卷，苟且塞白。师益不自重，或乃考校文艺，黜优升劣，市润分腴，情同侩敛。推荐烦多，主者厌倦，群相歔欷以为訾病弊由，教者饕廪饩之人，学者膻膏火之资，以利相求故也。

今吴氏建义塾于乡，事不在官，师不由荐，试高等无所得，利孔尽塞，道乃益尊，以视通都大邑高名宿望以相市不反复胜也哉？其不谓书院不亦宜乎？塾为室若干楹，东偏则文昌宫，为室若干楹，址故石氏地，庀工鸠材，则吴君一人力也。建于某年□月□日，以某年□月□日告成。于例得备书。

出处：（清）鲁一同《通甫类稿》（卷三），咸丰九年（1859）刻本。

安东清涟书院记

清涟书院，所从来久远，后少弛，官占房屋，士无所栖息，乃牒大吏反侵地，杜滥荐，绝遥领，薙冗费，皆著令。今吾乡里长者，推与二三同志相切磨也，惟不学不明，无益于职，甚自愧。夫明一经以上为童子师，尚觊裨补乡子弟，至如南面升坛坫，集邑人士而良楷之，乃黜优升劣，交通相属，堕坏教法，辱二三子，此主讲之罪也。与课者或不饬厉，更名并卷，哗嚣相欺，亦何益之有？夫徇无益之名，务毫毛之利，背乡党之训，长华伪之风，贤者不为也。故备为记于院之堂，期开通相见。其有升降失实、品目乖刺、执卷以请者，听又悉糊名示吾，无所左右，艺多不悉，裁一二见意而已。

庚子（1840）四月，山阳鲁一同记。

出处：（清）鲁一同《通甫类稿续编》（卷下），咸丰九年（1859）刻本。

安东岁灾记叙

计然曰：岁在金穰，水毁、木饥、火旱，六岁穰，六岁旱，十二岁一大饥，天之行也。故有风雨不时，阴伏阳愆，螟螽所伤，鼠豕所啮，岁用不登，民乃告馑。然十室之邑，或有封家；万户之县，不皆宅草。故开一家之困，百夫救其馁；平百钱之价，一方享其利。何者？富者得钱，贫者得谷；中者餍粗粝，下者拾粃糠，救死而已，何赡之有。故民饥而不毙，盗熠而不横，疫行而不虐。比岁闲登，而生齿不耗，古所谓"十二岁一大饥"，盖谓此也。

昔在乾隆丙午（1786）之岁，天下大旱，赤地千里，斗谷千，人相食。然其时流户多死，而有产不贫，何者？近古民朴，家有盖藏，谷贵钱轻，农以不困。故失业者委沟壑，地著者获保全，其势然也。然且流亡懵酷，至今歌之。自时厥后，属有小饥，而无大祲，四十有六岁。而当今上御极之十一年（1831），岁在辛卯，湖决于淮扬，江涨于荆襄，连饶豫，迫皖桐，东南无干土，而京师乃望雨泽。朝廷大发仓粟以赡江南，民乃其苏。而安东以区区县厕大江之北，江湖所不及。岁乃小稔，南人逃而归者日千百为群，号哭震村堡，顑颔交道路。明年，麦半登，夏大雨，水四十日不绝如绳，晋、陕、荆、浙皆灾。而江南自大河以北抵朐、赣，田尽没。其河南十余县承积困之后，湖复弥漫，而奸民陈端决河入湖，湖倒灌凤、泗，凤、泗受其累。自江以北，北抵齐；西距徐、凤，东尽海，延袤八九百里间，鞠为茂草矣。江南隶府八州二，其五在江南，二在江河之间。惟徐、海跨河北，而淮属濒河下流。河以南多产稻，利雨泽。自安东以北，北近海，地尤舄，产麦、菽、秫，无水利。故涟、朐之灾，常剧于他郡县。

自皇上登极之岁，岁在辛巳（1821），前一年灾，明年壬午（1822）又灾，乙酉（1825）、丙戌（1826）连灾，戊子（1828）则又灾，壬辰（1832）又大灾。十二年之间，灾居其六七，于是而极焉。是年冬水涸，种宿麦，而盗起千百为群，鸣铳，佩大刀、长铩，比户鸟钞。居民好为备，竞卖牛种，买刀，小村八九家，刀必浮其人数。日出陈刀于门，刀诡异百状，光霍霍照人。薄暮，子妇藏密，壮者谨守望，连村相应有声。其被劫，虽巨室大家，下至贫不举火，靡择也。盗之系于狱者，至不能容趾，则外系，减其食十日，期必死，然狱中率不见减少。岁且尽，道路有死人，乡人醵钱为埋具，后益多则径移之，卒乃不复移。天寒风壮，死者或坐或卧，倔强蹲蹲墟里间。野犬聚而咋之，甘，乃渐噬生人，有被其害者。民食尽则菜，菜尽则草，草立尽，遂有父子、夫妇而甘心者矣。其卖生口，贵无过千钱，贱或不满百。而斗麦价七八百，米倍之。禾、麻石万钱。大率卖一口，充一夫十

197

食。而其后疠疫复大作，死者空村野。麦垂垂熟，鸟雀旦暮下，宛转哀号，苍蝇之飞蔽天。自父老以为丙午（1786）以来，五十年中所未见。而江南他州县及他省，或至是或否，道路言者纷错。要以余所亲见，及闻之不妄，确而有征者，综其大略著于篇，使后之人有所观览焉。

出处：（清）鲁一同《通甫类稿》（卷三），咸丰九年（1859）刻本。

《通甫诗存》自序

叙曰：起乙酉（1825），终戊午（1858），录诗三百三十二首。惟质性疏陋，学之不勤，开之不广，研之不精，所从去古人辽远，又重疾。夫世之噉名骛进，以诗为赘为刺，利禄之涂，纷如也。窃重自闭，锢不欲苟焉，自见于天下，且古之修词立诚，岂徒然哉？世有督过吾者，吾师也，敢拜受赐。

出处：（清）鲁一同《通甫诗存》（卷首），咸丰九年（1859）刻本。

《淮郡节孝祠志》序

祠创于乾隆三年（1738），修于嘉庆九年（1804），再修于嘉庆二十五年。今皇帝十五年（1835），恭遇皇太后覃恩，大吏宣风广仁，董督所属探访节妇孝女上之部总，淮郡六县千三百三十三人皆入祠，如令。既新其堂庑，广增祭田，恐久湮沕，捃摭为志，以备稽考，传示永永。

盖发于好善之公心，用以阐微扬滞，彰往而劝来，备诸条例，严礼则，明质剂，俾后祀有所承述，不致浸怠浸弛。其文期于详赡，兼通里俗，杂沓公牍，旁及谣谚，不务藻缋，具载实事而已。士君子观于幽德之必彰，则知善之必可为；思风化之起原于闺门，则知教俗之所由厚；详观于废兴之故，搜扬措施之宜，则知王政之必可行，而善举之不可不传于后，其所系岂不闳远矣！

道光二十六年（1846）二月。

出处：（清）鲁一同《通甫类稿》（卷三），咸丰九年（1859）刻本。又见（清）邱沅、段朝端《山阳艺文志》（卷五），民国十年（1921）刻本。

《古藤书屋诗存》序

古有作诗，无论诗。诗之有论说，其盛于明之中晚乎？信阳，北地之分途；太仓，济南之继起，公安，竟陵之别趋；几社，复社之后劲。纷争竞起，大要二端：一曰复古，一曰心得。心得者，标性灵而易入歧途；复古者，争体格而颇伤剽窃，其弊均也。两害相形，复古者优已。

国家龙兴，施、宋、王、朱之伦，体势未改乎先民，而颇济之以学术，敷之以华藻，所患和雅有余，而沉郁不足，良由其时海寓昌平，诸君子席丰处顺，本无不得已于其心，而徒以词章为声华酬酢之具，真意不充而非体格为累也。乾嘉才人，以为不足以餍乎人心，一切吐弃，而跅弛以为才，叫嚣以为气，谐谑以为趣，傀冶以为情，此何异袁、谭变古于何、李、王、李代兴之后乎？然而海内靡然从者且三十年。

吴君古音，少负英绝之姿，当袁、赵余焰方张之际，独能违弃世好，力追古初，其宗尚不外乎新城、长洲两家。每一篇成，则曼声长吟，音节自喜。于时同郡潘先生方为复古之学，思欲以文章振起一世，君就而问焉，先生所以奖勖之者甚至。中年，家世衰落，颇以忧生为累。惜乎君有卓立之志，学不足以充其才，而年又限之，其所就遂止于此也。惜新城论诗诸体，独谓七律近体，自初唐以降，为之而能满其量者，少陵而外，率不多见，君遂悉力为之。阳开阴阖，极尽体势；咏史感事，沉雄要窈；情词音采，渊渊动人。晚年为《鹳鹤楼题壁》二十章，往复沉痛，几于少陵《诸将》之具体矣。往时蜀人张船山有《宝鸡店题壁》诸诗，一时传诵，以为极思。以仆论之，船山之诗，爽隽浏亮，而颇伤轻薄，少深沉蕴藉之旨，以今视昔，殆于过之。惜君年位未至，又无朋友人有力者为之推挽。

文章声誉之流播于世，盖有幸有不幸焉，非平心深造之士，乌足以驰域外之观哉？稼轩比部为君再从子，平生持论颇复殊趣，而读君之诗，未尝不三复感叹，为之刻而传之，可谓得人心之公，而君亦可以死矣。

是为序。咸丰九年（1859）冬月，山阳鲁一同撰。

出处：（清）吴以諴《古藤书屋诗存》，咸丰九年（1859）刻本。

书 张 秀

张秀者，沭阳小吏也。沭诸生王某以墓地与邑豪讼，词引秀。豪尝决水冲冢墓数百所，惧，行千金啖秀，不可；倍之，不可。豪贿诸官，反坐王生，锻炼几成狱，王不能堪，昏仆阶下。官引问秀，秀曰："决河者实某，非王生。"官张目叱秀，秀曰："实某，非王生。"箠楚杂下，晕绝良久。既苏，垂头久不语。王生顾曰："张秀，汝之为某至矣。盍诬服乎？"秀笑曰："秀不爱千金之利，关三木，筋骨刻断，至死不忍诬君者，以有天耳！君何德于秀，而曰相为？"因大呼："实某实某！"狱不得具，人皆称秀长者。而其后颇通贿赂扰公事。或曰："秀变。"

鲁子曰：嗟乎！此其所以为秀也。天下大县吏役常千人，小者不下数百。此人皆无食于官，复不少受人财物，有饿死耳！且夫却千金之贿，冒万死以直冤狱，此士君子所难；鬻期会，通关节，取微利以活妻子，乃吏之常。今舍所难责所长，不已颠乎？士有束身自爱、然不能为秀之为者多矣，奈何责秀？

出处：（清）鲁一同《通甫类稿》（卷四），咸丰九年（1859）刻本。入编刘世南、刘松来选注《清文选》，人民文学出版社 2020 年 1 月版。

李信圭传

李信圭，太和人，洪熙元年（1425）任。升知蕲州，仍摄县事。寻升知处州府，去。祀名宦。志曰：信圭儒雅廉干，劝农兴学，士民怀服。按，《明史·循吏传》：信圭，字君信，洪熙时举贤良，授清河知县。县瘠而冲，官艘日相衔，役夫动以千计。前令请得沭阳五百人为助，然去家远，难于衣食。信圭请免其助役，代输清河浮征三之二，两邑便之。俗好发冢、纵火。信圭设教戒十三条，令里民书于牌，月朔望徼戒之。且令书其民勤、惰、善、恶，以闻，俗为之变。宣德三年（1427），上疏言："本邑地广人稀，地当冲要，使节驿络，日发民挽舟，丁壮既尽，役及老稚，妨废农桑。前年兵部有令，公事亟者，舟予五人，缓者则否。今此令不行，役夫无限，有一舟至四五十人者，凶威所加，谁敢诘问。或遇快风，步追不及，则官舫人役，没其所赍衣粮，俾受寒馁。乞申明前令，哀此惮人。"从之。八年（1432）春，又言："自江淮达京师，沿河郡县，悉令军民挽舟。若无卫军，则民夫尽出。有司州县，岁发二三千人，昼夜以俟。而上官又不分别杂泛差役，一体派及。致土田荒芜，民无蓄积。稍遇欠岁，辄老稚相携，缘道乞食，实可悯伤。请自仪真抵通州，尽免其杂徭。俾得尽力农田，兼供夫役。"帝亦从之。自是，他郡亦蒙其泽。正统元年（1435），用侍郎章敞荐擢知蕲州。清河民诣阙乞留，命以知州理县事。民有湖田数百顷，为淮安卫卒所夺，民代输租者六十年。信圭奏之，诏还民。饥民攘食人一牛，御史论死八人。信圭奏之，免六人。天久雨，淮水大溢，没庐舍、畜产甚众。信圭奏请赈贷，并停岁办物件及军匠厨役、浚河人夫。报可。南北往来道死不葬者，信圭为三大冢，瘗之。十一年（1446）冬，尚书金濂荐擢处州知府。其在清河，已二十二年矣。未几，卒。清河民为立祠，祀之云云。《旧志》殊略，今备载之。又，杨士奇有《送信圭还清河》诗曰："当宁仁明秉至诚，濒淮今岁少丰登。忧勤屡下明廷诏，抚字深资令尹能。共爱温如元圃玉，直须清比鉴池冰。清河未必终淹骑，云路他年看尔升。"戴诚问《拟寄信圭》诗曰："前年征诏强扶疾，花县风光得相识。今年远赋还山吟，孤帆重过甘棠阴。爱客高怀重乡里，况有才华藉人耳。淮甸垂休星彩明，蓬莱报政天颜喜。恩深阊阖亦何荣，俗易弦歌信有成。送行多见词垣笔，纪传无惭良吏名。晴衔扶步拟来贺，沙岸侵江欹欲堕。诗字聊将一寄声，船开未暇邀君和。"

出处：（清）吴棠修，鲁一同纂《咸丰清河县志》（卷十三），咸丰四年（1854）刻本。

管 钜 传

管钜，字维庵，临川人，（康熙）二十六年（1687）任。升知宁州。志曰：钜负经世之才，兴利除弊，修学校，建仓储。先是，屯田之兴，吏士遵行不善，尽割膏腴，隐占居民数百家。钜为请于大吏，区划经界，躬自履亩，日夜丈量，不避风雨寒暑，三年而后定。至今，清民得以安堵饱食者，钜之力也。又为之均丁均粮，使贫甲无偏累之患，而豪猾亦不敢欺隐自便其私。去时，百姓攀留不得，为立"去思碑"云。其《均丁均粮记》，见《民赋》；其修仓储，则邑人丁象临为之记。又尝迁王营镇，招抚流亡，邑人杨穆记之。

出处：（清）吴棠修，鲁一同纂《咸丰清河县志》（卷十四），咸丰四年（1854）刻本。

关忠节公家传

公名天培，字仲因，一字滋圃，姓关氏，山阳人也。起家行伍，历淮安城守营守备、扬州中营守备。获私铸王国英等十八人，署溧阳营都司，获逆严加烈等二十五人，移两江督标左营守备，历中军都司，外海水师骑营守备，骑营游击。道光二年（1822），外洋获盗最。三年（1823），署吴淞营参将，旋即真。

后二年，东南方议海运。海运自明以来，辍数百年，议者纷错，大府举公任其事。六年（1826）二月，督米船千百四十五艘，米百二十四万一千余石，自吴淞抵天津，先期功最，署太湖营副将，明年，署苏松镇总兵官，旋即真。十三年（1833）入朝，上御便殿召见，五次军机记名。

明年，夷事萌芽。先是，西南诸夷暹罗、真腊、安南之属，皆恭顺受职贡。惟英吉利最远，强黠。嘉庆间一入贡，严卫出海。至是夷目律劳卑来，不如约，兵船驶至黄埔河，两广总督卢坤、水师提督李增阶坐疏防落职，而以公为广东水师提督。公至则亲历重洋，观扼塞，建台守，排铁索，军务肃然，东南倚以为重。

公容貌如常人，悚悚畏谨，而洞识机要，口占应对悉中。暇则习弓马技击，技绝精。在广著《筹海集》，识者比之戚少保云。

居虎门六年，而禁烟事起。当是时，洋烟流毒遍天下；前侍郎黄爵滋发其事，上命内外大臣杂议，议定，著为令。而英吉利趸船适至。趸船者，贩烟船也。公既习于海，而前钦差大臣林公则徐，威略素著，与公尤协力，至则拘夷目，锢其船，船不得发，获烟土二万二百余箱，焚之。奏闻，上大悦，叙功有差。

夷计不得逞，明年四月，骤师入浙江，据定海。分船溯大洋，上天津，诡投书乞和，而前直隶总督琦善，驰传赴广东，林公以罪去。于是和议兴，海防撤矣。广东边海门户曰香港、虎门。香港奥衍，易盘踞，去省少纡远；虎门险狭，海道曲折，去省近。虎门外列十台，最外大角、沙角，屹为东南屏蔽。

是年十二月，夷攻大角、沙角，坏师船，而大帅日以文书与往来，冀得少辽缓。夷不报命而争战，战方交则投书议和，书报复战，昼夜攻掠不已。时诸军集广府者，驻防满兵、督标、抚标兵，共不下万人，又调集客兵、团练、乡勇、民兵数万，而大帅所遣助守台者，抚标二百人，驻东莞提标兵二百人备策应。则是二台日益孤危，相继陷没。

二十一年（1841）春正月，夷进攻威远、靖远诸台，守者羸兵数百，公遣将恸哭请师，无应者。初，公以海运入都也，时从故人饮酒肆中，醉而言曰："日者谓我禄命，生当扬威，死当血食。今吾年四十余，安有是哉！"已而叹曰："丈夫受国恩，有急，死耳，终不为妻子计。"公老母年八十余，长子奎龙，吴淞参将，前卒。幼子先遣归，及是乃缄一匣寄家人，坚不可开，公死后启视，则堕齿数枚，旧衣数袭而已。

公既自度众寡不敌而援绝，乃决自为计，住靖远台，昼夜督战。已而夷大艅奄至，公率游击麦廷章奋勇登台，大呼督厉士卒，士卒呼声撼山，海水沸扬，杳冥昼晦。自卯至未，所杀伤过当，而身亦受数十创，血淋漓，衣甲尽湿。事急，呼其仆孙长庆使去。长庆哭曰："奴随主数十年矣，今有急，义不使主死而己独全。"手持公衣不可开，公怒，拔刀逐之曰："吾上负皇上，下负老母，死犹晚，汝不去，今斩汝矣。"投之印，长庆号而走。比及山半，回顾，公陨绝于地。时二月六日也。

长庆既去，悬厂自缒下，下负水多芦根，刺体如猬，卒负重创，送印大府所，而身复至台求公尸。夷人严兵守台，则乞通事吴某以情告。吴某者，尝为汉奸，公得之，宥弗杀，给事左右，恒思所以报公。至是为长庆说夷，诚恳反复，夷人义许之。入求尸，钺交于胸。长庆膝行前，遍索不得。卒诣公所立处，举他尸数十乃得之，半体焦焉。事闻，天子震悼，予骑都尉世职，谥忠节，赐葬如礼。丧至之日，士大夫数百人，缟衣送迎，道旁观者，或痛哭失声。而长庆得公尸后，复求得麦廷章之半体，与公尸皆徒负以归，水陆七千里。公葬后，恒郁郁不乐，言及公，必泣下。未几卒。

论曰：甚矣，虎门之败也。悲夫，可为流涕者矣。方公经营十台，累战皆捷。奏上，公卿相贺，主上为之前席，嘉叹至于再三。然而衅发于定海，诈成于天津，夷不为无谋，要之岂夷人能死公哉！诗曰："谁生厉阶，至今为梗。"厉有阶矣。长庆义士，诚感犬羊，吴某奸耳，知感恩为一日之报，异哉。

出处：（清）鲁一同《通甫类稿》（卷四），咸丰九年（1859）刻本。

诰封中宪大夫少鹤吴君家传

君讳以诏，字紫纶，晚字少鹤，姓吴氏，清河人。始祖通海，明初自滁迁淮，五世至祁，北京武城中卫仓副使。祁生璜，乡贡生，廷试第一，兖州教授。璜生居广，居广生钜，恩贡生，以经术显。钜生泓，廪贡生，正蓝旗教习，考授知县，能文有声，县志皆有传。泓生邑庠生作梅，是为君曾祖。作梅生邑庠生焞俊，次焞佳。焞佳生朝观，封中宪大夫，出为焞俊后，有田十六亩，弃书而耕，已复就贾。生五子，君其次也。幼与伯兄以训就外傅，日不再举火，而甚勤学。既而叹曰："吾父劳苦如此，欲安坐作博士邪？"遂弃去。太公好施与，君请于兄曰："吾家中产，力不足赡乡里，吾愿广殖财，而兄散之，何如？"由是亩无靡草，家无腐谷，市无弃瘵。则又请曰："大人所欲事事，谨簿而待命。"则首修书院，振糜粥，散衣絮，施棺椁，掩遗骸，如太公教。

嘉庆十五年（1805），岁大祲，助振金二千。学宫圮，助修之。道光四年（1824），洪湖决，助金散民钱米。十一年（1831），河南北大饥，太公当食而叹，君知其意，则之齐、豫籴黍麦数千石，平市价，设四厂，饲饿者日万人。二十年（1840），又饥，振益众。明年亦如之。岁良稔，浚便民河，通水利。于是大吏前后上其事，朝议加君息大田四品衔，封及二世。而君居恒深自抑下曰："吾父之志，伯兄之力，而吾子独邀其荣乎？"论者以是多焉。

君长身丰干，白须飘然，性朴重。盛寒毡冠，一羊裘，织毛为履，而仪容甚伟。市人识其履声，竦然知君之至也。平生无妄语，不容人过，而峻外疏中。一言合则开怀相示，教诸子严察不少假。道光二十年（1840）冬，

204

朝议以中出乏人，召天下举人。来年正月，集试京师，大田与焉。时迫岁除，君体小不适，促之行，疾剧，力戒家人勿使大田知，比讣至都，中道错迕，大田归，而君没已四十日。于是匍匐泣涕，奉状，跪而言曰："先大父数十年经营，力苦以承先大父之志，有功于乡甚钜，不可无传，传莫如子。"用是综君生平大略，而为之系其世，以备吴氏之家乘云。

出处：（清）鲁一同《通甫类稿续编》（卷下），咸丰九年（1859）刻本。又见吴其稑主修《延陵堂淮阴渔沟吴氏宗谱》，民国辛酉年（1921）二月刊梓。

皇清太学生吴茂南亲家哀辞

余以丙申（1836）之岁，获交于今刑部吴君稼轩，因得与其族兄茂南为婚姻家。当是时，稼轩之诸父长老颇雄于财，而茂南为之经纪。两人者，意气相得也。顾其志趣颇殊异，大率稼轩性刚急而君柔缓；稼轩与人落落而执礼严谨，君夷然和粹，不拘苛文小礼；稼轩力学攻苦，君不甚读书而笔札娓娓，善道人意。以是两人者，相济而有功。及诸父先后谢世，君遂为族中老成。每乡里中无有公私钜细，待君平准，靡不帖服以去。当粤贼东窜金陵，镇、扬不守，今观察吴公方宰清河，举行团练，自大河以北十余镇，练勇数千，举练长，修卒伍，醵钱米，置旗械，首赖君以集事。盖君为人平易而乐尽人情，故凡事之所不易为人当之，或龃龉百出，君虚与委蛇，不动声色而次第毕理。及其成也，无有偏私左右，故无怨谤之声。劳不居功，勤不言贤，故无排挤倾轧之患，盖亦人所难也。君以六十之年，奔走道路，风雨寒暑，不自珍惜。及吴公既去，继之者采众望而首及君。其事之曲折烦难，几十倍于畴昔，而君亦无由自脱于当途之牵挽，此则君之隐受敝于无形，至今思之，而不能不为之太息流涕者也。君善心计而性不耐积聚，既勇于为人，往往不问家中生产，五十以后，逋负甚钜。不知者犹以为君有所私蓄，君夷然不以为意。去年秋，偶患疮疥之疾，独居深念，余每候之，则曰："吾非乐恬静而恶酬接，顾心中怦怦常若有物焉授之，不如避人寂处之为愈。"余退而叹曰："夫子殆将病矣。"呜呼！孰意余之不幸而多中，而君之天年遂止于此乎？方新岁之初，稼轩自都致书，犹谆谆以君之六十寿辰为言，盖偶忘君寿之在去年仲冬，而君之撤瑟已旬日矣。兄弟之感，生死远近之悲，可胜痛哉！吴观察偶诣余于邮舍，语及君，几于泣下。呜呼！君之生平亦可以观矣。今以二月十八日，为君瘗玉之期，援笔流涕，不能文辞，谨述君之大概而隐致其悲悼之忱。灵而有知，庶几来飨。鲁一同撰。

出处：吴其稑主修《延陵堂淮阴渔沟吴氏宗谱》，民国辛酉年（1921）二月刊梓。

王惜庵墓志

君讳相，字惜庵，姓王氏，系出琅琊，自钱塘再迁秀水。曾祖讳林，宿虹邳睢同知，事载志乘。祖讳铮，候补州同，知归仁巡检。父讳治，雅游有声。君少颖出，识字过目不忘。同知君殁，君甫四岁，哭泣如成人礼。年十二能做擘窠书，少长弃举子业，肆力于古人之学。有先人遗产，设流泉肆于桃源之郑曲，所居百花万卷草堂。金石图书插架充栋，四方之士望门搜止，座无虚席，门不停宾。或以筹计相关白，遽挥去，曰："属方有公事。"拥鼻高吟，意岸如也。

桃源令利君财，以公事相龃龉，君笑曰："吾视去此腐鼠耳，飞而冥冥，彼将何慕？"遂迁居宿迁之归仁集，再迁城中，筑亭疏沼。聚书日益多，手自校雠。意或不适，率意买舟，放浪于南郊、北固、武林、天竺之间，出或数月不归，终爱马陵、司峿之胜，遂占籍焉。然自以门族州郡冠冕东南，时时有北风相关之思。其后，君次子禹畴充贡成均，于是君年六十矣，亲送入都。长安士大夫先闻其名，倒屣至门，酬对款备，翰札如飞。每值佳风景，青鞋布袜，携一童子，登西山绝顶，俯视京邑，窅然久之，莫有窥其际者，盖君少时尝有志于天下之故矣。既自知其不能，辄不欲自表襮，深心远怀，犹时时见于眉目，乃以文雅词翰，重自韬抑，抑犹有所不尽也。君居乡多隐德绸缪，骨肉至性过人，尤笃于朋友，余辱知闻近二十年乃相见。每过君居，如至吾家，去亦不强留，常常至亦不厌。与君之长嗣裘之交乃更敬君，盖群纪之间也。君殁之后，裘之以状来乞铭，其轶事多可观，余举其大者。其著书十余种，书法精老，世多有好者，不复详述云。

君配陆宜人，先君卒。子三：长裘之，翰林院待诏；次禹畴，拔贡生；

次颐正。君生于乾隆五十四年（1789）闰五月二十三日，殁于咸丰二年（1852）六月十四日，卜于是年十月七日，葬于先原之侧。铭曰：

偻偻伛伛，是为真士。今之风绪，或登车而舞。鱼鱼雅雅，装书满家。登君堂，鼓君琴，物则尤是也，而音则亡耶。是敦是钦，以启其后人。

出处：（清）王相《乡程日记》。

注释：王惜庵即王相（1789—1852），字其毅，号惜庵。清代藏书家。江苏宿迁人，祖籍浙江秀水。少弃举子业，肆力于古，建有藏书楼"百花万卷草堂""沁绿轩""信芳阁""池东书库"等，聚书数十万卷。著有《无止境斋初稿》《草堂随笔》《乡程日记》等。

角 城 考

《萧氏清河疆域表》曰：古泗口正得角城之名。角城、淮阴，中隔一水。寻其佐证，历有依据。《水经注》："淮水右岸即淮阴也。"又云："淮泗之会即角城也。左右两川翼夹，二水决入之所，所谓泗口也。"右岸淮阴，隔岸角城，两川翼夹，决入泗口，此一证也。《南齐书·州郡志》："北兖州镇淮阴，旧北对清泗，临淮守险。"此二证也。《魏书·高闾表》曰："欲修渠通漕路，必由于泗口，溯淮而上，须经角城，淮阴大镇，舟船素畜。敌因先积之资，以拒始行之路。"此三证也。胡身之《通鉴注》引《南北对境图》曰："淮阴县距淮五十步，北对清河口十里"，清河口即泗口，此四证也。《高闾表》又曰："角城蕞尔，处在淮北，去淮阳十八里。"今桃源县西北有淮阳故城；今清河县东南五里有淮阴故城。角城县故城在县西南，去故淮阳城十八里。角城既得，淮阴益明，此五证也。又云："《南齐书·高帝纪》："太祖镇淮阴。太始三年（467），虏进至淮北，围角城，诸将劝太祖渡岸救之，不许。遣军主高道庆将数百张弩，浮舰中流，遥射城外，虏骑引避。"夫曰"渡岸"、曰"遥射"，可知临淮对泗，声息相闻也。又《南齐书·周盘龙传》："角城戍将张蒲，与虏潜相勾结，因大雾乘船入清口采樵，载二十余人，藏伏揔下，直向城东门，防门不禁，仍登岸拔白争门，虏马步至城外，已三千余人。淮阴军主王僧虔等领五百人赴救，虏众乃退。"夫藏兵揔下，登岸争门，事起仓卒，难可告急。淮阴军主领众赴救，非对岸闻声，

207

何由即至。此可征淮阴、角城之中隔一水矣。按，萧氏此书，援据最为详密。惟必欲以角城为泗口，前后反复殆数千言，中间罅漏，殊难吻合，请得而历辨之。《水经注》："泗水又径宿豫城西，又径其城南，又东径陵栅南，又东南径淮阳城北，又东南径魏阳城北，又东径角城北，而东南流注于淮。"一路如绘，不曰"又东至角城流注于淮"，而曰"又东经角城北，而东南流注于淮"，可知泗口为入淮之口，角城在其上游，明非一处也。《水经注·淮水下》："淮泗之会，即角城也。左右两川翼夹，二水决入之所，所谓泗口也。"会之言际，两川翼夹，角城居中，及决入之所，乃为泗口，明非一处也。《寰宇记》曰："角城在宿迁东南百十里。"又："角城去淮阳十八里。"淮阳在桃源县西北，不知远近。准以今地，桃源去宿迁百里，则角城正在桃源东十里，在清河旧县西五十里，在古淮阴县西北五十五里矣。《南北对境图》曰："淮阴北对清河口十里。"清口即泗口，明泗口、角城非一处也。《齐书·李安民传》："淮北既没，敕安民戍甬城，又戍泗口，缘淮游防。"二戍继书，甬城即角城之异名，明泗口、角城非一处也。"建元二年（480），虏攻连口、甬城，安民顿泗口，分军应赴。"彼此分据，以相策应，明泗口、角城非一处也。《高闾表》曰："修渠通漕，必由泗口，溯淮而上，须经角城。"溯淮达泗，虽始路所经，望文生义，中有间隔，明泗口、角城非一处也。《齐纪》"渡岸""遥射"，便疑声息相闻。详寻史义，"遥射"承上"浮舰淮中"而言，非谓淮阴可以遥射角城。即如萧说："对岸十里"，又可遥射乎？渡岸之文，尤难拘执。《刘延孙传》：广陵、京口，亦称对岸。古广陵在今江都北十八里，去京口且六七十里，又可谓咫尺密迩，声息相闻乎？益知泗口、角城非一处也。至谓登岸争门，事难告急，领众赴救，得自声闻，夫争门者，止藏伏之二十余人，而赴救则指续至之三千步骑，始则防门不禁，继则坚壁待援。揆诸情事，未为不可。要之，据史传之单词，无以解道里之悬绝。淮阴指清河而东，角城附桃源为近；中间不合，奚啻如砺。故谓清河分角城之地，信有征矣；谓泗口兼有角城之名，蒙无取焉。

出处：（清）吴棠修，鲁一同纂《咸丰清河县志》（卷二十二），咸丰四年（1854）刻本。

公路浦考

公路浦，在淮阴故城西二里。《郡志》："公路浦即清江浦也。"引《寰宇记》："袁术向九江奔袁谭，路出斯浦。"《志遗》驳之曰："《水经注》：淮阴县城西有公路浦。昔袁术自九江东奔袁谭，路出兹浦而得名。"郦所谓淮阴者，即今之清口甘罗城也。今清江浦在甘罗城东二十里，其非城西二里之公路浦，明矣。又，伏滔《北征记》曰："广陵西一里，水名公路浦。袁术自九江东奔袁谭于下邳，由此浦渡，因名。"魏晋时，广陵太守治所实在淮阴县。伏滔所云广陵西一里，即道元所云淮阴西二里也。术从此向下邳，其不东出今清江浦，无疑。按，《志遗》所驳允矣，然犹有未尽者。窃谓袁术东奔，路出斯浦，诸家所引考之史文，殆无佐证。《三国志》本传云，术前为吕布所破，后为太祖所败，奔其部曲雷薄、陈兰于潜山，复为所拒。忧惧不知所出，将归帝号于绍，欲至青州从袁谭，发病道死。裴松之《注》引《吴书》曰："术既为雷薄等所拒，留住三日，士众绝粮，乃还至江亭，去寿春八十里，问厨下尚有麦屑三十斛。时盛暑，欲得蜜浆，又无蜜。坐棂床上，叹息良久，乃大咤曰：'袁术至于此乎！'因顿伏床下，呕血斗余而死。"据此，则术欲奔谭乃是虚愿，江亭叹咤，发病道死，狼狈仓促，始终之间，未及北渡，安得至于斯浦乎？惟《后汉书》："术欲北至青州从袁谭，曹操使刘备徼之，不得过。复走还寿春。"疑是曾经渡淮，中被阻遏者。然考《蜀志·先主传》："袁术欲经徐州，北就袁绍。曹公遣先主督朱灵路招要击，术未至病死，先主乃出。"益信术之未尝北渡矣。道元所引，既未确实；伏滔乃云奔谭于下邳。尔时谭在青州，并非下邳，讹以滋讹，于斯为甚。至乐史云："术向九江，将奔袁谭。"将北反南，岂非迷方之士乎？再考《先主传》，先主领徐州，袁术来攻，先主拒之于盱眙、淮阴。曹公表先主为镇东将军，封宜城亭侯。是岁，建安元年（196）也，先主与术相持经月。裴松之引《英雄记》曰："备留张飞守下邳，引兵与袁绍战于淮阴石亭，更有胜负。吕布取下邳，备闻之，引兵还，北至下邳，兵溃。收散卒，东取广陵，与术战，又败。"据此，淮阴乃先主与术鏖战之地，其以公路名浦，或由于此。北奔经过之说，祇同影响。至诸史或谓经徐州就袁绍，或谓至青州从袁谭，当日仓黄，本无定谋，前旌甫发，奄就殂毙。史家异辞，故复尔尔。而论者徒争之于东西二十里之间，至于经过虚妄，置而不辨，所谓得之于一隅而失之于三方，比于不知，类也。

出处：（清）吴棠修，鲁一同纂《咸丰清河县志》（卷二十二），咸丰四年（1854）刻本。

西坝盐政述要

夫盐、榷亦贡赋之余也。《文献通考》言："天下盐皆可禁，惟河北盐是卤地，其地甚广，不待煮煎，最易犯禁"。唐制亦言："河北之盐，羁縻而已"。宋代尝许通行，量收税银，每勧一文，任买二文，其利甚微。

今制：淮北纲盐，额销安徽、河南四十一州县，征课银二十七万二千余两。

嘉庆末，淮商疲敝。

道光十一年（1831），引滞岸悬，无课可收，至捆盐二万余引，不及定额什一。民苦淡食，而场户池丁，积素如山，壅滞而不行。私贩充斥，税帑为虚，官商大困。而调剂银两又虚縻百余巨万矣。时两江总督陶澍奏曰："本年准借带运残盐课银二十万，官收灶盐，督商办运。先择畅销之岸，冀早销纳，而滞岸仍无盐济售。民间盐少，不得不买向民贩；灶盐余积，不能不卖于民贩。臣察情形，必当变通。宜将畅岸仍归商运，其余滞岸，略如山东、浙江票引兼行之法，于海州所属中正、板浦、临兴三场分设行店，听民运售。设立税局，给以照票，注明斤数、运往何处。无票及有票而越境以私论。可以恤丁灶，完正课。"奏入，报可。初试行于安徽之凤阳、怀远、凤台、灵璧、阜阳、颍上、亳州、太和、蒙城、英山、泗州、盱眙、五河十三州县；河南之汝阳、正阳、上蔡、新蔡、西平、遂平、息、确山八县。又，江苏之山阳、清河、桃源、邳州、睢宁、宿迁、赣榆、沭阳食盐口岸八州县，率改行票盐。又，安东、海州逼近盐场，例不销引，亦皆改票，归于划一。其法有：运司根票，分司存查；票民贩运行票联三为一而殊之；民贩纳税请票，由州县给照；运盐出场，卡员验放，及赴所销州县，仍缴票运司稽核。每盐四百斤为一引，十引为一票。一引之价六钱四分，抽税七钱二分，倾解诸杂费五钱二分，通计银一两八钱八分。是时水陆并用于近场，百里设立三卡，稽察钤验。而清河境内之西坝，尚无官委稽核。

十三年（1833），试行有效，推广各岸。安徽之寿州、定远、六安、霍山、霍邱，河南之信阳、罗山、光州、固始、光山、商城，凡十一州县。又以初行，轻本招徕，众既踊跃，渐复定科。改抽税七钱二分为一两五分一厘；减杂费一钱二分，实征四钱；减盐价四分，定为六钱，通征银二两五分一厘。

十五年（1835），又增签席诸废银三钱。是年，始禁陆运，止由盐河舟行以达西坝，申明顺清河栈行之禁，总于西坝栈积。于是，票盐转运以西坝为总汇之区，始设委员稽验，新立截角法。其法：票有四角，先由局员截去平声一角；至大伊山卡员验票抽秤，验讫，截上声第二角；至西坝验，截去声第三角；渡黄过坝至顺清河验，截入声第四角；然后渡湖运行。

十八年（1838），以民贩益多，恐侵灌淮南，更立挂号验资法。总计银数按折派买，以四十万引内外为率。

十九年（1839），定额为四十六万引。是后，票商既多，成本渐重。额完课银二两三钱五分外，复有驳费、河费、仓谷，共数多至四两。而坝价渐减，为利浸微。复议酌减成本，缓纳税课，与民消息，亦其宜也。

初，纲盐经行由草湾渡黄，其地在今山清之交；《旧志》时境所不及，故无盐法。自票运总经西坝，西坝故滨河荒卤，一旦走集，日月成市，土著赁地以居货，游客结屋而招商，列栈二十有二，编户相接，空手白徒，转移趋役，因缘庞杂，藏秽亦多焉。自卡员之设，专司稽验，此外又有缉私文武，不立专官。其西南乱黄入湖，浩瀁百里，周回五百。庐、凤、颍、泗之奸徒，滕、峄、曹、单之回匪，与商溷迹，出没非时。道光十三年（1833），初设洪泽湖水师营都司，钱集都司移改。随带把总、外委、额外四员，马步战守兵百有四十，驻扎老子山；山为清河绝南境，以安集商旅，固吾藩也。于是，盐政大肃。过运枕席之上，课税饶裕。自道光十二年（1832）至二十七年（1847），行引凡七百三万二千六百八十有三，征正税银七百二十九万一千二百六十四两，杂课银九十三万一千两有奇，代纳淮南悬课二百二十三万一千三百两有奇，报效银三十万两，经费银二百七十四万六千二百两有奇，大共千三百四十九万九千七百六十四两，较额行纲盐旧数溢征八百七十余万。所以，官府山海养成群生如此之伟也！而西坝区区以数廛之地，管钥襟喉，岂不重矣。非周慎郑重，乌能久行而弗敝者乎？

出处：（清）吴棠修，鲁一同纂《咸丰清河县志》（卷八），咸丰四年（1854）刻本。

清河县疆域沿革

清河县在京师南少东一千九百四十二里。江宁布政司治北五百三十里，淮安府治西北三十里。今治在旧治之东二十五里，在旧淮阴东二十里，中贯淮流。兼隶禹贡徐扬二州之域。

春秋之末属吴，周贞定王二十四年（前 445），楚东侵，广地至泗上，地入于楚。

秦并天下，始建淮阴县，属泗水郡。

汉初改泗水为沛郡。武帝元狩六年（前 117），分为临淮郡。

东汉以临淮并东海，永平十五年（72），更为下邳国；建安十一年（206），国除，复置太守；皆以淮阴县属。

魏承汉制，无所更改。

晋武帝初属临淮郡。太康三年（282）移广陵郡治于淮阴。元帝渡江，广陵治移去，而以镇北征北将军、青兖二州刺史或徐州刺史镇淮阴，淮阴遂为重镇。永和五年（349），荀羡以"地形都要，水陆交通，易以观衅，沃野有开殖之利，方舟运漕，无他屯阻"，乃营立城池，淮阴城自此始。

宋泰始三年（467），尽失淮北地，乃于淮阴立兖州镇。七年，谓之北兖州。

齐建元四年（482），兖州镇移去。初，兖州北对清泗，临淮守险，田稻丰饶，所领惟平阳侨郡。永明七年（489），光禄大夫吕安国启称："北兖州民戴尚伯诉：'旧壤幽隔，飘寓失所，今虽创置淮阴，而平阳一郡，州无实土，寄山阳境内。窃见司、徐、青三州悉皆新立，并有实郡。东平既是邦望衣冠所系，希于山阳、盱眙二界间割小户置此郡，招集荒落，使本壤族姓，有所归依。'臣寻东平郡既是此州，本领臣贱族，桑梓愿立此邦。"于是立东平郡于淮阴，领寿张、淮安二县。寿张，割山阳以西三百户置；淮安，割直渎破釜以东淮阴镇下流杂一百户置。二县之立，地方甚微小。考其封域，实当今清河西南境洪泽下游之地。

梁改北兖州为淮州，领淮阴郡，治淮阴故城，曰怀恩县。又有富陵、鲁。富陵，汉县旧名。鲁，创立也。太清三年（549），侯景以萧弄璋为北兖州刺史，州民发兵拒之，于是淮阴复称北兖。景遣直阁将军羊海助弄璋，海以其众降东魏。

东魏遂踞淮阴，仍称淮州淮阴郡怀恩县。

高齐并鲁、富陵于怀恩。

陈太建五年（573），吴明彻伐齐，十一月，淮阴城降。九年，没于后周，复改县曰寿张。立东平郡如萧齐之旧。

隋复为淮阴郡，寻废郡而改寿张县仍称淮阴。大业初，并淮阴于山阳，山阳兼淮阴自此始。唐初复立淮阴，武德七年（624）省。乾封二年（667）析山阳复置。

自秦立淮阴以来，千回百改，并为今清河南境地。

其淮水以北，在汉当夃犹、淮浦二境之交，所属莫得而详焉。晋安帝义熙中土断，立角城县。县之西北境得其地，与桃源分壤，而角城县治实不及清河境。唐武德四年（621）分涟州，置金城县，县之东北境得其地，与安东分壤。其金城县治或曰在安东，或曰清河。土人曰：往往耕地得古甓焉，安东人亦云然。初唐置金城，之后三年省淮阴入山阳，又三年省金城入涟水，又四十一年而淮阴复。淮阴属淮南道楚州也，金城属河南道泗州也。

自唐及五代以及宋，淮阴并仍旧名。

高宗南渡，析淮阴置吴城县，三年而罢。绍兴五年（1135），废淮阴为镇，废后一年复立。立之后六年，当金皇统元年（1141），宋奉表割地以与金和，金宗弼与宋约，以淮水中流为界，西起唐邓，东及朐海，于是清河北境并割入金。金以吴城镇隶临淮，金城镇隶涟水。宋亦徙淮阴治于八里庄，嘉定七年（1214）也。其后十七年，当金正大八年（1231），宋淮阴降金，改为镇淮府，金亦不竞。及端平元年（1234）而元灭金，金遗民来归。咸淳九年（1273）始置清河县，属清河军，清河县自此始。县立三年，地入于元。

元初，清河、淮阴并置，而省清河军，以县属淮安路录事司。至元二十年（1283），并淮阴入山阳，淮阴于是四入山阳，而清河以后立乃独存。县初置大清口，止得今河北地。及泰定中，河决，徙治淮阴之故城，始得淮阴故地，而县境及于淮水之南，南至三角村，东及七里墩，与山阳分界。天历中，又移治小清口之西北，东去淮阴城十里，今所称旧县者也。

明初因元之旧，崇祯末复迁治甘罗城。

国〔清〕朝仍旧治，康熙中屡圮于水。乾隆二十七年（1762），江苏巡抚陈宏谋疏请移治山阳之清江浦，而割山阳近浦十余乡并入清河，是为新县治。自其南界棠梨泾、青州涧仍属山阳外。余尽得古淮阴之地，幅员宏远矣。

大凡历代称淮阴者十一，秦、西汉、东汉、魏、晋、刘宋、隋、唐、五代、宋、元。称北兖州者三，宋、齐、梁。称东平郡者二，齐、宇文周。称怀恩县者二，梁、高齐。称寿张县者二，齐、宇文周。分立金城、吴城各一，唐、宋。称清河军者一，南宋。称镇淮府者一，金。称清河县者四，宋、元、明、本朝。分合回移，以迄于今。

出处：（清）吴棠修，鲁一同纂《咸丰清河县志》（卷二），咸丰四年（1854）刻本。

清河风俗物产志

清河县在京师南少东一千九百四十二里，江宁布政司治北五百三十里，淮安府治西北三十里。今治在旧治之东二十五里，在旧淮阴东二十里。东西广六十里，南北袤百八十里。境内少山而多水，襟淮带河，二流交会，漕渠迤逦而右转，洪湖漾漾而北注。可耕之田少，官堤湖埂，绮脉交错。其东南所分，皆山阳下乡硗卤。旧县迤北，积水污莱，灌莽弥望。独东北境，亘三数十里地，地稍亢。百余年来，黄流移夺，一经过辄为骯空，长溪大泽旁壅沙为岸，民少佃作。其中阡陌相属，春或不雨，鸣沙蔽天；暑涝骤降，数里不通牛马。昔志所谓四乡无十里之田，中农无一岁之蓄，赋三倍于邻，封漕远籴于他郡，农欲无病不可得也。

其风，在昔尚，重然诺。强者侠烈负气，有西楚之遗；弱者守文拘墨，醇谨自喜。自县治左移，官省吏舍，冠盖相望，市廛杂沓，浩穰百端。春夏有粮艘之载挽，秋冬有盐引之经通，河防草土之事，四时之中无日休息。贫民失业力食致饱，或白手空游而得厚实，民乍富乍贫，日月异趣。于是四方游士、文人墨客、郑商秦贾、奇工异匠总集，利于重赏也。豪胥小吏，材官令史，轻衣绿帻，便捷巧慧，权倾府僚，意色高下，凭借者，厚也。间左大驵，市井奸黠，徘优技巧，长袖垂襦，云雾昼冥，华烛宵列，争佼而竞妍者，膻其余也。瑰金异石，秦铜汉璆，锵鸣而列肆，作伪变真，真乃不及，随时易尚，倾囊而不怍，竞于所好也。山珍海鲜，肴鼎如沸，损夭杀胎，弃脂流于衢巷，餍所厌也。财或有时而匮矣，故积赀久久乃更贫，釜或生尘，舆服兼金，主与客相耀，野与市相驱。士有闭蓬户，然膏油，不入公卿之门，则仆隶笑之，然其贤者犹能专己自好，衣布履绚，踽踽尘土之中，终岁不踔府寺，彼岂乐藜藿而恶华腴哉。土瘠而俗重，变之百年而未改，厌者自厌，歆者自歆，各有巧拙，非一情也。

礼俗大都淮楚同风。无冠礼，童子胜衣则缨冠垂带，容遂如成人。婚不责财物、士人知重门户。市垣坌杂，望富求婚者众矣。其乡里愚民指腹赠杯，苟且任情，或奠雁未除，婿病成礼。小家孤嫠，甚相摽夺，虽严法峻刑犹未能禁也。丧礼，浮屠、阴阳、鼓吹习遵常俗。三日而祖饯，刍灵舆马望空焚拜。七七之期，酒脯向夕。葬时，牲牢品物，富者维备，近士大夫遵古变俗一二有之，然终不能返。至治酒食供张具，不则为吝，莫敢议也。祭之日，清明、七月望、十月朔、冬至、除夕，以时供物。弗先事戒备四仲之卜、特牲三献之仪，希有行之者也。故老言，初时清人衣冠朴素，富家一羊裘，夏葛衫、草笠，齐民等列，妇女无华锦，髻不盈握，裳不曳地，万金之家，农节饷馌，其风甚古。近月异而岁不同矣，其风流自上，少年争效为。官人轻纨绮縠，映空自举，冬有狐白狢狸，丰毛大裘。妇人衣不呈质，锦纯绣领，费过其材。至如清门素士，缟綦椎髻，则少与婚对矣，长老亦相戒远之。今旧族亦渐靡改易矣，惧卒以不胜。故曰，惟贫可以已奢，凋敝之渐，返古之资也。

物产五谷，宜麦菽秫，下隰产稻十一，其蔓野芋长生，贫者赖以卒岁。果有桃杏李柰。木多椿槐白粉青杨。有桑而不蚕。蔬有菘韭紫茄赤苋瓜瓠之属。水浮菱藕，然在处有之，非特产也。药物茺蔚薄荷地肤括蒌之类，蕃而不良。六畜富扰，尤多羊马，每岁边马至，或数千百蹄，色别为群，纵牧河岸，望若云锦。亦有雉兔鹑雁燕雀。水族滋生，美者鮰鲂鲈鳜。黄瓜白小，白小之腊行天下，介之大者鼋，洪泽中多有之，莫敢侮也。自淮湖涨溢，西南诸乡沉没，民稍网罟渔猎。而河北废卤宜畜牧，家有牛栏豕牢，籍以粪渍，要皆农事。余业而货之，大者棉靛红花，利良溥。民间尤好酿酒榨油，或致辞殷实。地通南北，小农去而贩，大农去而贾，贪多取赢则折阅随之，故城市贫于官，乡野贫于商，蕴利之所致也。昔者产凋落绵延也若彼，今兹浩蕃壅溃也若此。是以殷勤史册，采咏风谣，要其盛衰之端，参诸人事。

出处：（清）王锡祺《小方壶斋舆地丛钞》（第六帙），光绪甲午（1894）刻本。

方　琚

> 方琚（？—1867），字博庵，清河县（今江苏淮阴）人，世居山阳。道光十四年（1834）诸生，廪贡生。车桥鲍辅士延主家塾，弟子多知名之士。为人胸无城府，口若悬河，病重犹作愤激语。其《兴时杂诗》不避权贵，为时所称。

三叱李义府赋

冰署头衔，霜台骨鲠。望重百僚，名传三省。诛奸谀于白日，对仗心寒；雪冤愤于幽泉，谏书齿冷。声闻殿陛，班崇御史之尊；响振风霆，剑比上方之请。

昔李义府之在唐也，马周汲引，刘洎吹嘘。仕从长史，位列中书。何乃埋大理之奇冤，律将安在；迫寺丞之枉法，命竟何如？方其招权势、纳苞苴，贵倚椒房之戚，荣分兰省之初。其孰敢明争白简，其孰敢上叩丹除？

义方壮士，落落不群。弹蕉欲上，谏草俱焚。事等覆盆，忍令冤沉。黑海情同折槛，居然气奋；朱云乃修奏疏，乃击登闻。乃请诸母，乃告诸君。

大声一呼，正气四塞；仗马惊心，批鳞变色。其嗔目而叱也，天子为之动容；其抗声而叱也，廷臣因而屏息。如来歙之叱盖延也，重以威灵；如相如之叱秦王也，消其反侧。

如是者三，余音未了。虎啸山空，龙吟云表。其情激烈，鼓同正平之三挝；其怨幽深，歌比夷门之三绕。疏真三上，冠戴豸而何惭；带直三襓，路避骢而不少。

彼非不誉擅鸾台，荣分凤阁。入政府而冠弹，步瀛洲而簪盍。而不知卖官鬻狱，子若婿肆其贪婪；罔上行私，君与后曲为容纳。所以性成阴贼，害如猫而善柔；貌但嬉怡，笑如刀而谁答？

然而物微应候，人贱言忠。鸣同春鸟，吟似秋虫。何以当头虽喝，振耳犹聋。事真咄咄，气倍熊熊。纵教昌乐能终，犹望朝中之鸣凤；无奈莱州坐贬，竟成塞外之孤鸿。

迄今过淮阴而怅望，依涟水而栖迟。英风如昨，壮气能支。归张亮之妻孥，不忘故友；得员公之弟子争奉名师。从知唐代有人，与石金以共砺。曷若圣朝无阙，仰日月以何私？

出处：（清）王琛《蚍珠赋钞》（卷二），同治五年（1866）刻本。

注释：《新唐书·王义方传》：王义方，泗州涟水人。显庆元年擢侍御史，不再旬，会李义府纳大理囚妇淳于，迫其丞毕正义缢死，无敢白其奸。义方问计于母。母曰：昔王母伏剑成陵之谊，汝尽忠，吾愿之，死不恨。义方即具法冠，对仗叱义府下跪，读所言。贬莱州司户参军。又《李义府传》：洛州女子淳于，以奸系大理狱。义府闻其美，属丞毕正义出之，纳为妾。大理寺段宝元以状闻。诏给事中刘仁轨鞫治。义府且穷逼正义缢狱中。侍御史王义方廷劾义府，三叱之，然后趋出。

王　琛

王琛（1807—1880），字献南，号玉航、玉杭。清河县（今江苏淮阴）人，世居山阳。道光十七年拔贡。工分隶，究心金石，精鉴别。著有《蚍珠赋钞》《蚍珠分韵解题》《蚍珠山馆诗文集》《汉隶仅存录》《山阳金石略》等。

《蚍珠赋钞》自序

同治甲子（1864），余馆高紫峰先生家，课其孙隐南读书。暇时，搜辑古近体赋，为塾课本，题皆淮事，作皆淮人。其非淮人者附焉。馆阁巨制、岁科试草及前辈时贤所作，汇为一编，名曰《蚍珠》，用《说文》宋宏说：淮南水中出蚍珠。蚍珠之有声《夏书》，作蠙。积两载，投赠日众，稿如束笋，锓版维艰。隐南请于余，约择百篇，先付剞劂，馀俟续刊。余然其说，不揣谫陋，弁数言于简端，以志缘起。刻既竣，紫峰先生已归道山，不及就正。展卷怃然，识者幸匄余不逮。

岁在丙寅（五年，1866）九月重阳日，清河王琛玉航识。

出处：（清）王琛《蚍珠赋钞》（卷首），同治五年（1866）刻本。

吴大帝以淮阴侯佩剑赐周瑜赋

吴大帝席父兄之余烈，据江汉之上游。北窥曹魏，西抗炎刘得韩侯之故剑，胜越国之纯钩。于是鹡鹩膏拭，貔虎勋酬。想当年帝业基成，歌大风而来猛士。念尔日英雄年少，赋湛露以赐元侯。

方淮阴侯之佩剑也，乍释鱼竿，旋提虎旅。斩蛇三尺，君已人秦；逐鹿一挥，臣能灭楚。方将誓沥胆肝，寄同心膂。在腰之金印同悬，入手之银觥并举。

孰料埋冤钟室，解衣推食兮徒然；直如去国湛卢，折戟沉沙兮何所？侯兮不归，剑乎谁淬。雨锁荒城，烟霾古塞。风尘之赏识寂寥，牛斗之光芒晦昧。然而物与世为升沉，器有时而显晦。剑留泗上，破壁终飞；剑阁丰城，干霄尚在。会稽掘出，流传上将之珍；建业献来，愿结大王之佩。

帝曰来瑜，惟汝不忝。嘉同心勠力之臣，重崇德报功之念。连环月吐，花萼重重；出匣光寒，波纹潋潋。羡彼乌江亡项，驱组练兮尘飞；值兹赤壁破曹，指艨艟兮光烂。尔其执干戈而卫社稷，以省厥躬；予不结骨肉而托君臣，有如此剑。

瑜乃稽首兴言，瞻颜仰止。谓臣犬马之微劳，惧敌虎狼之窥伺。对无双之国士，幸此雄风；照不二之臣心，皎如秋水。鲁子敬引为知己，何烦萧相之退；蒋子翼纵有辨才，莫逞蒯通之技。恨不请尚方斩马，始内外而无忧；誓弗忘开国从龙，能左右之曰以。

非赐筋于直臣，非赐袍于边帅，非赐几以享耆年，非赐金以旌廉吏。非赐绯袋，唐代光荣；非赐彤弓，晋侯示异。肃宗之剑也，分署名卿；魏武之剑也，亦称利器。孰若兹助都督之韬钤，镌王孙之姓字。拜深宫而朝国母，仍为犹子；瞻依归私第以示小乔，艳说君王宠赐。

嗟嗟！侯与瑜孰忠孰勇，瑜与侯何绌何优，一则囊沙背水；一则纵火焚舟。一则佐汉室，龙兴四百余载；一则镇吴都，虎踞八十一州。胡为乎推心无异，蹑足不侔。遂令江东之坐守，转嗤云梦之伪游。高皇兴赤伏之符，而功臣莫保；吴主负紫髯之状，而恩遇偏周也。

是盖才能冠世，将本为儒。顾曲之聪明谁及，饮醪之器量诚殊。甘兴霸铃声，受其部署；太史慈神戟，任其驰驱。结豫州以拒操，睦程普以安吴。已早防陆逊吕蒙衅开蜀汉，更何待风胡薛烛鉴别昆吾。当削平六国之年，定赖功人功狗；迨割据三分之鼎，还宜生亮生瑜。

出处：（清）王琛《蚍珠赋钞》（卷二），同治五年（1866）刻本。

行不履石赋

缅高贤于有宋，维节孝之称徐。伤少孤于早岁，奉母教于里居。举动则嫌名必讳，步趋亦布武非虚。冰渊惕临履之思，周行示我；嵩岳溯降生之始，陟岵嗟予。

当其孝本性生，家原屡空。庭感乌翔，池开鲤冻。笃行迥异乎时流，孤踪别超乎庸众。石头路滑，何妨偶驻。夫一筇花径人行，亦或同邀乎二仲。

而以父之名石也，坚贞不转，节介谁如。嘉肺之达载诸礼，砮丹之贡纪于书。石之攻也，他山为错；石之渐也，有栈其车。忆当日咳而名之，置宜丘壑；愿后人僾乎见矣，光大门闾。

节孝先生瞠乎若惊。谓感怀而触物，当思义以顾名。遇泰岱之尊，尚堪称丈；下襄阳之拜，亦或呼兄。彼山是望夫，曾踌躇而莫上；况里同胜母，终踯躅而难行。

足不敢前，气为之屈；恩斯勤斯，立不行不。补来五色，罔极昊天；悟彻三生，无量古佛。触兹忌讳，草翁风舅兮依稀；辨厥嫌疑，李下瓜田兮仿佛。

是盖品别樝梨，道观乔梓。志守楹书，欢思菽水。凛跬步以毋忘，望高山而仰止。不独羊肠峻坂，念亲老而回车；凡兹乌哺私情，占考祥而视履。

士苟折矩周规，趋绳步尺。少衔风木之悲，长废蓼莪之什。诵先芬而不忍杯棬，企乡贤而宣诸金石。曾子不食羊枣，追思养志之年；超宗殊有凤毛，请谢造门之客。

出处：（清）王琛《蚍珠赋钞》（卷三），同治五年（1866）刻本。

宋江三十六人赞赋

龚圣予，翰墨名流，槃阿高躅。山怀故国之青，门映淮流之绿。广陵之幕曾游，陆相之患必录。五千卷收辑，拄腹撑肠；十七史评论，高瞻远瞩。窃慨奸雄乱世，假仁义以愚颛蒙；遂成游戏奇文，正人心而厚风俗。

有淮东盗宋江者，乘道君之高拱，托绍述以苟深。太乙宫崇其楼观，应奉局搜及山林。聚江湖之不逞，横河朔以相侵。五花八门，阵若长蛇而弗断；九光十色，旗开飞隼以遥临。试看六郡之纵横，十荡十决；安得百夫之防御，一德一心。

其党则三十六人焉，股肱共效，羽翼咸归。其恣行也甚炽，其潜煽也甚微。泽匿萑蒲，径三三兮路辟；象滋蔓草，管六六兮灰飞。三十六峰巉岩，翠屏作障；三十六湾水寨，碧浪成围。别户分门，三十六宫僭拟；深沟高垒，三十六洞凭依。

夫以放命游魂，甘心倡乱；势等鸱张，形同蚁散。偶逃三尺之诛，讵屑一辞之赞。铸金人于函谷，已倍乎三；夺学士之瀛洲，复增其半。位分列宿，四奇四正兮还赢；术验番风，六甲六丁兮更按。数到廿三月缺，仍余纪闰桐圭；扰将十八滩头，妄诩前身罗汉。

然而抚驭有方，招安自易。指臂之效堪收，干城之防攸寄。计三人而同乘十二车，共听和鸾；量九夫以授田方四里，各分井地。若使合十为士，恰符凤纪之周；如云人百其身，远轶虎贲之备。一百八牟尼递算，定对影以成三；七十二疑冢同归，或分身之有二。

故其为赞也，似嘲似讽，若抑若扬。珠联字字，玉润行行。状投荒之豻虎，摹拒斧之螳螂。偶然握彩笔一双，梦回江令；岂独画天闲十二，顾待孙阳。写入鱼笺，三十六鳞兮生动；歌传凤律，三十六管兮含镝。

善乎！张叔夜率海州之健卒，扼淮泗之上游。何殊诸葛攻心，七禽七纵；不必皋陶执法，五宅五流。投械而循良立化，倒戈而御侮堪收。奈何百廿人党禁立碑，以司马公为首；卅一人官铨正等，以钟世美为优。遂使汴宫化烬，艮岳成丘。读斯赞者，能不慨笔端狡狯，而皮里阳秋哉！

出处：（清）王琛《蚍珠赋钞》（卷三），同治五年（1866）刻本。

吴昆田

　　吴昆田（1807—1882），初名大田，字云圃，一字稼轩，清河县（今江苏淮阴）人。道光十四年（1834）举人，历官内阁中书，刑部河南司员外郎，因赈灾有功，加三品封典。富藏书，喜著述。咸丰十年（1860），捻军攻克王家营，其寓所的藏书和所著文稿全部被烧毁。遂主办清河县团练，驰驱淮海，劳攘数载。晚年主讲奎文、崇实两书院。主修《淮安府志》，未脱稿而病逝。著有《漱六山房文集》。

三友图记

　　三友者，上元许子海秋、仪征张子午桥、清河吴子稼轩也。海秋、稼轩先为乡试同年生，遇于京师，以论文相契合。每礼闱摈斥，即各归乡里，思久聚无由也。

　　咸丰壬子（1852），稼轩官中书，海秋通籍得庶常，以粤寇充斥，奉其太夫人于京师，与稼轩之居相近，遂得朝夕晤。其时，午桥入官中书，与稼轩初相识，琼琚少年也，而气特静穆。每同直，必论古，间及时事，辄有悲壮之色。无何，以忧去官。

　　先是，午桥亦与海秋交，每酒集，必有稼轩，三人者固已莫逆矣。及海秋散馆，改中书，乃大喜，无左迁之戚，谓到此得一兄一弟，何乐如之！午桥既以忧反里，海秋适亦丁艰，稼轩旋有云南知州之命，南归省母三月，而母弃养，三人者同作鲜民，相望于暮云春树间矣。

　　岁戊午（1858），稼轩改官刑部散郎，三人复合于京师，海秋已官起居注，独午桥尚留中书。

　　明年，捷礼闱得翰林，而稼轩乡里时有寇警，急告归。海秋、午桥置酒为别，酒与泪深，然犹冀有复来之日也。

　　及归，皖寇毁清江浦，蹂躏及四郊，稼轩之居灰烬，尽室飘转，从此遂与燕台永绝。是时，天下糜沸，十三省无安土。午桥归省，淮郡过存，悲喜交集，曰："烽烟满地，吾三人再聚，恐无期，不可不为一图以示子孙也。"无何，海秋卒于京邸，而午桥出守廉州，以其枢返，出示海秋小象，谓余曰："三友图可成矣。"

人事乖阻，至今而始就。其丛竹围绕大石孤坐者，海秋也。立而对语于古松、老梅之外者，午桥、稼轩也。石之贞、竹之劲，海秋似焉。雪中著花，和羹待作，午桥似焉。独余衰迟，山泽垂老，依人于松，无可比似。

或曰拔地千寻，苍翠四映，不足方也。其支离偃蹇之状，得无一二肖乎？若然则支离翁矣！因为之记。而属秀水甥高行笃叔迟书之。绘图者，山阳赵冠山也。

出处：（清）吴昆田《漱六山房全集》（卷六），光绪六年（1880）三河郝氏刻本。

三友笺记

三友者，吴勤惠公仲宣棠，尚书顾勋卿思尧太守，鲁通甫一同孝廉也。

勤惠以道光甲辰（1844）大挑南河知县需次，与通甫为同年生，敦气谊，因及余。粤寇犯金陵，陷扬州，骎骎北窜，人心大恐，勤惠适宰清河，倡办团练，为守御计，引通甫佐军，清江浦屹然成重镇。及勤惠去守徐州，而皖寇李大喜以庚申（1860）破清江浦。于是大府复檄调勤惠来，兴筑围、团练之役。余时自京师乞假归，家已毁，勤惠以围、练属焉已。勤惠为江宁布政使，督漕驻节清江浦，军务繁兴，偶有间，必函商，故其时笺记为多。迨移闽、浙，迁四川，则疏略矣。

勋卿太守与勤惠同挑分南河，而余之同年生也。性伉直，有威，重治尚猛，勤惠檄权淮安府以镇定纷扰，其一笺未署名，为筹军糈，中有窒碍也。

通甫三十年至交，其论文、讲学、尺牍、书画，百数十幅，毁于贼。卷中所存，仅乱后手笺耳。忆庚申（1860）正月晦日，清江浦既陷，通甫偕余眷属先走，通甫避安东东北乡，余三迁而入郡城，其书所言，今日展之，犹堪凄痛。

则三友与余，文字友，而患难之交也。故编为一卷，留示吾子孙，以志不忘云。

出处：（清）吴昆田《漱六山房全集》（卷六），光绪六年（1880）三河郝氏刻本。

致杏农书

月前手覆一缄，交原足斋呈计彻清览，其时手头适无《养一诗话》印本，兹以寄上，希察收。

治官之暇，读书最要，足为身心之益，非徒仕优则学之义也。盖读书之事，吾人不可一日或疏。每读史册，见古来名辈时望，卓然而功业粗成，辄自盈溢，不独举止失措，即习见文字，亦无义理足以餍乎人心，岂果本领大而心计粗乎？气矜废学，阔远圣贤有日，趋于流俗而不自觉者矣。宋之王荆公，自信其学以误天下，为后世诟病，然其言有云："末俗易高，险途难尽。"意味深长，殊可思也！

昆田不学之身，晚思补救，已不可及。然终不敢自弃，而尤不能无耿耿于同心之士也。兄弟之好，一别十年，聊达区区，且复望报，其必有以教我。

出处：（清）吴昆田《漱六山房全集》（卷六），光绪六年（1880）三河郝氏刻本。

送张午桥守廉州序

翰林为储相之地，清华贵重一代，名臣多出其中。国朝取士最重进士，而进士一科，翰林为首，选人独简于他途。为翰林者，亦多自矜，慎不轻乞，外以涸于风尘俗吏，荐登台鼎，出秉节钺，终副金瓯之卜，以无负翰林之选，此翰林之所以可贵也。然宰相者，佐天子以治天下者也。天下之大，民为贵，未有不通民隐而能治天下者。守令为亲民之官，与民相习，故能得其机要，以为他日絜矩之方。古之名宰相如范文正、欧阳文忠皆尝官翰林，而皆尝典州郡，然则乞外即所以储相，固不得以抗尘颜走俗状为疵瑕矣。

张君午桥，官翰林，大考得高等，而十年不迁，京察注外，特简廉州守之官。过淮上相见，有愀其容，谓与素心相戾。余曰："君何见之不广也？"则曰："非卑！是官也，恐不堪其事，将代斫而伤吾手耳。"余曰："此即君之所以能堪其事也！躁竞之人，急思自见，以为天下事无足为我难，及身任其

223

事，心高气盛，鲜不即于颠踬者，固才有所短，亦以无畏慎之心故也。夫畏则不苟，慎则不放，苟非徒简陋之谓，粉饰之治，权宜之术，苟之大者也。放非徒纵侈之谓，矜炫之行，奇谲之计，放之大者也。不苟而后政事举，不放而后民气凝。君之此言，知畏慎矣！负康济之宏略，而持以畏慎，虽为宰相可也，而何有于典郡！廉州滨海，汉之合浦，县府东有孟太守祠，即还珠之孟太守也。君乐为翰林，而又素畏慎，吾知已去之珠，无不为君还者。其地距京师万里，极于南荒，前代官南粤者，类有迁谪之感，圣朝酝化所及，绝岛冠裳，虽在边疆，无殊中土。方今海上多故，君之此行必将驯枭獍为猿鹤，以舒天子南顾之忧，期以十年登台鼎而秉节钺，凤凰池何虞见夺哉！行矣！区区离别之际，儿女子之所悲，无足惜者！言讫，张君不觉色动，亟书之以为赠，即存以为他日之验。

出处：（清）吴昆田《漱六山房全集》（卷五），光绪六年（1880）三河郝氏刻本。

沈虎文先生八十寿序

学者所以明道而立身也，故达则兼善，穷则独善，富贵贫贱无二致焉。自嬴秦灭学，炎汉建国，以禄利劝学，伏生而后桓荣嗣，兴经学昌明而道弥晦。范书桓荣之论曰："一言纳赏，志士为之怀耻；受爵不让，风人所以兴歌。"又曰："古之学者为己，今之学者为人。为人者凭誉以显物，为己者因心以会道。"桓荣之累世见宗，岂其为己乎？盖久矣！禄利之学，千有余岁矣，吾独异乎吾师沈虎文先生也。

先生，山阳诸生，为吾宗姊婿。少孤贫，以教读为业，勤学砥行，先大夫敬异之，延于家塾，命昆田兄弟受经焉。昆田方九龄，读书有一字讹误，则夏楚随之。进退唯诺，一教以礼。

先生豪于酒，有纨绔子从先生饮，昆田侍酬，纨绔子曰："好读书，将来作大官，鲜衣美食，高车驷马，荣有日也。"先生厉声曰："何言之？粪土也！读书岂求荣哉？"纨绔子逡巡遁去，目先生为酒狂。

先生讲《论语》，至"箪瓢陋巷，人不堪其忧。回也，不改其乐"，昆田舞蹈。归述于家人，叔母闻之，曰："无为先生所误。读书之乐，乐其能致

224

富贵耳。箪瓢陋巷，岂足乐者?"吾母曰:"此子非富贵人也，苟能读书，吾愿足矣。"三年，先生去，留诗为别，有黯然消魂之句，未尝不洒涕沾衣也。

先生性方严而情深，岂弟独厌弃鄙猥，见俗客如仇雠，故所如多不合。省试不过，遂亦不赴。中年居清江浦，近市，昆田时一谒之。一室萧然，不知在嚣尘中也。虽屡空，未尝告贷于人，闭户啸歌，声渊渊作金石。昆田出游，久不通问者三十年。今年，先生见过于郡城之寓庐，昆田以他出不遇，因急访之，始知先生于兵火之后，租屋城中，登堂再拜，依然三十年前萧然一室也，须发半白而晬然充盎，容貌如孺子，请年，曰:"八十矣，犹健步。顾故交，零落尽，出门无所适，闻汝在此，欲就汝一谈旧事，为乐耳。"昆田闻之感怆于中，而不能自已也。夫为利禄之学者，其冠冕，其缨禁缓，其容简连，填填然，狄狄然，瞿瞿然，盱盱然，荀子所谓学者之嵬也。先生贫而益学，学而益贫，耄而弥笃，非所谓不诱于誉，不恐于诽，卫道而行，端然正己之，诚君子乎! 无林泉以养晦，无芝术以长生，而老寿优游，神明完固。《诗》曰:"俾尔弥尔性，纯嘏尔长矣。"敢为先生诵焉。昔褚彦回，晚为北齐佐命，人以为明德不昌，遂有期颐之寿。彦回之于五福，所无者德耳;先生之于五福，则所无者富耳。期颐之享，夫岂诬哉! 若有以桓荣为况者，吾知先生又将厉声而叱为粪土之言矣。兹值先生览揆之辰，爰述梗概，以为一觞之侑，先生其许之哉。

出处:(清)吴昆田《漱六山房全集》(卷五)，光绪六年(1880)三河郝氏刻本。

清河文渠水道记

同治甲戌(1874)之年，邑侯万君青选治文渠。水道既成，七月十三日癸丑，启文渠闸，放淮水，西经文渠，流其恶达于城中之沟，出西水关，折而东，入玉带河，下白马湖。于是，文渠通畅，城中积水顿消，士民欢欣，拱手相庆。

初，漕运改由新河，南堤之洞不启，清江浦水无所泄，民以大困。嘉庆庚午(1810)合河，康公基田复漕运于旧河，而即云昙坝之东开南堤以泄之，清江浦始得安宅。后于清江浦之西旧河堤建文泉洞，放水入于文渠，东行以达于白马湖。岁久失修，沟渠渐塞，言者又以文渠水宜西流，使水势曲折萦回，左右环抱，周书所谓"涧水东，缠水西"之意也。于是，里河同知于昌进闭西文泉洞，就东云昙捐建一闸以导水，名曰文渠闸。闸既成，会河溢丰县，事以中止。

咸丰庚申（1860），皖寇东犯，清江浦陷。后五年而筑城，受事者不悉水道，城成而水不得出。盛夏雨三日，街衢盈溢，至以水车出之。若文渠则积潦于中，郁为粪溷。过者悯焉。邑人士复申前说，久而不定。癸酉（1873）之岁，督漕侍郎长白文彬公下车，周历审视，毅然兴办。令未下，而有抚东之行，遂属其事于万君。君谓积水不消，由于去路之不畅；文渠不通，由于涸辙之无源。且淮入文渠而不经城中，是有池而无池也。今先疏去路以复康公之旧，继浚文渠兼疏城中积水，并文渠与城池为一流，则其事集矣。以二月初吉兴工，土工告藏，而文渠之泮池石工独钜，加重石甃，深于旧者三尺左右，两石桥俱新之。首尾五阅月而完。择日启闸放水，激荡而入，蜿蜒西逝，出城东下，浩乎沛然。数十年官民相与谋之而未就，若甚难者，及一旦成之，不需时日，难易之故，岂不视其人之所为哉？是役也，用银三千两，文公之所发也。邑侯万君主其事，教授梁承诰赞之，守备苏永详监其工，例得备书。邑人吴昆田为之记。

出处：（清）吴昆田《漱六山房全集》（卷六），光绪六年（1880）三河郝氏刻本。

六塘河长围记

自皖贼之乱，四乡筑围砦为坚壁清野之计，民赖以存。苗沛霖既授首，贼焰少息。而粤贼赖汶洸自杭州走庐州，北窜草地，还与皖贼合。僧王追剿，急至曹州，为贼所乘，及于难，贼复炽。赖汶洸、张中雨、任柱，皆骁悍剽疾，百战之余，蹂躏皖、鄂、秦、豫间。未几，中雨走关外，任柱、赖汶洸垂涎齐东饶富。同治六年（1867）夏，由安山穿运河而东犯登、莱，沿海大扰，淮海戒严，漕帅张公之万调兵守六塘，不足复益之以客兵。先是，东人防贼于运河东岸，筑长围为屏蔽。至是，贼突而过。督师李公鸿章进师临河，命提督刘铭传渡河击之，将以海滨为贼圈尽而歼焉，恐其他逸，议于南运河岸清河、山阳、宝应境，亦筑长围以为限。知淮安府事章君仪林难其事，言于漕帅张公，公曰："吾固守六塘也，即六塘筑围可矣。"

六塘河，上承山东蒙、沂诸山泉，及徐州微山、骆马诸湖水，至刘老涧分为南、北两河，而总入于海。北六塘河宽而深，于是与督师李公定计，即南岸筑长围，上至刘老涧，下讫龙沟，为桃源、清河、安东、沭阳、海州五州县境，凡长二百里有奇。在清河者，上自风土城，下尽安东界，长二十三里，所漕帅兵万余，督帅更助兵数千，共得二万人。五里一营，营兵五百。凡四十营相连，五里一炮台，河内炮船百余只，上下巡缉。工兴于九月初，葳于十月终，凡四十许日。雪虐风饕，董其役者仪林也。兵民合力，版筑之声与贼垒相闻。十月，刘铭传击贼于赣榆，大败之。任柱殪，贼穷蹙思遁。西有重兵不得过，南窥六塘，游奕于沭阳西者十余日。至十二月初一日，忽不见火，守河者以贼为北去也。初五日，雨连阴，极冷，河冰合。初七日，夜半，贼从漆家渡逸出。守其地者为客兵，浙江道员李镇南惊火而窜，贼过大半矣。河内炮船截击后贼，始反走。贼马陷河而死者数百，过者万人率僵冻，有颠仆于道，或入人家乞剃发者，劲房尚三千人。拥赖汶洸南奔，我兵追之，且杀且降，仅余百数十骑至扬州之瓦窑铺。汶洸骑蹶，扬州守兵得之，以献置于法，此股贼遂尽。是役也，人曰："若不守六塘，淮郡其殆哉！"《易》曰："王公设险，以守其国。"守可废乎？爰志于此，以与围砦相辅云。

出处：（清）吴昆田《漱六山房全集》（卷六），光绪六年（1880）三河郝氏刻本；（清）刘咸修，吴昆田纂《同治清河县志再续编》，同治十二年（1873）刻本。

注释： 作者自注："此修县志时作。"

《玉井山馆诗集》序

许子海秋自订其诗，而属序于余。书曰："弟诗不足质古人，然于近世佻薄之习，则去之务尽。二三十岁时多浮藻，三十五以后读《养一斋诗》，乃一变其旧。此十余年，别有心得，独到之境，大抵沉郁雄直处多，而意思深远者亦间有之。"又书云："性本疏慵，且多病，学终无成。惟不自暇逸，无一日不诵服古人。久之，理渐积，顾事不甚忆矣。自往者读养一先生诗，所作诗遂不同于人，然亦不即同于先生。"两书先后发而同时至，开缄往复，有以叹其意之深且远也。

夫士人读书，数十年无所展布，而又目击时势之阽危，人情之多幻，忧思感愤之所积，不得已而寓之于诗，如决水于江河淮海，壅遏激怒，可谓极沉郁之致矣。而又灏汗千里，其雄直之气，无得而尚焉。然其源要，蕴于深远之思。惟深故沉郁，惟远故雄直。深远之思，则又由诵服古人，积理而得。譬之导河积石，此乃其真源也。诗固然，文亦然，即学亦何独不然？此古今之所同也。若夫积学，而以其学发之为文为诗，盖无有同者，所谓人心之不同如其面焉。是也不同，而或强使之同，袭事理，摹声调，如有明之公安、竟陵，虽雄长一时，未尝不愈于佻薄之家，然终浮藻耳。吾海秋固蚤弃置不顾矣，抑吾闻之，语云"诗人多穷"，又云"诗必穷而后工"。盖诗之工者，恒不说于世俗。不说于世俗，所以穷也。然特不知工而后穷欤，抑穷而后工欤？海秋之穷同于养一先生，似穷而后工者，然其雄直之气，浩然独往，则又似不穷。吾且穷矣，昔曾受诗法于养一先生，而何以不工也？得毋学之未至，而无深远之思欤？古人无可质，还以质之，海秋即以。是为序。

出处：（清）吴昆田《漱六山房全集》（卷五），光绪六年（1880）三河郝氏刻本。

《医原》序

老子曰："万物之生，负阴而抱阳，冲气以为和。"岐伯曰："上古之人，其知道者，法于阴阳，和于术数。"

夫阴阳者，医之体；术数者，医之用。而非知道不能，医顾可易言乎哉？医之道，譬若宫墙。辨虚实，审寒热，其门径也。门径苟差，何由升堂入室乎？世人考校类书，究心本草，自以为能，是犹寝馈于门户之间，不复知有堂室矣！而高语《内》《难》，精言脉要，则又如天际之翔，出于丰屋之上，户奥之间，毕生莫睹。二者虽异，其弊则均。盖针石之投，汤液醪醴之设，必深达乎精微而后可收效于顷刻。不然，毫厘千里之谬，生死呼吸之所关。医顾可易言乎哉？

石子芾南，余初识之京邸，恂恂若无能者。嗣闻其善医，视其方亦似与人无殊特者，而应手辄效。叩之以其故，则曰："世人习用之方，大率如此，而轻重之分，刚柔之质，先后之宜，非识者难言之矣。"客冬以团练之役，访之于涟城，就询时务。虽一乡一邑之设施，而洞见症结，因地制宜，亦如随证立方焉！信乎医国之妙手，而非无本之谈也。因求其所著《医原》读之，本末贯串，文字昭晰，可以一见了如，而欲穷其义蕴，辄有望洋之嗟！信乎？深达其源，而黄帝之奥旨，仲景之秘思，中法西法之妙用，一以贯之矣。

夫欲寻岱华，必恃车马；欲泛江海，必赖舟航。世之掇拾方书，强记药性，衣食于医者，或无取乎是书；若立志活人，而欲进于古之知道者，则是书实医家之车马舟航矣。故怂恿付梓，而书数言于篇首，以告世之学医者。

时咸丰十有一年（1861）辛酉夏月，清河愚弟吴昆田谨序。

出处：（清）吴昆田《漱六山房全集》（卷五），光绪六年（1880）三河郝氏刻本。

注释：《医原》二卷二十篇，清咸丰十一年（1861）著成，对于阴阳五行、脏腑经络、气血津液、望闻问切及临床主要科目，无不论及。作者石寿棠（1805—1869），字芾南、堪棠，安东（今江苏涟水县）人。道光二十九年（1848）举人。世医出身，习儒兼习医。著有《温热学讲义》《温病合编》等。

《计树园诗存》序

邑侯万君泉甫，奉其大父梅皋先生《计树园诗存》镂本，愀然言曰："此先祖遗集也，板毁于兵火，思复镂之，尚有剩稿得之灰烬中，亦不忍听其湮没也，将以附焉。子幸加编校，以付梓人。"昆田敬应曰："诺。"于是开函发读，至《俪紫轩》一卷，困悴怫郁之时，而不失和平中正之旨，屈马之嗣响，韩柳之遗音也。先是，阅《梁氏劝戒录》，有南昌万氏阴德一则，以问吾侯。侯曰："此先人所不欲闻于世者，不敢言昆田。"窃叹先生为古豪杰人也。

先生以友朋连染，而不忍自明，低首就论刑辟，禁锢十六年，讴吟遗日。此岂寻常学士文人所得语其万一哉？汉之杨恽被放而不知省，其《与孙会宗书》愎狠怨诽，自先生视之，鄙哉戾矣！韩昌黎非罪而遭摈斥，绝无怼词。柳柳州不得谓无罪，而实为君子之过，故其责躬明谤，豪无掩饰避就。先生之绝口不谈，则本无罪，其事不同而要其光明，岂弟固同也。

先生以翰林出宰，性耽歌咏，每及民事，恳恻缠绵，即花鸟之吟，亦必曲尽情态，盖学富而才足，副之屈马，岂异趣哉！其时，诗人蒋心馀于先生为后进，名盛于先生，而气韵之清隽，窃以为不及，若袁、赵则瞠乎后矣，其气识相远也！世有儒林久负而刑网骤撄，反极口呼冤，以求自盖者，亦尝闻先生之风哉。昆田敬承候之諈诿，因诗知人，故推论而叙之如此。

出处：（清）吴昆田《漱六山房全集》（卷五），光绪六年（1880）三河郝氏刻本。

《〈礼记〉天算释》序

孔生昭寀，以其尊人力堂所著《〈礼记〉天算释》稿本见示，余一再读之。凡《礼记》中有关于天文算学者，具详焉。力堂为宥函太仆之仲子，生而慧，有至性，五龄就傅，即知向学。宥函既殉难，力堂事母极孝养，力学钻研六经，斯编即研经时所作也。

咸丰己未（1859），余自京师归。次年，寇至，清江浦灰烬，相见于瓦砾场中，持视所作诗词，诗沈至而气骨，声韵宛然太仆也。词幽折悲凉，余忧其郁折，颇壮志，劝令勿作。促就难荫入监读书，应京兆试，适盗贼塞路，与官军同行，从破一砦，见斩杀如草芥，顿触悲怀，感寒而殒。死忠死孝，父子相承，弥可悲也。余时闻之，痛不可忍。时昭寀方七龄，能读父书，收拾残稿。前以所作《孔子生卒年月日考》示余，余服其精确。兹复以此编相示，余悲力堂之笃学短命，而深幸昭寀之能承其业，力堂为不死矣！爰书数语而归之。

出处：（清）吴昆田《漱六山房全集》（卷五），光绪六年（1880）三河郝氏刻本。

《养一斋集》跋尾

昆田束发受书，即闻山阳有潘四农先生，而未之见也。壬辰（1832）应京兆试，谒先生于长白钟侍郎邸第，先生奖之以诗《少年二章》，见集中者是也。岁癸巳（1833），请业于先生车桥之里居，始列弟子籍，见勖以根柢之学。甲午（1834），昆田举京兆，先生以计偕之役，风雪戒涂，欣然就昆田于宣南道院，质疑问难。讲学之余，赋诗、饮酒为乐。时有名公忧当代文章衰弱不振，语于众中，曰："制义虽小道，然运会所关，安得拔士如潘君者，以挽一时之风气乎？"场前来就先生，谈留一纸裹而去。先生曰："此何物也？焚之。"榜发，先生不售。时从游于都下者，有曲阜孔宥函先生，属吾两人曰："科目为我辈进身之阶，不可苟如女子，然奔则为妾矣。"既而又曰："天下不久当有事，我辈宜自勉。"赋《述意二章》以示。

丙申（1836），再至都，相聚未久即出，得通甫偕行。先生为三君咏以纪之。丁酉（1837），从先生游于扬州姚石甫醝使幕中。石甫先生才名硕望，方以天下自任，敬先生如师，放舟金焦，宾从欢燕，为诗歌刻诸石。笑曰："此游可为江山生色矣。"戊戌（1838），三从先生于都下，与通甫同寓宥函邸舍，文人学士萃集。春明，慕先生而来者，户外屦常满。所尤款密者，宜黄黄树斋、歙徐廉峰两先生，及建宁张亨甫、益阳汤海秋、汉阳叶润臣、桐城江龙门、同郡韦竹坪也。

先生素豪饮，以多病为禁爵。爵容可一升，以十爵为度。然每谈天下事，则忘禁辄醉。尝曰："天下有事，我辈其如何幸？无忘前诗（即《述意二章》是也）。"于是相率而起，且拜且哭。亨甫恒自言能相人，指宥函示坐人曰："此死难相也。"先生颔之，时寰瀛清宴，中朝大官方相与歌咏升平，目谈时事者为名士，阳与而阴实拒之，于是士人动色相戒。乃不数年而烟尘四起，遂至于今，宥函果以从戎殉于江上。曾几何时，追溯前言能不悲哉！是年，有《燕山话雨图》，先生题诗极悲，归不一岁而卒。人皆言先生之悲，盖以永诀京师，而于天下寄无穷之慨也。

先生留心天下事，以正人心为主，即论制义，亦先正心术。尝选前贤名作，为《救心集》。曰："言为心声，区区制义，国家以此取士，而群趋于邪媚、鄙薄之途，天下尚可问乎？"闻者笑以为迂。

先生既没，同人共梓遗集。河督东昌杨侍郎读而叹曰："此今之大贤也。二百年来，以利禄为学，欺世而盗名者殆不乏人，先生知其流失将无底，止而思，有以启其锢蔽，使反而求诸本原之地，岂非大贤乎？"急宜请于朝，崇祀乡贤，以为后来劝。闻者乃不信，事亦久而后成。今年收拾遗稿，续有所梓，总为若干卷，昆田亲炙虽久而驽钝不学，无能阐先生之万一。大凡具见于通甫所为状中，不复赘，乃谨述及门之始末，缀于简尾，以志不忘云。

同治二年（1863）岁次癸亥秋月，门人吴昆田百拜谨跋。

出处：（清）丘沅、段朝端《山阳艺文志》（卷八），民国十年（1921）刻本；（清）吴昆田《漱六山房全集》（卷八），光绪六年（1880）三河郝氏刻本。

《清河县志再续编》跋尾

志为史之一体，所以纪事实而著兴废也。地方之大，无逾于川泽之移，田赋之征，沟洫之利。

清河，河则北归而未定，淮则南泛而不归，田赋则积累顿免，沟洫则合邑大通。乌可不志？志河淮，第言其概，事未举也；志田赋沟洫，不厌其详，事已成也。其不得不详者，一事之条理，始必历崎岖艰难，而后备焉。所以示将来之准则，且告以危也。《易》曰："益之用，凶事无咎，有孚中行，告公用圭。"凶事者，患难非常之事也。田赋之重，困沟洫之堙塞，非凶事乎？而忽与减豁，忽与疏导，非益乎？一时谤讟，滋兴风影摇，惑使非当事者具有孚之诚，守中行之正，矢用圭之洁，秉告公之慎，则必不能善其事，而安能以无咎哉？觥觫书之，后之欲有所为者，必审之又审，与其动而嚣，无如静而困也。又令之断狱者，例不援据府县志书，以杜诬罔。是书所载，皆有案牍可稽；其无案牍者，则所亲闻亲见也。诬罔有诛怀刑之戒，用兢兢焉。若夫采之不广，言之无文，缉补润饰，则不能无望于后之人。

同治十有二年（1873），岁次癸酉，春三月，邑人吴昆田谨跋。

出处：（清）吴昆田《漱六山房全集》（卷七），光绪六年（1880）三河郝氏刻本；（清）刘咸修，吴昆田纂《清河县志再续编》。

《古藤书屋诗存》跋

从祖叔父古音先生，天姿卓荦，倜傥不群。少年豪于酒，尤好为歌诗。顾困于乡曲，无从问涂，辄取书塾间读本，唐宋元明诗，刻意仿效之。每一篇成，吟咏往复，意甚得也。嗣闻山阳潘四农先生精于诗，属昆田以其诗质之。四农先生曰："此集一扫袁赵之习，诚近今作者。惜学之不博，资之不深，以云古人堂奥，尚未逮耳。"又曰："作诗之道，不当求之于诗，工夫自在诗外也。"昆田具以告，且信且疑之。然从此颇读书，尤爱诸史，栖迟偃仰，一编不去手。年四旬，家中落，忽随市人逐什一之利，终以破其家。乃自悔曰："吾恨不即为诗人耳。"然十年中，诗未尝辍，且益进。

乙卯（1855），昆田归自京师，先生病，甚危，昆田往视之，泣而言曰："余一生无所成就，诗乃余所好。而所入亦不深，悔不早从四农先生之言也。然一生心血固在此矣！"

先生既卒，昆田从其子士田得清本三，与通甫商订，存若干首，诗有激宕沉雄之致，通甫叙备，言之不复赘。独念先生以绝特之姿，而所造止于如此，殖产而产破，遂忧愁湮郁以陨其生，亦吾宗之不幸也！次其诗，不禁泫然流涕云。

出处：（清）吴昆田《漱六山房全集》（卷八），光绪六年（1880）三河郝氏刻本。

《余生纪略》书后

刘伯山之子贵曾，为贼掳去百五日而归，述其在贼中事，无一日忘者，其兄寿曾编为《余生纪略》。盖边大绶《虎口余生》之续也。

当其初被掳时，予慰伯山云："昔闽中李文贞公童年见掳于贼，后得归，卒成理学名臣，哲嗣殆是乎！"已而果归，闻之欣然喜。及阅是书，又不禁怆然悲也。夫扬州为南北之冲，国初大兵南下，扬人有《十日记》之作。二百年来，海宇承平，重熙累洽，扬为鹾商之所聚，俗以奢逸。边疆魑魅，窜据长江，耽耽金穴，荡为丘墟，其佛氏所云劫数乎？抑盛衰之理或然也。伯山经学传家，怀康成之明德，而鄙季长之华侈。余每至浦上，恒以得一亲其言论风采为幸。真昔人所云："三日不见叔度，使人鄙吝复生者。"此子以十一龄入贼中，而能计以自全，且于刀锋剑镞中，所历之境纤悉不遗如此，此非其天素全，而其家之朴学相承，又有以渐渍之使然欤？

语云："有阴德者，必有阳报。"伯山绩学累世，不求闻达，天之所以报之者，其在斯子乎？经济文章将来亦何可量，奚必文贞哉。展卷三复，慨而书之。时丙辰（1856）十月，距难作七月，扬州二次失陷也。

出处：（清）吴昆田《漱六山房全集》（卷八），光绪六年（1880）三河郝氏刻本。

《忠义录》跋尾

清江浦河漕总汇，南北交冲，二百年来繁缛之区，一旦伏莽枭徒越境而逞，遽以灰烬，遂使三百里内村落丘墟，尸骸枕藉。今侍郎吴公奉新天子命，总督漕河，统领江北军务，驻扎兹土，恻焉伤之，为立忠义局，于未请恤者采访汇报，已请恤者辑录梓行。昆田谬与斯役，爰集前案，编次成帙。谨案死难不同，而节目有五：曰战而死；曰守而死；曰自死；曰骂贼而死；曰遇贼而死。

《五代史》徐无党注有云："战将没于阵，守将没于城，而不书死者，以其志未可知也。或欲走而不得，或欲降而未暇，遽以被杀，尔若不走不降，而死节明者，自书死。"昆田窃谓此论太苛。春秋嬖童汪锜死，鲁人欲勿殇，孔子曰："能执干戈，以卫社稷，可勿殇也。"战与守皆以死道，卫社稷不幸而被杀，亦死得其所也。至自死与骂贼而死，死之志明矣，书死宜也。若夫遇贼而死，则其志洵有不可知者，然则何以恤哀之也，无先几之智，无折冲之勇，而引颈就戮，宛转呼号于白刃之下，不亦重可哀乎？或曰遇贼而死而以骂贼报，且以阵亡报，子又孰从？而辨之曰：不必辨也，就其原报而列之耳。朝廷一时之恤典，不同于史家千秋之定论。一时之恤典不得不宽，千秋之定论不得不严。然直道犹存，公论具在，其有死迹昭著，足光简册者，亦终不容没于烟海之际也。且夫死必有地、有日，录中于原案所有者因之无，则不敢妄加，其或特书日而增其事者，则以见闻既确，敬为表而出之，俾可传信。庶几，后之史氏有所取焉。

出处：（清）吴昆田《漱六山房全集》（卷八），光绪六年（1880）三河郝氏刻本。

重修宗谱书后

　　吾家宗谱之作，刻于道光己酉（1849）之岁，顾以为期迫促，不无舛鳌。今年昆田归自京师，宗人以疆圉日駷，愁然有坠地之忧，属修改以成之。辞不获已，爰举旧本之分列者，丝牵绳贯，酌古准今，条理而损益之，重为付梓。阅三月蒇事，因序其后曰：

　　称宗谱者，统宗之义。上以重祭祀，下以合子姓也。通海公为始迁之祖，义同别子。暹公即为继别之宗也。始祖别书，而以暹公为一世，世系不明，不敢强为接续也。暹公兄弟附见而不特书，留清河者皆暹公之子孙也。一例书名，临文不讳也。于祖父之名，不曰讳，不曰公，谱乃一族之公，非一人之私也。纪行，序齿也；纪出身、纪官，贵贵也；有著作者纪、有懿行者纪、见志书者纪，贤贤也。亦为立传地，备史官采择也。详生卒，古法也：详其生，而长幼辨；详其卒，而忌日之礼可举也。曰配、曰继，重嫡体也。妾有子而后书，母以子贵之义，亦以全人子之孝思也。不书女，女子从人者也。为人后者不两系，兼祧者两系，重嗣续也。纪殇，典制有殇服也。逃入二氏者纪，不忍绝之，且望其来归也。远出者纪、迁徙者纪，备考也。妇人守节者纪，彰善也。再醮者纪，伤之也不讳，不必讳也。世系不明者阙，郭公夏五之义也，案以明之，恐误将来也。佚名者纪，以方空，辞穷也。支派失传者入谱，荀氏家传例也。缀于末，无所附也。墓地不载，传世久远，河浸频灾，湮没者多也。不载诰命，古无此法也，自载家集可也。入谱之岁，古无正文，或云既冠，或云成丁，今以修谱之年送状来者，虽初生亦载入，取备也。不书字，古者冠而字，字以表德，既未成丁，又无才行，字之为僭也。苟有成名者，虽童子亦字之，异之也。嗣后订以十二年一修，时周一纪，更变为多也。抱养之子不书，以婿为子不书，防乱宗也。若夫为人后而绝其本生，有支子而以宗子后人，或为之改，或不为之改，因其势也。案以明之，解惑也。复为之申明义例于后，则既往不咎，而有望于将来也。为卷十三，简帙或多或寡，因房派而分，无义例也。

斯役也，综理者：十一世孙芳培；总校者：十三世孙芸；分校者：十二世孙霖雨、十三世孙裕昆、我田、十四世孙俊熙、溁照、琴銮、海清、毓元；襄理者：十三世孙景馥、鹤九、循南、达才、知芳、宝贤、芸田、铭勋、井田、宝珣、石田、珆、十四世孙执中、杰士、嘉鱼、十五世孙魁榜也。于例得备书。

出处：（清）吴昆田《漱六山房全集》（卷八），光绪六年（1880）三河郝氏刻本。

题王芷沅小照卷子

芷沅家宿预城中，有园，藏书极富，为淮北第一家。兵燹以来，大江南北，书之毁者十而八九矣，而芷沅之书独存。余昔过其园，得一窥所藏，且乐其泉石花木，位置天然，有物外远致。及余家被乱，书毁于火，每欲借读，以道远而莫能致也，尤神往焉。兹遇芷沅于淮浦，出此图属题。图中山高而大，山下老屋有翠竹蔽之，云水上下，辽阔湾环，芷沅独立山半，有萧然出尘之想，岂其移情山水而厌城市之居邪？吾以为圣人言乐山乐水，亦仁智之性情，岂必为山水之居乎？芷沅负仁智之性情，而富于藏书，其益读书以自求其乐，吾将蹑屩往从，践苔迹而披邺架，作饮河之鼹鼠，芷沅其许我哉！

出处：（清）吴昆田《漱六山房全集》（卷八），光绪六年（1880）三河郝氏刻本。

山阳风俗物产志

山阳县属淮安府附郭，在京师南少东一千九百七十五里，江宁布政司治北五百里，东西广百有七里，南北袤百八十里。境内平衍沃饶，无山而多水，后倚淮流，右带清泗。昔杨行密据淮南，常倚以为清口门户。宋室南迁，韩世忠驻兵三万，淮东得以少安。元末丧乱，户口衰耗。自明以来数百年，疆宇安谧，兵革不兴，始无复曩时之多事矣。

旧时，漕舟抵境，率陆运过坝，逾淮达清，劳费甚钜。明永乐十三年（1415），陈瑄始自城西管家湖凿渠二十里，导湖入淮。由是漕舟直达于河，南北经行，遂为孔道。东南汇巨浸，沮洳弥望，有萑苇菱蒲之属，居民伐苇取鱼，待日而饱；或编苇作箔，织芦为藩，以食其业。其城北接壤安东地，地高亢，有卤确。而城西北关厢之盛，独为一邑冠。始明季，迨乎国朝，纲盐集顿，商贩阗咽，关吏颐指，喧呼叱咤。春夏之交，粮艘牵挽，回空载重，百货山列，市宅竞雕画，被服穷襀绮，歌伶嬉优，靡宵沸旦，居民从而效之，甚有破赀殚业以供一日之费，岂非浇漓之渐，不学而然者哉？土风在昔，重礼教，崇信义，衣冠礼乐之美甲于东南，其颛蒙，务农业，习醇谨。张士诚之乱，城郭丘墟。明初招徕垦辟，五方杂处。初时土著之户荡析，罕有存者。至于家各殊尚，户各殊礼，积习薰染，嚣陵日甚，而其贤者乃能节制谨度，恂恂退让，反朴有冀焉。然风俗与世移易，自票运经西坝而纲盐废，河决铜瓦厢而漕运停，居民专一弦诵佃作，无地冀幸。间艺园圃、课纺绩，贫者或肩佣自给，曾不数十年坚贫守约，耳目易观。昔之漕盐杂沓，浩穰百端，则相与忘之稔矣。咸丰庚申（1860）之岁，豫逆东窜，北郭外毁于火，高梁大栋郁为战场，乃益编茅营，立围砦，刀弓结束，布衣帛冠，一洗绮靡之旧。其士人修尚学业，向以结纳长官为非。至团练之役兴，官民相习，伍冠盖而走胥吏，势则然矣。岂必无因缘藏秽，要以斤斤不远绳墨云。

礼俗大都与扬徐无殊异。婚不亲迎，用门户相重。少习礼者，不责取财物，然亦不苟为简耇。贫家下户草草任情者有之。丧礼敛用时服，焚用楮帛，阴阳鼓吹，习遵故常。惟一二特立之士，守古变俗，终已不能相胜。三日而祖饯，刍灵舆马，暮夜灯火，过市廛焚拜。七七之期，浮屠追荐。葬不以时日，顾颇好形家言，觅土面势。吊赙者至，治酒供具，丰腆有加。祭礼不立家庙，以时节祭于寝，或有立宗祠，乃先日戒备牲醴，洁羞惟谨，略准古制焉。

旧谓，淮人冠服朴素，非仕宦不衣缯帛，馔饮极约俭。而后来狃于习尚，争为侈糜。近兵燹残破，稍稍复古矣。然轻纨绮縠，丰狐大貂，妇女锦绣，饰缘值过衣材；宾朋高燕，鲑珍奇腴，一饭之费至兼金以上，则犹未尽革也，岂果积习之难回乎？

农田之利，十一二躬亲，他多责租于佃，富家子弟不履原隰，倚人以办，至有受狙诈，荡生产，而不知者。工技，古有鎏金器皿，为世所重，近惟攻弓矢、攻韦者。良商贩民惮远涉，稻菽园蔬水鲜越境而止。近榷税益严，十里之外，民跬步无敢动，冀益以困商而返本，商民率收其值于农，农卒以重困。

岁时，上元灯火；清明日，上冢墓；五月五日，菖蒲艾酒，妇女簪彩胜，小儿佩五毒百索；中秋设瓜果；及中元节、朔日、冬至日，祀其先，皆恒俗也。

物产五谷，则东南乡宜秔稻，西北乡宜麦菽。黍稷麻秫，间亦有之，非特产也。蔓有野芋长生。蔬有菌菰蕨苋蓤蒿菘茄韭荽芹芥瓜瓠，而西瓜利良溥。果有桃杏银杏胡桃，菱芡莲藕尤美。丝絮之属有麻有棉。木则有松柏椿榆槐柏梧桐桑柘。药物有山茶，产于府学者为上，薄荷、首乌、枳实、栝蒌，延蔓于野，蓄而不良。卉有芍药、芙蓉、紫薇、凌霄，近尤尚四季花，城内人多莳之。兽则六畜富扰，农业户挈牛若豕，以其粪溉田，亦有狸兔獾猬鸶雁雉鹑之侪，散布四野。鳞族滋生，鮰鲤鳊鲫虾蟹蚌蛤，号腴品焉。

综览前后得失之数，地不加广而芜秽多，齿不加聚而生计蹙，俗不加漓，物产不加耗，而疆壤萧条，百度废弛，固十载兵荒之所致。然家鲜盖藏，田多闲旷，人事亦有责焉。然则如之何而可？曰：重礼教，务农桑。盖重礼教，则不期俭而自俭；务农桑，则不期裕而自裕。其流风播于上而沉疴起于下，所由来久，非一朝夕之故也。今故总次其事，冀有心之人起而挽之者。

出处：（清）王锡祺《小方壶斋舆地丛钞》（第六帙），光绪甲午（1894）刻本。

注释：同治年间，吴昆田参与重修《山阳县志》，任分纂，得以浸淫许多典籍，征访许多闻见，从而掌握了丰富的材料。作者认为："形势以古今而殊，风俗以南北而异，至于物产亦有推移"，故不能仍旧志，而应"详记变迁之端，以著改革之渐"。本文与《同治重修山阳县志》之"疆域"目内容略同，但独立成篇，较详尽地介绍了山阳县的地理、风俗和物产，同时对不重礼教，不务农桑而导致的"疆壤萧条，百度废弛"的状况痛心疾首，希望有心之人起而挽之。

继嗣义例问答

或有问于余曰："自世禄废，大宗不能收族，而支庶皆得立后矣。则人各亲其亲，各祢其祢，而宗法不几废乎。"曰："何谓也？汉石渠议云：'大宗无后，族无庶子，当绝父以后大宗。'《通典》载田琼之论曰：'以长子继大宗。诸父无后，祭于宗家，后以其庶子还承其父。'今制云：'无子者，许令昭穆相当之侄承继。'小宗可绝，大宗不可绝也。宗法曷为其废也？"

曰："绝父以后，大宗子之心安乎？"曰："此，不得已之举也。宗子身陨，族无支庶，祖祀将湮，父心摧痛。故绝小宗以继之，若有支庶可继，则不得以小宗后大宗也。子夏曰：'族人以支子后大宗，适子不得后大宗。'又曰：'君子不夺人之宗，亦不可夺宗也。'宗且不可夺，而况绝人之后乎？功令有独子不得出继之说，今不载。而为之变通其例云：如可继之人亦系独子，而情属同父周亲，两相情愿者，亦得承继两房宗祧，此即《通典》所谓以长子后大宗后，以其庶子还承其父之遗意也，又即孔子所言'凡殇与无后者，祭于宗子之家'，当室之白，尊于东房之遗意也。惟独子兼祧两房者，有大宗，有非大宗。例又云：凡独子两祧者，如系小宗独子，兼承长房大宗，则应于承祧父母丁忧三年。所生父母降服期年，其同属小宗而以独子兼祧，自应仍以所生为重，为其所生父母丁忧三年。于兼祧之父母，持服期年，期年内不得应试出仕，其平日考试报捐，仍填所生父母姓名，如此，宗法、私情两无遗憾。善之善者也。"

曰："然则以长继长之说非，长房无子次房不得有子之说亦非矣。"曰："此世俗之陋说不足置辨者也。"

曰："为人后者，父命之乎？"曰："然。孤子不为人后也。晋羊祜无子，抚兄子若子，及祜死，丧之若父。武帝命袭爵，执不从，曰：'为人后者父命之，无父命而自为者，叛父也。'"

曰："若宗子死而无支庶可继，可继之独子，又无父命，不将绝大宗乎？"曰："此则今制兼祧之说所以尽善也。兼祧则不至绝其所生，而亦以延大宗之统，若所后者非大宗之重，又非绝无可继之人，则虽身当应继之序，苟无父命以临之。而兼祧之说，亦有所不行矣。"

曰："应继之序何如？"曰："亦于宗法求之而已矣。子夏曰：'同宗则可为之后。'古大宗而外，又有四宗：曰继高之宗；曰继曾之宗；曰继祖之宗；曰继祢之宗。其序自近者始。如宗子无后，先求诸同父昆弟之子，无则及其同祖昆弟之子，无则及其同曾祖同高祖昆弟之子。今制云先尽同父周亲，次及大功、小功、缌麻，如俱无，方许择立远房及同姓为嗣，此其正也。"

曰："若是，何以处夫继爱继贤者也？"曰："继爱继贤亦无子者，不得已之至情，圣人之所不禁也。功令云：'若应继之人，平日先有嫌隙，则于昭穆相当亲族内，择贤择爱，听从其便。'夫必应继之人，有嫌隙而后可，无嫌隙而出，此则亦例之所不许矣。"

曰："继后则称嗣父为父，于所生宜何称？"曰："濮议或称亲，或称伯，皆非也。称亲，何以别于所后。称伯，何以明其生也。"

礼曰："为人后者，为其父母报。"宋高宗封孝宗之父为秀王，称曰："太子本生父。"本生父，即其父之谓也。国朝著令曰本生父，盖本诸此。

曰："然则死可称考乎？"曰："考成也。事礼成于宫，祭礼成于庙。为人后者，不祢其父而何考之可称。"

曰："其礼若何？"曰："服降则礼亦降。受重他族，恩杀于所生。故为人后者，不为其父母稽颡也。"

曰："子之所言，有见于功令，有不见于功令者。功令可得而备言乎？"曰："功令之义有三：一则准古以定制；一则称情以从宜；一则因变以设禁。曰昭穆相当，曰同父周亲，皆宗法也。曰子虽未娶而因出兵阵亡者，俱应为其子立后，此孔子所谓勿殇之义也。曰子婚而故，妇能孀守，或已聘未娶，女身守志，俱应立后，此即从勿殇之义而推之者也。曰独子夭亡，而族中实无昭穆相当，可为其父立继者，亦准为未婚之子立继，此即礼所谓臣不殇君、子不殇父之义也。此皆准古以定制者也。曰若养同宗之人为子，所养父母，有亲生子及本生父母无子，愿还者听。曰子婚而故，若支属内实无昭穆相当之人，而其父又无别子者，应为其父立继，待生孙以嗣应为立后之子，此皆称情以从宜者也。曰若继子不得于所后，听其告官别立，其或择立贤能亲爱，若于昭穆伦序不失，不许宗族告争，并官司受理。曰凡乞养异姓义子，有情愿归宗者，不许将财产携回本宗。其收养三岁以下遗弃小儿，仍依律即从其姓，但不得以无子遂以为嗣。曰凡争产谋继，及扶同争继之房分，均不准其继嗣，应听宗族另行公议承立。此皆因变以设禁者也。"

曰："如是宜无有争继者矣，何以与为人后者之纷纷也？"曰："射义，记孔子射于矍相之圃。门人扬觯，标覆军之将，亡国之大夫，与为人后者而出之。与为人后，谓强为人后者也。与为人后者有二：叛父之子也；择利之父也。无父命而谓他人父，觊觎财产，而分子以继人，且一继再继，变诈百出，污辱无耻，蔑祖悖宗，一族之蠹，宗法之害也。吾族中他日傥有类此者乎。明有宪典，幽有鬼神，几见其不终于倾败者哉。"

出处：（清）吴昆田《漱六山房全集》（卷五），光绪六年（1880）三河郝氏刻本。又见（清）盛康辑《清朝经世文续编·礼政》（卷六十七）。

鲁通甫传

鲁一同，字兰岑，一字通甫。其先不知所自始，或曰甘、凉故世将，或曰燕京人。国初尝从吴藩平云南，已窥其有异志，挈孥而逃于淮安之山阳，遂占籍焉。世居安东，一同始迁清河。父长泰，郡庠生，工书善画，闭门养素，以道自贞。一同生而颖悟绝人，六岁通五音，少长工为古文辞。年十七，补博士弟子。次年，举道光壬午（1822）科副贡生。年三十一，中道光十五（1835）年举人。

当是时，海内方承平，一同独以为深忧，谓今天下多不激之气，积而为不化之习，在位者贪不去之身，陈说者务不骇之论，学者建不树之帜，师儒筑不高之墙，容容自安，风烈不纪，恐一旦有缓急，相顾莫敢当其冲。又尝论天下之患：盖在治事之官少，治官之官多。官多者非事之不利也，胥吏之利也，重府之权以统州县，而并道按察于布政使，得详察所属，以专达于天子。其盐漕军政，兴革大者，设总督若巡抚一人主之，而地方之事不得挠布政使之权。布政使者，亦不得越府而苛责州县，则州县之事减。今天下之弊，盖在于知府拥虚名以容与于上官属吏之间，其实无所能为。知府者，亲民之首也，诚重知府之权以制所属长吏，统辖不甚辽阔，耳目易周，情伪易悉，赏罚与夺，朝发而夕至，门钥未峻，百姓呼号易达，佐贰丞尉详察而周知，苟得其人，委以数百里之地，即事必举。故诚能得一廉平公正之方伯，正身率属，则府必得其人；府得其人，则州县莫敢为奸，久任而责其成功，其视督抚司道丛治于一方者，功相万也。亲民之官多，治官之官少；胥吏之数减，长吏之权伸。彼州县者，以趋承上司之力治吾民，以申详反复之精明治吾吏，必能耳目清明，公务修举。当世以为名言。

尝就试礼部，有蔡生者，亦与计偕，稠坐中揖君，问姓字，大惊曰："少时读先生文，尝恨古人不可复见，乃今先生故在也！"立起，踧踖备弟子礼而去。宝山毛岳生见其文，谓"七百年来，文患于柔，惟此为能得刚之美"；建宁张际亮以诗名天下，见古歌行，自以为不及。

既再试不第，益研精为文章，乃泛滥无涯涘。其说长于史例，旁及诸子百家之言，禽鱼草木之变，靡不贯晓。然居恒郁郁，尝自叹曰："吾乃为文人耶？"林文忠公则徐总督湖广，请与偕，欲行，而以亲老止。周文忠公天爵见其文曰："此天下之大才也，岂直文章哉！"最后曾文正公国藩尤敬异。庚戌（1850），试礼部，据淮安馆舍，数屏驺从，就问天下事，时当揭晓，文正为礼部侍郎，例钤榜，先言于众曰："淮安鲁通甫若成进士，天下之幸也！"及见榜无名，为懊丧，如失左右手。

粤贼踞金陵，同年生盱眙吴公棠方宰清河，众志汹汹，一同为之明部分，决机宜，传檄凤、颍、淮、徐、滁、泗、宿、海各府州若县，辞气奋发，指誓天日，共期灭贼。河北人心大定，清江浦屹然成重镇焉。人或以为是称其能，叹曰："天下事有百倍于此者，何可易言也！"庐州危急，江忠烈公忠源驰赴安徽巡抚之任，桐城戴孝廉钧衡走书通曾文正之指，欲其起佐忠烈，谢不出，而复以书，有曰："今日之忧不在已被贼之省，而在未被贼之省；不在已残破州县，在未破而先自残之州县；不在已从贼之民，在未从而岌岌思为贼之民。经营天下之大势，当先注意于此，首重州县之权，次讲耕战之法。凡被贼之省会州府不难克复，难于坚凝。且如武昌一府，向军门复之于前，曾侍郎克之于后，去未移时，旋皆陷没，人物凋散，仓库空竭，金城荡荡，莽若丘墟。节帅式临，徒拥空器，寇至则靡固其所也。昔唐季之乱，东都之民不满百户，荆南兵余裁十七家。史称，张全义尹河南、韩建刺华州，皆能招怀流散，劝课农桑，数年之中，民富军赡，安集残破，莫良于此。"又曰："贼之初起，数十辈愚妄人耳！胁从既多，遂出枭杰。又有缙绅科目之无耻者，闲厕其间，指使引导，于是其教则参以泰西，其军制略仿周官，军帅卒旅，其官杂取汉、宋诸色目，而其用兵则令严而法简，行速而多诈。既得金陵，志意少满，僭立制度，然而未有立国之势也。自古战伐之朝，有立国之势者，则先攻其本，桓温之直走成都、王镇恶之溯舟渭水、韩擒虎之顺流三山、李愬之夜入淮蔡，是也；无立国之势者，则宜先剪其枝。

张角死而飞燕、黑山炽，仙芝殪而黄巢、尚让横，迎祥灭而自成、献忠狂，皆由贼基未立，东西流走，合散无常，奸厥渠魁，则各自雄长，益多树敌，剪除党翼，首恶自孤。为今之计，莫若暂缓金陵之攻而专收旁郡。豫帅壁信阳，收蕲、黄；皖帅仍壁庐州，收舒、桐；江帅壁广饶，收宣、歙；苏帅壁江南，北兵壁江北，仍同收瓜、镇，皆观衅而动。而专责西师以上游之任武昌，若复深驻大军，营缮耕战，益具舟船练习水师以虞变待时，而以曾侍郎九江之围为缀贼之势，西师既盛，出一不意，顺流东下，直踞安庆，突出九江之前，号召南北，使罗、石之党，外牵于曾塔之师，急不得返，顾沿江诸贼必当同时解散，入穴金陵，则成功可望。"其时有谓先攻金陵，刳贼腹心，肢体自然散落者，故书中及之。其后大兵攻金陵，筑长围，江帅何桂清以为贼如釜鱼阱兽，期于旦夕成功，朝野几同声庆幸。一同独决其必败。未几，而溃裂，苏、浙沦陷，桂清伏辜。迨于文正东征，舟师下压，据安庆，指复金陵，一如所论。

一同无尺才之柄，而忧伤时势之艰危，于田赋、兵戎诸大政，与夫河道变迁、地形险要以及中外大势，无不究其端委而得其机牙，罕有遇合，则一发之于文章，为文务切事情，其言曰："文章事业皆以静俭为根本。"又曰："行不蹈道则非经，道不宗经则非道。"皆至言也。性极孤阔，不立畔岸，风节卓然。或请为文寿一钜公，却之曰："吾辈之文，疏直朴野，不足说势要。必若肆其狂愚，为足下得罪当途，安所用之！"其不苟说于人，皆此类也。文字交游尽一时四海知名人士，而清修笃学，独重潘先生德舆，谊在师友之间，相契莫逆焉。

出处：（清）吴昆田《漱六山房全集》（卷七），光绪六年（1880）三河郝氏刻本。郝润华编《鲁通甫集·序跋》（附录），三秦出版社 2011 年 1 月版。

孔宥函传

孔继镳，字宥函，曲阜至圣裔，自京师迁清河。父传坤，仕南河主簿。继镳生而颖异，四岁知书，能读陶诗。十五为《和陶诗》，有《停云》之作，为耆宿所称赏。于书无所不读，科举之学非所好也，制义一览辄弃置。届试期，任取名作仿效之规模，意趣无不合，见者疑为宿构。道光丙申

（1836），成进士，用刑部主事。性至孝，无兄弟。居京师年余，思亲心切，急归以家。在河上改官南河同知，为养亲计，时督河使者以旧契相与，极款密，人疑有苞苴之行，因愤而去官。避居于宝应，将以养亲终老。会粤寇入江，扬州陷，有故旧大僚来防河，军于泰州，强起佐之。以功得知府，大僚忮中，败，复归宝应。督师德兴阿驻军江浦，再起。寇来犯，督师走，继镳死之，旌于朝。继镳能文章，好为古歌诗，师事山阳潘德舆，与同郡鲁一同、宜黄黄爵滋、歙徐宝善、益阳汤鹏、建宁张际亮、汉阳叶名沣，以气节相尚，赋侍酬唱，一时京师坛坫称极盛焉。知天下将乱，每语人曰："吾当死国。"际亮号为善相人，熟视曰："君殆不免。"声音高亮，尝于旷野长啸，如鸾凤鸣天际，樵夫、牧竖惊而聚观。躯干短而丰，有力，取一方食案，盂鼎满列其上，以两手举之，走数十步不变色。读道书，能炼气，虽盛寒，衣单衣，走风雪中无所畏。负性磊落，不事家人生产。中年为一姻娅，毁其赀尽，至货居宅以偿负，不介于怀。著有《心向往斋》《和陶诗》《壬癸诗录》，皆锓版，其他作甚多，藏于家。

出处：（清）吴昆田《漱六山房全集》（卷七），光绪六年（1880）三河郝氏刻本。

鲁仲实传

鲁蕡，字仲实，一同子。少颖异，有气决，姿体凝重，耆粗粝食，食兼数人。幼勤学，不待拘迫，率意为文，进其父，父言："无条理。"弃之。逾年，复作，父曰："可。"遂为之补弟子员。

性喜古文辞，不耐习制义。三应乡举不售，弃去。见人久困名场，笑之。谓："此区区者，何用苦心役志为？"乃一意读书史，实事求是，不为空言。

太守章仪林议减清河赋，款目繁重，老吏握笔不得下，以叩蕡，蕡为剖析肯綮，时已昏夜，退草三千言，旦献之，觥觥周详，太守惊喜，以其议上大府，因请主办。三年蒇事。复佐理清河、安东水道，役既竣，费无毫发溢。

天性质直，能剧饮，好戏谑，意豁如也。不知人间浮伪事，与人交，极坦易，一绝世故。世长某翰林，以所著示之，许可者十一二，衔之次骨。或尤其太直，蒉曰："文章得失有定评，非可诬也。若诬之，是诬道也。"其真至类如此。

于人无所求，布衣敝履，酬应皆废，尤不乐见贵人。吴漕督棠邀入幕，以故人子待之，有加礼。未久，辄去。曾文正公国藩访之再四，以父执一往谒，不再诣。

文正语人曰："通甫有子矣，然世人率重其品与才，不知其为孝子也。"咸丰十年（1860），皖寇至，父方病，奉之走安东，草履行缠，驰泥淖中，日百余里，未尝去左右。同治元年（1862），寇复至，以鹿车辇父而奔，前阻水，贼骑在后，偶得空舟，负父以登，复下推舟入深水中以免。时母在清河，每昼侍父，昏夜握刀，徒步往省母，比晓疾走诣父，所往返二百里，踵血淋漓，不自知也。方播迁时，尝三日不食，而恒怀干糒饵其父。自是，精气顿减多病，犹自力读书如常时。卒年四十九，诗文书画皆有家法，所著光绪《清河县志》《安东县志》，诗文集皆刊行。清河吴昆田撰。

出处：（清）鲁蒉《仲实诗存》（卷首），咸丰九年（1859）刻本；（清）吴昆田《漱六山房全集》（卷七），光绪六年（1880）三河郝氏刻本。

汤兆谦传

撝菴先生，耀亭公次子，晴川公嗣子，昆田受业师也。天资高迈，学问渊深，各学宪悉器之，屡列优等。淮安府府尊周公焘、吾邑县主唐公如明皆乐与订交，尤见重于故太子太保、前江苏学政汤公金钊，以伟器相推许，一时名噪词坛，概难缕述。

昆犹忆昔从学时，见师奉嗣父惟谨，先意承志，真能视无形、听无声者。及没，公居丧，哀戚不欲生，尽制尽伦，共闻共见。其诲人不倦，以学有根柢为先，非徒文字之粗，词章之末。尝有言曰："我辈读古人书，须效法古人。"平日谆谆训诲，昆窃志之，不敢忘。嗣后，昆有事过宝应，遇朱公士宴等谈及撝菴师，共啧啧相称，谓师为县教谕时，成人之多，立教之善，一一述于昆。

呜乎！师小试已如此，苟有时大用，其造就宜何如欤？惜当年躬不遇时，竟偃蹇以卒。兹特备述生平补入汤姓家乘中，以寄寄梁木泰山之感云。

师讳兆谦，邑贡生，试用宝应县教谕，夙负大志，落拓不羁，真风流士也。晚岁多著作，昆所知者，有《乡党图考》《禹贡图考》及《玉茗堂文集》《诗钞》数十卷待梓。娶洪氏太孺人，生二子：长邑庠生耕南，次慕颜。师卒于道光辛丑年（1841），时年五十有四。

受业门生吴昆田拜撰。

出处：（清）汤慕曾主修《玉茗堂汤氏族谱》，光绪壬午（1882）刻本。
注释：本文原题《廪贡生试用宝应县教谕汤二公撝菴夫子讳兆谦传》。

海阜同知唐君汝明事状

唐汝明，字黼卿，剑州人，举人。道光六年（1826）大挑知县，分发南河。时两江总督琦善，开减坝放黄河，北乡人民荡析。汝明奉檄振抚，周行泥淖，境内赖以安辑。十三年，署知清河县事。十八年，再署，前后不及三年而境内大治。

初，清河地本四乡，自移风、仁怀两乡沉没，县城倾圮，割山阳之清江浦为县治，治居境之东南隅，而河北两乡地方五十里，实居县境十九，以隔一大河，自清江浦视之，有如异域。清江浦建节之区，地当孔道，官署栉比，冠盖辐凑，司牧者趋走，应接日无暇晷，民事有不及过问者矣。汝明莅任曰："吾此来，治民也，岂为上官役哉？"清河官民暌绝。治者多以宽，汝明独严于讼盗，尤急有讼者，立决之。决狱止两造，不牵累。证佐无不心折，虽被责亦感泣。有巨猾善讼，一狱两造，皆巨猾主使，汝明讯得其情，立捕猾，置于法，而讼风寝息。

县境西接桃源，北连沭阳，东滨安东，自道光纪元，连年荒歉，三县边地，贼与境内游民勾结为奸，劫盗大起，民不安枕，无弋获者。汝明至，捕得盗数人，奸宄屏息，盗不入境。

陈三虎本一游手，汝明见其诡异，执而羁禁之。安东令以三虎尝有犯于其邑，取以去，旋释之，后为大盗，杀人无算。

同时有梁学典者，亦安东无赖，卖盐于县境，汝明捕之，逸去，遂杀人行劫，扰十数州县，官兵追捕迄不得。然终汝明之身，学典不敢入清河境。

汝明常阅北乡，月或数周，见有污莱闲旷之田，必责其主者。遇游手必惩。初下车，人畏之，久而爱之矣。盖至是而后，乡人知有贤父母之乐也。汝明历任安东、山阳、宝应，皆有循声，后升海阜同知，卒官。

出处：（清）吴昆田《漱六山房全集》（卷七），光绪六年（1880）三河郝氏刻本。

四川总督吴公事略

吴棠，字仲宣，盱眙人也。幼勤于学，家奇贫，不能具膏火，读书恒在雪月光明之下。以举人大挑补桃源县。

俗号强悍，善治者，率以猛，棠独以宽。有犷恶子素横于乡里，一日方与人斗，严按之，极口唾骂，闻者以为即捶楚死矣。棠姑使拘系，次日跪堂下，涕泣求死，遂婉譬而释之，卒成善人。良久，之乡间，不见有吏人迹。时躬巡四野，每止宿，老妇则手鸡卵数枚以献曰："公食，无肴也。"三年大治，调清河。清河与桃源接壤，民俗柔弱，素慑桃源。自棠宰桃源，而清河境上无扰，以此久感服，至是益大喜，如家人父子相亲。以邳州多盗，调署去，禽斩数百人。

咸丰三年（1853），粤匪踞金陵、陷扬州，淮郡戒严，复檄回任清河。招集民勇，申明纪律，乡镇立七十二局，练勇数万，首尾联络，并传檄凤、颍、庐、泗、滁、宿、徐、海各府州县，指天誓日，勇气百倍，淮扬数百里间隐然恃若长城。以忧去官。皖逆既大起，土寇缘之横行，民请衰绖而治河北盗，当路不善也。袁端敏公督漕江北，兴围练之役，将以棠任其事，当路又不许，去守徐州。十年（1860），皖捻李大喜遂陷清江浦，始檄署淮海道，道路经过，火壁灰灶，残肢剩体，与民相视而泣。方整顿伤夷，诛锄蕴孽，粗有纲纪，而以特旨授淮徐道去。淮海之民争相攀留，致相仇疾。既莅徐州道任，修寨保民，贼数至不为害。寻有江宁布政司署理漕运总督之命，以十一年（1861）除夕履任。先是，清江浦既灰烬，论者以为堕甑不宜复顾，宜即淮安府城旧漕署居守为便。棠至则谓，清江浦四达冲衢，使贼得之，势益鸱张，山阳以下，岂得独完哉？于是驻师瓦砾之中，筑河北土围。春初，贼果大至，版筑之声与炮火相间也。贼直薄围下，居民皇皇翘足思

247

散，棠植立围上，手发巨炮，贼遂败退。仍踞桃源之众兴镇，将为持久计。我兵单饷绌援，兵虽集而不为用，乃饬都司陈国瑞驰赴众兴贼垒旁为营以逼之，时出不意以遮击之，不十日而贼遁，境内乂安，民得收麦。旋筑清河县城，屹为重镇。四乡围寨次第兴修。同治五六年间，贼再窜扰，皆不得逞，旋就殄灭，坚壁之效也。海赣土匪，各结围砦，啸聚成群，同治初间结西逆，相残杀，颇为清淮患。棠以计抚之，收其豪、士人肄业书院，武夫注籍卒伍，反侧以安。皖逆苗沛霖素有逆谋，以淫杀威劫闻于远近。及反，急攻蒙城，千里以内，士无固志。棠命陈国瑞出师援剿，蒙城围解，苗逆伏诛，而清淮之团练始彻，民获小休。则创建文庙大成殿，并建崇实书院、置义学四所，经师课诵，人文大起。自黄流北徙，淮水南趋，运河无粮艘者数年。棠撙节饷需，以其赢余购米四万余石，首试河运，募雇民船，见者呼曰小粮船。小粮船至今不废。河督既并于漕督，御史请裁河员、汰河兵，而部议增设淮扬镇重兵并酌定营制，疏令漕臣核议，棠议清江浦既为重镇，则驻浦之兵力宜厚，请设镇标左营及城守营与中营，并驻清江浦。其余量为变通。凡十一营，改修防为操防，悉隶镇标。又以河运两滩未经垦佃之处，试行屯田之法，划予各兵，督耕充饷，以自然之利养有用之兵，规模大定矣。自咸丰初元，江苏全省破败，棠起家县令，橙挂补苴，至清江浦既陷而棠赴徐州汴唐奸贼，秉节东来，所以奋怯完残，效忠忘倦者，前后近十余年。天子嘉其劳，即真漕督，复授江苏巡抚，升两广总督，皆以江淮未辑请留，不果行。同治五年（1866），奉命督闽浙。七年（1868），补授四川总督。

光绪元年（1875），乞病归。取道秦豫，自徐而淮，居民焚香顶祝，望见颜色，欢声雷动，犹家人父子之久别得聚首也。盖棠之忠勤劳瘁，尽于江淮矣。归后不一月，卒于滁。事闻，褒赠有加，谥曰勤惠。淮人请于清江浦建专祠，岁时致祭焉。

出处：（清）吴昆田《漱六山房全集》（卷七），光绪六年（1880）三河郝氏刻本。

南河总督黎公事略

黎世序，字湛溪，罗山人。嘉庆丙辰（1796）进士，即用知县。荐升淮海道时，南河总督陈凤翔得罪遣戍，世序代之。

初，南河自有明末造，逮于国朝，破败决裂，圣祖乃特简靳辅为河臣，继以张鹏翮而大治，安澜顺轨百有余年，至是复坏。其时，两江总督百龄有言曰："海宇承平，国家闲暇，借要工为汲引张本，借帑项为挥霍钻营，河员皆纨绔浮华，工所真花天酒地。盖至旧规全废，黄强淮弱，丰工、邵工、睢工、郚工、王营减坝、苏家山、陈家浦、马港口叠次漫决，河身中饱，淮水南趋。岁漕四百万石待之以行，顾此失彼，左绌右支，几成瓦解土崩之势。"世序适承其敝，淡泊宁静，一湔靡俗，修靳、张之治，以束水攻沙，蓄清敌黄为急。其束水也，主于缮堤防、海口接筑长堤，使水不散漫而涤淤有力。其蓄清也，谨守五坝，使清水长足，粮艘得以浮送。而黄河堤防之守，则又恃乎闸坝。于是请建清河黄河北岸减坝，及徐州之虎山腰减坝，以泄异涨而保长堤。而黄河暴涨，堤工奇险，则又于埽前抛碎石以搂护之，故能转危为安。盖自嘉庆十八年（1813），迄于道光三年（1823），南河雕劅之余，平成获奏者，世序之力也。其扫前抛碎石也，人言藉藉，上达九重致劳垂问，而南河工员亦无不谏止，世序毅然行之，询谏者曰："君等谓碎石渐趋中泓，将塞水道，害在目前乎？抑异日也？"皆曰："不及四十年，必当为害。"曰："不及四十年，河流不复在此矣。"其时，为道光元年（1821），至铜瓦厢之决，三十五年，碎石阻塞水道之说绝无其事，而河流北徙言果验。

南河岁需以三百万为率，世序当孔棘之秋，工务繁兴，每岁必省二三十万，部臣犹驳诘之，他人无事，而必罄此三百万，部臣不言也。其清操孤立如此！以县令起家，为循吏，勤于治民。及为河督，犹以民为念，召父老问疾苦，见清淮地瘠民贫，劝兴种棉织布之利。道光元年，境内大荒，设粥厂，散钱米，用官钱至十数万。县之文庙圮，修之。崇实书院有燕家社膏火田六百亩，前河督吴璥夺与普应寺僧，世序复以归书院。课士极严，一时士师之，民父之。卒之日，邑中罢市巷哭，数十年来所未有也。文庙以世序卒之次年落成，士民建祠于右，以寄思慕焉。通《易》理，邑人苏秉国著《〈周易〉通义》，延与讲论。著《河上易注》梓行，又有《湛溪文集》。宣宗知世序忠勤，嘉之曰："干国良臣。"闻其卒，震悼，赐祭葬如例。谥曰：襄勤。

出处：（清）吴昆田《漱六山房全集》（卷七），光绪六年（1880）三河郝氏刻本。

尹耕云

尹耕云（1814—1877），字瞻甫，号杏农。桃源县三义坝（今淮阴区三树镇三坝村尹老庄）人。道光三十年（1850）进士，授礼部主事，官至河陕汝道。为御史时，屡陈时政，为镇压太平军及捻军献策。英、法联军犯天津，力主决战。有《心白日斋集》。

清黄交汇赋

波平凫渚，浪靖龙堂。有二川之灌注，导万里之梯航。异派同流，似云霞之共色；方旋圆折，如金玉之其相。朝宗应效同心，行地则有条有理；转漕从兹出口，普天则来享来王。

夫清之为水也，导自胎山，流经淮岛。洁微滓于泥沙，宕晴波于苍昊。涛飞云起，烟迷蒋坝之堤；浪息风恬，路指吴城之堡。合七十二山之支水，记寻桐柏真源；周三百余里而成湖，欲问盱眙故道。

而黄之为水也，探星宿而源长，溯天潢而脉盛。崇四渎兮礼虔，出三门兮气劲。考北趋之旧迹，湮塞有年；话南徙于前朝，顺流其性。德水撰千年之颂，宛如视准为平；惊沙澄九曲之澜，俨若从绳则正。

斯二水者，分施润下之功，各率安流之职。或汪洋于兖、豫诸州，或澎湃于荆、扬下国。绕龟山而作浸，竹箭飞声；循马颊以遄行，桃花泛色。清固不能挟黄而南，黄亦不必并清而北。乃自堤拦坝筑，由地中行；频看脉注绮交，顺帝之则。一苇可航，重门不隔。清交黄兮势鲜低昂，黄汇清兮机无顺逆。不必淄、渑有别，鲸涛回甘相之城；原非泾、渭攸殊，鲤信渡枚皋之宅。咨启闭而金墩屹立，何须弩击三千；利转漕而锦缆齐牵，岂仅禾取三百？

是盖疏浚传于古法，修防创自前贤。龙蟠堨古，虹蝘堤坚。比滩、涣之交流，纹回凤杼；似漆、沮之交逝，珠抱骊渊。交以久而益安，合流于五百余里；汇为泽而乃大，施功于十有二川。

方今镜水涵清，河流顺轨。五坝筑而星屯，四闸开而云起。锁支祁而远遁，力效庚辰；命河伯以前驱，符书壬癸。柱石仰资宸算，宣三汛而颂纪安澜；舳舻远达天储，食万方而禾生连理。

出处：（清）王琛《蚍珠赋钞》（卷一），同治五年（1866）刻本。

胥吏论

（一）

古今可以亡人国者，曰女宠、曰宦寺、曰外戚、曰强诸侯、曰权大臣、曰匹夫横行，而不曰胥吏，实则胥吏之祸，烈于女宠、宦寺、外戚、强诸侯、权大臣、匹夫横行。第不得以亡国之罪专坐胥吏，何则？自古女宠则褒妲，宦寺则貂牙，外戚则莽冀，强诸侯则朱泚、李怀光，权大臣则曹操、秦桧，匹夫横行则陈涉、张角、黄巢。而胥吏之毒，古今受之，遍天下受之，而终不得指而目之曰，某代之亡，亡于某胥吏之手。夫亡人之国而不尸其罪，此其罪大恶极，而为盛世所不容。乃自三公九卿，以至百官庶司，仍相需如左右手，而不能一日离也，不亦愆乎。然则举今之胥吏，草薙而禽狝之，屏夷投北，如魑魅魍魉，莫或逢之。遂可久安长治乎，则又非也。夫戒女宠而放后宫，惩宦寺而诛黄门，鉴外戚而薄椒房，虑强诸侯、权大臣、匹夫横行，而废封建、罢宰相、夷大族、锄豪杰。矫枉过正，铲削元气，皆非所以垂裕保大，而适于荡平之路也。且夫胥吏，虽三代盛时，未由尽废也。周礼府掌官契，史掌官书，胥掌官叙，徒掌官令，层累簇立，丝联脉系。当其时，太宰正岁会以提其纲，少宰正月要以挈其纪，宰夫正月成以治其目，稽核勤惰，渊察微隐，慑志警衷，蔑敢干法乱纪，要在国家之法，有以驭之而已。

（二）

或有问于尹子曰："胥吏治文书，抱案牍而雁鹜行，长官鼻作声，已愒息不敢退。而子谓其亡人国，何也？"尹子曰："呜呼！天下治乱之所系，安危之所出，果何事乎？曰，人命也、讼狱也、盗贼也、帑藏也、见官处分也、文武铨选也、人才取舍也，有胥吏则人命可出可入，讼狱可上可下，盗贼可拘可纵，帑藏可侵可渔，处分可轻可重，铨选可疾可滞，人才可升可降。久之而人命无所偿，则冤雠固结矣；讼狱无所决，则控诉日滋矣；盗贼无所惩，则劫夺公行矣；帑藏无所赢，则灾荒鲜备矣；处分不一，则规避开矣；铨选不公，则除授滥矣；人才不当，则侥幸进矣。国至此而犹曰可以无亡者，饰说耳！厝积薪于燎火之原，御胶舟于风涛之内，而欲其无濒于殆也，得乎？彼胥吏者，幸不发觉，则荣华其身，而长其子孙；不幸而发觉，方且委过于监临，归罪于长贰。即使狱成谳定，杀一鼠子，何足蔽辜？而国家之事已为所败坏而不可救矣！且诛之不可胜诛，殪狗而得狼，除豸而近虎，耽耽者日伺于我侧，虽欲严为之备而不能，何则？彼固有所凭借以为藏身之固也，鼠穴于社而鼠骄，狐窟于城而狐横，胥吏则何城、何社？曰六部之例案而已。"

（三）

例案者，朝与野之所共守以为法，而顾谓胥吏藉以为藏身之固，何也？盖例者，一成之法，永远可以奉行；案者，一时之事，轻重可以出入也。故杀人一也，而谋故分；处分一也，而公私别。一部而彼此两歧，一司而前后兼异。苟直既入，则援案以准之，而不能指为瞻徇。要求不遂，则援案以驳之，而不得目为挑剔。人命至重也，枉杀无辜，而天下不敢怨，则其所援杀之之案，无可原也。夫各部率由旧章，均有则例，又每届五年，例得纂修一次，何患无成宪之可循。而必惟此历年之旧牍，兢兢焉而弗敢失坠乎。愚以为欲清弊源，先销陈案，其业已通行，纂入则例者，自当永著为令。其未经纂入则例之案，则由六部堂官，拣派精晓例意之司员，逐条删定。某案与例相符，某案与例不符，某案与节引之例相符而与今例不符，某案于见行之例相符而与成例不符，或例属两行折衷以求一是，或例需比拟旁通以定指归，证误订讹，芟繁薙复。如方圆之以规矩，若平直之视准绳，期于共见而共闻，不任畸轻而畸重，则事例简而易明，胥吏之权轻而易制矣。至于奉法者吏，察吏者官，尚书侍郎，位尊而任重，去胥吏较远，其朝夕相见，得以考其勤惰，而辨其良莠者，则郎中员外等官，最为切近。自仕宦之途杂，人皆以官为传舍，观政未久，而已引领于京察，觊觎于保送，惟恐其不速化，其久于是官者，或又阘冗无能。其权由于禄轻，而俸不足以养其廉也，存一儳然不终日之心，则于公事，安望其讲明而切究。无怪乎吏曰可则可，吏曰否则否，扰攘于簿书期会之中，而何尝自治一事哉。则察吏必习事，习事必久任，久任必加俸。凡掌印主稿之司官，其俸必增，俾足食用。其俸满而称职之主事，食员外郎郎中之俸，俸满而称职之员外郎郎中，加一员外郎郎中之俸。左右侍郎缺出，尽本部资俸最深，曾经京察记名内用之司官，开列在前。以跻尚书，而终不离乎本部，则堂司各官之于部务，不啻一身一家之事。其视胥吏，不异于数世服劳之臧获，而犹患其斁法也。有是理哉。

出处：（清）尹耕云《心白日斋集》（卷三），光绪二十一年（1895）刻本。

注释：本文原作《胥吏论一》《胥吏论二》《胥吏论三》，各自独立成篇，编者将同一主题且内容相互交错、呼应、补充的系列文章合为一篇。

时务策

（一）

我朝定鼎中原，广西最后下。方顺治四年（1647）二月，丁魁楚之弃桂王也，桂王将依何腾蛟于湖南，瞿式耜陈桂林形势，固留不听，式耜自请留守，乘我总兵李成栋回兵东救，遣焦连、陈邦傅破阳朔、平乐，下浔梧，迎其主还桂林。七年（1650）九月，我军薄全州，明诸将退守榕江，旋弃而走桂林。赵印选倡众溃遁。十一月，孔有德入桂林，执督师瞿式耜等。八年（1651），李定国乘间袭桂林，广西复陷。十一年（1654）春，我广西守将线国安等，得尚可喜舟师以定浔梧，乘定国与湖南大兵相持，尽复平乐、桂林，广西略定。康熙十二年（1673），三藩叛。十三年（1674），广西将军孙延龄以桂林应贼，十六年（1677）反正。十七年（1678），桂林又为吴世琮、马宝所陷。十八年（1679），贼复围马雄之子，承荫于南宁，至莽依图倍道往援，吴世琮负伤而遁，南宁围解，广西尽复。由是观之，广西之困于兵燹久矣。

夫开国之初，师武臣力，瞿式耜以蕞尔抗拒天兵，李定国、吴世琮等相继背叛，犲牙虺毒，越两圣人而后定。国家二百余年，圣圣相承，休养生息，澹灾洗痡。向之险巇深阻，称逋逃渊薮者，率皆荡平正直。文武大吏，整纲饬纪，以为郡县表率。兴贤育才，野处而不匿其秀，令行禁止，兵可百年不用也。不幸有墨者虿于其间，大吏既不能自缩而不敢问，又谓边地不可久居。亟亟为适彼乐国之计，则属吏愈肆其贪，鲸吞蚕食，棰楚狼藉，于是民始忍以骨肉仰赖之身，弃之于盗贼，黠者为之倡，聚众拜盟，烧香结会，一二廉能之吏，捕其渠魁，请置重典，而大府则体天地好生之德以宥之，驱虎豹于山林，纵蛟鳄于江海，而觊幸其祸发之，不及于我身。如是十余年，而广西遂无地不贼，无贼不横矣。

夫今之广西，与开国之时异也，天命维新，人心未靖，川陕楚粤之间，非武庚纪叙之顽民，即张角流亡之余党。故瞿式耜之据桂林也，乘陈邦彦、张家玉、陈子壮之兵起也。李定国之袭桂林也，以孙可望、刘文秀、艾能奇之氛炽也。吴世悰之陷桂林也，以祖泽清、尚之信、金光祖之从逆也。当其时，懿亲秉钺，楚旅专征，援东失西，鞭长莫及。故广西一隅，扰乱二十余年之久，非其真有丸泥之封，天堑之险也。今之倡乱者，非有由榔之位号，可以感人心也，非有瞿式耜、李定国、吴世悰、马宝之同恶相济也。湖南、广东，又皆有重兵镇压，非可乘虚而动，伺衅而起也。天威所临，以碬投卵，犁庭扫穴，旦暮可期。然而老师糜饷，旷日持久，天子宵旰焦劳，百姓肝脑涂地，岂乱之易而定之难欤！抑其山峻水恶，民俗嗜杀乐斗，有以致之欤。夫火之为害也，曲突徙薪，上策也。彻小屋，涂大屋，陈畚挶，具缾缶，中策也；穷奔尽气，濡手足燎毛发以赴之，下策也。出乎上策，火可不作；出乎中策，烧可不延；出乎下策，焦头烂额。既出乎下策矣，万一蹉跌，则燎原之势成，而扑灭之功晚矣，可不慎哉。

（二）

自古用兵，必审乎敌所必出之路。唐黄巢之乱，初入广南，高骈请守桂、梧、昭、永四州，不听，而巢果从桂州浮湘水、历衡永、抵潭州。蒙古之取宋也，兀良哈台由宾州、象州逾山岭而北破沅辰，战于潭州城下。明永历之据桂林也，何腾蛟自全州遣焦连、胡一清、张光璧等陷永州，使王进陷宝庆、马进忠陷常德，堵允锡取衡州，进围长沙，使非徐勇昼夜拒战，则长沙危矣。昔人言“用粤东不如用粤西”，为其所出之途易，而湖南之险与我共之也。故吴三桂之反也，陷沅州，陷常德，陷长沙、衡州、岳州、澧州，朝命安亲王岳乐，以湖南一隅，四方群寇所观望。今荆州兵未能渡江，岳州城坚难骤进，宜由袁州直取长沙，长沙一破，贼势瓦解，荆州大兵即可乘势进攻。煌煌庙谟，指掌万里，故虽以枭獍之全力，而不能得志于永兴，咆哮跳梁，老死湖南之境。则以顺承郡王勒尔锦方守荆州，安亲王岳乐方驻江西，松滋之足一摇，而安亲王已由醴陵、萍乡攻长沙矣。水师已截常德之道，断长沙、衡州之援，取岳州矣。盖湖南一省，长沙界江西宜春，岳州界湖北通城、监利，澧州界湖北公安，衡州界江西永宁，辰州界贵州镇远，永州界广西全州、富川，靖州界贵州永从、广西融县，郴州界江西龙泉、广东孔源，永顺界四川酉阳，六省之所毗连也。自古善用兵者，当以天下算一隅，不当以一隅忘天下。粤贼初起，大将南征，是时当以一军剿广西，一军守湘南，如剿广西之兵或有挫却，则以湖南之兵援之。援兵入粤之路，即可断粤贼窜楚之途。计不出此，金田之师一散，贼遂由全而入楚，省城之围急，而远近大兵皆聚于长沙，吾不虑长沙之围不解，正虑围解之日，江西之九江、湖北之荆襄为可忧也。智者见危于无形，域于咫尺，而与揆千里，其不以所言为河汉也鲜矣。

（三）

四月二十一日，粤贼分股扰滁州。三十日，李嘉端奏凤阳失守。先是十六日，琦善奏贼至六合，又浦口地方有贼船数十只。浦口在江浦县东二十五里，志所谓浦子口城是也。六合西至滁州一百二十里，江浦县西北至滁州五十里，滁州西北至凤阳府二百二十里。贼起浦口、六合，综其道里远近，盖不下三百里云。十五日之间，失陷二城。贼氛虽恶，防不少疏欤。凤阳西连汝颍，东通楚泗，建业之肩背，中原之腰膂。春秋时，吴人观兵淮上，遂能争长中原。自秦以后，东南多故，起于淮泗间者，往往为天下雄。南北朝，钟离常为重镇，岂非以据淮之中，形势便利，襟带山水，战守足资乎。宋绍兴六年（1136），刘豫寇淮西，朝议弃淮保江，张浚曰："淮南诸屯，所以屏蔽大江，使贼得淮南，因粮就运，以为家计，则长江之险，与敌共有，江南未可保也。"又曰："淮东宜于盱眙屯驻，以扼清河上流。淮西宜于濠寿屯驻，以扼涡颍运道。"真氏曰："有濠梁之遮蔽，则敌不得走历阳。盖以钟离天险，控扼长淮，当日保固江沱，诚不可以资敌。今日规复江表，又岂可假贼乎？"兵法云："在我为要，在彼为害。"此其说也。贼自滁州扰凤阳清流关，形势深阻。周显德三年（956），败南唐兵于正阳，皇甫晖、姚凤等自定远退屯清流关，赵匡胤袭之，晖等陈于山下，方与前锋战，匡胤引兵出山后，晖等大惊，走入滁州。我师自凤援滁，正宋祖北来之路，乌合之贼，讵皇甫晖、姚凤比耶？当时我东三省劲旅，及各路征调之兵，方围扬州，扬距滁东西才二百数十里耳，简选精骑，昼夜兼行，尾蹑其后，贼必狼顾。其大股方被围于江宁，镇江、扬州水师足以牵制其势。贼之扰滁凤者，不过数千，益以陆遐龄之子，众亦不能过万，何以长驱直入，如行无人之境也。兵法云："善用兵者如率然，击首则尾应，击尾则首应，击身则首尾俱应。"远近二三百里之内，不能呼吸一气，亦安见其为率然乎。淮南子曰："兵静则固，专一则威。分决则勇，心疑则北，力分则弱。"故十人同心，则得千人之力；万人异心，则无一人之用。荀卿曰："行衢道者不至，事两君者不容。

目不两视而明，耳不两听而聪。"夫功成于独断，政败于多门。太阿，利器也，十手操之，不能截豪毛。飞黄，良骥也，十夫御之，不能及跛鳖。晋六卿之所以败于邾，唐九节度之所以溃于邺也。抑又有虑者，淮水自凤阳府北，又东北经临淮县北，又东北经五河县南，又东经泗州城南、盱眙县北，汇于洪泽诸湖。高家堰一线长堤，捍卫下游诸郡县。贼踞凤阳，则长淮之险与吾共之。使决高家堰，则淮扬数百万生灵将为鱼鳖，而扬州一带大营遂与河北官兵声势阻绝，徐宿诸州不得不弃之于贼，其为患岂浅鲜矣。

出处：（清）尹耕云《心白日斋集》（卷三），光绪十年（1884）刻本。

注释：本文原作《时务策一》《时务策二》《时务策三》，分别作于咸丰元年（1851）、咸丰二年（1852）、咸丰三年（1853），各自独立成篇，编者将此同一主题，且内容相互交错、呼应、补充的系列文章合为一篇。

《淮壖小记》序

《淮壖小记》者何？范君咏春所以记淮也。《记》凡四卷，首职官，援据列史、百家、传记，以厘正郡志之阙；次及山川戍守，古今沿革之不同；次及乡里风俗，邑贤、士大夫立朝居乡之大节，以至文章书画之技能，虽所载止于吾淮百余里，上下二百年以来，而繁征博引，详赡赅洽，庶几古人成一家之言者乎。淮于古今，疆域咽喉，南北之冲也。宋韩世忠屯兵八万于山阳，刘锜镇楚州凿舟以塞清口。有明末造，淮扬巡抚路振飞与巡按御史王燮，号召忠义团练乡兵得两淮劲卒数万，至为马士英挤去，刘泽清来居淮城，威福自擅，劫掠一空。是时，淮之雕劫可知矣。国朝百余年来，休养生息，民生不见兵革，东南转漕数百万连樯郡城之下，督漕使者岁时驻节于此，所属巡方以下文武兵弁数千人，以淮为都会，又其地为淮北䪜贾之所居，役财骄溢，奢侈相尚，荻庄、柳衣、曲江诸胜，翠华之所临幸，官长者之所燕游，土木被文绣，奴隶厌粱肉，泥沙金银，与服僭儗，极盛而衰，固其变也。方今十余年，贼起粤西，再陷扬州，骧突泗上，吾淮尤岌岌矣。

夫国之有史，所以示劝惩，备鉴戒也。汉以后史职属诸朝廷下，此则郡县志书亦足以彰善而瘅恶，而体例繁赜，非一手一足之烈所能集事。故欲崇史之义，约志之精，于以寓劝惩之权而使后世有所征信，则《敬乡录》《京口耆旧传》《浦城人物记》诸书所由来也。咏春之志此也：张力臣、阎百诗则书之，于以见淮人殖学之勤；李吉爻、阮唐山则书之，于以见淮人立朝之美；虞再笔训之词，裴园勺湖之祀，则书之，于以见淮人治家居乡之不苟。孟子曰："君子反经而已矣，经正则庶民兴，庶民与斯无邪慝矣！"使吾淮之人各治其身，各治其家，黜华崇俭，恒如前百余年诸乡先生之所为，则人心正，风俗厚，以忠信为甲胄，以礼义为干橹，所谓不战而屈人之兵，又何区区寇盗之足云乎？是则咏春所以志淮之意，而即吾之所以厚望于吾淮也夫。

出处：（清）邱沅、段朝端《山阳艺文志》（卷六），民国十年（1921）刻本。

《世忠堂文集》叙

同治丁卯（1867）之秋，邹和之茂才，以其先中丞钟泉先生文集见示，耕云受而读之。至先生《复钱伯玉书》有云："历观古贤臣救时名论，无不以培元气、整风俗、惜人才为根本。"不禁喟然而叹曰："斯三言者，充其量之所至，足以致君尧舜，跻一世于平康正直之途。而究其设施之次第，元气何以培？风俗何以整？则皆视人才以为消长也。且夫世之需才，与天之生才，尝不相左矣。舜在位而元恺升，武舜命而闳散显，揆文奋武，经纬一时。夫岂不以立贤之无方而器使之有其道哉？匠人之为巨室也，列梗楠杞梓于庭：大者宋，小者桷；厚者斧，薄者斤。虽构建章之宫，累九层之台，不患其无具。苟宋者桷之，桷者宋之；斧者斤之，斤者斧之，则材绌矣。抑或因尺寸之颣，引绳批根，以为不胜其任而弃之。又其甚者，瑰材天畀，句中规，倨中矩，正直中绳墨，而审曲面埶者之情不属熟视之，若无睹也，听其销沉朽蚀于不可知也。狐貉之皮，严寒而不售；絺葛之良，盛暑而见屏。千里之骏，绁足于轮辕；万石之航，杯胶于江海。于此而叹才与世尝相左，以为才之不幸矣。

呜呼！岂特才之不幸哉？先生官豫中最久，先后树立亦最多。当时奔走于左右者，不闻有某也，才足以辅先生所不能；某也，才足以匡先生所不逮。而当日大工大役之试，以人人而智勇俱困者，先生独资，群策群力，不动声色，而措诸泰山之安。及在金陵围城之中，曾不得一有所展布，而卒至于授命，故始终一先生之身，而或以成功，或以殉则，先生能惜天下之才，而天下不能惜先生之才。

呼！可悲也。先生之文，大含细入，汪洋浩瀚。不屑屑于钩勒摹拟，而于古人义法，不烦绳削而合，盖上下数十年间，读书养气之所积，与夫九州四海仕宦之所经，应求之所至，所以体验夫天时人事者，有得于心而借书于手也，和之归将梓以行世，故缀数语，以谂夫天下后世之能读先生之文者。

出处：（清）尹耕云《心白日斋集》（卷三），光绪十年（1884）刻本。

应诏对事

为敬陈管见，仰祈圣鉴事。本月十六日，奉上谕著在京籍隶江苏、安徽、浙江、河南等省大小官员，将如何团练随同官兵助剿，及防守一切事宜，务须统筹全局，与官兵联为一气，其如何办理之处，各抒所见，并各举所知，迅速奏闻，毋得虚言搪塞等因。钦此。

仰见我皇上戡乱除暴，拯民水火之至意，凡有心知血气之伦，无不同声感泣，况臣等世居江左，逼近烽烟，创巨痛深，见闻较确，敢不勉效刍荛，以冀仰酬高厚。臣愚以为救时之策，大端有八：曰祈天命；曰收人心；曰壹兵权；曰明军法；曰饬吏治；曰劝民屯；曰篝贼支；曰协将力。

《书》曰："敕天之命，惟时惟几。"又曰："天视自我民视，天听自我民听。"帝王崇效，卑法凝承，宥密消患，无形古者，无司马之官，蛮夷猾夏，以命作士。《汉书》志刑而不志兵，盖谓兵刑本为一事。方今贼势披猖，而刑部狱因至六百余名之众，臣愚以为，我皇上治兵必先治刑，饬下刑部如在株连，即令取保待质，消囹圄之怨气，以回疆场之杀机。一念好生，来兹百福。所谓祈天命者，此也。

国家深仁厚泽，沦肌浃髓。近岁因筹饷之故，一切权宜之政，未能尽行停止，如捐输抽厘，相继并举，补疮挖肉，竭泽而渔。然非是则饷无所出，朝廷不得已之苦衷，闾阎共喻。惟甫经收复之地，如凤阳、怀远等处，钱粮漕米自咸丰十一年（1861）照例征收。惟正之供原非横征加派，但该府县久罹兵燹，未绝呻吟，方幸井里之得归，已迫催科之有日，易滋惊扰，无益输将。国家方制万里，岂争此尺寸之利，而不予以十年蠲缓哉？又各省应解京饷，逋欠太多，河南、浙江等省藩司因之降调，以致追呼火急，民不聊生。各路大营久虚拨解，论急公之谊，自应先实内储，筹救变之方，岂可或迟军食。此后请旨饬下各藩司分别款项，统计一年所入几成，解京几成拨饷，斟酌尽善，不得稍有重轻，但使边境乂安，民生乐业，粟红贯朽，指顾可期。民无怨咨，军无谤讟。所谓收人心者，此也。

本朝官制，承流宣化，责归各布政司，其督抚等官原以寄将帅之任，今则用兵省分。既有督抚，又有钦差大臣，又有总统督办、帮办等员，事权不一，几于十羊九牧，所以大营将溃。和春调张玉良等赴援，何桂清不合前往，则以两人势均力敌，各不相下之故也。夫九节度溃于相州，无统御也；诸宣抚溃于太原，无节制也。将帅特论其贤否耳，请凡就近督抚之地，兵将一归统带，不必更遣大员，庶几责有攸归，成功较易。所谓壹兵权者，此也。

《书》曰："用命，赏于祖；不用命，戮于社。"帝王秉钺，用威不得稍存姑息。今年捻匪数千乌合之众蹂躏清江，则庚长守御无资也；贼由广德阑入杭城，扰及嘉、湖所属，则周天受堵剿不力也；走长兴，陷溧阳、句容、丹阳继失，大营溃散，则和春等截击无方也。夫囊瓦不诛楚师，所以日替；庄贾不赦穰苴，所以有功。使正月捻陷清江，皇上即将庚长正法，则周天受等有所震慑，不敢相率效尤，而东南财赋之区何至摧残若此？所谓明军法者，此也。

军兴已十年矣，诛锄斩刈，捷羽频闻，而贼氛愈炽，何也？将帅有攻剿之兵，州县无堵御之力也。近岁屡奉诏旨，责成绅士办理乡团，而其效每同画饼，盖劣绅凭权藉势，官尚可以兼容，果其愿惜廉隅，每易酿成嫌衅，黄琮、窦垿、唐启华等所以节经督抚参劾也。故藉资绅士，不如仍责州县，州县果贤，不患绅士不用命也。凡今近贼州县，饬令督抚拣择文武干材，奏明久于其任，进阶加俸，一照军功优假事权，司道不得旁掣其肘。为守令者，城垣，其墙宇也；仓库，其困窖也；四境，其田里也；丁男，其子孙也。攻城不下，掠野无获，将帅可以用其追剿，杀一贼，少一贼，而殄灭有期。所谓饬吏治者，此也。

潢池小丑，国家所以重困者，以不生不息之材，养不耕不战之兵也，兴师十万，日费千金。点行有衣装之费，在途有舟车之供。乡兵人得百钱，便有饱腾之效。勒成部伍，勤其教训，逐寇追逋，不出本境。故凡近贼州县户口逃绝者，官即募人为耕，假以籽种。流亡来复者，官即简其丁壮，编入伍符。乡兵既多，则征兵可以渐减。村堡相联，号令相习，只须蠲其赋税，便可备作干城。所谓劝民屯者，此也。

贼之喙息金陵，非有窟穴之势。夫缚元济者，必平淮蔡；诛友谅者，必下江州。此贼非其伦比，原无根柢之谋，宜翦枝叶之势，诸将狃于目论，必欲覆其老巢，顿兵坚城，师劳饷绌，逆援四集，兵力不支，往往溃败。今请暂缓金陵之攻，专事旁郡，扼天来之吭，以收六合；抚舒桐之背，以逼庐州；锁池河之口，以遏巢、泗；固东坝之肩，以藩高、溧。形势既孤，本根自举。所谓翦贼支者，此也。

古人用兵，有十道并出，有三方并建。及其成功，归于同心同力。朝廷命将不下数人，或已斗于穴中，或犹观于壁上。尤其甚者，屠城陷邑，此失律而舆师斩将搴旗，彼乘机而报捷，各分畛域，坐误事机。此后请旨饬下各营统兵大臣：一路出师，则诸路相为犄角；一方有贼，则四方合力兜围。倘再观望不前，定即均治以罪。千夫共胆，万人一心，其奏肤功，削平大难。所谓协将力者，此也。

至于发纵指示，尤视庙谟，是在我皇上计出万全，与枢辅诸臣矢之以忧勤惕厉耳。臣应诏摅陈，自忘梼昧，不胜悚切，惭惧之至。

出处：（清）尹耕云《心白日斋集》（卷一），光绪十年（1884）刻本。

与吴大令棠书

读手教，知大府将举阁下为扬河同知，当河工掣肘之秋，发硎履新，非实力整顿不能日有起色。管见所及，敢敬陈之。

国家设立修防，厅、营并置，厅有钱粮之责，营有修守之司，相助相需，如左右手。夫耕当问奴，织当问婢，营弁生长河干，胼胝辛苦，水势之消长，工段之险夷，兵夫之勤惰，耳濡目染，熟极巧生。且事权相埒，功过相同。愚以为一厅所辖，汛地绵长，既非一人耳目所能周及，与其将此万钧重任分寄于不晓工事、不关痛痒之幕友家丁，何如推心置腹，同甘共苦，使营汛兵丁皆于我效指臂乎？况营汛，官则有俸，兵则有粮，不必仰食于人。

在我既省束脩薪水之供，在彼又免置散投闲之叹。所谓两祛其弊，即两收其效者也。论者必谓兵丁营汛，结习已深。若概假以权，恐缓急不为我用。窃谓人之一身，手能提挈，足能步履，然而提挈不免于失坠，步履不免于隕越者，非手足之过，运手足者之过也。今乃因失坠之故而不自信其手，而藉力于人之手，因隕越之故而不自信其足，而藉力于人之足，其果免夫失坠隕越也，亦幸焉耳！说者必谓兵丁之与营汛乃一家眷属，其视厅官尊而不亲，故有时虚糜我料物，耗费我钱粮，此其说诚非无因。窃谓厅、营之共事，如兄弟之同居，天下惟同气称戈，而后子侄乃效尤而反目。果兄友弟恭，则子侄视其伯叔不啻严君，急难扶持惟恐或后，又何畛域之有？即令子姓之中，岂无不肖？彼为兄弟者，又乌肯坐视其干犯哉？故愚以为，为官之道，首在和衷。而今日河工为尤要，执事仁心，义质，恻怛待人，以敝邑之不古，处犹能熏而善良，则天下无不可化之人矣。

出处：（清）尹耕云《心白日斋集》（卷三），光绪十年（1884）刻本。

上杜芝农相国书

自来中原寇盗，多起于饥民，其始由一二强梁狡黠之徒，造端煽惑，假众怒难犯之辞，为日入匮作之计，揭竿斩木，转相裹胁，而其势遂至于滔天。国家厚泽深仁，沦肌浃髓，灾祲夕告，赈贷朝施，颛蒙具有天良，何致变生意外？惟是智者所图，贵于无迹。帝王之道，策其万全。伏读四月二十九日上谕，因丰北大工缓堵，小民待哺嗷嗷，截留江广漕米六十万石，分赈江苏、山东被水饥民，而命公偕怡将军良驰往督办。诏书所至，虽妇孺无知，莫不感激流涕，愿须臾毋死，以待大泽之至矣。然美谊必经以良法，而弭患乃所以救灾。窃见丰北地方，北迄曹郡，南襟凤阳，东连海州，西邻归德，形势既属咽喉，人情素称剽悍，平时饱食暖衣，犹复喜争好斗，况怀襄有警，沟壑伤心。因其愁苦无聊，诱之肆行劫夺，人情迫于救死，安知不从乱如归？即不敢啸聚横行，而委员查勘之日，结党阑遮；开厂给放之时，聚众拥挤。抑或句连吏胥，把持包揽，将绳以重法，既激变之堪虞，将待以姑容，又效尤之可虑。天庾数十万正供，东南数百万生灵，欲使实惠均沾，端恃去奸有术。夫牛羊虽众，牧人可以视其寝讹；虎豹虽猛，服不可以制其蹄啮。杂虎豹于牛羊之群，则牧人与服不俱困矣。当今之计，惟有别丁壮于老弱之中，优以兼人之食而已。史称富弼知青州，适河朔大水，弼活流民五十余万人，募为兵者万计。夫弼当北宋无事之时，因救荒而不忘经武。况今海氛不靖，粤寇方张，正臣子枕戈待旦之秋，中原绸缪牖户之日，宜仿其意于查核丁口之时，视其躯干魁梧膂力出众者，而阴识之，别为一册，合两省以三千人为率。闻之赈米之法，大口一升，此三千人，视其材力之异者，给以日二升，其尤异者日四升。十人为甲，甲有首；百人为团，团有长。即以本地生监有文武才而敢于任事者，分领其众，归其册籍于官。徐属一带，因捻匪滋扰，向有团练以资守望，民间俱有藏械，但须镌勒其人姓名，以凭点验，不必更须官铸。每月朔望及三八日期，令委员就近会同绅士操演，常日即于赈厂左右巡绰。向来赈所，本有弹压官兵，力少势单，适足以启戎召侮。不如抽丁壮于饥民之中，责灾户以官兵之力，生乱之人转而已乱，扰赈之众用以护赈。且此三千人，既已安吾教训，秋季丰工兴筑，即可资其弹压。宣防告成，流亡复业，酌予赏犒，散归田亩。其中果有材勇异常，愿以功名自奋者，不妨授以军官，编入营伍，以为异日干城之选，于国帑毫无所费，于赈务实有所裨，于地方既无所扰，于人材阴有所蓄，一举而四善备焉，亦何惮而不为乎？《传》曰："狂夫之言，贤者择焉。"苟有所知，敢不以告。

出处：（清）尹耕云《心白日斋集》（卷三），光绪十年（1884）刻本。

许州叶砚农刺史重葺平园记

国家隆盛之时，士大夫宦四方者，宽然而有余力，喜为游观之所，构亭榭，莳花木，叠石而山，引水而渠。委蛇退食之暇，角巾鹿裘，援琴啸歌，一时贤士又多从之游，出其文采丹青，以与钟鼓池台相辉映。虽非职事之所先，要亦见其年丰而人乐也。军兴以来，四郊多垒，洞天福地之胜，泯然邱墟，其幸免无事者，则又苦于诛求之无艺，供亿之不时。士大夫于此有傥焉，不克终日之虑，相卒而视，其官如传舍，虽门庭堂皇，或且听其漏敝朽折而莫为之治，矧游观之，所以为耳目之娱者乎。故有蓬蒿翳深，蛇鼠蛰伏，顾之而悚然，惧蠹然伤者矣。夫园林之兴废，犹足动人今昔之感况乎！

先王之礼乐，刑政之因循，败坏于昒爽暗昧之中者，胡可胜慨哉！

叶君砚农再任许州，政平讼理，颂声翕作，以其余日葺前刺史汪君小孟之平园，仍其旧：曰桃花潭、曰桃花潭馆、曰安舸、曰得月轩、曰小珊瑚海、曰绿杨深处；踵而增之：曰小玲珑、曰懒云小憩、曰藕香水榭、曰观稼、曰鸿雪草堂。奇石美竹，四时之花，凡可以点缀是园者，靡不毕致。既属王君丹麓为之图，而更乞余为之记。

呜呼！叶君之不传，舍其官而傀焉，不克终日于此可见矣！然则先王之礼乐刑政，之所以不败坏于昒爽暗昧之中者，岂不以人哉！岂不以人哉！

出处：（清）尹耕云《心白日斋集》（卷三），光绪十年（1884）刻本。

团防简明章程

一联保卫。照十家门牌之法，十家为一牌，立牌首。十牌立一牌长，家出一人而书姓名于牌。无事藏牌长家，有事牌长执之先行，牌内之人从焉。夜以灯笼代之，一面书某团第几牌，一面书牌首姓名。计若干牌为一团，设团长一人，团副二人。团立一方旗，旗书团内牌长姓名，藏团长家，有事执以前行，团内之人从焉。夜亦以灯笼代之，一面书牌长姓名，一面书某段第几团。团内之人悬号布一方，书某段某团，某团副，一司锣、一司鼓。有事报以急锣，团内之人齐赴团长家听候调遣，闻鼓声则行，鼓急则急行，事毕闻两声锣各止，视团长旗还，各依牌次而还，团与团遇则以团之名次为先后。凡救火捕贼踊跃上前者，团长报明团防处，犒以羊酒，误者公议致罚。器械除火器不得擅用，余听自置。或有力之家捐办加用，本团图记，如敢持以私斗伤人者，加等治罪。

一警守备。京师二百年来，人不知兵，歌舞承平，岂非盛事？然备亦何可不豫，今既已立团，各按街道胡同劝设，民更视地段之长短，为更夫之多寡，巡逻街巷。更夫务须来历分明，取具铺保，而归其册结于官。一切梆锣工食窝铺，均由团内之人捐办，首事登记于簿，按季榜诸通衢，以信众心。栅阑毁废恒多，本非民力能举，拟由本城饬令该司坊官，查明向归何处经管，再为办理。

一劝水会。咸丰三年（1853），天津城守之功全仗水会。上年中，西俞

263

子安户部踵而行之，合大李、纱帽等八条胡同为同善水局，设立激桶、挠钩等件。并于各铺户劝捐，长久月资，立法甚善。人之欲善，谁不如我，患在无人激励之耳。且水会以激桶为大宗，诚恐捐置为难，本城查得琉璃厂吕祖祠有两架，延寿寺街羊肉胡同一架，大耳胡同一架，已派正挥张、吏目刘问明何人所置，劝令公举首事，按内坊八铺地面，每两铺管一架，仿同善局条款设立公所，凡两铺之人，出资出力，愿者纪其姓名于簿，修置器具申明罚约，遇有火烛盗贼，齐会如齐团之法，同心救捕。外坊五铺亦即照此办理，乃于团练之中别立此会，以储丁壮而明步伐，识者鉴我苦心。

一严稽查。京师烟户五城，按照保甲章程，按季编查给予门牌，至今悬者，何人依样胡芦，可胜浩叹。今既奉旨责成各段官绅，无论见任、候补、候选举、贡、生、监，经商铺户，务期出肩斯事。我辈自高、曾、祖、父以来，孰非列圣暨我皇上之所涵濡教育乎？且此事藉资群力，并非独任其难，即团内所捐办者，止于民更、水会等事，至于用款稍钜，即由团防处筹划，断不强人以毁家，诸君思之京师小小草窃，事主所失几何？何如各出资力，以期衣无虎吠。凡规条所载，均望实力举行，并约按三八之期逐户挨查，以至空房废庙，如有形迹可疑即诸不法之事，立刻拿送团防处，或力有未逮，患其日后报复，即至本城寓所告知，立予查辑，决不株连。规模既定，本城督率员役逐夜巡查，如责人于劳而处己于逸，上天鉴临，必有殃祸。

以上各条，均就管见所及，尚多未备，仍望高明赐教，以匡不逮。凡立法总祈施诸有事之时，不嫌单弱，施诸无事之时。不涉张皇，区区寸心，同人共谅。

出处：（清）尹耕云《心白日斋集》（卷三），光绪十年（1884）刻本。

京师本计疏

窃以京师万方辐辏，户口殷繁，日用所需，米珠薪桂，近年拮据之状，什倍曩时。我皇上厚泽深仁，恩同覆载。每读恤民之诏，无不感激涕零。惟粮价翔踊如前，难期平减。小民迫于饥饿，竟有自戕其身。指日秋成，犹不能稍缓须臾以待。过此而往，何以御冬？苟不图补救之方，恐未免生成之憾。管见所及，敢敬陈之。

一曰平粜。京师米价踊贵，由于商贩居奇，造作谣言，抬高市价。偶见偏隅蝻孽，遂云四境灾荒，或谓旸为旱征，或谓雨为水兆，一唱众和，顷刻腾昂。于此而求市价之平，家喻户晓，百呼莫应，持之稍急，方藉歇业以为挟制之端。古人云："万家之邑，千斛在市，物价自平。"故欲惠此贫民，无如开官店以粜仓谷也。粳稻出自东南，本非燕赵土物，海运之来有限，京仓所积无多。除此项不动外，请将本年豫东小米，及米局所收杂粮，现储京仓者，拨给数万石，由顺天府五城于京师内外城，择适中之地，务得宽厂之区，开官粮店。遴委廉干官员董司其事，其价较市价减十之二，用票用钱，悉从民便。仍不得买过一斗，以杜贩卖之端。本年春季，何尝不开官粮店，而于官民均无裨益者，未开之先，不查烟户故也。古今救荒之政，粜与赈类，故平粜须以办赈之法行之。其微有不同，则办赈必须查口。平粜止须查户，视其户之贫而无力者，予以官筹。筹内载明粜某局米，记其姓名于册，开粜之日，一面验筹，一面予粜。查户非委员胥吏，不足以供指使，但亦不能尽委诸彼。京官绅富，住居既近，耳目自真，俾其协办，如上年侍郎王茂荫等，办理守助约章程，可以仿照，责其成于八旗都统府尹五城。事亦易集，官粮店之宽厂者，分男女为二处。傥限于地，即分两店。盖持钱粜米，其人并非乞丐，故当分晰，以免喧嚣。夫地取其适中，则往返易，价减其什二，则亏折轻。稽查有筹簿，则商民之籍不淆。出入有分涂，则廉耻之道不丧。市价既平，而官粮店亦不必尽撤。

一曰采买。京仓米豆，大抵兵饷搭放之需，拨以平粜，散一石于民，即亏一石于仓，若不采买，凭何弥补？不惟此也，官店虽开，而市价之平与否未可知也。积于不涸之仓，藏于不竭之府，而后下令如流水之源。米价所以腾贵，商贩所以借口，其故可知矣。无非谓京中当十大钱七八千文，买银一两，京外每两只值制钱二三千文。即银一端，出入已多折耗，加以道涂盘费，门关需索，转运至京，成本已重。斯言亦属至情，而官为采买，则不患此。夫部库所储者银，而支放各项钱款为多。发部库之银，采买杂粮，即动平粜之钱，支应放款，银不必以钱易。其便一。钱足以供支放，则宝源、宝泉各局鼓铸之费可省。其便二。无银钱折耗，而以京外粮价之平，剂京内粮价之贵，有赢无绌。其便三。官为采买，则门关讥而不征，商贩接踵而来。其便四。若虑部库之银难于弥补，则捐铜局现收各项，俱系交钱，究之捐生，何尝不挈银而至。请饬户部妥为酌议，某项至某项搭交银一成，某项至某项搭交银二三成。当亦捐生所踊跃，而以之弥补库款不难。至经手采买之人，应由户部招徕殷商，取具连环保结。采买之地，宜远而不宜近，宜分散于各处，不宜聚集于一隅。

一曰赒恤。周官三物，宾兴六行，曰：孝、友、睦、姻、任、恤。五族相救，五党相赒，古人谓为荒政之本，而以散利薄征十二事，为临时补救之方。即后世汉武帝四年（前101），亦有募豪富相假贷之文。宋元寿中，彭城王义康令蓄积之家，留一年储，余皆粜货。夫群居萃处，缓急相通，情也。外省府州厅县，偶值灾荒，大户往往开仓振贷，或有赡其族邻，或惠及于乡里。十室之邑，必有忠信。京师内而八旗，外而五城，岂无绅耆富户乐善好施之人。所以惮而不为者，其故有二。辇毂之下，谁敢以市义自居。而且人烟稠密，食指数十百万，博施济众，自古为难。夫捐金出粟，力易尽而势不可常也。方今之计，莫若八旗都统顺天府尹五城御史，各就所属绅富，宛转开导，动以至诚，其肯自出钜赀，开设粮店，与官店相辅而行，较市价随时而减，此赒恤之上者。其独力未遑，而能纠约同人共平市价者次之。其以小米麦豆数石数十石捐助官粮店者，又其次之。市价既平，分别给予优叙，亦所以劝为善而厚人心也。

一曰蓄积。王制以三十年之通制国用，三年耕必有一年之食，九年耕必有三年之食。《周礼》："廪人掌万民之食，人四，鬴上也；人三，鬴中也；人二，鬴下也。"民以食为天，谷与金争贵。故曰蓄积者，天下之大命也。京师转漕东南，岁数百万，太仓积粟，红腐相因。当粮储充牣之时，未为图匮于丰之计。暑湿之霉变，奸蠹之侵蚀，积弊不可胜言。比年粤寇跳梁，江淮告警，海运未能足额，都人遂以乏食为忧。今虽报捷时闻，荡平克期可待，而东南数省，民气难苏。与其取给于多寡不可期必之海运，不如即根本之地豫为蓄积也。近畿水利，自元明代兴代废，我朝雍正年间，设京东、京西、京南、天津营田四局，得稻田六千顷有奇。今虽河道不修，沟渠湮塞，计现存地亩不下三四千顷，每亩一石，岁得稻米可三十万石。上年捐米局所收，以之搭放俸饷，是其验也。现据直隶督臣奏请兴修水利，除未修者逐渐疏浚而外，请饬下该督臣查明现在稻田若干顷，岁收约计若干石，刈获登场，即由官照时给价收买，运送京师，毋使货弃于地。又顺天府属二十余州县，皆在五百里以内，禹贡四百里粟，五百里米，盖因道里匪遥，故以粟米为赋。请凡顺天所属地方，悉收本色，如此则每岁所入，已不下数十万石。如南漕足额，则此项赢余，出陈入新，以为预备。宋苏轼所谓岁之所入，足用而有余，九年之蓄，常闲而无用，天不能灾，地不能贫，四夷盗贼不能困，万世之计者此也。

出处：（清）尹耕云《心白日斋集》（卷一），光绪十年（1884）刻本。

劾南河总督庚长贪劣请饬袁甲三妥筹大局疏

奏为清淮关系南北咽喉，河臣贪劣不足以资保障，请旨飞饬漕臣控扼全湖，妥筹大局，以争要害，而固藩篱事。窃以清淮为东南七省咽喉，关系天下大局，其地则运河贯其中，黄河襟其北，东、南、西三面则皆洪湖所汇，滨湖州县如宿迁之归仁集，桃源之金锁镇，清河之马头镇、天妃闸等处，风樯迅利，顷刻可通。无论贼窜何方，皆将直趋清淮。粤逆、捻匪窥伺已久，所以尚能支撑者，实由盱眙为之屏蔽。今则盱眙，甫经收复，灰烬之余，不足资以为固，而胜保大挫之后，军威甫振，与贼相持不能不用全力，势难兼顾。清淮即江南和春大营，逼近贼巢，任大责重，平日所恃张国梁身经百战，先声夺人，现在与贼鏖战于九洑洲，未分胜负。臣料和春即欲保障清淮，多拨兵则恐贼乘其虚，少拨兵则疲于奔命，与事何裨？且和春、胜保两军，一则当贼要冲，一则攻贼巢穴，若以清淮为之牵制，使其兵力时分时合，不能专精并锐，必至师老无功。故以清淮而待援于和春、胜保，不若以清淮自守清淮也。且河督庚长等数年以来非不报胜仗也，非不乞优叙也，赏花翎者有人，加勇号者有人。果有一、二如其奏报所言，亦何至临事豪无把握？无如所保各员目未见贼，纵身未履战地，幸而贼去则请托至矣，苞苴通矣，以行贿之多寡定军功之高下。闻其卖保举也，有较见行常例减二成之说，所谓领地、升科、抽厘、助饷等项，尽为经手劣员侵吞入己。彼盖以为南河岁修三百万，原供若辈温饱之用，今既无此钜款，不能攘夺于君，自当克剥于民，上下分肥，未尝真养一兵，真募一勇，而居民商贾，敲骨吸髓，日不聊生久已。士庶寒心，军民解体，及至万分危急，只知束手延颈，以待胜保之军威复振、和春之分兵救援，而彼无事也。即使贼窜清淮，弃之而走，而战守非所知也。以天下咽喉之地，而付诸贪婪恶劣之人，臣以为清淮苟有失，事不失于贼而失于庚长也。当此之时，傥责庚长以整顿，则平日锢蔽已深，仍不过以其属员所以欺庚长者欺我皇上。傥令庚长与新任漕督袁甲三同心勠力，奋勉图功，则河厅伎俩最工簸弄是非，使河漕两督龃龉不合，而彼得从中用事，此邵灿所以负气而去也，安能望其与袁甲三相与有成乎？臣再四思维，惟有请旨立将庚长罢斥，所有河督篆务即交袁甲三兼摄，其平日朋比为奸，如钟照、李万杰等罔利冒功，劣迹最著，俱重治其罪，以申军法，而作士气。一切责成袁甲三，令其团集水勇，控扼全湖，防贼偷渡，酌调马步官兵招练就近壮勇，众志成城，庶可补救于万一。否则南北中断，大局瓦解，天下事遂不可问矣。

出处：（清）尹耕云《心白日斋集》（卷二），光绪十年（1884）刻本。

请授曾国藩为钦差大臣以援湖北疏

窃以湖北武、汉二府，地居上游，北可窥关、陕，南可胁湖、湘，东可撼吴、越，西可震巴、蜀，自古南北用兵，皆出死力争之。武、汉安则天下安，武、汉危则天下危，所谓拊背扼吭，全体俱动也。咸丰三年（1853），粤贼回窜，武、汉再失。前兵部侍郎曾国藩，忠义奋发，慷慨誓师，简练乡兵，水陆并进。四年（1854），重复武、汉，乘势东下，围攻九江，克复之期，在于旦暮。乃五年（1855）正月，贼由北岸上犯，避实击虚，督臣杨霈望风奔溃，不旋踵而武、汉又为贼有矣。非克之易而守之难也，黄梅、广济、兴国、大冶，夹江而居省垣肘腋，贼蹯蕲、黄，则武、汉危如累卵。故欲捣金陵，必先经营武、汉。晋人王戎袭武昌，胡奋袭夏口，而后王浚楼船乃得骋其风利不泊之势。欲固武、汉，则必完葺蕲、黄。满宠西阳之守豫而吴师还，陆逊邾城之戍严而魏兵退，其左验也。杨霈恇怯无能，失险不守，以致两郡生灵重罹锋镝，尚赖罗泽南、胡林翼等，先后济师，崎岖数载，仅收残局。使当日者，督臣见贼不奔北岸，力战不溃，区区残寇非擒则遁。曾国藩并力九江，出师湖口，小孤、大雷，次第剪灭。洪、杨渠恶，竿首藁街，扫除彗孛，整理河山，饮至灵台，书勋策府。乃以懦帅骄兵，节节左次，遂使天下大局败坏至今。斯时，江、皖、闽、粤，半为贼巢，远及滇黔，揭竿四起。回疆未闻解严，海夷又将观衅。执贻我皇上以宵旰之忧者，则杨霈不能辞其罪也。近日，逆贼用其故智，窥伺楚北，裹胁难民，号称数十万，分扰广济、黄冈。我军虽有斩馘，而镇将王国才战殁。黄冈逼近省垣，抚臣胡林翼兵勇数千，众寡不敌，然此敌不足虑。臣所虑者，督臣官文又一杨霈也。官文为钦差大臣，于今二年矣，徘徊观望，晏安江沱，不闻一矢加遗于贼。胡林翼兵力既单，江路绵远，首尾不能兼顾，万一蹉跌，官文委而去之，以为国家即夺我官削我籍，我仍不失为杨霈耳。而封疆之事，尚堪问乎？臣非丧心病狂，何敢历诋将相，惟是蒿目之愤，郁于肺肝，剥肤之灾，迫于水火，知而不言，上无以对圣主，下无以谢斯人。捐縻此身，亦难塞责。前侍郎曾国藩忠勇朴诚，久邀圣鉴，前月允其开缺守制，曾谕各路军营设经派出，不得再行渎请，闻者感激涕零。何况国藩用以急难，断不敢辞墨绖从戎。闻诸在昔，惟用人而不尽其用，与不用同。国藩比在江西，趑趄内湖，未建尺寸事，权不属而威令不行也。应请授为钦差大臣，统兵赴援湖北，率其旧部以解震邻，较诸他臣，事半功倍。然后循江而东，与南北诸帅，勠力同心，廓清凶孽。自古无必胜之兵，必有胜之将，我皇上一进退之间，遂为天下安危之所系，是则中外臣民翘首跂足同声请命者也。

出处：（清）尹耕云《心白日斋集》（卷二），光绪十年（1884）刻本。

劾两江总督何桂清请授曾国藩为钦差大臣总督疏

窃自杭城收复，贼未大创，乃由长兴至建平夺东坝入我腹地，陷溧阳后即犯宜兴，因兵民守御不得逞，长驱至武进之杨笠埠。其时，官兵未到，赖观村、丰义等处乡团齐心杀贼，生擒长发老贼十余名，俘送常州正法，贼势稍挫去。扑金坛，先已有备，贼众失利。回陷溧水，由茅山取路，一日而至句容，占据城邑，攻逼大营，拒守十有余日。闰三月十五日，金陵老贼窥我空虚，约会溧水。句容之贼四面冲击，驱难民于长濠边，极力挤下，顷刻填满，贼从人尸践踏而过大营，立脚不住，半夜而溃。和春单骑走镇江，犹幸张国梁所部未散，整齐队伍，亲身断后，一切军装器械，委之于贼。退至丹阳，招集溃散兵，尚数万。贼氛逼近，张国梁抚戢疮痍，亲自搏战。方被贼围，和春、许乃钊已脱身逃常州。何桂清闻和春进城，遂连夜遁回苏郡，望风奔溃，不复以誓守为心，是其意中尚有国法耶？谨将和春、何桂清欺君殃民罪状敢为我皇上痛哭陈之：

夫和春有可杀之罪二、何桂清有可杀之罪三。即我皇上以天地好生为心，亦不能为此二人曲宥也。

兵贵拙速，不贵巧迟。和春统兵数年，不能克期进取，旷日持久，师老无功，糜饷至数千百万，徒以供昏庸醉饱之用，无事则偃蹇骄矜，有事则苍黄逃遁。此番失事所借口者，不过曰分兵援浙耳。试问此数年中，刻刻分兵援浙耶？此和春可杀之罪一也。

张国梁身经百战，江左恃为长城，和春平日心忌其功，诸事掣肘，此刻事机危急，张国梁血战被围，和春即当捐弃宿嫌，带兵往救，否则登陴固守联络声威，乃一矢未加而弃师独走，此则有心陷国梁于死，而不顾封疆之糜烂者！和春可杀之罪二也。

贼之犯常州也，合郡绅民诣督辕，请兵出队，民团自愿助剿。维时有浙江巡抚威武振军一千人在常，督臣令曰："威武振军上城守御，不准出队。"其实，杨笠埠各处发逆不多，尽系土匪，乘机混杀，但得兵勇火器，乡兵足以集事。乡民望兵如岁，豫备数千人酒食，久不见到。贼至，因粮，团练被杀不下数万。督臣送眷口至泰州，乃拨威武振军三百名护卫。国家劲旅，不以拯民而以自卫，不以杀贼而以保家，此何桂清可杀之罪一也。

贼围大营在闰月初一、二日，维时救浙之师张玉良、熊天喜等精兵猛将悉数到常，实有六七千人，傥即简精锐，由贼扑句容之路，星夜尾追，与大营前后夹击，必可克复句容，尽歼丑类。大营无事，则常州亦安堵矣！乃何桂清将调回之兵，分布各路无贼之处，大营传令调取，何桂清斥其差弁，张玉良等力请往援，何桂清执意不允，坐观其败，以误封疆，此何桂清可杀之罪二也。

夫常州，苏郡之藩篱也，兵将云集。当和春退至丹阳，何桂清即当激励兵勇、抚谕民团筹办军火粮饷，接济和春，一面躬自出次，定万姓之心，作三军之气，岂有一闻丹阳失事，仓猝潜逃，不与和春等一见，而以保守省城之言欺我皇上。省城责归巡抚，无用督臣，且令常州不保，省城岂能独全？推何桂清之心，亦知此次大营之溃，由于彼之坐视，故不与和春等相见，胆大昧良至此已极，此则何桂清可杀之罪三也。

军兴十年，未有败坏如今岁者！揆厥由来，清江陷而庚长走，丹阳失而和春、何桂清亦走。再不治以军法，则何城不可陷？亦何人不可走？溃败决裂，伊于胡底，惟有速震天威，重治其罪，一面飞调曾国藩统领全军，星夜赴援，即以和春、何桂清之任授之。近日，外廷建议，每及将帅，必曰曾、胡。臣非敢随声附和，惟念和春、何桂清，既难望以桑榆晚盖之功，而代此任者，非本部有兵，不足补创残之阙；非地居较近，不足践星火之期。事关重大，仍请断自圣裁。臣为东南大局起见，是否有当，伏祈圣鉴。

出处：（清）尹耕云《心白日斋集》（卷二），光绪十年（1884）刻本。

荐湖南举人左宗棠疏

窃以楚南一军，立功本省，援应江西、湖北、广西、贵州，战胜攻取，所向克捷，最称得力。楚军之得力，由于骆秉章之调度有方，实由于左宗棠之运筹决胜，此天下所共见，而久在我皇上圣明洞鉴之中。

左宗棠之为人，负性刚直，嫉恶如仇。该省不肖之员，不遂其私，衔之次骨，谣诼沸腾，思有以中之久矣。近闻湖广总督官文，惑于浮言，不免有引绳批根之处。左宗棠洁身引退，骆秉章势难坚留。夫宗棠在籍，一举人耳，去就似无足轻重，而于楚南事势，关系甚大，有不得不为国家惜此才者。上年石达开回窜，该省号称数十万众，抚臣骆秉章因本省之饷，用本省之兵，不动声色，肃清四境，不世之功成于数月。盖其时带兵诸将如李续宜、萧起江等，皆与宗棠同省之人，孰长于攻，孰长于守，孰可将多将少，宗棠烛照数计，而诸将亦知宗棠之贤，乐与共事。且地形之厄塞，山川之险易，尤所讲求，了如指掌，故贼虽纵横数千里，实在宗棠规画之中。设使他人处此，将有溃败决裂，不堪收拾者矣。是则国家不可一日无湖南，即湖南不可一日无宗棠也。今年贼势披猖，两湖尤所必欲甘心之地，不可不深计。而豫筹合无，仰恳天恩，敕下骆秉章，传谕左宗棠，仍旧进署，赞襄军务，毋为群议所挠。庶于楚南及左右邻省，均有裨益。臣与左宗棠向无认识，因为军务人才起见，冒昧渎陈，伏祈圣鉴。

出处：（清）尹耕云《心白日斋集》（卷一），光绪十年（1884）刻本。

新设淮扬镇慎选良将练兵疏

窃以小丑跳梁，蔓延数省，贻庙堂宵旰之忧，陷生灵水火之内，此非兵不足之故也，兵足而不练之故也。故遂藉资于勇，勇又不足，故还而藉资于民。

夫勇之不可离兵，无论矣。即使各省民团练有成效，臣以为亦非有兵，以先后之不可也。何则？团练之事推行，须有次第，使甫经创始而贼已掩至，则前功尽弃，此不可无兵以卫团也。及堡寨既筑，足资守御，而贼或挟其全力，四面围攻，堡寨终非城池可比。设使破陷，则屠杀之祸惨于未团，一团破而众团解体，贼去之后更欲收合余烬，劝以再团，虽苏张随陆亦无说以动之矣，此不可无兵以救团也。自古立国必使本末相制，轻重相权。使其末重而本轻，何能久安而长治？今日因贼之强，故患民之弱而教之，团民既强矣，其中良莠不一：或抗租而逋赋，或结党而寻仇，变故日萌，俱非空文所能谕禁，则尤不可无兵以镇慑。夫团也，幸而师徒克捷，祸患削平。征调之兵，散而归伍，所练各团，缴还枪械，而遗孽未净，妄指某团，是其怨敌，声言报复，渐肆披猖，则又不可无兵以保护夫团也。故团不可以离兵，而兵不可以不练。夫行伍废弛既久，虽欲练而沙汰，无从营汛，创制方新，苟能选而精强已著，侧闻廷议裁彻河员，改设淮扬镇，所有河工兵弁俱归陆路操防，其地南北之冲，袤延将及千里，该镇营伍之额牵算几近万人，而且庙湾佃湖足资水战，河滩苇荡可备屯田，使其将领得人，选练有法，则北可以屏兖、豫，南可以控滁、扬，近可以收剿贼之功，远可以储善后之效，百世之利，千载一时。所虑该镇总兵材不胜任，则淮扬镇之设未见得力也。

夫淮扬镇之练兵有五难，有三便，有四利焉。

向来营制选兵，先小后大，千把都守，阅看合式，而后册送参游提镇。故专阃之员，事甚逸也。淮扬所属武弁，本系修防。战阵，非其长技，安知选兵？故他营仅止选兵，而淮扬镇则先选选兵之官，偏裨有人，主将乃能出号施令。其难一。

国家提镇，所辖某处，驻以某官，某官管兵多少，星罗棋布，若网在纲。淮扬镇汛地，北至山东、河南，南至瓜洲、江口，其中何为门户，何为藩篱，兵少则单，兵多则扰。从前河工旧制，二十余营条堤而居，今既改为操防，不得仍前散漫，故淮扬镇不仅选兵，尤须选屯兵之地，川原险易，臆度无凭。其难二。

人情狃于结习，虽圣贤不能强之立变，河工习为欺罔，由来久矣！近因堵御贼氛，舍兵募勇，非无故也。兵有档册可查，多寡不能捏报，勇无丁口可计，出入任其冒销，假令此次练兵仍是从前粉饰塘汛，半属空虚，差操临时应募，锢蔽既众，发觉无由。其难三。

至于枪炮刀矛，衣甲锅帐，本无旧存之件，安免打造之烦？监制非人，弊端百出。语云："兵不铦利，与空手同；甲不坚密，与袒裼同。"使至施用之时，始悟器械之劣，亦已晚矣。其难四。

兵民杂处，易启争端，镇标驻扎清江，其地甫经兵燹，使立法之初不能坚明约束，则人人存一畏兵之心，即人人遂无复业之念，不独哀鸿嗷雁转徙可伤，而市井为墟，营制何能孤立。其难五。

知此五难，可言三便：河务操防虽云异制，而其为兵一也，按簿而稽其人，具在，只须汰其老弱，不必另事招徕。其便在人者一。

兴师十万，日费千金。度支告匮之时，筹款正非易事，淮扬镇之饷原系南河应领经费，从前未经裁撤，何尝不请岁修？此时国家练有用之兵，而不费另筹之帑。其便在饷者二。

承平日久，人不知兵，猝然募以远征，必致折肢断臂。淮扬镇兵皆土著，出门咫尺已是疆场，目习旌旗，耳习钲鼓，驱以出战，罢即归家。其便在地者三。

及至训练既精，则其功效尤著。丰、沛之师进图蒙、亳，淮海之众俯控江湖，傅振邦、李念珠之兵可以渐减，则省征调之利也。

出高、宝之西，则扫天来而窥浦、六，道通、泰之左，则袭江、靖以震苏、常，彼备多而力分，我远攻而近取。则图规复之利也。

果其战守，兼资烽烟稍息，河湖一带本有营田，但使清理得人，不至与民相扰，假以籽种，教之耕耘，收获既丰，饷糈可节。则兴屯之利也。

剿贼已来，征调几偏天下，一旦事竣，放兵归伍，召募之勇遣散为难，或有变出非常，受祸必在淮泗，得此重镇足慑狼心。则善后之利也。

臣深计熟筹，淮扬镇总兵关系重大，请旨饬下钦差大臣袁甲三、署两江总督曾国藩，令其各举所知，奏请简放，庶智勇足期胜任，而训练得以有成。臣非谓舍此两军之外别无将才，缘袁甲三驻扎凤阳，清淮是其后路，曾国藩统兵东下，必得江北与之犄角，方能由徽、宁前进，图复苏、常，故淮扬镇总兵必由该二臣奏保，不惟材勇深知，抑且声势联络，其功效尤非浅鲜也。

出处：（清）尹耕云《心白日斋集》（卷二），光绪十年（1884）刻本。

请收成命以严赏罚疏

本月十五日奉上谕，讷尔经额著以四品京堂候补。钦此。跪聆之下，仰见我皇上宥过无大人惟求旧之至意。夫栽培倾覆大造本无成心，威则雷霆，恩则雨露，弃瑕录用，所以开愧悔之门，收桑榆之效，抑为候补京堂并无责任，矜怜衰老，予以头衔。圣意高深，臣下何由窥测。惟查咸丰三年（1853）八、九月间，贼由怀庆窜扰平阳，皇上因山西、直隶两境毗连，特命大学士直隶总督讷尔经额总统大兵，防守要隘，临洺关素称险塞，使其先事豫筹布置，周密固守旬余，以待胜保追兵之至，前后夹击，聚而歼旃，近畿安堵无惊，讷尔经额之功，铭志钟鼎矣。而乃弃甲曳兵，望风奔溃，晋深一带，纷然瓦解，城守不施，草间偷活，狼奔豕突，如入无人之境。皇上所及见者，奏报情形耳，其自正定以东，至于独流、连镇，旁及高唐、临清、冯官屯等处，千余里之地，村市蹢为丘墟，膏髓涂于原野。其男妇自经沟渎，其丁壮胁为累囚，晨号夜哭之声，决胸陷脰之状，暴骨如莽，积血成渠。忠荩死事之臣，如玉衡、周宪、曾修鉴、谢子澄、张积功等力战死绥，裹尸马革，含冤茹愤，壮志不伸。京师简命亲王办理巡防事宜，羽檄星符，军书旁午，侦谍之奸，搜捕殆无虚日。风声鹤唳，一夕数讹。百职离居，商贾歇业。流离震恐，谁实为之。我皇上天威赫怒，将讷尔经额逮交刑部，定为斩监候罪名，大小臣工莫不詟栗，是以将帅同心，军士用命，芟夷祸乱，河北肃清，然已劳师三年，糜饷巨万矣。上年，恩旨赦诸狱中，赏给六品顶戴，前往西陵当差。臣愚以为圣意当谓讷尔经额乃先朝旧臣，使其瞻桥山之松柏，想鼎湖之弓剑，当知负国之罪万死犹轻，大法诛心，严于斧钺。昨自差回，得蒙召见，命以四品京堂候补。皇上进退人才，乾网独运，小臣微末，何敢妄言？

《记》曰："爵人于朝，与众共之；刑人于市，与众弃之。"讷尔经额之罪，几于众弃者，天下共闻而共见之矣。特未喻其所以，复行起用也！方今江、淮、楚、豫，军务未清，秉钺之臣，星罗棋布，所以奋不顾身，必欲灭此朝食者，固属笃于忠义，亦由我国家信赏必罚，有以畏服其心。使闻讷尔经额万一效尤解体，其患何可胜言？夫赏一人而天下劝，罚一人而天下惩，惟其当也。臣不敢谓复用讷尔经额即为刑赏之未当，特念该臣负衅至深，获邀宽典，载瞻阙廷，得尽余齿，隆天重地之恩，已非该臣生生世世所能报，何必锡之鬐带，令其复列冠裳，若再假以事权，窃恐复蹈故辙。昔宣宗成皇帝起用琦善，因陈庆镛之言立即收回成命。神圣贻谋，炳垂方策，先圣、后圣一道同揆。伏愿我皇上绍述心传，收回成命。天下万世，咸仰大公。

出处：（清）尹耕云《心白日斋集》（卷二），光绪十年（1884）刻本。

两淮盐政就场征课疏

天地自然之利，莫大于盐。两淮盐课，岁入二百余万。河防兵饷赖以支应，近则缺额太多矣。皖、楚、淮、泗之间，烽烟梗阻，运道不通，课何由足？臣请为之计，曰：课归场灶。夫官盐虽有滞引，而民无淡食，则私盐行销如故也。就场定额一税之后，不问所之，则天下皆官盐，天下遂无私盐。唐刘晏为盐铁使，于出盐之乡收盐转鬻，任其所之，其去盐乡远者，转官盐于所在储之，商绝盐贵，减价以粜日常平盐。今者宜仿其法，凡两淮产盐之所，悉仍旧商，就各场画其疆，理沟而绝之，招徕商贩就场征课，平其价值，毋令商人居奇，多为逻察，以防灶户私漏行盐处所官不与闻。凡涉冗员，悉从裁汰，事简易行，所征必赢于旧额。用以支给军饷，则一切捐输可以停止，且私枭俱为良贩，大则散剽剢之党与，小则息道途之鸣吠，利国利民，其效立见。惟皇上裁择行之。谨附奏。

出处：（清）尹耕云《心白日斋集》（卷二），光绪十年（1884）刻本。

劾滇督吴振棫专意主抚疏

从来用兵之道，不外剿、抚二端。抚乃施之于盗贼，啸聚山林，依恃险阻，得一威望重臣，为彼中所深信者，单车晓谕，弃械投诚，如伏湛之于徐异卿、郭伋之于赵宏、召吴。史策所书，不一而足。至于戕害官吏，窃据城池，蕴蓄异谋，甘为逆党，则虽天地之大，有所不容。尧舜之仁，不能曲贷。即使蜂屯蚁聚，丑类实繁，概予骈诛，实伤大德，亦必极吾兵力，歼厥渠魁，使其悔惧之念，出于至诚。庶几反侧之谋，不至再起。如其万无可抚而必抚，且并未一剿而专意于抚，况抚之一误再误，而犹隐忍迁就，以冀其万一受抚，则吴振棫曲靖所奏，臣虑其功之必不成，而贻祸之甚烈也。

滇回流毒，遍于三迤，焚烧之酷，杀戮之惨，中外共见共闻，无待臣言。其罪状之最大者，则攻陷大理之后，立伪国名，设伪官职，将我迤西道林廷禧、参将怀唐阿、知县毛玉成，割取首级悬挂四门。逆回动曰："报复汉民，与官无涉。"此数臣者，官乎？民乎？此而可抚，孰不可抚？果真可抚，则恒春不必轻生，舒兴阿不必乞病矣。潘楷、汪之旭、崔绍中，皆以抚回误恒春、舒兴阿者也。

语曰："不习为吏，视已成事。"恒春诸人主抚之弊，败坏至此。吴振棫不思变计，依然惟抚是议，此臣之愚所万不解也。使其退出大理，缚献凶渠，尽解省围，如此而曰就抚，犹可言也。今则据者自据，围者自围，仅据控告之词，信为投诚之渐，抑或就此事机，散彼党与，亦未为失计，安有未进省城一步，未见黄琮、窦垿一人，且并不稍待张亮基与之会议一言，遽以沿途察访之情形，为逆回飞章请命乎。此时，黄琮、窦垿既已逮，问滇省团练，凋弊可知，万一逆回抗不受抚，欲用兵而兵无可用，欲筹饷而饷无可筹，吴振棫孤立万里之外，不知其何所藉手以谢滇人，何所措词以报圣主。夫逆回狡诈，反复万端，就令诡词受抚，或此抚而彼叛，或旋抚而旋叛，或既抚之后仇杀太甚，汉民激而生叛，将来之忧，正未有艾。目前之计，断不可行。故为国势计，必先剿后抚，而后威可伸；为滇省计，必先剿后抚，而后争可弭；即为回民计，亦必先剿后抚，除莠而后良可以安。

伏读明诏有曰："办理不善之大员，交吴振棫查明参奏。"是则桑春荣诸人，皆有应得之咎。皇上既命张亮基帮办剿匪事务，可否即授为云南巡抚，该臣素得滇人之心，回汉皆知畏服，万一吴振棫蹉跌于前，则张亮基犹可补救于后。臣为天下大局起见，伏祈圣鉴。

出处：（清）尹耕云《心白日斋集》（卷二），光绪十年（1884）刻本。

请查捐输积弊停止抽厘疏

窃谓欲资民力，必期先得民心，好民之所好，恶民之所恶，以父母之心为心而已。子与父母非甚不肖，必不肯自吝私财，坐视父母之穷而不顾。官民无异，理也。军兴以来，縻饷数千余万，正供不给，一变而为捐输，再变而为抽厘。

捐输之法，始为殷富，继则中下之户，亦所不免。其尤虐者为指捐，刁绅劣衿倚恃官府，谓某可千、某可万，以帖请为符，拘以株留，为逮系淹滞既久，颇多死亡，更有铺捐、户捐、亩捐、丁捐，踵而增之，剜肉补疮，势必肉尽而疮亦无补。抽厘之弊，尤不忍言。一石之粮，一担之薪，入市则卖户抽几文，买户抽几文。其船装而车运者，五里一卡，十里一局，层层剥削，亏折已多，商民焉得不裹足，百物焉得不涌贵乎？然则停止一切捐务，与民休息，我皇上痌瘝在抱，亟愿如此，而其势不能，惟有饬下各督抚痛除积弊，明定新章。其办捐输也，当以印簿为凭，督抚藩司，会衔钤印，径发州县，责成印官各路委员悉从裁撤，绅士择其廉干有为公正素著者，每属不过一二人，就适中地方，集殷富于公所，开陈大义，勉以输将，不可拘入城市致受胥吏窘辱，所捐之资，分予期限，毋令取办一时，致仓卒不能周转，应得奖叙或及身已有官阶，或子弟无可呈，乞查明所置田产，准其抵销钱粮，注明作抵何年，给予照官绅劝捐，劳绩交军机处记存，俟军务告竣，奏请恩施。不得遽邀奖叙，一则防名器之滥，再则令捐户见之以为我出资而彼受成，则其心隳，其气沮矣。总之，事则责成州县，少一人即少一人之浮销；款则尽解军营，多一钱即多一钱之实用。

至于抽厘，即请停止。何则？捐输之与抽厘非两事也，此赢则彼绌。宋苏轼有言："为其主牧牛羊，不告其主而以一牛易五羊，一牛之失，隐而不言五羊之获，指为劳绩。"臣以为捐输、抽厘非时并举，何以异？此抑臣更有请者，民心之向背，系乎有司而已，江苏州县悬缺甚多，一缺出而府委随之，道委随之，司委又随之，有数月而三易牧令者矣。此等非由佐杂保举，即以捐纳得官，当其谋此委署之时，难保无钻营贿赂，一旦铜符在握，势将取偿于民，故有置狱讼于不理，听盗贼之公行。而惟捐是务者，氓虽蚩蚩，岂肯以祖父膏血之财，饱墨吏之溪壑乎？请饬下各督抚，慎选乃僚，务择循声素著、舆情爱戴者，久于其任，其贪鄙不职者，立予罢斥，按季咨报部科，某缺实任某人，某缺署任某人，注明在任时日，以便稽查。不许无故更易，视同传舍。庶几兴利除害，官民一心，不独捐务易集，而吏治蒸蒸日上矣。

出处：（清）尹耕云《心白日斋集》（卷二），光绪十年（1884）刻本。

劾军营滥保文员疏

窃查英桂、胜保《奏保节次剿办捻匪出力员弁绅士兵勇开单请奖》一折，其全单所开约计数百余人，赏亦可谓厚矣。豫省自捻匪肆扰，英桂拥兵不进，糜饷巨万。胜保奉命剿贼，尚能勇往，然逆首均无弋获，间有擒斩，张大其功，不次之赏，各惟其意之所欲，如此次所保文员河南知府洪贞谦、候补知县张席珍、候选知县薛成荣等，无非办理粮台文案，勾稽出入，缮写文书，一胥吏能了之事，而乃与攻坚陷阵之士同邀优叙，其何以服冒矢石、蹈锋镝者之心乎？即使微劳足录，洪贞谦以候补知府遇有本省知府缺出补用足矣，而必曰先交军机处记名候补知府，遇本省道员缺出请旨简放。薛成荣以候选知县免选本班直隶州知州选用足矣，而必曰以直隶州知州分发山西归候补班前遇缺补用。其余花样重叠如此类者正复不少，大抵军营章奏本出文案委员之手，自拟升阶，谁甘贬损？且洪贞谦、张席珍俱系劣迹昭著之员，郡守监司，实玷厥职。又闻英桂、胜保分设粮台，侥幸之徒恃为渊薮，如两营相距不远，仍应归并一处，悉裁冗员，以节浮费。方今军无见粮，安徽是以有藩司被挤，抚臣失印之案，其奏牍多粉饰之词，实则兵勇抢粮台也。古人创残之众，罗雀掘鼠，效死勿去，况兹全盛之时，偶有匮乏，何至哗嚣。由于平日拊循无术，功名归诸私人支放，先尽左右，兵勇怨入骨髓，一旦乘机拘煽，遂汹汹而不受弹压。豫省军饷亦有悬欠，该抚臣等尚不能与士卒同其甘苦，分明赏罚，以收众心，而惟其朝夕亲倖之升迁为亟亟万一。更有安徽之事，岂可不为寒心？惟有请旨严饬各路统兵大员，力改旧习，遇有捷报，除将弁兵勇，立请优叙外，其随营各文员，实非打仗出力者，俟大股殄灭，方准酌保，并以前所请遇缺简放，及指省补用各项文员，概俟该处事竣，送部引见后，准其各按所保分别叙用，庶名器益昭慎重，而军务不至迁延。

278

出处：（清）尹耕云《心白日斋集》（卷二），光绪十年（1884）刻本。

劾山东巡抚崇恩疏

奏为定远失守，全淮尽为贼有，北甯堪虞，山东形势冲要，抚臣劣迹昭著，请旨另简贤员，并妥筹河淮之间，以遏贼锋，而固大局事。

窃以中原之险，曰江、曰淮、曰河。河自上年北徙入海，徐、沛之间已成平陆，贼据安庆、金陵，长江已为贼有，我所恃者惟淮而已。定远既失，全淮又为贼据，上自怀远，下至五河，沿淮三百余里，处处可渡。西北可以直达宿、徐，而趋曹、兖；东北可以直达灵、泗、睢、桃，而趋兖、沂。若顺洪湖东下，可以直达清、淮，而趋青、沂。上下数百里，四通八达，无非北犯之路。粤、捻新合，其势方张，必为北甯之谋。河、淮之间，并无一旅之师，所恃山东为之屏蔽，而山东金、嘉、鱼、单、郯、费、兰、蒙诸邑，几于无日不为捻匪蹂躏。抚臣崇恩，幸其并不戕官据城，但于贼退后捏报胜仗，捏报克复，以掩其平日泄沓之罪。朝廷日受欺蒙，亦以山东为可恃。其实，杀掠焚烧之惨久已。四方失业，万众流离。而崇恩则依然声伎杂进，贿赂公行：属吏纳交于厮仆，而廉耻亡；府道擢用其私人，而党援固。内则巧为弥缝，以掩一人之耳目；外则恣其朘削，以竭万姓之脂膏。民力既困，民怨日深，即在无事之时，犹足驱民为贼，一旦粤、捻交至，以方张之寇，胁思乱之民，无不从之响应者。此时即切责崇恩，冀其立功晚。盖以保障全齐而壮京师辅车之势，我皇上亦知其难矣。况粤、捻合势北来，胜保、翁同书隔绝贼后，傅振邦偏在西路，不能横断南北之冲，山东势如破竹，京师又无宿将精兵，畿辅震动，可为寒心。

本朝官制，各直省承流宣化，责成布政使司其督抚等官，原以寄将帅之任，今则概谓军旅未学，封疆不靖，则请简放大臣统带重兵，以资堵剿。此省之兵，调之他省；此任之官，移之他任。兵则皆客兵也，官则皆客官也。平日恣睢偃蹇，临利害则秦、越相视而已。故臣以为，任将帅不如仍任督抚。惟有仰恳我皇上俯念藩篱重地，唇齿京畿，立将崇恩罢斥，慎简明干大员，往代其任。山东安，则北路安矣！顾此时非于河、淮之间，多设马步，预备痛剿。待贼既深入，乃欲经营山东，尤恐补牢已晚。

为今之计，惟于洪湖，多募水师，增置炮船，溯流而上，直达五河、临淮，使贼不得由凤阳以下径渡，其怀远上下百余里，夹岸皆贼，炮船不能上驶，水路难防，急饬傅振邦以全军移扎固镇、灵璧一带，使贼即渡淮不能长驱而北，一面于淮、徐、曹、兖适中之地，调拨马队三千，与前此派往德楞额所带之一千名合为一处，益以清州、德州驻防马队千名，共成五千人，派重臣统领，在彼驻扎，贼窜何路，即由何路截击。计粤逆马匹无多，捻马虽多不如我之得力，即使合力北趋平原之地，得此五千马队，尽力以蹴踏之，皆足制其死命。再合各路之兵，乘胜追剿，驱之尽归淮南，然后步步进逼，以期收复皖北，而我山东得于此时整军经武，察吏安民，屏翰既坚，本根益固。天下安危，关键尽在于此。失此不图，必待羽书四集，然后议防议剿，臣恐虽有智者无以善其后矣。

出处：（清）尹耕云《心白日斋集》（卷二），光绪十年（1884）刻本。

请饬南北各应援图皖楚师疏

窃闻用兵之道，去而不再来者，时失而不再得者，机。军兴以来，征调半天下，糜饷数千万，间有斩馘，卒未能扫穴擒渠，则以屡后时而数失机也！

曾国藩初复武、汉，顺流东下，此时有灭贼之机，而失之于九江之蹉跌。

李续宾简锐东征，直趋庐、凤，此时有灭贼之机，而失之于三河之败亡，议者遂归咎于国藩之顿兵、续宾之冒险，此皆督于时机之说也。

夫魏师袭邓而蓝田解甲，田忌走梁而庞涓陨身，批亢捣虚，形格势禁，用兵之要，万不失一。

假令国藩、续宾出师之日，豫军出信阳以窥蕲、黄，皖军逼庐、六，以收舒、桐、徽、宁之兵，道宣、歙以规池、太，瓜、镇之众，溯滁、来以扼巢、泒，诸道并进，四面合围，一鼓荡平，何劳再举，计不出此，一军奋迅而诸军逡回，一将入于窞中而诸将观于壁上。

功败垂成，贼焰复炽，事机坐失，扫荡无期。干城之材灰身而致命，巾帼之帅拥众而全躯。尤令忠义寒心，豪杰解体。

夫据上游之势而可以力征，经营天下者莫如两湖。国家深仁厚泽，沦肌浃髓，两湖之士亡身破家，蹈锋刃而不恤。自李续宾战殁以后，两湖为之夺气，赖曾国藩等扶掖死伤，蓄养精锐，经年累月，乃复大举。仰藉威灵天心，厌乱所向克捷，万无意外之虞。惟逆渠陈玉成、张乐行等率领大股悍贼，号称十余万众，齐往潜山、太湖抗拒曾国藩等。众寡之数，十倍于我，一有疏虞，为贼所覆，不独曾国藩等智穷力竭，难期复振，且全楚震动，河、洛骚然，天下安危，关系重大。兵法有云："攻其所必救。"又云："致人而不致于人。"此时凤、庐、六合，贼势必单，请饬袁甲三、张国梁克期进取，捣其巢穴，逼令反顾。则曾国藩等蹙之于后，袁甲三等扼之于前，首尾交攻，尽杀乃止。或命两营各简锐师三千人，统以健将，间道疾行，出其不意，以为楚军声援，亦足褫其狂魄。诏书所至，曾国藩等益当感激涕零，万死不顾；袁甲三等亦知圣意所在，不敢如前。此统兵各员，秦、越相视。此则釜鱼槛兽之形成，而摧朽拉枯之势举矣。

夫钟、邓并驾而蜀亡，贺、韩齐驱而陈破。信越、殷贾之师来而垓下困，愬武、古通之围合而淮蔡平。时不再来，机不可失，是在临之以日月，震之以雷霆，化其私见褊衷，勖以同心戮力，削平大难，共迓洪休，中外臣民万世利赖。

出处：（清）尹耕云《心白日斋集》（卷二），光绪十年（1884）刻本。

劾河督庚长失律请改河营为操防疏

窃以清江浦为南北冲途，七省车航，往来辐凑。自江淮盗起，屡奉谕旨，责成漕、河两督经营防剿。数载以来，淮、扬、徐、海捐输厘金，招领滩地，各项何下数百余万，该督等率以养勇为词，销糜净尽，每有警报，不问真否接仗，而贼退之后，奏请优奖花翎勇号，累牍连篇。我皇上何尝不灼见其欺，所以优容而奖掖之者，原冀其激发天良，保全疆圉。乃本年正月，傅振邦甫报捻匪出巢，窜扰邳、宿边境，而清江浦已于二月初一日失守。据河督庚长报称，屡获胜仗，因贼自后路包抄，众寡不敌，是以退守淮城。其实，此股捻匪并无火器，当其初扑顺清河也，适值庚长、联英演戏请客，各官皆在歌舞之场，惊闻贼至，仓卒出兵。幸而枪炮一轰，贼已却走。而庚长乃于是夜携眷潜逃，各官踵于其后，本地奸民乘机纵火，捻匪因而窜踞。此则庚长之开门揖盗，而非众寡不敌之所致也。

皇上以天下咽喉重地付诸庚长，庚长传舍视之。现虽贼饱远扬，清江收复，甫经兵燹，固守愈难。封豕长蛇，眈眈四境，使其再至，久踞为巢，南北情形遂将中断。且使和春、袁甲三两军往来援应，奔命无常，失误事机，尤为可惜。夫庚长不能绸缪牖户于未破之先，岂能固守藩篱于已残之后？

查南河河督原为治河而设，自黄河改道以来，下游已成平陆，无工可修。即滨临淮、运各厅，亦以河运未复，闸坝堤身久不葺治，此则南河大小文员皆可裁撤，以省经费也。我皇上因地当孔道，贼所必趋，必设重兵，方资扼守，故河员悉仍其旧，每岁拨发实银二十万两，钞票亦数十万有余。圣虑周祥，原欲以治河之人为防贼之用，无如该河臣等丧心已久，积习难除，以为我河员也安知军旅，且此戈戈者不及每年三百万之一，不足餍其所欲，所以无事则冒功邀赏，有事则闻警先逃，即使另简大臣往代其任，锢蔽把持，终所不免。惟有请旨将南河河督及黄河各厅悉行裁撤，仅于清水酌留数缺，以司湖运启闭。其河标官兵，本属操防者，无论矣。即修防各营自游击以下官数百员、兵数千人，一律改归操防，汰其老弱，加以训练，即以近年岁拨之银为之饷糈。简任文武大员，专司统带于邳宿扼要地方，分扎南、北两营，以为门户，不独清江安堵，并可经营蒙、亳，规取天、来，壮充、豫之声，援控滁、扬之形胜。一俟军务荡平，河流东注，再酌量改归旧制。愚昧之见，是否有当，伏祈圣训施行。

出处：（清）尹耕云《心白日斋集》（卷二），光绪十年（1884）刻本。

诰授光禄大夫山盱营守备显考荆门公府君墓表

府君讳涟，字荆门，体乾公长子，生十四年而体乾公殁，随母王太夫人依外家。及曹太君来归府君，每念体乾公早世，王太夫人食贫苦节，常中夜饮泣。亟谋禄养，遂辍读，入河营行伍，讲求疏浚、启闭必得古人立法之意，以功擢山安汛千总。时王太夫人寝疾，府君亲侍汤药，祷于天，乞以身代。王太夫人晚年长斋绣佛，奉观音大士尤虔，府君每祷，必诣大士前号泣一日。王太夫人寝室闻旃檀香，左右皆见异征，疾少间。数月复剧，府君惶急刲肽肉和药以进，王太夫人饮之，曰："汝纯孝，格神明，吾大数已尽。毋多为此强留我，我终不可留。"言已，遂殁。府君哀毁柴瘠。定例武职三品以上，乃去官持服，府君请弃官终制。南河总督襄勤黎公百计慰谕，稔府君至性过人，许百日不视事。未几，擢山盱营守备，辞不许。盖洪泽湖受淮、颍诸下流，潴泄得宜，则刷黄济清。南漕以时挽运抵通，而下游高、宝、兴、泰诸州县不至有沉溺之患，重其任故专倚府君，府君益感激，凡有兴作，反复估校，必以实。自鸠工至蒇事，虽数十昼夜，不离工次，务令铢两必至于工。帑既无他糜，而在工人役。又感府君之劳勤，故上下一心，凡所经修，倍他工，历数十年屹立风浪中，不少圮。终黎公之身，府君在任八年，山盱无失事，淮扬下河圩田收获以时，民间仓庾皆满。黎公寻薨于位，薨前数月，召府君而告曰："吾元旦筮得临卦，象辞曰'至于八月，有凶'。吾今岁将死，继我者不知为谁，河工久安之后，事变将生，变必在山盱，汝其识之。"府君涕泣受教。湖水向以一丈三尺为志，过则启闸坝宣泄。

道光三年（1823）黎公既殁，继公者届时不许启闸。府君十数请，不报。至以去就争，犹不报。是年冬，遂有周桥之决。方水之涨也，蒋坝同时告警，府君衣冠卧水冲曰："愿以身乞淮扬数百万生灵之命。"寻见红光上蟠，下际远近，闻甲马声，风稍息，水势渐平。居人祷于汉关侯庙，见金容沾湿，识者谓蒋坝于淮扬实据建瓴，其不决也，赖神灵之佑顺云。是时，左右掖府君起，衣胶于冰，不可骤起。方起，把总周廷自周桥怒马至，府君曰："周桥休矣！"叱廷曰："尔何来？"廷以危告府君，立驰往，则堤溃已四十余丈，居民环马前而泣。府君曰："毋怖！是犹可为。"而钱粮料物向隶厅员，府君求一橛一缆不可得，至撤屋材以为橛，无所得缆，乃取肆中布绞而绳之。顾坚冰方至，冰啮布，布断则埽走，而工不可施，遂失事。府君以是夺职。然府君虽以决口罢，而南河言修守者必推府君。

不孝耕云，庚戌（1850）成进士，距府君在官已将三十年，南河总督杨公因暴风坏湖岸，阅工至山盱，见远近皆残缺，惟一石坝坐湖心，当风尤岌岌，独完整如初，则府君当日所承修也。

府君性严重，虽同辈见府君必肃然友爱。镜涵公年四十，视之如冲幼，衣服饮食必时必适。镜涵公嗜酒，然虽醉，闻府君至则醒。镜涵公卒，府君恸曰："吾肱折矣！岂能独生哉？"自是，恒戚戚，不数年遂弃养。

府君生于乾隆三十九年（1774）甲午十二月十九日，殁于道光七年（1827）丁亥七月十三日，享年五十有四。易箦之时，取历年人所逋券焚之，计二万金。曰："毋以是为子孙累。"顾命不孝耕云曰："发愤读书！"遂殁，无一语及家事。

祖考从善公，讳仁，祖妣氏苗。考体乾公，讳乾，妣氏王。先以府君官赠如制。嗣以不孝耕云由布政使衔署河南粮储盐法道，增级得一品，封赠三代，皆光禄大夫。

一品太夫人显妣曹太君之来归也，年十六，即能得王太夫人欢心，府君居丧，哀毁几不起。尝刲臂，以疗府君疾。早经困苦，其后浣衣菲食，常不使过丰。育不孝等五人，皆自乳。曰："吾能为之，勿以溷他人致饥饱寒暖之不时，且无好闻见也。"先叔妣氏张太君，左目类青盲，言动每失王太夫人指，显妣常调护之。遗二女，抚之如己出，两姑母家皆寒素，显妣以时周给，每不令王太夫人知。及王太夫人殁，待之尤加厚。曰："毋使戚戚，于无所诉也。"亲族之来告贷者，或不及见府君。有骆媪者，事显妣有年，尝使之视外宅，见其人则以告，先为之制衣，而后问其来此之故，各厚赠之，过其意。生于乾隆四十四年（1779）己亥正月初二日，殁于道光十五年（1835）乙未七月十七日，合葬于三义坝先陇之原。

府君弟一，讳湖，即镜涵公。女弟三：适高、适范、适王。子长耕莘，改名宾，官山盱营协防，卒以子贵，追赠武显将军；次耕畲，河南知县，出为镜涵公嗣；次即不孝。女子二人：长适李，次适高。孙九人：彦钦，副将衔，河南开封营游击；彦鏐，都司。耕莘出。彦钧，监生；彦钰，通判；彦铭、彦镛。耕畲出。彦钊，郎中。耕畲出。幼嗣耕云。彦铖、彦鈢，耕云出。女孙二人：长字翰林院修河南粮道段君广瀛之长子书云，耕畲出；次字体仁阁大学士朱公凤标孙、工部员外郎其烜长子有基，耕云出。曾孙四：同寿、同春，彦钧出。同福、同泰，彦剑出。

自府君殁，距今四十有二年矣，而墓表之文未具，若再濡忍，使幽光潜德不能及不孝之身而阐扬，则罪戾滋甚，用敢敬述治家勤事之大端，刻诸石以著不朽云。

出处：（清）尹耕云《心白日斋集》（卷四），光绪十年（1884）刻本。

诰封淑人故室陈淑人事略

淑人陈氏，父树亭公，讳锦标，江苏宿迁县武举，官安徽长淮卫领运千总。母王宜人，为先祖妣王太夫人弟春华公之女。先大夫体、先祖妣，志为予请昏于王宜人，遂以淑人来归。时先大夫已弃世，先太夫人病风痹，淑人侍疾，昼夜弗懈。先太夫人殁，家道中落，淑人依母居。

予友教四方几十年，其后始偕淑人，卜居宿迁白洋河镇。

庚戌（1850）成进士，乃挈淑人官京师，辛酉（1861）奉命回江南团练，淑人先发，发数日而京师戒严，予留襄城守。淑人转徙至豫省，依我仲兄。未几，予从事豫军方转战亳宋之间，淑人尝露祷于庭，无间风雨寒暑。先是，予在谏院忤权贵人，既坐科场事，当诣权贵人对簿，祸且不测，淑人忧泣终夜，走室中，目尽肿。其后事虽解，而淑人遂致心悸之疾。一日予饮友人家，权贵人先在焉，杯酒释嫌，相约尽醉，醉乃责以大义，权贵人怒，予亦怒，互相诟，予大恸而归。归而中夜哭，酒顿醒，淑人规之曰："君以气节自许，中外亦以此望君，君愈发愤。昨宵之事，近于酒狂，耽耽者方思陷我于穿逻，卒夜数十守吾门，而君顾若此，此何以免乎？"时姜吴氏方乳幼女，相对呜咽。漏四下，灯黯无色，闻其言如冰水浇骨，酒尽醒。此后遂止饮，气亦稍平，顾终不能接人以谦谨，此淑人所以死而犹视者乎！淑人性爽豁，略知书，予七试于乡，七被放，淑人曾不以得失介意。其后自台谏贬官，命下，方为西山之游，淑人具糗糒庀笠屐，若初不闻有斥谪者。故此数十年间，所处之境不一而心无不一，则淑人有以勖我也。而今已矣！淑人所生苦不育，抚兄子及侧出子女，皆逾常情。前五年，姜吴氏亡，抚畜瘁于一身。尝作大床，令乳者与子女参处其旁，而己居中以时，其饥饱寒燠，遇儿女小病，则错愕改常度，或一夕十数起，或月余不交睫。

呜呼！此殆淑人所以死乎！去冬，肝痛作，至今春，予归而益剧，五月十四日遂不起，计来豫七年，与淑人居仅此数月，曾无一日不在呻吟，痛楚涕泣相对中也。

呜呼！此后欲如此相对而终不可得也！淑人之亡也，长子彦钊已授室，以郎中待铨京师；次子彦钺六岁，女淑仪八岁，俱非襁褓中物，类能自达其疾痛疴痒，使淑人在，其鬻子之闵，必有间于前日，而淑人死矣。淑人以嘉庆癸酉年（1813）八月初六日申时生，以同治丙寅年（1866）五月十四日申时卒，年五十有四。将以月日，归葬于桃源三义坝先陇之原。

出处：（清）尹耕云《心白日斋集》（卷四），光绪二十一年（1895）刻本。

285

鲁 黉

鲁黉（1832—1880），字仲实。鲁一同子。诸生。文章有家法。善综核，知府章仪林请主办减赋，为剖析条目，三年而成。又佐修安东水道，役竣，所费不超预算。著有《仲实类稿》《仲实诗存》。

留 侯 论

古之豪杰之士，必有过人之节，夫所称于过人之节者，非谓折节下人隐忍于成功而为之也，其亲君父之重，凛然如帝天之不可犯，故赴义如不及，卒有缓急，虽蹈汤火伏鼎镬死焉而靡悔。苏子曰："子房不忍忿忿之心，以匹夫之力，而逞于一击之间，不为伊尹太公之谋，而特出于荆轲摄政之计，此圯上老人之所深惜也。"

嗟乎！子房之心，其自待以必死亦已久矣，秦以狼狲之暴蚕食诸侯，囊括以有天下。当此之时，诸侯宾客众者三千，少者亦数百千人，皆缩首荒野，枯骨老死而不问，而子房独以奋不返顾之气挺身而出，所事不就逃窜山泽而不悔，此天下豪杰所为抚膺扼腕而太息也。

孔子曰："小不忍则乱大谋。"此言君子为事无所苟焉而已。谚曰："千金之子，不死于盗贼。"夫无故撄其身于盗之锋，卒然而犯之，此其所以不可死也。若乃盗贼剚刃其父，抱不共戴天之恨，而曰"吾将忍之，以成其谋"，岂不悖哉！箕之役，先轸黜狼瞫，而立续简伯，其友欲与之为难，瞫曰："死而不义，非勇也。"共用之谓勇，及彭衙既陈，以其属驰秦师死焉，故大勇者不蹶张于一旦，亦不避害以全身。今子房以盖代之才，当大难之会，岂故昧明哲之义，而蹈不测之危哉，势有所不及待而情难禁也。两敌相争，临阵决胜负，惟恐其不忍，轻用以挫其锋。至于临大节，处重任，委蛇而不敢进，旷日持久，好为不经之谈，取偿于不可必之数，此真庸夫所藉口，而乱臣贼子所为，藏身而自便也。充苏子之心，将使天下之人视其君若父，惟其所存亡，漠然与其身了不相属，其不足以知豪杰之用心亦明矣。

或曰："子房从高祖入关灭秦，而阻其立六国后，何也？"曰："子房何尝不欲得韩之主而事？顾力有不逮耳！善乎？"魏禧之论曰："天下之能报韩仇者莫如汉，汉灭秦而羽杀韩王，是子房之仇昔在秦而今又在楚也。六国立则汉不兴，楚不灭是子房终不得而报也，故莫若全其力于汉而报之。"呜乎！此其所以为子房欤。

出处：（清）鲁曾《仲实类稿》，咸丰九年（1859）刻本。

杂 说

（一）

世人见伯乐善御马，而以为千里马者，非伯乐不足以制之。余以为不然。夫必待伯乐而后良，此特桀骜不驯之材耳，乌足以为良马可贵乎？良马者，惟能周知夫人之性情曲折而赴之，无矜慎自负之概，下意安步，历久而不渝，虽无伯乐，何害于良。无伯乐而后见良马，不然！见伯乐之马而信之，此世人所以轻信马，终亦必为马所困也。

（二）

甚哉！刚柔之道不可以偏执也。老子曰："舌以柔久存，齿以刚速毁。柔有兼善，而刚无独美。"由君子观之，苟处而当，虽毁何害于刚。处之而不当，能久存者庸有愈乎。屈伸委蛇，因人进退，谓碌碌不足与有为，舌之谓也。终其身而存之，耻乃益甚。书曰："沈潜刚克，高明柔克。"

出处：（清）鲁曾《仲实类稿》，咸丰九年（1859）刻本。
注释： 本文原作《杂说一》《杂说二》，各自独立成篇，编者将同一主题且内容相互交错、呼应、补充的系列文章合为一篇。

原 情

（一）

先人而生而不与人俱死者，情是也。鸿蒙既辟，两间充塞，先之以夫妇，继之以父子，父不一子，是有兄弟。莫为之制，则君臣兴焉，林总既繁，而朋友大备。《记》曰："不诚无物。"又曰："至诚无息，不息则久，久则征。诚者，情也。诚于中而形于外，情之所为发而不可已也。"圣人无情无以立，常人无情无以守，情有所极，则不能以无过。于是为之，吉凶昏冠之仪，升降揖让之节，君臣有义，父子有恩，长幼有序，朋友有信，内外有别，宫室有制，章服有采，视听言动有度。于是情得仁而和，得义而断，得礼而庄，得智而明，得信而长久。故仁、义、礼、智、信五者，所以扶之具也，圣人之为此五者，非谓必如其分而后已也，亦求不远乎情而已矣。然是五者不得情以主之，则无以一日自立于天下，天下皆知性之可以为善，而不知惟情可以复性，惟性可以养情。故言性曰专，情曰汩，性曰远，此不知情之过也。今使人黜尔聪明，隳尔四支，冥冥默默而游于太虚之表，而曰性在则然，如是而后谓之复性，不如是不足复其性。吾不知所谓性者安在乎？所谓复者安事乎？抑吾不知既复其性矣，又将安用乎？今夫性者宰乎情之原，仁、义、礼、智、信五者，交以制乎情之平，圣人深虑世之湮其原，失其平，于是乎多方以备之。今夫情犹火也，性犹石也，仁、义、礼、智、信五者犹薪也，火不得石无以然，而惟薪之多寡足以剂其量，今之人天付之火而不知蓄之，日抱薪于石之旁，贸贸焉束手而无所用，此不知情之过也。

（二）

有偶触之情，有已甚之情，有不及之情，有有为为之之情，有必不得已之情。昔者，孔子之卫遇旧馆人之丧，使子贡脱骖而赙之，子贡曰："脱骖于旧馆，毋乃已甚乎？"夫子曰："予乡者，入而哭之。遇于一哀而出涕，予恶夫涕之无从也。"此偶触之情也。昔者，子路有姊之丧，可以除之矣，而弗除也。孔子曰："何弗除也？"子路曰："吾寡兄弟而弗忍也。"孔子曰："先王制礼，行道之人皆不忍也。"此已甚之情也。鲁有朝祥而暮歌者，子路笑之，夫子曰："尔责于人，终无已夫？"子路出，夫子曰："又多乎哉！逾月，则其善也。"此不及之情也。昔者，齐大饥，黔敖为食于路以待饿者，曰："嗟！来食。"扬其目而视之，曰："予唯不食嗟来之食，以至于此也。"从而谢焉，终不食而死。此有为为之之情也。匡章之父，杀其母、出妻、屏子终身不养，晋献公惑，骊姬世子申生雉经而死，此必不得已之情也。故不及之情，君子原之而不必其伟也；已甚之情，君子伟之而不必其蹈之也；偶触之情，君子蹈之而不必其知之也。故有为为之之情，君子嘉其意，惜其迹；必不得已之情，怜其志，伤其遇。今夫情之为道也，万变迁于时，制于事，限于地，阻于天，各适其适，乃无不肖人而成。然与其不及也，如过之与其有为为之也，如不得已水之写于渊也，千泉百窍无征而毕达，或纡余旁折，委曲沟浍，迟速之间耳。至若逆流怒号，汹涌澎湃，清浊异趋，水之所不得免，梳栉而逆导之，终得其归，遏抑而不行，流之涸可立而待。故曰：惟性可以养情，惟情可以复性，情虽过不可灭也，在所以养之灭情而性涸，性涸而心死，心死而人亡。

（三）

天不得情无以覆，地不得情无以载，木不得情无以植，鱼不得情无以跃，鸟不得情无以飞。故天以情覆，地以情载，水以情流，木以情植，鳞以情游，翼以情翔，雨以情润，风以情飚，火以情煽，金石丝竹以情鸣。凡有血气之伦，生知之性，舟车所至，影响所通，有一物无情者乎？无有也。情藏之于中，不可举而示人也，于是有喜怒哀惧爱恶欲，七者以传之，传之而不肖其中，非情也。见善而喜，见恶而恶，见死而哀，懔天命而惧，父子有爱，此情也。与我而喜，背我而怒，积怒成恶，溺于爱而为欲，此非情也。昔者褒姒好裂缯，闻之而笑，卒亡其国，此以谓之情乎？非情乎？刘邕嗜痂，吏二百许，人不问有罪，递互鞭之，鞭所得痂，常以给膳，此以谓之情乎？非情乎？今夫物固有得其情者，鱼喜而呴，鸟哀而啼，木哀而萎，犬爱其家，怒客而啮之，此情之足以复性，与人无异者也。若夫蜂虿以螫人为事，鹰以饱击为喜，马之喜也。翘足而陆，怒则分背而蹄之，其阴鸷无赖，桀黠不驯之性，固无以异于人之非情而已矣。其非情者，天不欲生之也，不欲生之而生之，气之阴出而旁泄，天之所无如何也！桃李之华或后秋未陨，西极之水欲弗东流，木与水之情固不尔也，然则天亦且如之何哉？天无如之何，人遂因其天而肆之，于是乎一旦决裂，不可收拾。其少知自爱者，又欲以此咎情，一切屏绝，此必然之势也。今夫人之所以异于草木者，草木任天而生，待日而长，其情与非情一不参以己意，芸芸而已！而人仰事天，俯立地，以生，以长，以老，以亡，往来六合之表，举少不情者，则咥然而笑之。求其说而不得，乃无惮而为此，一切屏绝之说，其与植根而附节者，相去几何？且夫人亦何乐而为此哉！故曰：人物之判情为之枢，情正而天下万事各得其所矣。

出处：（清）鲁賁《仲实类稿》，咸丰九年（1859）刻本。

注释：本文原作《原情一》《原情二》《原情三》，各自独立成篇，编者将同一主题且内容相互交错、呼应、补充的系列文章合为一篇。

清河县城碑记（代）

清河县城旧在大清河口，创于宋咸淳九年（1273）。元泰定中，河决城圮，迁于南岸甘罗城，地僻水恶，居民鲜少。天历中，再迁小清口之西北，而无城。至元十五年（1278）军兴，筑土城，三面因河为池，制度简陋。有明因之，遂以无改。国朝康熙中，河屡决，县益下，垒土为堤，障官署仓库，岁水大至，公私忧悴。乾隆二十六年（1761），始议今治而迁焉。百余年来，河漕坌集，物力雄饶，自他都会之盛，莫有伦比。然县城迄不以时造，盖国家承平日久，朝野骜戢，所以示无外而险不设之效也。

今皇上御极之元年（1862），盱眙吴公特被简命，视漕淮南，莅节斯土。当是时，河漕久废，而县垣自豫逆蹂躏新破之后，贼往来无常，居民不及十一，井灶萧然，日夕惴恐。公下车，首命建立圩砦，百废具作，数旬之间，工以克举。而贼果复以巨众风驰云扰，盗我北疆，一不得利，再折而入于南鄙，大创以去，盖邑民之扰于兵者，于是有生望焉。吴公曰："予受天子命来抚循斯土，其不可以究土工，汔可小息。"初，公之宰南清河也，当癸丑（1853）、甲寅（1854）之岁，粤贼北窜，沿淮震慑，公为之明部分、峙蒭茭，忠义奋发，民气百倍，众情炭炭，赖公以弭。至是，民知公之果可以活我，故用命惟恐其不力，公之德之入于民者深，故用之而不忧其不继，此事之所以不需时日而功之所由倍也。

二年（1863），岁仍大稔。三年（1564）春，吴公乃集县之搢绅魁艾而谓之曰："惟清河当南北之冲，惟兹圩砦不可以久，惟予其请于天子设城于兹邑，用大庇汝于生聚，惟汝民其不惮于烦。"则皆应曰："诺。"既得请，乃进某而命之曰："惟筑砦之役，汝与有劳焉。今仍以命汝，汝其慎兹，毋偾大事。"某既上承吴公卫民之意，而重德清之人赴公踊跃之义，其敢惜手足、惮风雨以自取咎？

城造于同治三年（1864）□月□日，告成于四年（1865）□月□日，累高丈有某尺，延袤千百八十丈，为女墙千有某百某十，南望洪湖，中贯淮流，隐隐窿窿，规模大启。居民雷欢如客得归，百货阗溢，波委云属，主客视旧不减惟倍。庀材鸠工者，董事某君某；分与是役者，某官某君某。至于朝夕奔走，始终厥事，则某。幸赖吴公之威德，藉诸君子之匪懈，遂不辱命，仅而有成。故备书如右，以明大工之不易，战惧于力薄负担之不可以弛。后之君子，抑亦宜有抚太平而思小慭者也。

出处：（清）鲁簧《仲实类稿》，咸丰九年（1859）刻本。
注释：此篇代清河县知县万青选作。

清河县文庙增制礼乐祭器碑记（代）

事有似迂而不可缓者，刑、政、兵、农，举世恃以为治民之具。至于礼乐之不修，学校之不讲，或以为高远而不切于事情而姑置之，或以为民之愚无知非可以日月渐摹效也。又有时事之扞格、兵戈之扰攘，官不久厥职而民不亲厥官，壹切奉行具文而亡实义，于是谈礼乐、学校与世之所谓刑、政、兵、农以治民者，较其说，卒以不胜。

然窃观古圣人之临民也，不恃有操持之术，而常委曲繁重以潜移一世黔庂之习，而使之日即于和平乐易之为。其收效也甚迟，而其入人心也甚深而莫可易。故凡书传所载释菜、释奠之仪，文物之陈列，歌行俯仰缀兆之节奏，初若甚烦琐可脱略者，而古人率详纪之，留为万世程法，知有甚取乎此而不肯以彼而易之者，其必有道也。

清河县学宫建于道光四年（1824），并造礼乐祭器，岁久窳坏。后二十余年，河督聊城杨公以增及河库道长白法良公锐意复旧，稽程度、兴废缺，集邑子弟秀颖者而教之。学制号为美备。属咸丰十年（1860），豫逆扰躏，浦垣不守，彝器荡焉。每春秋二仲之祭，献牲酌礼，自漕督下至守土官，济济就列，旅进旅退而已。至于导引歌管、钟磬箫鼓之属，罕有过而问焉者也。岁壬戌（1862），某初莅是邑，入庙瞻印，心惕惕不自安，顾念兵事仓卒，不皇兴举。后十年，复奉檄来。次年，会长白文彬公奉命驻此，督漕喟然叹曰："事有似缓而实急者，则莫如学制矣。"命某倡举其事，增制诸器，督习歌舞。经始于同治十一年（1872）孟冬，迨次年季夏告成。乃以仲秋之月，遂大合乐。经石既谐，丝匏间作，扬旌树羽，宛转赴节，礼成告退，神人和翕。自父老观者，咸欢欣夷怿，以为新邑创建学宫以来迄于今，祀事之盛，或未有逾焉。

呜乎！清之民病矣！十余年间，罹锋镝者三四，而旱涝继之，勤干循卓之吏将必有深谋伟政以约束其心志而安辑其劳苦，乌徒事声容之末为？然某所以兢兢为此而聿观厥成者，诚有窥于古人之委曲繁重，冀以收和平乐易之效，以不负我长白公之盛举，以与吾民守此而不变其习，则此区区迂缓之意，或亦期世人之共谅之云尔。

是役也，前清河县教谕梁君承诰，与某实共之。而诲以歌舞容止应节，寒暑劳瘁，则梁君一人之功懋焉。襄佐者，今教谕李君藻也。凡用银如干两，钱如干贯。凡增制祭器如干，乐器如干，帏帟、仪仗、衣冠如干。具其旧存祭器如干，不在此数。定章每岁二仲祭银如干两，内撙节经费岁如干两，接储以为岁修费。例得并贞诸石，用诒后之人。

出处：（清）鲁鼒《仲实类稿》，咸丰九年（1859）刻本。略见（清）胡裕燕等修，吴昆田纂《光绪丙子清河县志》（卷十），光绪五年（1879）刻本。

注释：此篇代清河县知县万青选作。

吴稼轩丈七十寿序

《传》曰："高墙丰上激下，未心崩也；降雨兴，流潦至，则崩必先矣。草木根荄浅，未必撅也，飘风兴，暴雨坠，则撅必先矣。君子居是邦也，不崇仁义，尊贤臣，以理万物，未必亡也；一旦有非常之变，人趋车驰，迫然祸至，乃始愁忧，干喉焦唇，仰天而叹庶几乎，望其安也，不亦晚乎！"呜乎！噫嘻！士处今日之世，徒手奋臂欲以仁义救亡，塞变激挽乎波靡，吾知其难也。

往道光丙申（1836）、戊戌（1838）之岁，先君子与潘四农先生、吴稼轩丈偕游辇下，目击世变忧思结辖。当是时，四方全盛人物辐辏京师，马足至不可执策，数樽酒聚会声气翕赩，冠盖往来相望也。三君子者，独以其隐忧发为歌诗，形诸寤寐，至于沉吟侘傺，涕泗滂沱，旦暮而不能己己，京师人咸怪而笑之。未几，海上事起，兵连祸结。又十数年，粤贼豕突江南北，糜烂者十八九，皖豫土寇持梃而乘之举，凡丙申、戊戌所言，一如龟卜烛照而数计。而时四农先生已前殁，先君子素有心疾，流离困顿以终。独吴丈身樱播迁，思有所奋，其志念当世无可与言者，则嗫而不敢发，乃始漠然，无所向矣。

呜乎！以皖粤之变而上距丙申、戊戌之所言，三数十年矣。此三数十年之间，徙薪曲突，绸缪补苴，当不至如迩日破败之甚，而履其变者不及知，知之者苦于言之而不见听，卒使生民瓦解，疽溃不可收拾。举向所为滂沱侘傺者，适以助其无聊不平之思，已焉又安在，贤良仁义之果有益于人国哉？君为四农先生入室弟子，书无所不读，自毁齿至于哀暮，卷帙未尝去手，造次必宗礼，而不肖为腐儒无用之学。方皖逆之破袁浦也，火君居县半，君时自京师归，率壮士驱之，曰："吾无以措之天下，且用葆吾家。"尝谓蕡曰："天下事非有老师宿儒笃道守义之士坚持其间，少年新进，负其智力弥链经营，其才愈大，祸变弥酷，吾不知所税驾矣。"近十余年，世路清平，大憝以次翦削巢幕之鸟，拱手相庆，而君益戚然如不终日，以为人情世故之不可料，且有出于丙申、戊戌意计之外万万者，盖其笃虑深远，老而倍切，一不知四农先生与先君子之在今日，又何以为怀也！

君以今年孟夏之月七十诞辰，乡人钦德慕义，咸欲为寿，君诧曰："此何等时，而顾欲以此相扰乎？"群从子姓，无敢言者。蕡附子弟之末，受知最深，备闻诸论既久，不宜以常词谀说，进又不忍默而息焉。故综述前后所以忧时虑变者，以质诸君，以为他日左券盛衰。今日之感，抑有不尽乎此者也。

出处：（清）鲁蕡《仲实类稿》，咸丰九年（1859）刻本。

万少昀明府六十寿序

天下之大势，惟州县为最重，亦惟州县为最难。州县而上，总督也、巡抚也、监司道府也，积尊累贵，与民素不相亲，拱手受成事而已。州县而下，丞也、尉也、簿也，名为分州县之治以为治，实则效奔走供指挥而已。他无能为，役惟为州县者，专于有土之责焉。是寄下之为吾民锄奸雪枉，上之为督抚司道争不测之威。当其无事，片言而理；当其有事，文出判牒，回翔往复至于数十，旁所株连稽牵，近或数年、远或十数年而不能必行。其区区之志，为百姓请一旦之命，又况地方之冲要，都会之所居，大府请谒，进退有常，水陆辐辏，征调期会，冠盖如云。而至彼州县，亲民之时不及趋承上司之时十一，爱民之意不敌畏罪避法之意百一，将何以济哉！故曰州县之事最重亦最难，以此也。

非夫明敏勇决之才，确然贞其所守为大府者，一不下侵其权，俾得久于其位，周知闾阎疾苦情伪之所在，煦妪其孺稚而刘其无良，则斯民为无幸也已。昔太和李信圭之治吾南清河也，史称其劝农兴学、免助役、去浮征、贷饥民，在官二十二年，犹以处州府理县事。临川管钜之为治也，修学校、建仓储，清屯田，躬自履丈，不避风雨寒暑。在官十年，升知宁州。至今美治清者，以二人为称首，岂非久于其任，心行其志之效哉？

咸丰十一年（1861），南昌少畇方侯始奉檄清河，去；同治十年（1871）再任；光绪二年（1876）三任。为治不尚核察，而专以洽舆情为本，当官无赫赫之誉，去后士民未尝不思之也。邑中尝有疑狱巨案，详审钩稽再四，必核实乃已，或谓于事稍迂缓，侯曰："固也，如得其情，此岂可以旦夕之治。"治耶以故，与清民为缘者最久，不期而大和。窃尝推论以为侯之莅清境，凡三变而治，亦因之其始至也。豫逆扰窜侵掠，四保则于浦垣坚筑土圩，周回二十余里，凭险击贼，贼以大创，捍灾御患之义也。其再至也，群丑荡灭汔可小休，于是广植棉桑，浚文渠沟，修学宫祭器，既富方谷之教也。其三至也，值岁大祲，流莩望于道，则奉我长白公之命，设厫振粥，全活巨万，拯溺救焚之恩也。虽前后在清不逾十年，未知与太和、临川何如？要之民生可谓不失其所矣，则岂非久于其任，大吏不侵其权，俾得必行其志之效哉。

某等躬沐和德，饮食于是，窃以今年六十初度之辰，用敢叙述私意，以明清民徼福于我侯之故，并推原州县之任不可不专且久，其有关于民生利病甚钜，如此非苟焉而已也。

出处：（清）鲁贲《仲实类稿》，咸丰九年（1859）刻本。

上熊定宇二丈书

贲草野之性，晚而逾劣，乡居十数年来，庆吊绝无所通。自知疏慢荒谬之习，久应见绝于士君子之前，至于屏弃人事，绝意进修，皆从畏饰冠服一念而起，可恨又可笑也。昨晚主人赐以酒馔，初谓谈燕之常，既乃盛服临筵，賁惶骇无状，力辞而不获命。酒罢为之彻夜不能成眠，周旋进反世以为恭，强人就我，不情斯甚！然以鄙性揆之，无端临之以冠裳，迫之以惊畏，山乌之见缯缴殆于过之，丈人其何以为教？以后倘少从宽政，许共简率，幸甚无已！否则将赴南山之南，北山之北，不获长侍长者之侧矣。情辞决裂，冒渎尊严，十死难恕，然犹覼缕不休者，恃惠子知鱼之乐也。

出处：（清）鲁賁《仲实类稿》，咸丰九年（1859）刻本。
注释：作者文末自注曰："时在帅幕。"

熊定宇丈七十寿序

尝读《晋书·王逸少传》，称守会稽时，东土饥荒，开仓振贷，朝廷赋役繁重，吴会尤甚。每上书争之，叹以超世卓荦之姿，婴时傝扰，周旋剧郡，孜孜奉公，可谓识时俊杰深固根本。过江以来，名世独出者，已及晚为誓墓之文，仰咏老氏周任之诚，颇疑澹怀圭组栖心，皓素先后或出两辙是大不然。夫论古者，必深悉时势之利钝，人情夷险机牙之所在，而后其人之心迹可得而明也。江左偷安，喘息未定，殷桓水火，政出多门，逸少孤诚远鉴，念乱无日，故其言曰："观顷举厝，君子之道尽矣。"藉非幡然改图，冥鸿远迹，将令宣武逞其雄，很怀祖畜，其介介求为东土一日之优游，岂可得乎？

铅山定宇熊丈与先君子莫逆交二十余年，每纵谈，视天下事无当意者，濡滞一官老于河上，甲子（1864）、乙丑（1865）之岁，乃就吏职于射阳、下邳，賁与佐怡，于时皖逆方炽，回翔河运之交，邳城常为贼蹂，为捍蔽者，旬余。即贼退，官军徭役，民车必千辆为率，牛顿蹄道路者不可计。大吏犹以未足严檄催迫之。君牒坚持不可，往返数四，或以为言。君叹曰："君子之仕也，行其义也，徇上官而获罪于民，吾不忍为也。"未几，闻且被劾，或曰："逆谒于大吏，冀得少辽缓。"君笑不答。今夫世之当官守者，恒重职而轻民。惟重职而轻民，其于民之苦乐利病，如秦人视越人之肥瘠，而官司例奉之职理，低头束手瑟缩而不敢废，故获谴于上也，微一朝罢黜，攒眉焦舌，宵经昼营，必复官而后已。今凡世人之所优者，皆君之所拙，宜其一见摈斥，即终身废弃，穷老不复用也。

君擅通书法，由吴兴上扳二王，十得八九。先君子尝谕蒉曰："吾自度行草，不后时贤，惟见谭、熊二君书，即愧不及。"谭君者，谓桐舫太守也。盖虽一节，足以稔君用心之精，至于当官进退之分，未知于逸少何如。要之，可谓不自负以负民者矣。抑蒉犹有求多于君者，逸少知微而退。今见几后时自致腜刖，此则深识远虑不及古人万万。倪亦君所闻，而欣然乐受者乎！

君既不得志于时，益纵情孤往，屏谢人事，顷年已七十，而襟度融圈，正如五六十许人。然则君之所损者人也，所全者天也。由此保生啬精，以养其内而遗其外，所得当未可量。区区世俗枯菀之见，又何足以云哉。蒉既辱两世知交，又屡佐君治，得去就之义甚悉，不可无一言称觞，故书所以知君之深者，为异日知人论世之一助云。

出处：（清）鲁蒉《仲实类稿》，咸丰九年（1859）刻本。

《周谐伯诗》序

余读《后汉书·儒林传》，至于"章句渐疏，世多以浮华相尚"，未尝不辍篇而叹曰："章句者，述作之体也。溺空文者，离其旨矣。"自古耆名伟德，傅会典文，专门并兴转。相传祖或时有破碎曲学，绣其謦欬，然深研畜蕴，盖亦各有其指归焉。故知康成之俶装，慰吾道之既东；文仪之匿迹，闵良才之抱璞。奥夫高言，骇世譊譊之学，乌可竟日而数哉？若夫闽濂嗣哲，究极幼眇，或捷悟而彻其微，或衔橛而驰其辨，使跋涉者回其遵引，放流者眯其徜徉，殆乎宗昧不殊，而华实异舍者矣。夫原其柢则，记诵之获，靡补于腑臆，阐其幽则性命之功有探。夫元妙记诵，则日起而可踏，元妙则逐之而弥远，絜尺校寸，意将得其趣乎。

古者谣喟之作可以写心，辒辌之采，可以观政。典午告退，南北大启。讴吟富于占哔，萋条蔚于宿柯，人人自以为握夜光，家家自以为贰和氏，于是笺诂之旨，其与文章浸以歧矣。李赵踵兴，人文彪邅，朝士课殿，尤尚篇章。口呻手画，风霆无所遂其形；逐渺研虚，鳞翼莫能藏其性。其弊也，雕镂崖穴，而渊源忽诸；侈陈藻秕，而根荄萎丧。夫附赘居身不广异于七尺，今之学者毋衷经术之微，触精疏之蕴，滥声华之末，而欲以万一甫白骖靳苏。元难矣，揆厥始趣，岂非有悔于元妙之说；进罔可据，将矫枉而过者然欤。然则雕虫之技，宜扬雄所耻为；淫费之章，故蔚宗所永监也。

吾友周君谐伯，负性俶诡，握椠千言，尤善歌诗，佚荡自憙，既而幡然忾喟："是曷足以见古人乎？"乃精心壹虑，横览六籍，绝编河洛之奥，发蒙陈范之末，休辍吟讽，冀二十年间，有寄托缀拾，根要方简，其辞益汪洋恣肆，不能自画。而君初不以为工，则手百篇视。余读而异之曰："嗟乎！君于是思过半矣，缘情以极变，履古以富材，而君岂诗人哉！"既伟其绝学，因退序所见如此，君诗亦无大过人者，要君之用心可知矣。

出处：（清）鲁蕡《仲实类稿》，咸丰九年（1859）刻本。

《王雪腴先生文集》序

盱眙，古称都梁之地，邻徐、凤，肘宿、豫，介处河、泗之滨，远望江淮。其地郁勃而敦厚，山流萦注而环拱，其风在昔好争门，尚武略，当昔五代迭兴，南朔交哄征戍之役，靡岁不然。赵氏嗣起，环一区夏，少赖苏息。然而南渡之烽未休，北庭之警旋告，女贞肆其蹂躏，有元起而覆之。数百千年之际，驿络驰骤，盖自古称为岩疆者也。元以前，尝隶淮安，明以属泗州，国初仍之。于时天下甫定，其制专归简便，务取划一，所以定民志，固国本。百余年间，昔之大都重镇，阒如僻壤，农夫野老，惘然不复识有兵革之事矣。而雪腴王君，乃以文大鸣其间。

鲁子曰："动极则思静，伊岂独人事，盖亦地利然焉。"先生志奇，遇啬于文，无所不窥，老而不辍。顾不得志于有司，见人性恭慎，然屡见忤于友朋，深明农术之要，终岁勤俭，而不免于贫，且死其死也，又不以其道。或曰："大造之靡常，而命之不可强。"先生其亦有无如何者耶？或者又曰："先生困不久，穷不极，必不能自力于文。"如此之勤且工，然吾独念乾嘉以来数十余年，朝野娱乐，丰盈滋大，公私嬉嬉，曾无鸣吠之警，圣人共已，无为于上学，士大夫优游于下，老师宿儒白首魁艾之士，以其时倡明绝学，以绍先哲，启方来后进之徒，或以不得从避笃太息，然则其所欣庆，又非独盱眙一邑而已也。而先生又何贫且老之足虑哉！

邑侯吴君与先生为同乡，听政之暇，每语及先生，喟然而叹，且曰：

"余少时曾一谒先生，先生视余为后进，顾爱余甚至，所以慰藉笃勉之尤厚。今既不获长侍先生，其忍坐视于老成，典型之废缺。爰哀斯集而欲刊之，闻榛芜挽沦没。"吴侯之意，可不谓甚盛欤？检校之末，抑黉何敢辞焉？顷者，逆贼东窜，江淮告警，吴侯屹然以一身保障其间，盱眙岌岌，尤为重地，常有累卵之危，回思先生已归道山十余年，幸不复及见，顾独以文章播之身后，流衍无穷，又未始非不幸中之一大幸也。然则先生其益可以无憾矣！

出处：（清）鲁黉《仲实类稿》，咸丰九年（1859）刻本。

《张氏支谱》序

支谱者何？所以异于宗谱也。异于宗谱者何？大宗无可考，则仅载本支，冀存十一于千百之意也。《礼》曰："尊祖故敬宗，敬宗故收族。"谱牒之兴，其由来久。五代季年，始以寖废，缘其时兵革竞起，迁徙靡常，民生其间者，如鸟乱于林，鱼游于釜，父母兄弟莫敢保，而何有于宗族哉甚矣。

乱离之世，非人所居也。余故衰宗，咸丰初，先君曾修谱系，属草未竟，而豫逆东扰。不一二年，先君即世。每念及此，未尝不怦怦动心。

余观张君砚农所为支谱，意承先人之绪，鸠集单寒之宗，以求自固于衰乱之俗。言虽近质，意深远矣。读之其毋乃滋余之愧也。

嗟乎！十数年来，兵燹蹂躏，家乘谱牒之缺佚者，何可胜数？使天下士大夫人人有鸠宗合族，俾不至于彤邊流散之心，则风俗可以日治，而背上作乱之志且以潜移默化于不觉。则虽一家之支谱，其所于盛衰治乱之故，岂浅鲜哉。

余故乐得而序之，且以质诸后世之读是谱者，以为何如也。

出处：（清）鲁黉《仲实类稿》，咸丰九年（1859）刻本。

红蔷小榭诗叙

黄流东迤，淮水北趋。海波喟其吞天，旷野莽而如惊。中有腴壤，是生淑媛，字之曰丽坤女史。

夫其幼怀贞敏，德著幽闲。曲礼娴内则之文，国风重有齐之选。垂鬖傍水，咏开口之凤皇；茜袖临风，写清词于缣素。固已极夙世之性灵，屏尘寰之火食者已。

及笄而后，奉帚延陵。琴瑟愔愔而既谐，音旨穆穆而交畅。身无异饰，与梁鸿而俱高；室有严宾，将冀缺而偕隐。每当杂花春暮，落叶秋深。群莺乱飞，独雁时警。炉号博山，袅紫霞于烟篆；窗凭云母，卷暮雨于珠帘。时则裁班女之一篇，赓韦郎之五字。词如授口，情皆发衷。乐府被其新声，险韵穷于刻烛。乃至倡予和汝，严冬郁其有温；地久天长，白日丽而常晓。岂非天上奇情，抑亦人间慧福者乎？昔之列女，裁制尤繁。曹大家之矢志箴规，谢道韫之钟情风絮。虽芳华已流于百祀，而蔚文只见其一斑。孰若红蔷小榭诸篇，字字烟云，言言珠贝。方片绮而争霞，糅初梅而竞雪。鸳鸯梦破，水荇参差；蝴蝶风微，园条晼晚。高怀络绎于篇终，逸兴奋飞于腕下。方诸昔贤，蔑以加矣。然而高门就衰，身世多感。十年丧乱，风寒翠袖之天；万里兵戈，路阻银河之梦。逮辗转于三迁，始栖迟于半壁。以故陟彼岵兮，望高堂而下泪；远送于野，想旧侣之分飞。安得不伊郁善怀，言之呜悒也？

仆学负雕龙，名乖制锦。披令晖之卷，空谢茗才；诵花蕊之章，旧惭宫曲。敢自矜于甯白，聊窃附于莪蒌。虽涓滴微茫，难益流于九曲；而沙尘混曜，不辞壤于千寻。用制短言，编诸卷首。濯以微花之露手，经日而犹香；返诸瑶岛之居宇，三年而不灭。

出处：（清）鲁贲《仲实类稿》，咸丰九年（1859）刻本。

秋畹别传

秋畹姓张氏，祝君莲舫之侧室也。幼工吟讽，兼娴绩事，笔会入梦，花亦如人。衅起萧墙，至于漂泊，抱璧砆砮之侧，堕茵溷厕之上，鸾啼凤怨，有自来矣。

属辛亥之岁，祝君櫜笔江干，小访迷香，顿摅结轖。倾蜀都之座客，呜咽琴心；诉司马之离怀，凄其枫影，畏彼多露，暴以秋阳，因其舐犊之慈，覆之完卵之惠，仁网爰开，承筐是好。（莲舫遇秋畹于板桥丁字帘，前获诉款曲，会其父兴讼于官，莲舫冀而出之，遂以归也。）非夺牛于蹊田，实巾箱于坠雀。归命所天，谁曰非宜？然而狐火昼明，蚁堤宵溃。长江则天堑无凭，新亭则河山改色。祝君方市燕台之骏，踏槐黄之花，盼槁砧而未还，婴风尘而殄瘁。藏无复璧，啜有琼瑰。惊眸眷眷，命早守于蝎宫；余喘呀呀，力频竭于马磨。既而日月淹息，燕羽差池，望中岳而少女先颓，占义爻而巽风戢影。力能负骨，手可成坟，惨莫备焉，酷莫至焉。天牖其衷，属于木运。郑贾之犒刍秣，则先以乘韦；金谷之买娉婷，则毋悭珠斛。合浦还珍瑀之夕，延津会风雨之秋，姊妹增歔，里闾羡叹，离合之感，于斯尤奇。（癸丑春，粤贼陷维扬，莲舫时已入都，而秋畹姊妹被掠，诸苦备至，妹旋殁，秋畹负其尸，手掘土以葬之。次年，莲舫归，贿其伪官，始有珠还之庆。）

呜乎！花何春而不摧，月何秋而不暮？梁伯鸾之庑下，因依庾子山之关河。提挈蹉跎，牡掷晥晚兰枯福，实憎贫才能薄命。煎豆蔻而慵起，结膏肓而痼沉。遂使落红溅雨，惊飞折翼，距南国寻芳之会，泊西使复命之年。岁驭周星，蕙灵永沫，得年三十有一，祝君据梧未瞑，枯树半生，烛炧灰寒，黯然卒岁。

呜乎！普天率土，逝者如斯。信情性之一归，必幽明之无间。而况慧鲜六根，妙兼三绝，风雾写其鬓影，丝竹谢其珠喉。生世不谐，有美斯挚，齑盐屡空，持净斋于太常；郊垒纷陈，骇幽啼于杯影。卒能共甘，蔬匮免泣，牛衣迨闻，易箦之言，犹切忍死之恋，宜其妆奁粉黛，检点神伤。莲叶藕丝，模糊梦断者也。

道之云：远魂兮不归，劣写芳华，为寄来者，永怀衔石之冤，庶作返香之望。

时丙寅七夕后一日。

出处：（清）鲁贲《仲实类稿》，咸丰九年（1859）刻本。

捻军乱淮

咸丰十年（1860）正月，宿永捻首李大喜纠众东下，二十五日入桃源。报至，以夜宴不敢白。二十六日，急募勇防河，河在湖滩，绵亘数十里，兵勇少不能周，且又浅窄，褰裳可渡也。于是清江浦居人迁徙将空。二十七日，贼破桃源。二十八日，贼入境，焚掠湖滩。二十九日，都司德兴阿以击贼获胜，贼已退舍报，居人逃者复二三归。三十日，贼从小桥径渡，即德兴阿所报胜仗处也。初一日，贼入清江浦，放火结营，出其众分扰四乡。东入山阳境，南至境上之蒋家坝，西至杨庄，西北至渔沟，北至刘皮，东北入安东境，遍肆焚掠。十三日，退走，仍从原路回巢。十五日，我兵以克复闻。

十一年（1861）六月，宿永捻首刘天福纠众东下，窜青口，走海州，焚掠南集、板浦、大伊山诸镇。分股同巢，一走沭阳，一走安东。走沭阳者，至钱家集，遇官兵，击之败北，渡沭河而逸。走安东者，至蔡工，遇官兵，击杀其众数百人，以多寡不敌，抢渡中河，穿境内西走云家渡，民人集练与之战，练败死者数十人，贼沿河窥渡，焚其所掠衣物，卒以官兵不能遏，抢渡而去。

同治元年（1862）正月，宿永捻首李成纠众东下。成，大喜之义子也。清江浦方筑围堰未成，二月初五日，贼逼盐河。时客兵来援者，都统德楞额统吉林马队三千，最称劲旅，议令勒兵守盐河，德楞额曰："吾在此，贼必不渡河求死也。"初六日，贼径渡，德楞额整师迎之，见贼骑蔽野，几堕马，麾其骑返走。贼乘之直薄围堰下，德楞额狙伏缘壁以入堰，马落于沟中，从骑奔进。守围堰者屹立不动，发枪炮击贼。贼退，即日东走犯阜宁，阜宁城久圮，贼至，人走城丧。贼有南犯者，过境走汉河，窥宝应，总兵陈国瑞时为偏裨，率其徒数百，击之其地，止两路可出入，国瑞扼其一，檄他将扼其一。将聚而歼之，贼探知一路实无兵，遂宵遁。复西据桃源之众兴，筑堡为久计。日出肆扰，穿境内掠安东、阜宁、沭阳，麦秀盈郊，居人大恐。国瑞请益兵配以炮船，驰赴众兴，即其旁为营，昼攻之，夜劫之，贼惧而逸。时清河四乡圩砦半就，受害不深，亦兼资国瑞之力焉。嗣境内圩寨全筑，邻县亦俱成，贼东来者以不得食而散，故未入境也。

贼之初至也，遇行人有持兵者，喝令舍兵，人即舍兵而立，贼徐前刃之。其掠人也，常以一人驱数十人，结辫发，鱼贯而行，无敢违忤者。

贼之初至也，乱民起，挟梃操刃，百十为群，以要于路。遇逃难者，颠越取其货。其尤桀者，迎贼为之导，故虽村落间，亦搜括无遗。

清江浦素号繁富，且南北之冲，舍舟登陆，车货溢通，故是役贼所得为独赢，归出黄金以市一两易钱四五缗而已，至于千金之裘，连城之璧，素为

301

高明之家所宝贵者，一旦贱若土苴矣。

贼入清江浦得演剧者所弃古衣冠铠甲，服以出掠人，共异之。

贼遇停枢，必启而出其尸。贼退，其子孙来收葬，见其面目多如生，有死在十年以外者，亦异事也。

贼退后，官取乱民之尤者，戮数人，枭其首，竿之以示众。

其为贼导者，贼复夺其所得以去，于是人心悔祸。嗣圩砦渐立，贼再至，从乱者鲜矣。然初次贼既退，多以居宅焚毁，麦粟劫掠，相讦求申于宰，宰一切拘留，禁以待质。时县署荡然，宰居于庙，庙中既满，羁诸街市破屋中，积至三百余人。一日讹言贼至，相率而逃，羁者亦哄然各散。

出处：（清）吴棠修，鲁簧编《江苏清河县附编》（卷二），民国八年（1919）刻本。

王兆桢

> 王兆桢，字峙甫，号秋森，清河县（今江苏淮阴）人。咸丰元年（1851）诸生，十一年（1861）拔贡。少颖悟力学，幕游浙东、新疆，叙军功保知县。著有《旧梅花庵诗存》。

洗墨池赋

客有过涟水之名区，话宋贤于客邸。爱玉沼兮风微，傍琴台兮雨洗。鱼鳞皱浪，三篙之软涨沄沄；雁字横空，一带之清流泜泜。当日擅临池之诀，谱重宣和；居人指涤墨之痕，书传大米。

当其挥兔管，擘鸾笺，笔摇山岳，纸落云烟。判牒而门原似水，吟诗而吏果如仙。何须画腹学书，悟专精于虞监；亦或以头濡墨，比神助于张颠。

夫以墨采频磨，墨华积厚，墨聚砚而溅珠，墨濡毫而似帚。除是冰壶雪碗，洗荡纤尘；忍教断简寒缣，偶沾宿垢。公真洁癖，不辞再浣之频仍；地有廉泉，忽使一麾而出守。

爱有池焉，银河比洁，璧月同圆。摇漾于莲花幕外，萦回于棠舍阴边。座对研山，时惊鹭宿；船装书画，不碍鸥眠。试将风味携来，就其深而就其浅；每把麝煤洗罢，清且直而清且涟。

其洗之也，渍除黯黮，色辨微茫。泻溶溶之墨沈，澄淡淡之波光。散乌鲗之飞灰，疑看泼刺；效群鸿之戏海，宛睹回翔。入池而鸲眼波生，点点杨花乍落；吞墨而鱼游喷月，亭亭荷盖方张。

是盖性嗜颠狂，情耽疏懒。兴寄临渊，功深握管。非鸣蛙之池畔堪听，非跃龙之池边可浣。非万柳池之宴花开，非郭家池之游春暖。此地可移封即墨，容我徜徉；先生非老秃中书，任人调侃。

明有张邑丞者，旧迹披寻，遗闻访辑。慕八法而流连，冠四家而什袭。勒片石兮玉版镌名，对清泉兮金壶洒汁。犹忆买山北固，结翰墨之奇缘；还思雅集西园，绘池台而独立。

迄今几阅沧桑，屡更岁月。无为州古，袖中之石丈奚存；京口城荒，楼下之稻孙已没。而斯池也，柳渡桥横，苔矶石滑，好与画图之弥勒共话三生，更偕祇树之娑罗长留半碣。

出处：（清）王琛《蚍珠赋钞》（卷三），同治五年（1866）刻本。

王 范

王范，字锡之，清河县（今江苏淮阴）人，世居山阳。岁贡生。怜贫惜苦，乐善好施，终身不倦，卒年六十五。远近知与不知，皆为之陨涕。

南昌亭长妻晨炊蓐食赋

昔淮阴侯之未遇也，一饭维艰，万钟莫得。每市井之相欺，况裙钗之寡识。丹忱待展，推食难逢。白眼偏遭，饥驱屡逼。公为德不卒也，徒闻彼妇之谑；君一寒至此乎，谁进王孙之食。

有南昌亭长者，饔飧偶具，德义曾施。醉饱之思克慰，壶浆之惠堪推。乞食何嫌，暂免吹箫之辱；无鱼亦好，奚歌弹铗之词。虽非夕膳晨羞，大烹以养；亦有蒸藜炊黍，具馈随时。

使其箪食频供，盘飧屡进。无厌怠之时，少猜嫌之衅。岂必楚王设醴，养士终衰；休同夏屋兴嗟，礼贤忽吝。客来迟暮，火灭灶以更炊；牝不司晨，粮馈贫而足信。

其妻则意少哀怜，心非宽广。晨炊而不欲人知，蓐食而只堪自养。声闻轹釜，效汉王丘嫂之谋；饭后鸣钟，比萧寺山僧之诳。枕上之黄粱早熟，食每无余；厨中之白粲先空，极于所往。

侯乃几度咨嗟，满腔郁拂；女子情悭，英雄志屈。念丈夫生当五鼎，不食嗟来；顾此际抛却一竿，转甘行乞。似彼少年见侮，尚豪气之未除；如兹健妇持家，慨世情之孰不。

及其屡战立勋，百钱召赐。空贻长舌之讥，终慰展眉之志。情疏款客，陶士行之母悬殊；识昧从亡，僖负羁之妻顿异。登将坛而军皆宿饱，顾盼自雄；主中馈而妇为厉阶，回思何为。

由是享钟鼎之供，庆风云之遇。名震乡关，威惊妇孺。蓐食申祷，二千帜背水先登；坐甲裹粮，百余囊盛沙径渡。何沛公以小儿待大将，竟难制悍后阴谋；而亭长以巾帼累须眉，更不知真王才具也。

迄今追忆英豪，徘徊水国。感今古之炎凉，叹女流之忌刻。行乎贫贱，谁怜城下钓游；饿其体肤，无复尘中物色。彼漂母之卓识高风，岂不享千秋之庙食哉！

出处：（清）王琛《蚍珠赋钞》（卷一），同治五年（1866）刻本。

银铸城赋

若夫撑天铜柱，树郡庭焉。瘗地铁人，镇泽国焉。今为都会之区，昔作边隅之域。百堵增新，重阛生色。忆自金源之客使，曾过城东；指为银冶之铸成，独雄江北。

原夫楚州之有城也，当陈敏之莅官，称建康之循吏。修雉堞以巍峨，类虎牢而位置。状铁瓮兮同坚，巩金汤兮特异。地通东道，疑拱卫于秦关；管掌北门，杜诈谋于晋使。

至若银之为物也，朱提价重，素雾光拖。丹砂资其陶炼，铅汞供其收罗。式如玉而式如金，何嫌雨锈；谓之镣而谓之钣，不受风磨。倘教署筑银台，作室之谋早计；设使书成银牓，连城之值应过。

尔乃垣堮屹立，井干匀排。宛铜墙之特峙，非瓦砾之能侪。近控钵山，丹井之奇珍烁烁；遥连麓社，珠湖之锦浪谐谐。合众志以成城，如披宝藏；聚九州以共铸，永障长淮。

其城之坚厚也，如银瓮之周环；其城之崇高也，如银山之幻变。其城之置斥堠也，听银箭兮三巡；其城之浚隍池也，指银涛兮一线。耸峙千寻，精凝百炼。堰绕长虹，川萦净练。匠石岂不范而不模，壮人亦创闻而创见。

由是银蟾遥射，银汉低垂。筑银沙以束版，摆银铠以登埤。铸比凫钟，城角之钟鸣入听；铸疑夔鼎，城楼之鼎峙争奇。基址略而畚挶陈，篓以加矣；天地炉而阴阳炭，侯其祎而。

宜乎华夷叹赏，规址因仍。象常瞻其屹屹，筑犹忆夫陾陾。井汲银床，万家屋绕；光摇银海，百尺梯升。河防既屹夫金堤，洪流底定；地利更凭乎玉垒，扼要堪称。

方今风清瓯脱，烟扫边陲。谨晨昏之管钥，障南北之藩篱。晓日升而银屏匼匝，寒星闪而银镜迷离。译来蒙古嘉名，弗迁地为良也；拓出宋砖残字，当铸金以事之。

出处：（清）王琛《蚍珠赋钞》（卷三），同治五年（1866）刻本。

张林如

张林如，邑人。生卒年和生平事迹不详。

太学生瑞璜李公传

公李氏讳鐳，字瑞璜，太学生，世居渔沟镇东乡。曾祖国明公讳越生，祖中谷公讳灼，父治平讳均，本生父讳培，字万滋，生三子，次即公，幼而颖异，甫就学，勤恳如成人。及出嗣受田千余亩，内课佣仆，外应宾客，日事家人生产，十年之内，财雄一方。本生父疾，亲侍汤药，未尝废离，及卒，哀毁骨立，敛葬事事从丰，不以出为人后亏子职。本生母卒，亦如之。兄镇早卒，遗孤廷椿失学，公为延师教读。廷椿偶辍业，公必曲引旁征，每至声泪俱下。越数年，廷椿补博士弟子员，泫然曰："吾侄能继书香，吾上可以对父，下亦可以慰兄矣。"公生平喜人读书，戚里力有不足者，束脩楮墨助之无吝容，后生小子赖公玉成者，甚众，尤喜施与邻人。某终日恒不举火，羞贷于公。公闻之，夜出投金于室。邻人度公所为，踵门泣谢。公哗然曰："吾未尝有此事。"咸丰三年，岁大饥，公煮粥施放，近村居民莫不赖以全活。公为人如此，其殆晚近中之万石欤！公生乾隆戊申（1788）年，卒不可考。里人有能知公者，但谓其寿享耄耋云。

出处：李敬亭主编《问礼堂淮阴李氏族谱》，民国十一年（1922）印刷。

查富棣

查富棣，生卒年不详，字慕初。原籍安徽泾县，幼随其父查祥考（署清河县知县）、叔查南崧客居清河县。光绪壬午科（1882）举人，江苏候选知县，敷文书院山长。以古文辞见长，是地方文化耆宿。

南清河北乡王氏祠堂记

先王以仁孝教天下而范以礼，于是有家庙之制。官师以上皆得立庙，后世始改为祠堂。今之祠，古之庙也。礼教衰，宗法坏。岁时祭祠宇，其仪其物莫能悉如古所云矣！要其春露秋霜，报本追远，因以敬宗而收族者则犹古之道也。筮日而祭，少长咸集，宗老主祭献，群弟子各襄事，雖雖肃肃，必敬必诚。祭毕而燕，则以次即席，笃亲亲之谊，修长老之敬，捧觞上寿，语笑往复，莫不绸缪渥洽，盖人即至犷悍，衣冠拜祠下未有不肃然而起敬者。宗之人即甚不相能，有事于祠，昭穆之序，长幼之礼，无敢越且紊者。嗟乎，礼让之兴，其必于是矣。

南清河北乡王氏，著姓也。其宗祠创始乾隆四十五年，嗣后一再修之。为堂三楹，祀始迁祖以下，堂左右为群屋，有祭田二顷余，谷入供祀事。以其赢设塾教子弟暨乡邻之贫不能就传者，宗人之膺科目者亦分所。赢资之始田不及，今五之一，经营积累以有是。中间有私觊觎者，众力持之得勿替，乃益惩前毖后为祠约，垂久远，请为文，以纪其事。

吾闻王氏之迁清六百年繁衍滋大，其宗人迁徙散处，远者数十里，近或数里十数里不等，祭必来会，彬彬礼让，众亲以睦，卓然为秉礼之宗族，故多才贤，方相与谋，式廓其祠宇而增其产以修明先祀意，孜孜不倦，其兴未有艾。世不乏富厚者，宫室侈轮奂而先祠不立，甚者日捐金以饰浮屠氏之宫，而宗祠颓敝摧败熟视若无睹者，视王氏何如也？

光绪二十有八年（1902），皖泾查富棣慕初拜撰。

出处：王廷相主修《江苏淮阴三槐堂王氏族谱》，民国十八年（1929）抄本。

程人鹄

程人鹄，字振六，晚号弢庵。清河县（今江苏淮阴）人。光绪中以乡荐需次湖北，到省例谒长吏，张之洞与语，大器之，顾天性介特，不慕显达，数月乞身而归。著有《望岘山房集》五卷，分《挽狂刍论》一卷、《救学编》一卷、《敝帚集》一卷、《杂体诗》一卷、《辛壬百二刍吟》一卷。又有《丙午水荒罪言》一卷。

《丙午水荒罪言》自序

从来国家财政所关，莫切于兴养尤，莫重于备荒，诚于荒而有备，则水旱无虞，而民命可以永保。乃或有备而卒不足恃，至与无备者，同稽其弊，率不外于中饱，顾中饱而畏人知，犹可言也。至于互相掩蒙，互相瞻徇，而其势力乃无如之何矣。清邑丰济仓重建于张文达公，推广于历任，诸漕宪蓄储至巨，足以振灾。岁在丙午（1906），水潦为灾，邑之四境，饥黎嗷嗷，自夏及秋，未闻兴发。某乃检核仓志计所储，而以振济请，维时上之人，未尝责其言之妄也，未尝斥其之浮也，惟是缓之以稽查，需之以核算。虽再四以是请，亦再四以是应，卒之总总。灾黎虽仰赖各方振务，幸获生全，而歘之出于斯仓者，曾不能得其素蓄之二三。繇是历年所储，遂昌言为罄尽，吾人属在草茅，但求闾里烝黎，得免死亡于凶岁足矣。公家储蓄敢妄旁参，顾念旧藏虽罄，仓产犹存，缘是更以善图其后，请乃上所以缓之，需之者仍如故也。而以私仓为窟穴者，甚或蒙蔽之，不得则思有以把持之，把持之不能更思所以败坏之。夫吾人有能言之力，无能行之权，言之烦渎至于如是，其亦可以对乡人谢父老矣。矧荷邀宽政，不以多言获咎，亦云幸矣，敢更言乎哉？究之独居深念，终觉前贤之绸缪为可惜，而后此之灾荒为足虑。爰取累上之书，汇而刊之，遍送城乡俾晓。然于斯仓之兴废本末，庶后有实心为民者得继，是以请求所以规复之、永保之，无难也。昔汪尧峰先生创缓征议格不行，先生乃辑一编，藏之箧衍，曰："异日有为缓征之政者，吾书可取视也。"仆之刊印此编，即此意焉。尔倘一旦片言动听，如石投水，安见鄙人所陈，不且如贾生所建之策，述之主父偃，而其后卒见施行者，是则侯所深望也夫。

出处：（民国）徐钟令《民国淮阴志征访稿》（卷八），民国抄本。

王光福

王光福，生卒年不详，字彝仲。邑孝廉。邮传部电政司七品小京官。有《黑契丹纪事本末》《潼关志补遗》等。

《黑契丹纪事本末》序

原夫鱼洋入洛，为氏人徙帐之年；鸲鹆兴谣，是姬氏归齐之日。国分崩而靡主，民荡析而无居。辽雁不归，望白山兮断色；木陵谁奠，瞻丹国而凄寒。而况戎索，皆离吾君为虑。中原板荡，帝子谁临？问故都则临潢已墟，进毡幕而青衣行酒。痛唯拭泪，莫吟大好河山；悲向南枝，孰问故宫丝竹。感黍禾兮无色，望春宇兮不归。玉碗金鱼，秋陵已矣；铜驼石马，旧苑凄然。然使于斯时为之臣者，无一旅以佐中兴，无片土以存国脉。帝犯北去，全族为俘；足国南临，渡江皆烬。台城黯色，惊青丝白马之何来？姑臧城高，悉丰草冽泉之有本。将敌师之至也，韩陵无土，谁葬温碑？崖岭摩空，莫存帝祚。任青冢之一去，居夹谷而不归。辽水无声，徒传呜咽。大贺之鬼，不其缓而果焉？嬴秦有人，汝南多士。得东丹之帝族，仕翰苑而蜚声。历泰祥二州刺史，辽兴军节度使。以兹文士，莅彼戎行。光弼重来，旌旗变色；谢玄秉节，草木皆兵。指挥则欃枪无灵，咤叱而风云皆变。用兹克敌，靡敌不崩；举以临戎，无戎不服。大宛马好，争旁午于王庭；肃慎矢坚，群罗陈于甲帐。室韦勿吉，皆纳土求臣；乌弋黄支，乃望风受吏。是以尔时之天山以北，葱岭以西，凡隶于回讫、大食诸部，疆域数万里，大小数十邦，靡费贡赟称臣，争先恐后。威德所及，远至阿母河以南，亦可谓盛矣！可谓广矣！在位三十年，传国及于数世。士马强盛，员幅广长；黎黔乂安，钟簴无警。饮吹河之盟水，同膺铁券之荣；颁阿里之林擒，共拜君王之赐。畀爵禄而大封，同室赐印绶。而远及异方，克烈箬端。联为谙达萨未酋长，世结婚姻。播厥威灵，则华戎之疆无外；信从宗教，则回释之见胥融。而且能起万里之师，雪祖宗之愤。事虽未就，君子韪焉。以视夫宋君南渡，仍纳赞于戎廷；汉祖垂基，竟和亲于羯室。其智否贤愚，不可同日而语焉。而惜乎《辽史》，以其非正统所系，略见于《天祚纪》后。择焉不精，语焉不详。齐氏召南《历代帝王年表》，又忘其甲辰即位之期守。夫康国十年之误，致使岁月舛误。疆宇参池，亥豕鲁鱼。读史者靡得而考，甚可异也。《元史》继作，疏脱尤甚。大石讹为太石，思千误作什干。回讫、回回，则国名混误；阿里、阿力，则地势不明。而且疑建邦畿，则终于河中；延疆土，则仅于葱岭。在位三主，鲜二后之相承；重报蒲华，劳君王之再驾。则是未读北庭之录，谬解地形；不观西使之书，妄为注释。无通人之勘校，有手民之相沿。谬误流传，固无布怪。然差幸有后之君子，如钱氏大昕，何氏秋涛等，钩稽同异，详别伪真。语年代，则力别延庆之讹；考地志，则力证龟兹之误。襜欠音氏，访都邑于北城；东西地同，比声威于留格。而且能延八十余年之宗裔，何如少康辟数千余里之版图，差高东夏。故后之撰史者，不得以其偏安而少之，且以其能勤远略而嘉之。而一贯东西，在当时不可谓非盛事，且以视典午东渡、北魏西迁，厥中兴之情形，又有过之无不及矣。

呜呼！访故事于东亚，问遗族于桃花。残碑弗存，城址具在。考古者窃为之歘歔踯躅，低徊而不置，然因此能绎长春真人之记，读湛然居士之诗，则于尔时之《西域全舆》根登遗事。其庶几欤？其庶几欤！

岁在己酉（1909）夏四月，南清河王光福彝仲谨序于都门旅次。

出处：（民国）徐钟令《民国淮阴志征访稿》（卷八），民国抄本。

范 冕

> 范冕（1840—1923），清江浦人。前清拔贡。五六十岁时，两子去世，遗三孙，依次为七岁、四岁、周岁，扶之教之，极为辛劳。三孙皆博学、强记、多能，陆续毕业于国立南京高等师范，颇负时望。著述极富，有《范氏隐书》传世。

云 林 社

清邑会文之所有云林社，张斯沆、章守勋、范思学、丁如玉、王丹桂、陈樟所创，遵胡安定遗规，讲求朴学，下及词章。制义月有课程，文风蔚起。嘉庆中，丁锡、汤兆谦、王大经、万镛、龚钺、吴懋、李承绪继之。道光中，周子汉、张腾鹭、刘金镛、李宗良、陈元煊、王朴人、程大奎、汪璧增、魏鸿宾又继之。咸丰十一年（1861），寇乱，既平，赵士骏、孙步云、徐占鳌、朱硕、李鹏翰、程之垣、万以承、吴璪重兴文会，犹有先辈之遗风焉。至光绪十年（1884）后，寝衰息矣。

出处：（民国）刘梣寿修，范冕纂《续纂清河县志》（卷十六），民国十七年（1928）刻本。

十三协兵变

宣统三年（1912）八月十九日，革命军武昌起义，江北提督段祺瑞奉诏赴援，新简提督杨慕时未至，人心惶惑，知有大乱。九月十六日黎明，驻浦北洋十三协兵哗变，阑入县城，开放狱囚，恣意焚掠，护提督淮扬道蒉良逃免，公私损失殆尽。日晡，始饱飏北去，而四乡乱民亦揭竿继起，相率抢劫，全县骚然，至有邻里亲戚互为攘夺，恬不为怪者。盖时值大歉，盗心起于饥寒，狡黠者得煽而动之，故溃败决裂至于如此。十九日，在城士绅公请陆军参议蒋雁行为江北都督，收合旧巡防军队，四出镇慑。未几，杨公慕时至，复举为江北民政长，更举邑令邵承灏为清河民政长，邑人闻溥为民事

310

长，剿抚兼施，而乡甲耆老相约集团互保，诛锄不法，扰攘十余日始稍定，浦乱甫平。有奸民某假革命名，纠合溃兵数百盘踞城北，要索镶械，骄横异常，溃兵十百成群，游行市肆村落间，岌岌复有十六日之事。杨公慕时呕商蒋都督，诱某诛之，击散溃兵，驱之出境，人心复安。

十一月，宣统帝逊位，邵承灏去职，邑人举闻溥为清河民政长，溥周历四境，抚绥之、安辑之，禁诘奸暴，巡行城厢内外，恒午夜不休，乃得转危为安，秩序渐复。

出处：（民国）刘楳寿修，范冕纂《续纂清河县志》（卷十六），民国十七年（1928）刻本。

《淮阴县近事录》序

《清河县志》续修自光绪三年，上接《丙子县志》，截至宣统三年（1911）为止，三十余年事迹，规则悉遵前志，纪述既竣，为前清清河志书告一结束，宜若可以止矣。

邑中绅耆相与集议，谓事变之来莫大于鼎革。宣统三年九月猝遭兵变，阖邑麋烂，创巨痛深。正值鄂渚起兵，各省响应，清室逊位，民国崛兴，河漕盐驿之变迁，文武秩官之裁废，公署案牍之销沉，城郭犹是风气顿殊。京师政府易专制为共和，将为生民谋幸祸，凡夫选举、教育、实业诸大端，省垣不吝巨帑，次第举办，本县亦推广学校，讲肄农工，扩充善举，今之所有皆昔之所无。不有纪载将日引月长，传闻失实焉。以为后来修志者之基础，众论金同。于是，自民国元年（1912）为始，按年据事直书，迄今十有一年矣。年浅事简，不敢称志，第曰《淮阴近事录》而已。或诘之曰：不云附编，而云近事艰，将率由旧章之谓，何应之？曰：时殊世异，与前志相继纂修，功在清朝者。体例迥乎不同，何附之？有闻者折服。夫言固非一端也，亦各有当云尔。

民国十一年（1922）四月上浣，八十二叟邑人范冕谨识。

出处：（清）范冕《淮阴县近事录》，台北市淮阴县同乡会1990年2月影印本。

王锡祺

　　王锡祺（1855—1913），字子鬷，一字寿萱，号瘦冉，江苏清河（今淮阴）人，世居山阳。喜度曲，尤淫于书，尝藏书数万卷。在沈蝶庵、龚寿秋、丁衡甫、王锡礽等亲友的帮助下，历经十五寒暑，收集舆地游览书稿数千种，于光绪十七年（1891）编印出版《小方壶斋舆地丛钞》；三年后，辑成《补编》；越三年，又辑成《再补编》。均由上海著易堂铅印。后因产业倾覆，家人星散，藏书也随之散失。著有《小方壶斋丛书》、《续山阳诗征》、《小方壶斋诗存》二卷、《辟邪录》三卷等著作。

武当山记

　　武当山在均州南，属湖北襄阳府。《水经注》一曰太和山，又曰仙室。昔真武曾栖止修炼于此。明尊为帝时，赐名太岳，复称元岳。志称山拥七十二峰，三十六岩，二十四涧，周环八百余里。谓此天下名山，非元武不足以当之，然乎哉！

　　由草道入山，绰楔曰治世元岳。长冈缩毂，路穷左右，人更旷朗。松杉满门，廊庑翼张，为遇真宫。左庑铸三丰真人像。从右出，入仙关，自此咸为驰道。至山顶，由元和、回龙二观瞻圣母滴泪池。三十里至太子坡。坡扼陂陀之隘，为复真观，缭以周垣，键以重关。西十里为龙泉观，观对天津桥，九渡涧流其下。沿涧道上，则紫霄宫在焉。前对灶门，背倚展旗，层台杰殿，高敞特异。左右翼山拱而出，衔两圆阜为大小宝珠。金水渠窦小宝珠汇焉，名禹迹池，亭其上。池右山为福地，道书七十二之一也。入宫登阶百级，有日、月、七星三池，真一大善二泉四。宫后转山椒，石窍处为太子岩。岩上为三清石，其下则榔梅园，多榔梅树，花色深浅如桃杏，蒂垂丝作海棠状。梅与榔本山中两种，相传元帝插梅寄榔，成此种云。园右万松亭，松杉翳天。从此跨山，去路甚径。由宫外官道，掠三公五老诸峰，过榔梅祠，祠与南岩对峙。五里虎头岩，三里斜桥，突峰悬崖屡屡，而是径多循峰隙。

　　上五里，至三天门。过朝天宫，皆石级，曲折上跻，两旁以铁柱悬索。

由三天门而二天门而一天门，率取径峰坳间，悬级直上，路虽陡峻，而石级既整，栏索钩连，不似华山悬空飞度也。太和宫在三天门内，由此造金顶，所谓天柱峰也。山顶众峰，皆如覆钟峙鼎，离离攒立。天柱中悬，独出众峰之表。金殿峙其上，元武正位，四神配列，承以瑶台，拥以石栏，倚以丹梯，系以铁继，护以紫金。城辟四门，以象天阙。羊肠鸟道，飞磴千尺。香炉、蜡烛三峰，恍惚当席前。山，斗绝，无寻丈夷旷。道流倚崖架木，重楼叠阁，层累以居。循城下，为元君殿，圣父圣母殿，绕天柱峰后为尹喜岩。从三天门之右小径，下峡中，路穿乱峰间，三里余为蜡烛峰，下为蜡烛涧。循涧右行三里余，峰随山转，下见平丘，中开为上琼台观，又下为中琼台，又下为下琼台，挽悬下三天门。五里余栏楯纠缠，十步一息，为摘星桥，稍夷。由榔梅祠循崖宛转，抵南岩。南岩掰崖之半为宫，从殿后左折，大石延衺百丈，如飞窦。其下前绝大壑，荟蔚歲蒙茸，正黑无底。天阴籁发，噫气洒淅，满山谷间。中为紫霄岩，岩前一龙首石。出栏外，祈神者往往焚瓣香于鼻，从颈上望天柱拜，以为虔。左为雷公洞，在悬崖间；东为五百灵官阁，为双清亭；西为南薰亭，为石枰。一台崛起为礼斗，道绝不得至也。西望舍身崖，上为飞升台，下为试心石，相近为佛子岩，有不二庵。

由南岩下竹笆桥就涧，愈益下。北过滴水、仙侣二崖、白云、仙龟诸岩，二十余里下青羊涧。久之，山忽平朗，南岩、天柱复隐隐在西南霄汉间。逾涧复西三十里为五龙宫，在灵应峰曲，东向而北其门，以逆涧水。元帝、启圣二殿，阶九重，前后百五十三级。殿前天地池二，龙井五。右廊阴日月二池，如连环然，日池黛，月池缁，可异也。殿后登山，里许，转入坞中，为自然庵；还至殿右，折下坞中，为凌虚岩。重峦绝壑，面对桃源洞诸山，为希夷习静处；前有传经台，孤瞰壑中。左为玉像殿，帝象紫苍莱，碧玉、沉香各一，咸高数寸，云得之地中。渡磨针涧为圣姥祠，过仙隐岩为玉虚宫。玉虚负展旗，北为遇真故址，三丰真人尝过此，云是后当大显。宫内为殿者三，亭称之为楼望仙者一，齐堂、浴堂、钵堂、云堂、圜堂为堂者五，东西为道院者二，遇真、仙源、游仙、东莱、仙都、登仙为桥者六。崇檐大树，高垣驰道，巨丽不下王宫。紫霄、五龙又未有能先之者矣。由玉虚三十里为迎恩宫。又十里为均州净乐宫。

山之宫殿之广，土木之丽，神灵之显异，笔难罄述。明王太初、徐霞客皆有游记。而近无称述之者，余因采缀两先生作，以著于篇。

出处：（清）王锡祺《小方壶斋舆地丛钞》（第六帙），光绪甲午（1894）刻本。

《小方壶斋舆地丛钞》序

夏虫不语冰，井龟不语天，足不出户庭，不语九垓八埏。然则何为而可者？曰：难言矣。历代疆寓延袤，山川厄塞，类有文人辞士舟车过从，抽妍骋秘，以纪其土风、物产、形势、沿革，如《北征录》《西使记》《益部谈资》《溪蛮丛笑》《真腊风土记》《瀛涯胜览》诸书，尚已若汉骞、唐元奘、元楚材，远出绝域万余里，或无纪载，或传会释氏，牵连妄诞，阅者瞢焉。

明季江阴徐氏足迹遍天下，纪游之书高几隐几幼妙峭绝，实为名笔。我朝龙兴，辽浦远迤，悉臣一时金马贵人从豹尾属车，从容载笔，中枢内侍专阃大帅秉钺遄征，出使异徼，亦抒所长，详记经历。他若国家肇基之所，使臣莅节之域，骚人逸士所浏览，幕宦寓公所造次，大而征伐馁抚，小而聘问来往，远而卫藏新回疆，近而土司苗彝境，旁及东偏诸与，国内地山海之形胜，外洋道里之情势，寰宇五大洲之新奇诈诡，靡不元元本本，殚见洽闻，如数掌螺，如睹聚米。无事陆输水楫，一开卷闻，即如身亲其境，亦无病寡陋焉。

余不学长，益无所成就，然闻人谈游事则色然喜。阅诸家纪录与夫行程日记，即忻然而神往。窃维局促囿一隅，深可惭恧，因上溯国初，下逮近代，凡涉舆地，备拯搜罗，得如千种，厘为拾贰帙，约数百万言。续有所获，仍逐次增入，庋诸座右，既以自怡，并拟以公同好，非敢纵谈，九垓八埏也。亦求免夏虫井龟之诮尔。是为序。

光绪丁丑（1877）夏五月朔，南清河王锡祺寿萱甫识于小方壶斋。

出处：（清）王锡祺《小方壶斋舆地丛钞》（卷首），光绪十七年（1891）铅印本。

《小方壶斋舆地丛钞补编》序

蒙学殖浅陋，甲戌岁（1874）始从事经史诗古文辞，丁丑岁（1877）

始从事舆地洋务时政，获友朋之助，集丛书丛钞千数百种，亦既稍稍刊行矣。兹裒地志家言，厘为补编，谨起而序之曰：国家奋兴长白，威棱震叠，东服诸部，北犁蒙古，西戡卫藏，南辑缅暹，十全武功，亘古靡遘。乾嘉以降，海寓承平，元后圣明，重臣泄沓，驯至发逆，鸱张猘狙，继发久廑，宸虑始臻敉平，中间异族敏关觊觎百状，将军奕山懦弱无能，割东陲三数千里于前迹者，巡抚某轻听人言，弃南疆三数千里于后，自撤藩篱，开门揖盗，无汉张汤传介子、唐郭子仪、宋岳飞、元帖木儿、明于谦，其入执纾，宵旰之殷，忧振疮痏之痼疾邪？有志之士，所为抚膺扼腕长太息者也。蒙录徐、姚两著，郑重将之薄海同仇，定深义愤。若夫固执成见，畏为戎首，故示镇静，发为庄论，蒙惟吁其恭读钦定诸方略，庶生敌忾之心焉尔。

光绪甲午（1894）夏五月，南清河王锡祺寿萱氏识于小方壶斋。

出处：（清）王锡祺《小方壶斋舆地丛钞补编》（卷首），光绪二十年（1894）铅印本。

《小方壶斋舆地丛钞再补编》序

中日构衅，全局一变，然台湾虽割弃而辽东犹戴我王灵，及此上下交儆，力图振兴，阙非千载一时欤！《丛钞》旧有正编、补编之刻，近复得数十种为再补编，中如地球推方圆说、地椭圆说、亚欧热度论，阐苞符之蕴，游历闻见，各国采风记，万国近事考略，穷事物之变。坎巨提、帕米尔、亚东、镇南、庚哥华、雷得诸纪，可觇近十数年之版籍合并，至马关弭兵，俄德法输款，名贤载笔，稿如束笋，兹从略焉。读者反复玩索，洞然于国势敌情。成败利钝，一大耻，一洒揍；张勋业鸿，作必多，仆未老。谨伸纸磨墨以俟。

光绪丁酉（1897）孟春，清河王锡祺识。

出处：（清）王锡祺《小方壶斋舆地丛钞再补编》（卷首），光绪二十三年（1897）铅印本。

《山阳诗征续编》自序

柘塘先生因潘氏《淮郡文献志》、吴氏《山阳耆旧诗》成《诗征》二十六卷。李芝龄宗伯《序》谓"吾邑之诗十得其九"。然考邱氏《淮安诗城》，失收者五十余家。又诸耆宿撰著未收者近百家，盖网罗散佚之难也。先生谢世久，老成日替，英隽踵逝，不有赓续，来者奚恃？去夏丏之，徐师宾华暨程、李、沈、段诸先生金任搜采，不数月间，得诗数千首。窃谓操觚之士遐征全代，近征一省一郡邑，大要以诗存人，以人存诗，或人诗并存。祺何人斯，敢为立异？然诗以辨志，以觇俗。

明末国初，诗噍杀以厉。康雍诗中正而和平，乾隆诗崇尚理致，嘉道诗兼精考据，至咸同间，风会丕异。士大夫幽忧愤郁，一倡百和，激为变征之声。迄今十余年间，岛寇鸱张、兴议变法，间有感时纪事形诸歌咏者，群非笑之，则绅绎推寻，不亦可识。时局之纯漓，趋向之同异耶？祺索居鄙陋，随得随录，罣漏必多。若有淹雅名流，更为广甄博综，匪独慰柘塘先生之素愿，抑亦祺祷祀求之者已。

光绪丙申（1896）春三月，清河王锡祺谨序于小方壶斋。

出处：（清）王锡祺《山阳诗征续编》（卷首），光绪二十二年（1896）铅印本；（清）邱沅、段朝端《山阳艺文志》（卷六），民国十年（1921）刻本。

《山阳诗征续编》跋

今议自强矣，一旦颁令，甲更新法。微特制蓺，试律小楷，粪土视之。即经史考据，诗古文辞，学非所行，孰肯背驰枉取者。然闻旁行斜上之伦，发性情征风会，长言咏叹，类古歌谣，则或者诗道未遽废也。予不知生予后者之诗何如，使殁予前者之诗，搜采或佚，其谓之何。《续诗征》甫三稔，化异物者踵趾错。酒酣评阅，悲从中来。拉杂书之，跋云乎哉。

光绪戊戌（1898）嘉平月朔，清河王锡祺瘦髯，甫识于小方壶斋。

出处：（清）王锡祺《山阳诗征续编》，光绪二十二年（1896）铅印本。

《淮阴金石仅存录》跋

淮之人多矣，淮之金石存几许？不知也！祺，淮人也，淮之金石存几许？不知也！淮之金石廑有存者，可不恶欤？可不惧欤？芝龄宗伯有金石存之刻，系金石而未备甄淮阴。玉航伯师有娑罗树碑残字之刻，系淮阴而未备甄金石。

罗君叔酝，上虞人也，旅居淮阴，耆金石成癖，臧碑版千百通，杅洗盘敦当瓦之属称是。念淮阴金石之柀佚荡缺，口涎手胝，摹拓椎搨，悉心考证，都为一帙，颜曰：廑存录。稍存梗概者，杂见他书者，订为坿录。正往史之失，补志乘之遗。必云抗衡阮仪征、翁大兴、王青浦、孙阳湖，所不敢知。然于金石，可继张力臣、吴山夫；于淮阴，可继张毅文、范咏春。

此录一出，廑存者永存，夫岂祺之幸，不亦淮之人之幸耶！

光绪十八年（1892）冬十二月，清河王锡祺。

出处：（清）罗振玉《淮阴金石仅存录》（附编），光绪二十年（1894）序排印本。

《白耷山人年谱》跋

白耷山人者，沛县阎尔梅先生之别称也。大耳曰耷，山人生而耳大，且自中年遘鼎革之会，幽忧抑郁，不欲以姓氏里居著于世，因署曰白耷山人云尔。旧谱伊谁氏编，盖阙有间，新谱得之山阳鲁氏，卷端标曰："张氏原本。"考注中按语知张名。知者通甫先生更为增辑，取裁于潘次耕之诗："山人之孙坼，与孙心仿之。"传而山人事实撰作，乃粲然而大备。嗟乎！山人谋国之贞，阓世之莫心乎，有明见宥乎？

圣清九边万里，百死一生，征特牧斋，百史辈卑，卑无足道，即极力援手之孝升，亦对山人有愧，山人视之会何所重轻？闻徐州桂太守中行，将以山人与万年少先生诗文刊为合集，后之读者以证斯谱，庶几佩山人之节，而谅山人之心矣。

光绪癸巳（1893）上巳，南清河王锡麒跋。

出处：（清）鲁一同《白耷山人年谱》，光绪十九年（1893）刻本。

《山阳河下园亭记》跋

　　距淮郡城北五里曰河下，往昔醝运盛时，甲第蝉联，市厘闠溢，土木之工，冠裳之会，烜赫宇村。吴谷人祭酒所记：列屋载宇，则萧曼云征；连襟掎裳，则裓裲雾合。晴炊接乎花竹之巷，雨屐喧于姜菜之桥。引明邱琼山时谓："扬州千载繁华景，移在西湖嘴上头。"盖实录也。自更纲为票，利源中竭，潭潭巨宅，飙忽易主，识者伤焉。迨捻寇剽夺，惨遭劫灰，大厦华堂，荡为瓦砾，间有一二存者，亦摧颓毁败，于荒榛蔓草中，末由兴与复矣。

　　辛桥李丈，生丁隆会，躬接清流，痛胜境之易湮，绍余风于未沫，爰依《洛阳名园记》，稍更体例，一邱一壑，纤悉甄著，昔右军云"向之所，欣俯仰之间已为陈迹"，子安云"兰亭已矣，梓泽邱墟"。读此记能憬然于豪侈之不可常，雍熙之难再觏，且以见当时之人物丰阜有如此也，庶无负作者之苦心也乎。

　　光绪壬辰（1892）□月，清河后学王锡祺谨跋。

出处：（清）李元庚《山阳河下园亭记》，方志出版社 2006 年 4 月版。

·民 国·

徐钟令

　　徐钟令（1864—?），淮阴人，民国元年（1912）二月至七年（1918）春任淮阴县民政长（县知事）。见任安徽无为州江防州同、代理霍邱知县。辛亥革命期间，曾作为江北都督府都督蒋雁行的代表，到上海参加各省都督府代表联合会会议。宣统与民国初年，江苏屡令纂修通志，檄所属各县征集资料，躬亲采访，著成《淮阴志征访稿》。

李更生君别传

　　吾友李更生殁期年矣，迟未卜葬何也，盖贼君之恶犹未就絷，君夫人子女不忍安君体魄若忘仇者然。于是里党亲知诸从游者，无不伤君罹祸之不意，而尤痛惜吾淮教育之失其人也。乃谋设位受吊，俾写哀思，念余深于君者，函告月日，余不得亲临一吊，而可以无学不文无感逝之述乎。

　　李氏为吾邑士族，君少英朗，藉藉庠序间，余识君早，二十余年来获君研摩之砺，直谅之益，在他人或病其切，至余则以此益重君。有终身不能忘者，当辛壬之际，吾乡卒遭兵燹，里人推择数辈以维急要，不二三日渐就秩理，余最服君勤敏不挠，识大体，非时流所及。既而余知乡县，请君为教育科长，方乱后谊赜杂沓，百无纪序，均吾两人当其冲，固不限君于教育一端。自是与君联襟接席，晨夕愈亲，即君之干略愈见。时城乡公私数十校，罦乱尽废，校具尽坏，几无着手地，君与诸校长辑理于颓败中，惨澹经营，比数月次第复业，未离扰攘之时，已布弦歌之响，微君力焉得至此！既而淮中学兀臬不安，六县士绅谋改善，集议于郡城，条上省府，省府任余为淮中学监督，且被整治校风之命，君言今大患人心思乱，然治乱机牙，不在民而在士，中学多青年，朱紫易染，非若大学弟子心志有定，又非小学生徒旨趣未立也，爰告诸生，凡军士与学校宜服从，勿误解自由。未几淮校师弟有龃龉者，余从君识，听诸生退籍数人，而风潮以息。县校经费夙恃米厘为挹注，乱后开学经年，他入项殆绝，独米业转盛，但以牵运军府，米厘亦停。君为余牒上军府，一不俞则再上，再不俞则促余谒请护军使刘公，陈述不可已状，公仍不允，余力争且久，会宿邳陆寿山文椿、陈彦甫士髦、庄介臣维藩三君在座，遮余语而公意竟不可回，君谓余无办法否，余意宁开罪军使，不能使千百儿童失学，且使数十寒儒乏生计也。因历牒都督省长，援案上呈，幸邀省府原情俞允，刘公旋悟而此案遂定，亦非君之助力不及此。民国癸丑（1913），君被举为第一届省议会议员，持正特立，与朱德轩绍文、王叔相宝槐诸君并有美誉于省会，言者谓淮阴省议员，信能不背民意不虚也。君任省立第六师范附属小学主事最久，调长第八中学后将五年，八中设置扬州，适余客扬，过从甚数，其主持校事仍不异昔年，为余借筋，于时徐公美、任孟闲二君，正长淮扬两师范，咸以精勤其职业，翘然三校于数十省校中，声实兼优。最后当道移君九中校长，特以整饬校风非君莫属，君力辞不允而后就职。九中即故淮中，所谓赤紧繁难之任也，君长九中一年，度之而不违矩，约之而不丛棘，以亨以安，其才智洵足尚已，同时兼长淮阴私立成志中校，张空拳支拄数载而绩效大著，君思筹永久基址为乡邦树人之计，劳形枉虑，益见君志意坚确，假君数年必可完成，惜乎其未完，致君弥留之际，犹殷殷垂念可慨也。

徐钟令曰："自君弃诸生服业科学，受聘赴皖，历长繁昌、宣城、太和诸县学校，名以日起，逮国体变后长淮扬诸省校，名益重，不啻终身与教育为缘。每学务有大改革，议省议京率推君代表，研析微芒，演讲娓娓足听，同时江北教育闻人，未有先之者也。君持议或顺应潮流，或隐挽靡习，余不尽知，有张煦侯君震南所辑事略在，即他有传者未可知矣。又君死事爱书未出，特就与余踪迹，撰为别传云尔。"

出处：李崇祜等编《李更生先生言行录暨逝世六十周年纪念集》，1987年自印本。

注释：辛壬指辛亥、壬子两年，即1911年、1912年，发生辛亥革命、清室覆灭、中华民国成立等重大历史事件，淮阴江北陆军十三协军乱，疮痍满目。

致武霞峰君函

顷读六十四号地学杂志，得见先生规画江北水利，大著寻诵再三，敬佩无已。吾淮北本为鲁、豫、皖北三省河川入海尾闾，坐是数百里灾患，盖已千百年矣。今鲁、皖既经着手治淮、治泗（兼括客河而言），则处下游之淮徐海，讵可不急起直追，从速作计！先生唤起乡人，俾知注重而不可缓图。可感者，闻宿迁黄伯雨先生，前在北京亦与留京同乡诸公郑重商度，正以不独系淮北一隅最要问题，即我全国政客、学者，有不以为重大者乎！请以愚虑陈之，用备高明商榷。淮泗利害实关四省，南通张季直先生导淮举债，固为疏排四省水道，非为江苏一省费用也。兹则鲁、皖各自筹款，先行举办。豫处上游，关系殊轻，然则美债数千万，竟用诸江苏一省，俾负偿还之责耶，此不可不研究者一。全淮之入江入海尚无定论，里运河即入江正道，假合豫、皖境内入淮群川次第疏畅，长淮、洪泽一律深通，复禹迹淮渎之旧观，计其水量，势且倍于明清之淮（嘉乾以前），数倍于今日之淮，一线运河果足容纳否？夏秋间与淮同时盛涨之长江不敢顶托否？尊议办法两端：一曰浚运，似就决定入江言之，愚意颇难轻下决语，此不可不研究者二。尊议二曰浚沂，沂以东海为归宿，自属确当不移，其同源异流者则有沭水，沂趋灌河口、沭趋临洪口，本俱宽广，更有洌子口为灌江分支，使三口通畅，原足以吐泻沂、沭，无如失治年久，不无淤浅，又三口上溯至新安镇二三百里，如五图等河，其作用皆为分泄沂、沭起见。近年各河形势，冬春间大半浅涩，夏秋多互相通连，是沂沭下游几不分矣。治沂与沭，诚不容轩轾，但入海之应分应合，孰利孰害，亟宜求其至当，此不可不研究者三。凡系分泄沂沭，支河疏浚缓急要，不妨待举王之时，通簿另议。至盐河为运盐而设，上承中运河之水，源小势弱，影响不巨，可暂置不议。所不能忽者，乃中运河耳，如上游汶泗深通，百泉尽活（山东南部泉犹多，大半湮塞），则来源甚壮，去路宜筹，此不可不研究者四。自邳宿而下，十数县岁岁患水，几于十年五灾，悉系此数河作恶。是沂也、泗也、沭也，实淮北之公敌，临河居民，有日日在昏垫之中，而不能言其所以者。如先生之考察推求，不遗余力，又时时大声警告，殆古所谓先觉者耶。今于水道形势，粗涉其藩，不能望见先生堂奥，敢献所疑，敬乞指示。又大著建闸之说，意河道不甚宽者可以闸，时其宣蓄，若临洪、灌河、射阳诸口，末至海岸数十里间，河面已阔二三里，或里余不等，中流建闸，溃决可期，必如何施工建筑，方能牢固矗立不移，并祈示知，尤深企祷。

出处：中国地学会《地学杂志》第八年第八、九期"邮筒"，1917年9月25日。

校刻鲁通甫先生集外文弁言

清代文章逾越元、明，审矣！昌黎薪火、眉山衣钵，继起足当一代大家者，鲁通甫先生其一也。曾文正公推重于生前，张文襄见称于身后，文如《正统论》《秦论》《隋论》，皇皇诸作，韩、苏殆将避席。世传《通甫类稿》暨《续编》，均先生自定。凡从己意编定己制，未有不加取弃者。《集》外有《文》，余蓄疑久矣。曩交志刚太守、荫亭大令，皆先生诸孙而并无所藏，果也。张煦侯君得之于丁子久君，巍然先生遗文四十余篇，近三万言，蒙叟隽永、檀弓峭厉、盲左之厚、腐迁之博，兼之哉！一展卷如读南华诸书，未觉优游先生文中，而博厚雄奇为一代文笔巨手，实无忝也。

余既退闲，深思求得乡先辈遗著以传来者，赖吾友煦侯及范耕砚二君相助搜讨，惟是百年以上，淮阴当黄、淮交汇，水祸频数，文献多逐波浪，无复存焉。何幸而获此乎？乃者二君过语余，子久母氏，先生之女孙，珍藏先生手泽七八十载，遗命谋刊，未适愿也。

余乃承剞劂氏任，顾不念先时取弃之意何在，文后间有先生自注或时贤评语，疑先生欿然不自满足，斯其不录之所由也。评注无涉事实可勿录，抄本讹夺势所难免。余浅陋未敢审定，遂托二君，甚繁重矣。循昔人续刊名称有曰"补编"，曰"补遗""拾遗"，曰"遗文"，曰"续集""别集""外集""后集"，种种不同，彼各有取尔。若用于先生自定之余，以俱未安，意当径名《鲁通甫先生集外文》，较质实也。《方望溪全集》中尝有此名，《元氏长庆集》有"集外文章"一卷，章字赘矣，亦不从。比与二君晤，言未始及之，寻走书商，得同意而后定。二君且嘱识其原委，谓余不可少也，爰述经过，用弁简端云尔。

民国丙子（1936）夏至后十日，淮阴后学徐钟令谨识。

出处：郝润华编《鲁通甫集·序跋》（附录），三秦出版社 2011 年 1 月版。

淮阴铁路

淮阴铁路，总已筑拟之线，大类有三：曰清徐；曰瓜清；曰海清。

筑清徐之线，由清江循运河北岸，历桃源、宿迁，渡运河西趋，达徐州，长三百三十八里。光绪三十四年（1908）邮传部大臣吕海寰奏准，由苏省铁路公司承筑，限四年完工，迟则收归官办。宣统元年（1909）集股兴筑，设材料处于臧家码头，设车站于城北之八面佛。二年，自臧家码头至杨庄一段告成，凡二十二里，始通车输送客货，顾息入殊微亏，累滋多任务，事遂寝。其明年收归国有，而清已亡。

瓜清之线，继清徐而拟筑者也。清徐虽建，使无镇江为归墟，则轮挽仍多梗滞，故苏路公司又拟同时施工，而统其名曰镇徐。议既定，乃推股东，袁希涛方还，暨领袖工程师徐文响亲历淮扬两郡，随地测量，光绪三十四年八月竣事，并呈部备案，然茬苒经岁，迄未兴筑。而众论鹿杂，又议沿运至高邮改道泰州、如皋抵天生港，名曰清通〔宣统三年正月苏路公司创议〕，亦悬而未决。

海清之线起清江，北趋渡六塘，经沭阳东境达海州，长二百五十里，镇徐之支线也。初海州有开埠之议，有谓不筑铁路则商埠虚设，而清徐商货无由出海，且海清有盐斤之翰挽，自海州抵西坝湖运则出杨庄，江运则出清江路，短工省筑之为便，故苏路公司遂有勘筑之举。今所存者自清江至西坝，凡十四里，盖与清徐线交会云。

出处：（民国）徐钟令《民国淮阴志征访稿》（卷三），民国抄本。

田步蟾

田步蟾（1864—1944），字桂舫，斋号荻芬庐。江苏淮阴人。光绪二十九年（1903）进士。曾任清政府农工商部主事、农工商部员外郎、考察各国政治大臣随员等职。民国初年，历任北京政府农林部垦务司司长，陕西、山东实业厅厅长，官至北洋政府实业部次长。抗日战争期间任北京古学院研究员，专心从事书画、诗词、儒学等方面研究，参与编辑《古学丛刊》。

述 孝

人生之本，惟孝通天；格于鬼神，昭于百王。日月所照，霜露所坠，凡有血气者，莫不尊亲。父母之恩罔极，人子之孝縻已。是故孝之为知也，惟初为性也，惟真人能本此知，尽此性，以克充其孝。自修齐治平，以至承元归化，无为而成，莫致而至。

大哉孝乎，位天地，育万物，治世成教，而还于无极焉。盖众善百行，皆由此具，皆由此成。一完而无不完，一成而无不成，际天弥地皆元气，即皆孝德也。位育之功，教化之本，胥在乎斯，斯所以为大也。

孝亲之道，见于经传者极多。试征之于礼，惟孝至诚，由于爱敬。胎养乳食，能无爱母；分灵建体，能无爱父；我所怙恃，能毋诚敬。自然如斯，非由外饰。自童至老，鸡鸣盥漱，衣冠携奉，赴父母宫，以问安否。时则视膳，彻则视馂，自天子以至于庶人，一是皆以孝亲为本。

故孝亲者，在察亲之心意，视于无形，听于无声，以先意承；志亲前，无宿诺，无呼叱，无疾言遽色；立无倚，动无乱，慎其微，所以致养也。爱亲之诚，不敢为不善，不敢交恶友；居不敢自逸，所爱必其常；出不敢远游，所诣必有方。慎其事，所以全养也。至若父母有疾，医必三世，药必亲尝，饮食起居必躬侍；侍亲之疾，身不归寝，衣不解带，察其甘苦，疴养有逾己身，故亲必痊瘳。父母有过，下气怡色，柔声以谏；谏若不入，起敬起孝；悦则复谏，必求谏入而后已。故亲必底豫，父母有爱而未逮。虽父母没，终身绍述之，弗避艰苦危殆，以成其事，故亲必享格，此乃言人子事亲处常处变之道也。

再征之于易，乾父坤母，孝在博施而济众，翊化而调元，盖大人圣人之道也。人能本斯道以各致于其所生，孝之至也。道守天地之正，变通时位之宜，择义之精，致易之神，孝之达也。不达不至，欲至必达，至而能达，可以孝亲而无亏已。易曰：风自火出，家人，父父、子子、而天下定，象之著也，变之坊也，孝之至也。

是故孝之善，因时者取敬于家人，祗事严君，刑厥妇子，以尊其亲，而尊其家，故曰：家人有严君，父母之谓也。取爱于豫，怡说和豫，以顺而动，事厥父母，故曰作乐崇德，殷荐之上帝，以配祖考也。取诚于萃，萃天下之精诚，以事其亲，生致孝养，没致孝享，故曰：正假有庙，致孝享也。比三者各因其象，以迎其几，各审其位，以尽其才，尊卑既定，恩义斯隆，由内及外，由家及国，是足以承变，而立于不易矣。

推之他经所载，亦皆有精义之发明，是在学者善为体会焉。

出处：（民国）田步蟾《述孝》碑。

注释：《述孝》原碑藏于北京天坛，该碑落款：淮阴田步蟾撰书，中华民国二十六年（1937）元月初吉。

《新注四书白话解说》序

四子一书，如日月经天，江河行地，纲常名教，千古昭垂，惟义理间有深奥处，常人不易领会。江神童有见及此，及著为白话解说，以冀人皆能诵读，皆能明晓，使孔子之道普遍世界中人上下身体而力行之，则世道人心赖以挽回，辅翼厥功甚伟。若以章句讲解之学视之，抑浅矣。

己未（1919）冬至日，淮阴田步蟾谨序。

出处：江希张《新注四书白话解说》，上海书业公所1921年版。

吴 涑

吴涑（1867—1920），字温叟，号季实，晚号击存，吴昆田之子，工诗文。民国二年（1913）被选为众议院议员。反对袁世凯复辟，反对内战。民国六年（1917）任护法国会众议院议员。著有《抑抑堂文集》、诗集、札记共十五卷，纂辑有蒋阶《甦余日记》一卷，潘德舆、鲁一同、高延第读书记若干卷。

勺湖款春图记

今年五月朔，余与梁子饮真就周范百、醑仲兄弟及家弟绍溪于郡城寄斋，相与泛棹勺湖。水风澹沱，薄寒中人，萧索特甚，而饮真留客连容与不能去。薄暮抵寓，挑灯写《款春图》，视范百，其明日小雨不果归，乃展前游，至烟水深处，饮真慷慨长吟，以为座中诸人，或隔不百里，或侨居城中，去勺湖未远也。吾独作客异县，如邗上之平山堂、长春岭，古贤踪迹所留，遂称胜慨者，皆邈不相接。即斯萧索之境，且不可常得。何独友朋聚散，何为足致慨于无穷也。然后知饮真不能舍勺湖而去者，殆亦庄子见于乡人者而喜之意尔！端午后，饮真来予村中，薄酒之余，又作第二图。嗟乎，饮真其终未能忘情于勺湖也！余将付装池题咏以存之，饮真曰："否！否！技未工也，何足涴人纸墨！"余曰："吾之存此，犹子作图意也，子与勺湖不能无去留，犹吾与子不能无聚散也。子谓余能忍然乎否也。"饮真无以应，爰序颠末，付之装池。款春之会，又有家侄其稑、仲毂、其科子进，凡七人。庚寅（1890）秋七月，吴涑。

出处：（清）吴涑《勺湖款春图册》，江苏省淮安市博物馆收藏。

注释：《勺湖款春图册》，纵33厘米，横27厘米，包背装，纸本，现存43页，是清光绪十六年（1890）五月的一天，淮阴诗人吴温叟和扬州画家梁公约携友人吴绍溪、周孝楷、周棣等泛舟湖上，为此而创作的诗词和画图。它和中国历史上的雅集图一样，大都由题、图、记、序、诗五部分组成，形成一部图相当完整的文人雅集图卷。但中国历史上文人雅集图大都是装裱成长卷的形式，但这部雅集图却装裱成多达四十多页的图册，故在文人雅集图中比较罕见。此册收录了五十二位来自苏、皖、浙、沪、冀、赣六省清末民初文人雅士的墨迹，这些文人雅士大都是当时的诗人、学者和精英。《勺湖款春图册》是历经战乱的劫余之物，不仅反映了一段士林佳话，也是研究清末民初江淮名士行止交往的一份宝贵资料。

《爱莲堂淮阴周氏族谱》序

谱为敬宗收族而作也。余尝言，据乱之时尤迫于升平之世。升平之世，矜夸门阀而已；据乱之时，可以收聚散亡。然谱之修也，因易而创难，因不过采访编辑而已。创则宜发凡起例，详略得宜。而详所应详，或无可稽；略所应略，或未能简易。非率意可取办，师心所就功，故吾于周君润之之修谱而叹其美且善也。周氏自迁淮以后，派别几何，分析几何，散处他乡里者几何，不有谱以系之，不几骨肉而途人之乎？然而创修之际，亦既颐且繁矣。而润之毅然为之不倦。自订凡例，具有条理，且将建祠育才身先捐资以为之倡。嗟乎！当兹据乱之世，岂不尤难觏哉？今之学者方持破坏家族主义号召天下，尚何用敬宗收族为也。润之善治生习水利，能出新意，与今之实业家兢能有反本之思，其修谱时来征余文，遂不辞而为之序。

出处：周德均主修《爱莲堂淮阴周氏族谱》，民国庚申（1920）清江浦仁记美丽印刷所。

为筹办谘议局事敬告淮安诸父老书

敬启者：不佞前为谘议局筹办处事，两致书淮安六县教育会，未审已宣布周知否？筹备否？开办否？报章仅载清河有会议之说，亦未详会否谈议，何时经始。旅泊江南，心系故土，敢再不惮辞缕为我诸父老陈之。

江苏国会请愿书凡九千余人，吾淮签名者曾不在人后。今国会九年成立，咨议局一年成立之期，均布告天下矣。江苏督抚公牒已下，苏属次第兴办，不谓宁属则江宁府事务所成立矣，上元、江宁两县事务所不日成立矣，扬州府江、甘、仪三县已开办矣，吾淮岂可不急起直追，期于限内集事乎？尚待何人之敦迫乎？不虑政界之反唇相讥乎？吾知其必不然也。诸父老必曰吾待官府之文告也。现查省垣之筹办处成立尚须十日，成立之后治公文由驿递计抵吾淮各县，无虑又二十余日，各县奉文后即无片刻延搁即治文告缮发至四乡，又须十日。迂回迟缓恐今年遂成虚掷，此日可惜，固不足论。

坐视他人之完备，必有坐待他人干预之一日，吾恐此言非吾诸父老所乐闻也。愚意如必待邑令之文告，可以向之要求援江、甘两县今例，未奉筹办处札文，径自出示可也。如可不待邑令之文告，可以先行开办，援宁、元两县例，绅士开会切实宣布可也。且此事官绅同办固也，官绅相需则事集，官绅相诿则事偾。官如传舍，尚可诿也；绅本公民，何所诿乎？

筹办所亟首在调查，吾淮六邑劝学所均已成立，度诸劝学员分区调查，亦必具有册籍，盍并担任此项调查，庶几事半功倍。至调查方法，他县发表已多，报章具载，盍就各地方情形酌量变通，刻日从事。所谓调查者，即调查何色人等具有选举权、被选举权资格云尔。咨议局章程第二章第三条已详，即奉明文，宁出乎此！特是不佞稍一研究，此条中资格凡五，前四则调查颇易，第五则甚难，约有四端：经商末业或在他县，一也；合资懋迁多寡不一，二也；田亩价值今昔异势，三也；连阡共陌良嵌回殊，四也。此犹无足虑，惟患农商诸实业家各抱守一，不示人以富厚之思想，以为是将胁我输国民捐纳，加亩税也；恐我漏报关厘金，而欲重罚我也；必计田抽丁，光当兵丁也。大盗且觇我之厚藏而肱我箧也，身居腹地不审时势，种种误会事所必至。是非选择，通达明办。数人宣布演说，俾之诚信未可着手也。不佞窃谓前四项，诸色人无论为新旧学界人，为服官之人，前此无议员之名称，已各有特别之利益，今更处囊之，锥其末立见矣。所苦者独耕田凿井之农夫，犯露侵霜之负戴耳。而将来承任地方税以谋公益而保主权，胥赖之矣。各地方议员此等人必居多数，然后可臻发达；此等人必得多数为议员，然后始不反抗。愿诸父老加之意也。

所谓宣布，所谓演说，自宜编为白话，使人人易晓，然亦有条理，方可动听，一俾勿放弃此权也。固有之物，甘自隐匿，后将噬脐，不得归罪于调查之不实，一俾善保守此权也。譬父有五千之财产，乃有五子，将来子仅各一千，久必失之。子能谋增益之，斯永有之权矣，一俾能扩充此权也。既有五千，仅一人得，有此权若廓而大之至一万，则一家两人各有此权矣，一俾之竞争此权也。譬不足五千之财产而不自振刷，则终无此权。能善司营业，后将得之，一俾其恢复此权也。故家中落，往往有之先业不守，坐损固有之权，惟无与于他人事，然一己宁无憾，子要加入，事不常在，为之何如耳！如此分别劝说，而吾淮人士不自奋勉，未之有也。不佞尤有虑者，自内河轮船通行，而淮属输入输出之货物均伙，然反复调查抑知输入者多熟货，输出者皆生货，生货与熟货较，谓能相敌否耶？不日而瓜清铁路兴，清海、清徐亦相继而起，无不以清江浦为中心点，论者无不谓发达之兆也。吾谓是困难之端也，何以拯之，亦惟提倡实业以保我农我工我商而已。提倡实业，舍资本营业家无由矣。是固非调查议员资格权限内应有之义，而未始不可于宣布演说时为之进一解也。不佞虽不获从诸父老后，供先后奔走之役，亦深冀吾淮之进步无疆，故不觉言之絮絮尔。

出处：《时报》，光绪三十四年（1908）11 月 21 日。

《国粹学报》成立三周年祝辞

丁未（1917）十二月，薄游沪上，薜苣秋枚邓君、醹闻黄君。两君者，涑于《国粹学报》政艺通报中尝绎其纂著，思之而愿接风采者也。既邓君以国学保存会成立三年，征作祝辞，昔汪氏中曰一奇二偶，一二不可以为数，二乘一而为三，故三者数之成也。此会之成，海内同志计无不集乐赞扬而颂祷，吾独深叹当之者大难，观成者匪易也。

科举时代人人赞儒先书，但阶以速化，习其词不必通其旨。数千年文化之绪，乃在若断若续间，然犹存什一于千百者，何也？芸芸万众，时毓魁彦，时得所藉手，龙蒸云变，薪尽火传，流虒曼衍，差赖不坠，虽未昌言，保而仍自孤存。今科举废，学堂兴，所以绵古泽之传，作新民之智，令甲所著，非不犁然，有当于人心。然少年英俊，往往吐弃古初，歆次新理。吾不敢谓不世之人才不出其中也，而国学殆几乎熄焉。

嗟乎！利绌害赢，犇奏补苴，有限人才已遭戕贼譬之。留一粒种子落大地中，日喧雨润，则句萌条达，可以荫庇千牛，必践履之，莍鉏之，生机几何，势不至无遗子，不止此抱残守阙之士恧焉。忧惧而醉心欧美，涉猎科学者，所由高视阔步，侈然自足者也。此两君腊系国学，慎重保存所由，导来哲之先路，为昔贤之后盾者也。虽才地不足，而从心孤往，不计非笑之为非笑，置一壶于中流，泛泛乎莫知所届也。如是者且三年。夫我国文化自羲皇肇造以来，有卦画而后有书契，有书契而后有经典，有经与而后有诸子百家、风骚词赋，时更世变，踵事增华，莫能殚究。凡著述成一家之言，皆为国学，即不容不保，而使存故。

吾祝此会之久大，更祝此会之恢张也，汪氏不又云乎，三者虚数也，极之于九，且亦虚数也。推之十百千万，固亦如此。此会荣幸无量国学，荣幸无量又断然也。涑素不知学，辱承诔诼，谬有论列，噏星飞尘，愧不足为朝阳华岳之助尔。

清河吴涑。

出处：《国粹学报》第三十八期，民国六年（1907）12月。

族祖秋溪府君行状

光绪庚寅（1890）之岁，涑不敏，敬承先志，将类刊吾族先世遗著，首得族祖秋溪府君《听雨草堂》杂体诗一帙，付诸钞胥。一日，哲嗣香圃先生芸造敝庐，以状属。涑惶悚不敢应，香圃先生曰：吾先君子故与令祖同高高祖，先子与贤尊同游山阳高紫峰先生士魁门，吾子照渊受业于贤尊，盖又两世文字交也。今日之事，尔其无辞！小子既不获命，乃谨依香圃先生所述，斋沐拜手而为状。

谨案府君讳安谦，字益夫，号秋溪，附生。明初通海公由滁迁淮，九传至瀚公，德行孚于乡里，载在郡邑志者，则府君高祖也。瀚公生梲公，恩贡生，候选直隶州州判。梲公生昭烺公，增贡生，候选训导。昭烺公生增禄公，太学生。增禄公有子七人，先生次居六。少事父母，尽礼无色忤，增禄公殁，张太君老矣，产寡且硗薄，不任耕耨，生齿日繁，诸兄弟日事西畴，菽水不能给，府君庋馆谷所入奉之，而躬自刻苦，菲薄妻子，常人所不能堪，又惟恐亲知。处兄弟皆退让，居恒训子弟曰：吾幸稍稍读诗书，识道理，吾惟吾兄弟之不能我谅是惧，吾深憾力之不能兼赡，安敢蹈不恭之咎，以为士林羞。姊氏几姑，远适某氏，一日归宁，值杨工浸口，平地波荡，音问阻绝，夫家之安否不可卜，几姑盡然心伤，口不敢言，侍亲左右，未尝不面承欢而背雪涕也。府君廉知之，措重金，赁人泗水出，归持其夫家衣一袭为信，几姑之戚乃已。乡曲有斗争，曲为譬喻，立谈而解纷，邻里窘迫，指囷纾难，受者感泣。顾自视欿然，性特孤介，不苟取，饔飧不继泊如也。壮岁补博士弟子员，益攻应奉制举之文，然好为诗，以暇晷治之，桃源尹杏农先生耕云，读至"沟水何时能到海，闲云终日不归山"叹曰："工则工矣，然非廊庙中人语也。"果坎壈困厄以殁。

年六十六岁。生嘉庆五年（1796）十月二十一日，卒同治四年（1865）五月十四日。娶裘氏，继郑氏，子七：芸、苐、藟、苞、蒸、蘧、苟，孙照渊等十八人。

涑既次府君诗，又质诸当代知言者，正定王司马耕心为之序，同邑王郎中锡祺录副本，刊入《小方壶斋丛抄》中，先生虽穷约，终亦可以无遗憾矣。

谨次府君世系事迹如右，以俟辀轩之采。族孙涑谨状。

出处： 吴其稑主修《延陵堂淮阴渔沟吴氏宗谱》，民国辛酉年（1921）二月刊梓。

王瘦丹别传

君讳锡祺，字寿萱，晚号瘦丹，淮安清河人，侨居山阳。王氏故素封，其先世多啬于寿，瘦丹乃垂六十，顾中道破家，客死，悲夫！

君天资开敏，喜度曲，尤淫于书，工辞章，屡以诗赋冠其曹。一日有以诗视者，君方樗蒲口哕小史次韵答之，斐然可观。

尝编辑山经地志，为与地丛钞，分类别部，一续、再续，都百十万言。又别采前人未刊著述，印行之，统曰《小方壶斋丛书》，海内识字者莫不知有小方壶。小方壶之名，与知不足斋、粤雅堂埒。其中最关文献有阮吾山先生《茶余客话》（足本），顾秋碧先生《补后汉书》艺文志，丁俭卿先生《山阳诗征》，君又编《山阳诗征》（视正编），尤伙其他单词片帙，罔不爬搜。昔人谓刊絮遗书比之掩骸埋胔，君殆无愧云。

铅板始盛行，君所编以聚珍铅板印之，后又铸铅为板，印铅故以油墨不适于藏，且行狭字细，读者病之。余偶以为言，君谓："木刻将供炊爨耳，铅犹可易资，铅费重而量巨，使如鲍氏、伍氏，书之行宽字大，则板无庋阁处。"未几，君竟以铅板质诸质库，今尚存。当时，君不以木者，果幸而出于铅，犹得存什一于千百也。

君磊落自意，不事生产，虽身为家督，不自省察，故家毁而责无一偿，守令持之急，久乃稍解。君脱身走沪渎，旋至江宁分纂省志。誉微，君又不能自克己，置挐泰县，妻家复游沪，目眚且病疡，益无聊赖，转徙而殁于泰县。所著诗文凡若干卷。

吴涑曰：瘦丹以刑曹观政京国上书宰相，一时意气讵不壮哉！居常欲以科目，致身秋赋江南第三场对策，口讲指画，穷源竟委听者愕眙！君盆神王出闱，饮秦淮酒家不衫不履，旁若无人，酒酣高唱，曲中老伶环跽起居，君乃浮大白掉臂蹋月而去，观者以为神仙中人。孰意其老而穷，穷而死耶。君所编述具在，可以自传。余仅略疏其身世，以视知君者焉。

出处： 闵尔昌纂录《碑传集补》（卷五十三），民国十二年（1923）燕京大学国学研究所铅印。

何福恒

> 何福恒，清末民初学者，清江浦人，自号钵池民。与修《民国续纂山阳县志》，任总校。

符山堂图卷跋

曩读阮定甫先生《观张先生力臣栈行图记》，窃心向往之，深以未得寓目为憾！今栈行图不知流落何所，良用慨然。邑志载先生通经博古，世其家学，专心六书，尤嗜金石文字，其品诣超卓，寔为吾淮之冠。先世符山堂藏书甚富，先生读书其间，手抄书及手校书尤夥，惜没后皆散佚。然则先生之手迹，其湮没不彰乎？辛亥（1911）烁，默存中丞由山右归，示余以符堂图卷，焚香敬读，如对古人，凤毛麟角，洵希世宝也。向之欲一见栈行图而不得者，今幸获观此图卷，图虽异一，仍先生故物，或亦眼福之有定耶。嗟嗟，故家凌替，名迹荡然，近世士夫喜新厌故，求其能抒怀旧为之蓄念，发思古之幽情者，诚罕其人。默存中丞干济通才，持躬廉俭，玩好之事不屑屑为，然于卿邦文献，有问独搜罗不遗余力，此卷迁流转徙，得以完归故士，殆亦中丞珍惜乡贤之心，有以感召之欤。余于是益幸吾淮文献之征，将藉以不朽也。爰喜跋数语归之。宣统辛亥（1911）秋七月，钵池民何福恒。

出处：（清）丁宝铨《符山堂图卷》。

厥 名

重修王营镇清真寺碑记

王营镇清真寺，创始于清雍正年间，延及道光末季，为吾族极盛时代，户口既繁，营业又发达，兼有常老阿衡廷璋、戴老阿衡明选，先后主持教务，绛帐高悬，成就门徒甚众，事载邑乘，可覆按而知也。咸丰庚申（1860），猝遭捻乱，寺宇焚毁净尽，吾族逃往丧亡，户口渐次零落。同治六年（1867），戴静斋阿衡，明选老阿衡之哲嗣也，夙禀庭训，继掌教职，先建茅屋数椽，朝夕讲道。然欲瞻礼，则简陋可哂；欲聚会，则狭隘难容。阿衡督然忧之，多方劝募，建成草大殿三间。嗣复商之杨煦亭、马云峰、郭道生诸君，协力赞助，于光绪十年（1884），改建瓦大殿暨讲堂等处，始稍稍复旧观矣。吾族居于斯者日多，原有义冢一段，年久几无隙地。阿衡慨教中自立茔园寥寥也，遇有大故，辄形棘手，拟购觅一地以善其后，得马君云峰同意，事未果，而马君已逝，惜哉！幸马君之弟润之，克承兄志，又得乡耆李君云坡鼎力赞同，不分畛域，集资购得新茔两处。阿衡之嘉惠吾族至周且备，此固由热心公益诸君赞助实多，而亦阿衡数十年孤心苦诣，精诚感格有以致之也。民国元年（1912），同人等力继先人之志，添建大门、南讲堂、厨房各处。葛君子明建设水房，助赀数百千。又由甘省延请王聘卿阿衡教授经文，四方来兹参观者，辄为之称道不已。近年风雨摧残，殿堂又有倒坍之虞，同人等公同集议，将义冢外围柳树数十株，得价二百数十千，及甘肃进善堂乐助瓦房木料多件。于是殿前建瓦卷檐三间，四周墙壁、东讲堂三间、重门院落一律修理完整。计此次工用浩大，悉由公产、远募相辅而成，同人等愧无实力，而不惮言之琐琐者，溯二百年世变迭更，吾寺巍然独存，先贤乡耆之力居多，甚愿后人念古人缔造之艰，世世保守，得以久而勿替，是则同人等之所深愿也。爰志其颠末如此。

中华民国九年（1920）七月□日。

出处：王家营清真寺碑，该碑镶嵌在王家营清真寺正殿大门北侧山墙上。

注释：该碑未记撰书者姓名，附发起人：金家声、常秉魁、金家元、葛芙棠、马家麟、沙发祥、金家麟、李舜阶、马家薹、李殿卿、葛振清、刘联元、郭春林、常冠英、樊兆风、马家让、贺文全、周日瘅、杨芳田、穆鸿宾、杨贵元、穆鸿恩、周风岭、穆鸿业。

王义成

王义成，生卒年不详。邑人。乡绅名耆，与修《续纂清河县志》，多征访、综理之功。

《续纂清河县志》序

《清河县志》之续纂，义成不敏，兢兢于此越五载矣。先是省修《江苏通志》，檄取各县志为底本，吾邑志自光绪丙子（1876），数十年来未修，不足称完书，无以副省志之求。九年春，直隶刘子鹤大令来宰吾邑，召绅耆聚谋，金称吴比部稼轩先生纂《丙子志》义例精审，嗣君温叟能世其学，总纂为宜，礼聘甫修，感疾即世。再举邑耆范先生丹林继之，并分纂、参订、校对、征访若干人，而谬以综理之役，责义成谫陋，何敢任，顾念此清河公事，义不当让。首就诸老先生商定条例，从事征访。比岁，地方不靖，夏秋禾苗茂密，匪盗出没，杀人越货，虏男妇子女质赎无虚日。又遭遇凶札，盐河横决，河北数十里沦为泽国，邑之人奔走于救死扶伤，此事遂阁废。阅四年甫脱稿，未及付梓而总纂范先生复捐馆舍矣。窃惟方志之作，所以考镜政治得失，风俗人心淳漓，关于一邑消长兴衰甚巨。清河绾毂南北，漕河建节，总兵捉督相继笑兵符，漕运淮盐食货贸迁，冠盖舟车之往来，四方商贾所辐辏，屹然一重镇也。自辛亥国变，百务更张，向之所称，俯仰之间已为陈迹，欲求往昔官书及私家著述，零笺剩楮，仅有存者，失此不图。我草率将事，散佚旧闻，父老所深忧，义成之咎益大。因即数年草创之本就商，吴君仲谷讨论而修饰之，仲谷比部之孙，分纂之一，挈挈为此，殆克绳祖武者义成无似，既从诸老先生网罗坠典，扩其见闻，复藉仲谷搜辑补苴得以蒇事。日月不淹，既悼吴、范溘逝，未及观成，又得见数十年文献流传，粲然具备，进而溯光绪、咸丰、乾隆诸志，以觇地方消长盛衰之故，风俗人心升降之原，推之天下可知也。三复斯编，涕喜交集，斯编赓续《丙子志》而从《省志》例，止宣统三年（1911）辛亥，故名曰《续纂清河县志》，体例一仍丙子，间有损益，依类埘注，不别立凡例云。民国十三年（1924）三月，王义成谨序。

出处：（民国）刘檩寿修，范冕纂《续纂清河县志》，民国十七年（1928）刻本。

夏建瓴

夏建瓴（？—1921），字屋渠，淮阴渔沟北湾蒋家巷人。少英特，文思最敏，以光绪辛卯（1891）补邑诸生，旋毕业于江北师范，历任县中校长暨省立各中学教员。与修《续纂清河县志》，参校方俗，考核古今。

《续纂清河县志》后序

《清河县志》自清光绪丙子（1876）吴稼轩先生纂修，后四十余年，始由邑人公推刘燕宾先生续修，刘先生未及任事而殁。丹林范先生继之，旁搜博采，寒暑数更，将竣事矣，而先生又归道山，幸赖稼轩先生之孙仲谷讨论润饰，卒成其业。复不敢自信，就正于淮安段蔗叟，段先生讳朝端，分纂《丙子志》之鲁灵光殿也，仲谷可谓小心将事矣。诅成书后，邑人有以采访未周为言者，乃由乔国桢伯瑶、李鋆振兹、安锡王汉三诸人，增入若干条，即丹林先生文孙绍曾、慕东校刊记中所指是也。仲谷为此志之褚少孙，补丹林先生之遗，即以延稼轩先生之绪。慕东所为，虽非古人校刊之业，然辨明后增各条，谢仲谷之责，即以存丹林先生之真，亦可谓煞费苦心矣。此役经始于民国八年（1919），阅数载始付剞劂，迨民国十五年（1926），邑城屡遭兵事，遂中止。前此瓴虽与于参校之役，以主任有人，未遑过问。十六年（1927）冬，与慕东执行本邑教育会事务，乃将存会修志专款提出，赓续进行，卒蒇其事。计自经始至今已阅十年，爰序其颠末，以见此志虽系续修，实非一手足之烈，一朝夕之事也。邑人夏建瓴谨识。

出处：（民国）刘檙寿修，范冕纂《续纂清河县志》，民国十七年（1928）刻本。

徐家骏

徐家骏（1868—1946），字旌门，号笨云，别号驼峰居士。幼聪慧好学，十六岁考中秀才。科举废，学堂兴，乃习岐黄之学。业医而好文事，与里邑诸耆宿结社联吟，以儒医知名。有《知不足轩类稿》。

题淮安丁俭卿晏徵君像赞

楚州之英，勺湖之灵，宽鸿继起，间世挺生。植蜡异禀，恢奇多闻，风檐射策，日夕注经。明权达变，不拘砼砼，身遭世乱，沟渎为轻。日月虫鸟，不掩其明，原情略迹，观过知仁。而今而后，庶有定评。

出处：徐家骏著《知不足轩类稿》，知不足轩自印本。

知不足轩自跋

《老子》曰：知足不辱。《礼经》云：学然后知不足。足不足之间，义与利之分也。当知足不自足谓之多欲。当不自足遂自足谓之自画。多欲多蹙，自画自域。不自域，虚若谷。不多欲，式如玉。君子曰：知此，则不足而足，足无不足。淮阴旌门氏识。

出处：徐家骏著《知不足轩类稿》，知不足轩自印本。

四言《舌辨》序

诊断之法，望闻问切尚已，而望为最先。古人望色望气，为圣为神，已不数数觏。其显然可见者，莫如舌，存于中，形于外，病有浅深，色有端委，至其间之变化离奇，非深于学术，老于经验者，不能道也。

吾友郭君子宾，钻研轩岐之理已数十年，以数十年中之疗治诊断，每每重病以轻，轻病以愈，活人难以缕指，其得力辨舌之法为多。平时于《舌鉴》诸书，极深研几，尤能于诸书之外，为本色，为染色，别有会心，不局局于成法。以故奏效捷于桴鼓，非学术经验兼富者乎！君生平治验方案，固已汇萃成编，以课生徒子弟。而又虑繁赜不便记诵也，爰分门别类，撰为四言韵语，简而赅，疏而不漏，以视把文恳之腕，而知为贵征，握季辉之臂，而决非寿相者，何多让焉！书成，及门诸子，屡请剞劂，不许，金谋醵资刊之，而先生犹谦让不遑，署曰"家塾读本"，其虚心若谷如此。余于科举停后，究心医学垂三十年，辄以病之表里脏腑，靡不显之于舌，尝欲作《广辨舌论》未成。今见是书，几如崔颢题诗，后来阁笔矣。谓是编为家塾读本也可，谓为度世金针也，亦无不可。

民国二十六年（1937）丁丑仲夏，书于知不足轩，愚弟旌门徐家骏拜识。

出处：徐家骏著《知不足轩类稿》，知不足轩自印本。

甲戌元旦醉言

爆行一声惊醒梦，梦起视案头，见天竺垂红，梅花缀白，不似旧时模样，顾而乐之。出友人所赠屠苏酒，满斟大醑。为天下祝曰：一阳初动，春意盎然，愿从此殄灭倭奴，扫除巨蠹，四夷宾服，薄海输忱，兵罢归农。战争永息，导淮竣事，徭役不兴，一变而为光天化日之世，上古休征，于兹再见。为家人祝曰：吾侪今日之乐，亦知所自来乎？国家提倡宗教，父父子子，夫夫妇妇，兄兄弟弟，各知其本，各返其源。范跛倚之形，正奇邪之表。现生活比之旧礼教，更进一层，汝曹当拭目俟之。又自祝曰：人生寒暑，已历七十年矣！生儿愚且鲁，雅合菑言。孙何如，他日为龙为猪，不暇计及，亦不必计及。窃愿再假数年，耳不聋，多听几件得意事，目不瞀，多看几件得意事，齿牙不尽落，多食几件可食之物。暇时，弄柔翰，学歌诗，浊酒一壶，嘻嘻醋醋，唱太平一曲，贫也可，贱也可，愿斯足矣！旁有一人笑曰：子之愿，不太奢乎？余亦笑应曰：醉言，醉言。

出处：徐家骏著《知不足轩类稿》，知不足轩自印本。

辛未江北水灾

水旱螟蝗灾涝岁有其出，天者不必论，而出于人事之不尽酿成巨患者，为大可哀已。前清同治初年，清水潭决，上自河督，下迄工员，朝廷严谴有差，重民命也。八十老人类能言之。

今年仲夏间，淮沂并涨，双金闸不启，运河无所宣泄，长驱直下，致三闸水溢于其背，淮阴登城而汲水，泱泱潎潎，一夕数惊。幸赖梁总指挥冠英，亲率将士，科头跣足，往来于风雨暴日之下，畚锸齐施，昼夜不获休息，始免于难。未几，秦邮决，邵伯崩，死伤人畜难以数计。当此之时，问土土无取，问薪薪无积也，梁军虽勇，岂能以赤手而与洪涛巨漫争乎！然则吾淮得以转危为安者，指挥之力也，将士之功也，不然城泽国、民鱼腹矣！受其赐者，馨香生祠以奉之未为过也。

出门一望，哀鸿满郊，天耶人耶，罹兹浩劫？自阮籍唐衢后，天下无善哭者，窃愿携二三素心人，登高一纵哭之。

出处：徐家骏著《知不足轩类稿》，知不足轩自印本。

注释：本文为知不足轩曲稿《江北水灾乞赈南北曲一套》序，作者题下自注"辛未（1931）中秋前二日作"。

潘母祭文

维年月日，谨以清酌庶羞之奠，公祭于潘母戴太夫人之灵曰：呜呼！惟母厚邨望族，诗礼名家，和蔼其容，庄严其度。年十九，来归吾湘浦潘公，其时，朱太夫人犹在堂也。以敬戒事薁砧，以孝谨奉几杖，内无疚德，外无间言。及姑殁，尽其哀戚。夫病，毁其体肤。后数年，湘浦公遘疾时，膏肓日深，参苓罔效。母乃割股以进，坤德益彰，椎心而呼，天阍不应。呜呼痛哉！母斯时，将矢以死，恸欲捐生。既而悟曰：抚孤为重，沟渎为轻。遂起勤大事，丧葬如仪。事毕，课子女、督耕织，家赖以兴。

综述生平，类多可泣可诵者，如闵灾黎之冻馁也，母乃出菽粟贷济乡间，脱簪珥补苴衣履，活人无算，众口成碑。痛井里之被毁也，母乃谋复兴，累建筑鸠工庀材，经营之不吝财力，鳞次栉比，完美矣顿还旧观。又如劝捐金以赎子也，母不许曰：勿长寇志，毋赍盗粮，白诸官则法律难容，剿以兵则萑苻莫遁，果令掳者安还，地方宁谧，则为巾帼之丈夫焉！至若抚母弟以成人，立乡学以助费，莘莘学子，藐藐诸孤，戴德感恩，周知遐迩，则为怀清之巴母焉！傥所谓不识金银气者非耶？嗣君长少湘，次绍端，次应符，德哉最雅、遗腹而生者也。若者法政，若者农林，若者蚕桑，若者商业，折而教，断杼不闻，卒业归来，置身社会，母之力也。母平昔不茹荤，讽经咒，至弥留时，犹喃喃不已。今者莲台返驾，萱室含悲，某等或情深桑梓，或谊属葭莩，景仰徽音，抒陈懿德。用敢摭实扬芬，作千秋之铭诔，焚椒奠酒，献一瓣之馨香。庶不珍羞，幸其来格。呜呼哀哉！尚飨。

出处：徐家骏著《知不足轩类稿》，知不足轩自印本。

朱绍文

朱绍文（1878—1951），字德轩，淮阴马头人。著名民主进步人士。民初曾任两江政法大学校长，省议员。为伸张民意，议会间曾当众焚毁省军政某要员贿赂银票数十万。举为议长。后因不满官场腐败，归隐沪上。抗战初，为第三战区动员委员会常委。拥护中共主张，新四军颇得其助。上海解放后，为复旦等高校教授以终。

《爱莲堂周氏族谱》序

吾邑周氏为世旧家，明清播迁，宗支散处，谱牒废坠。延十二世，至润之乃合族人谱而辑之，考定义例、族规、宗训，以为世守，先代之嘉言懿行，堪为矩矱者，悉纪之，以示来兹。既成，举以相质并属为之叙。润之，吾总角交，务实行，不尚空文，虽平日闭户冥想，其所见颇能与政治合，吾知润之此举非徒为家乘留一实录而已，群治之基将于是。在夫人类生而有生活需要，不可不有以自立，需要之事多非一手一足所能给，又不可不有以互助，群治者，集合多数自立之人类而条理之以求其互助也。大者，则为国家；其次，为地方团体。析之，有实业、教育、慈善各社团；因其自然之共同利害关系而集合之，有法律，有礼教，有相生相养之方法，大抵结合愈坚为治愈易，宗族血统，其结合出于先天，非他团体所能比拟。在古圣哲言，群治者，必自宗族始，《尧典》所谓"九族之睦，平章百姓"，《孟子》所谓"人人亲其亲，长其长，而天下平者"，此也。三代盛时，最重宗法仪礼一书，犹存遗意，故其治美善，秦汉之际，豪族迁徙，宗族之制衰，有魏晋之际，阀阅夸耀而宗族之义失，有宋而后，研究谱牒渐多，虽宽严不一，要皆感群治之涣散痛末俗之浇漓，制为成规，用维礼教，今江淮间故家世族维持风化于不敝者恃此，此亦吾国群治之特色也。近世学者醉心欧美自由博爱之说，视家族制度为障碍，欲举而破毁之，夫英为群治最优之国，其法制皆废，源于善良习惯风俗。宗族制度，吾国之善良习惯风俗也。太史公曰：上者，因之；其次，利导之。今弃此团结不解之群治基础以亲亲长长为不足法反令亲其所疏，厚其所薄，何以异于却行而求前耶？润之是谱，于法律礼教及相生相养之方法皆具体而微家置一帙，人手一编，吾知群治互助之精神将于此发轫也。因书以遗之，且深有望于世之言群治者一取镜焉。

民国九年（1920）一月，淮阴朱绍文叙。

出处： 周德均主修《爱莲堂淮阴周氏族谱》，民国庚申（1920）清江浦仁记美丽印刷所。

题《樗庵类稿》

陈子夔生吾执友，弱冠文坛擅身手。元方季方两齐名，一试辄为鸡之口。当年戊戌正维新，网罗俊乂入成均。毅然弃去举子业，径从科学问其津。蓬瀛方丈三神山，不在天上在人间。鲁邦一变至于道，中原豪杰相追攀。机云入洛年方少，弟习商科兄铁道。学成致用赋归来，一官遂致须眉皓。仕宦原为奔竞场，功名廉耻迭存亡。梁鸿庑下不因热，冯唐署里老为郎。一别匆匆三十载，君居北海我南海。中原戎马又逢君，乡音依旧朱颜改。

昨日授我一长编，读罢为之心豁然。乃知案牍劳形日，犹是诗书尚友年。君文朴茂工写实，事物形态轩然出。君诗言景多于情，情在言外油然溢。论惟警辟策工稳，记求详实序原本。成竹在胸信笔书，文词典雅意深远。就中尤善应用文，能因时地为增损。分条析理物付物，左右逢源泉混混。知君匪惟天赋优，尤恃人工敏以求。渊源家学遗传富，劬劳母教燮克柔。国学更经科学化，新知故识交相流。才大何以难为用，从来飞将不封侯。

出处：陈福咸《樗庵类稿》，1944 年自印本。

李更生

李更生（1883—1927），名荃，原名鲤生。江苏淮阴人。江北高等学堂肄业。辛亥革命后当选江苏省第一届议会议员，兼任江苏省立第六师范学监。1917 年秋，任扬州江苏省立第八中学校长，革新教育，改单轨制为双轨制，并设立分科制，创能力编级法。1922 年回家乡，曾任江苏省立第六师范学校附属小学主事（校长）、江苏省立第九中学校长。为办学兴教，不惜变卖家产，将住所改为教室，毛泽东曾称赞"毁家办学，高风亮节"。

赠别六师本科毕业生序

民国纪元六年（1917），七月七日，为我校第一届本科生第二届讲习科生卒业期，予以权第八中学事，羁邗上弗获躬与斯役，歉何如也！顾念五载中，受公美校长之委托，暨同人之赞助，与诸生作晨夕话，凡所指陈，或不免为诸生所不乐闻，今且分袂矣，畴昔之言，庸有一二足资研究者，未敢自信。

惟我国所以亟亟焉谋教育，固以立国之本在是，亦以自清道咸来，欧化东渐，而造成无量之隐痛者，皆教育事业不能与人争故也。师范生处何等地位，吾民所以豢养吾师范生者何等周至，而不求所以报吾民以保吾国，宁能不负心乎？然世衰道微，人欲横流，非刚毅之人，奚能立足！况平日所抱之理想，一一而求实现，苟无术以翦除此荆棘，则所谓文明华胄者，将有人起而代谋矣，不亦重可虑耶？予知诸生爱国之心重于自爱其身，且才亦足以济之，特恐离校而后，日为社会所融化，而忘自身为何如人，用附古人临别瞻言之义，与诸生一商榷之。淮阴李荃谨序。

出处： 台北市淮阴县同乡会编《淮阴文献》(第二辑)，1989 年自印本。

《六师附属小学概况》序

本校从三年（1914）三月开学，直到现在已有十一年多了，其中经过历史，也有许多可以纪念的。新学制施行以后，种种设施当然格外有研究，可是我们学校同人，觉得并没有什么创造的事业，可以贡献社会，所以请胡慕蕖先生，将十一年以来一切经过事实，编成一本小册子，一则为敬逃过去的，一则为勉励将来的。若论现在的状况，是不能长久不变，并且为小学设想，或者变得快变得多，才能有进步。我愿一般读者，对于我们过去的要切实批评，才算是鞭策我们前进哩。十四年（1925）七月，李荃于苏六师小。

出处： 台北市淮阴县同乡会编《淮阴文献》(第二辑)，1989 年自印本。

王兆萱

王兆萱，淮阴人。生卒年和生平事迹不详。

纪念李更生先生逝世一周年

淮阴古邑，代出贤良。韩侯称杰，邦国之光。卓哉先生，同梓与桑。先生言行，为表为坊。先生之文，荇藻芬芳。先生之学，江海汪洋。遐游瀛岛，迄历淮扬。中学师范，成绩昭彰。私立成志，多士盈堂。热心教育，遗泽孔长。云胡不幸，衅启开墙。朝流血碧，暮赴泉黄。彼已心死，公祇身亡。怀怆旧雨，肠断袁江。瞬经一载，哀动四方。聊挥泪墨，以荐心香。

出处： 李崇祜等编《李更生先生言行录暨逝世六十周年纪念集》，1987 年自印本。

秦选之

秦选之（1884—1969），淮阴王家营人。谱讳国铨，笔名铸华。毕业于两江师范学堂。民国十年（1921），与刘丙生创办《江北日报》，并担任主编。民国二十七年（1938），协助爱国进步青年吴觉、夏如爱等人成立"淮阴县抗日同盟会"。民国三十四年（1945），任江苏省立第六师范专科学校国文教师。新中国成立后，执教于清江市一中、二中，后调入淮阴市文教局教研室，从事古典文学教学研究。著有《匡谬正俗校注》等。

《淮阴风土记》序

煦侯以淮阴人而记淮隐风土，宜无不善者矣，更奚待余之多言，惟当是役倡始，余亦尤为协助搜集材料，忽忽数载，迄无一言贡献，致使煦侯独任其役，是则日夕惶愧于心，而未敢一时或忘者也。今风土记上卷早成，下卷行且出书，煦侯复只致书嘱余为序数言。余为风土记在目录学家置诸乙部地理类之杂记中，煦侯早年于乙部诸书研究有得，频年担任淮扬两地各省立学校教授，亦以是部学科道海后进为最有声，暇更出起序余，著为通略，足徵贤者无所不成，夫岂是区区者，所能测其万一哉。乃或者谓煦侯之书，不限淮阴民风土产，颇有记及风土之外者矣。余谓记桂林风土者，日借载乡贤遗诗；记岳阳风土者，至考核地理方位。前修不远，来轸可接，讵足为煦侯病哉。且岭表录异，荆楚记时，盖亦同隶乙部地理杂记之中，则煦侯之旁通曲邑，又有何不可乎？余因煦侯之嘱，为志余过，并为代答或问，不自知其言之不当，世之能读煦侯书者，当必深喜其善，或更不以余言为谬妄也。

出处：张煦侯《淮阴风土记》，民国二十五年（1936）至二十六年（1937）秋怀室主人铅印本。

《匡谬正俗校注》自序

颜师古《匡谬正俗》一书，古今稍有识者，已颇绝重之矣，夫奚待余之喋喋为哉？盖世人所已言者，余不必再言；世人所未言者，余斯不能不言。人之重是书者，谓其能取经史以定谬俗，凡论诸书字义字音，及俗语相承之异，考据精确。又古人考辨小学之书，今皆失传，自《颜之推家训·音辞书证》而外，实莫古于是书。余则谓是书之所以当重者固，亦不外前列诸事，而其创造体例，别出扎录，不谭典故，但纪心得，无前人之驳杂，导后学以方轨，实古今著作之林，异军特起，独树一帜者也。

夫音辞书证，不比专书，风俗论衡，喜谭琐事，继是有作，并蹈故常，丈夫贵当能自树立，求如师古独以小学家言纠弹流俗，兼订经史是非，首尾一贯，以启后人，俾世之君子于雪窗萤火之余，零金断玉，不肯放弃。如邱光庭、洪容斋、项安世、王伯厚辈，得各纪其所获，勒成专书，以佐学者，其功愿不伟哉。惟邱、洪诸书，《四部总目》收入杂家，而颜著收入小学，方诸先河后海，一似拟不于伦，斯则递变衍化，后起益精，要未可以书目部勒不同，数典而忘雅也。犹之史迁创为纪传表志而，后人论史汉者，辄谓班书体例完密，而筚路蓝缕司马之功不可没也。

抑余尝论之，师古是书盖其晚年所著，成于厘正五经注《汉书》后。夫五经定义，并世诸儒已多叹服，至汉书注，时人且并杜征南谓为左班忠臣，则师古之渊雅，既不可以度量，而《匡谬正俗》不更为其毕生所业之精华耶。余何人斯，敢执是役，独不惧夫扣盘扪烛，徒遗闻钟揣篇之羞乎。又况隋唐旧籍，不尽传世，水火刀兵，十亡五六，夫欲从而句疏而字释之，亦益难矣。虽然孔子不云乎，为之犹乎已。故余始焉亦第欲注其所能注者，其不能者，意谓斯世必更有好学胜余者，则待其人而注之，终有成功之一日，而未敢必其果成也。所幸锲而不舍，卒藏其事，马牦切玉勤可知矣。

所可憾者，原书藁草才半，部帙未终，今所行本八卷，乃出其子扬庭手编，而每条之上，虽立标题，未皇绪正，宋人汪应辰氏略为厘定，今并附于卷首，以资考正。又书既非颜定本，就中不免衍脱讹误，则亦各即本条之内，先列原文，嗣据师古他著或照原书校注于下，不改原文，以存旧也。至于余所据本，为卢雅雨氏原刻，盖继宋人雕板之后首先翻印者，亦印孙星衍氏岱南阁本所出，并足珍贵，用特一并及之。嗟呼！古人一书之成，不知更历几许寒暑，而师古此书徒以天不假之以年，致未获睹厥成，顾已见重于世如此，使其当年不与征辽之役，道病以死，俾竟全功，则其为人所重又当何如，恐余区区之言，又难以尽之矣。

民国二十五年（1936）五月，淮阴秦选之于清江浦寓斋。

出处：秦选之《匡谬正俗校注》，商务印书馆 1936 年初版。

胡抱一

> 胡抱一（1890—1943），江苏淮阴人。中国同盟会早期成员。追随孙中山从事革命活动，身历辛亥革命、讨袁运动、北伐战争、西安事变、对日抗战，建树弥弘。后遭到国民党内部人员的枪杀殒命。

记 义 马

某日，余访苏企陆同志于其别墅，返抵东车站（徐州）。忽闻人声嘈杂，围观一棺一夫一马，互相叹息，异而询之，始知棺中所殓，乃新由前方运回阵亡之胥敬庄营长。营长湖南芷江人，充四十军三师十团三营营长，勇敢善战，英杰也。据其马夫袁文仕与余言："此马即胥营长所乘者，当胥战死时，马守尸旁，两眶泪涌，吾恐其中弹，牵之避去，岂知力挽不稍动。时胥弟大善在侧，顿悟此马不是恋栈，却是报主。即将胥尸舁置马背，始捷足而行。沿途若有移置，则跽尸旁，目注不瞬。如移置未妥，虽鞭策牵引亦不前。至休息时，喂料不食，仅稍饮水，迄今已数日矣。"余奇之，转向大善询乃兄成仁之经过，伊于沉痛中告余曰："当我军向金乡鱼台进攻之时，我兄在战区之正面，不料右翼第七团被敌包围，吾兄于弹雨纷飞、白刃交至之间，指挥所部突围入救，身先士卒，奋不自愿。追随者下士、号目、随从兵，共十四人。而生还者，只剩我与马夫两人，及此义马耳。此马得之于克复石城时，盖直鲁军所溃弃者。因性躁，无人敢骑，独吾兄见之喜不自胜，出资购归。上次攻徐，战于蚌埠之猎虎山，马之左后腿忽被弹伤，吾兄甚为悯惜，医治多日，费金百余元，伤处始瘥。……"枢旁戎装革履者，乃胥弟大善；牵马者，马夫袁文仕也。

出处：上海《时报》，1928 年 8 月 26 日《时报新光》专题新闻栏。

哀吴佩孚将军

论人者不谅其处境之艰，遗其平生之所操持，而惑于远道传言之失，故古人有"人之相知，贵相知心"之叹。吴子玉将军以血毒症殁于北平，在敌方特务机关包围压迫之下，弥留之语，血泪交迸，乃曰："死得好。"论者谓为死得其时，犹不能无间然，不知将军苦语，即其精神胜利，与文山"义牟仁尽"之义同也。

将军以书生总戎行，平生事业，功过参半，但其宅心光明，傲兀自喜，其成功也以此，其失败也亦以此，"读圣贤书，所学何事。"将军岂背本之人乎？抱一于将军有□旧之雅，当将军与世长辞之日，含哀饮泣，讵能于将军志节，无所阐扬？当将军开府洛阳，张溥泉先生衔总命，往祝其寿，将军集部曲，听张先生讲述"三民主义即救国主义"之要旨，响往之心，油然而生，退而语人曰："吾将为三民主义之脚也。"其后，将军解甲，旅居北平，民国二十二年（1933）春，敌将侵我热河，孙传芳、齐燮元、蒋雁行等，在浪人土肥原导演之下，集议天津，密谋拥戴将军，出组伪府，传言所播，举国之人，不知将军之必不为宵小动也。抱一无官守，无言责，徒以受人以德，报国有心，欲北上为将军进一言。胡宗南将军既慨赠旅费，束装北上，遇将军于友朋筵宴之间，话旧班□，音气一如往日，将军忧国尽般，于委员长领导国民，建军建□之苦心孤诣，再三致其景抑，但囿于环境，不能自拔，此将军之遗憾也。抱一随张先生南下，得晋谒委员长于南昌，乃胪陈将军之在涅不恼，舆其志节之坚贞，于是将军与委员长之间，有更深之默契。将军居北平，戒其暗者，除胡某介绍之中央来宾，概不傅见，而谣诼息矣。

将军之居，为什锦花园，门悬五色旗，卫队沿用五色帽徽，蓝以示其倔强之性。抱一知其不可谏，因爱将军之故，乃乘间进言曰："敌人向国际为恶意之宣传，乃谓吾国为无组织之阈也。"将军怫然曰："是何言欤？"乃匦举中国史实以折之。余乃笑曰："北平为中国古城，我公为中国名人，中国国旗为青天白日，我公之门乃悬五色旗，果敌人摄制影片，腾之国际报章，岂非适证吾国之无组织耶？"将军憬然曰："噫！其将何以处之？"对曰："兴登堡之休致也，无一兵一卒，而将军拥卫队，果能遣而去人，则中国军人之模范也。"将军深趣其言。

世人知将军之刚愎自用，而不知其从谏如流也。今则将军已矣，但现其折敌酉坂西之言曰："日本既要和平，何不先行撤兵？向国民政府请和，若办不到，何必找我？"于□于国，固始终卫护之，其风骨之嶙峋，乃老而弥坚也。乌呼？将军以微疾死，殊暧昧难明，而民族失其楷模，思之泫然。

出处： 本文原载《重庆大公报》，转引自《星期文摘》1939年第一卷第一期。

黄龙山垦区缩影

在关中道和榆林道的中间，有一座黄龙山。民国二十七年（1938）春，陕西省政府创设于黄龙山开垦，以拯救难民从事生产为主要目的，后因一省财力有限，遂于二十八年改为国营。此后不仅消极地救济难民，更求积极的农业生产。开办迄今，未满四载，一片芜秽的荒山，竟渐渐辟成佳好的田园，未始不是我们艰辛抗战中的一点收获，现在匆忙中写出这一点点情况，想来也是不少的人们所要知道的吧！

黄龙山为一黄土高原，丘陵起伏，川渠交错，从人文地文演育各方面研究，当知往昔农事极为发远，可谓"黄壤千里，沃野弥生。华实纷数，桑麻条畅"。可惜自唐宋以后，水利失修，农业不讲，历经自然侵蚀，地方更趋穷困。迨明朝崇祯初年，大旱蔫饥，盗贼蜂起，此地竟成了逋逃薮，流寇张献忠、李自成相继入山啸聚，直弄得草木将尽，人烟绝迹。逊清乾隆、嘉庆间，天下方定，渐能滋养生息，但恢复未久，又遭同治六年（1867）的回乱，极尽屠戮掳掠之能事。光绪初岁，荒旱疫厉，交相荼毒，更极人世之至惨。民国以来，时患饥馑，土匪俶扰，更无宁日。如此天灾人祸，相循七十余年，以致田陇荒芜，遍地草莱，几乎回归原始情况。然而破败的原素，绝非土壤贫瘠，实坏于人谋不彰，积极未能抵抗自然的侵略，消极难于控制人事的变乱，断好经济地质，蕴蓄未宣，倘能再事开发，军兴垦殖，深耕易耨，增卑培薄，自必岁致丰穰，无可疑虑。

讲到垦区地理，全区系在延水、洛水之间，为梁山尾间底分剖高原，居陕西省北部大盆地之核心。南起白水纵目镇，北迄甘泉临真镇，包括白水、澄城、合阳、韩城、宜川、鄜县、洛川、甘泉八个县边区，南北长约八十五公里，东西约四十公里，可得面积一千七百余平方华里，约合五百七十万亩。但因气候及地形的限制，可垦的熟荒在五十万亩左右，均能从事农业耕种，其余亦宜于林木之培植与畜牧之利用。

地势由南向北，逐渐起高，南端海拔约九百米，北端约一千七百米。其地质构造为黄土层，其下为朱罗纪黄灰色砂岩页岩系。山脉概系梁山尾间盘据之处，黄龙山为梁山系中一支脉，绵亘数十里，盘衍如龙，土皆黄色，雍胜略云："山雄据洛山，势援泰山，为冯翊屏薮。"故其名较著，竟概括地代表了全垦区。全区中沟渠错纵，川流不息，著名的有石堡川、八十亩川、聿津河、大南河、蔡家川、柳川、湘子川，河床多属棕红色页质砂岩丘陵，尚有汉水鳢泉，地中水源不绝，足以灌溉。土壤概属黄土，即钙层土一类，多成方形构造，含石灰质，富于营养成分，极宜各种农作物之生长。气候属黄土高原区大陆性，夏令酷热，冬季寒冷，昼夜温度相差极巨，每年平均温度约为十度至十二度。据垦区测候所报告，二十九年（1940）雨量为六一、一二公厘，水泽亦极调匀。惟早春（三月间）降落晚霜，夏末秋初，常易雹霰，为害极大，这是垦区的缺点，亦为极堪注意的问题。

石堡为全垦区底中心地，机关的集聚所。这里除国营陕西黄龙山垦区管理局外，还有保安队、警察局、省方直属区党部、设治局、小本贷款事务所、邮政局、难童保育院、黄龙山小学校、难民诊疗所、西北国联防疫处卫生所，大都充满战时精神，设备简单，而着重实际工作。余如铁工厂、生产供销合作社，垦民所用农具种籽，完全由其供给，物全低廉，便利垦民不少。

全垦区分忠勇、子桥、仁爱、信义、孝顺及和平六垦殖区，各区设有区办事处，分驻交通要道，负责督垦。各区已按现行地方自治制度，编成保甲，全垦区计有五十九保，六百六十九甲，六千三百八十四户。各保多设有保学，凡垦民儿童，都有受教育的机会。

全垦区可垦熟荒地，约为五十万亩，三年来在管理局积极督导之下，据统计已经开垦面积（多属川地），计忠勇区五四六〇六亩、子桥区四六〇六四亩、仁爱区二八六四七亩、和平区一七三六三亩，除北部信义、孝顺两区未算外，总计一四六六八〇亩，未垦面积（多属山地）尚有三十五万余亩。垦民有二万三千五百三十三人，以河南、河北、山东最多，占全区人口十分之八，其余为其他省及土著老垦民。他们底生活，有的优裕，有的艰苦，以进山迟早决定，每一垦户，现种数十亩地，日出而作，日入而息，无租税、免徭役，融和恬静，颇有世外桃源之风。

凡垦民入山开垦，经管理局登记合格，即分配垦殖区领垦，平均每一壮丁，可得荒地十亩左右，所需给养，不论老少，各发八元，铁镢由局供给，耕牛种籽，可以组织合作社，申请贷款，每户可贷一百五十元。现计全垦区互助社有九十四社，合作社二十九社，每保都组织有合作社，有一保一社或数社不等，垦民全为合作社员。对货款负连环性保证，故偷惰潜逃者极少。

农作物生长期，仅五个月时间，以谷子、大豆、玉米、高粱、荞麦、芝麻、大麦、蓖麻为大宗，小麦、棉、水稻、芸苔、马铃薯等次之。因气温与土中所含水分不足，每年约熟一次。据二十九年（1940）统计，垦殖荒地一三二六六六亩，耕种面积一二一六二七亩，作物产量玉米为二七一六一石，小米一七〇三〇石，糜子三八六八石，洋芋一七五六〇〇斤，大麻一六四五〇〇石，大豆三八七五石，荞麦二四七三石。平均起来，刚敷民食。此因荒地初辟，工具种籽供感缺乏，耕种栽培又多粗放，收成歉丰，势属必然。倘能设法补救，食粮自必随之增加。

垦区森林密茂，仿佛有热带原始意味，树木种类极多，通常所见有榆、柳、桦、橡、槐、松、柏等树，多为零星小森林，每处相隔一二里或五六里不等。现管理局已牌示严加保护，数十年后，定有可观。果树多系野生，如桃、李、杏、梨等树，随处皆是。每届清明时节，千山万壑，红紫斓斑，风景优美。

野生植物中，药品最为繁多，如大黄、紫胡、甘草、连翘、白头翁、麦冬等，产额最富。其他药用植物，尚有六十余种，产额极不一致，假使注意产销，还是一笔大收入。

这里荒地辽阔，水草两便，因而垦民饲养家畜极多，如牛、马、猪、鸡、驴、羊，每一垦户平均都畜十数头。据调查，垦区现有耕牛四千余头，马百余匹，驴五百头，山羊七百三十头，绵羊四百余头，鸡八千只。

煤层在垦区，中部最广，适为"黑腰带"经过地域，在仁爱区嵝崎、白城桥一带，煤层已逼近地表，现已发现数处，质量极佳，但未正式开采。石油在柳川发现油苗，土人常取之燃灯，倘能利用精密的地质测量，以寻求适宜的地质构造，凿井探采，改良提炼，亦为垦区大富源之一。

国营陕西黄龙山垦区管理局，原属振济委员会管辖，其设施目标为寓救济于生产，自三十年起，改隶农林部，一切工作均以"垦殖"为出发点，最近设施，约略如下：

（一）承领荒地办法——垦区虽已成立四载，授田办法迄无详尽规定，为划一承领荒地计，特新厘定承领公有荒地办法，以确定土地使用权，并防止大地主与佃农之产生，其内容大要如次：

凡中华民国国籍，无论个人或法人团体，均有承垦权，惟每单位承领地亩，概有限制，即承领林场地或牧场地，均不能超过五方里。倘系承领农地，以其收获足供十口人之生活，或以耕作能力为限度（每口以七亩至十五亩计）自七十亩至一百五十亩，法人以此比例递加。

凡承领荒地，均预定垦竣年限，规定承领荒地一百亩以内者限一年，二百亩者限二年，如系林地，则垦期较农地加倍，如逾期尚未开拓者，即撤销其领垦权。

（二）创设义仓——垦区已往多毁于荒旱，未雨缪绸，应有防范设施，乃创设义仓，以积谷备荒。现每垦区暂设五处至十处，每处推选公正人士五人至七人，组织义仓管理干事会，内推常务干事四人，分掌司仓、司库、司斗等职务，经常管理之，并由区办事处监督之。各义仓去年秋收前，都已完成。惟计划将来每保须设义仓一处，预计今年夏季或可达此限度。

（三）设立农业仓库——垦区为新兴农村，当然不能允许有高利贷，或囤积食粮之类的情事发生，为实施粮食管理，并调动农村经济起见，特组设农业仓库，经营垦区农产物之押储，农产物之共同贩卖，农产物之加工制造及包装运输。该仓库暂在管理局所在地，设总仓库一所，必要时得于垦区邻封各县及大镇加设办事处，如因事实上之需要，得在业务区域内，分设若干分仓，每一分仓，并酌设数支仓，总仓业务现已开始。

由于垦区荒芜已久，就有不少野兽蕃殖其间，其中野猪为害最烈，年来秋收前，践食之玉蜀黍，常达数千亩。今年特发起护农狩猎团之组织，从事铲除，现每保均有狩猎队一分队，每甲选拔壮丁参加，这组织的兴替，有关收获，故亦列为中心工作之一。

就垦区环境、经济、地质及自然诸般条件推断，是有巨大发展希望的，可以造成理想的垦殖区，现在新股立的农业、畜牧、园艺各种试验场及集体农场，都是新兴垦殖区实验推广的初步准备工作。这固然需要我们努力，可更有待于社会人士的指导和协助。

出处：农产促进委员会编《农业推广通讯》1942年第一期。

注释：本文原题《垦区经营与粮食增产——国营黄龙山垦区缩影》。作者又以《黄龙山垦区鸟瞰》为题，刊发在西安中山大学出版委员会编《新西北》（甲刊）1942年第六卷第一、二、三期上，内容略有增加。

张煦侯

张煦侯（1895—1968），名震南，字煦侯，笔名张须，书斋名秋怀室、唐风庐。淮阴王家营人。一生专研文史，并从事教育工作，先后任教于淮阴第六师范、扬州第八中学、苏北淮泗中学、上海徐汇中学、安徽师范学院等校。曾被选为芜湖市政协委员和合肥市人大代表，并加入中国民主同盟。著有《通鉴学》《国史通略》《通志总序笺》《秋怀室札记》《淮阴风土记》《王家营志》《中学国文述教》等。

通 鉴 学

司马光以十九年之久，合三四人之力，撰成《资治通鉴》及《目录》《考异》三百五十四卷，为编年一体之空前巨制。自谓"臣之精力，尽于此书"，非夸语也。后世史家，虽或毛举其抵牾，或病其为人君教科用书，但于司马氏用力之勤，网罗之富，抉择之密，叙事之有条不紊，终无间焉。张君是书虽以《通鉴学》名，实不限于讨论司马氏一家之书，而旁及《通鉴》之先驱，兼论《通鉴》之后继，溯源析流，谓之为编年史学，未始不可。是书系通论之作，非考订《通鉴》所叙史实。

书分上下两卷，共七章。首章回溯《通鉴》以前之编年史体，以明司马氏书之并非创格。张君谓司马迁所见谍记，容未可信，竹书纪年、殷墟卜辞、诸侯史记，则为三代之编年史体。左丘明出，乃集大成。次章述《通鉴》编集始末，于助修诸人及编集之程法，分别说明。第三章论《通鉴》之史料及其鉴别，以《通鉴·考异》所见书名为主，探索司马氏取材之书，得三百零一种，厘为正史，编年、别史、杂史、霸史、传记、奏议、地理、小说、诸子，凡十类，以见司马氏当时所据之广，且略述此三百余种书在今日之存佚。司马氏鉴别史料之标准，张君约为六类，且各举一二事以示例，曰参取众书而从长，两存，两弃，两疑而节取其要，存疑，乃兼存或说于《考异》。宋人不以考证鸣，而司马氏在在用考证方法，又不流于猥琐，卓然成一家之言；惜乎及身而绝，必待千载而后，再见实事求是之精神，由清代朴学而表见也。第四章论《通鉴》史学，大意谓（一）《通鉴》秉《春秋》之意。发挥名分之义；（二）师《左传》之法，记事系年月日，据事直书以见义，人物、重要文字、政制及杂事皆附载；（三）守儒家之宗旨，是非不谬于圣人；（四）寓北宋当时之背景，不独案论处而然；（五）具著者之特见，如不别正闰，不信虚诞，不书奇节，不载文人。第五章论《通鉴》书法，大意谓（一）关于年者五事：一事分两年记其始终，岁阳、岁阴纪年，岁首以建寅之月为主，天文现象不备书，年号以后来者为定；（二）关于人者五事：非统一时代之帝王用列国法，国名、人名同者增文示别，人名不避讳改字，插记人之邑里世系，变文以示褒贬；（三）关于事者五事：叙事先提纲而后详原，先溯由而次及本事，书一事而连类及它事，书一事而备载同时谋议，书初见事以谨始。以上两章所论各点，张君各举例说明，两章允为全书最重要之部分。第六章论《通鉴》之枝属与后继，所举书三十余种，各评其得失。末章论《通鉴》之得失与编年史之改造，大意谓《通鉴》之得有三：合《纪》《传》《表》《志》为一编，合独断考索为一手，合史学文学为一家；其失亦有三：系年方式之过整，文化史料之太略，作者感情之或偏。张君于卷末提出改造编年史之方案十九事，复多语中肯綮，可供修编年长编者之参考。

出处：本文原载《图书季刊》1948年第一至二期。

注释：1939年3月，淮阴沦陷于日寇，张煦侯先生携带婶母、妻儿等一家五口人，避居洪泽湖畔的张庄，结茅草屋三间，并题名为"唐风庐"，以效唐人高风。"林居六载，风雨其晦。"著成《通鉴学》。《通鉴学》全书十一万多字，从《编年史之回顾》起，及《通鉴编集始末》，转《通鉴之史料及其鉴别》，探《通鉴史学一斑》，理《通鉴之书法》，寻《通鉴之支属与后继》而终止于《通鉴之得失与编年史之改造》，论证精当，成一家言，不仅揭示了《资治通鉴》的作者严谨的治史态度，而且对本书作了较全面的探讨和分析。

《通甫先生集外文》序

通甫先生之文，其伟岸而深厚者，根于性，通明而昌博者，因乎识，其奇辞大句，排奡盘折，出入史、汉、百家，则虽唐之韩、柳亦堪肩随，宋以下不足论也。然世人多务眈悦先生之文辞，而真有深识夫立言之故，则鲜。盖尝取类稿之书而三复之，然后知先生忧危之旨深，而风议之虑切。彼其抚时念乱，揣势陈策，无事则讥选耎之非，有事则作忠义之气。其言出于不得已，而所忧动关天下之大。至今读其文者，可以知先生，不以知事变。昔人有言，文章之事莫大乎因时，先生道光之文，杜公天宝之时也。顾类稿，出先生自定，所存不及百篇，太山豪芒，读者憾焉。顾宁人曰："文之不可绝于天地间者，多一篇，多一篇之益矣。"尝持斯义愿广所闻，且意先生精气所寄，必有不上于此八九十篇者。去春同邑黄君憩园过扬州，语及此事憩园为言淮安丁君子久实藏先生未刊稿。愚闻之惊喜。又数月，子久君以补编来，且附书征序于余，待刊以行世。君与憩园皆鲁氏之自出，而藏弄典护皆出于君，铨次则出君同里段笏林光辈之手。愚受而读之，为篇凡四十余，而经世之作多足与前编之意相发，其拟南河积弊一疏，旨深语直，同符罪言，与潘、顾诸君论事亦忠愤耿耿，跃然行间。别有题赠小篇，流连感叹并为心声，可以厚俗。

昔太史公书得外孙杨氏而传，今先生之文，亦赖子久君之结集而益备。其事之美，心之公，将使先生阏识孤怀弥纶昭著，足以明前代之故，给后生之求。会吾县徐丈庶侯方有淮阴丛书之辑，既见是编，亟属愚与范君耕研雠校八焉。丈又点勘至再，然后授雕，而命之曰集外文。于足丁君藏获之意得以毕遂。愚虽谫劣，不足以序先生之文。然是编也，实合藏者、刻者而双美具，其事甚盛，焉可无述，故谨识之。亦冀后之读者，能心两君子之心也。

民国二十五年（1936）十二月，淮阴后学张须煦侯拜序。

出处：郝润华编《鲁通甫集·序跋》（附录），三秦出版社 2011 年 1月版。

《王家营志》叙传

张氏之先，出于桐城。当清雍、乾之交，吾始迁祖曰世杰，以贸迁来东，张两肆于王家营，曰"世来""世德"。始治产积居，有宅一区，有田百亩。值河水方盛，王营为天下剧，舟车填咽，俗近贾不好文，用是踽踽尘土间，未尝事书史。有子盛熙，盛熙生四子，仲曰兆麟，兆麟生彬，皆遵先业，居于王营。彬生燿堂，是为南湖公。南湖公生八岁而孤，独刚果有志分。县南移风乡，古富陵地，顺治中沉为湖。道光河泄，填淤数十里，曰"新滩"。南湖公招四方客作，耕于天然河滨，凡垦田数百亩，料量诇察，佃不敢畔，庄园庐落郁然。南湖公生二子，锦睦字友伯，为文学公；锦壏字子高，为登仕公。母张，抗节古贤，班书授二子读。子壮，斥产奉师，修脯过其力。湖滨之人皆曰："张氏有母，能敬其师者也。"登仕公幼清厉有志节，貌白皙，目烂如电，意所不可，不避亲昵。凤堕马伤肘，因遘肺疾，犹不废苦诵。弱冠而殒，逾年母亦下世。

文学公五岁失父，知哀慕，至于废食。以光绪二十四年补学官学子。性通朗，不事章句，亦不以生产累心。容止倜傥，而中情仁恻，与人交，倾心以之。友死，鬻耕牛以办其丧。光绪末，以湖滨罕见闻，归王家营。又南游于沪，沪有豫备立宪公会，多通才，文学公从之游，志益奋。坐家贫，不能自致，又无有气力者为之推挽，则悉力为乡里谋。王营设宣讲所、蔚文小学，皆出其议。继乃宾于句容令所，又为江南巡防营典笔札，奔走衣食，容色惨瘁。改国后，清江立保安公所，文学公与乡人董善后，见河北灾民众，则请于浦惠粥厂，设分厂王营。属初办，未有阑盾，人争先，有死者。公闻之，投床而泣，谓我害之也。少颇任率，既许身乡里，言论感激，未尝巽于人。累为省议会科员，敦督安东诸县选事，准法裁正，毕事最先。大府器异之，将辟擢，而公遽卒。卒之岁，里中旅祭于新祥庵，会者逾千人焉。子三，震南、震洋、震藩。

震南幼出为登仕公后，年十九，居文学公之忧。所生母丁，宽厚慈仁，有均壹之教，转徙鞠养，备婴茶蓼，膏火之费，困弊百端。久之，震南习政法之学，震洋治游徽书，震藩攻绘事，门业粗延，而母苦辛已甚，五十便逝。爱敬既穷，永慕而已。所后母戴，早厉清节，明而有断，抚震南以长，寒暑痏痒，若提抱时。导示深切，又同严父，门户稼穑，操持烦苦，家计隆于旧时，而母亦垂垂老矣。

震南生于穷乡，幼奉王母教，从膝上受四子书，十三归王家营，十五游江宁，累三年，属民军起武昌，学辍。二十再游江宁，二十二，遂抗颜为师，教于淮扬之都。性简伉寡酬接，高颡深目，仪装朴野。尝历引古人，自谓："口讷如扬子云，不能诗如李翱，不能书画棋博如白居易，不能饮如苏子瞻。然郭林宗贞不绝俗，虞世南外和柔而内忠直，亦尝勉而企之。"故居必有朋，早免傅训，独以私智致浮誉。同舍生或阿于好，故誉日腾而实不至。既以才劣，不能治官府，游教南北，益浮谈妨要。年二十九，始名所居为"尊疑室"，以札记自课，比浮誉于疢毒寇仇。年三十，作《天论》，以谓"可易者境遇，而不可易者人心，明明黜盗也，今风以礼义，泽以诗书，则一变而为诡儒，只益乱耳。"闻者病其激，而睢宁王绳之以为然也。

震南意广心奢，自图史、音切、诸子书、文章义法、中西治化、生计之学，皆见其粗。蚤岁有志著作，张空目以十数，文章汗漫，不甚中程轨，笺疏密，愈非所长。独嗜史部书。少从文学公受袁枢《纪事本末》，读而好之，有吴均通史之志，力不足副。年三十二，为《国史通略》上下卷以见意，且序之曰："治史之道，专精与通览异，晚近为通览之史者，有一敝焉，曰不肯割舍。盖史实万千，不必为人人所宜详也。惟必有所弃，然后有所著，夫治史之所贵，岂徒诵烦辞逞碎义哉！今史部书诚繁，其大纲之通摄古今，而有系夫政之平陂民之舒戚者，可以一二数也，杂小与大而举书之，则牛毛茧丝，难为辨治。虽晚出之本，与村学中兔册之流，鲜以别也。抉其大者而究论之，则元元本本，殚洽而昭明。其言居要，其书易读，虽有诵说极博之士，不如吾执守之精也。"然震南宅忧处约，体又善病，兼授徒历年久，繟缓通阔，赴之不敏，竟不能名其家。尝与同县范耕研言："秦有天下十五年，其治术掩迹三五，下开百王，而秦记湮灭，事迹不具。若攟摭古籍，刺其政教、官守、郡县、艺文之类，作秦之一经，存一王法，不亦可乎？"耕研韪之。顾卒卒未即就，独以余日聚乡里旧闻，数年滋益多，甄综考校，常孳孳然。迄于今岁，他书未杀青，乃先成《王家营志》六卷。

初，震南年二十四，馆其乡先辈徐庶侯大令家。大令藏方志累数百卷，震南以暇稍治其书，而有以识其利病。尝论之曰："方志者，地理之书也。地理以疆域为郛郭，以代有变置，故名实歧互，不能析别疆理以归限断，则全书不足观也。郛郭之内，要端可数，而大归在于征实。征实之事，有古有今，资于古者曰图籍，资于今者曰采获，一有不备，君子其犹有憾。太史公作《史记》，自《世本》《牒记》乃至《楚汉春秋》之属，资于古者也。自郡国计书乃至游陟山川，举所覆所视以备异闻，资于今者也。而夹漈犹以博不足为深恨。今之载笔者，求所资而不得，则骋虚辞以相呐嘎；或则矜重义法，以省括为解。笃而论之，岂有当于征实之谊哉！"已而叹曰："郡邑志书，官有程期，又缀于众手，其不能以如志亦宜。自明以来多支志，若三吴之汉口临平乌青，淮南之甘棠北湖。断地以求，往往可观。王营，父母之国也，自有明置卫，更三百年而吾宗东徙，又七传而至于吾身，其间建置因革，井里废兴，守望编伍之略，文献礼俗之宜，自他人而观之，稊米微尘也。而居是邦者，则为田庐丘垄之所托，吾力犹能网罗放矢，既有责焉，可无述乎？"于是窃取陈编，自明已下五百有余岁之官书野记百家杂语，悉核其同异而整齐之。时代差近，闻见可接，则有友生耆老究悉故事者举以相诒。故久而益多，经始之岁，每有草稿，必闻于大令。大令善其所为，谓当卒成之。书成于民国二十年（1931）之冬，纂言记事，以二十年夏为断。二十二年冬，以授梓人，又少附益焉。总其要略，为目十有三：曰"建置"，曰"河渠"，曰"军政"，曰"警卫"，曰"职业"，曰"交通"，曰"礼俗"，曰"宗教"，曰"学校"，曰"人物"，曰"古迹"，曰"杂记"，而"叙传"终焉，凡六卷。

张震南曰：吾不敢堕先人之业，吾是以次其行事而述"叙传"。

出处：张煦侯《王家营志》（卷十三），民国二十二年（1933）铅印本。

《淮阴风土记》弁言

风土记时阅七年，功经众手，卒于今岁七月二日，将上卷全稿杀青付印，追维往迹，谊当有述，故以弁言题尚。

原本书之所以编纂，实以乡土知识，今世所重，备其体者，惟在志书。而志书记载，专据官牍，颇难尽信，其行文又主肃括，虽严整可观，而详尽有味则难。且志书恒例，不免详于城关，略于边鄙，故虽以一县范围，犹未能为普遍之介绍。本书创议之始，即务求所以弥志书之缺憾。以内容言，务在汇合种种目前特殊之实状，使之一一浮现于卷端，巨细政俗，罔不综贯，而要以搜求利病，着意人生为主。以文字言，大致欲仿近人游记之体，而将各种材料贯穿叙述。文中每至一地，或以观察，或以谈话，虽不标项目，而所为参互萦带以出之者，亦自无不详具。又以人情难与庄语，而好为琐谈，故不特文字务取轻松，不尚平板，即凡各地之古迹名胜，神话里谈，亦必多所旁涉，并多插图片，以博其趣。以地域言，既须普及于全境，故虽十室之聚，百年之墟，车马所不至者，其风土利病苟有可言，此书皆有相当之位置。要而言之，为矫县志之所编，故姑藉游记之旧裁，以求合于民生之实际，此志虽自愧未能毕达，然其初旨固如是也。

编者怀此愿有日，当十八年五月，坐淮阴中学宿舍南窗下，偶为黄君少玖、范君农研发之，二君深以为然，课暇敦督备至。是月十二日，遂撰成编纂淮阴地理读本旨趣七条，共同发起，期月之间，得会员二十余人；王君慕阳更为定名曰《淮阴风土记》。计先后开会者六次，其工作则先从分区征稿及调查入手。主持征稿者：一区李兰轩，二区黄少玖，四区夏屋渠，五区丁昭民，七区高天摩，三区编者自任之，亦兼摄六区之事。其事则曰登报征集，曰制表调查。登报累月，无应征者。调查表格凡一巨页，条款至为周密，盖萃同人之心力编拟而成。然自六月二十八日发出后，惟三、四两区各照式填来十数份，他区率多有发无收，当时甚以为憾，其实亦自有故。盖表中项目精详，非实地征询，并加统计，则万万无从落笔。且各地户籍未办，测候未举，生产运销，更无确数，事皆征实，从何臆对？其置而不复，非无以矣。当时诸会员以初步调查，即无结果，殊为前途虑。然自今观之，此项表格即使全填，其数字亦不可靠。且填表所得，仅为骨干，若无血肉，仍难成书。譬如一事之因果，一业之兴衰，一方之利病，皆表中之所难详，而文中之所必有。是知表格特调查之一端，若言编辑所依，盖有重于表格者矣。

重于表格者维何？一曰周行全境，二曰勤记里闻，三曰博参书报。

周行全境，非一人一时之事，盖始于十八年（1929）夏之周行三区。伏日远行，摄生所忌。顾余以本区征询，无可诿谢；而同里孙丈稿庵，又慨任导游；韩君仲三、方君济贤，则身任随地摄影之役。三君子者，皆会外同志，乐成人美，炎风烈日，载驰载驱，此同人所不能忘者也。继此为旅行团之组织者，有夏丈屋渠之周行四区，黄君少玖之周行六区，余皆获与偕，并赖方、韩两君之助。其后高君天摩与韩君周行七区，余又于二十三年（1934）之冬，与两君周行一区。每行必以图俱，功用同于磁针，实地咨访，亦多勘正，摩挲既久，往往灭字。尤堪置念者，所行莽苍间，无庖肆旅店，只得望门投止。当夫一镫簇坐，盘飧共飨，村酒叙心，礼数脱略，而情意殷厚。此皆寻常酬接之际所不多见，宜受之者不能去怀矣。凡食宿所止，亦即游客访问之机会，同人皆不肯坐失，故更深会散，笔记往往盈箧；明日登程，此等资料亦负之而趋，留客者不之知也。

"里闻"者，与旅行团笔记同其性质，但以属于随时访问者为主。盖周览某区，如走马观花，仅留片影，至于用笔设色，非平时勤加访问不为功。故无论在宅留宾，抑或出门访旧，乃至古寺避雨，柳下待渡，诸如此类，果遇乡人，必谈风土。积之既勤，久乃益多。此种材料，多关社会动态，里巷珍闻，有从未见诸记载者。譬如渔沟未兴，本有鞠集；太平之汪，旧为船坞，董园先于路园，红滩即是洪泽，此等皆得诸谈话，往往一语可直千金。风土记于考古一节，诚非所重，而旧闻遗事，每赖以存。若夫眼前事实，不见报章者，以实里闻，更与古者里巷风谣，同其价值已。

参考载籍，明清县志自居重要，然亦惟于考证沿革时用之。风土记注重现在，不尚追溯也。水道今昔源流，则取武霞峰师之淮系年表为折中。至如公报年鉴报告书及各种定期刊物之论文，有得便书，多多益办。而淮阴地方报纸，则自十八年（1929）起，编者即保存一种，至今几可谓不缺一号。其中首尾完具之记载，殊不在少，可谓近而有用，信而可征。又尝自制纸函数十，每函标名何项，择报端重要者剪出，分藏函内。著笔之顷，随心拈用，与里闻相辅而行。至乡耆及朋辈中，其叙述一地情形，以稿见投者，亦常常有之，斯盖与书报之益人无异，而翔实过之，其名具见别录中。至会中诸友，撰录之丰，更不待论矣。

不幸数年之间，兰轩、屋渠及金袖石三先生，相继奄谢，存者又各在一方，寒暑归休，流光迅疾，人事不齐，成绩难睹，幸赖少玖、天摩诸君，先后各以本区详稿见遗，四区屋渠丈长逝以后，王君伯清续主其事，亦撰稿近万言。而编者于三区本有初稿，他区亦积里闻及种种资料略备，故猥复重加补益，成二、三、四、六各区初稿各万余言或数万余言，油印分致，颇蒙订正，截至去年之夏，所待搜撰者仅为一、五两区，而一区曾经周历，储材本富，农研君又积制影片甚多，所欠惟在运斤；五区辽远，在本书为后殿，亦自无妨从缓。是时六区分入一、二两区，七区已改老子山直属乡，于是商诸同人，决将一二区及老子山乡之稿，厘为上卷，凡十万余言，先行付印，俾五区资料，得以从容访集。至印刷之费，初时以独任良难，集腋亦觉非易，曾商承慕阳君允交苏北日报社代为印行，经于九月函质同人，咸以为然。今岁五月，以淮扬道阻，雠对为难，乃变更前约，由编者自力筹资，交扬州胜业兄弟印刷社排印行世；又以资力所限，仅印三百五十部，果能畅流，再图赓续。于是且编且排，以七月二日全稿藏事，又旬余而排字之役亦竣，此则本书编辑及印行之颠末也。

本书体制，亦有可言，大都上卷先清江区，次老子山乡，次南湖区，下卷先吴城区，次大河区，次金城区。区名为十八年（1929）县政府所拟定，未几即遵令改用计数之法，以第一第二为称。兹从初拟，以避质实。叙事之法，乃假设一青年学生，当结伴周行全县之后，据观察及询访所得，著为此书，上卷以寒假遄征，故用冬景，下卷以伏日适郊，则用夏景，书中人物，在我固强半子虚，在人更无殊符号，本属因水设筏，自难执妄为真。又书中各区，非一人一时所履，故或谈近事，或滞旧闻，虽脱手前夕亦曾粗加订补，度仍不能悉与今合。且撰稿之顷，必目对舆图以定路线，有时行数十里，而里闻中竟无多材料，甚至直无一字，则此方之记述，遂无精采，或原稿简括，编者又不稔其详，则虽欲铺陈，亦将无术。又或前人舛误，我虽不敢苟且因仍，而旧讹甫订，新误旋生；斯皆憾事，有待再版之拾补者也。若夫讥弹小己，旁及隐私；或抨击人生，邻于谩骂，此则持戒已久，或不至明知而故犯矣。今请竭诚为读者告曰："此书编辑之初旨，既揭于前，其能否克副所云，读者各有眸子，编者不欲置一言。但编者甚愿淮阴各界，皆予编者以深厚之同情心；又甚愿一切读者，皆能以参加工作之态度，竭其所知，为加订补；庶几此书无益而有益，其叙事虽有憾而卒归于无憾，斯则编者之厚幸也已！"

出处：张煦侯《淮阴风土记》，民国二十五年（1936）至二十六年（1937）秋怀室主人铅印本。

《淮阴风土记》楔子

余一中学生也。自吾远祖以来，居淮阴者十余世矣。记余初入初中，上纪念周，校长指东北地图，话当年一段伤心史，且郑重以告吾侪曰："汝曹共听之！不爱国者，不可以为人也！"吾时年方十二，犹未知国之何以当爱；然闻师之言，觉一颗童心，一团壮气，已坚不可摧，高不可抑。自是以后，习闻师言，入高中以来，又性好史地书，于是对秋海棠叶之地形加虔敬焉，对青天白日满地红之旗帜加拥护焉，对四千年来之东方圣哲民族英雄益致其信仰焉。盖余此时之爱国，乃有理性的爱国也。余深知中华民国承数千年来历史之流传，与文化之熏习，其血统语言生活信仰，北胡南越，无不从同。利害既无二致，痛痒自如一体。故东北之失，人断我臂也，断臂不可为全身也。若臂已断而犹不知，则麻木不仁之人也。此吾所以誓充实力量备将来为国用也。

然更经仔细寻思，则知爱乡之情，与爱国之情，虽系两个圆周，却是一个道理；只有相生之用，并无相克之虞。盖乡也者，爱之出发点也，乡土之爱愈真切，则国家之爱愈热烈。聚千万愚夫，不能成一智者；聚若干散漫无组织之乡镇，不能成一有组织之国家。即以淮阴言，全县四千六百四十四方里，在全省中，南与武进句容，北与丰县赣榆相伯仲，真小县耳。其人口据廿四年统计，凡四十四万七千一百十五口。城区每方里平均达三百人左右；乡区每方里亦将及百人。比之他县，不为少矣。然此四十四万有奇之人口，女子二十一万八千五百七十七人，几全为不识字者。男子稍有识字者矣，然吾行近郊间，车殆马烦，不逢一校。盖一村中识字之男子，两三人耳。民既愚而又贫：愈贫而匪愈多，愈贫而帝国主义愈侵入。匪有组织，而良民无组织；于是大户逃走，小户挣扎，而各度其恐怖之生涯。帝国主义者有组织，而崩溃之农村无组织，于是大户收入不足以完粮，小户收入不足以还债，而商店亦随之而俱贫。此今日淮阴社会之缩影也。使县县如此，国家何有？吾能空谈爱国，而不研究此最切实际且最易明白之乡土知识哉？教师虽未言及，吾固当以自力求得之矣。

余有志焉，因以课暇为四友言之。四友跃然起曰："此素愿也。"乃共定一星期日下午，开预备会议，共商进行方法。余曰："事既赞同，无劳多议。但观吾五人之所长，则知兹事不难成功。只需就淮阴五自治区一直属乡，周览一回；继就所历者笔之于书，则所以报乡者在是矣。"五人相顾，不禁拊掌。盖吾侪五人，各有一节之长，离之则无成，合之则有济。一友擅交际才，于校中演说大会恒得冠军；公众服务，亦曾得忠字奖牌。余曰："此吾辈之旅行团长也。"一友熟览淮阴志书，上下千古，言之如悬河如贯珠。余曰："此我辈之高等顾问也。"一友尝遍行淮阴之土，四乡八镇，水陆津途，多所凤悉。余曰："此旅行团之向导也。"一友最善丹青，亦以余事治照相术，因自任为摄影师。余深憾无他长，然怀铅握椠，不敢不勉，遂自愿为速记生。既而议及经费，议及时间。众意以为吾侪学生，习劳为是，当以步行为原则，代步为例外。若乃饥飧渴饮，夜宿朝行，自可望门投止，随处挂单。如是则所须经费，亦正有限。时间问题，自以利用假期为是。进行之始，当于寒假期中先历数区；其所未周，则于暑期中补足之。苟齐心一力，不遭蹉跌，则寒暑一周，斯役可了。他日功成，则当草成一书，名曰淮阴风土记，为吾侪旅行团一大收获；俾邑中年少之未知者尽知之，未闻者尽闻之。是书比之《大唐西域记》而逊其旷远，比之《桂海虞衡志》而无其瑰奇。然而时代近，范围小，关系切，有志于改进县政及社会者，取而观之，未必竟无所补也。讨论既洽，大笑而散。

未几，寒假期近，更集会于斋舍中，议旅行路线。团长曰："是当取地图定之。"高等顾问曰："吾新得一实测淮阴县图，愿始终相假。"向导曰："公等但能纸上谈兵，不如老夫胸中之有经纬也。淮阴县分五区一直属乡：自县城而近郊而马头镇以趋武家墩，而一区毕矣。由武家墩遵高家堰南行，至老子山而反，而老子山乡毕矣。北经三岔河，而顺河集而小桥，更自陈集出吴城、旧县而抵御坝，而二区毕矣。然后由杨庄入四区，由浪石入三区，由五里庄入五区。公等但随我行，断无不达之理。地图虽准，其通塞夷险，岂尺幅所能详耶？"团长语塞。高等顾问坚主按图而索，及披而观之，其当行路线，与向导所言无一不合，于是顾问亦怃然自失。摄影师两是之曰："地图方位距离较确，且实群悉。其间有讹误，亦可借此游订正。吾谓向导不可不遵，地图亦不可不携。"于是速记生执笔记之曰："四座勿喧，案已决矣！"

及学期已终了，五人先各归家，辞其父母兄弟姊妹，然后出发，或挟书于囊，或执杖在手，或负照相机于肩。怀中各怀小册子，备随时访问，随时记录。又预制一刺，文曰："淮阴风土记编辑会旅行团。"则团长置诸箧中。于是自某日起，先巡行城内，爰及十里长街：凡官邸市廛，名蓝私祀，浮桥茶庵，乃至清江大闸，黄河铁犀，莫不有旅行团之足迹。更行西郊，吊隙西草堂，经磨盘口而至三闸，遂入马头镇，过韩侯故里，慨然太息，东观漂母韩母二冢，不见万家，但有流水，乃经韩信城边，自南门入。既又渔于雷湖，休于龙爪树之旁，登道士庄而思平江之遗烈，访关门程而讶其称名之奇诡，至武家墩而一区以尽。于是乘汽车行高家堰上，至高良涧唤渡之老子山，千顷寒光，一船客梦，抵坞登山，东方已白。山中何所有？则有仙人之洞，青牛之迹，凤凰墩之灯柱，三元宫之奇木，更有都阃废衙，犹龙旧舍，俨然文经武纬，何止福地洞天。若乃涧西话匪，涧东话狼，言者危涕，听者坠心矣。然后辞山中朋侣，由三岔河入二区境。二区昔时水乡，今为淤垫，有泗沭诸县之方音，无道咸以上之古墓。然而湖市鱼蔬，湖田薪苇，皆远近所取资。又况出水之地日广，未来之利无穷，此他区所不及也。下滩距县弯远，兵至则太平，兵去则离乱。上滩枪支较多，稍能安堵。吴城堤以北，则白草黄沙，别是一般风景；旧县至御坝，草木皆兵。然此行卒无恙，且得从容观清黄交汇之遗迹。寒假仅一月，冬日苦短，屐迹才半，而校中开学之通知书已至。乃共息尘襟，稍驯野性。课暇以风雪中旅程所得呈之于师，师亦叹诧，谓孺子大不易。且语吾侪曰："此事必当以暑假中成之，到时勿再相瞒矣。"

无何，滔滔孟夏，黄云被野。师曰："小子畏热乎？"吾侪对曰："弟子等冷且不畏，何有于热？"师闻而啧啧，乃出名刺数十纸，以告于众曰："此投宿时之优待券也。"众皆胡卢，称谢而散。于是择期聚于杨庄，先览四区。初观荷于褚大洼，观水于双金闸。然后渡中运，周行夏家湖，观田间水道；北过三柯树，吊其劫灰；益北过鱼沟，饮义和之名酒，拜方上人之孤塔，乃至七孔长桥，千年龙穴，居停主人皆不辞烦劳而导观焉。遂策蹇并驱而入浪石，浪石夙当官道，车马所出。今一落千丈，仅见坏壁当路，惊风走沙，过浪石而东，入三区境，四区畏水，三区苦沙，水势东流，沙性善溃，故自袁集而东，变迁最烈。十日不雨，则飞沙可以迷目，积沙可以埋轮。西坝为票盐重镇者百三十年，极盛而衰，商去而民留，虽有铜筋铁肋，无卖力处。王营失势已久，死而未僵。草湾使人吊古，周庄使人微服而过，小营、朱集，使人想见行户之沧桑。娘子庄明初驿道所经，水冲地废。今大兴庄、丁集，东西分立，莫能相尚焉。更由五里庄入五区。五区东有刘皮，西有宋集，北有王圩，皆接壤邻县，难言治安。故昼出其途，枪楼满野。境内学校较稀，民众知识未普，多奉基督教，有械斗事。副业缫丝为盛，名闻南土。民性虽曰强梁，实亦忠果，苟能因势利导，或非他区所能及也。惟古迹夷灭，多不可指；金城旧驿，乃成荒村；官亭大镇，直无知者。盖宋金兵争，明清河患，其破坏力量，有非吾侪所能想象者矣。行至老张集，五区尽，全县亦尽。秋蝉鸣于树颠，金风发其微凉，昔也鼓兴而往，今也奏凯而归。彼此相顾，略呈黝色。然而无一病者，无一惫者，无一中辍者。迨秋季始业，吾侪又以所得呈之于师，师曰："明日校中开上学期成绩展览会，先为汝等所作笔记影片辟一专室，藉资整理；三日会罢，则入于编辑期间。当竭吾所知，为斯编充实内容也。"及期，团长、高等顾问、向导、摄影师、速记生，齐集一室，推一人草创，余人讨论；讨论既定，则请师为之修饰润色，且补其缺略，正其讹误。或五人所记不同，则亦由师为之折衷。如是三日一小会，五日一大会。岁月骎骎，年复一年，纸积者盈尺，笔秃者成冢。一日，团长告于众曰："风土记以大众之努力，与师友之赞助，稿已成矣，可以写定矣。日月不居，今昔万变，譬如吾侪周历各区，所过动有戒心；今保甲法行，则烽烟宁息，任我驱驰。举此一端，可例其余，长此不加刊布，将尽成明日黄花，委弃埃蠹，负初衷矣。"众皆曰："善！"于是推速记生就已集之稿，写为上下两卷。行文无著作之体，叙事乏考证之功，盖志乘之所希，而里巷之所有。鄙哉鄙哉！聊以存俗。诗曰：

采风小录说淮阴，百里悠悠取次寻。常叩村墟称熟客，不虞寇盗总童心。
吴城飙卷黄沙直，高堰湖藏白雪深。何必春秋是佳日，祁寒暑雨亦登临。
少年亦侠亦悲凉，活国回天未有方。各放芒鞋踏乡井，欲凭柔管造舟梁。
豆棚语杂无张李，流水心空孰短长？多谢群公供史料，好编遗事说沧桑。

出处：张煦侯《淮阴风土记》，民国二十五年（1936）至二十六年（1937）秋怀室主人铅印本。

秋怀室谈往

所居陋巷中，曰秋怀室，宅前近市，宅后有沟。若买菜籴米，则由前门："临风捣衣，则开便门。其家虽居市中，而不改田家旧俗，故茅茨所安，纨绮不卸。至于群从诸昆，不时往还，直谅多闻，亦常谈宴。止须速记生在家，则秋怀室之客数至；然细计之，仍不过甲乙丙丁几位熟客；为狂为狷，殆难猝定也。吾侪由街后沟边遵小径，从便门入秋怀室，坐定稍进小食，速记生始先为四客道王营旧镇，在今西坝，凡杨家码头迤东近堤之地皆属之。

康熙二十七年（1688）秋大水，市廛崩于河，知县管钜买山阳朱生地东迁于此，而民众聚；于今日，二百余年矣。凡购地之费，皆管侯捐俸为之，劳来安集，以卒其事，如此好官，在今日殆不可复得，王营之民所当尸祝面户祭者也。此二百余年中，自康乾以至咸丰五年（1855）河行山东，此地当东南入都之孔道，又有大河襟其南，会试之选人，乘之星使，入而观光，出而之任，皆避山途之危险，就官路以翱翔，以中国全部言，谓之东大道。又以浊流深广，不可便越，甫杂云水，则小休以定惊魂；乍谢轮鞅，亦留连以候风色。而且一水中横，分县为二，河北之民生事所需，仰给王营而足，非甚要事，不渡河而南也。故王营旧日之所以民康物阜，为北道都会之一者，实受交通之赐。今王营而圩内，若天齐庙后偏，昔称后园、大车厂之所以聚居也。自礼拜寺南趋，直抵黄河大堤，又轿车厂之所处也。其最东街道，昔称骡马街，凡大逆旅多在此中。此三者，实行旅之津逮，交通之辖。别有马客饼伧，镖师行贾，冲州过县之邮，浮黄溯运之货，叫嚣杂，不一其类。故县志记之曰："虽与台贱隶，能为京师音。"盖文秀不足，而粗豪有余，此亦一时之奇观也。"乡导曰："此王营之全盛时代矣！"

出处：张煦侯《淮阴风土记》，民国二十五年（1936）至二十六年（1937）秋怀室主人铅印本。

王营伽蓝记

凡人游一聚落，若祠庙多，则其地必为旧镇，王营亦其一也。故西有城隍庙，北有马王庙，东有太阳宫、文昌阁。城隍庙最古，香火亦最盛。庙前幡竿双峙，巍出堤表，实为一镇之望。每值清明会期，远近氓俗，波聚如狂，市中买卖，殷盛无比。厉坛在西坝，放告排衙，都如世间。回銮之夕，千灯照衢，行列最见整肃，善信弥为竦敬。民国十七年（1928），县设王营小学，用其西厢，二十四年（1935），省办某项事业，又暂用其两庑；赛会之举，久成故事矣。马王庙为车骡商所建，野殿丹青，歌台风雨，尚有前朝遗迹。相传张天师会观剧其下，故夏不生蚊，场能容众，其神话多类此。民国十八年（1929），山主姜道立舍庙及基地四亩一分三厘八毫，指充县立教育事业之用。旧设农民教育馆，今本区中心民众学校设焉。庙前广场，每日有蓝衣壮丁讲武其间，民族一线生机，实系斯举。姜氏之慷慨捐施，可谓化无益为有益矣。校之西偏有理堂会所三间，一称从善堂戒烟酒分会，住持号曰当家，衣僧衣，但有须耳。信者机户为多，虽屏绝烟酒，滋苦矣。太阳宫与火星庙同院而异向，向南者为火星庙，今题粮业公所，西向者为太阳，坟前有三尺碑，题琉球国朝京都事讳文英郑公之墓。又题其旁曰："公以乾隆五十八年（1797）奉使来贡，十一月十四日道卒葬此。民国二十五年（1936）里人重立，兴化金应元书。"都通事者，琉球正使也，万里梯航，一棺旅葬，亦可伤矣。然清代抚御之远，与王营使节经过之频，固可于文字之外得之。文昌阁东倚圩墙，无僧而有兵。吾侪足迹，到此而穷，乃折经汽车路，出小南门，将观于河，稍识形势。

出处：张煦侯《淮阴风土记》，民国二十五年（1936）至二十六年（1937）秋怀室主人铅印本。

积善之家

盖渔沟富室，曰吴汪杜，其著姓有五，曰张吴蒋郑丁。然论其支庶蕃衍，积厚而流光，则邑之人必推吴氏。吾侪尝稽其谱牒，盖明初有名通海者，实自滁州来迁于此，至于今已十八传矣。其宗皆聚居渔沟，南门内有宗祠，而大兴庄南北吴集，亦颇有其支流余裔。道光间有吴翁殿升，名朝观，以善居积起家，而性慈祥。道光十一（1831）、二年（1832），岁比不登，翁至于垂涕彻食，不忍独按饱，则即宅外为四厂，日施粥活万人；又命子之他省，卖黍麦数千石，归而贱鬻之，民困大纾；明年邑有秋，无食者犹众，又重振一次。其所全活，据邑人蒋阶所记，单就癸巳（1833）一年，自正月初十至二月十八，已七十余万口，其触寒而死者，为七大家埋之，今大北门外，高冢嶕峣，如岗如阜，皆当时饥民埋骨地也。事闻，巡抚林则徐其门曰积善之家。自是以后，吴氏常为乡里所宗仰，其侄孙又能世其德，以节义廉退为其家法。他镇有右族，常以地主而武断乡曲，吴氏之在渔沟，则颇不然矣。然吴氏之泽犹不停此。西门有学校一所，爽垲静穆，亦彼宗所自建，爰共访焉。入其门，门端有额，题曰渔沟小学堂，通州张謇所书。入其庭，房廊虚敞，有讲舍七十余楹。读壁间石刻，因识此校变迁之迹。盖渔沟旧有临川书院，康熙中知县管巨所建，岁久而圮，吴朝观重建之；并捐助学田。别有向善堂，亦朝观舍建；延寿庵，又吴氏家庵，各有原田。光绪三十三年（1907），翁之后裔骥其楼，改书院为小学，并合向善堂延寿庵而一之，都有田十八顷零。自开办以来，他乡异县，担登接踵，异业生达五百余人。淮阴私立学校，在城有绳武，在乡有运商及渔沟，皆为清季所设，未易优劣；然语学风之朴质无华，其生徒常有二分尘土气，则渔沟小学，或者即可衮然称首，未可知也。

出处：张煦侯《淮阴风土记》，民国二十五年（1936）至二十六年（1937）秋怀室主人铅印本。

赛珍珠与淮阴

赛珍珠女士，长老会名牧师赛兆祥之次女也。生四个月，随父母来华，住清江浦。其游侣除一妹外，皆当地之中国小孩。幼时有年老保姆，教以华语。白发龙钟，所讲不外内地田家生活，以及荒年忍饿，瘟疫连村，土匪四起，一家不得安枕之种种悲剧。女士资性聪敏，兼富同情心，所居为城外一小楼房，地势高夐，境界闲僻，推窗可睹村景，入夜可闻角声，触眼生悲，会心不远。稍长读书上海。十七赴美，在佛吉尼亚州肄业大学，毕业又来华。一九二八年，遂写其名作《大地（Good Earth）》于南京。此书全以中国农村为背景，近又有胡仲持君译本。风行中美两邦。若论其著作动机，描写对象，则此幼时教语扶行之白发村媪，实有绝大关系。盖女士过去生活中，在中国者已达二十七年，而淮阴尤其第二故乡也。

出处：张煦侯《淮阴风土记》，民国二十五年（1936）至二十六年（1937）秋怀室主人铅印本。

范耕研君四十序

自叔世好以学者誉人，而真学者遂不可便见矣。盛容服，作气势，饰辨说，导浮淫，今之所谓学者，古之所谓游士也。吾尝相观乎天下，盖希不类于游士之所为。返而求之吾乡，乃得范君耕研而友事之。嗟乎，吾不既多乎哉。

盖耕研之治学也，履所尊信，故无勉企。不兢于俗，故无别异。自得而未尝徇人，故无忿诤。制割大理，可不可无依违。謏闻曲义，不胶其心。机祥小数，去之必远。辞章之家，所谓掉臂而游行者，庶以方其乐焉。少居于乡，离经辨志，为根柢之学，以端其本。中适武昌，治兵法墨经以致其博。终从南雍诸大师游，通说文古籀音韵部居，及古文经传大义百家之说，以就其精。故耕研之学，旁广而中深，无涯而有极。须少君一岁，然学无本末，又无师法。牵蚕而多岐，漫漶而无所归。耕研已优游，成贤之里矣。而须方读司空城旦书，居各有朋，不可合并。年二十一，乡人会于莫愁湖之华严庵，乃始识之。又三年，教于扬州，乃始定交。中经离乱，而相违者恒少，耕研好致书，工求善本，丹铅所施，或不可辨识。老庄荀墨吕览之书，所得尤伙，都数十百卷。文章规矩先汉，深厚而雄直。余事为籀斯书，亦体势尊穆如其人。须也不幸，合于大道，犹幸而得摩君之垒，读君之书，愧汗之余，得少窃其言以自养。而耕研亦不审以何者重须，每休沐，意行茗饮，未尝不以偕。众中俯仰，庸保能识之。扬校故多蕴藉之友，两镫众坐，小辩鹊起，耕研每竖义，正言若反，风韵玄澹，闻者毕驩。为庾词，窜句游心，思若有神，虽能者不可卒晓。其智周庶类，而退然不见震矜之色。是以藏修者服其高坚，息游者说其乐易。而须以赢质，有重腿之疾，东南卑湿，不可以居。顾时时欲去，而犹未即去之者，以居游之有可乐也。

虽然，耕研其勉之哉。楚州学风，盛于道咸，在今日为中衰，典文散绝，日以苟且。耕研席先世之教，门业之旧，比于汪宁泰哗。夫不有倡者，后何以与。耕研学不近名，于富贵真如漂风。而顾勤勤恳恳，无所为而不疲，彼其乐岂不有在乎。是须闻古之人，咸欲以其学易天下，其次施及乡人，禅于无穷。耕研今岁方四十，被其教者岂无逸才。异时流风所扇，将使乡之后进，考论术业，悉有据依，以咨慕而歆往，楚学之美，仿佛乎永嘉。耕研之乐，亦乡邦之休也。须业无所底，而好比次，乡甲旧闻。故其寿君也，亦援乡人之义以为言。世有达者，庶无讥焉。民国二十二年（1933）九月，同里弟张须煦侯拜序。

出处：本文原载民国二十四年（1935）《苏北日报》副刊《学林》第三期，转引自台北市淮阴县同乡会编《淮阴文献》（第三辑）。

李更生先生事略

李先生讳荃，字亘孙，江苏淮阴人也。尝江行涉水得全，因署曰更生。世家清江浦，捻乱迁郡城，先生生焉，比长乃复归。先生幼英敏，学于淮，淮之老宿咸器异之，然境绝艰，盖几不能具修脯。年二十一，入江北高等学堂肄业，寻补县学生员。越三年，西游于皖，历繁昌、宣城、太和诸邑，所至皆长其县校。又三年始归，主江北师范附属小学事，于时先生年二十九，匡饬校务，昕夕不怠，有暇则治小学名著以为常，盖是时已具献身教育之志矣。

辛亥（1911）光复之役，浦城被围，先生首倡反正议，偕代表十六人开门纳民军，斯须而定，众推先生襄江北学务，辞未就而创立保安公所，折冲官民间。时北伐方始，运河上下，军旅如林，蠢孽生于郊，人怀涸惧，先生与在事悉力搘应，倡团防以自保，用能上下孚洽，而境内宴如，盖先生之力为多。元年（1912）任县署学务科长，多所措画，二年（1913）秋膺选为第一届省议会议员，兼任省立第六师范学监，先生所至不忘教育，在议会为教育审查员，主增费无遗力。清江值兵后，百业疲弊，有倡办妓捐以瞻巡警者，先生于议席中严折之，倡者不能对，议遂格。作学监士风修整，校长徐君公美深倚重焉。六年（1917）秋，省吏知先生能诲人，遂令摄第八中学校事，旋即真除。先生视校事犹家事，昼作而夜思，计定则行，靡有回滞。居扬凡五年，修废补阙，声闻卓然，尤着意改革，侧席新说，如或不及，厘定课程，必置重效率优绌以为衡，故分科制及能力编级法，傲办最先。以校舍湫隘，别请于军府，拓扬州府廨遗址而新之，积牍盈寸，几殚心力，未及迁，会值元配唐夫人之丧，遂引疾归。

其年秋，六师徐君续聘先生主附属小学事，先生新丧内主，无复进取意，虽小用之乡里，亦綦尽心焉。主西儒儿童本位之说，锐行斯制惟恐后人，三年而易观。江北诸省校，第九中学最系淮人望，然士惰而器，积岁鲜起色，淮人请于大府，俾先生主校事，先生荡然丧其故有而为之，堂斋庖逼，悉寓新意，期年而校风肃。初先生之再办附小也，邑有成志初中出私建，无一铢产，既而不能支，邑之人群以属先生，先生治成志三年，无俸入而支拄不少懈，度地建舍，咸募以集事，募不足，会续取于沈，则举亲朋贺钱以益之，容悴而神愈旺，每谶谭常轩轩然有愉色。既长九中，独七日一诣校致训词不辍，其勇于任事，不惮自损以赴，公天性然也。客岁春，先生以经费事旋浦，晨兴诣师范，宗人有綦之者，闻而伺焉，行抵校东，遇刺而仆。越两日以创重逝于仁慈医院，年四十六，实十六年四月七日也。

哀哉！先生体腴而貌丰下，善谈论能解听者颜，广座演说有声于江淮间，然意量卓越，不能与俗处；所不善，极辞觚排不少遮让，人或惮之，谤议朋起，而制行高洁，谤之者或鲜能及。办学既久，所至绩效烂然，而自奉卑薄，诸博戏可娱者举不为，绳检刻厉，逾于古德。性耽思索，未尝一息其心，遂病脑痛，晚而时剧。在校综核出入，他人不能逮，遇难而后，乃无余赀，续配沈夫人共案未三载，子女都幼，责重而事艰，寤寐仇雠而凶人扬去，虑不可亟得，生人之惨遇，其亦可谓至剧也已。先生既逝之周年，里人谋所以据哀者，将为追悼之会于成校旧址，而共屡愚缀其事，爰出夙昔奉教之所窥，参以询求，辑之如右，以俟文焉。

民国十七年（1928）三月，同邑后学张震南谨略。

出处：本文原载《李更生先生言行录》，转引自台北市淮阴县同乡会编《淮阴文献》（第二辑）。

泗口考

（一）

吾县（淮阴）旧镇，以大河口为最富历史价值。自古南北用兵，裹粮坐甲，出奇制胜，往往以此地系全局之成败，关天下之安危。今河道湮废，旧迹泯灭，读史者骇纸上之输赢，吊古者迷眼前之陵谷，惟赖里书粮册，稍得推知旧镇疆域之所包，而镇基终不能确指。夫形势迁改，何地蔑有？昭昭默默，本如转轮。新兴都会，既不必悉有自来；则伊古名区，竟亦何妨付诸沦废？然君子惧焉。盖神州立国悠久，非载籍无稽之后进小邦所能并论。生于中土，不容不读史书；生于淮阴，更不容不知一邑之重要掌故。彼夫韩亭枚里，尚有标题；吴城丹山，犹存饰说。况乎据险守要，在惜曾为夷夏之巨防，数万里山河所托命，其价值之巨，岂伊一人一事之流传与品题者所可比拟？是故淮阴名迹，无过于泗口一隅者。幸故书杂记，考索非难，爰著斯篇，即以《泗口考》为名。故曰："山川能说，可以为大夫。"深愁惭固陋，未副此言，博闻君子，幸有以启牖。

泗口，一名清口，又名淮口，又名清泗口，明清以后，谓之大河口。凡一水入于他水，例有口名，故运河入江，则曰瓜州口；江水入海，则曰吴淞口。此以泗口为名，则泗水入淮之口也。《水经·淮水》注云："淮水又东北至下邳淮阴县西，泗水从西北来流注之。"《泗水》注云："泗水又东经角城北，而东南流注于淮。"所记虽简，而最分明。视《禹贡》"导淮至桐柏，东会于泗沂，东入于海"之句，明白多矣。盖古之淮阴县，在楚州西四十里，即今马头镇附近。淮水自盱眙来，经淮阴县西，而纳西北来之泗水也。所谓"泗水经角城北，而东南流注于淮"者，角城今为泗阳之李义口，地在泗阳城东二十里（据《新编泗阳县志》）。过角城而东南行，自古淮阴城西北而注淮也。泗水在境内所行之道，即今顺清河以上之旧黄河。宋以前河未南行，自此以上直至徐州，皆古泗水。泗流甚清，故曰清泗口，亦称清口。然则今马头直北，即古时泗口所在之地矣。唐崔国辅《漂母岸》诗曰："泗水入淮处，南边古岸存，秦时有漂母，于此饭王孙。"韩侯钓于淮阴城下而遇漂母，崔诗谓为泗水入淮处之南岸，可知今马头直北即为泗口也。胡三省《通鉴注》引《南北对境图》云："淮阴县距淮五十步，北对清河口十里。"距淮五十步，即《水经注》所谓"淮阴故城北临淮水"；北对清河口十里，又即《咸丰志》既叙马头镇后，又曰"其北十里大河口旧镇"也。合观诸书所云，道里方位，真如指掌矣。

（二）

泗口之见于记载，盖始见于《史记·吴王濞列传》。传称吴楚七国反，周亚夫击之。使弓高侯等将轻骑兵出淮泗口，绝吴楚兵后，塞其饷道。注曰："泗水南入淮，故谓之淮泗口。"盖自南而北，必出泗口，千里馈粮，一丸塞之，其饥可立而待也。其后泗口兵事之繁，则始晋时。《通典》（百七十一）云："祖逖死，北境渐蹙，以合肥、淮阴、寿阳、泗口、角城为重镇。"盖分立之朝，各据要害。泗口悬在淮北，在诸镇中，可谓晋之北门也。《明帝纪》曰："太宁二年（323）春，石勒将石季部寇兖州，刺史刘遐自彭城退保泗口。"是为藩捍北境之始。以今语译之，则自是以后，泗口为第一道防线矣。自后褚裒伐赵，直指泗口，径赴彭城；殷浩北伐，进屯泗口；谢玄救彭城，军于泗口。此皆晋家用兵故事，而王应麟《通鉴地理通释》引之以证一时之形势。北宋太始三年，始失淮北地，然明帝犹敕李安民戍泗口，领舟军缘淮游防（《南齐书·李安民传》）。其后魏人攻朐山、连口、角城，安民屯泗口，分军应赴，魏卒未克大逞（同上）。盖襟要之地。宋齐虽失淮北，而泗口并未放弃也。魏人亦深知之，故尉元曰："宋人图淮北，必自清泗趋下邳。"叔孙建曰："到彦之军在泗口，发马戒严，必有举斧之志。"高闾表曰："欲修渠通漕路，必由于泗口。"其言允矣。梁氏盛时，淮北尽复，泗口无战事。陈氏失淮泗，以江为界，故泗口也鲜战事。及太建北伐，而吴明彻有清之败。迄于南宋，凡有四役，最为史书所重见，他虽有小役，弗能及也。

一曰吴明彻之役。明彻兵挫身掳，互见陈书本传及《周书·王轨传》，而《王轨传》最详。盖明彻围周彭城，堰清水（即泗水）以灌之，列船舰于城下以图攻取。诏以轨为行军总管，率诸军赴救。轨潜于清水入淮口，多竖大木，以铁锁贯车轮，横截水流以断其路，方欲密决其堰以毙之。明彻知其惧，乃破堰遽退。乘决水之势，以得入淮，比至清口，川流已阔，水势亦衰。船舰并碍于车轮，不得复过，轨因率兵围而蹙之。明彻及将士三万余人，并器械辎重，并就俘获。是为陈太建十年（578），为周之建德七年，自是清口无复为陈有。樊毅尝一守之，五日而城不守焉。庾子山哀之曰："毛修之埋于塞表，流落不存；陆平原败于河桥，而生惭恨。"谓清口之败也。今境内有吴城镇，系明彻所筑，在旧县西。

二曰庞勋之役。唐懿宗时，庞勋引徐泗戍卒自桂州还，咸通九年（868），陷徐州，又遣将围泗州。淮南节度使令狐绹虑失泗口，为贼奔冲，乃令其将李湘将五千人援之。湘受绹戒，但谨戍泗口，无庸战。贼将李圆焚淮口（即泗口），昼夜战不息。时辛谠自广陵趋泗州，赴刺史杜慆之难。泗围既急，谠突围渡淮而南，行三十里，至洪泽驿，求救于监军郭厚本。厚本分五百人往，一时泗州获宁。然李湘在泗口，竟为李圆所败杀。《通鉴·考异》引《续宝运录》云："十一月二十九日，贼围淮口镇，有淮南都押衙李湘，镇将袁公弁，领马步三千人被围，从十一月三十日，至十二月五日，李湘束甲出军，被袭逐杀尽。却入镇者，使竖降旗。镇内兵士老小一万余人，被劫趋送濠州，郭厚本比时遇害。"《彭门纪乱》云："贼遂据有淮口，断绝驿路。"然则泗口之得失，关系东南漕驿至巨。令狐绹在扬州，视泗口一隅，真不啻北门管钥也。

三曰杨行密之役。《新唐书·昭宗纪》云："乾宁四年（897）十一月癸酉，杨行密及朱全忠战于清口，败之。"《通鉴》纪之曰："朱全忠既得兖郓，乃大举击杨行密。遣庞师古以兵七万壁清口，躬趋扬州。杨行密与朱瑾将兵三万，拒于楚州。别将张训自涟水引兵会之，行密以为前锋。庞师古营于清口，或曰：'营地污下，不可久处。'不听。师古恃众轻敌，居常弈棋。朱瑾壅淮上流，欲灌之。或告师古，师古以为惑众，斩之。十一月癸酉，瑾与淮南将侯瓒，将五千骑潜渡淮，用汴人旗帜，自北来趋其中军，张训轮栅而入，士卒仓皇拒战。淮水大至，汴军骇乱。行密引大军济淮，与瑾等夹攻之。汴军大败，斩师古及将士首万余级。"《玉堂闲话》云："所屯之地，兵书谓之绝地。"其卑下可知，宜其遭灌而败也。《地理通释》引刘季裴曰："清口之役，杨行密以三万人，当朱全忠八万之师，众寡殊绝，而卒以胜者，扼淮以拒敌，而不延敌以入淮也。"然则兹役在兵书上之价值，从可知已。

四曰刘錡之役。时至南宋，兹地益为淮东要害。刘錡之为镇江都统制也，楚州通判徐宗堰遗刘錡书曰："今欲保长江，必先守淮。清河口去本州五十里，地名八里庄，相望咫尺，不遣精锐控扼，一有缓急，顷刻可至城下。"八里庄在清河口对岸，非即清河口，余别有考。宗堰倡议守淮，在绍兴三十一年（1161）。是岁十月，錡自盱眙次淮阴，与金人相持数十日，后以王权败，乃退师。此事《中兴御侮录》记之最详。虏尝犯清河口、大黑口，皆为击退。又别选精骑万余，乘战舸从十八里河入，亦为錡败，丧其辎械，后虽引还，要为差强人意之事。自后宋隆兴二年（1164），金徒单克宁自清河口入，而魏胜战死。开禧二年（1206），金纥石烈执中再入清河口，而楚州不守；其事皆为北胜而南输。盖宋人不能真如徐宗堰之计，置重戍于兹土。其间有识之士，如张浚，如真德秀，皆知清河口为敌人粮道所出，宜乎设备。然誓书明定以淮为界，和议既成，则虽淮南缘边州城，亦不得屯军守戍（见《金史·魏子平传》），更无论乎淮北之泗口。且当时主张坚守楚州之说，亦至有力。如陈敏有言："金兵每出清河，必遣人马先自上流潜渡，今宜修楚州城池。长淮二千余里，河道通北方者五：清、汴、涡、颍、蔡是也；通南方以入江者，惟楚州运河耳。"故淮阴无兵，而山阳建阃。迨未造金亡，始建县清口，为补苴之计。然版筑尚新，而蒙古已南下矣。

（三）

泗口筑城置县之由来，与夫历代疆理之所属，然有可以考按而知者。秦汉悠远，地志独略，弗可意矣。《魏志·刘晔传》记黄初五年（224），文帝南行，始有"幸广陵泗口"之明文，而未详何县，故萧枚生著《清河疆域沿革表》缺而不书。今按洪亮吉《补三国疆域志》，海西、淮浦二县，实属广陵。而洪氏所以断归广陵，则根诸《魏志·徐宣传》。传称"宣，广陵人，为郡纲纪，海西、淮浦二县作乱"云云。是二县属广陵，可谓信而有征。至泗口一区，究属海西，抑属淮浦，则吾意当以淮浦为合。盖海西在涟、沭之间，其境不得濒淮，淮浦故城在今涟水县西，乃正为滨淮之县，其境可以西及泗口，而淮浦又广陵属县，故魏志曰："广陵泗口"也。由魏而晋，据《晋书·地理志》，广陵郡八县，惟淮浦县在淮北，则晋时泗口属淮浦，又可断言。东晋末，置角城县，与泗口并为重镇，而泗口仍属淮浦与否，史无明文。齐建武二年（495），置淮浦县，遂计泗口改属角城，当在是时。自后角城更名者屡，隋开皇三年（583），而入淮阳。唐贞观元年（627），置淮阴入宿预；宝应三年（764），又改宿预曰宿迁。于是泗口辗转改隶。至唐以后，遂为宿迁之极南境。故杜佑《通典》于宿迁县云："晋太宁中，兖州刺史刘遐自彭城退屯泗口，即此。"又州郡序目上云："泗口，即今临淮郡宿迁县界；角城，亦在宿迁县界。"唐时宿迁之大，以可知已。《方舆纪要》云："乾符中，高骈置淮宁军于淮口。"僭窃之举，故史书地理志不载。《通鉴》纪：骈将举师铎以兵就淮宁军，使郑汉璋于清口。胡三省注："按：新书高骈传，骈置淮宁军于淮口。"今检《新唐书》无之，盖官本有脱文，然其设置则不误也。

至宋而有筑城置县之事。宋时宿迁境少蹙，其南界或不得至泗口。《元丰九域志》："宿迁有泗水，无淮水。与唐《元和郡县志》于宿迁县下，谓淮水入县境，南与楚州山阳县分中流为界者不同。至泗口当属何县，吾意当取史文平决之。《宋史·地理志》曰："清河军，咸淳九年（1273）置县一，清河。"《元史·地理志》曰："本泗州之清河口，宋立清河军。至元十五年（1278），为县。"咸淳立县，实当泗口，当时一名大清河口。《元史》能言其旧属泗州，而不详其为州之何县。余谓此必临淮县属也。《宋史》泗州领县三：临淮、虹、淮平。以今地核之，惟临淮属州之东境。则咸淳所置之清河县，乃分临淮地无疑矣。《方舆纪要》"清河县"云："唐为临淮县地"，是有小误，若云宋为临淮县地，则至确也。清《通考》云："宋以淮阳县地置清河县。"宋无淮阳县，又不待辨而自可知其误也。

然泗口有城不自咸淳始。《南齐书·刘怀珍传》："大明二年，虏围泗口城。"是刘宋时已有城也。《陈书·樊毅传》："率众渡淮，对清口筑城，与周人抗。霖雨城坏，毅全军自拔。"《隋书·杨素传》则曰："素击走之，夷毅所筑。"虽小有不同，而筑城则事实也（《通鉴》且译为甲子）。其后金人以清口、桃源并列重戍，桃源设淮滨县，未知清口曾筑城否？金亡，地入于元。《通鉴》淳祐十二年（1252），谓"蒙古西起穰邓，东连清口、桃源，列障守之"。"障"即坞堡之属，易言之，即土城也。殆咸淳九年（1273），四川制置司言："刘整故吏罗鉴自北还，上整书稿一帙，内有取江南二策。其二曰：清口桃源，河淮要冲，宜先城其地，屯山东军以图进取。"帝亟诏淮东制置司往清口，择利地筑城备之。十年，李庭芝以图来上，诏进一级。于是泗口有县有城。然明年即德祐元年（1275），清河即降元。《元史》：博罗欢至下邳，召将佐谋曰："清河城小而固，与昭信、淮安、泗州为犄角，猝未易拔。"盖新筑之城，又当襟要，故博罗欢云然。然是年卒入于元。元史庆端戍清口，宋兵来攻，守将战死，城欲陷，庆端拔刀誓众，裹创力战，城得以全。此事未知究在何年，然庆端所全之城，必即宋人所筑之城，则无疑也。清口虽入元而县不废。至泰定初，河决，县尹耶律不花始迁治河南岸之甘罗城。天历元年（1328），虽仍移治河北，然改治小清口，非泗口矣。尔后，泗口故地遂称大河口镇。乾隆志曰："大河口旧镇，治东北十里。原为县旧治所。治迁后，居民恋土城，聚犹数百家为镇。后骎骎鸟散，仅存小庄数处，星缀河干而已。"康熙时，知县管钜勘丈通邑田亩，大河口分五坨，实跨今日淮阴县第三、第四两区之境。闻四区人言："大河口头坨，在桂家塘北，今桂家塘干家渡红土地庙等所属之。"今按其地，与马头镇正南北相望。泗口旧区，殆在是矣。

（四）

泗口既为兵家要害，亦为商旅漕驿之经途。武同举先生曰："禹贡沿于江海，达于淮泗。吴子寿梦会诸侯于柤。夫差城邗沟，通江淮，又掘深沟于商鲁之间，以会晋公于黄池，皆由淮泗口。"先生之说审矣。

尔后亚夫用兵，魏文南幸，祖逖避难，刘裕伐秦，乃至前节所举之数大役，皆以泗口为津途为枢纽。晋元帝为安东将军，督运军储，设邸阁于宿预，则知粮道必出泗口。其缘泗而上，之徐州汴泗交流，乃溯汴而入河。隋以前，由东南而之西北，皆出此道。隋大业元年（605），开通济渠，亦曰汴渠，引汴水至盱眙对岸与淮通。于是泗口以外，别开新道。《苏氏书传》曰："自唐以前，汴泗会于彭城之东北，然后东南入淮。近岁汴水直达于淮，不复入泗矣。"盖谓此也。唐开元间，江淮漕运，即由此道。裴耀卿主之。详唐书《食货志》及《唐会要》等书。其后安史之乱，漕运改由江汉，汴渠湮废，代宗命刘晏领东都河南江淮转运使。晏自按行，浮淮泗，达汴入河，考得利病，晏以为江汴河渭，水力不同，各随便宜，造运船，教漕卒，江船达扬州，汴船达河阴，河船达渭口，渭船达大仓。其间缘水置仓，转相受给。胡三省注曰："江船达扬州入淮，汴船自清口达淮阴。"可知是时漕运又由泗口。在理事时亦必置仓，而惜哉无考矣。及德宗时，李希烈攻逼汴郑，江淮之路又绝，朝贡复由荆襄，乱已，始复旧。而泗口在当时商旅辐辏其途。《旧唐书·王智兴传》称智兴为武宁军节度，徐泗淮观察使。"智兴务积财贿，以赂权势，贾其声誉，用度不足，税泗口以衰益之。"事在唐穆宗时。至文宗开成二年（837），始奏罢之。《通考·征榷考》云："开成二年十二月，武宁军节度使薛元赏奏：泗口税场，原是经过衣冠商客金银；羊马斛斗见钱；茶、盐、绫、绢等，一税以上并税；今商量其杂税物请停绝。敕旨："淮泗通津，向来京国自有率税，颇闻愁谤。今依元赏所奏并停。次所置官司，所由悉罢。"可知当时泗口商税，已为徐州节度一种重要收入。其往来之殷繁可想也。其后庞勋据泗口，则史书"漕驿路绝"，泗口之关系天下大计如是。宋都汴京，漕运亦重，然至道间尚行淮泗。皇祐而后，东南漕运乃悉出泗州，由汴渠以西上。惟行旅尚出此途。如宋晁无咎、元袁桷，皆有大清口诗。是时，泗为黄河所夺，故泗口一称大清河口。宋宁宗时，汴渠又湮，元人乃开会通运河，自徐州以下用泗水故道，于是漕舟又出泗口。直至明嘉靖之初，黄河改道出小清口，大清口垫为陆，于是泗口废，故道夷灭，不可复指矣。然思古幽情，人所共有。愚为此编虽未甚详密，而兹地故实，搜采不敢不勤。编排既毕，又见《酉阳杂俎》云："扬州淮口出夏梨。"是亦泗口之珍产，附书于此，以存其概焉。

出处：本文原载民国二十四年（1935）《苏北日报》副刊《学林》第八、九、十期，转引自台北市淮阴县同乡会编《淮阴文献》（第三辑）。

韩信城考

今淮阴西南约五里有废垒，土阜断续，蓬科满眼，佃作十余家，附之以君。其东一里许为福田庵；南隔护城小河，与清水墩相望；西三里为福兴、通济两闸间之双孔涵洞，乃马头诣县之通道，泰山墩即在其南；北则渡运河即为御路，与今新筑之船闸为邻。是名韩信城，为吾邑名迹之一。元陈基诗曰："甘罗营里秋声急，韩信城头月色多。"明何景明诗曰："韩信荒城雉堞隳，当时功业已全非。"清邑人蔡昂诗曰："王孙不归城亦荒，沙头草树纷成行。"留连感咏，由来旧矣。余于民国十八年（1929）二月过此，访土著于城之南门口，野水折芦，景象萧瑟。城中仅有一庵曰九莲，门墙破落，久无香火。二十三年（1934）冬重经其地，则九莲庵亦已移建同善堂于城北运河南岸，事虽微细，亦一沧桑矣。

按韩信城之名，于古无征。宋某史《太平寰宇记》（卷一百二十四）淮阴县下有韩信城云："信本此县人，其家宅处所并存，后受封为侯，因筑此城。"吾县图经久佚，典志皆近代物，斯记所云，不识何本？逆计必有所受。且韩侯兴筑之役，地书多载其遗址。如《水经·涔水注》，于所经之成固北城，亦有"或言韩信所筑"之语。而《寰宇记》海州朐山县又有韩信堰，谓"信为楚王，以地涝地，遂立此堰。"比时论证，则受封筑城，容亦有之，特不必即在今址耳。《元史·褚石华传》云："汝颍盗发，势张甚，副使褚石华行郡至淮安，极力为守御计，贼至多所斩获，且请知枢密院老章判官刘甲守韩信城，相犄角为声援。甲有智勇，与贼战辄胜，贼惮之，号曰刘铁头，行华颇赖之，总兵者嫉石华，乃檄甲别将击贼，甲去，韩信城陷。"是为韩信城见于史传之始。时张士诚兵趋淮安，此城陷后，淮安继陷，石华亦战死，足征其为要害之区，乃兵家所必守矣！

余因刘甲守城之役，而推知当时楼橹雉堞，必甚坚新，使系历古遗留之荒城，则仓卒用兵，岂得便甚屯御。盖韩信城者，即《元史·地理志》淮安启下所谓新城县也，斯说《河防志》实始主张之，咸丰志曾节引其文。然彼以为宋徙淮阴于八里庄，亦即此城，则有未妥。按《宋史·地理志》：楚州淮阴县，嘉定七年（1214），徙治八里庄，系年录载绍兴三十一年（1161），通判徐家偃遗刘锜书云："清河口去本州五十里，地名八里庄，宜遣精锐控扼。"

斯语以八里庄为即清河口，诚为小误，然其地必在清河口对岸，纵不五十里，亦当在四十里外，《元丰九域志》谓淮阴县在州（楚州）西四十里，此际移治，度必去之不远，凡以求直对清河口，便于控扼而已，是年金人已为蒙古所困，宋人乘时进扼清口，移县八里庄，乃积极之举，非消极之举也。然道里悬绝，若遽指为韩信城，则失之矣！又《金史·白华传》载，白华顺河而下，及河与淮合流处，才及八里庄城门相值。斯亦八里庄直对大清口之一证。今之韩信城，亦无此形势，故余不以斯说为然。若以《元史》之新城当之，则殊有可信之处。《元史·地理志·淮安路》云："至元十四年（1277），领山阳、盐城、淮安、淮阴、新城、清河、桃源七县。至元二十年（1283），并淮安、新城、淮阴三县入山阳。"七县并建，淮阴自在八里庄，清河自在大清口，惟新城一县，不识所在。今山、清两县志书，其古迹中皆无新城之纪载，良由二县操笔之士，互疑新城非在本壤，遂有阙文，盖其慎也。然考《一统志》有云："新城废县，在山阳县西三十里。"又引《府志》云："新城，宋咸淳间置，为控扼之所。"按其道里，既与淮郡距韩信城远近相当。而咸淳置县之说，根于府志，且与咸淳九年（1273）设清河县情势相埒，逆计是时淮阴县必仍治八里庄，与对岸新设之清河县为策应，又设新城县于韩信城，以资连络，兼护楚州。元初承宋之旧，一切并存，迨至元二十年（1283）天下既定，觉淮阴、新城地皆编小，乃俱并入山阳。然废县未久，城池可用，故至正兵起，刘甲一军驻此，犹足为淮安外户，此余所以主新城之说也。

韩信城一带，古迹亦多。《嘉靖清河志》云："韩信母墓，在韩信城下半里许。漂母墓相对。"今按城南之清水墩，即韩母墓；其西近惠济闸之泰山墩，即漂母墓。《水经注》云："淮阴城，北临淮水，城东有二冢，西漂母冢，东韩信母冢也。"宋人《锦绣万花谷续集》，亦有东西冢之记载，漂母墓人所习之，韩母墓则游踪罕及。然王充《论衡·实知篇》云："韩信葬其母，亦行营高敞地，令其旁可置万家（按语见《史记》）。其后竟有万家处其旁。"则东汉时此地居民尚稠。今虽荒冷，而高冢不崩，十里可见，附书于此，用牵游裙。又韩信城东有知县万青选墓，益东近大路，有清金石家张力臣墓，皆可徘徊，爰亦连类书之。

出处：本文原载民国二十五年（1936）《苏北日报》副刊《学林》第六十七期，转引自台北市淮阴县同乡会编《淮阴文献》（第三辑）。

淮阴旧疆考

今之淮阴县，系民国三年（1914）清河县之改称。清河县立于南宋咸淳九年（1273），因金亡之后，淮北之地来归，宋人为御蒙古计，从刘整言，置县于今大河口，与今县南境无涉也。今县旧黄河以南，自秦以后，即为淮阴县地，隋、唐两代，虽尝有废淮阴入山阳之事，然皆未久即复。其县治所在，北对泗口。《元丰九域志》更明言在楚州西四十里，审按方位及道里，皆以今马头镇为不诬。昔人有疑明清以来之山阳，即古之淮阴。不知自晋以来，山阳、淮阴两县，率常并立。元时犹如是。迨至元二十年（1283），并淮阴入山阳。自是直至民国三年，境内无淮阴县之名。但有清河县，与山阳接壤。此时清河，亦不仅辖淮北地。如向为淮阴县治之马头一带，亦在版籍。顾淮阴旧壤因是而改入山阳者实多。清乾隆二十七年（1762），巡抚陈宏谋奏移清河县治于山阳之清江浦，且割近浦十余乡并入焉。考论方域者，多谓淮阴之地，所复不少。如邑人萧枚生先生《清河县疆域沿革》表曰："于是经界既正，赋役滋多。上起河口，下迄高堰，中贯老子山一百余里，包占淮阴之地矣。"山阳鲁通父先生主纂清河县志亦云："自其南界棠梨泾、青州涧仍属山阳外，余尽得古淮阴之地，幅员宏远矣。"须按二先生之言信矣。然淮阴决非两地（棠梨泾、青州涧）之外，即无他处可指者，请陈其目。

先就鲁氏所举两地而究其来历。《新唐书·地理志·淮阴县》云："棠梨泾在淮阴县南九十五里，长庆二年（822）开。"此棠梨泾见于史籍之始。于宝应县云："西南四十里有徐州泾、青州泾，西南五十里有大府泾。长庆中兴白水塘屯田，发青、徐、扬州之民以凿之。大府即扬州。"此青州涧之始，涧泾一也。二水皆开于唐穆宗长庆之年，惟青州泾列宝应下。至《宋史·河渠志》则云："熙宁九年（1076），刘瑾言扬州淮阴县青州涧等处可兴置，令转运使选官覆按从之。"盖一水流经宝应、淮阴两境，故新唐志入宝应，而宋志系之淮阴耳。吴山夫《山阳志遗》曰："周桥之南棠梨树，高不逾丈，大不盈握，枝干苍古如铁。按唐书道里适合，而周桥以南有唐漕河，当即唐之棠梨泾。"愚按清时河防官书，尚有其名，如康熙三十九年（1700）官修高堰大堤，北自武家墩起，南至棠梨树止，长万四千九百八十一丈。四十年

（1701），又筑子堤。其地盖去蒋坝不远矣。青州涧今尚有其名，在高良涧东北，分二河之水，东流入白马湖，县志谓为今山阳汉河地。实则汉河为浔河支流，与涧为二，惟同入白马湖而已。至咸丰志，所未列举，而可指为淮阴之旧壤者，博成、下乡，皆汉时淮阴镇名，然不知其所在。宋时或以白水塘、龟山系之淮阴，然单词不知可据否？兹姑不论。其可指而共确凿者，又有两地：一曰大义乡，一曰都灌塘，请试论之。大义乡以义妇李氏而名著。盖邑有与其前夫同商者，杀之而诡云溺死，厚为棺敛，持丧以归。义妇感而嫁焉。后事泄，妇遂奔告有司而正其狱。事载《徐节孝集》。《咸丰志》入之列女门，而注之曰："大义乡今失所在。"愚按山阳龙兴寺碑阴，所列唐时奉诏而建之十子院，其八曰郡南大义乡运河西岸麻娘院，僧福朗建。曰郡南，曰运河西岸，其地自明。碑阴又有大义乡白马湖南上生院，南朝宋永初二年（421）宗普建，此寺所在，标明白马湖南，则大义乡范围之广可知。唐时淮阴，殆南与宝应接境也。

其次都灌塘，今作都管堂，在老子山东南三数里，属盱眙县。宋时其地为渎头镇，为九域志淮阴三镇之一。楼钥北行日录，自淮阴西上，六十里至洪泽，又三十里至渎头，又十五里至欧家渡，又十五里至龟山，又三十里至盱眙，一路里程如绘。又渎头有神，可以借潮，得潮则上庙挂幡。但见楼氏书，亦作犊头。宋苏舜钦有《淮中晚泊犊头》诗曰："春阴垂野草青青，时有幽花一树明。晚泊孤舟古祠下，满川风雨看潮生。"清景使人神往。其开都灌塘，在南宋淳熙八年（1181）。志云："在售淮阴驿西南渎头村。"此驿不知何时所建，殆杜诗所谓"淮阴清夜驿"耶？按《利病书》（卷三十四）盱眙县东北清水沟、都管塘一带，宜量设巡司以控制寇盗云云，则明时已属盱眙矣。

以上两地，可谓信而有征。龙兴寺碑阴又有："郡西南淮阴乡黄岗释迦院，宝明建。……河西淮阴乡观音院，晋咸安二年（372）大智建。"夫以淮阴名乡，必是唐时淮阴业入山阳之时，山阳县为辨白地望而名。犹临泽县入高邮后，其镇仍名临泽，厥例正同。然则此两院所在，亦古淮阴之土矣。黄岗，殆即今周桥南之黄墅寺。周桥与棠梨树既淮阴旧壤，此寺自在其内也。又清末犹龙书院学田，在太安七乡者，为盱人侵占不少。此则淮阴今境，为人越据，邑人固当力争，与以上诸例又别，兹暂不论及焉。

出处：本文原载民国二十四年（1935）《苏北日报》副刊《学林》第十五、十六期，转引自台北市淮阴县同乡会编《淮阴文献》（第三辑）。

陈集小史

既入陈集，灯火满街，先游市中，旋栖初小。现状之可见者，于市中目击得之；历史之不可见者，于小学中闻诸教师而知之。街有十字长街，南头最长，东头次之，若有圩，又若无圩。市中大生意，则有布店三家，小酒坊三四家，杂货四五家；余则卖熟食，开茶炉，开草行，乃至织席贩履，种种小本营生，亦皆有之。居民七八百户，在上滩诸镇，当推大国。集东张福河，亦南北通川，此其大势也。晚餐后，叩街东火星庙即陈集初小之门，谋一榻地，结果不生问题。此行历二十余里，团长已疲，合眼便睡。是日为旧历元宵，集中父老，以公事假校中开会，尚未散去。高等顾问以此镇历史为问，首席一翁频摇其首曰："七十年故事，如何说得？"众皆大窘。乡导诡谲工言语，乃近前致词，先赞老翁春秋虽高，而容貌宛若中年；次赞一地历史，惟一二老成可以咨访，后生直衣架子耳。如是等等，渐可攀谈。迨夫话匣一开，不觉滔滔汨汨，众皆大服，速记生谨守规约，笔而述之，盖陈家集兴于咸丰六年（1856），集主陈尔介，以北乡巨族，来此兴集。当同治中叶，集市如日中天。盖是时，滩地初垦，收获恒丰。每新豆上市，江南及邮邵之豆客齐集，由淮关挂号收买。名之曰"新滩号"。抽提行用，日三四百千。以集临张福，湖贩停泊，西来之杂粮米麦，乃至油麻缸盐布棉之类，半萃于斯。南起朱家渡，北至窑河头，上下四五里间，栉比鳞次，当千余艘。一般游手逐食之徒，为人经理雇驳等事，以冀从中取用者，名曰"拿皮"，亦约有二百家。茶坊酒肆，烟寮饭店，五更犹闻喧呶之声。河底则有木厂板厂造船厂柴厂及诸杂厂，纷纷纭纭，较圩内街市为尤热闹。盖杨庄马头，为漕运之咽喉，一丁滋事，众商不安，故湖贩均泊于此也。而圩内生意，亦以东大街为盛，有钱庄，当典，布店，槽油坊。迨光绪八年（1882）间，章邱窦氏开双和大曲坊于南门外。厥后花生普及，粤客收买，几以陈集为中心；其在他处收买者，亦半用牛车运来上船。二十四年春荒，淮扬道谢元福，因饥民就食众，特商请淮关，许将南河黄豆随地签报，以济民食，而专打黄豆之合记油坊亦开。故陈集斯时有三大营业：一庆元公典，一双和槽坊，一合记油坊。投资者多，则食利者众，此陈集极盛之时也。翁言时，全场紧张，一无倦色，虽本地人亦然。斯时座中一中年儒生曰："以后之事，无须翁言，吾亦可以语客矣。自光绪季年，市政不修，航商苦于苛索，兼之保卫不力，劫案滋生。于是相率移泊马头杨庄，河下街市，日形冷落。丙午（1906）大水之后，迁徙多而建筑少，繁盛之区多犁为田；于是市面逐次西移。至宣统二年（1910），十三协新军哗变，庆元公典首被洗劫，居民效尤，匪患日增。合记油坊遂亦闭歇。然吾里有邱翁耀庭者，当光复之初，掌兵者误于人言，谓陈集有反动盘踞，将加屠戮，翁只身走浦，以片言解全市不测之危。又发明铁板车，警备队营长王振鹏用以剿匪，恒收奇效。吾侪至今戴之。厥后民国十四年（1925），奉军南下，设司令部于六堡陈家集两处。六堡乡村，纵损有限，陈集闹市，受灾自深，一时门窗桌椅，悉以填河；粮草牲畜，恣其取索。及溃退之日，衣服金钱商店货物，纷然一空，就中双和主人以家酿犒军，又因口操北音，奉军以乡亲视之，财物赖以幸全，及兵去，双和不自安，亦遂他徙。自是集中经济，一落千丈，无可观矣。街后流氓而外，杂行亦不少。其草行生意最佳，每日平均可得用金十余元。粮行斗合大，行用亦大，滩民苦其榨取，遂有远行七八里，而改鬻马头者，谓既有平斗，又得善价。总之近十余年，集中无一事不呈衰局。岂必天时，其中亦有自取者矣。"

出处：张煦侯《淮阴风土记》，民国二十五年（1936）至二十六年（1937）秋怀室主人铅印本。

王家营建置沿革

王家营之为镇也，其在上世，盖《禹贡》"徐州"之南裔，益南则与扬土中分淮渎。其间广削夷险之数，无能详焉。两汉置县，有弇犹、临淮郡。淮浦，下邳国。并临大淮，而土宇交错，乃莫能定所属。秦之淮阴，背淮而县，兹镇非其竟。晋广陵郡跨淮而治，淮北有淮浦，无弇犹。及东晋播越，兖、豫为戎，寿春、淮阴之间，列镇相望。然苻秦数窥边，而卒未能有淮沑。宋明帝初，薛安都以徐州降魏，魏遣镇东将军尉元以兵迎之，而张永、沈攸之之军挫败屡闻，宋退屯淮阴，由是失淮北地焉。时则泰始之三年

（467）也。自后东魏称帝，历北齐、后周以讫隋氏混一之始，俱隶北朝，疆索不改。唐兴，天下为一，武德四年（621），初分涟州置金城县。咸丰《县志》谓：今县东北得其地，与安东分壤，安东今涟水县。今镇盖金城属也。后二年省入涟水。宋高宗南渡，奉表割地以与金和，约以淮水中流为界，而镇入于金。绍兴十一年（1141）。金以金城隶涟水。又三十四年，元灭金，金遗民来归。咸淳九年（1273），始置清河县，治大清口，得今县河北地。镇密近县治，不及十里。元泰定中，河决，徙治淮阴故城。旧县居民恋土成聚，凡数百家，大河口镇由是起。后少陵替，卒駸駸散去，其存者独今之小营云。而王家营之名犹未立。

　　洎明设兵卫于各行省，厄塞岩疆，碉垒棋布，战功世袭者，居其地而不迁。邑境为大河卫，受成于中军都督府，为营者十数。以方志证之，王营而外有訾家营、鲍家营、薛家营、骆家营，今盐河以北又有苏家营、陶家营，凡六所，疑尚不止此。王家营之名盖自此始也。说参鲁一同《邳州志》。嘉靖、万历之世，黄流失叙，廷议分河，镇滨河而处，乃数见于史，要为今镇以西之地。万历十九年（1591）夏，淮水暴涨，王家营初以河决告。康熙《淮安府志》：是年，宿、沭以下平地水丈许。自后讫于清康熙三十二年（1693）癸酉，阅年百三，而告决者十有二。详"河渠"。康熙六年（1667）之决，民居没于水者数百家，镇东迁，分东、西营，衰落过半。本乾隆《县志》，咸丰《志》疑其误，而改系九年。然证以六年徐越《请分黄疏》谓：王家营现在冲决，每岁如此，今年尤甚云云，则仍以系之六年为是。又乾隆《志》"祥祲"记王家营初决亦在六年。二十七年（1688）秋，水大至，坊市崩于河，知县管钜请于淮扬道，捐俸买山阳朱生地，东迁里许，期月而民复聚。里人杨穆有碑记，见"古迹"。按，杨碑有云：五十年间已三迁矣！知前此迁镇之事不自康熙六年始。又查嗣瑮《王家营》诗："五年三到三移渡，心折惊涛打岸声。莫笑客行无定向，主人身世亦浮萍。"亦足以见其变迁之屡。三十二年，复水。咸丰《志》作三十三年，今从乾隆府、县《志》。钜请于总河，伐近堤官柳九千而迁焉。不三月，市廛尽复，是为王家营新镇。值海道未通，南船北马，众庶走集，财赂大赡，直至咸丰兰仪之决，斯地并以冲要显当时。而大河口自明季已离为上庄、中庄、下庄诸聚落。乾隆《县志》：大河口旧镇原为县治所，治迁后駸駸鸟散，仅存小庄数处，星缀河干而已。按：雍正三年（1725），清河县《示禁衙蠹违例殃民碑文》载：

全邑额征流寓丁银数目，大河口有上庄、中庄、下庄诸名称。近下庄者称稠聚，曰北王家营。据乾隆《县志》载康熙乙亥《志》图。咸丰初，贼毁其泰半。乱既定，置重卫王家营，而分偏师戍其地焉。则小营之地所自始也。按乾隆《县志》：斗姥阁一名八角亭，在王营镇。今此亭尚在小营之北，可知王营封域之广。

镇初未有圩寨之防，穆宗同治元年（1862），捻贼南犯自沭阳，漕运总督吴棠檄诸乡镇筑圩自保，镇民尤兢兢，东起草湾，西暨减水［坝］下游之地，南及太平、洪福诸庄，北至于马家大圩，输财与力者相随属。及圩成而贼大至，然不得逞去之，得无扰。是时河北筑圩者以十数。后数年，参将袁世功以部校左营兵复增筑焉。大抵南北因河堤之旧，不更筑；东西则各掘堑为长垣以相绵接，凡周回六百丈有奇。辟门五，各题以字，南曰"清淮管钥"，省称小南门，今圮。其右曰"物阜民康"，北曰"恩光北至"，东曰"海岱屏藩"，今圮。西曰"万宝庆成"。又为炮台六、圩四隅及南北门之东偏各一。涵洞二。东西门之南偏各一。光绪二十一年（1895），圩工敝，里人杜学浔、孙乃煊、费瑶、徐垣更募民夫以修复之，规制如前筑，而于"物阜民康"门之右辟水门焉。从形家言也。募建者里人何淇泉。二十七年（1901），参将郎桂林又以武卫军漕标中营新兵营重修，且缮其堨堨，至于今不改。

坊市之著者，自西而东，有西街、粮食街、堂子街、古堂子街自城隍庙西偏抵北圩根，因旧有李家浴堂得名，今公安局编为城隍庙街，而以粮食街北半为堂子街。骡马街，而北门外为小街，在小营者亦有西街，皆纵行。小营昔有东西二街，东街毁于捻，独西街在。其横行者，则有大巷口、今公安局编为南横街。增新酱园巷、今曰太平桥巷。润生酱园巷，今曰东横街。香油巷，在增新酱园巷南。永宁巷，一名馋劳巷，有坊，嘉庆十七年（1812）建，光绪二十八年（1902）重修。而西街又有胡老爷巷、相传巷北通涧桥司署得名。黄巷。旧无巷名，民国十九年（1930）以纪念保卫团长黄世英而名。

其疆域，往者王营西接大河口，今西坝杨家马头以西属之，其东则称王营西坊。东直草湾，与山阳析入之寿宁乡接，按：徐越《疏》以王家营系山阳，知昔时境绝广衍。南以淮水界清江浦，乾隆《县志》：昔与清江浦分界，后以北岸土沙，黄河冲刷，北徙数里，遂启山邑奸人侵夺之谋，屡经控理，至今犹多被占。咸丰《县志》：后河北徙，山阳来争地，今并为一家，争乃熄。北抵盐河岸之土地祠。小营古未有限断，大都自盐河遥堤以南达土地祠，隶金庄镇。其北则浪石六丘之地，其东以横堤与四丘为界。威夷总十里许。自垣墉既肇，畦畛泮然，于是西不兼西坝，东亦不能及草湾，境乃缩。昔者金庄跨盐河而镇，今则分入王营若小营，为境乃少溢于旧。准今立限以定疆域，则南界旧黄河，渡河与一区东滩乡接，又南至于淮阴县城五里。东则出郭为外北乡界，又东至于草湾十里。西界旧卡房，又西至于西坝镇一里。盐河北为小营，东以陈氏窑界二丘，堤北以横堤界四丘。又东至于朱家集十五里。北界月光庵，又北至于丁集十八里。西界大洪崖，又西至于袁家集十二里。南去江苏省城三百九十五里，西南去京城五百三十五里。

其于天文，昔在降、娄之次，今隶中原时区。依英京格林维基天文台测算，王家营当东经一百十九度一分而缩，北纬二十三度三十七分而缩。其节候蚤莫，率如县治。于里甲，明时属吴城乡。清时，王家营属吴六图，大河口属吴七图。康熙二十六年（1687），知县管钜勘丈通邑田亩，王营分二丘，头丘即在王营，二丘为今之西坝。大河口分五丘，浪石分七丘。清末仿行自治，属第三区。民国革命，镇属第三市。十八年（1929），复为第三区。自余区域，则随县以定所属，例不能详也。

出处：张煦侯《王家营志》（卷一），民国二十二年（1933）铅印本。

范耕研

范耕研，名尉曾，字耕研，号冠东。治周秦诸子。著作有《周易诂辞》《国学常识》《蠡观斋读书随笔》等。

《庄子诂义》序

中土哲人，类尚不空，言以躬行，实践为贵，其所论列，皆修身持世之大义。虽以老氏之清净无为，玄之又玄。然亦曰："无不为，庄周之学，出于老氏而恢皇过之，世人睹其文词，连作昌狂，疑为遗落世事者。"今籀读内篇，所述悲闵，生人而求，所以救济之道，虽尼山之皇皇，殆无以逾之。惟身当季世，暴君接踵，生人之趣索矣。其立言不无过激，岂可遽以此为生罪哉。内圣外王，无为无不为，七篇具之矣。人生数十年，促促靡所骋萦情，功利不能忘我，故不能解脱也。任运自然，忘我忘物，逍遥游之大旨也。生死无常，是非樊乱，龂龂争辩者，固为俗见，冥然置之不闻不问者，亦木石而已，非生人之行也。故以无偶之道枢，庸常之至理为准绳，然后生死是非可得而齐矣。故齐物论者，以不齐齐也，寿夭不同，而生机无已，亦何用于哀乐耶？养生主者，所以明生死之原理也。

出处：本文为作者民国三十二年（1943）十二月廿一日记，转引自台北市淮阴县同乡会编《淮阴文献》（第三辑）。

《淮阴风土记》序

游无间于大小远近，要在以有所得为贵。苟无所得，虽山川奇丽，足以谋目。而心放不归，亦将因玩物丧其志，若是，诸富贵人安居逸乐，思托风雅者，每优为之，呜呼，此何世间耶？民生凋瘵至极矣。而羌陇秦陕尤甚。吾意植身西北者，将闵痌无穷，尚何胜之可揽。而钜公长德，方且绘水摹山，蔚为国光耶？吾不知其于地方真际，果何所得也。尝读善长水经注，颇及四方风尚疾苦。千载而下，犹可见当时政教之情。子厚记西南山水，每寓其抑郁低徊之感，读其文如见其人。是皆可谓有所得矣。过此者，虽以霞客之壮游，文字之奇，亦徒豪举耳，非真能有得于游也。而近人乃共称道袁石公之游记，吾不知石公之游，果能异于富贵多暇者所为否也。惟亭林生当绝续之际，留心当世之务，足迹遍宇内，每过邮亭关隘，辄访求走卒贩夫，询风谣厄塞，证诸史志，成利病书肇域志，则可谓有心人矣。是岂徒以游记称哉，秋怀室主人者，淮阴绩学士也。性好游，而体赢多病，乏资，无有有力者为之具舟车。二十余年中徘徊扬楚，且读且教，偶有所往，不越数百里。游踪既隘，游兴固未酬也，少治经国之术，长而无所试用。思著一书以摅其勃郁不平之气，规制宏阔，非一时所能就。每寒燠假休，辄与二三同志周行乡县间，访前代湮没遗迹。与耆旧之珍闻懿行，而尤留意于生民疾苦，地方应兴革诸大端，将以补志乘所未备，而供政教设施所未逮，用心亦良苦矣。者辑其所知见，撰为淮阴风土记二十余万言。游非一时，同游者非一人，而书中设为主客，词事相贯。若庄生之寓言耶，而所述皆淮阴实况，无一毫溢美溢恶之词。视亭林所撰，虽小大不侔，而其可贵则一。与富贵钜公之壮游固殊焉。且主人淮士而记淮风，较之亭林以东南一老，遍记四方，自更亲切而有味。愚与主人生同闬，亦尝留心乡邦掌故，与主人有同嗜。顾禀赋孱弱，耽于枯寂，冬畏风而夏畏日，是以主人行役皆不能从。主人归，举所见闻相诧，则又自恨不躬与，不克同证幽奇。主人既已次第印布所游二区、三区、四区、六区等篇，世之读者固已各有所得。而更历岁时，事多省并。因复损益旧闻，汇为全帙，以公于世。夏五酷热，挥汗校刊，每一纸脱板，愚辄得先睹。其记内城外郭，街巷市廛，负贩商侩，闾里小民情况，皆愚所审知，莫不逼肖。读之恍如身在故居，亲与若辈周旋。他若湖滨河朔，皆愚所未经行，读之尤饶妙绪。孰谓原田每每黄沙漠漠之区，一经润饰，而欣然启人向往之心。岂必名山大川而后足游，要在游者随处留其心意，则十室之邑，岂无芳草，此游而有得者，所以可贵也。以中国之大，若得千百有余人，各记其乡邑之风土，一如此书之用心。则山川能说，固建一统之基。而民隐毕达，尤开郅治之隆。庶几有此一日耶。亦不负主人好游之志，与所抱经国之术矣。愚恐读者不知此书之可贵，而漫与其他优闲之游记等观，故为之发其微旨云耳。二十五年（1936）夏七月，同里弟随伯子序于扬州之赁庑。

出处：张煦侯《淮阴风土记》，民国二十五年（1936）至二十六年（1937）秋怀室主人铅印本。

注释：作者自署随伯子，时与张煦侯先生一同任教于江苏省立扬州中学，同教文史，寒暑假常同道返里，颇为莫逆。

题《康熙壬子清河县志》抄本后

按康熙壬子《清河县志》，博罗邹侯监修，而邑先贤汪公之藻所编纂也。勤惠为《咸丰志》作序，谓此修成而未付刊，遂以无存，误也。鲁、吴公皆未见，迄今又八九十年，以为终不可见矣。穉露读学部《善本书目》，载有此书，狂喜相告。其时未审知学部书展转何属，未能转抄。未几，穉露物化，家庭多故，情怀甚恶，则亦不复置念矣。同里张秋怀博雅多能，尤喜考订乡邑掌故，闻斯志尚存在天壤间，又知其归于北平图书馆，即斥巨金，驰函托抄，不旬月，而赫然呈于案头。翻阅再四，校其异同，相与叹诧，感旧籍之复出，而物必聚于所好，亦足以傲鲁、吴诸公矣。岁杪多暇，雪窗命笔，传录一过，庶几又多一传本存于世间也。

原本四卷，而第四卷阙，以目考之，若《著述文目》，若《艺文》，从嘉靖、乾隆两《志》采辑，可复其旧。惟《杂辨》《备遗》中，未知所迷何语，今既阙佚，无从臆补，为可惜耳！（由前三卷注语，知《杂辨》中有《吴城考》《崇河集辨上》《真观考》等，内容不详。）卷二阙八页（一至八），《祀典》《兵御》《河防》全阙，《驿递》阙其半。卷三阙首页，《选举》，遂无序，皆无可补。又《乾隆志·艺文》中有邹侯序一篇，此佚，可补也。原本每页十六行，行二十字，兹所抄行格不能相符，他日有欲刊行者，当以秋怀室本为准。惟秋怀室本抄手庸俗，虽字迹整饬，而不免讹误，尚宜细校，不可不知也。

吾邑旧志惟康熙乙亥志，未知存佚。（勤惠序谓已无存，未可信。）若嘉靖志在此志前，其后则有乾隆志、咸丰志、光绪志及先公续志，凡六种，吾家皆有之，可云备矣。

抄成率题数绝，杂赋邑事，亦不专为此志发也。诗曰：淮上荒城没草莱，犹闻故老说韩枚。千年流水成今古，不见王孙旧钓台。[其一]旧开何处觅图经？一代文章失典型。剩有娑罗传妙笔，坐论北海眼为青。[唐代三百年诗人蔚起，而淮阴无一焉。殆图经既佚，无可考耶？其二]当年此地介华夷，玉帛干戈几转移。右史诗篇高士画，聊堪点缀见伟奇。[宋金以淮水中流为界，淮阴分属两国，兵燹之余，民生憔悴，其时文物，传于今，甚寥落也。其三]似说浮梁不可求，鱼头弹射未能周。明清六百年中小，好共云烟一例收。[鲁、吴诸公未见嘉靖志，余从北平抄得之。淮阴人文，唐、宋间均从阔略，自明而后乃灿然具备，盖浮梁创修之功。考证偶疏，未足为病。其四]浮梁创始事诚难，以简称邻实不安。一秘兰台三百载，人间又得写乌栏。[勤惠谓志莫难于浮梁，莫简于博罗。博罗所四卷，今存三卷。规模体制，堪称具备，其后桐乡亦不过踵其成事而已，谓之为简，未审何意？其五]茫茫淮甸大河横，昏垫余生苦践更。抄罢遗编三叹息，几时禹迹再澄清？[邹侯此志于当时河患差徭叮咛致意。自河流北徙，邑人方得息喘。今则河决鲁豫，有南来之势。读前志往事，能不惊心动魄耶？当局颇锐意导淮，冀苏民困，而黄河不治，则禹迹终难规复耳。其六]

出处：本文原载民国《苏北日报》副刊《学林》第五十八期，略见（民国）范耕研《蠡砚斋读书随笔》，转引自台北市淮阴县同乡会编《淮阴文献》（第三辑）。

记《乾隆清河县志》

吾县县志，当以《淮阴图经》为最古，《太平御览》引书中，即列其目，陆羽《茶经》亦引之，虽寥寥十字，可见图经必为唐时所作，特未知出何人手笔耳。厥后更历宋、元，未闻纂述，至明嘉靖乙丑（1565），乃复有创制，清康熙时，则有壬子（1672）、乙亥（1695）两志，皆以应当时统志之征访，未称详备，今《壬子志》尚有残本，余皆散佚不传。今通行为鲁通甫先生所修之《咸丰志》，吴稼轩先生所修之《光绪丙子志》，及先公所修之《续志》而已。《咸丰志》之前，尚有朱元丰所修之《乾隆志》，为《咸丰志》之所本，先公续修时，志局中亦购得一本，其书虽前有所承而事同草创，陋略之处，殆不能免，遂为鲁氏所讥。板既久毁，传本甚稀，世人皆闻鲁说，同口致诮，不复求其本来。余甚惜之，尝读此《志》，见其发凡起例，微古订今，规制宏阔，亦有可观。久思撰文，以彰显之，惟所见本，脱简甚多，歉然未能自满，顷须公从里中旧家购得一部，较前为备，为对勘一过，爰摅所得，以质方家。

自康熙乙亥（1695）重修后，五十余年，为乾隆戊辰（1748），太守卫哲治新修《淮安府志》成，时清河令为桐乡朱元丰，政成多暇，于是援据郡志，取旧志而厘定之，为卷十有四，为目三十有六，疆域有图，沿革有表，凡越四月而成书，即今所谓《乾隆志》也。时参与其事者，则有教谕吴诒愬，字次安，桐城人。邑人之任分纂采访者，则有陈仁泞十余人，皆诸生也。而山阳阮学浩、周振采，并与订正之役，可谓盛矣。且朱氏之序有曰："余与邑中贤士，参互稽考，于旧志当存者仍之，不敢妄加窜改，以蹈转相訾謷之习。"可谓慎矣。而终不免后人之訾謷，斯诚修志之难也！

评斯志者，有萧、鲁二家之说，萧枚生先生《清河疆域沿革表》曰："《清河志》，乾隆桐乡朱元丰重修，讹谬疏脱，如扫落叶，史书地志，殆未承睫。如所称清河，在汉为曲阳，为高山，在东晋为马头郡，考汉书地理志，东海郡有曲阳，临淮郡有高山。《宋书·州郡志》，南豫州有马头太守，皆非淮阴角城之地，志徒以应劭说曲阳为淮曲之阳，指为清河，而不知远在东海郡内。又指清河之老子山，为高山所由立，河口之马头镇，为马头所由名。乡壁虚造，俗语丹青矣。"此讥其沿革之附会也。

吴勤惠《咸丰志》序曰："乾隆戊辰（1748），朱侯元丰据郡志旧志成书，贯串三家，即近所因，然考疆域而沿革不尽明，征人物而登载不尽允，叙官师而不及宋齐之代，考川渎而未详疏蓄之宜，其他复见错出，殆难以疏举。"其所谓疆域不明者，谓误以末口为宋口，高山为老子也（见《咸丰志·凡例》，高山一例，承用萧说。）其所谓人物不尽允者，谓陈球、陈登乃下邳淮浦人，应刊去也。（见《咸丰志·人物》序）其所谓官师脱认者，谓其不明疆域苟从简陋，缺晋宋以来，淮阴镇将若守令也。（见《咸丰志·官师》序）其所谓川渎疏略者，谓其载分黄导淮事甚略也。（见《咸丰志·川渎》）指摘既多，几无完肤矣！夫人地差互，疑惑后昆，此诚作志者所宜戒。"然古今沿革，非臆造所能为，考沿革者，取资载籍，载籍具在，人人得而考之，虽我今日有失，后人犹得而更正，若夫一方文献，及时不与搜罗，则他日将有失放难稽湮没无闻者矣！"（见章实斋《文史通义》）《乾隆志》虽疏于考古，而详于载今，俾明清以来二百余年之事迹，不见于史者，亦得传于后世，而后鲁氏踵修，乃得有所藉手，厥功亦伟矣。乃龈龈然訾其沿革之误，何其不恕也。且其致误，亦自有故，若宋口之说，沿自杜预曲阳之说，亦本诸《江南通志·人物》中阑入二陈，则自《康熙壬子志》已然。（《壬子志·凡例》有云，其有古今明证，经前辈论定，如陈公球，球从孙登，间增一二，是志载陈球始自《壬子志》，非《乾隆志》所新增也。）鲁氏所补晋、宋秩官，皆淮阴镇将若守令，乾隆以前，清河介在河北，淮阴旧壤大半属山阳，志中不载淮阴秩官，虽似疏略，亦其慎也。分县后除棠梨泾等数处仍属山阳外，余淮阴地尽归清河，鲁氏录淮阴秩官，自无所用其迟疑，特不可用此以讥《乾隆志》耳！

川渎一门，《咸丰志》记载特详，《乾隆志》较之自多逊色，然其于疏泄之宜，未尝不欲丁宁致意，而终以此见讥于鲁氏，盖其时《南河成案》《行水金鉴》诸书，皆不及见。前代之事，尚有正史可据，至近事，转无可取资，分黄导淮诸大端，与夫康熙时之庙谋群议，殆有非偏邑人士所能尽知者。鲁氏时《行水金鉴》既行于世，又有《成案》可凭稽检，自能补苴前人缺失而有余。《金鉴》记至道光，其后之事，鲁氏亦不复能详矣！夫以一邑之志，而知注意川渎，载其源流治法，以为问水学者之助，其端实自《乾隆志》启之，特造端者简，毕事者巨耳，况有《乾隆志》详而《咸丰志》转略者，此旧志之所以不可尽废也。

他若河渠之通塞，街坊市井之建设，镇集兴衰之情形，皆当时之实况，赖此《志》记载详实，鲁氏乃得据以点窜。今《咸丰志》中乡镇一门，文词灿然，大类史公之传货殖，然穷其来源，大半取材旧志，所增改者王营、渔沟二三处而已，是盖不关正史，无待考证，旧《志》而外，亦难虚造故也。且县之南境非无乡镇，若武家墩等处，分县以前，自难阑入，鲁氏亦竟屏而不载，知其全袭旧文，未有新创，遂令当时南乡村落情形，黯然无考，不将蹈章氏之讥乎。

他若《人物》一门，自元以后，多不见于正史，而鲁氏讥其空言无实，然不有旧《志》，将并此无实之传，亦归湮没。《汉书》人表，多无事迹，后世考订犹可取资，况蕞尔之邑，文献寥落，与其失之苛严，无宁宽搜博载，庶几故家苗裔，尚得数典有征，且文章卓尔，功业烂然，求之全国，代有几人！至淮滨沮洳下邑，学术不昌，偶有杰出当时，亦不过一乡一邑庸德庸行之士，未必无可称道，而里巷交游，岂皆善于属义，遂令事实不彰，徒存虚美。而鲁氏遽兴载笔选事之叹，为旧《志》咎，毋乃苛叹！夫空言无实，固载笔所宜戒，而褒贬所关，似不能饰巨憝为至圣，则前《志》旧文，又何可概归抹杀。鲁氏于《乾隆志·列女》所载诸传，刊削其文，仅存姓名（如王梦周妻许氏、王应震妻许氏等，《乾隆志》皆有传，《咸丰志》则无之，其他甚多，不尽举。）不有旧《志》，读者亦漠然视之矣！此又《乾隆志》不可废之一端也。

夫偏听固足致惑，而不比较亦无以见是非，世人以《乾隆志》为简陋者，一由于鲁氏之论，又以《咸丰志》文词美茂，考证精详，群相信服，旧志遂废，无人寓目。实则《咸丰志》固美备，然亦不无小疵，不以旧《志》勘校，终无以发其覆。《咸丰志·建置》门，有“仲子祠，在仲家浅，康熙八年（1669）奏设，奉祀生一人。”其文甚略，案《乾隆志》云：“仲子祠，先贤仲子家庙，其裔孙自仲家浅侨寓清邑，三百余年，明初大理寺少卿仲德，建有家庙奉祀，康熙八年（1669）奉江抚韩题留奉祀生一名。”是仲子之裔，自仲家浅迁居清邑数百年后，乃建祠。《咸丰志》漫云祠在仲家浅，不知其不属清河境也。又如旧志《户口》门，自景泰以来排年记报，或增或灭，一览了然，虽造报之时，或不无虚拟，无宁过而存之，而《咸丰志》一概删削，滋生减耗，转以无征。嘉靖一志，康熙两志，虽佚不传，而序例及图，犹存《乾隆志》中，可以窥见大略，少资比较。《咸丰志》中，仅吴勤惠序节录旧序数段，图及凡例，皆见捐屏，而别增河口十一图，殆依《成案》《金鉴》，俯拾即是耳。河口变迁，所关固钜，然不有全图，何以明沿革，吾人留心掌故，方将上考秦汉，虽参伍订正，终难得其全势，而致憾当时之无图。明清近代，幸有传图，又何为而弃之。旧志《艺文》一门，皆汇录邑人所作，及有关本邑掌故者，滥列多篇，有类文选，世多讥之。故《咸丰志》用班书例，止载书名，体例严正，是其善也。文字虽或分别录入各类以存掌故，已不足会观邑中人文之盛，况诗文之被刊落者，固已多耶，不有旧志，则后之辑录文征、诗征者，将叹前人荒陋不文矣！其他小小异同详略，足以补《咸丰志》之脱漏者不少，不及备举矣。总之，《咸丰志》诚美备，而《乾隆志》亦不可废耳。

《嘉靖志》《康熙乙亥志》既不可复见，《康熙壬子志》亦残缺有间，《乾隆志》幸有全书，板既久毁，流传不广，倘有好事之士，取康熙残本，及此志，重为开雕，与鲁、吴两先生所修，及先公所续，汇五部为丛刊，以备一方之掌故，不其盛欤。是则区区撰辑此文之微意，岂敢于先贤妄肆抑扬之论哉。

出处：本文载民国二十四年《苏北日报》副刊《学林》第五、六、七期，转引自台北市淮阴县同乡会编《淮阴文献》（第三辑）。

《清河疆域沿革表》钩稽

《清河疆域沿革表》一卷，萧枚生先生之所撰也。向读《县志》，知有是书，求之不得，私心每以为憾。前岁尝于万泉生斋中见之，匆匆未及假录。政变后重来扬州，徐庶侯先生有抄本，因从迻写。残冬风雪，呵笔校书，亦旅愁盘结中之一乐也。

当逊清嘉道之间，邑乘疏谬，高山马头，俗语丹青，先生深耻之，撰辑此表，以明限断。其后鲁通甫先生重修《县志·疆域》一门，全本此。疆域明而后人物职官之考订乃有所准，则鲁《志》以精审偁者，盖亦有资于此乎？

县之南部，淮阴旧壤，其沿革固已大白，北部犹阙略弗详，县角城、泗口所主不同。萧氏设四证，而鲁氏四难之，其词盈千，然所争辩在词气之间。古文简质，两解皆通，未足以平亭其果为孰当。然萧氏之证角城在泗口也，别引《县道记》，角城旧治在淮水之北，泗水之西，亦谓之泗口城。鲁氏匿而不引，何哉？不读此表，无以知萧氏所据矣！自角城省入宿豫之后，清河设县之前，其间数百年变迁之状，表未及详，鲁氏亦置之不论。郁疑莫释，不其憾与！余逢录之暇，旁稽史册，参伍详勘，冀明往迹，而贱怙颛愚，难于冰释。同邑张煦侯，娴谙乡邦之掌故，时同客扬州，此户过从，相与批却导窾，启益神智，而后知角城、清河之间建置移徙，尚若是其烦也。

按淮阳之省入宿豫，在贞观元年（627）至长安四年（704），割徐城南界两乡，于沙熟淮口置临淮县（《旧唐书·地理志》）。淮口即小清口，此当兼言割宿豫东界，史略之耳。临淮即角城故地，以置于淮口知之。此证一也。

唐临淮属泗州，泗州领县三：临淮、涟水、徐城。涟水在县东，徐城在县北，以地望考之，临淮正清河北部，角城故地。此二证也。

《金史》临淮镇四：安河、吴城、青阳、翟家弯。安河、青阳在今泗阳境，吴城则正在清河西北，宋尝置县，旋废为镇，至金而属临淮。此证三也。

然临淮尝数徙治：开元二十三年（735）移治郭下。（见《旧唐书》，唐时临淮属泗州，此郭下谓泗州也。《旧唐书》又谓：泗州于开元二十三年自宿预移治临淮，同年州县治俱移者，盖县移而西，州移而东，遂同城也。按：楼钥《攻媿集·北行日录》："乾道五年（1169）十一月二十四日出淮，三十里至盱眙，二十九日渡淮至泗州。"宋时泗州与盱眙对岸，正在宿豫、泗口之间。当即开元二十三年所移治，至宋犹未更也。）其旧治遂为徐城县所移就。（《旧唐书·地理志》，徐城汉县，隋为徐城，县属泗州治，大徐城开元二十五年移就临淮县。按：临淮县本在淮口，既移治郭下，后二年，徐城遂移就之也。）于是，淮口又属徐城，徐城旧治（即大徐城）遂废为驿。（《文献通考》：临淮，唐县，景德三年（1006）移治徐城驿。楼钥《北行日录》："十二月一日车行六十里，临淮县早顿，县有徐城，本徐国嬴姓，有徐君墓，季札挂剑之所。"盖景德三年，临淮移治，不复在泗州郭下，昔之徐城遂为临淮治所，去盱眙六十里，当不及清河耳。）其后，宋置吴城，旋废为镇，金以之属临淮。（此为萧氏所征引，不复详列。）是清河西北境，当宿预之后、清河之前，为临淮、徐城所迭治，史籍所载，不难推究，而前人持慎，犹不肯辄断，亦太过矣！（《明史》，凤阳府有临淮县，元曰钟离，洪武初改曰临淮。盖其时宋元以来之临淮已省入泗州，故钟离得冒临淮之名，非唐所立之临淮也。）钩稽明白，为之快然！附缀表末，以释疑滞，考里闻者，其或有取于此也。

出处：（民国）范耕研《蒿砚斋读书随笔》，淮阴三研堂藏本。

录《南园吏隐诗存》

《南园吏隐诗存》一卷，吾邑蒲快亭先生忭之所撰也。先生以名进士遨游公卿间，声名遍及天下，上达宸知，而卒无所遇，以教官终其身。先生虽穷困蹭蹬哉！而诗酒豪情，登临逸兴，老而不衰！读其遗什，想见奋髯抵掌之状，然亦以沉滞冷署，不能忘情宦达，乏嗣之戚，又难遣心曲，未克恢皇放恣，造极幽眇，卓然成一家之作；抽毫酬答，雍容矩矱中，虽未足兴枚叔父子、张宛丘后先毗并，然与同时诸公，若两峰、船山辈工力，未克多让也。呜呼！淮壖小邑，人才廓落，偶有奇士，旷千载而一遇，天又故抑之，不使尽其才，不亦唏哉！

余生先生百年之后，缅仰先贤，末由见矣！求其遗诗，仅存近体一卷，刊版又久毁，葆存而流布之，吾侪之责也！因假万氏藏本，录藏箧衍，以俟好事者刊焉。

出处：（民国）范耕研《蒿砚斋读书随笔》，淮阴三研堂藏本。

录《孙氏琴况》

《孙氏琴况》一卷，吾邑孙问津先生之所撰也。当清嘉庆、道光间，邑中贤达之士，有汪式斋、苏高坪及先生，皆笃老硕学而各有专精。汪氏长于《三礼》，苏氏长于《易》，先生长于琴。苏氏著《周易通义》，既梓行，邑之故家，犹有藏者。汪氏著书尤多，而更历岁时，遂尟传本。先生殚心律吕之学，著琴学四种：曰《琴鹄》、曰《琴旨补正》、曰《琴谱》、拙存曰《琴况》。其序《琴旨补正》曰：《琴谱》率以大小分吟猱，至吟猱之上下，则以绰注别之，亦未逐一注明，惟为凭指下约略计取，漫无定则。此关音律之阴阳顺逆，非如左右手之指法，但取节奏铿锵已也。王氏《琴旨》，主以上下分吟猱，在征之上取音为猱者，不拘位分，惟在征之下取音为吟者，则有一定之位，而不可易焉。凡曲揉以一音立体，以立体之音所生为用，又以为用之音所生者相续为用；相间于立体为用、相续为用之中，取用吟之位极有定亦即无定，而有定移宫换羽，消息微茫。

《琴旨》一书，辨论音调极精当，惟取《定位》及《变声清声辨》《五音以宫声为本论》等篇，前后条例互有龃龉。反复契勘，悉为条陈而详辨之，名曰《琴旨补正》，以质知音。其后山阳汪文端代为梓行。

《琴况》一书，则其弟子杨云书所刊。余二书，未闻付印，稿亦不知尚存人间否？即已刊者，其流布亦不广。余于表弟万泉生家，观有《琴况》，为之欣喜，因从叚阅，以其卷帙甚少，不难抄录，而悠忽懒怠，竟未着手。会以事机重来扬州，是书携阁行箧，遂及二年，久叚不归，人虽不索，能无惭报！今秋课业多暇，所居南楼地幽静，独坐北窗下，于抄书最宜，因竭三日之力抄毕，为之一快。

泉生者，松巢先生曾孙。松巢先生即为此书撰跋之人，故藏有此书。泉生能宝爱先生之遗，勿使散失，亦可嘉矣！

《县志》称问津先生削面长身，道气充然，隐德卓异，渺与俗异。所居蓬蒿翳蔚，惟阎鹤云、严光裕、邵谦与先生高祖畏堂公诸人至，款扉径入，兴尽散去，皆当时清德之士云。

出处：（民国）范耕研《蕭砚斋读书随笔》，淮阴三研堂藏本。

抄《绿荫堂诗钞》成

王小史先生名永熙，字映庚，乾隆辛酉（1741）拔贡生。由宗人府教习授香山令，调龙川、高要，操行清介，去官，余砚数匣而已。初居清口，自号青口老人，晚居郡城，布衣葛履，以书自娱。工诗，陶炼精壮，与吴揖堂过从极密，相与讨论，著有《淮上草堂诗钞》《替槎集》。丁柘塘辑《山阳诗征》犹得见之，而家咏春《淮壖小记》已谓无传本，则散佚久矣。今春，余自淮东遁归，晤陈畏人先生，先生从宋文献处购得小史先生遗诗三册，题《绿荫堂诗钞》者四卷，题《春游草》者二卷，计诗四百余首。书法挺秀，有河南笔意，殆是先生手迹，虽未署名，而以卷中事实行迹考之，确是先生遗著无疑。然与《县志》所载集名不同，盖随时题署，非统词也。今以古体为卷一，近体为卷二，题《春游草》者为卷三，诸家评骘则汇录卷端。虽非全豹，庶几略有可考，他日好事者取而付诸刊刻，则此本亦可备采择也。

出处：（民国）范耕研《蒿砚斋读书随笔》，淮阴三研堂藏本。

注释：民国三十二年（1943）九月十六日，于古水渡口之旧宅抄《绿荫堂诗钞》成。

录《觉山诗钞》札记

余性喜搜求乡帮掌故，友人张须与余同好，偶有所获，辄相互快诧。须公既撰有《风土记》十卷，布之于世，世乃知淮壖下邑，其山川俗尚，亦有足称者。余亦思辑邑中艺文，以稍补前志之疏略。而历代以来，烽火荡析，遗编断简，蠹替殆尽，举以叩诸耆旧，每瞠目瘏口，莫能道其详。

淮阴立县，自嬴秦始。迄今二千年，岂无魁儒杰士挺生其间，而著作之风，何其闃如也！余乃益自发愤，不敢稍忽，晨抄夕纂，远假近沾，数年以来，群书渐集，邑人著述所可见者，盖逾百种。乃知向所谓无征不信者，特未能留心搜辑而已，十室之邑，必有忠信，未之思也，夫何远之有！

去夏返里，既抄成《考略》一卷，同人知余从事斯业，更各举所知以告，先后又增益若干种，附于卷末，其他未能详知者，岂尽佚哉？汲冢敦煌，闲时有获，簪笔罄折，以俟续记，固所愿也。果也，今春再返，于泉生斋中，见有《觉山诗钞》一册，残蠹渝败，仅可辨识，则清初刘坤氏遗著也。

《县志》称坤字绎麟，廪贡生。父斌，兄震，均诸生。家富裕，振贫焚券，无岁无之。坤性轩爽任侠，绝意仕进，往来西泠，泛舟赋诗，一时名士，多折节尽礼。为诗力追沈宋，所著甚多，皆行世。子晋，邑诸生，以孝闻，其趋人之急，有祖父之风。

《志》又载，坤所著，有《鹤鸣草堂稿》《确亭诗最》《觉山诗钞》《墨园杂俎》四种，皆无卷数。此册三卷，仅存五十七古，五七律，似非全帙。坤家既富，所作多行世，而仅存此戋戋，则散佚者多矣！然犹幸有此鳞爪可窥见大略，不然，能不疑其为虚目邪！

集中有壬午四十五岁生日诗，乾隆二十七年（1762）也。坤颇老寿，六十三岁尚有诗存集中，则坤之生世略可知矣。遗集既残缺，不可臆补。兹择其完整者录为一卷，庶几杀青可读。坤之诗虽未能远跻枚、张，卓立于古大家之列，约略其风格于香山、放翁为近。颓唐老笔，摅写性情，亦可略见翁之为人也。

泉生谓余，此非十六钱砚斋旧藏，乃去年从冷滩购得。余亦尝于无意中得《符山堂诗》。今泉生又得此，是玄黄反复以来，故家珍秘，流落外间者，殆难更仆数，安知异日，不更有发现邪？余日夕企望之矣！

余抄不数页，胸臆间忽作剧痛，不耐久坐，因属震、滋两儿续抄。余书既潦草，儿书尤劣。然遗文坠简，赖此孤存，征文献者当知宝爱，固不以书之工拙为高下也。何日清泰，当与须公一论之。

出处：（民国）范耕研《薗砚斋读书随笔》，淮阴三研堂藏本。

注释： 刘坤，字绎麟，号觉山，廪贡生，性轩爽介直，任侠好施。晚年绝意仕进，频泛舟游西泠，交名下士。当时公卿多折节尽礼。其诗学尤佳，追风雅，宗沈宋，所著有《鹤鸣草堂诗稿》、《确亭偶刊诗最》四集、《觉山诗钞》、《墨园杂俎》行世。子晋，字锡三，邑诸生，事亲至孝。其余焚积券，周贫乏，亦多善行，邑人称厚德者，咸推之。本文原题《民国三十年（1941）六月二日，于〈觉山诗钞〉成后》。

《望岘山房诗存》残稿

《望岘山房诗存》一卷，吾邑程振六先生之残稿也。先生讳人鹄，字振六。其先徽州人，清初移淮上，遂家焉。祖师点，父大镛，穷研《诗》《礼》，各有纂述，为吾邑通儒。先生缵承世学，愈益恢宏，自以伊川之裔，复研精身心性命之理，言动一轨于正。凡官于斯土者，自漕河使者以下，莫不矜式；乡里后进，驵侩负贩之徒，亦莫不知有先生。先生盛德所被，可谓广矣，而踽踽半生，始蒙乡举，春官累上，杀羽回车，遵例大挑，签分湖北，时总督张某，变其素守，骛外趋新，见先生肫笃之容，訾为拘虚，先生知不合于时，难行其志，投劾而归，杜门著述。然而一邑之内，兴废利害诸大端，辄白大府，无所嫌忌，时或不达，则再三力争，若学校、仓储等事，其尤荦荦为人所知者也。孰谓硁硁经生无益事功也乎？呜乎！其德若彼，其遇若此，天之报施善人，果何如哉！况老而无子，子处小楼，群侄蚩蚩，无一当意，身死未寒，哄争遗产，时无几何，斥卖殆尽。孙行数人，几昧丁字，君子之泽，五世而斩。先生晚岁，偶与人谈，辄发哀叹，其先知之邪！

余家先世自高祖至先嗣父，皆娶于程，戚谊交情，密于陈朱。既有慕于先生道义之高，又感伤其后嗣日即于衰落，不能继绳祖武。每思搜辑代为流通，而鄙倍之夫，难于理喻，涤秘固拒，不敢相示，亦若仇视先人欲湮没之而后快者，不亦怪哉！前年，邑人有欲刻《诗征》者，先生后人震于其名，乃出小册，俾转致之。余以半日，亟为迻录，即此册也。先生本以德行为乡党楷式，文词之末，非其所长。而此册又其家人不学妄选之余，不足以概全豹。尝鼎一脔，聊寄其思云尔！

出处：（民国）范耕研《蘦砚斋读书随笔》，淮阴三研堂藏本。

范冕公行述

王考府君姓范氏，讳冕，字少城，又字丹林，晚更林为棱。江苏淮阴人。明嘉靖中始迁祖茂山公自江西迁淮，二世祖大理公，三世祖骧公生六子，第四子必选公，是为本支支祖；五世祖睿公，清国学生，六世祖九成公，国学生，九成公生二子，长赓传公，讳锽，邑庠生，次畏堂公，讳钧，恩贡生，县志称其竺（注：同笃）信程朱，著《畏堂日记》十六卷。赓传公无子，畏堂公生一子，长春城公，讳裕源，贡生，出嗣赓传公，次恒存公，讳裕昆，道光甲辰举人，春城公无子，恒存公生二子，长即府君，次先叔祖冔庭公，故府君出嗣春城公。清道光辛丑八月初六日丁祀之夜，恒存公梦牛首冕入卧内，寤而府君生，遂以冕名。

府君幼有异姿，七八岁属对奇工，九岁学为文，即惊老宿。尝就试郡城丽正书院，数千人中得第一，名大噪。丁俭卿先生晏故世交，一见称许备至。年十七，取佾生，二十一入邑庠，岁试列高等，补增生，旋食廪饩，同治癸酉选拔萃科，明年朝考报罢，乡试十余次，累荐不售，以时艺教授里中，先后由门下成名者数十人。然束脩所入，不足自给，则仰各书院膏火以稍补益。尝一日为十数艺，体制殊异，各有发明，要皆沉博典雅，不同流俗。钱大司成楞仙主讲崇实书院，每刊所作以为程式，一时为学子业者，多来取法，府君不自珍秘也。性嗜书，自经史以至稗官说部，无不披览，而尤熟《春秋左氏传》及《通鉴》，尝授经江北高等学校，历举春秋士大夫世系缏缏如贯珠，一堂叹服。晚年尽遣门徒，家居优游，犹取周秦诸子研朱点阅，不遗一字，见者曰："先生老矣，盍少休！"府君则谓养心之术无以易此。易箦前数日，得朱一新所著，谓尉曾等曰："此是为学门径，阅之殊有趣。"盖府君好读书，至老不倦如此。

府君丰颐便腹，不事修饰，吐属谐隽，闻者如饮醇醪。然疾恶惟恐不严，而尤谨于名分，故苞苴（注：贿赂也）之计，非礼之干，不至于门，人皆畏其耿介而服其直质，睹世陵夷，杜门不出，数十年间，尤怨不归，乡里咸称长者。尝有农氓，贫不能自存，府君予之田，招使之佃，已而据田不纳租，或谓宜讼于理，府君闵不与校，人皆恶佃之狡而忘恩，因益府君之厚。府君笃于友爱，叔祖寻庭公既析居，未有子，尝忧之，已而子章叔生，家贫困顿，府君馆之于家，以教以养，无间言，以慰弟之志，如是十条年，至于成立，未尝责报。四祖姑母适李公南坡，未几仳离，府君覆庇终身，及卒，经纪其丧，戒尉曾等岁时展墓，不忍没其祀。尉曾等每与乡长老辈遇，辄闻称道府君懿行不置，盖盛德感人，有以使然，非溢誉也。

府君著作除制艺外，所为诗文甚夥，愿随手散佚，不自收拾，尝曰："吾为诗若文匪难，特穷老尽气，无以薪胜于人，古今作者众已，吾宁别取径焉！"用是一意于谜，虽小道，然必熟于经史百家之书，与训诂通转之道，乃能左右逢源，抄者偶得，支离比傅，或鄙俚无意境，则亦俗士所为，读书之士难言之矣！府君以淹雅之资，一意于斯，故所为廋词隐语，渊雅难解，一旦揭白，咸恍然相喻，其中创为体制，变化万千，多出旧格之外，少只一字，多至数十言，咸浑若天成，而与底相切，无一字无著。自以早年所为未工，弃去不录，仅录晚年所为者，尚以万计。手稿谨于家，当付之剞劂，公之于世也。

先是江苏将修通志，各县志乘多残缺，而淮阴自光绪丙子（1876）后，亦历四十余年未尝赓续，民国初元，先外伯祖刘燕宾先生咎任是役，吴温窔（注：同叟）先生织之，未及着手，先后咸归道山。邑人士欲竟其绩，佥以为非府君莫属。是时府君已七十有九矣！辞以衰老，不获，又以刘、吴前卒，老成凋谢，大惧乡邦文献之散佚，是以乐成其事。尝谓："淮阴之志，下笔綦难，盖考古之功，鲁（通甫）、吴（稼轩）已详，兹之所重，在于证今，而此数十年间，遭遇兵燹，簿书零落，器数难征，而鸣笔之徒，寥寥无几，欲谈掌故，凭借毫无，其势不得不责诸征访，愿征访亦非易事也。"府君既审其难，乃相体裁酌，手订修例如干条，皆切实可施行，而不取方志家唐大之词，与乡人士分部撰述，成《清河县志续编》如干卷。自丙子以终清之世，为际断焉。《淮阴近事录》若干卷，则记民国九年间事，以改国号后清河更号淮阴，其名与旧志不相蒙也。凡府君所撰皆有手稿，今辑之得数卷，别有手稿未编入志中者又数卷，谨弆于家。全书以民国十一年秋告成，属人参订，未及刊行，而府君遽逝。当卒之前一夕，犹念及之，谓尉曾等曰："此次志书出诸众手，余仅总其大要而已，如云其易，一比次力耳！然欲集众长，无以见别裁，欲明独识，则无以安众说，又其难也；昔吾家石湖撰吴郡志，私家著述，较易为功，用褚少孙例，增所阙疑，订其误讹，后世称之；吾虽不及石湖，而吾邑自有文学之士，阙疑误讹，不患无所是正，此余心所眷眷也。"

府君生于清道光之季，国内多故，更历同治、光绪，愈益衰乱，固已感慨系之矣！而家庭之内，亦累遭创痛。府君年十二，而本生曾王考恒存公旅卒京师，招魂异地，迎骨千里。已而捻匪东来，浦垣陷落，全家播迁，曾王考春城公惊悸成疾，未几亦卒。丧乱之余，家计困乏。厥后府君蜚声庠序，家道渐兴，先嗣父孟群公，先父仲循公，年未弱冠，先后入伴，为境差豫于昔。然府君五十时而孟群公卒，六十时仲循公又卒，皆以设庆之年，遭丧明之恸，时尉曾仅七龄，二弟绍曾四龄，季弟希曾周晬耳。又二年而祖姊程孺人思子成疾卒。人生当此，哀痛何极，闻者生悲，况府君躬婴之者邪！故府君尝谓尉曾等曰："余身在忧患之中。"

府君体质得于天者厚，而学养湛深，虽处逆境，能自泰然，是以寿臻耄耋，而精神强固，步履胜少年，项脊未尝俯偻，目光奕奕，虽老不衰。自尉曾等记忆时，即见府君每日必出游闹市，登城垣远眺，周历雉堞乃下。或出城东门，观运河风帆上下，指点以为乐。邑有赛祭角抵可游娱之事，府君必往观，未尝以为劳，私心以为可继伏生之长寿。乃于癸亥秋间，胸臆恶噎，仅能食粥糜，时或瘥可，终不能如前未患时，家人咸忧之，然府君尚慰家人曰："每饭进鬻三瓯，不可谓少，且起居如故，阅报著奕日为常课，此心空洞，何至遽去？"呜呼！言犹在耳，追思成悲，及十一月初七日，微觉饱闷，不思食，食亦不下，然仍出游，次日卧床未起，自谓舒泰，初九日晨谓家人曰："吾卧一日夜矣！今将起。"即自着衣履，出至中堂，向日而坐，盥沐，出奕谱依次著之，终一局，顾家人琐琐谈心，家人方庆幸以为神明不衰，即有不讳，当非旦暮间事，又孰知其背，即在次日。呜呼！恸哉！翌日十一月初十日，府君仍起坐堂上，呼水盥沐，家人欲助之，挥手使退，至午，端坐而逝。颜色如平时。呜呼恸哉！

当卒之前数夕，府君自知不起，手书遗嘱数十纸，处分后事。纤悉靡遗，书法作行楷，未尝苟率，丧葬之体，有所祗遵，今赴文即用遗笔摹印，分致戚友，庶以存念，又当弥留时，顾谓家人曰："俗谓人死当有鬼神句致，今无所睹，俗言不足信也。"呜呼！府君虽不以道学自居，而践履笃实，直道而行，彝伦无疚。其端坐而逝，从容无怛，识与不识，莫不赞叹，此岂人力所可企求？睠怀先德，呜呼恸哉！

府君生于清道光二十一年（1841）辛丑八月六日，终于民国十二年（1923）癸亥十一月十日，享寿八十有三岁。配祖姊程孺人，子二，长先嗣父孟群公，讳彤仪，邑庠生；次先父仲循公，讳遂仪，郡庠生，均前卒。孙三，长即尉曾，字耕研；次绍曾，字慕东；次希曾，字耒研，均毕业于国立南京高等师范学校。曾孙一，震。曾孙女三，珊祐、珊祺、珊祐。尉曾等鬌龄就学，府君亲课之读，稍长使入学校，以次阶进，故尉曾等虽幼失怙，而得不废学者，皆府君之恩也！府君尝谓不自意得见睹孙成立，呜呼！岂自幸者，盖深哀之也。

尉曾等自有生以来，至今三十年间，无日不在府君恩勤顾覆之中，今则已矣！呜呼恸哉！尉曾等逮事府君之日浅，不足以称府君之盛德于万一，谨以回诸戚友长老之词，次而述之，倘荷当世大雅君子，俯赐采择，锡之铭诔，以光泉壤，世世子孙，感且不朽。

出处： 此文撰于民国十四年（1925），原稿由冕公长孙范震先生收藏。转引自台北市淮阴县同乡会编《淮阴文献》（第二辑）。

注释：本文原题《续纂清河县志之总纂——范冕公行述》。

寿张须公四十文

昔庄生俱桑户子反琴张三人，相与于无相与，相为于无相为，此真善于为友者矣！余以朴拙久畸零于世。而须公、树滋皆不以为不足道，屈而下交，久而弥亲。斯果何所为哉！须公与余同里，幼而颖异，读书不再过，出记惊其长老。余在小学习闻其名，居阻大河，慕而不克见。改国后，余不自量屠弱，驰驱江上，欲有所效。终以智小力茶，见汰于侪辈。更理旧业，就学南雍。乃遇须公金陵莫愁湖上，深眉高颡，目光如电，悚然异之。时须公方治夷吾晏婴之术，将以理国而阜民。余居金陵一岁，须公学成而去，以故未得径纳文。又三年，来邗上，闻须公亦在，是则大喜。自时厥后，十五六年间，徘徊扬楚，出处皆与偕。即有小别，不一二年，辄复聚，以迄于今。其居冰瓯馆及南楼时，谈燕之乐尤盛。若武进董伯度，睢宁王绳之，吾乡姚甘如，皆冰瓯馆客。顾或死或散，不可复追。南楼诸公，有仪征洪北平，平湖胡宛春，六合孙雨涥，而坐无须公、树滋即不乐。今诸公先后离去，独余与须公恨恨无所适。树滋之去最后，犹时时见过，有久要不亡之意。须公、树滋于余，其亦可谓无相与者欤！须公之学将以用世，世不之用，退以其学造士。士之出门下者，指不胜计。又以其学著书，书之布于世者累累。而丛积之稿，尚载五车。树滋不知余固陋，不足望须公，乃谓："公等澹泊，拙于争竞，宜留心述作，毋令汶汶。"余衰惫何足傅此言！须公方四十，春秋富，微树滋言，固将以学显，况有树滋督过之哉！淮阴自枚叔后，以张氏为盛。隋有潭州，宋有柯山，清有力臣，世称三张。然潭州以功绩著，与他二人不类，今须公学无不包，尤长于史。其盱衡三古，创为"通略"，世固早知之矣。所规为者，则有"秦典"以谓革固开汉，存一代之制，不亦伟欤！上配柯山、力臣，何多让焉？世有辑"淮阴三张录"者，当桃潭州而继以须公，余兹所述，亦足备其取资，固不仅称觞之寿而已。余既撰文，树滋书之，庶几庄生所谓无相与之意耳。

出处：本文原载民国二十四年（1925）《苏北日报》副刊《学林》第三十八期。转引自台北市淮阴县同乡会编《淮阴文献》（第三辑）。

吴珍中

吴珍中（1878—1927），邑庠生，淮阴渔沟人。南通私立国文专修科毕业，署咸宁知县，见任萧县县长。

咏韩烈妇并小序

韩公子盘先生与余为葭莩亲，相去不足一舍地。尊酒往来，交谊甚笃。一日，以其冢孙妇殉夫事状见示，览之怆然，哀而挽之，以励薄俗。

西邻野老抱坟哭，泪洒黄垆声簌簌。一日扶杖降敝庐，授我事状不忍读。三槐堂前女贞花，十九来归处士家。六年夫妇笃伉俪，两代翁姑称柔嘉。满庭兰玉郁青葱，老景婆娑羡此翁。无端春薤感朝露，顿使孙枝摧罡风。韩凭冢上连理枝，过客凭吊不胜悲。不愿人间有离别，但愿地下常追随。烈妇生小心如铁，等闲春风与秋月。海水难填精卫痴，井波不起泪泉竭。彩丝一缕发一束，玟瑁梁头有归宿。拜罢双双堂上亲，难舍呱呱心头肉。昔有弄玉舆萧史，升天入地亦如此。贞良从不龌龊生，庶人何如清白死。薄俗凋敝堕名节，只此精魂难磨灭。皇皇国典宠褒章，奕奕芳名勒碑碣。我是妇家葭莩亲，生平不作谀墓文。风世励俗足观感，略叙颠末存其真。

庚申（1920）四月，淮阴吴珍中撰。

出处：韩石安主修《昼锦堂淮泗韩氏族谱》，民国十五年（1926）刻本。

张世霖

张世霖，淮阴人，生卒年和生平事迹不详。

明经李公式韩家传

公李姓，讳士观，式韩其字也。先世居渔沟镇，有明鼎革后，高祖寿甫公为避地计，迁居马头镇东乡，书篷篝车，世传勿替。及公生，恪守旧德，承产百数十亩，躬率弟观耕之暇，时手披一卷，朗然高吟，久之，通六经，悉诸子百家言。同治初，公补博士弟子，旋贡成均，文名鼎盛，倾动里间，后进之人，争欲执经事之。公尝设帐于家，海人循循不倦，时雨所被，满座生春，蒲柳之姿，尽成桃李，郡县每校士时前列者，半公门下，馆谷日丰，家计蒸蒸益上，不数年，增田二百余亩，而公朴素自安，服御食物壹是，无所芬华。公性好静，居常正襟危坐，望之俨然，及与语，蔼然中和，无复严厉逼人也。乡里有忿争者，曲直坚竖持不下耳，公至相率无言而去，惟恐使公闻之，公之化人抑何神且速耶！综观公之一生，外古而朴，中秀而文，澹泊以明其志，宁静以致于远，不附会圣贤以高声价，不空谈性命以矜绝学，于物无求，于世无争，其殆无抵制天之遗民欤！公生道光戊申年（1848）十一月二十二日巳时，卒光绪乙未年（1895）七月十四日未时，存年四十八岁，善人不禄，惜哉！惜哉！配刘氏，孝顺翁姑，和谐姒娌，课子持家，井井有条公殁后，购田五十亩。刘氏勤俭所致也。民国七年（1918），大令刘君奖以"巾帼完人"匾额，旋闻其事于上，政府褒以"节励松筠"匾额，并银质旌章，饬登省县两志，现寿七旬外，精神矍铄，后福正未可量。子二：长为琮，董理乡事，有谋有断；次为璠，服力田畴，不坠箕裘，诸孙英巉挺秀，异日必能光大门楣。《书》曰："积善之家，必有余庆。"吾于公有后望焉。

出处：李敬亭主编《问礼堂淮阴李氏族谱》，民国十一年（1922）印刷。

凌效辅

凌效辅，生卒年不详。淮阴人，知名耆绅，民国九年（1920），在凌桥建街兴集，名凌桥集。

朱氏重修支谱序

朱氏之有谱系，始自我先师讳翰廷公，从其族叔汉津于清同治九年（1870）创有支谱，迄数十年矣，其哲嗣云矞欲修未逮。临终时，曾以此意嘱咐其弟仁矞、升矞勤勉其事。兹者，升矞搜罗殆遍，将由婺来泗之各支各派悉已较核于符节，复以所竟之事务与经过之苦衷索序于辅。辅本不才，何敢言序？惟以古之所谓孝者善继先人之志，善述先人之事者也。其亦重在敬宗收族，俾后世子孙不冒祖宗之名以为名，与拜他人之墓以为高曾与考。《礼》曰："尊祖故敬宗，敬宗故收族。"彼庐陵欧阳、眉山诸名家所以悉有家乘，维世道人心于不朽者，良以孝子慈孙得有家法在也。惟升黼见早及此于父兄未竟之事。时虽蜂蚁各屯，兵匪交加，犹颠沛从事，不两年而谱已落成，慰亡兄于地下，承先叔于望外者，真可谓善继述矣。其世系之来源，家声之显达，已于陆公、汪公及其叔汉津公等叙之详矣。最堪尚者，先有翰廷师创修于前，仍有哲嗣云黼兄等因之于后，朱氏支谱虽非功出一手，然考其究竟，未始不我先师翰廷默佑之灵与升黼兄等提倡之功有以速成之也。特援笔而为之叙。

出处：朱龙章等修《折槛堂淮阴朱氏族谱》，民国乙丑（1925）泗阳文华五彩石印局承印。

朱钟灵

朱钟灵，字伯鹏，淮阴人，生卒年和生平事迹不详。

问礼堂淮阴李氏族谱序

国有史，家有谱，其义一也。史以纪盛衰，谱以详支派，其所以敬宗收族，油然生孝悌之心者，端在于此。秦汉而降，宗法不明，至宋欧阳公昌明谱学，后之维持家族者咸宗之。李氏为吾淮世家，其先人由徽州宦游来淮，家于淮阴之旧县，厥后子孙蕃衍，转徙流移，散居全县。若无谱以联合之，恐年愈远，代愈疏，喜不庆，丧不吊，不几骨肉而途人乎？其七世孙李君凤山，兴念及此，商撰谱牒，所以承先启后者，孰大于是？草创既就，行将付梓，而请序于余。

余曰："家乃人世中天然之群也。"《尚书》云："立爱惟亲，立敬惟长。"苟不能合一家之群，更何能合一国之群？彼迷欧醉美者，浸淫于兼爱平等之说，以自抒其合群爱国之思，反谓爱国者必不爱家，欲藉此以冲破家族主义，不亦谬乎！且是不难于因而难于创。今凤山凭空缔造竟能发凡起例，继继承承，具有条理，又恐无征不信，断自迁淮始祖，其实事求是，较之渊源莫考，谬付宗支，徒夸先代之光荣，不顾外人之窃笑，其优劣为何如耶？余也有志于此，畏其难而不敢为者已二十年，兹见凤山用意之厚，贻谋之远而趋义之勇也。爰不揣粗疏，即其事而为之序。

出处： 李敬亭主编《问礼堂淮阴李氏族谱》，民国十一年（1922）印刷。

韩作明

> 韩作明，淮阴老子山人，民国初年见任老子山乡农会会长。余不详。

淮阴县老子山乡犹龙书院碑记

吾乡犹龙书院，前清邑宰侯公手创也。公名绍瀛，字东洲，广西桂林人，清光绪丙子（1876）科举人，甲午（1894）宰斯邑，敬教劝学，百废俱举。次年冬，奉大府檄，勾当本乡滩地事。渡湖南来，画井分疆，民皆乐业。时诏各直省乡会岁科等试，易时艺为经义苗论。公于巡省之暇，进乡父老而诏之曰：兹地山水清嘉，丕民愿朴，惟学者限于方隅，见闻既隘，卷帙不充，无以究经史之渊源，而极古今之情状。今天下亦多故矣，何以应之？勤苦父老，其伙我鼎新书院于兹山之阳，并以余力购置书籍，为有志向学者劝。金唯唯，然终以贫瘠虑难称也。公曰："固也，吾将图之。"次年春首，捐廉二百，绘图市料，谕董督工，又劝募官宪绅富，得千八百金。本乡士民感公意，奉资而前者亦廿余家，共得金二千余。凡为屋三重，计十五楹，缭庸饰恶，讲有堂，诵有舍，息有所，帷幕几席之属咸具。经始丙申（1896）之春，五阅月而工竣，召学子肄业其中。是年秋，公复至，寻览一周，时则波光激荡，岚翠浮空，琅琅弦诵声与渔樵相赠答，远近诸峰，如拱如揖，环列于风窗月榭间，公顾而乐之。维时衿佩翕萃，相与展肃于堂，奉卮酒为使君寿。以老子山为柱史过化所，取孔子赞词，以征二教之同。榜之曰"犹龙书院"，奉老子栗主祀焉。公意犹未慊，即复牒请层宪，拨太安七乡官荒九十余顷，招佃垦植，备书院敦请院长及士子膏火费用。丁百春，复捐廉四百，修整地亩，栽植柳桑，为开辟利源计，皇旦卜人文蔚起如干霄垂荫之盛，盖树水树人此物此志也。乡人氏聚族而谋，相与绎公之意曰：昔者何武见诸生，试其诵读；文翁化巴蜀，泽以诗书。公之蕲我乡人至远大矣，此意可厚负耶！曾拟镌功记其盛，迄未果。今乃代异时迁，董院事者亦晨星寥落，再事稽延，恐斯院创始之真相益没，不将数典而忘乎，何以报先贤而示后进，亦我乡人士之责也。谨述颠末，而为之记。

书院监工：丁闰之、张廷琛、毕龙光、丁裕之、高鸿思。

中华民国十一年（1922）四月日上石，绅商学界公建，袁江刘振鹏刊。

出处：《淮安金石录》编纂委员会编《淮安金石录》，南京大学出版社2008年7月版。

冯宝祯

冯宝祯，淮阴人，生卒年和生平事迹不详。

浦惠粥厂记

清江为水陆冲衢，地属要镇，江皖以北，黄流以南，偶有偏灾，就食之饥民咸来集焉。风餐露宿，为状惨甚。清光绪甲辰，丹徒焦君乐山，思有以拯之，爰起粥厂之议，以此举有实惠而无虚糜也，乃集千金，以泰县倪君嘉福，世商于浦，嘱其创办。倪联商界之好我者叶镜湖、余介康两君及张瑞臣、闻漱泉相助为理，度地慈云寺东偏约三亩，方丈华章愿以其地永助粥厂，乃建厂址，名曰浦惠，义取实惠及民也。每届严冬开甑施粥，以免流离失所者忍饥寒而为饿殍。所需经费约万元，均临时筹募之，□□款也。岁丙午（1906），江北大荒，饥民麇集，募款不济，蒙盛杏荪官保拨助巨金。饥民就养者二万数千口，厂不可容。张星垣、叶镜湖君资，添建厂甑三十余楹，乃敷展布。于以见倪君综理厂务，实心毅力，信孚于人，是以能浸推浸广如此。辛亥岁又奇荒，更遭兵燹，官商资财扫地以尽，地方□司□□持之不暇，饥民路毙无能言振济者。岁秒，我兄叔相由皖之沪请于冯中丞梦华，得五千元，又得马隽卿到浦助五千元，□□助来开甑。焦乐山、王斗符、周元恺、倪嘉福诸君复分投筹募。我兄仲丹虑灾重款绌，人荒不可办，□走□□□开两□□□□钱米□陆续□□，逐渐扩允，浦厂不足容其众，于王营镇设立分厂，更于四乡分设立支所，综计用款十余万。至上□□截止，丁此□革之初，财源涸竭，数万饥民竟赖斯厂以活命，是若有天意存焉，非人力所能至也。改国以后，募款□□□□□之，每于薪米不剂时，□求省款以资助。蒙内务司长马隽卿在省库岁拨数千元，如是者数年，幸未罢辍。癸亥冬，江苏□□生太史与淮阴张君维高请于省长韩，在省库救恤项下岁拨八千元，立案为斯厂经费，至是始有长年的款。乃经甲子江浙之战，财政摧残，此后能否照发，又须于时局安危，省库盈绌乩之。凡慈善事，创始易而持久难。斯以千金发起，倪君继理之，建屋五十楹，为甑二十四座，为男女童子区，制厂院四所，募周宝善堂淮安县境草庄旱谷田一顷二十四亩，又陆续购置草张庄齐家湖旱谷田七顷八十余亩，两共九顷零，二十余年来规模渐广，中经诸大善士维持辅助，无或既止，是盖以实惠救人，故天亦乐助其成耶，倪君以宝祯略知厂事，能进其详，嘱为之记，意殆使后之继是者，成有倪之志，则江北饥民之福，其可既乎！爰为之述其事以书。

民国十五年（1926）□月□旦，冯宝祯。

出处：《淮安金石录》编纂委员会编《淮安金石录》，南京大学出版社2008年7月版。

注释：此碑于1977年在清浦区慈云寺旁出土，后存淮安市博物馆。

唐畹兰

唐畹兰，淮阴人，民国淮阴县视学学省、淮阴县志征访主任兼县志分纂。余不详。

撰赠《秋实堂淮安邢氏族谱》论

先王觉世之经，累万言而大旨必归于孝弟。圣人牖民之书，不一类而提纲首重伦常。《典》曰："克明峻德，以亲九族。族之所以有谱也。"《说文》云："族聚也，属也，所以聚亲疏而连属之也；谱录也，籍也，所以录世系而载籍之也。"晋贾弼创谱，宋王宏讲谱，欧阳文忠法太史公世家年表而订谱，谱之见重于古人也。尚已然，谱之义，非徒以记载功名，表扬事业，夸来世炫当时也。古人亲亲之道，盖本乎此，君子之教人也，则曰"亲其亲，长其长"，又曰"爱其亲，敬其兄"，诚以孝弟为生民之本，伦常为风化之源。固于经史子集之外订为族谱一书，无深文曲义，无奥旨淑言，直录其名，直书其世，支派相接，昭穆相当，简洁详明，使人易晓，此古人觉世牖民之深心也。

邢君体之，读书稽古于觉世牖民之中，参敦伦睦族之旨，寻源反本，探本穷源，毅然以纂修族谱为己任。与其族之伯叔兄弟孙侄辈协力同心，和衷共济，任劳任怨，开诚布公。间有一二浅识之士，抵牾不合，飞短添长，倒置是非，亦置之不论不议，如尺雾障天，不亏其大；寸云点日，无损于明。非君之疏财仗义，奋勉从公，曷克臻此？诸人分司其事，君则总其大成，校雠尽善，誊录无讹，付诸于民，剞劂成书。各房分给，家置一函，朝夕展览，循名桢实，竟委穷源报本，反始顾名思义，油然而生其仁孝之心。知谱之所以为谱，即知人之所以为人，则无忝所生者，自能必所生之，无忝克昌厥后者，自能保厥后之克昌。邢君所谓不敢居功，聊以免罪者，实其彬庵公在天之灵真有以式凭阿护者哉？是为论。

出处：邢宗胜主修《秋实堂淮安邢氏族谱》，2003 年印刷。

李凤山

李凤山，淮阴人，生卒年和生平事迹不详。

序建庵之由来

从来祖宗制作之事，皆赖子孙以世守。回溯我李氏有家庵，因二世士元公元配梁氏孺人有疾数日，服药不效，祷告不验，饮食不下，卧床不起数日，忽然夜得一兆，谓曰："尔欲疾愈，非建庵以立神像不可。"一惊而醒，恍惚成梦，谓其子政国、政邦曰："吾今夜忽做一梦，谓吾欲疾愈，非建庵以立神像不可。"政国、政邦曰："如母疾愈，吾必建庵，以立身像。"不意渐渐而愈。于是，政国、政邦兴工建庵，以立神像，此建庵所由来也。

想其建庵之费，惟有三世祖廷标公三千块砖瓦，其余自己。夫既建庵以立神像，亦必朝夕净手焚香，又将自己共产祖遗阳田三份陆拾亩作为香火之费，此子孙永远并无反悔异说者也。此建庵之序云。

出处： 李敬亭主编《问礼堂淮阴李氏族谱》，民国十一年（1922）印刷。

王廷相

> 王廷相，邑人，生卒年和生平事迹不详。

清河王公宪民家传

都戎公姓王氏，讳本芳，字漱芗，原籍安徽，世为淮阴清河人，任侠好义，有朱家郭解之遗风。咸丰季年，粤匪据金陵，奸民肆扰江淮间，公集合敢死士，隶故徐海道朱公善张麾下，遇有土匪窃发，扫荡不遗余力，奸宄绝迹，始退休焉。无何，捻匪东犯，公请大宪练乡兵抵御之，振臂一呼，云合响应，筑堡于六塘河之南，为退守计。十年（1860）春，捻贼犯清河，漕运总督疏于防，清河陷。次年夏，捻魁刘天福任众等拥众东下，再扰清河边境，以六塘当其冲，檄都戎公借归路，甘言诱助之。公怒裂其文书，贼绝望，遂于六月二十四日直犯六塘，环逼圩下。公适遭危疾不能起，子心斋公焦灼万分。出战不利，力竭被害。都戎公悲愤之余，搜括灰烬，建圩于旧址之南，工未竟，贼复拥至，都戎公大会乡兵激以忠义，与贼酣战一昼夜，戕贼无算，决鱼献捷于漕运总督吴勤惠公。嘉其绩，奏以千总用晋加都司衔，给以军械火器，由是六塘王氏圩驰声能杀贼，贼遂不敢犯其境。谈往者，每及公杀贼事，凛凛有生气。都戎公后子致死之秋十五年，寿考令终。配氏亦称贤淑。

烈士王得仁，字心斋，都戎公子，豪侠有父风。咸丰末年，国家多事，土匪扰害无宁岁。都戎公膺大府命，练兵保卫地方，烈士佐父治军事，屡战有劳，授六品顶戴。捻匪东下，都戎公犯逆鳞。贼怒，马直逼都戎公圩堡，公方遭疾危笃难强起。烈士年少气锐，刚愎不能屈，乃督兵迎战，乡人猝当大敌，且不曰兵事，方交绥而气已夺，有驰鞍马劝走避者，烈士力却之，竟率族之敢死士二十八人，免胄冲师，遂遇害。同人歼焉。时年二十四，大府上于朝，准祀昭忠祠，配氏丁，年二十三，事上抚孤，竟责无亏，旌表节孝，与夫后先辉映。孤子化南闻望草著藉甚一时，虽曰教子有方，未始非节烈之感召，彼苍默启之欤！

节孝王丁氏，都戎公之子妇，增广生化南之母，烈士心斋公之德配也。心斋公强武有力，西匪犯境，率敢死士二十八人接战，以众寡不敌，陷阵被害。节母矢志守义，奉翁姑维谨，视膳问安，如子之存。都戎公没后，劫贼欺其孤弱，肆行抢掠，节母声于官，坐索案匪抵罪，盗贼由此不敢窥伺。抚遗孤不以零丁而稍纵之，乡里以孝感并称。遗孤就学，饮食厕所咸具院内，出入必加防范，故青衿得早，居家勤俭自持。亲戚告贷外，不妄费一文，故毕生有丰而无绌也。遗孤自少至壮，未敢率情径行，其约子以礼，已可概见。孤子才兼文武，保障一方，固知有根本在也。若措施裕如，须眉男子，自觉汗颜，坚贞之操，殆小焉者也。两江总督刘公采访汇请旌表，入祀节孝祠，知清河县事某公咨部给奖"劲节凌霜"四字匾额，有孙春福亦青年入泮，喜见曾孙玉立，必能世家，功成果满，可无愧云。

增广生王化南，字子周，豪侠都戎公之孙，烈士心斋公之遗腹子也，谦和朴慎，壹遵母训，年甫弱冠，以茂才异等补增广生员。鸦片盛行内地，土君子呼朋引类，往往于烟馆酬答。增广生接物之次，难免俗习，凛于母训，积欠久，不敢直陈，乃效姹女之工，身倾障篱，抵债以为常，其事尊长，不论疏远贫弱，每至其家，则奉承勤恳，不假童仆。清季改组，奸民逞乱，练兵捍御，不坠其家风，土匪敛迹，四境欢腾，莫不颂先生保护之功也。先生读书经世，可以无憾，惟胤子春福，名列胶庠，旋赴召玉楼，未免憾怆怀抱。有孙宪民，亦能世家，谁为积德无食报云。

守默子曰：先生居六塘河之上游，舟楫往来，与余居为便利。族叔佩缠多运载于其所耳。先生家世为熟悉，述略轶事，盖得以佩缠叔谈往者居多。余心香先生之为人已久，坐老蓬蒿而未谋面。先生往矣，余亦暮年将至，仅得述先生行事之迹如此。

出处：王廷相主修《三槐堂王氏族谱》，民国十九年（1930）抄本。

注释：本文原注"民国十九年（1930）十二月朔，潼阳族人王宾莲敬述"。

邢立坚

邢立坚，生卒年不详，字耐寒。淮阴人。早期痛恨满清腐败，向慕革命思潮，自于右任先生在沪上创办《民立报》任该报的淮阴特约访员，撰写淮阴及其附近地区通讯。1915至1916年受聘担任上海《时报》特约访员，对1915年革命党人朱俊到淮阴进行反对袁世凯的活动受到迫害一事曾加以报道。有《复庐诗草》。

讨袁时期淮阴的革命党人案

一九一二年秋天，我考入同县朱绍文先生等筹办的江苏省立法政专门学校江北分校。校址设在已停办的铜元局内。校长是朱绍文先生，教员有胡霖、张倬、王汝坼、曹昌麟、单毓华诸先生，都是留日学生，同学有三百多人，都是淮、徐、扬、海各属人。淮阴本地学生亦为数不少，多是一面做事，一面读书。这时，我原担任缮写工作的机关业已裁并，民立报在一九一三年九月亦被查封，我已处于失业状态之下。一九一四年，江苏省议会以预算问题，决议将分校并入南京本校，并派员来淮对分校学员进行甄别考试，结果只录取了一百四十人。我名列第三，可享受免缴学费的待遇，但川资、膳宿、安家等费用仍难解决。我妻乃尽出奁中饰物，换得四十元给我，家中生活则慨然以十指活计任之，使我得无内顾之忧。第一学期匆匆结束，我的经济又发生困难。趁着寒假返乡，我又应聘担任上海时报特约访员，月薪十元，间日通讯一次。除寒暑假外，我委托任他报访员的陆建铨兼代，由我贴补三元邮费，七元交我家中，贴补家中之外，还得作我膳费和零用。

在一九一五年寒假中，我写的一篇通讯，引起一场风波，几乎身陷图圄。当时有革命党人朱俊到淮活动，为淮阳镇守使刘洵破获，牵连省立第六师范学生五十余人，我在通讯中只称朱为"党人"，而不称"乱党"，对株连学生太多认为影响教育。一个团长说我是同党，要求逮捕，手令已下，幸军法课长石小川检阅稿件时，以为我虽言词激烈，但有朝气，表示同情，在我离淮去宁后才执行此一手令。我既离淮，此事自然就含糊过去了，直到暑假返淮，我才知道此事原委。

一九一六年，我将近毕业，袁贼称帝。同学们坚决抵制了庆祝帝制的集会，并要求校方将毕业证书缓送巡按使署盖印，以免写上洪宪年号。不久袁贼取消帝制，忧愦而死。同学欣喜若狂，在操场上把帽子甩得满天，以为恢复共和，已把革命障碍扫而空了。

出处：本文转引自台北市淮阴县同乡会编《淮阴文献》（第三辑）。

运口之行

先清明二日，天然约为运口之行。儿子祖援、祖环春假家居，咸请与俱。晨餐后，出北门渡河，祖环约同学高生落后，余侪徐步堤上，且行且俟。涂值旧识李君，于役故都，暌违廿载，娓娓道别后事，安居既久，语带平语，中涂别去，祖环迟不至，遂迁道北行，观××场，沿圩沟水清澈，风过生细鳞，南端色黄，沟边时见萍衣，似新由运河引入者。时日色微白，北风渐作，登阜北望，群工难还，荷担驱车，邪许络绎。折而南向，沿堤西行，一路人家，多栽椿梅，老干蟠蛇，亦殊有致，乌雀营巢，哑哑暗暗。过龙王庙，残败只存一殿，廊西复缺，神像金碧仍耀人目，从败垣处历历可睹。再进经福民洞，土瓮废闭，石背一狮，伏而南顾，镌制殊神俊，有断碑仆道左，大意洞为窑洞汪蓄泄用，道光十数年，千总包泰，协防凯修，导淮会复刻作标志。逆风奋进，尘沙时时袭击，眼耳鼻舌，涵濡几遍，有时风挟细石着肤微痛，余幸加暖罩，视官赖以护持。遥望南岸丛木中，有阜隆然，天然曰："此韩信城也。"一枯干微露，相传为系马桩，惜阻于风，且无津梁，不克渡河凭吊耳。再进，岸有铁轨，蜿蜒北达杨庄，为中南公司敷设，运输以通活动坝者，余侪径趋淮阴船闸，未及往视。至福前公司航闸工程处，新河之东，路基略高，上设铁轨，沿轨北上，碎石机件，往往碍足，工程处建有木楼，其后瓦屋排列，门有今日夜工揭示，四月限竣，已见紧张。船闸位于新河中流，水泥壁柱，多已脱模，闸底方行施工，两旁同时敷土，卡车载运，续续如蚁之蠕动。余侪就北面积木小坐，金门迎视，钢壁坚实，重门启闭，如水巷然。留连炊许，由西南下陂，地势稍低，风力较弱，绿野平畴，麦苗一碧，曲折二三里，过一小桥，天然预约至戚婉戈君处小憩。出小巷，复登河堤，地名高坡头，主人之居临运河，左右尽茅舍，而其居屋瓦鳞次，独垩然壮异，门前泊舟载运，估安纵横，居周而取盈。沿旧称，曰过坝，主人世其业，以资生焉。老槐槎枒覆屋上，其阴可亩许，数里外即望见，用以纪行程。主人于人，和而有礼，邀就西轩坐，沃水涤面上尘，匜底积沙可钱邃。天然告余曰："此室洪杨前物，槐生在建屋之先，下有古冢，初尚有人祭扫，今久绝迹，传指计之殆阅百载。"树瘿累累似白石，古朴可作案头清供，窗格精细，有如船屋。偶闻书声琅琅，出自南轩。询之主人曰，此家塾也。先生甫逾弱冠，曾游艺淮农，家贫未竟学，出为童子师，授徒之余，亦其勤勉，延一老儒授课艺，月三、八呈所著而就正焉，岁致束脩，微而敬。天然颇思，瞻此君丰采，以主人挽午膳，姑以有席，当可倾谈。少选，主人以鸡子饷客，腹既果，已近午，复作惠济祠之游。出门而西，烟户栉比，间有食肆，略似一小村落。天然曰："昔日蔚然成市，自暴客恣肆，白昼攫金，行人相戒出涂，遂呈荒落，余不来此，已八年矣。"行浙北斜，陂陀起伏，运河已在高陂之外。其北曰外河，时露帆樯，此道已入夹堤中，殆黄运交汇处，向之险要，犹可寻其迹象。时于人家屋角，见杏花含苞欲绽，而尘沙蔽野，白日为昏，几疑置身戈壁中。逆风更适，隐约睹高，墉脊瓦，映日灿然作黄金色，天然遥指曰："行将至矣！"此际，祠背当面，行转南向，远闻叱犊，则农人方事春畴。比至，从祠右进，照壁署祠额，门外停车三五，清明节届，香市甚繁，北而泗阳，南而淮安，善男信女，不惮数十里风尘，诣祠膜拜。有一香肆，遂以致富，自萑苻为患，日见冷落，今虽平治，尚难恢复。门外有槟榔石鼓，有刻文，风雨剥蚀，模糊不可辨。入门，有香肆，左右黄瓦亭，趋左亭，观御碑，亭构似螺旋，顶椽作璇状，丰碑矻立，雕镂甚工致。按本名"铁鼓寺"，祠成于明，嘉靖易今名，一修于乾隆间，河督高斌经其事；再修于道光间，河督麟庆有纪，见鸿雪因缘图记；最近修者，则五镇总董马云栋，事在光绪间，今又数十年。旧传建祠费金四十八万，有广锡屋漏，十二铜像。此亭，有庚子、丁丑御诗及迎神曲，高斌纪事、题名录，右亭相同，有辛未、壬午御诗，一御者寄寓焉。小儿女，凡五人，一小女子五六龄，亟以矮凳授余，筐中坐小儿，殊尫瘠，见生客，怖而啼，而嘈杂方丈之地，气恶不可耐，遂出。纪庚子一诗，以见当年形势，诗云："惠济千秋蒙庇佑，崇祠故实见河干。十余年别今朝谒，一片诚同昔日殚。不动微风刹竿静，畅流清水巨川宽。大河北徙陶庄后，益赖神麻永奠安。"谒惠济祠一律，庚午仲春上游御笔。二门有碧霞元君之庙横额，下署钦差印绶监太监×英，御马监太监张宣，尚沿明代旧制。门内空腹古槐旁生丛枝，古趣天成。大殿祀碧霞元君，风环雾佩，缥缈氤氲，钟鼓时鸣，宣祷琅琅然。梁间悬鱼肋，灰黯似舟橹，麟庆有记嵌壁间，大意："黄河入海两尖之间，有巨鱼舂舟，已害商民，祷于天后，乞赐驱除。一日风潮大作，拥鱼来置海滩上，汛弁往视，见鱼目新抉，血泪盈眶，以绳遥度，自头至尾，长十八丈，高四丈有奇，仰望鱼脊，朱书显露。有目兵梅永安者，梯而观之，识其字曰：此鳙鱼，一千一百年因伤生云云，以下不可辨。于是渔户争持刀斧，脔取肉油，阅六七日始剔净，肋骨一具，会风潮来，仍拥之去。乙未春余巡海口，汛弁举骨呈验，已折去三分之二，计长一丈二尺，围圆五尺余，爰载柳船，运至祠下。"今已朽蠹。又大兴潘荣陛辛未秋舟次蒸子矶，游永济寺，瞻望行宫，遇寿僧默默偶成七律石刻，置祠中，殊不类。殿后有楼，奉卧像，再后亦楼，前栏尽缺，似祀玉皇，有梯可登，大风履危，有戒心，遂止。折回苏道士处小坐，祖援拾得黄琉璃残瓦数片，曰，聊为此行之纪念耳。出门东行，趋福与闸，墙角卧断碑，亦御笔，天然记得旧亦有亭，今迹已泯。祖援就碑抚一印。日已响午，大风扬尘，汗涔涔下，遇一村竖，奇余侪之行，频注视。余问曾读书否？曰："尝就村塾读一卷，凡三年，简尽脱，今不复忆其名。年十六，为小贩，博升斗，时时到县城。"语颇解颐。经一高墩，小麦青青布其巅，疑为古墓，土人云，是旧窑，今已塞。复行二三里，始抵闸上，水势激湍，视清江为大，河面亦顿阔，闸左右多新居，门外望见陈设类新制，意必寄生于斯闸者。登闸四顾，意境寥沉，而天高风厉，吹人欲堕，折而北行，与风相搏，几不自持，越陂陀数重，复循原路，回首南顾，祠出于后，返戈君宅，已日哺矣！天然解夜磅砖，余及祖援只拂座拭面而已。主人忍饥待客，已逾食时，布席肃坐，意致拳拳。肴凡六色，清腴适口，进饭三瓺乃已。散坐杂谈，融然一室。船闸完成，惠济、通济、福兴三闸皆废，马头镇将作荒墟，商贾多谋迁地，此地难有复兴之望。主人将设木肆，贸迁上新河，可逐什一。主人兄弟三，子女十有五，食指繁，耕作外，经商为副业，亦势所然也。伯者持重，仲者进取，各有所长，琐琐家常，亦殊可听。时狂风未已，日暑西移，促天然作归计，天然久未至，登堂省视，濒行复一窥西席，乃出门东行，邻家墙头，杏花将放，复请主人索之，与祖援各折得一枝。风虽稍煞，尘沙依然扑面，预计新河头必有车可乘，至则竟不见一轮。徒步歌缓缓归，以背风略快，但双足有疲意。

至茶棚，将以稍纾脚力，见空隅有病榻，家人围聚，势将绵缀，令人不可淹留，复起趱行。未几大丰厂烟囱在望，一响入西圩，本欲就茶肆涤征尘，喧嚣不可入，遂于控北处拂拭而归，忆乙卯游金陵灵谷寺，山行七十里，为平生徒步远征，二十年来颇惮行役，此行纡回往返，复与风战，计程在三十里以上，腰脚尚健，亦足以自慰矣！祖环与高生后至，寻余侪不获，仅一视船闸而返，时犹未午也。

出处：本文原载民国二十四年（1935）《苏北日报》副刊《学林》第六十五、六十六期，转引自转引自台北市淮阴县同乡会编《淮阴文献》（第三辑）。

吴其稑

吴其稑，字仲穀，又字仲谷，晚号退翁。吴昆田嫡孙，清廪生。著有《虚因庐偶成稿》。

渔沟小学三十年总报告后记

民国二十四年（1935）春，编渔校三十年总报告既竟，作而叹曰："甚哉！始事之难而守成之匪易也。"渔校之与垂三十年，而其原始乃在百余年、二百余年以上，改作之议，起于光绪二十八年，实行于三十一年。继述旧业无多与革，然且迟之又延至卅三年秋始告成功。其间危疑震撼，几败终成之迹按索可得，自是厥后几经祸乱起仆相仍，天时之会，适无亦人谋之未尽臧乎，夫前事之不忘，后事之师也。其稑亲其事来久，今虽老而谢去，而拳拳之意，不能不以告往知来者，望于后人。爰远溯二百余年以前，下迄今兹不自惮其亲缕也。渔沟地处汗下，康熙间水潦频仍，人苦失学。我八世族祖碧海公，因葛氏捐公之田，请于贤尹管公，创临川书院。故老相传，葛氏因通赋田被充公，或谓碧海公代完通赋葛以田偿公，请于管建书院。二说孰是？不可考，是为渔校最初之磠基。则碧海公之功不可忘也。嘉庆十五年（1810），书院圮废，我高祖殿升公斥赀重建，捐田二顷余，先伯曾祖景伊公续捐六十亩，嗣历岁经费赢余，又买田三顷五十余亩。光绪之季，乃得因此遗泽，又合以向善堂、延寿庵之捐屋、捐田，以成此校。则殿升公、景伊公之功不可忘也。从高祖际泰公捐田向善堂，族曾祖乐山、敬止二公捐书院延寿庵基地，并捐资建屋，以佐先高祖之成，则际泰公、乐山、敬止二公之功不可忘也。道光间，先祖稼轩公于吴家集捐田三项，建三元宫。光绪三十二年（1906）、宣统三年（1911），先叔温叟公两次收回二项并入本校，不有先祖之捐，何由取并？则稼轩公之功不可忘也。当此校诡成垂败之际，先从叔子良公首倡捐田一顷，同时先叔温叟公、八叔绍溪先生、其秬及亡弟其秀，因共捐田一顷，后校董会议决拨归吴城。危局乃定，则子良公之功不可忘也。宿迁黄先生铭庆为先祖曾外孙，闵向善堂费绌，慨捐腴产一顷，南昌万随庵太守碑记称其慷慨，有外家风，黄君尧动等感先高祖与人为善之谊，亦捐田廿余亩，文殊庵僧普裕应洪贤尹之劝捐田一顷，于是此校田产有一千八百余亩，其积乃厚，则黄先生铭庆、黄君尧动等僧普裕之功不可忘也。田产虽固租入仍不给用，先叔温叟公复奔走呼吁，于两江制府端公、江北提帅徐公，岁获淮关江北收支局补助一千千，先族叔子瑜公殷勤劝导，于渔沟本镇岁获麦厘杂捐四五百千以上，两款于民国二年（1913）、十七年（1928）先后停止，则温叟公、子瑜公之功不可忘也。至族叔子璋先生初为学监，任校务五年，早作夜思，不遗余力，后虽以饥驱客授淮浦，而于本校犹时时事事匡直辅翼，不使其秬独任其艰，此在子璋先生本校其良心心安理得，岂愿言功？而其秬则受助实多，不可不一为表襮者也。惟其学无师承，徒以长老謰诿，滥竽三十载，本领既大，心计日疏，丛悔积尤，罪多功少，所赖伯叔兄弟群从子孙，谅其冥顽曲恕于百一耳！呜呼！天道三十年一变，而人事往往之，其秬之不才，何敢委为天运？然有基勿坏，又安知过此以往不浸，昌浸炽剥，极而复是，则我碧海公以下十数公之灵所默相者矣！诗曰："不愆不忘，率由旧章。"又曰："无念尔祖，聿修厥德。"吾宗不乏贤者，尚念之哉！

出处：本文原载民国二十三年（1934）《苏北日报》副刊《学林》第五期。转引自台北市淮阴县同乡会编《淮阴文献》（第三辑）。

《延陵堂淮阴吴氏宗谱》跋

吾宗谱牒，四修于光绪癸卯（1903），族叔祖香圃公有跋纪其事。丁巳

（1917）春季，再从叔父子良公谋赓续，命其稑以纂辑之任，又属叔父温叟公乞序于淮安段先生蔗叟，汲汲若不可终日，盖以世变日亟，宙合鱼烂，淮阴北邻海、沭，风气所渐，人心惊于浮动，不有以维系之，安见守成保世不隳人纪乎？乃荏苒三年，子良、温叟二公相继徂谢，又久而至今，仅乃集事，其难又倍于四修，而缺失缪戾则更甚焉。香圃公曰：吾族生聚长养什于初际，纯固敦庞之习变，故续修视创始为难，是固然矣。今又有说焉，昔者家塾党庠，十室之聚，诵声不辍，自学制骤更，舍本齐末，读书识道理之人少，微特礼教陵夷，即征访采录之才，亦戞戞乎其不易遘，循是以往，吾知再越十年，续谋是举丛脞更有甚于今日者，不尤大可惧耶。善夫！段先生之言曰："以诗书化其顽犷，补今日学校所不及，毋徒墨守时制，为一切补苴之术。"窃愿吾宗伯叔兄弟，深味是语，群起而匡捄之。庶几浸昌浸炽，迁淮六百年旧族，不至遂沦于鄙倍，是则我祖宗所默相者尔。至于因革损益，段先生言之綦详，不赘述，惟增入续订祠规若干则，其世德录、传、状、表、志，亦有所增辑焉。编纂既竟，谨记其崖略如此，而我两叔父已不及见矣。悲哉！是役校订者：十四世孙琳中，十五世孙其辕；采访者：十三世孙鼓南，十四世孙俊煐、照继、瑞中，十五世孙其峤、其涵、其旆、其坝，十六世孙引湘、引绳、引藻；丈量祭田绘制图说者：十四世孙璧中，十五世孙其密、其铭。例得备书。

中华民国十年（1921）三月，十五世孙其稑谨识。

出处：吴其稑主修《延陵堂淮阴渔沟吴氏宗谱》，民国辛酉年（1921）二月刊梓。

张君友伯墓志铭

光绪二十九年（1903）癸卯秋七月，赴宾兴渡江，晚泊栖霞山麓。时缺月东升，江气微茫，二三同人，相与追凉岸上，闻邻舟有歌声澈越，似倡大江东去者。亟访之，遇王君宜甫。问歌者，曰张友伯，君之里人也，介而见，倾谈若平生观。友伯王家营人，距余不及一舍，顾寓湖乡，故不相识云。翼晨各放舟至省垣，虽试事促促，仍不时见。及席帽归，遂不复相通。

君素负澄清志，会朝廷预备立宪，君谓宪政根于民治，民智敝塞，其

417

何以达政体，称德意。乃著论，榜通衢，遍晓之。三十三年（1907），挈家归王家营。翼年，里业上海法政讲习所，奔走宪政于大江以南。客沪既久，慨外权日逼，而乡里瞢然罔觉，自署伤心客，幡然有尽力桑梓之意。归就族父旭初先生谋，于王家营设宣讲所、阅报社，创蔚文小学。宣统元年（1909），任江宁咨议局司选员。己复以饥驱，拓笔为人管记，所至为府主重。三年（1911）九月，北洋驻浦十三协溃变，毁清河县治，乡曲豪民。恣肆掠夺，人情惶惑。逮乱兵去，都人士谋善后，立保安公所，推君及冯先生仲丹、李君互生主其事，抚绥式遏，人以复安。清廷逊位，复为江苏民政司选举科员，往来清河、安东、桃源诸邑，于选政批邹导窍，解划胶结，事克举，而溽暑遄征，遂缨下利，卒以不起。降才不竟其用，天道可知已！

　　君天性纯挚，与人交有肝胆。壬子（1912）春，清江设浦惠粥厂，食饿者。君谋于主者，为分厂王家营，仓卒成事，阑盾未集，有被躏死者，君投床大痛，谓己害之也。他若卖耕牛经纪友人之丧，捐重赀以成后进之学，皆挽近所难。君逝二十年，孤震南客授扬州，寓书于穋曰："先君弃养，久而铭幽之文未具，生平交游不广，震南尤不敢以浼非素习之当代闻人。顷谋举先严慈双柩合葬。先生知先君者，倘哀而志之以垂于后，感且不朽。"简牍稠叠，情词恳恻。呜呼！穋任铭君乎哉！犹忆戊申（1908）岁首，从先叔父温叟公宿旭初先生许酒酣纵谈时事，君慷慨论列，意气激扬。既篝灯为君草蔚文小学章程，至午夜始罢。质明，迫事先返，不告行。君科跣被裘迫送至盐河渡，依依郑重而别。穋性拙讷，而君伉爽，所赋似迕，不自解其何以有合于君也。今宇内糜沸，视二十年前，每下愈况。更安得君篝灯夜话，上下其议论耶？君之没也，里人追悼之，不期而会者数百人。穋仅以一联寄哀，葬又未与执绋，耿耿至今。则震南之请，其又忍违乎！

　　君生光绪二年（1876）七月二十四日，卒民国二年（1913）三月十七日，年三十有八。讳锦睦，友伯其字，邑诸生。先世籍桐城，清初有讳世杰者，移家南清河之王家营，是为君迁淮始祖。曾祖讳兆鳞，妣氏刘。祖讳彬，妣氏王。考讳耀堂，妣氏李张。君为张孺人出。张孺人守节训子，懿行载县志。配丁孺人，同邑丁翰周先生女。有妇德，君没，诸孤尚幼，教之成立，后君十三年卒。子三，长即震南，幼嗣为叔父堮后。次震洋、震藩。孙四，女孙四。震南沈毅英爽，能读父书，殚心著述。余之交震南，若圆方之

有陈群也。铭曰:

宪政汪洋渐世界,行失其道乃致败。君用未竟毋叹喟,小试于乡足自快。我苦拙讷君骏迈,引为一气比沆瀣。铭君行谊下君拜,双牟同奠永勿坏。

出处: 本文原载民国二十五年(1936)《苏北日报》副刊《学林》第四期,转引自台北市淮阴县同乡会编《淮阴文献》(第三辑)。
注释: 张公友伯系张震南煦侯先生之尊翁。

鲁通甫先生像赞

六代风靡,逮韩而昌。先生之文,备美阳刚。汉魏迹□,李杜与唐;先生之诗,障川挽狂。郑虔三绝,褒自明皇;先生书画,孰抗颜行。声华虽闭,光焰其长。敬瞻遗像,寐寤羹墙。辛未大冬,姻后学吴其萃署首并制赞。

出处: 陈畏人、汪澄伯《淮山六君子遗像图卷》。

《艺菊卮言》序

余少嗜菊,种之且数十年,而于分移之候,接扦之方,土壤之宜,粪肥灌溉之节,芒乎未之审。故往往获有佳种,入手即失其故态,且不旋踵而蔫萎断绝焉,心惜之而无如何。赵丈玟叔,居盐河之滨,艺菊盖三世矣,至于丈而益精。每值重阳时节,偶一过从,见其高者、下者、倚者、立者、蹲者、峙者、翔若飞鸟者、淡若幽人者,各极其势、尽其态,光色焜耀,粲若列锦,辄叹观止。常欲就丈,访具术,每促促鲜暇以为恨。今年夏,丈以微疾,遽捐馆舍。将葬,嗣君守之等,拟以丈所著《艺菊卮言》排印遍赠知好。属为校字,受而读之,为章二十有六,自培根以至放花,凡分移之候,接扦之方,土壤之宜,粪肥灌溉之节,曩所憾为未审者,无不于是乎遇之。信乎! 丈三世法乳,独探妙缔,非寻常一知半解者所可望也。夫物之不齐,物之情也,宁止菊为然? 推诸天下之事事物物,亦何独不然? 柳子厚传郭橐驼曰:"能顺木之天,以致其性。"丈之于菊,盖深得斯旨焉。惜乎蓬门终老,未见设施于世,不然充斯述也,举而措之天下,岂有异哉! 独忘其垂老播越，故园久荒，数十年瘰瘵求之而不得者，一旦得之，卒不克一试其□□，感慨为何如也。

民国二十二年（1933）癸酉秋七月，姻世愚侄吴其梌拜题于淮安寓斋。

出处：赵玟叔《艺菊卮言》（卷首），民国二十二年（1933）铅印本。

陈福咸

陈福咸，生卒年不详。字夔生，淮阴人。早年留学日本，学成归里创办教育会，办理省议会及县议会选举，后供职交通铁道部，办理交通要政，成绩攸懋。著有《路史》《毛诗笺注》《周礼义疏》《樗庵类稿》等。

性　说

性者，天之命也，自天之所赋万物言之谓之命，以人物所禀受于天言之谓之性。故子思曰："天命之谓性。"是性也者，凡人所与人生以俱生者也，人之受命于天同也。则人有此性同也。性中具有五常之道，亦莫不同也。至喜怒哀惧爱恶欲之发生，皆情之所为也。非性之过也。凡世人因情欲循环交相攻伐不能保其天性，有终身匿焉而不能复睹其性者，惟圣人者虽有情不纵情，寂然不动广大清明，终身循之而不惑，故能尽性命之道也。夫性亦难言之矣。孔子罕言性，惟言性相近也，习相远也。推其始之相近者，谓之性则天赋于人初未有善恶之分，及化于习而后有善恶，此为言性者探本之论。嗣后言性者，学说纷歧，约而言之，有五说焉：一为性善说，二为性恶说，三为性有善有恶说，四为性无善无不善说，五为性有三品说。试列举之：

何谓性善说？孟子曰：人性之善犹水之就下也，人无有不善，水无有不下。且无恻隐之心，非人也；无羞恶之心，非人也；无辞让之心，非人也；无是非之心，非人也。恻隐之心，仁也。羞恶之心，义也。辞让之心，礼也。是非之心，智也。此四德为人性所固有，可为人性善之证。其后，程明道谓生之谓性。性即气，气即性。万物莫不受气，莫不有性。人为万物之灵，以其所受之性善于万物也。陆象山谓人受天地之中以生其本心，无有不善，故告学者谓汝耳自聪目自明。事父母能孝，事兄能悌，不必他求，在乎自立，此皆言性善者也。

何谓性恶说？荀子曰：人之性恶。其善者伪也。今人之性生而有好利焉，顺是故残贼生而忠信亡焉。生而有耳目之欲，有好声色焉，顺是故淫乱生而礼义文理亡焉。若从人之性，顺人之情，必出于争夺，合于犯分乱理而归于暴。古者圣人之性恶必待师法然后正得礼义然后治，故为之起礼义制，法度以矫饰，人之性情而正之，使皆出于治，合于道者也。今之人化师法道礼义者为君子，纵性情违礼义者为小人，用此观之，性恶明矣。其善者伪也。此为性恶者也。

何谓性有善有恶说？世硕曰人性有善有恶。举人善性养而致之则善长，恶性养而致之则恶长。如此则性情各有阴阳善恶，惟在所养，故世子作养书一篇。宓子贱、漆雕开、公孙尼子之徒所论性情与世子相出入，皆言性有善有恶。后王充本世子之说而细绎之则有三义焉：（一）人之生也，其性固定，或受善性，或受恶性；（二）性既善矣，益养其善则善长，性既恶矣，益养其恶则恶长；（三）性善可养之，使移入于恶，恶性亦可养之，使移入于善。更申言之则受善性者有时可为恶，受恶性者有时可为善，是在所养。善养之而善，恶养之而恶。固养也善养之而恶，恶养之而善，亦养也。此皆言性有善有恶者也。

何谓性无善无不善说？告子曰：性无善无不善也。又曰性犹湍水，决诸东方则东流，决诸西方则西流，人性之无分于善不善，犹水之无分于东西也。又曰性犹杞柳也，仁义犹杯棬也，以人性为仁义犹以杞柳为杯棬也。综其所说，皆谓人性可以力变化就其可能，性言之谓可东可西，可善可恶，要其归，可谓之无善无不善也。后杨子雲则有人性善恶混说，盖谓性不可不修，故学也者，所以修其性者也，修其善则为善人，修其恶则为恶人。是与告子之说相类。苏子瞻更申论之谓善恶之说为性所本无，太古之初，未有善恶之说，惟天下之所同安者，圣人指以为善，而一人之所独乐者则名为恶，是以有善恶之辨，此皆言性无善无不善者也。

何谓性有三品说？荀悦本孔子之说创为性有三品说，盖人之性惟上智与下愚不移其中，则人事存焉耳。至韩退之则言之较详，其言曰性之品有上中下三者，上焉者善而已矣，中焉者可导而上下也，下焉者恶而已矣。且上之性就学而愈明，下之性畏威而寡罪，故上焉者可教，而下焉者亦非不可制也。此皆言性有三品者也。

综观各说，各有其偏，非论性之本原也。然则如之何而后可？惟宋儒言性之说为独得其要旨。张横渠发明人有天地之性与气质之性说。程伊川言性则性气并论。性说渐觉精密。至朱晦庵则更光大之性说，始为完备。谓有天地之性，有气质之性。夫天地之性则太极本然之妙，万殊之一本也；气质之性则二气交运而生一本而万殊也。天地之性专指理而言，气质之性则以理与气杂而言之。故天命之所赋与万物而纯粹至上者，是为天地之性无不善也。气聚成形其气质有纯驳偏正之异者，是为气质之性，有善有恶也，若能变化其气质则天地之性不失其初而复于本然之善矣。论性不论气，议论不备。论气不论性，意义不明。自气质之性说成立而后，言性始完备。孟子言性善，仅言其本原，未言及气质义理不明诸子言性恶与善恶混，更不得要领。惟宋儒天地之性与气质之性说与孔子性相近习相远之说颇有契合而义理显明实有功于圣门，有裨于后学，若气质之性说早经发明，则安有各家学说之纷争耶？

出处：陈福咸《樗庵类稿》，1944 年自印本。

先曾祖芝庭公事略

吾家于清初在清江浦办理河务，后遂家焉。二百余年，递传七世，均以诗书传家。高祖豫林公笃学穷经，蜚声庠序，著《求定轩文集》，县志有传。公生四子，曾祖芝庭公，行列第三，原讳元煏，后改讳嘉幹，字樨林，号芝庭。生而识字，似居易之夐聪；幼即能文，比王勃之敏颖。群书无所不窥，艺事咸称卓绝，尤能善择益友相与切磋，使所学登峰造极。故公之文学、朴学、艺术及军功政绩无不盛极一时。公之文章秉承家学，更求精进。探源左国，绍法龙门。于古朴之中茂纵横之气，波澜壮阔殊不亚老泉、东坡之豪迈。桐城派古文家梅伯言：鲁通甫乱后流寓袁浦，公与之游，互相砥砺，日有进步。迨后，仕于浙，仍与薛慰农太史、秦淡如都转迭相唱和，播誉文坛。著有《春晖堂诗文稿》。以捻匪陷清江浦，致都遗失。今惟清河县学宫籥舞碑文尚存，此公之文学可钦者也。公平素博览经籍，长于考证，于小学及十三经之奥旨悉心探讨，了如指掌。阎百诗曾寓淮安，公潜心探讨阎之遗著《毛诗说》《丧服翼注》等书，服膺日久。于《诗经》《礼记》尤有心得，曾著《毛诗笺注》，质之山阳朴学家丁俭卿，钦佩无既。又著《周礼义疏》，考据精确。遗稿因捻乱遗失，当时阮文达公极推重公之博学。阮拟编辑经籍纂诂《十三经校勘记》，常与公商榷义旨，虚心采纳。此公之朴学可考者也。公之书法少时得力颜、柳，已卓尔不群。中年得米之雄健、董之峻整，极似张得天而遒劲过之。公与何子贞太史相契，何之书法，会通篆分，自成一体，名满天下，独钦公之书法，谓公之书"风骨高峻，为渠所不及。清淮人士得其片楮寸缣宝而藏之"。杭之西湖、淮之雷神殿等处各存联一副。家中存手书屏联数桢，木刻匾额对联数副。公之绘事宗法南田，笔致超逸，气韵生动，足与青藤白阳并驾。惜不常作。外间流传绝少，家中仅存博古图六幅，着色葫芦一幅耳。此公之艺术可传者也。公素能文，弱冠游庠，嗣应乡试，屡以额满见遗，遂无意科举。由誊录议叙以通判候选，嗣由河工保案以直隶州知州选用。

先是，李文忠公未遇时，与公以道义相交，联床风雨，谊若同胞。同治元年（1862），李署在苏，抚在沪练兵，首聘公帮办军务，公为之划策，创议利用洋兵收常胜军，隶属麾下，以壮声势。故甫出师，即克复奉贤，后因檄洋兵援嘉定而遁归令华尔守青浦而弃城走，公知洋兵不可过恃。又建议添购新械，扩充淮军，练成劲旅，乃先功浦东，以次克复南汇、川沙、金山等县，更率军西进击败谭绍洸军，连克清浦、嘉定、昆山各县，淞沪肃清案内，公保升知府。二年（1863）七月，拟规复苏常，时李秀成拥众势盛，不可轻进。公建议分军四路并进，以牵制敌势，并多方设间以分散敌众。后因击败各路援军攻破外围石磊，并招降其守将八人，苏州始告克复。旋于十一月克复无锡。三年（1864）四月，克复常州。适是时，曾军克复江宁，江南肃清案内。公保以道员选用并加二品顶戴，赏戴花翎。此公之军功可铭者也。

公生平留心掌故，通达治体，条陈时事，有独到之处。河道法可庵、河督杨至堂、漕督吴仲宣遇有兴革政事，辄谘询于公，经核定而后施行。同治四年（1865），浙闽总督兼浙江巡抚左文襄公奏调公至浙省任用，乃以道员留浙补用。是时，浙省经大乱后，人物凋敝，公办善后局务，抚字心劳。杭、嘉、湖三府赋额太重，甫经奏准，核减赋额。公悉心厘定章则，蠲除苛细，俾民得实惠。嗣办理浙省营务处，公以外患渐殷，浙当其冲，因巡视宁波镇海口，筹筑招宝山等处新式炮台，添购大炮以资防守。又自抚标挑选精兵教练新式操，以次及各镇标兵更番训练，俾成精兵。旋督办海塘工程，向来浙省官吏视海塘工为利薮，旋修旋坏，岁费不赀。公视事后，事必躬亲，不假手于胥吏，每日亲自督工，不旋踵而工竣。工费较历年为省，而料实工坚，经久不坏。迄今浙民犹称颂不置。此公之政绩可颂者也。

尤可记者，性敦友，于品行方严，人咸爱而畏之。吾家居清江浦已八世，咸丰十年（1860），捻匪陷袁浦，居室被毁，财产荡然无存。公率全家迁居淮安，全眷均同居一门，合计数十口，悉由公一人负担，始终无间言。公教育子弟，督率甚严。教授时文外，兼攻古文，旁及经史百家，均须博览，不论子或侄偶有懈怠辄加严责不贷。家人罔不惮服，咸努力向学，克自树立。后仕浙省与杨石泉中丞议论政事，每直言不避嫌怨，杨中丞因是器重公，将畀以重任，不意公在李军积劳体亏，至浙省地处卑湿致生疾病，即请假回籍医治，兼程遄归，不及抵里竟卒于扬州途次。

呜呼痛哉！是时为同治十年（1871）十一月十五日，嗣后六年，福咸始生，不及见公，每聆家人传述公之言行，辄志之不敢忘。窃恐年代久远，先人之懿行将湮没不彰，特于从政之暇笔录于册以垂示后世，倘今之史家采录及之，岂特私人之幸哉！

出处： 陈福咸《樗庵类稿》，1944 年自印本。

任君关东事略

万物之为物，众人之为人，浑浑噩噩，与世浮沉。人固不见其稍异也，独有一豪杰之士出则显见其不同焉。盖所谓豪杰之士者，生而具天授之才能，秉超世之器识，且辅以坚忍之气节，故其所行，如水之就下，沛然莫之能御。然则其人之才识气节，非有大过人者，能如是乎？

任君关东，原名宗汉，字楚池，江苏泰县人。幼失恃，长失怙，鲤庭缺训，君乃立雪侯门，虔心向学。倚马成文，韩潮苏海。弱冠游庠，文坛驰誉。家本富有，养尊处优，宜无远志。然君不惮跋涉，负笈东瀛，专攻工学，志向民权，遂入同盟会，以其优良文学广事宣传。此君之才学过人者。

既而学成归国，不求仕进，鼓吹革命，舌敝身瘅。辛亥（1911），武汉起义，奔走忘家。民国成立，孙大总统拟畀以交通要职，力辞不就。仅任总统府秘书，草创经营，规模宏远。此君之识见过人者。

丙辰（1916），曾搏九为交通部路政司长，聘君主任，编辑《铁路法规》。君悉心厘订，灿然具备。迨法规告成，君调路政司任事。原拟派在考工科，但君志愿在调查科，因该科主编各项法规，可驾轻就熟。壬戌（1922），军阀当道，以不学无术者长。交通视部员如土芥，君毅然弃职归隐。此君之气节过人者。

余留学日本，始识荆时，即知其为非常人。迨供职交通部，与君为同僚，朝夕过从，谊若元白。见君所治古文，义理、考据、词章，三者俱佳，洵不愧为桐城派古文。又见所作小品文字，亦臻上乘，可媲美于施耐庵，诚有如君所云"文章须令人不能增损一字"者也。又谓铁路工程，如建筑桥梁须以极新学理设计，又须极合经济。是知君所学确有心得也。惟君抱负长才，且具实学，任总统府秘书不久，未克大展经纶。嗣仕交通部，因风格严峻，落落寡合，故未能显达。同学有以夤缘得任铁路局长者，君辄漠然视之，不愿屈节求荣，且君因历年从事革命，鞠躬尽瘁，致营养久亏，不幸于强仕之年竟捐馆舍，得子甚迟，君逝时尚在襁抱中。余久服膺君之才识，又钦其一身出处，临大节而不苟，有非常人所能及者，可不谓为今之豪杰之士欤！

出处：陈福咸《樗庵类稿》，1944 年自印本。

先妣杨太夫人行状

先妣姓杨氏，原籍无锡，讳志温，字幼梅。无锡为人才渊薮，杨氏为锡山望族。故先妣生而敏慧，秉性静淑夙娴，内则兼工诗词。清光绪甲戌（1874）来归后，先曾祖妣暨先祖妣咸称其贤淑。丁丑（1877），福咸生。辛巳（1881），三弟福震生。先严心葵公幼年颇负文誉，嗣得心疾，屡医不瘳，故咸等之养育教诲悉由先妣担任之。吾家自先曾祖芝庭公、先祖仲京公两世宦浙以来，足堪温饱，不幸先曾祖暨先祖于同治末年相继逝世，先严又以心疾不能治生产，家道中落。先妣乃典质簪珥，料量盐米，精选甘旨，以奉姑嫜。又谋诸舅氏，分得果饵，归餔孩提，均得果腹。是则先妣之精心筹画者也。

迨咸等稍长，礼聘名师教授，课罢归家，亲督温习，灯火荧荧，每至夜分，故咸弱冠幸青一衿。

戊戌（1898）政变以来，先妣知必须习新学方能自立，乃命福咸入江南高等学堂肄业。旋该校改为格致书院。他人有辍学者，先妣饬咸继续肄业。甲辰（1904），庶政革新，先妣知必须留学外国方能应用，立命福咸赴日本学铁道；又命福震入京师师范学堂肄业，是则先妣之卓识审定者也。

嗣后，福咸服官交通部，福震亦就职金融界。乃以板舆迎至北京，朵颐奉养，绕膝承欢，藉以稍慰昔年之茹苦。然先妣性甘淡泊，不事奢华，每见物力艰难，常戒咸等谓："汝等幸叨俸禄，宜力事节俭，为国家培养元气。"京师各娱乐场所，从未涉足其间。平素惟以一卷自遣，间涉吟咏，乃将其平生所著诗词请舅氏杨筱荔太守详加厘订，汇编为《绿蕚轩集》，付诸剞劂。戊辰（1928），政府南迁，福咸、福震先后南下，先妣在北京偶患微恙，以年高气衰，竟致不起，咸等未获亲视含殓，抱恨终身。

呜呼痛哉！窃思先妣之才学贤德诚有足述者，擅长吟咏，著有专集，是其才可比咏絮之道韫也。篝灯课读，教子成名，是其学可侪下帷之韦母也。遣婢卖珠，躬勤养姑，是其贤可媲乐羊子妻也。操秉忧勤，不耽安乐，是其德可继谯国夫人也。兹于追远之余，摭拾大略录之简册以备輶轩之采录焉。俾他日光昭彤史，岂不懿欤！

出处：陈福咸《樗庵类稿》，1944 年自印本。

代熊秉三等拟赢生行状

陈君赢生讳福颐，籍隶江苏淮阴，其曾祖芝庭观察，祖仲京明府，父纲珊大令，三世宦浙，聿著政绩，母秦氏为秦淡如都转孙女。光绪庚辰（1880），君诞于两浙盐运使署中，北人生于南方，秉赋异于群众，何晏明慧若神，杨修夙聪天授。顾欢六龄，即知作赋；王褒七岁，便善能文。故弱冠应试以文元入学。戊戌（1898）变政，学校初兴，江南创办高等学堂，分县招收英俊学子。彼时，江北风气闭塞，群莫敢应。君毅然入校受课。未几，该校改为江南格致书院，君继续肄业。试必前茅，卒因优异，保送日本留学，毕业于东京高等商业学校。因才干优长，迭膺留学生同学会干事暨会长。留日学生监督处监察员江督端午桥创设高等商业学堂。彼时，江南商科人才，惟君一人。江督乃畀君以创办该校之任。经营伊始，筹划校址、撰拟规章、审定课程，设高等预科为商业本科之预备。另设银行、税关、保险各专科为急速应用之计，嗣将原有中等商业学堂归并该校，改名为江南高中两等商业学堂，先后毕业者数百人，遍布各省财务机关。迄今金融界领袖多为其门人。

吁！何其盛哉！迨君通籍后，服务交通、财政两界，卓著政绩，试历举之：

宣统元年（1909），邮传部尚书沈雨人奏调到部办事。二年（1910），应留学生考试赏给商科举人，以主事分邮传部，任用君稽核铁路财政，有条不紊。如主持款项处之财务，查核铁路总局之账务，查办京张铁路之建设报销，接收川汉铁路之收归国有，莫不条分缕析，纲举目张。辛亥（1911），民国成立，北京组织临时政府交通总长朱桂辛荐任君为佥事。旋任会计科科长。是时，路、电、邮、航四政会计由各司分办，会计科难以统辖一切。朱总长乃设立经理司，简任君为司长。君悉心筹划遴荐。交通界时誉为各科科长，后皆为司长或处长，蜚声路界。当时经理司为人材荟萃之所，故其成绩为独多。

十三年（1924），交通总长叶玉甫复任君为航政司司长兼总务厅厅长。彼时，政变迭起，财政紊乱，君创议设整理财政委员会，从事清理开源节流，勉渡难关。此为君发展交通之成绩也。

六年（1917），中交钞停兑，市面不安，财政总长周子廙任君为北京平市官钱局监督，乃发行铜元钞调剂市面，群称便利。添设天津、济南、徐州等处分局，救济各处金融。

七年（1918），梁燕孙总理以君专攻银行，学有心得，任君为交通银行总管，理处总文书，筹议改良政策。君建议国家银行必须确定会计制度，因荐谢君霖甫为总会计，改良交行簿记为速成簿记人材起见，召集各分行司账员来京训练。迨各员熟习后，始饬各分行一律改用新式簿记。又为养成永久银行人材起见，由交通银行设立通才商业专门学校，君为校长，先后毕业者在交行及各银行任事，均胜任愉快。

十年（1921），交行改选，君当选为协理，后任常务董事。十余年筹划金融，计议革新，莫不因应咸宜。迨政府南迁，君乃谢绝政治，以其余暇经营商业。如中法储蓄会、中华铁路车辆公司、农商银行等，经君管理均业务发达，故日有进步。此为君筹划财政之效果也。且君生平性情和蔼，廉洁自持，一生经理款项动辄百数十万，独能不事生产，家无担石之储，惟对于救灾恤孤等不稍吝惜。如淮安水灾、淮安孤儿院，捐助以巨万计，又历年资助亲友之困乏者，数亦甚巨。迄今乡人亲友一言及君，莫不同声颂德。孔子曰："古之遗爱也。"其君之谓欤！

君向来办事干练，勇于负责，每遇一事件，必尽心竭力以赴之。用是，精力消耗，形神交瘁。因偶患微恙，不数日，竟致不起。当易箦时，尚谆嘱其侄光华笔录农商银行应办之事件。而无一语及家事。是真直道而行者，求诸今之世，岂易觏哉？君生于光绪六年（1880）八月十七日丑时，故于民国二十六年（1937）一月三十日亥时。卜葬长安公墓。配王氏，女三：慧珍、慧琨、慧理。希龄等与君知交有素，或曾同学校，特举君生平事略，笔之于篇，以备大雅君子锡以铭诔，或录诸史乘。则幸甚矣。

出处： 陈福咸《樗庵类稿》，1944 年自印本。

代张咏霓等拟石逸叔祖七十寿文

洪泽渊深，知淮流之源远；龟山奇特，启江北之文明。韩信台高，是豪杰挺生之地；枚皋宅古，为文人荟萃之邦。故祥协凤占，星辉龙聚。读孔璋飞檄，群夸经国宏文；卧元龙高楼，展布济时伟略。则有颍川望族，袁浦世家。承仲举之家声，代生显者；溯太邱之世系，象聚贤人。如陈豫林明经，独擅文章，名驰坛坫（著有《求定轩文集》）；暨芝庭观察，凤谐韬略，勋炳旗常（曾佐李文忠公勘定苏松）。而石逸先生为芝庭公少子，承燕翼之谋，笃象贤之念。诞生七月，能识"之无"。试令一啼，便知英物。德舆三岁，即知协韵之端；王勃六龄，了解属文之法。友于成性，敢燃子建之萁；孝顺至诚，早怀陆郎之橘。是知司马迁之文学，悉本家传；杨德祖之睿聪，信由天授。迨夫候门听讲，升屋趋光。寝食于青毡之上，居诸于黄卷之中。腹蕴珠玑，江淹笔生光彩；胸罗经史，左思纸贵洛阳。弱冠采芹，发轫鹏程之始；壮年攀桂，题名雁塔之巅。遂乃出其绪余，教育后进。问字之酒频来，束脩之羊又至。广栽桃李，春生马帐之风；培植菁莪，寒立程门之雪。或则学富五车，业蜚声于军政（华兰生少将、江琴孙上校均服务军界）；更喜人联双璧，并懋绩于交通（夔生部郎、嬴生司长均供职交通部）。

时适新政勃兴，宪章待布。中央召集参政员，各省创设谘议局。议员当选，代黎庶而建言；舆论宜尊，为梓乡谋福利。孔文举论惊四座，传北海之令名；诸葛公舌战群儒，孚江东之雅望。既而谋参帷幄，治佐簿书。作将军之掏客，为方伯之嘉宾。效毛遂之脱囊，牛刀小试；慕邹生之入幕，前箸借筹。

教育新兴，树人才于十年以上；疮痍待抚，奠邦基于元载之初。于是鹗荐频登，鹓斑早列。听鼓于荆楚旧邦，从政于汉江流域。初征关榷，慕元赏之宽和；继任牧民，行文翁之德化。当阳县僻，抚字为劳。长坂坡荒，崔科渐废。龚遂守渤海，化盗贼为驯良；黄霸抚颍川，用温和治讼狱。爱如父母，继杜诗泽被南阳；颂起舆人，比子产恩周新郑。

未几，调任松，滋境邻扬子，水决金堤，民众流离可悯；波横赤地，守官拯救为劳。寻源导流，效原吉治河之法；筑堤束浏，本靳辅疏水之方。从此溃无蚁穴，似白公疏柳之堤；居然亘若虹晴，如谢傅甘棠之埭。沟洫通则农事兴，仰信臣之治绩；河渠成而民安乐，嘉王景之丰功。

不意政潮迭起，军阀渐兴。叹豺狼之当道，羡鸿鹄之高飞。决意挂冠，言辞鄂渚。旋登荐牍，踪返金陵。命守奉贤，古称娄国。邱窑筑堰既成，田地始无斥卤。贻范治河告竣，编氓方获耕。耘耒耜而垦田筹，如任延之治交趾；兴蚕桑并修庠序，效卫飒之守桂阳。

斯时，北伐军兴，荡平百越。东征战捷，勘定三吴。士庶有地方之观念，人民标自治之模型。乃揖让为怀，以治权还诸民众；且清廉自矢，将库存献于中央。印绶弃如敝屣，高风窃比陶潜。宦囊惟有一琴，廉洁何殊赵抃。

嗣后，性懒折腰，事防画足。秋风起蓴菜之思，暮景想林泉之乐。投簪脱绣，恐三径之就荒；解组归田，卜广陵之小筑。之推谦不言功，藏深山谷；范蠡遽然远引，游遍江湖。管幼安专讲诗书，潜心竹简；徐孺子惟知稼穑，闲话桑麻。今者月刚建，未期届生申。当天贶节，后一日，为古稀揽揆，嘉辰榴火；初微时，适悬弧令旦，荷香乍送。群歌祝嘏，新诗辛鹿仙，任意遨游。允登大耋林大理。生平旷达，克享遐龄；矍铄精神，孔光末操。夫赐杖耆英，聚会香山。可画于屏风。献琼岛甘瓜，尽当年袍泽；进玉门仙枣，悉后辈莪莘。看此时，画锦堂前，嘉客趋跄冠盖；愿他日，霓裳咏里，群仙庆祝期颐。

出处： 陈福咸《楞庵类稿》，1944 年自印本。

王彩岑

王彩岑，民国时期三棵树乡董，生卒年和生平事迹不详。

三棵树缘起及历年陈迹

　　未迁之先，始祖已于此地购田二百余亩，次年又购八十余亩，徙家居此，招佃耕种。一片荒原，不三载已成一大村落，村东有杨柳三株，树虽不巨，阴浓如幄，先人植之，似有三槐遗意。老仆朱成于柳下借营副业，始设茶肆，继又附带酒食，地当南北通衢，东西孔道，往来过客无不停车，借绿阴休息，生意日兴，居人日多，始而卖零星杂物，继而卖布帛菽粟，不二载，已麇集八十余家，宛然一小镇市。二世祖灏公游庠后，始祖甫有兴集思想，邀附近绅耆，商定名称，佥云柳下茶肆为发祥起点，当以为名，遂定名曰三棵树，年湮日久，树虽飘零，基地犹在，大东门内，朱成后裔，迄今尚有数家，此三棵树之缘起，皆顺治年间事也。

　　至于陈迹，大西门内有福缘草庵，门外旗竿，本质黝黑，表层剥落，细则削已甚，崛立不摇，远近皆呼之曰铁旗竿。咸丰丁巳（1857），伯祖曦公，改建福缘庵大殿为瓦，添东厢三楹，上匾曰"慈航普渡"；同时，在庵西又建瓦宗祠三间，下匾曰"庆衍云初"；南门外建砖桥一座，三者皆伯祖一人手也。三棵树有市无圩，咸丰初，捻匪频来，商民恐慌，十之二三迁入义仁圩营业。先府君与堂叔九江、九川公恐人心涣散，遂急与吴绅鲁詹磋商筑圩以安人心，而御匪乱，不半载而告成，商民复安，此又先府君及两堂叔之力也。民初，宗祠改为竞进小学，福缘庵改为市公所，房舍不数，迁神像于圩北草庵，庵中原供有刘真君世勋像，祷雨最灵，农民奉之维谨。一并迁往，公所房舍，仍嫌不足。市董王蔚德等，募捐五百千，嘱彩岑建筑，又添前面八间，东三间，后二间，款尚短二百千有奇，尽归彩岑担负。公所迁渔，又办完小，常费不足，校长王君伯清纯尽义务，一年有奇，亩捐收，始改县立。二十八年（1939）夏，前后草房都付焚如，止剩东西瓦校室六间而已。至三十一年（1942）秋，又被倭军建筑碉楼拆毁净尽，此三棵树经过之事实也。

民国三十七年（1948），王彩岑附记。

出处：王廷相主修《江苏淮阴三槐堂王氏族谱》，民国十八年（1929）抄本。

滑田友

滑田友（1901—1986），原名庭友，字舜卿，淮阴人。1924年毕业于江苏省第六师范，先后在宿迁县第一小学和高邮县第一小学任教。1933年，随徐悲鸿赴法学习美术。1936年，其雕塑作品《沉思》获得巴黎春季艺术沙龙美展铜奖。1947年，受徐悲鸿之邀回国。新中国成立后，任中央美术学院雕塑系教授兼系主任。作品有《沉思》《轰炸》《人民英雄纪念碑——五四运动浮雕》《毛主席胸像》等。

我学雕刻的经过

我是江苏淮阴人，生于渔沟镇之农人家，素寒，八岁读四书五经，十二始得入学校，一九二四年毕业于当地省立第六师范美术科后，每以未能升学，郁郁不得志，一日临流自悲，见上游有瓜皮之顺流而下者，被阻于横流之桥船，辗转多时，后方得从两船隙间复下，因晤忍耐乃成功之珍宝，顿释忧虑，而去为小教师者数年，恒于休息时执画笔作画不辍，假期又必来上海新华艺专暑期学校研究素描，直至其研究系为止。

一九三○年冬，为取乐小儿而刻一木兔，颇生动，因即为该孩作像，五日间神态毕肖，大乐，当以开学期临，忽携赴任所，诸同事咸来聚观，劝寄照片与国内名艺术家品评，于是遂寄徐悲鸿先生，不想复信既来，悲鸿先生大为赞赏，约于春假间赴京面谈，谈后劝更加努力，并允必为设法赴法留学焉。

从此悲鸿先生逢人必道，凡其友好，无不识田友者，故不久之后，江小鹣先生特乘飞机进京邀悲鸿先生为之介绍，而利用暑假期助成其武汉两市之总理及主席铜像，于是于一九三○年夏间遂来上海，而开始专门雕塑之生活焉。小鹣事完后，复约继续，约同赴苏州东乡之角直镇共观杨惠之之塑，该塑年久失修，业由教育部保存委员会建屋保存，已聘上海之名塑工年七十余者正在修理，小鹣见其修而复折者已两三次，知其能力薄弱，故特约田友留用，监视三日后，田友亦知此等工人只能一块一块堆砌，而从未见原作之全体，将原作背景中之山石颠倒乱置，绝无恢复原状之可能，遂取委员会所印之原作照片，斗合成幅，归上海与小鹣同拟一稿呈核委员会，又复来角直将其所仅剩九块安入原处，其已被损坏者，则依图补之，此事至一九三二年秋间始完。其最重要之感想，即为将来应如何保存中国古物及技术？今日之塑佛工人，等于农妇泥墙，全无技术之可言，若从而勿道真正误事，而中国之大如杨惠之宝藏者随处而有，年久失修，终有一日同归于尽矣。故自此以后，赴法研究之心益急，不独希望研究技术，而对于保存方法亦渴欲探讨者也。当此事完工时，正值小鹣工作较少，庐山陈散原先生年已八十，悲鸿及其诸友约赴牯岭为其铸像，以为寿礼，成后随离沪赴京，至京后，悲鸿先生大喜曰：来得好，可以随我赴法矣。

到法后，从名雕塑家布夏先生学习雕塑，布师院派乃正宗，正确精到，田友于忠实研究之外，逐日访观各大博物院潜自观察，有一得即试，每将现代艺人之秘要，与前日曾在杨塑中之得互相比拟隐用于其研究所中，布师见地宽广，包容万象，不但不责我任意孤行，反而褒奖有加，故于入学之第二年即以第一名素描及第一名雕塑考得巴黎美校之正格生。一九三四年春，经济渐定，而先父适于是时逝世，又值悲鸿先生返国，留旅费谓不得已时尚可归国，然田友曾再三考虑，既随徐先生来，是曾以有能力者之名义而受其助，今先君既逝，可谓至悲，然归后亦徒见其墓耳。而有何面目见徐先生之左右？故决定至死不归，当日法国正值失业人成数百万，外人谋生，几等于梦想，于是极端节省，期以二百法郎为一月之开支，不知旅费之数有限，而生活之资常需，由二百省至一百，由一百而至五十，不数月，虽每法郎维持三日，冻馁之虞，决不能免矣，正穷之日，因房租无法支付，搬入较廉之所，比邻而居者，适为冼星海君，见面后快谈数日，相见恨晚，然遭逢于山穷水尽之时，其乐亦仅昙花一现耳。冼君乃小提琴家，刻苦坚毅，见其邻更穷，乃日出以其小提琴向人求乞，每晚却以二十法郎来曰：如何？你十个，我十个，此事使田友终生不能忘，而忆及却使人泪下沾襟者，其地下有灵，不知可知田友今已生归否？如此数日后，冼君知不能久持。遂于英国船中，得一洗菜位置而归。

一九三五年秋田友枯瘦萎苶几不能支持，一日访友，竟昏倒于地道车中，醒时忽有两人抚慰，则巴黎之警察也，相与车送医院休养至二十余日始出，当在医院之时，亦曾深加考虑，以为巴黎美术校，为研究者诚佳，然学生只为学生，何人知我之能力？如欲生存，非做较大作品不可，故出院后决访私立学院，而得儒礼昂学院，盖其模特儿可摆姿势一月，且上下午皆有工作，因商之该校长，请先入校，后付款，竟得欣允，遂开始工作焉。在未出医院时，校中之素描师马夏来先生已知田友穷，曾特亲往中国领事馆访林领事请其特别帮助，故此时生活亦较改善矣。在该学院三月后，所成者计等身之大雕刻二件，尼克罗斯师百般劝送一九三六年春季沙龙，于是遂得铜质奖章焉。是年适李石曾先生在巴黎，知田友穷而努力不辍，遂提议中法大学协会，给予官费三年，既得官费，因知其来之不易，每日自六时起身起，至晚十时止，无时不出入于雕塑室、画室、博物院、图书馆中，是故田友能于此中三年中，获得打定根基，皆李先生之力也。

一九三九年冬战事爆发，官费亦了，决计归，于友饯行席上，遇里昂中法大学校长潘季屏先生，因谈及三年来之最大憾事，即未能再做大雕刻耳，当时潘先生亦深为同情，临别问所须时间及经济几何？以须时四月，加以材料等用费，如能倍加其生活费则可对，当嘱稍待数日或可设法也，次日复见，则已为筹四月生活费用三千六百法郎，盖石曾先生适在巴黎该校亦世界社事业之一环。四月生活费仅能生活，而材料模特儿等费，尚无着落，实难办到，然亦勉允，冀或有其他机会也。工作开始后，因战争关系，材料渐少，生活亦贵，不两月，三千余法郎净尽矣。进退不得，盖雕塑乃鲜泥制成，中途而废，则全功尽弃矣。正踌躇间，接使馆通知，谓教育部旅费已到，可以归国矣。田友因思雕塑家者，雕塑乃其生命，归否在所不计，作品不可不成，因遂往使馆请求尽先拨旅费应用，结果作品成，旅费适尽，而德国人亦入侵巴黎矣。

一九四〇年秋，境况愈穷，又不得归，乃为人弄泥，以谋一饱，且工且读，直至一九四一年夏间，遂得沙龙银质奖章焉。既得银奖后，稍稍闻名，有名装饰家溥发者来聘合作，生活乃得小康，然艺人本色，穷苦乃其自然，凡有所得，皆积蓄于一小盒中，四月之后，得十余千法郎，心计以此又可做雕塑矣。故不半年间遂辞去，仍渡学生生活，开始《沉思》一作，四个月后作品成，而所蓄不但净尽，反倒欠十余千，只以又成一作，喜不自禁，又去做工，以偿宿欠耳。于一九四三年，竟得春季沙龙金奖焉。按此十数年来，历尽辛苦，能自持不堕者，实以心念及诸先进当日之热心助我，使我无一日能忘，一方以幼时曾读经史，每至最苦之时，却能忆书中至言，不特能助我解除苦闷，而于研究方式，实生助力不少。盖艺术一事，漫视之每以为不过依样葫芦，但欲精确深究，则自各有千秋，非通达事理，运筹帷幄不可。

自得金奖后，素描师马夏来先生曾相劝曰，足下之技能至此，已达院派之极峰，年轻有为，此后应一一将作品试送于其他沙龙陈列，以验其评论如何？然后抉择一派，忠实从事不可拘于一隅。田友此时亦以自己所欲知者，已可遂意所欲，且当日曾应用，用直杨塑之法，亦曾获校中诸师之赞许，此时设以此术再征新兴各派意见，岂不更得？于是决计停赴美校，而从罗丹之门徒戴士比俄游，戴氏年已七十有六，每不愿入学生之研究室，既见戴后，开口便谈韵脚，其指示起落响应，清晰爽快，可惜言之谆谆，听之渺渺，如对牛弹琴耳。盖青年学生，绝无了解其指导之能力也。既见田友，则大喜，此后每入，必先看田友作品，出室又必重观一次，故田友从之虽仅二年，而受益诚不少也。法国解放后，戴去，乃遍访名家威纳亥格、义蒙、夏尼俄、波阿宋等畅谈，义蒙开口便谈伟大度而细玩其旨，皆不出中国书法，足见西欧现代艺无不倾心于中艺也。

一九四六年以后，乃开始以中国题材，应用气韵生动之法作塑，于是年三月间曾完《恐怖》一作，而于六月陈列于赛吕舍中艺博物院中展览，大得该院院长之赞美，每见必贺者凡廿次。当开放之日，室为拥满，谓为少见。是作后复陈列于同年秋季沙龙，而竟得巴黎市美术总监之赏鉴，决意收为国有，而陈列于法国国立现代艺术博物院中。按素来惯例，凡外籍艺人来法展览，而被法政府之收买者，皆陈列于薛德波博物院（专陈列外人艺术者），而对于田友此作则承认为巴黎派中之一新兴派，故遂陈列于其现代博物院中。

一九四六年六月间又完成《农夫》一作，其寓意为少年中国者，却于是年十月，陈列于巴黎高等美术学之展览大厅中，按巴黎美校中学生之恶作剧，为世界有名，凡无相当之魄力而竟陈列于是校者，每于开幕以前，即遭撕毁或涂抹，以示不满，但此次展览正恰相反，不独大得其爱护，其被感动者，竟念念有忘返之概，而校长几至欢喜若狂，在开幕之日，笑容满面，校长竟拉来一有名教士为田友介绍曰：应当请此最有意趣之艺人为耶稣作负十字架之像，将来必满君意，而校中诸师长亦咸来奖励，哥蒙先生捏着三个指头，用斩决的口吻说：很多的灵魂，布夏说，这是我的学生！尼克罗斯亦云是我的学生！有一有名之眼医医士，以手抚作云我的朋友！有名批评家格孩拜勒曰：足下做崩崩之所未能。是作后又陈列于一九四七年之独立沙龙中，卒为该名医让去。

一九四七年三月《母爱》一作成，于是陈列于是年之春季沙龙中，系田友自一九四六年后所有展览于春季沙龙者，皆陈列于第一室之主要位置。而今年之陈列尤佳，待展览会后，该作几被抓破，盖该作为石膏而作铜色，观者于欣赏以后，却以手指试敲，一验其是否铜质。法人之好奇，诚不亚于我同胞也，该作当然又为艺术总监所见，立电田友预先约购，谓不可让给他人也。而做总理石像之郎都斯基先生，特来庆贺，曰此作较其他尤美，应继续努力焉。而妇女小孩竟围观弗忍遽去焉。

盖一九四六年以后所作皆为想象作品，不受模特儿之拘束，为所欲为，尽量发挥之品，他人从未之见也。又在此十五年间，与雕塑同时研究者，即为雕塑不可缺少之素描，其研究之日程，即为上午雕塑而下午必作素描，在一九三六以前其描法一宗画家，至一九三七年觉画家素描上之光暗与雕塑无多大重要，有时反觉废失事，乃由光暗描法而改进为以体型描，至一九四〇年觉所描仍为复杂，乃改用铅笔描而仅勾其轮廓，一九四四年以后，遂专用墨笔线条以书法之用笔作画，其素描作品之陈列展览者，自一九四四年起，其七分钟速写有《沉思》一作，曾陈列于是年之秋季沙龙，开幕之日，即被政府收买，自此之后，年年不辍，而巴黎市艺术总监每延请为巴黎名人作像以为纪念焉，又在此两正式研究事业之外，亦潜心考察关于古物保存之处施，曾亲入铸铜、翻石膏、鉴石、烧瓷、放大缩小等雕刻之附属工厂实习，而成一中国雕塑美术建设师，而于一九四七年呈教育部批准焉。

出处：世界出版协社主编，《世界月刊》民国三十六年（1947）第二卷第十二期。

注释：本文原题《勿失毋忘｜滑田友先生自述：我学雕刻的经过》。

淮阴文征

HUAIYIN
WENZHENG

下

徐业龙◎主编

中国文史出版社

图书在版编目（CIP）数据

淮阴文征：全二册／徐业龙主编. —北京：中国文史
出版社，2023.12
ISBN 978-7-5205-4203-6

Ⅰ.①淮⋯ Ⅱ.①徐⋯ Ⅲ.①中国文学 – 作品综合集 –
淮阴区 Ⅳ.①I218.534

中国国家版本馆 CIP 数据核字（2023）第 141079 号

责任编辑：王文运　　　　　　装帧设计：王　琳　程　跃

出版发行：中国文史出版社

社　　址：北京市海淀区西八里庄路 69 号　　邮编：100142
电　　话：010 – 81136606　81136602　81136603（发行部）
传　　真：010 – 81136655
印　　装：廊坊市海涛印刷有限公司
经　　销：全国新华书店
开　　本：787mm × 1092mm　1/16
印　　张：61.75
字　　数：976 千字
版　　次：2023 年 12 月北京第 1 版
印　　次：2023 年 12 月第 1 次印刷
定　　价：198.00 元（全二册）

文史版图书，版权所有，侵权必究。

文史版图书，印装错误可与发行部联系退换。

目　录

（下编）

下编

·汉·

刘 邦

> 刘邦（前256—前195），字季，沛县丰邑中阳里（今江苏丰县）人。出身农家，早年当过亭长，为人豁达大度，不事生产。秦时因释放刑徒而亡匿芒、砀山中。秦二世元年（前209）九月，在沛县聚众响应陈胜、吴广起义，称沛公，不久投奔项梁。秦亡后被封为汉王。楚汉战争中，得韩信辅佐打败项羽，成为西汉王朝的开国皇帝。

论 三 杰

帝置酒雒阳南宫。上曰："列侯、诸将毋敢隐朕，皆言其情。我所以有天下者何？项氏之所以失天下者何？"高起、王陵对曰："陛下使人攻城略地，因以与之，与天下同其利；项羽不然，有功者害之，贤者疑之，此所以失天下也。"上曰："公知其一，未知其二。夫运筹帷幄之中，决胜千里之外，吾不如子房（张良，字子房）；填国家，抚百姓，给饷馈（供给军饷），不绝粮道，吾不如萧何；连百万之众，战必胜，攻必取，吾不如韩信。三者皆人杰，吾能用之，此吾所以取天下者也。项羽有一范增而不用，此所以为我所禽也。"群臣说服。

出处：（汉）班固《汉书·高帝纪》（卷一下）。

注释： 刘邦对张良、萧何、韩信的这段评价，也被后人认可。从此以后，这三人便被誉为"兴汉三杰"。刘邦把张良、萧何与韩信相提并论当然有它的道理，因为决定战争胜负的基本因素是多方面的，缺了任何一个方面都不行。但是，军事力量必须用军事手段来摧毁，楚汉战争中真正起决定性作用的人物是韩信。

司马迁

> 司马迁（前 145 或前 135—前 87？），字子长，西汉夏阳（今陕西韩城）人。中国古代伟大的史学家、思想家、文学家，被后人尊称为"史圣"。以"究天人之际，通古今之变，成一家之言"的史识完成的《史记》，记载了从上古传说中的黄帝时期到汉武帝元狩元年（前 122），长达三千多年的历史，被鲁迅誉为"史家之绝唱，无韵之离骚"，对后世影响巨大。

淮阴侯列传

淮阴侯韩信者，淮阴人也。始为布衣时，贫无行，不得推择为吏，又不能治生商贾，常从人寄食饮，人多厌之者。常数从其下乡南昌亭长寄食，数月，亭长妻患之，乃晨炊蓐食。食时信往，不为具食。信亦知其意，怒，竟绝去。

信钓于城下，诸母漂，有一母见信饥，饭信，竟漂数十日。信喜，谓漂母曰："吾必有以重报母。"母怒曰："大丈夫不能自食，吾哀王孙而进食，岂望报乎！"

淮阴屠中少年有侮信者，曰："若虽长大，好带刀剑，中情怯耳。"众辱之曰："信能死，刺我；不能死，出我袴下。"于是信孰视之，俛出袴下，蒲伏。一市人皆笑信，以为怯。

及项梁渡淮，信杖剑从之，居戏下，无所知名。项梁败，又属项羽，羽以为郎中。数以策干项羽，羽不用。汉王之入蜀，信亡楚归汉，未得知名，为连敖。坐法当斩，其辈十三人皆已斩，次至信，信乃仰视，适见滕公，曰："上不欲就天下乎？何为斩壮士！"滕公奇其言，壮其貌，释而不斩。与语，大说之。言于上，上拜以为治粟都尉，上未之奇也。

信数与萧何语，何奇之。至南郑，诸将行道亡者数十人，信度何等已数言上，上不我用，即亡。何闻信亡，不及以闻，自追之。人有言上曰："丞相何亡。"上大怒，如失左右手。居一二日，何来谒上，上且怒且喜，骂何曰："若亡，何也？"何曰："臣不敢亡也，臣追亡者。"上曰："若所追者谁何?"曰:"韩信也。"上复骂曰:"诸将亡者以十数,公无所追;追信,诈也。"何曰:"诸将易得耳。至如信者,国士无双。王必欲长王汉中,无所事信;必欲急天下,非信无所与计事者。顾王策安所决耳。"王曰:"吾亦欲东耳,安能郁郁久居此乎?"何曰:"王计必欲东,能用信,信即留;不能用,信终亡耳。"王曰:"吾为公以为将。"何曰:"虽为将,信必不留。"王曰:"以为大将。"何曰:"幸甚。"于是王欲召信拜之。何曰:"王素慢无礼,今拜大将如呼小儿耳,此乃信所以去也。王必欲拜之,择良日,斋戒,设坛场,具礼,乃可耳。"王许之。诸将皆喜,人人各自以为得大将。至拜大将,乃韩信也,一军皆惊。

信拜礼毕,上坐。王曰:"丞相数言将军,将军何以教寡人计策?"信谢,因问王曰:"今东乡争权天下,岂非项王邪?"汉王曰:"然。"曰:"大王自料勇悍仁强孰与项王?"汉王默然良久,曰:"不如也。"信再拜贺曰:"惟信亦为大王不如也。然臣尝事之,请言项王之为人也。项王暗恶叱咤,千人皆废,然不能任属贤将,此特匹夫之勇耳。项王见人恭敬慈爱,言语呕呕,人有疾病,涕泣分食饮,至使人有功当封爵者,印刓敝,忍不能予,此所谓妇人之仁也。项王虽霸天下而臣诸侯,不居关中而都彭城。有背义帝之约,而以亲爱王,诸侯不平。诸侯之见项王迁逐义帝置江南,亦皆归逐其主而自王善地。项王所过无不残灭者,天下多怨,百姓不亲附,特劫于威强耳。名虽为霸,实失天下心。故曰其强易弱。今大王诚能反其道:任天下武勇,何所不诛!以天下城邑封功臣,何所不服!以义兵从思东归之士,何所不散!且三秦王为秦将,将秦子弟数岁矣,所杀亡不可胜计,又欺其众降诸侯,至新安,项王诈坑秦降卒二十余万,唯独邯、欣、翳得脱,秦父兄怨此三人,痛入骨髓。今楚强以威王此三人,秦民莫爱也。大王之入武关,秋毫无所害,除秦苛法,与秦民约,法三章耳,秦民无不欲得大王王秦者。于诸侯之约,大王当王关中,关中民咸知之。大王失职入汉中,秦民无不恨者。今大王举而东,三秦可传檄而定也。"于是汉王大喜,自以为得信晚。遂听信计,部署诸将所击。

八月,汉王举兵东出陈仓,定三秦。汉二年(前205),出关,收魏、河南、韩、殷王皆降。合齐、赵共击楚。四月,至彭城,汉兵败散而还。信复收兵与汉王会荥阳,复击破楚京、索之间,以故楚兵卒不能西。

汉之败却彭城,塞王欣、翟王翳亡汉降楚,齐、赵亦反汉与楚和。六月，魏王豹谒归视亲疾，至国，即绝河关反汉，与楚约和。汉王使郦生说豹，不下。其八月，以信为左丞相，击魏。魏王盛兵蒲阪，塞临晋，信乃益为疑兵，陈船欲度临晋，而伏兵从夏阳以木罂缻渡军，袭安邑。魏王豹惊，引兵迎信，信遂虏豹，定魏为河东郡。汉王遣张耳与信俱，引兵东，北击赵、代。后九月，破代兵，禽夏说阏与。信之下魏破代，汉辄使人收其精兵，诣荥阳以距楚。

信与张耳以兵数万，欲东下井陉击赵。赵王、成安君陈余闻汉且袭之也，聚兵井陉口，号称二十万。广武君李左车说成安君曰："闻汉将韩信涉西河，虏魏王，禽夏说，新喋血阏与，今乃辅以张耳，议欲下赵，此乘胜而去国远斗，其锋不可当。臣闻千里馈粮，士有饥色，樵苏后爨，师不宿饱。今井陉之道，车不得方轨，骑不得成列，行数百里，其势粮食必在其后。愿足下假臣奇兵三万人，从间道绝其辎重；足下深沟高垒，坚营勿与战。彼前不得斗，退不得还，吾奇兵绝其后，使野无所掠，不至十日，而两将之头可致于戏下。愿君留意臣之计。否，必为二子所禽矣。"成安君，儒者也，常称义兵不用诈谋奇计，曰："吾闻兵法十则围之，倍则战。今韩信兵号数万，其实不过数千。能千里而袭我，亦已罢极。今如此避而不击，后有大者，何以加之！则诸侯谓吾怯，而轻来伐我。"不听广武君策，广武君策不用。

韩信使人间视，知其不用，还报，则大喜，乃敢引兵遂下。未至井陉口三十里，止舍。夜半传发，选轻骑二千人，人持一赤帜，从间道萆山而望赵军，诫曰："赵见我走，必空壁逐我，若疾入赵壁，拔赵帜，立汉赤帜。"令其裨将传飧，曰："今日破赵会食！"诸将皆莫信，详应曰："诺。"谓军吏曰："赵已先据便地为壁，且彼未见吾大将旗鼓，未肯击前行，恐吾至阻险而还。"信乃使万人先行，出，背水陈。赵军望见而大笑。平旦，信建大将之旗鼓，鼓行出井陉口，赵开壁击之，大战良久。于是信、张耳详弃鼓旗，走水上军。水上军开入之，复疾战。赵果空壁争汉鼓旗，逐韩信、张耳。韩信、张耳已入水上军，军皆殊死战，不可败。信所出奇兵二千骑，共候赵空壁逐利，则驰入赵壁，皆拔赵旗，立汉赤帜二千。赵军已不胜，不能得信等，欲还归壁，壁皆汉赤帜，而大惊，以为汉皆已得赵王将矣，兵遂乱，遁走，赵将虽斩之，不能禁也。于是汉兵夹击，大破虏赵军，斩成安君泜水上，禽赵王歇。

信乃令军中毋杀广武君，有能生得者购千金。于是有缚广武君而致戏下者，信乃解其缚，东乡对，西乡对，师事之。

诸将效首虏，毕贺，因问信曰："兵法右倍山陵，前左水泽，今者将军令臣等反背水陈，曰破赵会食，臣等不服。然竟以胜，此何术也？"信曰："此在兵法，顾诸君不察耳。兵法不曰'陷之死地而后生，置之亡地而后存'？且信非得素拊循士大夫也，此所谓'驱市人而战之'，其势非置之死地，使人人自为战；今予之生地，皆走，宁尚可得而用之乎！"诸将皆服曰："善。非臣所及也。"

于是信问广武君曰："仆欲北攻燕，东伐齐，何若而有功？"广武君辞谢曰："臣闻败军之将，不可以言勇，亡国之大夫，不可以图存。今臣败亡之虏，何足以权大事乎！"信曰："仆闻之，百里奚居虞而虞亡，在秦而秦霸，非愚于虞而智于秦也，用与不用，听与不听也。诚令成安君听足下计，若信者亦已为禽矣。以不用足下，故信得侍耳。"因固问曰："仆委心归计，愿足下勿辞。"广武君曰："臣闻智者千虑，必有一失；愚者千虑，必有一得。故曰'狂夫之言，圣人择焉'。顾恐臣计未必足用，愿效愚忠。夫成安君有百战百胜之计，一旦而失之，军败鄗下，身死泜上。今将军涉西河，虏魏王，禽夏说阏与，一举而下井陉，不终朝破赵二十万众，诛成安君。名闻海内，威震天下，农夫莫不辍耕释耒，褕衣甘食，倾耳以待命者。若此，将军之所长也。然而众劳卒罢，其实难用。今将军欲举倦弊之兵，顿之燕坚城之下，欲战恐久力不能拔，情见势屈，旷日粮竭，而弱燕不服，齐必距境以自强也。燕齐相持而不下，则刘项之权未有所分也。若此者，将军所短也。臣愚，窃以为亦过矣。故善用兵者不以短击长，而以长击短。"韩信曰："然则何由？"广武君对曰："方今为将军计，莫如案甲休兵，镇赵抚其孤，百里之内，牛酒日至，以飨士大夫醳兵，北首燕路，而后遣辩士奉咫尺之书，暴其所长于燕，燕必不敢不听从。燕已从，使喧言者东告齐，齐必从风而服，虽有智者，亦不知为齐计矣。如是，则天下事皆可图也。兵固有先声而后实者，此之谓也。"韩信曰："善。"从其策，发使使燕，燕从风而靡。乃遣使报汉，因请立张耳为赵王，以镇抚其国。汉王许之，乃立张耳为赵王。

楚数使奇兵渡河击赵，赵王耳、韩信往来救赵，因行定赵城邑，发兵诣汉。楚方急围汉王于荥阳，汉王南出，之宛、叶间，得黥布，走入成皋，楚又复急围之。六月，汉王出成皋，东渡河，独与滕公俱，从张耳军修武。至，宿传舍。晨自称汉使，驰入赵壁。张耳、韩信未起，即其卧内上夺其印符，以麾召诸将，易置之。信、耳起，乃知汉王来，大惊。汉王夺两人军，即令张耳备守赵地。拜韩信为相国，收赵兵未发者击齐。

信引兵东，未渡平原，闻汉王使郦食其已说下齐，韩信欲止。范阳辩士蒯通说信曰："将军受诏击齐，而汉独发间使下齐，宁有诏止将军乎？何以得毋行也！且郦生一士，伏轼掉三寸之舌，下齐七十余城，将军将数万众，岁余乃下赵五十余城，为将数岁，反不如一竖儒之功乎？"于是信然之，从其计，遂渡河。齐已听郦生，即留纵酒，罢备汉守御。信因袭齐历下军，遂至临菑。齐王田广以郦生卖己，乃亨之，而走高密，使使之楚请救。韩信已定临菑，遂东追广至高密西。楚亦使龙且将，号称二十万，救齐。

齐王广、龙且并军与信战，未合。人或说龙且曰："汉兵远斗穷战，其锋不可当。齐、楚自居其地战，兵易败散。不如深壁，令齐王使其信臣招所亡城，亡城闻其王在，楚来救，必反汉。汉兵二千里客居，齐城皆反之，其势无所得食，可无战而降也。"龙且曰："吾平生知韩信为人，易与耳。且夫救齐不战而降之，吾何功？今战而胜之，齐之半可得，何为止！"遂战，与信夹潍水陈。韩信乃夜令人为万余囊，满盛沙，壅水上流，引军半渡，击龙且，详不胜，还走。龙且果喜曰："固知信怯也。"遂追信渡水。信使人决壅囊，水大至。龙且军大半不得渡，即急击，杀龙且。龙且水东军散走，齐王广亡去。信遂追北至城阳，皆虏楚卒。

汉四年（前203），遂皆降平齐。使人言汉王曰："齐伪诈多变，反复之国也，南边楚，不为假王以镇之，其势不定。愿为假王便。"当是时，楚方急围汉王于荥阳，韩信使者至，发书，汉王大怒，骂曰："吾困于此，旦暮望若来佐我，乃欲自立为王！"张良、陈平蹑汉王足，因附耳语曰："汉方不利，宁能禁信之王乎？不如因而立，善遇之，使自为守。不然，变生。"汉王亦悟，因复骂曰："大丈夫定诸侯，即为真王耳，何以假为！"乃遣张良往立信为齐王，征其兵击楚。

楚已亡龙且，项王恐，使盱眙人武涉往说齐王信曰："天下共苦秦久矣，相与戮力击秦。秦已破，计功割地，分土而王之，以休士卒。今汉王复兴兵而东，侵人之分，夺人之地，已破三秦，引兵出关，收诸侯之兵以东击楚，其意非尽吞天下者不休，其不知厌足如是甚也。且汉王不可必，身居项王掌握中数矣，项王怜而活之，然得脱，辄倍约，复击项王，其不可亲信如此。今足下虽自以与汉王为厚交，为之尽力用兵，终为之所禽矣。足下所以得须臾至今者，以项王尚存也。当今二王之事，权在足下。足下右投则汉王胜，左投则项王胜。项王今日亡，则次取足下。足下与项王有故，何不反汉与楚连和，参分天下王之？今释此时，而自必于汉以击楚，且为智者固若此乎！”韩信谢曰："臣事项王，官不过郎中，位不过执戟，言不听，画不用，故倍楚而归汉。汉王授我上将军印，予我数万众，解衣衣我，推食食我，言听计用，故吾得以至于此。夫人深亲信我，我倍之不祥，虽死不易。幸为信谢项王！"

武涉已去，齐人蒯通知天下权在韩信，欲为奇策而感动之，以相人说韩信曰："仆尝受相人之术。"韩信曰："先生相人何如？"对曰："贵贱在于骨法，忧喜在于容色，成败在于决断，以此参之，万不失一。"韩信曰："善。先生相寡人何如？"对曰："愿少间。"信曰："左右去矣。"通曰："相君之面，不过封侯，又危不安。相君之背，贵乃不可言。"韩信曰："何谓也？"蒯通曰："天下初发难也，俊雄豪杰建号壹呼，天下之士云合雾集，鱼鳞杂沓，熛至风起。当此之时，忧在亡秦而已。今楚汉分争，使天下无罪之人肝胆涂地，父子暴骸骨于中野，不可胜数。楚人起彭城，转斗逐北，至于荥阳，乘利席卷，威震天下。然兵困于京、索之间，迫西山而不能进者，三年于此矣。汉王将数十万之众，距巩、洛，阻山河之险，一日数战，无尺寸之功，折北不救，败荥阳，伤成皋，遂走宛、叶之间，此所谓智勇俱困者也。夫锐气挫于险塞，而粮食竭于内府，百姓罢极怨望，容容无所倚。以臣料之，其势非天下之贤圣固不能息天下之祸。当今两主之命县于足下。足下为汉则汉胜，与楚则楚胜。臣愿披腹心，输肝胆，效愚计，恐足下不能用也。诚能听臣之计，莫若两利而俱存之，参分天下，鼎足而居，其势莫敢先动。夫以足下之贤圣，有甲兵之众，据强齐，从燕、赵，出空虚之地而制其后，因民之欲，西乡为百姓请命，则天下风走而响应矣，孰敢不听！割大弱强，以立诸侯，诸侯已立，天下服听而归德于齐。案齐之故，有胶、泗之地，怀诸侯以德，深拱揖让，则天下之君王相率而朝于齐矣。盖闻天与弗取，反受其咎；时至不行，反受其殃。愿足下孰虑之。"

韩信曰："汉王遇我甚厚，载我以其车，衣我以其衣，食我以其食。吾闻之，乘人之车者载人之患，衣人之衣者怀人之忧，食人之食者死人之事，吾岂可以乡利倍义乎！"蒯生曰："足下自以为善汉王，欲建万世之业，臣窃以为误矣。始常山王、成安君为布衣时，相与为刎颈之交，后争张黡、陈泽之事，二人相怨。常山王背项王，奉项婴头而窜，逃归于汉王。汉王借兵而东下，杀成安君泜水之南，头足异处，卒为天下笑。此二人相与，天下至欢也。然而卒相禽者，何也？患生于多欲而人心难测也。今足下欲行忠信以交于汉王，必不能固于二君之相与也，而事多大于张黡、陈泽。故臣以为足下必汉王之不危己，亦误矣。大夫种、范蠡存亡越，霸句践，立功成名而身死亡。野兽已尽而猎狗亨。夫以交友言之，则不如张耳之与成安君者也；以忠信言之，则不过大夫种、范蠡之于句践也。此二人者，足以观矣。愿足下深虑之。且臣闻勇略震主者身危，而功盖天下者不赏。臣请言大王功略：足下涉西河，虏魏王，禽夏说，引兵下井陉，诛成安君，徇赵，胁燕，定齐，南摧楚人之兵二十万，东杀龙且，西乡以报，此所谓功无二于天下，而略不世出者也。今足下戴震主之威，挟不赏之功，归楚，楚人不信；归汉，汉人震恐：足下欲持是安归乎？夫势在人臣之位而有震主之威，名高天下，窃为足下危之。"韩信谢曰："先生且休矣，吾将念之。"

后数日，蒯通复说曰："夫听者事之候也，计者事之机也，听过计失而能久安者，鲜矣。听不失一二者，不可乱以言；计不失本末者，不可纷以辞。夫随厮养之役者，失万乘之权；守儋石之禄者，阙卿相之位。故知者决之断也，疑者事之害也，审毫牦之小计，遗天下之大数，智诚知之，决弗敢行者，百事之祸也。故曰'猛虎之犹豫，不若蜂虿之致螫；骐骥之局躅，不如驽马之安步；孟贲之狐疑，不如庸夫之必至也；虽有舜禹之智，吟而不言，不如瘖聋之指麾也'。此言贵能行之。夫功者难成而易败，时者难得而易失也。时乎时，不再来。愿足下详察之。"韩信犹豫不忍倍汉，又自以为功多，汉终不夺我齐，遂谢蒯通。蒯通说不听，已详狂为巫。

汉王之困固陵，用张良计，召齐王信，遂将兵会垓下。项羽已破，高祖袭夺齐王军。汉五年（前202）正月，徙齐王信为楚王，都下邳。

信至国，召所从食漂母，赐千金。及下乡南昌亭长，赐百钱，曰："公，小人也，为德不卒。"召辱己之少年令出胯下者以为楚中尉。告诸将相曰："此壮士也。方辱我时，我宁不能杀之邪？杀之无名，故忍而就于此。"

项王亡将钟离眛家在伊庐，素与信善。项王死后，亡归信。汉王怨眛，闻其在楚，诏楚捕眛。信初之国，行县邑，陈兵出入。汉六年（前201），人有上书告楚王信反。高帝以陈平计，天子巡狩会诸侯，南方有云梦，发使告诸侯会陈："吾将游云梦。"实欲袭信，信弗知。高祖且至楚，信欲发兵反，自度无罪，欲谒上，恐见禽。人或说信曰："斩眛谒上，上必喜，无患。"信见眛计事。眛曰："汉所以不击取楚，以眛在公所。若欲捕我以自媚于汉，吾今日死，公亦随手亡矣。"乃骂信曰："公非长者！"卒自刭。信持其首，谒高祖于陈。上令武士缚信，载后车。信曰："果若人言，'狡兔死，良狗亨；高鸟尽，良弓藏；敌国破，谋臣亡。'天下已定，我固当亨！"上曰："人告公反。"遂械系信。至洛阳，赦信罪，以为淮阴侯。

信知汉王畏恶其能，常称病不朝从。信由此日夜怨望，居常鞅鞅，羞与绛、灌等列。信尝过樊将军哙，哙跪拜送迎，言称臣，曰："大王乃肯临臣！"信出门，笑曰："生乃与哙等为伍！"上常从容与信言诸将能不，各有差。上问曰："如我能将几何？"信曰："陛下不过能将十万。"上曰："于君何如？"曰："臣多多而益善耳。"上笑曰："多多益善，何为为我禽？"信曰："陛下不能将兵，而善将将，此乃信之所以为陛下禽也。且陛下所谓天授，非人力也。"

陈豨拜为钜鹿守，辞于淮阴侯。淮阴侯挈其手，辟左右与之步于庭，仰天叹曰："子可与言乎？欲与子有言也。"豨曰："唯将军令之。"淮阴侯曰："公之所居，天下精兵处也；而公，陛下之信幸臣也。人言公之畔，陛下必不信；再至，陛下乃疑矣；三至，必怒而自将。吾为公从中起，天下可图也。"陈豨素知其能也，信之，曰："谨奉教！"汉十年（前197），陈豨果反。上自将而往，信病不从。阴使人至豨所，曰："弟举兵，吾从此助公。"信乃谋与家臣夜诈诏赦诸官徒奴，欲发以袭吕后、太子。部署已定，待豨报。其舍人得罪于信，信囚，欲杀之。舍人弟上变，告信欲反状于吕后。吕后欲召，恐其党不就，乃与萧相国谋，诈令人从上所来，言豨已得死，列侯群臣皆贺。相国绐信曰："虽疾，强入贺。"信入，吕后使武士缚信，斩之长乐钟室。信方斩，曰："吾悔不用蒯通之计，乃为儿女子所诈，岂非天哉！"遂夷信三族。

高祖已从豨军来，至，见信死，且喜且怜之，问："信死亦何言？"吕后曰："信言恨不用蒯通计。"高祖曰："是齐辩士也。"乃诏齐捕蒯通。蒯通至，上曰："若教淮阴侯反乎？"对曰："然，臣固教之。竖子不用臣之策，故令自夷于此。如彼竖子用臣之计，陛下安得而夷之乎！"上怒曰："亨之。"通曰："嗟乎，冤哉亨也！"上曰："若教韩信反，何冤？"对曰："秦之纲绝而维弛，山东大扰，异姓并起，英俊乌集。秦失其鹿，天下共逐之，于是高材疾足者先得焉。跖之狗吠尧，尧非不仁，狗因吠非其主。当是时，臣唯独知韩信，非知陛下也。且天下锐精持锋欲为陛下所为者甚众，顾力不能耳。又可尽亨之邪?"高帝曰:"置之。"乃释通之罪。

太史公曰:吾如淮阴，淮阴人为余言，韩信虽为布衣时，其志与众异。其母死，贫无以葬，然乃行营高敞地，令其旁可置万家。余视其母冢，良然。假令韩信学道谦让，不伐己功，不矜其能，则庶几哉，于汉家勋可以比周、召、太公之徒，后世血食矣。不务出此，而天下已集，乃谋畔逆，夷灭宗族，不亦宜乎!

出处:（汉）司马迁《史记》（卷九十二）。

注释:《淮阴侯列传》是《史记》十大名篇之一，历来颇受学者关注。司马迁用细腻的笔触，饱蘸同情的泪水，为人们塑造了一个战无不胜而又蒙受冤屈的大军事家——韩信的光辉形象，千载而下依旧光芒四射，光彩照人。

刘　歆

刘歆（前50?—23），字子骏，后改名秀，字颖叔，沛（今江苏沛县）人。西汉末古文经学派的开创者，目录学家、天文学家。曾任黄门郎、中垒校尉。继承父业，总校群书，撰成《七略》，对中国目录学的建立有一定贡献。

枚速马迟

枚皋文章敏疾，长卿制作淹迟（司马相如字长卿），皆尽一时之誉。而长卿首尾温丽，枚皋时有累句，故知疾行无善迹矣。扬子云曰（扬雄字子云）:军旅之际，戎马之间，飞书驰檄，用枚皋。廊庙之下，朝廷之中，高文典册，用相如。

出处:（汉）刘歆著，（东晋）葛洪辑抄《西京杂记》（卷二）。

注释:枚皋曾侍梁恭王为郎，后到长安为汉武帝文学侍臣。枚皋不通经书，诙谐调笑，甚得武帝宠幸。常从武帝东巡，猎射嬉游之际，帝每有所感，即命其作赋。枚皋才思敏捷，受诏即成，所赋甚多。同时大文学家司马相如善为文而迟，故所作少而佳于枚皋。后因以"马迟枚速""马工枚速"或"马迟枚疾"，喻文人才性各异。

班　固

班固（32—92），字孟坚，扶风安陵（今陕西咸阳）人。班彪之子。年少能文，入太学，博览群书，继承父业续修《汉书》，当世重之。曾任兰台令史，迁玄武司马。著有《两都赋》《答宾戏》《幽通赋》等。明代张溥辑有《班兰台集》。

枚　乘　传

枚乘字叔，淮阴人也，为吴王濞郎中。吴王之初怨望谋为逆也，乘奏书谏曰：

臣闻得全者全昌，失全者全亡。舜无立锥之地，以有天下；禹无十户之聚，以王诸侯。汤、武之土不过百里，上不绝三光之明，下不伤百姓之心者，有王术也。故父子之道，天性也；忠臣不避重诛以直谏，则事无遗策，功流万世。臣乘愿披腹心而效愚忠，唯大王少加意念恻怛之心于臣乘言。

夫以一缕之任系千钧之重，上县无极之高，下垂不测之渊，虽甚愚之人犹知哀其将绝也。马方骇鼓而惊之，系方绝又重镇之；系绝于天不可复结，队入深渊难以复出。其出不出，闲不容发。能听忠臣之言，百举必脱。必若所欲为，危于累卵，难于上天；变所欲为，易于反掌，安于太山。今欲极天命之寿，敝无穷之乐，究万乘之埶，不出反掌之易，以居泰山之安，而欲乘累卵之危，走上天之难，此愚臣之所大惑也。

人性有畏其景而恶其迹者，却背而走，迹愈多，景愈疾，不知就阴而止，景灭迹绝。欲人勿闻，莫若勿言；欲人勿知，莫若勿为。欲汤之沧，一人炊之，百人扬之，无益也，不如绝薪止火而已。不绝之于彼，而救之于此，譬犹抱薪而救火也。养由基，楚之善射者也，去杨叶百步，百发百中。杨叶之大，加百中焉，可谓善射矣。然其所止，乃百步之内耳，比于臣乘，未知操弓持矢也。

福生有基，祸生有胎；纳其基，绝其胎，祸何自来？泰山之溜穿石，单极之統断干。水非石之钻，索非木之锯，渐靡使之然也。夫铢铢而称之，至石必差；寸寸而度之，至丈必过。石称丈量，径而寡失。夫十围之木，始生如蘖，足可搔而绝，手可擢而拔，据其未生，先其未形也。磨砻底厉，不见其损，有时而尽；种树畜养，不见其益，有时而大；积德累行，不知其善，有时而用；弃义背理，不知其恶，有时而亡。臣愿大王孰计而身行之，此百世不易之道也。

吴王不纳。乘等去而之梁，从孝王游。

景帝即位，御史大夫晁错为汉定制度，损削诸侯，吴王遂与六国谋反，举兵西乡，以诛错为名。汉闻之，斩错以谢诸侯。枚乘复说吴王曰：

昔者，秦西举胡戎之难，北备榆中之关，南距羌筰之塞，东当六国之从。六国乘信陵之籍，明苏秦之约，厉荆轲之威，并力一心以备秦。然秦卒禽六国，灭其社稷，而并天下，是何也？则地利不同，而民轻重不等也。今汉据全秦之地，兼六国之众，修戎狄之义，而南朝羌筰，此其与秦，地相什而民相百，大王之所明知也。今夫谗谀之臣为大王计者，不论骨肉之义，民之轻重，国之大小，以为吴祸，此臣所以为大王患也。

夫举吴兵以訾于汉，譬犹蝇蚋之附群牛，腐肉之齿利剑，锋接必无事矣。天子闻吴率失职诸侯，愿责先帝之遗约，今汉亲诛其三公，以谢前过，是大王之威加于天下，而功越于汤武也。夫吴有诸侯之位，而实富于天子；有隐匿之名，而居过于中国。夫汉并二十四郡，十七诸侯，方输错出，运行数千里不绝于道，其珍怪不如东山之府。转粟西乡，陆行不绝，水行满河，不如海陵之仓。修治上林，杂以离宫，积聚玩好，圈守禽兽，不如长洲之苑。游曲台，临上路，不如朝夕之池。深壁高垒，副以关城，不如江淮之险。此臣之所为大王乐也。

今大王还兵疾归，尚得十半。不然，汉知吴之有吞天下之心也，赫然加怒，遣羽林黄头循江而下，袭大王之都；鲁东海绝吴之饷道；梁王饬车骑，习战射，积粟固守，以备荥阳，待吴之饥。大王虽欲反都，亦不得已。夫三淮南之计不负其约，齐王杀身以灭其迹，四国不得出兵其郡，赵囚邯郸，此不可掩，亦已明矣。大王已去千里之国，而制于十里之内矣。张、韩将北地，弓高宿左右，兵不得下壁，军不得大息，臣窃哀之。愿大王孰察焉。

吴王不用乘策，卒见禽灭。

汉既平七国，乘由是知名。景帝召拜乘为弘农都尉。乘久为大国上宾，与英俊并游，得其所好，不乐郡吏，以病去官。复游梁，梁客皆善属辞赋，乘尤高。孝王薨，乘归淮阴。

武帝自为太子闻乘名，及即位，乘年老，乃以安车蒲轮征乘，道死。诏问乘子，无能为文者，后乃得其孽子皋。

出处：（汉）班固《汉书·贾邹枚路传》（卷五十一）。

枚 皋 传

乘子皋，字少孺。乘在梁时，取皋母为小妻。乘之东归也，皋母不肯随乘，乘怒，分皋数千钱，留与母居。年十七，上书梁共王，得召为郎。三年，为王使，与冗从争，见谗恶遇罪，家室没入。皋亡至长安。会赦，上书北阙，自陈枚乘之子。上得大喜，召入见待诏，皋因赋殿中。诏使赋平乐馆，善之。拜为郎，使匈奴。皋不通经术，诙笑类俳倡，为赋颂，好嫚戏，以故得媟黩贵幸，比东方朔、郭舍人等，而不得比严助等得尊官。

武帝春秋二十九乃得皇子，群臣喜，故皋与东方朔作《皇太子生赋》及《立皇子禖祝》，受诏所为，皆不从故事，重皇子也。

初，卫皇后立，皋奏赋以戒终。皋为赋善于朔也。

从行至甘泉、雍、河东，东巡狩，封泰山，塞决河宣房，游观三辅离宫馆，临山泽，弋猎射驭狗马蹴鞠刻镂，上有所感，辄使赋之。为文疾，受诏辄成，故所赋者多。司马相如善为文而迟，故所作少而善于皋。皋赋辞中自言为赋不如相如，又言为赋乃俳。见视如倡，自悔类倡也。故其赋有诋娸东方朔，又自诋娸。其文骫骳，曲随其事，皆得其意，颇诙笑，不甚闲靡。凡可读者百二十篇，其尤嫚戏不可读者尚数十篇。

出处：（汉）班固《汉书·贾邹枚路传》（卷五十一）。

·三　国·

诸葛亮

> 诸葛亮（181—234），字孔明，号卧龙（也作伏龙）。徐州琅琊阳都（今山东临沂）人。青年时耕读于荆州襄阳城郊，受刘备三顾茅庐邀请出仕，随刘备转战四方，建立蜀汉政权，官封丞相。在世时被封为武乡侯，死后追谥忠武侯。有《出师表》《诫子书》等。

与步骘书论武功山形势

仆前军在五丈原，原在武功西十里。马（家）［冢］在武功东十余里，有高势，攻之不克，是以留耳。

出处：（晋）陈寿编《诸葛亮集》（卷一）。又见（明）张溥《汉魏六朝百三名家集》（卷二十二）；（清）严可均辑《全三国文》（卷五十九）；（清）毕沅《关中胜迹图志》（卷十六）。

注释：（北魏）郦道元《水经注》（卷十八）《渭水》注："斜水自南注之水出县西，南衙岭山北历斜谷径五丈原东，诸葛亮与步骘书曰：仆前军在五丈原，原在武功西十里余，水出武功县。故亦谓之武功水也。是以诸葛亮表云：臣遣虎步监孟琰据武功水东，司马懿因水长攻琰营，臣作竹桥越水射之，桥成，驰去，其水北流注于渭。《地理志》曰：斜水出衙岭北至郿注渭水，又东径马冢北。诸葛亮与步骘书曰：马冢在武功东十余里，有高势，攻之不便，是以留耳。"

孙 权

孙权（182—252），字仲谋，吴郡富春（今浙江富阳）人，生于下邳（今江苏睢宁）。三国时代东吴的建立者。父亲孙坚和兄长孙策，在东汉末年群雄割据中打下了江东基业。建安五年（200），孙策遭刺杀身亡，孙权继而掌事。建安十三年（208），与刘备联合于赤壁打败曹操军队，奠定三国鼎立的基础。黄龙元年（229）称帝，置郡县，设农官，兴屯田，除民役，并继续剿抚山越，促进了江南经济的发展。

追赠步皇后策命

惟赤乌元年（238）闰月戊子，皇帝曰：呜呼皇后，惟后佐命，共承天地。虔恭夙夜，与朕均劳。内教修整，礼义不愆。宽容慈惠，有淑懿之德。民臣县望，远近归心。朕以世难未夷，大统未一，缘后雅志，每怀谦损。是以于时未授名号，亦必谓后降年有永，永与朕躬对扬天休。不寤奄忽，大命近止。朕恨本意不早昭显，伤后殂逝，不终天禄。悯悼之至，痛于厥心。今使使持节丞相醴陵亭侯雍奉策授号，配食先后。魂而有灵，嘉其宠荣。呜呼哀哉。

出处：（晋）陈寿《三国志·吴书·妃嫔传》。又见（元）郝经《郝氏续后汉书》（卷五十二）；（清）严可均辑《全三国文》（卷六十三）。

注释：《三国志·吴书·步夫人传》曰："吴主权步夫人，临淮淮阴人也，与丞相骘同族。汉末，其母携将徙庐江，庐江为孙策所破，皆东渡江，以美丽得幸于权，宠冠后庭。生二女，长曰鲁班，字大虎，前配周瑜子循，后配全琮；少曰鲁育，字小虎，前配朱据，后配刘纂。夫人性不妒忌，多所推进，故久见爱侍。权为王及帝，意欲以为后，而群臣议在徐氏，权依违者十余年，然宫内皆称皇后，亲戚上疏称中宫。及薨，臣下缘权指，请追正名号，乃赠印绶。……葬于蒋陵。"

孙　登

　　孙登（209—241），字子高。吴郡富春（今浙江富阳）人。黄龙元年（229），孙权称帝，立为皇太子。多次劝谏孙权，对时政多有匡弼。镇守武昌时，处理政务谨慎得体。赤乌四年（241）去世，年仅三十三岁，谥号宣太子。

与步骘书

　　夫贤人君子，所以兴隆大化，佐理时务者也。受性暗蔽，不达道数，虽实区区欲尽心于明德，归分于君子，至于远近士人，先后之宜，犹或缅焉，未之能详。《传》曰：“爱之能勿劳乎？忠焉能勿诲乎？”斯其义也。岂非所望于君子哉！

　　出处：（晋）陈寿《三国志·吴书》（卷五十二）。又见（清）严可均辑《全三国文》（卷六十五）。

　　注释：孙登字子高，大帝长子。以魏黄初二年（221）立为太子，立二十一年，卒，谥曰宣太子。

周　昭

　　周昭（？—261），字恭远，颍川（治今河南禹州）人。与韦曜、薛莹、华核并述《吴书》，后为中书郎，坐事下狱。著有《周子》九篇。

步骘严畯等论

　　古今贤士大夫所以失名丧身倾家害国者，其由非一也。然要其大归，总其常患，四者而已，急论议一也，争名势二也，重朋党三也，务欲速四也。急论议则伤人，争名势则败友，重朋党则蔽主，务欲速则失德，此四者不除，未有能全也，当世君子能不然者，亦比有之，岂独古人乎。然论其绝异，未若顾豫章、诸葛使君、步丞相、严卫尉、张奋威之为美也。《论语》言：夫子恂恂然善诱人。又曰成人之美，不成人之恶，豫章有之矣。望之俨然，即之也温，听其言也厉，使君体之矣。恭而安，威而不猛，丞相履之矣。学不求禄，心无苟得，卫尉、奋威蹈之矣。此五君者，虽德实有差，轻重不同，至于趋舍大检，不犯四者，俱一揆也，昔丁谓出于孤家，吾粲由于牧竖，豫章扬其善，以并陆、全之列，是以人无幽滞而风俗厚焉。使君、丞相、卫尉三君，昔以布衣俱相友善，诸论者因各叙其优劣。初，先卫尉，次丞相，而后有使君也；其后并事明主，经营世务，出处之才有不同，先后之名须反其初，此世常人所决勤薄也。至于三君分好，卒无亏损，岂非古人交哉。又鲁横江昔杖万兵，屯据陆口，当世之美业也，能与不能。孰不愿焉。而横江既亡，卫尉应其选，自以才非将帅，深辞固让，终于不就。后徙九列，迁典八座，荣不足以自曜，禄不足以自奉。至于二君，皆位为上将，穷富极贵。卫尉既无求欲，二君又不称荐，各守所志，保其名好。孔子曰：君子矜而不争，群而不党。斯有风矣。又奋威之名，亦三君之次也，当一方之戍，受上将之任，与使君、丞相不异也。然历国事，论功劳，实有先后，故爵位之荣殊焉。而奋威将处此，决能明其部分，心无失道之欲，事无充诎之求，每升朝堂，循礼而动，辞气謇謇，罔不惟忠，叔嗣虽亲贵，言忧其败，蔡文至虽疏贱，谈称其贤。女配太子，受礼若吊，慷忾之趋，惟笃人物，成败得失，皆如所虑，可谓守道见几，好古之士也。若乃经国家，当军旅，于驰骛之际，立霸王之功，此五者未为过人。至其纯粹履道，求不苟得，升降当世，保全名行，邈然绝俗，实有所师。故粗论其事，以示后之君子。

出处：（晋）陈寿《三国志·吴书七》（卷五十二）。又见（唐）王维《王右丞集笺注》（卷二十二）；（宋）王钦若《册府元龟》（卷）；（清）严可均辑《全三国文》（卷七十一）。

·晋·

孙 楚

孙楚（220—293），字子荆，太原中都（今山西平遥）人，魏侍中资孙。为石苞镇东参军，迁著作佐郎；苞为骠骑，复参军事。后为扶风王骏征西参军，转梁令，迁卫军司马。惠帝初为冯翊太守。有《孙冯翊集》十二卷。

韩 信 赞

淮阴屈节，盘于幽贱。秦失其鹿，英雄交战。践楚知亡，抚戈从汉。遂寤明主，超然虎奋。威震赵魏，擒项平难。割据山川，称孤南面。惜哉遘疑，一朝书叛。

出处：（晋）孙楚《孙冯翊集》（卷四）。又见（唐）欧阳询《艺文类聚》（卷五十九）。

陈 寿

陈寿（233—297），字承祚，巴西安汉（今四川南充）人。少时好学，师事同郡学者谯周，在蜀汉时曾任卫将军主簿、东观秘书郎、观阁令史、散骑黄门侍郎等职。入晋以后，历任著作郎、长平太守、治书待御史等职。著有《三国志》。

步骘传

会稽焦征羌，郡之豪族，人客放纵。骘与瑾求食其地，惧为所侵，乃共修刺，奉瓜以献征羌。征羌方在内卧，骘之移时，瑾欲委去，骘止之曰："本所以来，畏其强也；而今舍去，欲以为高，只结怨耳。"良久，征羌开牖见之，身隐几坐帐中，设席致地，坐骘、瑾于牖外，瑾愈耻之，骘辞色自若。征羌作食，身享大案，殽膳重沓，以小盘饭与骘、瑾，惟菜茹而已。瑾不能食，骘极饭致饱乃辞出。瑾怒骘曰："何能忍此。"骘曰："吾等贫贱，是以主人以贫贱遇之，固其宜也，当何所耻。"

孙权为讨虏将军，召骘为主记，除海盐长，还辟车骑将军东曹掾。建安十五年（210），出领鄱阳太守。岁中，徙交州刺史、立武中郎将，领武射吏千人，便道南行。明年，追拜使持节、征南中郎将。刘表所置苍梧太守吴巨阴怀异心，外附内违。骘降意怀诱，请与相见，因斩徇之，威声大震。士燮兄弟，相率供命，南土之宾，自此始也。益州大姓雍闿等杀蜀所署太守正昂，与燮相闻，求欲内附。骘因承制遣使宣恩抚纳，由是加拜平戎将军，封广信侯。

延康元年（220），权遣吕岱代骘，骘将交州义士万人出长沙。会刘备东下，武陵蛮夷蠢动，权遂命骘上益阳。备既败绩，而零、桂诸郡犹相惊扰，处处阻兵，骘周旋征讨，皆平之。黄武二年（223），迁右将军、左护军，改封临湘侯。五年（226），假节，徙屯沤口。

权称尊号，拜骠骑将军，领冀州牧。是岁，都督西陵，代陆逊抚二境，顷以冀州在蜀分，解牧职。时权太子登驻武昌，爱人好善，与骘书曰："夫贤人君子，所以兴隆大化，佐理时务者也。受性闇蔽，不达道数，虽实区区欲尽心于明德，归分于君子，至于远近士人，先后之宜，犹或缅焉，未之能详。《传》曰：爱之能勿劳乎。忠焉能勿诲乎。斯其义也，岂非所望于君子哉。"骘于是条于时事在荆州界者，诸葛瑾、陆逊、朱然、程普、潘濬、裴元、夏侯承、卫旌、李肃、周条、石干十一人，甄别行状，因上疏奖劝曰："臣闻人君不亲小事，百官有司各任其职。故舜命九贤，则无所用心，弹五弦之琴，咏南风之诗，不下堂庙而天下治也。齐桓用管仲，被发载车，齐国既治，又致匡合，近汉高祖揽三杰以兴帝业，西楚失雄俊以丧成功。汲黯在朝，淮南寝谋；郅都守边，匈奴窜迹。故贤人所在，折冲万里，信国家之利器，崇替之所由也。方今王化未被于汉北，河、洛之滨尚有僭逆之丑，诚揽英雄拔俊任贤之时也。愿明太子重以经意，则天下幸甚。"

后中书吕壹典校文书，多所纠举，骘上疏曰："伏闻诸典校摘抉细微，吹毛求瑕，重案深诬，趋欲陷人以成威福，无罪无辜，横受大刑，是以使民局天蹐地，谁不战栗。昔之狱官，惟贤是任，故皋陶作士，吕侯赎刑，张、于廷尉，民无冤枉，休泰之祚，实由此兴。今之小臣，动与古异，狱以贿成，轻忽人命，归咎于上，为国速怨。夫一人吁嗟，王道为亏，甚可仇疾。明德慎罚，哲人惟刑，书传所美。自今蔽狱，都下则宜咨顾雍，武昌则陆逊、潘浚，平心专意，务在得情，骘党神明，受罪何恨。又曰：天子父天母地，故宫室百官，动法列宿。若施政令，钦顺时节，官得其人，则阴阳和平，七曜循度。至于今日，官僚多阙，虽有大臣，复不信任，如此天地焉得无变。故频年枯旱，亢阳之应也。又嘉禾六年（237）五月十四日，赤乌二年（239）正月一日及二十七日，地皆震动。地阴类，臣之象，阴气盛故动，臣下专政之故也。夫天地见异，所以警悟人主，可不深思其意哉。又曰：丞相顾雍、上大将军陆逊、太常潘浚，忧深责重，志在竭诚，夙夜兢兢，寝食不宁，念欲安国利民，建久长之计，可谓心膂股肱，社稷之臣矣。宜各委任，不使他官监其所司，责其成效，课其负殿。此三臣者，思虑不到则已，岂敢专擅威福欺负所天乎。又曰：县赏以显善，设刑以威奸，任贤而使能，审明于法术，则何功而不成，何事而不办，何听而不闻，何视而不睹哉。若今郡守百里，皆各得其人，共相经纬，如是，庶政岂不康哉。窃闻诸县并有备吏，吏多民烦，俗以之弊。但小人因缘衔命，不务奉公而作威福，无益视听，更为民害，愚以为可一切罢省。"

权亦觉悟，遂诛吕壹。骘前后荐达屈滞，救解患难，书数十上。权虽不能悉纳，然时采其言，多蒙济赖。

赤乌九年（246），代陆逊为丞相，犹诲育门生，手不释书，被服居处有如儒生。然门内妻妾服饰奢绮，颇以此见讥。在西陵二十年，邻敌敬其威信。性宽弘得众，喜怒不形于声色，而外内肃然。

十一年（248）卒。

出处：（晋）陈寿《三国志·吴书》（卷五十二）。

元龙高卧

陈登者，字符龙，在广陵有威名。又掎角吕布有功，加伏波将军，年三十九卒。后许汜与刘备并在荆州牧刘表坐，表与备共论天下人，汜曰："陈元龙湖海之士，豪气不除。"备谓表曰："许君论是非？"表曰："欲言非，此君为善士，不宜虚言；欲言是，元龙名重天下。"备问汜："君言豪，宁有事邪？"汜曰："昔遭乱过下邳，见元龙。元龙无客主之意，久不相与语，自上大床卧，使客卧下床。"备曰："君有国士之名，今天下大乱，帝主失所，望君忧国忘家，有救世之意，而君求田问舍，言无可采，是元龙所讳也，何缘当与君语？如小人，欲卧百尺楼上，卧君于地，何但上下床之间邪？"表大笑。备因言曰："若元龙文武胆志，当求之于古耳，造次难得比也。"

出处：（晋）陈寿《三国志·魏书》（卷七）。

挚 虞

挚虞（250—300），字仲洽，京兆长安（今陕西西安）人。泰始年间举贤良，担任中郎，后任太子舍人、闻喜县令、尚书郎。元康年间，迁任吴王之友，后历任秘书监、卫尉卿、光禄勋、太常卿。作品有《族姓昭穆》十卷，《文章志》四卷，注解《三辅决录》。

文章流别论·七

《七发》造于枚乘，借吴楚以为客主，先言出舆入辇蹷痿之损、深宫洞房寒暑之疾、靡曼美色晏安之毒、厚味暖服淫曜之害，宜听世之君子要言妙道，以疏神导引，蠲淹滞之累；既设此辞，以显明去就之路，而后说以色声逸游之乐，其说不入，乃陈圣人辨士讲论之娱，而霍然疾瘳：此因膏粱之常疾以为匡劝，虽有甚泰之辞而不没其讽喻之义也。其流遂广，其义遂变，率有辞人淫丽之尤矣。崔骃既作《七依》，而假非有先生之言曰。呜呼！扬雄有言"童子雕虫篆刻"，俄而曰"壮夫不为也"。孔子疾"小言破道"，斯文之簇，岂不谓义不足而辨有余者乎！赋者将以讽，吾恐其不免于劝也。

出处：（唐）欧阳询撰《艺文类聚》（卷五十七）；（清）严可均辑《全晋文》（卷七十七）。

陆 机

陆机（261—303），字士衡，吴郡吴县华亭（今上海松江）人。因其曾为平原内史，世称陆平原。少有奇才，以文章冠世，与弟陆云俱为我国西晋时期著名文学家。其祖逊，父抗，皆三国吴名将。吴亡，家居勤学，作《文赋》，为古代重要文学理论著作。有《陆士衡集》。

汉高祖功臣颂·韩信

灼灼淮阴，灵武冠世。策出无方，思入神契。奋臂云兴，腾迹虎噬。凌险必夷，摧坚则脆。肇谋汉滨，还定渭表。京索既扼，引师北讨。济河夷魏，登山灭赵。威亮火烈，势踰风扫。拾代如遗，偃齐犹草。二州肃清，四邦咸举。乃眷北燕，遂表东海。克灭龙且，爰取其旅。刘项悬命，人谋是与。念功惟德，辞通绝楚。

出处：（南朝·梁）萧统《文选》（卷四十七）；（唐）欧阳询撰《艺文类聚》（卷四十五）；（明）梅鼎祚《西晋文纪》（卷十五）；（清）严可均辑《全晋文》（卷九十八）。

·南 北 朝·

叔孙建

叔孙建（365—437），本姓乙旃，字幡能健，代郡（今山西代县）人。早年侍从道武帝拓跋珪，登国初年为外朝大人，历并、相、徐州刺史，迁平原镇大将，位至征南大将军。太武帝时，封丹阳王，卒谥襄王。

豫备宋军表

臣前遣沙门僧护诣彭城。僧护还称，贼发军向北，前锋将徐卓之已至彭城，大将军到彦之军在泗口，发马戒严，必有举斧之志。臣闻为国之道，存不忘亡。宜缮甲兵，增益屯戍，先为之备，以待其来。若不豫设，卒难擒殄。且吴越之众，便于舟楫，今至北土，舍其所长。逆顺既殊，劳逸不等，平寇定功，在于此日。臣虽衰弊，谋略寡浅，过蒙殊宠，忝荷重任，讨除寇暴，臣之志也。是以秣马枕戈，思效微节。愿陛下不以南境为忧。

出处：（北朝·北齐）魏收《魏书》（卷二十九）。又见（清）严可均辑《全后魏文》（卷二十五）。

注释：泗口向兵家重地，叔孙建以军事家的独特眼光，从宋国调发军队到达彭城，控扼泗口，敏锐地判断敌人必然有发动战事的心意，及时提出修治铠甲兵器，增加据点，先加以防备的正确建议。

裴松之

裴松之（372—451），字世期，河东闻喜（今山西闻喜）人。初仕东晋。刘宋代晋后，历任零陵内史、国子博士、冗从仆射、中书侍郎、司冀二州大中正，封爵西乡侯。元嘉四年（427），以南琅琊太守致仕，不久又拜中散大夫、领国子博士，进位太中大夫。有《三国志注》。

陈登行状

登忠亮高爽，沈深有大略，少有扶世济民之志。博览载籍，雅有文艺，旧典文章，莫不贯综。年二十五，举孝廉，除东阳长，养耆育孤，视民如伤。是时世荒民饥，州牧陶谦表登为典农校尉，乃巡土田之宜，尽凿溉之利，粳稻丰积。奉使到许，太祖以登为广陵太守，令阴合众以图吕布。登在广陵，明审赏罚，威信宣布。海贼薛州之群万有余户，束手归命。未及期年，功化以就，百姓畏而爱之。登曰："此可用矣。"太祖到下邳，登率郡兵为军先驱。时登诸弟在下邳城中，布乃质执登三弟，欲求和同。登执意不挠，进围日急。布刺奸张弘，惧于后累，夜将登三弟出就登。布既伏诛，登以功加拜伏波将军，甚得江、淮间欢心，于是有吞灭江南之志。孙策遣军攻登于匡琦城。贼初到，旌甲覆水，群下咸以今贼众十倍于郡兵，恐不能抗，可引军避之，与其空城。水人居陆，不能久处，必寻引去。登厉声曰："吾受国命，来镇此土。昔马文渊之在斯位，能南平百越，北灭群狄，吾既不能遏除凶慝，何逃寇之谓邪！吾其出命以报国，仗义以整乱，天道与顺，克之必矣。"乃闭门自守，示弱不与战，将士衔声，寂若无人。登乘城望形势，知其可击，乃申令将士，宿整兵器，昧爽，开南门，引军指贼营，步骑钞其后。贼周章方结阵，不得还船。登手执军鼓，纵兵乘之，贼遂大破，皆弃船迸走。登乘胜追奔，斩虏以万数。贼忿丧军，寻复大兴兵向登。登以兵不敌，使功曹陈矫求救于太祖。登密去城十里治军营处所，令多取柴薪，两束一聚，相去十步，从横成行，令夜俱起火，火然其聚。城上称庆，若大军到。贼望火惊溃，登勒兵追奔，斩首万级。迁登为东城太守。广陵吏民佩其恩德，共拔郡随登，老弱襁负而追之。登晓语令还，曰："太守在卿郡，频致吴寇，幸而克济。诸卿何患无令君乎？"孙权遂跨有江外。太祖每临大江而叹，恨不早用陈元龙计，而令封豕养其爪牙。文帝追美登功，拜登息肃为郎中。

出处：（南朝·宋）裴松之《裴注三国志》注引《先贤行状》。

范 晔

范晔（398—445），字尉宗，南朝宋顺阳（今河南淅川）人。晋末任彭城王刘义康参军。宋武帝即位后迁秘书丞、新蔡太守。元嘉十七年（440），投靠始兴王刘浚，历任徐州长史、南下邳太守、左卫将军、太子詹事。元嘉二十二年（445），拥戴刘义康即位，事败被杀。著有《后汉书》。

陈 球 传

陈球字伯真，下邳淮浦人也。历世著名。父瑉，广汉太守。球少涉儒学，善律令。阳嘉中，举孝廉，稍迁繁阳令。时魏郡太守讽县求纳货贿，球不与之，太守怒而挝督邮，欲令逐球。督邮不肯，曰："魏郡十五城，独繁阳有异政，今受命逐之，将致议于天下矣。"太守乃止。

复辟公府，举高第，拜侍御史。是时，桂阳黠贼李研等群聚寇抄，陆梁荆部，州郡懦弱，不能禁，太尉杨秉表球为零陵太守。球到，设方略，期月间，贼虏消散。而州兵朱盖等反，与桂阳贼胡兰数万人转攻零陵。零陵下湿，编木为城，不可守备，郡中惶恐。掾史白遣家避难，球怒曰"太守分国虎符，受任一邦，岂顾妻孥而沮国威重乎。复言者斩"。乃悉内吏人老弱，与共城守，弦大木为弓，羽矛为矢，引机发之，远射千余步，多所杀伤。贼复激流灌城，球辄于内因地势反决水淹贼。相拒十余日，不能下。会中郎将度尚将救兵至，球募士卒，与尚共破斩朱盖等。赐钱五十万，拜子一人为郎。迁魏郡太守。

征拜将作大匠，作桓帝陵园，所省巨万以上。迁南阳太守，以纠举豪右，为势家所谤，征诣廷尉抵罪。会赦，归家。

征拜廷尉。熹平元年（172），窦太后崩。太后本迁南宫云台，宦者积怨窦氏，遂以衣车载后尸，置城南市舍数日。中常侍曹节、王甫欲用贵人礼殡，帝曰"太后亲立朕躬，统承大业。《诗》云：无德不报，无言不酬。岂宜以贵人终乎"。于是发丧成礼。及将葬，节等复欲别葬太后，而以冯贵人配祔。诏公卿大会朝堂，令中常侍赵忠监议。太尉李咸时病，乃扶舆而起，捣椒自随，谓妻子曰"若皇太后不得配食桓帝，吾不生还矣"。既议，坐者数百人，各瞻望中官，良久莫肯先言。赵忠曰"议当时定"。怪公卿以下各相顾望。球曰"皇太后以盛德良家，母临天下，宜配先帝，是无所疑"。忠笑而言曰"陈廷尉宜便操笔"。球即下议曰"皇太后自在椒房，有聪明母仪之德。遭时不造，援立圣明，承继宗庙，功烈至重。先帝晏驾，因遇大狱，迁居空宫，不幸早世，家虽获罪，事非太后。今若别葬，诚先天下之望。且冯贵人冢墓被发，骸骨暴露，与贼并尸，魂灵污染，且无功于国，何宜上配至尊"。忠省球议，作色俯仰，蚩球曰"陈廷尉建此议甚健"。球曰"陈、窦既冤，皇太后无故幽闭，臣常痛心，天下愤叹。今日言之，退而受罪，宿昔之愿"。公卿以下，皆从球议。

李咸始不敢先发，见球辞正，然后大言曰"臣本谓宜尔，诚与臣意合"会者皆为之愧。曹节、王甫复争，以为梁后家犯恶逆，虽葬懿陵，武帝黜废卫后，而以李夫人配食。今窦氏罪深，岂得合葬先帝乎。李咸乃诣阙上疏曰"臣伏惟章德窦后虐害恭怀，安思阎后家犯恶逆，而和帝无异葬之议，顺朝无贬降之文。至于卫后，孝武皇帝身所废弃，不可以为比。今长乐太后尊号在身，亲尝称制，坤育天下，且授立圣明，光隆皇祚。太后以陛下为子，陛下岂得不以太后为母。子无黜母，臣无贬君，宜合葬宣陵，一如旧制"。帝省奏，谓曹节等曰"窦氏虽为不道，而太后有德于朕，不宜降黜"。节等无复言，于是议者乃定。咸字符贞，汝南人。累经州郡，以廉干知名，在朝清忠，权幸惮之。

六年，迁球司空，以地震免。拜光禄大夫，复为廷尉、太常。光和元年（178），迁太尉，数月，以日食免。复拜光禄大夫。明年，为永乐少府，乃潜与司徒河间刘合谋诛宦官。

初，合兄侍中儵，与大将军窦武同谋俱死，故合与球相结。事未及发，球复以书劝合曰"公出自宗室，位登台鼎，天下瞻望，社稷镇卫，岂得雷同容容无违而已。今曹节等放纵为害，而久在左右，又公兄侍中受害节等，永乐太后所亲知也。今可表徙卫尉阳球为司隶校尉，以次收节等诛之。政出圣主，天下太平，可翘足而待也"。又，尚书刘纳以正直忤宦官，出为步兵校尉，亦深劝于合。合曰"凶竖多耳目，恐事未会，先受其祸"。纳曰"公为国栋梁，倾危不持，焉用彼相邪"。合许诺，亦结谋阳球。

球小妻，程璜之女，璜用事宫中，所谓程大人也。节等颇得闻知，乃重赂于璜，且胁之。璜惧迫，以球谋告节，节因共白帝曰"合等常与藩国交通，有恶意。数称永乐声势，受取狼藉。步兵校尉刘纳及永乐少府陈球、卫尉阳球交通书疏，谋议不轨"。帝大怒，策免合，合与球及刘纳、阳球皆下狱死。球时年六十二。

子瑀，吴郡太守。瑀弟琮，汝阴太守。弟子珪，沛相。珪子登，广陵太守。并知名。

赞曰：安储遭谮，张卿有请，龚纠便佞，以直为眚。二子过正，埋车堙井。种公自微，临官以威。陈球专议，桓思同归。

出处：（南朝·宋）范晔编撰《后汉书·张王种陈列传》（卷五十六）。

注释：淮浦，时淮阴境，今没入洪泽湖。（清）汪之藻《洪泽考议》曰："洪泽，汉淮浦地，即汉陈球、三国陈登、南唐刘仁赡之本籍。唐以后始称洪泽，盖胜地也。"

萧道成

萧道成（427—482），字绍伯，小名斗将，南朝齐建立者。祖籍东海兰陵（今山东枣庄），迁居南兰陵（今江苏常州）。原为宋禁军将领，乘宋皇族内讧推立顺帝刘准，授相国，封齐王，掌握军政大权。升明三年（479）废顺帝自立，改年号为建元，史称南齐。

塞 客 吟

宝纬紊宗，神经越序。德晦河、晋，力宣江、楚。云雷兆壮，天山由武。直发指秦关，凝精越汉渚。秋风起，塞草衰，雕鸿思，边马悲。平原千里顾，但见转蓬飞。星严海净，月澈河明。清辉映幕，素液凝庭。金箔夜厉，羽辔晨征。斡晴潭而怅泗，枻松洲而悼情。兰涵风而泻艳，菊笼泉而散英。曲绕首燕之叹，吹轸绝越之声。歆园琴之孤弄，想庭藿之余馨。青关望断，白日西斜。恬源靓雾，垄首晖霞。戒旋鹤，跃还波，情绵绵而方远，思袅袅而遂多。粤击秦中之筑，因为塞上之歌。歌曰：朝发兮江泉，日夕兮陵山。惊飙兮濽汩，淮流兮潺湲。胡埃兮云聚，楚旆兮星悬。愁墉兮思宇，恻怆兮何言。定寰中之逸鉴，审雕陵之迷泉。悟樊笼之或累，怅遐心以栖元。

出处：（南朝·梁）萧子显《南齐书》（卷二十八）；（明）梅鼎祚《古乐苑》（卷三十七）；（明）冯惟讷《古诗纪》（卷六十六）；（民国）徐钟令《民国淮阴志征访稿》（卷二），民国抄本。

注释：《南齐书·苏侃传》记载："侃除积射将军。遇太祖在淮上，便自委结。上镇淮阴，以侃详密，取为冠军录事参军。是时张永、沈攸之反后，新失淮北，始遣上北戍，不满千人。每岁秋冬间，边淮骚动，恒恐虏至。上广遣侦候，安集荒余，又营缮城府。上在兵中久，见疑于时，乃作《塞客吟》以喻志。"

高 闾

高闾（？—502），本名驴，字阎士，渔阳郡雍奴县（今天津武清）人。幽州刺史高洪之子。太平真君九年（448），拜中书博士，迁中书侍郎。献文帝即位，授光禄大夫、吏部尚书。宣武帝即位，迁太常卿。著有《高闾文集》三十卷、《燕志》十卷。

论淮南不宜留戍表

南土乱亡，僭主屡易，陛下命将亲征，威陵江左，望风慕化，克拔数城，施恩布德，携民襁负，可谓泽流边方，威惠普著矣。然元非大举，军兴后时，本为迎降，戎卒实少。兵法："十则围之，倍则攻之。"所率既寡，东西悬阔，难以并称。伏承欲留戍淮南，招抚新附。昔世祖以回山倒海之威，步骑数十万，南临瓜步，诸郡尽降，而盱眙小城，攻而弗克。班师之日，兵不戍一郡，土不辟一廛。夫岂无人，以大镇未平，不可守小故也。堰水先塞其源，伐木必拔其本。源不塞，本不拔，虽剪枝竭流，终不可绝矣。寿阳、盱眙、淮阴，淮南之源本也，三镇不克其一，而留兵守郡，不可自全明矣。既逼敌之大镇，隔深淮之险，少置兵不足以自固，多留众粮运难可充。又欲修渠通漕，路必由于泗口，溯淮而上，须经角城。淮阴大镇，舟船素畜，敌因先积之资，以拒始行之路。若元戎旋旆，兵士挫怯，夏雨水长，救援实难。忠勇虽奋，事不可济。淮阴东接山阳，南通江表，兼近江都、海西之资，西有盱眙、寿阳之镇。且安土乐本，人之常情，若必留戍，军还之后，恐为敌擒。何者？镇戍新立，悬在异境，以劳御逸，以新击旧，而能自固者，未之有也。昔彭城之役，既克其城，戍镇已定，而思叛外向者，犹过数方。角城蕞尔，处在淮北，去淮阳十八里，五固之役，攻围历时，卒不能克。以今比昔，事兼数倍。今以向热，水雨方降，兵刃既交，难以恩恤。降附之民及诸守令，亦可徙置淮北。如其不然，进兵临淮，速度士卒，班师还京。蹈太武之成规，营皇居于伊洛。畜力以待敌衅，布德以怀远人，使中国清穆，化被遐裔。淮南之镇，自效可期；天安之捷，指辰不远。

出处：（北朝·北齐）魏收《魏书》（卷二十九）；（清）严可均辑《全后魏文》（卷三十）。

注释：事见《魏书·高闾传》。高祖攻钟离未克，将于淮南修收城而置镇戍以抚新附之民，赐闾玺书，具论其状。闾表。

·唐·

房玄龄

房玄龄（579—648），名乔，字玄龄，以字行于世。齐州临淄（今山东淄博）人。十八岁时本州举进士，授羽骑尉。在渭北投秦王李世民，参与玄武门之变，与杜如晦等五人并功第一，封为梁国公。官任中书令、尚书左仆射、司空等职，总领百司，掌政务二十年。因其多谋，而杜如晦善断，"房谋杜断"传为美谈。监修《高祖实录》《太宗实录》《晋书》。

刘颂传赞

史臣曰：子雅束发登朝，竭诚奉国，广陈封建，深中机宜，详辨刑名，该核政体。虽文惭华婉，而理归切要。游目西京，望贾谊而非远；眷言东国，顾郎顗而有余。逮元康之间，贼臣专命，举朝战栗，苟避菹醢；颂以此时，忠鲠不挠，哭张公之非罪，拒赵王之妄锡，虽古遗直，何以尚兹。至于缘其私议，不平刘友，异夫憎而知善，举不避仇者欤！李重言因革之理，驳田产之制，词悾事当，盖矕癖可观。及锐志铨衡，留心隐逸，浚冲期之识会，岂虚也哉！

赞曰：刘颂刚直，义形于词。自下摩上，彼实有之。李重清雅，志乃无私。推贤拔滞，嘉言在兹。懋哉两哲，邦家之基。

出处：（唐）房玄龄等《晋书·列传第十六》（卷四十六）。

魏 征

魏征（580—643），字玄成，钜鹿郡下曲阳（今河北晋县）人。隋末参加瓦岗军，后又被窦建德重用。入唐后成为太子李建成的心腹，太宗即位后任为谏议大夫，参预朝廷大事，以直谏敢言著称。著有《隋书》序论，《梁书》《陈书》《齐书》总论等。

张 须 陀 传

张须，字文懿，自云清河人也，家于淮阴。好读兵书，尤便刀楯。周世，乡人郭子翼密引陈寇，须父双欲率子弟击之，犹豫未决。须赞成其谋，竟以破贼，由是以勇决知名。起家州主簿。高祖作相，授大都督，领乡兵。贺若弼之镇寿春也，恒为间谍，平陈之役，颇有功焉。进位开府仪同三司，封文安县子，邑八百户，赐物二千五百段，粟二千五百石。岁余，率水军破逆贼笮子游于京口、薛子建于和州。征入朝，拜大将军。高祖命升御坐而宴之，谓须曰："卿可为朕儿，朕为卿父。今日聚集，示无外也。"其后赐绮罗千匹，绿沉甲、兽文具装。寻从杨素征江表，别破高智慧于会稽、吴世华于临海。进位上大将军，赐奴婢六十口，缣彩三百匹。历抚、显、齐三州刺史，俱有能名。开皇十八年（598），为行军总管，从汉王谅征辽东。诸军多物故，须众独全。高祖善之，赐物二百五十段。仁寿中，迁潭州总管，在职三年卒。有子孝廉。

出处：（唐）魏征《隋书·列传》（卷二十九）。

李 邕

李邕（678—747），字泰和，鄂州江夏（今湖北武汉）人。博学多才，少年成名。起家校书郎，迁左拾遗，转户部郎中，调殿中侍御史，迁括州刺史，转北海太守，史称"李北海""李括州"。精于翰墨，行草之名尤著，传世作品有《端州石室记》《麓山寺碑》《法华寺碑》《云麾将军李思训碑》《云麾将军李秀碑》等。

楚州淮阴县娑罗树碑

观厥好德存树，爱人及乌，有情不忘，虽小可作。夫施及者也，则有宗庙加敬，墟墓增悲。睹物可怀，比事斯广，此触类者也。矧乃通感灵变，玄符圣迹，根柢净土，硕茂佛时。烛金山之景彰，联玉豪之殊相。至若泥日法会，荼毗应身，妙有双树之间，光覆僧祇之众，安可混曜散木，比列清林，议上茅之挺生，喻坚固之神造者也。

娑罗树者，非中夏物土所宜有者已。婆娑十亩，映蔚千人，密握足以缀飞飙，高盖足以却流景，恶禽翔而不集，好鸟止而不巢，有以多矣。虽徘徊仰止而莫知冥植；博物者，虽沉吟称引而莫辨嘉名。华叶自奇，荣枯尝异，随所方面，颇征灵应。东瘁则青郊苦而岁不稔，西茂则白藏泰而秋有成。惟南匪也，自北常尔。或季春肇发，或仲夏萌生，早先丰随，晚暮俭若。且槁茎后吐，芬条前秀，差池旬日，奄忽齐同。无今昔可殊，非物理所测，古老多怪，时俗每惊。巫者占于鬼谋，议者惑地神树。

证圣载，有三藏还自西域，逮兹中休信宿，因依斋戒瞻叹。演夫本处，征之旧闻，源其始也，荣灼道成之际；究其末也，摧藏薪尽之余。或森列四方，或合并二体，常青不坏，应见分荣，变白有终，不灭同尽。昔与释迦荫首，今为群生立缘。夫佛病从人，大慈感故；树萎因物，深悲理然。化能分身半枯，即是心有合相。后茂还齐，宜其表正。圣神灵觇，品汇以变，见一摄而称赞十方者也。

淮阴县者，江海通津，淮楚巨防，弥越走蜀，会闽驿驿。《七发》枚乘之丘，"三杰"楚王之窟。胜引飞鹭，商旅接舻。每至同云冒山，终风振壑，宦子惕息，槁工疚怀。鱼贯迤其万艘，雾集垒于曾渚，莫不膜拜围绕，焚香护持。复悔多尤，回祈景福。于是风水相借，物色同和。挂帆启行，方舳骏迈。浮山山屋起而疏山献，庆云乱飞而比峰。虽电影施鞭，夸父侧杖策，罔可喻其神速，易云状其豁快者哉！

州牧宗子名仲康，广孝惟家，大忠形国，播清政以主郡，仪古式以在人，知微知彰，有礼有乐。别驾扶风窦公名诚盈，盛门贵仕，懿德令名，利用以厚生，明略以营道，上交不谄，下交不黩。司马宗子名景虚，受贤交干，用柔克退，遂中律，先后自公，且观麟定之诗，未弘骥子之任。邑宰清河张公名松质，藐自雉节，忽乎博闻，始于能赋而彰，中于成器而立，牧人通急，徇物合权，威肃慑于神明，慈惠安其父母，岂伊政理，自有才名。莫不净虑一乘，追攀八树。叹徒植而多感，惟化生而永怀。大启上缘，率心檀施。硕德道晖、寺主道玄、上座道绚、都维那昙一等，皆妙觉圆常、释门上首，痛金棺而既往，骇坚林而在兹。乡望司徒玄简、戴玄景、王玄珪、张仁艺、王怀俨、刘元隐、沈信详等，凤悟大师，深人真际，勤行进力，护供壮严。扬州东大云寺法师希玄，广派法流，固抵德本，戒行有以镇浮俗，利言有以诲蒙求，既凭藉于众心，亦谋明于独得。是标灵迹，乃建丰碑。其词曰：

政化之理兮，甘棠犹存。宝乘之妙兮，娑罗是敦。钦厥道成兮，八相克尊。感乎示迹兮，一归可门。与佛合缘兮，荣落同时。欻尔化生兮，感变惟思。休征咎征兮，伺察不欺。流俗莫识兮，绵旷惊疑。上人西还兮，觌止增悲。发皇灵应兮，坚固在兹。方国传闻兮，想象凄其。回首正信兮，顶礼护持。优昙千年兮，易足议之？

出处：（唐）李邕《李北海集》（卷四）。又见（宋）李昉《文苑英华》（卷八百五十九）；（明）解缙《永乐大典》（卷一万四千五百三十六）；（清）周绍良《全唐文》（卷二百六十三）；（清）汪灏《御定佩文斋广群芳谱》（卷八十）。

高　参

> 高参，生卒年不详。师事独孤及，建中元年（780）为中书舍人，三年（782）为兵部员外郎，充唐代宗第三子舒王李谊元帅府掌书记。

汉高祖伪游云梦议

或曰：汉高祖伪游云梦，以擒韩信，果哉其智足称也。予以汉高祖不思弘远之规，而务一时之计，于是乎失政刑矣。夫圣人贵正不贵幸，与律不与臧。昔者明王五载一巡狩，合诸侯各朝于方岳，大明黜陟，故无德者削地，有功者进律。汉氏君临万国，示人以偷，伪游之名，不可以训。且当此之时，韩信未有逆节，一朝系信，而生诸侯之疑，则所利者少，而所失者多。

昔崇伯之方命圯族，共工之静言庸违，帝尧以圣哲之明，而未有去者，盖以其行伪象恭，且有四岳之举故也。向使尧恶四凶之行，拒四岳之举，不待试用，加之诛放，天下必以为戮不辜矣。夫刑一人，使天下知其罪，则服；赏一人，使天下知其贤，则劝。若赏而不劝，刑而不服，则尧所不为也。汉祖不能斟酌古典，卒用陈平之言，执信而归于京师，一二年间，韩王信反马邑，赵相贯高谋柏人，陈豨反代地，彭越、黥布、卢绾悉以叛涣，岂非服劝用刑之失欤？《传》曰："君人执信，臣人执忠。"古之盟主，耻袭侵之事，况光有天下者乎？于戏！悠悠千载，变诈萌生，使天子不复言巡狩，诸侯不敢议朝觐，大者自嫌强盛，小者惧于囚执，是恩信不流于下，而忠孝不达于上。王者之泽，寖以陵迟，自云梦始矣。

出处：（宋）阙名《历代名贤确论》（卷四十）；（宋）李昉《文苑英华》（卷七百七十）；（宋）姚铉《唐文粹》（卷四十二）；（明）贺复徵《文章辨体汇选》（卷四百二十四）。

注释：刘邦伪游云梦，逮捕韩信，引发许多功臣不服，激化了刘邦与功臣之间的矛盾，带来了一系列影响政治稳定的负面效应，是刘邦在全国统一后犯下的第一个重大政治错误。

吕 温

> 吕温（772—811），字和叔，一字化光，河中（山西永济）人。贞元末进士，历任左拾遗、侍御史、户部员外郎等职，因曾被贬充衡州刺史，世称吕衡州。有《吕衡州集》十卷。

由鹿赋（并序）

贞元丁卯（787）岁，予南出襄樊之间，遇野人縶鹿而至者。问之，答曰："此为由鹿，由此鹿以诱致群鹿也。"备言其状，且曰："此鹿每有所致，辄鸣嗥，不饮食者累日。"余喟然叹曰："虞之即鹿也，必以其类致之；人之即人也，亦必以其友致之。实繁有徒，古之然矣。嗟乎！鹿无情而犹知痛伤，人之与谋宴安残酷者，彼何人斯！彼何人斯！"鹿之生兮，亦秉亭毒。备齿角以无竞，循性情而自牧。姑有昧于行止，尚焉知乎倚伏。舍尔崇林，轻游近麓。偶巧网之生致，蒙主人之全育。饮以潨并，饲于芳庭。寝卧荃柔，腾倚兰馨。露往霜来，日安月宁。虽矫性而非乐，终感恩而不惊。曾不知养非玩物，用有深意。命曰由鹿，俾陷其类。凉秋八月，爽景清气。羁致山阿，縻于蹊遂。设伏以待，翳丛而伺。同气相求，诱之孔易。将必慕侣，岂云贪饵。呦呦和鸣，麌麌狎至。彼泯虑于猜信，此无情于诚伪。孰是仓猝，祸生所忽。毒镝以星贯，潜机划其电发。或洞胸而达腋，或折足而碎骨。望林峦兮非远，顾町疃兮未灭。风嘁泽而北迅，日掩山而西没。走骇侣于岩烟，叫饥麝于涧月。苟行路之闻者，孰不心摧而思绝。相尔由矣，野心而仁。望纯束兮惊愧，顾获车兮逡巡。视鼎中之消烂，观机上之剖分。忽哀鸣以感类，若沉痛之在身。虽复处之密迩，享以丰珍。比槛猿之骇跃，同海鸟之愁辛。敢择音而后死，思走险其何因。痛无知以相陷，含惋毒而莫伸。客有感而言曰：物诚有诸，人亦宜乎。摭事或比，原心则殊。借如淮阴构祸，冤在神理。通说且拒，豨谋宁起。堂堂萧公，实曰知己。绐致钟室，胡宁忍此。吕禄之难，谁非汉臣。交则不义，卖亦不仁。彼美郦生，既为交亲。诱袭军印，岂无他人。于戏！微兽伤类，如不自容。忍人卖友，而享其功。灭交道兮坠义风，曾麋鹿之不若。何仁信之可宗，已焉哉！谅此世之茫茫，吾未见其始终。

出处：（宋）厥名《历代名贤确论》（卷四十七）；（宋）李昉《文苑英华》（卷一百三十四）。

白居易

> 白居易（772—846），字乐天，号香山居士。祖籍太原，生于河南新郑。贞元十五年（799）进士，任翰林学士，官至太子少傅。中唐新乐府运动的主要倡导者，诗歌题材广泛，形式多样，语言平易通俗，有"诗魔"和"诗王"之称。有《白氏长庆集》。

三月三日祓禊洛滨

开成二年（837）三月三日，河南尹李待价以人和岁稔，将禊于洛滨。

前一日，启留守裴令公。令公明日召太子少傅白居易、太子宾客萧籍李仍叔刘禹锡、前中书舍人郑居中、国子司业裴恽、河南少尹李道枢、仓部郎中崔晋、伺封员外郎张可续、驾部员外郎卢言、虞部员外郎苗愔、和州刺史裴俦、淄州刺史裴洽、检校礼部员外郎杨鲁士、四门博士谈弘谟等一十五人，合宴于舟中。由斗亭，历魏堤，抵津桥，登临溯沿，自晨及暮，簪组交映，歌笑间发，前水嬉而后妓乐，左笔砚而右壶觞，望之若仙，观者如堵。尽风光之赏，极游泛之娱。美景良辰，赏心乐事，尽得于今日矣。若不记录，谓洛无人，晋公首赋一章，铿然玉振，顾谓四座继而和之，居易举酒抽毫，奉十二韵以献。

三月草萋萋，黄莺歇又啼。柳桥晴有絮，沙路润无泥。禊事修初半，游人到欲齐。金钿耀桃李，丝管骇凫鹥。转岸回船尾，临流簇马蹄。闹翻扬子渡，踏破魏王堤。妓接谢公宴，诗陪荀令题。舟同李膺泛，醴为穆生携。水引春心荡，花牵醉眼迷。尘街从鼓动，烟树任鸦栖。舞急红腰软，歌迟翠黛低。夜归何用烛，新月凤楼西。

出处：（唐）白居易《白香山诗集》（卷三十四）。又见（清）李光地《御定月令辑要》（卷七）；（清）张玉书《御定佩文斋咏物诗选》（卷四十）。略见（宋）洪迈《容斋随笔》（卷一）；（元）阙名《氏族大全》（卷二十一）。

蒋 伸

蒋伸（799—881），字大直，常州义兴（今江苏宜兴）人。进士出身。曾任右补阙、户部侍郎、翰林学士承旨、兵部侍郎等职。宣宗大中十二年（858）拜相，以兵部侍郎判户部同中书门下平章事。咸通三年（862），出为河中节度使，徙宣武。以太子太傅致仕。

授李珏扬州节度使制

门下。维扬右都，东南奥壤。包淮海之形胜，当吴越之要冲。阛阓星繁，舟车露委。若非人伦硕望，台鼎旧臣，则何以镇抚巨藩，允膺金属。金紫光禄大夫守吏部尚书李珏，器量弘深，襟灵冲粹。道光朝彦，德契人师。

文章穷三变之风，学术洞九流之奥。庄敬形外，温和积中。松筠自高，圭玉不耀。负经国之策，蕴致君之谟。辅弼两帝，始终一心。忠直贯于金石，节操励于冰霜。邦家克宁，毗倚是属。躬历斯久，声猷益光。洎受钺孟津，宣风列郡。而能训齐师旅，润泽蒸黎。奸豪惧秋霜之威，孤弱怀冬日之爱。载膺参选，望洽冢卿。铨管无差，操鉴惟允。惟尔早践夔龙之位，再分邵武之权。儒臣之荣，可谓全美。式崇端揆之重，仍兼亚相之雄。勉思令图，副我嘉宠。

出处：（宋）李昉等《文苑英华》（卷四百五十五）。又见（清）周绍良《全唐文》（卷七百八十八）。

李公佐

李公佐，生卒年不详。字颛蒙。陇西（今甘肃东南）人。举进士。宪宗元和年间为江南西道观察使判官，八年（813）春罢职，淹留于上元、常州、苏州一带，至十三年夏始归长安。其传奇作品今存《南柯太守传》《谢小娥传》《庐江冯媪传》《古岳渎经》（一名《李汤》）。

古《岳渎经》

唐贞元丁丑（977）岁，陇西李公佐泛潇湘、苍梧，偶遇征南从事弘农杨衡泊舟古岸，淹留佛寺，江空月浮，征异话奇。杨告公佐云："永泰中，李汤任楚州刺史时，有渔人，夜钓于龟山之下。其钓因物所制，不复出。渔者健水，疾沉于下五十丈。见大铁锁，盘绕山足，寻不知极。遂告汤，汤命渔人及能水者数十，获其锁，力莫能制。加以牛五十余头，锁乃振动，稍稍就岸。时无风涛，惊浪翻涌，观者大骇。锁之末，见一兽，状有如猿，白首长鬐，雪牙金爪，闯然上岸，高五丈许。蹲踞之状若猿猴，但两目不能开，兀若昏昧。目鼻水流如泉，涎沫腥秽，人不可近。久乃引颈伸欠，双目忽开，光彩若电。顾视人焉，欲发狂怒。观者奔走。兽亦徐徐引锁拽牛，入水去，竟不复出。时楚多知名士，与汤相顾愕悚，不知其由。尔时，乃渔者知锁所，其兽竟不复见。"

公佐至元和八年（813）冬，自常州饯送给事中孟蒨至朱方，廉使薛公苹馆待礼备。时扶风马植、范阳卢简能、河东裴蓬皆同馆之，环炉会语终夕焉。公佐复说前事，如杨所言。

至九年（814）春，公佐访古东吴，从太守元公锡泛洞庭，登包山，宿道者周焦君庐。入灵洞，探仙书，石穴间得古《岳渎经》第八卷，文字古奇，编次蠹毁，不能解。公佐与焦君共详读之："禹理水，三至桐柏山，惊风走雷，石号木鸣；五伯拥川，天老肃兵，不能兴。禹怒，召集百灵，搜命夔、龙。桐柏千君长稽首请命，禹因囚鸿蒙氏、章商氏、兜卢氏、犁娄氏。乃获淮、涡水神，名无支祁，善应对言语，辨江淮之浅深，原隰之远近。形若猿猴，缩鼻高额，青躯白首，金目雪牙，颈伸百尺，力逾九象，搏击腾踔疾奔，轻利倏忽，闻视不可久。禹授之章律，不能制；授之鸟木由，不能制；授之庚辰，能制。鸱脾桓木魅水灵山妖石怪，奔号聚绕以数十载，庚辰以战逐去。颈锁大索，鼻穿金铃，徙淮阴之龟山之足下，俾淮水永安流注海也。庚辰之后，皆图此形者，免淮涛风雨之难。"

即李汤之见，与杨衡之说，与《岳渎经》符矣。

出处：（唐）韦绚撰《戎幕闲谈》，引自（宋）李昉、李穆、徐铉等编纂《太平广记》（卷四百六十七）。

杜　牧

杜牧（803—852），字牧之，号樊川，京兆万年（今陕西西安）人。唐文宗大和二年（828）进士，曾任弘文馆校书郎、左补阙、监察御史，黄、池、睦、湖等州刺史，官终中书舍人。有《樊川文集》。

册赠李珏司空文

维大中六年（852）岁次壬申，五月丁卯朔，十六日壬午。皇帝若曰：国有元老道，可咨禀禀，天命不助，倏然去我，宜加褒命，以慰重泉。咨尔故淮南节度副大使、知节度事管内营田观察处置等使、金紫光禄大夫、检校尚书右仆射，兼扬州大都督府长史、御史大夫、上柱国、赞皇县开国公、食邑一千五百户李珏。立德行道，继长增高，贵而益修，老而弥笃。在文宗朝，遍历清近，内备顾问，尝摧奸凶。外领事权，善提故典，爰付魁柄，实肖象求。镇抚四夷，莫不诚信。训导百吏，皆有程品，左官荒服，众疑非罪。事君以道，知我其天，李固之确论无私，周公之金縢终启。自朕统御，尊敬旧老，分委戎辂，作镇孟津，训兵令行，活人化洽，饱闻声价，渴见风采。以大冢宰，征归朝廷，谠直忠贞，骨鲠魁儡。凡所陈启，无非理法，遂乃裂授东夏，表率诸侯，能救饥艰，克为康泰。初陈微恙，请捐重寄，驲骑奔问，侍医临理，旋闻大病，却食流涕，命也奈何，痛悼不及。今遣使某官，某副使某官，某持节册赠尔为司空。魂而有知，鉴兹诚意。呜呼哀哉！

出处：（唐）杜牧《樊川集》（卷十四）。又见（宋）宋敏求《唐大诏令集》（卷六十三）；（清）周绍良《全唐文》（卷七百四十八）。

李 昂

李昂（809—840），原名李涵，唐朝第十五位皇帝。长庆元年（821），封为江王。宝历二年（826）即位。在位初年，励精求治，重用宠臣李训、郑注等人，发动甘露之变，企图消灭宦官势力，事败遭软禁。开成五年（840），抑郁而终。

杨嗣复李珏平章事制

运行帝载，翊赞天工，必俟辅臣，以宣至化，将益秉钧之重，是资并命之求。诸道盐铁转运等使正议大夫守户部侍郎上柱国弘农郡开国伯食邑七百户赐紫金鱼袋杨嗣复，动必居正，言惟在公，峻若孤山，清犹止水。从政禀《诗》《书》之教，承家达《礼》《乐》之源。朝议郎守尚书户部侍郎判户部事上柱国赐紫金鱼袋李珏，质本温明，才推俊茂，智能周物，宏本有容。守和为君子之儒，可大见贤人之业，挺为国杰，秀禀元精，生必为时，宝称希代，便蕃清秩，操履有常。调黄钟而协谐，和朱弦而疏越，或总戎重镇，或敷惠字人，卒乘有辑睦之功，惮嫠著昭苏之咏。洎入司邦赋，爰掌版图，事未财成，公望犹郁。是可以宰领枢务，用弼予违，叙彝伦而建大中，馨吁谟而调元气，乂宁华夏，保合神人。宜申补衮之规，致我垂衣之理。于戏！孔明相鼎峙之国，尚闻鱼水之词；夷吾辅霸业之君，犹致鸿翼之喻。矧予祗荷丕构，虽未克绍前修，造次之间，不忘遵道。宵衣旰食，一纪于兹，灾沴尚生于旱蝗，黎元屡困于衣食。中夜静虑，若涉大川，将求津涯，俟尔而济。尔谓是，靡以拂吾心而不行；尔谓非，靡以徇吾志而苟用。开物成务，俾乂于得时；求贤审官，宁我以多士。则鱼水鸿翼，夫何足言，勉副简求，无忝我休命。嗣复可守本官同中书门下平章事依前充诸道盐铁转运使，勋赐如故。珏可守本官同中书门下平章事依前判户部事，散官勋赐如故。

出处：（宋）宋敏求《唐大诏令集》（卷四十九）；（宋）王钦若《册府元龟》（卷七十四）；（清）董诰等编纂《全唐文》（卷七十）。

注释：杨嗣复（783—848），字继之，又字庆门，虢州弘农（今河南灵宝）人。二十岁登博学弘词科，累迁至户部侍郎擢尚书右丞，封爵弘农伯。

·五　代·

徐知诰

　　徐知诰（889—943），又名李昪，字正伦，徐州彭城县（今江苏徐州）人，南唐开国皇帝。原姓李，南吴大臣徐温养子，曾经任升州刺史、润州团练使，后掌握南吴朝政，累加至太师、大元帅，封齐王。天祚三年（937）称帝，国号齐。升元三年（939）又改国号为唐，史称南唐。勤于政事，变更旧法，又与吴越和解，保境安民，与民休息，使南唐社会经济得到很大发展。

王崇文刘仁赡张钧并本州岛观察使制

　　敕：守边之要，在乎崇垣翰而重威令也。任能之方，在乎因善政而加宠秩也。懋迪斯道，时惟令猷。金紫光禄大夫检校太傅使持节吉州诸军事守吉州刺史兼御史大夫上柱国太原县开国男食邑三百户王崇文，儒雅饰身，威猛宣用，入奉旅贲之列，出申刺举之能。光禄大夫检校太傅使持节袁州诸军事守袁州刺史兼御史大夫上柱国刘仁赡，沉厚有谋，明断能理，护塞之略，历任弗迁。光禄大夫检校太傅使持节歙州诸军事守歙州刺史兼御史大夫上柱国清河县开国子食邑五百户张钧，践履班行，昭著声问，守土之效，一心靡违。而皆克嗣乃勋，诞扬我武，协比成绩，勤劳王家。朕以眇躬，钦承鸿业，实赖良将，绥爰四方。肆于布庆之辰，而有加等之命。就升使职，并驾兼车。仍崇驭贵之封，增立将军之号。并申宠寄，尚示克终。无懈乃诚，以底于理。陟明有典，予不敢忘。崇文可光禄大夫依前检校太傅使持节吉州诸军事守吉州刺史兼御史大夫充本路都团练观察处置等使，进封开国子，食邑五百户，仍赐号威勇将军，散官勋如故。仁赡可依前检校太傅使持节袁州诸军事袁州刺史兼御史大夫充本州岛都团练观察处置等使，封彭城县开国男，食邑三百户，仍赐号贞威将军，散官勋如故。钧可依前检校太傅使持节歙州诸军事守歙州刺史兼御史大夫充本州岛都团练观察处置等使，进封开国伯，食邑七百户，仍赐号武威将军，散官勋如故。

出处：（宋）徐铉《骑省集》（卷七）。又见（清）董诰等编纂《全唐文》（卷八七九）。

李 璟

李璟（916—961），初名徐景通、徐瑶，字伯玉，徐州彭城县（今江苏徐州）人，生于升州（今江苏南京）。唐烈祖李昇长子，南唐第二位皇帝。升元七年（943）继位，改元保大。后因受到后周威胁，削去帝号，改称国主，史称南唐中主。诗词被收录《南唐二主词》中。

刘崇俊等起复制

敕：匡时启运功臣威边将军、濠州都团练观察处置等使、光禄大夫检校太傅使持节濠州诸军事、守濠州刺史、涡口两城使兼御史大夫上柱国、彭城县开国子食邑五百户刘崇俊，濠上观风，克昭祖服；光禄大夫检校太保持节常州诸军事守常州刺史兼御史大夫上柱国刘佑，晋陵守土，允茂政经；而皆夙练军声，习知边要。方深朝寄，遽属内艰。永言护塞之权，宜举墨缞之制。俾加宠命，改授阶资。勉抑孝心，以从王事。并可起复云麾将军，余如故。

出处：（宋）徐铉《骑省集》（卷七）。又见（清）董诰等编纂《全唐文》（卷八七九）。

注释：《乾隆清河县志》记载："刘崇俊，仁赡从子，字德修。祖金事杨吴有功，为濠州刺史，有威名。境上世典濠梁。崇俊世为刺史，务行仁惠。南唐升濠为定远军，就以崇俊为节度使，移镇寿州。享赠太尉，谥曰威。"

柴 荣

柴荣（921—959），邢州龙冈（今河北邢台西南）人。后周太祖郭威养子，曾任澶州节度使、开封尹，加开府仪同三司、检校太尉兼侍中，封晋王。显德元年（954）继帝位，在位五六年间，取秦陇、平淮右、复三关，而方内延儒学文章之士，考制度、修《通礼》、定《正乐》、议《刑统》，其制作之法皆可施于后世，史家称为"五代第一明君"。

赐刘仁赡诏

一

朕昨者再幸淮泗，尽平诸砦。念一城之生灵，久困重围；豁三面之疏网，少宽疲瘵。果闻感义，累贡来章，卿受任江南，镇兹淮甸，逾年固守，诚节不亏。近代封疆之臣，卿且无愧，忠烈回翔之际，不失事机。万民获保于安全，一境便期于舒泰。卿便可宣达恩信，慰抚军城，将觌仪形，良增欣沃，览奏嘉奖，再三在怀。

二

朕临御万邦，推诚克己，当五兵未戢，雷霆宣震耀之功；暨万旅投戈，覆载示生成之德。况卿等受任本国，保兹列藩，戮力邦家，将帅常道，救援不及，回翔得宜，事主尽心，何罪之有？已令宣谕，当体优恩，勉自保调，无更疑虑，称奖在念，寤思不忘。

出处：（宋）王钦若《册府元龟》（卷一百六十七）；（清）董诰等编纂《全唐文》（卷一百二十五）。

注释： 柴荣《赐刘仁赡诏》有二，编者将同题、同事之诏合编为一文。

李 煜

李煜（937—978），初名从嘉，字重光，祖籍彭城（今江苏徐州）。南唐最后一位国君。北宋建隆二年（961）继位。开宝四年（971）十月，宋太祖灭南汉，去除唐号，改称"江南国主"。开宝八年（975），兵败降宋，授右千牛卫上将军，封违命侯。世称南唐后主。精书法、工绘画、通音律，工诗文，尤以词的成就最高。诗词被收录《南唐二主词》中。

卫王刘仁赡改封越王册

维年月日，国主若曰：忠臣之事君也，殁且不朽。王者之念功也，久而弗忘。故贤哲应期，风烈所及，千载之下，若旦暮焉。矧先朝旧臣，藩方贤帅。雄名大节，震耀区中。粤予纂承，敢忘褒宠。咨尔故某，命世英杰，奕叶勋庸。便藩宠遇，茂著声实。间者辍自离卫，镇于寿春。导德申威，罔不率俾。国步中梗，边烽载惊。介然孤城，横制险地。威略所奋，以战则靡亢。恩信所加，以守则弥固。社稷是卫，岂惟封疆。呜呼！壮图中夺，而英气动于二国。奇表长谢，而中规流于百代。肆我文考，爰极宠章。崇为帝师，建以王社。大名备物，无不及焉。咨予小子，敬想先正。闻謦之感斯极，饰壤之礼未行。是用越于彝章，再光赠典。山阴大国，会稽遗墟。申画四封，永旌懿烈。今遣使某官持节改封越王。呜呼！忘身徇国，其至如彼。慎终追远，其厚如此。永锡繁祉，子孙保之。

出处：（宋）徐铉《骑省集》（卷九）。又见（清）董诰等编纂《全唐文》（卷八百八十）。

·宋·

王禹偁

王禹偁（954—1001），字符之，济州钜野（今山东巨野）人。宋太平兴国八年（983）进士，历任右拾遗、左司谏、知制诰、翰林学士。敢于直言讽谏，屡受贬谪。宋真宗即位，授知制诰、黄州知州，世称王黄州。著有《小畜集》三十卷。

省试三杰佐汉孰优论

夫百姓不能自治，命圣人以治之，圣人不能独治，生贤臣以佐之。粤自有天地，建国家，历代已来，固非贤而不乂也。在音嬴氏之有天下也，蚕食六国，虎噬兆民，君政猛于豺狼，人命轻于草芥，役五岭之戍，起阿房之宫，坑儒学之徒，惑神仙之事，筑城北塞，鞭石东溟，苍生嗷嗷上诉，求主天命。高祖革秦之暴，纂尧之绪，斩蛇于大泽，遂鹿于中原，云飞丰沛之间，雷动崤函之地，将欲洗万人之涂炭，救六合之分崩，乃生三杰以佐焉。则有应炎汉之运储，昴宿之精举，不失贤动，无遗策供，转输于千里，约法令于三章，收图籍之书，令府库之利，使诸侯同反掌，定万国如走丸，此酂侯为一也。则有继韩国之裔，授黄公之书，解纷陈八难之谋，运筹决千里之胜，掉三寸舌，蔚为帝者之师，封万户侯，自是布衣之极，此留侯为二也。次乃勇冠三军，功深百战，下强齐如拾芥，虏叛魏如摧枯，七十阵征伐之劳光乎史策，四百年兴隆之祚垂之古今，此淮阴为三也。故高祖尝曰："此皆人之杰也，吾能用之。"奋布衣而取天下，未为艰哉！然则汉犹鼎也，三杰为足，以负之汉犹天也。三杰为辰，以烛之鼎，去一足则有攲倾之虞；天阙一辰，则尖经躔之度。汉亏一杰，则无霸王之业，岂非天之道启圣哲、救黎元、灭乱秦、殄强楚，而兴大汉哉，不然何龙虎风云会合之若是邪？噫！辅弱则同优劣斯异，故谓韩信之功如猎犬，虽云有获，盖指踪在乎人矣。如是则萧、张，人之功也；韩信，犬之功也，优劣之义不其明乎。其或得名，遂之道，其在子房乎？故萧公受紲，韩信受戮，虽成功于前，终贻戚于后。未若定储君之计，从赤松而游，远害全身，垂名于万世者，不为优哉。

出处：（宋）王禹偁撰《王黄州小畜外集残》（卷三）。又见（宋）阙名《历代名贤确论》（卷四十）。

欧阳修

> 欧阳修（1007—1072），字永叔，号醉翁、六一居士，吉州永丰（今江西永丰）人。北宋古文运动的倡导者，"唐宋散文八大家"之一。官至翰林学士、枢密副使、参知政事。与修《新唐书》，撰《新五代史》，编《集古录》，有《欧阳文忠集》传世。

李 珏 传

李珏，字待价，其先出赵郡，客居淮阴。幼孤，事母以孝闻。甫冠，举明经。李绛为华州刺史，见之，曰："日角珠廷，非庸人相。明经碌碌，非子所宜。"乃更举进士高第。河阳乌重胤表置幕府。以拔萃补渭南尉，擢右拾遗。

穆宗即位，荒酒色，景陵始复土，即召李光颜于邠宁，李愬于徐州，期九月九日大宴群臣。珏与宇文鼎、温畲、韦瓘、冯药同进曰："道路皆言陛下追光颜等，将与百官高会。且元朔未改，陵土新复，三年之制，天下通丧。今同轨之会适去，远夷之使未还，遏密弛禁，本为齐人，钟鼓合飨，不施禁内。夫王者之举，为天下法，不可不慎。且光颜、愬忠劳之臣，方盛秋屯边，如令访谋猷，付疆事，召之可也，岂以酒食之欢为厚邪？"帝虽置其言，然厚加劳遣。

盐铁使王播增茶税十之五以佐用度。珏上疏谓："榷率本济军兴，而税茶自贞元以来有之。方天下无事，忽厚敛以伤国体，一不可。茗为人饮，与盐粟同资，若重税之，售必高，其敝先及贫下，二不可。山泽之产无定数，程斤论税，以售多为利，若价腾踊，则市者稀，其税几何？三不可。陛下初即位，诏惩聚敛，今反增茶赋，必失人心。"帝不纳。方是时，禁中造百尺楼，土木费钜万，故播瓯敛，阴中帝欲。珏以数谏不得留，出为下邽令。武昌牛僧孺辟署掌书记，还为殿中侍御史。宰相韦处厚曰："清庙之器，岂击搏才乎？"除礼部员外郎。僧孺还相，以司勋员外郎知制诰为翰林学士，加户部侍郎。

始，郑注以医进，文宗一日语珏曰："卿亦知有郑注乎？宜与之言。"珏曰："臣知之，奸回人也。"帝愕然曰："朕疾愈，注力也。可不一见之？"注由是怨珏。及李宗闵以罪去，珏为申辨，贬江州刺史。徙河南尹，复为户部侍郎。开成中，杨嗣复得君，引珏同中书门下平章事，与李固言皆善。三人者居中秉权，乃与郑覃、陈夷行等更持议，一好恶，相影和，朋党益炽矣。珏数辞位，不许。帝尝自谓："临天下十四年，虽未至治，然视今日承平亦希矣！"珏曰："为国者如治身，及身康宁，调适以自助，如恃安而忽，则疾生。天下当无事，思所阙，祸乱可至哉？"

杜悰领度支有劳，帝欲拜户部尚书，以问宰相。陈夷行答曰："恩权予夺，愿陛下自断。"珏曰："祖宗倚宰相，天下事皆先平章，故官曰平章事。君臣相须，所以致太平也。苟用一吏、处一事皆决于上，将焉用彼相哉？隋文帝劳于小务，以疑待下，故二世而亡。陛下尝谓臣曰：'窦易直劝我，凡宰相启拟，五取三，二取一。彼宜劝我择宰相，不容劝我疑宰相。'"帝曰："易直此言殊可鄙。"帝又语："贞元初政事诚善。"珏曰："德宗晚喜聚财，方镇以进奉市恩，吏得赋外求索，此其敝也。"帝曰："人君轻所赋，节所用，可乎？"珏曰："贞观时，房、杜、王、魏为文皇帝谋，固此耳！"帝颇向纳。进封赞皇县男。

始，庄恪太子薨，帝意属陈王。既而帝崩，中人引宰相议所当立，珏曰："帝既命陈王矣！"已而武宗即位，人皆为危之。珏曰："臣下知奉所言，安与禁中事？"帝新听政，珏数称道《无逸篇》以劝。时潞州刘从谏献犬马，沧州刘约献白鹰，珏请却之以示四方。迁门下侍郎，为文宗山陵使。会秋大雨，梓宫至安上门陷于泞，不前，罢为太常卿。终以议所立，贬江西观察使，再贬昭州刺史。

宣宗立，内徙郴、舒二州，以太子宾客分司东都。迁河阳节度使，罢横赋宿逋百余万。以吏部尚书召，珏去镇，而府库十倍于初。俄检校尚书右仆射、淮南节度使。珏顾己大臣，谊不以内外自异，表请立皇太子维天下心。

江淮旱，发仓廪赈流民，以军羡储杀半价与人。卒，年六十九，赠司空，谥曰贞穆。

始，淮南三节度皆卒于镇，人劝易署寝，珏曰："上命我守扬州，是实正寝，若何去之？"及疾亟，官属见卧内，惟以州有税酒直而神策军常为豪商占利，方论奏，未见报为恨，一不及家事。性寡欲，早丧妻，不置妾侍，门无馈饷。淮南之人德之，珏已殁，叩阙下，愿立碑刻其遗爱云。

赞曰：天子待宰相以不疑，是矣。虽然，于贤不肖当别白分明，乃可与言治。文宗无知人之明，但以不疑责宰相。是时善恶混淆，故党人成于下，主听乱于上，王室之衰，由此为之阶。刘向所云"持不断之虑者，开群枉之门"，殆文宗为邪！

出处：（北宋）欧阳修、宋祁《新唐书》（卷一百八十二）。

论王彦章裴约刘仁赡

呜呼，天下恶梁久矣！然士之不幸而生其时者，不为之臣可也，其食人之禄者，必死人之事，如彦章者，可谓得其死哉！仁赡既杀其子以自明矣，岂有垂死而变节者乎？今《周世宗实录》载仁赡降书，盖其副使孙羽等所为也。当世宗时，王环为蜀守秦州，攻之久不下，其力屈而降，世宗颇嗟其忠，然止于为大将军。视世宗待二人之薄厚而考其制书，乃知仁赡非降者也。自古忠臣义士之难得也！五代之乱，三人者，或出于军卒，或出于伪国之臣，可胜叹哉！可胜叹哉！

出处：（宋）欧阳修《新五代史·死节传》（卷三十二）。

司马光

司马光（1019—1086），字君实，号迂叟，陕州夏县（今山西夏县）人。北宋政治家、文学家、史学家。宝元元年（1038）进士，历仕仁宗、英宗、神宗、哲宗四朝。卒赠太师、温国公，谥文正。主持编纂了中国历史上第一部编年体通史《资治通鉴》。著有《司马文正公集》《稽古录》等。

韩 信 说

世或以韩信首建大策，与高祖起汉中，定三秦，遂分兵以北，禽魏，取代，仆赵，胁燕，东击齐而有之，南灭楚垓下，汉之所以得天下者，大抵皆信之功也。观其距蒯彻之说，迎高祖于陈，岂有反心哉！良由失职怏怏，遂陷悖逆。夫以卢绾里旧恩，犹南面王燕，信乃以列侯奉朝请；岂非高祖亦有负于信哉？臣以为高祖用诈谋禽信于陈，言负则有之；虽然，信亦有以取之也。始，汉与楚相距荥阳，信灭齐，不还报而自王；其后汉追楚至固陵，与信期共攻楚而信不至；当是之时，高祖固有取信之心矣，顾力不能耳，及天下已定，信复何恃哉！夫乘时以侥利者，市井之志也；酬功而报德者，士君子之心也。信以市井之志利其身，而以士君子之心望于人，不亦难哉！是故太史公论之曰："假令韩信学道谦让，不伐己功，不矜其能，则庶几哉！于汉家勋，可以比周、召、太公之徒，后世血食矣！不务出此，而天下已集，乃谋畔逆；夷灭宗族，不亦宜乎！"

出处：（宋）司马光《资治通鉴·汉纪四》（第十二卷）。又见（宋）阙名《宋文选》（卷三）。

评 陈 登

或问陈登、高顺皆有过人之才，俱事吕布。而登输心魏祖，亲为反间；顺尽力于布，与之偕死。意者顺贤登欤。应之曰：不然，古者列国并立，同事王室。故先王制礼，诸侯有王、大夫有君，君臣始终，有死无二。汉氏平一海内，万国一君，天下之君，唯帝室耳。顺于吕布，虽备将佐，无委质之分。布者反复乱人，非能辅佐汉室，而又强暴无谋，败亡有证。登知几轻举以存易亡，徐、豫克清，百姓苏息。顺托身失所，迷远不复，以陷大戮。易称比之非人，岂谓顺耶。其才虽美，未能及登。以兹观之，优劣见焉。

出处：（宋）司马光《传家集》（卷六十七）。

徐 积

徐积（1028—1103），字仲车，山阳（今江苏淮安）人。治平四年（1067）进士，以扬州司户参军为楚州教授。改宣德郎，监西京嵩山中岳庙。因晚归里，自号南郭翁。卒后赐谥节孝处士。有《节孝集》三十卷及《节孝语录》传世。

淮阴义妇

淮阴义妇，富商之妻李氏，有姿色。邑人有同商者见而悦之，因道杀其夫，厚为棺殓，持其丧以归，绐云溺死，且尽归其财，无一毫之私焉。于是，伺其除葬，谋为婚媾，且自陈有义于其夫义，妇亦为之感泣，遂许而嫁之。乃一日家有大水，水有浮沤，其夫辄顾而笑。义妇问之，未应。遂固问之，恃已生二子，不虞其妻之雠己也，即以实告之曰："前夫之溺，我之所为。已溺，复出，势将自救，我以篙刺之，遂得沉去。所刺之处，浮沤之状，正如今日所见。"义妇默然始悟其计，而复雠之心生矣。即日伺其便，即以其事奔告有司，卒正其狱，弃其雠子。夫雠既复，又自念以色累夫，以身事雠二子，雠人之子也，义不可复生，即缚其子赴淮投之于水，已而自投焉。盖以谓不义而生，不若义而死也，故谓之义妇。或者以其生事二夫，不得谓之义，是大不然。是责于人者，终无已也。东汉时蔡文姬者，丧夫之后一为胡妇，一再嫁之，其传名为烈妇，考其心迹，与义妇不同远矣。嫁盖其心出于感激，谓其人真有义于其夫也，既嫁之后，凡再生二子，闺房帏幄之好已固于人情，无毫发可以累其心者，故能复雠杀子，又自杀其身，雪沉冤于既往，豁幽愤之无穷，昭乎如白日之照九泉也。如此之义，是岂可不以为义乎？故闻其风者，壮夫烈士为之凛然至于扼腕泣下也，而奸臣逆党亦可以少自讪矣。故君子谓刘歆为苟生，王俭任昉范云之辈为卖国，褚彦回之辈何足道哉。盖自魏晋而下，佐命之臣，教人持兵以杀其夫者多矣。使义妇视之，以为何物耶。惜乎事不达于朝，节义不旌于里。哀哉！

出处：（宋）徐积《节孝集》（卷三）。略见（清）胡裕燕等修，吴昆田纂《光绪丙子清河县志》（卷二十二），光绪五年（1879）刻本。

注释：本文为（宋）徐积《淮阴义妇诗》序言。《淮阴义妇诗》（其一）曰："酷贼奸雠既已除，衔冤抱耻正号呼。当时但痛君非命，今日方知妾累夫。舍义取生真鄙事，杀身沉子乃良图。几年污辱无由雪，长使清淮涤此躯。"（其二）曰："淮阴妇人何决烈，貌好如花心似铁。杀身沉子须史间，身虽已死名不灭。"

登淮阴古城并序

盖以传考之所谓甘罗城者，非也。谓之淮阴故城，可也。余登斯城，为之叹息久之，盖韩侯天下之奇丈夫也。方其寄食妇人，受辱于市，其志固已大矣。及乎出自亡命，杖钺而起，决策东向，项籍之辈已在掌中，而天下胜负定矣。其兵一出，遂虏魏王，禽夏说，斩成安，威震海内，战胜而不骄。方且问谋于败军之将，西面而师事之，一何奇也。平齐之后，请为假王，行县陈兵，藏匿亡命，此皆智者之所不为，一何谬也。然而云梦之游，盖亦遽矣。此实高祖豁达大度，其弊入于不审，而果于用诈，遂令无罪无辜，身被囚絷，快快不能平，郁郁不可活，而至于此之极也。方此之时，以义处命，能平其心者，是何人也，是其所养者。已充所充者，已固利害，不能摇死生，不能变奸人，不得施其计，辩士不得措其辞，确乎不可拔者也。至如韩信者，其才虽奇，而所养实不与此，故可以处无憾。故能却武涉，拒蒯通，知义利之所在也。即不可以处有衅，而况身被废辱如此之甚。故其侥幸万一，终之以败死，支体分裂，肉骨糜烂，亡宗赤族，为万世之笑，岂不哀哉。余既为诗，因序其事，其亦庶乎。登高而赋，为功臣之警戒也。

此城不可名甘罗，淮阴侯国冤忿多。其气郁郁而勃勃，遂令平地生嵯峨。

出处：（宋）徐积《节孝集》（卷十三）。

沈　括

沈括（1031—1095），字存中，号梦溪丈人，钱塘（今浙江杭州）人。嘉祐八年（1063），授扬州司理参军。宋神宗时参与熙宁变法，受王安石器重，历任太子中允、检正中书刑房、提举司天监、史馆检讨、三司使等职。晚年隐居润州（今江苏镇江）梦溪园。著有《梦溪笔谈》。

韩信袭赵

韩信袭赵，先使万人背水阵，乃建大将旗鼓，出井陉口，与赵人大战；佯败，弃旗鼓走水上。军背水而阵，已是危道；又弃旗鼓而趋之，此必败势也。而信用之者，陈余老将，不以必败之势邀之，不能致也。信自知才过余，乃敢用此耳。向使余小黠于信，信岂得不败？此所谓知彼知己，量敌为计。后之人不量敌势，袭信之迹，决败无疑。汉五年（前202），楚汉决胜于垓下，信将三十万，自当之。孔将军居左，费将军居右；高帝在其后；绛侯、柴武在高帝后。信先合不利；孔将军、费将军纵，楚兵不利；信复乘之，大败楚师。此亦拔赵策也。信时威震天下，籍所惮者，独信耳。信以三十万人不利而却，真却也；然后不疑。故信与二将得以乘其隙，此"建成堕马"势也。信兵虽却，而二将维其左右，高帝军其后，绛侯、柴武又在其后，异乎背水之危，此所以待项籍也。用破赵之迹，则奸矣。此皆信之奇策。观古人者，当求其意，不徒视其迹。班固为《汉书》，乃削此一事。盖固不察所以得籍者，正在此一战耳。从古言干信善用兵，书中不见信所以善者。余以谓信说高帝，还用三秦，据天下根本，见其断；虏魏豹，斩龙且，见其智；拔赵、破楚，见其应变；西向师亡虏，见其有大志。此其过人者，惜乎《汉书》脱略，漫见于此。

出处：（宋）沈括《梦溪笔谈·补笔谈·权智》（卷二）。

苏 轼

苏轼（1037—1101），字子瞻，号东坡居士。眉州眉山（今属四川）人。嘉祐二年（1057）进士，官至礼部尚书。唐宋八大家之一，与父洵、弟辙合称"三苏"。作品有《东坡七集》《东坡乐府》等。

淮阴侯庙记

应龙之所以为神者，以其善变化而能曲伸也。夏则天飞，效其灵也；冬则泥蟠，避其害也。当嬴氏刑惨网密，毒流海内，销锋镝，诛豪俊，将军乃辱身污节，避世用晦，志在鹊起豹变。食全楚之租，故受馈于漂母；抱王霸之略，蓄英雄之壮图。志轻六合，气盖万夫，故忍耻胯下。洎乎山鬼反璧，天亡秦族。遇知己之英主，陈不世之奇策。崛起蜀汉，席卷关辅。战必胜，攻必克。扫强楚，灭暴秦，平齐七十城，破赵二十万。乞食受辱，恶足以累大丈夫之功名哉！然使水行未殒，火流犹潜，将军则与草木同朽，麋鹿俱死。安能持太阿之柄，云飞龙骧，起徒步而取王侯？噫，自古英伟之士，不遇机会，委身草泽，名湮灭而无称者，可胜道哉！乃碑而铭之。铭曰：

书轨新邦，英雄旧里。海雾朝翻，山烟暮起。宅临旧楚，庙枕清淮。枯松折柏，废井荒台。我停单车，思人望古。淮阴少年，有目共睹。不知将军，用之如虎。

出处：（宋）苏轼《东坡全集》（卷八十六）。又见（明）贺复徵《文章辨体汇选》（卷六百五十六）；（清）赵田恩《江南通志》（卷四十）。

答张文潜县丞书

轼顿首文潜县丞张君足下。久别思仰。到京公私纷然，未暇奉书。忽辱手教，且审起居佳胜，至慰！至慰！惠示文编，三复感叹。甚矣，君之似子由也。子由之文实胜仆，而世俗不知，乃以为不如。其为人深不愿人知之，其文如其为人，故汪洋澹泊，有一唱三叹之声，而其秀杰之气，终不可没。

作《黄楼赋》，乃稍自振厉，若欲以警发愦愦者。而或者便谓仆代作，此尤可笑。"是殆见吾善者机也。"

文字之衰，未有如今日者也。其源实出于王氏。王氏之文，未必不善也，而患在于好使人同己。自孔子不能使人同，颜渊之仁，子路之勇，不能以相移，而王氏欲以其学同天下！地之美者，同于生物，不同于所生。惟荒瘠斥卤之地，弥望皆黄茅白苇，此则王氏之同也。

近见章子厚言，先帝晚年甚患文字之陋，欲稍变取士法，特未暇耳。议者欲稍复诗赋，立《春秋》学官，甚美。仆老矣，使后生犹得见古人之大全者，正赖黄鲁直、秦少游、晁无咎、陈履常与君等数人耳。如闻君作太学博士，愿益勉之。"德如毛，民鲜克举之。我仪图之，爱莫助之"。此外千万善爱。偶饮卯酒，醉。来人求书，不能复缕。

出处：（宋）苏轼《东坡全集》（卷四十七）。又见（明）茅坤《唐宋八大家文钞》（卷一百二十六）。

钱　功

钱功，生平事迹不详。创作有笔记类著作《澹山杂识》。

蝇子水心亭

张文潜喜饮酒，能及斗余。每过，先君未尝不醉。吾家酒器惟银葵花最大，几容一升。一日，先君以盘盏饮之，潜意不快，谓先君曰："愿借水心亭饮之。"先君即命换盏，且问文潜所以名，文潜曰："饮必有余沥，蝇子正飞在残蕊上，岂非人之水心亭乎？"坐客皆大笑。

出处：（宋）钱功《澹山杂识》，引自（元）陶宗仪《说郛》（卷二十八）。

黄庭坚

> 黄庭坚（1045—1105），字鲁直，号山谷道人，晚号涪翁。洪州分宁（今江西修水）人。"苏门四学士"之一。治平四年（1067）进士，历任叶县县尉、北京国子监教授、秘书省校书郎、宣州知州、涪州别驾、吏部员外郎、太平州知州等。著有《山谷词》。

明月篇赠张文潜

天地具美兮生此明月，升白虹兮贯朝日。工师告余曰斯不可以为佩，弃捐椟中兮三岁不会。霜露下兮百草休，抱此耿耿兮与日星游。山中人兮招招，耕而食兮无恤。榛艾蓁蓁前吾牛兮，痟不可更扶。浅耕兮病岁，深耕兮石婴耦。登山兮临川，雉得意兮鱼乐。小风兮吹波，从其友兮尾尾。日下兮川逝，射雉兮丧余一矢。佳人兮洁齐，怅何所兮行媒。南山有葛兮葛有本，我羞哺兮以君之鉏来。

出处：（宋）黄庭坚《黄文节山谷先生文集》（卷一）。又见（宋）罗从彦《豫章文集》（卷一）；（宋）吕祖谦《宋文鉴》（卷三十）。

秦　观

> 秦观（1049—1100），字太虚、少游，号淮海居士。高邮（今属江苏）人。"苏门四学士"之一。神宗元丰八年（1085）进士，历任太学博士、秘书省正字、国史院编修官。著有《淮海集》《淮海词》《劝善录》《逆旅集》等。

书晋贤图后

此画旧名《晋贤图》，有古衣冠十人，惟一人举杯欲饮，其余隐几、杖策、倾听、假寐、读书、属文，了无沾醉之态。龙眠李叔时见之曰："此

《醉客图》也。"盖以唐窦蒙《画评》有毛惠远《醉客图》，故以名之焉。叔时善画，人所取信，未几转相摹写，遍于都下，皆曰："此真《醉客图》也，非叔时畴能辨之！"

独谯郡张文潜与余以为不然。此画晋贤宴居之状，非醉客也。叔时易其名，出奇以眩俗耳。余旧传闻江南有一僧，以赀得度，未尝诵经。闻有书生欲苦之，诣僧问曰："上人亦尝诵经否？"僧曰："然。"生曰："《金刚经》几卷？"僧实不知，卒为所困，即诬生曰："君今日已醉，不复可语，请俟他日。"书生笑而去。至夜，僧从邻房问知卷数。诘旦生来，僧大声曰："君今日乃可语耳，岂不知《金刚经》一卷也！"生曰："然则卷有几分？"僧茫然，瞪目熟视曰："君又醉耶？"闻者莫不绝倒。今图中诸公了无醉态，而横被沉湎之名，然后知昔所传闻为不谬矣。

虽然，余惧叔时以余与文潜异论，亦将以醉见名，则余二人者将何以自解也？叔时好古博雅君子，其言宜不妄，岂评此画时方在酩酊邪？图中诸客泊予二人，孰醉孰不醉，当有能辨之者。

出处：（宋）秦观《淮海集》（卷三十五）。

米 芾

> 米芾（1051—1107），初名黻，后改芾，字符章。祖居太原，后迁湖北襄阳，寓居润州（现江苏镇江）。北宋书法家、画家、书画理论家，与蔡襄、苏轼、黄庭坚合称"宋四家"。曾任校书郎、书画博士、礼部员外郎。

参 赋

武帝既祠，太一受厘颁胙，意得气泰神怡，志豫阅符合瑞至于向暮，于是升通天之台，揽沇瀁之路，睹二星联影，晻然当户顾。侍臣曰："是何星也。"侍臣枚皋进曰："参星也。"帝曰："是何主。"对曰："是主民。"帝曰："可闻其晻欤。"皋曰："臣之浅学，俳侪优队，捷语翻言，奉欢承话，称道盛德，受况甚大，此大对也。臣不敢。"帝曰："先生无辞。"皋乃跽而进曰：

"自周衰道丧百里，一王嗜欲，加僭民财用伤，贪如硕鼠，堕号鹈梁。匪鸢匪鲔，或潜或翔。至于暴秦袭冕而狼，赵郊坑肉，魏野封疮，粤岭山断，辽海城长。骊丘虚地，阿房绣墙，则是星也，晻晻而无光。"帝曰："亦尝有明乎。"曰："有。古有治君，曰尧与禹，敬时命官，以民为主，民之乐生，鼓腹歌舞。次逮成汤，视民如伤，一夫不获，如己纳隍。周之文武，汔于成康，道德浃洽，礼义兴行，刑措不用，至于百龄。则是星也，亦尝炜煜而晶荧。"帝曰："宜乎，自此不复有光矣。"曰："有。昔秦篆不久，上天悔亡，乃命高祖，匹夫奋张，一洗世乱，惠绥四方，化其奸宄，约以三章。及我文景，恭俭惇朴，隐恤赈周，德泽甚渥。太仓积红腐之粟，司农朽不校之索。则是星，亦尝煜煜而灼灼。今陛下承累圣之休光，翕五福于仰戴，坐明堂神明之会，据建章珍陆之海，臣万国，朝四裔，名王系于祈连，宛马来于天外，致赤鹰驳麃之异物，获宝鼎芝房之珍怪，名在百王之上游，德并五帝之左界，而乃晻晻而无光。臣皋所以堙郁而未快，逡巡而不对也。古训有言曰：民犹水也，可以载舟，可以覆舟。言未及休，命盖陈钩，寝不得寐，三起问筹。"翌旦，坐明光殿，封富民侯。

出处：（宋）米芾撰《宝晋英光集》（卷一）。又见（宋）吕祖谦《宋文鉴》（卷十）；（清）陈元龙《御定历代赋汇》（卷五）。

晁补之

晁补之（1053—1110），字无咎，号归来子，济州巨野（今属山东）人。"苏门四学士"之一。元丰二年（1079）进士，历仕秘书省正字、校书郎、礼部郎中及地方官职等。工书画，能诗词，善属文。著有《鸡肋集》《晁氏琴趣外篇》等。

李珏不欲文宗听陈夷行言

文宗以杜悰领度支，欲加户部尚书，陈夷行曰："一切恩权，合归君上，陛下自看可否。"李珏曰："太宗用宰臣，天下事皆先平章，谓之平章事。若事事皆决于君上，则焉用彼相。昔隋文帝一切自劳心力，臣下欲论则疑。"云云。

右李珏传第一百二十三，君人之道，欲威福在辟，当如夷行言。欲畴咨金允当，如珏言。夷行介直，嫉同列，阿党擅权，其言陛下自看可否者，忿激而言，至云一切归君，理未然也。珏论虽似知君臣大体者，然方时矛楯，亦意不便。夷行之论，侵之而为是言，不能自脱于朋比之污，不足多也。

出处：（宋）晁补之《鸡肋集》（卷四十九）；（宋）张耒《苏门六君子文粹》（卷六十）。

陈师道

陈师道（1053—1102），字履常，一字无己，号后山居士，彭城（今江苏徐州）人。"苏门六君子"之一，江西诗派重要作家。元祐初苏轼等荐其文行，起为徐州教授，历仕太学博士、颍州教授、秘书省正字。著有《后山先生集》，词有《后山词》。

答张文潜书

师道启：近者足下来京师，不鄙其愚，辱贶以友。卒卒一再见，怀不得吐。既别，欲一致问，因以自效，方事之不间，竟后足下，大以为恨。及读足下书，乃仆所欲言者。君子之所存，夫人不远，惟设之于仆，为不当耳。

嗟乎！足下诚知我矣，亦既爱之矣。不识足下何从而得之，其得之于人耶，其有以自得之耶？得之于人耶，誉者可信，则毁者又可信矣。有以自得之耶，则仆言未效，而迹未接，窃有疑焉。岂足下使人可疑，乃仆之不敏，不能不疑耳。古有之目逆而道存，而仆不足当也。以仆之愚，有以知足下，而谓足下何从而得之，仆过矣。

夫众口铄金，三人成虎，仆惧足下，有时不自信而信人，不待人毁而人自毁矣。仆以小人之怀，为君子之心，则又过矣，然所以言者，虽君子不可不戒也。足下悯仆无以事亲畜妻子，宜从下科以幸斗食，疑仆好恶与人异情。足下于仆至矣，仆何以得之，何以受之耶！仆家以仕为业，舍仕则技穷矣。故仆之于仕，如瘖者之溺声，气不动而于足乱矣。世徒见其忍而不发，遂以为好恶异人，此殆谈者过情，听者过信耳。虽然仆病且老矣，目有黑子而昏

496

华，瘰侠于颈领，隐起而未溃，气伏于胸腹之间，下上不时，痔形于下体者十年矣。志强而形悫，年未既而老及之，足下虽欲进之，而仆不能勉也！

闰月甲子，诏以河内公为相，是时自九月不雨，有司传诏未竟而雨，贵贱贤不肖，下至漆室女子，欢然相庆，天人之意如此。仆方卧，闻之起立，尚可勉耶。足下视此时如何，仆独得不勉耶？羊鼎之侧，饥者吐舌，但未染指耳。足下欲与仆居，将坐仆而沐熏之耶？岂意其逃世而加束缚焉，抑爱之过厚而欲常常见之与？李聃家于濑乡，庄周老于蒙田邑之间，复有昔时怀器而隐处者乎？愿一览焉。仆于书如贪者之嗜利，未尝厌其欲也。谯祁氏多书称，号外府太清老氏之藏室，愿与足下尽心焉。春益暄，惟为道重慎。师道再拜。

出处：（宋）陈师道《后山集》（卷九）。

杨 时

杨时（1053—1135），字行可，后改字中立，号龟山，学者称龟山先生。宋南剑州（今福建将乐）人。熙宁九年（1076）进士，历官徐州、虔州司法，浏阳、余杭、萧山知县，无为军判官、右谏议大夫、国子监祭酒、给事中、徽猷阁直学士、工部侍郎、龙图阁直学士等。有《二程粹言》《龟山集》。

韩 信 论

韩信具机变之才，因思归之众，以临江东而燕代赵齐之间，无坚城强敌矣。其用奇无穷，所向风靡，自汉兴名将，未有伦拟也。至其军修武也，又辅以张耳，二人皆勇略，盖世余窃怪汉王，自称汉使，晨驰入壁，即卧内夺其印，符麾召诸将，易置之而耳信未之知也，此其禁防阔疏与棘门坝上之军，何异耶。使敌人投间窃发则二人者，可得而掳也，岂古所谓有制之兵者。信亦有未逮欤。

出处：（明）唐顺之《稗编》（卷九十八）。

慕容彦逢

慕容彦逢（1067—1117），字淑遇，一作叔遇，常州宜兴人。哲宗元祐三年（1088）进士，复中绍圣二年（1095）弘词科。颇受知徽宗。累官至刑部尚书。博通经史诸子，词章雅丽简古。有《摛文堂集》。

韩信背水破敌赋

井陉之役，信提孤军，师出间道兮轻骑传发，敌据便地兮高旗纠纷。乘喋血之新胜，建背水之奇勋，卒破强敌，进兵席卷，清四海之妖氛。

原夫项氏暴兴，汉师数溃，屯垒蚌鹬，形势腹背，将军以上，惟敌所忾，指挥回天地，叱咤摧嵩岱。掳魏豹于阵，禽夏说于代，彼赵人兮拥全军之盛，据空道之隘，登山以望众寡，既非其伦，即鹿之图，得失于是乎。

在我虽攻战屡捷，威武益张，然师实远斗兮，法之所忌。士非素拊兮，用或不臧。欲以生之必陷诸死，欲以存之必置诸亡。于是对大阵之整整，背广泽之汤汤，还途塞兮议不返，顾众志竭兮锋何可当。尔乃弃鼓以骄敌人之心，易帜以惑敌人之视，洪澜无际兮军焉用殿，怒涛有声兮神若同恚，雷竑雷扫，风起炎至。血陈余以染诸锷，掳赵歇而并厥地。

国步寖广，群心愈亲，断楚之臂，亡楚之唇。故初军荥阳，不能寸进者数岁，及垓下，卒集大统于真人。由是知兵法贵奇，将谋在智，虽背山阜者，彼难于冲突，而驱市人，则我易以携。贰惟变通，不穷故胜可决，惟汹涌在后，故退无自于时也。望而大笑者多矣，闻而未然者有之。计非常兮故所不载，神莫测兮敌无以为。不然安能以一当百而取之不疑，以劳制逸而用之不疲。

古有击虚排术家之多忌，易称左次，违经旨而从宜，故得智勇两全，功名兼擅，由汉以来，言兵者莫不称淮阴之善战。

出处：（宋）慕容彦逢《摛文堂集》（卷一）。

唐 庚

唐庚（1070—1120），字子西，眉州丹棱（今四川眉山）人。绍圣元年（1094）进士，徽宗大观中为宗子博士。经宰相张商英推荐授提举京畿常平，商英罢相，被贬谪居惠州。遇赦北归，复官承议郎，提举上清太平宫。有《唐子西集》等。

淮阴贤妇墓志铭

贤妇亡姓名，淮阴下乡人。盖老矣贫无自资，以洴澼絖为业，属秦末乱离民，不亲耒耜者累年矣。天下饥馑，妇方坐沙上，以水击絮，望见城下有客长大，带刀剑，彷徨水滨，妇私独怪之。遂就与语，则壮士也，面有饥色，妇哀其困，馆而食。至数十日，欣然无倦意，客感慨曰："异日必有重报母！"是时，天下兵动，关东豪杰并起，妇视客非庸人，终能有所就，遂佯怒以语激之曰："丈夫不能自食，吾哀王孙而进之食，宁望报乎？"会楚兵过淮，客仗剑楚君麾下。楚不能用，客亡命归，汉得大将。从汉王，定三秦；与楚人战京索间，有功；二年（前205）八月，始以涉西河，破魏豹；九月，破代；十二月，破赵；明年（前204）十二月，遂破齐。盖自北出至是，岁余而卷天下之半。明年（前203）二月，汉遣使立客齐王。明年（前202），引兵会汉垓下，破楚。天下大定，汉客徙王楚，都下邳。盖自寄食五年，裂地数千里，南面称孤。于是下令求妇，报千金。天下不多客之贤，而多妇之长者有知，识客韩信也。妇卒葬泗口南岸。铭曰：

项王喑呜，亚父谋谟。信来不呼，信去不追。坐视信逋，反噬其躯。匹妇区区，而知信乎？吁！

出处：（宋）唐庚《眉山集》（卷十五）；（宋）唐庚《唐先生文集》（卷十）；（宋）阙名《历代名贤确论》（卷四十）。

翟汝文

翟汝文（1076—1141），字公巽，润州丹阳人。元符三年（1100）进士，初为礼局编修官，宋徽宗嘉之，除秘书郎。后责监宿州税，旋召除著作郎，迁起居郎。高宗时任翰林院学士兼侍读，升参知政事，与秦桧不合去官。著有《东汉通史》《人物志》《忠惠集》等。

次韵张文潜龙图鸣鸡赋

唯翰音之效旦，风雨晦而晨兴。追警露之独鹤，捣鸠瘖夫先鸣。羽翰照烂而成章，步武差池而中程。接清响于上元，司东方之启明。凛然介距而峨冠，低众雌而莫敢膺。方扬音其未引，先拊翼而骞腾。俨意气之闲暇，四顾踌躇于中庭。择善鸣而天假，彼群飞之何争。呼出日于未宾，升层氛之澄凝。促汉卫之传唱，竦秦关之先惊。窥幽人之未觉，咿喔断而犹声。守晓色于既白，啸回风之泠泠。岂惟秉德之有常，抑众皆秽而独清。先生嘉兹禽之妙质，孕玉衡之奔星。时哉依人而扰德，安饮啄而飞行。誓将毕愿于桑榆，夫谁惮牺而伤生。

出处：（宋）翟汝文《忠惠集》（卷五）。

叶梦得

叶梦得（1077—1148），字少蕴，号石林居士。长洲（苏州吴县）人。绍圣四年（1097）进士，官翰林学士，迁户部尚书、尚书左丞，官至江东安抚大使兼知建康府、行宫留守、总管四路漕计。晚年退居吴兴卞山石林谷。著有《石林燕语》《石林词》《石林诗话》等。

书《高居实集》后

元祐末，余与居实同举进士，试春官，数往来舅氏晁无咎家。时张文潜为右史，二公一时后进所推尊。每得居实文，皆击节称赏不已。居实试别头，文潜适主文，居实果擢第一。胡右丞完夫见其所赋主圣臣，直声言于众曰："此岂赋耶？殆有韵陆宣公奏议尔。"时国论颇厌文弊，初复唐宏辞科，居实首中选，复为第一。于是名称日闻，已而坐上书，排党论，久不得调，卒邑邑不得志以死。余后不复见居实，然间有出其所为诗文者，每见每奇。始天下名文章称无咎、文潜，曰："晁、张、无咎雄健峻拔，笔力欲挽千钧。"文潜容衍靖深，独居实之文气和而思远，言约而理畅，超然常出事物之外，而观者每有余味，故人以为似文潜。绍兴已未，余守建康，居实之子绍持其遗文一编相示，兵火散亡之余，所存盖十一。览之太息，追数往游，俯仰如前日事，居实之志既不得伸于生以著后世者，惟其文字又不幸不得尽传于后，为可哀已。乃书其后，归之且以嘉绍之，能不坠其业也。

出处：（宋）叶梦得《建康集》（卷三）。

汪　藻

汪藻（1079—1154），字彦章，号浮溪，又号龙溪，饶州德兴（今属江西）人。崇宁二年（1103）进士，任婺州观察推官、著作佐郎、宣州通判，历知湖、抚、徽、泉、宣等州，官至显谟阁大学士、左大中大夫，封新安郡侯，卒赠端明殿学士。有《浮溪集》。

柯山张文潜集书后

右文潜诗千一百六十有四，序、记、论、志、文、赞等，又百八十有四，第为三十卷。余尝患世传文潜诗文人人殊，屏居毗陵，因得从士大夫借其所藏，聚而校之，去其复重，定为此书，皆可缮写。文潜名耒，谯郡人仕，至起居舍人，尝为宣、润、汝、颖、兖五州太守，又尝谪居黄州、复州，最后居陈以殁。其集以《鸿轩》《柯山》为名者，居复、黄时所作也。元祐中，两苏公以文倡天下，从之游者，公与黄鲁直、秦少游、晁无咎，号四学士，而文潜之年为最少。公于诗文兼长，虽当时鲜复公比。两苏公诸学士既相继以殁，公岿然独存，故诗文传于世者尤多。若其体制敷腴，音节疏亮，则后之学公者，皆莫能仿佛。公诗晚更效白乐天体，而世之浅易者，往往以此乱真，皆弃而不取。其采获之遗者，自如别录云。

出处：（宋）汪藻《浮溪集》（卷十七）。又见（明）解缙、姚广孝等编《永乐大典》（卷二万二千五百三十七）。

庄 绰

庄绰（约 1079—?），字季裕，清源（今福建惠安）人，后居颍川（今河南许昌）。北宋末，历摄襄阳尉、通判原州等。南渡后，历通判建昌军，江西安抚制置使司参谋官，知鄂、筠等州。学有渊源，见闻广博。精医道，著《本草节要》《明堂灸经》《脉法要略》，皆散佚，今存《膏肓腧穴灸法》。另著有《鸡肋编》。

张耒貌与僧肖

昔四明有异僧，身矮而蟠腹，负一布囊，中置百物，于稠人中时倾写于地，曰："看，看。"人皆目为布袋和尚，然莫能测。临终作偈曰："弥勒真弥勒，分身百千亿。时时识世人，时人总不识。"于是隐囊而化。今世遂塑画其像为弥勒菩萨以事之。张耒文潜学士，人谓其状貌与僧相肖。陈无已诗止云"张侯便便腹如鼓"，至鲁直遂云："形模弥勒一布袋，文字江河万古流。"则东坡谓李方叔"我相夫子非癯仙"，盖廋语矣。

出处：（宋）庄绰《鸡肋编》（卷中）。
注释：张耒仪观甚伟，魁梧逾常，大腹便便，所以人称其为"肥仙"。

赵明诚

赵明诚（1081—1129），字德甫（又作德父），密州诸城（今属山东）人。以父荫入仕，崇宁四年（1105）授鸿胪少卿。大观二年（1108）与李清照归青州故居，广求古今图书、遗碑、石刻。宣和年间出任莱州、淄州知州，官至江宁知府。有《金石录》《古器物名碑》等。

汉太尉陈球碑

右汉太尉陈球碑，球有两碑，皆在下邳，其一已残缺矣。此碑差完可考，前代碑碣与史传多抵牾，而球碑所载官阀事迹与传合。东汉之末，政在阉寺，威福下移，其势盖可畏也。而一时众君子犹奋不顾身，力排其奸，虽遭屠戮而不悔，志虽不就然亦可谓壮哉。如球是已，使当时士大夫能屈己以事之，则富贵可长保矣。然君子固未肯，以彼而易此也。

出处：（宋）赵明诚《金石录》（卷十七）。

阙　名

齐高授位

齐高帝在淮阴，理城堑，掘得古锡，下有篆书，诸人皆不能识。王僧真独曰："此何须辨？锡而有九，九锡之兆也。"

初，帝年十七，常梦乘青龙上天，西行逐日，及贵，旧茔在武进，其上常有五色云，又有龙出焉。宋明帝疑之，常出镇淮阴，每怀忧惧，忽见神人，谓曰："无所忧，子孙当昌盛。"淮南太守孙奉伯与帝同室卧，梦帝乘龙上天，于下捉龙脚，不得，觉而谓曰："兖州当大庇生灵，而我不得与也。"奉伯果卒于宋世。

崔灵运梦天，谓己曰："萧道成是我第十九子，我去，已授之天子年位。"盖自三皇五帝以降，受命之次，至帝为十九也。先是宋武帝于嵩山得玉璧三十二枚，神人云："此宋卜世之数。"夫三十二者，二三十也，宋至齐果六十年。

帝之符应，其前定有如此也。具见本纪。

出处：（宋）阙名《分门古今类事》（卷一）。略见（宋）李昉《太平广记·征应》（卷一百三十五）。

周紫芝

周紫芝（1082—1155），字少隐，号竹坡居士，宣城（今属安徽）人。绍兴十二年（1142）进士，初为礼、兵部架阁文字，历任右迪功郎敕令所删定官、枢密院编修官、右司员外郎。二十一年（1151），出知兴国军（治今湖北阳新），后退隐庐山。著有《太仓稊米集》《竹坡诗话》《竹坡词》。

书谯郡先生文集后

余顷得《柯山集》十卷于大梁罗仲共家，已而又得《张龙阁集》三十卷于内相汪彦章家，已而又得《张右史集》七十卷于浙西漕台，先生之制作于是备矣。今又得《谯郡先生集》一百卷于四川转运副使南阳井公之子晦之，然后知先生之诗文为最多，当犹有网罗之所未尽者。余将尽取数集，削其重复，一其有无，以归于所谓一百卷者，以为先生之全书焉。晦之泣为余言："百卷之言，皆先君无恙时贻书，交旧而得之，手自校雠，为之是正，凡一千八百三首，历数年而后成。君能哀其所未得者以补其遗，是亦先君子之志，而某也与有荣耀焉。"因谓晦之："他日有续得者，不可以赘君家之集，当为别集十卷，以载其逸遗而已。"

出处：（宋）周紫芝《太仓稊米集》（卷六十七）。

赵 构

赵构（1107—1187），字德基，宋朝第十位皇帝，南宋开国皇帝，即宋高宗，在位35年。精于书法，善真、行、草书，笔法洒脱婉丽，自然流畅，颇得晋人神韵。著有《翰墨志》，传世墨迹有《草书洛神赋》等。

追赠张耒集英殿修撰制诰

敕故朝请郎张耒等，自熙宁大臣用事变法，始以异同排斥士大夫。维我神祖，念之不忘，元丰之末，稍稍收召，接于元祐，英俊盈朝。而尔四人以文采风流为一时冠，学者欣慕之。及继述之论起，党籍之禁行，而尔四人每为罪首，则学者以其言为讳。自是以来，缙绅道丧，纲纪日隳，驯致宣和之乱，言之可为痛心。肆朕纂承，既从昭洗，今尔四人，复加褒赠，斯足以见朕志矣。呜呼！西清之游，书殿之选，唯尔曹为称。使生而得用，能尽其才，亦何止于是欤？举以追命，聊伸志赍之恨，亦以少尉天下士大夫之心。英爽不亡，歆此休显。

出处：（宋）秦观《淮海集》（卷首）。

洪 迈

洪迈（1123—1202），字景卢，号容斋，又号野处，鄱阳（今江西波阳）人。绍兴十五年（1145）博学弘词科，官至翰林院学士、资政大夫、端明殿学士，副丞相、封魏郡开国公、光禄大夫。学识渊博，著有《容斋随笔》《夷坚志》《野处类稿》，编有《万首唐人绝句》。

娑 罗 树

世俗多指言月中桂为娑罗树，不知所起。按《酉阳杂俎》云：巴陵有寺僧房床下，忽生一木，随伐而长，外国僧见曰：此娑罗也。元嘉中出一花，如莲。唐天宝初，安西进娑罗枝状，言臣所管四镇，拔汗那国有娑罗树，特为奇绝，不比凡草，不止恶禽，近来得树枝二百茎，以进予，比得楚州淮阴县。唐开元十一年（723），海州刺史李邕所作娑罗树碑云：非中夏土物，所宜有者，婆娑十亩，蔚映千人，恶禽翔而不集，好鸟止而不巢，深识者虽徘徊仰止而莫知，冥植博物者虽沉吟称引而莫辨。嘉名随所方面，颇证灵应。东瘁则青郊苦而岁不稔，西茂则白藏泰而秋有成。尝有三藏义净还自西域，斋戒瞻叹，于是邑宰张松质请邕述文，建碑观。邕所言"恶禽不集"，正与上说同。又有松质一书，答邕云：此土玉像爰及石龟一，离淮阴百有余载，前后抗表，尚不能称，赖公威德备闻，所以还归故里，请遣僧三人，父老七人，赍状拜谢。宣和中向子諲过淮阴，见此树。今有二本，方广丈余，盖非故物。蒋颖叔云：玉像石龟，不知今安在。然则娑罗之异，世间无别种也。吴兴芮国器有《从沈文伯乞娑罗树碑》古风一首云："楚州淮阴娑罗树，霜露荣悴今何如。能令草木死不朽，当时为有北海书。荒碑雨侵涩苔藓，尚想墨本传东吴。"正赋此也。欧阳公有《定力院七叶木》诗云："伊洛多佳木，娑罗旧得名。常于佛家见，宜在月中生。暗砌阴铺静，虚堂子落声。"亦此树耳。所谓七叶者，未详。

出处：（宋）洪迈《容斋四笔》（卷六）。

张文潜文论

张文潜诲人作文，以理为主，尝著论云："自《六经》以下，至于诸子百氏、骚人、辩士论述，大抵皆将以为寓理之具也。故学文之端，急于明理，如知文而不务理，求文之工，世未尝有是也。夫决水于江、河、淮、海也，顺道而行，滔滔汩汩，日夜不止，冲砥柱，绝吕梁，放于江湖而纳之海，其舒为沦涟，鼓为涛波，激之为风飚，怒之为雷霆，蛟龙鱼鳖，喷薄出没，是水之奇变也。水之初，岂若是哉！顺道而决之，因其所遇而变生焉。沟渎东决而西竭，下满而上虚，日夜激之，欲见其奇，彼其所至者，蛙蛭之玩耳！江、河、淮、海之水，理达之文也，不求奇而奇至矣。激沟渎而求水之奇，此无见于理，而欲以言语句读为奇，反复咀嚼，卒亦无有，此最文之陋也。"一时学者仰以为至言。予作史，采其语著于本传中。

出处：（宋）洪迈《容斋五笔》（卷一）。

张文潜论诗

前辈议论有出于率然，不致思而于理近碍者。张文潜云："《诗》三百篇，虽云妇人女子小夫贱隶所为，要之非深于文章者不能作，如'七月在野'至'入我床下'，于七月已下，皆不道破，直至十月方言蟋蟀，非深于文章者能为之邪？"予谓三百篇固有所谓女妇小贱所为，若周公、召康公、穆公、卫武公、芮伯、凡伯、尹吉甫、仍叔、家父、苏公、宋襄公、秦康公、史克、公子奚斯，姓氏明见于大序，可一概论之乎？且七月在野，八月在宇，九月在户，本自言农民出入之时耳，郑康成始并入下句，皆指为蟋蟀，正已不然，今直称此五句为深于文章者，岂其余不能过此乎？以是论《诗》，隘矣。

出处：（宋）洪迈《容斋随笔》（卷十四）。

张文潜哦苏杜诗

"溪回松风长，苍鼠窜古瓦。不知何王殿，遗构绝壁下。阴房鬼火青，坏道哀湍泻。万籁真笙竽，秋色正萧洒。美人为黄土，况乃粉黛假。当时侍金舆，故物独石马。忧来藉草坐，浩歌泪盈把。冉冉征途间，谁是长年者？"此老杜《玉华宫》诗也。张文潜暮年在宛丘，何大圭方弱冠，往谒之，凡三日，见其吟哦此诗不绝口。大圭请其故，曰："此章乃《风》《雅》鼓吹，未易为子言。"大圭曰："先生所赋，何必减此？"曰："平生极力模写，仅有一篇稍似之，然未可同日语。"遂诵其《离黄州》诗，偶同此韵，曰："扁舟发孤城，挥手谢送者。山回地势卷，天豁江面泻。中流望赤壁，石脚插水下。昏昏烟雾岭，历历渔樵舍。居夷实三载，邻里通借假。别之岂无情，老泪为一洒。篙工起鸣鼓，轻橹健于马。聊为过江宿，寂寂樊山夜。"此其音响节奏，固似之矣，读之可默喻也。又好诵东坡《梨花》绝句，所谓"梨花谈白柳深青，柳絮飞时花满城，惆怅东栏一株雪，人生看得几清明"者，每吟一过，必击节赏叹不能已，文潜盖有省于此云。

出处：（宋）洪迈《容斋随笔》（卷十五）。

萧房知人

汉祖至南郑，韩信亡去，萧何自追之。上骂曰："诸将亡者以十数，公无所追，追信，诈也。"何曰："诸将易得，至如信，国士亡双，必欲争天下，非信无可与计事者。"乃拜信大将，遂成汉业。唐太宗为秦王时，府属多外迁，王患之。房乔曰："去者虽多不足吝，杜如晦王佐才也，王必欲经营四方，舍如晦无共功者。"乃表留幕府，遂为名相。二人之去留，系兴替治乱如此，萧、房之知人，所以为莫及也。帝王之功，非一士之略，必待将如韩信，相如杜公，而后用之，不亦难乎！惟能置萧、房于帷幄中，拔茅汇进，则珠玉无胫而至矣。

出处：（宋）洪迈《容斋随笔》（卷十三）。

汉祖三诈

汉高祖用韩信为大将，而三以诈临之。信既定赵，高祖自成皋度河，晨自称汉使，驰入信壁，信未起，即其卧，夺其印符，麾召诸将，易置之；项羽死，则又袭夺其军；卒之伪游云梦而缚信。夫以豁达大度开基之主，所行乃如是，信之终于谋逆，盖有以启之矣。

出处：（宋）洪迈《容斋随笔》（卷十四）。

萧何绐韩信

黥布为其臣贲赫告反，高祖以语萧相国，相国曰："布不宜有此，恐仇怨妄诬之，请系赫，使人微验淮南。"布遂反。韩信为人告反，吕后欲召，恐其不就，乃与萧相国谋，诈令人称："陈豨已破，绐信曰：'虽病，强入贺。'"信入，即被诛。信之为大将军，实萧何所荐，今其死也，又出其谋，故俚语有"成也萧何，败也萧何"之语。何尚能救黥布，而翻忍于信如此，岂非以高祖出征，吕后居内而急变从中起，已为留守故，不得不亟诛之，非如布之事尚在疑似之域也。

出处：（宋）洪迈《容斋随笔》（卷二十五）。

项韩兵书

汉成帝时，任宏论次兵书为四种，其《权谋》中有《韩信》三篇，《形势》中有《项王》一篇。前后《艺文志》载之，且云："汉兴张良、韩信序次兵法，凡百八十二家，删取要用，定著三十五家，诸吕用事而盗取之。"项韩虽不得其死，而遗书可传于后者，汉世不废，今不复可见矣。

出处：（宋）洪迈《容斋随笔》（卷六十一）。

吴 曾

吴曾，字虎臣，抚州崇仁（今属江西）人。绍兴十一年（1141）以献所著书补右迪功郎，历敕令所删定官、宗正寺主簿、太常丞、吏部郎官。博学，精于考证。有《能改斋漫录》《环溪文集》。

张文潜寄意

张文潜言，昔以党人之故，坐是废放，每作诗尝寄意焉。有云："最怜杨柳身无力，付与春风自在吹。"又云："梧桐直不并衰谢，数叶迎风尚有声。"

出处：（宋）吴曾《能改斋漫录》（卷十）。

劾张文潜谢表不钦

张文潜崇宁元年（1102）复直龙图阁，知颍州，《谢表》云："我来自东，每兢兢而就列，炊未及熟，又挈挈以告。"行臣僚上言云："我来自东，是为不钦，岂有君父之前，辄自称我？虽至亲不嫌于无钦，有时而尔汝，然非谢表所可称之辞。虽数更赦宥，不可追咎，亦不可不禁。如今后有犯者，仰御史台即时弹劾。"

四客各有所长

子瞻、子由门下客，最知名者黄鲁直、张文潜、晁无咎、秦少游，世谓之"四学士"。至若陈无已，文行虽高，以晚出东坡门，故不及四人之著。故无已作《佛指记》云："余以词义名次四君，而贫于一代是也。"而无咎诗云："黄子似渊明，城市亦复真；陈君有道举，化行乡井淳；张侯公瑾流，英思春泉新；高才更难及，淮海一髯秦。"当时以东坡为长公，子由为少公，无已《答李端叔书》云："苏公门下有客四人，黄鲁直、秦少游、晁无咎，则长公之客也；张文潜，则次公之客也。"又《次韵黄楼诗》云："一代苏长公，四海名未已。"又云："少公作长句，班、马安得拟。"谓二苏也。然四客皆有所长，鲁直长于诗辞，秦、晁长于议论。鲁直《与秦觏书》曰："庭坚心醉于诗与《楚辞》，似若有得，至于议论文字，今日乃当付之少游及晁、张、无已，足下可从此四君子一一问之。"其后文潜《赠李德载诗》亦云："长公波涛万顷海，少公峭拔千寻麓。黄郎萧萧日下鹤，陈子峭峭霜中竹。秦文倩丽纾桃李，晁论峥嵘走珠玉。"乃知人才各有所长，虽苏门不能兼全也。

出处：（宋）吴曾《能改斋漫录》（卷十一）。又见（元）马端临《文献通考》（卷二百三十七）。

张文潜词

右史张文潜，初官许州，喜官妓刘淑奴，张作《少年游》令云："含羞倚醉不成歌，纤手掩香罗。偎花映烛，偷传深意，酒思入横波。看朱成碧心迷乱，翻脉脉，敛双蛾。相见时稀隔别多。又春尽，奈愁何！"其后去任，又为《秋蕊香》寓意云："帘幕疏疏风透，一线香飘金兽。朱阑倚遍黄昏后，廊上月华如昼。别离滋味浓于酒，着人瘦。此情不及墙东柳，春色年年如旧。"元祐诸公皆有乐府，唯张仅见此二词，味其句意，不在诸公下矣。

出处：（宋）吴曾《能改斋漫录》（卷十七）。

沈 枢

沈枢，生卒年不详，字持孝，或云字持要、持正。湖州德清人，一说安吉人。绍兴十五年（1145）进士。官至太子詹事、光禄卿、宝文阁待制。有《通鉴总类》及《宣林集》。

汉陈球等议窦太后当合葬

熹平元年（172），曹节等欲别葬窦太后，而以冯贵人配祔。诏公卿大会朝堂，令中常侍赵忠监议。既议，坐者数百人，各瞻望良久，莫肯先言。廷尉陈球即下议曰："皇太后自在椒房，有聪明母仪之德。遭时不造，援立圣明，承继宗庙，功烈至重。家虽获罪，事非太后，今若别葬，诚失天下之望。且冯贵人无功于国，何宜上配至尊？"忠省球议，作色俛仰，蚩球曰："陈廷尉建此议甚健！"球曰："陈、窦既冤，皇太后无故幽闭，臣常痛心，天下愤叹。今日言之，退而受罪，宿昔之愿也。"于是，公卿以下，皆从球议。曹节、王甫犹争，以为梁后家犯恶逆，别葬懿陵，武帝黜废卫后，而以李夫人配食。今窦氏罪深，岂得合葬先帝？李咸复上疏曰："臣伏惟章德窦后虐害恭怀，安思阎后家犯恶逆，而和帝无异葬之议，顺朝无贬降之文。至于卫后，孝武皇帝身所废弃，不可以为比。今长乐太后尊号在身，亲尝称制，且援立圣明，光隆皇祚。太后以陛下为子，陛下岂得不以太后为母？子无黜母，臣无贬君，宜合葬宣陵，一如旧制"。灵帝省奏从之。

出处：（宋）沈枢《通鉴总类》（卷十）。又见（明）杨士奇《历代名臣奏议》（卷一百二十四）。

南唐刘仁赡以军法斩幼子

四年（957），周兵围寿春，连年未下，城中食尽。齐王景达自濠州遣边镐等溯淮救之，军于紫金山，列十余寨，如连珠，与城中烽火晨夕相应。

刘仁赡请以边镐守城，自帅众决战，齐王景达不许，仁赡愤邑成疾。其幼子崇谏夜泛舟度淮北，为小校所执，仁赡命腰斩之，左右莫敢救，监军使周廷构哭于中门以救之，仁赡不许，廷构复使求救于夫人，夫人曰："妾于崇谏非不爱也，然军法不可私，名节不可亏，若贷之则刘氏为不忠之门，妾与公何面目见将士乎。"趣命斩之，然后成丧，将士皆感泣。

出处：（宋）沈枢《通鉴总类》（卷十一）。

李珏言郑注奸邪

九年（835），以太仆卿郑注充侍讲学士。注好服鹿裘，以隐沦自处，文宗以师友待之。注之初得幸，文宗尝问翰林学士李珏曰："卿知有郑注乎？"对曰："臣岂特知其姓名，兼深知其为人，其人奸邪，陛下宠之，恐无益圣德。臣忝在近密，安敢与此人交通。"贬珏江州刺史。

出处：（宋）沈枢《通鉴总类》（卷六）；（宋）司马光《资治通鉴》（卷二百四十五）。

李德裕谏武宗诛宰相

会昌元年（841），初知枢密刘弘逸、薛季棱有宠于文宗。武宗之立，非二人及宰相意，故杨嗣复、李珏皆为观察使，赐弘逸、季棱死，遣中使就潭、桂州诛嗣复及珏。户部尚书杜悰奔马见李德裕曰："天子年少，新即位，兹事不宜手滑！"德裕入奏以为："德宗疑刘晏动摇东宫而杀之，中外咸以为冤，两河不臣者由兹恐惧，得以为辞。德宗后悔，录其子孙。文宗疑宋申锡交通藩邸，窜谪至死。既而追悔，为之出涕。嗣复、珏等若有罪恶，乞更加重贬。必不可容，亦当先行讯鞫，俟罪状着白，诛之未晚。今不谋于臣等，遽遣使诛之，人情莫不震骇。愿开延英赐对。"至晡时，开延英，召德裕等入。德裕等泣涕极言："陛下宜重慎此举，毋致后悔！"武宗召升坐，叹曰："朕嗣位之际，宰相何尝比数！李珏、季棱志在陈王，嗣复、弘逸志在安王。陈王犹是文宗遗意，安王则专附杨妃。嗣复仍与妃书云：'姑何不效则天临朝!'向使安王得志，朕那复有今日？"德裕等曰："兹事暧昧，虚实难知。"武宗曰："杨妃尝有疾，文宗听其弟玄思入侍月余，以此得通意旨。朕细询内人，情状皎然，非虚也。"遂追还二使，更贬嗣复等为岭南刺史。

出处：（宋）沈枢《通鉴总类》（卷十三）；（宋）司马光《资治通鉴》（卷二百四十六）。

陆　游

> 陆游（1125—1210），字务观，号放翁。越州山阴（今浙江绍兴）人。高宗时应礼部试，为秦桧所黜。孝宗时赐进士出身。中年入蜀，投身军旅生活，官至宝章阁待制。诗歌今存九千多首，内容极为丰富。著有《剑南诗稿》《渭南文集》《南唐书》《老学庵笔记》等。

刘仁赡传

刘仁赡，字守惠，淮阴洪泽人。父金，事吴武王，有战功，至濠州团练使。长子仁规，娶武王女，贵于其国，尝为清淮军节度使。

仁赡略通儒术，好兵书，有名于国中。事烈祖，历黄、袁二州刺史，入为龙卫军都虞候，拜鄂州节度使。元宗伐楚，仁赡帅州师克巴陵，抚纳降附，甚得人心。保大中，湖湘戍兵溃归，复失故楚地。上书者多谓周人有南侵之谋，淮上石偶人言，元宗闻而恶之，断其首。自六月至冬不雨，长淮可涉，民流入周边城，遮杀之，不能禁。唐亦兴屯田，修边备，以寿州最为要地。

十三年（955），徙仁赡为清淮军节度使。自杨氏有吴，岁暮淮涸，辄增戍以备侵轶，惟之把线。监军吴延绍，以为无事，徙费粮糗罢之。仁赡表陈不可罢，未及行，周已遣将李毂、王彦超、韩令坤等，帅师大入。诏书暴我纳李金全，援李守贞、慕容彦超，结契丹太原之罪。报至，上下失色。仁赡独部分号令，宴劳吏士，间瑕如平时。十一月，出兵破城南大栅，杀周兵数千人。元宗遣神武统军刘彦贞将三万人救寿州。十四年正月，彦贞至来远镇，距寿州二百里，军容甚盛。李毂烧营夜遁，保正阳。彦贞率战舰数百艘，溯淮而上，仁赡曰："敌已畏君矣，当持重养盛以俟间。若遽求战而不能胜，则大事去矣！"彦贞不从，仁赡曰："周人遁，必设伏。"遇之，将败绩，乃率励其下，益兵固守。彦贞果大败，没于阵，伏尸三十余里，亡戈甲三十万。周世宗自将攻城，屯于城西北淝水之阳。征宋、亳、陈、颍、许、秦、徐、宿州丁夫数十万，备攻城云梯洞屋，下临城中。数道同时进攻，填堑陷壁，昼夜不少休。如是者累月。每鼓角四发，声震墙壁皆动，我援兵在外者，见利辄进，常陷伏中，以故屡败而终不悟。仁赡虽知外援之败，意气益壮，觇世宗在城下据胡床督攻城。仁赡素善射，自引弓射之，箭去胡床数步堕。世宗命进胡床于箭堕处，后箭复远数步而堕。仁赡知之，投弓于地曰："若天果不佑唐耶？吾有死于城下耳，终不失节！"于是世宗遣中使来谕曰："知卿忠义，然士民何罪？"又亲驾临城招之，皆不从。自正月至四月不可下，世宗还京师，杨、泰、滁、和、舒、蕲诸州，皆复为唐守。涡口、定远周兵戍守者，亦皆为我师袭破。江左几复振，而寿州之围独不解。

元宗遣元帅齐王景达，以兵数万来援。分重兵据紫金山，列寨十余处，与城中传烽相应，筑甬道抵城，通粮饷。六月，仁赡出兵，杀周兵数百，焚攻城洞屋甚众。周将李重进等兵力颇屈，仁赡因请乘世宗之归，以边镐守城，自出决战。景达畏懦，又方任陈觉，固不许，仁赡愤郁得疾。少子崇谏，夜泛小舟渡淮，谋纾家祸，为军校所执。仁赡命腰斩之，监军使、文德殿使周廷构哭于中门，又求救于仁赡妻薛氏，薛氏曰："崇谏幼子，固所不忍，然贷其死，则刘氏为不忠之门！"促命斩之，然后成丧，闻者皆为出涕。

十五年二月，世宗复亲征，屡战皆克。唐军被俘馘者四万人，余众不能复整。朱元、朱仁裕、孙璘皆降周。仁赡闻之，扼吭愤叹。世宗知寿州且下，心独嘉仁赡之忠，恐城破杀之，乃下诏谕使自择祸福。三月甲辰，又耀兵城北，而仁赡已困笃，不知人。监军周廷构、营田副使孙羽等，为仁赡表请降。戊申，世宗次城北受之。舁仁赡至幄前，抚劳嘉叹，拜天平军节度使，兼中书令，命还城养疾。

辛亥，昼晦，而黄沙如雾，世宗在下蔡，疑有变，驰骑觇之，乃仁赡卒，年五十八。州人皆哭，偏裨及士卒，自尽以殉者数十人。世宗遣使吊祭，追封彭城郡王，录其子崇赞为怀州刺史，赐庄宅各一区。元宗闻仁赡死，哭之痛，赠太师中书令，谥忠肃。叹曰："仁赡有知，其肯舍我而受周耶！"是夕，梦仁赡若拜谢庭中，加封卫王。后主立，进封越王。开宝中，仁赡子崇谅为进奉使，太祖嘉其忠臣之后，特命为都官郎中。仁赡至今庙食寿春不绝。

论曰：政和中，先君会稽公为淮西常平使者，实请于朝，例仁赡于典祀，且名其庙曰：忠显。后又尝寓家寿春，方世宗攻下寿州，废为寿春县，而徙寿州于下蔡，故寿春父老，喜言仁赡死时事，言其夫人不食五日而卒，今传记所不载。庙在邑中，岁时奉祀甚盛。干道淳熙之间，予游蜀，在成都见梓潼令金军所藏周世宗除仁赡天平军节度使告身，白纸书，墨色、印文皆如新。金君言："仁赡独一裔孙，卖药新安市，客死无后，故得之。"其词与王溥所修周世宗实录皆合，若欧阳《五代史》所称："尽忠所事，抗节无亏，前代各臣，几人可比？予之南伐，得汝为多。"盖摘取制中语载之，本不相联属，又颇有润色也。以仁赡之忠，天报之宜如何，而其后于今遂绝，天理之难知如此，可悲也夫。

出处：（宋）陆游《南唐书·刘仁赡传》（卷十三）。

朱　熹

朱熹（1130—1200），字符晦，号晦庵。徽州婺源（今属江西）人。绍兴十八年（1148）进士，官至焕章阁待制兼侍讲。南宋著名的理学家、教育家、诗人，世称朱子。著有《四书章句集注》《周易本义》《诗集传》《楚辞集注》，后人编纂有《晦庵先生朱文公文集》和《朱子语类》等。

论张文潜诗

张文潜诗有好底多，但颇率尔，多重用字。如梁甫吟一篇，笔力极健。如云"永安受命堪垂涕，手挈庸儿是天意"等处，说得好，但结末差弱耳。又曰："张文潜大诗好，崔德符小诗好。"又曰："苏子由诗有数篇，误收在文潜集中。"

出处：（宋）朱熹《朱子语类·论文》（卷一百四十）。

陈 亮

陈亮（1143—1194），字同甫，号龙川，婺州永康（今属浙江）人。乾道五年（1169）上《中兴五论》，奏入不报。淳熙五年（1178）诣阙上书论国事，反对和议，力主抗金。曾两次被诬入狱。绍熙四年（1193）举进士第一，授建康军节度判官厅公事，未至官而卒。所作政论气势纵横，词作豪放，有《龙川文集》《龙川词》《酌古论》等。

韩 信 论

英雄之士，常以多算胜少算，而未尝幸人之无算也。敌人无算，凡天下之有算者，类能胜之，岂惟英雄哉？故夫以英雄之才，而临无算之敌，俯首而取之，曾不足以关其思虑，而奇谋至计无所自发，此非英雄之所幸为也。至若敌人去己不远，筹算时出，其势足以迫我，吾居其间，随机而应之，窘之而愈知，费之而愈新，愈出愈奇而沛然常若有余，天下始知英雄之为不可当矣。且夫天下必有好强不可制之敌，而后天使英雄之士出佐其君，以制天下之变，以息天下之争。使敌无算则进，少有算则遂逡巡而不敢前，则是胜负之数未可判，而天下之患未可息也，是何足以辱英雄之名哉？

夫项氏之患，蚩尤以来所未有也。故韩信出佐高祖而劫制之。彼其所以谋项氏者，可谓尽矣。不以其兵与之角，而欲先下诸国，以孤其势。故一举而定三秦，再举而虏魏豹，三举而擒夏说。乃欲引兵，遂下井陉。李左车说赵将陈余曰："韩信乘胜远斗，其锋不可当。赵地阻险，愿足下假臣奇兵三万人，从间道绝其辎重。足下深沟高垒，勿与战，信必成擒矣。"余不能用，信乃一举而破赵。

世之议者皆曰："使左车之策遂行，则信必不敢下井陉，下则必为所擒。"嗟夫！此何待信之薄哉？信而非英雄则可，信而英雄也，则计必不出此矣。且赵不破，则燕不服，燕不服，则齐未可平，齐未可平，则刘、项之权未有所分也。信之用兵，古今一人而已。今屈于左车之计，而不能决刘、项之雌雄，斯亦何取于信哉？故吾谓左车之策行，则信亦下井陉，赵亦破，余亦擒，左车亦就缚。何也？善用兵者不内人于死地。今余兵当其前，左车兵绝其后，进退不可，可谓死地矣，内人于死地，而求人之不出奇谋，智者固如是乎？且信之精兵，已诣荥阳，而所存者，皆非素拊循之兵也。持是兵而与人战，犹将自置之死地，以决死斗，而况敌内吾于死地，吾何惮而不敢入哉？吾以是知信之必下也。

余尝言信兵虽号数万，其实不过数千，则知余兵虽号二十万，其实不过十万也。今分三万以与左车，则余所统者，不过六七万耳！吾既下井陉，因留数千人扼险，以为后拒，以防左车之奇兵。乃引兵压赵垒而阵，彼必不肯战。乃命挑斗，彼又不肯战。乃使辱之，彼必又不肯战。何者？左车亦尝教之也。迟之一二日，密遣数千人间往伏险，戒之曰："望赵军出而逐我，即起，据其壁，击其背。"处分既定，乃使人巡军，大呼曰："贼兵断后，不如急归。"乃引兵而返。彼必谓吾计已穷，士气已沮，而又知左车奇兵实已断后，欲使吾腹背受敌，始可全胜。此虽智者，亦必举军逐我，而况余贪得忘失之心嚣然其未已乎！彼既举兵逐我，势将相迫，乃鼓噪返兵而战。兵在死地，人人死斗，而吾之伏兵又起，据其壁，击其背，彼腹背俱受敌，反不知所以为御者矣，余固可以一举而擒也。余既擒，则左车三万之兵可以传呼而溃矣。孰谓左车之计果能沮信之兵乎？

且夫断后之兵，古之智将固常以是而胜也，然其胜常出于敌人之不意。今左车之计未行，而信已觇知之。此虽有天下之至计，犹得预为之备，而况左车之计乎？且善谋者，鬼神不能窥。使敌人得窥之，则不得为善谋矣。推此言之，左车之计可知矣。虽然是计也，虽非天下之至计，亦一时之良策也。惟信而后，可以当之他人，则愕然不敢进矣。

计左车之为人，亦足以为军中之谋主。信欲就之以决疑，所以虚心委己而问之，岂真以为向者之计足以擒我哉？司马迁、班固不达兵机，以为信然，乃记于《传》曰："广武君策不用，信使人间视知之，乃敢引兵遂下。"从迁、固之言，则信特幸人之无算者尔，彼岂知广武君之策用，而信亦敢下兵哉？此殆可与晓机者道也。

昔者曹操伐张绣，而刘表断其后，操随机应之，卒败绣、表。夫绣不下于余，表不下于左车，而操之用兵特信之流亚也。以信之流亚，犹能败绣、表，信独不能破余、左车乎？从是观之，则吾之说有不妄者矣。

出处：（宋）陈亮《酌古论》（卷四）。

魏了翁

魏了翁（1178—1237），字华父，号鹤山，邛州蒲江（今属四川）人。庆元五年（1199）进士，授签书剑南节度判官，迁兵部郎中、工部侍郎。能诗词，善属文，其词语意高旷，风格或清丽，或悲壮。著有《鹤山全集》《九经要义》《古今考》《经史杂钞》《师友雅言》等，词有《鹤山长短句》。

题复州鸿轩

故起居舍人张公文潜，以元符二年（1099）秋，坐元祐党人，谪复州监酒。明年春，徽宗践阼，起通判黄州。以秋至而春，去托诸鸿以名轩。轩之坏已久，而邦人思之不释。呜呼！其孰为思之邪？广安杨伯洪恢来摄州事，自皮、陆诸贤以来，颓宫废址，咸为兴复，是轩亦居一焉。而属余题榜，且识岁月顾罪戾之人，何所容喙？每爱其集中，有坐局沽酒与务中晚作诸诗，岂惟傃位而行无一毫不自得，且方矻矻于所当事者焉。诗曰：敬天之怒，无敢逸豫。此未易与，俗人言也！伯洪以为如何？

出处：（宋）魏了翁《鹤山集》（卷六十三）。

注释：杨恢，生卒年均不详，字充之，号西村，眉州眉山人。理宗端平二年（1235），除四川制置使。嘉熙二年（1238），以试兵部侍郎知江州，分闻黄州。著有《语溪集》。

陈耆卿

陈耆卿（1180—1236），字寿老，号筼窗，台州临海人。嘉定七年（1214）进士，宝庆二年（1226）入京应馆试，授秘书省正字，转校书郎，历任秘书郎、著作郎兼国史馆编修，终国子司业。著有《论语纪蒙》《孟子纪蒙》《嘉定赤城志》等。

韩 信 论

鸷鸟百不如一鹗，高帝诸将固多，其所与取天下者，实一韩信耳。大才不可小使，汉之连敖都尉，与楚之郎中，相去几何哉，此萧何之荐韩信非大将不止，而信之见用于汉，非大将不就也。

大凡料事在识，处事在谋，信之识见于登坛与帝答问之时，而其谋见于请兵三万人之日。夫信尝事羽，非不欲佐羽也，顾羽非可佐者耳。其言匹夫勇、妇人仁，怙威背约等事，及高帝所以宽仁得人心之大略，真如老吏鞫囚，彼曲此直，较然如日，不待垓下之战而胜负已判矣，此信之所以舍楚归汉也。从信之策定三秦矣，自高帝彭城置酒之骄，而其事几败，盖是时，欣、翳已降楚，而齐赵魏亦皆与楚和矣，非信发兵与帝破楚京、索，而以身下诸国亦曰殆哉。夫荥阳、京、索乃汉与羽相持之地，而诸国之下，专藉信力。

前辈谓韩信将兵，惜不与项羽一战，不知信以不战，战羽而帝以不用，用信，夫欲拔大木，不先去其枝叶，则根本亦未易摇。楚者，根本；诸国者，枝叶也。故信专为帝一意下诸国，以孤羽之援；而帝独与羽相持于荥阳、成皋，以扼羽之冲，然后羽可图。盖非信无以下诸国，有信而不使之下诸国，帝虽与羽相持，其气索矣。是信之所以有功于帝者，正在于不与羽战，见得有区画处，未可以为疑也。然按史记帝纪，垓下之战，信未尝不与，其云：淮阴侯将三十万，皇帝在后。淮阴先合，不利，却。孔将军、费将军纵，楚兵不利。淮阴侯复乘之，大败垓下。则信之在战明矣！其所以在战不利者，非必诚不利也。信之兵用奇，疑兵下魏、拔帜下赵、水囊下齐之类是也。其所谓不利者，安知其不阳败阴诱，而因以权破之哉。是信未尝不与羽战也。夫前此不与之战，而今与之战，何也？曰已下诸国也。诸国未下，则一力于诸国，而未暇及楚；诸国既下，则可以并力于楚矣。要皆有深意也。

虽然信之智，能谋天下而不能谋身又何欤？帝之取天下，虽不可一日无信，亦不能一日不疑信，惟其不可一日无，故不能一日不疑也。人谓帝之疑信始于齐王之封，而终于固陵之会，以予观之，奚特此时哉？自其请兵三万，筹策了了帝见其处。天下事若几上肉，心虽喜之，亦甚畏之矣。一下魏代，即收其精兵诣荥阳，惟恐其兵之多。此一疑也；下赵燕，则晨自称汉使，即其卧，夺之印符，惟恐其权之固耳。此二疑也；至于请为假王，而继以真王之命，则其疑遂成；至于固陵不会，则其疑遂深。前二事，帝犹能制信；后二事，则帝不能制信，而反为信所制。封齐割地之时，帝之心已勃勃乎不可遏矣，特势未可耳。故项羽一死，即夺齐而与之楚。变告一上，即夺楚而侯之淮阴。盖将以奔走之驰，逐之使不得一日无事以嬉。当是时，帝既疑信，而信亦不堪其困，虽欲不反不可得也，虽欲不诛亦不可得也。

呜呼！信不反帝于群雄角逐之时，而反帝于天下既定之日，壮辟蒯通、老从陈豨，固可罪，亦可哀矣。向使帝也稍录旧恩，略锄新忿，推诚而复王之未至，有末年无聊之举也。盖惟疑之甚，故去之亟。信不去，帝不得高枕而卧。嘻其甚哉！

出处：（宋）陈耆卿《筼窗集》（卷一）。

岳 珂

岳珂（1183—1243），字肃之，号倦翁。相州汤阴（今属河南）人。岳飞之孙，岳霖之子。开禧间进士，历司农少卿、淮东总领兼制置使、户部侍郎、通城县男，官至户部尚书，册封邺侯，通议大夫。著述甚富，有《桯史》《玉楮集》《棠湖诗稿》等。

淮 阴 庙

楚州淮阴，夹漕河而邑于泽国，诸聚落尤为荒凉。开禧北征，余舟过其下，舟人指河东岸弊屋数椽，曰："是为楚王信庙。"亟维缆登焉。堂庑倾欹，几不庇风雨，两旁皆过客诗句，楣楔户牖，题染无余，往往玉石混淆，殊不可读。左厢有高堵，不知何人写杨诚斋二诗其上，字甚大，不能工，亦舛笔画，余以意揣录之。其一曰："来时月黑过淮阴，归路天花舞故城。一剑光寒千古泪，三家市出万人英。少年跨下安无忤，老父圯边愕不平。人物若非观岁暮，淮阴何必减文成。"其二曰："鸿沟秪道万夫雄，云梦何销武士功。九死不分天下鼎，一生还负室前钟。古来犬毙愁无盖，此后禽空悔作弓。兵火荒余非旧庙，三间破屋两株松。"音节悲壮，伦似抑扬，遍壁间殆无继者。本题文成为宣成，余按张留侯谥，与霍博陆自不同，后得麻沙印本

《朝天续集》，乃亦作宣字，尤可怪也。前篇首尾两淮阴，虽意不同，疑亦传复。金既入塞，旧庙当无复存，不知今血食如何？

出处：（宋）岳珂《程史》（卷十二）。

张文潜《九华帖》

元祐右史张公，表字文潜，《九华帖》真迹一卷。公文名在天下久矣，而帖则未多见也。文笔之相须，或者于师承有考焉。是帖本先君家藏，赞曰："结字小而密，气放以逸；措意婉而妍，神闲以全。公固不以书名，盖无一而非天然。则'汪洋澹泊，一倡三叹'，考之东坡先生之言，盖不特公之文为然也。"

出处：（宋）岳珂《宝真斋法书赞》（卷十七）。又见（宋）张杲《医说》（卷二）。

费 衮

费衮，生卒年不详，字补之。无锡（今属江苏）人。幼承家训，克绍箕裘，博学能文。国子监免解进士，仕履无考。著有《梁溪漫志》《文章正派》《文撰李善五臣注同异》等。

《本草》误

张文潜好食蟹，晚苦风痹，然嗜蟹如故，至剔其肉，满贮巨杯而食之。尝作诗云：世言蟹毒甚，过食风乃乘。风淫为末疾，能败股与肱。我读《本草》书，美恶未有凭。筋绝不可理，蟹续牢如絙。骨萎用蟹补，可使无骞崩。凡风待火出，热甚风乃腾。中炎若遇蟹，其快如霜冰。欲传未必妄，但恐殊爱憎。《本草》起东汉，要之出贤能。虽失谅不远，尧跖终殊称。书生自信书，俚说徒营营。文潜为此诗殆嗜蟹之僻而为之辩耶？抑真信《本草》也。如河豚之目并其子凡血皆有毒，食者每剔去之，其肉则洗涤数十过，俟色如雪方敢烹。故梅圣俞诗云：烹煎苟失所，入喉为镆铘。而《大观本草》乃云：河豚性温无毒。所谓注《本草》误而能杀人者，殆此类邪？

出处：（宋）费衮《梁溪漫志》（卷九）。

张文潜《粥记》

张文潜《粥记》赠潘邠老云："张安道每晨起，食粥一大碗，空腹胃虚，谷气便作，所补不细，又极柔腻，与肠腑相得，最为饮食之良妙。"齐和尚说山中僧每将旦一粥，甚系利害，如或不食，则终日觉脏腑燥渴，盖能畅胃气，生津液也。今劝人每日食粥，以为养生之要，必大笑。大抵养性命，求安乐，亦无深远难知之事，正在寝食之间耳。或者读之，果笑文潜之说。然予观《史记》阳虚侯相赵章病，太仓公诊其脉曰："法五日死。"后十日乃死，所以过期者，其人嗜粥，故中藏实，中藏实故过期。师言曰："安谷者过期，不安谷者不及期。"由是观之，则文潜之言又似有证。后又见东坡一帖云："夜坐饥甚，吴子野劝食白粥，云能推陈致新，利膈养胃。"僧家五更食粥良有以也，粥既快美，粥后一觉，尤不可说，尤不可说。

出处：（宋）费衮《梁溪漫志》（卷九）。

罗大经

罗大经（1196—1242），字景纶，号儒林，又号鹤林，南宋庐陵（今江西吉安）人。宝庆二年（1226）进士，历仕容州法曹、辰州判官、抚州推官。后因事去官，隐居林下，专心著述，有《鹤林玉露》。

漂 母 说

韩信未遇时，识之者惟萧何及淮阴漂母尔。何之？英杰固足以识信，漂母一市媪，乃亦识之，异哉！故尝谓子房兴击祖龙，意气过于轻锐，故圯上老人抑之。韩信俛出市胯，意气邻于消沮，故淮阴漂母扬之。一翁一媪皆异人也。唐子西作《淮阴贤母墓铭》曰：项王暗呜，范增谋谟。信来不呼，信去不追。坐视信逋，反噬其躯。匹妇区区，而识信乎？吁！

出处：（宋）罗大经《鹤林玉露》（卷十六）。

文天祥

文天祥（1236—1283），字履善，又字宋瑞，自号文山，浮休道人。吉州庐陵（今江西吉安县）人。宝佑四年（1256）进士第一，官到右丞相兼枢密使。奉命与元军议和遭扣留，脱险南归后继续领兵抗元，兵败被俘，宁死不屈，从容就义，以忠烈名传后世。著有《过零丁洋》《文山诗集》《指南录》《指南后录》《正气歌》等作品。

缪 朝 宗

环卫官知梅州缪朝宗，淮人。有意气，尝为常熟邵客，从予于平江。予归福安，自婺间道来相从。精练干实，孜孜奉公，军府器械悉出其手。空坑之败，自经于山间。哀哉！

空荒咆熊罴，摧残没藜莠。平生江海心，其人骨已朽。

出处：（宋）文天祥《文信国集杜诗》（第一百一十六）。

注释：缪朝宗（？—1277），宋楚州淮阴人，淮阴区马头镇许渡村缪氏先祖。早年知梅州（今广东梅县），尝从文天祥于平江（今苏州）。德祐二年（1276），文天祥至福安，缪朝宗连夜间道从婺州（今浙江金华）赶往南剑州，被任命为督府环卫官，主管督府军器。缪朝宗精练干实，孜孜奉公，军府政令，悉出其手。在文官中，缪朝宗和赵时赏很受文天祥的赞赏。景炎二年（1277）空坑之战，为掩护文天祥，殿后的缪朝宗在食尽箭绝后自缢。

《敦本堂缪氏宗谱》叙

不见夫水乎掀涛揭浪，如此其浩瀚也，而必有其源；不见夫木乎千宵蔽日，如此其盘营也，而必有其本。是故不培其本，则木萎；不浚其源则水涸。夫水也、木也，天地间之微物也，而本源犹不可忽，况人为万物之灵，参三才之列，其本源之地又可以忽乎哉。本源何在？曰在于谱，且夫谱果何自昉哉？盖自放勋睦九族，周礼序昭穆语之？矢已寓乎其中，特古人文字简略，词不繁冗，故虽有谱之意，仍无谱之可名。自是以降，汉侈金张之氏族，晋称王谢之风流，唐重崔卢之门阀，大都攀附以求荣，不恤数典而忘祖。及我朝龙兴，真儒辈出，欧阳作系图，眉山作行传，而宗谱之法，庶臻美备。缪氏师此法以作谱，其族贤裔朝宗向知梅州者也，今与余统师入卫，军务之暇，嘱余为之序。余案缪氏系出秦穆，然始祖子公云为郑上御，疑即郑公子。宋所居曰兰陵，属兖州界，合诸春秋形势，其地近于郑，而达于秦，据此则缪乃郑穆之后，非秦穆后也。然书册有问，文献无征，为秦为郑无暇深考，第念缪氏之在本朝素称显族，球公、升公历据要津，久已功光竹帛，名勒旗常。今兹作谱，必将铺张扬厉，举其丰功伟绩，志之无遗矣。曾亦思二公之所以成此功绩者，俱属天家之赐乎？夫前人既受其赐，后人宜若何图报？方今疆事日坏，国步日艰，凡在臣民正宜沥胆披肝，敌王所忾，乃仅谱牒之。是务虽足明源流，序昭穆，定尊卑，别亲疏，然其功只在于家而不在于国也。功在于家者，孝也；功在于国者，忠也。缪氏之子孙既知作谱以尽孝于家矣，尚其移孝作忠，上纾宵旰之忧哉。

大宋德祐元年（1275）岁次乙亥冬月毂旦，右丞相兼枢密使庐陵文天祥题赠。

出处：缪新等修《敦本堂缪氏宗谱》（卷首），民国十八年（1929）木活字本。

蔡正孙

蔡正孙（1239—?），字粹然，号蒙斋，又号蒙斋野逸叟、蒙斋野逸人、方寸翁，福建建安（今福建建瓯）人。宋亡前赴临安参加科举考试，未第，遂长期居留于杭州。宋亡后归隐故里，以诗酒自娱。有《诗林广记》《陶苏诗话》《唐宋千家联珠诗格》。

张 文 潜

文潜名耒，东坡尝称其文汪洋淡泊。举进士，召为太学录，后擢起居舍人，坐元祐党，安置黄州。王立之《诗话》云："文潜先与李公择辈来予家，作长句，其间有'漱井消午醉，扫花坐晚凉，众绿结夏帏，老红驻春妆'之句。后东坡来读其诗，叹息云：'此不是吃烟火，食人道底言语。'"晦庵《语录》云："张文潜诗多好底，但颇率耳。"黄山谷《次韵文潜诗》云："张侯笔端世，三秀丽齐房。作诗盛推赏，明珠计斛量。扫花坐晚吹，妙语益难忘。"吕氏云："文潜诗自然奇逸。"王直方《诗话》云："文潜《过宋都》诗云'白头青鬓隔存殁，落日断霞无古今'，气格似不减老杜。"

出处：（宋）蔡正孙《诗林广记后集》（卷七）。

·元·

方　回

方回（1227—1305），字万里，别号虚谷。徽州歙县（今属安徽）人。南宋理宗时登第，初以《梅花百咏》向权臣贾似道献媚，后见似道势败，又上似道十可斩之疏，得任严州知府。元兵将至，高唱死守封疆之论，及元兵至又望风迎降，得任建德路总管。有《桐江诗集》《瀛奎律髓》。

张文潜《冬至后》诗评

张文潜诗，予所师也。杨诚斋谓肥仙诗自然不事雕镂，得之矣。文潜两谪黄州，此殆黄州时诗三四绝佳，大概文潜诗中四句多，一串用景，似此一联景一联情，尤洁净可观。周伯弢定四实四虚，前后虚实为法，要之本，亦无定法也。

出处：（元）方回《瀛奎律髓》（卷十六）。

马端临

马端临（1254—1323），字贵与，号竹洲。饶州乐平（今江西乐平）人。咸淳九年（1273）漕试第一，荫补承事郎。宋亡，隐居不仕，后为慈湖、柯山两书院山长，台州儒学教授。著有《文献通考》《大学集注》《多识录》等。

张文潜《柯山集》一百卷

晁氏曰：张耒字文潜，谯郡人。仕至起居舍人。尝为宣、润、汝、颍、兖五州守，又尝谪居黄州、复州，最后居陈以没。元祐中，苏氏兄弟以文倡天下，号长公、少公，其门人号"四学士"。文潜，少公之客也。诸人多早没，文潜独后亡，故诗文传于世者尤多。其于诗文兼长，虽同时鲜复其比。而晚年更喜白乐天，诗体多效之云。

石林叶氏集序曰："元祐间，天下论文多曰晁、张。"晁，余伯舅无咎，而张则文潜也。文潜之文，殆所谓若将为之而不见其为者欤！雍容而不迫，纡裕而有余，初若不甚经意，至于触物遇变，起伏敛纵，姿度百出，意有推之不得不前，鼓之不得不作者，而卒澹然而平，盎然而和，终不得窥其际也。君与秦少游同学于翰林苏子瞻，子瞻以为秦得吾工，张得吾易，而世谓工可致，易不可致，以君为难云。又曰无咎雄健峻拔，笔力欲挽千钧；文潜容衍靖深，独若不得已于书者。二公各以所长名家。

出处：（元）马端临《文献通考》（卷二百三十七）。

行　端

行端（1254—1341），字符叟，一字景元，俗姓何。浙江临海人，自称寒拾里人。十一岁在余杭化城院出家，成宗大德中赐号慧文正辩禅师，主中天竺，迁灵隐。后主径山作大护持师二十年。工诗文，有《寒拾里人稿》。

题龚翠岩罗汉图

西方大圣人，尝虑正教湮微，命高第弟子，应身末法之中，随其颠倒所欲，而诱掖之。杨文公大年，修传灯录，叙正传傍出外，别收应化圣贤，其得之矣。宋南渡，有老融者，由汴京弃儒归释，以笔端如幻三昧，取应化事迹，画而成图，使贤愚一目皆了。楼大参谓，老融惜墨如惜金，盖言其精如此。传融之学者，四明则有胡直夫，西蜀则有元上人。今观龚翠岩所作十二相，虽出于老融，脱略笔墨畦径，则又非胡与元所能跂及。融也龚也，噫其诱掖正教之功，岂止契合佛意，与杨大年争衡而已。昔孔子作《春秋》，以一字为褒贬。太史公志《货殖》，传《滑稽》，其褒贬虽若稍异，鞠其指归，亦岂异哉。

出处：（元）法林等编《元叟端禅师语录》（卷七）。

周　耘

周耘，元代画家，象山人。生卒年和生平事迹不详。

宋龚开题中山出游图

翠岩龚先生，负荆楚雄俊才，不为世用，故其胸中磊磊落落者，发为怪怪奇奇在毫端，游戏气韵笔法，非俗工所可知。然多作汗血，老骥伏枥态度，先生盖志在千里也。

写中山出游图，髯君顾盼气吞万夫，舆从诡异杂沓魑魅束缚以待烹，使刚正者睹之心快，奸佞者见之胆落。故知先生之志在埽荡凶邪耳，岂徒以清玩目之。

噫！先生已矣，至今耿光逼人。

后学象山周耘识。

出处：（宋）龚开《中山出游图》卷，美国弗利尔美术馆藏。又见（明）朱存理《赵氏铁纲珊瑚》（卷十二）；（清）孙岳颁《御定佩文斋书画谱》（卷八十四）。

注释：《中山出游图》卷由元代龚开绘。画卷描绘钟馗及小妹乘舆出游的情景，鬼卒们形状诡异，修短不齐，趋前走后，或抬轿肩壶，或挑行李、持包裹。其中包括钟馗、小妹、侍女、鬼卒等共计二十二位。全卷以水墨勾染，风格浑朴，别开生面。此卷现藏于美国弗利尔美术馆。

黄　溍

　　黄溍（1277—1357），字晋卿，婺州路义乌（今属浙江）人。延祐二年（1315）进士，授台州宁海丞，历两浙都转运盐铁使、诸暨州判官、国史院编修、国子博士，官至翰林直学士、知制诰同修国史，兼经筵事。纂修《义乌县志》，著有《日损斋稿》《日损斋笔记》等。

宋龚开画孟浩然诗意图

　　先生盛年，客于信国赵公，颇欲以奇伟非常之功自见。遭值盛时，海宇为一，老无所用，浮湛俗间，其胸中之磊落轩昂峥嵘突兀者，时时发见于笔墨之所及，后生小子乃欲一切律以寻常书画之品式，宜其传于世者少也。某以大德戊戌（1298）春，见先生于钱唐，今已五十年。因观先生所为孟浩然诗意图，聊识其后云。

　　出处：（清）孙岳颁《御定佩文斋书画谱》（卷八十四）。

吴师道

　　吴师道（1283—1344），字正传。婺州兰溪（今浙江金华）人。至治元年（1321）进士，授高邮县丞，再调宁国路录事，迁池州建德县尹。召为国子助教，寻升博士。以奉议大夫、礼部郎中致仕。著有《易诗书杂说》《战国策校注》《敬乡录》等。

宋龚开高马小儿图

　　易不云乎，小人乘君子之器，盗思夺之矣。龚开圣予作高马小儿图，盖出于此。其自为诗，则姑文致委曲而略于末语，见意不敢尽也。愚辄不揆申极，其词以着戒，且以赞奇产之不终厄云尔。

出处：（元）吴师道《礼部集》（卷十一）。又见（清）孙岳颁《御定佩文斋书画谱》（卷八十四）。

脱　脱

> 脱脱（1314—1355），亦作托克托、脱脱帖木儿，蔑里乞氏，字大用，蒙古族蔑儿乞人。元统二年（1334），任同知宣政院事，迁中政使、同知枢密院事、御史大夫，官至中书右丞相。主编《辽史》《宋史》《金史》，任都总裁官。

张耒传

张耒，字文潜，楚州淮阴人。幼颖异，十三岁能为文，十七时作《函关赋》，已传人口。游学于陈，学官苏辙爱之，因得从轼游，轼亦深知之，称其文汪洋冲澹，有一倡三叹之声。

弱冠第进士，历临淮主簿、寿安尉、咸平县丞。入为太学录，范纯仁以馆阁荐试，迁秘书省正字、著作佐郎、秘书丞、著作郎、史馆检讨。居三馆八年，顾义自守，泊如也。擢起居舍人。绍圣初，请郡，以直龙图阁知润州。坐党籍，徙宣州，谪监黄州酒税，徙复州。徽宗立，起为通判黄州，知兖州，召为太常少卿，甫数月，复出知颍州、汝州。崇宁初，复坐党籍落职，主管明道宫。初，耒在颍，闻苏轼讣，为举哀行服，言者以为言，遂贬房州别驾，安置于黄。五年，得自便，居陈州。

耒仪观甚伟，有雄才，笔力绝健，于骚词尤长。时二苏及黄庭坚、晁补之辈相继没，耒独存，士人就学者众，分日载酒肴饮食之。诲人作文以理为主，尝著论云：“自《六经》以下，至于诸子百氏骚人辩士论述，大抵皆将以为寓理之具也。故学文之端，急于明理，如知文而不务理，求文之工，世未尝有也。夫决水于江、河、淮、海也，顺道而行，滔滔汩汩，日夜不止，冲砥柱，绝吕梁，放于江湖而纳之海，其舒为沦涟，鼓为波涛，激之为风飙，怒之为雷霆，蛟龙鱼鳖，喷薄出没，是水之奇变也。水之初，岂若是哉！顺道而决之，因其所遇而变生焉。沟渎东决而西竭，下满而上虚，日夜激之，欲见其奇，彼其所至者，蛙蛭之玩耳。江、河、淮、海之水，理达之文也，不求奇而奇至矣。激沟渎而求水之奇，此无见于理，而欲以言语句读为奇，反复咀嚼，卒亦无有，文之陋也。"学者以为至言。作诗晚岁益务平淡，效白居易体，而乐府效张籍。

久于投闲，家益贫，郡守翟汝文欲为买公田，谢不取。晚监南岳庙，主管崇福宫，卒，年六十一。建炎初，赠集英殿修撰。

出处：（元）脱脱《宋史》（卷四百四十四）。

陶宗仪

陶宗仪（1316—1403），字九成，号南村。黄岩（今属浙江台州）人。于学问无所不窥。元末避兵，侨寓松江之南村，因以自号。入明，累辞辟举，有司聘为教官。纂述丰富，辑有《说郛》《书史会要》，著有《南村诗集》《辍耕录》。

女谏买印

淮海龚翠岩先生，开寓吴门日，一僧权道衡者，颇聪慧，识道理。先生与之游，偶市肆粥汉印一颗，权尝酬价，归取镪。先生适见，主人以实告，遂用十五缗买之。语诸女，女曰："大人乃亦夺人所好。"先生惊悟，即持送权。曰："先生爱而收藏，奚以赠？"曰："在彼犹在此也。"权固辞曰："在彼犹在此也。"相让久之，沉诸渊而别。

吁！若先生者，可谓善矣，孰谓异端中有此哉！然先生之女尤可敬也。

出处：（元）陶宗仪《辍耕录》（卷九）。

叶氏还金

叶公政，字克明，淮阴人。行宣政院都事季实之子，翰林直学士蟾心之从子也。至正甲午（1354），公政以浙西幕史奉卜颜平章檄转饷鄂阃，时丹阳富民束子章先与是役，会饮于蕲，志相合，即以兄礼事公政。未几，子章起赴沔，泣别公政曰："弟今济大江，涉重地，兄言行笃信，愿以赀囊相托。"公政辞弗获，俾子章手缄而为谨藏之。越两月，子章之友朱君让率其奴来谒曰："子章不幸入莲台湖遇盗死矣，子章昔寄囊中亦有某物在间，欲启囊而请之。"公政曰："汝寓物子章未尝语我，子章已矣，家固无恙也，必质诸其家明以付汝。"君让以公政匿为己有，衔之去。明年，既竣事还，坐丹阳驿门，要束、朱二氏父子启囊缄，得钞二百五十缗，黄金五十两，银三百两，珠八千枚，衣帛有差，归之束氏，余钞五十缗，黄金五两，银五十两，珠千枚有朱题封，归之朱氏，盛具酒馔以谢辞之。前翰林院编修胶西张复初嘉公政义为，作传且称：公政幼知读书，尝从平章克池之诸县，破兰溪渠，魁徐真一，平蕲水寨司辎粮，四年无纤芥谴，何平章凡七荐中书不报。人谓公侯子孙必复，其始天道岂独远耶。江阴王逢诗曰：蕲春肥羊采石酒，君为玉昆我金友，夜谈接膝昼握手，乾坤意气同高厚。霜风吹芦客衣薄，湿云羁鸿飞漠漠，蓬窗篝灯照囊橐，嗟君远行感君托。莲台湖深浪泊银，鹧鸪杜若伤心神，天上祸乱有今日，谁谓交游无故人，叶郎还金何愧窦禹钧。

出处：（元）陶宗仪《辍耕录》（卷二十三）。又见（明）朱存理《珊瑚木难》（卷四）。

·明·

朱元璋

朱元璋（1328—1398），濠州钟离（今安徽凤阳）人，幼名重八，曾为地主放牛。元至正四年（1344）入皇觉寺，参加郭子兴领导的红巾军反抗元朝，改名元璋，字国瑞。至正十六年（1356）被部下诸将奉为吴国公。同年，攻占集庆路，将其改为应天府。至正二十八年（1368）在应天府称帝。在位期间，大搞移民屯田和军屯，兴修水利，奖励垦荒，下令解放奴婢，社会生产逐渐恢复和发展，史称洪武之治。

黄 河 说

吴元年（1366）十一月，遣大将率马步披坚者二十有五万，渡江越淮入中原，首服齐鲁。明年，洪武初，夏四月，定河洛。秋八月，胡君弃城远遁沙漠。又冬，转战晋冀，抚有其地。关右望风送款，中原是平。尝云：君天下非都中原不可。今中原既平，必躬亲至彼，仰观俯察，择地以君之。遂于当年夏四月，率禁兵数万往视之，溯流河上。是月抵汴梁，当是时，机务浩繁，虽有山川秀丽，古今人之事迹，一时不暇歌咏。至九年秋八月祀社，斋于奉天门，夕坐道上，有儒臣待制李思迪者侍其傍，皆当时同舟往者。因言北狩，河水变迁，欲为之说，未文。明日午漏，思迪以说来进。观斯文意，壮水势，说河源，文颇顺序。朕因以为之说。

元年夏四月，敕有司清江淮水滨，及河际故道。某日，乘巨艘抵瓜洲。是时春水方既，潦水初兴，江无洪涛，日无酷暑。时在清和，利征且吉。舟入运河，舍半抵广陵，三日至淮阴，舟师入淮。是日巽上风多，扬帆飞帜。不二时而达河淮二水相合之处。见水分两道，清浊如界，并流二十余里，方乃混流东注。既而越淮入河，方觉水土同流，极浊而无清，至黄而无黑，更无他色。所以古今称黄河，宜其然也。舟行三旬，昼夜居斯水上，时刻听观。其势若万马奔驰，其状若大地轰雷。具湍物之速，一息莫视。其山回石转之处，则水绕势盘，旋如羊角，水底玲珑。因风激怒涛飞泼，天则珠飞雨降。有时巨浪如堤，悠然而涌，横亘其河。使湍者缓，流者止，细浪者无文。良久之间，众流辐辏，其横之水将息，忽然一水周旋，则水底有声，喑喑呜呜。又少时间，水中一冗若数围，有如井状，上通天气，下至河底，俗呼旋涡是也。其水为旋转急甚，中有飞者，上起去涡丈余，霏霏临岸，沸沸触人。其流于两山峡之处，或直而湍，或曲而折，或绕石而旋，或复流而触岸，或怒急而雪浪成堆，或使山倾地限，或舟覆而楫摧，或巨鱼一尾之间，虽呼吸之际，早十里之程。若胎龙美之而出戏，或蜿之，一蜿则渊深无底，四野成湖；若蜓之，以一蜓则瞬千里，莫可止焉。斯水之急，乘利之物则有若是耶？斯水人云神水，每患于中国，为民害者多矣。朕亲游斯上，观斯水之势，遇两川之间，河狭流急，宜其然欤？至于平原旷野，则东荡西坍，使桑田变迁，水势少慢，亦宜其然欤？此坚柔之所由，孰谓有神者欤！若非河之无神，却乃有之，所以有之者，极浊而难澄，滔滔水注，亘古今而不息，此久尝者也。忽然而极清，人影皆毫发洞见如此者，或千百里，或数十里，斯可谓者焉，故上古人君载在祀典，畏之祀之，为民祈福焉。今朕得观斯水，狭直处如经如弦，凡山回石起之处，则盘若羊肠。若河阴以达于徐宿，地旷而原平则不然，斯水汗汗漫漫，浩浩荡荡，有不可测焉。《禹贡》注云：三门未开，吕梁未凿，则河出孟门之上，则未为当也，必后人讹其文相传差矣。朕曩者既游，今思复述，以为说耳。

出处：（明）朱元璋著《高皇帝御制文集》（卷十五）。又见（明）宋祖舜修，方尚祖纂《天启淮安府志》（卷十九），顺治五年（1648）重修本。

毛　泰

毛泰（？—1403），建文间死节之士。见任户部郎中，礼部、吏部左侍郎。

户部分司题名碑记

国朝自文皇帝定都北京，初用平江伯陈公建明罢海运，由会通河支以输京师。时仓务旁午，大司徒乃使其属监之。成化己亥（1479），员外郎邵君文敬来淮，暇于分司西隙地结小亭，以"寄寄"名之。越二载，仆应故事来，朝夕亭上，有所感曰：文敬以身之不能久于亭，与其亭之不能久于世，故以"寄寄"名之矣。如仆居此，无何又去，宁能恝然其间邪？矧自建仓以来余六十稔，监仓者或三年一代，或一岁一更，大率当五十余员，今历寻之，裁得二十八人。于戏！岁月逾迈，前辈日湮，题名之碑可容已乎？故刻所得之名而虚其左，以俟继者续刻之。成化十七年（1481）十二月也。

出处：（明）杨宏、谢纯撰《漕运通志》（卷十）。

杨士奇

> 杨士奇（1366—1444），名寓，字士奇，以字行，号东里，江西泰和人。自少丧父，游学四方，建文帝时受召修撰《明太祖实录》，授翰林院编修。成祖即位，迁太子侍讲。辅佐明仁宗，迁礼部侍郎、少师、华盖殿大学士，兼任兵部尚书。历五朝，在内阁为辅臣四十余年，首辅二十一年。著有《东里文集》《文渊阁书目》，辑有《三朝圣谕录》《奏对录》《历代名臣奏议》等。

敕赐灵慈宫碑记

永乐初，平江伯陈公瑄奉命率舟师道海运北京，然道险，所致无几，乃浚济宁、临清之河水达北京，以便饷运。岁发数千艘，每春冰解则首尾相衔而进，河狭且浅，一雨辄溢，雨止复竭，加以洪闸之艰且险，舟稍不戒，非覆则胶。时平江公仍奉命督饷运，慨然念曰：凡大山长川皆有主宰之神，能事神则受福。往年吾董海运，凡海道神祠，吾过之必惴惴持敬，如神之临乎前。间遇风涛及鱼龙百怪有作，辄叩神佑，靡不响应。今兹神祠未建，非关

535

典兴。遂作祠于淮之清江浦，以祀天妃之神，盖公素所持敬者。凡淮人及四方公私之人有祈于祠下，亦皆响应。守臣以闻，赐祠额曰"灵慈宫"，命有司岁有春秋祭祀。于是董漕运参将都指挥金事汤公节请书镂之石。盖世俗所传神肇迹事远不可质，惟神者天之所命，固以利物为心也。神斯无不在，诚斯无不格，诚神孚而福泽降，自然之理，遂为书作宫所。自维某年月日，皇帝遣漕运总兵官致祭于天妃之神曰：惟神著灵斯土，惠庇生民，爰命有司祗修常祭，其御灾捍患，拯援艰危，遵致丰穰，益弘私济。尚飨。

出处：（明）杨宏、谢纯撰《漕运通志》（卷十）；（明）宋祖舜修，方尚祖纂《天启淮安府志》（卷十九），顺治五年（1648）重修本；（民国）徐钟令《民国淮阴志征访稿》（卷八），民国抄本。

平江侯恭襄陈公神道碑铭

太宗皇帝初自北藩举兵内向，至江上，都督陈公瑄具舟迎济，事平。上正大统，录功，赐公奉天翊卫，推诚宣力武臣，特进荣禄大夫，柱国，封平江伯，赐诰券。

陈氏家合肥，公字彦纯。自少颖敏不凡，好善恶恶，内笃孝行。洪武中，侍父官成都，习兵略，精骑射，以武臣子选侍大将。尝从出畋，遥望孤雁杂鹅群，命众从者射，不中。最后命公发，一矢毙之。有鸥翔于上，命公射，应弦而坠。自是屡试皆奇中，众大服，而公不自为能。朝廷命总兵者作蜀府宫城，遣将伐材于山，所行失律，且材不中度，又所经瘴地，士多死。总戎察公可用，遂命之。公善抚绥，明号令，取善道，七百里以入，先期而还，士不病，所得材皆适用，总戎者嘉之。又命董缮，作具有条理，遂从大将征南番岩州中亭及散毛镇南，咸建劳绩。代父职成都右卫指挥同知，父坐旧累谪戍辽阳，公伏阙奏请代行，特诏父子并免复职，卫卒数辈饕波狙诈，挟制上下，众患公，次第悉去之，善类以安，遂从征越寯，讨建昌酋长月鲁帖木儿，逾梁山，平天星寨，破宁番诸蛮，驻西河口，谕降夷人数千。从总帅复征盐井，平三山寨及小伯夷，进攻卜木瓦寨，据要害立堡，以断贼路，官军分三队进，公居中。已而，左右两队弗支，奔还，公所统仅百余人冒险先登，贼数千围公，公下马率众且射且斫，贼疲稍却，公亦伤足，裹创进战，自巳至西，贼败走，公全所统而还复。从征余寇贾哈剌时，寇众数万，据险以拒，官军分三道，公军后进，由番西涉打中河，得间道，乃出奇兵，作浮梁渡河。既渡，撤梁以固士志，遂压寇境，寇凭险迎敌，一日十三战，夺其险。明日，复力战，凡七合，寇大败，遂入其垒。简锐卒出哨，令望见前军旌旗，即举炮，俾知已败寇，仍遣五百军断寇走路，寇穷出降，械送贾哈京师，抚辑其余众。公及麾下加被升赉，从蜀献王巡边，招抚边夷，兼理茶马之政，边人悦戴。

灌口都江堰坏，民苦水患，遂修其堤防，躬督工作，为坚久计。矜恤无告，出资置义田二百亩于成都，积所入租，凡贫不能衣食、不能婚嫁及死不能敛葬者，皆给之。会云南兵征百夷，以功升四川都司都指挥同知，遂进右军都督府都督佥事。太宗皇帝知公才可任，时北京军储不充，命公岁董运百万石，道海给之，公措置井井，创建百万仓于直沽尹儿湾城，天津卫籍兵万人戍守。公善任，使均劳逸，秋毫无取于下。凡漕途奸弊，扫涤一清。漕舟所经海岛，夷人畏惮官军，悉蔽匿。公下令俾出为市，而遣官监临，平其直，军无敢哗，人两便之。舟还，值倭寇劫沙门岛，公率众追至朝鲜境上，焚寇舟殆尽，寇以杀溺死者甚众。奉命率舟师于闽海备倭寇者三。海溢，坍没堤岸，起扬之海门，历通、泰，北至盐城，凡八百里，奉命以四十万卒修之。航海至者，茫洋莫知所停泊，往往胶浅。公于太仓相可泊处，以二十万卒筑高丘二十丈，延亘十里，为表识，众便之，称"宝山"。事闻，上亲制文树碑焉。

既建北京，罢海漕，浚济宁临清河，通南北往来，仍属公董饷运。公建议造浅船二千艘，初岁运二百万石，为之有方，后增至五百万石，国用以足。若疏清江浦，引水由管家湖入鸭陈口达淮，以免淮河风涛之患。就管家湖筑堤亘十里，以便引舟。浚仪真、瓜洲二坝潮港之堙。凿吕梁、徐州二洪巨石以平□水□势□。筑沛县刁阳湖即昭阳湖。同治《徐州府志·山川考》沛县山川："昭阳湖在县东。《旧志》：在县东北八里。《齐乘》谓之山阳湖，俗名刁阳湖。"济宁南望湖堤。开泰州白塔河，通大江。筑高邮湖堤，堤内凿渠，亘四十里，以通舟，南北造梁，以便陆行。自淮至临清，相水势高下建闸四十有七，以时启闭，皆舟楫通行永远之利。于淮滨作常盈仓五十区，以贮江南输税。于徐州、临清、通州皆建仓，以便转输。虑漕舟昧河深浅，自□淮□抵通州，滨河置舍五百六十八所，舍置卒，俾导舟可行处。缘河堤凿井、树木，以便夏月行者。凡于事虑之周而为之果。仁宗皇帝初临御，下诏求言，公首七事，大概谓：南京国之根本，宜为久远巩固之计。选将益兵以严守备，长民长兵皆宜择贤能。然政举而下不失所，贤能在推举，推举在核实，乞选朝臣之公正者分巡天下，考察百司政事得失，进廉能，黜贪鄙，则官得人而治可兴。今府州县学教官多不得人，乞令风宪考察，罢黜别选。今中外军伍多缺，盖由所管头目私役扰害不胜，致其逃逸。乞敕都府、兵部、都司严切禁约，就行清理。老疾者，令户丁代；逃逸者，责限追捕；户绝者，验实除豁伍籍。又边防之要，在兵食足。近岁如开平等处城不足兵，兵不足食，所守何由完固？乞选武臣之有方略者，授以精兵，足其衣食，给之坚利器械，俾日教习。如有沃壤，令兼务耕守。今漕运江西、湖广、浙江及苏、松诸郡，去北京甚远，漕河又有洪闸浅冻之阻，往复逾年，杂费数倍正粮，军民并困，其各处官军每岁漕运毕，财力殚乏，到家又修理坏船，运来岁粮，劳勤尤为可悯，所管头目又加别役以重困之。乞下令今后漕运军士不得再有别役。马船、快船惟二三百料者可行于漕河，所载不过五六十石。每船已有额设水夫，今又于缘河拘集军民，听候其至接递，听候日久，衣食艰难，有至行丐者，乞自今罢之。上览奏，赐敕奖谕曰："朕嗣承大统，君国子民之心夙夜惓惓，卿所陈数事，皆今切务，览之再三，良契朕怀，已敕所司施行。惟卿老成忠爱之诚，嘉叹不忘，加以重赏。"赐诰追封其曾祖省三、祖重一、考闻皆平江伯，曾祖母孙、祖母朱、嫡母王、生母王、故妻汤皆夫人，命子孙世袭伯爵。宣宗皇帝临御，命公镇守淮安兼漕运，赐敕奖谕曰："尔为国家老成旧臣，朕自少年知尔之名，以腹心托尔，勉效忠诚，以副朕怀，仍赐御制诸葛武侯图及白金文绮。"公至，察宿弊之为民厉者悉革之，豪恶奸宄皆敛避，境内以宁。时已婴疾，而躬勤旦暮，靡有滞事。疾间入朝，深被嘉劳，赐宴赍及御制"新春即事"诗。还至淮安，无几疾复作。上闻，特敕劳问。时子仪在侍卫，令挟医驰驿往视，竟薨，宣德癸丑（1433）十月十一日也，春秋六十有九。讣闻，上悼叹，辍视朝一日，追封平江侯，谥恭襄，遣官谕祭。特赐棺及赙，命工部营葬。

公为人慨爽英毅，弘度伟略，稠人广会，谭论娓娓，伦辈推服。公余披阅载籍，考知往古成败治乱之故。喜接逢掖士，时相讲议，善交际，能推利，为义所至，以济人为心，多所建置，人德之不忘。家有乐善堂，恒举邹孟氏"仁义忠信乐善不倦"之语及家训二十篇，以勉子孙。配汤氏，封夫人。子男五：佐，袭平江伯，笃实谨厚，克绍先志，后公数岁卒；次俨，次仪，今为勋卫，好文事，精武略；次伦，次侃。女三，丰城侯弟李芳、江阴卫指挥同知张英，骁骑右卫指挥佥事高得其婿也。孙男三：豫，今袭平江伯，总禁兵，有廉誉；次佑、次祼；女七。公葬以薨之明年三月，墓在江宁县太山之原。余与公同朝三十余年，相知且好。于是，仪、豫以状求著神道之碑，故按状叙而铭之，铭曰：

緊公挺出何桓桓，武兼勇智追前闻。材艺夙试卓寡伦，峨冠三品承考勋。蛮溪獠峒狨猲群，负嵁弗扰狞且趁。公奋扫刮迅后尘，湔涤腥秽宁边民。有巇誉望齐峨岷，款征来东卫宸垣。漕承兴运效骏奔，碌劳疏封昭鸿恩。貂蝉鬐玉衣绣麟，报赐志企古芘臣。殚心毕虑靡夕昕，沧溟茫洋渺涯垠。岁漕万艘奄然臻，有梗于海威赫震。斩鲸戮鳄焚甲鳞，崇表海岸亘长云。云章龙彩天垂文，南赋北贡艰以辛。逾淮历济底天津，疏堙凿坚劬且勤。坦行如砥戚者忻，犄嗟公笃孝与仁。厥施诸时绩弗泯，爱国亦有嘉谟陈。功载册府被后昆，大江之阳岂有坟。太史铭之昭不刊。

出处：（明）杨士奇《东里文集》（卷十三）。又见（明）程敏政编《明文衡》（卷七十七）。

朱 权

> 朱权（1378—1448），朱元璋第十七子，字臞仙，号涵虚子、丹丘先生，南极遐龄老人等。神姿秀朗，慧心敏悟，精于义学，旁通释老。年十四封宁王，后为其兄燕朱棣所猜疑，朱棣得政权后，隐居南方，深自韬晦，托志释老，鼓琴读书，不问世事，终成明初著名戏剧家、历史学家、道教理论家。有《通鉴博论》《汉唐秘史》《宁国仪范》《文谱》《诗谱》《史断》《列朝诗集》等二十多种。

韩彭报施

汉高祖取天下，皆功臣谋士之力。天下既定，吕后杀韩信、彭越、英布等，夷其族而绝其祀。传至献帝，曹操执柄，遂杀伏后而灭其族。或谓献帝即高祖也、伏后即吕后也、曹操即韩信也、刘备即彭越也、孙权即英布也。故三分天下而绝汉。

出处：（清）褚人获《坚瓠九集》（卷四）。
注释：鲁迅《书苑折枝》论曰："韩信托生而为曹操，彭越为刘备，英布为孙权，三分汉室，以报夙怨，见《五代史平话》开端。小说尚可，而乃据以论史，大奇。"

王　直

> 王直（1379—1462），字行俭，号抑庵。江西泰和人。永乐二年（1404）进士，选入翰林，读中秘书，寻入内阁，除修撰。历仕仁、宣二朝，累升至少詹事兼侍读学士。有《抑庵集》《抑庵后集》。

赠李太守赴清河序

予友李信圭之令清河也，视其民如子。凡有饥馑、疾苦、劳役，举切于其身，则必为经画处置，使之各得所欲事，或不如其心，则亦为之审缓急，择便宜，使不困。至于农事，尤必使及时，劝课训督，具有成法。贫者资用不充，则假于富民以给之。由是，小大皆得尽力于畎亩，地无遗利，官无负租，民有余食，皆欢喜爱戴曰："公抚我如是，真吾父也。"一县称之无间言。今年诏大臣举贤为州守，礼部章侍郎首举信圭，众莫不以为宜，上命知蕲州，遣使征之，县人无少长，皆泣下曰："夺吾父使惠他人，我则奚仰？"于是有力者即走北京诉于通政司，弱者诉于府、诉于总兵官、诉于巡抚侍郎，乞留之事相继以闻。上重违民意，俾为知州，仍掌清河县事，而其民之在京者始大喜曰："公若不归，吾辈遇不恤己者，死与徙而已，今得免矣。"士大夫知信圭之贤，惜其泽不之施而喜，清河之民之受终惠也，皆作诗赠行，其姻家翰林侍讲学士陈德遵持以属予序。

予与信圭同邑，少相善，皆业儒，皆有志斯民，顾予独老于笔砚，无以报上，无以惠下，信圭所立，何愧于汉循吏？则予能不慊然耶！尝窃念之，圣朝锐意养民，而亲民者莫如令，盖所谓民父母也。有志之士当洗濯磨治，以求称答上意，何其如信圭者甚少也？其罢劣不职者，不论以予所见，假诗书以文奸言，任诈术以逞贪欲，肆威虐以快私心者，盖多恶在其为民父母哉，虽谓之民贼可矣。则如信圭，宜其民之不舍也。抑又闻之，君子行道以惠民，不以宦成而怠，不以老而倦也。信圭尚笃于其道，以安养斯民，岂惟不负令之宠任，与其慕恋之意，德业之成，亦将永有耀也。是为序。

出处：（明）王直《抑庵文集》（卷五）。

送李太守序

清河，淮安属邑，其地西南皆距河，河中之舟，之达于两京与之乎四方者，首尾相接也。予友李信圭治清河，其心一以爱民为主，小大之事，未尝有一厉民，民知其心之爱已也。亦未尝有一违其意事，皆办治。于是信圭之名，与上下之舟并驰，达于两京，旁及于四方，而人莫不知其贤。信圭为令九年，朝臣荐之升蕲州知州，清河之人闻知，皆大戚曰："李公吾父也，今去，孰能子我哉？"争号吁乞留。上重违民志。命还清河。以知州掌县事。清河人乃大喜，若饥而得食，寒而得衣也。至是，治县又三年，考绩来北京，予与之别久矣。既相见而喜，问之曰："县民素孚，当不劳而治，亦有乐乎？"信圭愀然，曰："去年飞蝗为灾，民食不足，皆吾为守令者之咎也。今尚虑有遗育为民患，日夜忧之，思所以弭之者，民乐然后吾可乐也。"予于是而益信其贤。

守令，民之父母，当子视其民而欣戚同之，世之能若此者盖少矣。不鱼肉之资，则秦越之视，恶在其为民父母也。信圭之忧，缘于爱，爱之深则忧之切，忧之切则谋之至，民患庶其弭矣。彼资之为鱼肉，而秦越人视之，则何能有概于其心？古之君子，思民之溺，犹己溺之；民饥，犹己饥之。今信圭之忧乐，在民不在己，其亦犹是心哉。信圭持是心不少变，岂独清河之民赖之？若加擢而大行焉，亦举是而措之尔，予尚有望于信圭也。乡邑仕者属予言赠其归，遂书以为赠。

出处：（明）王直《抑庵文集后集》（卷七）。

吴 节

吴节（1397—1481），字与俭，号竹坡，江西安福人。宣德五年（1430）进士，授编修，历南京国子祭酒，官至太常寺卿兼侍读学士。著有《吴竹坡诗文集》。

加封平江侯谥恭襄陈公祠堂记

宣德八年（1433）冬，奉天翊运推诚宣力武臣、特进荣禄大夫、柱国平江伯薨。讣闻，皇上为之悼叹，辍朝，追封平江侯，谥"恭襄"，遣官祭奠，给棺赙，营治兆域。既而淮人念公勤劳国家，筑堤通漕，为农商军民万世利，不忘厥功，乃相与治祠于清江水神之傍，塑像以祀。

正统初，连岁春夏多大雨，淮波泛涨，沙淤河浅。有司役徒大疏浚，久而绩用弗成。一日暮，役人隐隐见公乘篮舆，骑从甚，都双灯前导，遍阅诸坍塌而去，众相惊异。翌日，具肴醴，荐祷祠庭，而堤遂成。郡耆石士宁等率士民以状闻，诏如江西韦丹故事，赐公春秋祭享，有司定为常祀。前郡守杨理以祀典不可以不严，乃改营庙貌于河滨，以便祝嘏。今郡守邱陵、卫使丁裕等，复以过淮人士礼公者多，不可无文以昭示悠久，遂合所属，购求得丽牲之石，遣守祠道士董道亨来征辞请刻焉。

谨按：恭襄侯，讳瑄，字彦纯，号乐菩，姓陈氏。其先合肥人。自少颖敏睿发，善骑射，遇飞禽应弦而下。洪武中，随父怀远公官成都，以舍人参侍大将征大蕃、散毛诸獠，所向克捷。及父职同知右卫事，奉檄征越、盐井诸夷，皆连破之，生擒渠寇贾哈剌，以献于朝。继会大兵征云南百夷，累功，升四川都指挥同知，寻升右军都督佥事，总舟师于江上。太宗文皇帝入清内难，正位宸极，以公功存翊运，进爵平江伯。时乘舆巡北京，命公岁通漕百万石，由海道给足行在，继复奉命，屡于闽海等处备倭。修筑海门至盐城坻堤八百余里，又于近海太仓筑高丘二十余丈，以为海舟表识，名曰"宝山"，碑刻具存。及北京都邑城，罢海漕，命由淮、徐穿卫，入潞河以运。公遂建议于通州、天津、德清及淮、徐诸处，皆置厫仓，以贮南粟。造浅舸八千余艘。导山东沂、泗、汶、洸渚水以灌济宁二闸，遂循济北度，安山、南望、孙村湖、梁山、耐牢陂取道筑长堤百余里，以捍漫流。又从沛邑引刁阳湖、凤池口诸水暨黄河支流，以灌徐、吕二洪，递接迤南。诸舟遇冬水涸，则督工开凿中流巨石以杀湍势。又开泰州白塔河四十余里以通大江。筑高邮、宝应氾光、白马诸湖长堤，构梁以度牵道。自潞抵淮计程三千六百有奇，设浅铺七百余所，置守卒导引，沿岸植柳浚井，以便夏月行者。又疏瓜洲、仪真二坝淤塞，以接海潮。沿途揵石畚土为楔闸，水以时闭，综其闸以座计者凡五十有奇。所输官粟视河漕一百万石，后加至五百万石。初，淮波险恶，难于溯流，计工开清江浦五十余里，自管家湖至鸭陈口通淮湖，筑堤置移风、清江闸以达于河，而淮道通矣。其他疏凿以便稼穑者，不可以数计。此皆南北所经一览而俱见者也。洪熙初，谏直言，公首陈时事之大者凡七，承制奖答，敕有司行之，又诰赠其三代皆伯爵。宣德初，命镇守两淮，仍督诸军领漕事。时公年弥高，屡乞逊避，诏加劳慰。然公晚得脾疾，遇阴雨间作，犹躬卧听治，罔有滞事。暨疾剧，仲子仪侍，蒙特遣医来，不能起，以癸丑（1433）子月十一日薨逝，春秋六十有九。子佐袭伯爵，孙豫继袭，今以功进爵为侯。

窃闻周公政书有曰：国功曰功，战功曰多，民功曰庸，事功曰劳。四者有一，皆得以纪功太常，传示悠远。又闻之祭法有曰：法施于民，则祀之；以死勤事，以劳定国，则祀之；能御大灾，捍大患，则祀之。今公之生也，誉望勋劳，充播天下，合乎政书之目；其殁也，又能显扬威烈，以警动是邦之人，庙食百世，与祭法相符协，岂非古者豪杰之士，英灵耿耿，久而不讹，不以幽显或间，迨与天地相终始者乎！然惟淮人念甘棠之爱，愈久愈至，既请命于朝以定春秋二祀，又岁时伏腊有迎赛之典，亦惟公祠是瞻是虔，兹又江淮旧俗然也。谨因邱、丁二公之请，备述大业，书之于石，以彰示来者。并作迎享送神之歌五章，俾邦人工歌以祀。其词曰：

春日兮扬扬，撷芳菲兮进侯堂。侯之来兮弩蹶张，拥熊虎兮罗干将。敛威容兮坐彷徨，将排风兮凌淮江。秋日兮离离，采苹蘩兮荐侯祠。侯之来兮建翠□，俨神容兮暂踟蹰。将驭气兮横青徐。击鼓兮坎坎，吹笙兮于于。菱荷结实兮秔稻肥，湖田水足兮民用有余。我侯来巡兮增怡愉。坎坎兮击鼓，于于兮吹笙。垂杨千里兮堤路平，漕舟逴兮商旅经行。我侯来游兮忻有成。淮之山兮江之浦，蔽芾棠阴兮覆灵宇。往来无穷兮奠清酤，钥和风兮为灵雨。邦人报祀兮千万古。

出处：（明）陈艮山纂修《正德淮安府志》（卷十六），正德十三年（1518）刻本；（民国）徐钟令《民国淮阴志征访稿》（卷八），民国抄本。略见（明）杨宏、谢纯撰《漕运通志》（卷十）。

商 辂

商辂（1414—1486），字弘载，号素庵，浙江淳安人。宣德十年（1435）乡试、正统十年（1445）会试及殿试，由解元、会元到状元，连中三元，为明代三百年科举的唯一。官至少保、吏部尚书兼谨身殿大学士。著有《宋元通鉴纲目》《蔗山笔尘》《商文毅公集》等。

重建平江恭襄侯庙碑

侯旧有祠，在淮安清江浦水神庙之傍，盖宣德间，侯薨，淮人慕侯功德，相与建祠，塑像祀之。正统初，淮水泛溢，沙淤河道，有司役夫疏浚，久而弗绩。一夕，役人隐隐见侯舆从甚，都双灯导前，遍阅诸淤而去，众相顾骇愕，翌日，俱酒脯，祷于祠下，而河遂通。流郡耆老列状以闻，诏如韦丹故事，命有司岁致春秋二祀。祠后改建河堰，迨今三十年，日就颓圮。乃成化甲午（1474），总督漕运都察院右副都御史李君裕至淮，之耆老梁密等诣行台，告曰："我侯在昔，勤劳王事，筑湖、开运河，镇抚江淮，多所建置，为军民无穷之利。及其殁也，复累著灵验。顾祠宇弗称，曷以惬众志，矧今侯之曾孙平江伯自两广总戎移镇是邦，整饬漕务，抚绥众庶，一循祖规，于是侯之遗泽愈久益盛。密等感激弗已，乃发自众心，愿各出私帑，鸠工歛材，鼎新庙貌，庶俾一方人士永永有所瞻仰。"都宪喜曰："此吾志也！"遂命淮安府知府袁洁统理其事，淮安卫指挥王钦为之规画，千户张敏、章瑛，百户许敬并密等监督营建。乃相旧祠之西，地势平衍，宽可数亩，即侯来守淮阳时所居遗址。位巽面乾，作正殿三间，崇高深广。中门三楹，翼以回廊十间。凡神厨、神库在焉，缭以垣墙，墙有大门。至于沐浴有所，斋宿有舍，宰牲有房，桧柏森森，丹青炳炳。中塑侯像，冠貂蝉，冠被猩红袍，玉带牙笏，凛如生存。表其额曰：平江恭襄侯之庙。庙之前淮流左奔，清江右泻，山川形势一览在目。至者皆咨嗟叹，以为规模宏大，轮奥一新，过旧远甚。经始于是年六月，落成于明年乙未（1475）之四月。金谓斯举，有关风教，不可无述，而教谕钱塘方冕，爰其事状，因都宪来京，以文属余。

谨按：侯姓陈氏，讳瑄，字彦纯，世家合肥，自少才兼文武，志存忠孝，洪武中代父职为成都右卫指挥同知，累功升四川行都都司指挥同知，进右军都督府都督佥事。永乐初，封奉天翊卫推诚宣力武臣，特进荣禄大夫，柱国平江伯。太宗皇帝知侯才可大任，命董海舟，岁运粮储百万石至北京，侯遂建百万仓于直沽尹儿湾，筑城于天津，籍兵万人戍守。时海溢坍堤岸，起扬海门至盐城八百里，侯奉命以四十万卒修之，民免于患。海舟茫无停泊，侯于太仓以二十万卒筑高丘二十丈，延亘十余里，为表识，民便之。朝廷既建北京，罢海漕，开济宁临清河，通南北往来，仍命侯董饷运，侯建议创造浅船若干。初岁运二百万石，后增至五百万石，国用以足。疏清江浦，引管家湖水入鸭陈口以达于淮，免风涛之厄。就管家湖，筑堤长十余里，以便挽。置移风、清江、福兴、新庄四闸，浚真、瓜洲二坝潮港之堙，凿吕梁、徐州二洪巨石之梗。修筑高邮并昭阳南庄湖堤，功倍于昔。因水势高下，增建闸座四十有七，滨淮及徐及临清、通州建常盈诸仓，以便转输。沿河置浅铺五百六十八，置卒，俾执旗指舟可行处。河堤植柳、凿井，以便夏月行者。宣德初，奉命镇守两淮兼理漕运，侯察宿弊之为民害者，悉祛除之，豪滑敛迹，民赖以宁。岁癸丑（1433）十月十一日，以疾薨，寿六十九。上闻讣悼惜，追封平江侯，谥恭襄，遣官谕祭营葬事。于是乎，侯之功业著于天下，独淮之人思慕之，至于今而不忘者，侯在淮三十余年，其德泽入人尤深也。

古者圣王之制祭祀也，法施于民则祀之。若侯之良法美意焯焯如是，岂非庙貌所当先者乎？曾孙名锐，才识老成，克承先志，侯之余庆有足征矣。是用文诸贞石，而系以辞曰：

惟侯之先，允武允文。盛德并施，秋肃春温。功著三边，爵封五等。足国之食，孰先漕运。粮艘如云，岁达京师。人力弗劳，区画适宜。惟侯之薨，于赫厥灵。降福锡民，亶其有征。侯之勋庸，纪于太常。侯之惠爱，著于淮扬。乃饬庙貌，乃荐祀事。崇德报功，昭于世世。

资德大夫、正治上卿、太子少保兼吏部尚书、文渊阁大学士、知制诰经历筵官、淳安商辂撰文。

明成化十一年（1475），岁次乙未，孟冬吉旦立石。

出处：（民国）徐钟令《民国淮阴志征访稿》（卷八），民国抄本。

翁世资

> 翁世资（1415—1483），字资甫，号冰崖，莆田清前人。正统七年（1442）进士，授户部主事，历户部郎中、工部右侍郎、江西布政使，官至户部尚书。有《冰崖集》。

重修清河县儒学记

学校所以崇化本，而隆替之机存乎人。三代之时，风俗淳，人材盛，世跻熙皞者，由学校隆致然也。自时厥后，降及五季，以至于元，其间风俗淳漓，人材盛衰，治道否泰，岂非由学校有隆有替而然。恭惟我太祖高皇帝诞膺景命，统御寰区，大崇化本，故自国都以至海隅边徼，莫不建学，立师长，养人材，崇重教化，列圣相承，逾百十年，风俗淳，人材盛，治道泰，良由学校兴，故能比隆三代。汉、唐、宋而下，未足多也。迨我英宗睿皇帝在御数十年，间学校兴矣，犹虑其未兴，人材盛矣，犹虑其未盛，乃遴简宪臣中之有文学、德行卓卓乎可以表正后学者，授以玺书，专督学政，以造就人材，不如三代不止也。惟时临海陈君选士贤，由天顺庚辰（1460）春闱第一人登进士，拜监察御史，尝按节西江，大着行能，文学誉于朝野间，当皇上嗣兴，克隆继述，乃以学政授焉，俾专督南畿。盖君之尊翁员韬先生，由宣德庚戌（1430）进士，拜监察御史、福建布政使，尝主正统壬戌（1442）春闱文衡，世资出其门，知士贤君之学，其渊源盖得于家庭者深矣。君自承玺书，夙夜弗怠益勤。凡学政之弊与废者，咸革而兴之；学宫之坏与隘者，咸修而广之；人材之萎者，必提撕而振作之。学校之兴未有过于此时，学政之修未有过于南畿者也。

清河为淮属邑，其学在宋德祐元年（1275）创于旧县城之大清河口。泰定元年（1324），坏于河决，徙置于甘罗城。至正间毁于燹。洪武二年（1369），知县孔克勋择吉地，建于今之小清河口，岁久就圮。正统间，掌邑事知州李信圭重修葺之。天顺甲申（1464），都察院司务王圭，邑人也，尝以学校虽修而隘陋犹昔，请于巡按直隶监察御史张黼，知县卢宁暨其僚佐

546

复拓旧址，而增大其规模焉。是年，邑庠生石渠遂登进士第。前此人材用世虽不乏，而登进士则自渠始，孰谓人材之兴不由于学乎？学校之兴不由于人乎？成化己丑（1469），知府杨昶，同知安钝、林思承，通判张鹏、薛准，知县王高，县丞吴昶，主簿郑瑄、刘伦，典史张震，教谕陈瑢，训导张理、陈宁，又咸克承御史陈君之意，同心协力，各捐俸资修学宫，构馔堂，筑斋舍，以至门库、庖湢、垣墙悉咸完缮。御史君诣学，见其仑奂完美，高广咸称，乃语丞昶曰："学校如斯，可谓具美矣！不可无记。"昶，闽人，请予文，记其成。

呜呼！古昔明王，欲崇化本，咸先建学，若三代之时是矣。本者何？人伦是也。学校兴，则人伦明。人伦明，则风俗厚。风俗厚，其于治也，何有？今清河之学完且美矣，而御史君又尝临莅督劝之，诱掖之，其于人伦之明、风俗之厚、人材之兴盛，自有不期然而然者矣。所谓学校之隆替，其机存乎人者，其不以此也欤！抑吾尝闻：睹《河洛》者，思大禹。瞻《甘棠》者，思召伯。继今以往游斯学者，吾知青襟济济，弦诵琅琅，步青云，登黄甲，居高位，享厚禄，为忠臣，为良相，是固由于学校之兴，而御史君作兴之力，何可忘也？因记，以告将来。

出处：（明）陈艮山纂修《正德淮安府志》（卷十六），正德十三年（1518）刻本。又见（清）吴棠修，鲁一同纂《咸丰清河县志》（卷七），咸丰四年（1854）刻本；略见（明）吴宗吉修，纪士范纂《嘉靖乙丑清河县志》（卷四），淮阴三研堂民国二十五年（1936）抄本。

杨　昶

杨昶，生卒年不详，字永明，仁和（今浙江杭州）人。天顺五年（1461）任淮安知府。有经纶之才，政教俱举，三年期满，成绩卓异，晋升参政，仍守郡府。继任六年、九年，政绩卓著，赐诰敕旌异。守淮十二年，辞行时，淮安稚孺民众顿首攀留，献饮食，持续三月乃行。主修《成化淮安府志》。

恭襄祠碑记

赠平江侯、谥恭襄陈公者，少以荫补官。永乐甲申（1404），文皇帝肃清内维，公以翊戴功封平江伯。及平，天下大定，公总百万之兵、漕百万之粟不告劳，而京师边鄙岁皆仰足，功亦大矣。昶尝求公之为人，盖好善而多略，知人而善用者也。开府之日，凡吴、楚、江、浙、荆、舒、淮、扬自万户以至齐民，凡有才足以干事，智足以烛微，言足以说理，学足以博物者，无不以礼罗而置之幕下。每一政一事必谋于众，忘己从人，择其善者而行之。自昔漕河由山阳艮隅入淮，六十余里始入清口，其流直且骏，蹙然风涛，人舟覆溺。自徐入汴，溯黄河转于清源，既险且远，百倍于淮。公博询于人，山阳城下则凿地通河，过淮阴故城横渡清口，不一里而得安流。自徐而郓，得前代漕运故道。自郓至清源，又凿地为河，顺流而北至于卫水，人免黄河之险。又经海道于辽东，不绝粮饷，其功有足称者。及薨于位，宣庙为之辍朝谕祭，赐葬牛首山。正统间，海水滚泥沙汇清口，而东为洲十余里，运河淤塞，舟楫不通。有司闻于上，征数郡人民昼夜疏凿，民劳而功无成。祷于公，一夕，人有见公乘白马拥从数十人行水上，明日视之，洲为水冲去，其灵爽虽殁，而犹不忘护国庇民也如此。有司上其事，命立祠清江浦，春秋祀少牢。公讳瑄，字彦纯，庐之合肥人。祭文曰：

惟神河岳间气，文武全才，一代名臣，三朝元老，总司漕运，粮饷充盈，保障江淮，军民按土屠。生既勤劳乎王事，殁宜庙食于无穷。惟厥成规，百世允赖，兹当起（完）运，谨以牲醴，式陈明荐，用报于神，神其来格。尚飨。

出处：（明）杨宏、谢纯撰《漕运通志》（卷十）。

金　铣

金铣，生卒年不详，字宗润，号省庵。山阳（今江苏淮安）人。正统辛酉（1441）科举人，授蕲州知州，钱中宪大夫、江西广信府知府，以礼部员外郎、充史馆编纂致仕。著有《省庵集》。

清河县新造学舍记

中宪大夫、江西广信府知府、致仕前礼部员外郎、充史馆编纂官、山阳金铣撰。

清河县学旧有草舍数楹，为经生藏修之所，年久圮坏，不庇风雨。淮安别驾、前乡贡进士、睢阳安公钝适分巡其邑，晋谒孔子庙，退坐明伦堂，讲帷既撤，起视号房，恻然于中，曰：古者痒序养士必有居，学即今号房之谓也，而隘陋若是，况讲堂不作，诸生何从而燕居讨论以致其道哉？大是缺典，此有司之过也。逐毅然以兴作自任云云。营缮矩度，择命县簿郑君董其事。郑奉命惟谨，市材惟良，佣工惟能。经始于成化庚寅（1470）春，终夏工毕。其所创讲堂三楹，前为路门。居学为楹者二十，分而为四，以文、行、忠、信为号室，俱南向，各缭以垣，垣之南为总门，室前列植以槐。他日，公往视焉，忻然，进诸生而告之曰：夫士不可以不学。学者将以学为圣贤也。学舍之修特外物耳，圣贤养心修身之道不在于是。诸君居于斯、游于斯、讲学之于斯，尚当以圣贤自期，忠信以为土地，孝悌以为基址，仁以为宅，义以为路，礼智以为户牖，廉介以为藩篱，经训以为几席，而多文以为饰，夫如是，则吾之一身一心常在圣贤之堂奥矣。云云。诸生再拜而受之曰：敢不敏乎？

明年辛卯（1471）秋，经生曹钥、翟林京闻，知县李君洪等告予征文，用镌诸石，予谓安公循行属色，首新学校，见崇儒重道之心，得为政之先务，其善奚可泯乎。遂以为记。

出处：（明）吴宗吉修，纪士范纂《嘉靖乙丑清河县志》（卷四），淮阴三研堂民国二十五年（1936）抄本。

重修清江浦漕运厅事记

漕运厅事，西去淮郡四十里，而近在清江浦之上，前镇守淮安漕运总兵官、赠平江侯、谥恭襄陈公瑄之所作者也。

永乐中，公奉敕总督漕运，供饷京师，欲贮江南百万之赋于淮，以便转漕。乃卜淮阴之地，惟清江浦宜为仓百区。制可其奏，命中贵二人以主之，地官主事一人以参之。自山阳抵清口，淮水逆流六十里，风涛汹涌，不时覆舟。舟人候风，或浃辰不能渡。公自郡西凿地引水过于仓下，西出淮水，曾不终食，径入清口。于仓之北沿河之滨，立南京及中都、江北各卫船厂。又奏立清江提举司，收受各郡所输船料，岁造转漕舳舻，设提举一人以司之，冬官主事一人以监之。仓之西北建灵慈宫，为祝禧之所。宫之旁稍西为此厅事，便于总制也。宣德改元，敕公镇守淮安总漕如故。公虽开府郡城，往来恒居厅事，盖恐料量之不平，出纳之不经，制作之无度，财用之侵费，百尔工役旷日废事，无以称塞德意也。公薨四十载于兹矣，厅事日以倾蠹，几废，莫有为兴之者。

成化甲午（1474），总漕位虚，今圣天子选于众，得公曾孙平江伯锐，字志坚，自两广元戎移镇淮海，充漕运总兵官，凡百政令，缵祖成规，官庶悦服，京饷充盈。丙申（1476）之岁重修厅事，戊戌（1478）春落成。公属铣记之。

夫事之兴废，在乎其人，其人存则其事举，其人亡则其事息。一兴一废，固有其时存乎其人，然欲使之长存乎两间者，必有所寄焉。若召公之甘棠，消歇久矣，所赖不废者，《召南》之诗耳。滕王之阁倾毁亦远矣，所赖不废者，三王之文耳。今此厅事几废而再兴，使无所恃赖，安知今日之兴不亦有如前日之废乎？此总戎公所以拳拳于立言也。

噫！甘棠之诗存召公之德，愈久而愈显，三王之制在滕王之阁，屡废而屡兴。惟此厅事，恭襄公之甘棠也，使当代之三王记诸百世之下，思其泽而颂其德者，奚有穷乎？总戎公乃以属铣者，以铣淮人，尝登龙门而挹道德之光，且知厅事之废兴也。虽然，恭襄公一代之勋，其功烈德善载诸国史刻之庙碑详矣，此特纪厅事废兴之岁月云尔。

出处：（明）杨宏、谢纯撰《漕运通志》（卷十）。

王 臣

王臣，生卒年不详，字世赏，号宣溪。庐陵（今江西吉安）人。成化五年（1460）进士，改庶吉士，授编修，历官翰林侍讲、左春坊左庶子、累擢到广西参政。著有《朝元录》《宣溪近稿》《北山集三卷》。

重修常盈仓记

淮之清江浦有常盈仓，肇于恭襄陈侯，盖仿唐刘晏置仓江淮之遗意也。

先是江南诸郡之赋悉储于此，用供京需，所入无虑百万，后递减之，仅储三之一。故仓厫多虚，日就倾圮，每漕舟辐辏而至，卒有不得输者，人甚病之。

弘治改元，金陵吴君彦华以民曹主事来理饷事，乃谋于监兑、少监王、洪二公，葺而新之，甫数月而落成。为厫座者六十，为门者三，而为厢又十有二。民不知劳，财不为费。属吏方虑无计之者，会予南还，道出清口，相率属记。

夫天下贡赋之入，自昔仰给于东南，而东南之赋，惟江南诸郡为最。储蓄转输之法，固因乎时，而规画罢行之要，则未始不存乎人。

吴君以甲科之豪，行杰而修，才敏而精，而又得二少监公之贤，略无龃龉于其间，故其事之易集也若是。

出处：（明）杨宏、谢纯撰《漕运通志》（卷十）。

陈　锐

陈锐（1439—1502），直隶合肥（今属安徽）人。天顺八年（1464）袭伯爵，坐营管操领。成化六年（1470）镇守两广，充总兵官，改镇扬州兼督修漕河。弘治七年（1494），协同刘大夏治张秋运河，以功加太子太保，累进太傅。

祭曾祖恭襄侯文

维成化八年（1472），岁在壬辰十二月癸亥朔越十五日丁丑，孝曾孙平江伯陈锐，敢昭告于曾祖考荣禄大夫柱国平江恭襄侯府君之祠而言曰：明明我祖，赫赫厥灵。特立天挺，豪迈间生。早从西蜀，累策奇勋。运逢亨泰，志展经纶。入事明主，建立大功。风云庆会，茅土爵封。开创漕运，成此良规。条画井井，为人所师。勤劳王事，至废寝食。忠孝谨严，垂训君亲。务尽厥职，家法立言。德被斯民，泽流后昆。爰从薨逝，四十余载。至今之人，想望风采。生既有功，没则为神。显灵河道，庙食淮滨。嗟嗟曾孙，叨承祖荫。荐荷国恩，两经挂印。承乏两广，边鄙稍宁。斯总漕运，总述不能。敢不体心，夙夜图报。念惟孱弱，愧难克肖。钦惟敕取，圣谕谆谆。循守旧规，增光前人。奉命以还，益增兢惕。愚孙有忝，先祖是式。视篆之初，敬祀于祠。爰于祠前，设此誓辞。清白家规，敢达毫发。毫发有违，愿加阴罚。谨以牲醴，用申虔告。灵爽洋洋，鉴斯馨馥。尚飨！

出处：（民国）徐钟令《民国淮阴志征访稿》（卷八），民国抄本。

顾 达

顾达（1439—1523），字居道，号贯初子，晚号养浩居士。山阳（今江苏淮安）人。成化十四年（1478）进士，历官宜阳知县、兵部员外郎、陕西行大仆寺卿。工诗文，其文渊深宏博，其诗豪放明健，声律铿锵。与修《正德淮安府志》，有《存道诗集》等。

河 淮 赋

览河淮之交注兮，何漫沔以邈绵。溯昆仑与桐柏兮，涌洄溹以稽天。撼地骨之嶙峋兮，驭冯夷而上穿。斗螭龙而击风霆兮，声虺百里如邮传。尔乃湍驶潏荡沛乎莫御兮，若鲁编之应弦，复混淆其四溢兮，见怀襄之森漫。嗟民其鱼兮，汩下土以吞昏垫。彼呱呱之弗子兮，崇伯于之干蛊。玄圭锡而告成兮，馨明德于千古。羌蜿蜒其驯轨兮，仍分鹜于地中。经万折而必东兮，汇二渎以朝宗。惟沧溟之浩浩兮，固一六之所同。紧楚州百川之都会兮，郁灵气之攸钟。仰前修之懿躅兮，涉大浸而无楫。沫皇仁之沾溉兮，觉丹衷之犹热。愿老淮之滨涯兮，把任钓于春风。乐河清与海晏兮，时观化以从容。

出处：（明）宋祖舜修，方尚祖纂《天启淮安府志》（卷二十二），顺治五年（1648）重修本。

程敏政

程敏政（1446—1499），字克勤，徽州休宁（今属安徽）人。成化二年（1466）一甲第二名进士，授翰林院编修，迁詹事府少詹事兼翰林院侍讲学士，官终礼部右侍郎。有《宋遗民录》《篁墩文集》等。

论淮阴侯祸由陈平

西汉之士，其策事率以利而不以义，若陈平则其尤者。何以知其然？以淮阴侯之事而知之。夫吕氏之杀侯，千古之所共愤，而予以为平实启之，吕氏特成之耳。方人之告侯反也，高帝意不决，问于群臣，不决。其不决者，岂帝真不之知哉？恶侯之罪而念侯之功，故徘徊犹豫，持两端于心胸之间。当此时也，得好义者一言则生，得好利者一言则死。

侯之死生系于人言，间不容发。而帝乃取决于平，平宜对帝曰：侯定列国，取项羽，握重兵在外者十年，顾不反。今天下已定，裂土而王，其志愿亦足矣。且侯素号明智，岂不知天命有在？迹此观之，则告者之妄，不言可知。陛下宜抵告者罪，而取上变之书，缄之付侯，以示无他，则侯必束身归朝，胈首请罪。其戴汉之恩益深，臣节益坚，而为国之藩篱益固，此策之上也。且告变者，其真伪未可知。而叛逆大罪，固不可以轻加，亦不可以末减。陛下宜使亲信腹心之臣，觇于楚之境上。人惟不为则已，为则自有不能掩者。觇之而得其实，则使使持节召侯，召之不来，然后六师移之未晚也。伪则宜速斩告者，以安功臣之心，仍以玺书慰侯，此策之中也。若从群臣之言，不论事之真伪，遽兴无名之师，则侯之反形未具，虽家置一喙，以喻侯之当诛，其孰听之？况陛下新一天下之初，事多未遑，而首戮元勋，则人人自危，虽左右服事之臣，亦为之凛凛惧矣，则策之下也。

平计不出此，乃曰："陛下精兵，孰与楚？诸将用兵，孰与侯？如此而兵之，是趣之反也。臣窃为陛下危之。"岂非所谓人落陷阱，不一引手救，反挤之且下石焉者乎？及帝问其策，则曰："古者天子，有巡狩会诸侯。陛下第出，伪游云梦，会诸侯于去陈楚之西界，侯闻天子出游，其势必无事而郊谒，谒而擒之，此特一力士之事耳！"

是果何等语哉？正虞廷之所谓谗说、孔子之所谓利口、孟子之所谓逢君之恶也。

呜呼！平一言而使高帝为无恩之主，元勋受无罪之诛，平亦不义之甚矣！

或曰："侯虽被擒，至洛阳赦为侯，固未死也。而遽归罪于平，无乃甚乎？"曰：人之祸福，必有胚胎。平之计一行，而未决之事已兆于此，王导所谓"我不杀伯仁，伯仁由我而死"者也。平盖不足责矣，予独慨夫古之大圣行一不义、杀一不辜得天下［而］不为，而高祖乃甘心于平以得侯，为汉子孙无穷之利。世降愈下，而义利之辨愈乖，盖使人有不胜其憾者也。

出处：（明）程敏政《篁墩文集》（卷十一）。又见（清）卫哲治等修，叶长扬等纂《乾隆淮安府志》（卷二十九），咸丰二年（1852）刻本。

马廷用

马廷用（1446—1519），字良佐，号紫崖。四川西充人。成化十四年（1478）进士，授翰林院编修，进侍读学士，官至南京礼部右侍郎。曾参与预修《大明会典》。

清江船厂记

予乡席君文同以进士出宰郯城，入拜工部都水司主事，奉命分司清江船厂。甫至，兴利涤弊，多所裨益。逾年稍暇，即于厂旁及分司左右，皆树大扁以标识之。又逾年代去，乃考据漕船沿革，次第走使过南京，属予为之记。文同为政，知所重矣。

清江船厂在清河县之南，距淮安三十余里，因临于淮水，故名清江云。其地平衍，弥望旷然，盖南北一要冲也。我太祖高皇帝混一区宇，定鼎金陵，九州岛百夷，任土作贡。肆我太宗文皇帝中靖家邦，益隆继述，于顺天府肇建北京，爰命文武大臣各一员，浚闸河通舟楫，以省海运转输之半。行之未久，海运遂罢。今所谓清江、卫河二提举司，皆当时成议，以为便宜可久者。累朝相承，略加损益，至英庙时，江南、江北始限为船一万一千七百有奇，清江十九，卫河十一。后清江该造运船之数，复析浙江、南直隶等卫，俾归自成造。隶于清江者，惟南京、镇江、江北直隶诸卫所而已。每船价银一百二十两，所征船料初取诸江西、湖广、四川、福建、直隶徽州诸郡县，民苦解纳，往返经年，破产荡家，公私俱困。军士亦往往有支料不敷，展转陪补之患，始有缘此而鬻子出息，转相逋逃者，有司具实以闻。

朝廷采群议，湖广荆州府、浙江杭州府、直隶太平府委部官抽分，以充清江、卫河造船之用；淮安抽分则令本司自领之。通计每岁例得银二万六百七十两，苏、淮、扬三府人匠银三千三十两。每岁额造五百三十三只，江南诸省府不在数内。迄今遵守，以为定规。顷者总督漕运右都御史安福张公、总兵官都督同知合肥郭公奉诏入朝，会同本部尚书曾公等首建大议，复增入官银二千三百七十两，总计官给银二万六千七十余两，并各军士原旧自办银二万二千七百余两，总得每岁共享银五万余两。疲兵困卒，顿觉少苏。此晁大夫所谓节其力而不尽，邵夫子所谓宽一分则民受一分之赐者也。

夫论大计者不惜小费，图远效者不屑近功。今计费而给之，虽锱铢必较；计艘而督之，虽沉覆不恤。加以罗织多事之吏争炫虚名，远谤避嫌之人仅守成案。数运之后，为弊日滋。吾恐军民皆殆，上下匮乏，不知何拯救之方、通融之术，可以处此而后得耶！

嗟乎！天地间财货止有此数，不在民则在官。孔子曰："节以制度。"曾子曰："用之者舒正使。"刘晏诸人复用于世，千歧万径，徒尔纷更，吾圣贤言语足矣。理财之道要不过此，庸系此于末简，为《清江船厂记》。且以告夫将来从事者，万一吾君吾相有问焉，当执此以对。此余日夜所有志而愧未能也，亦文同所以刻石之意也。于是乎书。

出处：（明）席书等编次，朱家相增修《漕船志》（卷八），明嘉靖二十三年（1545）重修本，民国三十年（1941）精华印刷公司影印。

李东阳

李东阳（1447—1516），字宾之，号西涯。长沙府茶陵州（今湖南茶陵）人。天顺八年（1464）进士，授编修，累迁侍讲学士，充东宫讲官，弘治八年（1495）以礼部侍郎兼文渊阁大学士，直内阁，预机务。有《怀麓堂集》《怀麓堂诗话》《燕对录》等。

韩 信 论

信之事，两司马论之详矣。有说者曰：信之忠，一拒武涉，再辞蒯彻，言出肺腑，容不可以伪。且其虑事料敌，算无遗策，不以全齐叛而以一淮阴，不以逐鹿未定之时，而以天下一统势不可动之日，亦明矣。其所谓逆，非有擅兵养士，如阳夏部聚候伺如九江者。不过以吾方念之之言，犹豫不忍倍之意，为陈豨内应之谋，悔不用蒯彻之计之语，是安知非忌者所媒孽。抑或史氏之所传，袭而附会之者邪。

夫信之狱成于吕后，汲汲乎不待高帝之归，临刑之辞未足深信。且彭越再变，吕后实使人告之，何有于信，信盖其尤所忌者也。然信之请为假王也，陈平、张良蹑足附耳之不暇。云梦之执，平实为之。而田肯复以得信为贺。及其死也，以出亡夜追之萧何而亦与其谋，岂信之忠不胜智，固未免见疑于人人邪。方其始说高帝以天下城邑封功臣，不旋踵而自为假王之乞，驰壁夺军，易置诸将，帝固已疑之矣。期得楚而不辞，纳项氏亡将而不辄奏，及其失王就侯，身不自保，而犹以多多益善办夸于帝，盖非特帝疑之，廷之臣莫不疑之矣。疑其迹而不知其心。悲夫！

呜呼！平以下不足道也，彼良与何者宜知之，不但无百口之保，亦无一言以纾其难，坐视其赤族而不恻者，何哉？盖高帝之雄心未尝，不耿耿于天下之豪杰，非辟谷之请、田宅之污，虽良与何亦且不免其势，固无暇于信，信之必死于高帝，旦暮等耳。苟徒摭片语，只字以为信罪，岂君子之所忍哉。

纲目书后杀淮阴侯韩信，夷三族，朱子盖已洞见其曲直矣。程子谓读春秋者，必以传考经之事实，以经别传之真伪，纲目非史类也。愚请以经法读之。

出处：（明）李东阳《怀麓堂集》（卷三十四）。

胡 爟

胡爟，字仲光，芜湖（今属安徽）人。弘治六年（1493）进士。改庶吉士，授户部主事。余不详。

济川堂记

淮之清江厂，旧有堂三间，以参漕务。堂周围有库若干间，中贮造舟诸物，约数万计。自永乐迄今十颓六七，中存三四，星散四隅，不便防守。

冬官主事席文同来厂之明年，蹙视所储积于无用，欲为修葺，惧财力艰辛，不可妄举。乃集监属于厂下，会计所需，金曰："旧厂过多，今裁其中半计料尚有七八，中歉一二。商利于厂者，咸愿成之，虽不请官钱可也。供役之夫在厂有之，造作之匠在班有之，虽不经有司可也。"冬官白之都宪李公，公曰"可"。于是分官属事，卜日即工，逾再月而诸库成，逾三月而门厨成，又逾月而堂成。

堂成明年，予适督饷事于淮浦，暇往视之，因（扁）［匾］其堂曰"济川"，盖取《大易》"利涉大川"，《商书》"若济巨川，用汝作舟楫"之义也。冬官作而辞，予谓：六军万骑，一日非粟可生乎？不可。长江大河，一日非舟可济乎？不可。以是名堂可乎？冬官默而笑，然有说焉。名济川者，堂也，克称堂之名者，人也，非堂也。居斯堂者不可不勉。冬官赧而惧，然有解焉：济大川者，大君事也。作舟楫者，大臣宰相事也。于吾冬官何有哉！虽然万斛之舟，浊天之浪，非百执事者不可也，此以名堂可也。冬官请以是记之。

弘治十四年（1501）秋八月吉，赐进士第户部主事前翰林院庶吉士芜湖胡爟书。

出处：（明）席书等编次，朱家相增修《漕船志》（卷八），明嘉靖二十三年（1545）重修本，民国三十年（1941）精华印刷公司影印。

常盈仓周垣记

清口，天下要冲，我祖宗设备甚悉，而仓储为首。曩岁闻李户部惟正督储于兹，而废且举，其葺垒仓之周垣为最著。越数年，予亦官户部。弘治己未（1499），复承委清口，始得视焉。仓俯临大淮，廒凡八十有一，联基广凡二百七十八步有奇，袤凡四百九十八步有奇，周凡一千五百五十四步有奇。厫，自永乐壬辰（1412）陈恭襄创建，迄今毁去几三之二。周垣则屹如城堞，色且积铁然，盖水次诸仓所未有者。监临金、李二中贵先达，廉宪翰卿莘咸曰："往年仓垣类筑土，或范填泥为块垒之，然淮地下湿，久雨即糜解，随垒随圮，无有宁岁。李户部察仓之毁，厫多旧甓，搜诸蒿莱而葺垒之。灰瓦工匠佣直乃仓岁存积，服役则其固有卒徒，略无扰于郡县。而成是垣十余年来，人吏晏然，无复化虞，安其利者，固当知所自。"他日又与席工部文同过之，顾谓予曰："不无可纪。"予因思天下为吏治者有二病：好事者易于营建以争能事名，怠事者便安逸以习固陋，每以行无所事自诿。土木之兴，劳民伤财固不可，若事皆不问岁月侵寻，坐致成功颓毁，亦不可，识治体者当有以审于斯矣。

出处：（明）杨宏、谢纯撰《漕运通志》（卷十）。

注释：明代永乐年间，为了便于贮存、转运粮食，在清江浦设立常盈仓，后改建为丰济仓。

席　书

席书（1461—1527），字文同，号元山。遂宁县（今四川蓬溪）人。弘治三年（1490）进士。入为工部主事，移户部，进员外郎。历河南按察司佥事、贵州提学副使、右副佥都御史，巡抚湖广。官至光禄大夫、柱国少保兼太子太保、礼部尚书加武英殿大学士。有《漕船志》《大礼集议》《救荒策文集》《元山文集》等。

清江厂题名记

历代有都水使、都水台、都水监，虽品秩异等，沿革不一，大概不出曰河渠、舟楫二者，二者相倚，皆经济邦家者不能缺。我太宗缵承皇宗，定鼎北平，初从海运。自后清汶既疏，始更浅舟，由里［河］以达京师。南于淮安清江、北于临清卫河，（该）［设］二提举司以职专理据席书《漕船志》校。是即先代舟楫之署，尚念经理非人，则利济之功缺，复于都水部各出郎官一员，监领厂事。在永乐、宣德间，或遣郎官，自景泰后，例遣主事，额以三年一代。弘治戊午（1498），书来监莅，询访前后案腐牍尘，姓名无纪，暇寻典宪，仅得大概。苟不为纪述，越后数年，益泯而无稽矣，因序次而刻著于石。

出处：（明）杨宏、谢纯撰《漕运通志》（卷十）；（明）席书等编次，朱家相增修《漕船志》（卷八），明嘉靖二十三年（1545）重修本，民国三十年（1941）精华印刷公司影印。

《漕船志》叙

慨我皇明，舟楫挽运，南北会通，盖刳木以来，未有今日之盛也。考惟天下大派，北则黄河，南则大江。自古建都者多于西北，漕舟所入，皆逆流而上。独我国家始都大江之东，继都黄河之北，适当二派会极入海之地，漕舟所入，皆顺流而东。此正万派朝宗，百川纳海，帝王之居，孰有壮于此哉！今昔皆云：汉、唐而后，兵力莫强于西北，财赋莫盛于东南。此二都者，虽皆南北之要会，必财赋、兵力合一不倚，而后为全盛之都。晋都金陵，舆地未统于西北。元都幽燕，漕舟未大通于东南，况元人都此，实以地便，胡虏岂真知此为天下之会邪！

国家既迁河朔，以控天下之大势，而江南之粟不可废也。首览群议，一浚真、楚诸湖，引江舟以入淮；再浚徐、吕二洪，引淮舟以入济；最后疏汶河，达清、卫、漳、御，而济舟长抵于直沽。因罢海运，改从内河，而济利之具，场、厂之设，实先务也。乃于淮安南清河、山东北清河设二厂，以提举舟事，百年于兹。长江、大河，一气流通。漕舟南来，远自岭北，辐辏于都下。君子占人国家之盛，于此可见其大者。故昔有远夷入贡者，见吾舳舻千里，谓丑类曰："中国之樯橹，多小夷之甲兵，吾曹敢异志乎？"由是观之，漕舟所系，匪惟控御南北，所以跨四海而肃百蛮者，亦尚倚壮于斯。于戏，盛哉！

书，承朝命来领淮厂。暇，于建始之由，兑运之次，造作之地，计艘之数，岁运之额，财计之所用，运道之所经，与夫漕卒之利病，积年之事宜，凡关于舟事者，考寻故典，采拾大要，编次一帙，名曰《漕船志》，使国家文献有征。披览之间，南北形势，漕运规模始末，可以概见。司彤史者，或有录焉。斯亦今日纂修《会典》之一助也。此志言者之大也。至于志有未言，因志而可考者，今日漕舟之数，实未增损于昔时也。

祖宗时，承事者众，而食之者寡。今之承事者寡，而食之者众，是将何道以处之？有识者曰："与其多漕粟之舟，不若节食粟之士。"此名言也。是用叙之志首，万或下有献纳之臣，而九重采焉，则今日之漕舟，将与长江大河混南北于无涯也。此亦滴水东流之意也。

弘治辛酉（1501）岁春三月吉旦。

出处：（明）席书等编次，朱家相增修《漕船志》（卷八），明嘉靖二十三年（1545）重修本，民国三十年（1941）精华印刷公司影印。

胡 琏

胡琏（1469—1542），字器重，号南津，沭阳县（今属江苏）人。弘治乙丑（1505）进士，历官南京刑部郎中、闽广兵备道、户部右侍郎。著有《南津集》。

《济漕志补略》序

政典有常，不容紊也，君子不自异也；政法有变，不必齐也，君子不尽同也。故夫画一之守，才誉逾光，更张之调，明机勿失。而世方以诡随为同，矫诬为异者，亦远矣哉！夫天下之治不能久而独善，而况夫财赇监司，弊风夷射，逆遏而豫防之难矣。淮安清江厂督理漕舰，榷征商货，帑藏出纳，岁计不赀。而综理防检之大，凡所谓《漕船志》者，盖彝与也。比数年来，宏纲式昭，而遗奸日起。工曹郎浙杭邵君仲才继司厂事且三年矣，清才远猷，雅不自用。考诸志，盖席元山其主盟，有师承之道。参诸时，盖张、吕二君子其同志，有友辅之益，调停润色，增美前休，事陈义意，物立章程，法斯备矣。屡变而终归不紊，小异而无妨大同，《志补》所以作也。防民为远，明志为洁，取善为公，觉人为厚，有君子之道四，故序以归之。

嘉靖十一年（1532）春三月，赐进士通议大夫、南京刑部侍郎、前都察院右副都御史、奉敕抚视江浙等处地方、淮阳胡琏序。

出处：（明）席书等编次，朱家相增修《漕船志》（卷八），明嘉靖二十三年（1545）重修本，民国三十年（1941）精华印刷公司影印。

朱佑樘

朱佑樘（1470—1505），明朝第九位皇帝。成化二十三年（1487）九月即位，为人宽厚仁慈，躬行节俭，勤于政事，重视司法，大开言路，任用王恕、刘大夏等贤臣，形成了"朝中多君子"的太平盛世局面，史称"弘治中兴"。

遣官谕祭平江伯文

比者，黄河不循故道，决于张秋，东注于海，既坏民田，又妨运道，特遣内外文武大臣，循行溃决之处，督工修筑，尔其默相用成厥功，使农不失业，国计不亏兹，特谕祭尚其歆承。

出处：（民国）徐钟令《民国淮阴志征访稿》（卷八），民国抄本。
注释：维弘治七年（1494），岁次甲寅，十一月丙子朔越日甲辰，皇帝遣内官监太监李兴、太子太保平江伯陈锐、右副都御史刘大夏，以香币牲醴，谕祭于平江恭襄侯陈瑄。

潘埙

潘埙（1476—1562），字伯和，号熙台，山阳县（今江苏淮安）人。正德三年（1508）进士，授工科给事中。性刚决，弹劾无所避，多疏谏，论诸大寮王鼎、刘机、宁杲、陈天祥等，多见纳。历任开州同知、右副都御史，巡抚河南。辑有《淮郡文献志》。

《韩信传》解

予熟复《韩信传》，参伍情词，推见至隐。盖信因请为假王，王齐，徙王楚。因变告，帝伪游云梦禽之，赦为淮阴侯。再变告，相国绐信入，后缚信斩之，夷三族。时帝讨陈豨，空国而往，信独留京师，帝岂不防信？而变告与斩，不于帝乃于后，后不待报，辄斩之，何其专也？意者帝必先有以教之，而相国实与闻。若信果反，帝既禽之，何乃赦之乎？果再反，何变告者不追告于帝？帝何不勒兵以待之？而乃远征？相国与后何乃诱而执之，遽斩之乎？传称帝畏恶其能，则知帝欲去信之心久矣。去信之心久则计将百出，变告之言若，必有使之者，徘徊展转假手妇人，以见杀信不出于已。信死，帝闻之且喜且哀，盖深幸去其所畏恶，而犹惜其有犬马之劳也。

然则信果不反乎？曰信知勇权力，足以自王而不为，既平齐，请为假王以镇之，虽为汉计，抑亦承战国诸侯客贪封赏陋习，无足怪者。而信固亦尝劝帝以天下城邑封功臣矣，何良平深计，遂蹑足附耳语以启帝，胶固不可解之疑，然而信则已安于王齐矣。故武涉、蒯彻两说使背汉，不听其言，曰："夫人深亲信我，背之，不祥！"此盖肝膈之言，奈何帝疑忌滋深，屡趣之使反，庶几有名，而信自度无罪，乃斩楚亡将钟离昧，谒帝，帝遂缚信，械至雒阳，赦为淮阴侯。信从此知必不能免，居常鞅鞅，此固人情之常，何足深罪？

后世儒者，挟书生浅识，责信大过，谓漂母不望报而信乃务施报，酬母千金、下乡亭长百钱，曰："公小人为德不竟。"遂斥为驵侩之见，而因以测信之心望报于人，自诒伊戚。夫信之于漂母、于亭长，贫贱之遇，义当报而不报，报之不称其施，以是为君子，则孔子所谓以德报德，以直报怨者，非邪？若夫君臣则不然，臣固不当望报，君则不可不报。三王之世，以刑赏驭臣，书之懋赏，雅之彤弓，亏颂之赉。春秋之觉报宴，皆是物也。君或屯膏吝赏，为臣者回，不敢贪天之功，而君乃因其能也，从而畏之恶之，设阱以陷之，名其为乱臣贼子，夷灭三族，使不得自浣于天下，后世苟有英雄之志者，能甘心乎哉？不能甘心而曰："悔不用蒯彻之言。"悔者，悔其不反也！益可以自白矣！

太史公惩已尝以言罹祸，今为信立传，不敢直书，其叙事若有而无，其推情若隐而显，彼我两见，是非兼存，其叙与陈豨谋，不具反状，但载口语，果孰听之而执传之也。夫浅之则直笔可信，深之则疑端可寻，迁之用心亦勤矣。

出处：（明）潘埙《淮郡文献志》（第一卷）。

增修《清江漕船志》叙

通议大夫、都察院右副都御史、致仕前兵科都给事中山阳潘埙撰。

《清江漕船志》创于元山，续于点白子。嘉靖癸卯（1543），南川子来莅厂事，复增修焉。并卫河之归隶，还郡乘之久假。约其卷为八，目为十。其事则详而核，其文则简而严，章其物采，掇其体要，一展卷间，见帝略之宏焉，见使命之重焉，见王赋之充焉，见军实之盛焉，见经制之密焉，见优乐之诚焉。于我国家培养灵长之脉，缔造巩固之基，吁谟远犹，灿然在目。猗与休哉！

夫《禹贡》志山川也，于贡赋则纤入丝台木，禹以之告成功；《周礼》志六典也，记考工则木石毛革之属，周公持以归政焉。斯志也，志漕政之大也，器数昭矣，品式具矣，材用饬矣，综理周矣，防范严矣。而其细也，不遗竹头、木屑，盖必如是而后能理天下之财，能成天下之务。上以副承遣之命，下以摅驰驱之怀。抑有虑焉，漕舟本以利国，今乃滋病：成化以前，其病在民，以后其病在军；嘉靖以来，不在商则在厂。盖船日加而日损，价岁增而岁不足。其取解也，常逾年，而给领也，常不逮年。或者乘其病，而因以为利，则病益病矣。其在商乎？其在厂乎？吾不得而知也。然则如之何其可也？曰任人。

南川子简易方具，在医国者主治于上，俾得以调剂于下，病其瘳矣乎？南川子姓朱氏，名家相，字伯邻，归德州人，登嘉靖戊戌（1538）榜进士。其文章、政事、节行，于斯志见一斑云。

嘉靖甲辰岁（1544）鞠月望日。

出处：（明）席书等编次，朱家相增修《漕船志》（卷八），明嘉靖二十三年（1545）重修本，民国三十年（1941）精华印刷公司影印。

程诰

程诰，生卒年不详，字自邑，号桴溪山人。徽州府歙县（今属安徽）人。生平好游，所至山川都邑，辄纪以诗。著有《霞城集》二十四卷。

谒漂母祠赋

岁中吕之初律兮，余背江而指淮扬。风帆以北迈兮，越重湖之激隊。睇楚城之巇嵬兮，聊弭棹而徘徊。嘅漂母之不复作兮，脑王孙而谁哀。于是历弥迤以谒祠兮，思独抑郁而莫裁。栋甍新以垩饰兮，垣道旧而倾颓。檐群噪以聚雀兮，碣厚积而封苔。俯芳皋之广衍兮，注长河之遭回。渔人纷其钓罟兮，行旅骛以往来。当其受辱以寄食兮，固亦碌碌之庸才。何兹母之洞鉴兮，识智杰于尘埃。岂一饭之望报兮，寔乃周急之素怀。苟谓千金为母荣兮，曾曷足以知此哉。

出处：（清）陈元龙《御定历代赋汇》（卷一百一十）。

陈 霆

陈霆（约1477—1550），字声伯，号水南，浙江德清县人。弘治十五年（1502）进士，官至山西提学佥事。撰修《唐余纪传》。著有《仙潭志》《两山墨谈》《水南稿》《渚山堂诗话》《渚山堂词话》等。

论刘仁赡

刘仁赡于唐臣既死忠，妻亦死义。于戏？何刘氏夫妇之并懿也？按，仁赡死后，家世零落，独一裔孙卖药新安市，客死无后。仁赡生前告身，遂为一金姓者所得。噫！忠贞之后，于今竟绝，天之栽培微亦不称矣！史言世宗下寿州，废为寿春县，而徙寿州于下蔡，然则今之寿州，即仁赡所守之故土也。正德初，予自谏垣，谪倅六安寿州，盖尝经行之地。所谓下蔡者，废墟芜址，隐约于沘淮之滨，聚落无迹，鸡犬寥绝。寿州则在下蔡之南约三十里，而远仁赡之庙位，其城中之西北隅，敕额旌忠，香火维盛。然自仁赡之死，迄今几六百年。访求其故，则生长其地者皆不能知；而考论其忠，则修举其祀者讫不敢废。呜呼！人臣死国之报，先王显忠之典，其流逮远哉。

出处：（明）陈霆《唐余纪传·忠节传》，转引自（明）潘埙《淮郡文献志》（第三卷）。

徐祯卿

徐祯卿（1479—1511），字昌谷，吴县（今江苏苏州）人。弘治十八年（1505）进士，因貌丑不得入翰林，改授大理左寺副。"前七子"之一，与唐寅、祝允明、文征明并称"吴中四才子"。有《迪功集》《迪功外集》《谈艺录》。

济 淮 赋

惟神淮之巨体兮，纬后土而纡流。溯遐睇以究源兮，指桐柏之灵丘。求禹甸之鸿迹兮，引襟抱于扬州。树南国之险限兮，辅皇畿之壮猷。放洪波而东注兮，徂日夜之滔滔，汾汾以腾衍兮，凌震怒于阳侯。川风冯夷而卒奏兮，云景暧而上浮。龟鱼翔而泛涌兮，鸣重渊之卧虬。榜人戒舟以并济兮，奋群揖而溯游。乘中流而极望兮，惊长湍之不道。

出处：（明）徐祯卿《迪功集》（卷五）。又见（明）宋祖舜修，方尚祖纂《天启淮安府志》（卷二十二），顺治五年（1648）重修本。

蔡 昂

蔡昂（1480—1540），字衡仲，号鹤江，山阳县（今江苏淮安）人。正德九年（1514）甲戌科进士第三。除编修，历官礼部左侍郎兼翰林侍讲、翰林学士兼詹事。有《颐贞堂稿》。

《重修清江漕船志》序

清江漕船厂故有志，作于弘治间。正德庚辰（1520），冬官郎丁君敬夫来视厂事，以志迄弘治辛酉（1501），而近事或阙如也，乃重加修订。又比郡史例，以地产、文献附焉。将入梓，属予序之。序曰：

我国家漕运之详矣。斯志所载，为类不一，乃独揭"漕船"以名之，何与？志所先也，亦犹《周官》大司马掌九伐之法，而官以马名，非马之外无所事也。兵用莫如马也，兵行无马，是为徒手抟猛兽。然则漕运非十万之众，讵能籯粮越江河之险邪！故曰：志所先也。且始作舟楫以教万世者谁与？吾圣人之徒也。是故其法有四焉：天时、地气、材美、工巧，合是四者，然后可以为良，而不然者，圣人之所不用也。

国家设专官以理运舟，处之上游，比其材美，又分郎署以监之，此其意亦唯欲适于是法焉耳。吾不知去偷窳以谋，经久果皆如古之法，而非苟且一时之为者否与？予窃悲夫兵民交困，而觚法者之百出也。议者谓造舟之害，成化以前民当之，其后漕卒当之，至不得已始征税于商。夫商与漕犹夫民也，以民所不堪而移之漕，又以漕所不堪而移之商，岂得已哉！今商征不减，而漕困未纾，当事者有忧焉。而于是书也，三致其意矣。予意漕卒可用也，不可困也；商可征也，不可益也，是在去其所以为蠹者而已。天下之事坐视其弊而不为之所，则其后渐不可为，或遗智者之忧，且启好事者更张之过，以其狃于积习也。一旦从而爬梳之，剔抉之，则众必不乐，而怨谤乘之。以起守不足者，或怵于利害，而沮于中道。夫不为以益其敝，与能为而不克终，斯二者皆过也。乃若深知其故而慎为之图，施为本末，具有定论，不亟始而亦不怠于终，惟自信不惑者能之。然此又可多得也哉！敬夫为清江三年，盖用此道，虽间有沮挠，而自信不惑。其为斯志，皆身所已试，而意所独得者承其后，讲而行之，未必无补也。敬夫，京口人，尝受学于兄补斋先生，故持论不诡于俗如此云。

嘉靖癸未（1523）夏四月之吉，赐进士及第翰林院编修经筵官、同修国史淮阴蔡昂书。

出处：（明）席书等编次，朱家相增修《漕船志》（卷八），明嘉靖二十三年（1545）重修本，民国三十年（1941）精华印刷公司影印。

李惟聪

李惟聪，弘治初任工部员外郎，迁邳州知州，官至山东按察司按察使。余不详。

汤公寿之传

义士汤福新，字寿之，余杞县庠生也。父信，高擢科第，知江南镇江府事，为寿之姻联淮之王氏。王乃淮之世家也。寿之有堂侄子文，高尚士，先寿之居淮东契丹庄，名曰北村，辟庆元市舶提举，寄居京口，寿之家于此焉。居积致富，置地数千顷，海、沭、清、桃，皆筑有别业。而若子若孙，绳绳继继，代有文人，而尤多行高德劭之儒。余聆其说，更为寿之羡。闻寿之性情慷慨，品行多方，仗义疏财，乐善好施，居于淮而建功淮者，不可枚举，而其最著者，筑堤捍淮，水患始息；开邦助粟，功告厥成；岁凶赈饥，逋粮代纳。而淮之士庶迄今犹颂其德，宜乎旌以义士，宜乎祀以乡贤，宜乎子孙昌且盛而智且贤。今去寿之世，百有数十载。世虽远，寿之事若未远；年虽湮，寿之德若未湮。斯事与德存，而人若与之俱存。仲尼曰："君子疾没世而名不称。"寿之之谓欤？

汤氏者，前为吾杞之世族，今为淮郡之名家。一为寿之想，其在天之灵，应未忘故国也。余为五斗之粟之任下邳，寓淮馆驿，得与寿之五世孙文川晤。文川告及寿之事，邀为寿之传，乃谓："人自故乡来，应知故乡事耳。"余才疏陋愧，雕虫小技不足称其懿行，又何虞寿之德之大者也。德大无不发之光，非藉余言而邕传，聊纪数语，并垂不朽云。

出处：（清）汤慕曾主修《玉茗堂汤氏族谱》，光绪壬午（1882）刻本。

叶天球

叶天球，新安（今江西婺源）人。正德九年（1514）进士，见任户部主事，饶州知府、东昌知府。著有《歙砚志》。

重修灵应祠记

事若缓而实切，功若巨而无难，较今灵应祠之修，其一也。祠在常盈仓东门，右朔望之谒，春秋之祭，皆部使主之。然则祠为仓而设，有仓斯有祠矣，合祀诸神，而专祀则玄武也。盖玄武主治北方，清江浦当长淮南北之冲，据险立祠，揭虔妥灵，此又前人为民祈福之深意，又不独区区为仓设也。

正德丙子（1516），予适奉命监仓，首至谒祠，霖雨流潦，不足以仁。继与诸中贵同事秋祀，周旋俎豆，不足以容。将谋修之，力不能及。间有举堪舆之说以告者，谓祠前俯桥市通衢，后倚户部行署，行署非祠直当桥市之冲，此前人建祠之微意，故修举部使者之任也。予谓力恶，其不出于身也，不必为己是。

祠修于正德七年（1512），魏君秉济时有籍于居民之助，今民居凋敝已非昔比，将取办于官，官无余财，同与诸中贵谋之，皆乐捐己赀以助，遂檄百户刘辅、陈瑜董其功。割行署余地以辟祠基，崇其柱三尺，合其栋为一，檐内藏卷篷，右创偏厢一间，而神之不当溷祀者，彻祀其中，黝圣丹漆，焕乎秩然。太监冯公宁复以玄武图像，金容附入焉。而专祀之意益严以着落成，予因扬觯而语曰："因陋如之何，因陋则渎神；动众如之何，动众则劳民。今一新其旧而不以为陋，财本于乐助而不以为费，力出于雇募而不以为劳。一事举，众美具，乌可无纪以告来者。"虽然治民事神一道也，诸君既明于事，神倘能推是心以广抚存之念，将见清江浦居民里井萧条，卢舍凋敝，必还为乐土矣。诸君谨然大噭曰：毗！

正德十二年（1517），岁在丁丑，夏四月十五日。

出处：（民国）徐钟令《民国淮阴志征访稿》（卷八），民国抄本。

黄省曾

黄省曾（1490—1546）。字勉之，号五岳山人，吴县（今江苏苏州）人。嘉靖十年（1531）以《春秋》乡试中举，名列榜首，后进士累举不第，遂弃科举之路，转攻诗词和绘画。著述颇丰，内容涉及经学、史学、地理、农学等多方面，《〈申鉴〉注》收录入《四库全书》。

谒漂母祠记

嘉靖壬辰（1532）五月六日，予自北归，舣亭淮阴，乃登观散趾，谒漂母于旧城之隅。因叹韩信之在当时，三老无所举，县次不以择，胸涵冠代之略，才蕴帝师之算，不能博一餐于乡人。蓐炊绝往，川钓无获，绿草曷茹，清波难饱。使无漂母之饭，则楚沟之莩，信恐不免矣。宜其一旦致侯王，声天下，而奉千金以为报也。

且夫常人之情，向辕于权显之门，虽万镒之输，不以为吝，昭华、夜光之珍，每百方求进，以一受而为荣。至于茅素埃尘之士，神龙不云，黄鹄未羽，所须者斗釜之粟耳，孰肯误有毫毛之捐，以济其旦夕之命哉？此母之高义所以为难，而千金之报予犹以为薄也。

或曰："庙貌之享，不为过欤？"予曰："天将降大任于是人也，必先投之穷辛迫郁之地，无所往而有适，以坚阅其所具。则是信之贫窭，乃天之所养以为英雄者也。母于天之所养，哀而食之数十日，则天心宁有不悦，而使之俎豆于百世乎？青冥之表，必有宰之者矣。信而饥死，则暴项不灭，而苍生糜烂无已，则是凡信之功，皆母成之也。信既有祠，而母可少哉？"

当母之时，所谓黄金北斗者，徒皆卉蚁而死，惟母之声名，齐日月于穷壤。施义之报，宜其然也。呜呼！今之淮阴，犹夫昔也，莽泽困悴，岂无英雄如信者乎？未闻有若漂母以饭之者，于是益知母之高义为难也。因奠之椒醑，再拜勒文于祠上。

出处：（明）黄省曾《五岳山人集》（卷三十二）。

注释：（明）王锡爵增定，沈一贯参订《增定国朝馆课经世宏辞》（卷九）载有（明）申时行《漂母祠记》，内容文字与黄文略同，疑讹误。《增定国朝馆课经世宏辞》（卷九）有王相王荆石公评曰："发漂母高人处，反复悲悼，令人彷徨，不愤时疾俗之想，而通篇词调酷似西京，天地间有数文章。"

丰　坊

丰坊（1492—约1563），字人叔，一字存礼，后更名道生，更字人翁，号南禺外史，鄞县（今浙江宁波）人。嘉靖二年（1523）进士。除吏部主事，寻谪通州同知，免归。家有万卷楼，藏书甚富。

中山出游图跋

翠岩翁为宋臣，入元遂不仕。人品如此，故书画皆妙绝。所作八分，全用篆法，有秦权量、汉汾阴鼎、绥和壶遗意。其图鬼物，怪怪奇奇，用意要非玩戏而已。诗曰："为鬼为蜮，则不可测。"世间此辈，固自不少，安得尽供髯君咀嚼耶。

嘉靖丁亥（1527）二月廿五日，四明丰坊观于宝岘楼，因题。

出处：（宋）龚开《中山出游图》卷，美国弗利尔美术馆藏。

邵经济

邵经济（1493—1558），字仲才，号泉臣，仁和（今浙江杭州）人。进士，历官知府。嘉靖九年（1530）任工部都水司主事分司清江船厂，作《济漕志补略》。

书崇景堂碑阴

堂之有记，纪也，纪厥初以诒终也，纪之以碑，俾终有纪也。纪则载，载则传焉。语曰："可墟可壝，可沧可桑，而垂之金石者，未可泐也。"故曰："金石者百世之琲。"兹堂之创之由春山藩侯，记言腴矣。曰堂者三，曰亭者一，右以致斋，左以授馆，而胥以三，垣以环之，池以堙之。水泽既钟，芹茆相匝，而祀可衍矣。乃捐金焉。范鼎者三，以焪也；范瓯者六，以盍而共也；范爵者十有五，以成献也。

奉其几案，陈其匪祝，修其尊缶，洁其巾幂，县其钟鼓。为箥者八，豆如之；为登者五，瓶如之。识以岁时，款以堂名，缉以除门，嗣以膻芗而祀，可视矣。后之视是祀者，或有启焉。而弘其规，而详其制，则存羊之意，不无所补云。

嘉靖九年（1530），岁次庚寅，仲冬望日，仁和邵经济书。

出处：（明）席书等编次，朱家相增修《漕船志》（卷八），明嘉靖二十三年（1545）重修本，民国三十年（1941）精华印刷公司影印。

《济漕志补略》序

经济薄劣，奉命役于淮三年，昧于事，事弗足以身，兹役而岁深焉。疲神殚虑，或摭一得于兴革者，一遵昔贤元山公建置。《漕船志》之纪陈，不敢执一私见，生一厉阶。虽然能必其弗胥载师梗后役不耶于时代矣。事往矣委诸，或曰心之郭也，存于政，政之绪也。昭于纪，纪斯载，载可考焉，曷委诸？且二三君子凤董兹役，政良善殷，近可式法，而重修之志有弗逮者，子代且委焉，非所以存政也。盍汇诸以俟后考？经济敬承缉略如左，名曰《济漕志补》云。

嘉靖壬辰（1532）午日，仁和邵经济识。

出处：（明）席书等编次，朱家相增修《漕船志》（卷八），明嘉靖二十三年（1545）重修本，民国三十年（1941）精华印刷公司影印。

李鸣凤

李鸣凤，字高冈，自号黄山樵叟。吴县（今江苏苏州）人。轻财好客，与顾瑛、陆德原齐名称三子，皆富而好古，能诗文，名振东南。

中山出游图跋

老夫书倦眼模糊，睡魔麾去复来不受驱。故人偶过蓬蒿居，授我一卷牛腰墨戏图。午窗拭眦试展玩，使我三歔还长吁。人间何处有此境，众鬼杂沓相奔趋。一翁乌帽袍鞾，两鬼共举藤舆出。怒瞠两目髯舒戟，阿妹双脸无脂鈆，只调松煤涂抹色如漆。峕呵后殿皆鬼徒，亦有横桃直桃之鬼物。又有狞鬼数辈相随各执役。阴风凄凄寒起袂，道是九首山人出游中山捕诸鬼。三郎聪明晚何谬，玉环狐媚不悟禄儿丑。当年曾偷宁王玉笛吹，岂信此徒亦复效颦来肆欺馗也，讵能一一尽擒捉，举世滔滔定复谁知觉，我欲嘷髯扣其术，人言个是翠岩老子游戏笔，却忆渔阳铁骑来如云，骑骡仓遑了无策，锦袜游魂意弗归，方士排空御气无从觅。老岩去我久，九京难再作，遗墨败楮空零落，安得江波化作蒲萄之新醅。画鼓四面轰春雷，叱去群魅不复顾，大笑满倾三百杯。

出处：（宋）龚开《中山出游图》卷，美国弗利尔美术馆藏。又见（明）朱存理《赵氏铁纲珊瑚》（卷十二）。

丁 瓒

丁瓒，字点白，丹徒（今江苏镇江）人。嘉靖丁丑（1577）进士，正德十五年（1520）至嘉靖元年（1522），任工部都水司主事，嘉靖二年（1523）作《重修清江船厂志》。官至温州知府。兼通医学，有《素问钞补正》。

葵亭记

嘉靖改元之秋，予偶检阅分司故扁，得"葵亭"二字，乃先督厂事贵溪姚秀夫所书，笔意潇洒，无尘俗态，心甚喜之。然不知亭之所在，意以为废。越二日，符卿刘公干访予于公署，问曰："葵亭在乎？"予讶曰："安在？"刘公指视其地曰："兹亭是也。"旧与寄寄亭同建，今"寄寄"尚存，而兹亭易为"环碧"，何兴废之殊途也？顾瞻左右，而葵亦告倾久矣。予因叹曰："兹亭建于三十年之前，而是扁出于三十年之后复得，符卿以新姚之故志，亦物理之遭际有如此者。"夫葵，其心向日，有忠之道也；低覆其根，又有知之道焉，既忠且知，是不可以泛长目矣。遂与符卿及地官李公录饮于亭中，乃易"环碧"于前，置原扁于故处。明日，觅葵遍种四旁，而葵亦秀起。因感其物，亦有知以副人意也，故识之。

京口丁瓒记。

出处：（明）席书等编次，朱家相增修《漕船志》（卷八），明嘉靖二十三年（1545）重修本，民国三十年（1941）精华印刷公司影印。

虚白亭记

正德庚辰（1520），予承命署事于清江。公署之西有隙地，旧有小亭，时已芜圮。适我武宗南征师旋，奔走迎送，未暇修葺。明年辛巳（1521），始得构亭于故址，不雕不饰，惟朴以坚。去亭丈许，环以竹木，以助幽致。其中旷然而虚，莹然而白，少憩于此，则真境内融，物诱外屏，遂名为"虚白"。三峰朱君衮适至，问曰："名亭之义何居"？予曰："人心本虚，有欲则窒，窒则物得以实之，塞碍偏狭而无所容，昏昏冥冥终必归于坑坎而后已也。惟虚则定静，定静则光明，由是可以尽寒暑昼夜之变，由是可以尽风雨露雷之化，由是可以尽性情形体之感，由是可以尽飞走动植之应。丰菲之障不立，而绳束之烦不扰矣。"三峰曰："圣人不以虚为道，不以虚为德，道德不虚，子奚尚乎？"予曰："人心不通谓之窒，不明谓之暗，暗也窒也，有欲故也。且天下之物两实，不能以相致，能致其实者惟虚而已。虚以生其明，明以扩其虚，是故名位货殖，不能以诱我者，以其虚也；不能以磨砺我者，以其虚也。其能有以驰骛奔跶我者乎？不然，则物皆得以乘之。于是起居言笑，皆有蒂之私也。何以通乎人心而光被天下也哉！"三峰曰："然则斯亭不特为游憩而设也。请勒于石以俟同志者，何如？"予曰："此特述名亭之义云尔，其他非敢僭妄者"。是为记。

时嘉靖二年（1523）岁舍癸未春王正月既望，丹徒点白子丁瓒敬夫甫记。

出处：（明）席书等编次，朱家相增修《漕船志》（卷八），明嘉靖二十三年（1545）重修本，民国三十年（1941）精华印刷公司影印。

李 元

李元，字体仁，山阳（江苏淮安）人。正德三年（1508）进士。授监察御史，历官山西布政司左参政。

崇景堂记

工部尚书郎玉泉邵子分署吾淮之清江浦岁余，厥政孔修，而崇景之堂适成。乃遣礼币，诣元山居，而致状曰：夫子道在天下，教及万世，如日丽天，如水行地，故其祀也，与天地终始，虽蛮戎狄貊，罔不尊之。则其崇景之思，匪吾人可得已也。浦去郡治叵远僻，罔克与厥丁祀，以识崇景之思。且复琳宫梵宇在吾道斥逐之者，纷然相望，而夫子之祠蔑有作之。

呜呼！高山仰止，景行行止。卫吾道者，可不加之意乎？经济奉明天子命，苴厥载师于兹，朝瞻夕惟，茫无所依，恒用切于怀，虞劳虞伤，作之无由也。爰度署居芜彼左隙，乃迁右圃之闲亭、后隅之逸室以饰之。堂宇既成，中位夫子而配以附焉。乃窃风诗之意，颜之曰"崇景"，识吾瞻仰之心云耳。子曷名言以纪厥意，以俟后之爱礼者，益大其规则幸矣。

元乃叹曰：伟哉！崇景之堂之建乎，其君子反经之心已乎！反经云者，正本清源，策之上也。策之上者，道之幸也，堂之不可不建也明矣。况建而不至劳吾民、伤吾财，尤为善者。颜堂之意，状言备矣，元复何言？元因是而探子之心所未发者，以塞子之请可乎？子之分署吾淮也，例以三年之久，北望君门，南望亲舍，地之相去各数千里。吾之一身，官寄于兹，宁无思乎？思之所系，崇景为大，故一登斯堂，俨然如见我圣师焉。则忠孝之心不能自已，职已修而益修，功已懋而益懋，仰不愧天，俯不怍人，以期不负君恩亲德与师之教焉尔夫。然则吾心与天游，一息罔怠，崇山可仰，景行可行，而吾道之堂巍然日高，焕然日新，在吾方寸中矣。元不佞，倘以元言近道，请付石工，庶不为石累，而元之言亦藉此以垂不朽云。

嘉靖九年（1530），岁次庚寅仲冬吉，赐进士第亚中大夫、山西布政司参政、前监察御史淮阴李元撰。

出处：（明）席书等编次，朱家相增修《漕船志》（卷八），明嘉靖二十三年（1545）重修本，民国三十年（1941）精华印刷公司影印。

陈　焕

> 陈焕，字子文，浙江余姚人。正德十二年（1517）进士，见任工部主事、光禄寺卿。

一鉴亭记

淮当南北之冲，舟车商贾丛集。旧制，于清江浦设工部都水分司，行三十税一法，以经漕船费，财货之勾稽，修造之支给，官军之监临，少不自明厥心，政率用惯。

正德己卯（1519），予承乏出莅其事，政暇退息公署之东偏燕居，见南扄之外有旧池，前使君席公所凿，甫及泉而去，继者罔事修饬，遂至颓圮。爰命工加浚，甃以砖甓，仅半亩而方，止而平，清而莹，品汇毕照。仍构亭其上，植四楹三间，而板其地。以临池，朴素幽敞，颜以"一鉴"，意非凭栏俯视以徒观美也。因念夫理人者必先于自理，己能反观，始足以观物，吾有德心以德容，见有愧心以愧容。见清浊淑慝，举无所逃，必将以其平平其未平，以其清清其未清，优游涵泳于天光云影间而后已。庄周曰："宇太定

575

者，发天光。"是不出户庭而得大观也，其"一鉴"之意如此。

若夫池中有莲、有鱼，池外有二桥，分左右，上各有牌扁曰："鸢飞""鱼跃"。其南叠石为假山，绿竹幽蔓，结为翠屏，丛中为棋枰。山之南有"环碧亭"，杂植花卉、果木，清香袭人，皆所以助池亭之观也。

客有过而饮此者，乐为题咏。因以记属客，曰："一鉴之理公所自得，尚何以记嘱人"？予因述命亭本意漫记之，工拙要未较也。

正德十四年（1519），岁次己卯孟冬望，赐进士出身承直郎主事余姚陈焕立。

出处：（明）席书等编次，朱家相增修《漕船志》（卷八），明嘉靖二十三年（1545）重修本，民国三十年（1941）精华印刷公司影印。

王　暐

王暐，字克明，号克斋，南直隶应天府句容县（今江苏句容）人，正德十二年（1517）进士，授吉安府推官。从王守仁平宸濠，披坚执锐，亲冒矢石，迁大理寺副。嘉靖时以争"大礼"，下狱廷杖。累迁右副都御史，巡抚江西。历两京户部侍郎，出督漕运，进尚书。有《克斋集》。

漂母祠记

吾观漂母饭信，一念根于天真，触发无所为，而然信乃曰：吾必重报母。此以狙侩之见量，漂母宜逢其怒而正言以教之，而信死犹不寤，顾归悔于不用蒯生，言重为天下笑。何哉？嗟乎，吾哀王孙而进食，岂望报乎？此言奚独信所宜，从假令天下，后世之为人臣，为人子，为人兄弟、夫妇、朋友者，皆知尽吾分之所当为，而无望人之必吾报，则天下可以无事，而何但足以保身。吾益信漂母之言为至教，渊然太上贵德之旨。孰谓草泽之中，乃有不学而能如母者耶。惜其姓名不传，遂与圯上老人同一自秘，使人叹服于百世之下，若鬼神然。或曰以德报德。夫子何以有是言，无德不报，武公何为以自儆，曰此以自待云尔，非以望人。是故信酬千金于漂母则是，而鞅鞅于汉则非也。淮旧城闉故有祠，盖知敬其人矣，而其言教由太史公来，未有能阐之者。予僭发其义，镌于石，用质诸谒漂母者。

出处：（清）卫哲治等修，叶长扬等纂《乾隆淮安府志·艺文》（卷二十九），咸丰二年（1852）刻本。

徐存义

徐存义（1507—1551），字质夫，号聿墩，一作屿墩。绍兴府余姚县（今属浙江慈溪）人。嘉靖八年（1529）进士，历工部主事，迁工部员外郎，后以知府家居。

兼山亭记

嘉靖乙未（1535），客有过清江水部公署者，问曰亭名"兼山"何？曰：墙之东巍然而高者非亭乎？隆然而起者非山乎？故名曰"东山亭"。池之南巍然而高者非亭乎？隆然而起者非山乎？故名曰"南山亭"。斯亭左顾前盼，对焉若宾，附焉若从，实兼是二山二亭者，故名曰"兼山亭"。客曰："嗟乎！亭固旧也，意义固浅而近者也。"曰："予固欲仍夫旧亭也，固欲浅近夫意义也。天下之物不必已创之为美，凡物之名不必广引之为奇。抚景寓目，观物赏心足矣。"是故登东山之亭则歌曰："我徂东山，慆慆不归。我来自东，零雨其蒙。"周公固亦勤劳矣乎？登南山之亭则歌曰："节彼南山，维石岩岩。赫赫师尹，民具尔瞻。"我将得不为师尹矣乎？由是息驾于兼山之亭，则又诵曰："兼山艮君子以思，不出其位。我将有艮腓之思矣乎？学以察理，养以澄私。时止则止，时行则行。湛一敦厚，笃实光明，则天下之理得可以芜三才而两之矣。奚以二山为哉！"客曰："旧名'一鉴''环碧'，语诸水也。专言诸山，何曰艮？言行止用兼之矣。"是故仁则未尝无知，静则未尝不动，夫是之谓一神两化之道也。客曰："吁！子固庸心于艮身之学，而取则于公旦之业者乎？"曰："此诚予之愿学而未能者耳！"因次第其言而记之。

嘉靖十四年（1535），岁次乙未孟冬吉旦，赐进士承德郎工部主事余姚徐存义撰。

出处：（明）席书等编次，朱家相增修《漕船志》（卷八），明嘉靖二十三年（1545）重修本，民国三十年（1941）精华印刷公司影印。

胡应嘉

> 胡应嘉（？—1570），字克柔，又字祈礼，号杞泉，沭阳县（今属江苏）人。嘉靖三十五年（1556）进士，授宜春知县，历吏科给事中，迁湖广布政司左参议，晋中议大夫。有《科甲奏疏》。

《嘉靖清河县志》序

河淮交会之滨，清河实奠厥邑。地瘠卤而民鲜薄，每潦水至，一望巨浸。赋役之隶于制者，不稍损贷而编氓流离。议者欲徙置其民而空其地，盖淮郡极敝之邑也。

壬戌（1562）夏，浮梁吴公来尹是邑，恻恻然犹慈父母之不忍视病子，其所以还定而戢宁之者，不遗余力。初求邑志，将欲稽凭而厘正焉。顾芜陋之区，诸凡草创，莫从得之。叹曰："邑而无志，非惟不见古今，即赋役者何所准乎？遽欲图之，盖势有所弗逮也。

数月而民渐安之，期年而民益归。乃因政事之暇，稍肆编摩。据安献之仅存，采风土之共习，日删月削，三年政成而志适告竣。始建置，迄词翰，灿然一邑之完书。继乃索予一言序之。予曰："郡邑之有志，犹国之有史也。作史者有三难，则修志亦岂易易？矧以敝邑而创于二百年久缺之后哉？若公者，可谓能成其所难矣。"今取其志阅之，境内川原，今昔之概，一览洞然，已为之快；至于赋役之法，井井有条。乃作而叹曰："公之志也，意在兹乎，意在兹乎！"

夫邑以凋敝之故，政多简略，赋役之际，率以意成，上无定则，下靡适从。二三里胥与豪猾者，暗持钱谷征徭之成数，以上下其手。是故，法令无统则赋役无经，赋役无经则困累无所控诉。公今详核而曲处之，赋者以时，役者不病，剂量调停，咸适其宜。然则民之易从者，易公之法也。至于疆域、学社、仓廪、风土、人物，皆于兹邑相终始。恐其久而无纪，故因志以附之，俾后我而来者有所采焉。清民其永瘳乎。

噫！邑之难，难于赋役，而治之难，弗止于赋役。后人之治清者，能仿公之德意以行，则是志也，功固不止于传述而已。予故表而出之，以彰公之意，且以为诸治邑者告焉。

出处：（明）吴宗吉修，纪士范纂《嘉靖清河县志》（卷首）；（清）朱元丰、孔传橚纂订，吴诒恕纂《乾隆清河县志》（卷十三），乾隆十五年（1750）刻本；（民国）徐钟令《民国淮阴志征访稿》（卷八），民国抄本。

李春芳

> 李春芳（1510—1584），字子实，号石麓。南直隶扬州兴化（今江苏兴化）人。嘉靖二十六年（1547）状元及第，授翰林修撰，升翰林学士。历官太常少卿、礼部右侍郎、礼部左侍郎、吏部侍郎、礼部尚书等职，并加太子太保。嘉靖四十四年（1556），兼武英殿大学士，入阁与严讷共参机务。隆庆二年（1568），代徐阶为首辅，累官至少师兼太子太师、吏部尚书、中极殿大学士。著有《贻安堂集》十卷。

重筑高家堰记

高家堰者，在山阳西北四十里，创自汉陈登所，以障淮也。至我朝黄河由寿历颍，循淮而会于清河口，继由孙家渡、赵皮寨循涡而会于清河口，以故高家堰愈益重。陈恭襄瑄则增筑之，乃其后黄河由飞云桥出小浮桥，循徐邳而下，司水诸臣遂无复事高家堰，以是堰日颓。

频年以来，黄河分流入涡，而故所行道，若桃源清河口多壅阏，水不得尽归海，稍溢则灭堰，直入高宝，于是淮南北并蒙河患矣。主上宵旰九重，思得大臣有才略能治水者，乃简命江公总漕政，潘公任河漕，相与协理。河道潘公至，行河溯小浮桥，复浮淮观于海口，巡览地宜，采纳群议，遂决策以筑高家堰为首务。江公同心运谋，力赞之。于是瓜分其工，部署百执事计帑以请上赐温旨，褒答尽如两公议。时有司道生异议，中朝斥之，潘乃得展布无中沮。

是时，恭襄旧堰若上堰、下堰犹参差可指见，若中堰则汤恩口、羊六口、具满口、大涧口，为崩浪所前洗日深。先是总漕王公者，亦尝修筑之，以公帑告匮，卑薄善崩，当事者遂谓堰不可筑。又以中堰深不易筑也，潘公则以中堰属郎中张君誉指挥，俞尚志、诸葛尧宾、宋大斌率锐士以从，以戊寅（1578）五月某日到堰所，是夜诸口塞且半，明日断流，又明日堰合。会六月霖雨至，七月不止，风涛自西来，汹汹如山，而新堰复圮。八月水落，视诸所塞口皆决且深矣，众谓堰必内徙乃可成。潘公谓中堰深者不过三十丈耳，如内徙则益深，且远至数十里，舍近易，役远艰，非便计也。又外增数十里，风涛撞击，堰将益危。于是坚旧堰之议，申命文武之属，分督中堰诸决口，卒之数日而塞诸决口。惟大涧口最深，传云鼍窟，于是夜风雨中果闻鼍鸣，塞决以埽，每置一埽则潘公立埽上，以其故埽坚巩。昔者诸决口既塞，而河淮合流，趋海势雄钜漂驶，清口之沙积数十年莫能浚者尽涤，海口之沙自开，众始啧啧谓高家堰所宜筑，筑之晚矣，于是愈益集鬣夫增培之。至冬，鬣夫手足皲瘃，裹创而作，潘公亦冲冒风雪，暴露堰上，与鬣夫同辛苦。至春大风雨，潘公则义与百执事往来泥淖中，飞涛扑面，矻矻不少休。盖潘公急于王事，不特以身示劝也。乃以己卯某月日落成，堰高一丈五尺，厚五丈，基厚十五丈。大涧口则为月堰，广三十丈。堰外有田，去湖尚远。堰形沿湖曲折，水自西而东，直冲六羊堰西转，复东犯贝沟堰，自贝沟而西，湖水浩淼，撞大涧堰特险。其次冲汤恩堰，乃于诸堰密布桩人地，深浪不能撼桩。内置版，版内置土，土则致自远皆坚实者。又创公宇堰上，以弭使节，为大使厅，设大使一员，弓兵百名以守。为铺舍若干，老人八名，夫千名以修。又议岁费，著为例。云堰成，两公以闻，上大悦，各赐彩衣二袭，白金三十两，加赐潘公豸绯以旌特勋，诸臣赏有差。两公以堰内田出，流民即归，贫不能耕，于是上请破格优两淮贫民。又巡漕御史陈公，亦具疏以请，上允其请。万历六年（1578）以前逋尽蠲，七年以后其议免，淮人烝烝吐气矣。

余家兴化，盖患水尤甚，今得睹平成之绩，安于田里，有厚幸焉。淮守宋君伯华、山阳令鲁君锦属余为记。余尝观汉武之世，河决瓠子，以万乘之力躬自临河，沈马璧令群臣从官皆负薪塞之，不免悼功之不就，乃为瓠子之歌，千载之下，咏之犹可想见其时之难也。惟是圣天子刚明独断，委任得人，两督府视饥溺由己，协心干济，斯功之所由成耳，是安可不纪其事以垂示万禩？

江公名一麟，婺源人，癸丑（1553）进士。潘公名季驯，乌程人，庚戌（1550）进士。其董众作治，则郎中张誉，新建人。其与劳堰事者，则主事陈瑛，莆田人。参政游季勋，丰城人。副使张纯，漳浦人。都司俞尚志，仁和人。把总诸葛尧宾，丹徒人。宋大斌，德州人。指挥胡一道，山阳人。至于经理一切，则淮守益都宋伯华。而随事辄办，则前山阳令朝希舜，署山阳安东令象山史迁，今山阳令某地鲁锦，清河令兴国石子璞，若山阳主簿胡大济、吴一道，亦与效驰驱者也，法得备书。

出处：（清）黄宗羲《明文海》（卷三百八十三）。

严 讷

严讷（1511—1584），字敏卿，号养斋。南直隶常熟（今江苏常熟）人。嘉靖二十年（1541）进士，授翰林院编修，历太常少卿、礼部尚书、吏部尚书、武英殿大学士，入参机务，执掌铨政。有《严文靖公集》二十卷。

敕赐惠济祠碑记

赐进士第、翰林院编修，文林郎奉敕纂修会典、国史，吴郡严讷撰。

边淮有惠济祠。相传正德间道士袁洞明，方图所以妥神灵者，而会有巨木浮淮而来，若为神所锡，祠之建盖于是乎始。皇帝既嗣位，章圣皇太后遣赐金币，而道士缪道鉴等遂以拓建钟鼓诸楼。乃嘉靖丁酉（1537）而住持道士张真海等又因募建镇淮之阁，皇帝赐今额焉。

川岳之长，其秩比古诸侯，盖国家既以列祀典矣，而兹复有祠则何居。《金匮》称武王伐纣，川岳之神冲大雪而来卫，武王命太公望各劳谢之乃去。盖自古帝王诏受天命为百神所主，而百神乐于效职，莫不皆然。故《周颂》有之曰："怀柔百神，及河乔岳。允王维后。"正此之谓也。

淮固一大都会，淮之为流，控泗汇河以入于海，其势特驶，国家岁漕，江东南粟及天下所贡输咸繇此而达于京师。郊庙之祭于是焉供，大官之养于是焉给，六军之需于是焉赖，匪颁好用之资于是焉取，而运艘万里，舳舻相接，一有惊风怒涛之险，将漂没之，是虞而其何能济，乃今安流数百年，人籍利涉免于不测，谓非神默卫，殆不可也，其有功于国家也，固甚大矣，而祠可已欤，且皇帝仁元元，即匹夫匹妇病涉亦必以轸虑而亟为之，所如梁于溓泥可知己。淮流不但运艘所涉，仕且商者亦繇航焉，而涉一弗利，诚皇帝所悯也。皇帝以元元为心而赖庥于神，繄皇帝之仁。章圣皇太后，皇帝圣母也，金币之赐圣母亦为元元，以赖神庥，而于神乎属情矣，而皇帝从而成之，繄皇帝之孝。皇帝之仁之孝，具于是祠见，而岂祀之不经者伦欤？

讷先以奉使从以省觐两道于淮，而真海等再以祠记为请，坚不可辞也，谨为论著云尔。

嘉靖三十三年（1554），岁次甲寅秋七月既望。

出处：（明）吴宗吉修，纪士范纂《嘉靖乙丑清河县志》（卷四），淮阴三研堂民国二十五年（1936）抄本。

刘良卿

> 刘良卿，淯西（今河南新野）人。嘉靖五年（1526）进士。历江都知县，巡按陕西监察御史，中顺大夫、直隶淮安府知府。

惠济祠碑

中顺大夫、直隶淮安府知府、前监察御史刘良卿撰。

淮为畿辅要冲，而清口又淮之襟咽，洪流千里，星赴电游，盘束于两淮之间，其据地险而击人心，盖势然也。正德初，有道士袁洞明者始卜地河浒建泰山行祠，凡公私之待济者祷焉。

岁在己卯（1519），武皇帝南巡狩，止跸祠下，顾瞻久之，逮今上龙飞圣母章圣皇太后过河，复有黄香白金之赐。已而复奉圣旨赐额曰"惠济祠"。

于是士女香镫，远近和会，舳舻荐献，大严于旧威。灵庙貌赫然矣。住山道士张真海以神休之遐畅而国典之逾隆也，益募众构阁为朝真之所，又以为创迹，至今而无文纪事，非所以示永，乃牍而来告。

乌乎，天下之事，其成毁废置亦岂偶然也哉？方兹地之未祠也，茫然沙草，郁然冈阜而已耳，一旦饰土木、崇堂观，无问远迩，咸奔走而归之，何哉？神所依也。然考诸礼经，祭不越望泰山之祀，奚为于淮渎之滨乎？而事之弥虔，叩之无不应者，何哉？国所置也。

夫国家际一统之盛，握天下民神之命，意之所向，足以故六合而来百灵，而况京储千舸衔尾转漕，虽遐烈幽祗，亦当冥赞，而煌而肃，如岱岳之近望者，顾有佑乎，而岂寻常之封畛可得而区乎？会地之要，质民之衷，承天之祜，其载诸祀典，知永无斁矣，不然则岱行宫，何地不有，而祝号之大，锡予之殷，盻蚃之灵，伏腊之盛，乃独萃于斯哉。

良卿忝守斯郡，愧无以为民防，然事神奉国之心不敢以自怠也。文诸石，用纪岁月，庶来者得以考焉。

嘉靖二十七年（1548）岁次戊申冬十月既望。

出处：（明）吴宗吉修，纪士范纂《嘉靖乙丑清河县志》（卷四），淮阴三研堂民国二十五年（1936）抄本。

潘季驯

潘季驯（1521—1595），字时良，乌程（今浙江吴兴）人。嘉靖二十九年（1550）进士，授九江推官。擢御史，巡抚广东。嘉靖四十四年（1565）至万历二十年（1592），奉三朝简命，先后四次出任总理河道都御史，主持治理黄、淮、运河二十七年，以功累官至太子太保、工部尚书兼右都御史。著有《河防一览》《两河管见》《宸断大工录》《留余堂集》等。

恭报两河工程次第疏

臣窃照治河之工，筑堤固难，而塞决尤难。今幸仰仗我皇上一诚默运，上格天心，河伯效灵，诸决自塞。臣原议欲挽旁决之水以归正道，今已悉从人愿。桃清而下，昔如沟洫，今皆洗刷深广如故。又查云梯关海口大辟，清口通利，两河顺轨，三月之间，河形顿改，止余大涧口一十丈未合。淮水尚分一小支东奔，若天气晴和，功在旬日，不足利也。但黄河虽已归正，而堤不筑则明岁伏秋必复泛溢，故坚筑遥堤以固其防，创筑减水坝以杀其势，其工未可缓也。高堰之工，断流虽已可期，而一线未足为恃，必俟断流之后，堤内陆地干出，广取其土，加培高厚，方可无虞。再查黄浦入浅二口，皆因高堰之水漫溢冲决，高堰既塞，则二口之筑自易，湖堤闸座亦当次第告成。崔镇决水，委已归漕，并趋云梯关下海。据称留之无益，应合一体建筑遥堤，复将磨脐沟减水坝移建本处，姑留罗家等口以杀黄流，似为允当。工程次第，此其大都矣。再照筑堤不难而取土为难，或为水占，或为沙掩，远搜深取，务得胶淤，老土方许填筑、夯杵并举，务求坚实。臣等三令五申，诸司道朝乾夕惕，惟此而已。臣等犹虑官夫暗用飞沙填藏堤内，无从辨验，又制铁探筒数十具，分散各工，令其时时锥探。臣等阅工之时，亦将前器探试，如筒内带出浮沙，捏不成颗，即将本管官究治，挖去改筑。真如燕雀垒巢，日计分寸，其工诚有不易者。至于石土采运，亦甚艰苦，与其速而不坚，孰若迟而可久，故未可责效于旦夕也。近因风雪大作，地脉冻结，难以兴工，目下暂拟陆续散失，先远后近，至明年正月二十日以前鸠工再举。伏望皇上少纾南顾之忧，容臣悉心料理，务图永赖之计，必不敢苟且塞责，以负任使。谨具题。

出处：（明）潘季驯《两河经略》（卷二）；（清）爱新觉罗·弘历《御选明臣奏议》（卷二十九）。

高家堰为两河关键

或有问于驯曰高家堰之筑，淮扬甚以为便，而泗州人苦其停蓄淮水，何也？驯应之曰："此非知水者之言也！"夫高堰居淮安之西南隅，去郡城四十里，而近堰东为山阳县之西北乡，地称膏腴。堰西为阜陵、泥墩、范家诸湖，西南为洪泽湖。淮水自凤泗来，合诸湖之水出清口会黄河，经安东县出云梯关以达于海，此自禹迄今故道然也。堰距湖尚存陆地里许，而淮水盛发辄及堰，秦周以前无考矣。史称汉陈登筑堰御淮，至我明朝平江伯陈瑄复大葺之，淮扬恃以为安者二百余年。岁久剥蚀，而私贩者利其直达以免关津盘诘，往往盗决之，至隆庆四年大溃，淮湖之水泽洞东注，合白马、氾光诸湖，决黄浦八浅，而山阳、高、宝、兴、盐诸邑汇为巨浸，每岁四五月间淮阴畚土塞城门，穴窦出入，而城中街衢尚可舟也。淮既东黄水亦蹑其后，浊流西沂，清口遂堙，而决水行地面宣泄不及清口之半，不免停注上源，而凤阳、寿、泗间亦成巨浸矣。故此堰为两河关键，不止为淮河堤防也。驯戊寅（万历六年）之夏，询之泗人曰："凤泗之水蓄于高堰未决之前乎？抑既决之后也？"金曰："高堰决而后蓄也。""清口塞于高堰未决之前乎？抑既决之后也？"金曰："高堰决而后塞也。"驯曰："堰决而塞，筑则必通。堰决而蓄，筑则必达。堰成而清口自利，清口利而凤泗水下。"驯何疑乎？遂锐意董诸臣筑之，二月决工告竣，而清口遂辟。七月堤工告成，清口深辟如故。

今将考订志传卷牍中语开列：一《禹贡》云："导淮自桐柏，东会于泗沂，东入于海。"职按泗、沂即山东汶河诸水也，历徐、邳至清口而与淮会，宋神宗后黄决而南，遂并泗、沂而与淮会矣。故昔之东会于泗、沂，即今之东会于黄也。一《中都志》云："淮河自五河东来，经州城南东，至清河口会泗水东入海。"职按泗即泗、沂之泗，清河口即清口也。此与《禹贡》所云无异。要之淮由清口入海，自禹迄今故道。今至清口板沙若门限然，欲舍故道而出高堰，似不可也。一查万历三年工部郭子章勘得水势汹涌，风浪冲击崖岸，渐坍包砌石工长二百二十六丈，及查巡按邵亦于此时行州砌护城堤，至今赖之，称邵公堤。按前开工程皆职未任时事，比时淮水竟从高堰决冲淮扬，黄水从崔镇决出五港入海，两河已不会于清口，无堰可阻，无黄可遏。其势如此，今之水涨未可归咎黄与堰也。

出处：（明）潘季驯《河防一览》（卷二）。又见（清）傅泽洪《行水金鉴》（卷六十一）。

淮南河防险要

一岁防高堰。高堰为淮扬门户，堤防不可不严，修守不可不预。内除石堤三千丈外，两头土堤，每岁伏秋画地分守，随汕随葺，似可无虞矣。但帮护之法，须于冬春间桩内贴席二层，紧裀草牛，挨席密护，毋使些须漏缝，然后实土坚夯。则是以桩席护草牛，以草牛护土浪，窝何从得来。至于密植檞柳、荻苇，以为外护，须于水落即种，庶免淹浸，是在当事者加之意耳。

一岁防清江浦外河。清江浦内外河相隔仅得一线之堤，最为吃紧，况黄河自清河县出口，由西射东，势甚湍急，然扫湾迎溜之处不过一百五十丈，止是卷筑鸡嘴六道，每道相去二三十丈不等，阻隔来流，复于鸡嘴中间卷埽护岸，即可支持，然仓卒措办，未免张皇，莫若于冬春之间，卷筑大埽帮护老堤，埽外深下密桩，内用两笆两席以护埽，亦如岁防高堰之法，自可无虞。合用人夫，查有近议行银募夫，专听本堤兴作，免其别处差拨，自可足用。其余桩草，所费不多，措办自易。至于用石礕砌，以为永久之计，则俟工力少裕为之可也。鸡嘴即顺水坝之俗名，近日河由草湾、清江浦外淤滩甚远，犹恐河性不常，二三年间复归，正河修守之法当谨识之。

一严闸禁河口。诸闸之设，先臣平江伯陈瑄殊有深意。盖节宣有度，则外河之水不得突入，运河之水不得盈溢。非惟清江板闸一带堤岸易守，而宝应诸湖亦缓，此一派急流矣。但启闭之法非严不可，如启通济闸，则福、清二闸必不可启；启清江闸，则福、通二闸必不可启；启福兴闸，则清、通二闸必不可启。河水常平，船行自易。单日放进，双日放出。满漕方放，放后即闭。时将入伏，即于通济闸外填筑软坝，秋杪方启，悉照先年旧规。与近日题准事例行之，其于河道关系不小也。

一岁守淮城北岸遥堤。查得清江浦起，由柳浦湾至高岭止，共堤一万六千九十一丈，近又加至戴百户营止，共堤八千一百五十六丈，向来置之若弃。万历十三年（1585），范家口一决，淮城几为鱼鳖，工费不赀，复还故物。今已增设大使一员，夫五百名专守，一代堤岸乃淮安城北外捍，殊为吃紧，大有损动，即于堤内有产之家，量起夫役，相帮修筑。伏秋之时，选拔省祭阴医等官尽地分守，仍须预备桩草绳苇之类，各安置要害处，所以待不时之需。每岁冬春之交，即预行申饬山阳县掌印官可也。目今河由草湾正河俱淤，殊不足处，然河性不常，一旦忽归正道，修守之法仍须志之。

一岁守通济闸外大坝。旧通济闸逼近外河，河形浅直，水势汹涌，不便启闭，而朱家口一带堤岸尤为难守。今移闸于甘罗城旁，改河于西南隅，而于旧闸内半里许筑拦水大坝一道，置朱家口于度外，似为得策矣。但大坝最为吃紧，并泻入闸，势必不支。每岁四月初，须专委一的当义民，官拨夫十余名，量备桩草，守之毋忽！毋忽！议者又谓从大坝迤东两头，直接泰山筑堤一道，仅三里许，则坝东与高堰七里墩迤北两岸一带，堤岸俱不须守，而堤内之田皆可耕矣。冬涸之时，夫力稍暇，即宜图之。

一防清口淤涩。清口乃黄淮交会之所，运道必经之处，稍有浅阻，便非利涉。但欲其通利，须令全淮之水尽由此出，则力能敌黄，不为沙垫。偶遇黄水先发，淮水尚微，河沙逆上，不免浅阻。然黄退淮行，深复如故，不为害也。往岁高堰溃决，淮从东行，黄亦随之而东，清口遂为平陆。今高堰筑矣，独虑清河县对岸王家口等处，淮水过盛从此决出，则清口之力微矣。故于清河县南岸筑堤一千一百八十丈，今又接筑张福口堤四百四十余丈，以防其决，盖为此。工若甚缓而关系甚大，已经题奉明旨，每岁专责清河县掌印官，责差的当员役看守，如遇塌损，即便修筑。更有一事，尤宜稽察，河南凤泗等处商贩船只，最利由此直达，每为盗决，须严防之。

出处： （明）潘季驯撰《河防一览》（卷三）。

注释： 本文节录自（明）潘季驯撰《河防一览·河防险要·淮南》。

接筑旧堤以防淤浅

臣窃惟清口乃黄淮交会之所，运道必经之处，稍有浅阻，便非利涉，但欲其通利，须令全淮之水尽由此出，则力能敌黄，不为沙垫。往年高堰溃决，淮从东行，清口遂为平陆。高堰既筑，独虑清河县对岸王家口等处，淮水从此决出，则清口之力微矣。臣于万历八年行，郎中畬毅中即于本处筑堤一道，以防其溢，数年之间清口利便，实赖于此。不意凤泗商贩船只又于长堤之东盗挖一渠，取便往来，岁久成河，已阔九十余丈，淮水尽由此出，清口不免沙淤。臣查得此处系清河对面地方，该县知县出入之间一览在目，何致任其盗决，汪洋北注而若罔闻，知且不以报也。其秦越肥瘠亦甚矣！除臣见在查理及行司道官，候淮水消落，接筑长堤一道，务期坚久可恃外，臣请堤成之后专责清河县知县管理，每岁派定官夫时加帮补，如遇水发，率同地方人等昼夜巡逻，以防盗决，傥有疏虞，即将掌印官参治。盖此堤即在县治之前，较之他所不同，而掌印官常川在县，较之管河官尚有他处奔走者又不同也。伏乞圣裁。

出处：（明）潘季驯撰《河防一览》（卷十）。

注释：本文节录自（明）潘季驯撰《河防一览·申明修守事宜疏》。

常三省

常三省（1523—1601），字希曾，直隶凤阳府泗州华家沟（已没入洪泽湖）人。嘉靖三十五年（1556）进士，由礼部郎中授湖广参政。时泗州连年苦于水患，曾数次上书朝廷，请开施家沟，疏浚周家桥，以救泗州城，反对总河潘季驯"蓄清刷黄，束水攻沙"的治河方针，逐遭弹劾罢官。削职归里后，仍频频上书，为州人所称颂。

与高宝诸生辩水书

泗州、淮水，原是两路通行。一路东至清口会合黄水入海；一路南出大涧口入湖，由湖入江、入海。此两路从来久远，以故淮不为梗，累数年始一发。发不大，一、二月即消落；发不久，此旧贯也。自近年高堰既筑，旧贯遂失。泗人积苦水患，乃不得已，请开施家沟，浚周家桥。如果开浚其两处深涧，沿不及大涧十分之一，其于疏泄淮水，亦不及大涧十分之一。泗人岂乐此而为之？以为复旧贯而不得，即得此亦愈于已也。今议又止浚周家桥一路，为泄几何？顾高邮诸生犹争执不容止，其意亦不过务为乡土耳，岂敢尤怨？但于事未悉，不得不就诸生之言一与诸生辩，惟诸生察之。

诸生揭谓："开浚周桥、施家沟，水入高宝湖，诚恐诸湖容易受限，水满堤溃，漕涸运阻。"此其说未为无见，但此不独诸生虑之，即泗人亦虑之矣。故其处置之宜，已具前揭中。盖治水之道，欲其安流无害，惟在使之疏通不滞而已矣。故疏九泉之下即洞庭、彭蠡亦驯不为梗，而况于高宝诸湖？一阻滞即沟浍雨集，且亦一时皆盈，而况于高宝湖诸湖？故今年周桥未浚也，施钩未开也，而高宝湖乃亦不免泛涨甚剧。贻患最烈者，则以壅遏之未有所通故也。为今日计，惟举前揭所陈者酌行之，而又参以诸生"芒稻河、子婴沟"之说。即淮流虽尽注湖，不为害，况周桥杯勺之水哉？诸生但当求疏通湖水之入江、入海，无务与泗人争周桥也。如曰此非旧贯，则欲置彼周桥，便当还我大涧尔。

诸生揭谓："将都管塘至周家桥一带筑堤，使淮不旁溃，专力冲刷清口。"噫！此其说则舛甚矣。将假此以要挟泗人，务相抵塞则可，若遂欲见之行事，谓为己利，盖亦忽思而已矣！自高堰筑后，淮水泛涨，尚赖周桥一带稍可溢漫而去也。然泗盱民生已不堪其害，若云尽加筑塞，则淮流一无出路，必大至腾涌溢滥。窃恐清口未见冲刷，吾泗已悉为鱼沼矣。

昔智伯障漳水以灌晋阳，梁武筑浮堰以灌寿春，彼在列国兵争则然。尔君子已谓之残暴不仁，况我泗与高宝比邻为最亲，亦何怨何仇，何功何利，而必欲障淮水以灌之也？因此溥天率土，顾忍自处于衽席而置人于沦胥？诸生行且登仕以长民，乃不豫养爱人利物之心，设有责以灾怜之义，规以一视之仁者，不知诸生将何以自解也。

顷者，泗人具揭，既为本乡谋，又为高宝谋，诚视彼犹视此也。诸生顾直欲灌泗人不少恤，恕施之道安在哉？不知而言之不明，知而言之不恕，徇人失己不正，利己病人不公。诗有之："无纵诡随，以谨无良"，高邮名邦，诸生吾同体也，愚窃为惜此举矣。

出处：（清）陈梦雷《钦定古今图书集成·方舆汇编·职方典》（卷八百三十七）。

上北京各衙门水患议

为恳乞急救重大水患，事顷因本州岛水患甚大，遂不自度量，相与投揭抚按控诉，请救比河院潘公，首加纠论，乃幸蒙圣恩宽大，但以为民示遣，感荷洪恩，宁有已拯顾地方之水患犹未底宁，将何由拯此沦胥，还之平上若干焉。辄自忍默岂不上负国恩，下违初志，兹将一切被水事迹及今所以处置之宜，谨从实款呈上，伏惟照察采纳施行。

一城乡水患之实。窃照泗洲城内原有城河，春夏则容蓄雨水，秋冬则开关泄放。近因淮涨势高，关不可开而内水积，去年淮复冲城南门不守而外水人，雨水交攻，暑雨且甚，遂致城内水深数尺，街巷舟筏通行，房舍倾颓，军民转徙，其艰难穷困，不可阐述，此在城水患之实也。泗人有岗田、有湖田，岗田硗薄，不足为赖，惟湖田颇肥，豆麦两熟，百姓全借于此。近岗田低处既淊，若湖田则尽委之洪涛，庐舍荡然，一望如海，百姓逃散四方，觅道路赢形菜色无复生气，且近日流往他郡者彼处不容殴逐回里，饥寒无聊间或为非，出无路，归无家，生死莫保，其鬻卖儿女者率牵连衢路累日不售，多为外乡人贱价买去，见之惨目，言诚痛心，此在乡水患实也。

一清口淤塞之实。窃照凡论水称清口者谓清河一带地方，非专指黄河所出之口也，若黄河出口处势甚湍急水亦安得不深，即潘公所谓以四丈之绳投之不得其底者也。惟自此以上稍及里许，地名三里沟者，便是泥沙淤塞处，三省去年曾自往，看见其所为淤塞者皆细碎石屑，击之殊坚而有声，盖浮沙荡去，惟此质重者存，即时俗相传所谓门限沙者是也。夫有此淤沙横亘中流，淮河安能通泄。故欲求淮流之通泄，安得不逐加浚而坐待冲刷哉。

一运道利病之实。按潘公疏，谓高堰决，则淮水东汇黄浦，入浅高宝一带，横溃四决，阻梗运道。又谓海口全赖淮黄冲刷，若决高堰，止于浊流一股，海口必塞，黄河必决，运道必阻。窃照此说是谓高堰之关于运道者重也，此固难于悬断，惟以往事推之，庶可易见国家因河湖为运道非一年矣。淮水从大涧、高良涧通流入湖，亦非一年矣，若高堰则惟自万历七年（1579）始有之，使高堰决之患必一一如疏所云，则七年以前即无论堰决，虽堰并未之有也，可何乃一无此患乎？设使运道曾有此患，而其患又实本于堰，则河槽重臣夙多贤哲其于筑堰也必当有蚤计之者，又何待于万历七年始筑乎？然则运道之利病且不系于高堰之有无，而况决与不决哉，大要湖堤之圮坏，黄河之善决，固从来多有之，其实堤之坏也。本以湖水自大自能冲溃，初不由于淮流之一枝，若河之为决，每本于土性松，水势迅驶所致，自汉以来在在有之，亦岂由于海口之于淤塞哉？况使清口既浚，则黄淮之交会也愈利，终不止于浊流一股，且海口深广而黄水之径下者，日从而冲荡之，何得有淤塞之事，此固已然之，迹似可得而必者也。至谓堰之一决也，则淮水东而湖溃，海口塞而黄河决，因遂阻梗运道焉，此则前无可验，后无可推者也，曾是以为必然乎哉。不然即如湖决黄浦，入浅河，决崔镇等口，正在万历年间高堰既筑之后，而去年高宝、邵伯一带堤梗之倾圮者十有余处，较之往年特甚，适又在于堰之初成一无所决之时，此又何说也？

一水患所由之实。按潘公疏，谓有今岁异常之雨，则有今岁异常之水，三省等能使天之不雨乎？盖水虽夏秋泛涨，其本源则在春冬，若春冬间水落干枯，河槽深广，则于夏秋雨水自能容受，此往年之水所以小也。若当冬春水涸之时，未得甚消，使雨水再至，又将何以容之，以故汛滥四溢，此吾乡节年之水所以大也。诚使清口一无壅淤，则不独水涨之时得以输泄，且冬间消落必枯，来年自可无患，岂非无穷之利哉。至如天雨年年有之，其小大亦不甚相远，况方二千里之雨水皆赴淮人海，纵使此处无雨，彼处必有，纵使彼处雨小，此处必大，固未有一年二年千里之内皆全然不雨，及全然雨小者。故善为谋者不能使天之不雨，能使雨水有所容受，有所宣泄，不至为害地方耳，此人功之所以参赞造化者也。若曰必无雨，然后水得不涨，则夫所贵于修人事者，谓何朝廷之所以不惜劳费，不吝爵赏者，谓何而又何取于治河为哉。

一水势人情之实。按潘公疏，谓泗民杨明恕请于堰南周家桥、单沟一带凿渠通湖，淮民又欲于此比照高堰一体加筑，查得此处地形亢于高堰，淮水大涨则从此漫入白马湖，浃旬不雨仍为陆地，此天然减水坝也，如欲加筑，则淮水暴涨不免增溢，而高堰难守，然留此以待异常之水则可，如欲开凿成河使淮水长流，则不特淮扬被害，而清口亦必复淤，具不可也，任之而已。潘公斯言颇为公论，但其立信命意，则重淮扬而薄凤泗，无一视同仁之意耳。夫周家桥、单沟一带，乃越城以南地方也，盱眙九十里至越城，又七十里至清江浦，中间地形平坦水之可容者，泗无不受之，至巨浸之来，泗无所容，则徒此少谧万一耳。如欲障蔽淮扬，使水无涓滴入，非尽此百六十里之地，而堰之不可审，如是则水发之时，当直出泗城雉堞之上，非独贻害泗盱，虽寿、亳、临淮、五河诸地，亦必不免矣。嗟乎！自行高堰以来，泗人之苦于水患极矣，水患既不可复支高堰，又率不可以轻动，故不得已而请于堰南凿渠，庶淮水可泄，在此犹在彼也。今淮人欲并堰以南而尽筑之，是不使泗之民人尽为鱼，泗之城池立为沼不止。嗟乎！何其忍哉！夫使泗民有田可耕，有地可庐，苟安而已矣，何为此纷纷告扰耶？夫淮与泗孰非朝廷土田，而其民亦孰非朝廷赤子，今潘公动以保护淮扬为名，而于泗则蔑视之，独何心哉？夫使诚利淮扬，亦不可因害凤、泗，况凤泗实有害而淮扬亦无所利，又何为固执乃尔耶？

一弭患事宜之实。盖淮水自桐柏而来，几二千里，中间溪、河、沟、涧，附淮而入者亦且千数，而必以海为壑。往者一由清河口泄，一由大涧口泄，两路通行无滞，犹且有患；今泥沙淤则清口碍，高堰筑则大涧闭，上游之来派如此其勇，而下游之宣泄如此其艰，则其胜溢为患，何可胜言？此城郭之所以日危，而百姓之所以日困也。

伏惟朝廷之上轸民生之流离，防城池之沦陷，必求开浚复淮流之故道，则肤功膏泽，固不胜万幸矣。即或堰不可动，亦必须多建闸座，以通淮水东出之路，如大涧口阔可建闸十余座，高良涧窄可建闸五七座，盖水势甚大，闸少则宣泄不及，故必至十数座，始得一面建闸，一面挑浚清口以上淤塞矣。至夏月水发，如果挑浚已通可尽泄水，则闸虽设可常闭，如或清口挑浚尚未疏通，或虽已疏通不能尽泄，须随时酌量，水高则多启闸板，水下则少启，之要不至伤害地方而已。如水未发，或虽小发不为害，则闸板具不必启。往后年分率视此以为常，庶堰不动而害可销，固亦众议之签同者也要之。大涧、清口实淮流不可缺一之道，而处高堰浚壅淤，亦今日不可缺一之功，诚使两加处治，俾淮水通流，于以措时宜而弭深患，则虽便于凤、泗，实亦不病淮扬，不惟拯救民艰，实亦保存城邑，伏惟体恤而一真意焉。则幸矣！

出处：（清）叶兰等纂修《泗州志》（卷十八），乾隆五十三年（1788）刻本。

陈文烛

陈文烛（1525—?），字玉叔，号五岳山人，湖北沔阳人。嘉靖四十四年（1565）进士，授大理寺评事，历官淮安知府，累迁南京大理寺卿。著有《二酉园诗集》十二卷，文集十四卷，续集二十三卷。

崇正书院记

清河县滨淮水，旧无城郭亦无书院。西北隅有淫祠，知县张君维诚欲毁而新之，移檄于府，余壮而许焉。乃构室治垣，中为明道堂，左右斋有十，其地广二十五丈，深倍十丈，阅月乃成，匾曰"崇正书院"，教官沈棉桂集安率二三子请余一言。

嗟乎！道也者，所繇以适于治也，三代以来若大路然，其后天下眊乱，至尼父子舆，寝明寝昌，非但杨墨塞路，始欲正人心以辟之，当洙泗之间，惓惓于修慝辨惑崇德之旨，即夷惠不由，桓文不道，盖思反于正也。汉之醇儒莫如董子，其言按《春秋》一元之文，而以王道之端归之于正。又曰："积善在身，犹长日加益而人不知也；积恶在身，犹火销膏而人不见也。"可谓知其所崇矣。今士习大坏，计功谋利，多邪枉之途，如汉之孝弟为田，贤良方正胡可得也？夫以隋侯之珠，弹千仞之雀，世必笑之。乃以吾心之正，而使邪气奸于其间，顾不怪焉。何哉？诸生取仲舒之语以名其堂，且日游焉，余述其言而极论之，亦愿诸生加之意而已。因书而勒诸石。

出处：（明）陈文烛《二酉园文集》（卷十一），明天启三年（1623）刻本。

《常盈仓志》序

国朝岁漕四百万石，由淮以入京师，而又以江南百万之赋藏诸沿河，故徐、淮、临、德俱有仓，而淮尤为要区，即常盈仓是也。户部岁选才望一人，奉天子玺画而使于淮。古人言："积贮者，天下之大命也。粟多而财有余，则何为而不成。"此其意深远矣！

仓旧无志，余来守淮，会包元甫、林文肖每语余修之不果行，而宜都吴汝奇乃纂而成书。汝奇博学，好读书，明于当世之务。是年，督抚王公肇兴海运，且河流无阻，漕艘如期，汝奇乐于纪述，上自土风人物，下逮工役廨舍，篇纲有四，为目十有二，始终沿革，灿然备具。昔周礼一书，自九贡、九赋之外，凡圭璧、输舆、塼土、埴工之微，罔不特书。说者以为公旦之精意系焉，若是志之巨细必书，又何可已也。独淮郡行粮岁贮仓者数万，而近年以来大浸稽天，民多流徙，逋者最多，其议处如志中所载不一而足。谚曰：虽有巧妇，有米可炊！守土者读之，凛凛汗下矣。

书成，汝奇命余一言，因缀其概，愿与可大计者筹焉。

出处：（明）陈文烛《二酉园文集》（卷一），明天启三年（1623）刻本。

贺潘公河工告成序（代作）

今皇帝御极之六年，淮海大溢，黄河逆行，下民艰食，运道阻塞，上命御史大夫潘公总河事。潘公文章气节赫赫宁内，往穆宗皇帝时，下邳之间舟沉于陆，公治之有成绩，上知公习于河也，故图任与乃公。

钦承简命，胼胝不遑，昔经略两河之疏，大都言东海广大，泫泫汩汩，即二渎入之渺小耳。自崔镇决而河散，高堰溃而淮散，水散沙积，海口日淤，惟塞决而缮堤，水由地中行，此导河入海之长策也。主上览而俞允之，公毅然分诸司理焉。河北自太行堤下□筑邱家坝，筑谷山至于直河，筑古城至于清口，若河南则徐之房村、双沟，邳之羊山、小河，桃源之归仁诸集，亦罔不筑。建减水之坝，开通济之闸，绝天妃之流，固黄浦之口，二渎安流同归于海，岁漕四百万达于京师，黔黎得平土而居。

主上以匈奴解辫，南越授首，梯航重译而贡，先朝末有也，其厪宵旰衣食者，独一河耳。而河治，特命给事中尹君往视之，给事君颂公之功，谓其弘筹无遗，嘉谋独断也，上悦而赏爵之。

按台李君、蹉台姜君、漕台茹君乐其成也。问言于余，余惟河之为患，自天地剖判则然，而国家都幽引为漕利，多平江之功，陈公事当开创若难矣，而气化更新，人心谨惕，治之也易。公法当守成若易矣，而故道湮沦，浮言渐多，治之也难。孟子曰："禹之行水也，行其所无事也。"四海为壑，公其以水治水，善师禹者哉。且也虞廷，帝舜简任，夔龙交让，而后玄圭之锡，告厥成功。

主上圣明，知公最深，而秉钧当轴者，人□其心，不以道旁之议而屈其谋，不吝懋功之典而厚其报，斯亦唐虞之际乎？大吕陈于元英，彝鼎反乎磨室，公将曳履于岩廊矣。

余沐公泽而重侍御之请，遂不辞而乐为之叙。

出处：（明）陈文烛《二酉园文集》（卷八），明天启三年（1623）刻本。

宝翰堂记

余得李邕碑，勒于壁，兹堂在府治二门西，为延客所。客睹前碑，爱之，余意存之！恐其剥蚀耳，因题其堂曰"宝翰"，与四方文雅者共焉。嗟乎！李公去今几千年，其只字尚使人欣慕，益信古人风猷不可及云。同寅二三公命余书以识之，遂作宝翰堂记。

出处：（明）陈文烛《二酉园续集》（卷十），明天启三年（1623）刻本。

砥柱亭记

砥柱亭者，水部张大夫修高堰成而名之者也。余按《水经》，盖有砥柱山，云其在汾、济、渭、洛之交乎，而禹疏以通河，故曰导河积石，至于龙门，东至于砥柱，封山表烈，乾坤终始焉。乃高堰成而大夫以名其亭，盖洞口未塞其流急，既塞其堤若柱，云淮人得平土而居之，比于神禹。荀卿氏谓涂人可为禹也，况吾侪乎！况其功彰明较著乎！

登斯亭也，兴河洛之思焉。且高加堰当淮泗之冲，创自汉陈登，而国朝陈平江瑄尤经书焉。自堰坏而山、宝、盐、兴、高、泰之间，连三十六湖，汇为巨浸矣。大夫毅然筑之长堤，高厚延袤万丈。

始大夫之筑堰也，冒风雨，犯寒暑，大洞屡塞而决，议者犹然难之，乃大夫志益坚而气益壮，鼓万人而成之。洞口始合，淮泗交流同归于海，所谓河定人安，千载无患，得上策者非耶？并见玭珠之贡，九鼎之潜，皆江淮大治之征，兹亭盛事也，异代不侈谈兴。

余为大夫颂焉，大夫曰："往总河潘公上治河疏也，圣天子俞允师相张公主之，司空李公替之，潘公与总漕江公同心图成。时至堰上，胼胝不遑，又二三公及诸有司协力焉，不谷得成其事。亭名砥柱，盖表成之惟艰，屹然如山，俾来者加一篑而永九仞云耳。"

余于大夫，大其功而高其识，忆隆庆庚午（1570）、辛未（1571）间，淮水大泛，临海王公抚淮，而文烛知府事，曾修高堰，丁文恪公在翰林，大书碑焉，谓范文正公修泰堰、苏文忠公筑杭堤，民到于今祀之，余入蜀而堰溃，甚愧其言。即取文恪之语颂大夫也，其有辞于永世哉？

大夫名誉，字德征，登辛未（1571）进士，江西新建人，其治水功最多。余不论，而论名亭之大者，书诸石。

出处：（明）陈文烛《二酉园续集》（卷十一），明天启三年（1623）刻本。

清河县修学碑

隆庆庚午（1570），余行县至河口，谒先师庙，睹学舍圮坏，顾瞻怆然者久之。越壬申（1572），临海王先生抚兹土，下修学之令，知县张君惟诚复申前请，遂捐帑金若干，卜日兴事，数月告成，自大成殿、东西庑、戟门、灵星门、明伦堂及斋舍、庖廪，隘者弘之，倾者正之，垣墉者涂茨之，大都一新云。余请王先生为文记之。诸生张蕴、王家屏辈以县令雅造士，谓余不可无言。

嗟乎！清河诚瘠土哉，风俗多质朴，士生其间，有刚毅木讷之遗。先师论礼与仁，咸有取焉。夫士修于家，尚愍其坏于天子之庭，乃今高者虚无，卑者功利，修之已者非也，安望施于有政能无坏耶！诸生值维新之会，沐者必弹冠，浴者必振衣，新之云尔，何可以身之察察，受物之汶汶，俾质之近道者瀹亡乎！故曰："百工居肆，以成其事。"君子学以致其道，余所闻如此。若诸生所诵，法有王先生之言在，于是教官沈棝集安龊其说，伐石记之，而县丞陈大濡、典史谢一德盖董是役云。

出处：（明）陈文烛《二酉园续集》（卷十四），明天启三年（1623）刻本。

王世贞

王世贞（1526—1590），字符美，号凤洲，又号弇州山人，太仓（今属江苏）人。嘉靖二十六年（1547）进士，累官至刑部尚书。好为古诗文，"后七子"领袖之一。有《弇山堂别集》《艺苑卮言》等。

淮阴侯不反论

余过淮，见故侯韩信祠，怅然悲之。夫千秋之士论淮阴侯信者，未尝不惜其功大，而汉报之薄，至以反死，未有明其不反者也。信功诚大，至族灭以死，而又身被恶名，余切悲之。故为之辨曰：信之不反于楚，天下知之。其不反于关中，虽当其时，天下亦不知之。天下能惜其功，而不能辨其反，何也？信之罪独有请假王，及期固陵来缓，非纯臣之节耳。信见夫项羽之入关，裂地而王诸将，以章邯之功微焉而王，长史欣、董翳之功微焉而王，申阳之功微焉而王，司马卬、张耳之功微焉而王，吴芮、共敖、臧荼、田都、田安之功微焉而王，自掐数其功于汉，视数子何啻百倍。而汉王又素名能不爱城邑，封功臣，远胜羽者，内不胜其欲，故请耳。夫重责信以功，而薄报信以封，汉诚失之。信虽稍贤于武臣、韩广，于人臣之节，非也。其后之不反，何从知之？曰：以信及陈豨传知之，夫信尝再为大将，又再为王，其故部、曲臣、吏何限，乃舍而与陈豨谋？豨其时以别将，将卒五百人，从宛朐至霸上，以游击将军，别定代，破臧荼，侯。于信，非素所拊循士大夫也，信遽而托之以腹心，豨遽而受托以反，此不可解一也；豨之监代、赵兵，自喜下宾客，蕲得侠名耳。周昌忌而言于高帝，覆案之急，始与匈奴通。又召之急，始反。豨初固未反也，乃遽与信谋，其不可解二也；信智士也，如必与豨谋，必屏人，必耳语，何由使舍人知之，其不可解三也；信既通豨，必多置人于邯郸，走关东西道，高帝之动静、豨之胜败俱知之，不应为一女子所绐入而落其手，其不可解四也。以信之功，吕氏一女子单辞族之，而不能辨，汉王固已心知其然，私畏吕氏，而犹喜其能驭诸桀将矣，吕氏之所以数欲废而不终废也。信不反，卒以反族，等之英布。而乐说之封，得世同于贲赫。呜呼！可慨也夫！

出处：（明）王世贞《弇州四部稿》（卷一百一十一）。

陈 尧

陈尧，字敬甫，号梧冈，南直隶通州（今江苏南通）人。嘉靖乙未（1535）进士，历工部都水司主事，台州府知府，官至刑部左侍郎。有《陈梧冈集》。

重修工部厂记

陈子奉若明命，董厥清江厂事。至之日，达观于堂、于寝、于门库庖湢，荒圮弗治，蓬蒿蔚如。仰而叹曰："时余之责也。顾靡财则谤兴，动众则怨集，人其谓何？"既又叹曰："庸何恤哉！"夫事有小靡而大益，暂动而永息者，昔人为之矣。矧曰："余责庸何恤哉！"询于众，佥曰："惟允。"乃诹七月之吉，抡材伐石，召匠佣夫，丹垩毕施，绳墨攸正，三阅月而落成焉。为屋以楹计者百有五十，为垣以堵计者二百有八十，为门六，为神祠二，为绰楔一。提举公廨，以栖官吏者，屋凡四十二，楹门二，物鲜暴殄，人咸用情，跂如翼如，化旧为新矣。于是颜其堂曰"鉴空衡平"，著志也。财犹腻也，污焉甚矣。靡公靡明，敝其用滋，故君子秉鉴所以自照也，持衡所以自准也，示民有则也。门之中曰"仰极"，着向也，堂负离而抱坎也。门之外曰"司空行署"，余榷课之暇，时一临焉，以考事也。呜呼！兹余弗获已之政也。后之君子嗣而葺之，庶其有永乎？庸书于壁，以纪岁月。

嘉靖十五年（1536），岁在丙申冬十月吉，赐进士出身、工部都水司主事通郡陈尧书。

出处：（明）席书等编次，朱家相增修《漕船志》（卷八），明嘉靖二十三年（1545）重修本，民国三十年（1941）精华印刷公司影印。

叶 选

叶选，生卒年不详，字仁夫，浙江余姚县人。嘉靖十七年（1538）进士，嘉靖十八年（1539）工部都水司主事，见任工部郎中。

新建清江书舍记

清江介于山阳、清河，两邑之民萃焉。去治各三十里，士之原就校师者，苦终岁裹饭，濡迟家食，辄贰崇功之志。石宪张令逝，贤科鲜著，虽有颖慧之资、兼博之才，义聚日疏，追琢未逮，似或歉于大成耳！选承明命，莅事淮渍税举，诸属咸称职司。得乘公务之余，偕二三子讨绎夙肆，继而朋来益众。底止靡容，爰谋筑舍。水署之东，隙地旷夷，乃定荒度，捐俸市植，匠厮率力。经始于辛丑二月，阅四月毕绪。外为门曰"清江书舍"，中为堂曰"文会"，后为轩曰"退省"。翼堂之左右计楹十二，则诸生所寓也。仍于书舍南置地数十亩，以为理葺圮毁之需，而书舍可永矣。

夫古之制边也，假士假候，皆择其邑之贤材有护者，试民于射法，教民于应敌。服习以成，勿令迁徙；幼则同游，长则共事；夜战声相知则足以相救，昼战目相见则足以相识，欢爱之心足以相死。如此而前斗不还踵也。选不佞，差有一日之长，义学训蒙，复创书舍，集清江之士躬自道迪，讲题改课，暄寒不废，亦既仿古制边之纪矣。至于互相砥砺，互相切磋，务成居肆之事，如制边之前斗不还踵云者，则责固有所归也。希骥之马，即骥之乘，希颜之徒，即颜之伦，在乎加之意而已。是故登文会之堂则敬业乐群，舍己取人，毋类于小慧，毋怂于干糇，斯可谓之文会焉尔也。登退省之轩则检身，克己寡过，未能默而成之，不言而信，斯可谓之退省焉尔也。愧于屋陋，厌见肺肝，作伪心劳，枉此宫墙之美者，名曰"自欺"。鉴空故照，水虚故受，若执己见之偏，弗能逊志。观理以求精微高明之致者，名曰"自是"。以筵撞钟，以管窥豹，响象几何？訑訑之声音笑貌，拒人千里，不可与入尧舜之道者，名曰"自足"。自欺则罔矣，自是则蔽矣，自足则画矣。罔也、蔽也、画也，非所以语吾文会也，非所以语吾退省也，盍相与勖之哉！是为记。

嘉靖岁在壬寅（1542）仲春吉旦，赐进士出身、工部都水司主事余姚叶选立。

出处：（明）席书等编次，朱家相增修《漕船志》（卷八），明嘉靖二十三年（1545）重修本，民国三十年（1941）精华印刷公司影印。

重建清江义学记

子曰:"十室之邑,必有忠信,如丘者焉,不如丘之好学也。"孟子曰:"大人者不失其赤子之心者也。"赤子之心云者,云此忠信而已。人之有生,未有无此忠信者;忠信之人,未有不可以学礼者。风气下衰,幼便骄惰,长益浮靡,不着不察,不能不失其初心,则所谓不如丘之好学耳!此其转移制裁之机,在家则存乎父兄,在公则存乎官司。

后皋子部使督艎清淮,若无民事之寄,而善与人同之意。虽一介之士,犹存心于有济。矧居民之上,忍视民之沦于无教,而漫然不为之所耶!是故设书舍于署东,以群多士。其自十五以下,宜令习礼诵诗,知进退揖让之节者,古人别有小学焉。水司旧建义学,在关祠之后,基僻而隘,垣宇悉圮。会有杨生愿以芜址入营学舍,杨生贫,即界之旧地,且助其构室之费,而新创可拓也。辛丑(1541)春正,经事捐俸度工,阅二月就绪。广袤周三十二丈,中为堂,外为门,聚镇之童稚,遴宿儒为之师,日给薪资。每暇必躬厘句读,校其勤惰而惩劝之。行之期年,童稚之学礼济济尔,折折尔,咸知求益焉。非敢曰誉髦,亦或庶几乎一介之士之有济也。

夫饥而济人之食,寒而济人之衣,特一夫一时之饱暖也。蒙养以正,山下出泉,果行育德,由此而发之词章,则为文人矣;由此而登之科第,则为官人矣;由此而跻之明觉,则为哲人矣。诗云:"既醉以酒,既饱以德。"言饱乎仁义也,固夫人之膏粱也。令闻广誉施于身,固夫人之文绣也,饱食暖衣之济,后皋子之望于清淮也,岂曰小补之哉!

出处:(明)席书等编次,朱家相增修《漕船志》(卷八),明嘉靖二十三年(1545)重修本,民国三十年(1941)精华印刷公司影印。

朱家相

朱家相,字伯邻,号南川子,河南归德州(今河南商丘)人。嘉靖十七年(1538)进士,嘉靖二十二年(1543)任工部都水司主事。

清江督造船厂条约

前任诸君子《条约》，岁远无稽，惟陈君尧、叶君选仅存一二，今皆参酌润色于其中，不复识别。工部都水司主事朱为禁约事照得，本职猥以菲才，谬承明命，前来淮安清江厂督造漕船，兼管闸座事务，顾责任之难胜，每怀忧惕，念奸弊之易长，宜慎关防。除将兴革事宜虚心采访，次第举行外，所有一二条约，合先给示。为此，仰官吏军民人等一体遵守，毋得故违，取究未便，须至告示者。

一本职自幼孤特，虽有堂族叔伯兄弟数人，俱在原籍耕读为业，并无一人游荡在外。恐有无藉之徒，探知本职乡贯，诈称弟侄家人亲识名色，在于各该州县镇市处所，需索驿递酒食，诓骗商民财物者，仰官民人等即便拿解本部，以凭问遣。阿纵不举者，事发一体查究。

一本职凡督造船只，收支料价，及一切兴革事务，俱亲自裁决，吏书、门皂人等不过誊写文移，充给使令，一毫不得干预。恐有指称本部名色，在外诓诈财物者，许诸人即时禀拿，定行从重问遣。如有无知之徒，妄行贿嘱打点者，事发一体重治。

一本职凡与属官相临，礼虽不失，分则甚严，各官俱宜实心相与。凡朔、望次日，照依旧规赴部作揖，凡有公务当关白者，不拘日时入见。此外各宜在厂办事，不许私谒，如有巧言过礼，以图亲幸，及馈送礼物，投递简书，以致私款者，定行斥责纪过。

一访得在部老人、吏书、门皂、军余、水手人等，中间半系顶名雇役，奸弊难保必无，欲尽行退换，势固难行，若不行查革，法难尔贷。除将老人钱镇、庐正，皂隶张荣，水手杨恩、陆秀等先行革退外，仰各役情愿告退者听，其余各宜改过自新，保全身家，自有无穷利益。倘有仍前生事害人者，事发定行照例问遣。

一本职职掌止是漕船、闸座、抽分三事，中间倘有官旗作弊，商民匿税，管闸管吏、守坝老人巡拦，及军余、水手等索财害人者，许诸人具实禀告，以凭究治。其余一应民词，自有各该衙门受理，不许妄行告扰。敢有将户婚、田土、斗殴、私债等情，牵扯漕闸事务在内者，定行重治，原词仍不准理。

一淮安等处凡竹、木、铁、炭等项牙行，先年俱赴本部告给牌面，方许应充，往往互相竞利，乘机为奸。除查革外，自本职到任，并不添设一名，恐生物议，仰各牙各宜遵守法度，毋得作弊取究。今后如有请托，求给牌面者，决不准行，仍重治不恕。

一访得在部把门、皂隶、听事、军余、水手、巡风、总小甲人等，凡遇各厂旗甲投递到状，商民告报抽分，往往需索酒食财物，名为常例，实损部规。今后各宜痛改，如有仍前作弊者，或访出或告发，定行从重问遣。

一本职凡差委属官，管总巡捕及办理一应公务，必量本官才力，足以干济方行委用，并无徇私偏听，各官俱宜体谅，毋得夤缘希图公委，自取罪谴。其承委官果着勤劳，本职自有旌别，如怠缓误事及乘机作弊者，定行戒治黜退。

一运粮官旗，凡粮船经过清江等闸，漕规：先期赴本部投递船粮数目、土宜文册，今后许不拘时候，随到随放，虽本职退食款客，亦要传禀，决不耽延时刻。如有闸夫人等求索留难，把门人役迟误传禀者，许官旗击鼓禀告，以凭查究。

一各总运官多有指称馈送，横肆科敛，虽旗甲明受其害，而本职暗受其诬，相应禁革。今后凡过淮入见，先具不致科敛重甘结状投递，以凭粘卷备照，倘有仍前科害者，许旗甲从实禀告，定行参究。

一本职凡差听事人役，执牌置买日用菜肉等物，俱用本职俸赀白银，照依时估两平交易，并不亏损赊欠。如有指称本部名色，在外诓赊商民货物，及用假银低钱，用强揹买坑亏资本者，许被害之人从实跪门禀告，以凭重治。

出处：（明）席书等编次，朱家相增修《漕船志》（卷七），明嘉靖二十三年（1545）重修本，民国三十年（1941）精华印刷公司影印。

禁革抽分奸弊条约

工部都水司主事朱为禁革抽分奸弊事，照得本部督造漕船抽分一节，专为船料而设，三十税一，具有成规。比因闸道不通，客船阻塞，以致税课十减五六，兼之法久弊生，人心玩愒，商民货物多匿税以欺公，闸坝人役每受财而卖法。本职莅任以来，仰思国计，俯察民情，固不敢苛刻以病商，亦不敢因仍而旷职。令将禁革条约开具于后，期尔等痛革前愆，乐观新政，庶使人知遵守而上下相安，课无损耗而公私两利，漕船之攒造有济，而本部之职业亦少塞矣。如仍前长恶不悛，律法昭然，然不尔贷，须至告示者。

一见利思义，古人重贪得之戒，别嫌明微，君子贵周身之防。本职奋迹孤寒，赋性清约，欲名节之保全，则嫌疑不可不杜；欲心迹之暴白，则防范不可不严。仰提举税司官吏各宜体悉精白，乃心恪共职业，每日轮流官一员，吏二名，在部听候监收税课。每季置立循环号簿四扇，发淮安府，用印钤缝呈部。凡遇商民报抽，即令写单。今役将姓名、贯址、货物、税银各数目，填注号簿格眼内，与本部号票登记相同，开立前件，候纳税毕，即将号票挨次挂号。格眼前件之下，用本职关防钤盖，以备查考。每日收过税银若干，监收官亲手封识，当时下柜贮库。每半月一次，仍公同监收官吏，当堂查算号簿收过银数，并将原封验明，方行拆封，称兑完日，发淮安府收贮。按季报本部知会，年终仍造总册赍报查考，庶上下之觉察甚严，而税课之稽考有据矣。

一本部税法，惟从宽便，除客货值银一两五钱以下，抽纳不及五分者免抽外，凡商人纳税，只用公平法马，就令本商亲手称兑，提举税司官吏不过在（傍）［旁］袖手验视而已。其折算丈尺畸零并秤头火耗，及保头歇家银匠分例诸弊，悉行痛革，商民人等各宜照依时估，遵守则例，从实报抽。今后敢有走水漏税者，事发，货物一半没官，自取罪戾，悔将何及？其船户埠牙人等，通同作弊，不行首告者，查出一体治罪。

一访得各闸坝官吏、老人、巡拦、总小甲、埠牙、脚夫人等，往往串同商贩，潜通贿赂，纵容走水漏税。及指称对单验货，诈骗多端，深为可恶。除已往不究外，今后凡遇竹木、油麻、铁炭、柴席等项货物过坝，老人、巡拦人等先验本商报抽单票，与过坝货物数目相同，方许放行。倘遇未领号票，及报税不尽者，许将本商并船户即时锁拿，付巡拦、闸夫管解本部，以凭究治，查没施行。如各役不行用心查验，以致商人幸免，及受财卖放等弊，本部不时差人密访得出，定行从重问遣，决不轻贷。

一立法贵严，行赏贵信。凡新庄、清江等闸，南锁、方信等坝，相近军民人等，如有商民走水漏税，及官老、巡拦人等，受财作弊者，许诸人缉访得实，密切赴部首告，以凭查没究治。就将所没货物三分之一给告者充赏。

亦不许挟仇妄首，并将已抽货物一概混告，及因而诈财者，访出重治。

一访得在部写单人役，多有指以增减税银为由，骗取商民财物，及搀越次序，争取工价，奸弊滋甚。除查革外，今后俱要遵照本职分定班次，每日轮流六名，自辰时入部，俱在二门前领单，分写其工价，亦照见定则例，不许多取。如有仍前诈骗作弊，及因而多索工银者，许商民同巡视之人，即时口禀，定行重治，革役不恕。

一议单内粮船，每只许带土宜二十石，以为在途易换盐柴之用，照例免抽外，其间殷实旗甲，及白粮船粮长，有仍带竹木、枋板、铁炭等货，旧规俱赴部报抽，方许变卖。近访得各总旗甲人等在运艰苦备尝，贫困已极，相应宽恤。今后各船自土宜正数之外，凡装带应抽竹木等货，觅取微利者，一并免税。如有附搭客商、夹带私货者，查出定行照例没官，仍治以罪。

出处：（明）席书等编次，朱家相增修《漕船志》（卷七），明嘉靖二十三年（1545）重修本，民国三十年（1941）精华印刷公司影印。

禁革造船奸弊条约

工部都水司主事朱为禁革造船奸弊以新漕政事，照得各厂改造漕船，旧有成规，比因奸弊日滋，良法寖废，钱粮侵费而漫无稽查，船只脆薄而不堪驾运。本职莅任以来，仰思国计之重，愿报涓埃。博采舆论之同，颇悉利弊。今将禁革条约开具于后，晓谕官旗、商牙、匠役人等，一体遵守，痛惩既往之愆，共睹更新之政。庶漕船之改造得济实用，而本部之职业亦少尽万分之一矣。如仍前作弊玩法，定行从重究治不贷，须至告示者。

一定船式。凡清江、卫河等总漕船，每只费百金之赀，每造供十年之用。况经由洪闸，涉历江海，关系甚重。若非成造坚完，何以领驾经久？各厂官旗匠役人等，今后务要遵照漕规。原定遮洋、浅船各式底栈板片，俱用坚致楠木，首尾内外结构齐密，其钉灰、油麻等料，亦要查照原定斤数称给旗甲收领，临期公同厂官匠役应用，船稍仍大书深刻某卫，旁刻军、民、运某字号，厂官某人，木匠某人，并旗甲某人，某年分领造，俱要彩画油饰停当，固不许克减钉板以利私囊，亦不许多加梁头以便私载。本部不时按临查验，如有板薄、钉稀、麻朽、油杂，造不合式，舱不如法者，官旗问以侵盗

604

罪名，匠役痛治革役。

一严船号。凡各卫所旗甲领造漕船，分别军、民、运等字号，具载本部格眼册内，不及十年者不准收造，此漕规也。近访得厂官有等贪利之徒，往往出格预造，以致船事情混淆，钱粮不敷，深为未便。今后各厂凡遇该卫所帖到船只，即查字号与格眼册，年分相同，方许带领旗甲赴部投递到状及相拆呈文，以凭委官查覆，委无违碍，方准领料改造。如船已损坏，而字号尚不及年者，暂准拆卸钉板寄厂，旗甲告回本卫，待及年赴厂改造。

一比船限。凡各厂造船，旧有漕规，酌定期限，最为宽裕。近日官旗匠役任意迁延，致误工程，本部决不差人催工，恐生骚扰。官旗人等各宜体悉，凡领有本部造船号票，给有木料，俱限十五日内排底兴工，二十五日内报完印烙。先期完日，量加犒赏，违限者责治，久则参究。

一查底船。各厂官凡遇旗甲驾送底船到厂，相拆钉板十分完全者，足觳新船妆修之用，计算价银二十两，即时派领新料成造。如钉板分数不及者，即令该甲买补完足，方许收造。其有遭风、守冻损坏及失火、漂流无存等项事故，船只须验原于所在官司，告有印信文凭，方准行卫告给帮贴银两。如有奸猾旗甲，乘机将底船盗卖肥己，止将余剩钉板赴厂，却假称事故名色，遮饰情罪者，许该厂官指实呈部，以凭追问如律。

一处木料。每漕船一只，合用新料楠木围圆，计该三丈三尺，各长三丈三尺，内有尖扁空杇，照数算补。旧议木价银五十六两五钱，近年因商人屡告亏折，已经漕运衙门会议，量复价银三两五钱，共计价银六十两。况本部给领木价并不短少分厘、耽延时日，所以恤其困者至矣。今后商人、牙脚人等，凡遇围量木料，估看加补，俱要遵照原定丈尺则例，公同厂官发厂造船应用。如有商人勒减木料，牙脚受财作弊者，定行重治革退，各厂官亦毋得用强多取加补，利己亏商，违者一并究治。

一选匠役。每年清江、卫河各厂改造粮船，约有七百余只，合用匠役数多，因年久不行清查，多有顶名雇役老幼不堪之人，一概派造，以致造作不坚，奸弊百出。本部访知前弊，逐一查选，除将年力少壮、技艺精通者取具，各匠连名保结在部，已经收造册籍、给付票帖外，今后各匠凡遇派造船只，务要多雇帮作，查照船式攒造。其工食银两亦照原定则例，不许多取。凡锯、艌等匠，各要一体遵守。如有酗酒撒泼，教唆旗甲，及妄费钉板、油麻，索取外贴工食者，事发重治革役。如厂官刁难匠役，克减工银者，许本匠赴部禀告，以凭追究。

一禁刁泼。访得各卫所有等奸刁旗甲，每遇造船之年，或倚逞惯恶，或听人唆使，往往刁蹬厂官，扬言告讦，诈取财物。虽厂官之弊难保必无，而刁诈之风岂容日长！今后各厂倘有侵克物料、凌虐旗甲等弊，许该甲即时赴部禀告，以凭依律究问。如旗甲故违禁约，仍前刁诈者，定行枷号重治。

一弭火盗。访得各厂造船旗甲，往往通同临厂军民，暗将底船、钉板盗买盗卖，及（寅）[夤] 夜三五成群，纵酒宿娼，不惟耗损财物，抑恐易生火盗。本部除严行各总巡捕、厂官、总小甲人等，给有巡风牌面，日夜常川巡视外，今后如遇前项奸弊，即时锁拿送部，以凭追问。纵容不举，事发一体治罪。

出处：（明）席书等编次，朱家相增修《漕船志》（卷七），明嘉靖二十三年（1545）重修本，民国三十年（1941）精华印刷公司影印。

叶逢春

叶逢春，生卒年不详，字叔仁，号和斋。姚江（今浙江余姚）人。嘉靖四十四年（1565）进士，官至庐州知府。工于诗文，著有《叶工部集》。

重修清江书院记

清江书院，家大人董事时，故所建也。家大人念清江士子，多废所本业，乃捐俸建焉，中置楹宇若干，复置田若干，为诸生肄业者给，每逢五则亲至为讲解，朔望试之艺文，身为批阅点定之复，日馆穀焉。以故士翕然向学，斌斌矣。环近邑郡，有志之士，亦负笈踵至。

已家大人告满去，踵之者莫省。久之，楹宇或圮，而田租复入官。顷，诸生乃稍稍为引去，距今三十余年矣。中递废递，葺不啻二三，然后之葺之者，區中竟遗家大人名，卒售为己美。余尝就试南宫，往复其间，则窃仰屋，惋扼叹息。第入其末堂，则尚存家大人手书文会堂笔与石，一记而已。然诸生犹有业于中，辄见口述家大人故绩不置。父老闻余至，则争持脯酒来舟相劳，指书院谓予曰："此君家大人所建，君儿童时故所游地也。"第毋忘

606

之余，亦唯唯不忍别去。夫前有所创，而后者不能饬之亡论矣！间有知饬之者，又复袭攘为己功。嗟夫！斯其故余，莫之口马所不泯。泯者，父老之口碑，与夫一扁一石耳。然余又不道清江者，凡七易寒暑，故知父老之口碑如故，而口仅存之扁与石，不知获在否也？

今年余同□□建斋龚君出董厂事，甫下车，即悯书院倾坠，即命口先葺其垣围，期渐以次修举。乃以书来告余，龚君有道仁人也，往令庐江、江阴两邑，能先教化，举废坠，彼中之民至今比之为渤海。兹方即事，而所修明即如此。吾知清江之口德君又何若也，余艳君政先所教，复感修先大人之迹，而亟为纪君之绩以谢焉。

家大人讳选，字仁夫，嘉靖戊戌（1538）进士，嘉靖十七年（1538）任。浙江余姚人也。龚君，讳廷璧，字若纯，嘉靖乙丑（1565）进士，隆庆六年（1573）任。云南建水人也。其书院故有碑，语在前记中，而修葺始末尚未之备云。

隆庆六年（1573）岁次壬申仲冬口旦，赐进士第承德郎工部都水清吏司主事姚江叶逢春顿首撰。

出处：（民国）徐钟令《民国淮阴志征访稿》（卷八），民国抄本。

许 国

许国（1527—1596），字维桢，南直隶徽州府歙县（今安徽歙县）人。嘉靖四十四年（1565）进士，历仕嘉靖、隆庆、万历三朝，先后出任检讨、国子监祭酒、太常寺卿、詹事、礼部侍郎、吏部侍郎、礼部尚书兼东阁大学士，入参机务。万历十二年（1584），"平夷云南"有功，晋太子太保、武英殿大学士。著有《许文穆公集》。

丁公后溪墓志铭

呜呼！予忍于铭公哉？公以纯心正学，日进启沃，天下士莫不想闻风采，且夕望以丞弼。矧予与公谊厚意敦，欲公大用，宜何如今已矣乎！宁忍于铭公哉？

公殁数月，其家以清恤典至，且持友人为状示予曰："苟获恩赠以葬，庶有余荣。"又曰："苟能知公而铭之，死且不朽。"予泫然不胜痛。

按公讳士美，字邦彦，别号后溪，世清河人，其居淮城自公父始。祖讳凤，赠通议大夫兼翰林院侍读学士，祖妣章氏，赠淑人；父儒，累封通议大夫、太常寺卿兼翰林院侍读学士，母仲氏，累赠淑人；皆以公贵封。翁德履之劭，重于乡评。未举公之夕，梦一道人，谒求而嗣，旦而生公。封翁独心喜，知必宗也。

公生颖悟不凡，比能言，口授诗书，辄成诵。稍长，通典谟训诰奥义，为文有藻思，补邑庠弟子员，学使及至，每嘉奖异。己酉（1549）荐于乡，再与计，偕不第。公益激励自奋曰："农不以荒岁而废菑畬，士之学何独不然？"下惟发奋，专所业，其于经旨，往往得之言外。己未（1559）荐于南宫，肃皇赐对大廷，擢为天下第一，授翰林院修撰。一时馆阁诸英，皆负凤望。公居其间，如楚之在薪，盖翘然者矣。壬戌（1562）、乙丑（1565），礼部贡士，公举为同考试官；丁卯（1567）、庚午（1570），顺天再乡试，皆命公主试事；又充武举考试官。凡五司文衡，所荐文武之士，称为得人。以重录《永乐大典》书成，升右春坊右谕德兼翰林院侍读，加俸一级；又升侍读学士掌翰林院事。隆庆五年（1571），升太常寺卿，管国子监祭酒。未几，奉旨充东宫侍班官，又充日讲官，视篆翰林院兼教习庶吉士。今上万历元年（1573），升礼部左侍郎，又改吏部右侍郎，升左侍郎兼官日讲如旧。

封翁年高，每欲终养以日，晋请告不遂，居常拂郁，曰："恶有为人子不获养其亲者？"及闻封讣至，恸哭几绝者数四。每自咎责，不可为人，执哀至毁，因之成疾，郄亦不意其遂不起也。

初，公夜试北行，寓清源一寺，僧称"状元至"，叩之曰：是有几先当应。盖僧常感异梦也。礼闱故有东西坐次，揭示诸生。其年诸生拥观，至碎所揭，公已莫得其处。俄而风飘一纸前坠，即公坐次也，人莫不以为异，则公之抢魁，褒然为多士领袖，已有所启矣。

其在国学时，士溺于故习，声华相寻以敝。公峻立科条，明加约束。盖深求教学之意，而修其实行，非徒以文艺为尚也。

每进御前，必以正言格论，反复开道，古今之治乱，君德之成败，人才之进退，风俗之盛衰，莫不凿然可指。上为耸听嘉纳，御书赐以"责难陈善"四大字。公感激亦不懈，居常自为防检，不喜纷华之习，将迎之态。与俦人处，退然若无能也。遇意所不可，辄面觍色，是是非非，屹不可回。至于书疏问候，俗所籍以趋世情，谋荣宠，一切以为不足为矣。性好聚书而尤慎于取，与为文，极根于理，典雅浑融，不以雕藻为尚。在仕籍殆二十年，存心未尝一日不在天下，忧时愤事。每有议论，旁听竦激，然未尝出位为喋喋，以伤寡默，又非其人，亦不至率尔启齿颊，以招谤尤。独以予感拙，时出肺腑相示。其大者能知一二，而未见于施为，尝为公憾。

公生于正德辛巳（1521）三月初七日，卒于万历丁丑（1577）八月十一日，享年五十有七。讣至，上方念其忠勤，特赠礼部尚书，谥文恪。加祭遣官护葬，凡诸恤典有加焉。盖上方欲大用公而惜其不幸也。

配周氏，生长女，适清河邑学生王家极。继李氏，俱累赠淑人。继杨氏，生女一，聘阎士杰。侧室王氏，生女一，聘潘嗣衮；曹氏生子一，即有虞，荫国子生，早亡；女一，聘萧文鸾。钱氏生二子，一有殷，补荫，聘山阳张贻恭女；一有周，聘山阳庠生胡应守女。

呜呼！公而止于斯也耶？予幸附公末祀，犹记公初第后，有柄要谋以内子之姊归公为重，公曰：某糟糠不幸早背，即欲共承宗庙，乌用彼为？异日或有因以濡迹者，某必不可也。夫士逐于荣进，苟以狗人，乌知有身可爱惜。此公之识定守贞，已见于始进如此。《传》谓"不为而后可以有为"，则天下望公旦夕为臣弼有以夫！

今年万历庚辰，有殷将以十二月十九日奉翁柩，举谕葬城东三里塘之新阡，与周氏、李氏合。予为铭以志哀，又恶可辞？铭曰：

不以矫俗，不以狗时。吾斯若信，居之不疑。

古称司直，今谓皋夔。举世期公，公不憖遗。

尔赠尔谥，足谓特知。尔猷尔为，能继者谁。

我铭公窀，殷斯勤斯。刻石纳幽，聊以志悲。

出处：（清）丁纬五等修《御书堂丁氏族谱》（第四谱），光绪壬辰年（1892）刻印。

注释：本文原题《通议大夫吏部左侍郎兼翰林院侍读学士赠礼部尚书谥号文恪丁公后溪墓志铭》，文首曰"南京国子祭酒前太子洗马兼国史修撰经筵日讲官古歙许国"。

孙道甫

孙道甫，生卒年和生平事迹不详。休宁阳湖（今安徽屯溪）人，徽州名士，与时人范文一、汪进之、方质夫等时有唱和。

书龚圣予所撰文宋瑞陆秀夫二传后

文字不关于网常，特一艺耳。若龚圣予所撰文陆二公传，事有根据言无支芟，此等文字当与天地古今同为不朽，百世之下一展卷之际，尚能使人酸楚悲愤不能已已者，何耶？亦以秉彝好德之心，千载一时不容泯减故也。程碻斋校刊《宋遗民录》甚是盛举。予助梓龚圣予一卷以足之，观者自当知所轻重矣。

嘉靖甲申（1524）春三月上浣，休宁后学阳湖孙道甫谨识。

出处：（明）程敏政《宋遗民录》（卷十）。

吴宗吉

吴宗吉，字南崧，饶州浮梁（今属江西）人，举人，嘉靖四十一年（1562）任清河知县。值河泗水患，民多逃窜，给牛、种招徕复业。迁苏州同知、两浙运同，升贵州黎平知府。

新建马神庙记

马神有祠，制也。国之大事在《祀典》。戎马，戎之用也，祠以祀之，二义攸系，是乌可缺哉。清河旧有祠，在治之西二百余武，厥基低洼，岁有水患，因循浸废，鞠为秽坏者，不知几何年矣。

嘉靖壬戌（1562）秋，予始至，修祀事，则见执事者以其神之主秩于预备仓之突而行礼焉，予心怵惕，若无所容。思惟我朝牧政，以官马寄之民间，而岁取其孳生之息，以为边用之备，事至重也。又虑神之弗协，牧之弗蕃，或耗焉无以上供，而为民之病也，为之祠以祀之，以祈神之佑，虑至周也。乃或废而不饬，而苟且以虚应焉，即神有知，其肯飨而佑之乎？而欲牧之蕃也，必不然矣。亟欲饰之，而又念诸凡废弛，尤有当先于此者。乃明年修儒学之明伦，当以及庙殿庑斋，咸以次告成矣。又明年，乃始相地于山川坛之西偏，并坛而垣之，东西一百三十五尺，南北一百六十九尺，为屋六楹，以真马祖先牧诸神主，南正门一间，东侧门一座，其财稍取于笞杖之赎锾，其力则用于应副班夫之余隙，民未始知也。凡阅三月，而规制遂备。迨今丙寅（1566）春祀，陪祭者三，数员执事者，八九生，济济然，秩秩然，举欣欣然，曰：是旷典也。一朝而复之，可无纪乎。请丐诸名笔者，予曰：此细事也，不足以辱名笔，惟记其落成之时，与其地基之界，以为后来修葺之凭，侵逾之防可耳，于是乎书。

嘉靖丙寅（1566）季春月朔后二日，南崧吴宗吉识。

出处：（明）吴宗吉修，纪士范纂《嘉靖乙丑清河县志》（卷四），淮阴三研堂民国二十五年（1936）抄本。

《清河县志》后序

郡邑志固古之列国史也，不独观风贡俗于是焉资，而官于其上者，图惟政理亦必于是焉求之。盖粮赋差役，规则攸存，政俗因革，龟鉴所托，即在僻区沃壤，有不可后者，况于冲疲所辖，日替夺于过客之应酬，岁办损于逋民之负欠，使非有明征之法可籍以据，则蠹随冗生，政缘疲坠，有不可一日居乎其位者。此予始至清河，盖尝深苦于是，而亦莫可如何也。咨访之余，即索县志以为考镜之资，有漫应者曰：县濒于废，奚志之云。久之乃得一帙，仅载旧迹遗文，而于田赋、丁徭，诸凡有关政理者乃皆略焉，不悉考其时。成化初年，知县朱君海同教谕欧阳映所修者，盖当熙洽之际，天下物力殷阜，兹邑犹未告惫，故志者备录景致，颇涉文饰，然文亦不雅醇，又未有刻本，盖亦未成之书也。览观之余，滋我荼苦。于是益勤询访，犹未有得，乃搜先年旧卷，如粮赋、驿传之类。当时如何而修，后来如何而敝，稍有端绪可寻者，得其一二，参以时势为之斟酌，次第施行之。既三年，稍稍就绪，乃逐事为之引括数语，如诗之小序者，遂成一帙。一日，与学博刘君云田、赵君清源，同诸生语及志事，因以此帙授之。张生四维、纪生士范请曰：是帙稍增益而润色之，志不遂成乎？曷趋诸予，曰：簿书期会，使节绎骚，日不暇给也，而暇校文乎？二子曰：是在我，是在我。乃以属之。既成，将寿诸梓，爰序其始末，俾览者知兹志之所由成，抑后来者不以为土苴而遂弃之，亦或可免如予初时之苦云。大明嘉靖四十四年（1565）岁次乙丑秋八月既望，文林郎知清河县事浮梁南崧吴宗吉书。

出处：（明）吴宗吉修，纪士范纂《嘉靖乙丑清河县志》，淮阴三研堂民国二十五年（1936）抄本。

于慎行

于慎行（1545—1607），字可远，又字无垢。东阿（今山东平阴）人。明隆庆二年（1568）进士，历任礼部右侍郎、左侍郎、礼部尚书等，后加授太子少保兼东阁大学士，参与机要事务。卒赠太子太保，谥文定。有《谷城山馆诗文集》。

会祭少宰丁文恪公文

天有气运，不数生贤士而遭世，亦或迍遭其遇，不引其年，彼苍梦梦，于何究旃？

淮水东流于海之壖，灵淑盘礴，公生其间。

周流学殖，驰骋词源，披褐入说，其牍万言，卿云在廷，胪句以传，公于其时，洛阳、广川。

演纶秘阁，汇笔椠轩，玉堂领篆，石室开编，清标凤翥，雄藻霞宣，公于其时，为唐许、燕。

穆考之世，公在法筵，皇开经幄，公入实先，论思两朝，日侍蜎娟，公于其时，韦贤、史丹。

升华春省，晋贰衡铨，回翔卿座，践武台躔，望邻爱立，地迩具瞻，公于其时，夔龙比肩。

岁在旃蒙，公有外艰，匍匐国门，奔而潺湲，日之云迈，越在陇阡，且承明诏，曰北其辕，云胡构疹，风露缠绵。始者闻之，谓不其然，公甚矫健，神采翩翩，岂其一夕羽化而仙，是耶？非耶？为之楚酸。于乎哀哉！

世之丧道，《大雅》畴还，公独耿耿，不汩其天。性和而介，志洁而坚，内绝嗜好，外断尘缘，遇事侃侃，抵掌而谈，义所不可，推之莫前，清标劲节，如水如弦，展我人斯，胡不永延？茫茫大块，万化推迁，蟪蛄、彭祖，何后何先？华实不并，角翼难兼，于公所有，已得其全，晚而众子，驹骏雏鹓，公乎长归，何恨九原？某等步趋，词苑义重，情联追随，讲幄日奉，周旋式同，榘矱和比，篦埙孰云？今昔遗响，难扳空山。夜笛流水，朝弦通彼，海风达此末篇。

出处：（明）于慎行《谷城山馆文集》（卷三十二）。

注释：此文为万历五年（1577）丁士美五十七岁去世后，于慎行所作的祭文。于慎行为丁士美晚辈，两人同为进士及第，在翰林院、礼部、吏部长期共事，共同参与纂修国史、实录及重录《永乐大典》。两人在隆庆至万历初年担任万历皇帝的经筵日讲官，后世均有"帝师"之誉，分别在万历二年、四年受万历皇帝书赐"责难陈善"御书。

胡应麟

> 胡应麟（1551—1602），字符瑞，号石羊生，又号少室山人。兰溪（今属浙江）人。万历四年（1576）中举，会试不第。历官刑部主事、湖广参议、云南佥事。在文献学、史学、诗学等方面都有突出成就。有《诗薮》《少室山房类稿》等。

韩　信

神矣哉，汉高之智也。其智之神，盖不惟颠倒一世，且笼络万世而愚之。夫韩淮阴之反，不反于武涉、蒯通之说，而反于击豨，岂人情哉。自史迁文致狱词，世遂徒惜其功大而弗克终，至稍名能扼腕者，又率以高自将而蔽罪于后雄，此淮阴之冤所以亘古不白，而天下万世咸笼络于汉之术中而莫悟也。高于当时所深恶而剧畏者，籍耳！信耳！自临淄之乞封与固陵之割地，高之亟欲取信，曷尝一日忘之。乃至垓下之战，蹴百胜之楚于掌股之上，而立致其亡。高之所畏而恶，且不在籍，而在信，而信方孑孑然抱其微诚，今日却武涉，明日辞蒯通，以汉终不忍夺我，不知楚且亡而已且暮及矣。夫夺信齐而徙之云梦，犹置蛟龙于大泽，而日虞其腾也；夺信楚而居之咸阳，犹柙虎兕于高堂，而日虞其攫也。盖汉之缚信，不待陈兵之衅，信破籍而陈平之谋已策矣；汉之戮信，不待家众之诬，高击豨而萧相之祸已成矣。夫豨匪布越伍也，所将固劲兵而翱翔赵代，为汉疾埒诸疥癣，而信则汉以腹心虞之命。将击豨，周勃、灌婴辈比比足任，高也其胡以舍信于近而事豨于远也。信功大而材高，废不以罪海内，功臣已人人跪厄，而高之积虑必戮信始安。戮之复不以罪，则功臣愈危，而高亦亡以自解于天下，万世即声罪戮之犹。或虑夫世之投喙于我也，则无若自将以击豨，而推后以戮信。夫然后罪信者，咸以失职怏怏，罹祸致疑，间有矜信，第以雄一妇人不当颛戮，而高也竟遁之乎，是非衮钺之外于戏。此淮阴之冤所为亘古不白，而天下万世咸笼络于汉之术中而莫之悟者也。夫淮阴之愚，于汉吾不暇，惜而天下万世咸愚于汉而莫之能悟，则吾之论有不容秘之终身者矣。

出处：（明）胡应麟《少室山房集》（卷九十六）。

钟室行题《淮阴侯传》后（有序）

淮阴侯不反明矣，而史迁附会狱辞，致千载之下，徒惜其功大而不克终，且归罪于吕氏。吕氏固汉祖所托而甘心者也。汉于当时，所畏惟籍与信，籍灭而信继之，时事必至，无可言者。彼陈兵之构，舍人之诉，皆汉之为也。信亡，即庸庸如越，犹以故智除之。诛越以速布之死，而汉之谋无不效矣。于是以戆如陵、椎如勃者，而以后事付之，然且曰"陈平智有余，难独任也"。呜呼，汉之心可识矣。

黄河倒流日东转，地圻天摧钟室晚。志士千秋空扼腕，谁为淮阴明不反。忆提利剑追重瞳，邂逅关前隆准公。登坛片语定刘项，岂须垓下知雌雄。井陉战血飞长虹，齐城七十如飘风。当时楚汉在把握，磊落千言辞蒯通。固陵长驱三十万，手挈神器归真龙。泰山为砺河为带，欲齐伊吕称元功。宁知隆准猜忌主，畏信雄图如畏羽。旌旗夜入定陶壁，警跸朝行云梦渚。朝行云梦夕出迎，天日可照微臣情。纵虎诚难缚虎易，青冥咫尺飞雷霆。列侯朝请亦奚忌，隐若大泽居长鲸。陈豨相过理则有，舍人上变谁当明。遂令身首异都市，九族并命咸阳城。嗟嗟吕姥岂办此，固知汉主行叮咛。即豨不反信亦族，欲加以罪宁无名？呜呼季也实凉德，万古愁云吊钟室。史臣徒赞宽大辞，百代枭雄定谁匹？君不见，三雄死，三吕立。厕中爱姬人作彘，掌上佳儿血盈席。天道好还如一日，长信宫深辟阳人。愧杀长陵一抔土，冢中强魄无颜色。君不见，亚父当年赐骸骨，虞姬效死阴陵侧。壮士至今犹悼惜，千秋为季宁为籍？嗟乎，千秋为季宁为籍？

出处：（明）胡应麟《少室山房集》（卷二十二）。

淮阴肆酒主人

余过淮阴市中，憩一肆酒，主人约五十许，人与余谈酒事，各极其意。主人忽瞠目视余，曰："观君似解操觚者。"余谢曰："非曰能之，常窥一斑矣。"主人遂与余论诗，上自三百汉魏，下及六代三唐以及皇明，无不毕当窾綮。因命酒，对坐剧饮，复论天下事。事至于千古兴衰，每太息流涕。忽向余曰："吾阅海内人多矣，少得似君，君得无金华胡元瑞乎？"余曰："是也。"余因询其姓字，主人曰："肆门所书张叔度是也。"余复问其乡县，主人曰："吾无何有乡之人也。"余笑曰："地且不得，曾谓张叔度是丈人姓字乎？"主人起，顾余笑，跃身入内，曰："毋多谈，君且休矣。"明日索与相见，众佣保曰："主人仗一剑跃马去矣。"余遂穷问其人，则曰："主人有钱数百千，令我辈张肆于此，其出处终不能悉也。"余意必江淮大侠，托于市隐者耳。

出处：（明）胡应麟《甲乙剩言》（第五册），明崇祯间刻本。又见（清）陈梦雷《钦定古今图书集成·理学汇编·学行典》（卷二百八十三）。

曹于汴

曹于汴（1558—1634），字自梁，一字贞予。解州安邑（今山西运城）人。万历二十年（1592）进士。以淮安推官征授刑科左、右给事中，转吏科给事中，擢太常少卿。光宗时，转大理少卿。熹宗立，迁左佥都御史，佐赵南星主京察，进吏部右侍郎。力抉善类，为魏忠贤所斥。崇祯初，拜左都御史。著有《仰节堂集》。

杨氏七孝芳声序

淮阴杨氏通参公，为其封母董孺人病笃，惶迫莫可为计，祷于天，割股为羹，食之得愈。公之子博士君忆沿同配谢孺人，复因公病割股。公之孙把总于庠，亦为父忆沿割股。于邦亦公之子，郊妻许公之孙妇，适陆率履者公之孙女，一为母潘、一为祖母某姓、一为父忆木皆割股。乃谢孺人为处女，甫四岁时，业为母子，及既嫁，又为博士君，各割股矣。而博士君为诸生时，已有孝子之称，于是缙绅戚友交美之，或旌以匾，或赠以诗文，曰"同心纯孝"、曰"奕世忠孝"、曰"德行文学"、曰"孝子名士"、曰"孝顺之门"。亦有未及旌扬者，盖有待也。诸生于升，亦公之孙，而博士君之子也，将梓其诗文以传，而求序于不佞。时不佞且北行，徒行送百二十里示恳也。余以其割股者七人命曰：七孝芳声。云因七人而概杨氏之门，因割股而概七人之孝耳。借谓其孝止于割股，则通参公之清修崇望出处有声，果何物乎！而其余可推矣。又谓孝子于七人，则于升之奔走不遑，求显其光，果何物乎？而其余又可推矣。洪惟我太祖以孝治天下，而割股一事不在旌表之列，非薄之也。不欲以难事为民倡，且虑其毁伤灭性，重违亲意也。顾孝子当亲之疾，凡可救疗不惮为之，斯时也。不知有旌，而乌知有不旌。夫民心积染或至路人，其亲区区财利较量，尔我一语不相能，或至反唇，彼其自刃、自残，视肤肉若瓦砾，濒死无顾，岂可易及哉？善乎！卢子守恭之言曰："以身疗亲身，犹亲身。"夫惟以身为亲，身故能割股，故能竭力，故无以有己，故不失身以辱身。通参公可作，或以余言为不谬，未可知也。

出处：（明）曹于汴《仰节堂集》（卷二）。又见（清）陈梦雷《钦定古今图书集成·理学汇编·学行典》（卷二百二十八）。

叶向高

> 叶向高（1559—1627），字进卿，号台山，晚号福庐山人，福州府福清人。万历十一年（1583）进士，官南京礼部右侍郎。万历三十五年（1607）入阁，任礼部尚书，兼东阁大学士，次年任首辅，屡陈时政得失，皇帝不能省，遂乞归。天启元年（1621），二度入阁为首辅，朝士倚之。著有《纶扉奏草》《蘧编》《苍霞草》《玉塘纲鉴》等。

龙神感应记

天启元年（1621）辛酉，余蒙召北上，至淮阴属前数日，风雨大作，黄流乍涨，淤泥乘之而下，清口壅塞且二十里。余与太行吕君各令人往测之。其浅处不能盈尺，即轻舟亦不得渡。管河郡丞赵君欲用力挑浚，而其势不能。余不得已谋陆行，复以病不能舆，进退为谷。金谓金龙四大王可祷也。余迁其说，然试为文告于神。长年辈亦醵钱血牲，属吕君肃拜以请。忽一人为神言，此河属张将军，吾当问之。已又一人为将军言，更数日乃可济。神言此太迟，不可；至一二日亦不可。乃曰诘朝即有水，可通舟矣。余殊不信。晨起则水长一二尺，淤泥尽去。舟人欢呼牵挽而前，沛然其无碍。既出口，复苦风逆。余复祷于神，遂得便风。于是叹神功之显赫也。遂同赵君及清河令安君诣庙中，祀而谢灵贶。昔夫子不语怪，乃吾乡天妃之著灵于海，与兹神之著灵于河，皆随叩随应，捷于桴鼓。耳目所及，不可一端尽要。以国家数百万军储之转输，南北数千里舻舳之来往，皆于此寄命，断有神以尸之，而非渺茫迂远之谈耳。余既亲拜神休，不可湮没。遂纪其事，俾赵君石于庙以示来兹，且为神添一段佳话焉。若赵君拮据疏凿，安君拊绥荒疲，皆神所听，因并书之。

赐进士出身、光禄大夫柱国少师兼太子太师、吏部尚书、中极殿大学士、知经筵日讲制诰予告存问、奉诏特起、福清叶向高撰。

出处：董其昌行楷书手卷《龙神感应记》。

注释：《龙神感应记》，叶向高撰，董其昌书。《龙神感应记》乃记述作者天启元年（1621）应召北上途中经历。是年九月，黄河因大雨水位暴涨，清口为淤泥所塞，叶向高舟不能行，一筹莫展。乡人告以此地龙神极灵，设位祭之，必应所求。叶向高本不信，无奈之下，姑一试。方祭，一人被神附体，明言次日可行。诘旦，清口果然水涨，舟行甚速，叶向高以此脱险。遂撰文以记，并请董其昌书之。

龙神感应记碑阴

岳神为韩退之开衡云，海神为苏子瞻现蜃市，两公方见龋于世，而神明呵护，非当时王公贵人所敢望者，正直之貌，不惟其官，惟其人也。今少师叶公应召北上，龙神前驱，引泉脉反石，尤随叩响答。其事甚异，岂为纱笼中人，役役应尔哉。盖公弼亮三朝，亲扶日毂。而兹之再践师垣，所为领众，正定庙谟，致吾君于尧舜者。神已先见之，宜其效灵若此，可为世道庆矣。舟行时，金广文元发在坐，见柁楼之下，有蜿蜒盘旋，与绝流而度，泝风而迎者凡三，皆龙神之化身也，纪文所未列，广文属余缀之碑阴。

出处：董其昌行楷书手卷《龙神感应记》。

董其昌

董其昌（1555—1636），字玄宰，号思白，别号香光居士，松江华亭（今上海市）人。万历十七年（1589）进士，官至南京礼部尚书，诏加太子太保。著有《画禅室随笔》《容台文集》等。

金龙四大王碑记

舟行黄河者，金龙神应如响应声。己丑（1589）之夏，系榜乘风，忽然不动，舟师惊怖。余时磨墨，写一二禅偈，念龙神岂亦好书乎？投之一纸，即得利涉。

宋人有过湖几覆者，投诸重宝，风涛如故，最后以黄山谷书投之，乃止。余为此心动。第金龙事，实未之详也。俗人相传，谓吾乡泖湖厥惟灵，产兹于《蒋文学记》。综其本末，因属吴素友书之，而传以洪载之自叙之言。有如此。

明崇祯癸酉（1633），华亭董其昌跋。

出处：（清）朱元丰、孔传檀纂订，吴诒恕纂《乾隆清河县志》（卷十三），乾隆十五年（1750）刻本。

朱翊钧

朱翊钧（1563—1620），即明神宗，明朝第十三位皇帝。隆庆二年（1568）被立为皇太子，正位东宫。隆庆六年（1572）即位，次年改元万历，在位48年，是明朝在位时间最长的皇帝。

遣官致祭高堰关帝庙文

惟兹高堰，捍御淮流。运道攸关，民生足赖。时将倾圮，修葺维艰。幸仗神威，阴扶默相。狂澜既顺，保障无虞。凡兹庇民福国之功，孰非忠义显应之助。爰以河臣助请，特颁祠额，并遣致祭。用达洪庥，惟神鉴歆，永资护佑。

出处：引自赵波、侯学金、裴根长《关公文化大透视》，中国社会科学出版社2001年1月版。

注释：高堰关帝庙遗址位于淮安市淮阴区高家堰镇高家堰村，（清）傅泽洪《行水金鉴》（卷一百六十三）记载："高家堰关帝庙内旧有碑文及御祭亭，系明总河潘公季驯梦神授诀成功奏请建庙者也。"本文为万历十八年（1590），皇帝遣官致祭高堰关帝庙的祭文。

苏茂相

苏茂相（1566—1630），字宏家，号石水。泉州晋江人。万历二十年（1592）联第进士，授户部主事。光宗立，擢金都御史，巡抚浙江，击平南麂山（在今浙江平阳东南岛屿）倭寇巢穴。思宗即位，进户部尚书，改刑部。著有《抚浙疏草》《临民宝镜》。

淮安清口灵运记

国家岁转东南数省百万之粟，以实天府，皆出淮安清口，以达于北。清口者，黄与淮交会处也。黄浊淮清，必淮足抵黄流始无壅。

天启丙寅（1626）春，茂相奉玺书来董漕务。五六月间，南旱北霪，淮势弱，黄挟雨骤涨，倒灌清江浦、高、宝之墟。久之，泥沙堆淤，清口几为平陆，仅中间一泓如线，数百人日挽不能出十艘。茂相大以为恐。

或曰：金龙四大王最灵，因遣材官周宗礼祷之。是夜水增一尺，翌日雨，复增二尺，雨过旋淤。茂相曰："非躬祷不可。"闰六月二十有五日，率文武将吏诣清口，祷于大王及张将军神祠。四大王，黄神也，祈逊淮勿侵；张将军，淮神也，祈捍黄勿缩。是时旱日炽，即一泓如线者，亦几绝流。

群议开天妃坝，开乌沙河，张郡丞元弼来言曰："神凭人言：'无事仓皇，还由旧道。'"众未之信。越五日，为七月朔，晨气清朗，已而凉风飕飕，阴云翁郁。不移时大雨如注，达夕不歇。初二日，雨如之，河流澎湃，湾泊千余艘欢呼而济淮，遂强能刷黄。迄秋，粮艘尽渡无淹者。众始诧河神有灵，"还旧道"语非诬。攒漕徐孟麟侍御驻京口，日淤是虞，当午凭几，河神见梦，详具侍御《清淮纪梦录》。

呜呼！我皇上以圣明践祚，水府百神，莫不受职，龙飞之岁，黄河水清数百里。而漳水之滨，传国玺韫泥淖中数千年者，且耀采呈祥。矧河伯之浮漕舰济国储，乃其岁岁所司存者，受命如响，又何疑乎？方茂相祷时，言运济如期，则当为新庙貌，请加褒号。至是运竣，疏闻，而命张郡丞采堪舆家言，改其庙向而新之云。

　　出处：（明）宋祖舜修，方尚祖纂《天启淮安府志》（卷二十），顺治五年（1648）重修本；（清）朱元丰、孔传檀纂订，吴诒恕纂《乾隆清河县志》（卷十三），乾隆十五年（1750）刻本；《淮安金石录》编纂委员会编《淮安金石录》，南京大学出版社2008年7月第一版。

《清江漕船志》序

　　自井田之制不行，国家始寄命于漕，领之以旗军，帅之以卫弁，庶几古田赋出军之遗。一旦有警，则舳舻千里，材官锐士，片檄而集，固居然虎豹在山势矣。更念淮阳襟江络海，为咽喉重地，于控扼尤为吃紧。旧制岁造舟六百于清江，精良之徒，不期而会者六千人。为屯戍之名，而有守望之实，即成周之采薇出车，皆此意也。顾督造之务，一禀之都水使者，二百余年来，萧规曹随，具有成绩。乃时移事异，有昔奉之为令甲，而今沿之为敝帚者。则穷变通久之说，今昔所不能违也。水部韵殳顾君来董斯任，间取《旧志》一考按之，见夫料物之盈缩，官守之因革，微特成祖之制，邈不可追。即揆之神宗初载，亦大相径庭矣。矧今天下非无事之宇也，东御辽，西御酋，转输既急，采办尤艰，则计今日之漕者，视往日之难十倍。其建置无变迁乎？其职掌能画一乎？其法例不因时宜乎？其事迹不以岁增乎？刻舟之求，胶柱之鼓，则亦继起者之羞耳！此更订之任，水部所以不容已也。余披阅而卒业焉，大抵今昔异势，新故异备，达者不期，修古哲士，务于知新。夫何故势易乎时，备因乎事也，《志》之裨于漕政者岂浅哉？然余更有感矣，昔之兵食合，即练军以卫漕，今之兵食分，祇尽漕以养军，是将有气运存耶？抑视乎人事之得失耶？愿与当事者共筹之。

　　出处：（明）宋祖舜修，方尚祖纂《天启淮安府志》（卷二十），顺治五年（1648）重修本。

高　捷

　　高捷（1566—1633），字心恭，号龙门。宁晋县（今属河北）人，万历己未（1619）进士。历任固始知县，考选山东道监察御史，迁南京吏部文选司主事、东昌道副使。有《高侯平妖集》。

清河县恢复学田碑记

奉直大夫、知西安府干州事、邑人夏思曾书丹，中宪大夫、知云南姚安府事、前任南京刑部四川司郎中、邑人丁有殷篆额，赐进士出身，中议大夫，河南按察司副使、前知淮安府事高捷撰。

清河之创有学田，盖六十余年于兹矣。当嘉靖季年，人文蔚起，丁文恪公士美以己未（1559）大魁天下，邑令郭公慨然以兴起斯文为任，是岁以草场一区为学田云。厥后隆庆、万历间屡复水淹，学田为壑者近三十年。未几，河伯效灵，地道献瑞，而土见如昔。居民盗其利者，持伪券以为己业，占而拠之者数年。先是，屡议请复，而二三豪猾为梗，吏胥因缘为奸，当事者数为寝搁。会邑令杨公长春来牧斯邑，嘉惠学校维殷，恻然曰：学田虽湮，学乘可据，是诚在我，况今学宫圮坏极矣。岁歉，人无二餔，纵上请无济也，莫若恢复旧物。遂于丁巳（1617）春亲履其地，按志而经画之，疆界遂定。历年筑室之谋，公第以一朝决之，因上其事于院道，悉报可。

夫学田之设也，用以济寒士；今学田之复也，兼以修学宫。是地也，在三里沟，广三里长四里，计地六十四顷八十亩。地且荒野，历难耕种，岁可获草、租若干金。然草视水之大小为有无，租亦视草之盛衰为增耗。虽物不加多，而利赖实远：黉宫之漏庋于是乎塞，贫生之婚丧于是乎举，薪米于是乎充，学校之礼仪于是乎佐，盖一举而庶事以资者也。

昔滕甫知郓州事，生儒食不暇给，有争公田不决者，甫曰：生儒无食，而以良田饱顽民，可乎？竟请以为学田。我思古人实获我心，杨令公之谓也。恢复之功，足成郭公开创之志矣。无何，公以任满行，而曩请于台使诸公，议复下。安公承训初莅任，复以独断成，而学田遂垂不朽。今将纪其事，以诏来兹。

时天启元年（1626），辛酉孟春吉旦。

出处：（清）丁纬五等修《御书堂丁氏族谱》（第四谱），光绪壬辰年（1892）刻印。

胡胤嘉

胡胤嘉（1570—1614），字休复，仁和（今浙江杭州）人。万历丙午（1606）举人，癸丑（1613）进士，选庶常入史馆，未逾年而卒。著有《柳堂集》。

过淮南记

九月之四日至淮南，谒漂母祠。祠当南门山阳驿之后，有言韩淮阴固无祠，有言漂母以淮阴传者也，祠母而不祠信，何也？余曰：淮阴固气盖一世，然干济之略，英雄自致其所欲为，于人心未有所关。士常苦不遇而望知己之深，古有激于一顾一诺与为生死者，况母一妇人，识信于乞钓之日，知己之感，奚必在信，其中于千古人心不浅矣！方信寄食南昌亭长时，其妻晨炊薄食，不为信具，长诚为德不竟。当此之时，信于一饭何为哉？

余与无回尽读壁间凭吊诗，了无当意者。因步入南门，望三里许，天野遥旷，迂路过之。有池曼衍，碧澜映底，菰蒋菱蒲，互相凌乱，柳树百株，笼烟拂风，架木为桥，阔可并骑。度桥及洲，洲上筑天妃宫，堂楹精楚，庭除清荫，亦柳为翳景也。宫旁二百步，又为板桥。小渚有亭，亭有柳，澄怀眛象，眇然尽陂泽山林之思。度淮以来，水杂横流，岸多沙曲，西风杀人，尘土腻面，开心解缒，此为最胜矣。亭不知何名，闻淮阴城西有千金亭，是信报漂母处，得非是耶？

出处：（民国）劳亦安《古今游记丛钞》（卷十五），上海中华书局民国十三年（1924）铅印本。

牛应元

牛应元（1573—1619），字兆坤。西安府泾阳县（今陕西泾阳）人。万历十一年（1583）进士，授光山县知县，历御史中丞、南京大理寺卿、北京任刑部右侍郎、刑部左侍郎。著有《四书质言》《会墨录》《侍御疏稿》等。

查勘清口辟沙议

黄河从西北迤逦而来，自老黄河淤塞，至清河县南直西，东流至清口，水头复借淮道，绕环向东北趋海。淮水自西南迤逦而来，至清口直南径下，从黄身背旁冲入，随流同向东北趋海。自万历二年（1574）一时伏涨，诸湖水溢，以致清口稍有空缺，黄水涨溢，余波从旁漾上，直至十余里之外，沙随波停，遂将此口尽行淤垫，全称门限沙者是也。原任湖广右参议今为民常三省，上北京各衙门揭帖，祖陵基址不高，今水入殿庭，前深踰二尺，旧陵嘴者相传熙祖梓宫在焉，水深四尺以上，近陵护沙如龙滩嘴、邓家嘴等处，日冲荡风浪中，伤毁甚多，神库红丸厂金水河两岸松柏树木，共溷枯六百一株。黄河出口处势甚湍急，惟自此以上里许地名三里沟者，便是泥沙淤塞处。三省曾自往看，皆细碎石屑，击之坚硬有声，盖浮沙荡去，惟此质重者存尔。上下经过阔二百余步，两岸横阔可三四里，俗所谓门限沙者是也。此处水深者一尺七八寸，浅者但一尺四五寸而已，过此以上则水深四五尺不等，直至洪泽地方又复有淤浅处，较之清口犹为减半。夫有此淤沙横亘中流，虽其势不甚广阔，然淮流亦安得通畅快利不为阻滞也。淮水自桐柏而来几二千里，中间溪河沟涧附淮而入者亦且千数，当夏月水涨，浩荡无涯，而必以海为壑。往者一由清河口泄，一由大涧口泄，两路通行无滞，犹且有患。今泥沙淤则清口碍，高堰筑则大涧闭，上游之来派如此其涌，而下流之宣泄如此其艰，则其腾溢为患尚可胜言，此陵寝之所以侵伤而百姓之所以困极者也。

伏惟朝廷之上，尊祖安民之道，至隆极备，诚念祖陵之重不容一日被水，而民生之流离漂泊又极可怜，乃奋然决堰，加意浚淤，恢仁孝之圣心，复淮流之故道，则肤功膏泽，被格上下，固不胜万幸矣。如或以为堰不可动，亦必须多建闸座，以通淮水东出之路，如大涧口阔可建闸十余座，高良涧窄可建闸五七座。盖水势甚大，闸少则宣泄不及，故必至十数座，始得一面建闸，一面挑浚清口以上淤塞。尝见此处淤塞，本不甚阔，不甚难浚，但原指谓冲刷已通，故置之不浚，又前此虽浚亦未甚力，遂至一向为梗尔。若使当此春暖水浅之时，一力挑浚，其功效自可立见。俟主夏月水发，如果挑浚已通，可尽泄水，则闸虽设自可常闭。如或清口挑浚尚未疏通，或虽已疏通尚不能尽泄大水，则随时酌量水势高下为启闭板多少，水高则多启闸板，水下则少启闸板，要在不至侵犯陵寝与伤害地方而已。如水未发，或虽小发不为害，则闸板俱不必启，往后年分率视此以为常。庶堰不动而害可销，固亦众议之金同者也。要之大涧、清口，实淮流不可缺一之道，而处高堰浚壅淤，亦今口不可缺一之功。诚使两加处治，俾淮水通流，于以措时宜而弭深患，则虽便于凤泗，实亦不病淮扬，不惟拯救民艰，实亦奠安陵寝，伏惟体恤而留意焉。则幸矣！

出处：（清）顾炎武《天下郡国利病书》（卷十一）。

冯梦龙

冯梦龙（1574—1646），字犹龙，号龙子犹、墨憨斋主人等，长洲（今江苏苏州）人。明末曾任寿宁知县，清兵渡江，参加抗清活动。辑有《喻世明言》《警世通言》《醒世恒言》，世称"三言"。有三十种著作传世，为我国文化宝库留下了一批不朽的珍宝。

漂　母

刘季、陈平皆不得于其嫂，何亭长之妻足怪！如母厚德，未数数也。独怪楚、汉诸豪杰，无一人知信者，虽高祖亦不知，仅一萧相国，亦以与语故奇之，而母独识于邂逅憔悴之中，真古今第一具眼矣！淮阴漂母祠有对云："世间不少奇男子，千古从无此妇人。"亦佳，惜祠大隘陋，不能为母生色。

出处：（明）冯梦龙《智囊全集》（卷二十五），中国文史出版社 2011 年 1 月版。

宋统殷

宋统殷（1582—1634），字献征，即墨（今属山东）人。万历三十八年（1610）进士。历户部郎中，万历四十七年（1619）任淮安府知府，官至山西巡抚。

檀度禅寺碑记

淮阴公路浦之左肩有檀度寺者，余三仕淮徐间，往来所必经，亦或小憩焉。赵臣哉中郎问余记，乃忆发蒙时，大人授以儒术，且云：而其为仲尼之徒欤。受教已无或取，婆娑其间，一切秘典玄诠，稗官野史，得未曾一接目眶。再上公车，怠行李碧云寺，爱其离隔市井，差可避喧，非问禅亦非有济胜之具也。棘事竟，偶听沙门说《法华》。度首曰："檀度，谓以布施方便，故成通济之妙用。"尔时知经有檀度之义，如是而益信尼父之谓西方有圣人焉。一行为吏，分计于徐。寻守淮阴，臬淮海，经浦入寺，读其额曰檀度，是为客部小修袁公所题。又知寺得檀度之名有此。有此，夫寺何从起？起自杨汉施宅，葺茅创小庵，前远漕堤，为茶棚。而开堂说法，接待十方，则僧亨也。汉殁，嗣有居士丁栋者，谛念地隘，不足以善其果，并负其名。毅然崛起，以身倡化。同志纪应科、张润身、阎应登辈，集事鸠材，捐金负土者若干人，恢拓增修，庄严壮丽，殆百倍前功哉。而丁之力居多。丁有子名明选，为郡廪生。文学固其所长，复能继述其父之孝义，仰成其父之愿。方工半而僧亨老，延僧曙以代。率而行之，有加无替，遂得毕此一段因缘。其所以发大慈悲，施大神力，卒成大观，真如解颈珠璎，化成宝台，现法空之座，宝觉之体也者，则祝鸠熊耳阎公、鸣鸠儒东周公、爽鸠凤麓周公，倘所谓檀度之人非耶？究个中接遇，政毋论具虚空，足负水月囊，号称佛子，即羽流骚客，不逮困屡，能令渴者润，枵者果，冻者温，疲者苏，行止往来，各适其适。迄庚申（1620）之秋，七月既望，霆霖滂霈，河水泛滥，淮之皇华亭外，漫衍将入城矣。余冒雨率民亟掘室中稿壤，增堤数尺，仅免屠城之惨，安问民庐哉？少霁，逆河而上，勘视灾异，百姓皆露处。虑伤人必多，则咸曰檀度一寺中，可活二千命，亦复所谓檀度之实非耶？于戏！学人士读圣贤书，有民社之责者，未能事人，焉能事鬼。所以"不问苍生问鬼神"，有遗讥焉。是寺也，其奏功直可与《溱洧》乘舆同日语耶！顾名思义，小修之额，当不虚耳。至于摹勒贞珉，无亦惟是有功民社则祀之乎！

出处：（明）宋祖舜修，方尚祖纂《天启淮安府志》（卷二十），顺治五年（1648）重修本。

顾元镜

顾元镜（？—1650），字韵秽，归安（浙江乌镇）人。万历己未（1619）进士，见任池州府知府、广东布政使。天启年间任工部虞衡清吏司郎中。

文会堂记

清江之有文会堂也，其来旧矣，粤稽水部志为余乡先达叶仁夫所创，而后先葺治，则滇南龚若纯、江右张德征两君子与有力焉，一时岂弟作人之意，犹掩映残碑断简，可覆按也，迄于今垂五十年矣。天下无新不敝，无成不毁，理有固然。独奈何浸假为旅舍，浸假为民居，以育才成德之地，顿蹂为蝇营蚁聚之场。堂名文会，厥旨谓何？不亦咄咄大怪事哉！夫清江里表，河淮襟喉，南北居然一都会也。士生其间，不乏瑰玮颖特之资，青青子衿，郊车而载，亦既彬彬称文学之薮矣。奈何宫墙片席，坐视委荆棘中于俎豆，为不光于人文，为不焕于美业，为不终又奚怪？小敌勇，大敌怯，穷经皓首，而赍志青衫也。余甫受事，目击而伤焉。乃以劼勔之暇，偕诸士谋。所以增饬之，诸士谬属余主盟，余以一日长谬许之，遂首传檄，论归所割据者，佥曰："此公家有，弗可与争。"不旬日，相率引去。于是芜者、秽者、颓者、圮者、委顿而湮没者，次第葺之。而门以外，疏流为沼，甃甓为梁，缭以长堤，表以岊竖，靡一不相度其形势，而高下布焉。迨既已于事而竣，则更为措额，资举祀典，稍得如学宫礼，著为例。种种规画，宁第为诸士崇隆堂奥，点缀采章，观世俗之耳目已哉。古者四民各有所处，少而习焉，其心安焉，不见异物而迁焉。自此人与人畴，家与家丛，网罟乎仁义之林，毕弋乎诗书之囿。说在庄岳之传齐，语也；士之行远者，文也。宜受之以贲，而悠忽中之则厌厌者，其象为蒙，尤受之以震，自此一鼓作气，动九天，藏九地，淬秋水以为锋，砺天山以为锷，说在援桴，鼓立于军门，而百姓加勇也。登高而招，见者远；顺风而呼，应者速。上有好事者，下必有甚焉者矣。自此前唱于后，唱喁深造，而自得富有，而日新父兄之教，不肃而成子弟之学，不劳而能说在铜山之感，钟而磁石之传铁也。要俾诸士乞灵尼山，勉自树立，以不负前贤创始一片热肠。则是役也，倘亦三君子之后劲，而诸士之功臣也。容有嘲余者曰："劳来辅翼，师儒责也。君其问诸水滨，奈何越樽俎而代之。"余应曰："否！士大夫经术饰吏治，况夫子之教，如日月，如江河，容光必照，无坎不盈，如沾沾然。歧文学、政事而两之，其犹有蓬之心也夫？子往矣，毋落吾事。"客唯而退，余早晚报竣，且行矣。以文会友，诸生勉旃，毋使后之视今亦犹今之视昔。是为记。

出处：（民国）徐钟令《民国淮阴志征访稿》（卷八），民国抄本。

姜桂芳

姜桂芳，生卒年和生平事迹不详。

甘罗城碑

秦，虎狼之国也。甘罗年少，出一奇计以强秦，秦即封为上卿，复以祖甘茂田宅赐之。名重当时，声施后世。战国策士，指岂再屈哉！而罗亦幸甚矣。予因署在故城，故碑志之，以传不朽云。

万历十八年（1590），鲁人姜桂芳立。

出处：（清）朱元丰、孔传橦纂订，吴诒恕纂《乾隆清河县志》（卷十三），乾隆十五年（1750）刻本。

朱鹤龄

朱鹤龄（1601—1683），字长孺，号愚庵。江南吴江（今江苏苏州）人。明诸生。入清，弃科举。学问长于说经，与钱谦益、吴伟业、朱彝尊、毛奇龄、万斯同等有交往。著有《愚庵诗文集》《松陵文集》《杜工部集辑注》《寒山集》《春秋集说》等。

高家堰为两河关键

高家堰为两河关键，堰当淮、泗合流之冲，在淮安郡城西南隅去城四十里，史称汉陈登筑堰御淮，本朝平江伯复大葺之，淮扬恃以为安。自河由桃、宿至清河夺淮入海之道，淮弱而不敢争，始穿高堰入高宝湖溢，溢高、泰、山、宝、兴、盐之间，河无淮水之刷，沙积而淤桃源，不能即流，遂由崔镇四溃，国计民生胥病矣。必高堰坚而淮不能南溢，则清口积沙借淮以冲。或虞淮涨之浸泗，欲决堰泻淮，不知堰决则淮尽趋于河入海，少而淮弱矣。淮弱则黄蹑其后而清口淤矣，清口一淤高堰虽决必不能尽泄淮涨，故淮但可导之以入海，而必不可使由河以入江。尝譬之淮为泗患，淮即泗之贼也；黄为淮患，黄即淮之贼也。淮退则黄进，淮愈退则黄愈进，黄既侵淮而入淮，必不能敌黄而出，故必固守高堰，使全淮尽趋清口，而后黄淮庶不为泗患矣。

出处：（明）朱鹤龄撰《禹贡长笺》（卷十一）。

杨士聪

杨士聪（1602—1648），字朝彻，号凫岫。山东济宁人，是东林党魁周廷儒的门生。崇祯四年（1631）以赐同进士出身及第，官至翰林院检讨。为人诡诈多变，毫无气节，北京被攻占后投靠李自成政权，后又入清朝为官。有《玉堂荟记》《静远堂稿》《甲申核真略》等。

过清河小邑

淮安人文寥寥，顾多出高科，近年若丙辰（1616）之邱可孙、辛未（1631）之夏曰瑚，皆是。其年不永，亦甚似。至清河小邑无城，仅仅黄河岸上一村落，乃有状元丁士美生焉。其地淮黄交会，风气所钟，信有之矣。

出处：（明）杨士聪《玉堂荟记》。

·清·

陈澄心

陈澄心（1606—1667），生卒年不详，字如渊，号龙嵋，缙云（今浙江丽水）人。顺治间拔贡，官曹县知县。著有《瘦铁吟》《非白楼草》《铁梅阁史参》。

漂母饭韩信论

　　古女子能物色英雄者，在春秋为僖负羁妻，在汉初为漂母。夫僖负羁妻知晋公子必霸，馈盘飧焉，世颇以为然，晋公子车骑冠剑雄伟，且从者多豪杰，此易识耳。至若韩信敝冠破履，罢钓江潭，形容枯槁，鲜不羞，且侮之矣。顾漂母一见叹异焉，虽曰哀王孙乎，要亦目其左右顾盼，有英雄姿，知其中藏，殆不可测，故进而饭之。已乃别去，乃知世间奇女子原与烈丈夫同具眼孔，不随世俗颠倒。虽然一饭小惠也，千金重赏也，母即不望报，而信卒报母千金。信无乃已过乎？

　　夫信以为当世无好结交养客者，即号称贵胄大家，势位富厚，亦但知呼婢子、斗蟋蟀、挟长须、戏狗马，腥臊醉饱，以自娱乐而已，谁能延接英雄落魄之士，以与为衔杯握手击剑论兵，而兹乃以江间一媭妇。泾灶寒烟，贫不自给，于我非有生平之素，顾乃邂逅殷勤，盘盂具黍，减口腹以相饷，此意殊可念以视。向者南昌亭长之妻，其为贤不肖何如也？嗟乎！男儿虽不得志，肮脏之骨犹在，苟非知己，即以项羽之喑哑叱咤，与沛公之嫚骂轻士，虽日令椎牛击蠡，鼎釜在座，信亦掉臂去之而不顾焉。

　　夫以信之才，岂不能自致贵显，而终欲寄生息于一饭乎？然当其未过，而有物而色之者，信未尝不用以耿耿，是故漂母以为王孙而进之食，滕公以为壮士而赦弗忍杀，萧何以为国士而荐令筑坛拜为大将，始知有奇人必有奇厄，有奇厄必有奇遭，乃信曾不以萧何之荐国士，与滕公之不杀壮士为奇遭，而独以漂母之饭王孙为奇遭，若曰奇女子原与烈丈夫同具眼孔，然在女子尤异，而在女子尤难，故不惜千金为母寿不然，天子拜之而不以为荣，淮阴少年辱之而不以为怨，而乃沾沾于一饭而不能忘焉，此必有说也。

迄今漂母数椽屹立江畔无恙，面过其庙者无不欲奠以杯酒，起而赋诗。吾不知江干一嫠妇，何以能令千载下犹怀风慕义，留连感慨若此，此亦足以愧天下之高冠长须，自谓男子而庾有积粟、座无高宾者乎。柳子厚谓为庞然大物，而轩辕弥明之诗，借石鼎人骂人豕腹彭亨，盖指此辈也。

出处：（清）汤成烈《缙云文征》，转引自（清）胡凤丹《漂母祠志》（卷三），光绪三年（1877）永康胡氏退补斋刻本。

程先贞

> 程先贞（1607—1673），字正夫，德州（今属山东）人。以祖荫历官工部员外郎。著有《燕山游稿》《蒬庵诗草》。

题符山堂图后

岁在癸丑（1673），仲秋之末，淮阴力臣兄为京国之游，路由吾州，主余家。见其橐中蔚有光怪，射人双瞳，则得其符山堂画卷，展阅一过。为茅茨一带，中有岩壑青翠，凡三四纡曲至堂下，力臣方独据一榻，颔颐欲动，作剧谈之势，两弟剡度让三，并肩危坐，而倾听焉。左右壁为子孙四五辈，拱而读书，罔弗怡怡然，肃肃然也。阶前驯鸟在芝兰玉树间，为有鸣声可听，又转而入则南荣三楹，近力臣内室矣。画者为刊［邘］上朱二玉，行苇郁苍，设色雅淡，盖能手也。余一时不禁神往。昔弇州先生云："每见辋川图，觉便如上下华子，冈泛南北湖徙倚于木兰，柴则文杏馆而息，酌金屑之泉，与裴迪秀才对话，不知我之为摩诘，而摩诘之为我也。"余于此图亦然。今力臣归矣，南窗寄傲，松菊犹存，乐可知也。余既老且病，恨不能在其处，参亲戚情话中之一座，漫题数语于后，自记余华胥之梦云尔。海右陈人程先贞拜题。

出处：（清）丁宝铨《符山堂图卷》；（清）段朝端《张力臣先生年谱》。

程邃

程邃（1607—1692），字穆倩、朽民，号垢区、青溪。歙县（今属安徽）人，生于松江华亭（今上海松江）。和万寿祺同师事陈征君，诗文、书画、金石，无不精究，为明末书法家黄道周所器重。著有《萧然吟》《会心吟》。

符山堂图跋

廿年以前，与二三故人往还于符出堂，设饮真率，所见力臣兄课弟教儿明修之勤，笃敝情言，每引类其姑氏儿吴笠生，日劝学焉。声誉非所志，人伦表正，以吸吸不足，近且论交，父执阿汇，通儒凝人，两先生肆志讨求，属朱二玉名家为之作图，遥以视余，余从插写中得其风概云致，想于烟煤怅装家墅也。力臣之自许，岂物外朽佣能称许之乎？海内之士，毋徒从豪输间，文心共赏，必于其父兄亲戚朋友根本处发深情，则力臣非一家之教矣。黄海弟程邃呵冻跋。

出处：（清）丁宝铨《符山堂图卷》；（清）段朝端《张力臣先生年谱》。

朱国盛

朱国盛，生卒年不详，字敬韬，号云来，松江府华亭（今上海市）人。万历庚戌（1610）进士，授工部主事，历官山东按察使、太常寺卿、都察院右副都御史，迁工部尚书、管左侍郎事。著有《南河志》。

重修二河记

旧志载，运河之凿始于宋，今非其旧迹矣。明运河改凿于平江伯陈瑄，而司空潘季驯更其口以向淮者也。新河凿自漕抚凌云翼，厥后尝一浚之而塞，至今岁而始疏云。二河北自清口通济闸、文华寺分流七十里，南至淮城，相去仅五里，而合于杨家庙。夫俱由清口而两凿之者何？疏新河政为疏运河也。

运之所以易淤者何？黄之奔沙夺淮壅之也。故凡论治黄者，必以淮之清刷黄之浊，而使河身深；论治运者，必以淮之清避黄之浊，而使漕埂去。昔平江伯虑运道之回远，凿此而直达诸黄矣。潘复更其口以向淮者，就其清也。故既设闸以启闭，复于每岁仲夏粮艘过尽，筑坝拦塞，所以抗黄之浊，翼淮之清者，虑至周备。

数十年来，法浸弛，有司因循，漕挽多后，夏秋，巨舰犹相望于道，闸坝难施，浊流所积，遂至胶浅。挽之过者，辄募舴艋代运，虚舟而后渡，其难若此。先是潘大司空令列肆傍河，而擅河之利者出夫供役，衰之得千八百名，倍其力以九百从事。而牙行倩应率多流丐，不堪用。厥后，袁公应泰、李公之藻议，每名折夫价九两七钱，输官备募。岁久法弊，夫长胥人，影射干没，饷不时给，工亦废弛。会厅县陈匮乏状，士民有言宜清核者，除减免五千外，岁征入库者，始获万有七千金。其春饩千一百五十入公帑。金聚而谋曰："疏河所以通运，请先开新河，以通回空之船，而后运河可凿也。"爰具畚锸，构蓬厂，调淮、扬廪夫，以穿新河。不足即以冒破之金增募之。计先后所费，仅千二百金。历数月，而久壅之渠潺潺矣。

新河既通，始定治运河之方略。初测水，计估费不赀。乃先于下流作坝，决而涸之，戽水出底，相其高下，度河之径，析为三，命三簿分督之。复析以属诸乡约，俾若臂之运指，立旗帜以分界，设信桩以测土。如十丈之中，隆者七，洼者三，则七之；隆者半，洼者半，则半之。预给若直，令曰先竣者赏，司道以下出金钱犒劳。众皆踊跃用命，于是，淤者尽去。河底旧有平江伯石堤与故闸坍圮者，数触舟，至是尽发，漕赖以通。复于通济闸作月闸，以时启坝而济运之穷、拦黄之入。役之初兴，度费二万余金，至是用未十之三而工竣，民无怨讟，工不逾时，以处置得宜故也。

役告成于天启甲子（1624）孟夏。出地方之赋以佐地方之役，毋以逝波贻纳沟，聊寡吾过而已，爰勒诸石如左。

出处：（明）宋祖舜修，方尚祖纂《天启淮安府志》（卷二十），顺治五年（1648）重修本。又见（清）卫哲治等修，叶长扬等纂《乾隆淮安府志》

（卷二十九），咸丰二年（1852）刻本；《淮安金石录》编纂委员会编《淮安金石录》，南京大学出版社2008年7月版。

注释：此二河，当为永济河。

何伟然

何伟然，生卒年不详，字仙臞，号西湖仙郎，一字梅臣，仁和（今浙江杭州）人。工文章，善书法。与臧晋叔、吴允兆、潘景升、吴宁野友善，结社吟咏，留连胜境，亦古逸民之流也。尝应书林之招，辑刻《快书》《广快书》《四六霞肆》诸书。

韩 信 论

或曰，信之不听蒯通，天也。行通之言，天下事未可知。

予曰：观人之所就，不当于所欲，而于所畏。信之初见项王也，万夫可辟易，而信固视之若伏雏矣。去来自若，不见有羽在也。一见汉王，而信之心折矣，信之局亦成矣，信之功与罪皆定矣。其去也，又将安之乎。然则信何以去？

曰，信固知何之必追也。然则何之追，汉王使之乎？

曰，汉王固知信之必返也。当时豪杰，止项王与汉王耳。其去项而就汉，终身托焉耳。微何追，王固知信之必返也。然则信何以急于请王乎？

曰，此信畏汉王之根也。止愿为汉第一功臣。而项王尚在，固知封之必得也。而气则馁矣。然则汉王何必有云梦之游乎？

曰，信已数颠踬，汉王以坚其畏也。信固知汉王之必不杀也，而气则反恣矣。然则何以竟不免乎？

曰，吕后则畏信矣。畏人之际，安之；畏于人之际，避之。自全其功莫善焉，信不能也。然则信固必反乎？

曰，信之于刘项也，若称然。重轻无触焉。而究归重于汉，则汉帝。至于吕后惠帝也，若弓然，揉之则曲，置之则直。吕后揉之矣，未免吁而乃以杀其身。悲哉。信之心可以告之汉王，而迹不能以白之萧相。然则信固无帝意乎？力能行九十里者，望百里则遥；量能饮九斗者，闻一石则醉；不敢强也。信且不能望项王，而况汉王乎。信固知帝之不能也，故其死也，君子惜之功，而愤吕之刻。抑吕亦有微意焉，后方欲帝吕也，策可以为吕难者，首信。信能不自为帝，而能听吕之帝乎。后曾不之思，既非。信所能为之时，即信在南北军，总非信所得司也。

出处：（明）何伟然《广快书》（卷八）。

张麟儒

张麟儒，明末清初人，生卒年和生平事迹不详。

铜台院记

渡淮，清口东五十里有娘子庄者，余公车北上，道经其里，访友人夏天彤氏。天彤，余乡人，授字于铜台院侧，因得而信宿之。

院内碑磨灭，不可句属，依稀议之。建自金皇统元年（1141），元至正十一年（1351）修，明嘉靖四年（1525）又修，历四百年于兹矣。乡之遗老为余言曰："斯院为吾邑古迹。相传金世祖时有二仙游其处，久之，乘鹤飞去。今距北有白鹤墩，即其遗迹云。院久颓废，余捐金鸠工，易其栋楹之桡者，丹其颜色之漫漶者，破瓦坂补之，缺则整之，计日以毕乃事。盖将令后人尝议所为铜台院也。"余异其事，嘉其绩，述其言，记之。

时崇祯丙子（1636）冬十一月之二十二日也。

遗老姓何氏，名其安，时年七十有二，盖清之隐君子云。

出处：（清）朱元丰、孔传檀纂订，吴诒恕纂《乾隆清河县志》（卷十三），乾隆十五年（1750）刻本。略见（清）吴棠修，鲁一同纂《咸丰清河县志》（卷二十二），咸丰四年（1854）刻本。

顾炎武

顾炎武（1613—1682），本名绛，字宁人，因故居旁有亭林湖，学者尊为亭林先生。昆山（今属江苏）人。明末清初的杰出的思想家、经学家、史地学家，与黄宗羲、王夫之并称为明末清初"三大儒"。主要作品有《日知录》《天下郡国利病书》《亭林诗文集》等。

论治河淮

江北之水为患者河为大，淮次之。故既治河，即不可不治淮。虽然，河不治则淮无由治矣，河既治则淮无事治矣。是故治河即宜治淮，而治淮仍不外于治河。何以言之？治淮之要亦曰无使河合淮而已矣。盖河合淮，不特沿河之地被其害，即沿淮之民亦无不被合之之害；别淮，不特沿河之地享其利，即沿淮之民亦无不享别之之利。

窃尝论黄淮合清口，筑大墩，其害不可胜言也，而其大者有五焉。自清口至云梯关，淮身为河踞者十去其七，洪泽之南筑高堰以防淮之决，其东筑大墩直抵中流，以激淮之怒，遏河之南而使之东。夫黄淮水势无常也，三汛涨溢叵测也。设两水并强，高堰不守，天长、六合等县居民将化为鱼鳖。其害一。

凤阳虽土瘠，前古未闻屡灾。自清口为黄流所阻，西起颍寿，东至泗州、盱眙，田园庐舍频遭水淹，蠲赈无虚岁，流亡转徙不可数计。其害二。

大墩之筑，藉清刷黄，河涨则疏之归海，淮涨则不肯令之竟去，故虽遇寻常之涨，沿淮禾稼亦多损伤。其害三。

阳城之颍，天息之汝，浚仪之睢，扶沟之涡，皆以淮为尾闾。淮流既壅，则众水不行，归德、汝宁、陈、许都郡邑常为泽国。前年常开挑大洪等河矣，然下无所泄，虽加浚治，末如之何。水失其常，祸及邻省。其害四。

泗州东逼洪泽，每春月后，城陷水中，官署寄治盱眙。秋冬水落，州民输纳莫肯至，州守于荒城中设柜督催且数十年。其害五。

总此五害，迁延岁月，费帑病民，无有底止，得不思变计以为之所哉！

且夫淮水本非有害也，而害且则大墩之故也。淮非有需于大墩也，而卒使大墩为害，则河合淮之故也。河合淮，因束淮敌河，斯大墩不得不筑，高堰不得不高，而五害遂不可去。故欲去五害，莫如使淮畅流。欲使淮畅流，莫如使河流从宿迁北而别于淮。故曰治河即宜治淮，治淮仍不外于治河也。夫治病必先于受病之源，御寇必于所经之地。今清口，河淮所经，固病源也。河淮不分，吾不知五害之何由去也。

出处：（清）顾炎武《日知录》（卷十二）。

木罂渡军

《史记·淮阴侯传》从阳夏以木罂缶渡军，服虔曰："以木押缚罂缶以渡是也。"古文简，不言缚尔，《吴志·孙静传》："策诈令军中，促具罂缶数百口，分军夜投查渎。"亦此法也。其状图于喻龙德《兵衡》，谓之瓮筏。

出处：（清）顾炎武撰《日知录》（卷二十九）。

《音学五书》后叙

予纂辑此书几三十年，五易稿，而手书者三，已登版而刊改者，尤至数四，又得张君弨为之考《说文》，参群书，增辨正，酌时宜而手书之；二子叶箕、叶贞分书小字；鸠工淮上，不远数千里，累书往复，必归于是。

出处：（清）张弨《张亟斋遗集》，同治四年（1865）望三益斋刻本。

答潘次耕书

著述之家，最不宜以未定之书传之于人，即如近日力臣来，《五书》改正又一二百处。寄张文学弨时淮上有筑堤之役，诗云："冬来寒更剧，淮堰比何如。遥忆张平子，孤灯正勘书。江山双鬓老，文字六朝余。愁绝无同调，蓬飘久索居。"

出处：（清）张䩄《张丞斋遗集》，同治四年（1865）望三益斋刻本。

注释：潘次耕（1646—1708），名耒，又字稼堂，晚自号止止居士，吴江人。师事徐枋、顾炎武，博通经史、历算、音学。康熙十八年（1679）举博学鸿词，授翰林院检讨。参与纂修《明史》，主纂《食货志》，著有《类音》《遂初堂诗集》《文集》等。

陆求可

陆求可（1617—1679），字咸一，号密庵。山阳（今江苏淮安）人。顺治十二年（1655）进士。授裕州知州，入为刑部员外郎，升福建提学金事。在裕州时，减轻百姓负担。在刑部，慎辨案情，以免冤滥。

《御书堂丁氏族谱》序

尝读齐世家，而知丁之世泽远也。维昔师尚父，非有济美，则发扬蹈厉不彰，绎其披衣之国，昧爽不遑，依然数宁，继以创家也。迨吕伋锡圭，另建有土。丁氏之耿光赫奕，奚止洋洋东海哉！或曰：元勋纪功也，师传报德也。姜之子孙，其丽不亿，而丁为别宗，乃大阐厥诸。君子谓公侯五世，必复其始繇。

今溯丁将百世千世，垂周汉唐迄今。自清河而传吾淮者，已十世焉！曷言乎十世也，以清河之始祖文学也，二世庭训也，三世、四世皆封通义也，五世文恪也，自五世又分支为六世、七世、八世，而今修谱者，则孙宾也，然历十世矣。

君子曰："七世之庙，可以观德。"繄十世乎！十世而观德者，舍族谱无所稽。宾也修之，宾也羹之墙之矣！曷言乎羹、墙也，以观谱者，非有世系、列传、制命、谕碑、行状、图志，不能行远。而丁之载在国史，编于家乘，班然厘举矣！

曷言乎世系也？总而言也，析而言也，图而言也。曷言乎列传也？有遗像焉，瞻其仪偬然焉，忾然焉！曷言乎制命也？文恪公以鼎元肇家，累践翰林，吏礼尚书，有封赠谥典矣，有别而为都督经历矣！曷言乎艺文也？以策、表、赐书、家诫也。曷言乎谕制也？以师傅之阶，视元勋世爵比肩抗衡焉矣！猗欤甚哉！

求生也晚，与丁世为婚姻，若刘氏、范氏。而陆之有谱，求修之矣。所同者圭田以奉蒸尝，而文字则缅于丁之大占也，蹶生也，荆秀也，吉谐也，天鸣诸子矣！有美而家相若，有美而文相若。诗曰："宜尔子孙，式穀似之。"求读齐世家而一叹，读丁世家而再叹，读清河世家而再三叹，盖闻之矣！疑以传疑，著以传著。凡为子孙为先世是图者，实敬听焉！又繄独陆与丁也乎！

出处：（清）丁纬五等修《御书堂丁氏族谱》（第四谱），光绪壬辰年（1892）刻印。

募建漂母祠疏

古创建之君，必有英异之臣相助为理，非人为之，天命之也。天命之不独阴佑其君，更且显佑其臣而神人出焉，如张良过黄石公圯桥进履是也。至于吾淮韩信，当其未遇，垂钓淮水，人莫识之，惟有一漂母为之进食，信感其德曰："吾何以报母？"曰："吾哀王孙而进食，岂望报乎？"旨哉不望报之一语也，信弗悟，成功后自称齐王，其望报之心亦何急焉！岂不辜负母苦心耶？吾淮士民，感慕物色，一寒微子，颐养鳞甲，以成汉统，微言预讽，点化骄心，可与黄石圯桥并传，俾四方游士兴思颂德焉。

出处：（清）邱沅、段朝端《山阳艺文志》（卷三），民国十年（1921）刻本。

徐 越

徐越（1620—1687），字山琢，号存庵。山阳（今江苏淮安）人。顺治壬辰（1652）进士，授行人，擢监察御史。在谏垣十三年，条奏皆关大政，言漕河事先后十六疏，历陈淮黄分合变迁，及两河冲决，州县被灾状。迁兵部督捕左理事官仍留御史任。有《存庵奏疏》。

分黄导淮事宜疏

为运河水患甚急，请敕速议分黄导淮，建堤疏流，以全漕务，以救重地，以安民生事。

窃惟国家之大事在漕，漕运之要务在河。河道之为漕运咽喉者，惟淮安之天妃闸，而天妃闸口受黄、淮二流。黄河之水自北而东，其水最浊，一石之水，沙至五斗。淮河之水自西而东，其水清而无沙，不致埋塞河道。然黄水不分，淮水万不能导也。

臣考前朝万历二十五年（1597），总河官因淮水被黄水暴涨，阻遏清口，致清水不得入闸济运，淮流尽泛溢于高家堰，而堰势告危，高、宝各湖横溢，关系运道及淮、扬十余州县，遂议于清河县黄家嘴地方挑开支河，以分黄水之势，由清河县娘子庄、五港口入海。黄河水势既分而下海，淮水遂得顺流入闸。非但黄流不得阻垫运道，淮流更不得为害高、宝，此支河开而分黄导淮者其前效也。

自明之末年，支河故道废而不讲，黄河势大，逼住淮河，抢入天妃闸口，所以每岁五大险工告急，高家堰频危，年年修筑，岁岁救抢。运河屡挑而屡淤，下流屡修而屡决，以致终年补苴，耗縻国帑，竭尽民力，匪朝伊夕矣。而目今则更有可虑者：清河北岸陡起沙洲，将黄流之正冲逼住，不得东射奶奶庙，而直射清口天妃闸，横逼淮流，不使得东，则亦不得入闸。而黄流益迅，直灌闸门，较运河之水势高丈余，湍溜怒涛。重运过闸之时，既以千余名夫力挽拽，每竟一日不能得十数船出口。倘一缆不坚，船即倒撞，漕米立付洪波。且也黄水沙浊，全入运河，则河身日淤。水小之时，重运艰阻。水发之时，两岸增高，日高一日，水行地上，城郭庐舍，如在深谷中。倘遇决冲，淹没之患不小。再则黄水不分，全力东注，如建义、苏嘴等五大险工，固必岁费帑金，其山阳之王家营、安东之茆良口、桃源之龙窝口，现在冲决，居舍粮田尽沉水底。每岁如此，今年尤甚。以上诸害，皆黄河不分为害之甚者也。

黄水阻遏淮水，不能东流入海，以致高家堰岌岌将倾。每当水涨之时，数千万夫役昼夜守救，南则周家桥、翟家坝处处告危，是以横溢。高邮、宝应等湖涨连运河，水势弥天，数百里无际，致漕船失牵挽之路，不得已而走湖，扬帆涉险，每报漂淌。一路之民居粮田，又遭淮水淹没。此黄水不分，淮水不导，而淮水又为害之甚者也。

至于黄河自北而东，淮水自西而东，淮安府清江浦地方夹于两水之间，帮贴郡城，即是运河，朝廷数百万漕粮，一应牵挽查盘，岁经此地，三关商税、两淮盐课，均有赖焉。保障之方，安容少缓？臣见此地形势，自奶奶庙至天妃闸，约三里而遥。其北岸名为天妃坝，内为运河，外为滔天之黄河，内外相距不足二三丈也。其南岸名为遥湾，即文华寺一带地方，内为运河，外为滔天之淮河，内外相距亦仅数里耳。此两处稍有疏虞，则黄、淮合而为一，无所谓天妃闸矣。无天妃闸，则无运道，并不能保有淮郡。生民荡溺，又不必言也。

自康熙二年（1663）至今，每岁当入夏徂冬，黄河水发，水大岸坍，东补西救，万民呼嚎，官吏失色，或守包家圩，或叠三城坝，或救杨家庙，或护文华寺，或防高家堰，或议闭周家桥，或议筑翟家坝，或议请发国帑修复减水坝，非逼淮与河争，则听河为淮患，此皆塞口止啼之法，而不得挈领振裘、抽薪止沸之道者也。

伏乞皇上敕下该部严行，总督河漕诸臣率领地方及管河官亲勘情形，会议详确，速将黄家嘴地方旧有地形之支河，一加挑浚，即便成渠，以分黄河之势，使下于海。即速于桃源、宿迁等县而上，多开支河，以分上流之汹涌。再于安东县云梯关而下，宣泄下海水道，以接黄流之湍溜。其清河口沙洲，速行挑去。天妃闸内运道，底已垫高，不妨及时大加挑浚，待淮水经过，一刷而浮沙可尽入江。惟天妃坝及遥湾，数年水汕，地狭土松，必须增筑石工，方保无害。关系宏巨，万难因循。目下河道钱粮逐年开销，徒成故事，何如议撤此项，修建两工，自是一劳永逸，诚有济于通漕，有救于重地，并有生全于百姓者也。漕河为国家大事，臣以淮人，职司建白，情势濒危，闻见已确，敢不缕陈方略，以备采纳！

出处：（清）卫哲治等修，叶长扬等纂《乾隆淮安府志》（卷二十九），咸丰二年（1852）刻本。

两河要害事宜疏

窃惟智不凿者乃大，事师古者无愆。黄、淮运道既变坏于从前之补苴，自应兴厘于及时之修复。我皇上加意河漕，毅然为万灵造福，特遣两部大臣星驰阅视，是欲不恤非常之工，以成经久不敝之业也。臣抱刍荛之见，敢不备陈以尘睿览。

臣思漕运所需，惟黄、淮二水。黄河惟有急溜刷沙，使归东北下海之道，而不容有南北横溢之道。淮水惟有北汇于河，三分之水从运道入江，七分之水会黄河入海，而必无诡其途以入海之道。但淮水入湖，同湖水由东南趋江，势亦可也。而从古之治河者，必令之北汇黄水，何哉？盖以运道三百里，惟淮水可用，而黄水必不可用，故多方以束淮之上流，使淮并力出清口，以与强黄争位而踞南道，以溢入天妃闸为济运之水故也。夫淮踞南道，则黄占北道，会流入海，必得两岸无溃，庶溜急河深，而入海无壅滞之患。自淮之上流不束，则下流无力与黄相争，故黄水挤之而南，而淮水遂尔为患。黄之北岸多决，水势散衍，刷沙无力，入海不速，而黄水遂尔为患。臣于是有修复归仁堤等议之疏也，臣于是又有河北决口，凡旧例应民修者，悉当题请钦工等议之疏也。

黄、淮两河，既有次第，而天妃闸内运道，久为黄沙垫底，漕运阻塞，臣于是有时及冬春，速行大挑运河等议之疏也。

运道既费全力大挑，务期一劳永逸，须防旋浚旋淤，故古人思深虑远，建河之始即将天妃闸启闭以时，为令甚严，著为漕规，臣于是有请复漕规，严天妃闸启闭之疏也。

诸工并举，必应物料大备，一切人夫、苘石等件估计，万不容照常，盖以积习相沿。比如价用十分，外臣止敢估计五六分，部臣驳至再三，必二三分而后已，所需价值，虽伯夷、柳下惠之清介者，亦必派拨民间。今兴非常之工，民间万难支应。而臣闻所遣者，又皆内部紧要重臣，冒破二字，皇上可以信其必无矣。臣于是有请敕阅视部臣会同河漕督抚，将所需一切物料，照时估价，该部有核无驳等议之疏也。

物料既照时估价，河帑万不能济，别项钱粮无容挪借，无米之炊，岂非空言？臣于是有广开捐纳事例，权不碍经等议之疏也。

黄、淮二河，（江、海）源委，东西南北相距数百里或千余里不等。大臣司其体要，小臣任其驰驱。旧设淮海道一员，同知一二员，分司二三员，又旧有各汛守地。今大工并兴，未可旷日持久，指臂之使，万不可缺。臣于是有敕许阅视部臣相度事几暂为添设属员等议之疏也。

臣谨恭缮七本，伏乞皇上俯鉴，敕部速下阅视部臣会集河漕督抚诸臣，详加采酌，因时制宜，择利期其可久，防害先其最大，军国幸甚！河漕幸甚！

出处：（清）卫哲治等修，叶长扬等纂《乾隆淮安府志》（卷二十九），咸丰二年（1852）刻本。

请复禁口利漕疏

国家漕事，莫多于东南。数千漕艘，取道运河，凡三百余里。故明制此河单行漕船，天妃一闸，启闭有时，漕船盛来则开，过完则闭。一切官船民船至此过坝，里河外河分船接济，所以淮安钞关纳里料外料，至今仍旧用水之利，而免沙淤之害。此法此制，在凿河之始业已通盘打算，不可易也。不意甲申（1644）、乙酉（1645）年，四伪藩往来，刘泽清据淮，竟弛闸禁，以漕艘为贸易，遂至十余年来，黄流涨入，河身高于外河，河底高于城脚，不但溃决为虐，漕艘浅阻，岂能飞渡？乃今不讲，年复一年，淤日益淤，捞浅帮堤，总属无益，运事大可忧也。向来文武衙门，皆有贸易船只，奸商夹带货物，恐一盘剥，情弊难掩。宦客携家，包藏商货，不乐换舟，直行莫阻，因循顾盼，如漕事何？伏乞敕部行令抚按漕河诸臣详查当日禁口事例，酌以目前时宜，权利害之大小，持商民之两便。虚公商确，务在力行。

出处：（清）卫哲治等修，叶长扬等纂《乾隆淮安府志》（卷二十九），咸丰二年（1852）刻本。

多弘安

多弘安（1623—1702），字君修。直隶阜城（今属河北）人。顺治五年（1648）拔贡生，康熙六年（1667）授广东灵山知县，历官江南淮安山盱河务同知、淮安知府、淮扬道、安徽按察使、江西布政使。

修筑高堰堤工记

高堰在山阳县之西南，所恃以砥淮泗之冲，流奠淮扬之垫溺者，于是乎在益，淮水自桐柏而下，合汝、蔡、沘、颍诸大川，及淮南七十二山溪之水，而抵泗、盱，汇洪泽，出清口，以汇于黄，历安东云梯关入于海。苟任其水清流，疾保无壅决之患也。惟黄河挟数千里奔腾之势，其力足以遏淮，使淮少弱，则将却流而东溃，高堰决，淮扬势所必至也。淮既旁趋，浊流即内灌里河，淤塞运道，且黄乘淮后，并势南趋，则清口之流日缓，海道之淤日积，黄淮交横于淮扬千里之间，而运道遂茫然而不可问矣。是病淮而并以病运者莫如河，而敌黄即所以利运者莫如淮。故治淮乃治河、治运之先务，而治高堰尤治淮之首图。昔人以高堰为淮扬门户，职此故也。

予以山盱坝堰同知，受事于康熙十六年（1677）之二月，谢事于二十一年（1682）之六月，凡竭蹶于河事者五载有奇，虽胼手胝足，不敢言劳，而述水势纪成功以告，后之有事于斯堰者，亦有司之职也。于是计其所施功之地，曰武墩决口，为丈七十有七；曰高堰决口，为丈一百八十有余；曰六安沟、曰侯二门、曰孙家西北、曰孙家西、曰管家西、曰小黄庄、曰小黄庄南、曰宜兴集、曰邓家马头、曰周家马头、曰周家西、曰高梁涧、曰杨家马头，凡大小决口二十，为丈者四百七十有三；曰三坝南、曰四坝北、曰陈家西、曰毕家西、曰六坝南、曰朱家湾北、曰周桥闸庙后，凡决口三十一，为丈者五百有八；曰翟坝至周桥以里计者，二十有五，皆与高堰相为表里之堤防也。自清口至云梯关数百里，葭苇榛芜，此而不疏，将高堰之堤防虽完，而淮水之归途犹阻，恐终将旁溢而为患耳。况以黄流驾淮，浊沙淤垫，而淮出清口之故道，如烂泥浅、裴家厂皆壅塞成渠，其何以疏达淮流？于是乎核深计浅，以治烂泥浅诸故道。里河为漕运咽喉，日久不浚，则无以容淮流而致他变，于是乎画地分段算方，刻期以治运河，并修筑两岸及雁翅诸工，此又与治淮相终始之工役也。溯其施工之时，则十五年（1676）黄淮横溢，冲决高堰三十四处，并溃高宝运堤，在予受事之先。而予之始事于武墩，次事于高堰，在十六年（1677），皆三阅月而告竣。次事于六安沟诸口，自十六年仲夏至十七年（1678）春杪，凡十月而告竣。次事于翟坝、周桥，自十七年冬至明年八月而告竣。盖予五载之间，其栉风沐雨，蒙霜冒暍，构苇水滨，身行泥淖中者凡三载。至十九年（1680）秋，于是诸工次第告成，二渎顺轨，顿还旧观。回思当日，波涛山立，风雨怒号，旁观者魄震魂惊，面无人色。予亦茫然，未知所税。惟是殚心竭智，大声疾呼，以与风浪争衡于危急存亡之际者。固不惮以身徇之。而其最烈者则十六年之秋，淫雨不休，西风大作。十八年（1679）之冬，久雨之后，继以大水匈发，飓风狂煽，五日之间水高冒堰，一线长堤危同悬缕，予终日跣行惊涛，过颡冰结腰领间不知也，事后思之曾何异强敌当前，石矢交下，而获保无虞，抑亦幸矣。

此其经画指授，则皆出自河宪靳公，如武墩一口，汹涌腾沸，久无成绩，公甫视事，即命于下流稍缓之处直筑拦河大坝一道，坝成再堵决口。于是人力可施及水势渐平，遂获奏功。高堰之决也，堤之内外，湖波荡漾，畚筑无所施，公檄造土船数百，给庸募夫，苇木草束，一时俱办，事赖以集。又往时运口在甘罗城旁，尤属黄淮交会之地，故每值黄水盛或西北风起，未免倒灌，岁有闭闸筑坝之烦，公相度形势，命予酌改运口于烂泥浅之上，挑河一道接淮水远避黄流，外筑大堤以通牵挽，又筑横堤以防河涨，自此黄河无逆入之患，而运河亦免岁挑之烦矣、至翟坝以至周桥，成河九道，盖明万历间有分黄导淮之议，致淮之旁流愈多，正流日弱，刷沙无力，黄流益横，淤沮运道之所由来也。公于十六年（1677）冬命予加筑大堤于一带湖陂，又塞周桥，高涧闸座，仍于堤外增筑坦坡以固堤址，使清淮涓滴无所旁泄，而蓄其全力以攻久积之淤沙。凡诸硕画，虽昔平江诸公不能过也。予皆仰禀成算，幸无陨越，而至于惴惴小心，夙夜不遑，则不敢以不勉。在工诸员，大小不一，予不以体势相临，惟以情意职事，交相劝励，共襄乃绩。他如挑土压埽，工多则费帑，工少则废事，予每先期一日行谕村民，每夫给银四分，以炮声为期，毕集工所，埽下即散，故得不靡帑而事办。其有决口，既多取土为艰者，予往来督视，就水消土露之处，令远者以木为桥，度水挑运，以济舟运之穷；稍近而水浅者，令于水中填出土埂千余道，以济桥木之穷。至堵筑肯綮，尤在中泓，合龙之际，势将收则水势汹涌十倍于时，下埽如两军对垒，事争毫发，苟或人料参差，患在走埽，一埽既动，诸埽从之，予惟先事而戒，罔或弗备。闭泓之日，间值风雨，则挥从却盖，露立水次，不使有一夫之懈。夜则倍其工食，天子勤则加其犒赉，故人役之效命，盖亦鉴其诚焉。要皆之庥福，河宪之吁谟，小臣获告无罪，不胜厚幸。谨记如左，凡在工各员，备著劳绩，并勒名碑阴，以志共襄王事云。

出处：（清）赵田恩《江南通志》（卷五十五）。

毛奇龄

> 毛奇龄（1623—1716），原名甡，又名初晴，字大可。绍兴府萧山县（今浙江杭州）人。明末诸生，清初参与抗清军事，流亡多年始出。康熙时荐举博学鸿词科，授检讨，充明史馆纂修官，寻假归不复出。所著《西河合集》分经集、史集、文集、杂著，共四百余卷。

淮阴戴龙质诗稿序

予以避人之淮阴，淮阴友人争邀致其家而进以食。予尝有札致友云"韩王孙一漂母耳"而予之，为漂母者无算，正指是也。特不见者十年，幸得一见，感生于神明，喜达于色。景大夫见宋玉曰："不虞复见故人，不虞复见楚山之碧！"予亦曰："不虞复见我龙质且不虞复见我龙质之诗之美！"盖欢忻之极，急不能传，则悉举而委之无如，何焉？虽然语有之曰"爱其人者及屋上乌"，予爱龙质即宜爱其诗，不问其诗之当与不当而一以爱之。而予于龙质，则反有推求而不能已者，曰此其所以为爱之者也。悬黎之美者罕矣！当其占美必追摩拂拭，若惟恐玞与碔之得见攘者，而初求其瑕，继指其砟，夫而后孚信？特达一出而天下之英瑶孙焉。今天下孰不好指人之诗而求之于无可指，而后人之好与不好，亦且一见而中其所喜，夫乃见其美也。龙质不自好其诗，然为诗已久，今所存者出游诗耳。当予在淮时，龙质好予诗，尝编予所为诗课其子弟，暨予去淮，而龙质索予书一卷，置之怀袖，且贻札曰："日诵毛诗，宛如对面。"其好予诗如此。然则予之好龙质之诗，岂以云报哉？夫予食漂母之食，而至今无以报也，而谓能报其诗乎！

出处：（清）毛奇龄《西河集》（卷三十二）。

唐允甲

唐允甲，生卒年不详，字祖命，号耕坞，宣城（今属安徽）人。早年受汤宾尹器重，有文誉。明崇祯间被高宏图荐为中书舍人，一时辞命多出其手。后遁迹溪山，以诗酒自娱。著有《时艺集》《耕坞山人诗集》等。

符山堂图记

此符山堂图也，堂为吾友张子力臣读书处。架有藏书数千卷，其金石之文称是。手自较雠，丹黄不辍，性狷洁，闭户却扫，懒与尘容相接。所往还者，仅一三素心之友，当世贤大夫求晤不得。古云："名可得而闻，人不可得而见。殆谓是欤？"邗樵朱二玉氏欣然命笔为图，竹木萋蒨，琴罍渊渟，雅与堂主相称。昔摩诘辋川便自作图，力臣精于绘事，乃借手于客，毋乃负嵇公懒癖，与摩诘石子冈诸诗，每要裴秀才共赋，二玉肯于图中添我一座否？庚戌（1670）四月坐惊坛斋中，斗茗书此，同学老友宣城唐允甲埶手记。时年七十。

出处：（清）丁宝铨《符山堂图卷》；（清）段朝端《张力臣先生年谱》。

孙洴如

孙洴如，生卒年和生平事迹不详。

符山堂记

丙子之役，余读书白下之庐龙山，闭门谢绝宾客。六月中，性符先生扁舟启顿城，闻余在庐龙，辄不长干，拓提而就庐龙，分羽人半榻，并不通刺，以俟自遇。越旬日，余偶岁殿侧，乃得握手论诗文，栖酒为欢，惊叹先生德器，亟重必古处，非独以文章凌轹韩柳也。时偕行有吴子函三画，臻二宗六法之妙，时为我二人图神写志，出之纸画，聚两月别去。相语符山堂水石竹木各足迓余屐，订买一舟相访，不谓风风雨雨，先生去有易箦之痛也。三十季浚，尚有余短枻著符山堂壁间，堂似常有余在，而余身自远其堂。嗟乎！今且老矣，令子力臣兄不求闻达，肆志古学，所谓书藏魅穴千丈函嗜如几席。庚戌（1670）秋杪，至广陵叩余在则，惠顾执犹子礼捈于地，相视喜慰。既而出画卷属余为符山堂记。余独讶朋友道丧，不少，白首陈雷而其后不修世讲之谊，或贫士纳交富贵，客不难远引，孔李以邀回睐。余既贫，以贱与性符先生，又仅两月同砚席。后三十四年中，海桑几变，而力臣于先生两月之友不变，岂非性府先生之言，有以深入力臣之心，而相御诚谨如此哉。

余故记符山堂，又若非记符山堂，但记堂主人父子，情如是。盖堂即巍然鲁灵光，犹有圮时，而堂主人品学情喧，历千古可无？呜乎！余老矣，堂未知复能一到不？堂主人则时时在余目前，读其诗文，性情纤纤，皆在余目前。其主人在堂，又无往而不在余目前也，是则余之所以记符山堂也。

六峰弟孙洴如撰。

出处：（清）丁宝铨《符山堂图卷》。略见（清）段朝端《张力臣先生年谱》。

顾祖禹

顾祖禹（1624—1680），字复初，又字景范。江南无锡人，侨寓常熟宛溪，学者称宛溪先生。以遗民自居，曾应徐干学聘，修《一统志》，书成，力辞疏荐。精史地，所著《读史方舆纪要》，于每一地名之下，必详言历代战守得失之迹，洵为军事地理巨著。另有《宛溪集》。

治淮乃治河治运之先务

淮水经清河县南五里，泗水自北流入焉，谓之泗口，亦曰清口，自古为南北必争之地。今黄河夺泗之流，乃为黄淮交会之冲。淮之南岸，则运河流入焉，所谓清江浦口也。淮河既受黄流之委输，又为运渠之灌注，势不能安流以达海矣。说者曰：淮河受汝、颍、肥、濠、涡、汴诸大川，及淮南七十二溪之水以注于海，水清流疾，恒无壅决之患。淮之患自河合淮始也。河自北而来，河之身比淮为高，故易以遏淮。淮自西而来，淮之势比清江浦又高，故易以啮运。然而河不外饱，则淮不中溃。惟并流而北，其势盛，力且足以刷河淮。却流而南，其势杀，河且乘之以溃运矣。病淮必至于病运者，莫如河。利河即所以利运者，莫如淮。黄、运两河之枢机，实自淮握之。则今日之治淮，乃治河治运之先务也。然则何以治之？曰：吾亦以淮治淮而已。夫淮之源流，于《禹贡》时未有改也。若欲驾其功于神禹之上，则淮不治。昔之淮东会于泗沂，今之淮东会于大河。会泗沂而治，会河则不治者，泗沂小于淮，河大于淮也。我不能使今日之大河如昔之泗沂，乃欲使今日之淮更不如昔之淮，则淮不治。然则高厚其堤防，使淮无所旁出。修明平水之制，使淮不至于涨溢。此陈平江之治淮，所以二百年无事者与。

《河渠考》：隆庆四年（1570），淮决于高堰即高家堰，在淮安府西南四十里，河亦决于崔镇见前大河，漕臣王宗沐修塞之。万历三年（1575），高堰复决于是。山阳、高、宝、兴、盐诸处，悉为钜浸。黄水蹑淮之后，浊流西溯，浸及凤、泗，清口填淤，海口亦复阻塞，而漕黄交病矣。河臣潘季驯以为高堰淮、扬之门户，而黄、淮之关键也。欲导河以入海，势必藉淮以刷沙。淮水南决，则浊流停滞，清口亦埋，河必决溢上流水行平地，而邳、徐、凤、泗不免皆为钜浸。是淮病而黄病，黄病而漕亦病，相因之势也。于是筑高堰堤，长八十里，起自武家墩，经大小涧，历阜陵湖、周家桥、翟坝，以捍淮之东侵。又以淮水北岸有王简、张福二口，淮水每从此泄入黄河，致淮水力分而清口淤浅。且黄水泛涨，亦往往由此倒灌入淮，于是并筑堤捍之堤，使淮无所出，黄无所入。于是全淮毕趋清口，会于大河，以入海。而河与漕俱治。

盖高堰之筑，始于汉末之陈登，修治于明初之陈瑄，而复于季驯云。万历二十一年（1593），淮复决于高良涧。凡二十二口，旋筑塞之。明年，黄水大涨，清口沙垫，阻遏淮水，不能东下。于是挟上源阜陵诸湖与山溪之水暴浸泗州、陵州，城湮没。是时科臣张企程言：周家桥北去高堰五十里，其支河接草子湖，若浚三十余里，一自金家湾，入芒稻河，注之江。一自子婴沟，入广洋湖，注之海，则淮水泄矣。武家墩南距高堰十五里，逼永济河。引水自窑湾闸出口，直达泾河，自射阳湖入海，则淮之下流有归，此急救祖陵之议也。二十三年（1595），淮复决高家堰、高良涧诸处，寻筑塞之。明年，河臣杨一魁以黄淮冲溢，乃议分黄导淮，辟清口沙七里，达淮之经流，建武家墩泾河闸以泄淮之旁溢。又建高良涧减水石闸、子婴沟、周家桥减水石闸，一自岔河下泾河，一自草子湖、宝应湖下子婴沟，俱通广洋湖及射阳湖入海。犹虑淮水宣泄，不及南注各湖为患，又开高邮西南之茆塘港通邵伯湖，开金家湾下芒稻河入江，以疏淮涨，于是淮患渐平。自是虽时有决溢，而培固高堰，增置坝闸之外，无所为治淮长策也。

《两河议》曰：高堰去宝应高丈八尺有奇，去高邮高二丈二尺有奇，高宝堤去兴化泰州田高丈许或八九尺有奇，去高堰不啻卑三丈有奇矣。昔人筑堰，使淮不南下而北趋者，亦因势而导之。不然，淮一南下，因三丈余之地势，灌千里之平原，安得有淮南数郡县俨然一都会耶？万历二十一年（1593），淮漫高堰堤上且数尺，周家桥口原自通行，又加决焉。决高良涧至七十余丈，南奔之势若倒海。高宝、邵伯诸湖堤一日崩者百十余处。于时泗城亦复灌溢，而所减之水不过尺许，则以淮南之地自高宝而东则下，由邵伯而南则又昂，自兴盐以东滨海诸盐场，比内地亦复昂也。泗州之地比高堰为下，与高宝诸州县皆若釜底然，安能免淮之浸哉？虽然，淮之浸，河阻之也。河之阻，未必不仍自淮致之也。高堰一带修守不严，奸商盐贩之徒，无日不为盗决计。泗州之人未究利害之源，但见高堰增筑，势必且遏淮以入泗，惟恐堰之不速溃也。淮之旁流日多，则淮之正流日弱。于是刷沙无力，而黄流益横。清口就淤，势不得不倒灌淮南，决堤堰而败城郭，委运道于茫无畔岸中矣。于此时而议导淮，导淮亦治标之一策耳。善乎先哲之言曰：御黄如御敌，淮日退则黄日进。论者若以导淮为秘计，而不察其为弱淮之先征也，淮之患安有穷已耶？

出处：（清）顾祖禹《读史方舆纪要》（卷一百二十七）。

汪 琬

汪琬（1624—1691），字苕文，号钝庵，初号玉遮山樵，晚号尧峰，小字液仙。长洲（今江苏苏州）人。顺治十二年（1655）进士，康熙十八年（1679）举鸿博，历官编修、户部主事、刑部郎中。有《尧峰诗文钞》《钝翁前后类稿、续稿》。

评枚皋

枚皋自言为赋不如相如，又言为赋乃俳，见视如倡。太史公亦言，文史星历，近乎卜祝之间，主上以倡优畜之。汪子曰：孔子谓文王既没，文不在兹乎，盖文之见重孔子如此。顾汉之君臣，乃以俳优婴戏视辞赋。然则辞赋之文不足与，于孔子之文审矣，而近世士大夫犹沾沾以此自喜。子美云文章一小技，于道未为尊。诚哉，是言也。

出处：（清）汪琬撰《尧峰文钞》（卷八）。

王　熙

王熙（1628—1703），字子雍，一字胥庭，号慕斋。宛平县（今北京丰台）人。顺治四年（1646）进士，选庶吉士，授检讨。官至保和殿大学士，加太子太傅，进少傅。

敕封大觉普济能仁国师塔铭

洪惟世祖皇帝圣德显道，彰于遐迩，深仁厚泽，洽于幽明，妙智圆通，与如来心印为一。尝命访僧伽之行解圆证者，与论向上宗旨。于时有大禅师奉诏入京，曰玉林琇公，盖天隐磬山之子，而临济三十一世孙也。

师讳通琇，号玉林，常州江阴人，族姓杨氏。父芳，母缪氏，皆与般若有大因缘。师之生也，母梦大士携童子自牖入，寤而生师。堕地，敏悟夙成，能语，辄诵佛号，坐常跏趺。十五，阅语录，参谁字，疑情大发，寝食俱废，昼夜彷徨室中。因触翻溺器有省，遂蝉蜕万缘，决意究竟大事。

时磬山修禅师方弘化荆溪，炉鞴正赤，师直造其席依止，受其戒为侍者。进则决疑请益，立雪不移；退则宴默凝神，危坐达旦，必欲见道乃已。一日，于一口吸尽西江水下，瞥见马祖用处，不觉身心庆快，曰：佛法落吾手矣！自此，遇勘辨发语，纵横自如，当机不让。无何，辞归省母，磬山密嘱征信曰：善自护持，勿轻泄也。

师既归江阴，益韬晦，日放旷云水间。偶乘月泛小舟，举头顿忘迷悟，如虚空玲珑，不可凑泊，急就证天隐于武康之报恩。叩击之次，迎刃不留，至掀案而出。隐知其透关，叹曰：此吾宗狮子儿也。隐示寂，遗命令师主法席。师不从，避之凌霄峰绝顶。时天龙业已推出，虽欲埋名烟壑，而众莫之许。师不得已起应之。开法筵之日，黑白环绕者万指，莫不沾被化雨，随根沃润而去。

丙戌（1646），遇大雄，乐其山川幽寂，就荒烟蔓草，葺茅为屋，有终焉之志。然声光外流，逐膻者益众，期年复成薰席。是时，天童方唱道东南，其机锋迅利，诸方无能抗者，惟师以法门犹子，后先角立。应机接物如疾雷破山，龙泉出匣，非真实证悟者，不能窥其纵夺之妙。以故年甚少，出世最早，而握机行令，卷舒自由，闻者莫不钦服焉。

顺治戊戌（1658），世祖皇帝闻师名，遣使诏师。己亥（1659）春，师应诏赴阙，见上于外朝，慰劳优渥。即命近侍送居万善殿，不时临访道要。一日问如何用工，师曰：端拱无为。又问如何是大，师云：光被四表，格于上下。又问孔、颜乐处，师云：忧心悄悄。皇情大悦，命近侍传语，恨相见之晚焉。特赐号曰"大觉禅师"。名香法衣之锡，殆无虚日。寻以母未葬，恳乞还山，诏许之，由内府金钱助之襄事。师受赐归，以十九饭僧放生，而以其一助营塔费，凡畚土运石，一一皆身自为之。庚子（1660）秋，复诏至京，礼运尤渥，进号"大觉普济能仁国师"。至腊月，世尊成道日，命于京师阜成门外慈寿寺为千五百僧说菩萨大戒，又命作《工夫说》刊行之。次年，世祖皇帝升遐，师领大弟子作佛事七昼夜毕，辞还山。钦命遣官护送，其宠荣稠叠，近代无与同者。

师虽遭际昌辰，然性恬，于荣利无毫发矜重意。既归，如野鹤孤云，无所留碍。会于潜，天目师子正宗禅寺岁久隳废，郡人顺天少京兆岵瞻戴君谓，非师无以举扬宗风，光辉祖席。率众延师居之，远迩学徒闻风奔赴，堂序殆不能容，于颓垣败壁中，一弹指间，金辉碧明，楼殿上插云际，而未尝见其有所作为。善权之请，师虽勉强一赴，然旋思归老旧林，亦未尝久留也。

天性至孝，十二岁即丧父，得法后别构草堂于报恩之侧，奉母居之，躬进饮膳。母殁，断食禅定者七日，行道不离殡次者三年。先是师之父振陵翁，与受云栖大戒，深昧禅悦，临终染衣自度，谓师兄弟，不读书，即当出家。母氏亦受磬山记莂，晚年离俗，依师得悟，世号为大慈老人。盖非积庆之家，不能生此大士，而师其全戒孝友，陈睦州大慧杲之风，岂非契经所谓，五因缘中真友者耶，晚年慈心益切，不惮跋涉之劳，意将穷搜泉石，接引缚禅物外，而不与尘世接者。尝叹曰：赵州八十行脚，彼何人哉！

乙卯（1675）春，遂屏给侍，飘然常住，因触热渡江，止于淮安清江浦之慈云庵，索浴说偈而逝。时康熙乙卯八月十日也。寿六十有二，腊四十三。弟子奉龛归天目，全身塔于东坞庵之后陇。

师凡六坐道场，七会说法，解结发覆，妙具善巧。虽沉迷重障，一遭钳锤，罥索无不断绝，焦芽小草，一蒙溉灌，身心无不光润。得法弟子二十余人，皆能传灯续命，接席分辉者也。师广颡丰颐，平顶大耳，面白玉色，目光炯炯射人。宴坐如临大众，故见者不威而慑。一生不蓄私财，即纤细供养，亦不轻受。尝过青县，有苦行僧负斗面设供，随舟行者数日，师怜其诚，为说法要，即挥之使去，终不纳也。每檀施至，辄教以持归，放赎生命，同于摄受。虽膺紫衣之宠，而服用不及恒僧。既悟逸格之禅，复教人兼修净业。五曾弟子，从师持药师琉璃光如来名号得度者，至不可算数，皆谓师从彼世界应化来此方云。

余昔侍从内廷间，立法席之后，亲睹师据师子座，举明正法，发轰雷掣电之机，虽老参宿学，罔知所措。既而闭关习静，龙象萃处一室，而户外不闻人声。至于广厦细旒，从容诏对，语巧意圆，穷极实际，能助九重增长法喜，一时贵近无不函香问道。师于弘法外，不发一言，其善慧深厚如此。是以缁素四众，罔不倾心驯至，名德上闻于天宠，被鸿名，龙光赫奕，则师岂非乘凤世愿轮，随助圣人敷扬大化者乎！谓之优昙钵华千年一现，良不诬也。

出处：（清）玉林通琇撰，音纬等编《普济玉林国师语录》（卷首），同治十三年（1874）释机心刻；（民国）徐钟令《民国淮阴志征访稿》（卷五），民国抄本。

朱彝尊

朱彝尊（1629—1709），字锡鬯，号竹垞，晚号小长芦钓鱼师，又号金风亭长。秀水（今浙江嘉兴）人。康熙十八年（1679）举博学鸿词，以布衣授翰林院检讨，入直南书房，参与纂修《明史》。三十一年（1692）归里，专事著述，有《曝书亭集》《日下旧闻》《经义考》等。

韩 信 论

或曰："韩信之反，信乎？"曰："信不反也。"何以知之？于信之报漂母知之也。方信在淮阴，一市咸笑其怯，母独为进食，宜其有知己之感，千金之报不为重也。迨干楚为郎中，投汉为都尉，至此而天下遂无一人知己者，此信所由亡也。当其时，豪杰并起，可与就天下者惟楚汉，信之亡，将安往哉？盖惟有穷饿于深山以没世焉尔。何也？彼其视郎中、都尉之遇，甚于胯下之辱也。乃高帝一闻萧何之言，不特赦其罪，且以为大将，又设坛场具礼召居上座，自古君臣相遇之隆，未有若高帝之于信也。其知己之感，虽菹醢其身不惜，彼武涉、蒯通之言，曾何足以动心哉？天下已定，信未尝有纤毫之过，而陈平倡伪游之邪说，无故贬爵，使与绛、灌并列，其与郎中、都尉之遇何异？欲禁其无怨望之言，难矣。彼吕后者，包藏祸心，以为信不死，必不为所用，由是文致其辞，戮之钟室；史遂附会其说，谓与陈豨有执手之言。呜呼，以信用兵之神，众寡莫测，欲反则反耳，何藉豨为？信之视豨，犹绛、灌之属，不屑与之言者也。然则，信"悔不用蒯通"之心，非二心！何？曰：信之言曰："衣人之衣者怀人之忧，食人之食者死人之事。"信为高帝所杀，则虽菹醢无憾；其为是言者，深憾为女子所卖也。不然，以漂母一饭之不忘，忍负解衣推食之高帝哉？豫让之死也，曰："中行众人畜我，我故众人报之；智伯国士遇我，我故国士报之。"贾生以让行同狗彘而能抗节若是，孰谓信也行乃出豫让下哉？

出处：（清）朱彝尊《曝书亭集》（卷五十九）。

跋甘罗城小钱文

右钱薄而且小，文正，一字不可辨识。下穿一小孔。相传淮口有土阜，土人目为甘罗城，淮流变迁，遗迹莫考。有掘得此钱者，名之曰甘罗。殆鹅眼綖环，榆荚荇叶之类，此之谓幺钱、幼钱也。

出处：（清）朱彝尊《曝书亭金石文字跋尾》（卷五十九），上海古籍出版社 2020 年 5 月版。

李　铠

李铠，字公铠，号惺庵。江南山阳（今江苏淮安）人。顺治辛丑（1661）科进士，授绥阳县知县。后召试博学弘词科，授翰林院编修，历官太常寺卿、通政使司、内阁学士、礼部侍郎。曾预修《明史》。有《读书杂述》《史断》《恪素堂集》等。

重修清河县学记

考清自南宋建邑，即建庙学于邑治之东。明天启初，西迁二十余步，位阳地良，盖今址也，两代完毁不一。

我朝顺治之间，寇焰未清，戟门泮水，斥为马肆。殆少陵所议，金甲排荡，青衿憔悴。时乎芹藻无色，弦诵绝声。曾几何年，毋感乎士气不扬而贤书罔膴也。

自邑父母管侯下车，先行大昕鼓征礼，睹茂草萋然，舍莱失所，喟然进师儒而谋之曰："学校，风教之基，奈何不急戒若事，以滋陨越。"咨学谕吴君代董其事。于是，鸠匠备材，程工量物。凡木石、陶瓦、编度、砻斫、丹绘、金茨之具，靡不厘；殿堂、门庑、阶级、垣堨、绮蔬、罘罳之属，靡不饬。已而，栋宇翼如，衢道廓然。月吉，群俊造于庭，羽钥彬彬，诗书秩秩，雅足观也。

因思学也者，立身之本也，不可以岁禩弛，不可以疲小遗。清虽蕞尔区，而英尤之诞。初不择地，今幸当解愠之余，值右文之代，尚其争目濯磨，好古深思，以求日新而月异。大则羽翼当世为冯翼，为孝德听用者之所使；次亦洁修自励，立志勿欺，为典型于乡国；庶不负崇奖振兴之意乎！若徒怀铅抱椠、数墨尊章以取世，资此小儒之业，恐侯为多士勖，不仅此耳。工既成，计新先师庙五间，凡三楹；重棂星以丹漆，较昔高若干尺；作泮池于桥门之内；皆自圮而重构者。明伦堂、启圣宫，一仍其旧，一新是图。总计物料、工价若干缗，管侯倡率之功居多，是得为政之大者哉。大政既先，细事应毕举矣，宜勒诸石，以示来许。

出处：（清）朱元丰、孔传櫺纂订，吴诒恕纂《乾隆清河县志》（卷十三），乾隆十五年（1750）刻本。

总督傅公遗爱碑记

国家选建大臣抚军，而上更立总督，钤制二省，弹压百僚。凡文武之权，军民之事，悉皆委之，任至重也。数十年来，后先辉映，翼赞皇猷者，固不乏人；然正己率属，实心实政，仰体我皇上委任至意，奠生民于隆平之世者，若傅公尤为彰明杰出者也。

公以重望，历跻卿班，久为皇上所宠眷。一旦两江员缺，总理需人，特简我公。公荷付托之隆，矢自命之素，夙夜冰兢，殚心竭力，不遑宁处者，盖数年于兹矣。

其甫下车时，端凝镇静，不事矜张。大小僚属，望风凛凛，率改弦易辙，奉职惟谨。其不怒而威有如是。

迨燃犀所至，凡两江数千里之遥，如在指顾其间。官吏之廉墨、风俗之醇漓、军民之利弊、绅士之谨肆，虽至纤悉，靡弗周知。他如（谳）决之矜全、灾眚之题豁、刁风之禁戢、和税之蠲除，与夫盗窃之捕缉、逃旗之盘查，署政班班，不可枚举。两江赤子受福庇者，不啻游于春台，登之衽席，遂生复性，各得其所；而谓可一日少公，公可一日去斯民哉！

岁癸酉（1693），驰驿陛见我皇上，嘉乃丕绩，慰慰特优，锡以衣裘，聿昭异数，以两江重地赖公锁钥，非此不足以显公德业也。公归任益笃，棐忱以阃，报称无何，积劳有素。不觉以数百年不敝之身，一旦殒于官廨矣。

呜呼！公遭际非常，民方系望，溘焉长逝，实切痛心。以故讣下之日，居者哭其巷，行者哭于途，士农工贾如失怙恃，非有深仁，乌能感动若斯之甚耶！虽然，斯固两江之民食公之德，戴公之恩，人人共具之情也。至于淮清赤子，其受赐于公，虽至千百年而流惠无穷者，莫如请除粮累一事。盖清邑治滨黄流，民贫地瘠，所资以养生者，不过此沙卤之田而已。自大工兴而田之筑于堤者凡几，田之浚于河者凡几，田之植于柳者又凡几，夫有田乃有粮，田去而粮未豁，民何以堪。三十年冬，靳大中丞具题，公奉命会同钦差部堂查勘蒿目地方情形，陈词入告，一切堤柳挖废田粮，始邀除豁。斯民有田而被挖废，固已困矣；民无田而粮仍累之，其困又当何如？公之勘豁，是不独为清民一时计，直为清民子孙世世计矣。

公之膏泽，宁有涯涘也耶！是则，两江之民沐公之泽固深，而清之民沐公之泽为尤深。两江之民感公之恩固切，而清之民感公之恩为尤切也。清之人士爰向余请曰："傅公之德至矣。愿乞一言，勒之贞珉，以志不朽，其勿吝。"余不禁欣然捉笔，以扬挖其梗概云。

是为记。

出处：（清）朱元丰、孔传檀纂订，吴诒恕纂《乾隆清河县志》（卷十三），乾隆十五年（1750）刻本。

徐乾学

徐乾学（1631—1694），字原一、幼慧，号健庵、玉峰先生。江苏昆山人，康熙九年（1670）进士第三名（探花），授编修，先后担任日讲起居注官、《明史》总裁官、侍讲学士、内阁学士、左都御史、刑部尚书。曾主持编修《明史》《大清一统志》《读礼通考》等，著有《读礼通考》《通志堂经解》《传是楼书目》《澹园集》等。

治 河 说

古之言治河者众矣。河既善徙，决无常处，治之亦无常法，在因其时，相其地，审其势，以为之便宜，而非可以数见之成言，已湮之故迹，谋其实效也。古之善言河者，莫如汉之贾让，元之贾鲁，今观其前后三策，仅可施之北河，与今日东南之势大异。即明宋濂之说，浚淮导济，南北分行，亦非今日运道所宜。若徐有贞之治水闸疏水渠，其说专主乎疏，谓一淮不足以受全河也。刘大夏之堤荆隆镇安平，其功特着乎塞，谓取全河而注之一淮也，与今之所患，河不入淮，其势又不相侔矣。今朝廷之上，不惜以重费鸠工，而河臣仔肩于下，勒限受事，庶几底绩可期，然善后有策，岂无说以处此乎。

请以今日之黄河论之，岁修有防矣，抢筑有备矣，遥堤、缕堤，在在相望矣。乃一逢溃决，制御莫施，数年以来，屡见于宿迁、桃源之境。此地去海甚近，而每多冲决，非海口之淤为之乎。自白洋以东，向之河身广为一二里者，今止以数丈计，即新开引河，力为利导，而河性不趋，则云梯关之雍塞非一日矣。论者曰堤防既立，水必归槽，藉以冲刷海口，可不浚自开。然沙壅日久，土坚且厚，即决已塞，而欲用水攻沙，正恐下流难达，其势必将别溃，是必云梯关之工，与桃宿决口并举，而逆河入海之遗意，庶乎无失也。

请以今日之淮论之，淮以上为七十二溪，是洪泽。淮以下为白马、氾光诸湖，中立一堤障使东指，所恃者惟高堰耳。高堰一倾，清水潭数决，致淮扬二郡巨浸累年。今高堰修筑已成，淮水宜静向东行，而清口之流，浅隘如故。惧淮水之复入诸河，是必大辟清口与高堰一工，彼此相济而后可以无虞也。

请以今日运河论之，运河以内，有浅涸之虞，必取给于山左诸泉。而昔之水柜，如马踏高柳等湖，今成平陆，一遇旱干，必有浅阻，是五湖旧迹，不可不讲也。运河以外，有冲击之虞，如曹单金鱼诸县，南临大河，惟赖太行古堤障之。今河势不东，虑其北走，闻曹单以西，扫湾而北，渐逼馆陶，是张秋之决，曾见于顺治间者，不可不预为之防也。

请以今日黄淮之交论之，清口以南有清江埔，其北有清河县，其东有徐家沟云梯关，而黄淮交会之要地，全系于清口。今清江浦外涨沙长及数里，水力不足以刷之，是必别建一工，开引河于厚沙之中，然后东行之势可复也。

请以今日黄运之交论之，运河之口，必达黄河，而黄河一涨，必入运河，浊流倒冲，不入旋淤，如直河董口骆马诸道，数迁数淤，其明验矣。今既别开皂河，安可不为之长计乎。闻昔之茶城有镇口三闸，今之清江有惠济三闸，皆防黄水之溢入耳，宜仿其遗制，立启闭法以截黄流，即于闸外数里，立每岁冬春大挑法，以为常。不然，而黄涨必淤，纷纷迁改，终无益也。故曰异代之法不可以治今日之河，此河之治不可以为彼河之法，时为之，地为之，势为之矣！安敢以胶柱之见，筑舍之谋，取旧日之陈言，轻为借箸哉。

出处：（清）贺长龄《皇朝经世文编》（卷九十六）。

靳　辅

靳辅（1633—1692），字紫垣，辽阳州（今辽宁辽阳）人，隶汉军镶黄旗。顺治九年（1652）考授国史馆编修，历任内阁学士、安徽巡抚等职。康熙十六年（1677）被任命为河道总督，对黄河水患进行了全面勘察，提出了对黄、淮、运三大河流进行综合整治的详细方案，并积极组织实施，终使堤坝坚固，漕运无阻。著有《靳文襄公奏疏》《治河方略》等。

河道敝坏已极疏

题为河道敝坏已极，修治刻不容迟。臣谨先陈淤塞之原，并将因势利导之策，分疏具题仰祈皇上睿鉴，速赐允行，以通运道，以足额赋，以拯昏垫之民生，以保见在之田土事。

窃微臣本驽骀陋质，荷蒙皇上殊恩，授为安徽巡抚，奉职六载，寸善无闻，乃皇上不以臣为庸劣，反加优擢，升为河道总督。臣拜命以来，夙夜兢兢，既感且惧。感者，感皇上知遇隆恩，臣虽肝脑涂地无以图报于万一；惧者，惧臣才庸体弱，惟恐不足当兹重任有负皇上简拔之盛心也。是以臣朝夕孜孜，惟虞陨越，计自四月初六日于宿迁县到任之后，虽会同钦差侍郎、臣折尔肯等察审河务，会勘云台山等事，一面即遍历河干，广谘博询，求贤才之硕画，访谙练之老成，毋论绅士兵民，以及工匠夫役人等，凡有一言可取，一事可行者，臣莫不虚心采择，以期得当。历今两月有余，竭尽臣之耳目心思，备稽当日所以敝坏之缘由，力求今日所应补救之次第。

大抵治河之道，必当审其全局，将河道运道为一体，彻首尾而合治之，而后可无弊也。盖运道之阻塞，率由于河道之变迁，而河道之变迁总由向来之议治河者多尽力于漕艘经行之地，若于其他决口，则以为无关运道而缓视之。殊不知黄河之治否，攸系数省之安危，即或无关运道，亦断无听其冲决而不为修治之理，矧决口既多，则水势分而河流缓，流缓则沙停。沙停则底垫。以致河道日坏。而运道因之日梗，是以原委相关之处。断不容于歧视也。今若不察全局之情形，事势而因循故事，漫为施工，则堵东必西决，堵南必北决，徒费时日，徒縻钱粮，而终归无益。岂惟无益，将河患日深而莫可救药矣。何也？黄河之水从来裹沙而行，水大则流急，而沙随水去；水小则流缓，而沙随水漫。沙随水去则河身日深，而百川皆有所归；沙停水漫则河底日高而旁溢，无所底止。故黄河之沙，全赖各处清水并力助刷，始能奔趋归海而无滞也。查今日河患之所以日浅者，皆因顺治十六年（1659）至康熙六年（1667）、七年（1668）间，所冲之归仁堤、古沟、翟家坝、王家营、二铺、邢家口等处，各决口不即堵塞之所致也。盖归仁一堤原以障睢水，并永涸邸家、白鹿诸湖之水，不使侵淮，且令由小河口、白洋河二处入河，助黄刷沙者也。自顺治十六年归仁堤冲决之后，睢湖诸水悉由决口侵淮，不复入黄刷沙，以致黄水反从小河口、白洋河二处逆灌，停沙积渐淤成陆地。至康熙六、七年间，各处水大黄淮并涨，黄涨而王家营、邢家口、二铺口等处冲溃矣，淮涨而古沟、翟坝等处冲溃矣。王家营、邢家口、二铺口等处冲溃之后，黄河之水由决口四漫者多，而由云梯关外入海者少古沟、翟坝等处冲溃之后，淮河之水由高宝诸湖直射运河，冲决清水潭，下淹高、江等七州县之田者多，而赴清口会黄入海者少。河淮两水俱从他处分泄，不复并力刷沙，以致流缓沙停，海口积垫日渐淤高，从此由远至近，由外至内，河沙无日不停，河底无日不垫，海口淤而云梯关亦淤，云梯关淤而清江浦清口并淤矣。迨至康熙十五年（1676）间，各处又复水大，黄淮又复并涨，清口以下之河身既高，不能奔趋归海，而睢湖诸水又合淮水，并力东激，以故除古沟、翟家坝等原冲九处之外，又将高良涧板工冲决大小二十六处，高家堰石工冲决口大小七处，诸水尽由各决口直注运河，加冲清水潭、三浅等处各决口，下淹七州县之田，而涓滴不出清口。黄水又乘高四溃，冲决于家冈等处，又复灌入烂泥浅，将武家墩板工冲决五十丈入故明所开之废河，历杨家庙会合淮水，直奔清水潭，其武家墩上流刷成大河宽一二百丈不等。又分一股入洪泽湖，由高家堰石工决口会淮并归清水潭，而于各旧决口之处，则又浸淫四漫，较之以前势愈分泄，以致下流更淤，而河身之高垫更不可言矣。查自清江浦至海口约长三百里，向日黄河水面在清江浦石工之下，今则石工与地平矣。向日河身深二三四丈不等，今则深者不过八九尺，浅者仅有二三尺矣。黄河淤运河亦淤，今淮安城堞卑于河底矣。运河淤清口与烂泥浅尽淤，今洪泽河底渐成平陆矣。况尤有堪虑者，目今现在之河身既已垫高若此，而黄流裹沙之水则自西北万里而来，昼夜不息，一至徐邳宿桃等处，即便缓弱散漫，臣目见河沙无日不加积，河身无日不加高，若此时不及早大为修治，则不特洪泽湖渐成陆地，将见南而运河东，而清江浦以下淤沙日甚，行见三面壅遏而黄流无去路矣，夫以万里远来浩浩滔天之水，竟至无路可去，则势必冲突内溃，而河南、山东二省恐俱有沦胥沉溺之忧，彼时虽费千万金钱，亦难以克期补救。臣是以谓今日敝坏已极，修治刻不可缓也。但既经修治，则必使无旋修旋圮之虞，更必使有可行可久之道始为有当。臣逐细筹酌，其间修举情形，有必当师古者，有必当酌今者，有须分别先后者，有须一时并举者，总以因势利导，随时制宜为主。

臣谨竭臣之愚，备采众论而详加斟酌，将应行事宜分为八疏，条列具题，贴黄难尽，伏乞皇上睿鉴全览，敕部速议允行。庶已淹之田可耕，见在之地可保，运道可通，额赋可复，其于国计民瘼，诚均有攸赖矣。

出处：（清）靳辅《靳文襄公奏疏》（卷一）。又见（清）傅泽洪《行水金鉴》（卷四十七）。

注释： 康熙十六年（1677），靳辅担任河道总督，经过实地调查，靳辅写成《河道敝坏已极疏》和《经理河工八书》向皇帝上奏，指出运道的阻塞是由于河道的变迁，河道的变迁是由于向来治河之人多数只在漕船经过的地方尽力修治，而对其他地段不予重视；只有将黄河、淮河、运河进行综合治理，才能从根本上消除河道弊病。

挑清浦至海口疏

臣惟河道坏，至今日已称至极，修治之不可缓，尽人而知之矣。然事势有顺逆，施工有次序，必须分别先后之宜，而后可斟酌兴举也。

臣窃见今日治河之最宜先者，无过于挑清江浦以下，历云梯关至海口一带河身之土，以筑两岸之堤也。查清江浦以下河身，原阔一二里至四五里者，今则止宽一二十丈；原深二三丈至五六丈者，今则止深数尺。当日之大溜宽河，今皆淤成陆地，已经十年矣。兹欲令黄淮之水，尽从此故道入海，必须略开去路，导之使行。盖筑堤堵绝用水刷沙，虽为治河不易之策，然河身淤土有新久之不同。三年以内之新淤，外虽板土而其中淤泥未干，冲刷最易。五年以前之久淤，其间淤泥已干，与板沙结成一块，冲刷甚难。故必须设法疏浚也。今自清江浦至海口一带河身之淤，既经十载，如臣不从万全立议，而贸贸以治新淤之法治之，恐决口尽堵，黄淮齐下之际，因河身浅窄，一时冲刷不开，又生他变。则臣一身受溺职之罪固不足惜，其如已费之钱粮，将来之国赋，民生之昏垫，何哉？况用水刷沙，即曰不必挑浚，而束水归漕，则又必须筑堤，既筑堤矣，与其取土于他处，何如取土于河身，寓浚于筑而为一举两得之计也。

今臣拟于河身两傍近水之处，离水三丈下锹掘土，各挑引水河一道，掘面阔八丈，底阔二丈，深一丈二尺，以待黄淮之下注。盖黄淮下注之日，中央既有一二丈旧有之河，左右又各有八丈新凿之河，其所存两旁之地虽属坚土，而薄仅三丈，一经三面之夹攻，顺流之冲洗，不待多时即可尽行刷去，将旧有并新凿之河俱合而为一矣。又两旁既各挑深一丈二尺，则中央河心自可刷至二丈之外，河至深二丈，宽四十丈，便不窄浅，从此日洗日刷，日深日宽，自可免意外之变，而渐复当日之旧矣。其所浚丈尺，计每地一丈掘土六十方，即以之挑筑两岸之堤，底阔七丈，面阔三丈，高一丈二尺，每丈亦用土六十方也。查工部尚书臣冀如锡等条奏，内开堤底以八丈为度，面以五丈为准，高以一丈五尺为凭等语，计每堤一丈应用土九十七方半，诚为防河至坚之策。今臣所议高阔之数，俱减每堤一丈止，科用土六十方者，盖以物力艰难，姑暂从减省拟议，俾其足以抵当河水而止。仍俟物力稍宽之时，再行量拨人夫，协同议设守堤之兵，加高加厚仍如部臣等条议丈尺之数可也。

至部臣等原疏内开南岸自白洋河至云梯关止，北岸自清河县至云梯关止，务须一律修筑等语，俱应照议兴筑。查白洋河至云梯关约长三百三十里，清河县至云梯关约长二百里，以每里一百八十丈科之，共约长九万五千四百丈，每丈用土六十方，共计用土五百七十二万四千方，其九万五千四百丈之内有原未有堤者，有原有堤而今全无土者，有原有堤而今更缺注须增填者，有堤根存土高一二尺至六七尺不等、宽三四尺至一丈五六尺不等者，合有无多寡而计之，牵约存旧土高三尺、宽八尺，每堤一丈计，牵约存旧土二方四分，通共约存旧土二十二万八千九百六十方，实须增土五百四十九万五千四十方。至于取土之处，虽以离水三丈为度，然河身有在中央者，有折流在南岸及北岸者，远近不齐，必须随地科算。总之离堤三十丈之内不许取土，其三十丈以外取土者，每土一方用夫三工，一百二十丈以外取土者每土一方用夫四工，二百四十丈以外取土者用夫五工，合远近而牵算之，大约每土一方用夫四工，两岸之堤共享土五百四十九万五千四十方，应用夫二千一百九十八万一百六十工，每工照例给银四分，通共需银八十七万九千二百六两四钱。

又自云梯关外以至海口尚有百里之遥，除近海二十里潮大土湿之处无容置议外，其余八十里之河身情形俱与云梯关内无异，若不量挑浚以导之，量筑堤以束之，则黄淮合流出关之际，河身既窄而浅，两旁又坚而厚，大水骤至，不能承受归漕，势必四处漫溢，虽关外漫溢与运道民生无涉，然一经漫溢则正河之流必缓流，缓则沙必停，沙停则底必垫，关外之底既垫，则关内之底必淤，不过数年当复见今日之患矣。臣闻治水者必先从下流治起，下流疏通则上流自不饱涨。故臣又切切以云梯关外为重，而力请筑堤束水，用保万全，不敢泄泄从事，以贻后此之大害也。惟是近海之堤止期足以拦水，可以不必过于高厚，堤底止须宽五丈，面亦须宽三丈，高止须六尺，亦一体照取河心之土筑之。两岸共堤一百六十里，计长二万八千八百丈，每丈用土二十四方，计用土六十九万一千二百方，用夫二百七十六万四千八百工，每工照例给银四分，通共需银一十一万五百九十二两。二共需银九十八万九千七百九十八两四钱，统于臣第六疏内设措钱粮以给之，其需用人夫共计二千四百七十余万工，应限二百日完工，计每日需夫十二万三千七百余名，念淮扬附近人民尚须供臣后疏挑浚帮堤堵决等各工之用，断断不能更有如许多夫前来应募。

臣查康熙九年（1670）前河臣罗多兴修黄河各处之工，除调用各处泉浅等夫外，曾经令山东、江南邻郡地方协募赴工在案，今此工之大数倍于前，不得不循例而行。臣拟令江南之凤阳府属募夫一万五千名，江宁府属募夫一万名，苏常二府属各募夫八千名，镇太二府属各募夫四千名，徐州并属募夫五千名，滁州、和州并属各募夫二千名，山东兖州府属募夫一万四千名，济南府属募夫九千名，东昌、青州二府属各募夫五千名，河南开封府属募夫一万三千名，归德府属募夫八千名，尚少夫一万一千七百余名，应于淮属之邳海雎宿赣沭六州县地方召募，其募夫之法各该府州就所属州县之大小近便酌量派募，务募二十岁以外四十岁以内精壮强健之夫，赴工常川供役，不许以老弱塞责及往来更换，以致旷误工程，即于该府属首领州县佐贰杂职等官内遴选能干之员专管验募，限部文行到该省半月之内募齐人夫，各带土车锹担等器，飞星押赴工所，董率料理，依限挑筑。至于地广夫多，其间恐有偷安苟且情弊，必须用画段丈验之法以厘之，其法容臣预督各监理官量取土之远近，按工画段，每用夫五千工为一段，编定字号，插牌标识。其中有原系平地者，有更有缺洼须填者，有存旧地之土多寡不等者，并堤段长短丈尺之数，逐一书明标识之上，仍立簿一本，一体登记，交各监理官收存。各监理官即按各州县协募人夫多寡之数，照工拨给堤段，令其如式挑筑。臣仍亲临工所，用部臣冀如锡等条议铁杆，杆隙盛水不漏之法，不时查验以别其夯杆之坚否。

臣更请立惩劝之典，以鼓舞而警策之，凡各州县协募人夫有老弱病废及奸猾逃逸一名至五名免议外，六名至二十名者，各该州县罚俸半年，所委专管官罚俸一年；二十一名至五十名者，州县官罚俸一年，专管官降一级调用；五十一名至一百名者，州县官降一级留任，专管官降二级调用；一百名以上者，州县官降一级调用，专管官革职。其所筑堤段如有一处夯杆不坚，盛水即漏，并底面丈尺虽合而面上两旁低洼有三四丈者，将专管官降二级调用，三处以上夯杆不坚盛水即漏并底面丈尺虽合而面上两旁低洼至五丈以上者，将端管官革职。如所募之夫尽皆壮健并无一人逃逸，所筑之堤随验俱坚，堤面两旁丰满处处合式者，该州县官不论俸满即升端，管官如系正途照依应升之，缺加二级即升。如非正途俱准照正途注册，一体加二级即升，更请责成道府州并监理各官，如各该道府州所属有一官议处者，将该道府州罚俸半年，两官议处者将该道府州罚俸一年，三四官议处者将该道府州降一级调用，五六官以上议处者将该道府州降二级调用。所属委官督工勤干筑堤坚固如式，依期早早告竣者，将该道府州亦不论俸满即升。其各监理官除募夫一项与伊无涉不议外，凡伊所管各州县委官之内，有因夯杆不坚，筑堤不丰，满一员议处者，将监理官罚俸一年，二三员议处者将监理官降一级调用，四五员议处者将监理官降二级调，用六员以上议处者将监理官革职。如议处议叙相同者，准与抵算如监理官；揭参者准免连坐。若并无议处止有议叙者，将监理官照伊原任应升之。缺加二级从优即升。如此则各官俱知勉励，可无阘茸贻误之虞矣。

出处：（清）靳辅《靳文襄公奏疏》（卷一）。又见（清）傅泽洪《行水金鉴》（卷四十八）。

注释：此为靳辅《敬陈经理河工八疏》之第一疏。

挑疏清口疏

窃照臣请挑清江浦而下至海口一带河身之土，以筑两岸之堤，乃先治下流，以导黄淮归海之计也。然下流虽治，上面有淤垫之处，不行急早疏通，则高家堰等一带决口尽堵，淮水直下之时，难免阻滞散漫之虞。查洪泽湖下流高家堰以西，至清口约长二十里，原系汪洋巨浸，为全淮会黄之所。自淮流东决，黄水逆灌之后，将此一带河身渐渐淤成平陆，向之汪洋巨浸者，今止存宽十余丈，深五六尺至一二尺不等之小河一道矣。查工部尚书冀如锡等条议内开清口一带沙淤之处，速行挑浚等语，然淤沙万顷，挑浚实难。

臣再四思维，惟有仿照挑浚清江浦以下河身之意，于小河两旁离水二十丈之地，各挑引水河一道，俾其分头冲洗，庶可渐渐刷开。至于挑清江浦引水河，臣止拟离河身三丈，而此处议离河身二十丈者，盖清江浦以下系十年久淤之坚土，而此乃三年之内之新淤。臣曾带领夫役掘土试验，浮土一层板土深有二尺，下则系淤泥尺许，淤泥之下又属板土，板土之下又属淤泥，掘深六尺有奇而尚不能到当日之湖底。且面层板土虽极坚硬，而第二层板土因在淤泥之下，反润而松，故虽离河身二十丈之远，而易于冲刷，不久便可合而为一也。惟是此处淤沙既易冲刷，而臣亦议开引水河者。盖臣目击面层板土之坚硬，恐一时冲刷不开，又于他处生变，亦未可定。因思此番工程钱粮人力无不浩繁，若有一处虑不周到，恐致差之毫厘失之千里之悔。是以不敢不略议导引之策，以图万全耳。其所挑引水河应面宽六丈，底宽二丈，深五尺，每淤地一丈掘土二十方，远倾于引水河六十丈之外。两岸共计七千二百丈，共掘土一十四万四千方，每方用夫三，工共享夫四十三万二千工。照例每工给银四分，共需银一万七千二百八十两，亦于臣第六疏内措设钱粮给用。此工一治，庶淮河下注之时，可以冲辟淤泥径奔清口，会黄刷沙，而无阻滞散漫之虞矣。

出处：（清）靳辅《靳文襄公奏疏》（卷一）。又见（清）傅泽洪《行水金鉴》（卷四十八）。

注释：此为靳辅《敬陈经理河工八疏》之第二疏。

高堰坦坡疏

臣惟淮河之下流既已疏治，则水可直行而会黄刷沙矣。但临湖一带，除见在原冲各决口外，其余堤岸无不残缺单薄，危险堪虞。若竟堵决口而不先修残堤，俾极坚固则水将寻隙地奔溃，势必堵者方堵而决者又决，岂非徒费钱粮，徒劳民力耶，此帮修堤岸又断不容缓者也。查工部尚书冀如锡等条奏疏内原有石工定要加高三尺，残薄之堤一律修葺，高良涧一带土堤必照修筑高堰之法一律宽阔等语所，议极为周匝。惟是部臣等之议专为坚固起见，而臣身膺治河之职，当钱粮绌乏之际，不得不反复筹维力求节省也。大抵堤以拦水只期修筑得法，使水不能冲倒而止，似不必拘拘于石工埽工板工。盖石工之费数倍于板，若将高良涧五千二百余丈板工尽改为石，费实浩繁，即或石仍石而板仍板，现据山盱同知多弘安估计，加高帮阔工料，册内开自七里墩至周桥闸共长一万一千五百余丈，应用石板埽工并修一带残缺段口，共需银三十九万五千五百余两。臣就该同知所估石埽板工之册而核算之，并无浮滥则其费亦非小也，况板工一项皆系以桩拦板，以板束土用之，平日尚有不能耐久之虑，若遇大水乘风一击而土松，再冲而土卸矣，劳民伤财将何底止。

臣再四思维，因见淮湖运河等处板工易于损坏，即石工之倾圮者亦不可胜数。惟见堤下系坦坦平坡者，则虽遇大水而不致冲塌。盖水性至柔而乘风则刚，其板石诸工率皆陡峻，故怒涛撞激易于崩冲，若遇坦坡则水之来也不过平漫而上，其退也亦不过顺缩而下，堤制水而不能抗水，故虽大水乘风止于随高逐低而无怒激之势，水既无怒激之势故自无冲崩之虞，此乃以柔制刚之道，诚理势所必然者。今欲求费省工坚，惟有帮修坦坡之法，可为久远卫堤之策也。其法于堤外近湖之处挑土帮筑坦坡，每堤高一尺，应筑坦坡五尺，若高一丈之堤，则坦坡应宽五丈，即有旧存桩木，亦听其埋于土内，以为堤骨，一律夯杵，务期坚实，密布草根草子于其上，俟其茂长，则土益坚，堤土既坚而又有草护，再行设兵看守之法，禁止民人之樵采驱逐牛畜之蹂躏,则坦坡自可永久无虞。坦坡无虞,则本堤更属万全矣。至于高家堰一带石工,亦宜照此帮筑坦坡,将石工并埋土内,更为至坚至稳之着也。

查自运河西岸历七里墩、武家墩、高家堰、高良涧至周桥闸北止,共长一万二千八百余丈,内有三千八百余丈可以竟筑坦坡,其余约九千丈堤根见被水占,必须先于离堤一丈之处密下排桩,多用板缆以蒲包包土填出水面,然后用芦柴衬一尺高小埽镶边,内加散土用力夯杵,筑成坦坡一丈。俟全淮下注,则堤外之水自即退去,水退之后,再行挑土帮修到底,并将排桩尽埋土内。至此一带堤身向来原窄面不过二丈有奇,底不过三丈有奇,自上年冲塌淋卸之后,处处单残石工堤面犹有宽二丈者,板工堤面宽者不过丈余,窄者仅有二三尺,今本应悉照部臣等所议加高加宽丈尺之数,但取土远极,挑运万难,其加宽之处姑先以二丈五尺为准,俟水退土出,亦再令守堤之兵逐渐帮筑。

今查高家堰高良涧一带板石诸工原高约有七尺,应如议再加三尺,共高一丈,堤底外宽五丈,内宽一丈,连本堤二丈五尺共宽八丈五尺,堤面宽二丈五尺,每堤一丈用土五十五方,今可以竟筑坦坡之三千八百余丈,见存堤底约牵宽三丈五尺,堤面约牵宽一丈五尺,高仍有七尺许。每堤一丈约存旧土十七方五分,应增土三十七方五分,通共约用土十四万二千五百方。近者取于半里之外,远者取于一里之外,用夫四工,挑土一方,共享夫五十七万工,照例每工给银四分,共需银二万二千八百两。其余九千丈俱应先筑坦坡一丈,计每堤一丈,暂省土十六方,实用土三十九方。然堤身颓卸单残已称至极,每丈堤底约牵宽三丈,面约牵宽六尺,高止约牵五尺,每堤一丈约存土九方,应增土三十方,共堤九千丈应增土二十七万方,近者取于七八里之外,远者取于二十里之外,往返艰难,不便计夫挑筑,必须照清水潭计箩买土之例,每方五十箩,共计土一千三百五十万箩,每箩给银六厘,共需银八万一千两。又桩木板缆蒲包秫绳边埽匠工等项,每丈约需银十两,共需银九万两。三共实需银十九万三千八百两,然所需之数较之见估用板用石用埽之工,可节省银二十万一千七百余两,且可免板工冲击颓卸之患也。

出处:(清)靳辅《靳文襄公奏疏》(卷一)。
注释:此为靳辅《敬陈经理河工八疏》之第三疏。

酌改运口疏

题为题明酌改运口以免再垫运河事。窃照淮扬运河由江达淮，绵长四百余里，其出口之处是为清口，离淮黄交会之所不过二百余丈，黄流稍涨即从清口灌进运河，以致运河之底逐渐垫高，岁须挑浅，劳民伤财，不可殚计。臣检阅明时旧制，亦因黄流屡垫，运河原有重运过淮之后，随即闭坝拦黄，除贡鲜船只仍应开放之外，直待回空南下，始行启坝等。因载在河志诸书可考。然臣思闭坝之说，不特不便于商民关榷，而空重往来之时，仍不能禁黄流之不进，是苟且之策，而非不易之计也。

今臣奉命将运河大为深挑，不敢不另图良法，以期永远。查目今高家堰决口七处，久已尽行堵完，高良涧决口二十六处，亦将堵竣，止余数十丈未合龙门，计是月之内皆可断流。虽翟家坝成河九道之处尚在次第兴修，而约略淮流之下注者已有十分之七，黄河从杨家庄决口北泻之后，桃源、清河每多浅涩。臣虑阻运道，一面委官雇觅夫船，用铁扫帚往来揭沙；一面委官多募人夫，将杨家庄南岸挑挖引水河一道，挽流济运。今黄流之下注者尚不及十分之一，然淮黄交会之处观其水势，每遇西南风作，则淮流稍胜于黄，而东北风起，则黄淮势便相敌。将来各工告竣之后，淮河之水不过增十分之三，而黄河之水尚当增十分之九，则其内灌运河有理势所必然者。

臣往来相度查清口迤南之河，乃臣上年九、十月所挑之烂泥浅第一道引河也。清河西南一里许，又有支河一道，乃臣今年春月所挑烂泥浅第二道引河也。自清口向东南行七里，是为七里墩，旁有石闸一座，即名七里闸，闸内有淤高河形一道，系明季所挑新河，闸外则原属洪泽湖之滩地也。今闸之内外悉皆淤成平陆矣。自清口进河向东北行二里许，是为新庄闸，即天妃闸，乃漕运咽喉。又东行一里许，是为文华寺，即明季所挑新河之尽头也。臣再三筹酌，必须将清口永远闭断，从文华寺淤高之新河迤南，挑七里直至七里闸，以七里闸为运口，折而西南又挑七八里至武家墩，再折而西北又挑三里许达烂泥浅第一道引河之上流通舟济运。复将烂泥浅第二道引河临湖去处，乘今冬水涸之时，再挑小支河数道多，引湖水使归。第二道引河下注清口用以敌黄，凡北上之运艘与一应商民船只不令由新庄闸并清口出入，而令由文华寺出七里闸，绕武家墩入烂泥浅第一道引河之上流，下达清口，转入黄河。如此则运口与淮黄交会之处相隔十有余里，且河身曲折，而又另有敌黄之支流，则黄水虽当伏秋暴涨之际亦不能更灌运河，运河既不为黄水所灌则自无垫高之患。此后不必年年挑浚，即或年深月久，两岸积土淋入河中，亦止须隔数年而量为小挑，其节省之民力钱粮殆亦不可胜计矣。

臣约估所费，查七里闸一座原为减水而未常通舟，墙底俱高必须拆修方可通运，然石料俱在，惟用人工与灰米等项，并武家墩受水之处须筑石矶数十丈，束水俾湖波虽值大涨之际，亦不得多进运口。又文华寺出口之处，亦于北岸筑石矶数十丈，以御冲击。连一切挑河诸费，不过需银三万余两。然此工一成，则臣原题第五疏内挑河土方亦可量为减挑，节省钱粮十万余两，以见在可省之资而建此永常之利，诚计之最得者也。

臣审量已久，事属万全，除见在檄行，该管各官备料募夫兴举外，缘系更改运口事宜，相应特疏，题明贴黄难尽，伏乞皇上睿鉴全览，敕部议覆施行。

出处：（清）靳辅《文襄奏疏》（卷二）。略见（清）吴棠修，鲁一同纂《咸丰清河县志》（卷三），咸丰四年（1854）刻本。

奏开中河疏

本年黄河槽内之水较前异常急溜，以致一切物料转运万难，即如本年重运粮船，自清河县运口，以至宿迁县张庄运口，计程不过二百余里，而牵挽两月有奇，此皆急溜阻滞之故。臣于河工善后事宜案内，请于清河县西仲家庄地方，创建双金门石闸一座，以泄黄河异涨，今将泄水双金门闸改为三丈深之单金门大闸一座，又于拦马河之西加挑运河二千余丈，筑成两岸堤工，直接张家运口，并于遥缕二堤之中开挑中河一道，上接张庄运口并骆马湖之清水，下历桃源、清河、山阳、安东，以达于海，将来重运粮船既出清口之后，于黄河内止行数里，即便由仲家庄闸内进入中河，自中河历拦马河直达张庄运口北上。则此闸既泄黄涨，又能使各船避黄河之险，溜行有纤之稳程，庶大有益于转漕，而各工运料亦可不致稽误矣。

出处：（清）赵田恩《江南通志》（卷六十）。略见（清）吴棠修，鲁一

669

同纂《咸丰清河县志》（卷三），咸丰四年（1854）刻本。

注释：二十五年（1686），总河靳辅奏开中河。

烂泥浅挑引河二道

臣看得洪泽湖下流高家堰西北至清口一带，即烂泥浅等处也，臣原请于河身两旁各挑引水河一道，共需银一万七千二百八十两。廷臣先议应如臣议速行挑浚等语。后议大修，既议暂停，此第二疏内引水河工程无庸议等语。蒙皇上轸念运道民生，敕臣再行确议。查本年八月内，洪泽湖下流烂泥浅一带已经淤断，黄淮相隔约有二十里之遥，虽议堵决束水而不挑引水河，则淤泥拦阻，在前淮流不能下注。是以臣随于急工并举等事案内，一面题请钱粮，一面檄行淮扬道召募人夫，专委原估淮安府山阳县革职知县柳天正为监理官，著令督同分管官六员，并臣又委臣标效用官四员，协力催督，先筑土坝一道，拦阻黄流，将淤断河身挑挖疏通。于八月二十一日兴工，至十一月初二日业已告竣。目今淮水直抵土坝，只因河底垫高，高家堰三官庙等大决口虽已闭合龙门，仍有次小决口数处尚未堵完，淮水下注无多，是以未经开坝，俟次第堵塞淮水加强，自即开坝通流。惟是原疏因正河浅阻，估挑引河二道，今正河全淤业已挑通，应作挑引河一道科算。尚有一道未挑，必须及早挑浚深通，庶来年伏秋水涨之时，淮水有路逶行，不致更生他变也。

出处：（清）靳辅《靳文襄公奏疏》（卷二）。

帮高堰堤以束淮济运

臣看得高家堰等一带临湖堤岸，无论石埽板工，莫不残缺单薄，帮修之举万不容缓。前据淮扬道佟康年、山盱同知多弘安等估计，共需银三十九万五千五百五十九两零。臣相度情形，条议概筑坦坡之法，可节省银二十万一千七百余两，实估银十九万三千八百两。廷臣先议应如臣议修筑坚固等语，后议大修，既议暂停，此第三疏内修筑坦坡工程无庸议等语。蒙皇上轸念运道民生，敕臣再行确议。臣查运河底垫必须大挑，以济来年春运，臣见于第五疏内议请矣。但运河既议挑深，若不束淮水入河济运，而仍容黄流内灌，则不久复淤，岂非徒费钱粮，徒劳民力耶。臣是以将高家堰等临湖一带堤工决口见在上紧堵塞，束淮济运也。但自高堰三官庙大决口闭合龙门之后，湖水陡长二尺有奇，连日西风鼓浪，便见汹涌之形，此犹在冬凉水落之际也。待至来岁伏秋，自是更加澎湃，似此一带残坏之堤，若不及早自下而上次第火速帮修，务极坚固，势必又于单薄之处，更生冲溃之变。一经再冲，则淮水仍复旁泄，黄水仍复内灌，运河仍复垫高，漕船既阻滞不通，而见在挑河堵决一切大费之工尽归乌有矣。臣言念及此，心胆皆栗，除一面仰请皇上俯念运道钱粮关系至重，允臣仍照原估动银十九万三千八百两之数一律帮筑外，但此帮堤之工甚长，而来年伏秋水涨之期不远，若待部覆之后方行兴举，则时日有限，而工程浩繁，必至贻误。臣已一面檄行淮扬道，并饬督山盱同知多弘安协理河务，原任扬州府通判俞森原任革职，山阳县知县柳天正等严督分管各官，臣更委臣标效用候缺守备陈杰等带领其余效用各官协力分工，星飞催攒矣。相应一并题明，伏候睿裁。

出处：（清）靳辅《靳文襄公奏疏》（卷二）。

高 堰

洪泽湖在山阳之西南，北距大河，东俯高诸壑，淮水远自豫省，复挟汝颖睢涡汴川之水，汇而入焉，濙洄激荡，唯下之是趋而其地东北为下。趋而北，则出清口而达于海；趋而东，则高诸壑滔天，而淮扬之民其鱼矣。汉末陈登为广陵守，大兴水利，首建高堰，障其东而使之北，淮南千余里地无沮洳。后世治水者，皆守其旧而不变。自唐以来，南北通运。至宋，黄又徙而南，湖日宽广成巨浸，而是堰之所系愈重。庆历间一修于发运使张纶，明初再修于平江伯陈瑄，至万历间河臣潘季驯复大修之，且砌以石者三千余丈，愈巩固焉。顾西南一带，自周桥至翟坝三十里，空之而弗堤，曰此处地形稍兀，天然减水坝也。但当时湖底深而能纳，虽不筑堤，湖水常低于岸面，惟遇霪潦异涨，始漫溢而出，故季驯又曰周桥漫溢之水为时不久，诸湖尚可容受也。迨黄流倒灌之后，湖底垫高，湖水亦因之而高，口九道淌刷成河，地形愈陷，以愈高之湖放愈陷之地，于是此三十里稍兀之区，昔所称漫溢不久者，今且终岁滔天，东注而不止，不特清口之力分无以敌黄，而淮且反引黄水以俱东，二渎交腾，高诸湖盈科而不受，此清水潭所以大而不可塞，而下河七邑遂同溟海也。

臣奉命大修，将诸决尽塞，自清口至周桥九十里旧堤悉增筑高厚，并将周桥至翟坝三十里旧无堤之处，亦创建之劢祥罩。地形水势与明万历间大异，即使季驯而在今日亦未有不堤者也，然仍留减水坝者六处，计二百丈。坝之而弗堤，何也？湖水之高于黄水者常五六尺，若一任其建瓴而出，则所蓄无几，一逢亢旱，上源微细，既不足以济运，更恐黄水之乘其弱而入。故烂泥浅一带湖滩，昔人称之为门限，今不使尽辟，欲清水常留其有余。然设遇大雨，连旬洪波，骤溢清口，一道之所出，不胜数百里全湖之涨，不有以减之势，必寻隙而四溃，故趋下之势必堤，以防之不虞之溢，复坝以减之，然后节宣有度，旱不至于阻运，而涝不至于伤堤也。虽然洪泽周围三百余里，合阜陵、墩泥、万家诸湖而为一，又上受全淮之委，空蒙浩瀚，每西风一起，怒涛山涌，而以一之长堤捍之，浪头之所及，土崩石卸，虽岁岁增高培薄，终不能御。窃思水柔物也，惟激之则怒，苟顺之自平。顺之之法莫如坦坡，乃多运土于堤外，每堤高一尺，填坦坡八尺，如堤高一丈，即填坦坡八丈，以填出水面为准，务令迤斜以渐高，俾来不拒而去不留。是年秋，黄水大涨，奇风猛浪，倍异寻常，而涌之势一遇坦坡，而其怒自平，维有随波上下，而无所逞，其冲突始知坦坡之力，反有倍蓰于石工者。故障淮以会黄者，功在堤；而保堤以障淮者，功在坦坡也。维是填积坦坡以来，垂及十载，风涛之所汕刷，平铺卸去，离堤已四五十丈矣。若用帑填积，既所费不赀，又工程难见，应每年督河兵、岁夫逐渐加工，立为定制。每岁堤工一丈，填土二分，务使所增之数，适称所耗之数，则善矣。久而久之，离堤百丈之内必渐垫而高，因丛植柳、芦、菱、草之属，俟其根株交结，茂盛蔓延，则虽狂风动地，雪浪排空，不能越百余丈之茂林深草而溃堤矣。

出处：（清）靳辅《治河奏绩书·治河要论》（卷四）。又见（清）邵之棠《皇朝经世文统编》（卷二十二）。

中　河

百川莫险于黄河，然南北通运以来，浮黄河而达者凡五百余里，议者莫不以为治河即所以治漕，一似乎舍河别无所谓漕也。虽然水性避高而就下，地为之不可逆也；运道避险而就安，人为之所虑者。为之或不当耳，有明一代治河莫善于迦河之绩，然其议倡始于隆庆年间都御史翁大立，而傅希挚继之，再历舒应、龙刘东星两河臣，屡兴屡阻，迨至万历三十一年（1303）河臣李化龙实始通漕，卒避黄河三百里之险，至今赖之。嗣后直河口、塞董口、淤，骆马湖又浅不行，臣因有开皂河之请，而迦河之尾闾复通。然自清口以达张庄运口，河道尚长二百里，重运沂黄而上，雇觅纤夫，艘不下二三十辈，蚁行蚁负，日不过数里，每艘费至四五十金，迟者或至两月有奇，方能进口，而漂失沉溺往往不免，风涛激驶，固非人力所能胜也。康熙二十五年（1686），题覆词臣张鸿烈："圣心爱民已极，案内加筑北岸遥堤，后复加筹酌若干，遥缕二堤之内，再挑中河一道，上接张庄运口，并骆马湖之清水，下历桃清山安入平旺河，以达于海。而于清口对岸，清河县西仲家庄，建大石闸一座，既可以泄山左诸山之水，而运道从此通行，避黄河之险，溜行有纤之稳，途大利也。"乃计题请奉命兴工，至二十七年（1688）正月而工竣。连年重运一出清口即截黄而北，由仲家闸进中河以入皂河，风涛无阻，纤拽有路，又避黄河之险二百里，抵通之期较历年先一月不止，回空船只亦无守冻之虞。在国家岁免漂失漕米之患；在各运大则无沈溺之危，小则省纤夫之费。

自吴开刊沟、隋开御河，历唐、宋、元、明，漕东南以济西北者，无不仰藉黄河以为灌输，欲去其害又欲收其利，故治河愈难。至康熙二十七年而运道之历黄河者，仅七里矣。或议于中河北岸，宿、桃境内，建减水坝数座以泄涨者，臣曰："不可！"中河之水但患其弱，而不患其强，若北岸遥堤减坝一建，则清水弱而黄必有内灌之忧，河身立淤矣。今当大工屡兴之后，钱粮未敷，未敢轻议。若工帑稍充，再将遥堤加修高厚，更于中河之北挑重河一道，即以挑河之土筑成重堤，于西宁、锡成两桥之间建闸一座，既以分泄东省之异涨，又以灌溉宿、桃、清等七州县之田亩，即遇黄、淮并涨，亦可分泄入中河以并出平旺归海，真永赖之策。而臣初议挑河之举，原议如是，故有中河之名也。

又运艘自清口入仲家庄闸，虽曰截流而北，然逆流而西者居多，若于清河治东陶家庄再建一闸，重运则由陶庄而入，回空则由仲庄而出，则俱顺流矣。且两闸并建，用备不虞，尤为万全，统志之以俟来者。或曰："潘季驯专筑堤以束水，然独宿迁北岸不筑堤，今既欲修遥堤，亦万世不易之，又筑重坝，不亦异乎？"曰："束水归槽，乃季驯终身治河之要旨，实至言也。然其言曰：'宿迁北岸有马陵山，及仓基、侍邱等湖之限，此皆天然遥堤，故独空之而勿堤。'"若今日之地形水势则大不然，黄河之底与黄河之岸，较之明万历时既高数丈，而仓基侍邱等湖又皆淤为平陆，无尺寸潴水之地，河水一或出槽，漫岸不有堤防，必建瓴而四，故臣独以修遥堤而筑重堤，必为不可缓也。

出处：（清）靳辅《治河奏绩书·治河要论》（卷四）。又见（清）邵之棠《皇朝经世文统编》（卷二十二）。

南 运 口

大江以南各省漕运，自瓜仪而北，凡四百五十余里至清江浦天妃闸以入黄河，此明臣平江伯陈瑄之所开也。万历年间，河臣潘季驯以天妃闸直接黄河，故不免内灌，因移运口于新庄闸，以纳清而避黄，后亦以天妃名之，非其故矣。然其口距黄淮交会之处不过二百丈，黄水仍复内灌，运河垫高，年年挑浚无已，兼以两河会合，潆洄激荡，重运出口，牵挽者每艘常七八百人，或至千人，鸣金合噪，穷日之力，出口不过二三十艘，而独流奔赴，直至高城下，河水俱黄，居民至澄汲而饮。于是建闸置坝，申启闭之条，严旨刻石，除重运回空及贡鲜船只放行外，即闭坝拦黄，凡官民商艇俱令盘坝往来。夫闭坝之制，不独不便于民，且空重往来之时，仍不能必黄流之不入，乃不得已之图，非不易之策也。盖因当时太山墩一带，及七里墩外，皆森然巨浸，舍新庄闸之外，别无彼善于此之地，地形水势实限之，以不得不然耳。

自黄河倒灌以来，西北自白洋河千家冈一带，直接泗州东北，自吴城张福口一带，直至武家墩，卑注者悉变为高厚，其清口以口裴家场、帅家庄、澜泥浅，周围数十里，凡垫成平陆之处，臣挑引河四道，淮水仍出清口，是则黄流之灌，在当时诚大为运河之害，而在今则颇受其利矣。何也，清口两岸垫高，天然成堤，黄淮不得交漫一利也。太山墩上下，洪涛尽涸，而运河之地形愈加完固，制闸建坝可以惟我之所择，二利也。清口之内横亘滩洲，淮盛则湖水滔滔北注，弱则湖水常有所蓄以济运，而不至于尽泄，即黄涨内乘亦限于滩洲，而不得纵，不久而淮水盛长，即便抵回，三利也。因而譬之清口，全淮之口也，洪泽湖其腹也，所挑裴家场、帅家庄、烂泥浅诸河，则其咽喉，而新庄闸河岸，则其唇吻也。夫以黄河之悍烈，而运口出于唇吻之闲，宜其浅露而无庇，径直而受灌济运之，清淮反为浊黄之所抵，而不得入也。于是酌议拜疏移运口于烂泥浅之上，自新庄闸之西南挑河一道至太平坝，又自文华寺永济河头起，挑河一道引而南经七里闸，复转而西南，亦接之太平坝，俱达烂泥浅之引河内，则两渠并行，互为月河，以舒急溜，而备不虞。外则河渠离黄水交汇之处不下四五里，又有裴家场、帅家庄二水，乘高迅注以为之外捍，而烂泥浅一河分其十之二以济运，仍挟其十之八以射黄。运艘之出清口，譬若从咽喉而直吐。即伏秋暴涨，黄水不特不能内灌运河，并难抵运口，间遇东北风大作，累日不止，浊流乘之而风回溜驶，不旬日而停沙一刷无遗矣。是以迩年以来，重运过淮扬帆直上，如历坦途，运河永无淤垫之虞，淮民岁省挑浚之苦矣。虽然旱涝不常，湖水设有时而浅涸，诸引河势不能畅注而俱出，则宁使裴家场之水断流，而烂泥浅一道须挑浚深宽以佐运，毋或缓此而顾彼，此则意外之虞，亦不得不预为之筹者也。

出处：（清）靳辅《治河奏绩书·治河要论》（卷四）。又见（清）邵之棠《皇朝经世文统编》（卷二十二）。

周　洽

周洽，字载熙，一作再熙，号竹冈，松江华亭（今属上海市）人。性孝友，博学宏文。康熙年间客河道总督靳辅幕，画黄河图进呈，欲荐以官，辞去。著《拥书阁诗文集》《国〔清〕朝画识》《国〔清〕朝画征录》《松江诗征》等。

河防杂说

黄河行至清河县南，与淮水交会，是为清口。由清口而合流，东北行三百余里入海。方康熙十六年（1677）以前，河道敝坏之时，清口一片淤沙，自清口以至海口，微水缓流，河宽处不过十余丈，窄处仅有六七尺，深处不过五六尺，浅处仅有二三尺。及全淮归故之后，渐渐刷开，迨黄河亦复归故，而水力所至，淤沙尽辟，清口宽二三百丈，河漕深二三丈不等，已渐复当日之旧矣。迤下三百余里，河身俱宽一二百丈不等，河漕俱深二三丈不等。惟安东县莲花庵迤下河漕一千余丈，仅深一丈二三尺，须多置二百余斤重之大铁犁数十架，乘船施治，必期深至二丈之外，方为永久之道也。

出处：（清）傅泽洪《行水金鉴》（卷六十一）。

周龙舒

周龙舒，生卒年和生平事迹不详。

题符山堂图卷

符山堂图命华简远，洒墨潇澹，木古而后怪，径折而堂幽，其外长堤一望，苍莽空阔，烟水浩渺，颇分辋川之胜，信足乐也。而力臣坐于其间，胸藏五岳，骨傲千秋，咏考盘之诗，作闲情之赋，若将睥睨一世者，其人品可知矣！燕市萍踪，欣然相对，遂援笔而题之。北海周龙舒。

出处：（清）丁宝铨《符山堂图卷》。

洪吉臣

洪吉臣，字载之，钱塘（今浙江杭州）人。明崇祯十三年（1640）会试副榜进士。清顺治十七年（1660）授湖广德安府推官，有政绩，去官之日，父老子弟攀辕者不绝。有《明文隽》《廿一史识余》《警世录》等。

运口大王庙碑记

维顺治十一年（1654），皇帝覃恩，大诏海内，特遣重臣祭告河伯，礼成而神享之。淮黄翕若，不涸不腾，转输靡艰。总漕部院蔡士英欲播扬天子之德意，用昭河神之康祀，乃命有司曰："黄河北涉，洪水狂奔，东南之转输日迟，西北之蚕桑未义。我皇上怀柔百神，虔修望祭。"于十一年七月朔，敕撰祭文，特遣太常寺少卿高景躬临河口，代陈殷荐，至诚昭格。阳侯效灵，川原底绩，民物从安，洵兴朝之盛典矣。非镌碑以纪其事，何以彰皇上敬神爱民之德意也。爰勒诸珉，允志不朽。亦犹夫云亭封禅之典云尔。

出处：（清）朱元丰、孔传櫃纂订，吴诒恕纂《乾隆清河县志》（卷十三），乾隆十五年（1750）刻本。

注释：《乾隆清河县志》（卷十三）未注作者姓名，《咸丰清河县志》（卷二十二）则曰："董碑，在淮口大王庙内。洪吉臣记，董其昌跋并书。"淮口，原名泗口，又名淮泗口。泗水从山东泗水县南流，经徐、邳至泗阳李口分流，主流在马头镇东北与淮水会合。因泗水亦称清水，分流后的主河道称大清河，汇淮处亦称大清口，明嘉靖年间淤垫成陆。清康熙四十二年（1703），移运口于此。

王士禛

王士禛（1634—1711），亦名士祯，字子真，一字贻上，号阮亭，晚号渔洋山人。新城（今属山东）人。顺治乙未（1655）进士，授扬州推官，官至刑部尚书。有《带经堂集》《池北偶谈》《香祖笔记》《居易录》《渔洋文略》等。

题符山堂图

余在京师，数从合肥龚公及吴郡顾处士闻力臣之名。客公路浦年余，甚思与力臣相见，顾力臣持义甚高，有墙东避世之风，未得数数过从。比将北归，力臣始肯一来，对之如深山穷谷，遗世绝俗之流，不谓菰蒲中乃有此人，始信龚、顾之言不吾欺。而余此游得一力臣，庶几不虚，虽相见之晚，亦可以无憾也。

兹符堂图一卷，萧疏简远，想见披帷斯在之致。力臣虽居钱刀场中，而别具一丘一壑之意。陶公云："结庐在人境，而无车马喧，问君何能尔，心远地自偏。"请为力臣咏之可乎？

力臣道兄以符山堂图索余诗，余来此间，久不拈弄笔墨，濒行聊记数语，侯至京师，略有好怀，当补作奉寄。

渔洋山人王士禛。

出处：（清）丁宝铨《符山堂图卷》;（清）段朝端《张力臣先生年谱》。

于成龙

> 于成龙（1638—1700），字振甲，号如山。汉军镶红旗人。历任乐亭知县、通州知州、江宁知府、安徽按察使、直隶巡抚、都察院左都御史、汉军都统、兵部尚书、加总督衔直隶巡抚、河道总督等职。有《抚直奏稿》《江宁府志》等。

重修高加堰汉寿亭侯关帝庙碑记

康熙壬申（1692）冬，余奉命总督河道□事于高加堰谒关帝庙，因卸二十三年（1684）驾临高加堰，会幸兹庙，盖异数也。粤维淮水源于桐柏山，历凤纳淮为洪泽阜陵、泥墩、万家诸湖，浩浩荡荡，无以障之，淮南且为泽国。□淮水之堤防也，□□□会黄河，经安东县下云梯关入海，堰不固能旁涨于高宝之湖而出口之为不专，出口□不专则刷沙之力不大，□与黄交受其□□也。以□汉陈登筑于前，明陈瑄葺于后，进潘公季驯□以石乃坚，□□足持其□帝之庙于堰者，冀帝之福兹堰也。□乎古恐臣□□□世者□□焉，维孔□于蜀伏波于粤祀者□谓众也，终不若□之，祠庙遍通都□国暨穷乡壤几几乎，致莫不尊亲之盛，此其故□□□所不□能□灾，而御患如祀典所云者耶。今圣□子□武神圣□岳效灵薄海内外悉奏升平，而贞虑□□在兹□□遣□臣□□不□□□□钱，为先事之防，重万□之利，盖重之也，龙肩兹重□不遑宁处亲□脈之□动畚锸之事，两河底绩上纡□□之定忧□贻数千□□□之利，龙之□也，而捍灾□□□□不□条雨，不破坏□□，安澜之庆者，于有厚望焉，既祷于皇□。

康熙三十二年（1693），岁次癸酉孟冬吉旦，总督河道提督军务兵部□督兼都察院右都御史授为正一品加四级□于成龙撰文，□□河务顺天府承堂加五级三□韩徐□玺全立，□□淮安府山□盱眙□加三级马佑勒石。山阳□□□□高堰主簿事□元勋，山阳盱眙河营高堰□总许□□督工。

出处：洪泽县政协、洪泽县洪泽湖历史文化研究会、洪泽县文化广电新闻出版局编《洪泽湖大堤石刻遗存》，中国文史出版社 2016 年 4 月版。

陈廷敬

陈廷敬（1638—1712），字子端，号说岩，晚号午亭，泽州府阳城（今山西晋城）人。顺治十五年（1658）进士，后改为庶吉士，授秘书院检讨，擢内阁学士、经筵讲官、礼部侍郎，历任左都御史、工户二部尚书。官至文渊阁大学士、吏部尚书。担任《康熙字典》总修官，著有《午亭文编》五十卷、《午亭山人第二集》三卷。

惠济祠观河歌

桐柏之山兮高峨峨，下有清淮兮泛滥多。浩浩洋洋兮殚为洪河，殚为洪河兮浮啮桑。走临淮兮腾维扬，使淮水其安流兮河弗逆。经之营之兮匪伊朝夕，乌用白马兮湛玉璧。驾飞龙以周游兮，指旧川以为期。彼滔滔兮来迎，澹容与兮河之湄。荷盖兮骖骄，登东陆兮遐思。揽日月兮时正中，奠四海兮将焉穷。

出处：（清）陈廷敬《午亭文编》（卷七）。

高士奇

高士奇（1645—1704），字澹人，号瓶庐，又号江村。绍兴府余姚县（今属浙江慈溪）人，后入籍钱塘（今浙江杭州）。康熙十年（1671）入国子监，试后留翰林院办事，供奉内廷。康熙十五年升为内阁中书，领六品俸薪，每日为康熙帝讲书释疑，评析书画，极得信任。官至詹事府少詹事兼翰林院侍读学士。晚年又特授詹事府詹事、礼部侍郎。著有《左传纪事本末》《春秋地名考略》《清吟堂全集》等。

《中山出游图》跋

自唐吴道子作《钟馗出游图》，其后画者日众，盖离奇虚诞，各有所寄也。龚翠岩入元不仕，旅舍无炊，往往摊纸于其子之背，为图易米。人争购之，然所传于世亦无多。

丁丑（1697）冬，余请养初还，得其《羸马图》于吴门。今年六月又得其《中山出游图》。二卷皆极著者，前贤题跋多且佳，余故并珍之。

客曰："昔［日］人诗篇图画，多托之马者，或以喻才俊，或以伤不遇，尚有意在。似此鬼队满前，何所取乎？"

余曰："不然。世之人形而鬼怪其行者，不一而足，安知此辈貌丑而不心质耶？凡遇世事之可喜、可谔、可骇、可怒、可悲、可叹者，取兹观之，必忽尔大笑，以古人为不爽。"

康熙庚辰（1700）七夕前一日，立秋旬余，余暑日炽轩窗，近晚始有微凉，涤研消遣，随笔成语。书罢起立，纤月已在檐际，茉莉花开，满树缤纷，回忆少年，别是一境味。

江邨藏用老人高士奇。

出处：（宋）龚开《中山出游图》卷，美国弗利尔美术馆藏。

邹兴相

邹兴相，博罗（今属广东）人。康熙十一年（1672）任清河县令。余不详。

《康熙壬子清河县志》序

今之邑犹古之国，则邑之有志犹国之有史固矣。顾史有专官，有分职。职者，考其疆，采其风，政属之珥笔，而朝夕从事，故处易核而加详。邑之有志，无专责考成，尝数十年、百余年一修，听诸裨野之荒唐与梓文之漶漫而多不可校，是故莒、蔡无风，曹、桧无政。考古至于阁笔，叹惜往往有之。

予自壬子（1672）季夏受事清河，逾月即有修志之檄，因取邑之旧志阅之。越百余年矣，考其川原而陵谷易，履其疆域而虞芮争，稽其户籍土田而耗蚀悬绝，察其风政人文而荒落已甚，是乌足以为志哉？

夫报政者士大夫之责也。阃门之事所见异词，百里之事所闻异词，十年之事所传闻异词。是故邑之志非国人不核，非掌故不详，苟非其人其言不信。予故访诸荐绅博士而得其人，采诸远乡僻聚而广其听，聘而馆之，以重其事，校诸先达长老以公其是非。自春徂秋，迄有成帙。凡四卷，为凡例者八、为图者三、为义类者三十二。于其事之原委有"序"，名实错出有"按"，利害凭者有"论"，罔不悉举者有"分注"，事之疑者有"考"，辨秩官有"年表"，人物有"列传"。其于"列传"尤愧愧焉慎之，曰是江文通之所难也，叹乎！岂独此哉，南淮、北沭，清之疆也；汉杰、元龙，清之产也；里图四十、口四万六千，清之版也；绥来七坊，清之廛市也，而不可复志矣。

风俗之书，讵能月一易，赋役之籍，讵能岁一编，川原市井之变更讵能区一图而悉数之哉？甚矣。夫清邑之难志也！兹则考古述今，综名核实，以为记事之书云尔，而间出于魏风鄙细之辞与小雅忠厚之旨者，抑以体圣天子临轩顾问而效贡俗陈诗之一端耳。若云志以谱治，治成而志以志之，窃惶然谢不敏矣。

博罗邹兴相序。

出处：（清）邹兴相修，（清）汪之藻编辑《康熙壬子清河县志》，康熙十二年（1673）刻本。

张鹏翮

张鹏翮（1649—1725），字运青。四川遂宁人。康熙九年（1670）进士，授刑部主事，历苏州知府、兖州知府、河东盐运使、通政司参议、兵部督捕副理事官、大理寺少卿、浙江巡抚、兵部右侍郎提督江南学政、左都御史、刑部尚书、江南江西总督。康熙三十九年（1700），擢河道总督，秉承康熙帝指示，治清口、塞六坝、筑归仁堤，采用逢弯取直、助黄刷沙的办法整治黄河。雍正初至武英殿大学士。著有《冰雪堂稿》《如意堂稿》《信阳子卓录》《治河全书》等，后人辑有《张文端公全集》。

御制河工告成诗碑记

皇上御极四十有二载，声教讫八方，德泽被九有，文治武功，度越千古，中外清晏，海宇升平。爰驾銮舆幸河曲，士民拥毂，踊跃欢忻，特抒睿藻，以志丰功。猗欤休哉，甚盛典也。计频年以来，远治迩安，薄海内外，无一物不得其所。而我皇上所宵旰图维者，尤以治河为亟亟。撤仪卫，减从官，躬亲相度，至再至三。疏瀹决排，区画尽善，所为规地势之洼隆，相水情之强弱，参酌尽利，通变随宜。蓄者、泄者、潴者、流者，条分支别，探尾穷源，煌煌乎设方略而轻重布之。成算在胸，成谟在野，盖自铸鼎锡圭而后，数千百年间未易有斯盛烈者。

岁癸未（1703），皇上以河工告成，爰复诹吉，亲临工所，更抒庙算，以为善后之策。按图程功，烛照数计。渡河之顷，皇上指清口示臣曰："此二十余年未曾见此畅流者。"臣跪聆之下，益见我皇上圣谟广大，睿略精详，非臣下所能仰窥万一。盖清口东湍，实为淮黄枢纽之地，清口治，两河无不治矣。于是群臣遥听而欢忻，兆姓闻言而忭舞，而天颜亦为之辗焉开霁。遂亲洒宸翰，制《览淮黄告成》诗一章赐臣。诗既玉振金声，书复川渟岳峙。捧归臣署，庆幸良深。顾臣何知？臣惟是恪遵圣训，幸睹成绩。而殊恩异数，荐至叠加。复赐臣《河臣箴》一篇，"澹泊宁静"匾额，"深源定自闲中得，妙用原从乐处生"对联，及暖帽、袍褂一袭；屡赐饼饵果肴，加赐御书三幅，又赐臣父"鲐背神清"匾额，恩荣备至。

臣何人斯，而竟得逢太平之盛规、邀非常之光宠一至是耶！夫封泰山，禅云亭，玉检金泥，磨崖刻石，代亦恒有。求如今日之为万姓计身家、为万世垂法则者，实从古所未觏。臣特敬摹御诗，勒之山石，俾黎庶见之，既知皇上之念切痌瘝即奕垂之，亦可知宸谟之炳朗宇宙。而臣等于河堧奔走之次，睹丰碑之屹然，佩王言之灿若，恍如我皇上耳提面命于前，而益得饬志励精，以相期于各殚乃职。则是诗之昭垂永远，与日月之经天、江河之行地，并亘丽于千古矣。碑既成，谨濡笔，为之记。

康熙四十二年（1703），岁次癸未季夏望日，兵部尚兼都察院右都御史总督河道提督军务臣张鹏翮谨记。

出处：（清）张鹏翮《遂宁张文端公全集》（卷四），光绪八年（1882）刻本。又见（清）朱元丰、孔传檀纂订，吴诒恕纂《乾隆清河县志》（卷十三），乾隆十五年（1750）刻本。

注释：《乾隆清河县志》（卷十三）题名作《御制览淮黄成诗碑记》，记之曰："磨盘墩龙亭一座：御制诗文，建立碑记。览淮黄告成，赐河臣张鹏翮。康熙四十二年（1703）。殷勤久矣理淮黄，几度风尘授治方。九曲素称天下险，四来实为兆民伤。使清引浊须谨慎，分势开疏在不荒。虽奏安澜宽旰食，诚前善后莫金汤。"

御书淡泊宁静碑记

孔子之称唐尧曰："巍巍乎，其有成功；焕乎，其有文章。"盖有则天之至德，而以之敷为成功，则成功莫隆焉；以之发为文章，则文章莫显焉。所谓积厚而光流，自然之理也。

我皇上御极以来，迄今四十有二年，湛恩汪濊，声教洋溢，南洽而北畅，东渐而西被，虽海藻山陬之远，穷乡僻壤之区，莫不喁喁向风，有天地生成之戴矣。成功如此而犹宵旰弥勤，民瘼是恤，赦过宥罪，发粟蠲租，凡可以惠养元元者，无所不至。乃若治河理漕之利弊，为国计民生攸关，而历代数千百年间，未有得其上策，万全无患者，则尤三致意焉。

前此三十九年（1700），特命臣总理河务，陛辞之际，蒙我皇上亲授密旨，示以治河方略，精详深切，不啻烛照而数计。今果河工底积，此皆皇上圣德，神功侔于天地，以故河淮效顺，涤历代数千百年之患，而一旦克底于平成也。

兹岁次癸未（1703），宸衷廑念，河工善后计，爰复命驾南巡，躬亲省阅，见淮杨郡县桑麻满目，黎民乐业，天颜有喜，叠赍温纶，臣叩赐尚方珍馐，诗以褒之，箴以助之，荣及于臣父，而赐扁额以宠之。高天厚地之恩，臣鞠躬尽瘁以图报称，固未及乎万分之一也。犹复垂诱掖奖劝之，洪仁摅龙蟠凤翥之宸翰，而以"澹泊宁静"四字赐臣，诵文思义，所以凛承圣训而为终身佩服之义，为子孙世守之德者，永矢弗谖矣。

臣伏思皇上文武圣神之德，陶唐则天之德也，故治功之成，内安外顺，与平章协和，光被四表者无以异；海晏河清，与封山浚川，抚于五辰者无以异。至乃涣玉音，掞天藻，诗歌则灿于乡云复旦之隆，翰墨丽于蝌蚪垂露之盛，是文章之经天而纬地，又莫有大焉者矣。然则御书"澹泊宁静"之四字，虽与元亨利贞之系于易，危微精一之载于书，均以昭垂万古可也。于是付剞劂勒之丰碑，俾奕禩久远，永保无斁。谨拜手稽首而为之记。

大清康熙四十二年（1703），岁次癸未仲夏望日，兵部尚书兼都察院右都御史总督河道提督军务臣张鹏翮谨记。

出处：（清）张鹏翮《遂宁张文端公全集》（卷四），光绪八年（1882）刻本。

御制阅杨家庄新开中河诗碑记

康熙四十二年（1703），岁在癸未仲春之月，皇上巡阅南河，指授方略，命改移中河口门于清口迤下之杨家庄，使清水畅流，中河顺轨，诚善后良图也。臣仰遵圣训，改挑中河，自清邑盐坝起，穿子堤由双金门闸入盐河，经花家庄迤东穿黄河缕堤，至杨家庄出口，与黄河水会，河长二千三百零八丈。南岸等堤长二千零九十八丈五尺；北岸自花家庄以上即以遥堤为北堤，惟缕堤之外近河岸边创筑束水堤二百三十四丈。于是为绸缪未雨计，虑黄水之或倒灌也，建石闸一、草坝二，重门关键以防之。又虑水长溜急、挽泄维艰也，挑越河，建盐河闸，相水势之大小而因时启闭焉。又于盐坝头则筑草坝，于双金门闸则拆去矶心，改为石裹头。于本年六月初六日告成之日，重运漕艘、官民舟楫顺流而济，莫不欢声雷动，感颂皇仁。先是，中河之水由仲庄闸出黄河，在清口上游逼溜南趋，虑其助黄倒灌，且运河适就下之性，漕艘获安流之益，商民享济涉之利，盖一举而数善备焉。即如四十四年伏秋异涨较甚往时，而水依然畅出敌黄，直抵惠济祠迤下。岂非改移中河口门之明验哉？独是臣等备员奋锸，朝夕河干，莫有见及者。我皇上天亶聪明，运算周而烛几捷。一流览间，川源了如指掌；一转移间，地势顺于建瓴。迎机而导之，无害不去，无利不兴，分条析缕，竟委穷流。是皇上神谟睿算，手握干枢而心符帝载，诚有非臣下所能窥测者。及乎厥功既奏，则德洋思普，涵被无穷。凡在覆载之中，又无不踊跃欢忻，乐观成效，猗欤盛哉。臣谨钩摹御制，勒诸贞珉，昭示永久。使渡兹口者仰睹宸章之焕烂，俯瞩流水之涟漪，颂安澜而庆利涉，咸知圣天子劳心民瘼，区画周详，不自暇逸，治益求治而安益求安者，效如此云。臣张鹏翮恭记。

出处：（清）朱元丰、孔传檀纂订，吴诒恕纂《乾隆清河县志》（卷十三），乾隆十五年（1750）刻本。

注释：中河杨家庄坝头北岸龙亭一座，御制诗文，建立碑记。康熙四十四年三月初十日，康熙帝南巡途中，作《杨家庄新开中河，得顺风观民居，漫咏二首》，赐河臣张鹏翮。

其一：瞬息风帆百里余，往来数次过淮徐。光阴犹似当年景，自觉频催点鬓疏。

其二：春雨初开弄柳丝，渔舟唱晚寸阴移。庙堂时注淮黄事，今日安澜天下知。

高良涧禹王庙记

昔者，洪水方割，下民其咨，惟王躬樺橇之劳，八年于外，疏江导河，排淮瀹济，遂使天地平成，万世永赖。茫茫禹甸，践土食毛者皆当瓣香祝之。淮扬为诸水之凑，与河工相终始，岁丁丑（1707）以来，患转剧，劳我皇上旰食，臣张鹏翮以书生命总河务，为疏、为浚、为塞一禀，庙堂方略兢兢无敢失坠。而往来河上，目击洪涛巨浸，凌雨震风，撼堤岸而妨工

685

作，未尝不默祷夏王之神，仰乞灵庇，历有显应。念湖上神祠多矣，王之俎豆阙如，心仪鼎建，以畚筑，方殷，未暇也，无何有假寐于高堰之上者，仿佛见王左右神，将缚而督过之，曰："吾平水土，功在万禩，独不得一笏地，世食兹土，慢已甚。"缚急，惊觉，面如死灰，四肢犹拘挛不伸，剅之作数日，恶置王神位于其家，虔奉之而愈。予感其事，乃始肇立王庙于高涧之湖提，为正殿三楹，左右厢翼之，前戟门三楹，缭以周垣，大抵素朴如卑宫，菲食遗意。工甫就，当奉王像，惧弗肖，乃遣画工即稽古为写，惟肖弁八臣遗像以归，冕黼峥嵘，创裳森肃，拜瞻之下，俨若羹墙。又以世所传岣嵝碑勒之门，屏其年水视丁年倍大，各工告警，祷于庙下，讫以无虞。河员礲石属予记其事，予惟宇内血食之神，惟江湖最多，况王美功明德，尤昭昭在人者乎！昔王登衡岳，血白马以祭，而得宛委金简之书，《十洲记》言："王治洪水毕，到钟山，祠上帝于北河。"《淮南子》亦云："王为水以身，鲜于阳盱之河。"《注》曰："鲜，祷也。"《禹贡》亦言："蔡蒙旅平。"然则记所祝，圣王之所不废也。今庙之南，适与龟山相望，昔王以淮不治，锁淮涡水神于山之阴。洪湖万顷，挟淮俱涨，蛟龙出没于其中，水怪鼓荡于其内，一线之堤，民生系焉，国计关焉，王其眷兹一方永为重镇。庶乎，天子之南顾，可以少纾乎！因记其原起于此。

出处：（清）张鹏翮《遂宁张文端公全集》（卷四），光绪八年（1882）刻本。

请开张福口引河疏

皇上轸念国计民生，至意履任后遍历河工，逐一查勘应修浚之处，分别缓急，次第入告。惟是清口为黄淮交汇之处，目今粮艘北上最为紧要。今河身淤垫竟成平陆，清水隔绝不通，独有黄水流入运河，深不过三尺五寸、四尺不等。兹部臣常绶议筑拦黄坝，粮艘过尽，竟行堵塞，使黄水不入运河，再将裴家场三处引河开浚广宽深通，引清水入运河，是亦权宜之计。臣相度形势，博采舆论，佥云黄河北裴家场引河身高，烂泥浅系流沙旋挑旋淤，裴家场与帅家庄相连不远即开浚深通，当夏秋黄水大长力强之时，引河清水终虞力弱不能相敌，应于张福口挑引河一道，长一千五十丈，面宽十丈，深一丈余或八九尺不等，引清水于黄河口相近处入运河，势在裴家场引河之上，上下水势相济，当夏秋水长之时，两处清水交合，庶可敌黄。盖因清口淤塞之后甚为广阔，非多挑引河鲜克有济。比之引湖水入江，既有金湾三闸之河，又有凤凰桥、双桥、湾头等四处之水引入人字河、芒稻河，水势得以畅流入江，此成法之有效者也。故宜开张福口引河以导清水，使之畅流；建闸一座，以时启闭。趁今水势未长兼工挑浚。

出处：（清）张鹏翮《遂宁张文端公全集》（卷一），光绪八年（1882）刻本。略见（清）赵田恩《江南通志》（卷五十五）。

注释：康熙三十九年（1700）四月，总河张鹏翮疏请开张福口引河并建闸。

高堰堤工疏

臣遵旨看视堤工，于五月初五日至高家堰，看得自武家墩至小黄庄交界一带临湖石工，从前原未加砌，而排椿尽行塌卸，堤身冲刷危险可虞，虽先经部臣范承勋等题明，动抢修钱粮，令官修理，俟六坝堵后一同修筑，但目今伏汛届期，修筑宜急，而抢修钱粮不敷，难以坐误，即委分修官将临湖钉埽工程先行攒筑后，再将里面加帮，咨商部臣范承勋等，准咨覆，内称速拨贤能河员，着其领帑办料修筑，即作帮筑，案内大工等语。臣等公议，佥同除委员，领大工帑银修筑，作速完竣，以资捍卫。外臣谨会同部臣范承勋合疏题明，伏乞皇上睿鉴，部议覆施行。

出处：（清）张鹏翮《遂宁张文端公全集》（卷一），光绪八年（1882）刻本。

奏报应修工程疏

一六坝之宜闭也。逼清水出口以会黄入海，其关键全在六坝，而六坝之最要者，尤在夏家桥一坝，以全湖水势趋此故也。今夏水方盛，若急于堵塞一则，高堰堤岸危险可虞，一则湖水汹涌，恐旋塞旋冲，靡费金钱可惜。日前正须备料，俟水落堵塞，庶为万全之计。

一高堰之滚水坝宜修也。高堰容纳七十二处山河之水，古人设坝原以泄异涨之水，非以泄平漕之水也。今冬六坝已闭，来年桃汛黄淮并涨，宣泄湖水非坝不可。按南河志云武家墩高良涧周家桥古沟俱设有闸，又河防一览云翟家坝地亢为天然滚水坝。今周家桥高良涧等闸俱已堵塞。臣亲至翟家坝，见湖形渐淤，水势不由此出，是古今变迁不一，翟家坝亦非出水之处也。前河臣将六坝改为四散水坝，臣覆加相度，地势相去不远，并为三滚水坝，亦属妥协。今宜备办石料，修建于坝下，就原有草字河、唐曹河开为引河，并筑顺水堤则，民间田庐无淹没之虞。

一武家墩至小黄庄之石工宜加砌也。查此一带临河，旧有石工，仅出水面二三尺不等，必须加砌使高，与小黄庄见修石工一律齐高至。

一古沟至六坝之石工宜修也。查临湖石工古沟而止，自此迤下俱系土堤，每年岁修抢修糜费钱粮似宜修砌石堤。在目前用帑虽多，然计之数年之后，可省岁修之费。宜于滚坝告成之后渐次修举。

一归仁堤临湖石工加灰抹缝。尚有罅隙桩杇之处，饬其补砌滚水坝一座，尚未修筑，有涵洞缺口泄水尽入洪泽湖，故白洋地方可无水患。若将缺口堵塞，水无去路，现在访求出水之处另疏奏闻。

出处：（清）张鹏翮《遂宁张文端公全集》（卷一），光绪八年（1882）刻本。又见（清）赵田恩《江南通志》（卷五十五）。

恭报黄淮交会疏

臣凛遵圣训，指授方略，明晰周详。先疏海口，水有归路，今岁黄水不出岸矣。继桃芒稻河引湖水入江高宝一带，水由地中行矣。再辟清口，开张福口、裴家场等引河，淮水有出路矣。又加修高堰，堵塞六坝，逼清水复归故道，于十月二十四日引张福口等河，会入裴家场河，开放清水流入运河，再将湖头疏浚深阔吗，以迎洪泽湖大溜，又将张福口引水入裴家场之处再桃宽深，水大势旺，迅流畅沛，今于十一月初三日，直敌黄水畅流入运河矣。运河之中纯系清水，已无黄水灌入。臣于初九日自下河回至清口，见水势畅流，大半入黄，小半入运，一水两分，若有神助，官民快睹淮黄交会，白叟黄童欢声若雷。皆皇上轸感颂我民生，宵旰忧勤，精诚上孚天心，河神效灵，念国计之所致也。

出处：（清）张鹏翮《遂宁张文端公全集》（卷一），光绪八年（1882）刻本。又见（清）赵田恩《江南通志》（卷五十五）。

注释：康熙三十九年（1700）十一月初十日，张鹏翮奏报黄淮交会疏。

请赐河神封号疏

臣惟圣明在上，百神效灵，诗载柔怀；百神允犹，翕河之颂，古今不易之理也。臣今年奉命治河，值河工溃敝之后，夙夜惴惴，惧负主恩之重。履任后，循往例谒金龙大王之神，即祷祝曰："黄淮不治，下民昏垫，我皇上轸念国计民生，宵旰忧勤，不惜数百万帑金，修治河工，凡以为民也。然护国庇民神亦与有责焉，仰藉神庥默相安澜，早奏成功，当具疏恭请敕赐封号，以答神庥。"自是海口疏通，伏秋二汛黄不出岸，粮艘进口间有漫涩，即降阴雨，水长济运。十一月初三日，清水出运口，黄淮交会一水两分，南北兼济，俨然神助。此皆我皇上圣德感孚，故尔河神效灵。考之《礼经》，能为民御灾捍患者则祀之。又查顺治二年（1645），河清十里，两堤克奠，前河臣杨方兴题请特封"显佑通济"之号，褒扬神庥，自昔已然，于今为烈。伏乞我皇上敕加封号，更请御书匾额，垂示永久，则我皇上柔怀之典，光昭万世矣。

出处：（清）张鹏翮《遂宁张文端公全集》（卷一），光绪八年（1882）刻本。

谨陈善后一策疏

钦惟我皇上洪福齐天，圣谟独断，指授治河方略，以至淮黄交会，国计民生两有裨益，万姓欢忻，感颂无已，但善后之计，尚应次第讲求者。谨先就济运而言，臣观见在诸引河之水势聚而力强，故足以敌黄，而直出运口，但大半出黄，少半济运，一水两分，当伏秋黄长之时，恐清水之力稍微。臣率河官部员亲行相度，应于张福口、裴家场二引河空地中间，迎湖大溜之处，再挑引河一道，面宽二十丈底，深一丈，会入一河，出口敌黄，俾清水之势常强，而御黄有力。将烂泥浅会入三汊河，从七里河出文华寺运河，专以济运。众议金同，实属可行。所需银两于捐银节省二项内动用，不另请正帑，理合具题。伏乞皇上睿鉴，俞允施行。

出处：（清）张鹏翮《遂宁张文端公全集》（卷一），光绪八年（1882）刻本。略见（清）赵田恩《江南通志》（卷五十五）。

注释：康熙三十九年（1700）十一月十三日，张鹏翮奏善后事宜，下廷议，应如所拟奉旨依议速行。众议金同，实属可行。

酌改新旧中河疏

臣率淮扬道参议王谦等查勘得：新中河必须全身挑挖，两岸子堤全行加帮。但所需钱粮颇繁，而河头弯曲，粮艘行走不便。且三义坝以上三十二里零，三义坝河身浅狭，遇湖水大涨，恐不能容纳。旧中河自河头起三十二里至三义坝，河身宽深；但三义坝以下至仲庄闸二十五里零，河身甚浅。南岸湖水散漫，难筑子堤，且距黄河岸甚近。今众议：在三义坝将旧中河筑拦河堤一道，改入新中河，则旧中河之上段与新中河之下段合为一河，粮艘可以通行无滞。至中河应挑应筑之处，关系运道紧要工程，一面发帑委中河通判刘可聘等作速兴修；一面确估造册另疏具题外，理合先行题明。伏乞皇上睿鉴，敕部议复施行。

出处：（清）张鹏翮《遂宁张文端公全集》（卷一），光绪八年（1882）刻本。

复清口筑坝疏

臣看得清口筑坝，漕船过完随即堵塞。臣准部咨，即行发帑委令里河同知常维桢攒筑，已照式筑坝下埽，仅留口门，今粮船尽数过淮，指日出口即可煞坝。且张福口引河挖成，引出清水已至坝口，只待煞坝便可开放流入运

690

河。其一应进贡，以及差使官兵船只，应过坝者听其过坝，应起旱者听其印行，起旱不得擅自开放，俟粮船回空时方可启。坝过完仍行堵塞，相应具疏题明，伏乞皇上睿鉴，敕部议复施行。

出处：（清）张鹏翮《遂宁张文端公全集》（卷一），光绪八年（1882）刻本。

复中河改由陶庄闸疏

臣看得科臣张睿条奏疏称："中河水从仲庄闸出口，建瓴之势逼溜使南。"等语，部议："将清河县以下所有陶庄闸开放挑浚出水，或将董安国所挑引河以下酌量挑挖，建闸之处亲身详勘。具题。"臣率淮扬道王谦等详看，若将中河改出陶庄闸，而行至董安国所挑引河尾入黄河，但清河县地处洼下，面临黄河，背坐清水，二水并涨，恐有漂没之虞，势必迁移县治，又多繁费。且引河尾地亦洼下，恐黄河水倒灌，虽建瓴可御，若粮艘进口，行下水数里，水溜风猛，难以进口。且陶庄闸外黄河北岸皆属坡滩，粮船至此难以停泊。不若仍旧入运口，沿堤溯流而上，至陈家庄渡河，直进仲庄闸草坝，从无阻滞，应毋庸更改者也。理合具题。其高堰修砌石工，茆家圩等坝改建滚水坝等项，俟严催该道查复，至日容臣察核，另疏具题，合并声明，伏乞皇上睿鉴，议复施行。

出处：（清）张鹏翮《遂宁张文端公全集》（卷一），光绪八年（1882）刻本。

请挑运河疏

臣看得清河运口至高邮州界首一带，里河频年黄水内灌，运河淤垫，久未挑浚，致河身日高，宜加挑浚，一切进贡差使暂由陆路。已经奏明，九卿议复："应如所奏。"奉旨："依议速行。"又于钦奉上谕事案内具奏："拟于十一月十五日以前回空粮船过完煞坝，将运河挑挖深通。"在案。行据淮扬道参议王谦详称："自张福口起，历清河、山阳、宝应三县至高邮界首止，应挑工段共长三万一千一百七十九丈二尺，共计土二百零三万六千六十四方八分三厘。连运远土并挑筑拦河堤坝，共估土方工料银二十二万六千八百四十八两九钱五分五厘一毫七丝五忽。"造册详估，臣复核无异。委署扬河通判事扬粮通判王佐、清河县知县金启瑞、山阳县知县顾鸣阳、县丞鲍学沛、淮安卫守备洪奇、宝应县知县张增、盐城县知县郑萧、高邮州知州谢廷瑞、里河同知常维桢等，照所管工段承挑。淮扬道参议王谦监工。除原册送部查核外，相应具疏题估。查挑浚运河，关系紧要，所有需用钱粮，请敕部迅赐就近拨给，以便乘时挑浚。伏乞皇上睿鉴，敕部议复施行。

出处：（清）张鹏翮《遂宁张文端公全集》（卷一），光绪八年（1882）刻本。

酌开王家营减坝疏

臣看得清河县王家营减坝，经前河臣于成龙筑堤堵塞，遇黄河大涨无处宜泄，厅动币酌开泄黄涨漫溢之水由盐河而出。又王家营引河原令冯佑挑挖赎罪，今已淤塞。饬令冯佑作速挑挖深通，准其赎罪；如不成河，不准赎罪。经臣具奏九卿议复，应如所奏。奉旨依议速行，钦遵在案行。据淮扬道参议王谦详称，王家营大坝新堤酌开三十丈，两头下埽裹护，坝下开挖引河，并加修减坝，共估用土方工料银二千七百七十六两九钱七分。又原任管河道冯佑挑挖引河，今已淤垫，屡催赔挑，坚称难赔。议自王家营西兜湾处，开挖引河八百二十丈，接冯佑挑河九百五十丈，加挑一律，估用土方工料银二万三千五百八十三两二钱八分三厘二毫，二共银二万六千三百六十两二钱五分三厘二毫，造册详估，臣复核无异。除原册送部查核外，臣谨具疏题估并请拨发钱粮，庶便乘时兴工，至冯佑既称不能挑挖成河，其不准赎罪之处，应听部议。伏乞皇上睿鉴，敕部议覆施行。

出处：（清）张鹏翮《遂宁张文端公全集》（卷一），光绪八年（1882）刻本。

请设中运两河闸座疏

臣看得科臣陈诜疏称："自天妃闸至淮安共有五闸，必复天妃闸以塞其罅，然后淮水可出。"等语。臣按《南河志》："平江伯陈瑄建通济、新庄、福兴、清江、板闸，筑五闸递相启闭，以防黄水之淤。又虑水发湍急，难于启闭，筑坝以逼水冲。每岁至六月初旬，粮艘过尽，伏水将发，即于通济闸外暂筑上坝，以遏横流。一应官民船只，俱暂行盘坝出入，至九月初旬开坝。"今天妃、福兴、板闸久废，新庄闸亦以无用弃之。惟存龙汪闸一座，金门参差，不能下板，但古今异宜，不能尽复五闸。臣相度地势，博访舆论，公议酌复天妃闸一座，以防黄水内灌。将见存之龙汪闸、宝应闸拆修，金门下板。设遇水涸，递相启闭，蓄水济运。但目前运河淤垫，正在挑挖，候清水冲刷淤沙使尽，河底之尺寸既定，方可安建闸基，将修闸事宜另疏题请。又，科臣陈诜疏称："新旧两中河多建闸座，重运来时，节级启闭；重运过后，勿令常开。"等语。查中河头每年粮船过后，即行熬坝，引湖水由石中河头及中河尾各建石闸一座，以时启闭，节宣水势。于新中河孙家集以上修石闸一座，如遇水大，泄入盐河，以煞水势。其修闸需用钱粮，另疏估计。具题。以上运中两河，科臣题请建闸之处，乃河工告成善后之计，事属可行，臣请具疏题复。伏乞皇上睿鉴，敕部议复施行。

出处：（清）张鹏翮《遂宁张文端公全集》（卷一），光绪八年（1882）刻本。

估改中河疏

臣看得新中河窄狭，行运不便，经臣议在三义坝将旧中河筑拦河堤一道，改入新中河，则旧中河之上段与新中河之下段合为一河，粮艘可以通行无滞，具题。奉旨"著照所奏行"，钦遵在案。行据淮扬道参议王谦、淮徐道副使施世纶详称：中河厅属清河、桃源境内，筑坝、开河、帮堤，计估工料土方银二万七千五两五钱一分零。又，承修官张芳等挑河筑堤不合式，应追赔土方银计一万七千九百五十两六分零，若俟催提到工，修补势必迟误。

新运因系紧要工程，照例拨帑攒筑，将应追银两查明旗籍、造册，另行参追还项。以上各工，共该工料土方银四万四千九百五十五两五钱八分零，乃系中河济运要工，难容缓待，理合具疏题估，并请速拨钱粮，以济急用。伏乞皇上睿鉴，敕部议复施行。

出处：（清）张鹏翮《遂宁张文端公全集》（卷一），光绪八年（1882）刻本。

恭报清水盛出情形疏

臣钦奉圣训指授治河方略，堵闭六坝，大辟清口，引清水畅流出口会黄入海，济运通行。今三月初二、初三、初四三日，桃汛已至，黄淮并长，清水盛出敌黄有余，但六坝闭后全湖蓄水堤岸卑矮者，离水面二三尺高者，离水面五六尺不等，西风鼓浪，危险堪虞，应将卑矮之处再行加帮，其天然滚水坝尚未开放，欲其蓄水敌黄，若湖水再长，相机开放，以保堤工。初八日，臣查清口形势，武家墩三汊河、烂泥浅、裴家场、张家庄湖头水势相连，沛然而出，面宽数百丈，直绕大墩，其流至运口也，三汊河、裴家场、张福口、张家庄四引河汇为一河，宽九十丈，流出二座拦黄坝，坝基淤沙如汤沃雪，自然消化至头座拦黄坝，刷宽四十六丈，两坝台亦系淤沙，见在蛰裂，若清水再长，势必刷开，自难存住。询之土人云，当年黄淮交会时，此系河心，若刷去坝台，口门宽阔，则清流益畅，方足以泄全湖盛大之势。臣观口阔水溜，粮艘扬帆，安流而过，则土人之言不诬也。但桃汛湖水已大，伏汛势必加长，大墩一带堤工御河水而保运道，关系紧要，令河官作速临湖下埽加帮堤工高厚以资捍御。

出处：（清）张鹏翮《遂宁张文端公全集》（卷二），光绪八年（1882）刻本。又见（清）赵田恩《江南通志》（卷五十五）。

注释：康熙四十年（1701）三月初九日，张鹏翮奏报清水盛出情形。

保守高堰事宜疏

今六坝全闭，淮水初复故道，水势蓄长，止由清口一路会黄入海，一切堤工俱系新筑，湖宽水盛，风浪易发，最为紧要，加谨保守，诚如圣谕。臣等公议保守之法，一在分地巡防。自清口历高家堰至六坝，每五里派官二员昼夜巡防，发帑委能员备料，运贮工所备用，其临湖镶柴，预防浪掣。武家墩至高家堰，令原修厅员住工防守；自小黄庄至周家桥，令分修诸臣住工防守；自周桥至六坝，令分修接修诸臣住工防守。一在修理险要工程。查龙门大坝部臣原估镶柴二路，后止镶一路，今湖水盛大，堤身单薄，应将节省一路仍发帑加镶。其高涧大坝地势低洼，内有积水深潭，里戗旋修旋蛰，旧堤顶宽不满三尺，一遇风浪甚属危险。臣相度形势，应于里口筑越堤一道，以为重门之障。其内戗蛰陷之处，下埽镶填坚实，至于宣泄之方，因三滚坝尚未修成，从权暂设天然滚坝，遇淮黄并长之时，清水由天然滚坝泄出，黄水由王家营减坝泄入盐河下海。

出处：（清）赵田恩《江南通志》（卷五十五）。

注释：康熙四十年（1701）上谕，谕张鹏翮保守高家堰第一要紧。三月初八日，张鹏翮疏陈保守高堰事宜，下部议，准奉旨依议速行。

卞家汪创建石工天妃坝拆砌石工疏

臣看得清河县黄河南岸卞家汪险工，长八十四丈，紧接清口迤东，外当黄、淮二水交冲之区，内临积水深潭，中仅一线土堤，卑薄危险，内外受敌。又，天妃坝石工修砌年久，内有坍塌二段，共长四十二丈，每年下埽修防，徒费钱粮，不足以御湍激之势。均应一律攒砌石工，以资巩固。今据淮扬道参议王谦详估，卞家汪创建石工估用工料银一万八千九百一十八两三钱七分一厘，天妃坝拆砌石工估用工料银九千二百八十九两五钱五分六厘，二共估用银二万八千二百七两九钱二分七厘。并无浮冒，造册详估，臣复核无异。不另请拨钱粮，随动支高堰石工节省银二万二千二百六十九两九毫二丝四忽，改挑中河节省银五千九百四十七两九钱二分六厘七丝六忽，给发外河同知南梦班办料兴修，淮扬道王谦监工督催，并原册送部查核。外臣谨具题，伏乞皇上睿鉴，敕部议复施行。

出处：（清）张鹏翮《遂宁张文端公全集》（卷二），光绪八年（1882）刻本。

加挑运料小河疏

窃照高堰运料小河，原属窄浅，经尚书范承勋等具题。议不动公帑，以加帮大堤，取土挑挖，面宽八丈，底宽五丈，深五尺，以资运料，以保堤工。九卿复议："应如所奏"，奉旨依议，钦遵在案。臣查此河自周桥横堤起，北至武家墩止，乃属无源之水，必借堤内积水汇流入河，方克有济。今臣等会勘高堰工程，并查验分修诸臣所捐挑运料小河，虽报完工，但小黄庄一带地形低洼，见今堤内积水与河面相平，若遇风浪汕刷，堤根深为可虞。盖部臣初估时，六坝未开，一片皆水，未得确实情形。今工程已毕，保固堤为紧要。公护原挑小河，再加挑宽深，使积水泄流河中，由武家墩盐河出口，以免汕刷堤土。约需银一万余两，不另请拔发，应将高堰大工节省银内动支济用，蚤为竣工，实于高堰工程深有裨益，缘系保固要工起见，臣谨具疏题请。伏乞皇上睿裁施行。

出处：（清）张鹏翮《遂宁张文端公全集》（卷二），光绪八年（1882）刻本。

复改中运河出水口门疏

康熙四十二年（1703）二月初四日奉上谕，仰见我皇上睿虑周详，圣谟宏远。改移中河出水口门，俾无逼溜使南，永保运口，真善后良图也。臣率淮扬道参议王谦、徐属河务同知李梅、中河通判刘可聘、山盱通判边声威等亲往相度形势，于清邑中河盐坝处所挑挖引河，令中河之水穿子堤由双金门闸入盐河，至花家庄迤东穿黄河缕堤至杨家庄出口入黄河，俾于运口有益。今量得河身共二千三百零八丈，内自杨家庄黄河崖起至花家庄，平地开河长五百一十二丈五尺。又，双金门闸起至穿中河北岸子堤至中河崖止，挑河长一百六十五丈五尺。又，自花家庄接旧盐河起至双金门闸止，长一千六百三十丈间有淤处，应行挑浚。南岸自中河子堤起至黄河边止，创筑南堤一道，长二千零九十八丈五尺。北岸自双金门闸起至花家庄止，以遥堤为北堤，不动钱粮，另筑自缕堤外起至黄河岸止，创筑束水堤一道，长二百三十四丈，于内建筑草坝二座，收束水势，以防黄水倒灌。再，双金门闸矶心窄隘，难以行运，尽行拆去，另造草坝裹护。又，黄河缕堤穿断处建大石闸一座，收聚水势，应将前题修仲庄石闸移建于北，不另估钱粮。再查，中河地处卑洼，上源清水涨发，向由盐河宣泄下海。今应于花家庄盐河撑堤之上建造泄水石闸，相时启闭，以利行盐，以资济运。以上挑河、筑堤、修坝、建盐河石闸等工，共约估工料银七万八千余两，理合绘图具奏，伏候圣裁。

康熙四十三年（1704）二月二十五日题。

出处：（清）张鹏翮《遂宁张文端公全集》（卷二），光绪八年（1882）刻本。

论黄淮要领

自昔淮行于南，黄行于北，各自达海，黄与淮会变也。宋元以后，黄淮始合，资黄济运，用淮刷黄。昔取其分，今取其合，淮不与黄会，又变也。大抵淮与黄合，其势必强；与黄离，其势必弱。数年来黄淮失轨，运口淤为平陆。臣鹏翮之膺简命也，恭请训旨。上曰："黄河何以使之深？清水何以使之出？"大学士金谓翮曰："宜敬绎斯语，黄不深则拦入运口，所病者在国计。清不出则漫入下河，所病者在民生。"大哉圣谟，固已抉理水之精微，握平成之全算，黄淮会萃，前定于片言中矣。

既至河干，日讲求所以深黄出清者，于是言人人殊。有欲用铁龙爪、扬泥车往来荡涤者，予曰："此黄庭坚之所传以为笑者也！前剔后淤，何损于河之尺寸乎？"有欲复老黄河者，予曰："昔季驯潘公已力排之矣。"有欲引睢水助清刷黄者，予曰："睢水涓流，无裨实用，且远在百数十里外，费巨难成。"皆筑舍也。至出清，则全无一策。予于时不避暑雨，减驺从，挐一芥之舟，于河则自开归至云梯关以下，于淮则溯洪湖至盱泗以上，博考图经，旁诹父老。怃然曰："欲深黄，其必开海口。欲出清，其必塞六坝乎。夫海口不开，譬人之饕餮者，果于腹而尾闾不畅，未有不胀闷者也。六坝不塞，譬彼漏，随注随竭，未有停蓄而资吾之用者也。且夫深黄出清，其途似殊，其实相为用。黄不深则常虞倒灌而清不可出，是治河即所以治淮也。清不出则无由冲刷，而黄不能深，是导淮即所以导河也。"于是拆拦黄坝，杜诸决口，培大河南北之堤，束水以攻沙。向之河身三四尺不等，今至四五丈而黄深矣。于是堵唐埂六坝，开张福诸引河，挽全湖之水涓滴不使漏泄，向之清口埋为平陆者，今且浩然沛然而清出矣。清出则转弱为强，黄深则化强为弱，强弱之势既易，而后淮乃与黄会焉。康熙三十九年（1700）十一月也。

夫自古之谈治河者，纷如聚讼，汉争屯氏，宋筹二股，终莫得要领，上无聪明果断之君，遂以大患大灾，任之气数。我皇上以洒瀹奇功，约之两言，千变万化，罔不在其环中，卒使淮黄顺轨，上裨国计，下奠民生，宣聪首出，于此具见之矣。乌可以不书。

出处：（清）张鹏翮《遂宁张文端公全集》（首卷），光绪八年（1882）刻本。又见（清）贺长龄《皇朝经世文编》（卷一百）。

论治清口

（一）

清口者，运河入黄之口，即淮水所从出之口也。前代未有黄河，惟泗水径角城，从西北来与之会，同入于海，皆清流也，而泗更清于淮，无石水六泥之浊以滓之。故唐宋以前，不闻清口龃龉之患。清口之患，自有黄河始也。黄河之为清口患，自淮水夺堰东注，不能敌黄始也。按史记河渠书，禹抑洪水，功施于三代，自是以后，荥阳下引河东南为鸿沟，以通宋郑陈蔡曹卫，与济汝淮泗会于楚。西方则通汉川云梦之际，东方则通鸿沟之间于吴。唐宋以后，都会不同，至由淮以达帝都，清口为之襟领，其势一也。宋陈敏议戍守云，长淮二千余里，河道通北方者五，清汴涡颍蔡是也。通南方以入江者，惟楚州运河耳。周世宗自楚州北神堰，凿老灌河，通战舰，以入大江，南唐遂失两淮之地。将谋渡江，非得楚州运河，无缘自达，由是观之，清口一线，实关形胜，又非独国计民生而已。顾以全淮之水，会萃洪湖，环数百里，以一线之口泄之，已可寒心。加以淤垫，如塞小儿口而止其啼，欲不旁挺横溢为淮扬患，得乎？恭读我皇上三十八年（1699）巡幸高家堰，阅视毕，随谕曰："运口太直，黄水倒灌，兼之湖口淤垫，清水不能畅流，何以敌黄？宜于湖水深处，别凿一引河，以导水出清口。"又曰："清口最为紧要，如不将清口挑浚，高堰堤工，并运口堤工，纵加高厚，均属无益。"十二月，复诏曰："比年淮扬所属地方，罹于水患，生业荡然，朕怀深切轸念。屡经蠲租赈业，乃黄河垫高，清口低下，淮水不能流出，百姓仍被水灾，弗获宁宇。今或坚筑高堰堤工，以束淮水，多开引河，使之冲黄。宜一一讲求。"臣鹏翮之来也。上复训之曰："河底何以使之深？清水何以使之出？"鹏翮悚惕承命。至则凡上指所及者，不敢悠忽以少需。于是开海口，黄有所归矣。塞六坝，淮无所漏矣。开张福、裴家、张家庄、烂泥浅、三岔河，又益以天然、天赐凡七引河，淮流沛然而出矣。开七引河者，导淮以刷清口也。塞六坝者，束淮使归清口也。开海门者，杀黄之势不使倒灌清口也。时水患方殷，予东至海壖，南至江表，西至开归，北至徐兖，殆无暖席。稍有寸晷之隙，必棹小舟，徘徊于惠济祠，精神无时不注于清口，而治清口又无时不注于引河。迨七引河成，于是十余年断绝之清流，一旦奋涌而出，淮高于黄者尺余。扬帆直渡，曾不移瞬。又清水初出，犹虑淮为黄弱，题建两拦坝，备节宣。及七引河滂沛，荡涤无余，运口阔至九十三丈。皇上以宵旰忧勤，释民垫隘，民之所欲，天必从之。不信而有征哉。

（二）

江淮河济，谓之四渎。渎者独也，以其不因他水，独能达海也。考禹贡导淮自桐柏，东会于泗沂，又东入于海。今自泗口以下，虽尽为黄所夺，其势固无殊也。惟是黄水荟萃众流，来自万里，力大而势强。淮源近出豫州，北御黄，南资运，力分而势弱，此清口所以常龃龉也。况顷年六坝洞开，全淮东注，清口久为平陆。上厪宸衷，臣受命请训，以道淮机要，必于清口。因思淮之不治，全在门户。塞六坝，杜旁蹊也。辟清口，开正路也。二者难分轻重，而湖势方盛，六坝且为后图。先辟清口，庶正路开而旁蹊之势亦杀。夫淮之涓滴不至清口，久矣。非多为引河以道之，则不出。于是独棹小舟，沂三港，穿柳林，直造洪湖中流。历审形势，知淮水旧在湖西，其为六坝牵引而东者，非经渎也。按南河志，淮河旧有张福、王简二河，季驯潘公虑其流分而力薄，为堤塞之。今清口淤垫，入湖几三十里，惟兹二港淳深，贾舶之沿淮者凑焉，而其首适与张福口接。于此开挑引河，淮必出。议上，天子然之。乃量工命日，亲自程督，不阅月，河成，凡一千三百三十五丈。又于河尾置挑水坝，由是清流奋迅，而淮黄始会，以张福河为首庸焉。时张福迤南裴家场，又开引河，既成，虞其分而减，力不足刷黄也，仍会张福河于裴家场，而其流益沛。张福河底坚，而裴场多沙，亦藉以冲刷也。迤南又有烂泥浅引河，屡浚未就，于是挑其淤而深之。武家墩之北，旧有三岔河，自淮流久断，惟此一仅存。然秋冬水落，仍为陆地，乃督弁兵浚通之。于是有四引河矣。前此清口既淤，土囊无口，至是惊流荡涤，至三十余丈，犹虑不足畅全淮而发其浩瀚之气也。维时唐埂六坝，既坚塞之矣，乃亟走坝上，命工度其尺寸，六坝共得二百八十丈。怃然曰：以三十余丈之口，而欲泄二百八十丈初回之水，宜其趑而不尽出也。乃详度张福裴场二河之间迎湖大溜，复凿大引河一道，二十丈，深一丈，长一千六百七十丈，名曰张家庄河。而时凡为引淮之河者五，既会张福河于裴家场，又益以大引河，端资其力以刷黄。又会烂泥浅于三岔，从七里河径文华寺，专用其力以济运。又虞其势之偏注也，于清口之上筑坝台一座，逼淮水三分入运，七分敌黄。诸河头水势相连，沛然而出，会淮水壮激，酾为二河。土人神之，名曰天然河，天赐河。在张福裴场之间，于是凡有七河，控引清流，至其朋势，比至清口，混茫澎湃，而淮之门户大辟，广至百有余丈。淮至是乃与黄会，黄不敌淮，淮且高黄数尺。自惠济祠上下十余里，练影澄澜，与天一色。浊流数点，微茫煦沫，循北岸而已。皇上明德丰功，岂不远哉。

出处：（清）张鹏翮《遂宁张文端公全集》（首卷），光绪八年（1882）刻本。又见（清）贺长龄《皇朝经世文编》（卷一百）。

张伯行

张伯行（1652—1725），字孝先，号敬庵、恕斋，仪封（今河南兰考）人。康熙二十四年（1685）进士，授中书科中书。历官山东济宁道、江苏按察使福建、江苏两省巡抚、户部侍郎、礼部尚书。有《伊洛渊源录》《养正类编》《正谊堂文集》《居济一得》等。

淮 河

淮河发源于河南桐柏山，由开封、归德、亳州、凤泗至天妃庙上，出清口，此古之小清口也。古黄河在清河县之后，淮水出小清口，独行五六里至大河口；黄河由清河县后，亦独行至大河口，淮合于黄，黄合于淮，是为淮黄交会处也。是小清口至大河口淮黄交会处，尚有五六里之遥，黄水安得逆流而上倒灌清口乎？今则黄河已迁于清河县之前矣。黄淮交会于清河口，黄水直冲清口，故历年以来总不免于倒灌之患。倒灌洪泽湖则淤洪泽河，倒灌运河口则淤运河，黄水小灌则小害，大灌则大害，或归咎于黄之强，或归咎于淮之弱，总未有以治之而使之不为害也。

愚不自揣，欲将清河口堵闭，使淮水独入运河，由天妃庙后离河稍远之处开引河一道，穿过堤北于堤河适中之处使之直往东行，至鲍家营河口对过开河口放入黄河，则黄水既无倒灌之患。而粮船由清江浦至天妃庙后，御示闸对过再开引河一道，入新河出口过黄河，较之出旧清河口又觉顺便矣。且黄水即有倒灌，一入引河自往东行，而不能西行矣。若虑新河一时不能宽深，恐不足以泄淮水，则将旧清口之西御坝之东，开引河一道，建闸一座，淮水大时则启板放入黄河，黄水大时则闭板以拒黄不使倒灌，洪泽湖蓄泄有方，似属妥便。但此时淮河由开封至归德久经淤塞，必大加开通，中间凡有可以开通河道，挑挖沟洫，灌溉民田者，皆可酌量行之，至运河口之东，有可以开河引入高家堰内灌溉民田者，则酌开河道，多挑沟洫，使高堰之内尽成膏腴之田。再将清江浦檀渡寺东运料小河闸座修理坚固，仍将运料小河尽行疏通，以至海口，则由此放水可以灌二百余里之民田矣。再于淮安之西旧柳沟河开通引水灌田，再于淮安之南刘均沟、泾河、涧河、子婴沟尽行开通放水灌田，余水下海，并将凤凰桥人字河、芒稻河、白塔河尽行开通引水灌田，且于运河两岸各闸坝俱行修理以备蓄泄，则高宝湖水可以放入运河，运河之水亦可以灌田，且放之入海、入江而不至有泛滥之虞矣。观沁河、淮河之可以分流灌田，则各省凡有清水之处，皆可以设法灌田，而水利益溥矣。是在后之君子讲求而酌行之耳。

出处：（清）张伯行《居济一得》（卷七）。

黄河运河总论

黄河发源于星宿海，绕昆仑，历积石，越西域，逾关陕山西河南，经丰砀出徐州，始为运道，会泗沂之水，蟺蜿而至清河县之清口，又名南河口，会淮而东经安东县以入于海，此黄河之大较也。以运河言之，由浙江至张家湾凡三千七百余里，自浙至苏则资苕霅诸溪之水，常州则资宜溧诸山之水，至丹阳而山水绝则资京口所入江潮之水，水之盈涸视潮之大小，故里河每患浅涩。云自瓜仪至淮安则南资天长诸山所潴高宝诸湖之水，西资清口所入黄淮二河之水，俱由瓜仪出江，故里河之深浅亦视两河之盈缩焉。由清口至镇口闸，则资黄河与山东汶泗之水，由镇口闸以至临清则资汶泗之水，即泰安莱芜徂徕诸泉也。然汶河由南旺南北分流，并济故天旱泉微，每苦不足。由临清至天津，则资汶河与漳卫之水，由直沽入海。而自天津至张家湾，则资潞河白河桑干诸水。此运河之大略也。若江西湖广运艘俱由长江入仪真闸，止有风波之险而无浅涩之虞，此又在运道之外矣。

愚按黄河之水出徐州为运道，会泗沂之水至清河县之清口，此先年之运道也。今则由清口之上仲庄闸入中河直达临清，有济运之功而无风涛之险，较之从前实为平稳。但自徐州至清口，既不用黄水济运，则黄河北岸之堤宜坚筑高厚，即黄河水长不至为中河之害矣。此清口之上当防者也。

清口直接黄河，恐黄水泛涨，不免倒灌之患，宜于清河县之上五里旧仲庄闸处所开引河以分黄，由清河县后及废闸塘至大河口与淮会，则水势既分，黄流自弱，清口之倒灌可免。若使黄河竟由清河县后至大河口会淮，使黄河不至清口，则清口永远无虑，而中河亦由清河县北至大河口与黄淮会，粮船不过远行数里，而运河仍永远无虞矣。

若清口之下，淮黄既会，兼以中河之水，三水会流，刷沙自易，但恐伏秋水涨，堤岸难保，则淮扬之百姓可虞也。故宜将两岸之堤时加修防，务使坚完，稍遇残缺即为补葺。仍宜将汰黄堤加筑高厚，茭陵以下再接筑百余里至大通口，仍宜照遥堤之式，离缕堤稍远，则日后即有疏虞，离河既远，水势自散漫而力微，可无冲决之患，而淮扬一带可以安枕而卧矣。

然而犹有虑者，中河之上骆马湖、运河之上洪泽湖也，中河粮船过完即宜放入盐河，不宜入黄河，倘水大而盐河难容，则开官庄、娘子庄等河由五港口入海。仍宜于中河一带多开漕渠，设立闸座，制为水田，春月即闭闸以济运，运过即开闸以灌田，则民既资其利而兼免其害矣。

至洪泽湖亦宜多设闸座，广开漕渠，制为水田，如周桥、翟坝、高良涧、古沟、高家堰、武家墩皆可行之，水小则闭闸以蓄水，水大则开闸以灌田，即有盛涨之时，必无冲决之患，则不特漕运永济，淮扬受福，而泗州水患亦可永息矣。

出处：（清）张伯行撰《居济一得》（卷八）。

爱新觉罗·玄烨

爱新觉罗·玄烨（1654—1722），即康熙帝，清朝第四位皇帝、清定都北京后第二位皇帝。八岁登基，十四岁亲政。在位六十一年，是中国历史上在位时间最长的皇帝。他是中国统一的多民族国家的捍卫者，奠定了清朝兴盛的根基，开创出康乾盛世的大局面。

河 臣 箴

自古水患，惟河为大。治之有方，民乃无害。禹疏而九，平成攸赖。降及汉唐，决复未艾。渐徙而南，宋元滋溢。今河昔河，议不可一。昔止河防，今兼漕法。既弭其患，复资其力。矧此一方，耕凿失职。泽国波臣，恫瘝已极。肩兹巨任，曷容怠忽？毋俾金堤溃于蚁穴，毋使田庐沦为蛟窟，毋徒縻国帑而势难终日，毋虚劳畚筑而功鲜核实。务图先事尽利导策，莫悔后时饰补苴术。勿即私而背公，勿辞劳而就逸。惟洁清以自持，兼集思而广益，则患无不除，绩可光册。示我河臣，敬哉以勖！

出处：（清）卫哲治等修，叶长扬等纂《乾隆淮安府志·艺文》（卷二十九），咸丰二年（1852）刻本。

漕臣箴

国家定鼎，会极幽冀。岁漕东南，积偫惟备。舳舻衔尾，数百万计。转输有程，贵以时至。专设重臣，式董厥事。我徒我旅，亦云孔勩。尚其宽恤，厚彼糇粮；尚其抚绥，摩彼疴瘝。毋借空名，耗闿左藏；毋踵陋习，损经制常。尔克持廉，则吏罔弗臧；吏克守法，则军罔弗康。军既乐康，竞挽以将，孰困而逋？孰盗其粮？官苟剥之，用饱己囊，下复效之，鼠雀曷防？濡滞河干，如稻集蝗。总计而论，食我太仓，国储民食，毋乃两伤。尔膺斯任，莫忝王章。

出处：（清）卫哲治等修，叶长扬等纂《乾隆淮安府志·艺文》（卷二十九），咸丰二年（1852）刻本。

免租诏

朕南巡以来，轸念民依，勤求治理，顷至江南境上，所经宿迁诸处民生风景，较前次南巡稍加富庶，朕念江南财赋甲于他省，素切留心，因尚有历年带征钱粮，恐为民累，出京时曾询户部，知全省积欠约有二百二十余万，今亲历兹土，访知民隐，无异所闻。除江南钱粮已与直隶各省节次蠲免外，再加江南全省积年民欠一应地丁钱粮、屯粮芦课、米麦豆杂税，概与蠲除。自此民免催征，官无参罚。尔督抚务须切实奉行，俾均实惠，副朕爱恤民生至意。如有以完作欠侵收肥己等弊，一经发觉，定行从重治罪。夫民为邦本，足民即以富国，朕平日躬行节俭，一丝一粟未尝轻费，所以如此简约者，无非爱养物力，为优恤元元之地在民间，惟正之供军国所需，岂易骤言蠲免通年。国用少裕，故能频沛恩施，总期藏富于民，使家给人足，则礼让益敦，庶渐臻雍穆之治。著速行传谕，咸知朕意。

出处：（民国）徐钟令《淮阴志征访稿》（卷一），民国抄本。
注释： 康熙二十八年（1689），康熙帝南巡途中，颁《免租诏》。

蠲免漕粮诏

朕抚驭区宇三十年以来，早夜图维，惟以爱育苍生，俾咸臻安阜为念。比岁各省额钱粮已次第蠲豁，其岁运漕米向来未经议免，朕时切怀。所有京通各仓米谷撙节支给数载于兹，今观历年储积之粟，恰足供用，应将起运漕粮逐省蠲免，以纾民力。除河南省明岁漕粮已颁谕免征外，湖广、江西、浙江、江苏、安徽、山东应输漕米，著自康熙三十一年（1692）始，以次蠲免各一年。至江宁、京口、杭州、荆州大兵驻防地方，亦应预行积贮，著将康熙三十一年起运，三十年漕米各截留十万石，存贮仓廒，令该地方官敬慎守视，以备需用。

出处：（民国）徐钟令《淮阴志征访稿》（卷一），民国抄本。
注释：康熙三十二年（1693），康熙帝南巡途中，颁《蠲免漕粮诏》。

修浚清口诏

朕留心河务，体访已久。此来沿途坐于船外，审视黄河之水，见河身渐高，登堤用水平测量，见河较高于田，行视清口高家堰，则洪泽湖水低，黄河水高，以致河水逆流入湖，湖水无从得出，泛滥于兴化、盐城等七州县，此灾之所由生也。

治河上策，惟以深浚河身为要，诸臣并无言及此者，诚能深浚河底，则洪泽湖水直达黄河，七州县无泛滥之患，民间田产自然涸出，不治其源，徒治下流，终无益也。

今朕亲阅下河通海之口，及射阳湖一带填淤之处，于成龙所带效力人员甚多，可作速分委并力开浚蓄积之水，倘能稍泄，庶几有益。至于黄、淮二河交会之口，过于径直，所以黄水常逆流而入，今宜将黄河南岸近淮之堤，更迤东长二三里，筑令坚固，淮水近河之堤亦迤东湾曲拓筑，使之斜行会流，则黄河之水不至倒灌入淮矣。再河流不迅急，无以刷去河底之沙。朕详加咨访，河直则溜自急，溜急则沙自刷而河自深。宜于清口西数曲湾处试行浚直，如直浚有益，渐将上流曲处岁加直浚，庶几黄河之险自除，而河底渐深，洪泽湖之水渐出，七州县之水患可渐息矣。

清口应修之处，著于成龙等绘图呈览。

出处：（清）爱新觉罗·胤禛《圣祖仁皇帝圣训》（卷三十三）；（民国）徐钟令《淮阴志征访稿》（卷一），民国抄本。

注释： 康熙三十八年（1699）己卯，三月庚午朔，上巡视高家堰等堤谕大学士等。

黄运两河并高堰下河谕

朕念河道国储民生攸关，亲行巡幸。由运河一带，以至徐州迤南黄河，细加看阅，黄河底高湾多，以至各处受险。又至归仁堤、高家堰、运口等处，留心细阅，见各堤岸愈高，而水愈大，此非水大之故，皆因黄河淤垫甚高，以致节年漫溢。黄河若淤高二尺则水高二尺，淤高一丈水即高一丈，若治河专以筑堤，终属无益。如不将黄河刷深，徒费钱粮。且运口太直，黄水倒灌，兼之湖水淤垫，以致清水不能畅流。各河与洪湖之水如何得能敌黄，若将清河至惠济祠埽湾由北岸挑引，入惠济祠后入河，而运河再向东斜流入惠济祠交汇，黄水如何得能倒灌。朕欲将黄河各险工顶溜湾处开直，使水直行刷沙，若黄河刷深一尺，则各河水少一尺，深一丈则各水浅一丈，如此刷去，则水由地中而行，各坝亦可不用，不但运河无漫溢之虞，而下河淹没之患似可永除矣。朕意如此是否，尔等直奏，不得以朕必是，朕亦是一时意见，亦不保其必然。

且拦黄坝湾曲，马家港窄狭，虽将时家马头之口堵筑，而黄水不能畅流，山阳南岸韩家庄等处险工甚属可虞。至于下河不必挑浚，如将上河修筑坚固，则下河不治而自治矣。今朕念民生运道，亲行巡幸，如不溯本穷源，分晰条治于民生何益。将来每岁加帮高家堰等堤，堵筑时家马头等口，徒致糜费钱粮，淹害百姓。今应将清口之西坝台加添挑水坝，修筑坚固，加长过于东坝台，将清口安置里边。洪泽湖择其水深之处开直成河，使湖水流黄河湾曲之处直挑引河，使各险处不得受冲。董安国、冯佑将河道废坏已极，此各工程责令赔修赎罪。其下河见有积水，不得不引出归海，将串场河射阳湖虾须沙沟一带挑通，引积水流出归海。其拦黄坝应行挑拆，时家马头暂缓堵筑，使黄水流定。汰黄堤筑成之日，再将时家马头决口堵塞。至于归仁堤人皆称系保护明季皇陵，此俱系妄诞，三四十里路之堤，如何护得明季皇陵？此堤之修，专因水涨之时，毛城铺等处发来之水至归仁堤拦回，仍归黄河之意，此堤亦应酌量修筑。至于运河之水少有不济，治之甚易。

尔等系河臣，系尔等专责，若此治法一成，则河道可保无虞。如不然另想别策，务必将被淹州县之水灾尽除，方不负朕南巡救民之意。尔等若挑挖引河，其原有工程仍照旧，令各官修防不可怠忽，俟挑挖引河，黄河归入故道，再将下河、串场河与射阳湖、泾河、虾须、沙沟挑数处通流，使水归海。至于邳州、清河、桃源、安东、山阳、宝应、高邮、江都、泰州、兴化、盐城等州县，百姓困苦已极，如欲拯济而穷民不沾实惠，殷实之人反得行其冒渎，每一州县或截留漕粮一万石，或截留数千石，比时值减价粜卖，则穷民实有裨益。邳州差部官一员，粜卖其余，别处米石责成总漕桑格、总河于成龙同地方大臣委令地方官粜卖，如此救治，谅百姓似不致流离。河道永无冲决。朕意如此，是否允当，尔等直奏，不得以朕旨为必是，尔等速会议具奏。

出处：（清）傅泽洪《行水金鉴》（卷五十二）。

注释： 康熙三十八年（1699）三月初一日，圣祖仁皇帝康熙圣驾巡幸高家堰阅视毕，随谕大学士伊桑阿、阿兰泰，尚书马奇，侍郎常绶、喻成龙、李楠，总漕桑格，总河于成龙，协理河务府尹徐廷玺，江宁巡抚宋荦，员外郎赫韶、瑟登德、费扬古等。

督导河臣诏

朕向来留心河务，每在宫中细览河防诸书，及尔屡年所进河图与险工决口诸地名，时加探讨，虽知险工修筑之难，未曾身历河工，其河势之汹涌溎漫，堤岸之远近高下，不能了然。今详勘地势，相度情形，如萧家渡、九里冈、崔家镇、徐家坝、七里沟、黄家嘴、新庄一带，皆吃紧迎溜之处，甚为危险，所筑长堤与逼水坝须时加防护，大略运道之患在黄河，御河全凭堤岸，若南北两堤修筑坚固，可免决啮，则河水不致四溃，水不四溃则浚涤淤垫，沙去河深，堤岸益可无虞。今诸处堤防虽经整理，还宜培薄增卑，随时修筑，以防未然，不可忽也。又如宿迁、桃源、清河上下，旧设减水诸坝，盖欲分泄涨溢，一使堤岸免于冲决，可以束水归漕，一使下流疏泄，可无淮弱黄强清河喷沙之虑。近来凡有决工处，所皆仿其意，不过暂济，目前之急虽受其益，亦有少损，倘遇河水泛溢，乘势横流，安保今日减水坝不为他年之决口乎。且水流浸灌，多坏民田，朕心不忍尔。当筹画精详，措置得当，使黄河之水顺势东下，水行沙刷，永无壅滞，则减水诸坝皆可不用，运道既免梗塞之患，民生亦无垫溺之忧。庶几一劳永逸，河工可告成也。

出处：（清）爱新觉罗·胤禛《圣祖仁皇帝圣训》（卷三十三）。
注释： 谕河道总督靳辅。

奖勉河臣诏

黄淮两河，关系运道民生，最为重要。朕念治河国家大事，夙夜廑怀，未尝少释。披图咨众，虽已悉其源流，顾水势变迁不常，必真知洞悉，方可实见施行。是以不惮勤劳，屡亲巡阅察其险易之形势，审其疏导之机宜，缓急次第，具有成画。至于简命河臣，倚任甚切，凡所属官吏皆听选用，大修工程费以数百万计，岁修帑金亦以数十万计，乃康熙三十七年（1698）黄淮并涨，总河董安国不坚筑堤堰，疏通海口，因而河身垫高，溢出河岸，以致倒灌洪泽湖口，湖水从六坝旁泄，由运河入下河，淹没民田，于是罢董安国以于成龙代之，朕随授以治河方略，详加指示。三十八年（1699），亲往阅河，驻跸清口河干，又面谕于成龙，清口宜筑挑水坝，挑黄水使趋北岸，方可免黄水倒灌之患。随指定其地，再三申命，于成龙不遵朕旨，致无成功。及用张鹏翮为河道总督，面谕云，顷已发帑数百万，令大臣官员往高堰，筑堤闭六坝，使逼洪泽湖水畅出清口，而清口筑挑水坝尤为紧要，此坝不筑则黄水顶冲，断不能使向北岸，湖水不得畅流。张鹏翮遵朕言，坝工筑成，黄溜遂直趋陶庄，清水因以直出，叠经伏秋大涨，并无倒灌之事。其浚张福口引河，筑归仁堤，疏人字芒稻泾洞等河，开大通口，皆遵朕旨，一一告竣。今年春，朕阅河至桃源，见龙窝等处顶冲危险，命增筑挑水坝，此坝工刻日讫事，河势遂平。中河仲庄闸口以与清口相对，特命改由杨家庄，漕挽安流，商民利济。曩时黄水泛涨，或与岸平，或漫溢四出，今黄河深通，河岸距水面丈余，纵遇大涨，亦可无虞矣。张鹏翮所修工程，虽悉经朕裁断，而在河数载，殚心宣力，不辞艰瘁，又清洁自持，一应钱粮俱实用于河工，无纤毫浮耗，朕心深为喜悦。所属大小河员并皆勉力赴工，共襄河务，亦属可嘉。自总河以下各官，尔二部即详加议叙具奏。

出处：（清）赵田恩《江南通志》（卷五十三）；（民国）徐钟令《淮阴志征访稿》（卷一），民国抄本。

注释：康熙四十二年（1703）十月初十日，上谕吏、工二部。

谕内阁九卿等

朕此番南巡，遍阅河工，大约已成功矣。曩时总河于成龙不遵朕指授修筑，故未能底绩。今张鹏翮一一遵谕而行，是以成功。向来黄河水高六尺，淮河水低六尺，不能敌黄，常患淤垫。今将六坝堵闭，洪泽湖水高，力能敌黄，则运河不致有倒灌之患，此河工所以能告成也。朕自御极以来，无时不以民生为念，虽纤悉之事不肯怠忽，今四十余年矣。四海乂安，民生富庶，河工适又告成，朕欲颁诏天下大加恩赉。

出处：（清）赵田恩《江南通志》（卷五十三）。

注释：康熙四十二年（1703）三月十六日，上谕内阁、九卿等。

谕扈从诸大臣及河臣

朕留心河道，亲阅者屡矣。河之形势，必身历其地，始知成功之次第。朕每至河上，必到此惠济祠以观水势。三十八年（1699）以前，黄水泛滥，凡尔等所立之地，皆黄水也。彼时自舟中望之，水与岸平，岸之四围，皆可遥见。其后水渐归漕，岸高于水，今则岸之去水又高有丈余，清水畅流，逼黄竟抵北岸，黄流仅成一线。观此形势，朕之河工大成矣。朕心甚为快然！向年自宁夏回，曾走黄河，察看彼处河势，亦甚险。水面有与相等者，有更大于此者，张玉书亦曾见之，河在口外，原走边地，因木难山是一整石山，黄河至此触石而回，遂流入中国，不然中国宁有此河患耶。

出处：（清）赵田恩《江南通志》（卷五十三）。

注释： 康熙四十四年（1705）闰四月十一日，上谕扈从诸大臣及河臣等。

陆次云

陆次云，生卒年不详，字云士，号北墅，钱塘（今浙江杭州）人。监生，考授州判。康熙乙未（1715）荐举博学鸿词，见任河南郏县、江苏江阴知县。著有《八纮绎史》《澄江集》《北墅绪言》。

漂 母 赞

余过淮阴，谒漂母之祠，见其柱联曰：人间岂少真男子，千古无如此妇人。其慨深矣！感而书赞：吁嗟！漂母本一女流，偶因一饭，竟尔千秋。风尘物色，能识王侯。重瞳不辨，殊胜沐猴。殷勤进食，哀尔垂钩。岂绿望报，此意谁俦。今观母像，静坐悠悠。犹垂青眼，祝客如愁。汉家已矣，母庙仍留。人之念母，奕禩无休。寒霜瘦马，落日残裘。王孙过此，无不回头。

出处：（清）陆次云《北墅绪言》。转引自（清）胡凤丹《漂母祠志》（卷三），光绪三年（1877）永康胡氏退补斋刻本。

鲁之裕

鲁之裕（1665—1746），字亮侪，湖北麻城人。康熙五十九年（1720）举人，授内阁中书，任河南确山县令和清河道、直隶布政司参政等职。为官数十年，在兴修水利、发展生产、革除旧习等方面多有建树。有《长芦盐志》《下荆南志》《式馨堂诗文集》等。

治河淮策

天下事莫难于治水，尤莫难于治今日四溃之河水。而窃以为难于得其人焉耳，得其人则以水治水，无难也。国家资河淮以济运漕，运不可一岁不通，则河、淮不可一岁不治。而治漕必先治河，治河必先治淮，即所谓以水治水之道也。

夫河、淮古称二渎，河水东过荥阳浪荡渠，即大禹所辟以通淮泗之络者。河至是借淮以相为疏理，河淮之合，从来旧矣。厥后引河而南，并借淮水入海之路以转漕，于是乎二渎相会于清河县东，由云梯关以入海。是云梯关者，二渎入海之故道也。前人深知。夫河性以浊而缓，缓则壅，壅则溃。淮性以清而急，急则行，行则安。故筑归仁堤以捍黄水、睢水，使不得南射泗州，攻高堰，又能遏睢水、湖水，并入黄河，使急流而不壅。复筑高家堰、周家桥、翟家坝以束淮，使涓滴俱出于清口，以逼河而归海，其蓄泄也又有方焉。淮水大涨，则漫坝而南，凤、泗得以无水患。淮水不涨，则阻其南奔，而清口之水有全力，法至善也。

自康熙元年（1662），盱、泗之民由古沟镇南北，及谷家桥，盗决小渠者八，淮水大半分于高、宝诸湖，河水亦即蹑淮而注之。河受二水而无所泄，是以大决于清水之潭，而清口之淮，无力刷河，河不能自循故道，乃由天妃闸窜入运河。运道之渠不能容黄河之水，此安东之所以被决，运道所以被冲，淮扬所以被没，而二渎竟以安东为尾闾矣。安东新决之口，其阔深不及云梯之半，欲二渎于此安澜而归壑也得乎。且夫周桥、翟坝者，盖天然之减水坝也，其土坚而身厚，又低于高堰者二尺，水大则漫之而过，水大至二尺，乃与高堰相平，若更高于二尺，斯漫堰以行。是周桥、翟坝毫无害于高堰，而有助于高堰者也。而淮北私盐，利开桥坝以通往来，挥多金，造浮言，曰："归仁之堤不毁，周家桥闸不开，翟家坝口不决，则商贾之南自瓜仪，北自河南者，咸必假道清江浦，不免为各闸稽，岂若取道桥坝之直达为便。"且白鹿、邸家诸湖之隈，原非民田也，堤决水干，人得私种，河防胥役又设税周桥之闸，每一私开，货船敛馈千金，渔者亦奉以数十金，奸民勾通淮关淮道暨山阳厅役，每月为之料理，名曰月钱，饰为开桥保堰之说。夫自康熙元年（1662）以前，自明万历以后，周桥不开，高堰曾闻冲决乎。况水漫翟坝，有二十五里之宽，岂区区周桥数尺之闸，一开之而遂能泄之乎。乃其借口者又曰："漕船回南，时值水涸，可由此以放行。"夫漕船自古无经此之事，只缘周桥闸开，奸民利之，衙胥利之，职司于此者尤利之。故虽有三害，弗之恤也。三害者何？冲决漕堤，一害也；淹没七州县民，二害也；淮水分而清口塞，清口塞而河道淤，三害也。借口者则又从而为之辞曰："三关额税不足，必取偿于周桥。"不思周桥启而重船放，额税之所以不足也。今即于桥置私税焉，无论其蠹课渔商也，即以其入者计之，亦官三而众七焉耳，安见其能足额耶。周桥月开，翟坝日决，淮水分于诸湖，湖常盈而不涸，是故不必桃花水发，而漕堤日有溃败之虞，淮南七邑日有釜底之忧矣。

故今日而言治河、治淮、治漕之道，不必别有奇术也。但使清口之水仍其清，堰仍其堰，堤仍其堤，坝仍其坝而已矣。诚能于徐、邳、桃、清沿河而下，诸堤坝无有不固，诸小口无有不塞，不特黄淮合而清口浚，清口浚而云梯通，而淮扬七邑不致以釜底受倒灌之灾。且堰内民田，堰外湖坡，无不现为可之地。上自虹、泗，下及山、盐、兴、宝，皆一变而成沃壤，是以治河淮之功，收治漕运之效，并以治漕运之效，活七邑之民，其为利于国计民生也，不亦巨哉。乃不得其人，而终年兴无益之功，既劳民矣，又伤财焉。既伤财矣，又误国焉。如是而曰河淮漕运难治也，河淮漕运果难治乎哉。

出处：（清）贺长龄《皇朝经世文编》（卷九十六）。

朱泽澐

朱泽澐（1666—1732），字湘陶，号止泉，江苏宝应人。清代扬州学派之重要人物，少年好学，遍读程朱之书，为学专治朱子，师从陈畏斋、陈厚耀，与王懋竑相友善。著有《朱子圣学考略》《先儒辟佛考》《阳明晚年定论辩》《止泉集》。

治 河 策

（上）

黄河为害于淮扬两郡数百年矣，近者六坝塞，清口开，淮入于河，渐有成效。四十四年（1705），淮水暴涨，遂至壅决。夫淮水既不宜中泄，水盛之时北出无由，积而为漫为决，衍溢土田，倾灌城邑，即使捐七邑之地以受淮，亦必预为措置，况弃其地，淮仍不可合黄，又必不可由高、宝以入海，徒滋其害，无有已时，岂可不筹百年不敝之计哉？

河之分合，历代不一，大要皆入海于东北，不入海于东南。宋神宗时，王安石人李义公之言以开直河，大决澶州曹村，分为二派，一合南清河入淮，一合北清河入海。哲宗时，虽以文彦博、吕大防之贤，亦以河不东则失中国之险，此宋导河南行之失也。元末河决，贾鲁充河防使，发兵民十七万，自黄陵冈达白茅，又自黄陵西至杨青村，疏南河故道，兴工五阅月，此元末导河南行之失也。洪武二十四年（1391），河决原武，东经开封北，又南行至项城，经颍州颍上县，东至寿州正阳镇，全入于淮；永乐九年（1411），宋礼浚会通河，南入淮，遂定漕事，罢海运；正统十三年（1448），河决荥阳，过开封城西，南经陈，自亳入涡口，又经蒙城至怀远界入淮，而开封城北之新河又淤，自是汴城在河北，此明绝河北流之失也。隋唐以前，河与淮分，两渎各入于海。宋中叶以后，河合于淮以趋海。前代河决，坏民田园庐舍，至明则视古尤急，或决张秋而妨漕，或决曹单趋沛而妨漕，或决睢州以为祖陵忧，或河决崔镇、淮决高堰，而运道陵寝交以为患。

河之患不一，于是诸臣之议河亦不一，由河阴原武孟津怀庆之间择地形便，导河水注于卫河，漕舟由江入淮，溯流至于河阴，顺流至于卫河，沿临清、沧州至于天津者。霍韬之策与黄管同也，北导李吉口下浊河，南存徐溪口下符离，中存盘垒河下浮桥，三河并存，南北相去五十里，任水游荡，以不治治之者。杨一魁之策，主分黄于上也，筑高堰塞崔镇以堤束水，以水攻沙，使无行，而又近为缕堤，外为遥堤，水益浅远，不至旁决者。潘季驯之策，主于淮黄合也，周家桥比去高堰五十里，其支河接草子河，若浚三十余里，一自金家河入芒稻河注之江，一自子婴沟入广洋湖注之海，则淮水可泄者。张企程之策，主于疏淮也，河故道由桃源三义镇达叶家冲与淮合，在清河县北别有济运一河，在县南，河强直趋县南，而自弃北流之道，久且断。河形固在桃源至瓦子滩九十里，地下不耕，无庐墓之碍。至开河费，视诸说稍倍，而河道一复，为利无穷者。王士性之策，主分黄于下也。明人河策不可枚举，略集数说以著其概。

夫河历秦汉，禹之故道已失，历宋元又迁而南，今日之河之不能北，犹秦汉之河之不能复禹迹也。居今日之势，必使河入于卫，如霍黄之说，势必不能行。今日之卫，小于河数倍，导河入卫，卫安能受？即使暂受，浚滑大名曹开阳谷等处，必致大决，势且冲张秋沙湾，挟济汶之水以东，漕运横阻，弘治六年（1493）其已事也。不得其意，而拘其利，尚未兴，害已立见，岂通儒之论哉。若夫用杨一魁之策以疏黄，用张企程之策以疏淮，用潘季驯之策以治淮黄下流，固百余年兼而行之者，何以积久不效。黄高淮壅，一遇霖雨，处处冲决，遂至此极也。夫季驯之策，束水不得北徙，并趋入海，可以暂行，不可经久。桃清黄河阔止二三里，二水陡发，必不能容，上决崔镇，下决安东马逻，可料而知。且黄强淮弱，周家桥不能骤泄，高堰六坝安能无虞，七邑生民尽化鱼。诚有如杨一魁所云，涓滴不外泄，浊沙日淀，河身日高，遏泗汶，壅清淮者矣。独王士性之说，当日格于韦居敬而不行，至今畏为艰，大而不举，有可痛惜者。河之性善迁，又善淤，惟分其涂，一时不至尽塞。刘大夏之治河也，使不分河由中牟至颍州，由亳州入涡口，虽有胙城徐州之长堤，吾恐金龙口之决必不能塞，黄陵冈之溃必不能止，又使不分河由宿迁小河入淮，则济沛邳徐必不免于冲决，河之在河南也。南高而北下，河之在淮南也；北高而南下，上流既可分而为三，下流独不可分而为二乎？上流之南高土平者可挽北之南，下流之北高土平者独不可挽南之北乎？淮之涨由于黄之不分，即使清河无有故道，必相其地势平衍者导之使北以让淮。今清河之北，明明故道可循，久而不举，诚可怪也。

　　愚生长东隅，足迹未及河南、宿迁、清河，往来再三。见夫三义、崔镇、众兴、渔沟，一望平衍，夏秋水盛，刘老、王营大坝黄水泛溢，不由轨道。若由清河县西浚成大河，由县北而东直接草湾河，不过数十里，使黄分于北，则淮之清口一往无阻。虽值伏秋，有周家桥六坝量泄于上，有全河以注于下，则淮扬七邑可以安枕矣。夫黄至清河，其必分者势也。开封而东，或二或三，时淤时浚，分不一道，独至清河则归于一，黄至清河将入海之处也，犹九河亦将入海之处也。禹分黄而为九，今合淮黄而为一，欲黄不灌淮，淮不东溃，得乎哉？此以知王士性之见，高诸贤一等也。议者必以黄河别淮而行易至淤淀为言，不知黄河自徐州东南皆别行也，至宿迁清河，则泗汶沂泇之水由运河入黄，不淀于睢邳之间，而淀于清河以下，有是理乎？所难者导河使北，殊费经营，必使河身辽远，较之今河更广且深，又坚其入口东岸之处，创为石堤，如获嘉以东之太行堤，旧老堤仅分三之一以入淮，则漕舟出通济闸，溯淮入黄，转溯新河，曲折之间无有险阻。又或自淮黄分流之后，因势帮筑，直建长堤，自清河县西南至东北使黄不通淮，东过安东方会淮入海，其淮黄相隔之堤置石闸以通漕舟，漕舟过尽则下板坚闭，不许民船往来，此在任工之员斟酌时宜者也。河之南行，始于贾鲁，白昂继之，刘大夏又继之。嗣此黄凡北决，必疏河南以分其势。今欲淮不东溃，惟在分黄，贾让以徙冀州之民，决黎阳遮害亭，放河使北入海为上策，关并韩牧辈皆主之。若能弃清河北境数十里之地，多其内外之堤，任河游衍，纵有冲决，不为大害。况夫渔沟左右，实旧河所经，草湾至赤晏庙可以分黄，则三义镇至草湾河亦可分黄矣。安东之西不受其害，则清河之北亦不受害矣。如使黄不与淮分，鲜有治理，积之之久，河高堤险，天时人事，交会其穷，东南城郭人民宛在水中，此可为痛哭流涕者也。夫事之费广而必行者，原未易易。明世宗时，盛应期议开新渠，以土皆沙，疏随淤，弗绩而罢。后三十年，终寻应期所开故道疏凿之，分黄之役浩大难举。不有得于今，必有得于后。撮土勺水之见，未知有当于今日否。

（下）

治河者，未言河之利，先防河之害。欧阳公云："因水所在，增治堤防，疏其下流，浚以入海，则可无决溢。"黄至清河，其下流矣，其将入海矣。王士性之说，正所谓疏而浚之者。按，淮安地势有三策焉，三策不行，贻患近地，黄尚未分，而左右之民罹于湛溺，不可不预为筹划者也。一曰徙清河、安东两县古之作堤者，去河数十里，使水有所游荡，不贪其利。两县濒大河，今复开河，导黄北流，上溢则漫清河，下决则淹安东，势所必至，况两县之宜徙，究不系乎开河与否。水涨时，两县南关竟成水门，居民半在水中，终于漂没。不容一日安枕者。特以开河北流，尤宜亟亟，且不独徙县治于高阜已也。近河之田十数里皆属于河，朝廷发帑金，给所徙之民，以当田舍之质，然后浚河于渔沟草湾等处，则河得其道，不为民患矣。二曰清理各套。云梯关以下，本近河在官之地，每年植柴，备河工埽用，近为土豪所占，豪私其利，官私其税，渐占渐远，有所为拦黄坝者，使河去不速，累岁淤淀，职此之由。夫近河之在民者，犹当给价使归于公，况地本在官而民占之，其较汉之白马堤大金堤，为民居数重者，相去几何，此其急宜清理者也。三曰帮筑清江浦堤。清江以东，冬春水涸，民居水上；及至夏秋，民居水下，止靠一线危堤，以为保障。虽欲分黄，不能必其不徙，必修筑坚固，不使其而南而北则善矣。

夫河之所在，无数十年不变之势，一旦开河北流，遂通畅无阻，与淮隔绝，不至溃决，恐不能得。一有壅塞，冲淮而南，则浮议腾起，挠者百端，不知河之自北而南，匪朝伊夕；则河之自南而北，亦匪朝伊夕。惟相其势之所宜，弃一方之地，防将然之害而断行之，虽小有患，不为摇夺，方能成功，此在有识者审其轻重也。虽然，凡举大事，不得其人不能成也，得其人不得其时亦不能成也。易曰："巳日乃孚，革而信之。"其人与其谋，皆可救一时之患。立百年之防，而不信于上，不信于下，淹滞不行，非时之不可使然乎。夫时之不可，其似有所难，为之说者曰：河北地仰，河南地俯，不俯而仰，是逆水性，即以南趋阻漕之说应之。彼将曰，浚河则亏国帑，废民田，即以漂民决堤之说应之。彼又将曰，补救者费小，骤兴者费大，即晓以纵河游荡，分黄利淮之故。彼终不信，是故革而信之为难，则知时之不可强为也。上策不可强为，且修其次者，高堰六坝，宜坚不宜高。坚则固，高则险，山盐高宝江泰兴化，卑于洪泽湖不啻寻丈，不使淮黄截然分流，非策也。必欲障全淮，会黄于清河，涓滴不使东流，亦非策也。惟以康熙三十五年（1696）、四十四年（1705）之式，制闸数座，水涨至此，从闸下流入湖，由江都茉萸湾、高邮通湖闸、宝应子婴沟、山阳泾河闸入东乡诸湖，陆续以归于海，田园虽不尽保，城郭庶可无虞。若遏淮太甚，患且非常，桃清以下，两岸各筑遥堤，外堤决，尚有内堤可恃。通济闸当以时启闭，河虽高不得直下，山阳以南运河每年大挑，如山东张秋临清之汶河，不使淤淀，谨修前代之法而审行之，以俟时而已。

时之废兴，虽不可强为，亦因人而转。河之性不能久居其所，今合流淮安，已三百余年矣，淤益高，流益漫，酿成必迁之形，不迁而北，则迁而南。若非漕运所在，司水者视七邑犹清河、安东也，不知济汶去淮数百里，前人导河越济南流，数百年与淮合，又数百年，淮不胜黄。黄再南徙，势如奔马，无可控御，挟淮合江，理所必然。置七邑为蛟宫，已非善策，乃使黄河合江，四渎混乱，天地之脉紊，神禹之功泯，明明宇宙，患岂及此。然则河之可挽而北，庶其时也。

出处：（清）贺长龄《皇朝经世文编》（卷九十六）。

注释：本文原作《治河策上》《治河策下》，编者将同题文章合为一篇。

张廷玉

张廷玉（1672—1755），字衡臣，一字砚斋，安徽桐城人。康熙三十六年（1697）进士，授检讨，历任侍讲学士、内阁大学士和刑部侍郎等要职。雍正年间，擢礼部尚书，值南书房，又进保和殿大学士兼吏部尚书。与鄂尔泰同为军机大臣，时军机处初建，规制多所定议。以周敏勤慎，为世宗所倚重。有《传经堂集》。

李信圭传

李信圭，字君信，泰和人。洪熙时举贤良，授清河知县。县瘠而冲，官艘日相衔，役夫动以千计。前令请得沭阳五百人为助，然去家远，艰于衣食。信圭请免其助役，代输清河浮征三之二，两邑便之。俗好发冢纵火，信圭设教戒十三条，令里民书于牌，月朔望儆戒之。且令书其民勤惰善恶以闻，俗为之变。宣德三年（1428）上疏言："本邑地广人稀，地当冲要，使节络绎，日发民挽舟。丁壮既尽，役及老稚，妨废农桑。前年兵部有令，公事亟者舟予五人，缓者则否。今此令不行，役夫无限，有一舟至四五十人者。凶威所加，谁敢诘问。或遇快风，步追不及，则官舫人役没其所赍衣粮，俾受寒馁。乞申明前令，哀此惮人。"从之。八年（1433）春，又言："自江、淮达京师，沿河郡县悉令军民挽舟，若无卫军则民夫尽出有司，州县岁发二三千人，昼夜以俟。而上官又不分别杂泛差役，一体派及。致土田荒芜，民无蓄积。稍遇歉岁，辄老稚相携，缘道乞食，实可悯伤。请自仪真抵通州，尽免其杂徭，俾得尽力农田，兼供夫役。"帝亦从之。自是，他郡亦蒙其泽。

正统元年（1436），用侍郎章敞荐，擢知蕲州。清河民诣阙乞留，命以知州理县事。民有湖田数百顷，为淮安卫卒所夺，民代输租者六十年。信圭奏之，诏还民。饥民攘食人一牛，御史论死八人。信圭奏之，免六人。天久雨，淮水大溢，没庐舍畜产甚众。信圭奏请振贷，并停岁辨物件及军匠厨役、浚河人夫，报可。南北往来道死不葬者，信圭为三大冢瘗之。十一年（1446）冬，尚书金濂荐擢处州知府，其在清河已二十二年矣。处州方苦旱，信圭至辄雨。未几，卒于官。清河民为立祠祀之。

出处：（清）张廷玉《明史·循吏》（卷二百八十一）。

爱新觉罗·胤禛

爱新觉罗·胤禛（1678—1735），清朝第五位皇帝。康熙三十七年（1698）封贝勒，康熙四十八年（1709）封为雍亲王，康熙六十一年（1722）继承皇位，次年改年号雍正。在位期间勤于政事，一系列社会改革对于康乾盛世的连续具有关键性作用。

高家堰碑文

黄河为运道民生所关，而治河以导淮刷沙为要。高家堰者，所以束全淮之水，并力北趋以入河。河得清，淮则沙不积而流益畅。故考河道于东南，以高堰为淮黄之关键。淮自中州挟汝颍涡汴诸水，汇注于洪泽一湖，荡激漭洄，浩渺无际。而淮扬两大郡居其下流，惟恃堰堤以为障御，所系讵不重哉。我皇考圣祖仁皇帝为亿兆苍生筹万世永赖之计，屡勤清跸，指示臣工，方略昭垂，神谟卓越，全河形势，经画周详，而高堰堤工尤廑睿虑。迄今数十年来，河臣遵守成规，列郡得安衽席者，皇考圣绩神功之所赐也。朕绍承鸿绪，注念河防，思高家堰堤工绵远，保护维艰，惟不惜多费帑金，全建石工，使高厚坚固久远可恃，斯于运道民生实有裨益。朕衷默定询，度金同爱，特发帑金，庀材鸠役，专命大臣董其事，经始于雍正八年（1730）二月，越雍正十年（1732）六月，大工告竣。仰藉神庥，风涛恬静，薪石云集，工作易施，增卑而高，培薄而厚，易圮而新，孔固孔完，其增广皆有加于旧，凡六千三百四十余丈，延袤四十余里，所费帑金一百一万余两，于是高堰之工屹然为淮扬巨障。河臣上言，大工之成不可无纪，用俞所请，摛文勒石，以示朕宵旰畴咨之至意，冀河流济运，永庆安澜，保障无虞，民生乐业，以无忝皇考底定平成之绩云尔。

出处：《世宗宪皇帝御制文集》（卷十七）；（清）陈廷敬《皇清文颖》；（清）卫哲治等修，叶长扬等纂《乾隆淮安府志》（卷二十九），咸丰二年（1852）刻本。

注释：《乾隆淮安府志·艺文》（卷二十九）所录该文题名作《高堰石

工告竣碑记》。

发帑遣修高家堰诏

朕思治河之道，惟有使黄水畅流，无所壅滞，则永庆安澜。然欲使黄水无所壅滞，必须保固高家堰堤工，使清水力能敌黄，且以助其畅流之势，则河工永远无虑，是高堰堤工关系最为紧要。从前齐苏勒虽将石工稍加帮修，而朕以为不若多费帑金于堤工险要之所，及单薄之处，俱加修石工，务令坚固高厚，以为久远之计，庶于河道民生大有裨益。前孔毓珣在京陛见时，朕以此谕之，伊亦深以为。然又曾将治河之道降旨询问，田文镜而伊之所奏与朕意不谋而合，可见高堰堤工乃必应加增修理者也。著发户部帑银一百万两，交与孔毓珣、尹继善筹画，相度有应，预备物料之处，即于岁内采买，早为预备，再著汪漋、对琳、张坦麟、吴昌祚，前往淮上协同河臣等悉心办理。

出处：（清）爱新觉罗·弘历《世宗宪皇帝圣训》（卷二十七）；（清）赵田恩《江南通志》（卷五十五）；（民国）徐钟令《淮阴志征访稿》（卷一），民国抄本。

注释： 雍正七年（1729）十一月初四日，谕内阁。

清口引河工程诏

据奏清口引河工程，俟明年水汛时相度妥确，然后试行，犹非探本寻源之策。若能使淮强黄弱，势可相敌，即不行挑浚，亦必畅流无滞。不然徒恃此数道引河，恐湖水未必能应手济用也。惟速将湖南一带石工加高增厚，一例修砌坚固，俾湖水无涓滴漫溢之虞，其势自强自当从清口畅流而出，可免淤浅之患矣。宜急为斟酌筹画，毋因慎重钱粮，区区小见贻误河防要务。

出处：（清）爱新觉罗·弘历《世宗宪皇帝圣训》（卷二十七）。
注释： 雍正七年（1729）壬寅，谕江南河道总督孔毓珣。

修理高堰大工诏

据奏修理高堰大工事宜，朕不惜百万帑金，以卫民济运工程，当务久远坚固，一劳永逸。此外即再增数十万两，亦不为多，若因省小费致误大计，则所费百万仍属虚用也。堤工卑矮之区固应增高，而单弱之所尤宜加厚，可再详加相度勘视，切勿胸存小见，凡有卑薄以及倾圮处，悉将堤身拆砌，务令自顶至底一律坚实，期于永久获益，所需钱粮不必限定此数。

出处：（清）爱新觉罗·弘历《世宗宪皇帝圣训》（卷二十七）。
注释：雍正八年（1730）庚戌正月己卯，谕江南河道总督孔毓珣等。

管　钜

管钜，字维庵，临川（今属江西）人。康熙二十六年（1687）知清河县，清丈田亩，均丁均粮，捐俸建校，续修县志，迁建城镇，政绩斐然，深受百姓爱戴。康熙三十六年（1697），升任宁州（今修水）知州，离任之际，清河吏民攀留不舍，感其恩德，为其立下"去思碑"。

重修清河县儒学碑记

清河之域，邻东海，汇三川，其土泻卤而善毁。以故邑之建置，无百年不坏者，而人风呰窳，事多固陋。官斯土者，或功令期会之不逮，而传舍相沿，挈瓶为智。公家之修废，遂令人人待之，而让能之无已矣。

予自丁卯（1687）莅清，见境内之地灵不振，井里荒颓，毅然有兴举之志。曰："国典之重，官司之守，先其大者，其学校乎！是民生根本之地而天子之申命从事者也。顾前此之水火灾变，赖博士吴公次第整理，至圣殿倾颓，非补苴旦夕之功。而予方以岁漕奉公，苦无完廪独立而先其事。"

迨秋谷既熟，乃会博士弟子员而庭议之曰："建置者，有司之职也，在学校则愿共之。诸士形其力，司铎董其事，予要其成，无难也。"乃约计其土木之费，先出俸钱五十贯以购物材，集工匠刻日而修葺之。撤其倾壁而址且陷也，曰："更筑之"；落其颓檐而楹且蠹也，曰："更植之。"栋隆而飞檐不固也，更举之；廉隅而发角不称也，更修之。堂阶不崇，无舞位矣；戟门不饬，无准仪矣；辇陛不除，无神道矣。曰："是皆庙廷之规制而历代之示尊崇者，敢不饬乎！饬之而备制焉，当勿虑物力之不继也。"

是时也，予以摄篆涟东，鞅掌钱谷，鸠工之事一先所司而戒之。董者得人，役者鼓力。再越月，而倾者立，颓者植，栋宇岐起，檐阿鸟革，翼翼然列楹之觉也，恢恢然门扃之轩敞也，巍巍然龙脊鱼尾之法象也，森森然二十四戟之王仪也。庙貌成而规制备，庶几妥先师之神而罔恫乎！

或有告者，物力不继，工将罢矣。予曰："胡然而为德不竟乎？予固计之审矣。棂星门，学宫之表也；泮桥，学宫之礼制也。宫墙逼而改辟，华表敝而更新，踵事而图之，予将观大成焉。"于是，戟门之南，浚旧池而深之，为桥三座，瓮水门；立坊表，道以达内外；左右之墙，式廓如一。至棂星则立楔嵌壁，示大观之在上焉。楔欲其崇，以为表也；壁欲其厚，以为固也。翼墙以南，比木为栏而属之，映壁以为卫也。

至是而可以观大成矣，以崇先师，报国命，祀春秋，行典礼，讲学育才而兴文教，胥于是为权舆矣。自冬历春，四阅月而落成，乡士大夫举爵属予，以归予功。予曰："前事之饬，予不敢攘美于广文先生。今之成功，传众力而就之若周礼，然一人岂敢尸焉！"

虽然，国典之重，官司之守，苟有沿革，不敢不志也、重之也。爰述其经始与法当书者，记而勒之石云。

出处：（清）朱元丰、孔传櫾纂订，吴诒恕纂《乾隆清河县志》（卷十三），乾隆十五年（1750）刻本；（清）吴棠修，鲁一同纂《咸丰清河县志》（卷九），咸丰四年（1854）刻本；（清）胡裕燕等修，吴昆田纂《光绪丙子清河县志》（卷十），光绪五年（1879）刻本。

重建漕仓碑记

邑之有仓，定制也。粟米之征，岁秋有入，粮艘至则转而输之以供天储。盖积贮之大命存焉，非细故也。

核清邑志，漕仓之设始于故明洪武三年（1370），邑侯孔公克勋所建，距治西半里许。旧有东庑十间，西庑十间，官厅三间，门屋、碑厅各一间，规模空敞，缘治滨大河，道冲而疲。官民俱贫，修葺无项，且历有年所而漕仓遂颓废矣。历考前令所征米色，惟借贮各观宇中，艘至则开兑，而非计长久也。

余二十六年（1687）秋莅任兹土，阅仓，见颓垣败壁，心焉伤之。思漕储何事，邑宰何人，而忍令倾废至此。随为捐俸，葺成东庑三间，西庑三间，使岁漕得专贮焉。盖亦宰兹土者分内事也，不容已也。

方拟廓大其制，适我皇上宵旰维勤，留心民瘼，敕令天下州县有俊秀入粟之举，以备天行周贫，困赐乏绝，非甚盛典乎！顾清邑虽贫，亦有骎骎向上之子；使所入之粟无地积储，必有职其咎者。余不禁慨然叹兴曰："是余之责也。"夫乃立意，捐俸重建。而相度区画，经费殊繁。因治东百步所，旧有察院一所，日久倾废，仅存敝屋六间；轺轩之使，无可驻足，盖名焉已耳。夫既不足以安行役，又不能增修，势不至为瓦砾不止；于是移取仓用，以佐鸠工之所不逮。遂将前之东庑三间、西庑三间复毁，而改为东庑五间、西庑五间，且更为正庑五间，门屋一间，仿旧制而有其半焉。在间架虽不及当年之多，而位置井井，若或过之矣。

或者谓"漕仓为邑之传舍，积粮为民之司命，因循二三百年之事。而邑宰忽振举之，咸多余之功"。不知以官廨而修官仓，虽不无补救，要不过以公济公之意云尔。第官贫禄薄，极力经营，只能小就。若循旧制而扩充之，则安在后之人不如余之今日者夫！

是役也，非县令之好事也。上为朝廷谋积贮，下为闾阎备饥馑。假令此仓之设悠久守之而不坏，入粟之举时或行之而不敝，不独天漕之盖藏有赖，即民亦无水旱、昆虫之忧与凶饥、夭孽之虑，是一仓而国计民生交得也。则一日之举，实关百年之大为。县令者，岂其得已而不已哉！

余不敏，不能文饰其说以要誉，惟质言其举兴颠末与余建立之由，以冀后之有同志焉。

出处：（清）朱元丰、孔传檀纂订，吴诒恕纂《乾隆清河县志》（卷十三），乾隆十五年（1750）刻本。

《康熙乙亥清河县志》序

邑之有志，以志一邑之典故，与《郡志》《通志》相表里。凡大廷之上，中外一统开局，命官纂修成志者，其采辑考订必于是乎取衷焉。盖国家幅员方广，度越古今，东西朔南，无远弗届。版图疆索之内，虽子民尺土，罔有或遗；况一邑之大，足当古诸侯封域者哉！

苟志之弗详弗慎，将邑中山川几何，疆理几何，人才、物产、户口、钱谷几何，邑不获上之郡，郡弗获以其实，登诸《通志》，而《统志》将奚所藉乎以成？故邑志之弗修，非一邑之故也。独是他邑志，远或百年，近或数十年始一修，其山川、土田亘古不易；即人物、风俗之变，必积久后移，故其修弗数数。然若清则河流迁徙，而挽漕开塞，不数年辄变。变则流峙易形，四封殊堠，而户口、钱谷数与俱更失。数年不修，即疆域、形胜无所准，土田、户口稽核无所凭。即如前志之修，在《统志》开局之始；今《统志》未峻而中河开，沧桑近在旦夕，凡前志援据采录者，倏忽已纸上，高深不可复问矣。若以为无关吏治缓急，可置弗问。贻一邑之因循，其失小；以一邑之志，贻《统志》之失实，其失大。而余适承乏其任，当其时，其敢以弗娴于文，姑俟能者辞乎！

夫古之君子履其地，必即其地之人才咨之。昔司马作史，览涉名山大川，必就其地访其长老，以周知其事。而圣人论礼，亦必典文与遗献并征。盖综核典故，涵负古今，进退折衷；取博而用精，使详略中程，体裁合度；此则名硕博雅者之为也。若夫里居其地，其山川、风土、沿革、损益，皆目击而识存之，出其胸臆，指源流而晰条委，虽故府典册弗及详，博闻强志弗能过，此则非宿学遗老弗克任也。由前言之，则前志所详，不知几历年，所更几手笔，始克就典册，今因之而已。由后言之，则邑汪子年德俱劭，前志出其点定，今仍踵事，并籍手何子，告成书焉。

讵敢以是垂不朽？聊以志因革之实，弗致以舛误，贻大廷之《统志》而已。若夫察户口之盈耗而思招徕，验风俗之贞淫而思教化，考人才之兴替而思长养，究利弊之始末而思兴除，则凡莅斯土而阅是志者，皆与有责焉。而余以不敏，乃不辞尘秕，居前导矣。谨序。时康熙三十四年（1695）乙亥秋七月。

出处：（清）朱元丰、孔传檀纂订，吴诒恕纂《乾隆清河县志》（卷十三），乾隆十五年（1750）刻本。

洪芳吉

洪芳吉，镇江人，康熙三十四年（1695）前后任清河县教谕，襄助知县管钜修尊经阁。余不详。

修尊经阁序

学宫之有尊经阁，与明伦堂相为表里者也。所以维说范俗，举国家之大典而煌然昭示于一时者，莫重于明伦堂。所以说礼敦诗，聚一邑之秀士而课率养育于平时者，则在于尊经阁。是二者，实相表里，有其一不可废其一者也。

清庠之尊经阁，创自蓉城吴君，历有年所，颓然数楹，飘摇于风雨中。且在圣殿后，而基址弗崇，规制颇窄，高低方广，前后参差，位置未称。乘其垂敝式廓而整新之，势有不容姑待者。

余忝掌教，以甲戌（1694）春受事谒庙，登堂俱极壮丽，焕然可观，碑勒煌煌。知非邑父母之嘉惠，学校不及此已。而至殿后，则湫隘荒凉，瓦砾平阶，窗棂不蔽。所谓尊经阁者，几作铜驼荆棘矣。余目击愀然曰："六经扫地，庶藉一椽得留尊崇之名于天壤间，顾令其倾圮若此乎？"

虽志在修理，然首蓓一官，弗克负荷，计所费且浩繁，非一手一足之烈也。会管公招饮于退省轩，把盏论心，言八年来拮据疲邑者万状，而于学宫之修建，大费经营。余曰："学宫赖公，诸废毕举，真不世之瞻仰。而犹亏一篑之功者，则尊经阁是也。"公曰："唯唯。窃有志未逮也。愿与诸师儒共勉力成之。"遂慨然捐俸为之倡。凡属宫墙中者，亦各量其力而劝输焉。聚沙之不足，复解囊以完厥功。

是举□□□□□□，光鲜其旧，以示欲新。次购其地，以拓故址。继以木枢之求，灰石之具，乃鸠工庀材。经始于乙亥（1695）之六月初吉，越数月而告竣。上栋下宇，轮焉，焕焉，朝于斯，夕于斯，聚子弟于斯，而春秋礼乐、冬夏诗书者，此其所矣。然非邑父母之始终嘉惠，学校不及此。

余是以为学宫庆有成，为清士歌有造，且喜公之克终其事，而私幸己之因人以成其事也。乃沚笔而为之序。

出处：（清）朱元丰、孔传檀纂订，吴诒恕纂《乾隆清河县志》（卷十三），乾隆十五年（1750）刻本。

临川书院记

书院，所以广学宫之泽也。古者自司徒、乐正，以及乡遂、大夫，无不教之官。出负耒，入横经，无不学之人；自幼学，而弱，而壮，无不学之时。自二十五家之间，及五百家之党，以致万二千五百家之州，无不有塾，有庠，有序。盖当其未入于学而所以教之，固已有素矣。及乡大夫论其乡之秀，升之侯国之学，列于泮宫，《鲁颂》所谓"思乐泮水，薄采其芹"是也。及司徒论选士之秀，升之京国之学，列于辟雍，有声之诗所称"镐京辟雍"是也。故其教之成，至成人有德、小子有造；即其不列于学，而兔置可为干城；即其贻之数世，而卷阿犹多吉士；是以作人之泽称之，至今不衰。

自汉之后，教之意寖失，司教始有专官。自教有专官而教之所及固无几，且博士弟子员有定额，非在选额者不列于学，而学之所及又无几。然则天下虽有才俊秀异之士，苟不幸而不与博士弟子员之额；虽欲自奋于学而无由，又况能广学宫之泽，使草野之中观听所及，渐摩于礼义而不知哉。

皇上道治，合统君师，并作右文之典，度越古今。覆敷之思，被诸海内，成均建于畿甸，即古之辟雍也。郡邑之学，遍于天下，即古之泮宫也。然而人才之盛，犹未睹远出前代者。岂非比闾族党之近，所以教育之泽犹未广欤！

清邑管侯负经济才，莅清数年，弊厘政清，赋役既平，耕桑乐业，治绩已卓然见称于各宪，而侯犹逊其教之不古，若其义学之设在邑中者，有古州序之遗焉。至书院之设，远及渔沟，有古家塾党庠之意焉。盖人情于聚居亵习之地，其情必真；于其情之真者而教之得行，则无勉强诈伪之失。又其朝夕观听所及，则其人也以渐入之。以渐则相习于不自觉，而其教可不劳而成。故有郡邑之学，而小民始肃然知教之尊；尊则不能以遍及而大成，小成亦不能尽人而责以卒业。是惟有义学之设，而小民始雍然乐教之广；广则可以共与而礼义之，性孝弟之。行虽草野，未尝或异，侯之用意深远。而于治识大体，此非其实欤？若清之民率侯之教而励于行，清之士由渔沟义学以升于郡邑之学，他日将殊尤异敏之才出膺大庭之用，以不负作人之雅意，是尤侯所致望也。

是学计为门堂庑共二十二间，其供膏火计田三顷，悉赖邑贡生吴子碧海赞襄成之。

是为记。

出处：（清）朱元丰、孔传檀纂订，吴诒恕纂《乾隆清河县志》（卷十三），乾隆十五年（1750）刻本。

李世倬

李世倬（1687—1770），清代画家、书法家。字汉章，号谷斋，又号天涛。官至右通政。从王翚学画，得其传。花鸟写生得舅氏高其佩指墨之趣，自成一家。

中山出游图跋

画自一画，而化无穷，意之所至，托诸毫末。可讽、可谏、可褒、可颂、可祷，尽视为画，鲜识其旨，固可纵情而逞癖夫笔墨也。果有得也，则触处皆是惊人骇俗，致观者讶然，此作是也。拔有云嫁妹出游，凿言之无据，泛言无庸，所以物色而藏之者，盖有遐思焉。伊祁李世倬。

出处：（宋）龚开《中山出游图》卷，美国弗利尔美术馆藏。

顾蔼吉

顾蔼吉，生卒年不详，字畹先，一字南原，号天山，江苏吴县人。康熙岁贡生，官仪征教谕，又充《书画谱》纂修。善画山水，精篆书。著有《隶辨》。

济宁州学碑释文跋

吾家亭林先生尝作《广师》一篇云:"精心六书,信而好古,吾不如张力臣。"然其著述不少概见,今睹是编,始信斯语。潘恬庵先生欲刻而传之,使读碑者有所考证,邮至京师,求余校勘,惜洪氏隶续未经载入,为补其门,九原可作知,亦称快也。康熙庚寅(1710)三月,南原居士顾蔼吉识。

出处:(清)张劭《张弘斋遗集》,同治四年(1865)望三益斋刻本。

潘兆遴

> 潘兆遴,山东济宁人,康熙二十九年(1690)举人。见任安徽盱眙、天长县知县,泗州知州。有《芳晨小记》。

济宁州学碑释文跋

予弱冠从先兄存齐于吾州学宫,见汉碑之阴有淮阴张力臣题名墨迹,先兄指以视余曰:"好古君子,今人中不易得也。"后康熙己丑(1709)春,于孙德舆案头,见力臣手书释文一册,得之如获拱璧,恐其湮没,欲刻而传之,特邮嘱南原先生精为校定,以补其阙,正其讹。癸巳(1713),余承乏天长,南原亦司仪真,距仅百里,相会辄津津道及。阅五年,始克付梓,人深幸此书之传,而独以先兄之不获见,为可痛也。

康熙戊戌(1718)七月,济宁恬庵潘兆遴跋。

出处:(清)张劭《张弘斋遗集》,同治四年(1865)望三益斋刻本。

周龙官

> 周龙官,生卒年不详,字翼皇,号蓼圃,山阳县(今江苏淮安)人。康熙丁酉(1717)举人,雍正甲辰(1724)进士,历翰林院编修、

检讨，侍直武英殿，充乾隆元年（1736）广东乡试主考官。与修《大清一统志》《乾隆德安县志》《乾隆山阳县志》。

淮阴书院记

书院之设，昉于唐宋。淮郡旧无此制，其仰止、正学等处，止以奉祠之，故袭其空名，或月一会讲，移时辄散，而肄业者盖鲜。我朝圣圣相承，覃敷文教，诏各省都会建立书院，资以膏火，以作育人材。属在郡县莫不兴举，普天向化，炳焉同风，蔚乎称盛治也！淮郡为督漕坐镇之地，六邑人文观型于是，所宜长养而淬砺之者至亟矣！前郡守杨公，爰即万柳池君子堂旧址增构数楹而未竣。岁辛酉（1741），静乐李公改为讲堂，周以廊庑，造桥立亭。商绅程长泰等踊跃襄助，岁捐金数百，以佐院费，而淮阴书院以成。顾规模定，而公迁去。北平傅公继守，由是，肄业者渐众。未几，公复迁去。乙丑（1745）春，济源卫公以治行卓异来守是邦，赈恤勤劳之暇，亟以造士为本务，慎延师儒，广施诱掖，日有稽，月有考，分内课、外课、附课，以为奖励。又议增膏火六百金。而督漕顾公、蕴公相继旬宣，时登讲堂，进诸生而训勉之，人皆知实行之足尊，而不骛于名。一时肄业者多至百数十人，由是淮阴之盛不异于省会之区矣。

予窃惟郡治书院，乡国之善士所聚处焉者也，此地向为文士荟萃之所，前辈尝集名宿数十人，成七艺大社，每季会于堂中，操觚角艺，夜以继日。而四方游观者咏歌八景，传其胜概。迄于今近百年来，流风泯焉，无复存者。今幸莅斯土者，皆当世大贤，成斯旷举。流水潆洄，帆樯隐现，荷柳掩映，鱼鸟游翔，登临俯仰，足以开拓心胸。无城市之嚣喧，而有藏修息游之乐，于以成天下之善士不难矣。吾知肄业其中，所以仰酬当事殷勤鼓舞之深怀，以储国家栋梁之选，而嗣前辈之风徽于勿坠者，将霞蔚云蒸，日盛焉而未有量也。

时乾隆十二年丁卯（1747）季秋既望日记。

出处：（清）卫哲治等修，叶长扬等纂《乾隆淮安府志·艺文》（卷二十九），咸丰二年（1852）刻本。

顾　琮

顾琮（？—1754），伊尔根觉罗氏，字用方，吉林（今吉林长春市）人，隶满洲镶黄旗。初以监生录入算学馆，修算法诸书。康熙六十一年（1722），授吏部员外郎。雍正年间，历任户部郎中、太仆寺卿、霸州营田使，迁太常卿，署直隶总督。乾隆元年（1736），署江苏巡抚，协办吏部尚书事，转河道总督。

请广淮北水利疏

窃惟淮北郡县，地居天下之冲，襟带黄淮，汇注湖荡，土田广衍，户口繁多，第频年水旱，饥馑荐臻，以至土地荒芜，民物凋弊。连岁迭蒙皇恩，蠲赈截漕，近又特遣大臣抚绥赈恤，更令加意讲求陂塘沟洫，以期收益除害。仰见圣主勤求民隐，怀保惠鲜，其所以欲措斯民于衽席者，至周至备。臣待罪总漕，淮郡适当驻扎之地，又因历任已再，其间风土民情，知之颇悉。近者督漕北上，复沿堤相视，按之地势，访之土人，而知淮北实有可兴之利，诚能因势利导，固有施功甚简，为效甚巨者。

窃见淮安南北，地之高下、本相等，乃田价悬绝，至有相去仅数十里，如淮南泾河上田，每亩值银十余两，淮北下地一顷，仅值银七八两者。考其所由，淮南河堤多建涵洞，灌注有资，故堤外之田悉成上腴。至淮北郡县，地虽滨河，而沟渠坡堰，未讲求，故地之高者，仅种二麦杂粮，从未获禾稻之利，若遇一亢旱，麦收亦阙，竟同石田。其卑下之区，则又皆沮洳雚苇，极目污莱，积雨稍多，即成巨浸。是以夏旱秋潦，年年告灾，十室九空，公私困竭。臣初亦疑引河灌溉，广设涵洞，或止宜于淮南，而淮北或有未宜，近因舣舟清江迤北，登堤履勘，见五公桥旁近，土田肥滋，宿麦成熟，秧苗长茂，询之佃农，并云此二十年前亦系荒瘠之地，后因有钱姓者，以贱价买堤外瘠田，于堤上创设涵洞，导流引灌，遂成沃土，夏麦秋禾，岁得再熟，故前此每亩三钱之价，今已价十余两。因益信蓄泄得宜，地无南北，可获其利。

臣窃见自清江以上，运河两岸，虽亦间有涵洞，第向来止知束水济运，未知借水灌田，是以坐听万顷原泉，竟未收涓滴灌溉之利，遂使淮北之利与泾河田亩高下相悬。昔魏史起之言曰："魏氏之行田也，以百亩。邺独二百亩，是田恶也。漳水在其傍，西门豹不知用，是不智也。知而不兴，是不仁也。因引漳水溉邺，而河内以富。"今淮北诸河形势，适相类此。应请皇上特遣大臣一员，总理相度，会同督抚河臣，详酌妥办，估计兴工，于两郡近河堤岸，或建设涵洞，或分筑坝堰，开渠溉田，至东西骆马、微山、渔滨、徐塘诸河，支分派别，务各广引沟渠，或筑圩岸以围田，或弃洼地以潴水，要使随地制宜，克尽地力而止。其需用帑项，应就近在两淮运库动用，更令即于河员内遴委谙练河务数人，分司其任，约一二年间，水利兴而人力勤，可尽使瘠土化为沃壤。第恐议者疑其运河泄及诸河之水，或于济运有妨，不知各省粮艘，道经淮徐，每年五月上旬即可过竣。稻田须水，正在夏秋，前此启闭以时，运过始行倡导，是只借运河闭蓄之水，用为民田灌溉之资，漕运毫无所妨。况清江左右所建涵洞，成效彰彰，推此仿行，万无疑虑。虽行事之初，经费须出自朝廷规画，然与其惮于兴作，而旱潦不除，累岁赐复蠲租，动以巨万，穷黎究难普济，国帑坐以虚縻，何如力兴此工，以因民之利，尽地之力耶。

考之目前，计之异日，其利有五：淮徐灾黎，待哺嗷嗷，半菽不饱，若水利兴修，即可寓工于赈。其利一也；两郡频岁被灾，额赋既多蠲免，赈济复发帑金，当前既已周章，后此更难为继。若田功克举，普获丰收，从此正供可以无阙，库帑可以节省。其利二也；淮徐常平匮乏，一遇凶年，米价翔涌。若沟渠既通，则二麦禾稻，岁获再收，数年之间，民免艰食，仓储有备。其利三也；两郡硗瘠，既化为膏腴，赋不加增，收有倍获，则流亡安辑，匪僻自消。其利四也；运河为湖泉贯注，亦多溜坝冲工，今相视要害，开引涵洞沟渠，则水势既分，险工自稳，行之有成。虽有此时开浚之劳，可除永久修工之费，截长补短，去险就平，其利五也。利兴害除，上可慰九重南顾之怀，下可贻淮北百世之利，一时国家之所费有限，而将来小民之获利无穷。水旱有所节宣，一劳得以永逸，收益除害，公私兼济，无过于此矣。

出处：（清）贺长龄《皇朝经世文编》（卷一百一十一）。

陈宏谋

陈宏谋（1696—1771），字汝咨，曾用名弘谋，因避乾隆帝"弘历"之名讳而改名宏谋。临桂（今广西桂林）人。雍正进士历官布政使、巡抚、总督，至东阁大学士兼工部尚书。有《培远堂全集》和《陈榕门先生遗书》。

请迁清河县治疏（节录）

河势北趋，县益危阽，吏民屡以为请。臣往来巡历，县当孔道，跨两河，无可迁之地。斯事体大，臣观山阳之清江浦，总河驻节之地，山清两境犬牙相错，对岸王家营，南北冲要，与浦毗连，清河驿马向设城中，绕越隔远。河官驻节无地方同城，去山阳县隔三十里，缓急莫应。今若移清河县于清江浦，割山阳近浦之地归之，清江官商云集，五方杂处，有知县足以镇抚弹压。其驿马置于河北适中，清河无绕道拨马之苦，山阳无隔远往返之烦。河臣旌节之下，设有同城官吏，体制宜称，所费者小。安者，夫咨访督臣、河臣，下及道府，皆曰便。云云。

出处：（清）胡裕燕等修，吴昆田纂《光绪丙子清河县志》（卷三），光绪五年（1879）刻本。

全祖望

全祖望（1705—1755），字绍衣，号谢山。鄞县（今浙江宁波）人。乾隆元年（1736）进士，入翰林院庶吉士，因不附权贵，于次年辞官归里，专心致力于学术。著作有《鲒埼亭集》《汉书地理志稽疑》《古今通史年表》《经书问答》等。

娄机汉隶字原校本叙

汉隶字原校本者，淮人张亟斋先生所手定也。先生深于小学，其会通自篆而隶，自隶而楷，能得其所以递变，递省之故而洋其讹误之所由，故其言曰："自隶变篆以就省，而碑版各家可以随意增减点画，改易偏旁，好異尚奇，贻误后学。今谨淮之说文于汉隶字原，每一字中取一正体，以朱笔标出之，或破体而不背正体者，亦标出之。其虽无当于正体，而近是者，亦点出之。其全讹者，则据说文驳正之，庶可鉴别，信从其本碑不误，而字原钞变致错者，亦校正之。始于康熙甲子（1684）之冬至，庚午（1690）春乃毕。春朝冬夜，字字考以正其本则同也。自是终宋之世，张谦、仲虔、仲房、李巽岩辈，代兴不绝，元人尚有吾衍。自汉以后，说文之学为盛，明世从事于帖括，士习益以陋劣。三百年来，力足以绍诸先正者，无闻焉。先生，庶几徐鄯、张虞一辈，使得进于庙堂，考定石经，其亦足以光文明之盛，而隐约终身。自顾亭林没后，知之者亦希矣，可胜叹哉！是书也，尝归于王吏部箬林，后归于吾友施慎甫，今归于予。爰序之，而使请生分钞以广其传。

出处：（清）张劭《张亟斋遗集》，同治四年（1865）望三益斋刻本。

卢 湛

卢湛，生平事迹不详。清代宫廷画家。康熙中，因其家藏旧书，搜茸考证，绘图者说，集成《关帝圣君圣迹图志后序》，河道总督于成龙集资付梓，题名《关帝圣君圣迹图志全集》。

赐庙额遣官致祭高堰关帝庙

万历十八年（1590）十二月十九日，准礼部咨该总督河道右都御史潘季驯题称，本年五月内因上源汝、宁、寿、泗一带霪雨连绵，淮水暴涨，至二十七八日雷雨交作，西风骤急，高堰将危。比时从工所看，有黄云一片笼罩武安王庙上，良久方散。又，本庙僧人宗权有徒远归，从十里外望见庙前灯火盛张，至庙寻访无迹。须臾风转雨收，水势遂定，高堰溢而后安，实系武安王神功之力。

臣窃惟高家堰为淮、黄关键，堰长六十余里，从水筑堤，取土数里之外，如燕垒巢，告以必不可成者，万口如一词，臣之心亦稍馁矣。乃于七年正月二十四日躬往督之，芟舍而居，誓以不成毋归。夜梦一大将军，赪面顾髯，引臂题石示臣，以必成之。方一老兵持帚扫地谓臣曰："此云长关公也。"臣矍然起，曰："扫者埽也，其谕臣以负薪乎！"遂为席宫举一像裡祀之，则宛然梦中所见矣。众皆鼓舞，因檄司道分属并举，而中间显灵助顺反风，以便诸工者历历可纪。以六十余年之决弥月断流，人力不至于此。比时司道诸臣与四方耆民靡不合口，乞臣题请封祭，以迹涉鸥张而幽怪之事，不宜陈于君父之前，乃与共事诸僚捐资建庙，岁奉香火。今十有一年，而不意神之威灵犹旦暮炯炯者也。

臣因思关圣为炎刘社稷之臣，负乾坤刚大之气，淮北郡邑固其用武之地，忠肝义胆万古如生，故以其忠于炎刘者而效之于我皇上，而以其昔日不忍溺此一方之民，于孙曹滔淫浊流者而不忍鱼其民于今日也。高堰未成之先则为成之，既成之后则为守之，烈风暴雨危急之际则为阴培而力护之，此固我皇上一诚格天，百灵效顺所致，而明神翊相之功，亦有不可诬者。所据该司历陈显异之状，与封号岁享之乞，似应陈请，伏望敕下该部再加查议。如果臣言不谬，复奉明旨特加封号，行翰林院撰文一道，即遣地方司道官谕祭，仍行有司衙门每年派定条鞭银两，春秋丁日买办猪羊祭品，听南河分司并州道躬率掌印道赴堰，虔诚祭告著为定例，永便遵守，庶几神贶可酬而人心自慰，堰工增重而群力益奋矣。等因奉圣旨该部知道钦此，钦遵抄出到部，送司为照。

高家堰之设，所以捍御淮、颍诸流，而屏护淮扬二郡，乃二百年来运道之关键也。自此堰冲废无所堤防，而运道阻矣。据称武安王关某显应效顺当筑堤之始，则反风拒水以助兴之。及既成之后，则阴护默佑以奠永绩。即梦寐之，感通见精灵之昭，格委当特加崇祀以报神庥，除封号著在令甲，未敢别议。外所有遣官祭告似应俯从，仍宜赐额题庙，永昭报贶。恭候命下，行翰林院撰文一道，就遣南河分司、徐州道等官谕祭，仍行有司衙门，每年派条鞭银两，春秋丁日赴堰虔诚祭告，著为定例，则永便遵守。所有赐额字面伏乞圣明裁定，臣等未敢擅拟等。

因万历十八年（1590）十二月二十八日，本部尚书兼翰林院学士于慎行等，具题三十日奉旨加封尊号，特颁衮冕肆辑图，首冕服，次巾帻，又次公悫，赐庙额，遣官致祭。

出处：（清）卢湛辑，沈德潜增订《关圣帝君圣迹图志全集》，转引自（清）陈梦雷《钦定古今图书集成·博物汇编·神异典》（卷三十七）。

刘培元

> 刘培元，生卒年不详，字万资，山阳（今江苏淮安）人。雍正己酉（1729）拔贡，历官虞乡县令、咸安官教习。在虞乡平冤狱，定界址，立城郭，起学校，深得民心。

韩侯钓台记

郡城西北隅有韩侯钓台，俯临运河，望之巍然。凡雄杰卓荦之士，以及道释骚人、渔父贾客过此者，无不婆娑其下，徘徊护顾，想见侯之遗烈。或曰：此特淮人追建以志不忘耳！淮之城建于晋，重筑于赵宋。运河通漕自明永乐始，汉时未有也。由此城而西北数十里，旧有韩信城，与信母墓相近。太史传云："侯葬其母，行营高敞地，令其旁可置万家。"苏东坡过诗云："朝离新息县，初乱一水碧。暮宿淮南村，已渡千山赤。"意侯钓处必在故城，与清淮接近，何可误指此为真绩邪？余应之曰：柳州不云乎"兰亭，不遭右军，则清湍修竹，芜没空山矣"？此地如无此台，安知不为荒榛蔓草所蒙灭，樵夫牧竖所践蹒，所谓地以人重，非欤？淮阴故城僻在一隅，游迹罕到，而此台孤悬，往来凭吊无虚日，岂地之显晦，亦有数存其间邪！尝读潮州庙碑云："公之神在天下如水在地中，无往而不在也。"譬之凿井得泉，岂曰水专在是哉？侯为淮地钟奇出拔之士，英风雄气，掩盖千古，凡兹淮土，皆侯精神所聚，即谓斯台之等于真迹，亦可。

出处：（清）王锡祺《小方壶斋舆地丛钞》（第四帙），光绪甲午（1894）刻本；（民国）劳亦安《古今游记丛钞》（卷十五），民国十三年（1924）中华书局铅印本。

注释：韩侯钓台是淮阴侯韩信的纪念性建筑，韩信为秦淮阴县人，故里在今马头镇淮阴故城附近。明清时期，淮阴故城水患严重，淮阴侯庙、漂母祠及三亭（韩信、枚乘、步骘）均相继圮坏无存。自明成化年始，淮安府官员遂在淮安郡城（今淮安市淮安区）陆续兴建漂母祠、韩侯祠、三亭等，后又有好事者在萧湖滨建钓鱼台。作者认为韩信的精神如水在地中，无处不存，任何地方设立有关他的纪念性建筑，都是对韩信精神的开发和宣扬，都有存在的合理性，这一论点不无道理。

高　晋

> 高晋（1707—1778），字昭德，高佳氏，满洲镶黄旗人。由监生入仕，初任泗水知县，历安徽布政使、安徽巡抚。乾隆二十六年（1761），任江南河道总督，统理河务二十余年，为清乾隆时期的治河名臣。累官至文华殿大学士兼吏部尚书。有《钦定南巡盛典》。

清河县名胜

杨家庄在清河县，先是督臣于桂家庄恭建行宫，近李家庄新运口。乾隆四十五年（1780），皇上以漕艘商舶皆愿行杨家庄中河，旧口因命移建于此。翠华临幸，得以阅视堤工，猗欤至哉一跸途暂憩之所，而俯顺民情若此，大圣人如天之仁，岂诵说所能尽也。庚子（1740）御书斋额曰："融春。"

陶庄河神庙在淮安府清河县，自河淮合流，清水不能刷黄，恒有倒漾之患。仰蒙皇上睿断，训示周详，于陶庄开浚引河，越丁酉（1777）春藏功，于是河流北移，清口畅达，二渎乂宁。御制碑文纪其事，归功于天佑神相，命于新口石坝建庙，妥神并锡以迎神送神乐章。恭逢翠华临莅，崇祀升香，仰见至诚，歆感于万斯年。安澜永庆，诗所称怀柔翕河犹未足以方斯昭贶也。庚子（1780）御书额曰："功佑宣流。"联曰："河势潆而成清黄交赖；神庥顺以助南北胥恬。"

惠济祠在淮安府清河县，祠临大堤，中祀天后，明正德二年（1507）建。嘉靖中赐额曰："惠济"，其神福河济运，孚应若响。祠前黄淮合流，地当形胜，为全河之枢要。国朝久邀崇祀，我皇上临幸，升香荐帛，礼有加隆焉。乾隆辛未（1751）御书祠额曰："福佑河漕"，曰："协顺资灵"，曰："道光玉宇"。联曰："璇源顺效安澜庆，玉粒长资飞挽功。"又联曰："灵昭云马风樯会，绩奏河清海晏时。"又联曰："神契元符传玉简，妙恭紫气閟金庭。"又御书："惠济祠行殿。"额曰："继述平成"，曰："风帆沙屿。"联曰："极目云涛思利济，关心沮洳切畴咨。"又联曰："上策评量怀贾让，一时词赋忆枚皋。"丁丑（1757）御书额曰："惠济。"壬午（1762）御书联曰："韶光喜不藏堤树，绿意看将漾汭苹。"乙酉（1765）御书联曰："天光水态披襟袖，岸芷汀兰入画图。"又联曰："湖山入画迎人翠，凫雁当春得意鸣。"又联曰："长堤毫画青连墅，新水涟漪绿映船。"

出处：（清）高晋《钦定南巡盛典》（卷八十四），乾隆三十六年（1771）序刊本。

潘荣陛

潘荣陛，生卒年不详，字在廷。大兴（今北京大兴）人。雍正九年（1731）入皇宫任事。后充宫阙制作督销之职，职内颇留意于内府图书藏籍。十年（1746）退隐家居，据其经历，写成《工务纪由》《版月令集览》《昏仪便俗》《读札须知》《旷怀闲草》等。

奉敕重修惠济祠记

惠济祠即旧天妃庙，中有铁鼓，又名铁鼓寺，实为泰山圣母之行祠也！建自明正德三年（1508），我世宗朝因时显庇河漕，敕封天后，鼎新殿陛，经历河臣，时崇报享。乾隆十六年（1751）春，圣驾南巡，建行宫于祠左。清跸诣瞻，拈香肃拜，特命宫保海大司农仿内府坛庙规制，谕两淮盐政、淮关监督及内工干员董率其事，动支公币，鸠工。龙敕一律启造宫殿楼阁，换覆黄瓦，又于返銮之六月御制诗文匾联，亲洒辰翰，颁赐。宫保高相国敬瑾勒石、悬奉，光昭祀典。经始于十六年（1751）秋八月，讫工于十七年（1752）秋七月，荣陛等敬从襄事，叨列陪员，恭睹隆章璀璨，庙貌一新，

736

不胜庆幸！殿前旧有石碑，年久倾圮，莫能建树，用索原拓所载，复勒于石，嵌自祠壁。不特圣天子隆礼盛典昭垂万世，而前人创制之姓氏亦不至于磨灭矣！是为记。

乾隆十七年（1752），岁次壬申，秋九月朔日，大兴潘荣陛敬识。

出处：淮阴区政协文史委员会编《淮阴金石录》，天马出版有限公司2004年12月版。

惠济祠庙志

惠济祠建立黄淮大堤，坐艮向坤，当黄河连口之冲。始创于明正德三年（1508），乾隆十七年（1752）春，特命重修，告成于十七年秋日。山门月台前，至三清阁后，长三十一丈四尺七寸，前宽七丈四尺，后宽七丈六尺五寸。殿阁亭廊二十有一座，共计七十七间，动用帑金二万七千二百四十两有奇。奉宫保大学士高，分拨山安、高堰、山盱、宿虹厅之河坝湖田官地十顷，以为住持香火复修之用尔。内赐仪物，并建造陈设祭器，另册存。

淮扬观察□□河司马公，署备查舛其殿座、房间、从事姓名，勒于石。牌楼三间，山门三间，宫门一座，大殿三间，前捂抱厦三间，寝宫楼殿上下六间，三清阁上下十间，钟鼓楼上下四间，碑亭二座，东西前配殿十间，东西后配楼上下十二间，平台、天桥、游廊四座计六间。西院城隍殿三间，静室三间，道房八间。住持道会司道士陶一山，工程销算从事刘志宁、王其恕、潘仁，总吏李奎标，刘世周、王登科、二黑、姚志昌、王升、陈世禄、陶善长、徐彩臣、王一荣、葛琪、唐升、麻文、刘瞻、徐明禹、严武、崔亮臣、高吉昌、刘玉麟。

大清乾隆十七年（1752），岁在□秋八月谷旦，赐儒林郎特简江南候补州同、管宜兴县丞事、加三级监修工务大兴潘荣陛谨勒。

出处：该碑收藏在淮阴民俗博物馆，本文依据该碑拓片整理。

爱新觉罗·弘历

爱新觉罗·弘历（1711—1799），大清高宗乾隆皇帝。雍正十三年（1735）即位，在位六十年，退位后当了三年太上皇。即位之初，实行宽猛互济的政策，务实足国，重视农桑，停止捐纳，平定叛乱等，充分体现了他的文治武功。晚年国库财用耗竭，并重用贪官和珅，以至农民起义在其晚年即已层出不穷，是清王朝从强盛走向衰败的标志。

御制重修惠济祠碑文

经国之务莫重于河与漕，而两者必相资而成。曩者东南之民，数罹河患矣。我皇祖圣祖仁皇帝，亶天纵之神明，干苞坤络，瞭列指掌，清跸屡勤，比隆神禹，开示方略，神契龟从，用诒万世无疆之休。河臣禀受圣谟，罔失尺寸，若堤、若遥堤、若缕堤、若月河、若引河、若坝、若堰、若闸，措必其要，用必其时。河奏安澜，民无昏垫，成绩彰灼，五纪于兹，天庾陈红，云帆直达。厥包织筐，琛赆南金。公私百货之需，船输舰载，楫交津渠。

溯前代南北运道，逆河而上者五百余里。明季开迦河，避黄河之险者三百里，越我朝康熙年间，开皂河以通迦，复开中河以通皂。漕艘出清口，绝流北入中河，浮于黄者仅七里，遂尽避黄河五百里之险，漕之利无过此时者。

黄河，自积石龙门，经豫徐东下，挟淮泗交流入海，势湍悍不可御，泥浊易阏。漕艘渡江达淮，黄河亘其冲，其入中河也，必资于黄。治之之道，以清淮迅激荡涤之，俾无壅沙，河恒强，淮恒弱，则潴洪泽之巨浸以助之，交会于清口，是为运道之枢纽，河防之关键。导河乂淮利漕，举系于此。濒河迄下游郡县数十城郭田庐，皆恃以为命，司水土者恒惴惴焉。清口治而河与漕胥得其理矣。

清江浦之浒，神祠曰"惠济"，鼎新于雍正二年（1724），灵祝孔时，孚应若响。过祠下者，奠醴荐牢，靡敢弗肃。乾隆十有六年（1751），朕巡省南服，瞻谒庭宇，敬惟神功庥佑，宜崇报享，命有司鸠工加焕饰焉。

夫名山大川，精气磅礴，必有神焉主之；经国大政，庇赖生灵，必有神焉相之。其顾享者，必其有勤民敬事之忱者也。苟堕庶事而瘝厥官，或穿凿自用而失其故，有弗干谴怒而罹其罚者乎！

政罔弗修，无贻神羞，敬举乃职，神锡尔极，惟神式凭，庶永底宁。勒文贞珉，用谂河臣，遂为迎神送神之歌。

辞曰：河之来兮天上，皓皓旴旴兮无与抗，弥弥兮清淮，汇沦涟兮河流湝湝，峨巨艑兮横中流，望灵旗兮澹淡游，桂楫兮荃桡，纷弭节兮蘅皋，緪弦兮考鼓，俎肥牷兮式歌且舞，神格歆兮福女。千夫邪许兮搴长芰，巩金堤兮障彼乐郊，鄂舟容与兮吴榜交，溯长川兮利济，转玉粒兮时攸赖，洪涛伏兮神哉沛，箫管竞兮应棹歌，神之留兮祥飙和，绍平成兮恪藏事，饫苾芬兮虔报祀，灵河翕兮福万世。

出处：（清）高晋《钦定南巡盛典》（卷二十四），乾隆三十六年（1771）序刊本。

陶庄河神庙碑记

成大事者，必有其时。事有视若易，尽人力而为之，然终于弗成者，则以天弗助，神弗相，而非其时也。事有视若难，尽人力而为之，然终于有成者，则以天所助，神所相，而适逢其时也。虽然天助也，神相也，无所为告之者也。使时有可乘而人弗尽力而为之，亦难望其有成也。故举大事者，必当审事机，乘时会，尽人力以敬，祈天助神相则成乎，奏平成之功，三者缺一不可。吾于陶庄引河益信此理之弗爽。

陶庄之土逼河南流近清口，盖始自宋时南徙，历元及明，不知其几何年！关于是有黄水倒漾之患，于是有籍清敌黄之说。然而，清水常弱，黄水常胜，虽劫劼补苴，终不能得其要领，而倒漾自若也。惟我皇祖圣祖仁皇帝首见及于此，康熙己卯岁（1699）南巡，特即命开陶庄引河，俾远避清口，以除倒灌之患，诚釜底抽薪之计也。其后，庚辰辛巳岁、壬辰甲午岁以及雍正庚戌岁（1730）历任河臣屡挑屡淤，是引河之事遂置而弗论。逮乾隆己未岁（1739），予命大学士鄂尔泰视可仍持开引河之议，而河臣河员率以为难行。高斌向称为善，治河者亦以为功不易就，乃创建木龙，挑流北趋，图补偏救弊之为。于是引河之事更罢而无有言及者。然予以为，陶庄之引河不开，终无救清口倒灌黄流之善策。但南巡四次，未至其地，用是耿耿于怀，适昨岁东巡，河臣吴嗣爵、苏州抚臣萨载各来觐，因见嗣爵老病，遂以萨载易之，与之谈及河务，以为海口淤泥之说终难行，至陶庄引河则必宜开而未敢必也。命其抵任，悉心相视。及萨载之任，于督臣高晋亲履其地，测量高下曲直，头尾宽窄，绘图帖说以闻。朕复详酌形势，以朱笔点记，往返相商者不啻数次。议既定，乃于去岁九月十六日兴工，以今岁二月十五日乘春汛水长之候放流入新河，而旧河筑拦黄坝以御之。既放之后，新河顺轨安流，直抵周家庄始会清，东下去清口较昔远五里，于是永免倒灌之患，而引河之工成。

夫自康熙己卯（1699），逮今乾隆丁酉（1777），历七十余岁屡举而未成，及一举而遂成者，岂非时有可乘不可乘之殊，而复赖天助神相之所致耶？其能劾愆筹划，尽人力而不失事机，任投艰而弗犹豫者，则锡赉酬勋，国家之典具在。至夫，天恩之赐助，盖自始事以迄成功。予实昼夜在心默叩祷谢，无可言谕。而河神之佑相，非特建崇祠其何以显明觌达。群诚乎，爰即新口石坝建庙安神，俾司事者春秋洁祀，以邀惠于无穷，并为迎神、送神之词以协律焉。

《迎神乐》曰：河之旧兮本南，每灌清兮黄兼。神之相兮北渐，即运河兮赖永。恬迎神之来兮俎豆，甘于万斯季兮恩沛覃。

《送神乐》曰：河之新兮移北，既避曲兮就直。神之相兮南塞，去清口兮无复。逼送神之还兮惟幕，饰于万斯年兮恒戴德。

出处：（清）高晋《钦定南巡盛典》（卷二十四），乾隆三十六年（1771）序刊本。又见（民国）徐钟令《淮阴志征访稿》（卷一），民国抄本。略见（朝鲜）成海应《研经斋全集外集》（卷六十七）。

御制河复记

河之复也以堤合龙，堤之合龙也以天佑神助。然天之佑广大精微，不可以一二事举，亦不可以一二日期。神之助则有可以显示昭灵事举日期者，此义已见于丁酉（1777）陶庄河神庙之文，而今复有显示昭灵声应底绩之觌。是不可以不记仪封决口之筑，移金门、开引河，历以年余，讫未成功，亦无别法。于旧冬仍为大开引河，图掣溜归壑之为。及今春二月，阿桂等始有十一日两坝自行合龙，随填压菱土，不逾数刻金门立见断流，俟十分稳固，即驰报合龙之奏。未数日，而合龙之奏果至，然所谓自行合龙之语，不解何谓。兹阿桂以善后大局已定，来行在复命，细询之，乃称二月十一日仪封漫口，未合龙以前，金门尚阔三丈，水深十一丈余，至午时，忽报顺黄南坝沈坠，惊往勘视，则南坝埽根全势向北移走，陡与北坝接连。时金门水面深止一二丈，尔时见机可乘，随将合龙秸料赶紧填压，不三四刻已见断流，而埽底亦无翻花过溜。若非南坝向北沈坠移走，则三丈口门下埽合龙，非三两日不能完竣。今机缘巧合，因败为功，以两载之勤劬，收功片刻，实由至诚感召天和河神默相，非人力所能到，更非在事诸臣所敢望云云。

自前岁河决后，予无日不叩天祷神，冀速合龙，以佑苍生。昨初十日，渡黄于香棚及陶庄河神庙，更益竭诚默吁。而十一日遂有两坝自行合龙，黄流顺归故道之事。岂非天佑神助，前记所谓适逢其时者欤。予非敢自翊诚之能感，若谓能感则自前岁至今二月初十以前，岂诚之未至耶？而神之显示昭灵，实不可以不志。

或谓陶庄在江南，仪封在河南，云一则不可两处各有庙，云二则此未必能及彼。夫一佛而为千百亿化身，姑不必论。即苏东坡论韩昌黎，所谓如水在地中，无往不在。昌黎不过文宗，尚能如是，而福国佑民之正神，固当论其在此在彼，是一是二耶！及蒙庇荫，合答麻祉，予惟虔巩孜孜，日甚一日，永祈安澜之锡。仪封合龙处已命建庙答贶，当别有记。而此陶庄实予竭诚蒙佑之所，因命树碑纪实，亲书渤石，一如前建庙之例。

时庚子岁（1780）暮春，上浣之吉也。

出处：（清）高晋《钦定南巡盛典》（卷二十四），乾隆三十六年（1771）序刊本。又见（民国）徐钟令《淮阴志征访稿》（卷一），民国抄本。

注释：（民国）徐钟令《淮阴志征访稿》（卷一）有记曰："同年清和月，又书记之于后曰：按记中有河南流近清口，始自宋时，南徙之语未甚明确。盖《宋史》所称神宗熙宁时河道南徙，寻经塞治，即苏轼《复黄楼》之诗所由作也。惟《统志》所称金明昌时河淮并为一渎之言，为黄河南徙之实据。然彼时有宋存焉，淮泗一带非金所有，地当属之宋。此因今作《河复诗》考订而得者。则向之所云，自宋时南徙亦未为不可，特未详明言之耳，因附书本记后。"

御制黄河澄清碑记

朕闻：上天孚佑生民，日监在下，垂示休征，警觉有位。凡欲使之懋德勤政，无怠无荒而修省加虔，用答嘉贶，天人感应之理至不爽也。我皇考圣祖仁皇帝功德隆盛，临御久长，厚泽深仁，洋溢于薄海内外。朕寅绍宏图，仰承盛烈，蒙被福荫，民物阜安。数年以来，嘉祥叠见。乃雍正四年（1726）十有二月，河道总督齐苏勒等，副总河嵇曾筠、漕运总督张大有、河南巡抚田文镜、山东巡抚塞楞额、陕西巡抚法敏先后驰奏，黄河自陕西府谷县，历山西、河南、山东以至江南之桃源，冰开水清，湛然澄澈。其在陕西、山西始见于雍正四年十有二月八日乙丑，迄于雍正五年（1727）正月十三日庚子，凡三十有六日。其在河南、山东始见于十有二月九日丙寅，迄于次年正月十日丁酉，凡三十有一日。山东之单县亦清于丙寅至癸酉甲戌，清澈见底，而是月之二十二日己卯渐复其旧，凡十有四日。其在江南则始于十有二月十六日癸酉，迄于是月二十三日庚辰，凡七日。盖其清也自上而下，及其复旧自下而上，故时日之先后，远近，渐次如此。维时中外臣民，佥以河清为千年罕见之盛事，稽诸史册，咸称上瑞，况横亘三千一百余里，绵历三旬有余，尤亘古所未觏，合辞恳请御殿受贺，至再，至三，朕惟上天之锡福降灾，犹人君之用赏行罚，感召之机，分于敬肆，一念甫动，休咎顿殊。朕祗若昊天，敬慕皇考，翼翼小心，夙夜罔敢懈怠，因得仰邀皇考昭察，默吁苍穹，锡兹福庆。朕惟虑前此之受贶无因，且恐将来之承庥不易，朝乾夕惕，益深谨凛，特命虔告景陵，以申忧惘；专遣大臣致祭河神，以彰灵应。至升殿受贺，沿袭颂美之虚文，朕所不取，是以坚却不允而广推。

皇考锡嘏，弘仁施恩，中外群臣有专职者咸晋一阶，谆谕周详，共加敬勉。爰允廷臣所请，勒石以纪。夫天一生水，是为天地之气所流通，而河称四渎之宗，上应云汉，澄洁安流，用昭嘉瑞，天和协应，必有自来。诗曰："文王陟降，在帝左右。"盖言文王与天同德，而子孙蒙其福泽也。我皇考配天之灵，于昭在上，眷顾启迪，至深且厚，朕祗承瑞，应恐惧悚惶，嘉与群臣增修实政。书曰："昭受上帝，天其申命用休。"又曰："先王奉若天道，君臣上下之间无忘戒儆。"朕亦惟是严恭寅畏，不遑康宁，庶几求无负于上天皇考锡予嘉祥之至意，濡毫纪实，镌勒贞珉，用抒朕祗敬之诚，永自儆勖云尔。

出处：（清）爱新觉罗·弘历《世宗宪皇帝圣训》（卷一）。又见（清）朱元丰、孔传檟纂订，吴诣恕纂《乾隆清河县志》（卷十三），乾隆十五年（1750）刻本。

遣官致祭清口惠济祠诏

据李奉翰奏，清口惠济祠天后神庙，岁时报祭，未著祀典，请一体颁发祭文，于春秋二季致祭等语。前因派往台湾官兵渡洋稳顺，仰赖神庥，特于天后封号上加'显神赞顺'四字，并令在湄洲本籍祠宇春秋致祭，以彰灵感。今清口惠济祠供奉天后神像，屡作显应，本年河流顺轨，运道深通，自应一体。特著名禋，以光祀典。著交翰林院撰拟祭文发往，于春秋二季令地方官虔诚致祭，并著李奉翰将新加号四字敬谨增入神牌，俾河工永庆安澜，益昭灵贶。钦此。

出处：中国第一历史档案馆、湄洲妈祖祖庙董事会等编《清代妈祖档案史料汇编》，中国档案出版社 2003 年 10 月版。

注释：著翰林院撰拟天后祭文发往清口惠济祠事上谕，乾隆五十三年十月十八日（1788 年 11 月 15 日）。

为蓄清济运事指示机宜诏

清口东西坝，朕从前南巡亲临阅视，所定水志原为平时湖水满足而设，至蓄泄机宜，理应随时通变，视湖水长落尺寸，以定拆收分数，如遇湖水盛涨，则急应拆展，以资宣泄；湖水销落，则口门收束一丈，湖水即得一丈之益，操纵在人，节宣有制，最为良法。前年九月以后，湖水日益销落，萨载、李奉瀚即应将清口两坝酌量倍加收束，预为蓄水。地步乃意存惜费，并不拦截收蓄，以致清水益弱，黄水倒灌，停沙梗阻运道，竟成淤浅，不得已将湖水筑坝闭住。借黄济运，乃系一时权宜，可一不可再之举，此皆萨载、李奉瀚因循贻误，屡降谕旨甚明。今清口东西坝既经酌量移建，并将口门按照高堰志椿酌定收束尺寸，见在洪湖清水已据该督等具奏，蓄至四尺二寸，日来是否续有增长，所蓄清水较黄水高有若干，重运经临，启坝放水时能否足以冲刷淤沙，敌黄济运。著传谕萨载等即将见在情形据实详悉复奏。至来湖水长落，该督等务须随时察看，一遇清水渐消，即应将口门收窄，以资潴蓄，毋得惜费贻误。将此由四百里传谕知之，寻奏开放太平河，分注清水入运，已将一月高堰志椿仍存水四尺二寸，未见消落，通湖引河以外至临黄处，前经逐一测量，河稍高仰处业挑成建瓴之势，所蓄清水见高黄水二尺五寸，重运经临，开放通湖五道引河，足以冲刷淤沙敌黄济运。报闻。

出处：（民国）徐钟令《淮阴志征访稿》（卷一），民国抄本。
注释：乾隆五十一年（1786）正月，为蓄清济运事指示机宜诏。

分黄蓄清诏

据阿桂等奏，见在清水未旺，所有张福口等处引河遵旨暂行堵闭，其王营减坝今岁必须开放，但应在湖水大涨之后，方可不烦再举，并拟将云梯关下二套地方开挖引河，于大泛时开放，改作海口更可得久远之利等语。云梯关外既已涨成沙地，海口距关甚远，以致下游壅阻，黄水倒漾，势不能不为改图。今关外二套地方，为北潮河归海之路，形势较为径捷，若开挑引河于大泛时开放，或能冲刷宽深，黄水竟行全掣，由兹东注，则相距海口较近，自属最便，亦止可如此办理。但朕所虑者不在清口，而在高家堰。盖盈虚消息，理有固然，黄水清水强弱情形，往往迭为消长，连岁黄水盛涨，清水弱极，将来清水必有旺盛之时，高堰所关非细，恐李奉瀚等狃于年来清水弱小于高堰一带堤防工段，或稍存大意，设遇清水盛涨，猝不及备，尤不可不豫为虑，及不可拘于蓄清之说也。阿桂将此切属李奉瀚务须先事熟筹，公同商榷，慎之又慎，毋致临时周章，方为妥善。至见在二套地方开挑引河，黄水多一分泄之路，自可畅达下注。将来冲刷宽深后，若无防关束，恐大泛盛涨时，河流散漫，水缓沙停，仍不免有旧时淤垫之处。阿桂等不可拘泥惜费之见，应详晰察看该处情形，相机妥办，以为久远万全之计。将此由六百里传谕知之。

出处：（民国）徐钟令《淮阴志征访稿》（卷一），民国抄本。
注释：乾隆五十一年（1786）四月，谕军机大臣。

诸大臣

御制河复记恭跋

臣等伏读御制河复记，以观天人交格之际，相契甚微，相感甚神，有莫之为而为者。盖天之可信者，理也！不能违乎，数也！理者，率其常，而数不能无往复循环之变，惟尽其诚以合乎天，顺乎理之常，而因以弭乎数之变，圣人所以律天时，袭水土，宏位育而建中和也。往在壬午（1763）、乙酉（1765），皇上载巡南服，阅河工，设木龙，亲定五坝水志，展拓清口。及岁丙申（1776），复追溯皇祖遗迹，开陶庄引河，功既勤矣，绩亦伟矣。然而九重宵旰之殷，与夫成功之久，蠲帑之频，则未有如仪封漫口之甚者。而天人感应之捷，理数契合之微，亦未有如仪封合龙之显著者。惟我皇上以己饥己溺为心，因物付物为法，弗惜繁费，弗薪近功，慎谋以图，成先几以集事，故于清跸南临之日，已报引河掣溜之刑，洎夫陶庄躬祷之期，即奏漫口合龙之绩。其地数百里也，其时不终朝也，馨香感格如响应声，自非至诚之蟠乎！天而际乎地穷高极远而测，深厚则竭，能转败为功，以两载之勤劬，收功片刻，有若是之捷于桴鼓者欤？我皇上圣德谦冲，功成弗有，归本于天，归功于神，因于陶庄竭诚蒙佑之所，御制记文，亲书渟石，以对天庥，以答神贶。盖诚之至者天也，数之所不能变者理也。臣等伏惟禹之平地成天也，本乎祗承克艰，舜之封山浚川也，本乎温恭允塞，惟尽其诚，以合乎天，故有府事修和之效，九功九叙之歌。我皇上以朝乾夕惕之心，虔巩孜孜，日甚一日，盖无时不有，无事不然，而于河复一记，仰见大圣人心源精一，即舜禹之所以感神，所以无间，而于成功文章之外，复凛然于天人理数之征也。臣等不胜欣忭，踊跃之至，臣梁国治、臣董诰、臣曹文埴、臣沈初、臣金士松，拜手稽首恭跋。

出处：（清）高晋《钦定南巡盛典》（卷二十四），乾隆三十六年（1771）序刊本。

745

高 焕

高焕，字午阶，山阳县（今江苏淮安）人。生活于乾隆年间。生平事迹不详。

龚开画马赋

惟志士之嵚崎，似名马之豪纵。空群当一顾之余，市骨受千金之重。谁抱节于沉冥，乃无心于世用。常游戏于丹青，终栖迟于菰蔚。高材自负，追清望于两龚；巨幅犹传，识遗民于有宋。

当其家国低徊，江淮即次。在坰比其殊姿，伏枥存其壮志。无金勒锦鞯之饰，虽异花骢；有笯云腾雾之能，终推老骥。骊黄色炫，思伯乐于风尘；骐异名标，陋秦风之俴驷。

林居每掩虚关，壁立已无长物。案夸青玉，空怀平子之投；几设乌皮，哪得台郎之乞。未识支颐之叟，铺纸何从；岂呼历齿之儿，肯堂乃不。

爰同负剑而背任，亦似荷薪而躬诎。权奇写态，髀肝成文，双耳批尖而峻耸，三鬣弄影而缤纷。恍振神骓，远腾沙碛；恰惊龙种，只在绫纹。出潇洒之胜情，貌来麟臆；诉淋漓之真宰，乃称兰筋。

独擅清声，孰窥绝技？恐短骅骝之气，画骨忍画皮毛；必传之真，工意岂工形似？杜少陵爱吟瘦马，忼慷实有遥情；赵文敏诏写天闲，荣瘁却非同轨。

当绢素之横飞，念骁腾之执讯。纵画师之妙手，擅作奔宵；嗟季女之斯饥，何人相骏。鸡斯青海，原跅弛而不羁；恋栈服车，岂驽骀之并进！

则有画不描人，懒瓒后先而为偶；兰不著土，所南臭味之相于。岂徒支道林之风流，养从涧壑；不亚曹将军之挥洒，屹向庭除。

幸盛世之怀贤，锡深宫之宸翰。驹流汗血，真闻太乙之歌；头络青丝，不出横门之道。则遗绘之喷沙，不与庚人之教駓。同苑牧之鸣駣，荃茞蘠之香草。荣分蹑雪之光，宠人飞黄之皂也哉！

出处：（清）王琛《蚍珠赋钞》（卷三），同治五年（1866）刻本。

朱元丰

朱元丰，浙江桐乡人。举人，乾隆九年（1744）任清河县令，十二年（1747）进京引见，十三年（1748）复任清河县令，前后莅任六载，乾隆十五年（1750）调任怀远县令。余不详。

《乾隆清河县志》序

志与史实相表里。自来修志者，莫不以马班为法。而一书告成，议者纷起，后人必拾前人之短，未有以为尽善者。此岂独志然哉？即如子长文直而事核、孟坚文赡而事详，千古莫能鼎足。而班已讥马，谓其疏略抵牾，是非颇谬于圣人；范复讥班，谓其轻仁义、贱守节，更甚于史迁；则夫志书之不能不转相訾謷，亦势也。因是，而修志者畏其难，不敢操笔，回循退避，使一方之土地、人民、政事埋没不彰，而考订无所依据，岂不过欤！

余以为，修志之难，难于简而明、备而核。不简则繁衍，简而不明则亦伤于晦蒙；不备则挂漏，备而不核则又失之秒杂。至其才之淹博与否，笔之雅泽与否，有不必计者。盖纪实则匪以腹笥相高，传信则匪以文藻争胜，志之体要，固如是也。

《清河县志》修于嘉靖乙丑（1565），国朝再修于康熙壬子（1672），至乙亥（1695），县令管公重修之刊刻成书，未几版毁于火矣。迄今五十余年，幅员惟旧，人事聿新；河防则圣祖南巡指授方略，创建而奏安澜；水利则恭逢我皇上轸念民依，发帑金以资疏泄，而经画为从前所未有；赋税则丁归田办，以纾疲民之困，而持筹钱谷迥与昔殊；蠲赈则帝德如天，煦妪覆育，阖邑之灾黎再造，一年之正额全宽，厚泽深仁有加无已。盖此五十余年中，纲纪之政、浩荡之恩，诚不容以不纪。又，秩官之更替，人物之继起，与岁月而俱增，亦何可听其没没也。

余莅任，即以志书为念，继因事入觐，未遑董役。戊辰（1749）秋，复官斯土，适升任太守卫公新修《郡志》已成，凡清邑所当增入者，胪列详明。爰根据《郡志》，取《旧志》而厘定之。与邑中贤绅士参互稽考，衷成集。其《旧志》当存者，悉仍之，不敢妄为窜改，以蹈转相訾謷之习，未知于马班史法何如。

书成，将付剞劂，余简调怀远之命下矣，装且旦暮发。所有凡例、图考、艺文诸编，不得不重赖孔君焉。余与诸子所为尽心者，复得孔君宏才巨笔，一经鉴定，相与以成，庶几上之郡、上之省、上之史馆，俾无舛误，以备采摘云尔。

乾隆十五年（1750）孟夏月，江南淮安府清河县知县桐乡朱元丰撰。

出处：（清）朱元丰、孔传楎纂订，吴诒恕纂《乾隆清河县志》，乾隆十五年（1750）刻本。

吴诒恕

> 吴诒恕，拔贡，安徽桐城人，乾隆十三年（1748）任清河县教谕。余不详。

《乾隆清河县志》序

余自戊辰（1749）秉铎清邑，与邑之多士接见。夫俗尚淳朴，心竞礼让，虽其地滨大河，土瘠民贫，而彬彬乎有三代遗风焉。余固心焉喜之。及披览邑志所载，簪缨世胄名冠当时者，指不胜屈。而贤邑侯仰体□子德意，以学意元元者，又历有其心。然后知清邑风俗之良，其由来不可没也。

《旧志》修于康熙乙亥（1695），迄今五十余年。贡赋之款条、河防之始末、水利之原委，迥非昔比，且秩官新增，人文蔚起，多为往志所不载；使任其阙而不详，其何以成信史而昭示来兹乎！

邑侯桐乡朱公莅任六载，兴利除害，政简刑清，民风颇称丕变。不特为合邑计目前，亦为合邑计日后，因以纂修邑志为己任，并分其责于篇，而余惴惴焉。想才之不逮，延邑之贤而有德者，设局纂辑。于《旧志》之已载者因之，《郡志》之新增者入之。发凡起例，按部就班，越卯月而告竣。

夫志，虽一邑之书，而体裁必衷经、史、尚书、禹贡。首纪山川，次及田赋、贡箧。《周礼·地官》："土训，掌地道图。诵训，掌道方志。"《夏官》："职方氏掌天下之图，以掌天下之地，而周知其利害。"暨班氏作八志，地里、沟洫又加详焉。后之志郡邑者，往往详略失定，不足为典要。惟罗鄂州之志新，安康对山之志武功，王渼陂之志，文简事核，不失经史之旨；以故作志者宗之。

清河山川、土田、民风、物产，《旧志》最详，仍而不易。其增补之缕析条分，不敢听其阙略，并不敢参以臆见。莫非本鄂州对山诸志，信以传信之意尔。清邑数苦水患，荷蒙圣恩，蠲免赈恤，诏语频颁，安集生全，匪朝伊夕，民乃欣欣有起色。

明年辛未（1751）春，翠华南幸，驻跸河干，周览形势，举一切下问，即可据是编，以广献纳。轸恤民艰，湛恩汪秽，则土瘠民贫之区转为丰腴。而淳朴礼让之风愈臻上理不？又待后之纂修者之增加补辑哉！

授梓将成，适新邑侯曲阜孔公以大差重任简调兹土，秉洙泗之遗教，崇学校以鼓士气，体第檐以协民情，翕然望至治焉。余既乐清邑之得贤父母，而尤幸多士之观感有古之爱濡，萧而为之序。

时乾隆十五年（1750）十月望日，江苏淮安府清河县儒学教谕龙眠吴诒恕谨序。

出处：（清）朱元丰、孔传檀纂订，吴诒恕纂《乾隆清河县志》，乾隆十五年（1750）刻本。

裘曰修

> 裘曰修（1712—1773），字叔度，号漫士，又号诺皋，新建（今江西南昌）人。乾隆己未（1739）进士，改庶吉士，授编修。历吏部侍郎、军机处行走、礼、刑、工部尚书，加太子少傅。曾奉命与鲁、豫、皖三省巡抚巡视黄河，划疏浚之策。奉敕编纂《热河志》《太学志》《密殿珠林》《石渠宝笈》《钱录》等。有《裘文达公诗集》。

治 淮 论

江北之水为患者，河为大，淮次之。故既治河，即不可不治淮。虽然，河不治则淮无由治矣，河既治则淮无事治矣。是故，治河即宜治淮，而治淮仍不外于治河。何以言之？治淮之要，亦曰无使河合淮而已矣。河合淮，不特沿河之地被其害，即沿淮之民亦无不被合之之害。别淮，不特沿河之地享其利，即沿淮之民亦无不享别之之利。

窃尝论黄淮合清口筑大墩，其害不可胜言也，而其大者有五焉。自清口至云梯关，淮身为河踞者，十去其七，洪泽之南筑高堰以防淮之决，其东筑大墩，直抵中流，以激淮之怒，遏河之南而使之东。夫黄淮水势无常也，三汛涨溢叵测也，设两水强，高堰不守，天长、六合等县居民，将化为鱼，其害一。

凤阳虽土瘠，前古未闻屡灾，自清口为黄流所阻，西起颖寿，东至泗州盱眙，田园庐舍，频遭水淹，蠲赈无虚岁，流亡转徙，不可数计，其害二。

大墩之筑，藉清刷黄，河涨则疏之归海，淮涨则不肯令之竟去，故虽遇寻常之涨，沿淮禾稼，亦多损伤，其害三。

阳城之颖，天息之汝，浚仪之睢，扶沟之涡，皆以淮为尾闾，淮流既壅，则众水不行，归德汝宁陈许诸郡邑，常为泽国，前年尝开挑大洪等河矣，然下无所泄，虽加浚治，末如之何，水失其常，祸及邻省，其害四。

泗州东逼洪泽，每春月后，城陷水中，官署寄治盱眙，秋冬水落，州民输纳莫肯至，州守于荒城中设柜督催，且数十年，其害五。

总此五害，迁延岁月，费帑病民，无有底止，得不思变计以为之所哉。且夫淮水本非有害也，而害且五，则大墩之故也。淮非有需于大墩也，而卒使大墩为害，则河合淮之故也。河合淮，因束淮敌河，斯大墩不得不筑，高堰不得不高，而五害遂不可去。故欲去五害，莫如使淮畅流，欲使淮畅流，莫如使河流从宿迁北而别于淮。故曰治河即宜治淮，治淮仍不外于治河也。夫治病必先于受病之源，御寇必于所经之地，今清口河淮所经，固病源也。河淮不分，吾不知五害之何由去也。

出处：（清）贺长龄《皇朝经世文编》（卷九十六）。

钱维城

钱维城（1720—1772），初名辛来，字宗盘，号纫庵、茶山，晚号稼轩，江苏武进人。乾隆十年（1745）状元，官至刑部侍郎。诗宗少陵，书法东坡，又擅长绘画，为画苑领袖。著有《茶山集》。

惠 济 祠

惠济祠，在淮安府清河县，祠临大堤，中祀天后。明正德二年（1507）建，嘉靖中赐额曰惠济。其神福河济运，孚应若响。祠前黄淮流合，地当形胜，为全河枢要。国朝久邀崇祀，我皇上临幸升香荐帛，礼有加焉。

出处：（清）钱维城《乾隆南巡驻跸图》（绢本彩绘册页）。

桂家庄行宫

桂家庄行宫，在清河县运河遥堤之旁，前此四届銮辂时巡皆驻跸于此徐家渡营，然今因地势稍低，奏请改建于此。

出处：（清）钱维城《乾隆南巡驻跸图》（绢本彩绘册页）。

赵　翼

赵翼（1727—1814），字云菘，一字耘菘，号瓯北，阳湖（今江苏常州）人。乾隆二十六年（1761）进士，授翰林院编修。曾任镇安、广州知府，官至贵西兵备道。晚年辞官家居，主讲扬州安定书院。著作有《瓯北诗话》《二十二史札记》《陔余丛考》等。

天 妃 宫

绮殿临河干，雄观得未有。拔地起千尺，突入霄汉陡。黄楼五丈旗，顿欲惭庳□。波光动轩楹，云气荡户牖。朱扉榜涂银，锦石砌交扣。天清旭日耀，晶采出丹黝。中有神仙姝，庄严似瑶母。衣飘五铢轻，佩缀七宝厚。当胸蟠璎珞，充耳莹琼玖。绡应鲛室裁，珠定龙宫剖。靓好无凡心，独处不匹偶。侍儿香案旁，却立班左右。不作捧心媚，自异宿瘤丑。得非洛川神，或者河伯妇。绣幕云霞飞，缯幡龟蛇纽。庭庑阒无声，城平净不垢。金检元夷封，秘籍零威守。想见夜半时，来朝万鱼鲰。地迥神栖零，像肃人省咎。往来日千艘，莫不骏奔走。乞岂同土龙，祭宁具刍狗。膜拜焚楠檀，头抢沥尊卣。行厨烹伏雌，折俎燔肥牡。坎坎音伐鼓，乌乌歌击缶。归鸦饱而去，几点入林薮。岂惟此河干，人各奠醑醨。遥闻沧溟上，虔奉弥恐后。每当樯揖摧，望救惨呼吼。红灯厉乱来，捷弗踰卯西。足觇威力大，覃及九垓九。不知是何神，具此烈不朽。相傅林氏女，跨席渡清浏。殁遂乘云旗，洪涛勤扞掫。荣封爱累加，章服视冕黻。斯言虽足征，我意殊不取。区区一弱息，纵有拯溺水。安能届四远，到处力抖擞。吾闻天为帝，地媪则曰后。水阴乃次之，妃号所由授。义同风姨风，例等斗母斗。辨名断诸理，何必实以某。不然曹孝娥，父尸江面负。亦有秋胡妻，沉河谢恓忸。胡为弗疏封，独兹锡印绶。我乘上水船，先过妃闸口。一丈建瓴水，因噎愈欲呕。奔洪束吕梁，急瀑倒庐阜。捩舵争悬流，枘凿讵相受？顺搤奔马尾，逆拗怒牛首。进寸转退尺，若或掣其肘。可怜牵缆夫，绳穿十千耦。旁出驹服骖，斜编鱼贯柳。雁刷一字翎，虫屈百足□。波咤声最哀，邪许气弥趔。其时舟中坐，命比丝一绺。身危索缘橦，头晕米渐籔。方信五石瓠，贵过千金帚。逾时始出险，鬈发欲成叟。泊舟祠庙下，惊魂定未久。聊喜得安枕，未敢酌贺酒。风涛自兹始，行狎鲸鳄鳝。鬝来敬瞻谒，溪毛荐芹茆。邀福慈筏引，摅诚零琐扣。一片马当风，肯藉予安否。

出处：（清）赵翼《瓯北集》（卷二）。转引自中国第一历史档案馆、湄洲妈祖祖庙董事会等编《清代妈祖档案史料汇编》（诗词卷），中国档案出版社 2003 年 10 月版。

钱大昕

钱大昕（1728—1804），字晓征，一字辛楣，号竹汀。江苏嘉定（今属上海）人。早年以诗赋闻名江南。乾隆十六年（1751）皇帝南巡，因献赋获赐举人，官内阁中书。十九年（1754）中进士，复擢升翰林院侍讲学士。三十四年（1769）入直上书房，授皇十二子书。与编《热河志》《音韵述微》《续文献通考》《续通志》《一统志》及《天球图》诸书，著有《十驾斋养新录》《潜研堂文集》。

崇实书院记

崇实书院者，故江南河道总督尚书湛亭李公之所创也。国家敦崇实学，郡县庠序之规，一遵古典，而省会重地复立书院，萃郡县之秀者而教之，比于古诸侯之大学，法良意美超轶前代矣。清江为河帅驻节之所，冠盖辐凑拟于都会，而百余年来未有议及之者。湛亭公以簪缨世胄筮仕南河，由郡丞观察游登开府，清白一心始终匪懈。平生于河防国计，安民察吏诸大端，洵所谓设诚而致行之者，又念学问与政事相为表里，爰创立书院，以为造士之所，而颜之曰："崇实。"莅政之暇，辄召诸生立庭下诲之。以有本之学，务笃其实，勿逐于名煌煌乎大儒经世之言也。

湛亭公归道山十余年，天子慎重河工，谓节宣防守之方，非讲求有素无以集事，乃申命公子芋林公付以全河之任，公居心行事壹以先公为法，而于造就人才尤殷殷加意焉。

岁有司议改院为官廨，乃别相爽垲之地，营立讲堂学舍，规制增拓，轮奂一新，培养善类有加无已，落成之日，江淮人士欣喜赞诵，沐新恩而思旧泽，金议祀湛亭公栗主于讲堂之左，春秋荐苹蘩以无忘崇实之训。谓大昕尝从湛亭公游，与闻绪论，乞为文以记之。

予唯濂溪氏之言曰："实胜，善也；文胜，耻也。"儒者读《易》《诗》《书》《礼》《春秋》之文，当立孝弟忠信之行。文与行兼修，故文为至文，行为善行，处为名儒，而出为良辅。程、张、朱皆以文词登科，唯行足以副其文，乃无愧乎大儒之名。或谓制举不足以觇实学，岂通论乎？宣尼赞易申立诚之旨，孟氏著书耻无本之誉，圣贤施教未有不以崇实为先者，而湛亭公以是勖士，可谓知本务矣。今芋林公恪承先志，引伸而扩充之上，以毗圣明棫朴作人之治下，以示多士居德善俗之方，风声所树，如影从形，当有华实兼茂之儒出为世用者，岂徒江淮人士歌诵弗谖而已哉。

出处：（清）钱大昕《潜研堂文集》（卷二十）。略见（清）吴棠修，鲁一同纂《咸丰清河县志》（卷九），咸丰四年（1854）刻本；（民国）刘檩寿修，范冕纂《续纂清河县志》（卷五），民国十七年（1928）刻本。

周广业

周广业（1730—1798），字勤补，一作勤圃，号耕厓，浙江海宁盐官人。乾隆时举人。曾参与分校《四库全书》。邃于经史，精通校勘，长于考订，著述宏富，主要有《孟子四考》《四部寓眼録》《经史避名汇考》《读易纂略》《蓬庐诗文集》等。

王家营记事

乾隆四十九年（1784）正月二十四，风利如昨，经淮安，抵清江浦。午后渡河，河甚狭，一苇可杭，至王家营杨氏店。二十五，雇车一，用钱三十千。时车价甚昂，解人尤甚，凡车用榆为之轮。轮十字者佳，故曰："桑车榆毂"，闻声数里。大车双轮，故一乘为一辆。驾三马为三套。余所乘两马两驴，亦为三套。闽粤豫章会试者先后云集，可数千人。所谓进如百川之朝海也。

出处：（清）周广业《冬集纪程》，引自张煦侯《王家营志·杂记》（卷六）。

谢启昆

谢启昆（1737—1802），字良璧，号蕴山，又号苏潭，江西南康（今赣州市）人。乾隆二十六年（1761）进士。入翰林院为庶吉士，历官知府、按察使、布政使、巡抚等。有《树经堂集》。

铁犀歌（有序）

夏家桥第一牛，辛巳丙申戊戌丙辰铸，文云："维金克木蛟龙藏，维土制水龟蛇降。铸犀作镇奠淮扬，永除昏垫报吾皇。"安东县第二牛，辛巳丙申戊戌己未。高堰坝第三牛，辛巳丙申丙午甲午。马家港第四牛，辛巳丙申丙午丁酉。茆家圩第五，辛巳丙申丁未庚子。高良涧第六牛，辛巳丁酉辛未戊子。龙门坝第七牛，辛巳丁酉辛未辛卯。清江浦第八牛，辛巳丁酉癸酉壬戌。清水塘第九牛，辛巳丁酉甲戌乙丑。中河第十牛，辛巳丁酉戊寅丁巳。谈家庄第十一牛，辛巳丁酉戊寅庚申。戚子堡第十二牛，辛巳丁酉壬午乙巳。清水潭第十三牛，辛巳丁酉壬午戊申。郭家嘴第十四牛，辛巳戊戌癸巳丁巳。清口第十五牛，辛巳戊戌癸巳乙未。邵伯更楼第十六牛，辛巳九月重阳日戌时。大清康熙四十年（1701）岁次辛巳五月端阳日开铸，九月重阳日告成。监铸官王国用镌石。十六牛镌文同。

我昔扬帆泊清口，但见一犀镇河壖。竭来河储搜掌故，铸相十六窥其全。五行厌胜古有法，聚金恰用辛金年。吉诹午月铸镜节，造化为炉火云煎。重逾九鼎不易范，重阳藏事阳气宣。年命干支各相配，处以人道非偶然。豪筋隽骨四体具，除民昏垫宜仔肩。

出处：（清）谢启昆《树经堂诗初集》（卷七）。

吴　璥

吴璥（1747—1822），字式如，浙江钱塘人。乾隆四十三年（1778）进士，选庶吉士，授编修。大考擢侍讲学士，典陕西乡试。谙河务，擢河南开归陈许道，署巡抚。嘉庆间历官河东、江南河道总督。官至吏部尚书、协办大学士。有《楞香斋诗存》。

请办高堰碎石坦坡疏

窃照江南洪泽湖，周围四百余里，浩瀚汪洋，全赖一线长堤，为淮扬保障。每遇西风大作，浪涌如山，石工动即掣卸，不惟逐年补筑，糜费滋多，万一刷透土堤，淮扬亿万生灵将何依赖，关系之大，无有逾于此者，岂可不亟图捍卫之计。欲图捍卫之计，惟有碎石坦坡，方能经久巩固。水性至柔，激之则刚，石堤壁立陡竣，怒涛撞击，倾圯堪虞。若遇碎石坦坡，虽巨浪掀腾，其来也不过平泼而上，其退也旋即顺势而下，其怒既平，其力自弱。坦坡不动，石堤自无掣卸之虞。臣向来留心采访，众论佥同，淮扬士民，尤无不称为最善之策。并闻近年高堰，会试筑坦坡数段，屡经风暴，总未塌动，即其明验。若通身皆有坦坡石工，何能冲塌。前河臣靳辅曾云障淮以汇黄者，功在堤；而保堤以障淮者，功在坦坡，诚至当不易之论也。或云碎石坦坡需费更大，臣再四思维，堰盱石堤共长一万七千余丈，每年风暴掣塌，少则数百丈，多则一二千丈，积而计之，不出十数年，而旧工皆易新工矣。其补筑之需，以一年两年而论，不觉其多；以十年二十年而计，竟系普易石堤，较之碎石坦坡所费更大。况新工仍不免续塌，新旧石工，相循补筑，迄无已时，浪掷金钱，其数尤不可胜计。且补筑之费，尚在其次，而塌卸之险，实属非常，同一费也。与其多费而担险，何如多费而求安。惟克期赶办，势所难行。若酌量缓急，多分年限，则钱粮既易筹划，人手亦可从容。查堰盱大堤，凡适当湖心，受风最大，冲塌最多，其余尚不至过险。应查明重之处，共长若干丈，先行兴办。每年能办若干，几年即可竣事，则至险之处保守无虞，大局已可稍定。再将次险之工，择其臌裂残损者先办，现尚完整者后办。如此分别缓急，以次举行，约计险要残坏之工，三五年内即可先竣，功已过半。此外受风较轻，而堤尚坚整者，即再迟数年办竣，亦可无碍。总计则费繁，分年则费简。似此筹措尚不甚难，虽年分既多，功效亦缓。然办一丈即有一丈之益，办一年即有一年之效，得尺得寸，日起有功，一经告成，淮扬永无大患，而高堰有恃无恐。五坝即可坚守，不特全力蓄清，可免倒灌，而高宝以下十数州县，频年被淹之区，亦得共享丰享之利，所裨益于民生漕运，实非浅鲜也。至坦坡每年修费，亦不可少，或又有以此为难者，然石坡与土坡不同，土易汕刷，而石质坚重，又系坦坡，水过无力，间或荡激坍卸，为补填，即完整如旧，所费无多。即如徐城一带，临黄碎石工程，已阅多年，不过间有移卸，无须大修。且石块即卸入水中，亦不能漂淌远去，断无虞其填占湖也。或又以石堤外有碎石堆积，倘若石堤之下，椿朽坍塌，难以拆修，此亦所当虑及者。但椿木有碎石拦御，风浪亦所不及，即使年久朽折，而外有碎石拥护，石工不能坍倒。止于坐垫攲斜，不修亦无妨碍，酌修亦易整齐。臣通盘筹划，似属经久可行，仰恳敕下江南督河诸臣，再为博访熟商，确切估计。究竟需费若干，分限几年，可以蒇事，以及如何筹划，如何酌办，有无窒碍难行之处，悉心妥议具奏。

出处：（清）贺长龄《皇朝经世文编》（卷一百）。

清口大挑无益疏

伏查河口倒灌，向来通塞靡常。溯查康熙年间至乾隆五十年（1787）以前，其间由塞而通，由通而塞，已非一次，但不若近今之年年淤阻，为患较甚。自嘉庆八年（1803）以后至今，黄河河底逐渐淤垫，比从前已淤高丈余，水面亦因之而高，以致时非盛涨，黄水亦复内灌，停淤较厚，本年重运过竣时，不得不暂堵御黄坝，抽挖引渠，以通清水入黄之路。兹蒙圣慈训示，趁回空过竣，将河口大加疏浚，诚为先事预筹之计。臣等公同筹商，并询访谙练之官弁兵民，佥称河口之通塞，总视清水之强弱。河口一带河长一千数百丈，宽至三四百丈不等，若以人力挑疏，仅能于河心抽沟，宽自十余丈至二三十丈而止，深亦不过七八尺至二丈以内，断不能将游沙全行起除，致滋糜费。况御黄坝内外淤滩，尚可煞坝戽水，如不惜钱粮，自可大加挑挖宽深。而滩外之大河河底，其势非人力所能施。则河底仍然高仰，一经黄水内灌，其宽深处所仍即淤垫，劳费不赀，悉归虚掷。是以酌抽河漕，亦可藉引清水，即大加疏浚，亦不能竟免倒灌，此系实在情形也。查本年洪泽湖水，竭力擎蓄，存水一丈五尺以外，已高于黄水一尺有余，其御黄坝内外淤滩较高，不得不择要抽挑，以资导引。现在启放御黄坝，清水已能畅注，事机尚顺，倘邀圣主洪福，此后黄水能较往年多消三四尺，而洪湖存水，消退较迟，计至冬底春初，其力尚可敌黄。若得清水助黄刷涤半年，黄河之底，可冀渐深，则河口不待挑浚，亦可无浅阻之虑。似不必大加挑淤，所费过多也。

出处：（清）贺长龄《皇朝经世文编》（卷一百）。

百　龄

百龄（1748—1815），张氏，字菊溪，汉军正黄旗人。乾隆三十七年（1772）进士，选庶吉士，授编修。出为湖南按察使，调浙江道御史，历贵州、云南布政使，官至两江总督。有《守意龛诗抄》。

治黄治清四条疏

一黄河应择挑水坝以减险工也。黄河在两岸遥堤之中，其流与他水迥异，他水无论消长，其溜多从中弘而下，顺轨直行。惟黄河之溜则在堤中曲折击撞而行，从北岸折而之南，又从南岸折而之北。河堤当折之处，无不即时迎溜生险，浩瀚纵横，堤埽值之，即形蛰塌，愈蛰愈开，刷汕内土，动辄一二百丈，下埽抢镶，随抢随蛰，随蛰随远。以致一厅所管百里之内，险工迭见，必于有滩之处，其溜始折而奔彼岸，彼岸抢护亦复如此。是以盛涨时全河皆险，顾此失彼，易至仓皇失事。盖大汛时，河流出槽奔逸，毫无节制，不知扼其溜之所在，而饼力御之。第随其水之所淹而加埝护之，虽工设倍官、堤设倍埝，亦恐兼顾不及。考张鹏翮治河诸书，有建筑挑水坝之法，凡黄河迎溜之处，俱可建之，其功最大。即如清河境内运口，每为黄水所逼，陶庄引河数挑不成，仰遵仁皇帝指示，筑成御坝，清水大出，引河成功，凡遇险工，照式行之，裨益不小等语。后齐苏勒等俱各奉行，见之案牍，成效可考。嗣后请于桃汛之时，相度河溜所在，即迎溜下埽，逐层进占，将大溜挑入中弘，倘溜急逼过对岸，则对岸河员亦复如此办理。庶两岸溜堤俱不为溜击，盛涨所及，不过漫滩之水，可保无虞。而河溜渐挑渐直，渐直渐急，自攻其沙，随溜而下，势必日刷日深。且顶溜建坝，坝与溜争，相持亦须数日，溜始逼而下注，数逼之后，一汛已过。而一厅之中，多不过一二处，河员只须专力守坝，诸工皆不致受险，诚事简而工专。臣复考此坝，亦名顺水，其建坝之法，须顺溜占厢，不可逆流横筑。坝头须作圆式，不可使有方棱。盖顺则不致激怒，易于防守，圆则转水下行，不虞撞掣。两岸上下遥置，河流逼在中间，洵足收束水攻沙之效。询在工日久之河兵，及长年三老，皆称数十年前，各厅常用此法，俗名当家坝。后来鲜有知者，故河流散漫，日渐停淤。康基田前在徐州防汛，常用此法，彼时一年之中，黄河刷深丈余，是曾经著有成效。今若如此举行，虽一坝用项稍多，而较之年年全工抢险，另案报销，尚为节省。行之一二年后，各处险工必渐少也。

一黄河冬涸归槽，须切坡抽沟，以逢湾取直也。黄流本系曲折，至冬令，两旁之滩，漫水涸干，汛过无事，应各将所属干出之滩，估计丈尺，每滩抽沟一道，宽四五丈，深八九尺，所挑之土，俱运至堤外，以为帮戗。盖河流虽值隆冬，其深处沟槽亦在一丈以外，若将曲处湾出之滩，取直挑深，是千滩之周围皆有深沟，滩上已成孤立。汛涨大行其势，断不能存住，直可抬之而下。又湾处所有坡咀，亦俱于冬间切挑。臣考靳辅八疏，首陈挑浚黄河，其引河之法有三，一曰挽险以保堤也。河性猛烈，其顺流而下，则藉其猛以刷沙，其横突而冲，则挟其猛以触岸，方其倏左倏右，冲突激射之时，是宜酌左右之中，急开一渠，一面将冲突之处迅行埽堵，一面挽所冲之溜引入中流，稍夺其势，而后彼堤可保等语。臣请于湾处设挑水坝者，即其于冲突处迅行埽堵之法，至请于滩上抽沟切坡，亦即引河挽险之意也。若切坡抽沟之法久行，庶河流渐能取直。惟抽沟之处不可离堤太远，亦不可太近。远则出土路长，多费工本；近则恐伤堤根，致有塌卸之患。是在河臣临时相度，此项钱粮，应于岁修之外，由河臣估计另案报销。其工程连办三年，即暂停一年亦无不可，盖挑去者多，淤积者少，河自由渐而深也。

一湖口应接长盖坝，修复磨埽，以为全湖橐籥也。查湖水由五道引河至运口之南，汇总而出，运河头坝口门，紧靠湖边，其势入运甚近，而冲黄较远。前人于湖口至运口之处建一大墩，土人相呼为磨盘埽。又以其转逼湖水，北出冲黄，仅以回流东灌运河，故有七分敌黄、三分济运之效，因复呼为转水墩。自明臣潘季驯之后，治河能手如靳辅、张鹏翮，皆从此处着力讲求，实为淮、黄、运河扼要关键。后人不知其秘妙，废弃多年，故湖水出口散漫，无力冲黄，遂全势东注运河。而黄流无清水之敌，亦乘势蹑后倒灌，清口淤高，较运河口门，浅以丈计，清不能舍下而就上，黄遂灌运而并灌于湖。推原其故，由清水泛滥出湖，无大墩拦逼，则力以散漫而缓弱，不足以敌强，运河紧接湖唇，无大墩挡隔，其地逼近，又易于吸引清水，清水益退，而黄水益进，遂并将黄水收入。纵遇清强黄弱之时，其出清口者，实系漾水而非正漓，尚安有敌冲之义。臣察看多次，深得其情，故先将盖坝接长，以拦其东灌运河之溜。自筑成盖坝之后，清水实已七分冲黄、三分入运，则分水云橐籥已可领悟。似磨盘埽必须早为修复。惟黄水倒灌日久，盖坝对岸，积有淤滩，不能复置过大之圆墩，致湖水出口之渠太窄，应请于盖坝外帮宽加埽，围圆约长四五十丈，作为半月之形，既可逼拦湖水使高，复可挑水北行，刷黄而出，俟对岸淤滩刷尽，再行渐次帮宽，每岁加镶防守。若遇运河水小，则将盖坝之尾拆去数丈，使清水灌入头坝，口门水足，则仍复接长使之北出，庶七分敌黄、三分济运之用，可永远持效也。

一束清坝仍应移置运口之北，风神庙之南，庶节宣得宣也。查湖口既仿磨盘埽，斯水有逼蓄，运口既接长盖坝，斯溜鲜东趋，可冀出清冲黄之效。然五遭引河，引领湖水聚汇于湖口，正可恣其畅流，乃横拦长坝以阻之，是犹扼其喉，而使之气不能出电。又查湖口以至清口，绵长几及十里，中间若不为夹激，仍恐无力敌黄，查从前束清坝本在运口之北，后因磨盘埽废弃日久，复不接长盖坝，使清水出湖，毫无拦夹，顺势全灌运河，以致头坝口门跌深四五丈。前河臣徐端，恐束清坝在外拦挡，更碍清水北行，是以移建于湖口。然横筑之坝，徒以挡清水之出湖，即留口门以出水，亦犹贮水于盆，缺其缘边，而听其流溢，复何有涌注之力？必应尽折湖口之坝，汇聚五道引河之水，并力北趋，始为得势。查淮水本不能敌黄流之强，使之涌激，庶增其怒气，足以刷黄之健悍，若拦之于内，而散之于外，虽淮湖涨盛，仍无益于益于敌黄。无怪连年湖涨之时，徒为山旴五坝之病也。今既将盖坝接长，免其入运，自应将束清坝改移旧地。一则让湖水之向北畅行，二则为夹激之层层挑逼。设遇清水过甚，则将盖坝接长，拦住运河口门，再将束清坝大为折展，水小则仍收拢，庶得操纵在心，节宣如意。伏读纯皇帝谕旨，清口原淮水故路，东西两坝，古人具有深意，操纵由人，不可胶柱。五坝则不得已而设此尾闾也，欲泄水势，当在清口。清口泄一分，便尾闾减七分等因，洵足为千百年之法守。移之湖口，则节宣无术，呼应不灵，盖清水为潴蓄之水，不引而纵之则其流不畅，不夹而怒之则其溜不疾，须挑逼功多，斯刷跌下行，始足收冲黄之效也。

出处：（清）邵之棠《皇朝经世文统编》（卷二十）。

极陈借黄济运之弊疏

奉上谕：朕恭阅乾隆二十三年（1758）八月谕旨，据白钟山奏中河水浅，将临黄、临运二坝开放，引黄济运，恐不免利少害多。引黄入运，虽权宜之法，但黄水多挟泥沙，一入运河，易致淤垫，非甚不得已，不可轻为此迁就之计。圣训煌煌，至明至确，实为治河紧要关键，允宜久远遵循。近年清口，因河底淤高，清水不能畅出，运河水小，漕艘经行，即取助于黄，久之不但借黄，竟系以黄济运，遂致倒灌，并运河亦淤，百弊丛生，皆由于此。本年河流顺轨，粮艘遄行，来往臣工皆言运河内全系清水，并无黄流侵灌，为数年来罕有，实全河转关极好机会。该督等务当谨守成规，趁此青黄分注，安澜循轨之时，一应启闭防守，尽心修治，不可复循故辙，仍思借黄济运。能自今年以后，总令清水畅出运口，黄流汛赴尾闾，则河漕并治，从此可永庆平成。钦此。

臣伏查黄河自宋元以来，与淮水并流归海之后。二渎来源本不相同，源既不同，则水势情形即不免有此强彼弱，此绌彼赢之异，必须长使清高于黄，乃可冲敌黄流，免使挟淤内灌，此潘季驯、靳辅、张鹏翮等俱极力以蓄清敌黄为要务，而后之治河者得此则河平，失此则河坏也。近年以来，南河失于宣防，遂致河底淤高，喷塞清口，倒灌运河。每值粮艘经行，多借黄水浮送，始犹知为事非得已，继则视为分所应然，以弊承弊，迁就相循，几至以蓄清之言视为迂阔。推原其故，缘河底日高，湖底日下，蓄清原较往日为难。盱一长堤，所砌砖石各工不能如昔坚固，而蓄水倍于昔时，一经风浪，则防守维艰。如嘉庆十三年（1808）、十五年（1810），俱以清水过大，致有冲决头坝临湖砖工，及掣开山盱义坝之患，嗣后遂以蓄清为畏途，以借黄为长策，因循苟且，文武偷安。殊不知河以倒灌而分流，以分流而日淀，迨至汛涨，经临御黄坝闭后，大溜壅遏不下，泛溢行，遂有上年倪家滩、王营减坝、棉拐山、李家楼之漫决，灾延数省，工遍全河，上烦宵旰焦劳，下致闾阎荡析，抚心追咎，能不愤然。今幸仰仗神谟，塞平诸决，又秉承睿指，疏浚海口，接堰束水，本年闾尾深通，叨赖洪庥，澜安伏汛。现届秋汛大涨，自应竭力周防，惟河身因上年各处漫溢，受病愈深，则御黄之计既难，而蓄清之方尤为至急。是以臣前至清江，闻山盱礼坝塌穿畅泻，即往勘验，饬令先堵智坝，并将礼坝拦护，收蓄湖水，备御黄流。而在工各员，意犹观望，借口于湖水过于蓄多，或致堤工着重，似不若借黄济运之安稳。不蓄湖水，借黄济运，既便于临运各工免致防险，而外河得有分流，则临黄南北山海各工亦不虞涨盛，便可稍弛守护。似此苟安便己之私心，实为败坏事机之大弊，此臣所菀结愤闷而不能自已者。查现在坝外黄水，只高清水三尺余寸，计回空漕船行抵河口之日，已在八月中旬，秋水渐落之期。且海口业已深通，自必消纳益速。此时急将礼坝堵闭，俾清水于开放御黄坝之后高出于黄，方为得要。即或不能蓄高，犹可施于夹激挑逼之功，使之顶黄外达，克收成效。臣窃以不敢必者天时，所当尽者人事，断不敢曲从臆说，坐听黄流倒灌，复循故辙。诚恐习俗移人，贤者不免，今荷圣明剀切指示，实足以振聩发蒙，消除痼疾。臣遵即恭录纶言，遍谕在工之道、将、厅、营等，使之触目警心，益勤修守，以冀淮黄并治，粮运遄行，仰副圣主厪注河防，提撕策勉之至意。

出处：（清）邵之棠《皇朝经世文统编》（卷二十二）。

董鄂·铁保

董鄂·铁保（1752—1824），字冶亭，号梅庵，本姓觉罗氏，满洲正黄旗人。乾隆三十七年（1772）进士，授吏部主事，历郎中、户部及吏部员外郎、翰林院侍讲学士、侍读学士、内阁学士。嘉庆四年（1799）因弹劾官员过当被贬到盛京，不久以吏部侍郎出任漕运总督。嘉庆十年（1805）任两江总督，又因山阳县令王伸汉冒赈鸩杀李毓昌遭免职流放。曾任《八旗通志》总裁，将旗人诗文编为《白山诗介》一百三十四卷，著有《惟清斋全集》。

筹全河治清口疏

窃臣猥以庸愚，蒙皇上天恩，畀以两江重任，又值河务紧亟之时，漕运民生攸赖地方要务，无有大于此者，臣有兼管河务之责，何敢不竭尽心力以求一当。臣抵清江已及一月有余，日夜讲求，兼考载籍，细思受病之源，以筹补救之法。伏查河防之病论者，纷如聚讼，有谓海口不利者，有谓河湖淤垫者，有谓河身高仰者，臣未亲见之前亦执此说，兹详细推求海口淤高，自前明已有此议。明臣潘季驯疏称云梯关外沙积成滩，中间行水之路不及十分之一，然海口故道则广自二三里，以至十余里，若两河之水全归故道，海口可仍全复等语，是海口视黄河为通塞，黄水藉清水以刷涤，自昔已然。现经河臣徐端屡次亲勘，海口宽千余丈，拦门沙之上过水深四五六尺，实无壅遏，其形势尚较胜于潘季驯治河时。且本年黄水六月二十以前并未倒灌入运，全河俱东趋入海，不见停阻，设果壅遏为患，何以大河之水仍滔滔顺轨而东，此理至明，一言可决。况从古无浚海口之法，亦无所改海口之地，是此说竟可勿论矣。

洪湖淤垫前，河臣靳辅疏载，彼时湖中止存小河一道，宽十余丈，深五六尺至一二丈不等。今则汪洋浩瀚，湖面宽数百里，深至二三丈不等，较靳辅时大不相同，又岂得反诬为淤浅。清水之敌黄，所争在高下而不在深浅，此说又可勿论矣。惟河身淤高，诚有此病，询之在工员弁兵夫，及濒河士庶，佥称嘉庆七八九等年，河底淤高八九尺至一丈不等，是以清水不能外出，河口之病实由于此。但黄河之通塞靡常，变迁无定，历考载籍，有时上滞而下通，有时上深而下浅，并有时上下皆通而中段忽然浅涩，实黄河自然之势。即如徐州一带素称极险之工，动辄泛涨，近年则水不出槽，河底刷深，岂尽人力所致。且大河辽远，巨浸茫茫，亦万无水底挑捞之理。是此说亦只可存而勿论矣。臣向因有此三说，以为有一于此，是以人力与天地争功，难期奏效，及参观明臣潘季驯及前河臣靳辅等奏议，其治河之法全不治此三病，而惟专心致志于清口。诚以清口畅出则河腹刷深，海口亦顺，而洪湖不至泛溢，一举而三善备，行之有效，历历足征。

臣因再四思维，目下受病之处与昔正同，虽在河身淤高，亦由历久之闸坝多伤，各处之支河渐塞，以致清口日淤，下游受害治法总以复清口旧规，疏洪湖归路，为目下刻不容缓之急务。前岁衡工合龙之后，清口大淤，自惠济祠至彭家马头一片淤成干地，至今仍由引河行船，黄水一长，河口即浅，其病一也。惠济第三闸，金门年久损坏，难下严板，启闭不灵，其病二也。洪湖义坝掣通，坝底被冲，泄水大甚，现在赶紧购料运工，以期堵闭，其它四坝亦须大加修理，其病三也。为今之计，惟有大修闸坝，全复旧规，去新受之病，收蓄泄之利，则借湖水刷沙而黄河治。湖水有路入黄，不虞壅涨，而湖水亦治。细按情形，舍此别无办法。至洪泽湖，以数百里湖面，水深至数丈，骇浪奔腾，一遇西北风，在在危险。欲藉湖水以刷黄，则不能不多为收蓄，欲多蓄湖水，则不能不保护石堤，尤不可不急筹去路。若不设法宣泄，水长一尺则堰低一尺，加到何处为止？臣现与河臣徐端通盘筹议，湖水固宜收蓄，异涨尤不可不防。今年湖水盛于往年，全赖义坝减泄得保无事。是欲守护高堰，先须将山盱仁义礼智信各坝坝底修砌坚固，以备节宣，俾得操纵由人，下游不至泛涨。然后由高邮大坝疏浚支河，以通入海之路。将人字河、芒稻河、盐河一律挑通，以疏入江之路。均复还靳辅原开河道之旧，则高堰可保，而下游州县亦不至受淹，此又慎修五坝之节宣，以卫下河田庐之至计，而非目前苟且补苴之图也。

臣伏念古法可遵而不可泥，人言可参而不可废，一己之见识难恃，乡人之闻见较真，现与在河大小臣工悉心筹议，并出示淮扬二府土著绅耆有洞悉本地机宜者，召令来淮，虚心博采，俟折衷定议，然后派委精细妥员先往查看，再与河臣亲身履勘，酌定办法，奏明于秋汛后同力合作，河员不足则兼派地方，经费不足则薄藉民力，务求一劳永逸之法，以利漕运而奠民居。事关重大，不敢不慎之于始，以筹全局，臣受恩深重，虽智力万不及前人，职任所系，断不敢不竭一得之愚，以报涓涘于万一。

出处：（清）贺长龄《皇朝经世文编》（卷一百）；（清）邵之棠《皇朝经世文统编》（卷二十二）。略见（清）吴棠修，鲁一同纂《咸丰清河县志》（卷三），咸丰四年（1854）刻本。

徐 端

> 徐端（1754—1812），字肇之，浙江德清人。父振甲，官江苏清河知县。端少随任，习于河事。入赀为通判。乾隆中，河决青龙冈，振甲知涉县，分挑引河，端佐役，大学士阿桂督工，见而器之，留东河任用，授兰仪通判。寻升缺为同知，调睢宁，又调开封下南河。官至江南河道总督。著有《安澜纪要》《回澜纪要》。

《回澜纪要》自序

语云："不习为吏，祝已成事。"又云："兵可百年而不用，不可一日而不备。"治水之法，其观成事而预备不虞者，尤不可不究心于平日也。当纠纷盘错之会，贵乎临机立断，故能转败为功。苟非成算在握，应之裕如，其何能挽狂澜于既倒，任大役以观成耶？端自河防丞，倅晋守淮安，再迁徐州道，不二年仰荷圣恩，畀以重任，兢兢自矢，每以莫能报称，夙夜滋惧。夫居安不能虑危，守常不能通变，一旦临事迟疑致国帑多糜费之累，黎民重垫溺之忧，斯真负疚实深已。用是相其缓急，权其轻重，揆度地势，酌剂人情，虑患以息，非常防微以杜诸弊，广咨博询，实力殚衷，盖自二十年来，黾勉于斯矣。公余稍暇，手辑《回澜》《安澜》纪要，各为一编，证其源委，疏其节目，虽蠡测所及，未能包括无遗，然或由此问津，引申触类，当不迷于所往云尔。

嘉庆丁卯（1807）小除夕，江南副总河德清徐端书于陈家浦工次。

出处：（清）徐端《回澜纪要》（卷首）。

汪廷珍

汪廷珍（1757—1827），字玉粲，号瑟庵，山阳县（今江苏淮安）人。乾隆五十四年（1789）第二名进士，授编修，历官礼部侍郎、翰林院掌院学士，协办大学士兼礼部尚书。著有《实事求是斋诗文集》。

三 亭 赋

维三亭之鼎峙，著遗迹于长淮。表韩、步兮未泯，兼乘、皋兮堪偕。隔千秋兮落落，临一水兮潸潸。往事依然，将相显当时之迹；昔人安在，苍凉感游客之怀。

若夫嬴秦失鹿，刘、项从禽。待时国士，跧伏淮阴。志岂在鱼，寄壮怀于一钓；贫难自给，感进食兮千金。俄而风云忽遇，臣主同心。井陉出而赵灭，垓下会而项擒。相背之再说徒劳，壮矣英雄之气；执手之数言谁见，伤哉弓鸟之吟。大风歌兮悔已晚，芳草绿兮怨何深。

至若枚叔者，壮事吴王，少生淮土。东南故国，悲咈谏之召亡；西北高楼，俟知音兮终古。蒲轮降而老夫耄矣，臣不如人；平乐赋而天子嘉之，子承其父。幕庭持节，较曼倩而功高；马上挥毫，笑相如之才鲁。早年得幸，承明金马之门；晚岁归来，野筑桃花之坞。

若乃考人才于三国，尤数江东。溯步相之故乡，实由淮郡。武亚周、鲁而功亦高，文似顾、虞而筹独运。代陆逊而秉国钧、封临湘而垂令闻。患难拯而士民安，屈滞达而贤才奋。貔貅阵里，百万能军；皋比坛前，一编亲训。

之数人者，当其困也，或赋梁园之雪，或投楚水之竿；或偕卫旌而避难，或望亭长以授餐。其继也，或联吴宫之戚，或登汉将之坛。或八月涛生，著鸿篇而独绝；或千言草就，洒露布以无难。宦楚无成，仕郎中分等困；献瓜受辱，出胯下以同叹。发忠义于辞章，赋戒终则皋堪继叔；保勋名以谦让，居成功则步更超韩。斯所为建斯亭以表烈，留遗徽于不刊者也。

然而事有隆替，时有去来。伤女子之多诈，悲王孙兮不回。枚再世而未显，步五侯而后衰。徒使千顷夕阳，空说骚人之里；一竿秋水，犹传侯氏之台。数亩纵横，何处瓜田是步；几椽摇落，谁家旧宅为枚。睹斯亭也，能不悲哉！

迄于今城郭已更，人民非故。循古道以闲行，吊遗踪而独步。霏暮烟兮欲迷，渺孤亭兮何处。芰荷香老，荒洲一片兼葭；杨柳风多，碧水数群鸥鹭。赵家轩畔，断续猿啼；漂母祠边，苍茫红树。出人数代，千有余载，漠然惟见，乔木荒城、斜阳古渡。谁复谈故将之风流，忆文人之词赋哉！

歌曰：淮之水汤汤兮，岸草生兮青青。诵晁氏之遗编兮，有巍然之三亭。今何遗址之不可考兮，盖沧桑之屡经。翳功名之常垂兮，曾何系乎故迹之凋零。作短歌以怀古兮，独慨想乎先型。

出处：（清）王琛《蚍珠赋钞》（卷二），同治五年（1866）刻本。

注释：《淮安府志》："韩亭在淮阴故县南；枚亭在淮阴故县北；步亭在淮阴故县西桥南。以韩信、枚皋、步骘得名。"

刘希敞

刘希敞，字绮江，山阳县（今江苏淮安）人。约与汪廷珍同时代。

重摹娑罗树碑赋

稽淮阴之遗迹，访楚泽之旧闻。溯娑罗之嘉树，得碑碣之鸿文。千年为志灵芬，几经风雨；一石仍摹墨妙，不散烟云。

原夫婆娑垂荫，枝干远扬。涓涓滴翠，密密含章。语燕春风栖息，啼乌夜月飞翔。十亩之青葱吐秀，千人之庇荫呈祥。客棹经之而瞻拜，行人过此而徜徉。

当条干之常新，实留传之未艾。名惟北海之高，书以仲温为最。文夸艾葃，与倒薤而纷披；颂及思惟，共簪花而映带。琳琅乍拂，潜含云雾以氤氲；波折横飞，恍带山川之翠霭。观灵征之有赫，共羡其奇；念降福之孔多，谁云已太？

代远年湮，石倾碑覆。苔痕斑驳以成纹，薜色陆离而似绣。行间之珠玉无存，石上之龙蛇难觏。若连若断，如遇古钗屋漏之形；或正或斜，莫睹削柳虬松之秀。采词则尘土既封，寻踪则荆榛独茂。物犹如此，叹剥蚀之将残；爱斯传焉，嗟神物之谁守？

乃有贤侯，忽邀清赏。命巧匠以重摹，遂镌镵而可仿。文累累而清新，字疏疏而俊爽。依然彩耀千重，翻觉光腾万丈。行行飞动，拟仙人乘雾之姿；字字高搴，比神女凌波之象。

名流共识，传诵一时。握管临描，轻研雀瓦；当窗模写，细染松脂。拓以硬黄，偕扫兔飞鱼而并曜；悬之珉碧，驾吹林扇树而何奇。倘令并列褚、欧，谁分伯仲；即令上追羲、献，莫见参差。

至若铜柱因郡庭而传，古鼎以高丽为号。钓台寂寞，唯看槛外云飞；钵岭荒凉，时有林端鹊噪。掩鹤之井长埋，覆龙之潭谁到？池名万柳，门虽设而常关；亭号千金，径已荒而未扫。孰若兹碑之重摹，得以永垂夫嗜好也哉！

乃为之歌曰：寅宾馆，淮之浦，中有丰碑字纯古。宣和以后旧迹湮，幸有使君炼石补。娑罗之香永千春，挹芬还诵甘棠树。

出处：（清）王琛《蚍珠赋钞》（卷三），同治五年（1866）刻本。

注释：沔阳陈文烛跋："李公邕，在唐有词翰名，其所书《娑罗树碑》尤奇。余浮淮问之，无有也。岂遭兵燹耶？吴子承恩，偶得旧刻一纸，出以示余。余读而爱之。夫泰和书法，品者等河岳，固虞礼、清臣之匹。乃比兹树于甘棠，中多名言云。吴子以道，善书法，以为此北海真笔，中脱十余字。今所传者，多赝本耳。余刻诸石。李书不见海内，即蒲城《云麾碑》久断，刘公远夫用铁束完之，而杨用修以为有神物护持，安知《娑罗》

之存，顾不有神乎！且徐公子兴书来言：二吴高士，咄咄仲举，设榻待之可也。余怀日苦水旱，深愧其言。今碑成于二仲之手，亦郡斋奇事也。明隆庆壬子（1572）秋日。"《淮安府志》："初在旧淮阴县南，今移府治宾馆内。"

杨景山

> 杨景山，名登高，号钝研，山阳县（今江苏淮安）人。与陈师濂、汪廷珍友善，以气节相砥砺。肄业丽正书院，院长李道南去，继者非其人，登高偕陈、汪同日出院。

步子山种瓜赋

步子山淮郡英才，江东名宿。文学优长，武功卓茂。极后日之显荣，叹当时之侧陋。披尽西园之籍，雒诵中宵；种来东野之瓜，作劳永昼。

想其偕卫旄避难也，结巢、由之侣，同沮、溺之群。谋生计寡，糊口情殷。疆场有瓜，聊博三农之利；桑阴学种，敢宽四体之勤。

徒观其五亩云腴，双塍露翠。始布种兮离离，继抽条兮毵毵。身跻于樵牧之俦，品厕于佣奴之类。固已襦被甘心，桔槔降志。方且食防蠪父，仓箱难望夫万千；只堪术效狙公，朝暮聊分乎三四。

何况豪宦欺凌，庸流呵诋。仅图稽郡之佃营，遂向征羌而陈启。维兹不腆，略同黎栗之输忱；岂曰多仪，敢望琼琚之报礼。而乃我茹菜羹，彼持芳醴。一则重裀坐于堂前，一则席地依于檐底。相对何堪，斯羞难洗。伤哉贫士，遇此骄容；贱矣场师，养其小体。

维卫旄则愠怒不甘，而子山则神情愈下。谓卫青犹遭民子之笞，公圭尚辱淮阴之胯。矧吾与尔困顿寄篱，劬劳躬稼。瓜期莫问，烟霞荷锸之晨；孤苦谁怜，风雨守田之夜。

于是辟荒屯，疏积拥，蔓引繁滋，绪牵错综。方俟实而护持，戒芸根而郑重。非怀清割席，锄看管氏之挥；非韬晦闭门，菜效宜城之种。笑我辈系匏度日，受地耘菑；任他人沉李招凉，开轩吟诵。

厥后分符割地，上疏彤廷。功调鼎鼐，令肃雷霆。盖由历险阻艰难而备尝者久，故其居官师将相而喜怒不形。回忆瓜壶岁月，种植畦町。越故乡而羁异地，昼抱瓮而夜横经。

要其素具壮怀，非安苟贱。故能罢省细微，荐达英彦。不然随时有宋就之遗，到处思东陵之羡。非文章足以经邦，韬钤足以济变。又何能同张昭、顾雍诸人而列传也。

出处：（清）王琛《虮珠赋钞》（卷二），同治五年（1866）刻本。

爱新觉罗·颙琰

> 爱新觉罗·颙琰（1760—1820），原名永琰，为清代入关后第五帝。对贪污深恶痛绝，肃清吏治，惩治了贪官和珅等人。在位期间继续推行闭关锁国和重农抑商政策，导致清朝落后世界工业革命大潮，留下千古遗恨。

御园内添建惠济祠诏

朕敬礼神祇，为民祈福，大内和御园多有供奉诸神祠宇，每遇祈报，就近瞻礼，以申诚敬。惟水府诸神如天后、河神，向无祠位，凡遇发香申敬之时，皆系望空展礼，遥抒虔悃。因念神祇灵异，随方普照，有感皆通；目下大河为东南利赖，民命攸关；朕宵旰勤思，刻求贶佑，以冀安澜顺轨，永庇民生。今拟于御园内添建祠宇，著百龄亲赴清江浦，于崇祀各神如天后、惠济龙神，素昭灵应，载在祀典者，将神牌封号字样，敬谨详缮，遇便陈奏，俟庙宇落成，照式虔造供奉，以迓神庥，将此遇便谕令知之，钦此。遵旨寄信前来。

出处：中国第一历史档案馆、湄洲妈祖祖庙董事会等编《清代妈祖档案史料汇编》，中国档案出版社 2003 年 10 月版。

注释：著百龄赴清江浦将天后等神牌封号等字样详缮陈奏事上谕，嘉庆十七年六月初八日（1812 年 7 月 16 日），谕军机大臣。

御园惠济祠致祭诏

江南清口建有惠济祠，供奉天后神像，素彰灵应，曾于乾隆五十三年（1788）钦奉谕旨，颁发祭文，令地方官于春秋二季虔诚致祭，列入祀典。朕前因廑念河防，不能亲诣神祇吁祝。特于御园内仿照江南规制建立惠济祠、河神庙二所，岁时生香展礼。自兹以后，连岁普庆安澜。仰庇灵庥，实深虔感。因思清漪园、静明园两处龙神庙均有春秋致祭典礼。御园惠济祠、河神庙显应尤昭，允宜特奉明禋，以光祀典。著于每岁春秋上季，一体致祭，届期奏派管理圆明园大臣一员，肃恭将事。即自本年秋季为始。钦此。

出处： 中国第一历史档案馆、湄洲妈祖祖庙董事会等编《清代妈祖档案史料汇编》，中国档案出版社2003年10月版。

注释： 著自本年秋始，每岁春秋派员于御园惠济祠致祭事上谕，嘉庆二十二年七月十一日（1817年8月23日），谕内阁。

开浚引河以防倒灌诏

本日据戴均元奏到，履勘运口水势情形一折，并绘图贴说呈览。朕详加披阅，图内所绘形势甚属明晰，而自御黄坝迤南至迤东一带，满幅皆系黄水，可见倒灌益甚。据戴均元奏称，自八月堵筑义字坝后，迄今三月有余，清水较高黄水未及一尺，距明春启放仅有两月，尽力收蓄谅不能及二尺，初放时或可畅注，日久势弱，两水顶阻，或遇泛水涨发，仍恐不免黄水倒灌等语。所虑甚是，但据称，与铁保、徐端再四商酌，如遇两水相抵，不能不暂开峰山等闸，用减黄助清之法，来年重运亦可不至浅阻。此则非是。蓄清敌黄，原系治河良法，乃自上年回空阻滞，经姜晟、吴璥等，筹启祥符五瑞等闸，掣减黄水，权宜济运。本年回空则全系借黄济运，似此年复一年，黄水所到之处在在停淤，日久竟成平陆，全河受病，关系非轻。今若再开峰山等闸，仍系上年掣减黄水办法，必致淤及下游，殊非正办见。据戴均元奏称，俟催令铜铅帮船渡竣，亟宜堵合御黄坝，将引河一并开挖，其临湖引河二道赶紧挑竣，并将清江以下运河两腮淤滩上紧开挑，此等应办工程，均著照所请办理。仍著铁保、徐端会同戴均元悉心商酌，熟筹良法，务使来年重运可以通行无阻，而黄水不至仍前倒灌停淤，为一劳永逸之计，方为妥善。

出处：（民国）徐钟令《淮阴志征访稿》（卷一），民国抄本。
注释： 嘉庆十年（1805）十一月，谕军机大臣。

改建王营减坝接筑海口河堤诏

长麟、戴衢亨奏，续勘王营减坝及两岸大堤至海，一路各工实在情形一折，并绘图贴说进呈，朕详加披阅，王营减坝原系掣消涨水，见在旧坝地势既近黄河，且自堵闭决口后，深塘积水，施工甚难，自应量为改建着，照那置旧坝西首如式筑作滚坝，并添作石坝以为重门保护之计，所需工费应即令确估兴修，俾资宣泄。至沿河两岸大堤，徐州以下既间有卑薄处所，淮扬所属各工且多滩高堤矮，山安海防等厅，更有滩与堤平，仅赖子堰护持者，势须普遍加培，以昭慎重。所需估修银二百余万两，著准其先于两淮运库内提借银四十万两，交铁保等派员，先将扬属工卑薄较甚各处，于本年伏秋前赶紧加培，务臻巩固。其余稍缓之处，仍分定段落，核定银数，于霜降后次第兴工。其云梯关海口一带情形，既经查明海口实在宽深，并无阻遏形势，惟有旧垱之处，河水平衍散流，两岸村落散布民田庐舍甚多，近年河水旁溢赈恤频加，应须接筑长堤，为束水归槽，卫护民生之计。著照所议，即自八滩以下，将南北二堤，略做雁翅形势，酌量接筑，所有估需工费，及移驻修守之处，俱令铁保等详议办理。仍查照长麟、戴衢亨所奏各条，分别各工先后次第，核实妥办为要。

出处：（民国）徐钟令《淮阴志征访稿》（卷一），民国抄本。
注释： 嘉庆十三年（1808）五月，谕军机大臣。

加筑高堰诏

长麟、戴衢亨奏，查明堰盱堤坝各工筹划办理，又酌分工程缓急先后、核计经费各折，并将所绘高堰堤工图样进呈。朕详加批阅，高堰工为淮扬一带保障，关系非轻。今石工既因风浪掣卸，不足深恃，惟有加筑后戗土坡，以资抵御。折内所论甚是，惟原估过加宽厚需费较多，见在长麟戴衢亨等复加酌议，拟加宽顶二、三、四丈，以资防守。著即照所奏办理，其智、礼二坝既据勘明，坝身过卑，恐启放清水时漫无收束，不得不加高坝底，使有节制，自系实在情形，著即照折内所定，加高四丈之数办理。仍于其上略为封土，随时酌量宣泄，并须得守且守，勿致下游频遭淹浸为要。其仁、信二坝，著从缓办理。南河应办各工固皆紧要，然其势不能同时并举，长麟、戴衢亨折内所叙，除将扬属工卑薄较甚之处，先于本年伏秋大泛前赶办外，其余分别紧要次要，自本年霜降后，以至十四、十五两年霜降后，次第兴办，其区分甚为得宜，著该督等率工员认真经理。

出处：（民国）徐钟令《淮阴志征访稿》（卷一），民国抄本。
注释：嘉庆十三年（1808）五月，下加筑高堰诏。

阮钟瑗

阮钟瑗（1762—1831），号定甫，字次玉。山阳（今江苏淮安）人。科举不第，以教授生徒为业。著有《修凝斋集》。

观张力臣栈行图记

往予馆相家湾李氏，案：《山阳艺文志》注：李氏名如橙。主人告予曰："家藏邑人张弨《栈道图》，先生愿观之乎？"余聆其言，误"弨"为"超"。谓超武人行，栈道状可想，奚观焉。今春偶话旧事，胡子厚庵案《山阳艺文志》注：胡厚庵名坤嗼唶曰："君误矣！图中人乃张弨力臣先生，题咏多一时名士，不可以不观。"余因念力臣事亭林如严师，亭林服其精心六书，倘展图获睹亭林手迹，实一快事。因偕香谷、少霞往观焉。

按图之上方篆书"力臣栈行图"五字。绘像者，营邱禹鸿胪尚基，面黧黑，服深衣，戴乌纱冠；写栈行景者，吴竹荪肃云；画竹者，金章。环图求亭林题咏，无有邑人。题诗者，弟毂及弧、外弟联甲、宗人太史鸿烈、少司寇睿、高寿颐、纪如橚、李涞、程世、彭颐、王兆熊、周惕。远方留题最显者，昆山徐相国元文，相国亭林甥也。外有襄平佟毓秀、宣城蔡瑶、甬江邱玉、东海周濂、钱塘俞森、明州周斯盛。又爵里无考者六七人：王宜辅、黄瓒、郭襄、孙健、李更生。其他姓名已剥蚀。先生于上方自题七言绝句十首，次钟劬慕先生韵。又七古一首，谢尚基。纪年曰"柔兆执徐"，实康熙十五年（1676）丙辰也。

先生顺治年诸生，后弃之走四方。邑志误指为明诸生，侪诸落籍之列。今图所绘冠服不古不今，将有托而逃与？抑《志》之误实由此与？图不知何时归陆高士竹民，既售之李氏。吴丈揖堂据渔洋《居易录》所记，跋其末。跋语以柔兆执徐为辛亥，误甚。

观图于姜桥胡宅。是日过湖心寺看花，食冷淘面，饮婪尾杯。申刻渡河至小坝，与少霞泛舟归。

时道光壬午（1802）闰月六日也。

出处：（清）阮钟瑗《凝斋集》。略见（清）段朝端《张力臣先生年谱》。
注释：本文原题"壬午（1802）暮春，观张力臣栈行图记"。

万承纪

万承纪（1766—1826），字廉山，一字畴五，号廉三。江西南昌人。乾隆五十七年（1792）举人。嘉庆初以军功任知县，官至海防同知，署淮扬道。

重建清河县学宫记

清河旧在大河以北，清江浦隶于山阳，初无学宫。国朝康熙间，于襄勤公即前明崇景堂，大其规制，增建堂庑，题为清江浦学，设位以释奠焉。乾隆二十六年（1761），改移县治，学宫仍旧，未遑宏丽。更数十年，释宇氓廛，错杂间厕，嚣尘坌集，污秽喧卑。邑之人士，慨然动心，欲得改建。顾斯事体大，莫敢首发，迟回有年。道光二年（1822），黎襄勤公与前淮海道沈公惇彝语及此事，沈公赞之，未几以事去。前淮扬道费公丙章、淮海道林公则徐，先后监司此土，筹计官帑，闻诸大吏。于是，即故地而廓之。释宇民居之当徙者，厚与其直，听取其材，咸泯怨咨。拓地若干亩，为屋若干楹，宫殿堂庑，门坊楼阁，若干祀事之庐，校官之舍，从祀之祠，罔不毕具。墙垣岌业，檐角高回，石池净深，槛楯坚致，易陋为壮，增卑而崇，焕若神明，一新视听。经始于道光元年（1821）冬十月，告成于四年（1824）秋九月。凡用金钱四万三千缗有奇，半出于官，半出于民，其名姓别有记。

方役之兴也，相顾愕眙，阻止万端。或谓费巨莫适为，倡卒归无成；或谓居上位者，视为不急；或乃遗误编氓，恫以迁移，矫诬谩谰，词语百车。天下事可与乐成，难与虑始，盖自昔为然。而能卒溃于成，其卓然定力、不惑众议者，黎公、沈公也；其心计缜密、工作巩固者，里河同知张君栋及弟梁也；其最先筹划出身任事若营其私者，邑人前广东同知丁君如玉、直隶州州判万君镛、廪生茅君鉴也；其整纷拨剧、究悉条贯者，县丞申君秉愚也；其夙夜密勿、不避嫌怨、不惜劳贲者，廪生林君喈凤也；其慷慨率先、不待敦劝者，汪君敬、吴君朝观、陈君怀宝、吴君昌基也；克终其绩、以底成功者，今河道总督张公文浩、河库道福公兆、淮扬道沈公学廉、淮海道梁公章钜、前县令李君正鼎、范君凤喈、今令张君师恺也。

国家右文稽古，久道化成，天下彬彬，咸知乡学；邑又当南北孔道，人物辐凑。于是观礼，而庙貌不称，日就殄剥，袭减因陋，为邦人羞。一朝兴作，岿然宏规。然其成之难乃如此，是不可以无记。俾后之来者必劝于学，知诸君子不惮勤劳，诱进后起英俊之心。无使倚席不讲，而为诸持异论、不乐成人之美者所窃笑。

道光四年（1824）九月朔日。

出处：（清）吴棠修，鲁一同纂《咸丰清河县志》（卷九），咸丰四年（1854）刻本；（清）胡裕燕等修，吴昆田纂《光绪丙子清河县志》（卷十），光绪五年（1879）刻本。

邱广业

邱广业（1771—1834），字勤耔，号琴沚，山阳县（今江苏淮安）人。嘉庆十三年（1808）举人，安徽凤阳府临淮训导。有《卧云居诗钞》。

唐马图赋

龚圣予，淮阴故老，天水孤忠。怡情神骏，作绘灵通。技也进道，穷而后工。百里徒羁，幕府何堪骧展；九方莫遇，吴门谁识群空？仰高情之不淬，惊下笔之如风。画马有神，牝牡骊黄以外；按图而索，经营惨淡之中。

夫其故京来往，陋室起居，一筹莫展，四壁徒虚。愧渤海之家声，风传买犊；拟清凉之居士，兴托骑驴。慨沧桑兮莫间，亲翰墨兮相于。忆神马而歙嘘，江南渡后；写新图而惘怅，砚北临初。

原夫马图之有于唐也，传杜工部之歌，衍曹将军之派。照夜白貌其权奇，真乘黄摹其光怪。高蹄促腕，真龙突出以呈材；逸态雄姿，元气淋漓而称快。怅干戈兮飘泊，孰试腾骧？擅文采兮风流，独传豪迈。古来无此盛名，后世谁师妙画？乃有翠岳，游思渊雅。托素业于丹青，挥采毫兮潇洒。谱出开元以后，旧有成图；法传魏武之孙，全空凡马。风鬃雾鬣，染一幅于鹅溪；豪肝兰筋，状千金于骥野。生光辉于屏障，着鞭之壮志久虚；开缟素兮风沙，伏枥之雄心试写。

况复惊半壁之烟尘，览中原之烽埃。野多铁骑之奔，朝乏金台之购。鞭长莫及，只益心悲；辔揽谁堪，群思手袖。伊昔开边致衅，轻血汗于平沙；即今蹈海徒嗟，息驰驱于内厩。此又感开张之骨，未遂超腾；写委弃之形，室怜消瘦者也。

盖其穷面志坚，高而和寡。节参文、陆之间，才压马、班以下。高风自历，旁及绪余；小技能工，难分真假。身看云满，居然尘欲飞红；蹄入风轻，宛尔沫将流赭。溯清门之出胄，庶几抗首斯人；寓隐士之襟怀，谁是苦心爱者？

收名既远，索价何廉。余徽竞仰，介节同觇。拟有军之书，五字争传桥扇，类君平之卜，百钱即下肆帘。于世无求，何劳赠策，遭时不遇，空惜负盐。按儿背兮初成，亦可驹名千里；糊余口兮已足，应同字值一缣。允清操之独著，亦艺事之能兼。

迄今览云烟于尺幅，识韬晦之寸心。历速遭而志郁，托毫素而情深。游戏生涯，群珍白璧；消磨岁月，虚掷黄金。鬼怪摹而兼呈幻想，山水绘而亦爱清音。醉墨濡来，略见骅骝之志；唾壶击碎，如闻老骥之吟。

出处：（清）王琛《蚍珠赋钞》（卷三），同治五年（1866）刻本。

陈文述

陈文述（1771—1843），初名文杰，字云伯，别号元龙、退庵、颐道居士等，后改名文述，钱塘（今浙江杭州）人。嘉庆五年（1800）举人，历昭文、全椒等知县，官至淮安知府。著有《碧城诗馆诗钞》《颐道堂集》等。

论黄河不宜改道书

某之来袁江也，五月初。其时，淮黄并涨，洪泽之水，一丈八尺有奇，为从来所希有。五坝启二，淮涨未减，而荷花荡已决口矣。执事者议开黄营减坝，以泄河涨。议未定而坝已决，河水骤掣，由海州六塘河入海。淮涨亦减，于是以为机势顺利，为改道之议，大府据以入告。圣心轸念东南之民，日与鱼龙相邻处也。因机势顺利之奏，制为黄河改道议，以颁示督河诸臣。而实则机势顺利，仅就决口形势言之，即分探水势之官弁，亦仅至响水口而止，以下三百余里，均未目击，能改与否，未有真知确见也。近以上游郭工告溃，减坝水势少缓，数月来未暇议及。然某转采舆论，有知其必不可改者，敢为阁下陈之。

夫改道非易言也，数万家之田庐坟墓系之，妇子老幼转徙流离系之，途长工巨，施筑不易，帑藏所需，多则千万，少亦数百万。不知其不可而议改道，是不知也；知其不可而议改道，是不仁也。夫所谓必不可改者，何也？方今河水所经，必由海州所属之硕项湖。硕项湖，非湖也。夏秋之交，山左蒙沂之水经此入海，汇成巨浸，汪洋百余里，若湖者然，故曰湖也。冬春水涸，居民于中种麦，麦后水至，不及种秋粮，亦谓之一熟地。今议改道，则将使蒙沂之水避河流由他途入海耶，将使黄河合蒙沂以入海若淮水耶，将于此湖中百里尽筑堤岸耶，抑任其泛滥耶。蒙沂改道，固无他途可行，合以入海，则下游河身甚仄，泛滥必广，设立堤岸，既阻蒙沂入海之路，且地势低下，必高至数十丈而后可。方今汪洋巨浸，将于何施工也。凡此皆窒碍之显然者。且当日改道之议，以河流湍急，刷浅成深，冀得自然河形。今数月矣，减坝当湍激之冲，其浅如故，则土性坚实，不受冲刷，是其明证。硕项湖之不能改道，其理甚明，已不待知者而决也。特当事者苦于未知，否则以为谰语之非实，则曷不按之图书，访之老于河工者，并委大员亲履勘之，能改与否，可一言决矣。若以业奉御制改道之说，难于变议，则亦思皇上之为此记，特据大府所入告，亦据当日之情形，今事更数月，隔碍显然，则据实以陈，正人臣勿欺之义。而皇上圣度如天，爱民若子，诚知隔碍，必不以一记之故，轻议更张也。则曷不据实以陈，以俟圣天子之揆度乎。

夫河上之官，利于有事，即明知其不可，而不欲显言者众矣。大府之前，非阁下莫能言，某舍阁下亦无可与言者，则谠言之发，在此时矣。此非特一人之望，亦数十万妇子老幼所望也。谨白。

出处：（清）贺长龄《皇朝经世文编》（卷九十七）。

高堰另建五坝说

国家东河南河，分设督臣，而形势亦迥不相同。以南河论，入海之道在南河，则通塞所必筹也。漕运之道在南河，则蓄泄所当计也。不知南河之枢机，不在河，而在淮。频年河患孔亟，治河者斤斤于疏浚海口，加筑堤防，而不先于淮治之，是犹寇在门庭，而先清郊野。疾在咽喉，而先除壅滞。壅滞虽关膈之疾，郊野亦偪近之区，而以门庭与咽喉较之，势有缓急，则治有后先矣。淮水者，亦今日之门庭咽喉也。淮水之发源也，自胎簪桐柏兼汝颍泜濄濠池诸水，遥遥千余里，建瓴东下。云梯关入海之路，本淮故道，自河南徙而二渎争雄矣，然犹行不悖也。迩年黄强淮弱，清口一隅，淮水每有不能宣泄之时。是以全淮之水，尽于洪泽一湖。

高堰者，洪湖屏翰也，故治淮者必于高堰加之意。然频年工改石，子堰加高，或请加厚大堤，或主另筹二坝，或主用碎石坦坡，以护堤根，或主加修束水坝，以防横决。治淮者亦极加意于高堰矣，而淮终不治者，则以高堰之蓄泄在五坝也。高堰者，非天生有此堰也，前人即东汉陈登爱敬塘旧基而增高者也。五坝者，亦非天生有此五坝也，前人即湖水应蓄之数，筑为坝基，以相节宣者也。其初湖面之水与坝底平，长一寸则泄一寸，长一尺则泄一尺，水无盛涨之患，人无启闭之劳，是以谓之滚水坝也。自黄日强，淮日弱，以黄济清之说兴，山天然诸，屡开不已，以致湖底淤而湖水日高，湖水高而堰不能不加高，堰日高而坝犹如故也。是以坝底与堤面相去悬绝也，全湖之水束于堤，而五坝为漏，则倒灌之患生，而下游之灾重，于是五坝不得不议闭。一单堤，为数百万生灵所托命，一旦淮流盛涨，挟以风势，此非人力所可施也。一有不虞，则不特增下淤之灾，且将亘南北之道，非细故也。是以一遇盛涨，五坝又不得不议开。五坝坝底皆甃以石，其亦然。一坝之宽，几及百丈，其深数仞，其封闭也，中实以薪，后戗以土。其开也，一束之薪去而无不去。故他处之决口，宽仄浅深不一，而五坝之开，无不其深数仞，其宽百丈也。且初开之时，水势如飞瀑直下，跌塘势重，坝底无不坏之理。故一开之后必须重修，重修之费与筑新等，故开坝非善政也。夫盗决口岸，糜帑殃民，律法甚重。而五坝公然议开者，则以利害轻重相较，祸莫如轻，不得已而出此，非前人立法之未善，亦今昔形势不同也。然则必如何而后可，曰莫如加高坝底，然坝底之加高非易也。以近年形势度之，水缩之时，水面高于坝底者尚逾丈，冬令亦然，是坝底无干涸之日。此而圈筑月坝，戽水施工，不特糜帑，且亦难于措手，是加高坝底之说势不行也。然则必如何而后可，曰："莫若另建五坝。"夫五坝，非天生有此坝也，前人因形势利便而为之也。今形势之便极矣，语云弊不极不变法，今河工当极弊之日，正宜少议变法矣。

另建五坝，于旧坝不必远也。附近于束水堆以内，酌湖水应蓄之数，以为坝底，如堰高二丈，湖水蓄至一丈三四尺，即可足用，则只须于堤面去土五六尺，即为坝底。虑坝底高而堤力薄也，则先为宽计分数，远筑后戗，土用灰糯，石加铁锔。然后急于顶水之地，深埋木桩，坚砌石面。出水既高，乘冬令水落，即可施工。工竣之后，如水未及坝，待其渐长，与底相平，任其泄，则终年无盛涨之虞，亦不致有干涸之患。若须多蓄，则或用土壅，或用料塞，启闭甚便，蓄泄随时。且石面之上，多凿石孔，竖立石桩木板，接续以便往来。推此意也，坝口不必宽至百丈也，坝数亦不必限以五也。夫如是，始可以收五坝之用，而不受五坝之害。此二十年前从事河堰所作，高堰尚完整，故只议于束水堆内五坝相近处为之。今高堰被风水掣卸，应改筑处必多。似宜乘此办理巨工之际，统全堤分作二十坝，均匀建置。泄水之地低洼者弃之，勿与水争地，民产则查明豁其额征之粮；高阜者听之，不使聚筑一处。庶堤身不致吃重，而下游亦不致偏受顶冲。似亦数世之利，不可失之机会也。

出处：（清）贺长龄《皇朝经世文编》（卷一百）。

河口筑堤设闸说

五坝既另建，则蓄泄之宜，人操其枋，淮水固不致横决矣。而频年河底淤高，设淮黄涨，河口仍有倒灌之虞。是犹门庭之寇远，而郊野方兴；咽喉之疾除，而壅滞未去也。可奈何？曰：此则又当于河口筹之，上年复建磨盘埽，河水业已七分敌黄，三分济运。然水势相平，始见其效，而不可以例黄水盛涨之时也。近年于盛夏闭御黄坝，所以御黄水使不阑入，计固得矣。而淮水尽注洪湖，是以十分之水入运河，运河不能容也；分注下河，下河亦不及泄也。是犹围穷寇于绝地，而不窜逸之路，则疾之势成。祛积疾于四肢，而不用化解之方，则肿溃之患大，非计之万全者也。可奈何？曰：此当就筑坝之说而变通之，清黄交汇之处，本有二坝，束清坝以蓄清水，使不外泄；御黄坝以御黄水，使不得入。然此于冬令水落行之，且仍数丈口门，以利往来，粮艘盛行，则全行拆卸矣。桃伏秋三汛，固不闻堵闭也。而倒灌之患，每即在三汛骤涨之时。然则奈何？曰：莫若河口筑堤设闸宜，堤筑御黄束清，有旧形也。酌其中而卜基焉，预筹桩石，多集人夫，于粮艘回空之后，冬令水缩之时，二坝堵，涸出干地，就其形势之便，择其土之坚实者，筑宽堤一道，收分务准高堰之数。中设闸座者十，密桩巨石，互相钩钤，闸门不必宽也，期于足容粮艘往来，中凿以坎，闭以坚木。淮涨则全开可也，否则择刷黄之得势者开焉。黄涨则全闭可也。粮艘往来，则黄涨而亦开。随开随闭，不致有倒灌之虞也。而再于御黄坝外筑一挑水坝，挑河溜使过北岸，比及折回，已越过河口而东。而河口之堤乃固。夫如是，是为治淮以治河，而不空言治河；是为以人治河，而不受制于河，而后可以言治河。

出处：（清）贺长龄《皇朝经世文编》（卷一百）。

汤金钊

汤金钊（1772—1856），字敦甫，浙江萧山人。嘉庆四年（1799）进士，授翰林院庶吉士，历任国史馆总纂、内阁学士，户部，兵部侍郎，左都御史、礼部、吏部、工部、户部尚书、上书房总师傅、协办大学士。著有《寸心知室存稿》《轺车日记》等。

丁公少溪墓表

广州府海防同知丁少溪先生，廉能吏也。道光庚寅二月卒于家，既葬，其子将伐石表墓。其婿高生士魁，辛巳予主江南试所得士也，持其行状来乞文。予览之叹曰：先生识力绝人，累任繁剧，以养母解组，家居三十年未竟其济世用信，不可无以表之。

按状：先生淮安府清河人，讳如玉，字在衡，号少溪。五世祖士美，明嘉靖己未廷对第一，赠礼部尚书，谥号文恪。曾祖兆祐早世，曾祖姚潘以皆孝闻。祖楠、父行举皆庠生，有清节。先生少勤苦绩学，乾隆辛卯举于乡，辛丑大挑一等，以知县用补江西永丰令。

永丰猾民王士俊者，用资为乡荐绅与其兄讼家产，直在兄，故挠案吏不决。先生莅任，却其贿银万两，逮之急。士俊赂赣南道，檄雨下亲鞫。先生不申送，具状遭驳斥，逮如故。士俊计穷，走京师，奉金三百两，为先生座师彭文勤公寿，丐缓颊，公不可。士俊子故于人阅于京邸，其乡人巡城，御史某蓬牵此案入奏。钦差大臣穆公某至江西按验，事始得罪。穆谓先生，此事君无过，吾在京师即闻君清直，名不虚也。

台湾林逆乱，永丰解兵米三千石，克日无误，太守复札先生为吉水令借米，先生不应。太守恚，诉方伯，方伯曰：仓库，令专责。他邑有米，吉水何以无，丁令是也。盖先生专断不阿，类如此。

保举引见，由玉山令擢山西太原同知。会玉山修城垣，新令估银七万两，先生减半。大吏劾新令贪冒，奏留先生督城工，如式藏事，迄今数十年赖之。

复选广东雷州同知，调广州澳门同知。奉檄鞫海洋巨盗，他发审案如蘑。先生日不暇食，竭虑当法，无毫发出入。沙河水田一案，僚友谓难决，交推先生。先生廉其情，鞫之曰：争水者众，由土豪罗某遏上游也。罗拥厚资，倚四品职衔，抗声争于庭，先生法惩之，俄顷定献，群僚敛手服。

署韶州府，韶民刘秉福者，邻挟嫌诬为贼，狱具久矣。先生反复度情事，竟脱秉福罪，枭府护前。先生不会稿比，咨部被驳，一如先生议。署嘉应州、直隶州，州武举李宰，聚众结会，先生出不意捕其党，流其魁。流言顿起。观察胡公克家，与先生有隙，耸抚军借事劾之方伯。吴公俊争曰：公初到粤，堪廉吏乎？

事寝署肇庆府，其属阳江乱民仇大钦者，聚贼万余人，将入城。谋泄，制军檄镇将帅兵三千往，先生具状止之，孑身小舟疾趋阳江，募乡勇千余人，入贼穴，俘其乱首，余党溃散。是役也，不烦兵，不费帑，数日阳江平，先生力也。再署韶州府，复署惠府，归善，博罗。永安诸会匪煽乱，先生悉从剿，并理军需总局事。羽书交驰，肆应无滞。大府深倚之，事完奏闻，以知府用。归善狱囚数百不尽从贼者，制军欲概置重辟，先生剖别定拟，逮必省释。其宅心仁恕又如此。

先是，惠州守伊公秉绶闻归善将乱，屡请兵不发，乱作归罪于守，遂下狱。先生力营救得雪。观察胡公克家误军需，罚赔三万两，先生请于钦差剿贼大臣那公曰：胡道操守清洁，虽三千两亦无出也。那疑回护，乃具述前嫌怨事，那意解。胡诣谢曰：古人不蓄旧怨，于先生见矣！高要令张某，亏库帑，先生出己俸代偿千金。其它扶危急，率视此，不胜数也。

年五十余，丁外艰归服阕，母春秋高，遂不复出。居乡值岁凯，生计困乏，矢不与外事，惟事之裨士民者勇为之。持躬慎愍，晚年手不去书，夜不寐，即诵《周易》，曰：吾以敛吾心也。

年八十五卒，配高宜人，继配吴宜人。子四：伯奎，廪膳生；仲枢，廪贡生；叔垣，太学生；季辅殇。女八，孙九，女孙二。

呜呼！先生享大耋，子孙众多，存殁胥无憾。顾其才与守章，章矣！卒以府丞老，未大表暴于世，世之守令如先生几人哉？予故从高生，请制文表之，俾后之为守令者有所考焉！

道光壬辰（1832）六月。

出处：（清）丁纬五等修《御书堂丁氏族谱》（第四谱），光绪壬辰年（1892）刻印。

注释：本文原题《奉政大夫广东广州府海防同知应升知府丁公少溪墓表》。

俞正燮

俞正燮（1775—1840），字理初。安徽黟县人。道光元年（1821）举人。毕生治学，晚年主讲江宁惜阴书院。于史学、天文、医学均颇有研究。有《癸巳类稿》《癸巳存稿》。

高家堰记

淮旧合泗处曰泗口，后合河处曰清口，清口上流曰洪泽湖。淮不敌河，则上流溢。又开封、归德、徐州黄河南岸决，入淮归湖，则渐淤益溢，多东决。又，自淮至扬，管家湖、射阳湖、白马湖、泛光湖、石臼湖、氂社湖、武安湖、邵伯湖皆在湖水东南，为湖漕路，皆筑堤水中，为甬道以行舟。淮溢则坏甬堤，堤东为下河，州县九，田庐皆淹。明永乐八年（1410），陈瑄督湖漕工。初，汉末曹、孙各务屯田，废郡县，置典农。建安五年（200），陈登于淮东岸筑堰，瑄因增之以固淮，时谓之高家长堤。以其地旧为高姓所居。嘉靖时，总河曾钧奏，犹谓高家长堤，而于下缮新庄闸。至万历时，总河潘季驯《两河议》，引府志则谓之高家堰。志注云：高加者，为护运道并邑宜加高而名之，盖益加而益高耳。是万历以前，土人谬说也。加高非长策，史、志、传止作高家堰是也。洪泽湖于古为淮浦县，后渐圮为洪泽镇。为淮水所蚀，侵淫成湖，遂合万家湖、泥墩湖、富陵湖并为一湖，而昔之淮浦、富陵两县，泗州一州，总为大泽，不得不以堰为重。堰起东北武家墩，而南经大小涧至阜宁。其时，高良涧大涧口多决。万历三年（1575），高家堰决六十里。七年（1579），补筑成。十九年（1591），易以石工，汇七十二溪之水，留口门一，仅数丈。二十三年（1595），高家堰又决，兼决高良涧，时张企程请无修高家堰，而于堰南五十里开周家桥，注草子湖，一由全家湾入芒稻河注江，一由子婴沟入广洋湖注海。于堰北五十里开武家墩注永济河，而由窑湾闸出泾河入射阳湖注海，议不全行。二十四年（1596），筑高家堰成，建武家墩、高良涧、周家桥石闸，泄水入海，其支流入江。

国朝康熙十五年（1676），黄河入洪泽湖，而高家堰决三十四处。十六年（1677），以次塞之。二十三年（1684），靳辅以为河盛则淮涨，因以病运、病下河，因请建黄河南岸之砀山、毛城铺、徐州、王家山、十八里屯、睢宁、峰山、龙虎山等处减水闸坝九，其因山根岗址凿为天然闸者七，由睢溪口、灵芝、孟山等湖入洪泽湖。盖以清口淮不敌河，因于上游减河流入淮以助淮，则清口河淮平。又以上游河多决溢不能制，故为此权宜之法，而淮之洪泽不能不因此淤也。二十五年（1686），修筑高家堰堤工万五千六百余丈，为淮之东南岸，南起泗州老子山以东，北百五十余里至清口，其北岸抵御坝。又于堰立三坝，其周桥高地就为天然坝以接堰，堰成，淮出砖工口，口外立转水墩，分水七分出清口，三分为回溜东南入运。外有汰黄堤以御黄，后又添筑顺黄堤。乾隆十六年（1751），拆转水墩，湖北立束清坝，河南添御黄坝。于堰之三坝增二坝，为仁、义、礼、智、信五坝，立水志八尺五寸为启闭。补周桥堰后水志高一丈八尺八寸，后高二丈。嘉庆九年（1804），移御黄坝于北，退束清坝于南，修复毛城铺以下减闸。又开虎山腰，减黄入淮。中间十年，义坝坏。十一年（1806）、十七年（1812），礼坝、智坝坏，仁坝、义坝亦坏，乃改仁、义、礼三坝于蒋家坝南，以次稍南，皆开引河入蒋家坝，河出宝应湖。二十三年（1818），束清、御黄各增一坝，为重修。道光四年（1824），高家堰决，复修之。十二年（1832），改信坝于九堡下夏家桥。

出处：（清）王锡祺《小方壶斋舆地丛钞》（第四帙），光绪甲午（1894）刻本。

包世臣

包世臣（1775—1855），字慎伯，晚号倦翁、小倦游阁外史。安吴（今安徽泾县）人。嘉庆十三年（1808）举人，以大挑试用为江西新喻县令，年余，被弹劾免职。先后为陶澍、裕谦、杨芳等人幕客，留心于经世之学，勤于实际考察，对于漕运、水利、盐务、农业、民俗、刑法、军事等，都能提出有价值的见解。著作有《中衢一勺》《艺舟双楫》《管情三义》《齐民四术》，合刻为《安吴四种》三十六卷，又有《小倦游阁文稿》二卷。

郭君传

君讳大昌,字禹修,姓郭氏,世居江苏清河县南乡之高良涧。祖某考某皆不仕。君年十六,入河库道为贴书三年,习工程销算正杂料作收支之法,过于其师。尤明于水性衰旺,能以意知其馏势所直,遂参吏。及嘉谟为河库道,尤器君,每事取决焉。

大学士忠襄伯和珅,嘉公外孙也,少贫,每遣其仆刘全徒步往返五千里求佽助,嘉公率资以白金五十两,君与全饮而欢语之,曰:"子且贵,何为人仆,从苦如此?"亦资之如嘉公之数。伯相嗣以家,累遣全求嘉公助白金三百,嘉公怒詈遣之,伯相遂私出都诣嘉公,嘉公怒甚,欲治以逃人之法。君从容白嘉公曰:"吏见和郎君贵当在大人上,大人毋薄其贫,且大父以三百两助外孙,事甚小,何苦怒如此。"嘉公曰:"汝善和郎,君何不自助之?"君曰:"大人不助和郎,君吏不敢先嘉公。"乃出金授君,曰:"即日为我遣之。"君招至酒楼,握手曰:"郎君不日当大贵,贵后愿毋忘。今日为天下穷黎乞命,为具鞍马。"又自以白金三百助其装。其后,伯相以户部尚书为军机大臣,跸下江南至红花埠,遣全驰诣君约相见于仲兴,君曰:"吾始谓若主济世才,今乃招权纳贿为赃吏,遘逃薮毒流生民,吾恨尔时不恣愚治以逃旗外遣之罪,若主仆旦夕且无死所,毋累我。"遂与绝。而全以公主府长史,官三品,伯相败卒谴死如君言。

嘉公自河库道擢漕运总督,开君吏缺,为上客。淮扬道以河方多故,就嘉公求君襄其事,君既客河道署,忓南河总督吴嗣爵,遂赁居清江浦之五圣庙,时乾隆三十九年(1774)七月也。是年八月望后,消溜切滩南卧,决老坝口,一夕塌宽至百二十五丈,跌塘深五丈,全黄入运,版闸关署被冲,滨运之淮扬高宝四城,官民皆乘屋。而山东逆匪王伦方滋事,相距才数百里,吴公悒惧无所措,昧爽至五圣庙排闼敦延君,君拒之。吴公再三谢罪,君曰:"大人成见若何?"吴公曰:"嗣爵有成见即不烦先生,然嗣爵意此役必速举,钱粮五十万,限期五十日,何如?"君曰:"如此则大人自为之,大昌不敢闻命。"吴公曰:"决口虽巨,然五十万不为少,五十日不为速,过此恐干圣怒,罪且不测。"君曰:"山东匪势狓猖,与江南接壤,塞决稍迟,恐灾民惶惑生他变,且圣上见兵水交至,未审虚实,必发重使,大人固欲以堵合事烦使者耶，必欲大昌任此役者，期不得过廿日，帑不得过十万。"吴公再拜，请受事。君曰："有一言不能从，则不敢任也。调文武汛官各一使，得以冠盖刑杖在工弹压，此外如有员弁到工者，大昌即辞事。"吴公敬诺，君又曰："荡料皆在洪福庄，距工咫尺，宜听调取，仓猝办交稿不可得，大人出图章一付大昌，饬库道见片纸即发帑。"吴公如约，至期遂合龙，共享料土作支并现帑合计十万二千两有奇，吴公缮折入告。又三日，钦使乃至浦，后余客河督徐公所取成案阅之，日期银数皆信。

君故善河事，以老坝工尤知名，当事有急，辄倚重，然终以省工费、拙言语，触众怒。乾隆末，举丰工，工员欲请帑百廿万，河督议减其半，商于君，君曰："再半之足矣！"河督有难色，君曰："十五万办工，十五万与众工员共之，尚以为少乎？"河督怫然。君自此遂决意不复与南河事。

君为人赤颧披颐，髯长七八寸，连鬓皆苍白，余于市肆遇之，遂数从君游。侮之者或目为迷钝，迷钝者，淮人方言，言迷迷钝钝，以讥惛懵不晓事也。嘉庆十二年，南河每岁数决口，一口辄费帑二三百万，户部筹拨不能给，常经年敞口门，南河总督徐端求知河事者甚急，余数为徐公言君，徐公故知君，然卒亦不能物色也。

出处：（清）包世臣《中衢一勺》（卷中），光绪十四年（1888）重校本。

辨南河传说之误

说者谓高文定公废爬沙船、拆转水墩而南河坏，自河壖吏民以及朝省士大夫皆持此说，而其实非也。靳文襄于康熙二十七年（1688）设立浚船，其时南河止十厅，故浚船分十队，而统以船务营守备一员。二十九年（1690），于勤恪公接任，即调回浚船，改隶苇荡营参将，专运荡柴。文定以乾隆初任河督，去裁撤浚船时已五十余年矣。且江河巨舰，乘风鼓浪，一锚下即止不行。爬沙船尾系铁箆子一具，其制三角，横长五尺，斜长七尺，地一面排铁齿三四十根，长五寸，约重五六百斤。又益以混江龙一具，其制以大木，径尺四寸，长五六尺，四面安铁叶如卷发，亦重三四百斤。比之下锚，其势相倍。而谓以水手四名，驾两橹，上下梭织，以爬动河底淤沙，使不停滞，其说与儿童无异。嘉庆十年（1805），今大学士戴公，以侍郎视河。公习闻爬沙船说，促制成试之于清口太平河，不能行，翊日又试，得行而甚缓不得力。余就询其主者，主者曰："星使必欲其行，使人翻铁笸，以齿向上，故勉能移动耳。"或曰，文襄时献此策者，欲藉官船运私盐赴徐州，文襄受其绐，故勤恪罢之。余每以告人，多稔其故，而当事好名高者，或犹欲举行之，舛矣。

转水墩在湖口五道引河之外，运口头坝之上。从前洪泽湖口，内有引河七道，而黄河大溜傍南岸直指运口，故筑转水墩，分湖溜之七西北行以敌黄，其三则东南入头坝以济运。墩之形不可考，故老言其上可堆料五百，则周围以千丈计。自康熙之末，吴城砖工外御坝既成，河溜北趋湖口，积有淤滩，宽至九百余丈，名太平河，其西岸筑顺黄堤以御黄涨，而转水墩仍分湖溜七分，使向西北，则恐冲开顺黄堤，接引黄溜南行，为害运河，实有不得不拆之势。转水墩既拆，文良于头坝外加做坝，而于太平河中腰风神庙前做束清坝，蓄清水之力，使得聚势以敌黄，而回溜入头坝济运。又于束清坝之北百余丈筑御黄坝，使黄水盛涨不得倒灌，至所定冬筑夏拆章程，并皆妥善，以后拆筑不如法。嘉庆九年（1804），始移束清坝于湖口，移御黄坝于河唇，而运道屡梗。嘉庆十六年（1811），百文敏公初莅任，惑于浮言，亦以复转水墩入告。既而覆奏曰："接长坝，已有成效。"是虽无转水墩之名而有其实，因时立制，不敢拘泥前奏，致失机宜，人亦渐知转水墩之无关枢要矣。

余见文定乾隆十六年（1751）呈大工二十段图说，简要明晰，使后人守此不变，河事当不致败坏。改靳文襄天然三坝为五石坝，定启放之式，以减下河水患。又曾放石林减坝五次，皆减漫滩浑水，坝下引河不受淤。后人每一开坝，如唐家湾、王营等处，皆掣溜入袖，致成巨口。数十年来司河者，皆出文定下，而反被恶声。文定之犹子文端，奏废云梯关外修防，使河多故。江淮居民之毒高氏，或以此而追诬其先，以致来者不明于全河得失之故，雷同瞽说。故明辨其非以告天下，非为文定鸣冤已也。

出处：（清）包世臣《中衢一勺》（卷中），光绪十四年（1888）重校本。又见（清）贺长龄《皇朝经世文编》（卷一百零一）。

注释：（清）贺长龄《皇朝经世文编》（卷一百零一）本文题名《辨爬沙船拆转水墩之误》。

张　井

张井（1776—1835），字仪九，号芥航，又号畏堂、二竹斋。鄜州中部县（今陕西黄陵）人，嘉庆六年（1801）进士，以内阁中书用，改知县，铨授广东乐会。迁许州知州。襄办马营坝大工，加知府衔，署汝宁知府。任两河凡十年，锐意任事，勤于修守，世称其亚于黎世序云。有《二竹斋诗集》《二竹斋文集》。

《清河疆域沿革表》序

坤舆有志，自昔多矣。孟坚《地理》、绍统《郡国》、吉甫《郡县》、乐史《寰宇》广言州部，无事胪陈，即《潜氏志》临安圈君传，陈留咸有援引，风俗为多。近代作者如对山武功五泉朝邑，说者谓文笔简质希踪，黄图以蒙，观之其于经界脉初尚少。

爬梳清河之置县也，自宋咸淳本析淮阴，沿及于元隶淮安路，天历被蓄，又复移徙。明治泗口，迁甘罗城，迨本朝康熙屡圮于水，藉堤为障，乾隆间桂林中丞念境逼黄流，请移对岸，治清江浦，即今县也。历代以来，界址纠纷，人士莫辨，君卿通典之文，以泗口在宿豫，而郦氏谓即角城，宏宪《元和》之说，以淮水界山阳，而《隋书》言是楚州，核而记之，清河乃兼有淮阴，相隔惟南北之岸，清口非并于山阳，并列有东西之城，何庸矛盾，自生藤葛。夫临淮之于泗口，儵忽可至，有《齐书》足凭。泗口之于盱眙，疆域已分，则欧记为舛，或且以为公路之浦，不知乃是韩王之庄。或又疑乎兖州之名，实则隶乎临淮之郡，去其枝说，自可了然。

今萧君枚生之纂斯表也，参稽史籍，区别舆图，诊其分割之地，详乃沿革之年，康成之定，疆里以目，验而知裴秀之分山川，因界划而得况，又掌录之书，溯源委于三国，则尘霾之事，发蒙昧于大清，据之有根，言之成物，岂不与阗骊并肩，足以令朱元失色也乎。

道光重光单阏皋月，延州张井序。

出处：（清）萧令裕《清河县疆域沿革表》（卷首），道光十一年（1831）刻本。

中河厅改建双孔盐闸记

中河厅清河汛北岸旧有盐闸，在今三坝工故双金闸下遥、缕两堤之间，创始于张文端公。盖在中河改由杨庄出口之时，久之就圮。乾隆戊寅（1758），白恪勤公重修，而移其址于旧闸之上五十丈，如张制。及道光六年（1826），寻自豫东奉命南来，则所谓盐闸者乃更在白闸之上，而于缕堤直闸之处，开筑钳口柴坝以时而启闭之。盖襄勤黎公于嘉庆癸酉（1813），又移建者，视前制为尤善。云当张、白二公时，黄河行由地中，中河河深而堤高，故其为闸也，高下无大悬绝，而启闭任人操纵。自嘉庆时，黄河日淤就高，中河与之俱高，白闸不复能启，是以襄勤有移建之举。今距癸酉又十余年，黄河之受淤倍蓰往时，则中河水高可知已，每一启闸建瓴悬瀑，一往莫御，砰訇澎湃之声震于远迩，闸下三合土舌及石底以冲开也，冲击汕陷深逾坎窖，启闭告艰，司事者病之。今淮海观察沈君曰："闸之设，固为出运淮北引盐计，而苇左营官荡附近民荡之柴胥于是焉出，船务营官运及厅运、民运之船胥于是焉入。闭板以济漕舟，启板以减盛涨，用至巨也。骩骳若是，其何以久。且中河之水，阻扼于黄而不畅出也也久矣，减涨保堤尤当今之急务，而旧制金门宽止丈八尺，实不足以资分泄。"乃督署通判事海安于丞颐发，周行相度，定基于旧闸迤上百八十丈旧有之格堤，而拟改之为矶心双孔。予同副总河潘公援以入告，即命于丞董其事。经始于道光七年（1827）冬十二月，以八年（1828）夏六月告成，金门双孔较旧宽倍之，水大两孔并启，水小则闭其一，由是节宜之权复操之自人，而两孔互相灌输，即启闸下注之水，亦稍似优游宽衍，而不至如向者之湍激奋迅，时有倾挫之虞也。深冀仰荷圣天子休庇，黄流日渐浚通，俾水由地中得再如张、白二公时，则斯闸之建或可久延岁月歖！乃因观察之请，而记其颠末如此。闸两孔，金门各宽一丈八尺，两墙石二十层，高二丈四尺，上裹头各横长二丈，上迎水各斜长五丈，金门由身各长四丈，下分水各斜长九丈，下裹头各横长二丈，矶心中宽二丈八尺八寸，上下梭尖各直长一丈九尺二寸，梭尖各斜长二丈四尺，闸底上三合土舌直长五丈，闸底下改砌石舌直长十四丈。凡縻帑金一万二千四百两有奇。

出处：（清）张井《二竹斋文集》（卷下），道光十五年（1835）赐礼堂刻本。

徐寅亮

徐寅亮，生卒年月不详，原名元亮，字亦陶，号直生，一号云淙，江都邵伯人。嘉庆四年（1799）与兄元方同举进士，仁宗特赐"花萼联辉，堂棣进秀"匾额。初授兵部职方司主事，升郎中，迁山东道御史。

请办高堰碎石坦坡疏

伏查江南督臣铁保等，条陈南河修防各工，钦命协办大学士长龄等履勘筹办，现在一切工程，俱可于秋汛后节次办理矣。窃查该督等条奏应修各工筑堤修坝等事，俱关紧要，惟于原议高堰碎石坦坡一节，未曾筹及。或因去年甫经奏停，未便再议。然蓄清刷黄，专在固守高堰，高堰不固，一遇盛涨，必开五坝，不但淮扬被灾，清水出口势弱，刷黄无力，且为全河之忧，此理固人所共知也。高堰日见残损，近年来每遇西风急浪，动辄坍掣至二三千丈不等，设有一处击通，淮南民命尽付波浪，运道盐课亦有梗阻，且恐淮水南流，河蹑其后，三渎混一，为患更不胜言，此理亦人所共知也。该督等议筑高堰坦坡，实得全河关键，以柔制刚，其法最善。近日堰工屡有掣卸，其已做坦坡处所，风浪冲击，至坡则平，成效显然，众目共睹。若全河俱得坦坡外护，则重门保障，巩于金汤，五坝可以永闭不开，清水可以全力刷黄，淮扬可以长登衽席，此诚万世之永图。而目前之急务也，惟是前日商捐三百万，原为办理坦坡之用，今已挪用他工，经费别无可出，遂不得不为停止坦坡之说。或谓新工多由摸砌，易致损坏，恐坦坡外蔽，不能随时查看。不知工段即有朽坏，多得一重保护，自必较为得力，何致反为石工之害。况摸砌工程，现经该督等奏令工员赔修完竣，更不必为此过虞矣。又或谓坦坡竣工，必俟十年，缓不济急，不知目下高堰情形，毫无把握，刻刻可危，坦坡早办一日，早得一日之力；多办一处，多得一处之力。断不能以事须旷日，遂甘心束手而坐视其敝也。又闻外省议论，始云坦坡分作五六年办理，继又云必俟十年之久，可见外省于此项工程，尚未经切实估计，确有成算，展转迁延，已将三载矣。又闻云石料须在安徽涧溪等山采办，其实淮属清河县界内老子山所产碎石，取之无尽，运工甚近，并无须远取他省。又此项工程，即估需多费，而分年酌办，尽可陆续筹拨，不必取足一时，似不致过为吃力。且坦坡不办，必议帮宽大堤，所费亦属不赀，石工击卸，土戗全不足恃，同一费用，自不若移办坦坡更为稳固矣。现当兴举大工，权其缓急，海口尾闾也，清口咽喉也，高堰则腹心也，要害之地，势宜首先着力，趁此定议兴修，洵可一劳永逸。仰恳敕下长龄、戴衢亨等，详勘情形，确查工段，严立年限，通筹经费，俾得要工早竣，庶淮民永登乐土，黄流长获安澜，实于国计民生，大有裨益。

出处：（清）贺长龄《皇朝经世文编》（卷一百）。

注释： 嘉庆十一年（1806），徐寅亮授山东道御史。嘉庆十三年（1808），徐寅亮应召陪同侍郎那彦宝巡视南河，连续三次上奏《高堰碎石坦坡疏》，皆以公从，多所指陈，尤切时务，皆中机要，深得皇帝嘉许。

陶　澍

　　陶澍（1779—1839），字子霖，一字子云，号云汀、髯樵。湖南安化人。嘉庆七年（1802）进士，授编修。迁御史、给事中。出为川东道，历安徽布政使、巡抚，官至两江总督，加太子少保，任内督办海运，剔除盐政积弊，兴修水利，并设义仓以救荒年。有《印心石屋诗抄》《蜀輶日记》《陶文毅公全集》等。

林则徐

　　林则徐（1785—1850），字符抚，又字少穆，福建侯官（今福建福州）人。嘉庆十六年（1811）进士，选为庶吉士，授编修。曾任湖广总督、陕甘总督和云贵总督，官至一品。两次受命钦差大臣，因其主张严禁鸦片，在中国有民族英雄之誉。著有《云左山房文钞》《云左山房诗钞》《使滇吟草》《林文忠公政书》，近人辑为《林则徐集》。

吴朝观等捐输义赈较多请奖折

道光十四年正月二十五日（1834年3月5日），两江总督臣陶澍、江苏巡抚臣林则徐跪奏，为捐输义赈银数较多之绅士，恭恳天恩从优奖励，仰祈圣鉴事：

窃查江苏清河县地方，道光十二年（1832）秋间被水成灾，十三年（1833）春间青黄不接，贫民口食无资，经该县随时劝捐协济。据绅士吴朝观督令其孙及侄等，各出己资，在于渔沟镇、大兴庄两处分厂救济。因一时米麦杂粮购买甚难，改用豆饼磨细散放，全活不计其数。复另设粥厂散放老幼残疾男妇，并搭棚以给灾民栖止，捐地以埋暴露尸骸，迨麦熟厂竣，复捐给棚户盘川，资其各回故土，洵属好义不倦未易多得之人。计该两厂共放出豆饼一万五千七百五十五石九十五斤，每斤钱十八文，共享钱二万八千三百六十千七百十文，照市价台银二万四千四百四十八两八钱七分七厘。又另设粥厂，共享麦秫煤炭，以及搭棚、埋尸、资助回籍川资，共享银四千五十七两一钱五分四厘零。其时灾黎云集，经清河县委令现任清河县祠桥司巡检孙文濂、前署涧桥司巡检咨补溧水县典史李应麟，分厂弹压，均各安静妥帖。所用银数，由县细加查访，均系实用实销。

兹据江宁升任布政使赵盛奎详称："该绅士吴朝观屡次倡捐重资，力行善举，今春督令其孙廪贡生吴大田设厂散放豆饼，用银至二万四千余两之多，又督令出继弟昌基之子优廪生议叙主簿吴以诚、次孙童生吴我田，另设粥厂等项，各用银二千二十八两零，洵属好善乐施，自应破格奖励。查吴朝观已议叙同知职衔，毋庸再请议叙，应请将其孙吴大田、侄吴以诚、次孙吴我田，一并从优奖叙，以彰善举。"等情。详请核奏前来。

臣等查该绅士吴朝观念切桑梓，督令其孙吴大田捐放豆饼，捐银二万四千四百四十余两，又令其侄吴以诚、次孙吴我田等另设粥厂，并搭棚掩埋等项，各捐银二千二十八两零，实属慷慨乐施，情敦任恤，若不破格奖励，无以训俗型方。惟吴大田系廪贡生出身，今遵祖命，不惜重资救济饥民，全活甚众，且核其捐输银数已在二万两以上，可否仰恳皇上天恩，俯准将廪贡生吴大田赏给中书评博京职，俾得供职京曹，遂其就近观光之志，或交部从优议叙，恭候圣裁。其捐银二千两以上之优廪生议叙主簿吴以诚、童生吴我田，并恳敕部查照所捐银数，从优给予议叙。俾闾阎咸知观感，以期急公慕义，任恤成风，地方自蒸蒸日上矣。至委员孙文濂、李应麟，分厂弹压三月之久，经理认真，不辞劳瘁，亦请敕部量予奖励。

除将册结分别咨部查核外，谨台词恭折具奏，伏乞皇上圣鉴训示。谨奏。

出处： 林则徐全集编委会编《林则徐全集·奏折卷》，海峡文艺出版社2002年10月版。

注释： 编者原注"录自宫中朱批奏折""据军机处录副，内阁奉旨日期为道光十四年（1834）二月初九日"。

李宗昉

李宗昉（1779—1846），字静远，号芝龄。山阳（今江苏淮安）人。嘉庆七年（1802）中会试一甲第二名（榜眼）。官至礼部尚书。著述颇丰，刊有《闻妙香室诗集》十二卷，《闻妙香室文集》十九卷，以贵州学官任内见闻作《黔记》，又有《经进集》五卷、词一卷。

中宪大夫殿升吴公家传

公讳朝观，殿升，其字也。始祖通海，自滁迁淮之清河，遂世居焉。曾祖泓，祖作梅，父焯俊，本身父焯佳，生四子，次即公。生而颖异，结童就传，勤恳嗜学如成人，及出嗣后，守遗业不足供饘粥，乃弃读，策计然书。家稍裕，性好施与，急人之难如为己。本身父母殁，哀痛不欲生，族人某濒卒，以急遽属公，公诺之，竭所有以偿，无所负。既复挟术权子母，数年，赀益丰，然公尝念先世以文章著逐，曾祖、祖父有声庠序间，即奈何以废置逆先志，用郁郁不自克，思有所以裕后者，邑旧有临川书院。公守先议新之。复捐田充膏火，又创向善堂，施棺掩骼，筹经费，计久远，值岁凶，煮粥食饿者，每风雪中散絮衣，无老幼必遍。嘉庆二十五年（1820），岁大祲，河督黎襄勤公设粥赈济，助金二千两。又学宫湫隘，丁少溪司马倡议重修，公力佐其成。道光四年（1824），洪湖决，十三堡巨浸稽天，流亡迁徙，大吏散钱米，公与弟昌基共助以金。十一年（1831），岁荐饥，饿殍币路，公为彻食。曰："桑梓之民，流离若此，吾安饱奚忍？"命子请于官，设四厂为食，日以万人计。邻省买麦黍数千石，贱价籴之，民困以苏。十二年（1832），岁又饥，煮豆屑为赈。逾年，邑稍稔，然无食者犹众，赈粥如旧，邑有便民河，年久淤塞，当事者议浚，公赞之。工竣，滨河田无受潦患。一时，诸大吏先后录其功上之，恩予优叙，给匾旌闾，而公抑然自下，卒不以荣宠夸耀于人。尝自治百亩地，亲率臧获耨之，或请少休。则曰：人逸则侈心生，吾以习劳耳。性严毅，不容人过，而处事宽厚，遇后进必委曲诱掖，以冀成就。著家训曰：心贵忠厚，持家贵勤俭。又书：贤而多财则损其志，愚而多财则益其过。数语以为戒。公六十后，迭遭骨肉之变，悲悼甚，遂得疾。甲午（1834）秋，孙大田举顺天乡试，捷至，公喜曰：吾其可以慰先志矣。其明年九月，疾复作，遂不起，寿八十又四。子五，女一，孙十，女孙十五，曾孙四，曾孙女一。

论曰：孔子云施于有政，是亦为政，政之时义大矣哉。公以少艰治生事，及获倍利，不自封殖，又甘于乡井终其身，无仕进之念，而博施济众，为人之所不能为，年跻大耋，孳孳不倦，抑非独世所谓为善者也。士大夫身居通显，致君泽民，仁心仁闻，有施之天下后世，而人不能忘者，其即此政也夫。

出处：吴其稹主修《延陵堂淮阴渔沟吴氏宗谱》，民国辛酉年（1921）刊梓。

顾元熙

顾元熙（1781—1821），字丽丙，号耕石，长洲（今江苏苏州）人。嘉庆十三年（1808）乡试解元，次年成进士，由编修累官翰林院侍读学士。二十四年，提督广东学政。著有《小楷金石萃编》等。

漂母辞金赋

昔韩侯踯躅钓台，流离可哀。侧身徙倚，枵腹徘徊。偶漂母之相值，乞一饭以分来。想九州岂少奇人,风尘浪迹;问千古谁如此妇,慷慨雄才。

稽夫天意苍茫,生涯坎坷;为吏不能,学商不可。驱除之愿方雄,际会之期未果。论英雄当不虚生,乃风鉴偏逢道左。有如此水,千金之持赠何年;请俟中原,一将之登坛是我。

而母也,门临流水,人倚斜阳。辗然自笑,穆然意长。谓夫人民寥落,烟火凄凉。山川悠远,行李仓皇。安得舍予擘絮,给彼壶浆。所以哀王孙而进食者,以王孙规模宏远,神采飞扬。终除封豕长蛇,翌寰瀛之日月;岂仅攀龙附凤,裂茅土而侯王。

乃王孙郁此高怀,筹斯厚报。是特感身世之飘零,痛遭逢之潦倒。津津富贵,未免女子心羞;了了恩仇,抑亦少年性傲。

且以分裂乾坤,兵尘方昏。我自潜踪于下邑,君当奋迹于重闱。会且霆激雹举,飞鹏走鲲,彗扫天阙,泽流里门。倘今朝国士无双,果非虚鉴;岂异日神州混一,未足酬恩。留为市骏之资,召君宾客;自有不龟之药,贻我子孙。

若乃以投赠为盛情,以豪举为都雅。衡较重轻,算筹多寡。彼富家方丈之食,能召君乎;彼小人市道之交,类如此者。顾谓耿耿之诚,必藉区区而写。抑何意气吞盖世之雄,而识量出吾侪之下也。

信于是爽然自失,默尔独归。服彼高义,烛我先机。迨乎齐王可假,汉将如飞;忆杯盘于芦渚,纡驷从于苔矶。虽雅度之弗许,终前言之不违。论者以为濑水之进食犹是,而拟负羁之馈食则非。

迄今溯秦邮之帆,舣淮阴之榜,有斯母之荒祠,与高台而相向。彼行人之过此,畴不回头而一望。

出处:(清)王琛《虬珠赋钞》(卷四),同治五年(1866)刻本。

八月枚乘笔赋

昔在西汉之时,梁苑多才,孝王给札。以销公子之烦忧,用赏枚生之俊拔。驰高论兮锋生,动新词兮玉戛。岁云秋矣,银涛忽涌夫三千;盍往观乎,璧月未亏于十八。

迫天宝之诗人,抱青莲之仙骨。偶赠友以五言,爰寄思于《七发》。天宇廓其镜清，壮怀起而飙忽。谓先生放棹，方将观曲江之潮；在上客挥毫，因特赋中秋之月。

其境则绝，其文则奇。翻笔花与墨沈，无海若与冯夷。快若骤雨飘风之乍至，捷若轻车骏马之飞驰。焰烛天阍，引星辰而上也；气吞云梦，障江河而东之。

方其驭神轮，构心匠。如游广陵，适观秋涨。势才萦一线之青，声已蓄千军之壮。醮金、焦之两点，楼阁皆摇；舞吴、楚之千航，帆樯弥望。

由是蛟龙跋浪，鼋鼍戏湍。击迅霆于秋霄，飞白雨而昼寒。驱雪岭与冰山，纵横千里；浴乌轮与兔魄，觑觎双丸。曾在扁舟，睹天地之奇作；助我椽笔，极文章之钜观。

凌轹风骚，峥嵘兔毫。如万弩之齐发，乃寸管之独操。投袂而起，碧空自高。卿试掷之字里，当锵金石；后有读者耳中，犹作风涛。

人去千年，文传片玉。际关河之始霜，想江波之新渌。今犹昔也，试探龙堂鳞屋之奇；谁能继之，载赓白雪阳春之曲。

送子吴艭，疏篷短窗。将追文雅于畴日，赋登临于是邦。毋曰余病未能也，尚衙官乎班香宋艳，而台隶乎陆海潘江。

出处：（清）王琛《蚍珠赋钞》（卷四），同治五年（1866）刻本。

注释：李白《送友寻越中山水》诗曰："闻道稽山去，偏宜谢客才。千岩泉洒落，万壑树萦回。东海横秦望，西陵绕越台。湖清霜镜晓，涛白雪山来。八月枚乘笔，三吴张翰杯。此中多逸兴，早晚向天台。"

爱新觉罗·旻宁

爱新觉罗·旻宁（1782—1850），原名绵宁，即位后改为旻宁。嘉庆皇帝第二子，清朝第八位皇帝，定都北京后的第六位皇帝。在位前中期励精图治，振衰除弊，严厉打击鸦片，在位晚期因鸦片战争失败，被迫签订丧权辱国的《南京条约》，从此开始苟安姑息，拒绝变革，清王朝陷入危机。道光三十年（1850）正月崩于圆明园，庙号宣宗。

谴责河臣诏

前因河湖交敝，经琦善等再三熟商，始定启放王营旧减坝之议，据奏挑挖正河引清刷涤，将来挽复故道，既可掣溜通漕，而河身亦可日渐深通，并称迟至八九月间启坝，彼时秋稼登场，小民更可无虞失所。朕以该督等既为此奏，自必确有把握，是以不惜帑金，不为遥制，悉照所议办理。乃始因湖水异涨，大启闸坝宣泄，迨宣泄不畅，赶开减坝以为迅启御场畅泄湖涨之计，致下游州县田庐俱被淹浸，居民荡析，已属办理不善，果能一举收效，尚当权利害之轻重，不复深责。及至本年堵闭减坝，而黄河仍未消落，运道依旧不通，并将下游挑工前工尽弃，是不但将数百万帑金轻付一掷，且使数州县生灵徒受灾侵，流离迁徙。该督等议举大工，不知集思广益，轻听唐文浚一人谬论，致误事机，糜帑殃民，莫此为甚。该督等扪心自问，尚有何颜对数百万灾黎耶？兹经吏部议，将琦善等照溺职例革职，本应悉照部议即予褫革，姑念琦善平日办事尚属认真，在山东巡抚任内颇知整顿河务，本系兼辖，著即开缺加恩，降为二品顶戴，来京另候简用。张井、潘锡恩专司河务，种种贻误，其咎更重，惟此时若遽将伊等罢斥，转得置身事外，岂反令他人代为补救乎？张井、潘锡恩俱著革去顶戴，仍留河督之任，以观后效。此系格外加恩，俾令戴罪自赎，若果能激发天良，于伏秋大汛经临，全河悉保安澜，今岁回空、明年重运均能无阻，尚可稍赎前愆。倘河湖运道稍有疏虞，必当从重治罪，决不宽贷。其议降三级调用之淮扬道邹锡淳、淮海道罗琦，俱著加恩改为降四级留任，不准抵销。

出处：（民国）徐钟令《淮阴志征访稿》（卷一），民国抄本。

注释：道光六年（1826）五月，颁《谴责河臣诏》。

以奸民决河令速堵合诏

据穆彰阿等奏，会勘河湖运道情形，并妥筹办理事宜一折，览奏及图，均悉此次龙窝汛决口地方，经穆彰阿等履勘，该处黄水入湖即由吴城七堡仍入黄河，其间靠之纵横二三十里多已受淤，系在桃源县南岸二十图之内，并非湖身至黄水入湖，东至吴城七堡而止，既不能入东清坝，即不能灌入运口至吴城七堡顺清水御黄坝，等清水畅出刷涤黄淤，自七堡以下至海口已刷深四五尺不等，俟湖水再消，即可堵闭山盱各坝，俾湖水专力刷黄兼可堵闭昭关坝及高邮四坝，俾下河田亩早为涸，复至潘锡恩所奏堵合复故，全湖即成平陆。据穆彰阿等查明，乾隆五十一年（1786）桃源司家庄漫口，即在今口门之上二里，与现在情形无异，想不至淤成平陆。至南河中满之患，总在桃南桃北外南外北山安海防六厅，见在桃南决口，黄水入湖从吴城七堡仍流入黄，自吴城七堡至御黄坝以下，直至湖口，凡外南北下泛及山海两厅百余里内，已刷涤渐深。而吴城七堡以上，高仰如旧。即在桃南北下泛外，南北上泛之间，计程二十余里，见当正河干涸，必须趁此机会著张井估办，抽沟大加挑浚，俾御黄坝以上渐就底平，此为至要。其另片奏回空军船，截至本月初五日，已渡黄者计一千三百余只，于归次可期无误。览奏稍慰，至来年重运，著陶澍、张井察看情形，如堵合之后清水畅出，即可全复旧规，倘仍难畅出，即将东清御黄二坝及临清堰等处，赶紧收束修复，仍行灌塘之法，断断不许贻误。

出处：（民国）徐钟令《淮阴志征访稿》（卷一），民国抄本。

注释： 道光十二年（1832）闰九月，以奸民决河，令速堵合诏。

令河臣蓄清刷黄以复旧制诏

麟庆奏近年河湖交敝，欲复旧制，不外古人蓄清刷黄一法，其关键全在运口。本年空运仍用灌塘，自属权宜。济运但河底淤高，非清莫刷，湖水连年北行，止以运河为熟路，一旦黄水落低，辟展束清御黄二坝，畅放湖水，运口无所钳制。古人引导清水济运刷黄，全在致力磨盘埽，自废弃后，河务渐坏，嘉庆年间，建筑盖坝，旋又塌短，不能得力。今拟隐复磨盘埽旧制，以备引清刷黄之用，至湖堰水宽工险，临湖各坝蓄水之时多封柴土，至盛涨动辄损坏，另建糜费不赀。应仿照滚坝成法，分别勘办。又山盱五坝分消湖水，下游车逻等五坝分泄来源河水，相符定制，即次第启放，水势一定，亦即堵合。至于黄河情形，查工时体察平险，节可缓之，埽段办紧要之土工，以收刷深实效。漫滩暗险，用堵截支河之法，饬属照办。至黄河底淤，非人力所能强刷疏浚，器止可备运河挑空之用，黄河惟储备料土，遇险即抢，以防为治等语，所论颇为正当。该署河督务当体察河湖大局情形，相度机宜，随时妥办。至河身淤垫日高，如果清高于黄，即当启御黄坝，挟溜攻沙，以资刷涤。嗣后务须酌量情形于盛涨以前，或将御黄坝早放数月，即多收数月之功。至秋冬以后，水势归槽，更宜相机启放，俾河身日益深通，近年倒塘灌运究非正办，断不可年复一年，因循迁就，致失事机。

出处：（民国）徐钟令《淮阴志征访稿》（卷一），民国抄本。

注释： 道光十三年（1833）十二月，令河臣蓄清刷黄以复旧制诏，谕军机大臣。

潘德舆

> 潘德舆（1785—1839），字彦辅，号四农，别号艮庭居士、三录居士等。山阳（今江苏淮安）人。道光八年（1828）举乡榜第一。大挑以知县分安徽，未到官卒。诗文精深，为嘉、道间一作手。著有《养一斋集》。

清河县学文峰塔记

学皆有记旧矣，大抵阐推古道之懿铄，礼法之祇肃，以振才行、广风教为本义，无述形势者。虽然，形势恶可略？《汉书》详形法六家，《国朝》七卷，《宫室地形》二十卷。二书虽佚，窃证之经子，"阴阳流泉""揆日作室""室以宫矩""宫以城矩""上圭求中""土宜相宅""南斗北枢""益屋于东"诸语会粹，实与班志晻然合符。然则学校形势无异建国立朝营宫室之矩则也，度其宜，辅其势，达者无讥焉。

南清河当淮河之交，漕渠贯其中，双渎襟抱，灵气潏湟，腾虹扬霄，人才浡兴允矣。顾滨河以南，地势广衍。大漕之闸，崛崎叠起，长波峻湍，属云而下，趋平川夷陆之界，无铃束之者。搦掉舣榜，交冲奄薄，大惧士气之涣。

于是邦人士盱衡而议曰："学乃育才重地，诚发扬云构，挺拔地形，柱远澜，翼崇殿，干扶舆，必获伟效。"则皆应曰："规地造塔，锡名文峰，义不得辽缓。"或议："塔者，浮屠之所专，今赫赫圣宫降袭异教，欤树灵塔，虑踳旧闻。"则又折之曰："同物而殊理，舍意而取象，斯塔之立，逴铄俨雅，盖彼以控寂，我以彪文，彼以标妄，我以劝学，其用云泥，畴则浑殽者。"

群议大定，良吏经始。邑之明府王公辅庭、唐公黼卿先后率作，邑明经万君镛等诹谋众赀，咸著有绩绪。若簪居交托，终始厥事，庀材鸠工，测地辨方，兴工元黓之秋，落成阏逢之夏，端末三载，倚毗一身者，则太学生徐君炳力也。君敦悦群雅，干敏兼十人，纤屑忘劬，稔如家计。将葳塔事，复构杰阁，虔文昌之大神。司命昉于周典，祠祀沿于汉制，皆以默翊昭代文治之景运访礼者，靡得而遗焉。

层构飙举，游于校者，振衣以登，远览俯瞩，长河荡沃于北址，清淮归凑于西陲，倏忽之顷，胸臆洞然，渊澄天开。盖文章之杰魁将聚于兹土，非特如形法家所相觅而呼忭者矣，邦人士用是嘉徐君劳，谓宜征辞谒工，勒示后祀，笺而属诸山阳潘德舆为之记云。

时道光十有四年（1834），秋八月朔日也。

出处：（民国）刘壖寿修，范冕纂《续纂清河县志》（卷十五），民国十七年（1928）刻本。

淮阴侯钓台赋

其 一

眺淮流兮不尽，有高台之未荒。想伟人于汉代，著武略之腾骧。当时草泽，异日侯王。一竿风雨，千载苍茫。

谁具只眼，哀此王孙。心存白水，眼小中原。聊羁栖于涸辙无监河之乞恩。

寂寞长淮，萧骚豪气。国士闲居，真人起末。鹿想逐秦，人疑钓渭。

剑具横腰，竹竿倚树。未逢雷雨之时，早激鱼龙之怒。具钓鳌之襟期，待斩蛇之知遇。渔者笑之，侯也勿顾。

悠悠楚国，渺渺清淮。本非意钓，亦遣壮怀。萧张不出，谁与侯偕？

忽而符玺真王，旌旗大将。鼓舞长风，隧腾激浪。讶后车兮泽中，遂藏弓于殿上。后世哀思，筑台怆望。

依旧青枫绕岸，白荻生洲。破罾谁挂，轻纶自投。梦中钟室。天外渔讴。我来凭吊，细把渔竿。坛空筑汉，台尚称韩。侯兮一去，楚水生寒。

其　二

层台四面楚灵荒，半影凉波半夕阳。晒网渔儿秋色里，垂纶闲话故侯王。

尔乃烟波公子，芳草王孙。残羹泪落，宝剑声吞。一竿草泽，只手乾坤。眼前鱼泣，足底龙奔。

蜗子精心，任公壮气。珠欲腾淮，璜先出渭。烧尾云雷，扬鬐富贵。鲸铿而劲楚澜翻，鲲击而全秦鼎沸。何其盛哉，得曾有未！

若乃钲鼓威声，旌幢宠遇。囊盛海上风沙，帜卓天边火树。人嗤黄石之奇，马叱乌江之渡。终使鸟喙伤心，鸥皮余怒。雨蚀将坛，风寒母墓。少日钓游，不堪回顾。

钓者歌曰：折戟沉沙古恨埋，将军碧血照清淮。芦花深处沽村酒，一酹千秋国士怀。

极浦无情，疏烟弥望。风疑笳吹奔腾，水学军声激壮。年年人钓淮边，夜夜月来台上。

钓者又和曰：袅袅一竿投，前朝水乱流。得鱼能换酒，不卖与王侯。

钓船何处，歌声未残。第见山因怨锁，水比心寒。蒲犹剩绿，枫不能丹。时世合思猛士，功名换尔渔竿。不见行人台下过，凄凉客泪每偷弹。

其　三

云归钓渚，月上渔梁。吊韩侯兮千古，留高台兮一方。且怡情于沉寂，待展足而腾骧。走狗兴歌，百战魂消风雨；枯鱼欲泣，一竿意钓侯王。

当其纶垂孤影，饵动芳痕。一时国士，几叶王孙。牵灵鳌于溟渤，蟠尺蠖于乾坤。七国灰飞，公等勿夸鹿逐；三秦棋布，此君专许龙蹲。

钓者纶收，真王印贵。推食极其欢情，传餐写其壮气。将军开壁，燕路书传。壮士奉罂，鸿沟鼎沸。下严城之七十，夹水谋成；歼劲卒之八千，拔山服未？

四海功名，几年恩遇。钜鹿来掣手之疑，飞鸟赋伤心之句。网不结于清流，弓可藏于宝库。臣多且益善耳，风云壮此南图；公持是安归乎，烟水不堪东顾。

柔纶不御，香饵谁排。依依草树，渺渺风霾。徒筑台于后世，溯把钓之奇怀。莫疑好梦龙彲，齐名清渭；错使故乡鱼鸟，惹恨长淮。

剑剩蒲痕，囊余沙涨。野隼旗翻，池蛙鼓壮。不闻将士长歌，但有渔人短唱。借问一竿楚水，人月淮边；何如七里严江，客星台上。

合空人去，台古波流，浪吹花而冷晕，帆卷叶而轻投。往事悲嘶战马，幽情管领闲鸥，富贵三齐，合付渔樵问答；山河四塞，焉知楚汉春秋。

诗曰：钓丝一掷快登坛，尚有层台枕水干。貔虎功成秦地尽，鱼龙泪落楚云寒。飞腾将略从军乐，反画君恩行路难。人世生涯渔笛里，半湾秋水绿于竿。

其　四

淮波激荡，台势苍凉。天分楚汉，人钓侯王。想风雷于牺饵，余云水于临塘。一将功成，楚歌半夜；千年水冷，渔明斜阳。

汉真帝子，楚有王孙。坛高未筑，饭冷无恩。此鲂赪而且钓，彼龙赤面犹蹲。半竿渚静，万里台昏。

公非观鱼于濠，帝不猎熊于渭。漂母嗟之，市人识未。剑动奇光，纶垂霸气。披裘大泽，方赤手以钓游；伐鼓中原，竟黑头而富贵。

海击长鲸，并舒涸鲋。一军皆惊，十年乃遇。孤赵大将之兵，三齐王者之怒。囊入寒沙，罍浮夜渡。亦且令龙伯亡精，蜎环失步者矣。

然而踬足蚌起，相背功乖。心丹鞭弭，血碧鞸靫。野鸡饮啄，功狗崖柴。淮水东边相思烟雨，未央前殿半是风霾。徒使山非栈道，水恨清淮。鹿忘如梦，鸟尽伤怀。

追思结饵神清，藏弓调壮。万帜都空，一台无恙。棹打渔梁，灯明沙涨。一方宛在鸥边，三尺莫夸马上。

台今台古，天秋水秋，明星孤罶，冷月残钩。此中淮水，何处鸿沟。但见小船夜发，轻帆暮投。汉宫人去，楚国波流。

歌以吊之曰：韩侯台下望，日射海云寒。世上鱼龙斗，此间波浪宽。三秦看鲲运，全楚作蛟蟠，今日临渊客，秋风老一竿。

其　五

瞻高台之崒嵂，枕淮水之苍茫。询父老以遗事，知韩侯之故乡。三楚风尘，人犹草莽；半竿烟水，钓亦侯王。

当夫重纶陂泽，结饵丘园。贤哉漂母，乞君王孙。向若而嗟，几学巨鳌之钓；临河不许，谁施涸鲋之恩。

既而仗剑从军，筑坛暴贵。天若授之，人其知未。擒勃敌患之且荣，下严城于赵魏。丝纶一弃，聊凭只手之挥；旗鼓三军，早夺重瞳之气。

而乃将略全功，国恩中路。君斩灵蛇，臣歌狡兔。失钓者之萧闲，误真王之宠遇。倘负心于垓下，焉辨鱼龙；待回首于淮干，不如鸥鹭。

才因遇显，命为功乘。忘情竿饵，饮恨鞭軶。溯将军之骏烈，伤国上之壮怀，谁怜百战寒云，功归炎汉；只有千年冷月，影照清淮。

渺渺波光，沉沉沙涨。昔日兵声，此时渔唱。嗟汉宫之遗址，瓦碎烟中；只淮上之故侯，台留水上。

徒见枫林掩暮，芦叶摇秋。估人帆泊，渔子竿投。客且羡乎临渊，何须虎竹；侯若知夫异日，也著羊裘。

故老声咽，行人泪弹。台空余恨，水不胜寒。应知万叠秋心，并归客棹；莫为半生事业，放下渔竿。

其 六

淮阴侯恩艰一饭，志卓三良。当潜踪于淮渚，曾寄业于渔梁。约鸿才兮蠖屈，韬骏业于龙骧。奉宝锷以干霄，全秦地赤；下珊钩以测海，故国烟苍。此地高台，指点齐富贵；斯人意钓，眼空七国侯王。

想其萧条草莽，杭忙乾坤。风尘落魄，烟水销魂。身同鲋涸，志郁鲸吞。傍孤城以凭眺；伴香饵于晨昏。推毂不来，潦倒大风猛士；垂纶且住，飘零芳草王孙。何时貔虎春坛，旗翻鸟道；此日鱼龙聚窟，剑斗鸿门

桑下奇穷，芦中豪气。结罾罟以同缘，叹盘飧之莫慰。公为德不卒也，蓐食何悭；君一寒至此乎，杯羹亦贵。竹竿竟日，一水依之；草屏终身，千金报未？

正是秦廷失鹿，刀刚卯而兴刘；竟看周室占熊，璜冬丁而出渭。

国士奇谋，君王大度。设场腾三蜀之欢，供帐鄱九江之遇。敌闻屡北，二千帜背水先登；吾亦欲东，万余囊含沙径渡。蛇分大泽，指挥仗一臂之功；雉去长江，叱咤压重瞳之怒。抛风竿于鳌背，水激灵鲲；奏露布于龙颜，穴空狡兔。

然而龙光宠极，虎拜时乖。奋苍头而绩茂，漉碧血而忧埋。矢不二之忠，先生勿谈相背；妒无双之士，乃公何事伤怀。可怜长乐清钟，魂啼釦砌；莫问井陉战鼓，恨绕金斝。四塞山河，天下全归炎汉；三洲烟雨，梦中

何处清淮。

结饵萧闲，藏弓悲怆。原出处之同心，何恩冤之异状。丈夫定诸侯为真王，沛公以小儿遇大将。笑同侪之鹿鹿，冷蜮吹沙；嗟盛业之麟麟，长蛟失浪。徒使折戟余哀，层台在望。地中鸣角，不闻刁斗军声；壁后扬旗，但有风帆鱼唱。早识隙投晨牝，跌足宫中；应教兴结秋鲈，掉头海上。

台遮冷客，台浇清流。上殿已烹功狗，长城自唱符鸠。惟淮堧之台古，想钓客之竿投。万众瓶罂，腾芦舟兮夏暮；十年符印，付蒲剑之摇秋。方知中夏驰驱，尘沙马革；不及富春啸傲，风雨羊裘。

让今楚山黯黯，楚水漫漫。亭犹配步，台亦称韩。将军短气，行客长叹。生计权归破网，功名焉用雕鞍。一般戏马，彭诚伤心旧迹；千古观鱼，濠濮冷眼偷看。莫问青天，百战终随鹰绁；且耽白水，几人不负鱼竿。

其　七

淮水之南，高台在望。父老言之，为故楚王。贬侯淮阴，实其故乡。当其微贱之日，竟无驱饥之方。渔竿永日，聊复襄羊。筑此台者，以识不忘。

夫天不祚乎大汉，必不生此王孙，何穷约其衣食，乃寂寞于丘园。经纶非其所寄意，盘飧又感谁之恩。恶少之剑亦可以挫辱，漂母之食不可以晨昏。不得已而垂钓，以啸傲乎乾坤。凡英雄之残日，此常事而不足论。

既而于楚执戟，于汉都尉。郁郁不乐，负其奇气。忽而将军之坛，王者之贵。旗鼓阗噎，风云暧霼。已而鸟尽弓藏，身入罗罻。吴怨子胥，燕疑乐毅。钟室烦冤，隆准知未。凡侯所历，发人喟忾。

或谓侯如韬其长才，安其贫素，一竿之下，是吾敷布。双鱼之得，是吾知遇。且以白水盟心，焉知赤帝嫖怒。刘项存亡，国所未卜。萧张之俦，益不足顾。岂不托业清峻，高名永固。何为贪符玺之娱，忘纶缗之趣。知衣食之惠，就拘挛之务也哉。

不知侯之志趣，不可以遏抑；侯之武略，不可以淹埋。钓者之业，非侯壮怀。隐遁之侣，岂侯所谐。高冠大剑，指日堂阶。木罂赤帜，功谁与侪？当侯身之少贱，虽寄迹于长淮。夫固已料其才之必有措，遇之不终乖。而何能潜身于渔钓，适意于巅崖。或以此而拟侯，非持论之佳者也。

顾当功既成，猷既壮，驰驱貔豻，挥霍甲仗。固已日月铭其高勋，雷霆写其奇状。而况武沙、蒯通之所以进其疑，卖缯、屠狗之所以不敢抗。则尤功高者身危，才雄者得谤。不待伪游之一举，乃知臣主之异量。何不屏弃爵秩，归老淮上。寻少日之钓游，置余生于清旷。横舟白陂，倚筇青嶂。或具钓纶，时闻渔唱。人主不疑，同列所谅。虽范少伯之故智，夫固保终身之无恙也。

然而时道不一，贵贱异谋。虽侯见之未远，亦天命之可尤。岂无幸功成于麟阁，方终始之蒙休。亦岂无托知己而不出，披大泽之羊裘。万事飘瞥，同水之沤。功名轸结，闲不如鸥。但看兹台也，韩侯旧迹，杳杳波流。而渔夫之伴侣，犹竿饵之轻投。倚台前而朝夕，自寄傲于千秋。

游人过此，怆恻悲酸。想三齐之富贵，但一指之轻弹。彼垓下之壮烈，付淮浦之波澜。人生事业，只有渔竿。勿当风而怊怅，且临水以盘桓。问混茫兮今古，何足寄夫永叹。

其 八

客有求淮阴侯旧迹者，曰：尚有台在淮水之旁焉。此淮之人所以思侯之功，而想其少日之徜徉者也。观侯异日，固傜化为侯王。溯侯之微贱，亦与樵夫牧竖混迹于林莽陂塘也。侯兮有灵，其千载魂魄，犹应恋此故乡。

而不见夫潫潫楚水，汗汗清源，非侯之聊与思存者乎。一竿之竹，独茧之纶。固将以秦为鱼、刘为钩、项为饵，相与潋灭而吐吞。而供其挥霍乾极，展拓坤元者也。异哉此王孙也。

王孙既受辱于市人，无以喷欻其奇气。又望中华之堵垣，鱼龙之鼎沸。自知其才之必大用于世，而犹未也。乃具丝缗而徘徊，隐草泽之蒙蔚。或疑之为濯缨，或戏之以钓渭。王孙瞳瞳，视天长啸不答，咸不得其所谓。

而乃仗剑而起，叱咤婴布。出蜀而东，走风集雾。当是时也，豹儋荣歇之余孽，三齐楚国之众庶，莫不仰侯呫嗫，以舒其涸鲋。而侯建大将之旗帜，受王者之礼数。而天下密如也，可谓荷天衢以元亨，幻蛇龙之知遇者矣。

噫吁嚱！危乎悲哉！霄霭霭而幽邃，日沉沉而雱霏。王孙归乎不归，而碧血溅乎钟室，筑坛变而薤街矣。与其悔不听齐辩士之言，曷如自奥秘于山之趾水之涯也。与其以千金酬知我者，曷不思畴昔之穷隐，而归听乎淮水之湝湝也。徒使屈之沙、胥之涛，潫泪减汩于长淮。淮之人为侯怅惘烦怨，辨其先后工拙，而不可以为怀也。

其思侯而不得者，乃筑台于淮之上。非徒以登岹嵷、骋游望也。木罂之军，此溃溶之沙涨也。囊沙之流，此滇湎之巨浪也。军声何处，楚歌不闻。

犹有存者，昔年崇山远水之中，渔夫榜人朝夕之歌唱而已矣。

嗟乎！台上之人，渺哉千秋。台下之水，拍天长流。夫不有大泽衣羊裘者乎。王孙欲为帝师，而遂无意于竿之投也。钓者相语曰：此人之钓，钓于侯也，吾羞之。

因鼓而歌曰：淮之水兮清寒，王孙一去兮草满淮干；知浮名兮无益，且勿负兮渔竿。

其　九

频淮流之滂濞兮，仰高台之蒋蒋。若有人兮时不遭，常居草食兮晦志渔梁。访父老以前事兮，汉通侯之故乡。日月薄于极浦兮，风云黮黮兮古战场。苟丝缯之适意兮，羌颇颔其何伤。既重辖饵于东海兮，奚结输乎侯王。

侯王之不可要兮，曾不见乞食之王孙。虽负奇于骐骥兮，欲蹴踏乎轮辕。恐伯乐之既遇兮，终仰天而烦冤。披羊裘而钓泽兮，自哲士所思存。何不守此故都兮，枕胡绳与兰荪。朝黏徽干鳏鲤兮，夕乃使剑而叩天阍。

天阍之阊阖兮，虎豹实餤舐其可畏。望蔺沧之淮水兮，袭灵修之芳气。玩鼓枻而回轮兮，山川隐此荟蔚。眺釜釜之母冢兮，余终悔此钜费。能潜踪于敝人兮，屠狗之何足贵。彼刀笔之鹿鹿兮，亦拔茅而连汇。实始卒其误君兮，君慌忽面知未。

君以纶绳为细务兮，欲终回此天步。栈道之颠锜兮，遂叱驭而径度，建旗鼓而出井陉兮，屯潍水而又渡。揽四海以屏营兮，易不倭迟而觅乡树。怆烟汀之蒲苇兮，集鸿鹄与鸥鹭。胥郁陶而思君兮，归兮归兮岁暮。君方刾刾其扬辉兮，傲渭滨以知遇。

荷中情其信娇兮，何衣食之好乖也。功之不可高兮，适蜷曲而伤怀也。皇不佑国士兮，纵信修其无与偕也。隆准之为鸟喙兮，君昔以为尧阶也。纷投君以浊河兮，孰濯之下清淮也。两雄之必有一歼兮，问如君其谁俦也。岂烟水之非所好兮，亦瑾玉之自埋也。

既鸠䴔之摧鸾凤兮，固贤达之怊怅。彼台基之累累兮，况陇嵸于淮之上。虽弃兹而勿业兮，览淹留而神王。公季之厄于塞库兮，固伐戎而克壮。阖闾之长驱而入郢兮，员执弭而得谤。恨渔父之不谏汝兮，岂力敬陈而不谅。水光泌濡可游侠兮，何名节之高尚。

台之存兮中洲，客思君兮夷犹。烟云阍莫兮获之渚，瞻灵旗兮风飔飀。心怵怵兮叹息，念斯人兮九州。蕙草芳兮化为艾，夜光之璧兮昏见投。彼他人兮见几，从赤松兮遨游。遗紫堂兮蕙帷，望公子兮烦忧。渔收罟兮课获，聊寨芼兮奠羞。

系曰：侯兮归来，水漫漫只。芦花短竹，青枫丹只。华鲂素屿，登翠盘只。和酸若辛，劝加餐只。筊筊之鱼，袅袅竿只。阳阿朱蘋，发奇欢只。人实迓女，行路难只。垂緌建旌，貂蝉冠只。樅金伐鼓，大将坛只。愢愢失足，摧心肝只。高台罢业，楚水干只。侯不归来，烟波寒只。

出处：（清）王琛《蚍珠赋钞》（卷二），同治五年（1866）刻本。

注释：潘德舆《淮阴侯钓台赋》有九篇，编者将同题、同韵之赋合编为一文。

李湘茝

李湘茝，生卒年不详，山东安邱人。科举中副榜，任户部云南司主事，户部贵州司员外郎，福建司郎中，江南道府督办海运江南河库道。有《碧琅玕馆诗钞》。

育婴堂碑记

周官遗人以委积养孤，林氏《荒政丛书》有收养遗弃小儿育婴之义，殆昉是乎？我国家深仁厚泽，子惠元元，凡在陬僻，养老恤孤，善政具举吁盛矣。清江地演淮河，时罹祲沴，民告窳俗，雕翅抚恤之令，视他郡为尤亟。

斯堂也，创自雍正年间，乾隆甲寅（1794），河库道谢公启昆复筹帑善其后，迄今四十稔矣。积久弊丛，目为利薮，堂在邑西仓门口，屋址湫隘，乳妇哺儿率散处别居，名存实亡盖久矣。

某莅任欲改建者屡，兹岁邑人刘有隙地一区，广三十六弓，直太平桥东，愿输为堂基。乃鸠工庀材，构屋七十八楹，以五十楹舍婴儿，余者居司事，容夫役人众，而公廨、庖湢、仓储罔勿备，外设更舍，夜司囊焉。经始甲午（1834）仲夏，越仲冬告成。遴邑士之醇者董其事，岁檄丞尉一人，以时稽察，详列规条，刊木榜之于门，爰自规制，视昔较备。

噫！育婴者，抚字一端耳，行之以实，而穷嫠获所弱息，遂生亦足以，康熙朝仁泽也。然时久事弛，弊亦滋萌，度支失其经与，规约紊其旧与，董率非其人与，庸知后之视今不犹今之视昔耶。是在司牧者因时补救，斯于可久而已。

是役也，商切某事者，惟王邑令某，同官捐俸者为某，邑人输地者为某，于法皆当书且勒诸石，以诏后之官斯土者。

道光十四年（1834），岁次甲午十二月。捐输衔名从略。

出处：（民国）徐钟令《民国淮阴志征访稿》（卷三），民国抄本。

柯万源

> 柯万源（1787—1845），字星庐，号小波。浙江嘉善人。四岁能辨四声，称神童。诗赋秀丽惊人，以《投赋》受知于汪廷珍。著有《周易名物类考》《礼记郑陈异同考》《杏花春雨馆词》《墨磨人斋集》《延绿草堂赋稿》等。

木罂渡军赋

一水湝湝，健儿十万兮，谁能与偕？谋定而波涛可越，令严而瓯瓿旋排。纵敌情之叵测，自妙略之早怀。何须巨筏环连，共骇船头之鹢；即此空瓶稳济，终收井底之蛙。鼓锐气于三军，风驰安邑；话奇猷于一渡，月照清淮。

方韩王之击魏豹也，戎容有墨，战仗如林。危桥板断，画楫波沉。凯饮未谋乎三爵，中流已失乎千金。计且投壶，蒲坂之兵綦盛；势难杭苇，夏阳之涨初深。何处屯军，莫恃我师之众；除非飞渡，方逾此水之阴。

尔乃胜算操持，兵机慎重；别路分趋，勇夫乐共。程遥而万众无惊，江阔而三更独纵。奚烦刳木，才呼利涉于凫舟；只藉提罂，倍鼓先声于驺从。事适同乎抱瓮，灭顶何嗟；式聊仿乎浮槎，卫身有用。

于是衔枚疾过，卷斾交横。烟昏隔岸，霜过寒营。解带争持乎一木，偃旗毕隐乎双罂。岂鸣鼓之亚夫，突乘武库；恍裹毡之邓艾，直走阴平。栅不嫌围，似结鱼鳞之阵；瓶何妨馨，暗移虎帐之兵。

则见铜角沾濡，铁铃呵叱。觉援手之堪凭，岂奋身之有失。争厉揭兮勇莫当，挟戈矛兮机殊密。拟莲乘于仙子，妄测神谋；思杯渡于高僧，匪矜幻术。河冰未合，方愁众骑之何驱；匏叶才歌，忽讶潜师之俱出。

矫矫犴黑，彼昏不知。艇已沉而仍过，箈未至而先吹。壮士悬匏，刁斗冲城之会；威声破竹，旌旗酾酒之时。此师定是飞来，阵张背嵬；我将直从天降，帐罢衔厄。虏已就擒，胜雪夜平吴之捷；民非病涉，陋戈船下濑之奇。

既而奏凯言旋，习流重济。大树垂勋，芳樽分惠。回忆鲸波荡碧，咸夸制梃之强；从兹狼火销青，永恃建瓴之势。迄今捧槛矶头，乘桴滩际。慨慕疑兵，旷怀秘计。江涛云涌，难寻背水之奇观；芦荻风多，犹认囊沙之旧制。

然此特侥幸功成，仓皇事定。施诡术于威弧，捣偏师于捷径。岂如圣天子籍鼓森严，雷霆响应。贮吴罂以赐醻二三臣，共沐君庖；置舜木以求签亿万里，悉遵天听。师行以俎豆为事，罔不禀龙韬而策裕万全；庙算出帷幄之中，纵或撑螳斧而勋归百胜。

出处：（清）王琛《蚍珠赋钞》（卷四），同治五年（1866）刻本。

注释：《史记·淮阴侯列传》：魏王豹谒归视亲，疾至国，即绝河关，反汉，与楚约和。汉王使郦生说豹不下。其八月，以信为左丞相击魏。魏王盛兵蒲坂，塞临晋。乃益为疑兵，陈船欲渡临晋，而伏兵从夏阳，以木罂瓶渡军，袭安邑。魏王惊，引兵迎信，信遂虏豹。定魏，为河东郡。

杨以增

杨以增（1787—1855），字益之，号至堂，别号东樵。聊城县（今属聊城市东昌府区）人。道光二年（1822）进士。历任贵州荔波知县、松桃直隶厅同知、贵阳知府、两淮盐运使、甘肃按察使、陕西布政使，道光二十九年（1848）任江南河道总督兼漕运总督。著《退思庐文存》，后人辑有《杨端勤公奏疏》。

重修《清河县志》序

圣祖仁皇帝御极之十六年（1677），河圮漕病。特命兵部尚书兼都察院右副都御史臣靳辅总督河道，以山阳之清江浦地，河漕总汇，时来驻节。后五十有二年，河道总督分治南北，而南河专驻清江。又三十二年，清江浦地入于清河，移县治治此；于是，清河县为河督同城官，地冲务繁，屹为壮邑。

旧制：督抚察吏民，河臣司水土。至于沿河州县，则河臣得与察核；地方之利病、民情之疾苦、官吏之贤不肖，与夫一切建置兴废，学校、兵戎、典礼之大者，皆董率而总其成，其职理然也。

咸丰元年（1851）冬，盱眙吴君来宰斯邑，政通民和。其明年，以县志废坠来久，牒上大吏，及时修举。延聘山阳鲁孝廉一同，专司编纂。郡邑之士，任采访之责。越二年而告成，乞余序其意。

余惟方志之作，时地迁异，不居定体。清河旧治清口，实惟僻邑；今地辟于昔，政烦于旧。昔有丁、有田、有漕，而今惟折色，赋役改矣。昔惟漕标城守，今增中营、洪泽水师，兵制详矣。新庙作而学制宏，钟虡陈而万舞备，票引行而盐课裕，稽征密而关禁严，驿站改而廪粮加。而况宣防、草土之事，日迁月异，更大变者八九。累竹不能穷其意，巧匠不能图其形，而皆《旧志》之所弗及。非有经世之略，识时之志，曾弗能窥其崖㟁，况能穷其奥乎！

今观此书，义仍旧贯，功实创始。其细而至于方域沿革、往迹旧闻、订讹正谬，经生专家之业。而其大者，则非良有司综其纲维，而博达通时之彦相与以考其成，求其洞贯本末，深中机会，有裨于治理。良难使者，方将以水土之余，考吏镜民，以期不悖于古，而可遗于后，则此书有补焉。遂书以弁其首。

咸丰四年（1851），岁在阏逢摄提格壮月中浣，江南督河使者杨以增序。

出处：（清）吴棠修，鲁一同纂《咸丰清河县志》卷首，咸丰四年（1854）刻本。

《王右军年谱》序

鲁通甫孝廉以所作《王右军年谱》见示，而乞为之序。余细阅之其生卒之岁，及与人书帖之年月，非独于张怀瓘、黄长睿诸人有所纠，正即史传之差误，亦因是而得之，其用心可谓密矣。夫古人不易言知也，在善论其世而已，于并世之人事相涉者，得其先后本末，而一人之先后本末可因以定矣。朝政之得失，人材之进退，得其梗概，而一人之升沉，与意气之盛衰，可推而见矣。

考羲之生平，前则庾亮寿其裁鉴，后惟与殷浩相契，独深浩既用事深为引重，遂有驰驱关陇之志。时朝廷方用浩，以拟桓温、羲之，固知其非温敌也。然使浩不求度外之功，自取覆败，温虽内忿，其因势而抵巇，亦不至若是速也。浩败于姚襄，而温之威名盛于平蜀，废浩之事行，温势益专，而废立之祸见矣。此羲之所以深阻北伐之师，而太息于殷生之见废也。誓墓之作，当殷浩废而王述代为扬州之年，岂非以同志摧阻，不复有意于当世耶。然非钩校年月，得其情事，亦安知其非宴。安江沱之人，而以一艺名后世者哉，吾故以通甫之用心为不可及也。昔曾子固作临川墨池记，以为羲之不可强以仕，而极东方出沧海，又尝徜徉肆恣而自休于此，似未详其曾守临川者，则是谱也，亦可补曾记之缺云。

咸丰五年（1855）五月，聊城杨以增序。

出处：（清）鲁一同《王右军年谱》（卷首），咸丰五年（1855）刻本。

许 槤

许槤（1787—1862），字叔夏，号珊林，室名古韵阁，浙江海宁人。道光十三年（1833）进士。历官直隶知县、山东平度知州。以吏事精敏，善决疑狱著称。有《六朝文絜》《笠泽丛书》等。

张力臣先生遗集叙

岁丙午（1846），余摄篆淮郡，郡人士多好学耆古，重名义，每公事之暇，乐与晤对。丁中翰俭卿与余己卯（1819）同年，过从尤稔，俭卿长于毛诗，喜搜辑古金石文字，表扬乡先进甚力，尝手一编示余曰："此张力臣先生遗集也。"愿丐一言，余循览数过，慨然于力臣之不遇，而深美俭卿用心之厚也。

力臣殚心著述，顾亭林亟称之，与关百诗同岁入学，今顾、阎二家著书满天下，而力臣独佚其所著，《诗正字》及《汉隶字原校本》求之三十年不可得，仅见《济州学碑释文》，及丛书中所刊《瘗鹤铭昭陵六骏赞辨》而已。力臣以诸生终其意趣，本不求闻达，未可谓不过。独其穷力尽气沉埋于尘编蠹简中，与亭林诸君相角逐，以庶几所谓信而好古者，而卒消归无有，学问之显晦，亦有遇不遇，存乎其闲，可慨也！

昔贤谓搜庋人遗佚文字，比于掩骼埋胔，其言绝痛，俭卿不忍其乡先进名字愈远愈湮，皇皇焉掇什一于千百，以无使坠地，顾不谓厚与。嗟乎！莫为之后虽盛不传，即学业且如是哉，仁和赵文学晋齐与余交垂二十年，所臧金石文字甚夥，闲坿考证皆精博，余尝其排比成集，辄笑而不答，身后稿都散失，其见采于金石家诸书，廑有存者兹叙，是编抑又深余之感也。

夫道光二十七年（1847），岁次丁未春三月，海昌许楗谨叙。

出处：（清）张弨《张亟斋遗集》，同治四年（1865）望三益斋刻本。

杨 棨

杨棨（1787—1862），字羡门，别号甦庵道人，丹徒县（今江苏镇江）人。道光五年（1825）拔贡，曾任地方史官。著有《京口山水志》《蝶庵诗抄》《蝶庵赋钞》等。

鼓行出井陉赋

山围古并，歧路纵横。车不方轨，马难并行。有亭长兮来告，此淮阴之故营。填然鼓之，期诘朝而相见；在此行也，人坚壁而皆平。

方其破阏与而豪雄，近赵边而勇悍。召间谍以咨询，进军吏而筹算。时犹未至井陉也，选兵一千，问夜方半。哀笳罢吹，画角初断。未遑振旅阗阗，先听誓师旦旦。晓箭声催，征鼙响健。白雨横飞，朱旗前建。金铎动地以雷鸣，铜丸震天而风喷。鼓音未绝，方扬桴以疾趋；行者何为，忽倒戈而佯遁。

且夫井陉口者，石邑界其东，常山控其外。上艾险固以左包，蔓水纤洄而右带。凿隧道以周通，蠢故关而崚嶒。足已投于死地，几如天堑之难逾；头欲致乎生王，且让夜郎之自大。

然使广武之计遂行，成安之猷克壮。兵无取乎多多，主惟善于将将。十余日固其沟垒，三千人绝其粮饷。则计擒张耳，定教衅鼓以遗羞；气奋韩侯，岂敢孤行以相抗。

尔乃良谋不听，诡计不知。从间道以暗度，果空壁以疾追。四围蜂拥，一军狐疑。发嚣呶于水上，谓逍遥于河湄。众士方掩口不遑，哑其笑矣；异军已苍头特起，鸣而攻之。由是歇也就槛车之缚，余也裹马革之尸。凯歌竞唱，露布远驰。汉将鸣金而整暇，赵人鼓瑟以娱嬉。李生之妙算无双，请虚左席；燕国之坚城并下，早树降旗。

试观据至险之山溪，恃至坚之楼橹，阻以泜水之长流，环以回星之远浦。竟徒嗟刎颈以订交，究不免失身而为虏。至今寒鸦啼过，犹依破庙之神旗；轻燕飞来，徒赛前村之社鼓。能不叹地势之难凭，而信人谋之宜取。

出处：（清）王琛《蚳珠赋钞》（卷四），同治五年（1866）刻本。

徐仰庭

> 徐仰庭，白洋河（今江苏宿迁洋河新区）人。生卒年和生平事迹不详。

河口灌塘渡运说

清河县河口为漕运咽喉，自明嘉靖迄今，岁患黄遏，逮道光六年（1826）而弥甚，于是筹为灌塘渡运之法，今已数年。间尝论之，其事实有莫之为而为者，而其机实肇于乾隆四十一二年之浚放北岸陶庄引河，大河北徙，南岸滩生，滩生而堤可施工，其后滩渐下而堤亦渐长。迨嘉庆十年（1805）后，堤尾渐兴，南岸高家、马头堤滩相近，乃筑新御黄坝以拒倒漾，讵意即为后二十年创立草闸之地。易曰"穷则变，变则通，通则久"，其迨今日灌塘放渡之谓欤？是策也，发前人所未发，筹运救弊之方无过于此。

原夫倒灌误运，明末已然，而淤湖为患，年甚一年。康熙时，犹止波及下河七邑。雍正以后，慎守高堰，每因蓄清敌黄，五坝不以时启，湖西桃源、泗州、盱眙、五河诸境，近湖民田多致陆沉，迨蓄极而泄，沛然下注，归江不及，因启高邮等坝俾之归海，而山、盐七邑频告被淹。且因倒灌之淤运口，重运有至七月而始渡竣者，当其极难之时，重船起卸一空，并及桅柁窗格，一船用夫数百名，拖拽于泥淖之中，穷竟日之力，仅挽数船，官粮客货，狼藉道途，运丁之苦累，工作之繁费，殆难意计。空运有至次年正月方过浦者，兑运期迫，益累运丁，此已往渡黄之艰难，载在奏牍简册，三百年来盖难数计。至若防守湖堤，筹备运口，在堰盱则湖水蓄高，每逢秋令岌岌可危，而石工挈塌补砌之费，及岁修之资，每年不下二三十万金。里河拆筑，东清坝运口并三闸各坝，及两岸抢修埽工之费，每年亦不下十七八万。外南拆筑御黄坝，及运船经临随时筑坝添埽，旋做旋弃，此等劳费在顺遂之年亦需二三十万。若道光五年里外筑坝之费，不下五十万。加之高宝启开闸坝修守堤埽之费，岁亦不下二三十万。凡此皆由蓄清济运所致也。而民田之失收，赈蠲之金钱，犹不与焉。

今行灌放之法，克期可竣，操纵由人，起卸惟重货，而运丁起剥稽候之费省。工用止两堰，而东御各坝拆筑之费省，湖水无须多蓄，而堰盱土石各工之费省。上下早启滚坝，民田免淹而抚恤赈之费亦省。蓄清济运之害，如彼灌塘渡运之利，如此语云，利不什不更，害不什不变，总今昔利害省费而计，灌塘济运固为救急良谟，而亦淮扬两郡化险为夷之转机也。论者谓明平江伯开通运口，漕艘浮淮达黄于今有年矣，而今欲变古人成法以灌放为可恃，且淮之由安东以入海，自古为然，而今遏之由江甘以入江，固无论迁其途而易四渎朝宗之径，即清江以下淮不入黄，无以涤下游之澄沙，是又于治河成法相背，无乃不可乎，此执一之论，未达于事理者也。平江伯开运口以通漕，在黄河未徙清河以前，维时乃泄浦南诸湖之水以入淮，非导淮以资运，其所以为此者，乃省淮安转盘之劳费耳，若在嘉隆河水夺泗入淮之后，断不出此，盖事同而势异也。

转漕之法惟利是务，元开会通、通惠两河，明浚济宁至沛县之泗河，又开㳼河，国朝开中河、易运口，屡次移建闸坝，垂五百年而南北运河规模始克大定，皆所以避黄河之险而就转挽之利。独此渡黄之途，远无十里，为患滋甚，今运口犹是，渡黄犹是，惟改中间经由之途为灌塘，与平江伯之开管家湖、开运口，迹若异而意则同。且昔年运口之外即属黄河，今自创顺黄坝以来，南滩渐远，昔日大河经行之地渐为平陆，平陆之东多成暗滩，清难畅出恒致胶舟，今建草关于暗滩之中，犹昔之改移运口也，今之灌塘犹昔之借黄济运也。

借黄而黄不为病，更以节每岁无穷之费，因时制宜，补救渡黄之策，洵无过于此者，而又何疑乎？虽后此黄水落低，清能畅出，可无藉于塘，然而黄常有余，清常不足，若必强蓄湖水，博清水渡漕之名，恐非慎重万全之策也。至淮之入海，若无黄水夺其故道，自可如江汉之终古不易，乃浊流所至，顿见沧桑。神禹治河而不能必数千百年后，河之不东徙而南行也；贾让论河而后世不能舍其下策，而别有所措置也。河既不能使之东北以入海，淮又何不可导之以入江，时异事殊，但当遂其就下之性而利导之，防范之，利国利民，两无偏害而已。固不必泥于陈迹，始谓师古也。况济、泗、汶、洸、漳、卫、沂、沭诸水，泯其迹而易其途者，不可枚举，而又何疑于淮？若夫导淮刷河乃乾隆以前之语，非所论于今日也，近数十年河底渐高，黄愈强而清愈弱。嘉庆初年，堰盱湖水年底存止三尺，束御两坝一循旧制，收存金门八丈，淮犹东出，春间送重漕渡黄，大汛展宽两坝七八十丈，湖水畅出力犹足以敌黄。两水并行入海，犹可冀其不淀河底，虽黄涨难免倒灌，黄落则淮仍外出，而其时大汛之湖水，犹未若此时冬令底水之大也。后则上游河屡旁趋，兼复频启闸坝，遂致河益淀高。嘉庆十年（1805）以后，年底湖水蓄存丈余，虽春汛犹得外出，而清黄交汇之处，清深不逾六尺，六尺之外黄深丈余，强弱之机于此昭然矣。以交汇之区而尚不能清黄同深合辙东下，又安能望其助黄刷沙远及山海乎？此又未可以后先同揆也。寒夜偕友剪烛闲谈，论及灌塘渡运，谬逞臆说，如此退而记之，以俟卓识君子衡焉。

出处：（清）麟庆《黄运河口古今图说》，道光二十一年（1841）刻本。

麟 庆

麟庆（1791—1846），字见亭，满族人。嘉庆十四年（1809）进士。道光间官江南河道总督十年，蓄清刷黄，筑坝建闸，后以河决革职。旋再起，官四品京堂。生平涉历之事，各为记，记必有图，称《鸿雪因缘记》，又有《黄运河口古今图说》《河工器具图说》《凝香室集》等。

惠济呈鱼

惠济祠在清河县运口。为漕行要道，帆樯林立，香火繁盛。本铁鼓寺，前明嘉靖间改今名。乾隆十六年（1751），高宗南巡，发帑重建，殿宇楼阁均易黄琉璃瓦，规制崇闳，迥非昔比。道光十五年（1835），因年久剥落，麟庆奉皇太后恩诏奏请重修。委同知江瀚（字春涛，安徽供事，后官河道）监工，得铁鼓于楼下，浑铁铸成，中图太极，扣之其声渊渊，惜无字记年月。又得铁钟于门外墙角，相传每悬即坠，用是弃置，上有篆刻，苔蚀尘封，漫漶莫辨。洗涤观之，皆嘉靖时权阉名姓，始悟天后昭昭在上屏斥奸党之意，令人凛然。先是，黄河入海两尖之间，有巨鱼吞舟，为害商民，祷于天后，乞赐驱除。一日风潮大作，拥鱼来置海滩上，汛弁往视，见鱼目新抉，血泪盈眶，以绳遥度，自头至尾长十八丈，高四丈有奇，仰望鱼脊，朱书显露，有目兵梅永安者，梯而观之，识其字曰：此鳏鱼，一千一百年因伤生云云。以下不可辨。于是渔户争持刀斧，脔肉取油，阅六七日，始剔净肋骨一具。会风潮来，仍拥之去。乙未（1835）春，余巡海口，弁举骨呈验，已折去三分之一，计尚长一丈二尺，围圆五尺余。爰载柳船，运至祠下，比新工落成，即同铁鼓并置殿上，分左右列，以垂永久。

出处：（清）麟庆《鸿雪因缘图记》（第二集下册），道光二十九年（1849）刻本。又见（民国）徐钟令《民国淮阴志征访稿》（卷八），民国抄本。略见（民国）刘镮寿修，范冕纂《续纂清河县志》（卷十六），民国十七年（1928）刻本。

福兴起碑

里河厅属运口，为洪泽湖水入运门户，前明半江伯陈瑄建天妃等五闸，其后潘季驯移运口于甘罗城城南，另建石闸，亦名天妃，旋俱淤废。我朝康熙十六年（1677），靳文襄公奏改运口于烂泥浅之上，开两渠互为月河，以纾急溜。二十三年（1684）修复天妃闸，改名惠济。四十九年（1710），建越闸，以备轮替之用。乾隆三年（1738），高文定公奏在惠济闸下，添正越石闸各二座，以关锁湖水，保卫淮扬，寻名二闸曰通济、三闸曰福兴。至今行漕。余下车亲勘，见通济越闸业经修整，其惠济越闸、福兴正闸前任曾议拆补，只以畏难未办，爰即请帑兴工，委副将张兆、知府朱楹监修福兴正闸。甲午（1834）四月，戽水既净，拆石见底，忽得卧碑，遂鸠工人贯木而旋系绳以引置诸庙前。余闻报往观，其文曰："淮水清，湖水平，百世安澜庆有成，从此河防万福兴。"后署"乾隆三年（1736）督河使者高斌造"。因命工摹搨而援笔和之，曰："运河清，闸溜平，九十七载重告成，我和文定歌福兴。"后亦署款勒石，同藏闸内。是冬，陶云汀先生来浦，取观。入觐时奏及，上喜曰："此正应麟庆名字。甚吉！"乃归为麟庆述之。

出处：（清）麟庆《鸿雪因缘图记》（第二集下册），道光二十九年（1849）刻本。

西园赏雪

乙未（1835）夏六月，黄运并涨，奇险迭生，重漕阻渡，直至闰六月始得放竣。七月，海啸为灾，黄河又漾，幸俱抢护无恙。九月，奉旨：麟庆现已服阕，着实授江南河道总督。钦此。维时安澜已告，河务稍暇，乃议整理清晏园，制仍旧贯，参用新图，集料鸠工，以次修举。不月余，而有亭屹然，有桥亘然，有廊翼然，有堂轩然。堂五楹，槛外石台广可一亩，面临大池，遮以亚栏，原额衡鉴，余易以澜恬风定之轩，并题楹帖曰：退食。自公最喜逢春暖秋清，水流花放，澄心相封，更静参鹿鸣鹤和，鱼跃鸢飞，自是宾至而享吏休而宴胥。于是乎，在瑕日偕眷属游息其中，种竹、栽花、钓鱼、饲鹤，邀清辉于明月，纳爽籁之和风，怡怡然实得天趣。一日大雪，琵琶自舞，圭璧相鲜，池水初冰，气尤腴润。余围墟坐对，课两儿背诵梅雪诸诗，内子率二女袭裘踏雪而来，并携壶楹瓶益煮酒烹茶以为乐。次儿崇厚团雪镂花，幼女佛保年四岁，慧甚，索胭脂水染之，雅合消寒图意。寻惇甫叔祖自浙江来，季素弟自广西来，旧友蔡桂山自广东来，携眷小驻，均以斯园为胜焉。

出处：（清）麟庆《鸿雪因缘图记》（第二集下册），道光二十九年（1849）刻本。

谦豫编图

南河节署厅事五楹，高文端额曰：行所无事。厅后有屋，为黎襄勤公註河上易处，额曰：谦豫。盖取二卦有合，治河妙义。余自乙酉（1825）承乏河道，始读河书，见《贾让三策》、欧阳元《至正河防记》、潘季驯《河防一览》、靳文襄公《治河方略》、张文端公《奏议》、张清恪公《居济一得》、徐心如《安澜记要》，均为治水津梁，其它如胡渭《禹贡锥指》、傅泽洪《行水金鉴》、齐召南《水道提纲》等书，亦足以资考据。独是修防器具，古无成书，因思工欲善事，必先利器，乃于周历工次之时，见一器即绘一图，详问深考，积久成帙，会因改官而罢。岁癸巳（1833），复承恩简总督南河，江湖运道工险事繁，器具益多，又复随时考证，计前后凡九年，得具二百八十有九，有专为乎工而别立主名者，有不专为乎工而修而兼用者，有类于古而实创自今者，有宜于今而无异乎古者。爰于退食之暇，坐谦豫斋陈列器具，大之如云梯木龙，小之极鼠弓獾沓，以及天平架、地成障、翻泥车、清河龙等，具工不恒用之物，均按图以尚其象立说，以推其原，分门为四：曰宣防、曰疏浚、曰抢护、曰储备，而总题为河工器具图说。时绘图者，东河卜骏超（虞城人，官外委）、南河谭庆成（清河人，官千总）也。

出处：（清）麟庆《鸿雪因缘图记》（第二集下册），道光二十九年（1849）刻本。

洪泽归帆

余之渡洪泽湖而西也，雨则时洒时止，云则载阴载阳。喜乘东风，临流得句，曰：仗节竟扬舲，遥山入望青。风声疑虎吼，水气作龙腥。工险逾彭蠡，湖狂胜洞庭。富陵成巨泽，谁与订郵经。薄午，泊老子山船坞，天晴风转，登山阅伍，无碍行程。比回舟，雨风又顺，出坞西行，酉刻，陡遇风暴，急投灰沟宿。口占云：咫尺龟山路，偏教阻石尤。乌云压舵顶，黄气作风头。浪软知无底，盘旋不自由。长年幸习惯，小泊认灰沟。风涛震撼，彻夜不能安枕。清晓风定，移泊龟山，入庙斋宿。陈铁斋自虹乡来，班荆道，

817

故铁济曰："某江苏人，来此有年，前数载风、泗、淮、扬水灾叠报，自公到任，上下河连获丰收，且闻不主蓄清之说，然乎? 否乎?"余曰："蓄清刷黄，治河通义，特今之黄河底已淤高，故湖水昔存九尺而畅出，今则二丈而不敌，若必强蓄，凤泗先受其灾，迨蓄极而放，运河难容，势必启高邮五坝，淮扬又罹其患。余主孟子排淮注江之说，只留湖水一丈四尺，以足济运行而止，余则早泄归江。然亦幸连年未遇异涨，实邀神佑。"铁齐笑曰："向尝疑注江之说，今得解矣。"翌早祭毕，分胙登舟。守备蔡天禄请所向曰："礼河蒋坝舟子有难色余。"问故，对曰："由此至老子山，风宜西南转马狼冈，宜西北赴礼河，宜东北折还蒋坝。又宜西南，恐未免于阻滞。"余曰："行矣!"乃解。维而风随山转，舟若云飞，不半日竟抵蒋坝，咸以为异。

出处：（清）麟庆《鸿雪因缘图记》（第二集下册），道光二十九年（1849）刻本。

《河工器具图说》序

尝闻形上者道，形下者器，器非特各适其用而已。通乎器之为用而道该焉，审乎道之所存而器具焉。水、火、金、木、土、谷，日用行习之道，即日用行习之器，道离乎器则不行，器离乎道则不明，一物一名，何莫非至理之所寓哉。

道光乙酉（1825）春，麟庆仰蒙恩，分巡梁、宋诸名郡，茧丝之政繁，而保障之责尤重，窃以为聪听祖彝，习闻庭训。近复历守新安、颍川二郡，于治谱尚有禀承，而于河防则茫无门径，恒惴惴焉。时惧勿克胜任，爰陈治河诸书，博观约取，周历工所，互证参稽，亲历十有五汛，安澜幸报。己丑（1829）冬，改官豫臬，尊晋黔藩，巡抚楚北。癸巳（1833）秋仲，奉命承乏南河，洪湖运道工险政繁，海口江防地广任重，每莅一工、治一事，率循成案，谨慎宣防，凡遇幕僚将佐练达河务者，不惮虚衷延访，越今三载，而后知古今殊势，执陈说不足，以图功也。南北异宜，就一隅不足，以定论也。

且夫古之治河者，大禹尚矣。厥后始于贾让，详于贾鲁，大备于潘季驯。至我朝靳文襄公，揽全河于在握，汇群策以成谋，笔之于书，陈之于牍，大言炎炎，百余年来，宣防修守罔有出其范围。于此而欲逞私智，而掠美，言不几贻续貂之诮乎？

顾孔子云："欲善其事，先利其器。"尝于祁寒暑雨，周历河壖，每过一器，必详周而深考之，有专为乎工而别立主名者，有不专为乎工而修而兼用者，有类于古而实创自今者，有宜于今而无异乎古者，其称名也，小其利、用也繁。日积月累，辑为一编，虽未能小物不遗，而于工需似已苟完。粗备于是，绘圆以尚其象，立说以推其原，庶使览者援古证今，循名责实，通乎器之为用，而道于以该审乎。道之所存，而器于以具，若以为补前人之所未逮，则吾岂敢。

道光十有六年（1836），岁在丙申春三月，长白麟庆自叙于南河节暑行所无事之轩。

出处：（清）麟庆《河工器具图说》（卷首），道光十六年（1836）刻本。

《河口图说》序

治河难，治河而兼治漕则尤难。我国家岁漕东南数百万粟，皆藉淮渡河而北上达天庚，顾河常强淮常弱，非有人力以低昂之，鲜克有济。所以三百年来，河口情形屡易而成此局也。

道光癸巳（1833）冬，麟庆仰蒙恩命简调南河，适当灌塘甫定之际，议者蜂起，且承训诫，责复旧规，履任后弹精竭忱，思所以仰慰宸廑，乃亲履河湖，测量地势高下，详询古今情形，考诸简牍，访之幕僚，佥以为灌塘虽非长策，舍此现无法，因而悟今之不能如昔，犹昔之不能为今也。因时制宜人也，而实天也，爰率所属，将塘之狭者广之，堤之卑者增之，河淤也而加浚，闸坏也而重修。人事增勤，规模粗备。七年以来，灌放空重漕船共启闭塘河四十八次，幸得仰赖圣主洪福，遄行无误。独是袁江为水陆冲衢，冠盖络绎，过客问疑，惮于口述。因自前明至今，考其沿革损益，绘为十图，图条以说。嗣得徐子仰庭《灌塘说》，沈子香城《河口说》，均于斯事互有发明，因并附录于册。

庚子（1840）春，桃花水发，防汛上游，访徐子于白洋河，执是编而就正之，徐子以为善，劝付梓。且曰漕治而后河治，非两事也，归嘱友人钟子鉴之，重加校订，聊以备后之君子考核云尔。

道光二十年（1840），岁在庚子九月霜清节前三日，长白麟庆自叙于南河节暑行所无事之轩。

出处：（清）麟庆《黄运河口古今图说》，道光二十一年（1841）刻本。

高士魁

高士魁（1792—1866），字映斗，号紫峰，山阳（今江苏淮安）人。道光九年（1829）进士，代成都府办科试提调事，补官丹棱县，署简州，迁知蓬州。著有《丹棱县志》《虚静斋诗草》。

《御书堂丁氏族谱》序

丁氏谱，一修于康熙十一年（1672），再修于乾隆五十七年（1792），始锓版有成书，后遭河患散佚。司马君既归田，有志于统宗合族，未尽其绪。今乙黎兄弟踵而章之，其族之贤者皆奋起为之助，遂观厥成，盖事之难也。

国则有史，邑则有乘，家则有谱，皆所以纲维天下之风俗，而阴行其法度，以统人心，而治畔散于无形。然古之是非明而统纪立。惟一代之史，出于一人之撰述，而天下信其不欺。今则一邑之书，或百年而无成；一家之谱，乃已修而中辍。人有竞心，而从善者寡，虽勉之，其弊极，乃与败坏之者等。

古之谱学盛行，故世重门户，重门户故鲜离散。虽经乱世不坠法家，故史失或求之谱。今之谱不能纪远，则莫若笃近；不能立宗法，莫若详世系，取其质实可信而已矣！苟有所私意增饰，其弊极，乃与败坏之者等。

丁氏之为是举也，以守旧也司马君之志也。大占吉谐，于王诸君之绪也，乙黎兄弟于是乎能守矣！

士魁娶于丁，谓司马君为外舅。而乙黎则妻之兄也，能言其家世。然有汪、陆二君之叙在，故不更详，而详其修辑之大意如此。

咸丰元年（1851）九月，山阳高士魁谨叙。

出处：（清）丁纬五等修《御书堂丁氏族谱》（第四谱），光绪壬辰年（1892）刻印。

《蚍珠赋钞》序

吾乡潘伯和先生撰《淮郡文献志》，事迹取诸史乘，诗文取诸本集，前辈之经济文章灿然大备。厥后张检讨毅文撰有《淮人咏淮诗》，范学博咏春撰有《淮流一勺》，于表章人物外，又探讨古迹、逸事而题咏之，郡中故实更无遗漏。惟诗词互有详略，本事始末或未尽载。

近今功令、学使兼试生童古学，崇尚赋体，间取郡志中纪载为题目。清河王君玉航馆余家，尝就淮人所赋淮事，择其善者而甄录之。搜采既富，考证尤详，题解备登本事，以资参阅。其非淮人而赋淮事者，亦附焉。载历寒暑，衷成巨观，名以《蚍珠赋钞》。所以嘉惠郡人士者，厥功甚伟。

余取而读之，阐扬大节，敦尚风雅，与《文献志》之用心后先一辙。其始末毕具，视张、范二书，则又过之。固宜不胫而走合郡也。抑更有臆说焉：赋者，古诗之流。诗道性情，感发志意；赋亦宜尔。昔孙虔礼论王右军书，写乐毅则情多怫郁，书《画（像）赞》则意涉瑰奇，《黄庭经》则怡怿虚无，《太师箴》则纵横顿折，气骨风神，惟妙惟肖，所以书法冠绝古今。以是推之，赋韩侯则吊其功高而见忌，赋义方则悼其义愤而不容，长笛倚楼则动乡关之思，以诗投水则传豪迈之概，或知人而论世，或借物以抒情，庶有合于风骚比兴之意乎！深于赋者，其有以教我矣！

同治五年（1866）丙寅寒食日，山阳高士魁撰，时年七十有六。

出处：（清）王琛《蚍珠赋钞》（卷首），同治五年（1866）刻本。

漂母饭信赋

忆昔韩侯，遭时不偶。穷且辱身，饥难糊口。空储逐鹿之谋莫试钓鳌之手。攓午饭兮何来，餍早餐兮奚有？纵入句吴之市，未忍吹箫不游。王媪之门，谁能贳酒？乃闺帏巨眼，独怜国士之才；箪笥分餐，迥异众人之母。

方其贫难自给，生不逢时。请缨无路，仗剑何之。困淮阴而伏处，驱函谷兮难期。饥则依人，未尝饱也，天之厄我，不其馁而。他时推食军中，汉王加厚；此日谋生胯下，亭长无知。城下徘徊，群笑贫儿之相；河干踯躅，孰为濑女之施。

乃有漂母者，群聚苔矶，闲依蓬荜。浣败絮之绵绵，迎清波之汨汨。身为贫媪，讵馈食之有余；心识奇才，怜疗饥之无术。谓昂藏七尺，变且为龙；何落魄半生，穷偏如虱。河山鼎沸，方将受聘币之三；甑釜尘生，竟未卜加餐之一。

念此孤寒，周其乏困。煮白粲以无多，熟黄粱而载献。似游曹国，贤妻归公子之飧；宛入天台，仙子劝刘晨之饭。方临流而蒙袂，枵腹含愁；忽借箸以提筐，朵颐适愿。

建将军之旗鼓，曾将会食为辞；拜贤母之壶浆，应与赠袍同论。时则感尔相知，嘉其不吝。幸朝夕之有资，借脂膏而自润。殷殷之意难忘，贸贸之形克振。分饔飧而慷慨，民家妇乃尔多情；纵酒食以嬉游，恶少年徒然构衅。同为女子，独殊吕雉之诛韩；解厚王孙，直比萧何之荐信。

夫以世不我知，贫将谁告？苟有志于分甘，必先期而望报。况为巾帼之姿，讵比琼瑶之好。而乃分一箪之红粟，别具高情；却百镒之黄金，坚持雅操。劝餐民舍，初心第怜。尔无聊受馈侯门，始念实非吾所到。

故虽户终食万，石且逾千。感提携于往日，谋酬答于他年。第见心清淮水，义薄云天。谢贤侯之盛意，促使者以言旋。尔时粗粝之餐，岂云示惠；此际苞苴之赠，庸足垂涎。此所以济困怜才，不愧女中之杰；而轻财重义，独推母氏之贤也。

迄今丛祠寥落，墓道阴森，猿啼泽国，鼯啸烟浔。溯高风于一饭，想盛德于千金。望前贤兮不见，慕雅谊兮弥深。笑他名托杯羹，诈谖集事；羡尔志存进食，义侠居心。

出处：（清）王琛《蚍珠赋钞》（卷一），同治五年（1866）刻本。

背水阵赋

原夫兵不厌诈，谋必求全。妙行师之韬略，运诱敌之机权。昔韩侯之佐炎汉，拜大将而树戎旃。既涉河而收魏代，将略地而下赵燕。顾兹乌合人多，急则各寻生路；虽曰鹰扬我武，懔乎若坠深渊。岂真涉彼大川，何不为向而为背；若非置诸死地，孰驱在后者在前？

当夫出阏与而遄行，惧井陉之困坷。闻成安之垒虽坚，幸广武之谋不果。固可合以正，不合以奇；何妨攻于右，复攻于左。乃传餐有令，进兵将战胜于人；而会食先期，破赵若算操于我。二千人萆山执帜，使潜伏以俟之；一万众背水屯军，欲退归而不可。

时则我士疑而未言，赵人笑而不止。谓与兵法相违，未见阵图若此。背城而战，尚可生还；夹水而军，犹虞披靡；何乃背孤弗击，枉读阴符！居然背道而驰，甘临大水。不用诈谋奇计，赵师其犹龙乎；行看斩将搴旗，汉众将为鱼矣。

迨夫两阵绥交，三军险迫。弃旗鼓而伪奔，曳戈矛而辟易。侯方驰水上之军，赵遂空行间之壁。当是时也，进则敌有追师，退则陷兹大泽。畏死则计无反踵，群思万骑争先。求生则奋不顾身，无弗一人当百。正兵奇兵之互用，我士齐心；拔帜立帜以先登，敌人丧魄。象虽坎险，竟转败而为功；吉在师中，乃擒渠而大获。

众将则鞠腾而前，怀疑欲剖。背山之法尝闻，背水之军未有。何以胜决于先，何以路断其后？韩侯曰：兵法言之，诸君知否？投诸亡地，使之自存也。阵于平原，惧其不守也。不能胜则鸟兽四散，由素未拊循也。自为战则秦越一心，故必能攻取也。诸将由是释惑于当前，而拜服于道右。谓苟非大将之龙韬，安得醳诸军以牛酒。

或疑左车之计若行，背水之谋必废。虽有胜卒万人，难当奇兵一队。如此则将且成禽，兵皆败溃。岂知势有变迁，谋还迭代。出奇而别运神明，临敌而更工向背。或流言而使成安疑，或反间而使广武退。其计将沮隔不行，我军仍驰驱无碍。固不独面山背泽，能倾赵歇全军；更何须破釜沉船，争羡项王豪概。

况复虚心请教，履险知艰。屡胜之劳不伐，先声之夺斯娴。爰顿兵于鄗邑，而传檄于燕山。可知背水成功，固善用孙吴之智，而徇燕决计，尤足超绛灌之班。

惜乎功高见忌，才大生憎。及其收齐历下，破楚阴陵，海宇甫定，槛车遂征。鸟尽之谣非谬，狗烹之祸旋兴。徒令过泜水者，叹淮阴之备劳心力，而汉王之自弃股肱。

出处：（清）王琛《虮珠赋钞》（卷一），同治五年（1866）刻本。

许汝衡

许汝衡（1794—?），字少权，号莘农。江南山阳人（今江苏淮安）。嘉庆丙寅（1806）诸生，道光乙酉（1825）拔贡，廷试授知县，改教职，选金匮训导，未任卒。能诗文，著有《素位堂诗存》。

汉高杀淮阴说

淮阴之诛，千载冤之。论者或归罪于陈平，诛心于萧相，切齿于吕后，而独恕汉高，此皆不足与知人论世者也。谚云：兔死狐悲，物伤其类。平、何何恨于信，而必欲杀之？况吕后者，方妒戚氏之宠，忧太子之废，信又何毒于后，而必欲杀之？其必欲杀信者，汉高也。汉高，忍人耳。上忍其父，下忍妻子，而何独不忍于其臣？即以臣论：前灭陈豨，则忍；后族彭越、英布，则忍；何独杀信而不忍？信之才百倍于豨与越与布，天下未定，帝方倚信为左右手，杀之太速，天下非汉有也。羽已灭而信尚存，其足以与汉树敌者，独有一信耳。信虽无反汉心，然而汉之畏信、怨信、忌信，自此剧矣。荥阳之围，骂使者欲杀之，机也；垓下之捷，夺齐王军必杀之，势也。帝无日不以杀信为念，其不敢遽杀者，将有待也。军符不夺不敢杀，齐封不徙不敢杀。厥后改封楚，复封淮阴，既失兵权，又失国柄，乃可安然杀之矣。张良因是有托而逃，何、平因是以术自免，其不见杀，幸也。且帝之不杀何、平，或为异日灭吕，安刘也欤。大风之思，猛士犹是志也。而论者不察，谓帝悔杀信，以本无杀信心。观云梦之缚，帝释而不杀，后从豨军中来，帝"且喜且怜之"，以是知杀信非帝心。噫！是乃正堕帝术中耳！假非帝以杀信意阴授之何与后，何安敢擅招信，后安敢擅族信？帝厚予己，得以快其欲。汉高真忍人哉？然。非何、平之谲与吕后之毒，亦无以成其忍也夫！

出处：（清）邱沅、段朝端《山阳艺文志》（卷五），民国十年（1921）刻本。

丁　晏

丁晏（1794—1876），字俭卿，号柘唐，亦作柘塘，山阳（今江苏淮安）人。道光元年（1821）举人，官至侍读衔内阁中书、加三品衔。著有《颐志斋丛书》等。

《枚叔集》序

《汉志》称枚叔乘赋九篇。《隋志》梁时有二卷，亡。《文献通考》有《枚叔集》一卷。《陈氏解题》谓自《汉书》《文选》诸书钞出者。明季张幼白仪部，尝合都尉诗赋及《七发》《上吴王书》合刻为一集，今皆不传。惜哉！汉京词赋之学始自枚生，启之长卿，子云继之，其学寖盛。然马扬扉丽之辞，文监用寡，学识不及枚生。孟坚以枚与贾山、邹阳同传，赞其言正，盖英儒宏文，横绝今古，不独为吾淮之冠也。枚生子少孺，亦善属辞赋，本传称《平乐馆赋》《皇太子生赋》《立皇子禖祝》，卫皇后《戒终赋》。从武帝行至甘泉雍河东，东巡狩、封泰山、塞决河、宣防游，观三辅雕宫、馆山泽、弋猎射、御狗马、蹴鞠刻镂，上辄使赋之。志称《枚皋赋》百二十篇，今只字无传。然则枚叟诗文之廑有存者，重可宝已。余摭拾《班史》《文选注》《古文苑》《玉台新咏》《初学记》，辑为一卷，片玉不遗碎金，必录署曰《枚叔集》，仍旧题也。

出处：（清）邱沅、段朝端《山阳艺文志》（卷五），民国十年（1921）刻本。

张力臣先生遗集叙

吾乡张力臣先生，修学好古，研精许菽重书，尤耆吉金贞石，手拓其文，考证详核，顾亭林先生答汪苕文书云："精心六书，信而好古，吾不如张力臣。"亭林刻《音学五书》及《广韵》雕本，皆力臣所手书，其子叶增、叶箕分写小字，上稽说文，砭讲订俗，书法道古，点画审正，今艺林甚重其书，其初印本尤为世所重也。力臣以顺治七年（1650）辛卯补山阳学诸生，与吾乡阎百诗征君同岁入学，学使为河南举人李嵩阳，亭林集有《寄淮上张文学弨》诗，近刻《汉学师承记》谓力臣隐于贾，受业于顾亭林。案，力臣名在横舍，未为贾人；于亭林为后学，亦不闻执贽昆山也。

力臣为名父之子，父名致中，字性符，崇祯乙亥（1635）拔贡生，廷试授县令，未及仕而卒。博雅能文，交游编天下，与吴次尾、杨维斗、万年少、纪伯紫、李天生及亭林友善，所著有《学志草》《学山草》《理学孱守录》《径济源流》《虽遥阁随钞》，皆不传。其传者，力臣所刻《符山堂诗》一卷，亦希有之本矣。朱竹垞《明诗综》录《符山堂诗》，惜不得，力臣诗附其后。

余访来遗书数十年，着故家绝无传本，今所见者《昭代丛书》有《唐昭陵六马图赞》《瘞鹤铭辨》，《全谢山鲒埼亭集》有《娄机汉隶字原校本》。吾友许印林孝廉瀚寄余《济州学碑释文》，康熙中力臣同亭林客济州之所作也。同里阮明经钟瑗又赠余《广川书跋》，力臣写本前有张氏图记，书法遒美，闲缀评语辨论极精，卷中凡致字皆缺末笔，避家讳也。忆庚寅（1830）七月晦，于淮阴市上得见力臣栈行图小照，貌臞古，有微须，布巾裹首，着淡红色衣，策马行万山中，一奚童尾其后，以袖掩口，若冲寒之状。当时名流题咏甚夥，后记云：“岁次柔兆执徐月，在修相日，维戊申，识于亟斋之西窗上。”推年月，当康熙十五年（1676）丙辰七月二十八日也。因售者索值甚昂，余以囊中羞涩，信宿持去，犹幸录栈行诸作入余所著《山阳诗征》，皆竹垞所未见之诗也。力臣校诗本晋周南附注有诗正字，寿阳祁相国属余求其书，卒不可得。

《淮安志·文苑》称力臣书皆散佚，余特捃摭遗集，藏弆箧中，漕帅吴仲宣先生见而韪之，命梓以传。此集原有许珊林同年序，珊林校刻，吾乡吴山夫先生《金石存》至为精审，今此集刊行复就印林校雠，并坿于后，而又叹珊林之不及见，当与印林有同慨也。

同治三年（1864）甲子夏五月，山阳后学丁晏谨叙。

出处：（清）张弨《张亟斋遗集》，同治四年（1865）望三益斋刻本。略见（清）段朝端《张力臣先生年谱》。

淮阴说

余乙酉（1825）作《淮阴说》三篇。客语丁子曰："仆游于淮久矣，乐其土风，柘塘秔稻之饶，射阳鱼蟹之美，丹台王乔之宅，茶陂陆羽之神，裕载于方言，赀布著于通典，高丽之鼎可以摩挲，娑罗之碑可以宝玩，至于眺宴花之楼，访开元之寺，登临凭眺，其亦南邦之名胜矣乎。"丁子曰："如子之说，乃词客之余沥，非地形之封守也。夫述地舆者，综千古之废兴，究一方之利病，以经国家，以施政事，此其典要也。请为子扬榷而陈之，淮阴之分野，斗牛之躔，奎娄之次，步天者，以星纪为经始，七政于是乎齐焉。淮阴之疆域，北枕黄河，西带洪泽，行水者以海若为归宿，四渎于是乎汇焉。《夏书》兼徐扬之境，有玭珠之贡。《周礼》列淮泗之川，有蒲渔之利。昔者，神禹治淮，命庚辰锁无支祁于龟山之足而淮涡平；吴子胥穿邗江，由射阳湖至未口入淮，以馈饷道；汉陈登筑高堰以障淮，是为陈公塘；宋范仲淹捍海门以御潮，是为范公堤；明陈瑄、潘季驯之治河，清口以汇黄淮，云梯关以入海，丰功伟烈莫不于淮郡著绩焉。若其形势之险甲乎天下。魏文帝通山阳池以伐吴，周世宗开老鹳河以伐南唐，谢元之大破淝水，祖逖之经略豫州，韩世忠、赵立之败金人，皆屯兵淮阴，屹为重镇。徐宗偁谓：山阳为南北必争之地，得之可控制山东。洵不诬也。吴杨行密保江淮，拒朱全忠八州之兵，大败之于清口，乘势逐北，杀溺殆尽，惟其壅淮以击之也。明路振飞团练义勇，御李自成十万之众，邀击之于清河，泉磔贼渠，望风骇遁，惟其扼河以制之也。故淮阴一郡不过数百里之地，然无事则飞刍挽粟，引漕渠以供上都，而为西北之所仰给，如人身之有肠胃也；有事则秣马厉兵，设岩险以固中原，而为东南之所倚庇，如人身之有咽喉也。至于鹾盐榷关、商贾辐辏、转输阜通、衣被宇内、财用赋籍于是乎在。统观天下之郡县，其为天地之隩区，古今之扼塞，九州岛四海之铃键，系边腹之安危，控门户之出入，未有如淮阴者也。"

客乃起而叹曰："地形如此其上腴乎，宜其人才之杰出也。夫韩侯之兵功在炎汉，步骘之略威加蛮夷，然此犹武烈也。语其文章，十九首古诗之祖，枚叔居其九篇，三十卷《文选》之裁，都尉肇夫《七发》；'建安七子'有陈军谋之檄；'大历十子"有吉侍郎之诗；赵倚楼扬芬于前，张文潜腾芳于后；他如卫朴之隶术，秋夫之针鬼，龚高士之天马，陶山人之雪兔，一艺之士皆斯土之光也。"丁子曰："嘻，其末矣乎。夫士有百行，首在君父之大伦，所以扶植纲常，维持名教，下此不足道也。淮人翼赞升平，黼黻鸿业，其荣于身前，功名俱泰者无论矣。不幸遭时艰屯致命，遂志鞠躬尽瘁，死而后已，是不可不表出之以光吾淮而风天下。方汉室之陵迟也，董卓倡乱，而有劝张超讨逆贼，歃血誓盟，涕泣横下者，则有臧洪其人也。袁绍围急，而有与臧洪同日死，城陷身亡，慷慨赴难者，则有陈容其人也。桓灵之季，曹节等弄权肆虐，而有表阳球为司隶，谋诛宦官不克瘐死者，则陈球其人也。唐李义府之奸，而有一王义方抗疏劾奏，贬斥以终，则莱州之烈也。南唐周廷构之降，而有一刘仁赡抗节守城，愤悒以死，则寿州之烈也。北宋侬智高之叛，而有一赵师旦帅兵拒战，骂贼不屈，则康州之烈也。南渡将亡，有披发入阵，血战而损于兵者，扈再兴之拒金兵也；有被执忿诟，支解而断其舌者，黄文政之抗元兵也；有依文山之幕，兵败而死者，缪朝宗捐躯之义也；有赴迭山之檄，力战而死者，张孝忠杀身之仁也。忠如陆枢密，险阻艰难，至子负帝蹈海以殉国难，义烈之奇，亘古所未有也；孝如徐节孝，坚苦笃诚，至于避石不践以敬父名，庸行之奇，亦亘古所未有也。推此志也，虽与日月争光可也。胜国之终，潘若稚殉舞阳，赵世选殉和州，张世显殉辽东，郭九有之绝命词，朱日升之衣带赞，李干才恸哭不食，乐大章身蹈东海，天下闻之莫不咨嗟感激奋厉，而况吾淮体魄之所蕴藏，精英之所眷注，其兴起当何如也。若夫著仕迹，列儒林，魁梧奇伟之彦，孝悌贞洁之行，代有奇人，不能缕述。此以见淮壖一隅，天壤百郡，莫之能及，为其得乾坤之正气，钟河海之英灵，磅礴郁积而德泽衍于无穷也。"

客曰："言则美矣大矣，其蔑以加矣。然而淮土于周为荒服，去丰镐王化寝远，故《诗》《书》皆称淮夷，意其民人好勇斗狠，亦犷悍而难治矣。且风俗之移变而愈下，呰窳习为侈靡，骄突流为争讼，人材之盛殆未能如古欤。"丁子悚然应曰："何为其然也。古之所谓淮夷，北接徐戎，南近江汉，汉之淮南、唐之淮西即其地。柳宗元纪入蔡之绩而曰'平淮夷'。雅则非今淮阴之地明矣。且淮亦何妨称夷乎？马融注《禹贡·夷服》云：夷，易也。许慎《说文》云：夷，平也，东方之人也。夷从大，大人也。夷俗仁，仁者寿。故孔子欲居九夷，孟子曰：舜，东夷之人；文王，西夷之人。夷之为俗，固圣人之所托迹而聚处荒服之美名也。淮土跨徐扬之境，居南北之冲，江南诸郡文物华丽而或失之浮，河北诸郡气质颛固而或失之野，惟淮阴交错其中，兼擅其美，有南人之文采而去其浮，有北人之气节而去其野。《隋书》志云：重礼教，崇信义。《元史》志云：喜学问，好教化。盖自楚州立学以来，宋子京为之记，芴场有田，厨檀有书，又得仲车先生以为师表，毓德兴贤之泽自古为昭矣。其故老流风余韵，如孙泰之购银台既洗而还诸市，翠岩之鬻汉印相让而沉诸渊，廉让之俗播为美谈，至于北神之烈妇，承规之宦者，酒肆之大侠，卖鱼之逸民，虽在妇人、奄竖、贸易、负贩之夫，犹知敦行砥节，况于士大夫之垂绅委佩束带横经者哉，即有染于污格、昧其本性者，然而雉之化而为蜃，橘之变而为枳，淮之物尚能变化，况于人之秀灵者乎。故论其地舆，束清会淮，助黄入海，以弥今日之河患，而为朝廷奏政绩；考其人物，兴复古学，振起节义，以端今日之士习，而为国家储人才。政教行而骎骎日上，举淮郡之风，措之天下裕如矣。"客拱而起曰："敬闻命矣。微子之山川能说，何足以知之，振斯世之风以致太平之业，其必由子之言夫。"丁子谢不敏，退而著之于简，以待太史之观民风者。

出处：（清）邱沅、段朝端《山阳艺文志》（卷五），民国十年（1921）刻本。

杨启悊

杨启悊（1795—1853），字秉初，号樽村，山阳县（今江苏淮安）人。嘉庆二十年（1815）诸生，道光十五年（1835）举人，官吴县教谕。

登坛拜大将赋

侯起淮阴，坛高蜀地；杰并称三，功原寡二。荐国士而独有知交，拜大将而特隆位置。昔年胯下，笑传一市之人；此日坛前，气夺三军之志。臣多多兮益善，挟策而来；帝将将兮偏能，推毂而至。

昔韩侯之伏处淮阴也，徒放浪于三洲，叹困穷兮一介。胸罗韬略，早卜兴刘；策迈孙吴，何甘伍哙。渔矶高踞，等渭水之隐沦；雉堞嵯峨，对淮流之澎湃。王孙素有大志，愿持节钺之权；漂母旧有殊恩，敢下壶浆之拜。

夫何屈此雄材，未逢嘉会。献谋弗用，亚父莫与心交；刊印不封，项王置之度外。胡仕楚而位徒执戟，人莫知名；复投汉而法坐连敖，事无可奈。封函关于绝境，犹然都尉官卑。登剑阁以怀归，空说汉王度大。

尔乃赏自滕公，知深萧相。爪牙寄任，殊绛、灌之偏裨；帷幄运筹，胜良、平之器量。策马而自追亡者，士有奇才；置将而如呼小儿，上真无状。惟是三层坛筑，居然学焉后臣；兼之再拜礼恭，不独用以为将。

于是谨致斋，诹吉日，宝盖云飞，驰书雨疾。三千之虎卫偕陈，百万之貔貅尽出。肃衮冕兮穆皇，听銮舆兮警跸。建彼牙旗大纛，似此森严；授以虎节龙符，甘为屈抑。北面受教，洵千人隽而万人英；东向争权，庶六王毕而四海一。

拔乎侪类，播诸听闻。叹遇合于龙虎，奋叱咤于风云。赳赳岂少武夫，难胜专阃；碌碌未有奇节，孰建殊勋？试看坛坫握牙璋，力扶汉运；犹忆烟波垂玉饵，迹混淮渍。尔众士其敬听之，望切关中父老；大丈夫当如是矣，降来天上将军。

由是感兹厚遇，展彼壮怀。授士卒以罂瓶，渡夏阳而轻袭；建大将之旗鼓，拔赵帜以分排。敢拜下风，燕、齐之城自堕；骤登上位，通、涉之说难谐。所以垓下成禽，握将符而沉谋早豫；而中原逐鹿，提将印而奇计孔皆。

厥后炎精运启，钟室冤成。野鸡何毒，功狗难平。当时弓矢专征，敢背解衣推食；后日机权解组，何为释甲韬兵。纵然坛宇云封，汉中崒嵂；不及钓台烟锁，淮水澄清。盖为将者，必使智足全身而名不辱，斯功无震主而宠不惊也。

出处：（清）王琛《蚍珠赋钞》（卷一），同治五年（1866）刻本。

何　俊

何俊（1797—1858），字亦民，安徽望江吉水人。道光九年（1829）进士，授林院庶吉士，改工部营膳司主事，历南河、海阜、海防同知，桂林知府，官至江苏布政使。著有《梦约轩诗文并律赋稿》等。

重修《清河县志》序

道光壬辰（1832）之岁，余自翰林改官工部。逾年，奉命赴南河习学，历官海阜、海防、里河同知。于时，两河无事，海宇富昌，浦垣繁庶，甲乙东南，风俗之所趋，吏士氓庶之所尚，日以侈丽，满盈兹大。其后出守桂林，观察大名，道路经由，所见尤异。今皇帝御极之二年，服阕赴部，旋奉简命督理苏松常镇粮储。明年赴天津，监收海运。南北三数经过，辄月异而岁不同。

今年秋，以署江藩事移驻淮安，去初佐郡时，前后几二十年矣。其间丰耗兴替之故，天时人事之所以渐推而渐改，不能无动于中。欲言其事，而昔年僚属仅有存者。盖变迁之际多矣，非一事一物之间而已也。余以为其事不可悉详，退而求诸记录掌故之书，以庶几得其凡。而清河令吴君所修清河新志适成，其书自乾隆十三年（1748）以前，因缘《前志》，多所补益、裁减；近百余年，邑里之迁徙、官府之建置、川渎之变异、制度品式之损益，无不备具。或所疑滞，则从缺如，厘然秩然，咸有条理。

呜呼！以余所见二十年间，而辽远阔绝，如隔梦寐；况又前六七十年当迁县之初，又前十余年而接续旧文之末，其为参变错综，不可纪极，不有撰述。如余所及见，而以为今昔之殊，其不及见，则以为固然应尔，何足异乎！何足异乎！

吴君宰此土三年，政成而民悦，以其余力，搜废起坠。所延编纂鲁君，则余三十年前同岁生也。嘉贤尹之勤卓，感老友之岿然，殷勤简册，不能无感慨焉！

咸丰四年（1854），岁在甲寅重阳后二日，署江宁布政使、苏松督粮道望江何俊序。

出处：（清）吴棠修，鲁一同纂《咸丰清河县志》，咸丰四年（1854）刻本。

熊士鹏

熊士鹏，生卒年不详，字两溟，竟陵（今湖北天门）人。嘉庆乙丑（1805）进士，官武昌教授。有《鹄山小隐集》。

漂母饭韩信赋

溯国士之无双兮，哀王孙以舒啸。过淮阴而酒酣兮，临泗水而波绕。从下乡以来游兮，何亭长之不肖。鄙晨炊之无聊兮，终蓐食而弗召。佩刀剑兮争讥，身长大兮腾笑。俯胯下兮丈夫，辱屠中兮年少。羌出城兮持竿，乃抚流兮展眺。岂泌水之乐饥兮，拟渭滨而兴钓。终无人以劝餐兮，忽有妪而来漂。既潈洸以沉浮兮，亦击絮而抖擞。匪捣衣而击砧兮，异浣纱之在手。纷四顾以兴嗟兮，觉斯人为希有。岂食力所髓肩兮，应绝粮而穷口。比灵辄之翳桑兮，同重耳之出走。经吴市以吹篪兮，困陈郊而鼓缶。爰呼饭于斯时兮，如受哺于其母。挈瓶而前，馈食而饭。病矣将兴，食也何晚。羁妻以餐璧兮献忱，瀨妇以壶浆兮输悃。邱媪以颔羹兮忘封，平嫂以糠核兮弗返。孰智孰愚，谁近谁远。嗟斯母之贤明兮，讬一箪为勤恳。蚕负蠡以齐趋兮，乌哺母而思反。矧雄杰之居穷兮，宜激昂以报本。既食而起，望母兴叹。苟能富贵，无忘壶餐。乃闻言而生怒兮，宁望报以求安。当借箸而思济兮，勿废食以自残。何羊羹之可恋兮，靡鸡黍之足欢。臣出身而事主兮，贤待时以入官。固鼎烹所宜养兮，徒肉食其无难。因仗剑而佐汉兮，旋登坛而识韩。尔乃斩蛇自雄，逐鹿丕振，王媪券烧，武负酒进。幸推食于炎帝兮，遽传餐于水阵。渡木罂以见奇兮，鼓井陉而前引。既大将之皆惊兮，亦真王之足信。从饿夫以来斯兮，慨余生之何迅。诚一饭之难酬兮，虽千金而不吝。窃叹母之明兮同于酂侯，信之忠兮异于鲸布。既寻母而感恩兮，岂背汉王而妄附也。难得箪豆而弗忘兮，宁享侯王而有误也。谢武涉与蒯通兮，同走狗与狡兔。痛娥姁之长鸣兮，何牝鸡之太妒。怅钓台以长辞兮，叹富春而如故。倘信陵为同心兮，标东西而高赋。觅泗口之南滨兮，翘贤母之遗墓。等行营于高邱兮，咸枕流乎古渡。

出处：（清）熊士鹏《鹄山小隐集》。转引自（清）胡凤丹《漂母祠志》（卷三），光绪三年（1877）永康胡氏退补斋刻本。

沈兆霖

沈兆霖（1801—1862），字尺生，又字郎亭，号雨亭，钱塘（今浙江杭州）人。道光十六年（1836）进士，选翰林院庶吉士，授编修。历任侍讲、侍讲学士、詹事、内阁学士兼礼部侍郎，官至兵部尚书、户部尚书、陕甘总督。有《沈文忠公集》。

淮黄济运议

黄河从古为中国患，然自宋以前，不过治河而已。至宋则分为二：曰河、曰淮；明复分为三：曰河、曰淮、曰运河。夫上世专去其害，因收其利，犹且利不胜害；今则去害兴利并为一事，欲去其害难乎，为利欲留其利难乎。为害而究其弊，则运河病在河，河病在合淮，而淮又病在合河以入海。

夫古之河道东北达于海，其由淮入海者惟汴泗之水耳，然禹犹疏九河以分其势，而水患始定。殷之世河圮矣，犹未徙也。周定王时河徙矣，犹未也。汉文帝、武帝时，始酸枣瓠子河矣。然始趋东南，继仍归东北入海也。东汉修汴筑堤，从荥阳至千乘海口，计千余里，河复由东北入海，合禹治河故道，于是东汉至唐无河患。至宋仁宗时，河大名。神宗时，河澶州北流断绝，河渐南徙，至元明间而河全入于淮矣。

礼曰：四渎视诸侯，渎者独也，以其渎入于海，故江淮河济皆名以渎焉。若以一淮而受黄河之水，是合二渎而为一也。然今既资以利漕矣，则往者贾让诸人随时制宜诸策，在当时虽或可行，而今日未必皆便。非惟不敢导之使北，抑且必欲捍之使南，捍之使南则漕安而河流愈不可测，若导之使北则虽与卫河合入于海，而忧又在漕。故古之河患小，今之河患大；古之治河易，今之治河难也。

然则治之之法当奈何？曰：治运河之法莫急于浚，治河之法莫妙于分，治淮之法莫善于导。夫运河三百余里西受淮水，水清无害也。若北受黄水，东泄于江，则由天妃闸而入，水一石沙五斗，汹涌急泻，其沙尽入运河，河狭水缓，欲不淤塞而不可得，积淤成板，河身日高，则必有泛溢之势，宜及时疏浚，使河底不致壅积沙淤，庶可受以清刷浊之利，而输挽得以不阻，此治运河之法也。若治河，则前朝河臣因黄水暴涨，阻遏清口，致淮水不能入闸济运，尽泛溢于高家堰，堰势告危，高诸湖横溢，议于清河县黄家嘴地方挑开支河，以分黄势淮，遂顺流入闸不为高害，具有成效。故宋濂之言曰："河流合则势悍，分则力弱，譬犹百人为一队则其力全，若以百分而为十则顿损，又以十各分为十，则全屈矣。"由此论之窃谓治河莫如分，然上流治而下流未治也，必使淮趋清口会大河入云梯海口然后无虑。而海口为潮汐往来之地，万不可浚，惟有善固堤防，如平江伯筑堰起武家墩经大小涧以捍淮东侵，筑堤起清江浦沿池山柳弯浦以制河南溢，使河不得不入淮，淮不得不会河入海，而淮始治。是治淮又以导淮为急，夫水之所击不能不溃，溃则泛溢，土之所淤不得不塞，塞则迁徙，此必然之势也。

今以奔流之黄河而尽藉淮为注泻之区，淮复合泗沂诸水以同入于海，欲运河不受其害得乎？故治运河者唯在以时疏瀹便不淤而已，治之之法皆在河淮，河淮治则运道自不致于见夺矣。若夫前朝之制，天妃闸本有漕行，则开过则闭之之策，用水之利而免沙淤，计诚深远，苟能参而用之，不更善哉。

出处：（清）邵之棠《皇朝经世文统编》（卷二十二）。

吴敏树

吴敏树（1805—1873），字本深，巴陵铜柈湖（今湖南岳阳）人。道光十二年（1832）中举，不求仕进，家居诵弦，潜心于诗、古文之学，终成大器，为晚清柈湖文派的创始人。著有《柈湖文录》《柈湖诗录》《东游草》《鹤茗词钞》《周易注义补象》《春秋三传义求》等，撰修《同治巴陵县志》。

淮阴侯论

吴子读《史记》至淮阴侯，韩信以反诛，叹且恨，已而深求其事，得所以为淮阴计者，而惜其不出于此，因遂申论之曰："世皆咎汉高屠戮功臣，尤痛淮阴侯以为非罪。"以余观之，高帝诚大度非猜薄之主，而独枉害元功之臣耶？观诸功臣裂土王者，惟长沙以僻弱幸全，其为侯者百余人，自陈豨反诛，外无及身罪绝者，高帝之事盖可知矣。韩信独不宜为王而已尔。

夫为天下有势，势之所害，英主常急急图之，此韩信之所以始王而卒不全者也。何者？自周末诸侯交争，极于七国，而秦并之，天下之不复封建者诚势为之。项羽时，诸侯皆已自起，羽虽擅权莫能相废，故遂剖封侯王，一时之事尔。高帝于是起汉中，定三秦，威征关东诸侯，而有其地。于斯时也，汉方自取天下，岂复有王他人意哉？故其遣张耳与韩信下赵，即拜张苍为常山守，以从其军，其不肯以赵地复予张耳，明矣。张耳，高帝之故人，失赵国，背项氏而归高帝，高帝不肯复予赵，即他人可知矣。然高帝非果私赵而薄张耳也。以为得国以予人，汉虽取天下，天下不得安。而韩信已定赵、代之时，始请王张耳，高帝强而听之，已而定齐，因又自王。且夫智如韩信，岂不知分王天下之不可为安，而其势之不可以长久者哉？顾自以为汉建不世之功，足以报汉，亦欲一为王以自快尔。

而其计又有深于是者，方荥阳之急也，楚人兵形外强，汉帝数困，信徒见陈涉以来天下豪者，迭为长，雄至于刘、项而争未有决也。信素轻项王为人，而高帝又屡自挫败，无尺寸之功，信之意岂不以项羽雄健，或能胜汉者耶？然如武涉、蒯通之说，令信背汉助楚，为三分之业，信诚不肯为此。而使楚果胜汉，信将急乘其后以复汉仇，诛项氏，而取天下；汉诚胜楚，信则为汉臣无伤者。故余揣信事，疑信一时之心，有在于此。其有不然者耶？

藉曰信忠汉，决然无是。何为汉急之时，信乃观望殊甚，而垓下之会，且以割地至哉？信果犹未免乎此也，及是而信事日以决裂，无他可为者矣。然则信之为将也，宜如何？曰：毋请王张耳。矧乃自王，已定齐，使曹参、灌婴能兵者备齐，身引兵决项氏荥阳下。天下已定，推萧何荐己功，而居其次。如此，高帝必厚倚信，子孙与汉终始无疑矣。

呜呼，信为汉非甚不忠也，感汉恩未为不亟也，计虑后祸又未尝不深且明也。然而卒如此者，其为人好大而夸，而又观变太深，虑胜太极，由欲有蔽之尔。故曰："患生于多欲。"信之败诚以此尔，其果不然也哉。

出处：（清）吴敏树《柈湖文录》（卷一）。

袁甲三

袁甲三（1806—1863），字午桥，河南项城人。袁世凯叔祖，晚清重臣。道光十五年（1835）进士。原为京官，以刚直闻名。奉命督办淮北军务，同太平军、捻军作战，屡建战功，官至漕运总督兼江南河道总督，提督八省军门，赐号"伊勒图巴图鲁"。有《端敏公遗著》。

《延陵堂淮阴渔沟吴氏宗谱》序

咸丰九年（1859）十月，余方膺简命，统师皖北，适同年吴稼轩比部以续修宗谱乞序。军务倥偬之余，爰取谱中前后原序一再读之，乃知教授公之贻谋远，而比部之述事善也。慨自世禄废，宗法不明，各亲其亲，各长其长，支分派别，愈远愈疏，加以饥馑之流亡，丧乱之荡析，数传而后，盖有子孙不能举其高曾之名讳者矣。矧在族姓其能一一而辨其昭穆，详其世系耶？宜乎前序，惧其骨肉而途人之，尤惧其途人而骨肉之也。今观比部续修义例，非清河嫡派附见不特书，世系不明者阙之，养子不书，赘婿不书，何其慎也。逃入二氏者不忍绝，远出者纪其迁徙，支派失传者缀于末，何其备也。慎则不滥，备则不遗。自今以往，吴氏之族，其不至骨肉而途人之，途人而骨肉之矣。若夫纪官爵，志懿行，详生卒，重嗣续，斟酌古今，深合典礼，则又推教授公作谱之遗意，而补其未备，若比部者，洵吴氏之贤子孙，善成先志者矣，祠中旧有祀田若干亩，近比部归自京师，益捐资增其数，岁时率族人讲礼祠中，以修祭祀，以合子姓，今又于干戈扰攘之时，汲汲以修谱为先务，吾知是谱一成，吴氏之族群，晓然于敬宗收族之义，而睦姻任恤之是求，则吴氏之居清河者，且由是寝昌寝炽，绵绵而未有艾也。至吴氏系出延陵，其徙居清河，源流世次，旧谱已详，兹不赘。项城袁甲三谨叙。

出处：吴其稑主修《延陵堂淮阴渔沟吴氏宗谱》，民国辛酉年（1921）二月刊梓。

汤 修

汤修（1811—1871），字敏斋，晚自号泔翁。浙江萧山人。道光十九年（1839）举人，官通政司副使、太常寺卿。

《通甫类稿》序

通甫先生，江南名宿，修未得叙一日之雅。丙辰（1856）四月，先君子弃养，既卜吉于山阴璜琥山。秋月扶輀反葬，埋幽之文乞而未就，迁延负疚迄于次年。吴稼轩比部见修皇皇然若有求而弗得也，应举先生之品诣、文章，谓足以表先生之墓，不远数千里走书为修达忱恫，阅数月而先生之文至矣。先君子平生学问、事功、性情、气象，无不呈露，敬以寿诸贞珉。未几，先生以类稿寄示属序，修寻绎数过，见其通达治体、根基理要，洵非近今文章之士所能得其仿佛。修不敏，素不习古文词，然爱其绪论，足与于心相发明也。爰述所由，缔文字缘者，为之序而归之。咸丰九年（1859）季秋中旬，萧山汤修谨序。

出处：郝润华编《鲁通甫集·序跋》（附录），三秦出版社 2011 年 1 月版。

杨廷桂

杨廷桂，生卒年不详，字冷渔，号岭隅，广东茂名人。道光甲午（1834）举人。有《岭隅诗存》《南北日行记》等。

过王家营

道光丙申（1836）五月初十日，早膳于清河之鱼沟集，晚宿王家营。王家营有小河，轿车可从浮桥经过，大车须以舟渡之。然车不进行，则舟不为渡，苛索殊苦。幸从仆众，共叱之，乃不敢作梗。十一日，自王家营渡黄河，过清江浦始舟行。王家营旧例，客入行后，托行主以雇夫而僦舟，彼有所得，则一切皆妥惬。时同行诸公有过于吝啬者，不许伊雇船而自雇。当午无一应者，转求代雇，则每担索钱千。诸公怒，令从仆自荷行李，而一绳一竿亦须钱二百。及至黄河，舟子索渡钱益昂，厚予之，始诺。然说价阻晷刻，人与物至未及半，舟中客已满，舟子持篙径渡。及至南岸，委行李于泥泞中。天复大雨，以重值雇小车运载，而北岸者不至，又不敢遽行，泊北岸者至，则天已昏黑矣。抵清江浦，舟人乘迫，故昂其值，予用钱四十千，始雇得一小舟南下扬州。盖亦生平有数之苦也。

出处：（清）杨廷桂《南还日记》，转引自张煦侯《王家营志》（卷六）。

翟 蔼

翟蔼，清代学者，生平事迹不详。著有《九畹史论》。

辨方望溪淮阴传书后

淮阴功高不赏，卒夷三族，天下后世之所同声而太息。盖尝论之人患无能，信适不幸以其能常邻于死而亦不善自完者也。太史迁传多微辞，明信无叛逆事，尝观宜兴储在陆评次史记末揭此旨甚悉，及读望溪书后语，所见略同。而曰信之罪，独请假王与约分地而后会兵垓下，当秦失其鹿天下，欲逐而得之者多。蒯通教信以叛，罪尚可释，定齐而求自王，略楚而利得地何不可从末减云云者，是则无以正信所以自尽之道也。且信当日为人，侧目而不能去，以致于死，毋所谓求而利者，误之乎。而观者殆犹未之悟也，夫请假王而汉高怒可知也，约分地而后会兵亦岂能平耶，然已破楚徙信齐王之楚，楚地大与齐略等也，信以夺我齐得楚于信亦足矣。汉遇信不薄矣。呜乎！是信授首之地也夫，夫以信之能用楚之强，果若有变，诸臣讵发兵而抗竖子者乎？陛下自将而擒者乎？然则帝岂尝须臾忘楚者乎？已而陈兵出入非反也，上书告变，帝知是诬也，计臣如陈平亦莫不知之也，而即计擒之者先之也。故凡信之所用自固，乃其所自危，信之区区求必得者，乃其已入于死地而不悟者也。为信计者，当齐地已定，汉方窘于荥阳，则驰而救，不能骤离齐地者，则分兵往遣亲人，自陈已期击楚则先诸侯。至楚破天下已集矣，则自释兵柄王之楚则固辞谨求散地，如是者，勋盖天下，天子不疑，大臣不忌，为汉功宗，扬令名延寿命矣。

不测祸之动也甚微，君子所以贵知几也。汉高畏恶信能夺之地已矣，念功多终不杀之，所以封功臣必欲萧何第一，心知为信，故时故不言耳。鄂君亦知之，而言故不及耳，已闻信死，且喜且怜之，畏之故喜之，然怜者亦其情也。然则使信早善自置优游，汉高之朝固当无所患。若抑其女主吕氏者，阴图临朝称制之日久矣，度汉大臣难制者，必计锄之，则莫如信与越矣，夫以碌碌羞与为伍之绛灌尚诛诸吕，安刘氏，今信越而在者，其利于雉之称制也哉？莽之居摄也，翟义起于东都，武氏之废立也，敬业起于扬州，尝见义一战败死，敬业乃蓄缩自谋巢穴，皆中才无可与计大事。向令十余万众得如信者将之，鼓而西无虑旦暮不传莽之首，且如思温之遇敬业，得如信之于广武君行其计，帅众直指洛阳，无虑不一朝迁武氏之宫正其罪，奚似毒已肆恶已盈及其既衰而始克图之不已令凶人得志哉？呜乎！此乃雉之必甘心于信也。夫三辅破灭，则王氏益安。泌水军回，杨氏以篡。阿溪骑走，武氏愈恣。尔朱举旗，而胡氏沉。韩彭菹醢，则吕氏王事势不两安，雉之与信，亦且不并存。沛公亡而范增惧，大真去而王敦悔，时乎时乎不再来，宁我薄人无人薄我，先之也夫已，发则举天下而莫能与之争，未发则一武士困之而有余。是善用乃公之智也者，然则信在楚，汉高虑其不终于为汉也，而信禽。信禽而信可不死，信在汉吕氏虑其终于为汉也，而信收。信收而信万无可生。

留侯曰：愿得封留足矣，不敢当三万户。三万户以酬良，功何愧焉？正恐决胜千里者，旋疑其千里决胜于我，则徒伤昔时之义，良不为也。愿弃人间事，从赤松子游。赤松子安在乎？良示我自此终无所与于汉家事矣，夫始之辞封者以全乎刘氏之义也，继之弃事者以免于吕氏之难也。独奈何信也拥百万之众，战必胜，攻必取，寻常无事，自全其身首而智不足，悲夫！三代以还，君臣之相遇，贤豪之出处，可考而知也。至如武侯之顾，庐信之拜，将岂有比哉，丈夫至此不枉许人以身矣。

且汉高慢悔人，诸将相奴虏使之，信之事万非布越等所敢望也，故信亦终以汉王遇我厚而不忍背也。然乃请假王约分地，此人臣要君之大者，信不知其义而为之，则不学道之过也。然罪即不当，从末减矣，而说者解之以逐鹿之事，夫汉高与信君臣之分未定，则可登坛一拜，汉高与信君臣之分定矣，而为是言，毋乃适重信之罪也夫？夫贤如光弼而恚死，而汾阳为唐纯臣，荣名显号独归之，其处予夺之际，得其义矣。嗟乎！信必爱此富贵乎？则早从蒯生之说，可也。事唯断乃成。彼儿女子能之而信不能，曷怪为其所欺也？且信曷不去也？求者不果得，而利之或反害，究竟区区者，诚何加损于信，信能事既见于天下，信曷不去也。

出处：（清）翟灏《九畹史论》，商务印书馆 1937 年白纸印本。

卢蔼吉

卢蔼吉，字晓梧，山阳县（今江苏淮安）人。道光四年（1824）诸生。著有《听雨轩诗词》。

娑罗树碑赋（并序）

淮阴娑罗树，相传西域本。武后证圣中，僧义净使西域，携归中国。尝考娑罗，广韵作桫椤。《荆州记》：巴陵县古寺中，僧床下生木甚婉秀，花细如雪。外国沙门名为娑罗。又《酉阳杂俎》：天宝时，安西道进婆罗枝。婆一作娑，则一物而二名矣。若碑则唐开元海州刺史李北海撰，行书，凡一千余字。邑宰清河张君谢以书，中有"玉像石龟还归故里"之语。顾志书旧未载此碑，盖以题字为海州刺史，遂以碑为海州之物，故不录。幸吴氏玉搢力辨，始得载入。今树与碑遗迹久湮，世所传碑，乃明隆庆中沔阳陈玉叔守淮郡摹本，非李真迹也。诵芮国器《乞娑罗树碑》诗："荒碑雨侵涩苔藓，尚想墨本传东吴。"则知此树之不朽，未尝不藉文字之灵也。

树古苔青，碑奇藓紫。映蔚清淮，丰隆枚里。字则矫若虬龙，木则美逾杞梓。传西方之嘉种，荣瘁昭然；摹北海之新书，神明在是。

原夫娑罗树者，识自义净之使，移当证圣之朝。花繁舞雪，干老惊飙；萧疏特立，灵响常昭。扶桑不足比奇异，若木不足矜岧峣。产自巴陵，僧床下独传婉秀；来从外国，淮堤上高矗丰标。

且夫仁寿之木，诗以纪其瑞；音声之树，记以传其形。凡兹灵物，皆著芳型。惟娑罗之标异，赖文字以流馨。特以蟠若蛟螭，既难状其形势；纵使承以赑屃，畴能绘厥精灵。

矫娇李公，有唐文伯。材华则陋彼细青，笔墨则超乎飞白。"有道碑"书擅神奇，"云麾碑"字看擘画。龙跳虎卧之形，凤舞鸾翔之格。顾此根同祇树，种移莲座之旁；遂教笔学簪花，墨拟兰亭之迹。

兔颖淋漓，龟趺崔嵬。百尺砂摩，千言珠琲。谁为驻马以流连，不假换鹅之神彩。笔迹岂同枯树，槎枒难看；文辞俨颂嘉禾，琳琅宛在。惟树也，甘棠是爱，睹枝叶之翩其；惟碑也，倒薤何殊，惊锋铓于砺乃。

夫以名重沙门，植离藩混。十亩婆娑，一庭秀曼。既石龟玉象之归还，亦铁干铜柯之遒健。李刺史徘徊仰止，膜拜心倾；张邑宰感慨流连，谢书言逊。盖树以碑而弥彰，亦碑以树而特建者也。

无如树摧残于岁月，碑薄蚀于雨风。甘罗城莫昭灵感，寅宾馆谁与靡耷？惟可门之寂静，亦没字之迷蒙。溯向子諲之过淮，树原非旧；观陈玉叔之摹本，碑亦徒丰。

客有车停楚国，舟泊淮湄。见夫枫冷韩侯之庙，草荒漂母之祠。乃叹乌不藏树，龟不支碑。黛色霜皮之奚在，银钩铁画之难披。欲睹遗文，尚辑赵公之录；若思墨本，惟吟芮子之诗。

出处：（清）王琛《蚍珠赋钞》（卷三），同治五年（1866）刻本。

潘陆才

潘陆才，安徽泾县人，无锡顾翰学生。著有《天海堂诗集》，编有《泾川诗抄》20卷。

枚皋草檄赋

今夫乏磨盾之才者，不足以奏边庭之伟绩也。无借箸之略者，不足以参幕府之危机也。是欲表军容于万里，慑贼胆于重围，必须词源沛沛，墨雨霏霏，文无加点，笔不停挥。然后能侦彼师之动静，扬我国之恩威。万言而火速立成，雷霆怒叱；两地之星邮暗递，风雨横飞。

厥有枚少孺者，系枚乘之少子，侨洛下以穷居。名甫登乎仕版，训未凛乎经畲。念囚脱南冠，梁园之冗徒漫谮；幸书陈北阙，汉廷之待诏新除。倘书生不事毛锥，文将焉用；任若辈浪夸手笔，目已无余。请看一气呵成，值瘴雾狼烟之下；谁信数行急就，在风声鹤唳之初。纵经术稍让于群公，尔能各奏以文章，横行乎一世，得意疾书。

故当小丑跳梁，强蛮当道，三关之寇焰方张，五夜之欃枪未扫。固宜飞檄而远为抚绥，传檄而广为招讨。但跃马横戈之会，命意嫌迟；冲锋冒矢之场，知几贵早。而彼独能以大笔之迅挥，类偏师之直捣。不殊宿构文成，而倚马匆匆；大有神通稿脱，而抽毫草草。

第见其搦管风驰，摘词电激，篇无滞机，语皆破的。洒洒洋洋，滔滔汩汩。其气足以撄九牛锋，其才足以当万人敌。凡夫旁午以乞师，呼庚以请籴，或告急警于邻封，或通暗谋于锋镝。肖乃父摊笺挥洒，时腾腕底之龙蛇；除斯人濡墨淋漓，谁震行间之霹雳。似此事关军国，疑挥返日之戈；也应气夺奸雄，突过愈风之檄。

独是当日者，汉道方庆鸿庥，儒雅卒叨鹤俸。厕紫禁以揄扬，陪青宫而讽诵。寅阶鹄立，侭多珥笔之臣僚；甲观凫趋，不乏通经之侍从。相如则工擒典册之文，臣朔则好聚辨难之讼，刘向则锐志校书，王褒则和声作颂。固已士尽瑰奇，彦皆英纵。就令草军前之牍，壮采飞腾；草帐底之笺，雄文错综。则驰函奏凯，自应莫或不工；岂橐笔从戎，必待择人而用。

且说者谓皋之草檄也，贵乎具谨严之识，储淹博之材。使稍涉夫媒嫚，略损其丰裁。则一人之威福难以擅，即九州之疆土无以恢。若皋也，使匈奴则俳倡诒诮，见贵倖则戏笑相陪。当摩空奏赋之时，才华虽推其敏；而对客挥毫之候，吐属究近乎诙。要之略短取长，自足文坛而树帜；即此争先斗捷，讵殊战士之衔枚？

我国家烽销武库，职重词曹。舞格苗之干羽，建下士之旌旄。六幕同文，底用兵谈虎帐；九边无事，何须书习龙韬。士也胸罗兵甲，脉接风骚。临文阵以折冲，竞向螭坳射策；登词场而鏖战，群趋鸾掖摘毫。又奚数汉室多才，精笔札于揆文奋武；争得似清时拜命，效赓歌于赞益飏皋也哉！

出处：（清）王琛《蚍珠赋钞》（卷四），同治五年（1866）刻本。

杨庆之

杨庆之，字笏山，山阳县（今江苏淮安）人。道光十年（1830）诸生，咸丰年间恩贡。著有《一草亭诗文集》《春宵吃剩》《骈斑敲枣簃诗话》《五弗措子》《一拳一勺》《就正草》。

国士无双赋

卓彼国士，笃生汉廷。永奠九服，改卜三灵。冠功臣三十一人，忠如曦日；开丕基四百余载，名应列星。当年迁史成编，详述豹韬之略；后世士衡作颂，如图麟阁之形。

当其辞项王，归汉主，拥旄旌，建旗鼓。指顾山河，栉沐风雨。登坛则摄乎貔貅，囊沙则惊乎熊虎。惟漂母可谓知人，岂哙等所能与伍。已见龙且、魏豹，难与争锋；何况张耳、陈余，谁堪踵武？身为命世之英，人列无双之谱。

于是迅扫群雄，翦除众叛。虎略谁攀，鸿猷独冠。登山而选骑以千，渡水而歼敌者半。计无藉乎平、良，气已吞乎绛、灌。汉帝荥阳之会，方电扫而星驰；楚兵京、索之间，尽旗靡而辙乱。漫说关河百二，终隶强秦；即看子弟八千，尽归炎汉。

矫矫风翔，桓桓飙逝。壮志飞腾，英声凌厉。顿见四邦咸举。成决胜百战之功；若使两利俱存，有鼎足三分之势。赵军夺帜，忽惊斩将搴旗；楚帐闻歌，空叹拔山盖世。

而况不信武涉，识顺逆也；不听蒯通，感恩泽也。以众人待我，不畏霸楚之项籍也；以国士归汉，不效背楚之项伯也。

是宜锡玉剖符，分田赐宅。勋并勒乎钟彝，名永垂乎竹策。而何为垓下之奏捷初闻，云梦之伪游已出。虽久历乎戎韬，竟含痛乎钟室。生杀皆妇人之手，遭遇何奇；功名怜国士之身，保全无术。徒使叹克敌而遭众忌，士本无双；谁复思传檄而定三秦，功推第一。

然而吕雉之谋，半归罗织；陈豨之狱，共识冤诬。反间则变生仓猝，叛词则事属虚无。弋飞鸟兮已尽，烹功狗兮何辜。成五载之大业，痛三族兮就诛。恰笑世上少年，从无真赏；若问沛中人士，半属竖儒。

迄今缅怀往昔，凭吊兴亡，钓台寂寂，淮水茫茫。古木丛祠，望愁云兮苍莽；长陵抔土，余落日兮昏黄。千金之报何其厚，一饭之恩未敢忘。彼光明之心事，谁泣诉于汉王？夫何不追赤松遐举之迹，而效留侯辟谷之方？

出处：（清）王琛《蚨珠赋钞》（卷一），同治五年（1866）刻本。

吴 棠

吴棠（1813—1876），字仲宣，一字仲仙，号棣华，安徽盱眙（今安徽省明光市三界镇）人。道光十五年（1835）举人，道光二十九年（1849）以大挑一等授桃源县（今江苏泗阳）令，历任清河知县、邳州知州、徐海道员、江宁布政使、漕运总督、江苏巡抚、两广总督、两江总督、闽浙总督、四川总督、成都将军等职。著有《望三益斋诗文钞》《望三益斋存稿》。

新建江苏清河县城碑记

咸丰元年（1851），棠宰清河。三年（1853），再任清河，修《清河县志》，于新县之无城。盖尝窃窃然虑之，而非常之原，黎民所惧，且必有以无戎，而城尼之者，嗫莫敢先发。十年（1860），捻寇东窜，浦垣失守，披猖不可制。同治纪元，棠以江宁布政使兼署漕运总督，奉命驻浦督师。痛定思痛，为坚壁清野之议，维时邑绅先筑土圩，北因汰黄堤，南临玉带河，有绪未成，乃相度地势，缩而小之，葺而完之。又于其中筑砖圩，北临运河，东西与南，各就洼下之地为濠。适兵火之后，瓦砾满途，即以烬余之完者为之。盖略仿古人罗城子城之意，而未敢信其足恃否也。未几，流亡渐集，人心大定，始毅然创石城之议，大致依砖圩之旧，而东南稍廓焉。昔时河湖堤岸，旧有砖石，自形势变迁，无关修守，奏请以为工用，并燔其石以为灰，其椿木之不甚朽坏者，亦搜取之，以承其址，庶几化无用为有用。邪许板筑，靡间寒暑，经始于三年（1864）之春，至四年（1865）秋而工竣，计长一千三百余丈，为门四，曰安澜、曰迎熏、曰登稼、曰拱宸，凡用白金十一万两有奇，皆于清淮军需及饷盐变价啬缩得之也。

于戏！浦垣盛时，岁縻帑金数百万，稍撙节焉，以为城其可也，忽焉不图，今乃图之于兵燹流离之后，度支匮乏之余，晚矣！棠起家县今，以迄今日，盖与清民为缘者最久，自维艰危备历，无奇谋秘计为民悍患，而滥膺天奖，洊迹崇秩，惟此与民相守之谊，差足以自信者共信。故不惮约言卑论，而详述其缘起如此。若夫民保于城，城保于德，有不专恃楼堞之坚完者，此尤后之君子所当深维而熟计者也。是役也，督修者淮扬河务兵备道吴世熊、淮安府知府章仪林，监修者候补知县师长乐前署县事者龙寅绶、今知县事者玉亮。例得备书。

出处：（清）吴棠《望三益斋杂体文》（卷四），同治甲戌（1874）刻本；（清）鲁贲《江苏清河县附编》（卷一），民国八年（1919）刻本。略见（清）胡裕燕等修，吴昆田纂《光绪丙子清河县志》（卷三），光绪五年（1879）刻本。

重修清河县文庙碑记

清河新县文庙建于道光四年（1824），外南同知万承纪有记甚详，时黎襄勤公为河督，河工方盛而众议纷纭，仅而集事，盖创始若斯之难也。自后失修，咸丰十年（1860），捻匪窜浦垣，大成殿毁焉。逾年，同治改元，棠以江宁布政使署漕运总督，奉命驻浦，督师下车，见此怃然弗敢安，百废待举，莫此为先。原建规制宏敞，弗容省啬以改其旧。兵燹之余，访求大木，良久始得之，乃克期鸠工，百堵偕作，就其址重建大成殿九楹，左右回廊八间，并补两庑之敝漏者。殿之前为大成门、为棂星门、为左右二坊、为映壁，其东为奎星阁，殿之后为东西斋、为明伦堂、为崇圣祠、为尊经阁，为两校官宅，并因其旧而重葺之。惟棂星门前东西增为缭垣，围奎星阁于内，并于两坊之中树栅以止行者。匪惟惧亵，亦兼采形家言也。经始于二年（1863）之春，再阅岁而工竣，凡縻白金□万□千两有奇。棠谨率僚属鞠躬揭虔释奠于先圣，乃进邑诸生而告之，曰：从来物力之兴耗有若循环，而人材之盛衰不与焉。以今日视河工盛时，雕瘵甚矣，而创夷甫起，弦诵不绝。国家以邑绅捐资助饷，推广文武学额各三名，士益奋发砥砺，举于乡者渐以多。管子云

"使士就闲旷"，敬姜云"瘠土之民向义"，其斯之谓欤？昔曾子固作宜黄、筠州诸学记，类能推明孔子之道，示学者以从事之途，棠则安能哉？惟是起家寒素，于勖廉隅而远声利，盖尝兢兢自持。曩宰是邑，常以重士者冀士自重，比年军书旁午，犹校勘《朱子》《小学》《近思录》，公诸士林。诚知无所心得，庶几取先贤成轶以为作圣之阶梯，而异时成就，则视其所自为焉。至于毁闲裂检，其必免矣，此固圣天子崇儒重道，所望于凡为士类者也。诸生悚然退，遂书是语以为记。其捐资姓氏则别选石刊焉。是役也，督修者淮安府知府章仪林，署淮安府通判黄伦秩，署清河县知县查祥考、龙寅绶，监修者候选知州王锡龄、候选游击吴璜。综理微密，无间寒暑，有足嘉者例得附书。

出处：（清）吴棠《望三益斋杂体文》（卷四），同治甲戌（1874）刻本；（清）鲁贲《江苏清河县附编》（卷一），民国八年（1919）刻本。略见（清）胡裕燕等修，吴昆田纂《光绪丙子清河县志》（卷十），光绪五年（1879）刻本。

重建崇实书院谕期考课示

照得士习为民风所系，教育首重，师儒武备，与文事相须，弦歌能消戎马。考昔王彦方里中讲学，盗（咸）畏知；郑康成车下横经，寇皆罗拜。盖鸮林之音，能革实鳣堂之望，是资矣。

袁江旧有崇实书院，自咸丰十年（1860）毁于兵火，多士久失肄业之所。问甘罗遗城，孰工献策；访枚皋旧宅，谁擅飞书。本署部堂，今拥节于连城，昔牵丝于兹土。闾阎遗老，曾识生平；里巷群贤，相关休戚。敢不于搜军之暇，兼筹造士之方乎？用特就运河北，复建书院一区：基则另辟其新，额则仍循其旧。度平原以开广舍，冀复前规；取秋实而弃春华，不忘遗意。并敦请钱少司成主讲，以为多士模楷。苏湖在望，分成均钟鼓之声；槐市敷阴，表太学冠裳之范。盖不特弓戈囊戢，冀导诗书；且将雅颂承平，思储制作也。兹择于同治二年（1862）正月十八日，甄别文生；十九日，甄别文童。凡近在一方之萃处，固宜囊笔而来；或远为五郡之分居，亦许怀铅而集；且即他乡流寓，何妨一体观光。凡兹同视之怀，亟合先期以示，为此示仰附近各属及寄寓生童知悉。至期报名，赴点领题构思，凭文字之瑕瑜，定权衡之去取。其有词传丽藻，名列前茅，并当捐备花红，酬挥毫素。非第学觇麟角，搜艺苑之清才，实期馘献虎臣，佐泮宫之教泽。愿从此文辉既朗，兵气都消。弦缦操时，赓昭代铙歌之曲；櫜枪埽处，焕盛朝云汉之章。

出处：（清）吴棠《望三益斋杂体文》（卷二），同治甲戌（1874）刻本。

崇实书院课艺叙

崇实书院，江南督河使者课士之地也。乾隆三十二年（1767）创于湛亭李公，嗣后各河督踵行不废。方河工盛时，清淮人士与夫，远方文学橐笔游斯土者，均得与课于此。书院旧在玉带河西偏，林木丛蔚，河流环抱。其时物力丰厚，孤寒肄业者藉资饘粥，弦诵不衰，诚盛事也。咸丰十年（1860）春，宿永捻寇窜扰浦垣，书院并煅于火。同治元年（1862），棠奉天子命署理漕运总督，驻扎清江浦。于时居民流离，人文寥寂，心窃悯之。爰偕清河吴稼轩比部，筹购运河北黄氏废宅，仍旧额为崇实，延归安钱枬仙少司成主讲，复偕府厅县分课，规模粗具，司成勤于启迪。士之来归者日多，自同治二年（1862）正月至岁秒，已得佳艺若干篇，刊之以为倡焉。以今况昔时地之盛衰兴废，与人事之枯菀，较然殊矣，而榛莽繁复，畹兰自馨，冰雪凄厉，孤芳乃见。诸生于清凉寂寞之中，郁鼓舞振兴之志，务崇实学励实行，以答盛世，作人雅化，则鄙人之所日夜冀幸者也。是为序。

出处：（清）吴棠《望三益斋杂体文》（卷三），同治甲戌（1874）刻本；略见（清）胡裕燕等修，吴昆田纂《光绪丙子清河县志》（卷十），光绪五年（1879）刻本。

重修《清河县志》叙

《清河县志》创始明嘉靖中浮梁吴侯宗吉，其书久缺佚，存者疆域一图，郡人胡应嘉一叙而已。叙之言曰："清河地瘠民鲜，潦水一至，编氓流离，议者至欲徙民而空其地。壬戌（1562）之夏，浮梁吴公来尹是邑，远定而安戢之，不遗余力。初求邑志，将欲厘正芜陋之，邑莫从得之。叹曰："邑而无志，非惟不见古今，即赋役何所准乎？"居数月，而民渐安之。期年，而民益归。乃因政事之暇，稍事编摩，据文献之仅存，采风土之共习，日删月削，三年政成而志适告竣。始建真讫词翰，粲然一邑之完书。"又言曰："雕敝之邑，政多简略，赋役之际，率以意成。上无定则，下靡适从，里胥豪猾，持钱谷征徭之成数以上下其手。是故法令无统则赋役无经，赋役无经则困累无所控诉，今皆详而曲处之，赋者以时役者不病。至于学社、廥仓、风土人物，皆与兹邑相终始。恐其久而无纪，故因志以附之。其书大约承二百年废缺之后，颛一条举，章程修定，品式创始之盛业也。后百有七年，当康熙壬子（1672）之岁，朝廷议修统志，檄下天下郡国州县采进志书，而博罗邹侯兴相实纂修，邹君之言曰："子自壬子季夏受事清河，逾月即有修志之檄，因取邑之旧志阅之，百余年矣。考其川原而陵谷易，履其疆域而坵离乖，稽其户籍土田而耗蚀悬绝，察其风政人文而荒落已甚。"嗟乎！是恶足以为志哉？夫一邑之志，非国人不核，非掌故不详，苟非其人其言不信，况乎缀一统之王会，副考文之国典者哉。子乃访诸荐绅博士而得其人，采诸远乡僻聚而广其听，聘而馆之以重其事，校诸先达长老以公其是非。自春徂秋，迄有成帙，凡四卷，为凡例者八，为图者三，为义类者三十有二，事之原委有序，名实错出有按，利害凭者有论，编不悉举者有分注事之，疑者有考辩，秩官有年表，人物有列传。其书推本旧文，折衷郡乘，所以备统志之采择，继事之美也。书成而未刊布。

又二十余年，而临川管侯在职，于时统志尚未蒇功，复议修纂。管侯之言曰："邑志之成，将以上之郡，郡将以上诸省，而统志取衷焉。他邑志远或百年，近数十年一修，其山川土田亘古不易，人物风俗之变积久后移，故其修弗数数。然若清河，则河流迁徙，挽漕开塞，不数年辄变，变则流峙易形，四封殊境，而户口钱谷数与俱更失，数年不修，即疆域形腾无所准，土田户口稽核无所凭。余适承其任，当其时其敢以弗娴于文，姑俟能者辞乎？其书因缘近事，而于赋役河防尤加详密，统志所取征也。"三书皆以无存。

后五十余年，为乾隆戊辰（1748），太守卫公哲治新修淮安郡志成，而桐乡朱侯元丰政成多暇，于是援据郡志，取旧志而厘定之，为卷十有四，为目三十有六，疆域有图，沿革有表，凡越四月而成书。朱侯之言曰："一书告成，议者纷起，后人必拾前人之短未有以为尽善者，因是而修志家多畏其难，不敢操筒，因循退避，使一方之土地、人民、政事湮没不彰，岂不过钦？清河县志始于嘉靖己丑（1529），国朝一修于康熙壬子（1672），再修于乙亥（1695），今幅员惟旧，人事聿新，河防、水利、赋税、蠲赈、五十年中，网纪之政，浩荡之恩，不容不纪。畬与邑中贤士参互稽考于旧志，当存者仍之，不敢妄加窜改，以蹈转相訾謷之习，其书贯串三家，即近所因也。故志莫难于浮梁，莫简于博罗，莫切于临川，莫备于桐乡，更历二代，上下百八十年间，贤尹、耆士、英儒，博识之所综贯而切剧，然且考疆域而沿革不尽明微，人物而登载不尽允叙，官师而不及宋齐之代，考川渎而未详疏蓄之宜，其他复见错出殆难以疏举甚矣。其难也，自桐乡之后十余年县圮于水，乾隆二十七年（1762）而县治于清江浦，初清江浦为山阳重镇，总河驻节之地，官省吏舍阛阓万家，自割隶以来，户口增十之三，田亩十之二，征科十之二，学额惟旧而士籍增，驿传惟旧而廪粮增。丞簿有增设，营有增伍，关有增口，坛庙有增配，河防有增工，日益繁夥。乾隆三十九年（1774）以后，河变益多，决老坝、开陶庄，及嘉庆中而北有李工减坝之启放，南有佘坝、云昙口之漫溢，高下异形，曲直异势，通塞弄宜。爰于道光丁亥（1827）、辛卯（1831）之交，漕运改为灌塘，盐政改为票贩，于是国家大政若河、若漕、若盐课关税，毕萃于此矣，而程序典章久而紊黜，无所承禀，官书之所载，吏册之所存，数更水患积渐漫减，虽复世承职守，或杳冥而莫究，其原猝有大事转相眴唔，上下交诿点者，为奸弊不可极。道光二十九年（1849），前知县事南昌刘君始有修志之议，整齐散佚，访求耆俊，未几去职，萌芽复辍。棠时祝事桃源，闻而趑之，而惜其不果。

今天子御极之元年（1851）冬，奉命来尹兹土，拨烦理剧，日不暇给。明年夏，而同岁生鲁君一同修邳州志成，观其义法精严，殆非苟作，因与邑之士谋，咸以为百年废坠，以有待于今日失而弗图，后将何望。于是，具牒大府，延访荐绅，询谋耆老，编纂之工谓鲁君宜。事始有绪，遽有邳州之役，其明年二月，粤贼东窜，江淮震惊，复奉简书来视事，而新志已属草方，与邑之人士谋所以练兵集饷、诘奸御寇之方，于是大兵围贼于扬州，贼复分众窜临淮涉豫入晋，假息畿辅，南北羽书旁午，戈铤耀于道，考订之事有所未遑。是冬寇去扬州，淮上小安，治军听讼之暇，窃以为事有似迂而实切，功有垂成而易隳，夫辨疑定讹，文人学士之业也。咨于故实，垂于典训，服官临民之事也。整一法令，综核名实，驭众定变之方也。志有疆理，知险知易；志有户口，知众知寡；志有土田，知熟知荒；志有兵籍，知弱知强。通川大泽，知其要害；街衢道路，知其经纬；风土物产，知所生；忠孝节义，知所以生；志盖迂乎哉！昔之明贤良吏，处从容暇豫，可以与举之时而逊谢不遑，故缺以至于今，棠不幸处废缺之后，而亦既搜之辑之矣，更不与精述之，可乎？再属鲁君多求博通之士，往复商确以成定本。棠复不吊慈亲，见背既返葬于都梁，迫于朝廷严命，命以成礼百日缞绖视事。呜呼！棠以中材处凋敝之严疆，当南北之冲要，奉耄耋之严亲，上无以报国，下不能顾其私，何尝不中夜抚心，归民流涕！既而思之，上知我矣，民与我矣，进不获杀贼立功，雪多垒之耻；则退而益治其政，而是书政之符也。于是字勘句校，以付诸梓人。自四月至于九月，剞劂既成，爰推古昔作者撰述之大，指淹坠之久，而继续之难，明予小臣载历忧患惴惴之苦心，而嘉与士大夫乐成之意，以冠其编云。

出处：（清）吴棠《望三益斋杂体文》（卷三），同治甲戌（1874）刻本。

补刊《清河县志》跋

清河县志，棠宰清河时延同岁生鲁君一同所撰。始于咸丰壬子（1852）冬，殆甲寅（1854）始成书，刊焉。庚申（1860）春，捻寇入清江浦。中旨裁河督，改河营为淮扬镇，归漕督节制。于时营制未定，居民播徙，志板藏学舍，遗失半矣。同治壬戌（1862），皇上以清江浦为南北咽喉，寇氛肆炽，视此一隅为关键，特旨命棠以江宁布政使署漕运总督，驻清江浦。筑圩御寇，招集流离，民渐来归。暇辄网罗散失，得志书存板，补刊若干页，仍为完书。计时不及十年，而盛衰之变、兴废之故，以一人之身阅之今昔，曾几时而已为陈迹。展卷俯仰，益用怆然。鲁君近又以老病奄逝。续志之举，一时难其人，略书梗概，以俟来者。

出处：（清）吴棠《望三益斋杂体文》（卷三），同治甲戌（1874）刻本；（清）吴棠修，鲁一同纂《咸丰清河县志》（卷尾），咸丰四年（1854）刻本。

注释：（清）吴棠修，鲁一同纂《咸丰清河县志》所载，文末有曰：同治二年（1863），岁在癸亥九月，兵部侍郎兼都察院右副都御史漕运总督盱眙吴棠跋。

《清河县附志》叙

同治癸亥（1863）九月，补刊清河县志成，余既跋其后矣。阅二年，清河筑城之役毕，版筑既竣，人民渐归，邑人吴比部昆田感于十年之间，斯土兴废之故，延山阳鲁茂才賚，商订为清河县附志。吴比部之言曰："清河志往事备矣，然以今视昔，河流之迁变，城市圩砦之增易，与夫营制屯田之改造，学宫书院之修置，忠臣、孝子、义民、节妇之表彰，皆斯邑之大端，不可以不志。"于是，证诸公牒，兼采见闻，为《清河附志》二卷，持示不佞，嘱为弁言。披阅再三，掩卷太息！余以不才蒙圣恩拔擢，由牧令逮总漕，待罪十年于兹矣。前宰斯邑，不能预筹防卫，致遭荡析，今则水潦时至，河流之保障无术也。寇氛肆横，城砦之守衔多疏也。营屯之需饷未充，学校之士气未振，忠孝节义之湮没且多也。附志之举，殆将滋余咎乎！比部曰："事不敝、不更、不创、不继，意量无可满，事业无可竟，人之欲善，谁不如我，留此以遗来者，不亦可乎？"姑从其请而为弁言，以志余愧。茂才为同岁生鲁君子，盖能世其家学者也。

出处：（清）吴棠《望三益斋杂体文》（卷三），同治甲戌（1874）刻本；（清）鲁賚《江苏清河县附编》（卷首），民国八年（1919）刻本。

清河安涉桥记

昔先王之治天下也，有司险以达其道路，有遂师以巡其道修，有候人以掌其方之道治，故其诗曰："周道如砥，其直如矢。"言王道荡平，而无所底滞也。故水潦既降，而无淫淖之患；轻车重马，而无顿踬之忧。泽有陂障，川有舟梁，岁十一月徒杠成，十二月舆梁成，寒不病涉，行旅如归，此先王之所以不费财贿，而广施德于天下也。王政缺微，官典失叙，于是火爟而道茀，水涸而桥梁未成，而单子至以是卜陈之将亡，其关于兴废之重如此。其在后世，则赵充国治湟中以西，至于鲜水，为桥七十所，过师枕席之上，遂至西戎。五代时定州桥坏，覆民租车，节度使王周曰："桥梁不修，刺史责也。"乃偿民粟为治其桥。由是观之，周公大圣，而单子贤卿，充国名将，王周夏牧，其于兴教图治，守边牧民，皆以兢兢矣。今乃涂潦横于通馗，津梁阻于郊甸，嘉宾回车而不前，行人释担以太息，岂非有司之责，而诗人所为睠焉出涕者乎？余之复莅南清河也，当东南厌兵之际，百废纷如，未遑修举，治以北有孔道焉，盖自南来朝京师者，以是为登陆之首途。雍正六年（1728）建石码头十有八丈，嘉庆中引而长之，厥功未竟，轮摧蹄陷，行者劳苦，又于其上游兵六堡迤下，道光中疏为小河，横贯而东，木柱之梁，于是乎建日月崩陁，弗坚弗任，顾以方隅之未又安，岁事之不稔，自大府百执事，以迨邑之人呕往吟来，怀而有待。

释子广达结庵河上，悯斯道之崎岖，慨焉奋其愿力，袒臂大呼，手口俱瘁。自道光二十九年（1849）至咸丰元年（1851），凡建石路若干丈；又自咸丰元年（1851）至四年（1854），续建石路若干丈。已而改建木柱之梁，以为石桥，既砻既锻，栏盾翼如。工既成，乃谒余而名以命之，夫平治险阻，缮葺津梁，有司守土之事也，至于偫畚挶，具木石，又将率其民庶，以期于司里，今有司实不能厥职。而伏莽在郊，我疲旷又弗堪于鼛鼓，用是恤焉。营建之不时，道路之若塞，夫当官不能以动其众，而游乎方之外者。顾乃颇能毕数年之宏愿，以普济于艰难，岂佛力之恢闳，有非征发期会所能逮乎？书之，其毋乃滋余之愧也。抑民之愚，有时不愿效其财与其力于长上，而福善利益之事，诱以彼法，则勇为之者，以是佐王政之所不及，而弥缝天地之缺憾，不亦美乎。余故乐著其事，以告后之君子有所纪循焉。

出处：（清）吴棠《望三益斋诗文钞》（卷四），同治甲戌（1874）刻本。略见（清）鲁蕡《江苏清河县附编》（卷一），民国八年（1919）刻本。

钵池山游记

淮安郡城西北有钵池山，历古之名胜也。余公暇往游，见土阜隆起，无峰峦林壑，陟其颠，叹榛莽满目，墓冢棋布。寻山而下，约数百步，有释氏之选佛［道］场，曰“景会禅寺”，古刹也。重建于元，复兴于明，历代以来，或毁于兵，或没于河，兴废曾不知凡几。今僧所建殿宇，虽未见壮丽，其精修梵行、暮鼓晨钟，堪为清净之丛林。因以《金经》“应如是住”语，书为匾额。复题楹联曰：“清磬谁敲？点缀钵池风景；法轮常转，保全福地河山。"盖兹寺能渐臻兴盛，实足为钵池生色焉。又，距寺里许有王乔炼丹处，旁有道院三元宫，为明所建也。玩而归，遂录之以为记。同治四年（1865）三月望日。

出处：（清）冒广生《钵池山志·山水志第一》，方志出版社 2006 年 4 月版。

钱振伦

钱振伦（1816—1879），原名福元，字仑仙、楞先，号示朴。道光十八年（1838）戊戌进士，改庶吉士，授翰林院编修，官至国子监司业。有《示朴斋文集》。

崇实书院记

清河旧有崇实书院，在玉带河西偏，咸丰十年（1860），宿永捻寇窜扰，毁于火。同治纪元，今漕督吴公，购运河北黄氏废园宏敞，与旧院埒重葺治之。额仍其旧，延振伦为主讲，并购经史，其中俾绪生以附肄习。每岁漕督甄别而道府县与海州分司通判月递课焉。时河督已裁，缺费绌甚。邑有学田若干顷，岁久多欺隐，乃以次清厘，归其半于学，而以其余入书院，为田九三十顷有奇，岁可得租银三百五十两，钱九百千有奇。又淮北盐斤余款拨钱五百千，岁可得息钱六十千。凡束脩膏火，与夫考试供顿、校官薪水、吏役饮食，咸取给于是，而岁修不与焉。始终经画规制井然，皆邑人吴稼轩比部所赞成也。袁浦自河督驻节，承其流者，率以靡丽相尚，池者疮痍初起，物力耗减，而士之举于乡者乃转多于曩日，论者谓物莫两大，其即崇实之见端欤。

按，刊碑时书院岁修尚无经费，嗣后漕督吴棠以岁修文庙经费拨银四十五两，为书院岁修之资，成定案云。

出处：（清）鲁贲《江苏清河县附编》（卷一），民国八年（1919）刻本。

秦　焕

秦焕（1817—1891），字文伯，山阳县（今江苏淮安）人。咸丰十年（1860）进士。官至广西按察使，有政声，荐为桂林循吏第一。光绪十六年（1890）入觐受葆誉。著有《剑虹居诗文集》。

韩信庙前枫叶秋赋

霜高石径，木脱淮滩。芦花吹白，枫叶流丹。此日停车之地，当年垂钓之竿。修造何年，记否孤踪寥落；烟霞此处，眺来一片荒寒。青旗沽酒之村，桥原号杜；红树卖鱼之浦，台尚称韩。

昔淮阴侯仗节临戎，囊沙布阵。细柳之伟烈先扬，大树之威名远震。勋业竟烹走狗，壮志俱灰；功名宛等浮鸥，遗踪细认。千株老树成阴，几日秋风报信。

地枕清淮，树笼夕照。堤畔鸦啼，林间鹤啸。四围霜叶，惯停楚客之骖；一带蘋花，犹学王孙之钓。指点落霞飞处，艳上灵旃；回看枯木丛中，苔深古庙。

苍茫处处，萧瑟年年。魂销国士，神号兵仙。柳自成营，冷浸黄河之水；雁犹作阵，寒生碧落之烟。可怜逐鹿生涯，散楚歌于垓下；每到啼猿时节，击赛鼓于祠前。

荒台暮色，老屋秋风；芰荷坠粉，晚稻炊红。倚树话重瞳隆准，当门聚钓叟樵童。早夸将略无双，旗搴赤帜；占得秋光第一，径绕丹枫。

回忆夫剑佩登坛，木罂作楫。收六国而策勋，下三秦而奏捷。拜大将则略展豹韬，封真王则城环雉堞。亦既建乌江之绩，竹帛千秋；悔不从赤松而游，蒲帆一叶。

至今像犹金铸，功似水流。台下则野花片片，庙前则渔火悠悠。种来步相之瓜，情怀攸寄；抚遍将军之树，踪迹犹留。每当木叶惊风，萧疏入夜；恍似军声背水，肃杀成秋。

爰有过客停踪，游人散步；往事神牵，芳林目注。笑花花之世界，冷艳盈前；惜草草之功名，秋风几度。可得封侯归去，投班管而登台；何妨乘兴来游，对韩亭而作赋。

出处：（清）王琛《蚍珠赋钞》（卷二），同治五年（1866）刻本。

注释：唐代诗人许浑《淮阴阻风寄呈楚州韦中丞》诗曰："垂钓京江欲白头，江鱼堪钓却西游。刘伶台下稻花晚，韩信庙前枫叶秋。淮上月明先倚槛，海云初起更维舟。河桥有酒无人醉，独上高城望庾楼。"

王耕心

王耕心，生卒年不详。河北正定人。佛教居士。长于文字，儒佛皆通，于佛法"沉潜研索，几三十年"，精于修持，著有《摩诃阿弥陀经衷论》。

重修慈云禅寺碑记

康熙十五年（1676）秋，敕封大觉普济能仁琇国师担簦行脚，止于南山阳清江浦之慈云庵，八月十日，说偈趺坐而逝。及世宗皇帝践阼，敬天勤民，厉精政教，风化覃敷，甲兵偃息，四海九州岛岛服德畏威，罔不率俾。（雍正）十一年（1733），慨然念大法陵夷，禅林凋丧，乃下诏访大觉国师之裔于此。高旻天慧禅师实彻奉诏入京，既进对契，旨仍命还山，倡教东南，以振宗风。十三年（1735），复以清江浦慈云庵为大觉圆寂之所，敕建丛林，辟除道场，用安云水。乾隆四年（1739），大工告成，是为慈云禅寺，此慈云改庵为寺所由昉也。（乾隆）二十九年（1764），故江苏巡抚陈文恭公宏谋，移清河县治于清江浦，于是寺隶清河县境。咸丰十年（1860），豫匪南，寝清河被陷，寺燬于兵。又二年，穆宗中兴，海宇既平，万姓安业，寺住持静修师以道场芜废引为己忧，乃矢志兴复集资重建，凡经营二十余年。内自殿宇禅堂，外及门庭施设，莫不杰如翼如，复厥旧观，天龙皈依，父老赞叹，规模宏阔，遂侪江淮诸名刹。盛矣哉！我世宗皇帝以大权菩萨现帝王身世，出世间之学，咸用奋兴慈云一庵，以大觉驻迹之故，忽然涌现庄严，及修罗创劫，既颓废矣，静公复以笃志苦行，不辞艰巨，赫然规复于后。列圣宏护之慈，由以表现天人仰止之诚，有所据依缘起废兴之际，非偶然也。夫如来为一大事因，缘出现于世者何，菩提是已能入菩提，乃出生死，此出世之法之达道也。是故依菩提以为佛事，虽一香一花，一礼拜一文倡，功德之量，无不圆周法界，如大乘诸经所称者。是舍菩提以为佛事，虽轮奂之美，上甲梵天土木之功，横被震旦，亦无功德，或致诋诃，如初祖达摩大师对梁武者是。今慈云禅寺原于大觉，创自世宗，既依菩提为佛事矣，而静公奋然兴建，上继阃规意者，坛坫既复，大法因之益显，亦未可知也。昔天慧禅师既归江东，被命住磬山圣月寺，旋移扬州高旻，宏道济人，钳锤猛厉，为诸方冠，此禅席所共闻也。今静公既扩选佛之场，吾知其必能远宗大觉，近师天慧，开辟菩提，自利利他，以为正觉龙象，岂第以营度自画，忘佛祖之心镫，适为达摩所斥已哉。耕心夙涉宗教，颇究出世之略，每念大道旷绝，恒用太息。今乐观寺工之成，既揭其源流于石，复以菩提向上之宗为主寺者告，盖低徊属望者深矣。若夫缔造之艰，土田之数，故河南巡抚钱敏肃公鼎铭旧记详矣。今既以大法为重，无事袭纪，但宜列之碑阴，俾方来者有所考云。

出处：（民国）徐钟令《民国淮阴志征访稿》（卷五），民国抄本。

注释：慈云禅寺，明万历四十三年（1615）建。清雍正十三年（1735），诏拨淮关银，照大丛林式兴修建。咸丰十年（1860），毁于兵火。同治元年（1862），住持僧静修募资重建。

万青选

万青选（1818—1898），周恩来的外祖父。字泉甫，号少云，晚年又号随庵、泉叟，祖籍江西南昌，生于北京宛平。初为幕僚，历任宝应、清河、安东、盐城、吴江、徐州等地地方官，官至淮安知府。三次出任清河知县达十年之久，文治武功，颇有政绩。

重修中河杨家庄大王庙记

中河者中运河也，旧制设通判理其事。杨家庄旧时盖沂泗诸水自北来者，皆由中运河以会于黄河，而杨庄适绾两河之口，咸丰以前每岁南漕往来悉泊杨庄待时而行，故杨庄地最为冲要。

大王庙之建不知肇于何时，道光十四年（1834）既当重修之矣。咸丰十年（1860），廷议裁河员中运河迁徙裁里河同知，当是时捻匪扰乱出没蹂躏，民不安居，庙亦渐倾圮。同治八年（1869），又为大药庄肇与庙屋宇廊庑盖仅有存者。光绪二年（1876）春，亢旱无雨河水干枯，漕船抵杨庄者不能往。前漕帅文公应祷于庙，不数日大沛甘霖利涉无阻，公奏其事蒙赐"安流济运"匾额悬挂正殿。迄今又十数年矣，风雨摧剥险坏不治清运，适承泛称里河同知篆叩竭礼成，顾瞻庙貌文集尽然心伤窃思。

神之灵觇！中河官吏人民仰承福祚。既多历年所乃当剥蚀倾毁之余，尤复悆灵念民生降雨泽以济运，其所以佑国施惠者实有加筑已此，与古之圣贤修已安久，不以盛衰显晦易其志者，亦何以异宜乎天章炳焕□襄许靡漉灵也，而顾使其灵游所止倾毁无废岂非执事者之责欤。且先君子也至今止垂六十年，缅想音容畴昔，所瞻仰而敬礼者任其颓坏堂构之弗任惧熟甚焉。爰诚光绪十七年（1891）六月捐资修理鸠立亢村，新其殿宇、治其墙垣、葺其门、无缮其客座，与旧制稍有更易而规模悉备。俾炳萧阑杲咸得其所恭承礼祀者，罔不肘饰于以见。

神之放悲震澹如在其上、如在其左右，虽更历千百祀而勿替官于此者，莫不庆宣防而来万福焉，斯则青选之所祷礼而求者已安也。

光绪十七年（1891）岁济辛丑十二月，里河同知万青选谨志并书，副守卫游击用补用□□□□，清安汛千总李曙儒监修。

出处：政协淮安市淮阴区委员会编《淮阴金石录》，天马出版有限公司2004 年 12 月版。

注释：重修中河杨家庄大王庙碑，现藏于淮安市档案馆。

向善堂捐田碑记

清河渔镇旧有向善堂，故封翁吴殿升先生所创也，有田二百余亩，岁入租市糶，具施里人之贫无以歒者。偶值岁俭，赀或不足，宿迁黄君铭庆闻而悯之，又捐田一百亩，坐落娘子庄，距堂仅三十里。黄君为殿升先生外曾孙，故慷慨多外家风。今年四月，吴氏族人来请作记，贞之石。

出处：（民国）徐钟令《民国淮阴志征访稿》（卷三），民国抄本。

敦礼堂万氏宗谱序

吾族之保世于南昌也，自我才公，以宋建炎初徙合燉始。溯受氏之从来，则源出于扶风郡，迄东汉时以槐里侯为著姓，历三十八世。自唐为敬儒公，自是厥后，离徙荒忽，阅世久远，叶派枝分，欲详稽而无从。而万氏之蕃衍于他方者，各安其邑里，联其子姓，绵绵延延，以迄于今，与吾南昌之族，谱牒不相及，昭穆不相次，名字不相闻，知盖莫知其支派之所由分，斯莫得其所由合也。

同治辛未（1871）摄篆清河，以事与邑贡生万君言试相接见，自言其先世为槐里侯裔，且自南昌徙家清邑者，因出其族谱丐弁言。昔褚先生推本博陆侯之谓，其原出于黄帝。夫君子重所自出，不敢诬其世。余与言试虽不能详其支派之所由异，然考万氏之从来，则固无弗一也。若夫道德显扬之义，言试世谱基业自必有以尽其实而大其族者，故无烦余赘述耳。

知清河县，南昌万青选撰。

出处：万永和主编《敦礼堂淮阴万氏宗谱》，1996 年印刷。

潘亮熙

潘亮熙，字元纯，潘德舆三子，山阳县（今江苏淮安）人。道光十九年（1839）诸生，咸丰年间岁贡生。著有《浑斋小稿》。

韩信决壅囊击龙且赋

客有过古潍水者，见夫怒浪惊雷，奔泷薄雾。沙沉则折戟销锋，戍远而停舟待渡。因语于居人曰：此非汉淮阴侯袭齐破楚之乡，而预定灭项兴刘之务乎？人第伟其奇计之克成，而不知其壮猷之式固。往迹非遥，请详其故。

繄夫降燕威振，破赵声驰。闻郦生之成说，听蒯彻之辩词。乃奋将军之武，用酬国士之知。二千里克期径达，七十城累卵难支。非栈道出军之候，异背水为阵之时。

何物龙且，援兵独进。仗楚雄威，合齐余烬。本无沉舟破釜之谋，若有决胜观兵之衅。于焉倍道而来，夹水而阵。矫矫焉，振振焉，方将履险而如夷，即或陈谋而孰信？

且夫因地为利者，兵机也；薄人于险者，军法也。船来天上，平吴者所以下巴峡也；水激地中，入蔡者所以乱鹅鸭也。况信之小智不矜，大勇若怯。彼临晋而师可潜行，岂制楚而陈忧晨压。

尔乃秘谋独擅，妙算无遗。将陈师而径渡，先遏水以争奇。其囊也，非于橐之无底；其壅也，非防川之可危。其囊沙而壅流也，固非代量人之筹唱，更非禁雍氏之沟池。苟知彼之不预，亦用此而奚为？

果也前军涉岸，后骑扬尘。幸上游之已据，乃半渡之初陈。如决渠而膏雨降，如决藩而壮气伸。如击晋鄙而救赵，如击博浪而椎秦。浩瀚兮流东之势，浮沉兮逐北之人。

出其不意，攻其无备。水上军益奋爪牙，波中臣亦供指臂。鳞集千流，蜂屯万骑。彼军为鱼鳖之邻，我阵有鹅鹳之利。俨渡夏阳而用罂，胜驰赵壁而拔帜。所由论将略者，善其多多；而数战功者，无此易易也。

居人曰：信之胜算，子固详语之；信之精忠，子犹未确举之也。惟破齐而假王，更辞通以绝楚。彼相背者不能售其倾危，何蹑足者转得行其谗沮。迄今烟冷芦汀，沙明蓼渚。而谓过斯地者，将论定兴汉之三良，非斯人其谁与！

出处：（清）王琛《蚍珠赋钞》（卷一），同治五年（1866）刻本。

熊嘉澍

熊嘉澍，铅山人，监生。同治三年（1864）署山阳县知县。余不详。

《王右军年谱》跋

尝观王右军《报殷浩书》："吾素自无廊庙，直王丞相时，果欲内，吾誓不许之。及诵其誓墓之文，远维老氏周任之诚，意其为人必且冲夷宏放，栖心元邈与人事，漠不一接，反复贯究，它所酬答，拳拳军国之谋，综物应务有不然者。登冶城则戒虚谈而黜浮交，致会稽则图根立而谋终始，至于郡荒断酒，备形楷翰，原其本末，右军乃以卓识伟抱，用小其材，重以内忧，方始斯亡无日，捐弃龟组，东土优游，固已非其心矣。"史氏赞论，未能综核微隐，而专美绌素，是犹广附赘于七尺，夸盘辉于二曜，徒中一己之私慕，无当论古之豪睫者也。

吾友鲁君通甫，博览群籍，手披口画十有余年，荟为斯谱，其钩校年月纠定讹谬，多搜古人之遁义，手以示余，读而伟之。官事多暇，详加翻校，赞其付梓，既以重右军之为人，而因以叹通甫之先得我心，不使古人宏襟大用晻晦于无穷也。

咸丰五年（1855）仲秋之月，铅山熊嘉澍书后。

出处：（清）鲁一同《王右军年谱》（卷首），咸丰五年（1855）刻本。

李鸿章

李鸿章（1823—1901），本名章铜，字渐甫或子黻，号少荃（泉）。安徽合肥人。道光二十七年（1847）进士，累官至直隶总督兼北洋通商大臣，授文华殿大学士。淮军、北洋水师创始人和统帅、洋务运动领袖，与曾国藩、张之洞、左宗棠并称"中兴四大名臣"。著有《李文忠公全集》。

裁兵足饷改定营制疏

窃查咸丰十年议裁南河总督，改设淮扬镇总兵，将修防各河营为操防，并河标各营统归淮扬镇管辖一案，当经奏准设立镇标中左右、清江城守、宿迁、蒋坝、庙湾、佃湖、洪湖、苇荡左右，其十一营，于同治七年间，经前督臣曾国藩等会题在案。惟查原定章程，所有改操官兵应支俸饷等项奏准仿照屯田办理，兵丁各给滩地，使之耕种自给，官弁则由州县招佃征租，解交道库支放。历年以来，节据该管镇将具禀，以改操兵丁躬亲耕种，未免旷误差操，且收租抵饷缺数尚多，遇有事故难期得力。至于官弁俸廉，每年由道均匀摊放，照定额应支之数不及十分之四，亦实不敷办公。拟请收回屯田，由司筹给饷，需前督臣马新贻任内斟酌时宜，议以裁兵足饷，除去屯田名目，概由州县招佃征租，取赋于农，募兵入伍。拟将蒋坝一营及及清江城守营之安东汛官兵全行裁撤，其余各营改操兵丁亦即酌量裁减，饬据该镇道等先后详议核实办理。（中略）续经曾国藩咨会漕臣及饬司道往返筹商，通盘核计，将州县所征滩租仍解道库抵放苇荡左右二营俸饷，其余各营概归江宁藩库筹拨。更定新章以后，各该弁兵月饷有着，整饬操防顿政旧观。

出处：（民国）刘镗寿修，范冕纂《续纂清河县志》（卷七），民国十七年（1928）刻本。

高延第

高延第（1823—1886），字子上，号槐西居士，山阳（今江苏淮安）人。晚清学者，方志学家。赴乡试不第，遂绝意科名，专心著述。与修《淮安府志》《山阳县志》《盱眙县志》，著有《北游记程》《老子证义》《涌萃山房诗文集》等。

刑部员外郎吴君稼轩墓志铭

光绪八年（1882）十月初一，吴君稼轩卒于清河崇实讲舍，年七十五。十二月初八日，其孤涑将葬君于邑之吴城乡新陇之原。先一月以状来乞铭，延第逡巡不敢任，既念君往昔知交零落殆尽，存者或道远不及求，而君之学术行谊又不可无述，乃不辞而为之志。

君原讳大田，改昆田，字云圃，号稼轩，世为清河人。举道光甲午（1834）顺天乡试，历官中书舍人，刑部河南司员外郎。远祖泓，康熙中官教习，以文学重当世。曾焯俊、祖朝观、父以诏。先后振（赈）灾荒为贫民完通赋费数万缗，事闻赐君道衔，君退让，终生未尝服其服。生有至性，敦厚不妄言笑。父赠公，妣史太恭人，治家严整。君幼秉教戒惟谨，长入家塾事师如事父，一言之诲，终身弗忘。读书为文，好沉思不斤斤于文词章句。比壮，从同郡潘先生德舆游，同试礼部，出处必偕，尽交当时贤豪长者。时海内称治平，交游竞以文酒声气相追逐，君抗节守高，非其人不妄往还。座主某，方当国，出其门者多致显宦，一日出赀欲为君营京秩以自近，君不应。每试毕，即归省。及官中书，亦逾年辄归。亲丧毕，由拣发云南知州改官刑曹，时咸丰八年（1858）也。君方一意奉职，而皖寇逼淮海，两弟先卒，复归视家居。一岁，清江浦陷，君挈家走间关入郡城，故居毁于贼，藏书及所撰述皆煨烬。君每言及有余恸。乱稍定，督办团练之役兴，总其事者以君名入告，俾主清河以北诸邑团练事。君睹乡里凋残，民生困敝，遂力任之。一切防守事宜次第具举，贼屡至不得逞，前后大吏知君为人事所信，向咸倚重之。事宁，幅巾还家若无事者。晚主讲崇实书院，即乱后君所议置者也。

家本素封，至君益慷慨以推财济物为事。尝以千金归其师丧，邻省孝廉某挈幼女附漕舟南还，道病资用绝，抵中运河，舟人谋据其女，将畀某弃水次。某宿闻君名，走间便告急，君闻立驰至，某已垂绝，痛哭为任殡敛，以船主付官，别觅舟托其乡人载女付其家。清河移、怀两乡田没于湖，摊其赋于金、吴乡，岁万缗，民以重困。同治中，君与章太守仪林议请豁免，百年积累一朝以除。事成，需费数千金，将取偿于除赋诸乡，君以民力未纾不可，自鬻产以应之，时家已中落，人尤以为难。

生平以朋友为性命，尊酒促坐，谈论切靡，经旬月不厌。抚后进孤生如子弟，教诲覆育，恒若有未足，成立者甚众。素诚笃有大度，不疑人欺我，有负之者一不置胸臆。识议坚卓，能断大事，不为浮论所挠。于家事多不省，中更丧乱，老而旅寓常郁郁不自得，闻四方灾荒盗贼窃发，辄忧愤形于言色。所为诗文多关当世之故，自知向学，即有日课，心目所经，手自甄录。熟精周易、三礼、史汉，南北舟车每以自随。居丧，一遵礼经，修订谱牒于宗法承嗣，皆折衷古谊。在刑曹时，尝谓各省秋审汇题案牍、谳辞句读，皆本典礼及历朝刑法志，与寻常公牒不同，人多忽之，因为疏释其义。所刊古籍及师友诗文集行于世，自著书亡佚大半，存者日记、师友记、诗文集若干卷藏于家。若尝从容言，涉世太早，奔走崎岖，不克卒业为憾，而以绩学砥行勉诸同学者。晚年课子极勤，未几而君卒矣。

配朱恭人，温肃勤俭，守家法，先君卒。子五人：楚早殁；焱阙出；后两弟涑、濂并幼女三人。长适两淮盐大使高行笃，次适胡世璧，次适胡铭恩。皆诸生。铭曰：

孝友诚笃，全天质也。尊师取友，隆学术也。乐育博施，绍先烈也。
有一于此，可无忝于先民，而况得其全?！

未大昌其身，将昌其后人。征实勒辞，外无愧焉。

出处：（清）吴昆田《漱六山房全集》（卷首），光绪六年（1880）三河郝氏刻本。

《漱六山房全集》序

壬午（1882）冬，吴君稼轩既葬，其子涑以君所为诗文稿本数十册，属为简校批阅。累月得诗文札记若干卷，师友记属草未及半，以附文集之后，总题曰《漱六山房全集》。君生平撰著甚富，毁于兵火。今之所录，自道光庚戌（1850）迄今卅余年所作也。

君之学业文章远有根柢，得于师友之切磋，诵习之精，博为多用，而用心之专一，尤为人所罕及。结发厉志，皓首不衰。每读一书，未竟不观他书。凡在舟车旅寓，疾困颠沛，未尝一日去书。稿本末册，蝇头密行，录所览史传，日必数纸，手迹烛然，即易箦前一月所书也。

乌乎！今之为师儒、为弟子，有勤学如君者乎？或惜君笃行力学，劬劳毕生，而所撰著多亡佚不传。遇事慷慨，蒿目当世，而浮沉一官无所设施，功德仅被于乡里为未竟君之素志，了谓是则然矣！然世有才士宿儒，剽掇载籍，著书辑说，坐作声价，终其身或无一行之可纪。秉节专城，践历中外，荣显赫考，其实或无一事之可书。其真伪得失，视君何如也？

录既竟，君之子弟族人，取付手民刊行之，而以全稿选。其家俾君之子孙世藏之，以庶几绍君之志焉。

出处：（清）吴昆田《漱六山房全集》（卷首），光绪六年（1880）三河郝氏刻本。

《心白日斋集》序

尹观察杏农，资性敏锐，少倜傥，尚气节，不为矫伪之行。官礼曹时，年方壮，游道益广，然每日将入，辄陈经史，疾读之，至夜分始罢。予闻之，以为偶然，既而昔昔如是，尝谓："君已通籍，何勤学如此？"君曰："吾少时，衣食奔走，姑为口耳之学，以取给于一时，实未尝读书。今既策名于朝，凡古今行事，议论得失，所谓经邦在立事，立事在师古，师古在随时者，苟不熟精详考，一旦决策会议，不茫如堕烟雾者希矣。幸藉闲暇，补从前所未逮，冀为他日一得之助云尔。"予于是知君之自待者不苟异乎，以光荣而饱得志者也。咸丰中，官御史时，方多故封章，数上，人争传诵，直声著一时。及从军中州，分巡陕汝，谋画事绩，皆班班可考。其他诗文，清峻雅饬，具有前人规格，则皆君簪笔鸣创之暇之所为也，亦可见君才之裕，学之为有本，而所以厚自期待者，洵非偶然矣。今去君抵掌论事时，二十余年尔。盱衡时事，使君而在，其忼忼论列，又当何如也！山阳高延第。

出处：（清）尹耕云《心白日斋集》（卷首），光绪二十一年（1895）刻本。

《仲实诗存》序

嘉、道间，号称多士，卓然以文学行谊，表著当世者甚众。而弛荡检束，驰逐声气者，抑又多焉。甚者，以诗文求乞公卿间，退而号于人，以为得意。及治一事，效一官，愦愦无异于众人，而利欲之累过之。于是，端谨之士从而笑之，遂以名士为诟訾之端。彼名士者，又蚩其迂陋，辟谬无当于时务，丹素相非，岂无故而然与？

吾友鲁仲实，天资高迈，诗文操笔立就，性乐闲放，不以文采自标，恶衣菲食，服劳耐事，与田夫野老相狎荡，不喜履城市。两入大府幕，皆亟去，以为快。同治中，尝佐疏水道。是时，围砦林立，主之者多里豪。工将兴，竞起任其役，以冀干没，否则挠之，无从具徒役。当事者患之，无以禁也。君往解，譬之多张难端中，共忌讳，皆愕眙罢去。竞事不责一人。尝谓此曹何能为虚与委蛇，不知其谁何使之，自发足矣。一以理法绳之，或激为他故，非善之善者也。

乌乎，以君之遗落世事，而洞达物情如此，视彼大言虚猲以为名高，与藉闲静以藏拙者，相去为何如哉？予与君不数相见，见则语日夜不休。尝劝其著书，君谓熟察当世，无一可为者，正不知税驾何所，奚必雕琢肝肾而为此乎？

既而叹曰："吾精力日衰，寿命将不长矣。"逾年，竟卒。诗文稿若干卷，去其自删与游戏不经意者，凡得诗二卷，文十七篇，付其子刊行之。其学行大方，具吴稼轩所为别传，合而观之，可得君之为人已。

出处：（清）鲁䔒《仲实诗存》（卷首），咸丰九年（1859）刻本。

裴荫森

裴荫森（1823—1895），字樾亭，江苏阜宁人。同治二年（1863）进士，授工部主事，迁福建按察使。光绪年间受命出任福建船政大臣，创办福建船政学堂、重建马尾船厂、建造钢甲军舰，为整饬东南海防作出了贡献。编纂有《船政奏议汇编》，另有《裴光禄遗集》等。

上河督请复淮水故道书

窃职等分隶淮扬海各属，亲见连年淮水为灾，而去年清水潭漫衍下流，十数州县俱成泽国，顷岁以来河流渐北，而江淮水患不衰，则其过在淮而不在河也。淮路久为河夺，不能自达于海，因而泛滥为灾，日增无已。伏思川渎必有尾闾，始无壅遏之患，今杨庄东之废黄河至云梯关以下入海，即禹时故道也。禹贡导淮自桐柏东会于泗沂东入于海，虞夏以来未之或变，自宋明黄河南徙，淮水尾闾遂为黄夺，日久沙垫，海口益高，清口益塞，淮不能入海，壅于洪湖，始为患于淮扬。泗不能入海壅于中河，始为患于徐海，溃决之害或三四年，或八九年，或十数年，小则漂庐舍没田畴，大则灌城邑杀民人，其惨视兵劫为甚。不独流离沈溺，兵被其灾，即赈贷堤防，蠲租减税，亦大为国家之累。在当日河与淮合浚实治难，今则河水日北，河淮之间每成陆地，颇易施工，宜及此时浚凿故道，导淮入海，庶沿淮州县永无昏垫之灾。

伏乞宪台据情入告，借发帑金四十万两，遣官浚修，工竣后按亩分摊代征归款，或谓当此军兴财匮之，时安得闲款供此不急之需。不知朝廷养兵击贼为民也，浚河导水亦所以为民也，苏轼曰国之有民犹鱼之有水，树之有根，民心一日不去，则国势一日不倾。军兴至今，百姓不惜舍身命，输钱币，以助将帅杀贼者，正以数百年来列圣相承，无日不以保民为念，偏灾未告赈贷，先施尺水方濡堤防已设，厚德深恩，沁敷甚久，故能快然收效于一时也。今民遭洪灾疾呼哀吁，而官长不为之计，则草野之心必有愀然以悲者。他日有事，何以责其急公，仰惟大君子为国培元，为民扞患，必不惮此经营，故敢合词呈请，并具图说以闻。

出处：（清）葛士浚《皇朝经世续编》（卷八十九）。

刘庠

刘庠（1824—1901），字慈民，号钝叟，南丰（今属江西）人。咸丰元年（1851）顺天乡试举人，官内阁中书，充国史馆、方略馆校对。后淡于仕途，辞官归里。主讲徐州云龙书院、海州敦善书院、清江崇实书院。主纂《徐州府志》，著有《俭德堂则说》《说文蒙求》《说文谐声谱》《唐藩镇名氏年表》《后汉职官考》《通鉴校勘记》《读史随笔》等。

老子山犹龙书院记

老子山在洪泽湖之厓，湖涸悉为滩地，则界于清河、盱眙两县之间，两县之民争据为业，往往兴讼，大府饬官吏履勘丈量而清厘之，其属于清河者凡得滩地三百余顷，侯东洲大令，爰于老子山之阳，创建犹龙书院，为诸生肄业之所，拨滩地四十余项以资膏伙。院中凡主屋三楹，崇祀老子，下为讲堂三楹，两庑各三楹，大门三楹，缭以周垣。经始于丙申（1896）之春，至其秋即落成。侯君以粤西名孝廉令清河，数年以来，清河之民无不安于耕凿，奸宄敛迹，商贾之出其涂者，宵行如画，而其士子善良者，尤争自濯磨以蕲进于道德，而励精于文辞。旧有崇实书院，余适主讲于是，侯君听政之暇，尝至院进诸生于□，而亲为讲说，与余商定其甲乙，奖其所已能，而勉其所未至。顾以书院近在附郭，其有乡僻学者往往以资斧维艰，不能负笈来游，故又建斯院以广招愿学之士，其用心可谓勤且至矣。

出处：（民国）徐钟令《民国淮阴志征访稿》（卷四），民国抄本。

注释：光绪二十一年（1895），知县侯绍瀛创建犹龙书院于老子山。

文　彬

> 文彬（1825—1880），字质夫，纳喇氏，内务府满洲正白旗人。咸丰二年（1852）进士，授户部主事。十年（1860），以员外郎随扈幸热河。次年（1861），迁郎中，出任山东沂州府知府。捻匪逼府城，会师攻拔贼巢，擒匪首孙化详等，叙功以道员用。同治四年（1865），随布政使丁宝桢败贼滕县临城驿，更绕赴东平防贼北窜，补充沂曹济道，擢按察使。收复海丰，擢布政使。十年，署巡抚，补漕运总督。再署巡抚，旋还任。

《光绪丙子清河县志》序

文宗御极之十年（1860），皖逆鸱张，浦垣荡析，朝议幡然，厘划营制，重以洪流北徒，厅若营拥其缀旒，乃裁河督并漕督，修防改操，规抚不备。越又十年，而文彬奉天子命总漕斯土，翻绎旧籍，喟然叹曰：自乾隆移治以来，上下百余年间，祸乱变革，未有若斯之亟者也。

先见邑志成于咸丰四年（1854），洎兵燹后，漕督盱眙吴公方完残整，劫疮痍，噢咻。清人曰：不可无述！以是有续编之举。无几，群丑削平，知淮安府事章君仪林思与民休息，历牒大府减摊赋，兴溉利，寒暑于是！饥渴于是！清人曰：不可无述！以是有再续编之举。皆自为汗简，不蒙前录，纪新政也！重政作也！余读而伟其义美，其辞虽然于实录之体，良得之矣。将诵者举今而遗古，指南而眯北。夫何以掇拾，大凡而荟厥都要哉！私心怒然，怀而有待邑人比部吴君稼轩，进而言曰："总三书为一辨，其源流晰，其沿革划，其空文并，其猥琐不羼，新不没旧，以因为创则若之何？"余曰："善！"遂属比部与山阳鲁仲实茂才举斯役，凡竟岁而告成。

今观其书，条理明白，殊流其贯，而错综钩棘，纤悉秩如。城镇坊署志，昔所以毁之，今所以增之；河防运道志，昔所以顺轨，今所以拥滞；鞭赋征额志，昔仰以摊代，今所以减豁；军麾职掌志，昔所以单赢，今所以田壮。此其荦荦大者，则既靡得而闲然矣。他所登削，裨必有辞，不复沓是，病不抵牾，是訾创亦因云尔！因亦创云尔！抑更有言者，计然曰："岁在金，穰；水、毁、木、饥、火、旱……六岁穰，六岁旱，十二岁一大饥。"天之行也！文彬以中材，后先承乏，及兹三纪闰矣。日属太岁，次丙子（1896）醲泽愆期，骄阳炽薄，始六月，迄乎九月。岁则荐饥，流殍望于道，妖民煽乱讹言，其兴私心、愤惧是、用赫然，荡秽锄恶，然后为万民请命，重赖天子仁圣，金粟电发，口哺手摩，沟壑苏息。

呜乎！清民殆矣，自移县来，百余年鼓腹以嬉者，今且十数年而重因焉。不有仁者曷以起，凋瘵而靖艰虞，独念安之不可遗危，小愆之不可忽诸，则区区振荒亡举，毋乃亦得坿于简末，用警后之人。故序其大略如此，署之目《光绪丙子志》，示不忘也。

丁丑（1877）冬月下澣，督漕使者长白文彬序。

出处：（清）胡裕燕等修，吴昆田纂《光绪丙子清河县志》，光绪五年（1879）刻本。

胡盍朋

胡盍朋（1826—1866），字子寿，一字簪廷，自号小樵亭主人，又号勿疑轩主人。江苏沭阳人。少时科举不第，一生未能仕进，仅得为一学官而已。剧作《海滨梦传奇》《汨罗沙传奇》收入《古僮文献捃遗》。著作有《白榆堂诗》。

《海滨梦传奇》自序

按淮安府志载，张大龄《支离漫语》，淮阴侯灭三族，世皆云无后矣。而予会广中人言曰："予乡有韦土官者，自云淮阴侯后。"当钟室难作，侯家有客匿其三岁儿，知萧何素与侯知己，不得已为皇后所劫。私往见之，示侯无后意，相国仰天叹曰，冤哉！泪涔涔下。客见其诚，以情告。何惊曰："若能匿淮阴侯乎？中国不可久居矣！急往南粤，我与赵佗善，佗亦重淮阴侯，必能保此儿。"遂作书遣客匿儿于佗。曰："此淮阴侯儿，公善视之，侯功塞宇内，必不绝其后。"佗养以为己子，而封之海滨，赐姓韦，用韩之半也。今其族世豪于海壖间，有赵佗所赐之诏，鄷侯所遗之书，勒之鼎器。夫吕氏当惠帝末，已无血荫，而淮阴侯至今存，是亦奇闻。史家不识也。惜其客名不传，比于婴杵，有幸有不幸耳！张大龄所载如此。逮顺治初年，闻苏州司李吴百朋之父字思穆，为粤西县令。巡行山峡间，见少年将军庙，英风雅概，敬而拜之。命工修饰其堂庑，即有土官率宗族数百人稽首称谢，云庙神即淮阴侯子。当吕后难时，萧相国驰书托孤于南海尉佗。佗封于此地，子孙繁衍，自汉至今，奉祀不绝。因举相国与佗书及佗所赐敕谕以示吴，甚以为异。后与赵君时揖言之，赵晚年为吏部司务，客游淮上，举以告人。岸斋张君淮上山阳人也，与闻此事，后在燕台遇余梅洲编修，余亦云韩侯之后韦土官在广西，地与广东接壤。说皆与大龄漫语相合，事益为不虚矣。岸斋著淮南拟乐府四十七首，中有韩侯客诗，即言此事。

道光丙午（1846），余假馆玉茗堂，凉秋九月，乡试失意。与汤君荫藻夜话，偶举此事。汤君嘱为长歌以纪之，予谢未能，因述岸斋乐府以告，汤君固请。是夕卧不成寐，月色穿棂，秋风瑟瑟，寒气逼人，就枕上敲诗，至晓不就，明夕灯下乃就前事填词一折。后于诸生请业之余暇，即拈笔为之，或成半首，或成一首，越八日而稿粗脱。携示汤君曰："此可以作长歌否？"汤君称善，并加评语，余曰："勉承君嘱，但宫商未协，不足为外人道也。"汤君曰："何伤乎？倘非误拂琴弦，安得周郎一顾。我乃五柳先生，尚报五弦琴矣！"余笑而退。是为序。海西胡盍朋子寿氏自识。

出处：（清）吴铁秋《古僮文献掇遗》（第三部）/（清）胡子寿《海滨梦传奇》，民国五年（1916）上海国光书局铅排本。

注释： 胡南樵（1794—1847），名翘汉，盍朋父。《古僮文献掇遗序》曰：忆二十年前，先君子为汉言及淮阴侯及后事，见于某志某书。汉因取观之，以为其事如真。固足见功臣之报，即无其事，而有此书，亦足壮义士之心。惜不见于正史，莫如载之传奇。但使庸人俗士咸为感泣，斯为妙已。余以不谙宫商卒未能。及今兹冬仲，因经理先君子葬事，长夜中，于儿子盍朋书案，见其所著海滨梦传奇，适为此事。余每阅一折，为之泣数行下。非其能令人悲令人感也耶！噫，盍朋以柔冠之年，不过于秋风习习注之后，假以消遣，而运笔竟能入妙。虽为吾子，亦不得不诧为才人之极笔也。阅讫大恸，恨不得令先君子见之耳！丙午（1846）仲冬，棘人胡南樵。

黄钧宰

黄钧宰（1826—约1895），字宰平，后更名钧宰，字仲衡，号天河生。山阳县（今江苏淮安）人。道光二十九年（1849）拔贡，任奉贤县学训导。博学能文，著有《比玉楼传奇四种》，其一《十二红》为揭露南河总督署的积弊而作，针砭甚力。又有《金壶七墨》《比玉楼遗稿》《谈兵录》等。

纲盐改票

纲盐之利，不在官，不在民，商人占其利，而不能保其利，则幕宾门客等众人分之。船户埠行，往往不领脚价，转赂商宅仆役，图谋装载，下至婢妪，亦月有馈赠，挟私钜而得利宏也。船抵汉口，排列水次，次第销售，谓之"整轮"。或将待轮之盐，先期窃卖，俟轮到，买私填补，谓之"过笼蒸糕"。及盐已卖尽，无力补买，则捏报淹销，暮夜凿沉其船以灭迹，谓之"放生"。陶云汀宫保深知其弊，创立票盐法：凡富民挟赀赴所司领票，不论何省之人，亦不限数之多寡，皆得由场灶计引授盐，仍按引地销行。而群商大困，怨陶公入于肺腑，编为叶子戏，貌其家属，又一人以双斧斫桃树，妄立名目，以肆诋諆。宫保据实陈奏，不避劳怨，毅然行之，而鹾务为之一变。

吾郡西北五里，曰河下，为淮北商人所萃，高堂曲榭，第宅连云，墙壁垒石为基，煮米屑磁为汁，以为子孙百世业也。城北水木清华，故多寺观。诸商筑石路数百丈，遍凿莲花。出则仆从如烟，骏马飞舆，互相矜尚。其黠者颇与名人文士相结纳，藉以假借声誉，居然为风雅中人。一时宾客之豪，管弦之盛，谈者目为"小扬州"。改票后不及十年，高台倾，曲池平，子孙流落，有不忍言者。旧日繁华，剩有寒菜一畦、垂杨几树而已。

出处：（清）黄钧宰《金壶遁墨》，引自荀德麟等选注《记淮古文选》，中共党史出版社 2003 年 4 月版。

河　工

南河岁修银四百五十万，而决口漫溢不与焉。浙人王权斋熟于外工，谓采买竹木薪石麻铁之属，与夫在工人役一切公用，费帑金十之三二，可以保安澜；十用四三，足以书上考矣。其余三百万，除各厅浮销之外，则供给院道，应酬戚友，馈送京员过客，降至丞簿千把总、胥吏兵丁，凡有职事于河工者，皆取给焉。岁修积弊，各有传授。筑堤，则削浜增顶，挑河则垫崖贴腮，买料则虚堆假垛。即大吏临工查验，奉行故事，势不能亲发其藏；当局者张皇补苴，沿为积习。上下欺蔽，瘠公肥私，而河工不败不止矣。

故清江上下十数里，街市之繁，食货之富，五方辐辏，肩摩毂接，甚盛也。曲廊高下，食客盈门，细觳丰毛，山腴海馔，扬扬然意气自得也。青楼绮阁之中，鬟云朝飞，眉月夜朗，悲管清瑟，华烛通宵，一日之内不知其几十百家也。梨园丽质，贡媚于后堂；琳宫缁流，抗颜为上客。长袖利屣，飒沓如云，不自觉其错杂而不伦也。然而脂膏流于街衢，珍异集于胡越，未尝有挥金于室、开矿于山者。菱楗华身，而河流饱腹，自上下下，此物此志也。

出处：（清）黄钧宰《金壶七墨》，引自胡燕平选注《淮安名人作品选》，中共党史出版社 2003 年 4 月版。

王　孙

故同知王君之孙，贫而无赖，时人号曰"王孙"。尝乞贷于南河某厅，不应，又诮让之。王笑而去，曰："细事耳。公失算矣！"他日河帅临工，前驺将至，王匿柴垛内，钻穴以窥，故为呻吟寋窣之声。帅至，问："何物？"左右曰："无之。"王则大号。帅怒命启垛。积薪如屋，而中空若悬磬。王曰："小人贫苦无家室，复病哮喘，托此以蔽风雨有年矣，不知今日之败于神明也。"左右曰："胡为窃薪？"王指石垛曰："请以石试。"复发之，无不空者。王顿首曰："石不可餐，是非小人所窃矣？"帅怒，欲劾某厅。某惧，求漕使、关督同为缓颊，乃已。实费二万金。

出处：（清）黄钧宰《金壶七墨》，引自胡燕平选注《淮安名人作品选》，中共党史出版社 2003 年 4 月版。

胡凤丹

胡凤丹（1828—1889），初字枫江，后字月樵，别号桃溪渔隐，永康（今浙江永康）人。屡应乡试不中，捐纳援例入光禄寺署正眼法。在京城广交游，仗义疏财，声名达内廷，荐为兵部员外郎。同治初年到湖北，以道员补用，综理厘局。受委办崇文书局，搜求秘藏遗书，悉心校订，所出书海内视为佳本。光绪元年（1875），任湖北督粮道。三年，致仕归里，筑十万卷楼，杜门著述。有《漂母祠志》《退补斋诗文存》等。

《漂母祠志》自序

漂母祠何为而志也，志漂母乎？志韩信耳！虽然穷途白眼，千古同叹，信不遇母，则穷饿所困，行且为沟中之瘠矣。夫黔敖，齐之义士也；宣子，晋之贤大夫也，彼其为粥以食饿者，箪食与肉，以振灵辄，传记侈述君子犹以为难，况以巾帼而具只眼，且曰吾哀王而进食，非以望报！岂非难之尤难者哉？然则志韩信，乌得不志漂母？或谓母之饭韩，特悯其一时之穷，未必即知为国士也。是又不然，吾闻晋公子之出亡也，过曹，曹伯不礼，独僖负羁之妻决其终必返国，因馈盘飧以自贰。又高祖微时尝从王媪、武负赊酒，两家常折券不取其值，是固妇人女子也，皆于英雄未遇时，能从风尘中物色之，安见母非知信之为国士，而始进之以食耶？余尝过淮阴，访钓台，因以求母漂絮之所，漠然徒见山高而水清，未尝舣棹，裹哀流连而不能去。嗟乎！世非无人杰也，当其微贱困苦，不能自存，从而厌薄鄙弃者有之矣，从而凌侮姗笑者又有之矣。彼下乡亭长妻及市上少年，信之所遭，往往皆是，而半生知己，乃独得之于滕公、萧相国而尤莫先于母，母亦女中之杰矣哉！此吾之所以志母祠，而不禁吮毫以慨者也。光绪三年（1877）六月，永康胡凤丹月樵氏书于鄂江之汉皋旅次。

出处：（清）胡凤丹《漂母祠志》（卷首），光绪三年（1877）永康胡氏退补斋刻本。

顾云臣

顾云臣（1830—1899），字芷青，号持白，山阳县（今江苏淮安）人。同治四年（1865）进士，授翰林院编修。同治十二年任湖南学政，号称得人。任满，以母老乞归，辟勺湖书塾，聚诸生讲习其中。著有《抱拙斋集》。

哀王孙赋

昔淮阴侯屈蠖未伸，从龙无会，垂钓清流，乐饥浅濑。彼丈夫也，栖迟烟水之乡；有妇人焉，赏识风尘而外。叹末路谗遭野雉，宫帷埋千古之冤；幸当年恩恤哀鸿，巾帼识一人之大。

尔其岸脚垂竿，溪头举网。但为世外闲踪，未获食前方丈。芦中人岂非穷士，空怀流水溅溅；胯下材辱于少年，母乃市人惘惘。当此翳桑偃卧，病莫能兴；问谁赠米馈贫，慨当以慷。

乃有漂母见之曰：噫！此水滨渔者，非天下才乎。世上英雄，方争秦楚；古来豪杰，半隐江湖。彼其一竿高致，七尺雄躯。是岂池中物耶？无异坐茅尚父；何乃淮中卧也，竟同孤竹饿夫！

嗟尔王孙，如斯抑屈。境已无聊，怜终不乞。将军负腹，犹不减其嚣嚣；壮士雄心，毋自甘于郁郁。幸得供余宿饱，饘于斯而粥于斯；何须视比嗟来，朝食不而夕食不。

侯于是终朝飧备，累日盘登。素心感戴，青眼谬承。谓今朝哀我人斯，一饭之恩不吝；迨他日思报母者，千金之赠堪增。彼渚中诸母临流，求之不得；即亭长有妻寡德，拟此何能。

而母乃诮其褊心，矢其初意。谓望报兮未尝，何出言以相试。外人不足道也，加餐之劝何曾；君子亦有穷乎，蒙袂之来有自。我怜卿卿休怜我，知君自必生君；人识汝汝不识人，忘利岂犹嗜利。

是知渔樵中不少英豪，闺闼内自多特识。齐姜知重耳之贤，孟氏重梁鸿之德。晋公子授飨返璧，大夫之佳妇堪称；伍子胥渡濑投金，浣女则良家可忆。此所以恋恋情深，哀哀心恻。而何待王孙得志之时，始不忘汉王推恩之食也哉！

出处：（清）王琛《蚍珠赋钞》（卷一），同治五年（1866）刻本。

爱新觉罗·奕詝

爱新觉罗·奕詝（1831—1891），道光皇帝第四子，清朝第九位皇帝，入关北京后的第七位皇帝。在位期间内忧外患不断，爆发了太平天国运动，开启了洋务运动，最后以签订一系列不平等条约收场。

拨兵援应清淮诏

谕军机大臣等：联英、庚长奏，大股捻匪直扑清淮，请饬江皖各营拨兵援应一折。捻匪图扑清淮，已据袁甲三奏称，派营总克蒙额等统带马队四百名，副将向得聪等统带步队一千二百名，驰往援剿。并据傅振邦奏称，总兵田在田因探闻捻匪有窜扰清淮之信，业已统带马队驰赴清淮附近绕前迎截，兼由该提督派出步队一千五百名，交已革副将胡元昌带领，由灵、泗一路赶赴桃源等处，探明贼踪，随同田在田并力堵剿。兹据联英等奏称，马步贼匪不下三万余人，由桃源阑入顺清河，直扑清淮。是贼势极形猖獗，恐兵力尚形单薄，本日已谕令和春于扬州防兵内酌量派拨，前往助剿矣。以上各路官军，即着联英等催提前进，会合堵剿，并着严饬派出之副将马国升等分扼要隘，毋令贼众得以渡河。一面知照田在田等务于桃源顺清河一带，将贼众兜围击剿，聚而歼旃，毋令蔓及清淮，尤不可驱令北窜至衡阳、蒋坝，逼近天长，亦关紧要。一俟清淮情形稍缓，即着饬令鹤龄、安勇等各回防所，以免别有疏失。将此由六百里谕令知之。

又谕：联英、庚长奏，大股捻匪直扑清淮，请饬江皖各营迅派援师接应一折。逆捻大股由桃源阑入顺清河，直扑清淮，该处为南北扼要，且系扬郡后路，设有疏虞，关系非浅。昨据袁甲三奏称，已帕克蒙额、向得聪等，统带马步官兵一千六百名，驰赴清淮以西堵剿。并据傅振邦奏称，总兵田在田已督带马队驰赴清淮迎头截击，并拨步队一千五百名，交已革副将胡元昌带领，由灵泗一路赶赴桃源等处，随同田在田并力遏截。惟马步贼众，不下三万余人，恐尚不敷接应。着和春、张国梁就近于留防扬郡官兵内，迅速挑选精锐，派委得力将弁，驰赴清淮一带，并力堵遏，毋充窜至清淮，以保完善之区，是为至要。将此由六百里谕令知之。

出处：《清实录·咸丰朝实录》（卷三百零七）。

以匪扰清淮谕令兜剿诏

昨因文煜奏，捻逆扰及清淮。当谕袁甲三迅饬克蒙额等，直趋清江浦救援淮城。本日据袁甲三奏称，捻匪窜陷清江，援兵尚嫌单薄，复添派马步队二千余名，交善庆等统带，前往助剿，并拨炮船三十只，驶赴清江，此项水陆官军，与克蒙额等军，如能会合田在田援剿之师，奋力攻击，谅可力挫贼锋。清江为南北锁钥，关系江淮全局，断不容该匪久踞。该大臣即严饬所派各军，乘贼踪未定，迅速攻剿，毋令盘踞。至所称伊兴额与傅振邦不能和衷，请饬会同田在田办理徐宿军务等语，现田在田带兵驰援清淮，既未便折回徐宿，且资望较浅，伊兴额未必肯听其调度。该副都统既已病痊，着即驰赴袁甲三军营，责令带兵剿贼。傅振邦进攻袁圩，正当吃紧之际，实难前往清江，仍应责成田在田等督兵赴援。袁甲三以分路进兵，地面辽阔，请派傅振邦来营帮办。现在徐宿一带匪踪充斥，断非田在田等所能胜任，俟徐宿肃清，再令该提督前往与袁甲三会剿可也。

出处：《清实录·咸丰朝实录》（卷三百零八）。又见（民国）徐钟令《淮阴志征访稿》（卷一），民国抄本。
注释：咸丰十年（1860）二月，以匪扰清淮谕令兜剿诏。谕军机大臣等。

攻剿清江踞匪诏

联英、庚长奏，迎击窜突淮安捻匪，并筹议防剿清江踞匪一折。览奏殊为愤懑，清江为南北咽喉，地当冲要，必须赶早克复，方不至蔓延腹地。何以大股捻逆，尚踞清江，贼势仍形猖獗。该署漕督等，不过株守待援，一筹莫展。本日据和春奏，已令李若珠带兵赴援，袁甲三、傅振邦早经具奏，派往各军为数已属不少，此时谅已先后到浦。联英等即一面催提各军，一面督饬鹤龄、安勇等南北两路夹攻。即因贼势众多，未能尽行歼戮，亦当驱之归巢，不使纷窜扰及里下河一带完善之区，是为至要。倘令该捻日久盘踞清江，使南北道途梗阻，甚至窜往东南，朕惟联英、庚长是问，决不宽贷。将此由六百里令知之。

出处：《清实录·咸丰朝实录》（卷三百零八）。

注释：咸丰十年（1860）二月，谕军机大臣等。

克复清江诏

本日据袁甲三奏，克复清江，截剿定远窜匪获胜，并马队不敷分拨各折片。定远逆匪，先闻清江之信，欲由东路渡淮，会合北捻，窜过戴家港一带，经袁甲三迭次派兵，截剿获胜，始由马坝一路遁去，是否欲扑三河，据称尚未探确等语。现在清江克复，定远贼势已孤，袁甲三正当乘此锐气，会合翁同书一军，紧攻定远，迅速克复，次及庐州舒桐，期与楚军联络一气，肃清皖境。至袁甲三军营马队甚少，现在驰援清江，不无疲乏，自系实在情形，所有山东拨去马队，准其暂缓调赴胜保军营。惟皖豫境地毗连，现在豫省兵力较单，翁同书营中马队，既分往六安、颍上，恐难敷抽拨。著袁甲三随时侦探，如果豫省有兵力不敷之处，即行酌量分兵协助，毋存畛域之见。将此由六百里谕令知之。

出处：《清实录·咸丰朝实录》（卷三百零九）。又见（民国）徐钟令《淮阴志征访稿》（卷一），民国抄本。

注释：咸丰十年（1860）三月，克复清江。

以清江西北沿河筑圩事令文俟确查诏

庚长奏，清江西北沿河一带挑壕筑圩，以资防守一折，清江为南北咽喉之地，四通八达，向无城郭，防守最关紧要。兹据奏称，数年来蒋坝三河节次保全，惟恃湖河水势设法收蓄，是以隔岸堵击，贼难飞渡，惟南北顺清河上下，春冬之际水势枯落，前此捻逆猝至致，被阑入亟，应赶紧筹备以为善后之计。其清江西路由杨家庄至张福口引河，北路由邳州窑湾以下至杨庄地方，均就河湖岸加筑切斗。又桃源县西门南成子河起，至众兴以北，挑沟筑垒以凭守御等语，文俊见抵清江，著即按折中所称，确切查明是否实在情形，办理有无草率，据实具奏。将此五百里谕令知之。

出处：《清实录·咸丰朝实录》（卷三百一十五）。又见（民国）徐钟令《淮阴志征访稿》（卷一），民国抄本。

谴责清江失守各员诏

前因御史薛书堂及两淮盐运使乔松年参奏，庚长演戏宴客退守淮安各情，当派文俊驰驿前往查办，兹据该侍郎查明复奏，请旨定夺，革职暂留本任。江南河道总督庚长，当清江防堵吃紧之时，辄因酬神演戏，已属不知缓急，犹复观剧终日，迨闻贼警，仓皇出队迎剿失利，遽行退入淮城，尤属畏葸无能，有负委任。庚长着即革任，来京听候审讯，舒康等有无失守处分，着王梦龄与清江失守文武各员，一并迅速查明参奏。

出处：《清实录·咸丰朝实录》（卷三百一十八）。又见（民国）徐钟令《淮阴志征访稿》（卷一），民国抄本。

裁汰河员改设漕运总督诏

前据御史薛书堂、侍郎宋晋、御史福宽等奏请裁汰河员，并改设漕运总督，简员驻守宿迁各折片，当交御前大臣、军机大臣、会同该部议奏。兹据载垣等奏，遵议裁汰河工文武官员，酌改操防营伍各事宜，开单呈览。江南河道总督统辖三道二十厅，文武员弁数百员，操防修防各兵数千名，原以防河险而利漕行，自河流改道，旧黄河一带本无应办之工，官多闲冗，兵皆疲惰，虚费饷需，莫此为甚。所有江南河道总督一缺着即裁撤，其淮扬、淮海道两缺亦即裁撤。淮徐道著改为淮徐扬海兵备道，仍驻徐州，所有淮扬淮海两道应管地方河工各事宜，统归该道管辖。厅官二十员内，丰北、萧南、铜沛、宿南、宿北、桃南、桃北、外南、外北、海防、海阜、海安、山安、十三厅，均系管理黄河，现在无工；又管理洪湖之中河、里河、运河、高堰、山盱、扬河、江运、七厅，现在工程较少，均著一并裁撤。惟中河等七厅，有分司潴蓄宣泄事宜，所有裁撤之运河、中河二厅事务，着改设徐州府同知一员兼管；裁撤之高堰、山盱二厅，著改设淮安府同知一员兼管；裁撤之里河厅，著改归淮安府督捕通判兼管；裁撤之扬河、江运二厅，著改归扬州府清军总捕同知兼管。至裁撤黄河无工十三厅，原辖各工段汛地，即着落各该管州县官管辖，不得互相推诿。各厅所属之管河佐杂人员，除扬庄等闸官十员，专司启闭，毋庸裁撤外，其宿州等管河州同五缺、高邮州等管河州判三缺、东台等管河县丞十九缺、高良涧等管河主簿二十一缺、阜宁等管河巡检十六缺，均著一并裁撤。清江地方紧要，著添设总兵一员，作为淮扬镇总兵，驻扎该处，俟军务平静，再行改驻扬州。原设河标中营副将一员，著即裁撤，改为镇标中军游击，驻扎蒋坝。其淮徐游击一员，驻扎宿迁。所有镇标中军员弁，并右营、庙湾、洪湖、佃湖等五营、游击以下官五十四员，马步守兵共二千五百余名，原属操防，悉仍其旧。至萧砀等营所属修防兵六千九百余名，著一律改为操防。将二十四营改设蒋坝、宿迁、萧睢、丰沛、桃源、安东、山阜、高邮、苇荡左右等十营，除酌留游击以下八十一员外，其余六十七员悉行裁撤。以上各营官兵，均归新设淮扬镇总兵统辖。著即裁汰老弱，简选精壮，认真操练，以资战守。现在江南军务未竣，该省督抚势难兼顾，所有江北镇道以下各员，均著归漕运总督暂行节制。

出处：《清实录·咸丰朝实录》（卷三百二十二）。又见（民国）徐钟令《淮阴志征访稿》（卷一），民国抄本。

注释：咸丰十年（1860）六月，谕内阁。

王闿运

王闿运（1833—1916），字壬秋，号湘绮。湖南湘潭人。咸丰二年（1852）举人，授翰林院检讨，加侍读衔。曾任肃顺家庭教师，后入曾国藩幕府。光绪六年（1880）主持成都尊经书院，后主讲于长沙思贤讲舍、衡州船山书院、南昌高等学堂。辛亥革命后任清史馆馆长。著有《湘绮楼诗集》《湘绮楼文集》等。

《心白日斋集》序

往者，郭侍郎嵩焘每发愤欲尽去言官，余恒举以相讪笑。郭君之言，本于王行人夫之，王恶明代议论之淆，郭患今日清议之迂，然不能自践也。王当桂王子奔窜之时，犹比于五虎跪舟上疏，郭以日记获谤归里，每有外患，辄奏记两洋数千万言，已欲言之而禁人言乎？国朝政柄操自宸极，而特优假言官，故无宰相有御史。七圣以来，名谏官相望也。余生逢夷滑，前后五十年，唯己未（1859）、庚申（1860）之间，得与尹御史游，而身馆于主和王大臣之门，具知其事委曲。其后，又客于主和大臣之家，而亲见清流张副宪舍战而言和。未几，主战大臣不能救败，而和议四成矣。遂归，闭门不敢问外事。适吾友裴光禄以书来示，尹先生所著书，昔岁密疏不可见者今不得载，载其当日抗疏力争者犹数万言。

乌呼！何其劳也？当是时，文宗实不欲和，念无以处，直臣故因科场事罢其官，特诏内外臣论荐。尹耕云无得请，再列谏垣，知其必不默以苟富贵也。已而先生竟改外道，同官贵人屈己礼之，己亦摧刚为柔，不复论天下事，而才气卒不能掩敛以致喧，然于身后论犹未已。悲夫！悲夫！当其批龙鳞，犯贵人，岂愿区区一佐贰司官，万钟十一之禄哉？世之人何其轻量天下士也，然余独私与裴光禄言，先生再仕为蛇足。又尝与先生书，以辞胡曾吏张李为失人。由今观之，先生盖以身被重名，特不欲更标置，因假以自晦耳。圣人固不欲曒絜于当世，且身受疑谤，而后终襮白。虽然非节士之行也，使后之清流者皆复污浊以从，先生不又谆乎？郭王之欲罢谏官，亦恶其效己也。

读先生书者，当壮其昌言，知士君子之所以取重。又其时风气犹未漓，有一正人公卿，皆竦然推异，故戊午（1858）之议宗室，王独与先生黠难。其后封事亦皆独上不联名，岂有嚣然交章，未言而先防祸者乎？先生文章坦然明白，足以达圣主之听，其他亦昌明博大盛世之音也。当时嗟惜以为不遇者，至今思其际会，若在皇古，遇不遇诚非时之事哉。

　　乙未（1895）十二月望日，王闿运谨叙。

出处：（清）尹耕云《心白日斋集》（卷首），光绪二十一年（1895）
刻本。

薛福成

　　薛福成（1838—1894），字叔耘，号庸盦。江苏无锡人。近代改良主
义思想家、外交家。咸丰八年（1858）中秀才。同治三年（1864）入曾
国藩幕，为"曾门四学士"之一。光绪十年（1884）任浙江宁绍道台，
十四年升任湖南按察使，翌年改任英法意比四国公使。著作有《庸盦全
集十种》等。

河工奢侈之风

　　余尝过一文员老于河工者，为余谈道光年间南河风气之繁盛。维时南河
河道总督驻扎清江浦，道员及厅汛各官，环峙而居，物力丰厚，每岁经费银
数百万两，实用之工程者，十不及一，其余以供文武员弁之挥霍，大小衙门
之酬应，过客游士之余润。凡饮食衣服车马玩好之类，莫不斗奇竞巧，务
极奢侈。即以宴席言之，一豆腐也，而有二十余种；一猪肉也，而有五十余
种。豆腐须于数月前购集物料，挑选工人，统计价值，非数百金不办也。尝
食豚脯，众客无不叹赏，但觉其精美而已。一客偶起如厕，忽见数十死豚枕
藉于地，问其故，则向所食之豚脯一碗，即此数十豚之背肉也。其法，闭豚
于室，每人手执竹竿，追而抶之，豚叫号奔绕，以至于死，亟划取其背肉一
片，萃数十豚仅供一席之宴。盖豚被抶将死，全体菁华萃于背脊，割而烹
之，甘脆无比。而其余肉，则皆腥恶失味，不堪复食，尽委之沟渠矣。客骤
睹之，不免太息。宰夫熟视而笑曰："何处来此穷措大，眼光如豆。我到才
数月，手抶数千豕，委之如缕蚁，岂惜此区区者乎。"又有鹅掌者，其法，
笼铁于地而炽炭于下，驱鹅践之，环奔数周而死。其菁华萃于两掌，而全鹅
可弃也。每一席所需，不下数十百鹅。有驼峰者，其法，选壮健骆驼，缚之

于柱，以沸汤灌其背立死。其菁华萃于一峰，而全驼可弃。每一席所需不下三四驼。有猴脑者，豫选俊猴被以绣衣，凿圆孔于方桌，以猴首入桌中，而挂之以木，使不得出，然后以刀剃其毛，复剖其皮，猴叫号声甚哀，亟以热汤灌其顶，以铁椎破其头骨。诸客各以银勺入猴首中探脑嚼之，每客所吸不过一两勺而已。有鱼羹者，取河鲤最大且活者，倒悬于梁，而以釜炽水于其下，并敲碎鱼首，使其血滴入水冲，鱼尚未死，为蒸气所逼，则摆首摇尾，无一息停，其血益从头中滴出，比鱼死，而血已尽在水中，红丝一缕，连绵不断。然后再易一鱼，如法滴血，约十数鱼。疱人乃撩血调羹进之，而全鱼皆无用矣。此不过略举一二，其他珍怪之品莫不称是。食品既繁，虽历三昼夜之长，而一席之宴不能毕。故河工宴客，往往酒阑人倦，各自引去，从未有终席者。此仅举宴席以为例，而其余若衣服，若车马，若玩好，豪侈之风，莫不称是。各厅署内，自元旦至除夕，无日不演剧。自黎明至夜分，虽观剧无人，而演者自若也。每署幕友数十百人。游客或穷困无聊，乞得上官一名片以投厅汛各署，各署无不延请。有为宾主数年，迄未识面者。幕友终岁无事，主人夏馈冰金，冬馈炭金，佳节馈节敬，每逾旬月，必馈宴席。幕友有为慕博摴蒲之戏者，得赴账房领费。昔有常例，每到防汛紧急时，有一人得派赴工次三日五日者，则争羡以为荣，主人必有酬劳，一二百金不等。其久驻工次与在署执事之幕友，沾润尤肥，非主人所亲厚者，不能得也。新点翰林，有携朝贵一纸书谒河帅者，河帅为之登高而呼，万金可立致。举人拔贡，有携京员一纸书谒库道者，千金可立致。

嗟乎！国家岁糜巨帑以治河，而曩者频年河决，更甚于今日，竭生民之膏血，以供贪官污吏之骄奢淫僭，天下安得不贫苦。以佛氏因果轮回之说例之，则向之踞肥缺饱欲壑者，安知其不为豚为猴为驼为鱼鹅也。余又见一京员，论清江浦之盛衰，今昔顿异，尝切齿扼腕，谓潜运、河工二者不复，天下不可得而治也。夫复漕运、河工，不过京员往来南北足以润其囊橐而已，而谓遂可治天下乎？

出处：（清）薛福成《庸庵笔记》（卷三），光绪廿三年（1897）遗经楼刊本。

厥 名

新建曾文正公祠堂记碑

淮北盐务，自道光中祀改纲为票，行之□□余年，商□□□至咸丰□东南□□起行□，各岸多寇盗出没之区，转运之□□而鲜通，□力顿绌，官引日积日多，商人相与避匿。生于斯为极，庚申年间，湘乡□曾文正公以钦差大臣总制两江。惟时寇氛方炽，公日以扫荡盗寇为念，庶分未遑及也。同治甲子（1864），南匪悉就歼除，江南大定，公开府金陵，百废具举。以淮盐为国家赋税大端，□驰不治，安库不充，民食□籍，私贩日滋，非所以重国课储商力去积蠹也。乃为之损益是非，疏别名目，缠新章以建于朝。纲额既清，而后循途蹈轨，无紊乱之虞矣。本□既节，而后量入为出，无积重之势矣。商力纾则赋用足，而踊跃于公者，私不得以间，则蠹不戢而自消矣。二十年来，遵行不怠，商业渐复，其旧沉因咸苏。所谓因民所利，而利百世，不易之良规也。于是众聚而谋曰：我医我淮北，赖公厚恩，以有今日，无以报公可乎！往年淮南北商合建公祠于扬州，□人报□北商以道阻碍，届时与展律之会，礼身至诚，信之为何！乃遂卜地清河县西坝之东隅，建立祠宇，岁时致祭，以少纾仰戴之私，公之□也。在同治十□年至夏五月奉上谕，凡有立功省分，准其建立专祠，因得愿于海州分运判项君晋蕃，复陈于太府入告，鸠资咸奋，畚□聿兴。凡正室五楹，二门各二楹，东西厢各□楹，周以回廊。经始于本年七月十二日，迄于十月初十日毕□。用纹银三千五百六十六两八钱四分。又器具文物用纹银四百三十三两一钱六分。董其□者怀远凌光□、上虞周复铨，例得备书。

光绪十有二年（1875），岁在丙戌孟□之月，淮北票商谨立。

出处：苟德麟主编《淮阴市志》（下册），上海社会科学院出版社1995年6月第一版；《淮安金石录》编纂委员会编《淮安金石录》，南京大学出版社2008年7月第一版。

丁 显

　　丁显，字西圃，号韵渔，山阳（今江苏淮安）人。咸丰己未（1859）举人。同治五年（1866），清水潭决，淮阳被灾甚剧，作《请复淮水故道图说》，绘图贴说，卷首绘《江淮河济沂泗漳汶运道全图》，后则议论九篇，皆为挑浚筹备事宜，大旨为治黄导淮诸说，是近代重要的水利学著作。

导淮捷议

　　导淮局将开矣，而议论纷纷，或谓需数千万缗，或谓需数百万金。大家兴挑一气呵成，自需千百万缗。然今日全力供军中之紧饷，尚不敷一时，安能筹划。或谓功必不可成；或谓害转，由此巨本以减害，断无有害之理，惟办之不善，则不免利此害彼；或谓洪湖北高南下，断难挽而东注。细查黄河底高于中运河底一丈六尺，仅高于洪湖底一丈六尺，黄堰寺志椿存水一丈二尺，黄河即能出淮水一尺，则淮水入黄，实属易易。今淮水之不能东注者，寔因字河之未闭，水难蓄高，而沂泗又为之壅遏。能于废黄河浚成之日，将沂泗之水另筹去路，则湖水自易畅行入黄河，再闭礼河夺溜东行，适还其本然之性也。议者又谓礼字河金门水深八丈，宣泄极畅，旧黄河即浚深丈余，渐次刷，安能敌礼河之深。再查礼河八丈，仅就金门跌塘而言，稍东抵司徒，则深四丈，再东亦有深一二丈者，浚黄行淮一指顾间耳。或谓移淮于车逻坝，筑堤束水入海，此议江帅靳文襄公入奏，以宝应乔石林侍御率同人抗疏争之，其说遂寝。淮为黄占之时尚不能行，今日故道可复再建，此议必奉部驳。或谓以黄河北堤为南堤，费省而功倍，果尔则必徙城池、移集镇、迁邱墓、废庐舍，其说断不能行。处今日而议导淮，舍故道末由也。或谓蚤堵礼坝，水刷沙堆，水便能东注，水刷沙亦是一法，惟下游未能畅，彻遽堵三河，毋论圩堰可危，而山宝盱泗安早未能弭害。先忧受害，似不如先借沂泗之水刷沙，较为无弊。或谓自高良涧迤安东城地极高仰，择段兴挑湖水，自不壅遏，其说不无可采，然下游亦不可任其漫溢，仍须一律疏浚，俾能建瓴湍泻，方能荡刷有力。或谓堵闭顺清河全以中运河之水刷黄，一俟中泓宽畅，再引湖水灌注，其说非不可行，然不如疏浚，则水不归槽，势太散，即刷亦恐迁缓，不制器具冲刷，听之于水，亦未易宽深。且近年高宝山清湖水不出，全仗沂泗以济栽插，遽将顺清河闭塞，又难以时启闭，于数州县大有妨碍。或谓洪湖水势太旺，礼字河断不可闭，礼河不可遽闭，河亦不可久厂，遽闭则湖堤有掣卸之虞，终厂则故道难收，荡刷之力也。拟堵闭坝时，即将智信二坝启，除永远敞口，俾盛泛之水逐渐流去，设有非常异涨，仍将林家西坝相时开除，以防湖堤掣卸之患。如此则淮水可并力攻沙，而各处亦免意外之险，筑室道谋，言人人异，非挟其私意，即昧于远，非图常之原黎民惧焉，毋足怪也。窃谓势可徐图则成功自易，机能巧运则经费不多处。

今日而言，导淮以支绌之饷成浩大之图，而功期其必就，势非藉清刷浊，不为功何则运泥于堤，藉助于人，力费巨而功难；驱沙于海，藉资于水，力费省而功倍；而非因地势，借机器，募夫役，缓时日以人力济水力，则又不能确有把握。查自礼河不闭，沂泗之水常高于淮，遽欲引淮并沂泗入黄，经费甚巨。不如首从扬庄掘浚，先引沂泗之水，冬夏不息，排刷兼施俟。其畅彻再由清口分辟引河数道，引淮水外出，合沂泗并力攻沙，因势利导，视径从洪湖掘浚者较有把握，此快捷方式一也。由扬庄迄海口河身四百四十余里，其中湾势太多，宣泄似难遽畅，且自八滩以东潮水所经，疏浚匪易，查马港口外有越港冲槽，系嘉庆十三年（1808）漫口，槽中水面低于黄河水面六尺九寸，按之旧黄河底自低洼行二十余里即抵小黄河，若由此犀开黄堤，由越港经小黄河入大潮河，钱粮自可从省。且里数较近，更加建瓴之势，宣泄自必更畅，即冲刷尤易有功，此快捷方式二也。废黄河虽系松沙，然徒听水力刷之，究难克日告成，拟制尖巧器具往来梭织冲激，其沙淤俾随建瓴之水归海，则日起有功，数丈之深不难立致，视徒恃水力冲刷者功较速，此快捷方式三也。废黄河遽开数十丈，固鲜此巨即藉资水力，亦易刷深而未易刷宽，拟多添夫役渐次开宽，俾将两滩沙泥全藉水力浮送，按日逐流东去，日积月累，数十丈之宽可以豫定，视徒恃开辟者省费悬殊，此快捷方式四也。抑又思之排刷之功，亟以图之则难为功，徐以施之则易为力，数十丈之宽、三四丈之深，遽欲期诸旦夕其势，万万不能然，果能排刷兼施，昼夜不息，期以五年，全淮定能泻注，凡若此者，顺序以施功则费，轻改道以就近则功省，运机以代浚则蛰易，逐渐以开宽则款约，核其经费，约银百数十万两即足，而从此闭礼河复淮渎永弭水患，成算可操。以治人行治法，孰谓功之必不可成乎？显因复浚之举，与各州县同人公订章程，具禀请办，而念支绌之饷，又虑难于筹划，遂广集夫众，益故不惮于更端，非惟精益求精，亦且省之又省，爰再拟简捷章程四条以备采择。

一首由扬庄掘浚，就势冲刷也。查废黄河河泓极高处，须掘一丈一尺八寸，照以十二丈口，两滩极高处须掘二丈一尺八寸，方配中运河底而自扬庄以迄马港口，达大潮河约二百五十里，若一例配平，中运河底疏浚经费未免太巨。惟照配平洪湖底，加深一尺，存底三丈，两边二五收约，可展口宽八九丈，淮盛涨固可宣泄。即以中运河双金闸志椿，隆冬极小之时，河泓亦可过水三四五尺，冬夏通溜，来年即可试行排刷之法。设因经费不足，铲高就低，则首年仍多干涸，次年定可一律过水，其排刷之法即于第三年春再行试办。自扬庄以东俱建瓴之势，水势定能冲刷，而不以人力济水力，则不能迅速奏功。拟多制尖颖机器，日夜轮流，往来梭织。机器之制，首曰载便铁篦，横长五尺，安设五寸长篦齿十数行，鱼头横栅参用檀木，以轻便为要。次曰转轮蒺藜，以檀木二根，首尾俱贯横栅中，横眠五尺，长蒺藜一具，旁设圈眼，俾可运动，四面旋转齿掀翻沙泥，自能搅起逐流东去，日刷日深，实掺必胜之机。又次曰布水冲沙船法，以尖头尾船，头悬篦，尾挂拨水板，板旁加镶，板长数丈，制如削瓜之刨，加转轮两道，板离水底一二尺，转轮河底，水从板下布冲，自能湍激有溜，鱼贯错杂，每具二十四架。运转之法，以虾须缆长夫四名运行一架，日夜循环行，一百二十余里轮流更换，不使间歇。或一具独运，或两具并行，大约机器之功，日可刷深三分以一，年约计定可刷深一丈矣。更雇长夫，按段在两岸日以锹笆等具卸泥，三寸入水俾随藜篦转运之时，顺溜到海，一夫日派河二十丈，一里派夫九名，自扬庄抵马港口约二百里，派长夫一千八百名，以每日开宽三寸约略科算一年，定能开宽九丈矣。合三年之久，可有四丈之深，三十六七丈之宽，此所谓以人力济水力，排刷兼施者也。而核计经费照以底宽三丈，浚深一丈科算，土方约需银四十万两，加以局费杂项，及两岸夯砑河兵并制造机器，共需银五十万两。机器七十二架，日夜更换夫役，须夫五百七十六名，并两岸长夫，合二千三百七十六名，每夫日给饭食银八分，日科银一百九十两八分，一岁科银六万八千四百二十八两八钱。加以段局经费，并杂项，每岁需银七万八千两。自己巳十月起，抵壬申冬克期，三年合需银二十三万四千两。再淮渠日宽，每岁以次增添机器十二架，合二年科算，又需银八千二百九十四两四钱。如此则下游畅彻，洪湖即可东注入海矣。共科银七十四万二千二百九十四两四钱。

一次展宽张福口引河，因势排刷也。张福口引河口宽约八九丈，十四堡外均深九尺一丈五寸不等，足与湖底相配。其十五六堡淤深五六尺，十七八堡淤深三四尺，或借□□南船捞浚，或乘湖冰掘挖，经费约需银万两。惟查洪湖水面宽阔，而张福口仅八九丈之宽，水势自难涌出，再欲展宽以畅湖源，浚深以敌礼河，又需银数十万两。今拟分为两局，逐日以机器三十架，运刷以极其深，两岸雇长夫五百四十名，日以锹笆等物铲土入水，以极其宽，均如排刷废黄河之式。此项工程在掘浚废黄河次冬兴办，缘杨庄以东，排刷一年河浤可深二丈，沂泗畅注，淮水即并而之东，次第兴工，自能挟沙以行，不致倒漾。照办二年，二十七八丈之宽、二丈数尺之深，似可豫期。而核计经费，疏浚张福口河头经费需银万两。此外，机器运夫日夜算二百四十名，并加两岸长夫，合七百六十名，每名日给饭食银八分，一日科银六十两零八钱，每岁科银二万一千八百八十八两。加以局费杂项，岁需银三万二千两。二年合费银六万四千两。加制造机器银六千两，功加倍，经费仅需银七分之一。从此淮水畅出，清口即可抵沂泗，不致倒漾，共科银八万两。

一次掘开天然引河及官田洼，以防盛涨也。洪湖之水来源甚旺，仅开张福口引河宣泄不及，又忧漫溢。且张福口仅靠湖边来源，已涌即宣泄亦忧壅遏，须于湖心分道泻注，乃能减全湖之涨。拟于第三年冬，由天然引河及官田洼各浚深一丈，底宽三丈，两边二收展口七丈，即以机器六十架，在两引河排刷，两岸雇长夫一千零八十名，攃沙入水，俱如排刷废黄河之式。如此行之周年，每河可宽十余丈，深二丈。而核计经费，疏浚两引河约需银八万两，此外机器运夫日夜算四百八十名，并两岸长夫合一千五百六十名，日各给饭食银八分，每日科银一百二十四两零八钱，每岁科银四万四千九百二十八两，加以局费杂项，岁费银约五万八千两。加制造机器银一万二千两，如此则盛涨可防，而五坝亦可永闭，共科银十五万两。

一越港冲槽另设浚船，以防壅滞也。自杨庄至马港口旧黄河，日夜冲刷，沙泥俱归漕，不勤加扒剔尾闾，又忧壅遏，而潮汐往来，疏浚匪易。拟制浚船四十只，每船载夫役十人。亦以机器按日拉运，潮退则就岸开宽；潮来则登船梭织，自可免其停垫。而核计经费每天日给银八分，夫役四百名日科银三十二两，每岁科银一万一千五百二十两，约三年合银三万四千五百六十两，加制造机器银八千两。如此则海口日刷日深，而经费亦有定数，共科银四万二千五百六十两。

以上各项工程，五年之久，共需银一百零一万四千八百五十四两，便可全淮复故。加以修补石工，约需银二十万两；修补惠济闸暨林家西坝并各处埽坝，约需银十万两；堵闭三河，银十五万两。合需银一百四十六万四千八百五十四两四钱。此外贴补累工，及每年修补器具，随时量为增加，拟请疏浚万河通溜，先后制器具十二架，由佃湖镇抵马港口约三十余里，试办七八个月，约费银五千余两。如果收有成效，再行次第照办，万一排刷之力试行迁缓，次年即于中泓两旁分年开寡或分浚二渠，如靳文襄公川字河式。

出处：（清）邵之棠《皇朝经世文统编》（卷二十）。

熊有筠

熊有筠，生卒年和生平事迹不详。

吴稼轩先生像赞（有序）

先生与先子交，自道光丁未（1847）京师始。同治初，先子退居南清河，先生方里居，交益固。光绪纪元，有筠乞假归养，得侍先生，执经请益先生，诲之不少，倦乃先子见弃。二年，先生遽归道山，仪刑邈如，撰杖末由，敬赠遗像。为之赞曰：

亹亹穆穆，先生之容。渊渊浩浩，先生之胸。其志不信于庙廊，而达于乡邦；其道不行于当时，而昭于来兹。行事之不著也，立言之足据也。其发于外者，必质而诚于中者。有素也！乌乎！仁贤不作，古道奚复？挽坠绪之千钧，赖私淑之有人。

光绪甲申（1884）九月，通家后学铅山熊有筠拜撰。

出处：（清）吴昆田《漱六山房全集》（卷首），光绪六年（1880）三河郝氏刻本。

黄海长

黄海长，辽阳人。生卒年和生平事迹不详。

《旧梅花庵诗存》跋

余与峙甫，幼同笔砚，长而饥驱，中间踪迹离合不恒。既而峙甫志眉屡失，囊笔远游，厕身戎幕之下，放眼海岳之表，言愁则鬓毛欲白，谈诗则格律俱苍，宁止学进，方冀宦成，无如文章憎达时命，尤人鹏翅未振，鸾翩先锻。二竖侵寻，客死瓯越，少子仅从，遗稿散失。呜呼伤矣！殁后数年，其长君木生茂才，始得其残书败篦中，搜辑若干首，余为付徐君宾华，叙而存之，刘孝标云："魂魄一去，将同秋草。"是戈戈者特掇拾于野火不尽之余，又安必其长留天地间耶。校雠既毕，辄增累欷！载《山阳诗征续编》。

出处：（民国）徐钟令《民国淮阴志征访稿》（卷八），民国抄本。
注释：《旧梅花庵诗存》，王兆桢著。王兆桢，字峙甫，淮阴人。咸丰辛酉（1873）拔贡，以军功保知县。

刘 咸

刘咸，生卒年不详，字受亭，江西萍乡人。以监生援例报捐同知，治河运粮有功，官至淮扬兵备道、加布政使衔。

《清河县志再续编》叙

《夏书·禹贡》：奠高山大川，水道既通，而后则壤成赋，赋之上下因乎地也。《周礼》：大司徒制其地域，而封沟之以其室，数制之不易之地，家百晦一易之地，家二百晦再易之地，家三百晦地既制而后通其水道，十夫有沟，百夫有洫，千夫有浍，万夫有川。凡以食者民之天，而食出于地。养生事上，于是乎在赋则不定，则民困而赋绌，水道不通则地瘠而民益困，而赋益绌，势常相因，天下之大政鲜不本乎此也。天下者，一邑之积也，则求治于守令，舍此曷由哉？清河，斥卤之田，所谓再易者也，则三亩仅可当一亩，而邻邑时田，三四亩折京田一亩，科征清河则二亩折一亩，以科征赋少重矣！又以湖水沉没移风、怀仁二乡之赋，取偿于金城、吴城两乡，则尤重矣。余初需次斯地，见清江浦人民繁萃，率皆外乡游民，逐食于河漕者。及阅历四野，井里萧条，地多芜秽。询其故，则谓地不足以养生，心窃伤之。乱后观政，淮扬复驻此邦，兵火之余，益寥落焉。时守郡者为章君秋亭，毅然为民减田赋，疏水道，余乐其先得我心也，极力赞之，三年而蒇事。潍县张公友山，以总督河漕来淮上，有《淮安府志》之修，而征书于六邑，《清河志》修于咸丰四年（1854），续于同治四年（1865），缺仅七年耳。而田赋改亄，有如新造之邦，是宜急续。邑人吴稼轩比部亦与于田赋水道之役者也，爰延以总其事。凡编民赋科，则改纂赋役，全书集吏胥十人，五阅月而始就，而七年内，邑之他所修举并叙列焉。编既成，披阅再四，清河之民从此有乐生之庆矣。抑吾更有庆者，清河民情柔顺，士知廉耻，捻贼迭扰，无从乱之民；团练久行，无奔竞之士，视他邑为独纯。周礼司徒以土会之法，辨五地之物，生即因此五物者，民之常而施十有二教焉。田赋既轻，沟洫既利，贤有司与吾民修其孝弟忠信，以敦风而善俗，为圣世成和亲康乐之治焉，不亦休哉。

出处：（清）刘咸修，吴昆田纂《同治清河县志再续编》，清同治十二年（1873）刻本。

叶 珂

叶珂，字鸣驷，山阳县（今江苏淮安）人。曾参校《重修山阳县志》[同治十二年（1873）刻本]。余不详。

拔帜立帜赋

昔淮阴侯之击赵也，邯郸负固，蔓水抗衡。运奇谋而独擅，出间道以匪轻。虎穴能探，在潜师之计密；龙韬早裕，克树帜而功成。数万众敌焰虽张，坚壁已为空壁；二千人先驱争捷，偃旌倏忽举旌。

原夫帜之为用也，云罕连营，星旓列骑。或飞隼以著明，或交龙而表异。制分乎全羽析羽，用彰百战之威象；判夫绥旌结旌，难夺三军之帅。大蠥高牙之森列，环而攻之犹难；层旗广斾之满前，取而代者非易。尔乃国士无双，英谋寡二。兵屯草岭之间，鼓出井陉之地。貔貅队拥，偏伴败以示羸；鹅鹳声喧，诱彼军以逐利。选轻骑而先驰敌垒，遍树降旍；待旋师而已断归途，难容返辔。惟主阃早定指挥，斯交绥无劳击刺，则见其拔赵帜也。

量敌后进，乘势而前。队堪成一，旅率盈千。取旗旐之央央，竞舒猿臂；收干旌之子子，齐奋鸢肩。真如拔剑之雄，尽负弩衔枚而并进；俨效拔山之力，入深沟高垒以争先。

其立汉帜也，爪士频挥，材官共佐；捷足先登，雄威莫挫。变如荼为如火，赤缯赤羽兮行行；继曰袭而曰侵，载旟载旜兮个个。如立螫弧以入许，众心自可城成；如立姑蔑以伐吴，敌势应同竹破。

别著神奇，何虞纷扰。腾骧兮士尽桓桓，踊跃兮臣皆矫矫。比狐毛之设二斾，拔较易于拔茅；异石首之纳崯中，立何殊于立表。以拔为立之地，气亘彩虹；以立建拔之功，星辉朱鸟。此所以冠三杰而推韩，不崇朝而破赵也。

由是共凛麾旓，咸惊动旛。争胜算于须臾，宣威名于中外。将军卧壁，广武君徒具深谋；儒者谈兵，成安君未知远害。壮日月云霓之色，汉家已夺先声；铭旗常竹帛之勋，泜水毋容再会。

以是知将略偏优，奇功莫测。既乘胜而魏擒，复疾战而赵克。欃枪迅扫，靖甲帐之烽烟；徽号攸殊，兴卯金之火德。看此日旌旗变色，愿依麾下从戎；慨他年弓鸟悲吟，徒忆军中会食。

出处：（清）王琛《虬珠赋钞》（卷一），同治五年（1866）刻本。

陈元煓

陈元煓，字芷庭，山阳县（今江苏淮安）人。生平事迹不详。

儿背画马赋

雾鬣风鬃何峻秀，是真神物出天厩。却忆淮南老画师，家既贫兮子且幼。羌绘事以百娱，乃妙工之独奏。写出人间龙种，果然骨亦不凡；顾兹天上麟儿，漫说乳犹有臭。只恐偏长末技，五尺羞称；剧怜折节卑躬，一挥而就。

维昔龚圣予者，迹本逸民，生当宋代。会汴室之就衰，遂此身之引退。林泉藉以栖迟，笔墨特其钟爱。叹名将骑驴湖上，国事已非；幸老夫画马淮滨，生涯有在。注坡走坂，神活现夫毫端；雨骤风驰，力直透夫纸背。

岂不以湘水帘前，端溪砚畔，既展银笺，必求玉案。兔颖则笔床高架，非仅饰观；乌皮之辈几闲凭，藉堪染翰。凭依无自，腕岂终悬；位置非宜，手将焉按。

乃四壁而萧然，竟一寒兮至此。嗟孺子之辛勤，供先生之驱使。家无长物，人其代之。笔有余妍，神平技矣。念昔材原骐骥，谁为当代九方；羡兹誉擅龙驹，定是吾家千里。象形维肖，几空冀北之群；连腕如飞，合贵洛阳之纸。

兴酣笔落，解衣盘礴。顾我衰颓，怜伊幼弱。仰承俯注，果然膝下瞻依；尽相穷形，别有胸中寄托。恍向其间奋足，丝缰不可久羁；暂教尔辈折腰，斗米藉以稍博。即一幅之描摹，擅千秋之著作。

其画之权奇也，星流影驶；其画之俶诡也，风入蹄忙。其意态之以画而呈也，耀两瞳而闪烁；其精神之以画而足也，高八尺兮腾骧。鞠口而承，非必负盐是仿。屈身以俟，几与伏历相当。昔年骁富三千，诗曾歌卫；此日闲称十二，迹许追唐。

奈何皮相者多，知音人寡。谓绘事之徒精，实画工之非假。但惊技艺之灵通，莫识胸怀之潇洒。岂知彼固隐沦半世，偶混尘中；儿虽局促一时，未甘辕下。神姿飒爽，诚然眄角骏驹；朝夕观摩，记得腾身竹马。

今也莫寻真迹，结想遗模。贤郎是羡，名笔独殊。岂有童心，知服劳者弟子；无非儿戏，试问驾于仆夫。溯翰墨于曩年，莫不停骖以访旧；留丹青于后世，何常索骥而按图。

出处：（清）王琛《蚍珠赋钞》（卷三），同治五年（1866）刻本。

黄树森

黄树森，字伯乔，山阳县（今江苏淮安）人。生平事迹不详。

甘罗钱赋

篆古苔青，烟埋雾零。铸先汉制，品重秦廷。摩挲轮缺，斑驳字馨。土人拾得，难拟厥形。

淮水之侧，有城久墟。堞芜没雉，濠涸无鱼。断瓦缺若，残碑灭如。甘罗于此，曾驻使车。

忆罗年少，绰有祖风。说赵割地，弱燕铭功。闻名异国，抗礼上公。

厥何年月，采山铸铜。天地炉具，阴阳炭镕。脱上如剑，丰下若钟。柱何仿四，轮不模重。藕心制别，鸡目贯容。

奚以为志，模糊一字。书或籀摹，篆有斯意。铲币难侔，契刀不类。岂吕相贻？岂秦皇赐？

沙碛烟沉，土花翠郁。风磨锈鲜，雨蚀尘拂。淮右奇珍，咸阳故物。惜哉洪遵，见焉而不。

嗟嗟暴秦，阿房召祸。甘泉望夷，劫灰烽火。半两明月，烟销尘堕。已兆金刀，贯朽奚可。

惟兹钱名，重以罗显。久委草莱，几经兵燹。泉志弗详，邑乘斯辨。吉人吉金，两美实鲜。

出处：（清）王琛《蚍珠赋钞》（卷一），同治五年（1866）刻本。

注释： 明万历间，于甘罗城得古钱二穴，以铸关壮穆像，今像在高家堰，钱犹及见。其一长寸余，形如风钟，上有一孔，下有篆字。历岁既久，丹砂翡翠，斑驳可观。俗因呼为甘罗钱。

钵池山赋

试一望兮不碔不礜，匪黛匪青。夹路无石，半山有亭。雨倾盆而若洗，土覆簣而通灵。具仰盂象，俨建瓴形。

客告予曰：此钵池山也，地当淮浦，境接村墟。对韩亭而耸峙，越枚里而纡徐。瞻彼陟彼，奥如旷如。秋风花采，春雨药锄。山饲鸡以成凤，池化龙而有鱼。

其势则冈抱四隅，土隆一撮。种合李桃，攀无藤葛。匪剑池之舒长，异瓠池之辽阔。盛饭颗兮若钟，纳须弥兮有钵。花不咒而莲生，诗罢敲而云活。

其色则红争翡玉，艳夺珊瑚。野未烧而壁赤，金无矿而砂朱；斗燕支于绝塞，移赤沙于名湖。晃曈昽之日出，亦如盘兮如盂。

或谓子乔辟谷，小隐其间。尝丹泉兮漱齿，采芳药以驻颜。成九转以谢尘市，随八公而入仙班。而斯境也，俨然方壶圆峤，并海上为三山。

且谓灶下丹成，林间凤舞。安公之冶独神，葛洪之火毕吐。以是地变丹崖，居同紫府。种琼玉以矜奇，疑赭山而分土。

孰知传闻近诞，按理尤乖。周太子曾经早逝，《列仙传》已类《齐谐》。即或吹笙霞举，驾鹤云排；迹亦著于缑岭，人非隐于长淮。岂神仙善幻，遂易地则皆是。

盖山孕结于土膏，色递分乎地脉。泉奚煅而能红，岸谁烧而始赤？语实不经，理无可绎。惟象自天成，名由实责。如谷以盘而得称，峰肖炉而著迹。兹既像乎钵盂兮，锡嘉名而自昔。

出处：（清）王琛《蚍珠赋钞》（卷一），同治五年（1866）刻本。略见（清）冒广生《钵池山志·山水志第一》，方志出版社 2006 年 4 月版。

刘熙庭

刘熙庭，一作熙廷，字梅江，号渔蓴，山阳县（今江苏淮安）人，增生。工词赋。居河下梅家巷，辟地数弓，莳花种竹，曰可园。嗜画梅，画毕则题诗其上。

酒酣夜别淮阴市赋

客有才艳餐花，歌传折柳。弹长铗于长淮，共良宵于良友。悔向尘中插脚，混迹钓鱼；何堪市上低头，降身屠狗。不如归去，休分漂母之餐；请从此辞，且醉杜康之酒。

昔温飞卿之遇少年也，城边访旧，堤畔停骖。对灯红兮酒绿话砚北兮花南。赵碫楼头，快听一声长笛；枚皋宅畔，好倾四座雄谈。方思秉烛共游，览十洲之名胜；岂肯挥鞭竟去，踏五岳而兴酣。

乃其地暂羁栖，情殊蕴藉。归思视韩信难追，豪气比陈登不亚。遇燕赵悲歌之士，定许拍肩；值江淮摇落之秋，那堪出胯。君真健者，效黄鹄而穿云；仆本恨人，絷白驹兮永夜。

于是相对轮杯，狂歌击节。离踪共叙其绸缪，交态尽吐其侠烈。金樽酒满，浇来万古愁多；宝剑光寒，照彻一腔血热。芳草惜王孙归去，对此何堪；桃花量潭水浅深，黯然唯别。

其时则更传巷陌，月净天街。促膝兮数言落落，盟心兮一水湝湝。却当纸醉金迷，觥筹交错；报说参横斗转，车马安排。数来桥市鱼盐，照高城兮不夜；催起谯楼鼓角，幸有酒兮如淮。

酒阑更深，击筑狂吟。铁如意在手，玉唾壶无音。听君且唱骊歌，浦辞公路；恨我难舒骥足，墓过陈琳。今宵湖海相逢，两岸万家灯火；此去年华休负，千金一刻光阴。

是以酒三雅而意倾，诗八叉而句拟。饮祖帐于韩亭，壮行旌于枚里。当酣歌之未已，共拍红牙；睹夜色之将阑，频斟绿蚁。宦游误我，折腰仍县尉微官；客路何年，携手上长安酒市。

迨夫远隔天涯，感深云树。驱匹马而踏尘红，盼双鱼而通尺素。回忆并州故里，零落知交；漫随商隐齐名，推敲觅句。冀他日重逢旧地，值杏花沽酒之天；记此时难遣离怀，诵丛桂留人之赋。

出处：（清）王琛《蚍珠赋钞》（卷二），同治五年（1866）刻本。

注释：温庭筠《赠少年》诗："江海相逢客恨多，秋风叶下洞庭波。酒酣夜别淮阴市，月照高楼一曲歌。"《府志》：古淮阴市原在古淮阴县治内，城久圮废，不可考。今于旧城府市口立"淮阴市碑"，其实非是。

方若虚

方若虚，四川璧山（今属重庆市）人。生平事迹不详。

娑罗树赋

若夫祇园别种，慧域交柯。香飘意以，味别如何。伊谁老干参天，种留胜地；为忆断铭蚀雨，城话甘罗。宝月娟娟，迦叶试传夫老衲；慈云冉冉，昙花示现于优婆。

尔其旃檀香爇，贝叶经多。人怡莲界，华降罗陀。纫白絮以为丝，种传伊洛；伴紫蝉而覆水，尘浣藤萝。待谈明月之禅，相将罗列；未傍淮阴之市，也学婆娑。

则有司徒元简诸人者，慧业禅参，灵根瑞集。分杞井而泉甘，沐兰盂而露湿。词宣娑嘛，宝生舍利之珠；果伴罗婆，香洒醍醐之汁。此际飞芦渡稳，散花雨于大千；即看拔木风平，缬柘枝于方十。

其为娑也，拂拂风吹，珊珊影厚。修娑服而翩跹，纪娑登而消受。也似琴停叔夜，貌写纤徐；不同粉舞东门，阴添左右。料是娑逻乞得，寻嘉种于十洲；何妨娑驳驶同名，踏芳尘于千亩。

其为罗也，鸟罟疑临，蛛丝全净。罗映钵而垂阶，罗缀珠而启镜。迦花谁种，开迎若木之飘，檀梦全清，果证古槐之盛。剖安南之罗密，法雨纷披；试妙手于罗兜，天花朗映。

披拂香风，毓钟灵气，娑娑兮莲宇滋荣，罗罗兮兰堂仿佛。钝根全解，试求超悟之方；净域能臻，细证圆通之味。此丰歉叶华平之瑞，风雨护呵；而东西分荣瘁之奇，云霞蒸蔚。

迄今仙珠莫辨，故地难全。虫穿蚀干，鹿走芜田。最怜寸木俱无，莫问芝楣之旧。剩有残碑亦赝，谁寻兰若之烟。非同桃实有期，缘堪计百；本是椿灵不老，劫忽逢千。

宜乎芮华致咏，张谓敷陈。向子諲为之寄慨，吴承恩因以怡神。疑月中生，觅根株于天竺；非人间物，留剩迹于淮滨。言寻罗汉之华，用摹北海；欲译娑婆之咒，安得西人？

出处：（清）王琛《蚍珠赋钞》（卷四），同治五年（1866）刻本。

段朝端

段朝端（1843—1925），字笏林，号蔗叟、蔗湖退叟。山阳县（今江苏淮安）人。廪贡生，光绪五年（1879）报捐试用训导，署仪征教谕、甘泉训导、兴化教谕、海州学正、仪征训导等。曾受聘为《江苏通志》分纂、《淮安府志》分纂、《续纂山阳县志》总纂。著作甚丰，有《南游杂记》《椿花阁随笔》等。

《甦余日记》序

后己未（1919）闰七月十三日，吾友吴君温叟从大兴庄邮以清河蒋升之萃科《甦余日记》摘本见示。盖道光九年己丑（1829），迄癸巳（1833）五年之作。虽随笔记载，而征文考献，遗文轶事，多可动心骇目。如左雨香之多才，卢涵九之耆学，高铁夫之宦迹，陈春台之隐居，吴古音之浩气高吟，方上人之释名儒行……皆足深人仰止。而卢芳谷为机坊崇祀，及以月中竿影验年岁丰歉，尤属创闻。时萃科主渔沟临川书院讲席，岁比不登，水潦暴至。本镇吴氏诸老先生好行其德，出巨金以振之，设粥厂，散豆饼，颁餐具。病予以药，死予以槥。萃科亲见其事，并为规画赞助，详述当日被灾情状，足补志乘所未备，间缀所作小诗，词气高雅，凤精壁帖，亦偶附焉。盖萃科与兰岑先生为石交，熏陶有素，初闻其没，为位而哭，既审知其非，白门握手，喜心倒极，爱才若命，性情之肫挚，不诚加人一等哉？先辈每有日记之作，排日登载，藉以自课。其中雅俗杂陈，诚有榛楛勿翦之叹。后人多以为葅盐簿而弃之。今此册于废蠹之余，得温叟精心抉择，渣滓既除，精华毕露，乡邦诸先达零玑断璧亦与之俱传，温叟之心于是大慰，而予于垂尽之年获睹斯制，又未尝不自幸已。

淮安七七叟段朝端书于叶打庵。

出处：潘德舆著，朱德慈整理《潘德舆家书与日记》，江苏凤凰出版社2008年1月版。

符山堂图跋尾

同治甲子（1864），入都应京兆试，于市上得眉尹先生符山堂诗刊本，系力臣手写付梓，小象亦力臣所抚。纸墨古雅，可谓希世之珍矣。符堂者，眉尹先生父子读言处也。旁有薜坞，虽遥……阁诸胜，四方名流，载酒问奇，屡舄恒满，而力臣以通径博古，巍然为江淮诸儒冠。以是符山堂之名，迄今数十百年，犹赫赫在人耳目间。予每过浦垣，求堂之故址不可得，辄怅惘久之。今年默存自晋归，出示此卷，萧疏古澹，景色超绝。予尤爱三昆团坐，诸子列侍，前荣后翼，穆如秩如。故家之风范，前辈之文采，胥跃跃见于帘纸上。展读一过，孝弟恭肃之心油然自生，兴鄙臧符山堂诗，可称双壁，默存素以保全绑邦文献自任，此卷适为所得，毋亦张氏贤父子之灵有以默相之欤。惜栈行图佚去已久，然此等名迹，在在有神物护持，终有延津剑合之一日。他时默存能再搜得栈行图卷，予虽笃老，犹将摇笔而记之。

宣统辛亥（1911）秋八月，蔗叟段朝端敬跋尾。

出处：（清）丁宝铨《符山堂图卷》。

《张力臣先生年谱》自序

丁巳（1917）七月，编周菘畦征君年谱成，记丁默存藏有当时名公与征君往还手札十大册，原题名贤尺素。默存改题曲江手迹，料其中必有补年谱所未及者。时默存寓沪，适汪君澄伯南游，因托向钞，默存慨然以全册寄淮，供予采择，复以朱二玉所绘符山堂图长卷，一同见示。予久欲为张力臣、张虞山、吴山夫三先生各作一谱，合周为习隐簃四谱，期与潜邱四家轶事，柘师颐志四谱相配。今见此卷，欣然命华，旁搜各书，排比岁月，图中题咏诸作全行载人，可谓洋洋大观。力臣在当日名誉极高，交游极广，谈金石者至今推为鼻祖，闻见夆陋名编秘籍，多未搜罗而所憾者，只知年至七秩，究于何时捐馆，未敢臆断。不无神龙见首不见尾之嗟。海内宏达能考得易箦之时，邮书见告，俾成完书，庶不负默存远道寄示之意，倘亦符山主人所默许者乎！至虞山、山未两谱行，将抽暇续纂云。

是岁初冬十四日，段朝端蔗叟自序。

出处: (清) 段朝端《张力臣先生年谱》。

《延陵堂淮阴渔沟吴氏宗谱》序言

予少即留心谱系之学，遇里中老辈辄就稽族世，征求图牒。以予所见凡数十家，以阮、曹二氏谱为简洁有法，潘氏统宗谱远不逮也。嗣读吾师稼轩先生《漱六山房集·宗谱书后》，法例谨严，属望殷厚，树义精而垂范远，觉古之欧苏、今之河间，犹未斟酌尽善。今以病足跧伏不出，吾师季子温叟，时以诗文就正商榷古义，邮筒往返，月或数至。一日述其宗老之命，手新修问序于予，盖至是凡五修矣。温叟之言曰：太史公有云，天运三十年小变，五十年中变。今世变日亟：科举废，学校兴；昔之青衿发轫者，今则变而为高等小学毕业生矣；夏时废而阳历兴；昔之建元纪岁者，今则变而为民国某年矣。自明以来，清河统为淮安，今则府治奉裁，清河改称淮阴，且升为甲县矣，此外水利之废弛，农税之烦苛，民风之凋敝，具与吾谱相附丽，必稍纪沿革，庶可理示子孙，敬求一言以为征信。噫嘻，予敢序吴氏谱乎？予敝族也，户少丁稀，近因事与宗人阋讼，颇自咎，非古人敬宗收族之道。然尝读归熙甫氏《家谱记》谓源远而末分，口多而心异，贪鄙诈戾者，往往杂出于其间，贫穷不知恤，顽钝不知教，入门而私其妻子，出门而诳其父兄，冥冥汶汶，将入于禽兽之归而归氏几于不祀。呜呼！何其痛也。又上读苏氏《族谱亭记》，于乡之乱俗者指陈不讳。乃知宗以族得，民亦实有良法定制相维于不敝，必不容败群之马乱我宗法。且上有明允笃诚之父兄，斯下无浮惰傲慢之子弟。人心之厚薄，世道之升降，因之而返薄为厚，则自能自治其族。始今读是谱，原本经训，丝联绳贯，条理秩然，香圃先生跋语，识微虑远，尤属捄时良剂，吾愿温叟及吴氏诸宗老，其益修保世戒祸之道，十年生聚，十年教训，修耕牧，固围寨，申约束。以诗书化其顽犷，可以补今日学校所不及，毋徒墨守时制，为一切补苴之术，有蠹化伤教败礼悖义者，以家法严治之，于以扶人纪，张国势，化民成俗，祸乱不作，于汲汲修谱之心，庶有合乎？至闭门用王氏之腊，复古沿汉代之名，胥属骈枝，藉征事变，于斯谱固无关轻重也。老病粗疏，语无伦脊，姑举身世所历，兢兢为防患之谋，以复于温叟，有保世戒祸之责者，尚其有念于斯文。

岁在强圉，大荒落壮月，淮安七五叟段朝端谨序。

出处： 吴其稦主修《延陵堂淮阴渔沟吴氏宗谱》，民国辛酉年（1921）二月刊梓。

赎回铸书版记

清河王君寿萱喜读书，喜刊书，家有质库，铅锡不出售，以铸版。积数年，成《小方壶斋丛书》如干卷。顾性懒，不善治生业，日落。光绪乙巳（1905），质库闭，贷母钱者，逢与讼，家毁。讼解，跳之海上，佣书落拓以死。方事之殷也，以《丛书》全版五十九箱质于同业刘和泰，得钱五百千。王力不能赎。同人念《丛书》十九皆淮乡文献，思欲赎归，而无从得金。审知县署存大决科款千数百元可拨用。爰商之知事备本禀请回赎。刘初意动，或谓铅价昂，镕之利倍。莅阁置经年，有母无子非计。因牒要求赢，同人急欲得版，姑畀以息，迭次增益，本利累番银千二百枚。刘欲仍未餍，谋运宁销售。由县而道而巡按，上至平政院，讼未已，辗转四五年奔走宁沪，卒弗得直，仍饬县作调人。遴《丛书》中次乘及非淮着（著）画予十之三。去年岁暮，事大定，于是《小方壶斋丛书》廿二种，始复为淮人物保全。国粹流通，遗着（著）皆吾乡人责也。其间，波澜反复，风雷震撼，使不善因应事几败。幸同人萃全力与争，兼顾全商业不为已甚，仅而得此，恐来者不察，略举此案始末。书某某种，版若干块，揭于卷首，备考核焉。至与事诸君，姓氏有全案在，此不赘载云。戊午（1918）辜月，淮安七六叟段朝端撰。

书目：

《春秋传说从长》十二卷，铅版一百四十五块。

《左传杜注拾遗》一卷，铅版五十一块。

《春秋异地同名考》一卷，铅版五块。

《夏小正校勘记》一卷，铅版十块。

《周礼异字释》六卷，铅版九十八块、木版一块。

《补后汉书艺文志》三十一卷，铅版四百十五块。

《通俗文佚文》一卷，木版五块，另买加入。

《通俗文补》音 一卷，木版一块，另买加入。

《风俗通义佚》文 一卷，木版二十块，另买加入。

《日知录校正》一卷，铅版二十块。

《律书律数条义疏》一卷，铅版四块。

《金壶浪墨》一卷，铅版三十六块、木版一块。

《茶余客话》二十二卷，铅版二百二十七块、木版一块。

《白奄山人年谱》一卷，铅版十八块。

《山阳河下园亭记》一卷，铅版三十七块。

《淮城日记》一卷，铅版二十一块。

《淮阴金石仅存录》一卷，铅版四十八块、木版六块。

《浑斋小藁》一卷，铅版十六块。

《耳鸣山人剩藁》一卷，铅版八块。

《虚静斋诗》一卷，铅版二十一块。

《历代鼎甲录》一卷，铅版十五块。

《书评》一卷，铅版三块。

《义贞事迹》一卷，铅版十四块、木版四块。

《山阳诗征》二十六卷，铅版七百五十块、木版八块。

《山阳诗征续编》四十四卷。铅版八百九十五块。

共铅版贰千捌百伍拾柒块，共木版四十七块。外，赎回铅铸书版记一块，书目一块。

出处：（清）王锡祺《山阳诗征续编》，光绪戊戌（1898）刻本，南京图书馆收藏。

鲁日舫

鲁日舫，山东人氏，清秀才，生卒年及生平事迹不详。

老子山记

紫气东来，不见仙踪何处？青牛西去，空留石上蹄痕！炼丹炉莫辨东西，仙人洞徒生想象。然仙踪虽渺，灵迹犹存。试看今日湖山，果然别有天地。是以寻幽客子，无不到此流连；拾翠游人，多致乐而忘返。

余侨居于此，数十年矣！窥此山四时之景，迥异人寰，故亦有"乐不思蜀"之意，试略而言：

当夫春光献媚，景色争荣。山色含笑，野鸟亲人。红杏坦墙，关不住满园春色；两山排闼，分送来一色青光。桃飞红雨漫天，菜铺黄金遍野。马嘶芳草之地，人醉翠微之巅。至夏斑鸠唤雨，布谷催耕。赤日行天，修竹千竿能避暑；青莲遍地，长淮百里可闻香。凤凰墩前叱犊，青牛石上闻莺。天光接水无边白，树色连山不断青。迨至金风拂面，玉露沾衣，叶落湖山，蛩吟四起。渔灯数点，朗如天外寒星；孤雁一声，惊破楼头好梦。枫如醉酒，面颊俱红；芦为悲秋，头颅尽白。至冬也，檐垂玉箸，水滴成冰。鸟伏寒巢，枝空无叶。水因风而黑面，山为雪而白头。踞岭奇峰，好似山中虎豹；横塘老树，宛如水底蛟龙。窗前冷月一钩，砭俗针疾；岭上寒梅几树，沁骨悦魂。

此老子山胜景大观，为余素所钦羡而领略者也。况乎云山屏蔽，胜他铁甲三千；雪浪参差，如隔秦关百二。恐胜景湮没，乃作斯记。

出处：荀德麟等选注《记淮古文选》，中共党史出版社 2003 年 4 月版。

注释：老子山，位于洪泽湖南岸淮河入湖处，是洪泽湖周边唯一伸入湖中的岩石山，相传春秋时老子曾于斯山修道炼丹，故名，又名丹山。作者曾主讲丹山书院，因恋斯地湖光山色，遂侨居于此，并于光绪甲辰年（1904）作《老子山记》，着力描绘一"寻幽客子"眼中的丹山春夏秋冬四时之景，辞美意远，令人叹赏。

宋 恕

宋恕（1862—1910），原名存礼，字燕生，号谨斋；改名恕，字平子，号六斋；后又改名衡。浙江平阳人。自幼聪颖过人，过目成诵，因于国学深有基础，及年长，又广读欧美各国学术名著，二十余岁时即学贯中西，名噪一时。著作繁富，后人编有《宋恕集》。

胡公寿海堕泪碑记

胡公寿海者，江苏清河县举人，以大挑来吾浙，知西安县事，于光绪三十一年（1905）冬十月来摄吾平。三十三年（1907）夏六月卒于官。其卒也，夫人、公子乃几无以治丧。已而，以乏正供，被吏议，亲属将在缧绁之中，平民闻之，咸惨然曰：“平，故优缺，公又俭己，迹其一窘至此，实由屡拯吾难，解囊不足，益移正供，计二年中为平负累盖几及白金二万两，而其尤关重大者则有四案：曰灵溪埠案，曰南港塘案，曰鳌江盐案，曰蒲门网案。

灵溪埠务，旧属许氏。陈、黄拘争，经前知县程公捐廉购址，别建官埠，判将埠规充供县校。许氏迁怒吾南毁校辱师，争端甚烈，幸公调停。是案也，公负累千余金。

南港沙淤，屡遭水患。筑塘捍水，南乡苦潴，众议毁塘，西乡弗从，互伤多命，行省檄剿。公不忍，遽亲临劝和，保全甚众。是案也，公负累二千余金。

鳌江盐栈，激怒被毁，省檄严惩。公复不忍，自偿报失，救群蚩蚩。是案也，公负累千余金。

蒲门学董，筹加网租，渔户仇董，省檄拘刑。公行阴德，不虐穷渔。是案也，公负累千余金。

呜呼！是四案也，使不值公而值酷吏，吾平之难如何？即不值酷吏而值庸吏，吾平之难亦当如何？况公为平负累不止是四案乎！然而公之卒几无治丧矣，且以乏正供被吏议矣，亲属将在缧绁之中矣，平民闻之，能勿堕泪乎！爰共立碑以永纪念，而名之曰《堕泪碑》。

宣统元年（1909），岁在己酉，春正月，平阳县土民公立。

出处：（民国）刘檼寿修，范冕纂《续纂清河县志》（卷十），民国十七年（1928）刻本；邱涛编《中国近代思想家文库·宋恕卷·杂著下》，中国人民大学出版社2014年2月版。

袁　昶

袁昶（1846—1900），原名振蟾，字爽秋，一字重黎，号浙西村人。浙江桐庐人。光绪二年（1876）进士，历官户部主事、总理衙门章京，办理外交事务，后任江宁布政使，迁光禄寺卿，官至太常寺卿。著有《渐西村人日记》等。

《漱六山房全集》叙

往在同治丙寅（1866）、丁卯（1867）间，不佞之得事闽县高先生也晚，其讲学深友若邵位西比部、苏厚子方正，皆前卒矣，独海盐张铭斋文、清河吴稼轩丈犹及识之。二君，闽县引为同志者也。岁己巳（1869），哭先生东城精舍，铭状乞吴丈为之，能状先生生平，无虚美之词。后昶居扬州，丈寓书述毛生甫、鲁通甫论为文之法，而平居服膺必称道山阳潘四农先生。潘先生于近世治古文者，刘姚恽张诸老先为晚出，人品峻洁，文乃肖其为人，时时于易尚书之谊，有所得独行之士也。观丈之所取法，其节概可知矣。

夫孔子教人立身必依于礼，立言必达于诗，而元和、庆历以后，学者乃托业于古文，视古者泽宫教士之法，三物四术为庳薄矣。然操是术者，于出处取舍多能澹然，以义自持，不肯徇外物而丧己。其教于家，立于朝，治一官一邑，树立不苟，率可观。则古文者亦礼之遗教，虽圣人复起刊定，群言亦不之废者与。

丈尝为京朝官，已而弃去，居乡有扞寇赈饥功，口未尝言，而为学益劬，年七十余，犹且日诵，仪礼尽数纸。丁丑（1877），昶假归，复至竹西，丈适来游，相见泊舟风雨中，置酒为别。时方深秋，烟树青黮，碕岸斗出，座客庄中白、高叔迟袖手耸肩，危坐相对，听丈谈道咸间长安交游贤士大夫逸事，及四方祸败复还清明之故，磊磊辄起人意。是时，意气相适，殊乐甚。乃次年即丧中白，后又丧铭老。昨岁，丈及叔迟一时俱逝。日月淹速，人事不恒，可念也！

丈遗集若干卷，次子涑所编，其人与世皆在卷中，读者当自得之。夫士当壮盛时，秕糠流俗，负迈往不屑之韵，常欲于天下有所匡济，一龃龉不自得，自度才地不足以通变救时，退而托业于文以自晦，或人事扞格，垂白益困，操三寸弱翰，非公正不发愤，业未竟而志无穷。古今类然，为可慨也！

光绪乙酉（1886）长夏，桐庐袁昶谨叙。

出处：（清）吴昆田《漱六山房全集》（卷首），光绪六年（1880）三河郝氏刻本。

·民　国·

赵尔巽

赵尔巽（1844—1927），字公让，号次珊，汉军正蓝旗人。同治十三年（1874）进士，授翰林院编修。历任安徽、陕西各省按察使，又任甘肃、新疆、山西布政使，后任湖南巡抚、民部尚书、盛京将军、江西总督、四川总督。宣统三年（1911）任东三省总督。民国成立，任奉天都督，不久辞职。民国三年（1914），任清史馆总裁，主编《清史稿》。袁世凯称帝时，被尊为"嵩山四友"之一。民国十四年（1925）段祺瑞执政，任善后会议议长、临时参议院议长。

靳 辅 传

靳辅，字紫垣，汉军镶黄旗人。顺治九年（1653），以官学生考授国史馆编修，改内阁中书，迁兵部员外郎。康熙初，自郎中四迁内阁学士。十年（1654），授安徽巡抚。疏请行沟田法，以十亩为一畦，二十畦为一沟。沟土累为道，道高沟低，涝则泄水，旱以灌田。会三藩乱起，不果行。部议裁驿站经费，辅疏请禁差员横索、骚扰驿递，岁终节存驿站、扛脚等项二十四万有奇。上奖辅实心任事，加兵部尚书衔。

十六年（1677），授河道总督。时河道久不治，归仁堤、王家营、邢家口、古沟、翟家坝等处先后溃溢，高家堰决三十余处，淮水全入运河，黄水逆上至清水潭，浸淫四出。砀山以东两岸决口数十处，下河七州县淹为大泽，清口涸为陆地。辅到官，周度形势，博采舆论，为八疏同日上之：首议疏下流，自清江浦至云梯关，于河身两旁离水三丈，各挑引河一道，俟黄、淮下注，新旧河合为一，即以所挑土筑两岸大堤，南始白洋河，北始清河县，并东至云梯关。云梯关至海口百里，近海二十里，潮大土湿，不能施工；余八十里亦宜量加疏浚，筑堤以束之，限二百日毕工，日用夫十二万三千有奇。次议治上流淤垫，洪泽湖下流自高家堰西至清口，为全淮会黄之所。当于小河两旁离水二十丈，各挑引河一道，分头冲洗。次议培修七里墩、武家墩、高家墩、高良涧至周桥闸临湖残缺堤岸，下筑坦坡，使水至平漫而上，顺缩而下，不至怒激崩冲。堤一尺、坦坡五尺，夯杵坚实，种草其上。次议塞黄、淮各处决口，例用埽，费钜且不耐久；求筑土御水之法，宜密下排椿，多加板缆，用蒲包裹土，麻绳缚而填之，费省而工固。次议闭通济闸坝，浚清口至清水潭运河二百三十里，以所挑之土倾东西两堤之外，西堤筑为坦坡，东堤加培坚厚，次议规画经费，都计需银二百十四万八千有奇。宜令直隶、江南、浙江、山东、江西、湖北各州县预征康熙二十年钱粮十之一，约二百万。工成后，令淮、扬被水田亩纳三钱至一钱；运河经过，商货米豆石纳二分，他货物斤四分；并开武生纳监事例，如数补还。次议裁并冗员，明定职守，并严河工处分，违决视违盗；兼请调用官吏，工成，与原属河厅官吏并得优叙。次议工竣后，设河兵守堤，里设兵六名至二名，都计五千八百六十名。疏入，下廷议，以方军兴，复举大工，役夫每日至十二万余，召募扰民，应先择要修筑。上命辅熟筹。

十七年（1678），辅疏言："以驴运土，可减募夫之半；初拟二百日毕工，今改为四百日，又可减募夫之半。"河工故事，大堤谓之"遥堤"，堤内复为堤逼水，谓之"缕堤"，两堤间为横堤，谓之"格堤"。辅疏请就原估土方加筑缕堤，有余量增格堤，南自白洋河，北自清河，上至徐州，视此兴筑。余并如前议。疏入，复下廷议，允行。

上谕以治河大事，当动正项钱粮。辅疏言："前议黄河两岸分筑遥、缕二堤，勘有旧堤贴近河身，拟作为缕堤，其外更筑遥堤。前议用驴运土，今议改车运。前议离堤三十丈内不许取土，今因宿迁、桃源等县人弱工多，改令二十丈外取土。前议河身两旁各挑引河一道，今以工费浩繁，除清河北岸浅工必须挑浚。余俱用铁扫帚浚深河底。"下部议，从之。

是岁吴三桂死，上趣诸将帅进兵，辅欲节帑佐军，又以兴工后需费溢出原估，均颇改前议，先开清口引河四道，塞高家堰、王家冈、武家墩诸决口，筑堤束水。如所议施行。顾下流未大治，伏秋盛涨，水溢出堤上，复决砀山石将军庙、萧县九里沟。辅乃议设减水坝，于萧、砀、宿迁、桃源、清河诸县河南北两岸为坝十三，坝七洞，水盛藉以宣泄。辅复察清口淮、黄交会，黄涨侵灌运河，乃自新庄闸西南开新河至太平坝；又自文华寺开新河至七里闸，复折向西南，亦至太平坝；改以七里闸为运口，由武家墩烂泥浅转入黄河。运口距黄、淮交会处约十里，自此无淤垫之患。疏报，并议行。辅勘清水潭决口屡塞屡冲，乃弃深就浅，筑东西长堤二道，并挑新河八百四十丈，疏积水。山阳、高邮等七州县民田，至是皆出水可耕。

十八年（1679），辅疏报，并请名新河曰永安河，报闻。翟家坝淮河决口成支河九道，辅饬淮扬道副使刘国靖等督堵塞，至是工竟，辅诣勘疏报，并言："山阳、宝应、高邮、江都四州县潴水诸湖，逐渐涸出。臣今广为招垦，俾增赋足民，上下均利。"屯田之议自此起。

漕船自七里闸出口，行骆马湖达窑湾。夏秋盛涨，冬春水涸，重运多阻。辅议浚湖旁皂河故道，上接迦河通运。疏入，下廷议，上问诸臣意若何，左都御史魏象枢曰："辅请大修黄河，上发帑二百五十一万，计一劳永逸。前奏堤坝已筑十之七，今又欲别开河道，所谓一劳永逸者安在？臣等虑漕运有阻，故议从其请。"上曰："象枢言良是。河虽开，必上流浩瀚，方免淤滞。今雨少水涸，恐未必有济。即已成诸工，亦以旱易修，岂得恃为永固耶？"十九年（1680）五月，辅丁忧，命在任守制。秋，河复决，辅疏请处分，上趣辅修筑。二十年（1681）三月，辅疏言："臣前请大修黄河，限三年水归故道。今限满，水未归故道，请处分。"下部议，当夺官，上命戴罪督修。

二十一年（1682）五月，上遣尚书伊桑阿、侍郎宋文运、给事中王曰温、御史伊喇喀勘工。候补布政使崔维雅奏上所著书，议尽罢辅所行减水坝诸法，大兴工，日役夫四十万，筑堤以十二丈为率。上命从伊桑阿等往与辅议之。伊桑阿等遍勘诸工，至徐州，令辅与维雅议，辅疏言："河道全局已成十八九。萧家渡虽有决口，而海口大辟，下流疏通，腹心之害已除。断不宜有所更张，隳成功，酿后患。"伊桑阿等还京师，下廷议，工部尚书萨穆哈等请以萧家渡决口责辅赔修，上以赔修非辅所能任，未允；又议维雅条奏，伊桑阿请召辅询之。十一月，辅入对，言萧家渡工来岁正月当竟，维雅所议日用夫四十万、筑堤以十二丈为率，皆不可行。维雅议乃寝。上命塞决口，仍动正项钱粮。二十二年（1683）四月，辅疏报萧家渡合龙，河归故道，大溜直下，七里沟等四十余处险汛日加，并天妃坝、王公堤及运河闸座，均应修筑。别疏请饬河南巡抚修筑开封、归德两府境河堤，防上流疏失。上均如所请。十二月，命复辅官。

二十三年（1684）十月，上南巡，阅河北岸诸工，谕辅曰："萧家渡堤坝当培薄增卑，随时修筑。减水坝原用以泄水，遇泛溢横流，安知今日减水坝不为他年之决口？且减水旁流，浸灌民田，朕心深不忍。当筹画措置。"上见堤夫作苦，驻跸慰劳久之，谕辅戒官役侵蚀工食。复视天妃闸，谕辅宜改草坝，并另设七里、太平二闸杀水势。舟过高邮，见田庐在水中，恻然悯念。遣尚书伊桑阿、萨穆哈察视海口。还跸，复阅高家堰，至清口，阅黄河南岸诸工，谕辅运口当添建闸座，防黄水倒灌；复召辅入行宫慰谕，书阅河堤诗赐之。

辅以上念减水淹民，因议于宿迁、桃源、清河三县黄河北岸堤内开新河，谓之中河。于清河西仲家庄建闸，引拦马河减水坝所泄水入中河。漕船初出清口浮于河，至张庄运口，中河成，得自清口截流，径渡北岸，度仲家庄闸，免黄河一百八十里之险。伊桑阿等还奏，议疏浚车路、串场诸河至白驹、丁溪、草堰诸口，引高邮等处减水坝所泄水入海。上命安徽按察使于成龙董其事，仍受辅节制，奏事由辅疏报。

二十四年（1685）正月，辅疏请徐州迤上毛城铺、王家山诸处增建减水闸，下廷议。上谕减水闸益河工无益百姓，不可不熟计，命遣官与辅详议，若分水不致多损民田，即令兴工。九月，辅疏报赴河南勘黄河两岸，请筑考城、仪封、封丘、荥泽堤埽，下部议行。成龙议疏海口泄积水，辅谓下河地卑于海五尺，疏海口引潮内侵，害滋大；议自高邮东车逻镇筑堤，历兴化白驹场，束所泄水入海，堤内涸出田亩，丈量还民，余招民屯垦，取田价偿工费。疏闻，上谓取田价恐累民，未即许。

寻召辅、成龙驰驿诣京师廷议，成龙议开海口故道，辅仍主筑长堤高一丈五尺，束水敌海潮。大学士、九卿从辅议，通政使参议成其范、给事中王又旦、御史钱钪从成龙议，议不决。上命宣问下河诸州县入官京师者，侍读宝应乔莱等乃言："从成龙议，工易成，百姓有利无害；从辅议，工难成，百姓田庐坟墓多伤损，且堤高一丈五尺，束水至一丈，高于民居，伏秋溃决，为害不可胜言。"上颇右成龙，遣尚书萨穆哈、学士穆称额诣淮安会漕督徐旭龄、巡抚汤斌详勘。二十五年（1686）正月，萨穆哈等还奏，谓民间皆言浚海口无益。寻授成龙直隶巡抚，罢浚海口议。四月，召斌为尚书，入对，上复举其事以问，斌言浚海口必有益于民。上责萨穆哈、穆称额还京时不以实奏，夺官。召大学士九卿及萘等定议浚海口，发帑二十万，命侍郎孙在丰董其役。

工部劾辅治河已九年，无成功。上曰："河务甚难，而辅易视之。若遽议处，后任者益难为力，今姑宽之，仍责令督修。"二十六年（1687），辅疏言："运堤减水以下河为壑，东即大海，浚海口似可纾水患；惟泰州安丰、东台、盐城诸县地势甚卑，形如釜底，若止就此挑浚，徒增其深。淮流甚涨，高家堰泄水汹涌而来，仍不能救民田之淹没。臣以为杜患于流，不若杜患于源。高家堰堤外直东为下河，东北为清口，当自翟家坝起至高家堰筑重堤万六千丈，束减水北出清口，则洪泽湖不复东淹下河。下河十余万顷皆成沃产，而高、宝诸湖涸出田亩，可招民屯垦，以裕河库。"上使以辅疏示成龙，成龙仍言下河宜开，重堤不宜筑。上遣尚书佛伦，侍郎熊一潇，给事中达奇纳、赵吉士与总督董讷，总漕慕天颜会勘。佛伦等皆欲用辅议，天颜、在丰与相左。佛伦等还奏，下廷议，会太皇太后崩，议未上。

二十七年（1688）春，给事中刘楷，御史郭琇、陆祖修交章论辅，琇辞连辅幕客陈潢，祖修请罢辅，至以舜殛鲧为比；天颜、在丰亦疏论屯田累民，及辅阻挠开浚下河状。琇旋劾大学士明珠等，语复及辅。辅入觐，亦疏讦成龙、天颜、在丰等朋比谋陷害。上曰："辅为总河，挑河筑堤，漕运无误，不可谓无功；但屯田、下河二事，亦难逃罪。近因被劾，论其过者甚多。人穷则呼天，辅若不陈辨朕前，复何所控告耶？"三月，上御干清门，召辅与成龙、琇等廷辨，辅、成龙各持所见不相下。琇言辅屯田害民，辅言属吏奉行不善致民怨，因引咎，坐罢，以王新命代，佛伦、讷、在丰、达奇纳皆左迁，天颜、吉士并夺官，陈潢亦坐谴。

时中河工初竣，上遣学士开音布、侍卫马武往勘，还奏中河商贾舟楫不绝。上谕廷臣曰："前者于成龙奏河道为靳辅所坏，今开音布等还奏，数年未尝冲决，漕运亦不误。若谓辅治河全无所裨，微特辅不服，即朕亦不惬。"因遣尚书张玉书、图纳，左都御史马齐，侍郎成其范、徐廷玺阅工，遍察辅所缮治，孰为当改，孰为不当改，详勘具奏。玉书等还言河身渐次刷深，黄水泛溜入海，两岸闸坝有应循旧者，有应移改者，多守辅旧规。

十一月，上遣尚书苏赫等阅通州运河，命辅偕往，请于沙河建闸蓄水，通州下流筑堤束水，从之。二十八年（1689）正月，上南巡阅河，辅扈行。阅中河，上虑逼近黄河，水涨堤溃；辅对若加筑遥堤即无患。还京师，谕奖辅所缮治河深堤固，命还旧秩。二十九年（1690），漕运总督董讷以北运河水浅，拟尽引南旺河水北流；仓场侍郎开音布复疏请浚北运河。上咨辅，言南旺河水尽北流，南河必水浅，惟从北河两旁下埽束水，自可济运。上命偕开音布董理。

三十一年（1692），王新命坐事罢，上曰："朕听政后，以三藩及河务、漕运为三大事，书宫中柱上。河务不得其人，必误漕运。及辅未甚老而用之，亦得纾数年之虑。"令仍为河道总督，辅以衰弱辞，命顺天府丞徐廷玺为协理。会陕西西安、凤翔灾，上命留江北漕粮二十万石，自黄河运蒲州。辅疏言水道止可至孟津，亲诣督运，上嘉之。辅疏请就高家堰运料小河培堤使高广，中河加筑遥堤，并增建四闸，堵塞张庄旧运口，皆前此缮治所未竟者。别疏请复陈潢官，并起用熊一潇、达奇纳、赵吉士。辅病剧，再疏乞解任，命内大臣明珠往视，传谕调治。十一月，卒，赐祭葬，谥文襄。三十五年（1696），允江南士民请，建祠河干。四十六年（1707），追赠太子太保，予拜他喇布勒哈番世职。雍正五年，复加工部尚书。

子治豫，袭职。世宗以其侍父在官，知河务，命自副参领加工部侍郎衔，协理江南河工。

陈潢，字天一，浙江钱塘人。负才久不遇，过邯郸吕祖祠，题诗壁间，语豪迈。辅见而异焉，踪迹得之，引为幕客，甚相得。凡辅所建白，多自潢发之。康熙二十三年（1684），上巡河，问辅："孰为汝佐？"以潢对。二十六年（1687），辅疏言潢十年佐治勤劳，下部议，授潢佥事道衔。二十七年（1688），郭琇劾辅，辞连潢。辅罢，潢削职衔，逮京师，未入狱，以病卒。辅复起，疏请复潢官，部议以潢已卒，寝其奏。

潢佐治河，主顺河性而利导之，有所患必推其致患之由；工主核实，料主豫备，而估计不当过省，省则速败，所费较所省尤大；慎固堤防，主潘季驯束水刷沙之说，尤以减水坝为要务；有溃决，先固两旁，不使日扩，乃修复故道，而疏引河以注之；河流今昔形势不同，无一劳永逸之策，在时时谨小慎微，而尤重在河员之久任。张霭生采潢所论，次为治河述言十二篇。高宗以霭生河图能得真源，命采其书入四库，与辅治河奏绩并列。

出处：（民国）赵尔巽等撰《清史稿》（卷二百七十九）。

张鹏翮传

张鹏翮，字运青，四川遂宁人。康熙九年（1670）进士，选庶吉士。改刑部主事，累迁礼部郎中。十九年（1680），授江南苏州知府，丁母忧。除山东兖州知府，举卓异，擢河东盐运使，内迁通政司参议，转兵部督捕副理事官。从内大臣索额图等勘定俄罗斯界，还擢大理寺少卿。二十八年（1689），授浙江巡抚。疏言绅民原亩捐谷四合，力不能者听。旋以杭州、嘉兴等府秋收歉薄，请暂免输谷。上曰："昨岁浙江被灾，循例蠲赋，并豁免钱粮，岂可强令捐输？鹏翮原题力不能者听，自相矛盾。"下部议，夺官，上宽之。寻授兵部侍郎，督江南学政。三十六年（1697），迁左都御史。三十七年（1698），迁刑部尚书，授江南江西总督。三十八年（1699），上南巡，命鹏翮扈从入京，赐朝服、鞍马、弓矢。初，陕西巡抚布喀劾四川陕西总督吴赫等侵蚀贫民籽粒银两，命鹏翮与傅腊塔往按。还奏未称旨，命鹏翮与傅腊塔复往陕西详审。三十九年（1700）春，还奏布喀、吴赫及知州蔺佳选、知县张鸣远等侵蚀挪用，各拟罪如律。上谕大学士曰："鹏翮往陕西，朕留心访察，一介不取，天下廉吏无出其右。"

寻授河道总督，入辞，上谕令毁拦黄坝通下流，浚芒稻河、人字河湖入江。鹏翮到官，请撤协理徐廷玺及河工随带人员，并乞敕工部毋以不应查驳之事阻挠，并从之。寻疏言："臣过云梯关，见拦黄坝巍然如山，下流不畅，无怪上流之溃决。应拆拦黄坝，挑浚河身，与上流一律宽深。"又言清口淤垫，应于张福口开引河，引清水入运敌黄，建闸以时启闭。又言人字河至芒稻山分二派，又名芒稻河，应浚使畅流；并浚凤凰桥引河及双桥、湾头二河，皆汇芒稻河入江。俱下部议行。寻以拦黄坝既撤，河身开浚深通，畅流入海，疏请赐名大通口。上嘉鹏翮章奏词简意明，治事精详，遣员外郎拖抗拖和、中书张古礼驰驿令鹏翮举所规画入奏。鹏翮疏陈开浚引河、运口，培修河岸堤坝诸事，并下部速议行。寻又疏陈河工诸弊，并请河员承挑引河，偶致淤垫，免其赔修；夫役劳苦，工成日请给印票免杂徭。上嘉其陈奏切要周备。寻又请于归仁堤五堡建矶心石闸，并于三义坝旧中河筑堤，改入新中河，合为一河，便粮艘通行。上谓所议甚当，并如所请。

上倚鹏翮治河，谓鹏翮得治河秘要，谕大学士曰："鹏翮自到河工，日乘马巡视堤岸，不惮劳苦。居官如鹏翮，更有何议？"鹏翮以修治事状遣郎中王进楫入奏，上谕进楫归语鹏翮，加意防守高家堰。鹏翮乃增筑月堤及旁近诸堤坝。洪泽湖溢，泗州、盱眙被灾，上询修治策，鹏翮言："泗州、盱眙屡被灾，即开六坝亦不能免。"上怒曰："塞六坝乃于成龙题请，不自鹏翮始。顷因泗州、盱眙灾，令与阿山议修治，非欲开六坝救泗州、盱眙而令淮、扬罹水患也。鹏翮何昏聩乃尔！"四十一年（1702），鹏翮疏请加筑清河县黄河南北岸戗堤，天妃闸改筑运口，草坝建石坝，改卞家庄土堤为石堤，皆议行。又以桃源城西烟墩黄水大涨，请加筑卫城月堤，并于邵家庄、颜家庄开引河，上虑部议迟延，特允之。四十二年（1703），上南巡视河，制河臣箴、淮黄告成诗以赐，并书榜赉鹏翮父烺。山东泰安、沂州等州饥，上命截漕二万石交鹏翮往赈。鹏翮令河员动常平仓谷二十八万余石散赈，疏请以山东各官俸工补还。上责鹏翮河员发仓谷邀誉，乃令山东各官补还，鹏翮谢罪，仍以"殚心宣力、清洁自持"，加太子太保。

河决时家马头，数年未堵塞。鹏翮以淮安道王谦言劾山安同知佟世禄冒帑误工，夺官追偿。世禄再叩阍，上令尚书徐潮按治，鹏翮、谦坐诬劾当谴，上特宽鹏翮。工部侍郎赵世芳又劾鹏翮浮销十三万有奇，请逮治。上曰："河工钱粮原不限数，水大所需多，水小所需少。如谓鹏翮以十三万入己，必无之事。河工恃用人，鹏翮用人不胜事，故至此耳。"因还世芳疏。上南巡，阅清口，见黄水倒灌，诘鹏翮，鹏翮不能对。上曰："汝为王谦辈所欺，流于刻薄。大儒持身如光风霁月，况大臣为国，若徒自表廉洁，于事何益？"上舟渡河阅九里冈，嘉鹏翮修治如法，御制诗书扇以赐。及秋，淮、黄并涨，古沟、清水沟、韩家庄并溢，廷臣议夺官，上命仍留任。寻督塞诸处漫口。

四十五年（1706），疏请开鲍家营引河，寻用通判徐光启言，拟开引河出张福口，分洪泽湖异涨，即为高家堰保障，谓为溜淮套。鹏翮与总督阿山、总漕桑额合疏请上莅视。四十六年（1707），上南巡，阅所拟引河道，谕曰："朕自清口至曹家庙，见地势甚高，标杆错杂。依此开河，不惟坏田产，抑且毁冢墓。鹏翮读书人，乃为此残忍事，读书何为？"诘责鹏翮，鹏翮谢罪。上以议为河山所主，非鹏翮意，削太子太保，夺官，仍留任。四十七年（1708），以黄、运、湖、河修防平稳，命复官，并免应追帑银。寻迁刑部尚书。四十八年（1709），调户部。

五十一年（1712），江南总督噶礼与巡抚张伯行互劾，命鹏翮与总漕赫寿往按。鹏翮等右噶礼，请罢伯行。五十二年（1713），调吏部。伯行劾布政使牟钦元，赫寿时为总督，与异议。五十三年（1714），命鹏翮与副都御史阿锡鼐往按，复请雪钦元，议伯行罪斩。事互详伯行传。寻丁父忧，以原官回籍守制，服阕还朝。六十年（1721），汶水旱涸阻运，命往勘。请疏浚坎河、鸡爪诸泉分注南旺，而于彭口筑堤，障沙水入微山湖。河决开州，横流至山东张秋，阻运，命往勘。请筑南旺、马场等湖堤，蓄水济运；并陈引沁入运利害，谓地势西北高于东南，若沁水从高直下，而河蹑其后，害且叵测。

六十一年（1722），世宗即位，加太子太傅。雍正元年（1723），授武英殿大学士。河决马营口，久未塞，命往勘。议并塞詹家店四口，浚治黄、沁合流处积沙，从之。三年（1725），卒，加少保，命于定例外加祭，汉堂上官、科道皆会赐葬，谥文端。

出处：（民国）赵尔巽等撰《清史稿》（卷二百七十九）。

黎世序传

黎世序，初名承惠，字湛溪，河南罗山人。嘉庆元年（1796）进士，授江西星子知县，调南昌。擢江苏镇江知府。十六年（1811），迁淮海道。与河督陈凤翔争堵倪家滩漫口，由是知名。

十七年（1812），调淮阳道。寻凤翔黜，诏加世序三品顶戴，署南河河道总督，俟三年后果称职，始实授。疏言："自上年大浚，千里长河，王营减坝及李家楼漫口堵合，云梯关外水深二三丈至四五丈，为近年所未有。而清江浦至云梯关一带，较之河底深通时尚高八九尺。此非人力所能猝办，计惟竭力收蓄湖水，以期畅出。敌黄蓄清之法，在堰、盱二堤，有旨缓办；今年礼坝跌损，宣泄路少，二堤尤应急筑，以资捍卫。"允之。

十八年（1813），以仁、义、礼三坝基坏，请于蒋家坝附近山冈移建三坝，挑引河三道，诏令详议，并饬填实旧坝。寻如议行。因全漕渡黄较早，议叙。疏请加高徐州护城石工，添筑越堤，于清江浦汰黄堤外加重堤，又于骆马湖尾闾五坝迤下添碎石滚坝，并允之。先是百龄拟于清江浦石马头筑圈堤，其湾处对王营，上起御黄坝，下属贴心坝，河宽千余丈，至此陡束为二百丈，论者以为不便，得不行，世序卒成之。是年秋，睢南薛家楼、桃北丁家庄漫水坏堤，世序跃入河者再。会上游河南睢州决口夺溜，河水陡落，睢、桃两工得补筑无事，诏以世序不能先事预防，降一级留任。睢州决口久未合，黄水全入洪湖。世序力筹宣泄，浚顺清河于清口淤窄处，自束清坝起至御黄坝止，挑引河三，束清、钳口各坝一律辟展，智、仁两坝及蒋坝以南，新挑仁、义两坝引河，并为分减之路。至十九年（1814）霜降，安澜，诏嘉世序修防得宜，加二品顶戴。

二十年（1815），疏言："徐州十八里屯旧有东西两闸，金门宽三丈五尺，不足减水。其西南虎山腰两山对峙，凹处宽二十余丈，山根石脚相连，可作天然滚坝。北面临河，即十八里屯，山冈淤于土中，剥平山顶，改作临河滚坝。以虎山腰为重门擎托，可期稳固。"允之。夏，洪湖盛涨，拆展束清、御黄两坝，启山盱引河滚坝，清水畅出，会黄东注，刷河益深，特诏嘉奖，赐花翎。

世序治河，力举束水对坝，课种柳株，验土埽，稽垛牛，减漕规例价。行之既久，滩柳茂密，土料如林，工修河畅。南河岁修三百万两为率，每年必节省二三十万。碎石坦坡，自靳辅始用之于高堰，后兰第锡、吴璥、徐端偶一用之；世序始用之于通工，谤言四起，世序力持，卒获其效。二十一年（1816），京察，议叙。二十二年（1817），因御黄坝刷深不能施工，束清坝掣溜太急，亦难稳立，请于旧二坝水浅处添筑重坝，又于束清坝外添建一坝，以为重门钳束，于是比岁安澜，奏减料价一成。

道光元年（1821），入觐，宣宗嘉其劳勤，加太子少保，开复一切处分，赐诗以宠之。二年（1822），京察，复予议叙。四年（1824），卒于官，优诏褒恤，加尚书衔，赠太子太保，谥襄勤，入祀贤良祠。江南请祀名宦建专祠，帝追念前劳，御制诗一章，命勒石于墓。赐其子学淳，主事；学渊，举人；学澄，副榜贡生。

自乾隆季年，河官习为奢侈，帑多中饱，浸至无岁不决；又以漕运牵掣，当其事者，无不蹶败。世序澹泊宁静，一湔靡俗。任事十三年，独以恩礼终焉。

幕僚邹汝翼，无锡人，世序倚如左右手，欲援陈潢故事，荐之于朝，力辞而止。泾县包世臣号知河事，世序多用其说，惟筑圈堰一事论不合。及创虎山腰滚坝，世臣阻之曰："河以无溜为至险，攻大埽不与焉；湖以淤底为至险，掣石工不与焉。公谓减黄入湖，为化险为平。黄缓湖高，吾坐见其积平成险也。两险交至，其祸甚烈。公意在及身，然以忧患贻后世已。"世序初奏亦谓坝成遇不得已乃启，然后实无岁不启。洎嘉庆二十五年（1820），上游河南睢州马营两口既合，阅岁大汛至，清河、安东、阜宁三县境内河水常平堤，而中泓无溜。世序心知其害，忧瘁而卒。后数月，高堰竟决。

出处：（民国）赵尔巽等撰《清史稿》（卷三百五十九）。

杨志濂

杨志濂（1852—1944），字筱荔，号评莲，晚号希逸。无锡大儒，光绪乙亥（1875）举人。初任句容、盐城等县幕友，后受江宁藩司瑞璋之聘，以保用同知分发浙江，历任湖州、严州、宁波知府。著有《中国财政史辑要》《寒翠居吟草》。

《樗庵类稿》序

陈甥夔生，朴实人也。其为学穷理尽性，以朴学为宗。其治事专心致志，以实事求是为溯渊源。有由于秉受者，有出于教诲者，自其曾大父芝庭观察提倡朴学，于《诗》《礼》二经最有心得，曾著《毛诗笺注》，为山阳朴学家丁俭卿氏所钦服。又著《周礼义疏》，为仪征阮文达公所推重，虽其稿经乱遗失，而遗谋昭示子孙皆知以《诗》《礼》为准绳，兼以吾妹幼梅以若考心葵早得心疾，时科举未废，既令奋志进取，于弱冠为弟子员，复出洋游学，领受新知识，而仍督勉以无坠《诗》《礼》之家风，此其朴学之所由绍也。

若夫治事实心则当以职业为据，如初任教务之整饬学风，成材者众。办理党务之宣传政论，为民治权。与其后历任各铁路要职，整顿路务，卓著成效。久任交通部曹司，审订法规，编纂《路史》，可资永远遵守。而整理运输，振兴营业，俾铁路进款增加，犹其小焉者，则其实事求是之功效不且彰彰在人耳目欤？吾故曰：夔生朴实人也。

尝读《戴礼经解》篇，言温柔敦厚而不愚，为深于诗教；恭俭庄敬而不烦，为深于礼教。夔生由是淑其性以陶其情，则其不失于愚与烦，而以温柔敦厚、恭俭庄敬泽其躬可知也。

兹夔生以所著诗文请序于余，披览一过，觉文如其人，诗如其人，而益信其深得《诗》《礼》之教也。自世衰道微，人心习于伪浮，其能为朴学而复实事求是者鲜矣。今夔生有是二美德，则其人可为学者之规范而不徒以言传乎此。余所乐为称道者，乃援笔而为之序。

岁在甲申（1944）仲夏之月，舅氏杨志濂希逸氏，作于申江寓楼，时年九十有三。

出处：陈福咸《樗庵类稿》（卷首），1944 年自印本。

李 详

李详（1859—1931），字审言，一字慎言，号辴叟。江苏兴化人。光绪十一年（1885）秀才。民国初年协纂《江苏通志》，后应聘为国立东南大学教授。主持纂修《兴化县志》，著有《愧生丛录》《世说新语笺释稿》《文心雕龙补注》等。

南清河吴君温叟墓志铭

贤人君子相继凋陨，自古谓之厄岁。后汉郑君传注言"岁在龙蛇"。贤人嗟！魏文帝《与吴质书》，以建安疾疫，痛惜于"徐、陈、应、刘，一时俱逝"。其间识大识小，不无等衰之异，凡皆宿名负望者应之。余交游遍东南，颇极当世之选。自己未（1919）八月以后，死亡之耗，不日则月，如长州朱先生孔彰、合肥殷君晋龄、江阴缪先生荃孙、常熟丁君国钧、武进李君宝淦。卒岁之内，五君之逝，相为殿最。斯皆余之师友。前痛未弭，后者押至。献岁发春之始，私谓辰巳之谶，与亲故离灾之戚，将如桃茢之被除，无复致撄于心，以慰余垂莫命驾之赏。不意温叟吴君，又以春仲陨于里门见告。此可伤痛切心者也！

温叟吴姓，讳涑，世为南清河大兴庄人。曾祖朝观、祖以诏，代有善行，名于乡里。至稼轩先生昆田，遂以诗文命世。上继前辈，为山阳潘解元德舆高弟弟子。世传《漱六山房集》，稼轩先生集也。温叟为稼轩先生季子，授以《通鉴》之学，著于名字，以志景仰。稼轩先生主讲本邑崇实书院。南北舟车，知名之士来访先生，必命温叟出谒。或诵所艺以对，以是饫于闻见者。虽未成童，出其议论，已令长老叹服。稼轩先生，以举人官刑部员外郎，于道、咸之间，不乐仕进。其郁为文字者，思于温叟是寄。往往抚之自娱，以比古人之大欢焉。温叟亦善承之。足乐也。

温叟年十六，丁稼轩先生忧。居丧，编次先生遗集，求蕲州黄兵备云鹄、桐庐袁郎中昶文表章之。两君于文章，皆兀傲，负直性，不轻假借。喜故人之有子也，俱徇其请。温叟之见知当世始此。

温叟少师山阳高征君延第、鲁文学黉、徐先生嘉、宝应孔君昭宷。年十九，以时艺用墨子语。受知督学黄侍郎体芳，为附学生员。温叟蚤好为古文词，不乐科举之业。稼轩先生习杜诗，能背诵数百篇，温叟传其学。故平生为诗，五古最胜，其师法所在如是。

温叟三十外出游，与余定交于合肥蒯君光典邸舍。温叟喜举其先德故旧遗闻，余辄能证之。与共镫火者四岁。

蒯君官淮扬海道。温叟从为书记。直光绪丙午（1906），江北大水，蒯君驻节高邮，防堵各坝，以纾里下河七州县之灾。时清河被灾亦重，守者匿不以闻。温叟力请于蒯，筹振与他县等。又工为官府文檄，蒯君口授意旨，温叟疾书，略无点定。朝夕踵发，举如律令。蒯君以堵坝不决，运堤以东，于蒯君尸祝俎豆。抑温叟赞画与有力焉。

温叟壮欲有为，与倡为新学救时者暱。如咨议局及创建学堂，温叟皆预其列。故于乡里渔沟学校，率其子弟为之最早，至今不绌于赀。温叟小试其技如此。温叟两至京师，继有广东之游。而以书通问，每岁较前在江宁者且数倍。凡有撰述，必视余可否为定，且出矢言相要。余每一愧谢，即责以伪诚不自意。余于温叟何以得此。温叟比岁访余上海，言论益亲。尝戏谓敝脚尊肺，能托于贞疾不死足矣。盖温叟患脚气，余病肺喘。皆数十年不去体，故以是相谑亦相怜云。温叟修髯伟貌，声若洪钟，体白如瓠壶，腹腴四垂。饮酒食肉，率以为常。再游广东南方瘴疠之地，体肥多痰者，易为所中。余友陈君玉树，前以游粤撄疾致陨。余惧温叟为之续。窥其意气，尚不至是。温叟奈何其竟以此死也。温叟之死，持其胸中淮故累累，与其不可传者，随之俱尽。遂致余有不足征之叹。

悲夫！此岂余一人之私痛耶？温叟卒于庚申（1920）二月十六日。配朱孺人先五年卒。子一其埙。女四，嫁者二人。温叟疾笃时，两女名寋、䜣者，煎臂肉杂茗饮进，卒不起。没后，其从弟子侄辈，奉其遗稿橐，丐山阳段君朝端编为《抑抑堂诗文札记》，凡十五卷。方属余求金坛冯先生序之，温叟已渴葬，祔于母夫人葛太君之域。其埙屡以书来，请为志墓之文。乃据其行述及余所闻，于温叟者，具别传哀词之体，以广志铭之例，自谓于温叟无匿情也。铭曰：

潘养一之再传兮，曰小吴君。延州来之季子兮，志气陵云。

父友诒斧兮，侪宗武与宗文。翩翩书记兮拯时梦，揖甫愈兮阐皇坟。

往投祝融之汪兮，星岁易兮死生分。呜乎！温叟兮，孰慰余之离群。

出处：《大公报》，民国十四年（1925）11月8—9日；吴其稑纂《吴氏宗谱》，1935年自印本。

陈三立

> 陈三立（1859—1937），字伯严，号散原，义宁（今江西修水）人。光绪十二年（1860）进士，授吏部主事，佐其父陈宝箴于湖南力行新政，戊戌政变后革职。后出任三江师范学堂总教习。工诗文。有《散原精舍文集》等。

《通甫类稿》跋

通甫先生文稿，凡四卷。家大人早岁购录于京师，归而藏于家，有年矣。三立童子时，即读而好之，既而随侍来湖南，间于时贤选集中得稍稍见先生所为诗，而持此编以语人，则别无刊本，未有能称述之者。今年春，湘中友人始以机器聚珍字法板行各书，工良而事易，于是三立为审校其文，梓而行之。

先生生当道、咸之际，时事泯梦，岌岌不可终日，未几而流寇之祸遍天下，先生以儒者谈经世之略，擘画理事，度务揆几，曲折刺取，无经生迂鄙之言。而中所著《胥吏论》凡五篇，所以救俗政之弊，酌古今之痛，拔本塞源，著明深切万物，久而必变，后有王者，盖可规而行之。其为文主识议务为己出，而有以自达于其心，非斤斤于文章家言所有也。往者桐城姚姬传氏承其乡先辈之学，盖尝以古文辞义法授天下学者，而天下学者之言古文辞类，无不宗仰姚氏，而以桐城为归，若无以易之。先生崛起于其间，独披露心腑，而以通才达识著为论列，经纬往复，不一切循用其矩度，而文之俊伟疏达，脉络条理贯输而融聚，考以桐城家之言，有或过之而无不及者，此以见文章之变无穷，而志士豪杰所由，卓卓树立，固在此而不在彼。而读先生之文者，亦有可得而知之矣。

勘阅略毕，因缀数言以志缘起，至其中缮写脱误乖舛颇多，无复稿，未敢妄为更定，尚有俟于当代君子订正之焉。光绪三年（1877）春二月，分宁后学陈三立谨跋。

出处：郝润华编《鲁通甫集·序跋》（附录），三秦出版社 2011 年 1 月版。

周韶音

> 周韶音，字谐伯，沭阳县（今江苏沭阳）人。著有《易说》二卷。余不详。

《通甫诗序》跋

右诗四卷，吾师通甫先生所手定也。于先生平生所作，仅十之二三，而少作之存，盖寥寥焉。先生之言曰："凡文章之道，贵于外阆而中实。中实由于积理。理充而纬以实事，则光彩日新。文无实事，斯为徒作。穷工极丽，犹虚车也。"音持此论以窥古今之诗，陶、杜而外，其逮此者，唐之昌黎韩氏，明之青田刘氏、亭林顾氏三数人耳。由先生之论以读先生之诗，然后知诗之工拙，不徒争声律，穷雕镂，侈伟博也。先生少时学诗颇勤，四十以后，或经岁不作，或日得数篇，盖非中有所感，勃发不可已，则不事苦吟；虽或迫之，亦径谢去。其不苟如此。音学殖浅薄，不足以仰测高深。戊午（1858）出都，谒先生于家，适汤通政刻先生文集将成，窃喜。是编之初定也，亟出赀付诸梓，因承先生命而识其后。咸丰九年（1859）孟春，沭阳受业门人周韶音敬识。

出处：郝润华编《鲁通甫集·序跋》（附录），三秦出版社 2011 年 1 月版。

陈祺寿

> 陈祺寿（1863—1929），字星南，号兰宦。生于江苏句容，十六岁时举家迁居东台。光绪九年（1883），受聘于东台西溪书院。光绪二十九年（1903），出任广东高等学堂教习。民国元年（1912），创办《东台日报》，后赴南通任图书馆馆长。一生以治学、著书、讲学为乐，著有《毛诗答问》《盐铁论斠记》《且朴斋诗文集》。

题《抑抑堂集》

《抑抑堂集》卷十四，札记。丹徒吉曾甫城示见《忆诗》云："淮楚人豪万隰西，泛湖前事认鸿泥。年来离思深于水，可有新诗续旧题。"注云：君（吴涑）有《勺湖春泛图》，余（吉城）曾以万年少（万寿祺）《泛湖图》相况。

又一则，谨案徐师（徐嘉）《亭林（顾炎武）诗笺注》凡例，云有拾补一卷，是帙无之，则尚非足本也。吾友丹徒吉曾甫城有《补注》（《亭林诗补注》）一卷。余（吴涑）与曾甫（吉城）别久，其书亦未得见，姑识于此，它日将征求之。丁巳（1917）十一月二十四日。

吴温叟（吴涑）图书馆《抑抑堂集》十五卷，其子以新刻本寄赠南通，札记中有偁道吾兄（吉城）者二则，录奉清览。

馆例书不出门，未便将原书邮上也。《集》一之四文、五之九诗、十之十五札记。祺寿志。

出处：陈祺寿行书札记，东台县博物馆藏。
注释：陈祺寿行书札记，37 厘米×32 厘米，民国六年（1917）作品。

丁宝铨

丁宝铨（1866—1919），字衡甫，号佩芬，一号默存。淮安卫籍。光绪十五年（1889）进士，历吏部主事、军机章京、稽勋司郎中、山西省按察使，官至山西巡抚。民国后担任全国水利局副总裁，后绝意仕途，隐居沪滨。

题符山堂图卷

此卷旧藏王莲孙祭酒家，卷中有图，图为朱邘樵所绘，末有渔洋山人跋。祭酒殉节后，忽为罗淑蕴所得，淑老以此卷閟于淮上文献，由京师远道寄至太原赠余，意至厚且至古也。寻常收藏家偶有所得，辄矜奇炫异，珍秘不肯示人，以视淑老之慨然赠其乡之人者，其器量可同日语耶？余生平收藏大半毁于庚子一役，惟所藏乡老书画，尚未与之同烬，其中或亦有前缘欤！抑诸乡老之精灵有默为呵护者欤！余不敏，不能知其究竟，他日归淮，将与淑蕴一证，此翰墨缘也。宣统己酉（1909）冬日，默存谨识。

出处：（清）丁宝铨《符山堂图卷》。

刘樗寿

刘樗寿，光绪二十年（1894）甲午科进士。民国初年，见任淮阴县知事。余不详。

《续纂清河县志》序

淮阴一邑，前名清河，民国变易用复古称。从前志出系由前清咸丰四年（1854）吴君作宰，骋鲁一同先生，取乙亥（1695）残编重加厘订。鲁君，江北名士，博学多闻，尤擅长于史，以故是书之作，体侧详明，辞旨严正。邳志亦鲁君一手编订，遂与是书为苏省各县志书之冠，煌煌乎巨制也。

虽然邑乘之作，义在纪实，一事一物，或损或益，但与地方风俗有关，皆宜据实详录，以垂示后来。光绪丙子（1896），邑人吴比部昆田续修县志，考定详实，蔚然大观，距今又越四十余年矣。其间政务之兴替，户族之殷繁，职官之迭更，营防之增设，以及湖河变易，风俗参繁，日异月新，业已指不胜屈。况乃共和成立，国体变更，所行新政如兴学校，设警察，置邮电，税印花，官职改称，人民剪发，凡此种种，又皆为旧志所无者乎。民国七年（1918）春，余奉令来斯邑，越明年，奉省长通令，限饬与修之期，各县告成，采择以成统志，洵盛事也。余遵令函聘诸绅，分类编订，本先辈之成规，作后来之实录。时逾二载，而是书告成，余已去职宁垣寓居，承主任王君宜甫在远，不遗函嘱咐缀数言叨与盛典，遂援述始末以志之。

中华民国十一年（1922）四月，五等嘉禾章前署淮阴县知事刘梽寿序。

出处：（民国）刘梽寿修，范冕纂《续纂清河县志》，民国十七年（1928）刻本。

赵邦彦

赵邦彦，生卒年不详。字藻棠，吴兴（今浙江湖州）人。光绪二十九年（1903）举人。宣统二年（1910）至三年（1911）任吉林省方正县知县，民国年间历任吉林榆树和江苏淮阴、江都、盐城县知事。曾入两淮盐运使幕，编《两淮盐务》一书。

《淮阴县水利报告书》序

阜饶之邑，天产赡而民物粹和，领其治者第能循轨顺流，因势利导，固已飚发，云涌璀璨，不可以概。若风土荒敝，诸创待举，则一政一化，措手若披荆榛，动生阻力，盱衡二者，难易寝殊。虽然不才如邦彦掬此棉诚，领治者屡易地，以伸其观察，辄愧丰于遇而啬于为，以为策画万全，则极盛，虽继绸缪，初创则积渐易施，难易之道固在此而不在彼也。淮阴非荒敝之区乎？频岁饥馑，益以盗跖，民之沥苦久矣。试巡行田陌间，几索然无复生气，以视吾曩所承乏之吉省方正县殆有甚焉。夫以方正新辟之强，围边征民，犷难与图，始所赖广山大野，得因其趋势凿道路二百余里，招设屯垦，创森林警察以植进行之基础。淮阴迭荐灾，亦苦无天然水利耳。地土既瘠，民力斯穷，穷则惰，至于惰放不饬举。襄所胼胝经营以成之河渠沟洫，悉壅垫而为田。黔首无远谋，方津津然藉广数尺地，以博斗粟之入。愚乃无伦，而霪雨猝来，潴为泽薮。曩之因以为利者，乃倍蓰千万以殉之，有呼天雨涕而已。大政出于农，农且病百度，安所附丽，因是稽舆图，进士民，辨河渠旧迹，譬喻利害，先干水，次支流，次及田头陇畔，逐步开浚。初甚艰，继而效著，而绅童之与于事者，弥知利被。至溥曲为导说，又鉴于秋潦之有备，信人力足挽沉蓄。群起直追，遂偃全境。然则著邑于大地，复何患荒敝乎？患策之不早耳。闻父老言，民庶感于此役，且植碑以志河成，而归功于邦彦。夫民有泽壤，民自辟之，莅其事者但现画而倡劝，间分内应尽之务也，维虑积久而弛，诸父老能韪吾言，而促立协会以谋利，进俾灌输之力，继兴勿替，则此心泰矣。设在膏泽封腴，文物美备，以吾戆拙，方惭泛应之鲜，当过且未遑，敢言功欤？综计全邑工之最巨者，厥维二市之赵公河，其在三市境内者曰鲍盐河，在四市境者曰新桥便民河、曰黄桥便民河、曰马麻桥便民河、曰蒋家巷便民河、曰淮泗界河之北流一支，皆不动公款，绅董自行筹费，督率民夫，纯由义务兴办。其淮泗界河之东流一支，暨五市之周家荡堤工，则县请款开筑。就二年来之经历，列表以程之计，河长三万一千七百二十九丈三尺，堤长一千二百十一丈二尺五寸，沟洫则八万三千五百五十丈，填筑道路二万三千零六丈七尺。爰于编辑既竣，为述缘起以见，农利之兴兴于毅力，一邑之兴兴于农利，无大小强弱，能保其所因，有斯发展其所未来，时哉弗可失，愿与邑之诸父老相勋勉焉。

中华民国六年（1917）十月，吴兴赵邦彦序。

出处：赵邦彦《淮阴县水利报告书》（卷首），民国八年（1919）铅印本。

朱光莹

朱光莹，生卒年不详。浮梁（今属江西）人。民国初年，见任淮阴县、盐城县知事。

《续纂清河县志》序

郡县志书昉于《周官》，小史、外史所掌。视汉之班氏十志，则又略为变通之。然其大旨，察民情、觇文化也。民俗文化阅时而异，浸久湮没，文献无征，考古今之得失者，每惕然忧之。民国九年（1920），江苏修省志，通令冬县续修县志。维时天津刘君子鹤权篆斯邑，召集合县士绅，筹款设局，聘邑人吴温叟为总纂，未及秉笔，遽归道山，嗣聘范明经丹林继之。采访各役，邑之士绅分任之，阅四年始脱稿。光莹忝宰斯邦，相近五载，修志经费循案筹拨，亦甚望早日观成也。

爰于公余之暇，检阅旧志，始修于咸丰四年（1854）甲寅，为鲁志。继修于光绪丙子（1896），为吴志。其间民俗文化，则以乾嘉时为最盛，有督河使者驻节于此，漕盐麇集，库帑丰盈，冠盖往来，民物富庶，至今父老流传犹想见承平之景象焉。咸丰庚申（1860），捻匪窜入，当时文恬武嬉，几不知有兵备，人民惊走，闾里为墟，虽云劫运使然，抑亦负守土之责者无以豫备于先乎？迨盱眙吴勤惠公以清河县令起家，浡督漕河，值兵燹之后急谋生聚，乃兴筑城池，规复旧物，凡有益地方无不极力兴举，按之旧志，班班可考。光莹景仰前贤，歉然未逮，现已瓜代有期，行将卸职，邦人士举续修县志稿本相示，请为弁言以付手民。余受而读之，喟然曰：民犹斯民，志犹斯志，惟其间民俗文化之变更，不但非复乾嘉盛时，即征之同光时代，且不胜有今昔之感，况乎改革而后，水旱灾荒无岁不有，盗匪劫夺警告频闻，所谓抚循绥辑之术已穷于应付，至于民俗文化更觉对此孑遗，多有未能信者，窃望后之贤者有以补吾过也。

志书都四卷，循省志例，至宣统三年（1911）止，故仍署名为《续修清河县志》。又虑将来修淮阴县志年代久远，事实遗缺，特附《近事录》一卷，纪民国纪元以后事实，是又参合修志体例而不得不略事变通者。光莹倚装恩促，言之无文，爰书数语于简端，藉以答邦人之雅意云尔。谨序。

民国十有四年（1925）乙丑夏正六月，正任盐城县知事署淮阴县知事浮梁朱光莹。

出处：（民国）刘檝寿修，范冕纂《续纂清河县志》，民国十七年（1928）刻本。

林嘉美

林嘉美（1868—1946），原名詹姆士·邬兹（James Woods），又叫林蔼士，美国弗吉尼亚州人。光绪十五年（1889），受美国基督教南长老会的派遣来淮阴布道，创办淮阴仁慈医院，开淮阴西医之先河。因他排行第四，人称林四先生，做了不少善事，受到群众的信赖。

四十年来

我侨居中国的清江浦，已逾四十载，此地的一切，均与我甚亲近，此地可算是我的第二故乡。《苏北日报》王先生慕阳因元旦增刊，找我写点文章，我平常很看得起这报纸，因为他们有学问又能公道，我不得不说几句话。

我记得我初到清江浦的时候，从镇江包三舱南湾子，只要三吊钱，走了八天才到，那时南方的大员到都城北京，都要经过此地。所以此地是个"南船北马"的通衢大道，那时的重要和热闹，可想而知了。那时没有学校，都是人家请塾师教读，女子多是缠足，男子是拖着发辫，我们的医院初办，人家都怀疑害怕，生产的妇女，遇到难产，宁愿死都不到我这里来。光绪三十二年（1906）大瘟疫，有八百多难民患斑疹伤寒，地方上人帮助我在铁心坝设隔离病院，不然传染就可怕了。那时的商业还好，但没有银行，农人也能自给。

地方上的人，如王轫阶、吴温叟、吴子良、高余仲、闻漱泉、王斗符、孙镜清、王叔相这些人，他们都是热心为地方做事，德行很好，可惜现在已多数死了！

现在呢，交通有轮船有汽车了，教育有几个省立及私立的大规模学校。卫生有公私医院甚多。这都是进步。但是土匪现在比以前多了。

将来我希望的是三件：①导淮要把他做成功，这与江苏北部很有利益的，成功就可免掉像光绪三十二年、民国十年、民国二十年的大水了。②剿清土匪，土匪使人不得安居乐业，阻止社会上的进步，希望把他扑灭。③痞块病也要扑灭，他无形中害人，比土匪还厉害。

出处： 本文原载《苏北日报》，民国廿四年（1935）一月一日。转引自张煦侯《淮阴风土记》，民国二十五年（1936）至二十六年（1937）秋怀室主人铅印本。

徐 珂

徐珂（1869—1928），原名昌，字仲可，浙江杭县（今杭州市）人。光绪十五年（1889）举人。后任商务印书馆编辑。光绪二十七年（1901），在上海担任《外交报》《东方杂志》的编辑。宣统三年（1911），接管《东方杂志》的"杂纂部"。与潘仕成、王晋卿、王辑塘、冒鹤亭等友好。编有《清稗类钞》《历代白话诗选》《古今词选集评》等。

自 上 当

清河富室王氏设质库于邑城，累世矣。代远，子姓繁，有仍拥巨赀者，有仰此自给者，营业之事，则择一人主之。光绪时，主之者为寿萱观察锡祺。寿萱好学，好刻书，尝刊《小方壶斋舆地丛钞》，于营业不甚措意。而族众忌之，意其主持有年，必增益多金，思有以倾之也。乃各出其长物，典于质库，而必取重值。库伙以典物者之亦主人也，不得不如数以应之，凡若此者，几于无日蔑有，而因应穷矣。架本不足，寿萱则以假贷资抵注，久之，遂破产。时人为之语曰："清河王，自上当。"盖质库一曰典当，俗谓质物曰当，为人所欺曰上当。王氏之当，非寿萱一人所设，族众亦主人，而各以己物往质，故为自上当也。

出处：（清）徐珂编撰《清稗类钞·讥讽类》（第四册）。

钱崇威

钱崇威（1870—1968），字自严、念慈、慈严，号崇安、存雁，江苏吴江人。光绪三十年（1904）进士，授编修。后留学日本。民国间任江苏省高等检查厅检查长。工书法，清新秀逸，无馆阁气。新中国成立后，被聘为江苏省文史研究馆馆员。

《复庐随笔》序

　　吾友邢君耐寒，淮阴绩学士也。民元以远，尝入南京公立法政学校，其时余弟强斋，适执教鞭于是校，日与君上下其议论，而余继至，因亦得识君。民六余以病归，逖闻君学成后执律务，为人造庭论狱，无不折服。既而厌之弃去，潜心翰墨，结嘤鸣诗社于淮上，摧雅扬风，极一时之盛。今复征文考献，拾坠甄微成《复庐随笔》六卷，举凡邦国掌故，闾里旧闻，先辈之所流传，友朋之所称逮，一话一言一名一物，可以励名节忠孝广见开资谈助者，靡不悉心采集博考而详记之。昔商邱宋牧仲氏，尝谓士君子著书立说，必人品高，师法古，兴会佳，斯出言雅驯，足以信今传后，如君是编，庶副斯言而无愧。今夫虞初之志，梼杌之言，未尝不离奇怪诞，耸人听闻，而考其中要皆撷拾浮词，羌无故实，君子不取焉。惟夫敬恭桑梓，搜集丛残，则寺萧寺荒祠，断碑零碣，均足贯串子史，表章文献。是以登高能赋，可为大夫，乐操土风，不忘故国，掌故旧闻之有裨于人心学术，盖由来久矣。而况淮阴为县，襟带江河，汉唐以来，号称人文渊薮。今得君于斯文绝续之交，沧海横流之日，凭吊古今，访求胜迹，摅怀旧之蓄念，绵父老之遗闻，雪纂露钞，蔚为奇作，岂不伟欤。所惜强斋逝世，已将十年，不及白头兄弟，挑灯共读，每至佳胜处，相与浮一大白以欣赏之，而独自操笔以应君请，序竟不禁复为之惘然云。丙子（1936）大雪，吴江存雁钱崇威。

　　出处：本文原载民国二十五年（1936）《苏北日报》副刊《学林》第 X 期。转引自台北市淮阴县同乡会编《淮阴文献》（第三辑）。

　　注释：《淮阴文献》（第三辑）载邢祖援注曰："钱崇威，字存雁，号慈念。文为先父遗著《复庐随笔》作序。此文发表于《苏北日报》之副刊《学林》上，时间约在民国二十四年（1935）、二十五年（1936）之间。先父此一遗著用功甚勤，已如此序所述。依据记忆此稿系多年积稿，而完成于民国二十三年（1934），先由先父亲自缮正，以后再由表姐夫吴引苍恭笔正楷缮写，历时近年始行完成。惜抗战开始，先父间关西行，将原稿留置寓中未曾携出，致毁于兵燹之中，良深痛惜，胜利复员后亦未寻获，此先父引为遗憾者。爰刊此序言，聊资纪念。"

梁体卓

梁体卓，安东（今江苏涟水）人，生卒年和生平事迹不详。

西湖滩晤叔话旧记

泗州故壤，淮甸名区，古成泽国，今即新滩。是地也，东边洪泽，西近紫阳，南接女山，北通袁浦。回环数百余里，岩峣一带高岗。适兹乐土，逋客恒多。瞻彼中田，耕夫渐广。千家鸠聚，植绿柳于堤边；十室蝉联，树碧桑于墙下。鹊噪兮蝉吟，风来兮帆去。岸旁秾李夭桃，夺湖光之秀丽；岭表奇花异草，增山色之青苍。随在闻鸡鸣犬吠，触处见鱼跃鸢飞。此间真乐，何用别寻？较之诸葛庐边，智仙亭畔，虽无雪亮之前贤，容有风流之逸士焉。昔叔祖讳干庭，字季桢，有大志，嗜远游，素储资斧，广置湖滩，始尚侨居，继因落户，屈指光阴廿余寒暑。道路迢遥，云山修阻，往来不便，动人遐思。所以宣统庚戌（1910）秋，愚奉父命，乘兴南游，远越关山，遥临居址。幸遇岩、嵩、岑、岚诸叔，具酒相迎，欢言数夕。话及叔祖佳城，现卜何所，诸叔泣下沾襟。谓愚曰："先君年老病笃，动念家山族友亲邻。梦寐如见，听呖呖之孤莺；天涯肠断，盼漫漫之长夜。月下魂销，人孰无情，谁能遣此？尝叹白云已乘，真似黄鹤永去，设生时晤汝，何喜如之！犹记临终嘱云：'尊祖敬宗，恒情易晓。返古复始，君子不忘。某也，生为涟水之民，死作湖天之鬼。回首故乡，鱼书谁寄？浮生异地，雁字难通。今且休矣，与人永诀。但诸子诸孙，均系流离之子，不无琐尾之虞。某逝而后，尔等务旋旧里，与族众公商，修一支谱。会袭携回，俾异日子孙展卷一观，而知本源。愿斯足矣，余无憾焉。'嘱讫而没，葬于庄之东北隅新垄之原。今已小祥，遗言在耳，应为汝备述之。"愚谓诸叔曰："此系公举，倡首为难，事须从缓，愿自可偿。"尔时归语吾父，将欲捐资创修。不图民军起义，到处干戈，父亦辞世，未果行。越数年，民国成立，时局稍平，欲继父志。几费踌躇，所幸我族中子尊、养之、桂轩诸兄，不恤勤劳，首先倡议，协力同心，创成谱事，爰拟来年修禊，再往谣湖一游，并将水陆程途，绘成终说。庶彼此子孙来往，不致临河而问津焉。遂略述本末以为之记。又竹枝词云：

山外青山水外洲，山明水秀任悠游。居闲我欲频来此，烟树晴岚一望收。
民国八年（1919）孟冬月既望，梁体卓敬记。

出处：梁耀堂修辑《七序堂淮涟梁氏族谱》，民国五年（1916）印刷。
注释：本文反映的是清末民初，涟水人开垦淮阴洪泽湖新滩的族谊。

武同举

> 武同举（1871—1944），字霞峰，别号两轩、一尘，海州（今江苏连云港）人。光绪年间先后考中秀才、举人、拔贡，任海州直隶州通判。民国建立后曾任《江苏水利协会杂志》主编、国民政府江苏水利署主任，兼河海工科大学水利史教授，江苏建设厅第二科科长等。有《淮系年表全编》、《再续行水金鉴》（与赵世暹合著）、《江苏水利全书》等。

《王家营志》序

张子煦侯自冠以来，沉浸载籍垂二十载，尤颛于史。世居淮阴之王家营。营在明清时著称淮北重镇，直南朔冠盖之冲。今虽陵夷，碉垒犹昔。张子重其故里，搜采旧闻，并辑私志，自言为淮阴支志之一。既脱稿，持以见示，展诵数四，益信其有良史才。其书立限精严，择言雅粹，寝寝入古，足与咸、光、宣清河三《志》并传不朽。方隅掌故，可以觇一县之隆替，非苟作也。

王家营之名，昉于有明，立营、立镇，均不详其沿革；陆輦交通，亦不详所自始。其地侧踞淮壖，密迩泗口，淮、泗所交会，古称形胜。《禹贡》："沿于江海，达于淮泗。"吴子寿梦会诸侯于柤，夫差城邗，沟通江淮，又掘深沟于商鲁之间，以会晋公午于黄池，皆由淮泗口北溯。汉魏以降，南北兵争，舟师进退必经泗口，尤为要害。元人开会通运河，泗漕入燕京，一苇可杭，开二千里水程之新局，达官大贾，咸取此道。吴兴赵孟俯作《兰亭十三跋》，即在会通运河南旋舟中，不闻有陆行二千里至泗口附近停车之事，亦不闻有自泗口附近舍舟陆行北上之事。明洪武元年（1368），定河洛，太祖北巡，舟师入淮。是日巽上风多，扬帆飞帜，不二时而达河、淮二水相合之处，遂越淮入河，三旬抵汴梁。时山阳末口坝塞，盖循故沙河出淮阴磨盘口入淮，又沿淮而入大清河口。大清河原为泗水，黄河由之，而会通未废。不久，黄水浸安山，会通河淤。永乐复开会通，泗漕间道往往由小清河上泝，而黄河出大清口如故。嗣是黄河屡决开封、归德，夺颍、涡、睢以入淮，徐州、吕梁二洪水涩下，迄弘治先后百年，引河、沁济运，漕事大棘手。度此百年之中，会通运河除行漕外，不复通民舟，易舟而车，遂开新道。王家营殆为南北绾毂之要区，此证诸黄、运历史，可揣断者也。正德以后，黄河由汴、泗，单、鱼、丰、沛间，河势冰裂，会通淤梗。嘉靖初黄河改道出小清口，大清河垫为陆。自是王家营去河泗口稍远，水陆分程，地位愈重。又大河合泗，逆水行舟，有风涛之险。万历开泇，康熙开中运，地倾流急，牵挽艰难，行人裹足，王家营益居水陆冲要，南船北马，自清江浦渡黄河，车行达北平，俗称十八站，东南江浙朝会计偕，舍出王营无他道，媲于襄樊，未或让焉。咸丰中，黄河涸徙，襄裳可涉，商旅北行，改由清江浦赁车，王家营非宿站，顿失形势。光绪中津浦铁路成，辕辙易向，王家营乃夷为僻鄙，不复有问津者。余曾数经其地，又曾过开封之朱仙镇，阛阓萧索，彼此同之，未尝不瞻望太息，以为盛衰之数，天人所迫，非偶然也。

王家营旧在大淮北岸、今址之西，明代黄河入淮，开、归四溢，其水不盛，故下流不闻有水祸至。万历河患乃亟。河既夺淮，淮亦名河。潘季驯大修清江浦上下，南堤未修，北堤王家营屡告决溢，恒苦水。清顺、康之际，营镇稍稍东迁，康熙十六年（1677）后，靳文襄大筑南北缕堤，王家营始有屏障。又建王营减水三坝，西大坝阔至百丈，市廛逼近水冲，居民惴栗。旋又创筑北岸遥堤，开下中河，后称盐河。自是王家营前后皆临水，地益偪仄。盐河水涨，阻于遥堤，水位积高，则浸淫为害。中河开后不及十年，又经两次受水，两次东迁，即今王家营地。坝水尤猛迅，既直出鲍家营口，口有束限，则分水出盐河，河唇之居，安有宁岁？幸东、中两坝久废，更越十年，大坝西移，水冲稍弛缓。乾隆中，筑王营越堤，建烟墩埽工，其地万险乃巩于金瓯。嘉庆中，坝又西移，水之所届，格于越堤，间闬无惊。王家营虽蕞尔弹丸，盖已支撑至数百年之久。自余利病，具详本志"建置""河渠"篇。

"职业""交通"，取材尤丰赡，想见当年济浊河、驰官道，投止于王家营，逆旅耳目之所接触，北货麇集，车马喧阗，虽舆台贱隶，能为燕市音，呜呜执手，问生平如目前事。其志"礼俗"，则辨析方音，旁通韵府，俚谚假借，辗转仿效，偶与大都过客相对语，闻者目眙，志不讳俗，乃存其真。

"叙传"所述，皆纪实无夸辞，酷肖其为人，而艰苦劬学，乃能人所难，故卒有所成就。淮阴耆旧鲁通甫、吴稼轩、范丹林诸先辈，皆朴学大师，传之嗣裔，被于横庠，其学不立宗派，而士林翕然向风，往往声气冥合，多有能自名其家者。张子煦侯，幼秉庭训，它无师承，乃其奇宕之笔、涵养之气、翔实之文藻，若经大师陶冶而底于纯青，甘棠北湖，非为颛美矣。

张子著稿凡如干种，先成《王家营志》六卷，去春索序，适余正编纂苏皖两省通志"水工"，卒卒不及报，瞬逾周岁，恐稽杀青，辄抽暇书所见遗之。

出处：张煦侯《王家营志》（卷首），民国二十二年（1933）铅印本。

冒广生

冒广生（1873—1959），字鹤亭，号疚斋，江苏如皋人。光绪二十年（1894）举人，历刑部陕西司郎中、农工商部郎中。民国初年，先后任江、浙等地海关监督、外交交涉使等。20世纪三四十年代蛰居沪上，潜心著述。新中国成立后，被聘为上海市文管会顾问。著有《钵池山志》《淮关小志》等。

书萧纫秋员外事

板闸，介山阳、清河之间。文化不进，而忠孝节义乃不后于郡邑。顾其姓名多淹没。海宇宏达，鲜所称述，则以表彰之者之无其人也。余榷淮关，既建张巡检祠以教忠，复撤淮人为余所建生祠为周贞女祠以植节。求故明杨孝子墓不得，得其子侍郎理墓，以告邑之人士，及杨氏之子孙，以崇孝义行之采则犹有待。而桐城张受之大令乃适以其妻祖《萧纫秋员外行状》来乞言。萧氏世为诸侯客，有文名。员外未冠，为博士弟子，承其家学，则亦客淮安榷使者所。榷使者自淮安调粤中，员外则亦相从于粤中。粤中俗尚奢，榷使者自内务府来，其材官走卒皆鲜衣怒马，居处饮食如侯王。员外泊如也。榷使者怜其贫，则以四千金为员外装，员外不受。复阴纳资，使为郎，员外亦终身未尝就也。先是，员外娶于陈，有淑德。陈殁，誓不娶。榷使者强为置一妾，妾入门，员外方知之，乃秉烛坐达旦，呼其父母至，更为畀二百金，俾择配焉。此尤士君子所难能者。员外殁，时年六十六。自丧妻至其殁，凡四十二年，未尝有二色。其孙增浩请于当事，当事旌之。余亦为大书"故义夫萧纫秋员外之故宅"榜其门。十年以来，三纲沦，五常汩，为新学者，未尝不悬一夫多妻为人厉禁，而考其自处，则又殊不然。其尤甚者，则又以为非公妻无以征大同也。呜呼！曾是妻也，而乃可以公诸于人也，则无惑乎为妇人者。且日号于众，以希其学术之昌明也。员外能事兄，有姊适阳湖高氏，早寡，迎之归。高氏生二女，其一福建兴泉永道恽祖祁妻，其一即山东省长沈铭昌母，皆员外抚之成立以嫁者也。

出处：冒广生《淮关小志》，方志出版社 2006 年 4 月版。

萧梅生梅江合传

余既旌板闸义夫萧纫秋员外之庐，复书其事。而纫秋有诸父曰梅生、梅江，皆为榷使者客。往时，榷使者由内务府起家，知车马、衣服、饮食而已，不能知梅生、梅江也。梅生尤负异才，意气不可一世。余读其游广州时所作《吊虞仲翔文》及《与友人书》，其言"上有宏奖之风，斯下有景从之彦。今之幕府，支既廪者称事，亡郑风适馆之隆；应招募者程功，准新安雇役之法。郎君官贵，无因东阁之窥；相公政闲，悔读南华之事。周任陈列，止于不能同舍进身；率由狗监，僚参献媚大类狐绥。欲挽颓波，必遭违俗之异；与为侪伍，将有失守之时。未尝不如汉皇之叹凌云，而恨其不与之同时也。"萧氏先世孤寒。梅生少时，尝依其舅氏以居，颜所居曰"寄庐"，画《寄庐灯影图》，武进黄晋卿为作记。而兄弟皆能取友，姚惜抱、郭频伽、包慎伯，皆与之游。而盛子履时为山阳校官，程禹卿掌教于文津书院，与梅生、梅江尤相得。梅生生时，刻有《清河县疆域沿革表》《唐楚州使院石柱题名记跋》《淮榷志遗》，皆证据精密。余复从其家人得所著《寄生馆文残稿》，稍稍附益，与梅江所著《永慕庐文集》合而编之。会其侄孙女婿沈君韫石寄二百金来，乃刻之，入《楚州丛书》。《山阳诗征》载梅生诗二十六首、梅江诗六首，而《清河志》乃不为梅江列传。然则士之传不传有命，或亦其时犹有未至耶？丁俭卿云：梅生有志用世，凡河渠、盐法、转漕、御夷诸大政，皆所究心。梅江学亚于兄，亦不为占毕之学。既皆不得志于时，而赍志以殁。殁数十年，而板闸之人且无知之者。知之则曰："是曾为榷使者之客而已"。呜呼！梅生、梅江而仅仅乎以榷使者之客传也？则无怪乎虞仲翔云宁以青蝇吊我也。梅生名令裕，梅江名文业，江苏清河人，世居板闸。兄弟皆以例得盐经历，一官山东，一官浙江。

出处：冒广生《淮关小志》，方志出版社 2006 年 4 月版。

夏敬观

夏敬观（1875—1953），字剑丞，号盥人，又号映庵。祖籍江西新建，生于湖南长沙。光绪二十年（1894）举人。二十八年（1902）入张之洞幕府，参与新政，主办西江师范学堂。三十三年（1907）任江苏巡抚参议，并署江苏提学使，兼任上海复旦、中国公学等校监督。民国八年（1919）任浙江省教育厅厅长。民国十三年（1924）辞职，寓居上海，以著述自娱，鬻画自给。著有《忍古楼诗》《映庵词》《忍古楼词话》《词调溯源》《忍古楼画说》等。

清记名提督河南河北镇总兵郎公锦堂家传

君姓郎氏，讳桂林，字锦堂，原籍浙江兰溪县人。考讳肇炜，妣氏傅，以君贵赠如其官。郎氏为鲁周公后懿公系费伯迹师城郎因氏，自汉至唐代有名人，尽载在史，传有讳珦者，仕唐为杭州刺史，徙居临安之永安乡仁和里，是为浙江有郎氏之始。君生挺英姿，世承风绪，体硕性慧，学书学剑，皆有成就。早丧父母，值洪扬之乱，遂弃儒从戎，随大军战苏松常太嘉湖严衢间，先后克复名城巨镇数十，擒斩冠将无算。于苏嘉二役，奋勇争先，身被重创，论功称最，累保至头品顶戴赏戴花翎资勇巴图鲁，记名提督。束南肃清，籍补江苏淮扬镇中军守备，旋升漕标中营游击、淮扬镇标五营参将。淮扬重镇，陆接齐鲁豫皖，水控苏浙外海，方捻子尚炽，防堵南窜，实执其

933

要，而宿昔教匪潜伏，盐枭海盗飘忽无常，号为难治。君在清淮三十余年，伐棘遏孟，地方匪首罔逃法治，其微行访辑，督队攻捕，每越邻封，不辞劳苦，民赖以安。辖境居河湖下游，多水患，君于堤堰巨工，旦夕率兵营治，不稍废弛，君在无溃决之处，尤为民惠。历任督抚以君能牧人御众，迭以才识优裕，纪律严明，晓畅戎机，列保遂擢河南河北镇总兵。君从贵阳陈公最久，陈公亦知之最深，其督漕抚豫抚苏督直之日，莫不倚为左右手，尝称其轻裘缓带，然有儒将风。在豫拳匪平未久，有莠民潜煽乱，君承指划设计除之。及抚苏有海盗漏网，为海疆州县患，君奔驰千里，卒克捐获。在真统领中路巡防，值武昌兵起，宇内汹汹，君一以镇定，维持地方秩序，故天津、保定、河间、正定，凡君巡防所在，比邑无惊。国变后，陈公翩然引去，君亦谢职南归，隐居沪渎，数年恃其第三子静山营商给养。民国八年（1919）九月廿四日卒，年七十有七，时夏正岁次己未九月廿四日。元配李氏，子三人，孙六人。中华民国三十七年（1948）夏月，夏敬观撰。

出处： 本文转引自台北市淮阴县同乡会编《淮阴文献》（第三辑）。

注释： 郎公锦堂，著名摄影家郎静山先生之父。郎先生原籍浙江兰溪，寄籍江苏淮阴。本文承郎先生自家谱中抄录提供给台北市淮阴县同乡会资料室。

祁云龙

祁云龙，民国二十三年（1934）前后任淮阴县长，助理导淮工程，襄助保安团长曹滂平定淮泗刀会之乱。余不详。

重修淮阴县政府碑记

淮阴，本清河县旧治，黄、沂、淮、运诸水交汇其间，□□□古屹□重镇也。其初，县治在清河口，川谷变迁，几经更易。今之县府，乃就废道廨以改建者。粤□年湮代远，剥蚀交侵，庄严斋丽，非复旧观。云龙来守是邦，值党国危难之会，民命绝续之□，警惕振拔，恐惧无似，曷忍舍本逐末，妄兴土木，以累吾民。唯见听讼化民，发令施政之地，与夫簿书钱谷所庋藏为一县观瞻所系，竟颓废至于斯极。退食之暇，怒焉忧之，乃于廿三年（1934）十月集邑人士谋所以补苴之道，金请庐陈大府拨帑，重加修葺。于是欹者整之，朽者新之，某也垩壁，某也丹髹。规抚既定，遂属款产主任邑人潘联驰董其役，不越月而藏事。且于法庭、侦察庭外，左右缭以铁栏，中缋新徽，其上屏障，内外以俪。向之败瓦颓垣，如临荒废者，则焕然整洁矣。虽曰民困未苏，庶政待理，心力交瘁，寝馈不遑。揆之视官守如传舍者，不其恝然于怀耶？然而为党求治，益当淬励，景仰昔贤之碑铭善政，不禁赧然惭怍，后之览者，亦将有感于斯文。是为记。

淮阴县县长□六祁云龙撰并书，中华民国二十四年（1935）岁次乙亥奕钟月吉日。

出处：《淮安金石录》编纂委员会编《淮安金石录》，南京大学出版社2008年7月版。

注释：此碑存淮安市博物馆。

关赓麟

关赓麟（1880—1962），字颖人，广东省南海县人。光绪三十年（1904）进士。嗣赴日留学。归国后，历任财政部秘书，交通部路政司司长、联运处处长、编译处处长，铁路总局提调，京汉铁路会办、总办、局长，川粤汉铁路督办，铁路部参事、平汉铁路管理局局长等。著有《瀛谭》《借山楼集》《中国铁路史讲义》等，编著有《稊园诗集》（丛书）等。

淮阴徐庶侯先生七十寿序

自昔筑堂后圃，稚圭刻《相州》之诗；乘传东归，翁子耀会稽之绥。孙场吴郡，鼓吹还家；朱治丹阳，故人上谒。凡夫篆仕本州之宠，比于昼行衣绣之荣。盖自服官多徇私之风，而后原籍有回避之例。自是易地为治，务求其逖疏。莅职所之，辄同于迁谪。有清以后，功令所在，防范弥严。积习相沿，吏治益敝。当官者，无丘垄儿孙之虑；守土者，有传舍旅客之心。

洎国体之初更，知旧制之宜革。以为地方者，全国之积也，非民众自治，不能巩中央之基；荐绅者，一邑之望也，使政事舆闻，必且胜外铨之吏。于是选择耆旧，假以斧柯，乡闾之利病周知，民社之治安攸赖。扫除一室，推之专城。孝友所施，是亦为政。职者于枌榆之造福，有以知松柏之延年。若是者于淮阴徐庶侯先生（1864—?）见之矣。

先生觿岁峥嵘，高门鸒弈。胜衣就传，负文度之盛名；凿楹读书，有终童之奇气。穷万卷而不忘读律，论九变而早选知言。人推阮瑀之才华，世重葛龚之奏记。既而轩镰始迈，神锋发铏。近指皖江，暂移乔舄。捧辕门之板檄，绾邑宰之铜符。初随听鼓之班，即试鸣琴之谱。才非百里，智效一官。松滋之山九仙，临湖之堂万卷。上官以袁甫能为剧县，时论谓定国下无冤民。既员推韦状之兼长，遂薛谨尹能之迭试。术工钩距，物无遁情。器辨盘根，案稀留牍。法网之秋荼虽密，官书之衡石旋空。而先生行道之怀，济物之量，初不在是也。

盖自丙午（1906）而后，迄于甲子（1924）以前，虽有四方弧矢之心，皆为服劳桑梓之日。修德由兹而致福，美意可卜于延龄。谈者同声，事堪缕指。自古金穰之后，间以木饥；大兵之余，必有凶岁。应山之荒年饥殍，得连处士而始生；熙宁之载道流亡，微郑监门而谁念？

维时东南多故，江北荐饥；大泽鸿嗷，空仓雀噪。先生以督办滇南杨公之招，回籍办理赈务。痛切己饥，志存俾乂。牧刍求得，钟釜均施。劳瘁而不居成功，规画而足为后式。其长淮阴县也，蠲除逋税，安抚流离，劝赈以销乱萌，和价以劝商粜。自是鲸鲵无恙，咸戴仁慈；告籴余生，渐成积聚。是曰救荒。其造福延年者，一也。

方预备立宪之时，启官绅谘议之局，先生长才肆应，乡望兼孚，先为会议厅议绅，复为江北参事会代表。存乡校以裨论政，设惇史以记乞言。识抱儿拔薤之良箴，得举网振裘之要旨。公家之利，知无不为。下民之情，要于能达。绸缪彻土之策，未阴而早知；老成曲突之谋，已事而悉验。盖当民气勃发，物情偪扰，导之正轨之内，免其横溢之忧。为利无形，所关至钜。是曰利国。其造福延年者，二也。

史起之绩，著在清漳；郑国之功，记在瓠口。氾胜农田之利，古有专书；国侨封洫之规，今为成法。先生初主江淮水利局测量，旋参预运河工程总局，任皖北测淮事。复一为阜宁荡垦局长。凡夫开河均水之法，筑堤建闸之方。薪楗之束，高于金堤；舄卤之区，化为膏壤。遂使长淮无荡潏之患，东楚有饶庶之欢。直至前岁水灾，群筹善后，犹且合官绅之群力，开代赈之新工。是曰除患。其造福延年者，三也。

先生又以江北民气强悍，萑苻遍伏。积薪厝火，处处可危；荡秽拨膻，时时在念。当武昌起义之日，正袁浦兵变之时，乃邀集绅耆，创设保安公所，举阜城蒋公（雁行）为江北都督，主持全局。且出任江北清乡局秘书，用是守望相助，干揶为劳。钞暴用除，游徼必谨。不费朝歌之彩线，已治渤海之乱绳。卒之居民之高枕得安，岂第宗人之铁笼无恙。是曰戢暴。其造福延年者，四也。

重以乐在育才，心存公益。成章小子，仍裁制锦之工；桃李及门，补试种花之手。弦缦之嚣风始靖，儿童之失学无忧。则先生之监督淮安中学校暨创设国民小学有然。自奉甚约，而好善不倦；秉性弥介，而为人必忠。乃有北道往来，得耿弇居停之地；两江告贷，胜庄周涸辙之欢。又或教养孤露，迄于长成；衣食解推，从无德色。先生之周恤亲友，存抚孤寡，乐于为善，待人以诚，又有然。凡此众善之归，悉本仁心之质。所积者阴德，而广坐不凭其功；所尽者己心，而禄位不求其报。故官未至真除之州郡，地不出本贯之江淮。廿载劳薪，一朝脱屣。慕兴公《遂初》之赋，爱仲长《乐志》之篇。曳杖而观蜡宾，入社而均宰肉。问少日钓游之地，风景依然；刊故人写定之文，丹铅不辍。行窝小筑，遥依董相之祠；江水归田，亦傍枚皋之宅。优游里闬，陶写性情。宜乎和神常春，幽贞协吉。虽行辈已尊老宿，而精力不减少年。验气海之常温，知谷神之长在。昔归震川有言："寿考福禄，譬之犹物，人身犹车舆也。寿考福禄，世之有矣，而载之实难。故载胜于物则全，物胜于载则倾。"若先生之虚以澄心，厚以孕物。德为车而乐为御，官欲止而神欲行。宏济众之本怀，知为善之最乐。高允享年百岁，而自审报施之不爽；王贺全活万人，而预卜子孙之必兴。以古方今，如出一辙。则夫造物所以恒福其身，不倾厥载，非偶然矣。

今岁癸酉（1933）四月二十有三日，为先生七十揽揆之辰。哲嗣君毅兄能读父书，夙高时誉。祥麟一角，雏凤九苞。将承莱彩之欢，拟借麦丘之祝。赓麟等或谊联亲懿，或近接里居，或孔李通家，或纪群世友。不须自序，知元凯之平生；宜有声诗，播奕斯之颂义。《记》有之："七十曰老而传。"说者曰："君子之仕也，年至七十，其言行可为法而传于后世。"先生以难老之遐龄，而有必传之事业，以视夫少游下泽，作乡里善人，疏广赐金，供族中饮食。王彦方邑间之隐德，氾稚春州党之虚声，较此事功，宁能伯仲？岂可不润色鬻绣，放辞琼琚。记德门受祜之源，作来禩景行之法哉？乃者岁纪昭阳，月逢中吕；兰陵告洁，樱厨始开。恢台放鸽之天，暄暖浣花之节。酌甘泉之新酿，迎汉水之归艎。喜陈鞠踢之觞，问献海筹之祝。跻堂父老，怀称儿之颂以俱来；骑竹儿童，入旋马之厅而竞识。问洛社耆英故事，定有香山自寿之诗；作邗江风月主人，长晋欧守传花之酒。

出处： 南京中华全国铁路协会出版《铁路协会月刊》，1933 年第 5 卷第 4—5 期。

《绿萼轩集》序

自古妇人之以工诗名闺阁中者，自唐以来，莫早于杨盈川之侄女容华，然《新妆》一题以后，所作遂不多见。大抵吾国女子，有才而不欲袨炫，敛抑韬晦，舍姊妹姒娌、夫聟儿女而外，不甚示人。因而发摅性情之时，会益少怀抱颖异，至没世而始为人知者有之。否则，负俊才，享大名，且将受易安、惠斋之谤。世恒有才藻不群，浮誉满人耳，而咫尺坛坫，不欲与须眉骋逐，人或以为虑之过，而不知固有由也。

有清一代，江浙间多才媛，而杨氏尤著。贤女则有若大瓢布衣之息，山阴杨佩声其人；贤妻则有若卢召弓之室，江阴杨绍俪其人；贤母则有若汤雨生之母，武进杨太君其人。而金匮三杨，一门风雅。自蕊渊以名父之女，著《金箱荟说》，为闺中提倡，诸姑伯姊，人人有集。琴清阁选《云楼诸稿》，脍炙人口。吾师董仲容先生之母静贞老人，即萝裳先生孙女也，亦世享盛名，为余身所及见。顾遂不知吾友陈君夔生之北堂杨太夫人能诗，且自幼稚以迄稀龄，姊倡妹和，忆夫训子，兼贤女、贤妻、贤母而有之。及始闻其略而已，不及为登堂之拜矣。此岂非以炫才为戒，敛不示人，至没世而后已之一证耶？

太夫人家无锡，为才人渊薮，所为诗名曰《绿萼轩吟草》，间亦偶一填词，诗律谐适词旨。和婉虽多，为春花秋月之作。而时有寄托，寓意深远。赋红秋海棠之浓睡，不缘留宿，醉晚芳可勿恨。无香白秋海棠之一样，花开缘底淡，十分清绝，恰宜秋一鳞一爪，可概其大凡矣。

夔生与其从弟嬴生，均余十许年同僚，会余自白下北归省亲，亟以重刊吟草，表扬贤美为请。虽愧不文，而谊不容谢。倚装仓卒，为识数语而归之。

戊辰（1928），嘉平南海关赓麟序于秭园。

出处：（清）杨志温《绿萼轩集》（卷首），淮阴三研堂藏本。
注释：杨志温，字幼梅，无锡人。适淮阴陈君心葵。

《樗庵类稿》序

余既为陈子夔生序其北堂杨太夫人《绿萼轩诗集》，越十余年，夔生又以其所撰诗文字缀辑成帙，颜之曰《樗庵类稿》，请弁言于端。余惟古人著书，不轻乞人序，序亦得一而止。今兹序者数人矣。余又以他事冗惧，必无以塞夔生望，久之未有以复也。而夔生驰书屡趣，遂无以为辞。虽然夔生之家世、行谊、政事、文学，凡诸序所推阐覼列，已无不尽之蕴，余复何言哉？

余识夔生久，其任职交通，尝从余辑纂法规及修路史，弥历岁月。曹偶序进，昕夕恒接。不使人得而亲疏，泊如也。余立诗社于都下，海内贤士大夫褰裳骈驾如赴壑之水，夔生未尝涉迹坛坫，一自表襮，故不知其雅解吟咏也。其谨嘿不骛名如是。京曹务繁而劳逸悬绝，于是治簿书、勤简牍者，能以视草之劳，炫才求知为干禄者，优擢之捷径而编辑纂录，穷年矻矻，鲜可自见姓名，不恒入上官之目，负才务进之士，薄为闲曹，往往谢去。不欲为夔生顾，泰然安之。无几，为不足之色，同学故人致高官、拥厚禄者，比比矣，然但随流平进，安于所遇三十年如一日，其人之宁静淡泊又如是。是故施之于文牍，施之于韵语，亦皆此宁静淡泊之心所随触而发而不必与世竞一篇一字之工拙，此则余乐继杨太夫人遗集而不辞一述者也。

抑又思之樗之为物，本臃肿而不中绳墨，枝卷曲而不中规矩，形干类椿木然椿实而樗疏，所谓不材之本也。而夔生特以此名其庵，古之托于樗以自晦者众矣，经生则宋有樗园刘庄孙隐士，则明有类樗子秦镗大臣，则清有樗翁史致俨。其取为著作之名，则元有胡行简之《樗隐集》，明有王畿之《樗全集》与类樗子之《樗林摘稿》并传。而元末且有诗人郑潜，其集适名《樗庵类稿》，与夔生无异。此诸人或仕或致仕而归隐居不出，或身丁世难发为悲吟。吾不知夔生生平果孰为近。

嗟夫！万古多难，沧海横流，烈士殉名，直木先伐而惟宁静淡泊者乃得以不材葆其天年，超然于群巷之外，此则樗庵之所由名也欤！

甲申（1944）二月，南海关赓麟序。

出处： 陈福咸《樗庵类稿》（卷首），1944 年自印本。

白会然

白会然，通州人，生卒年和生平事迹不详。

《绿萼轩集》序

昔岁随宦浙中，知有杨小荔太守者，典郡吴兴。诗清政美，而其一门风雅，尤有谢庭咏雪之遗。窃心识之，弗敢忘也。

及应官淮海，获交马景江醝尹，为太守姊聟。过从既密，常以词女之夫目之。景江逡巡谢曰："吾妇虽解词，翰然未逮其女弟幼梅夫人之真不栉进士也。"于是，又心识之，弗敢忘。

夫人归淮阴陈心葵先生，唱酬之乐，不减秦徐。中岁，失所天，茹茶饮蘗，以养以教，而诸孤卓然有成。至今江淮士族，称相夫数子者，必曰陈母杨太夫人云。

壬戌（1922）之秋，余来旧京，复通朝籍，以禄不时给，橐笔金融，冀溉余沥，与陈君晴初，共治文书事。英姿飒爽，知出故家。叩之，则太夫人冢孙也。其在《诗》曰："厘尔女士，从以孙子。"言子孙贤智，皆女而士行者有以启之也。

太夫人夙工吟咏，为巾帼中之名士。窃意拜母升堂，请读《然脂余稿》，宜若可致者，顾卒卒未有间也。今年十一月太夫人刬于故邸，哲嗣自江南星夜奔归。检点箧衍，得《绿萼轩诗词》刊本，暨续作诗稿如干首。吉光片羽，手泽如新。将排比重印，以贻亲朋之临吊者。晴初先授余读之，余维《诗》三百篇，妇人女子之作，天籁属焉。汉魏以降，体乃大繁。左芬苏蕙之俦，代有名媛。近如许定一氏，所辑女界诗家，多至三百余人。其刊行专集者，殆居大半。盖坤舆旁薄灵淑，斯钟女子善怀，往往托之篇什。太夫人遗著，皆五七言近体，虽无派别可分，而妙造自然，不假雕琢，正有合于温柔敦厚之旨。置诸《陈其年妇人集》与《闺秀正始篇》中，故当高踞一席。余私心默识，亦既有年。虽幸宿愿之偿，而回首前尘，则已阅人成世，其感叹何如耶？且夫有尽者年也，无尽者名也。以太夫人寿跻老耄，犹未盈其数于大齐，哲嗣衔罔极之哀，乃欲传不朽之业，孝子慈孙之用心，将使诵其诗者，仪其人而徽音长昭于天壤耳。固胜于广致缁流乞灵冥漠者。

民国十八年（1929）一月，通州白会然谨序。

出处：（清）杨志温《绿萼轩集》（卷首），淮阴三研堂藏本。

王聿望

王聿望，生卒年不详，字慰亭，江苏泗阳人。清光绪二十八年（1902）举人。民国十四年（1925）任泗阳县知事，创办公立集义学堂，纂《民国泗阳县志》。

《葩经堂淮泗毛氏宗谱》序

古者，家必有谱，所以考世系、叙昭穆，使繁者有所统，散者不致于不可纪。岁月侵久，郡国迁移，人挟一册，虽十世以上，千里之遥，可考而知焉，如是焉而已耳。

自晋代，九品中正之设，朝廷铨叙，必稽于此。门望高者，不充猥官，而人始以谱重矣。文质屡迁，风流不改。衰宗落谱，犹援此以相矜尚。唐文皇疾之命廷臣，叙官私谱牒，第其甲乙，褒进忠贤，贬退奸佞，分列九等，以为《族氏志》，而谱又以人重矣。五代板荡，官私谱笺散佚不完，有志收族者，不引华胄以自豪，不援望族以示侈。

溯源匪远而事归详慎，斯亦后世为谱之善者也。岁甲子（1924），吾邑修志，予任总纂，毛君效张任访员，即以是谱见示，文献足征。次年乙丑（1925），苏奉大战，阖邑无主，予被公推权摄县篆，效张为恩福中乡乡董，频以公益接见，复问谱序于予，其时兵差络绎，案牍纷繁，尚暇握管哉！今则瓜代有人，脱然一身，如释重负，取毛君宗谱读之，见其溯源明代，不取诸远而取诸近，如毛伯、毛苌、毛纪诸伟人，曾不敢妄为攀附。是固与引华胄以自豪，援望族以示侈者，迥不侔矣。昔苏明允父子名满天下，所作苏氏谱凡例森严，后世言谱学者必稽焉。毛君效张殆其人乎，他日支条郁茂，蔚为甲族，斯编也，其即岷江滥觞也夫！

民国十五年（1926）仲春月，前泗阳县知事、清举人王聿望拜撰。

出处：毛铭坤主修《范经堂淮泗毛氏宗谱》，民国十八年（1929）印刷。

鲁　迅

鲁迅（1881—1936），曾用名周樟寿，后改名周树人，字豫山，后改豫才，浙江绍兴人。一生在文学创作、文学批评、思想研究、文学史研究、翻译、美术理论引进、基础科学介绍和古籍校勘与研究等多个领域具有重大贡献，毛泽东曾评价："鲁迅的方向，就是中华民族新文化的方向。"

枚乘为独绝

《汉志》有《枚乘赋》九篇；今惟《梁王菟园赋》存。《临灞池远诀赋》仅存其目，《柳赋》盖伪托。然乘于文林，业绩之伟，乃在略依《楚辞》《七谏》之法，并取《招魂》《大招》之意，自造《七发》。借吴楚为客主，先言舆辇之损，宫室之疾，食色之害，宜听妙言要道，以疏神导体。……由是遂有"七"体，后之文士，仿作者众，汉傅毅有《七激》，刘广有《七兴》，崔朋有《七依》，……凡十余家；递及魏晋，仍多拟造。谢灵运有《七集》十卷，卞景有《七林》十二卷，梁又有《七林》三十卷，盖即集众家此体为之，今俱佚；惟乘《七发》及曹植《七启》，张协《七命》，在《文选》中。《文选》又有《古诗十九首》，皆五言，无撰人名。唐李善曰："并云古诗，盖不知作者；或云枚乘，疑不能明也。"然陈徐陵所集《玉台新咏》，则其中九首，明题乘名。审如是，乘乃不特始创七体，且亦肇开五古者矣，……其词随语成韵，随韵成趣，不假雕琢，而意志自深，风神或近楚《骚》，体式实为独造，诚所谓"畜神奇于温厚，寓感怆于和平，意愈浅愈深，词愈近愈远"者也。稍后李陵与苏武赠答，亦为五言，盖文景以后，渐多此体，而天质自然，终当以乘为独绝矣。

出处：鲁迅《汉文学史纲要》/《鲁迅全集》（第9卷），人民文学出版社1981年版。

注释：1926年下半年，鲁迅在厦门大学开设了中国文学史的课程，为此编写了一份讲义，定名为《中国文学史略》，此讲义有完整的手稿和油印本，共计十篇。1927年鲁迅在中山大学再次开设此课，讲义更名为《古代汉文学史纲要》。1938年编纂《鲁迅全集》时，编者将此讲义更名为《汉文学史纲要》，1981年版《鲁迅全集》沿袭了这一名称。

丁保恒

丁保恒，江苏淮安人，鲁一同外曾孙，生卒年和生平事迹不详。

《通甫先生集外文》跋

通甫鲁公，恒之外曾王父也。余生也晚，未获承侍颜色。比束发受书，先慈授以一册，曰："此余之祖父，尔之外曾祖父手泽也。其《通甫类稿》正、续两编，久已梓行，传诵海内。此其未刊之作，世无传本。汝其诵习勿忘，且什袭珍藏之。"恒谨受教，伏而读之。惟是年尚稚，而性又苄愚，仅熟其字句而已，文之精深美备茫然也。悠悠忽忽更数十年，而先慈见背。秋霜春露之余，乃搜摭遗编，翻覆熟读。其朴实说理，如布帛粟菽之切于日用也。恢恑憰怪无取焉，其含宏突奥而包孕今古也；小言詹詹弗尚焉，骎骎乎轶汉、唐而窥《左》、《国》。然后知公之文足以范世讽俗，非一人之言，乃天下之言也。虽然，小子何敢私哉？爰缮写一本，期付梓氏，俾世之爱读公文者，得以窥全豹焉。嘻！日月迈征，岁不我与。含失恃之余痛，感二毛之交侵，眷怀先民，徒增向往已！民国十一年（1922）仲夏，外曾孙丁保恒子久谨识。

出处：郝润华编《鲁通甫集·序跋》（附录），三秦出版社 2011 年 1 月版。

周作民

周作民（1884—1955），原名维新，江苏淮安人。早年留学日本。1935 年任金城银行董事长兼总经理。抗日战争时期在上海指挥金城银行各地分行业务。1948 年因不堪国民党政府的勒索而出走香港，1951 年回到北京并当选为全国政协委员。1952 年任公私合营银行联合董事会副董事长。酷爱收藏，生前收藏有大量古代文物，家属在其病故后遵嘱将各类文物计 1407 件，图书 374 种计 5300 册捐献给故宫博物院。

《樗庵类稿》序

淮水导源桐柏，流经千里，至淮阴之西停蓄，汇为洪泽湖，汪洋浩淼，为江北巨浸。且江淮之间数百里为平原，独淮阴洪泽湖畔有龟山，挺峙其间，可知名山大川，含蓄蕴积，能钟毓贤豪焉。

陈氏居淮阴数百年，代生贤俊。如豫林先生、伯扬先生以文章诗赋驰名坛坫；芝庭观察、仲京明府、纯溪部郎以勋劳政绩显扬海内；夔生先生秉山川之秀气，生而奇嶷，幼即能文，蜚声庠序。仆与君为同里，时与切磋学业。戊戌变法后，见君毅然弃科举，首入学校肄业，仆因继入学校肄业。旋仆赴日本留学，君亦弃教职赴日专攻经济商业等科学，中西贯通，允推硕学。癸卯（1903），各省奉命开办学校。吾淮虽遵办学校，主持者非学校出身，故无效果。君乃回里创办教育会，集中英才，先整顿淮安小学校。君为校长，悉心筹划，形式、精神焕然一新。次改良淮安中学校，特聘监督，从事革新，灿然完备。嗣后，吾淮学子始有就学之所。君又创办统一党分部，集合同志研究政治。未几，办理省议会及县议会选举。乃讲演劝导，使民众按章投票。嗣后，吾淮人民始有参政之权利。是君之造福吾淮人者，诚非浅鲜。以后，君在各铁路任职，整顿路务，成绩攸懋。迨仆就职北京，君亦调任交通部，本其所学，办理交通要政，措置裕如。惟君秉性好学，于公余之暇，手不释卷。君家春晖堂藏书甚富，少年已博览群书。迨居京师，时向琉璃厂各书肆搜罗各种古逸书籍，如有所得，辄寝馈其中。故所著述，镕经铸史，博雅瑰奇。近编《樗庵类稿》，为其毕生文、诗、公牍、路史之汇萃。展诵其《性说》《墨子论》《中国学术思想变迁说》等篇，觉博大精深，清真雅丽。远可追踪唐宋八家古文，近亦可媲美于桐城派文。如是鸿文，诚为吾乡鲁通甫先生以后所罕见者。由此观之，谓非山川之钟毓，安能有特出贤豪耶？仆与君相契四十年，谊若元白。兹《类稿》将付剞劂，仆虽不文，敢不以片言缀诸篇末？因为之序。

岁在癸未（1943）孟冬之月，淮安周作民拜撰于申江。

出处：陈福咸《樗庵类稿》，1944 年自印本。

张恨水

张恨水（1895—1967），原名张心远，祖籍安徽潜山县。生于江西广信，肄业于蒙藏边疆垦殖学堂。历任《皖江报》总编辑，《世界日报》编辑，上海《立报》主笔，南京人报社社长，北平《新民报》主审兼经理，1949 年后任中央文史馆馆员。著名章回小说家，作品上承章回小说，下启通俗小说，雅俗共赏。代表作有《春明外史》《金粉世家》《啼笑因缘》《八十一梦》《纸醉金迷》等。

哀胡抱一先生

前天在报上看到胡抱一老友，在渭南被刺逝世的消息，已发生很大的感慨，昨天又看到王漱芳君坠马殒命的新闻，更增加了我这种感喟。人生祸福，如此难卜，觉得君子安贫，今日已不易谈到，而达人知命，更是极难作到的工夫了。

王君交浅，我且让别人去悼惜，胡君却是三十年的故人。记得民国三四年间，民党被袁世凯逼迫，大部中坚分子避居上海法租界，我就在那里认识了胡君。他穿一套半旧的西服，终日在外筹款办学，拉朋友教书，他一仰倒在穷朋友寓楼的卧榻上时，露出了西服裤子，无数的破洞。朋友说他忙破了裤子，真有点傻劲。那时他是翩翩年少，他并不以为有碍他面子，未曾换了那套西服。前三年，在重庆晤面，他说："二十年前的小孩子，你都半老了，何况我？然而我还在傻干。"想不到这种人会横死。也许就在这点傻劲上吧？

民党老人郝耕仁，老无所闻，客死甘肃河西，是胡君代埋的。我们见面曾为郝叹息不已。今胡君虽遭不幸，却胜于郝之投荒而死，"没世而名不称舆"他是有功可录，有传可记的。这或者可慰他于九泉吧？

出处：本文原载 1943 年 8 月 13 日重庆《新民报》。转引自《张恨水全集：上下古今谈》，时代文艺出版社 2015 年 8 月版。

张兢立

张兢立，字彬人，浙江海宁人。晚清商科举人，日本东京高等商业学校本科毕业。见任中国银行总发行局长、东三省中国银行副行长、交通部佥事科长等。

《樗庵类稿》序

古语有云：太上立德，其次立功，又其次立言。此所谓三不朽也。自世道衰微，人情险伪。立德之人盖鲜矣，即令有一可道之士，然其才能杰出能立功者又鲜矣，纵能立德者兼能立功，如求其工于文词能立言者更鲜矣。叔季之世，其人难得如是。今不意于陈君夔生见之。君曾大父芝庭观察曾宦吾浙，吾邑滨海，海塘屡圮，民几为鱼。迨芝庭观察督办海塘工程，屏绝苞苴，塘工坚固，历久不坍。迄今吾乡人颂德不置。夔生熏陶祖泽，世德绳继。幼年纯孝，性成坚苦力学。壮岁，办理教育，心劳力果，且捐廉兴学，继在各铁路任职，任劳任怨，不妄取与。后为交通、铁道两部曹司念年，夙夜从公，矢勤矢慎，不躐等幸，进希冀荣利且昆仲暨弟子多在金融界任职，声华显赫。而君不慕虚荣，自甘淡泊。此君之能立德可垂不朽者也。

君先在江宁省城铁路局为主任，该路甫经工竣，计划草创各种规章，可垂久远，继在清徐铁路局为总理，该路甫当接收之始，秩序未定，君惨淡经营各项产业，幸获保全。又在津浦铁路局为统计主任，该路建筑之始，费用巨大。君创办统计，详细查核，精密比较而后，知冗滥之原因，乃能着手整

946

顿，后为交通部主政，彼时各铁路历经战争，营业凋敝，君筹议疏通商运整理运输，经部饬各路遵办，营业渐恢复原状，综观各种功绩，君可谓能立功垂诸不朽也。君学问渊博，于经史子集诸书，无所不读，兼精各科学且能触类旁通卓然名家，曾著《代数学》教科书、《中学讲义录》、《〈簿记〉讲义录》，为学者所服膺。又编订《铁路法规》，纂修《交通史》为交通界所遵守。兹又编《槜庵类稿》。诵其文中《性说》篇，遍考各家言性学说，比较得失，洵为探本立论，可继韩退之《原道》篇而传世。颂其《中国学术思想变迁说》，历举周秦以来，迄近世各种学说，如子学、经学、佛学、理学、西学，穷源竟委，朗若列眉，可作中国学术史观。又诵其诗，骤观之，第觉清新俊雅；深识之，觉言外别有寄托，不徒为吟风咏月之作，可谓深得《三百篇》诗人之旨也。此君之能立言可垂诸不朽者也。

余在政界服务三十余年，阅人多矣。求如陈君能立德立功立言三者俱备，殆不易。睹余与君为同僚多年，知之最深，此余所亟为表扬者。因援笔而为之序。

癸未（1943）仲秋，海宁张崱立拜撰。

出处： 陈福咸《槜庵类稿》，1944 年自印本。

茅以升

茅以升（1896—1989），字唐臣，江苏镇江人。1916 年毕业于西南交通大学，后赴美留学，获美国康乃尔大学土木工程硕士学位、美国加利基理工学院工程博士学位。1930 年代，主持设计并组织修建了钱塘江公路铁路两用大桥，成为中国铁路桥梁史上的一个里程碑。主持我国铁道科学研究院工作三十余年，为铁道科学技术进步做出了卓越的贡献。编著有《中国桥梁史》《中国的古桥和新桥》等。

题《槜庵类稿》

淮甸古世家，蝉嫣绵德泽。璞玉葆全真，经行无瑕谪。纵览百家言，高文搜典册。朴学本薪传，声若出金石。担笈求新知，切嗟亘旦夕[①]。桴海游蓬瀛，艺术穷探赜。诲人而不倦，宛如坐春风②。牛刀偶小试，文轨并从同。法规精审订，世叔讨论工。《路史》传巨帙，浩如河注东③。英华摘翰藻，彝鼎铭丰功。德音播遐迩，仪表仰交通。

出处：陈福咸《樗庵类稿》，1944 年自印本。

注释：茅以升自注：①师前在江南高等学堂与汉台叔同砚，研究科学。②前肄业江南高商校，见师教授《簿记》，谆诲甚勤。③以升从政交通之始，师已在交通界多年，政绩久著。

王德溥

王德溥（1897—1991），字润生，辽宁沈阳人。投身国民党政界，曾任察哈尔省高等法院首席检察官，辽宁安东等县税捐征收局长，陕西省政府委员兼财政厅长、民政厅长、禁烟总局长，江苏淮阴、铜山两区行政监察专员兼保安司令，中将主任军法官，国民大会代表，立法委员，内政部长等要职。于 1935 年 2 月至 1937 年 12 月，任淮阴区行政督察专员，对于剿匪、保甲、导淮、禁烟等诸要政，建树卓越。

治疗黑热病之一段佚事

江北淮阴一带的偏僻乡村，流行黑热病，土称痞块病。患者多系生活贫苦，环境肮脏的老弱妇孺，一经染患，即逐渐消瘦痿顿，以至死亡，实为本区一项严重的灾害！虽然政府设有黑热病防治大队，但每治愈一人，即需药费国币五元！医护人事及业务费尚不在内。统计当时患者，数在六七万人以上，在财政负担上，既不无困难，同时医药护理的人手不足，更是不易克服的问题。我认为既是地方性病，地方就该有对症的草药可医，乃逢人便问！居然发现淮阴耆绅王叔相先生，早以中药单方，协同二三热心公益人士，合力配药，赠送患者。他这单方系以红草麻根为主，佐以土鳖子等十余味。每治愈一人仅需药费五角，同时只须将药托交地方保甲长代送即可，并不必劳动医护人员，如能大量购进原料配制，需费更少，效果更大。我问明前情，即索取一批制成的药交该地保甲长代为施药医治，并附发简易照相器材，令将患者受医经过情形，作成纪录，摄取照片！不出一月，即得有效病历约四十份。爰具文呈请省府拨款，大量制药，以广救治。不料拖延多日，竟以卫生处认为不合科学的理由而轻予驳回！我关怀过度，极不谓然，乃进省谒果公（陈果夫）理论。当承邀同卫生处长王臣先生会商。我指其所懂的科学有限，不够了解中药科学的高深道理。并非中药本身不科学，以此药，治此病，得此效果，就是科学。不过今日的科学水准，还不够说明中药的道理。二人争论不下，果公从中调和谓："两君各有是处，尤其亲民之官，爱民保民，省府应予支持。"立以电话嘱由财政厅长赵棣华先生，即刻垫拨五千元，交我试办。我回淮后，即将该款悉数交王叔相先生主持，邀同地方士绅及该处附近一带乡保长，积极办理，治愈病患均按期列报，派员覆查，效果极为显著。我亦不断亲去慰勉，如此大量制药的结果，治愈一人，仅需费三角，此款完全用在患者的药费上，在事诸人，均不支薪，而且乐予效力，地方乃深感果公之德！惜因抗战军兴，救治成功的最后消息隔绝。复员后，我再三托人调查，亦未得要领。

出处：（民国）王德溥《政海游踪》，转引自台北市淮阴县同乡会编《淮阴文献》（创刊号）。

导淮艰巨工程终底于成

导淮入海工程，为国民政府最大的建设事业，果公（陈果夫）曾迭有指示，我自应全力予以协助。主办机关为导淮入海工程处，处长许心武、副处长陈和甫，均为水利名家，品德清正，而心武国学修养尤极渊博。该处经费、人事、设备均较优越，本署、部与之比邻而居，不无相形见绌之势。工地民夫，规定征自沿河各县，当地方不靖之际，大量征集民夫，事实自有困难。匪患肃清以后，征集人数日多，但工地秩序及工作效率始终不够理想。我经常注意体察研究，并多方劝促各县长努力协助改善，始终格格不入，各县长牢骚满口，我亦时怀杞人之忧，然又怀于喧宾夺主之戒，而有爱莫能助之感。一日偶与果公谈及。我乃提出一用人标准的新认识，即在原则上无论如何机关团体，其主持人必须为长于行政管理的通才，不能精于技艺的专才，即技术性的机关团体亦不例外。因为不论任何技术性的机关团体，其主

949

管业务的分类：属于技术性者，至多不过十分之二三；属于行政管理者，常至十之七八！而一般事业的成败，又往往决定于管理工作之得失。即以导淮入海工程处业务为例，其属于工程技术性者，仅为事前较为繁难之设计，及施工期间之监工及技卫指导，与夫竣工后之验收与整理，较之日常征集及管理数万以至十数万民夫之工作，前者不及百分之二三，后者则至百分之九十七八。两各比重既如此悬殊，后者又为全部导淮事业成功失败之关键所系，故敢建议果公早作补偏救弊之考虑及措施。

　　导淮入海工程，按照计划应于一九三七年六月完工。但彼时工地实际情形，并不太乐观，其原因仍不外我前与果公所谈者。但在当时，我正忙于剿匪工作，且与导淮工程处负责人，尚无较深了解，即使有心相助，亦难被其接受，故只能轻描淡写地向果公作原则性的建白。今日则大不相同，我如肯帮忙，他们会欣然同意，果公视此事业重于他的生命，如有必要，我当然乐意尽力。适心武处长来问我：他同和甫副处长要晋省，我如有事最好同行！于是我们三人同时晋省看果公。他们是奉召而去，我是临时决定的。见面后，果公首以极端兴奋的态度向他二人说："本年六月完工，委员长将邀同中外专家，亲自去看看，一切应该早作准备！"心武即答："今年六月绝不可能完工，明年六月亦无把握。乃民夫工作效率问题，并非工程本身问题，我俩无能为力。"果公勃然变色，责其何不早讲？早讲还可设法补救。心武辩称："我何曾没讲过？早讲也没用。"和甫亦默示同感。果公情绪激动异常，遽将面前茶杯摔地，拂袖而退，其一种急公好强的精神，充分表露无遗，令人为之感动。我三人随亦离去。我回省庐草草午餐，即潜心钻研，如何挽救此一可能功败垂成，亦可能一蹴而就的工程，以免果公精神遭到损伤！忽省府秘书长罗佩秋（时实）先生来电话谓："果公视导淮工程重于生命，今午竟不肯吃饭！有无挽救办法？果公让他和我研究一下。"我说："这是发动民众，运用组织的技术问题。在我看来，不应该无办法。我正在研究，请果公先吃饭，饭后我就去谈，但他如不吃饭，我也就不来了。"稍后，佩秋又来电话说：果公已吃过饭，望我即去！我与果公晤后，将导淮工程现况，反复加以检时，至半日之久，获有一致结论：即由果公再邀心武及和甫来，明白宣示："现阶段的问题，实如心武午前所说，是在民夫的工作效率，应该由果夫自己负起总督工的责任，一定要如期完工。但本人因为职责繁重和健康的关系，不可能长期驻在工地，要请润生代我担负实际任务，希望两君全力协助！"如此在不影响心武及和甫的尊严以及我三人间的友谊原则下，我不居任何名义，不受任何报酬，绝对保证如期甚或提前完工。商定后，我即连夜赶回淮阴，电邀各县长紧急集会，议定办法如下：（一）增调民夫，分段负责。（二）严密组织，加紧工作。（三）不分昼夜，厉行赏罚。并令各县长、区长、乡镇长及保甲长均驻工地，经常亲自督同工作。至于本身职务，即另指定代理人。直接由我负责指示工作，不劳各该县、区、乡、镇、保、甲长等分心。我则不断往来于工地及各县区间，督导水利及地方工作，并就地解决问题，如此一心一德，通力合作，至同年四月底全部提前完工。佩秋电话传来，报告果公，许为"回天之功"。五月初，果公偕水利专家李仪祉先生等乘专机代表委座来察看工程，并慰劳在事员工，摄制电影，永留纪念。我为贯彻不居功不受酬之前言，决定不参加这一阶段的各种盛会，所以果公一行人到达后，我即托辞离署，深入所属各县、乡、村督导地方工作，不复与果公等接触。在此数日间，果公每日均转来多次电话找我，我一概避不接话，但是他们的活动情形，我则事无巨细，完全明了。直至果公决定返镇江的前夕，十时许，我才回署。行装未卸，果公即漫步微笑而来，他说："我已断定你今晚才能回来，所以我一直不睡在等你，你费力之多，用心之苦，我完全清楚，不再多说了，我出来一次很不容易，请你太太和孩子们出来，让我见见！"他见到孩子，一一问名字年龄，亲切谈笑，而后别去。果公回镇十许日，寄来自来水笔，每孩子一枝，笔型分男女孩用，并各刻就名字，当时并未见他记录孩子们名字，居然牢记不误，亦见其用心之亲切与真诚！公的报酬，我当然会依前言拒绝，但此关私情，则不忍却，果公的了不起处，是他能使人乐意无条件的为他效命。

出处：（民国）王德溥《政海游踪》，转引自台北市淮阴县同乡会编《淮阴文献》（创刊号）。

朱德轩先生行谊

曾任江苏法政学校校长、省咨议会议长，并为伸张民意，揭发省军政首长贿嘱其例狎名妓，准备打击其竞选议长，而将贿款数十万银元支票，当全体识员提出公开焚毁，而卒获光荣当选之朱德轩（绍文）先生，清高硕学，隐居上海，以执业律师与卖文为活，久已厌闻时政，苏北识者每乐道其风节。一日忽有亲笔长幽致我，蝇头小楷，娓娓三千言，指陈地方利弊及与革要领，极中肯綮，一种爱乡爱我之殷恳精神，跃于纸上，令人感动无已。我持专陈果公（陈果夫），公极重其人，告诉我说："如能请其回省相助，将大有利于新江苏三民主义的建设！前中央曾邀其出任监察院监察委员而未获同意，似已无意于此，固不妨相机一试，但不可勉强。"我辞出后，径赴其上海寓所访候，立获廷见，道貌清逸，手持甫经出版之淮阴区剿匪报告实录。欣然相告："近日正在拜读此一大作，并盼望复言，劳驾枉教，太不敢当。然此亦见先生事无巨细，均以精诚为之的特长处，苏北同乡从此将获幸福生活，本人亦同深感谢！"如此客套一番后，我即就其面示地方利弊兴革及我的构想诸端，一一提出请其指教，相谈极为深刻、真挚而愉快。我并提出筹设区政建设促进机构，敦请苏北名贤，共同督教，邀其回乡主持，并代果公敬致此意。德轩沉思良久，乃慨然承诺。但力主我任正角彼作副手代我负责，并允一个月后清江浦（即淮阴县城）相见。如此简易率真，是中国读书人的可感处。归途告之果公，极为欣慰，并愿届时在省府代为接待，于是就区政建设会委员人选多所指示。以后四十余日，德轩果惠然肯来，果公就近款接尽礼并专船送淮，其时已在感化院内辟地新建小楼，专供建委会诸公办公及宿食之用，连日研商建委会人选，圆满决定：大致为朱德轩、朱伯孚、秦绍文、王叔相、成翊青及我等七八人，我与德轩为正副主委。会成立后，德轩始终驻会主持，从未离开一日，亦不接受任何报酬，其安贫乐道、急公尚义耕神，令人感服。伯孚亦无多让，不过因家居涟水有事必来，来必竭尽心力，多所建白。嗣因时势日非，准备应变工作，诸贤匡助极多，然远未能尽诸贤之长，我更忙于日常事务，对诸贤不周之处尤多。一日，因局势日恶，果公急电相传，面告："建委会诸先生，将来敌军压境，均有担任一省或一地方治安维持会长资格，政府长期抗战，不能重视一时或一地的得失进退，必要时如能与吾人共进退，吾人愿与诸先生共甘苦，如能获得同意，嘱我预先密报，以便有所准备。"此意我曾委婉转达，诸贤坚决表示，各因家累不可能远离故土，然必不能为敌人所辱，宁死不屈。抗战胜利还都后，我遍询诸贤消息，宁死不辱之诺言，似已完全做到，但其详则不可得知。我每念及此，亦清夜忧心难安者。

出处：（民国）王德溥《政海游踪》，转引自台北市淮阴县同乡会编《淮阴文献》（创刊号）。

李一氓

李一氓（1903—1990），四川省彭州市人。1925年加入中国共产党。在国内革命战争时期，曾任国民革命军总政治部宣传部科长、南昌起义参谋团秘书长，后在中央特科工作。参加过红军两万五千里长征，并先后任陕甘宁省委宣传部长，新四军秘书长。抗战胜利后，先后任苏北区党委书记，华中分局宣传部长，大连大学校长等职。新中国成立后，曾任中国驻缅甸大使、国务院外事办副主任、中联部副部长、中纪委副书记。博学多才，出版《一氓题跋》等专著10多本。

淮阴八十二烈士墓碑记

1943年3月18日拂晓，从淮阴城开出一支国际强盗的军队——日寇，十七师团的三个步兵大队，一个骑兵大队；配备有野战炮、重机枪，过了老黄河、盐河向北，梳子样地扫荡过去，一直扫到涧桥、刘老庄。

刘老庄，在春天，交通沟在庄子里伸出来，散兵壕式的弯曲，不知去向；傍着土地庙，站着持枪的哨兵。战士枪弹都上了膛，机枪都褪了枪衣，手榴弹都挂在身上，但态度是闲散的。这位置是一个连，新四军第三师第七旅第十九团第二营第四连，从连长白思才，指导员李云鹏到司号员、炊事员一共八十二个人。

发现敌人，哨兵以连续的发射代替报告，一个连八十二个人，立刻进入交通壕，抵抗；交通壕是断绝的，不能退却，抵抗；就是一个连，没有友邻部队，不能够得到援助，抵抗；优越的敌人迅速地完成了几重包围。不能够退却，抵抗。

再不是春天，再不是闲散，而是战斗，保卫刘老庄，保卫自己。

敌人，发起冲锋，一次，无效；两次，无效；三次，无效；四次，无效！敌人认清了对方不能退，集中了炮火，上一百门，轰；指向着蜿蜒的交通壕，轰。

这个连，八十二个人，从拂晓到黄昏，度过那极端紧张、残酷、饥饿、悲壮的十二小时。只有枪声、炮弹声、手榴弹声；只有鲜血、挣扎和死。八十二个，八十一个，八十个，七十九个，七十八个，一个一个地递减到不成为连。两个排，一个排，两个班，最后还不到一个班；整天的战斗，整天的射击，剩下来的人和剩下来的子弹，最后还不到供一枝枪的连放。绝望地牺牲下去，亦英勇地牺牲下去。

他们凭什么有这样一股不挠、不屈、不止的抵抗力量呢？

等到一条交通壕都静下来的时候，天已经同战场一样昏暗，敌人才敢迟钝地踏向交通沟的边沿。顺着交通沟，错乱地躺着一个、两个、三个……八十二个中国人民战士，每一个都染洒着透红的中国人民的鲜血。注视一下，没有一支完整的短枪、步枪、机枪，全部折断了，炸碎了，弹药都射尽了，手榴弹都掷光了。敌人想要，但是不能拿走一枝还像样的武器，作为他"胜利"的代价。他只无可奈何地搬回他自己极丑恶的黄色军装包裹着的法西斯腐臭的瘟尸二百几十具，这便是他在新四军面前应有的"缴获"。

三年后的 3 月 18 日，刘老庄，依然是春天，就在那断绝的交通沟旁边，已经长起了一个方圆几里嫩黄的柳围。在柳围的中心，高高地堆起了奉安中国人民烈士的山陵。在山陵的正面，洞开着一个大书"八十二烈士之墓"的墓门。

淮阴现在是胜利的和平了，一百多年的民族怨恨是获得报复了。八十二烈士的英魂是应该安息了；但是，不会忘记的，烈士的亲密的同伴，还在山海关的长城外，为中国人民的事业奋斗，他们也更不会忘记这八十二烈士，因为这就是他们最好的榜样。

五年中，直到克服淮阴、淮安后为止，我与三师的同志们，共同工作，共同负担敌后抗战的一切灾难，我不能不回忆生者，更不能不悼念逝者。向八十二烈士，我致布尔什维克的敬礼！

1946 年 3 月 18 日

成都李一氓谨记

后　记

　　淮阴居天下之冲，黄、沂、淮、运诸水交汇其间，因运河和漕运而兴，其肇始于春秋，崛起于秦汉，繁荣于隋唐、北宋时期，鼎盛于明清两朝，兼河、漕、盐、榷、仓、厂、驿之利，是闻名遐迩的运河名城。千百年来，众多文人墨客经过淮阴，写下了大量优美的诗文词章，这些作品多结合淮阴的名胜古迹吟咏淮阴的历史名人如韩信、漂母等，也有相当一部分描写淮阴美丽的自然景物和繁华的都市风光，更有一些直接描写水利枢纽工程。这些诗文或以事重，或以人重，或专以文重，或见于国史、政书等典籍文献，或见于碑刻、拓片等民间文献，或见于笔记、简牍等专辑文献，或见于方志、家谱等乡邦文献，林林总总，蔚为大观。运河名城淮阴成为运河诗文词章的荟萃之地，历代文人墨客的精彩华章成为后人了解淮阴历史发展进程的最好载体之一，为淮阴增添了更多的文学气息和文化底蕴。

　　清末民初，淮阴的一些名儒乡贤就曾有编辑《诗征》《文征》的设想，但未能如愿。循着乡贤走过的路，我长期致力于淮阴历史文化研究，征文考献，钻坚研微，终于在2013年辑成《淮阴诗征》。继之，我沉浸于书海，爬梳别抉，深稽博考。呈现在读者面前《淮阴文征》一书，共收录了汉代以来不同历史时期的398位名人855篇文章。凡历史上的淮人、流寓或过往文人，凡以描写淮阴历史、人物、事件、山水、风俗、名胜、特产等为内容的文章，都属入选对象，地域范围包括不同历史时期淮阴管辖之地。所选以古文为主，诏令敕旨、制书表奏、辞赋颂赞、序跋议说、记传碑铭、笺记书启、墨迹遗稿，体裁不限。选文起于楚汉时期，下限至1949年10月中华人民共和国成立前。

　　《淮阴文征》分为上编和下编。上编收录淮阴行政区划内乡贤名士的作品，89位作者、375篇文章；下编收录曾经在淮阴为官、侨寓、游历者的作品，309位作者、480篇文章。前贤文章存世多寡不一，有的有文集传世，篇目较多，本书选其精要或与淮阴关系密切者收录；有的没有文集遗存，只有零篇散简，或与淮阴事物看似无关，亦尽量予以保留，以存邑人鸿爪雪泥。本书文章编排采取以作者出生时间为序，自古及今，纵向排列，生年时间不详者，结合作者生平活动或作品创作的时间，编排在相应位置。考虑到许多文章作者不为人们熟知，文中还有许多鲜为人知的地理名词、历史故事、成语典故，在编著体例上，于正文前置作者生平简介，介绍其生卒、甲籍、科举、历官、政绩以及著述情况等，文后对个别地理名词、历史典故加以注释，或对部分文章给予适当评析，或交代作品创作的时代背景，并非规范的议论。为便于读者查阅底本，每篇文章之后尽量详细标明其出处、版本，以明引而可征也。一些名人作品在不同时期往往有多个版本，在线《四库全书》查询平台、国家图书馆中华古籍资源库可检索查询的，不一一标注版本。照顾一般读者的阅读习惯，本书一律使用简化字，但在可能产生歧义或没有简化字的，酌用繁体字或异体字，脱漏增补字句加圆括号（），讹误加以改正者放置在方括号［］内，涉及的历史纪年、干支纪年一律遵从历史原制，沿用原文纪年，并用括号注明公元纪年。

在本书编辑过程中，淮安市政协季祥猛、淮阴师范学院张一民、淮安市地方志办公室李想、淮阴区历史文化研究会朱靖军、淮阴区政协周成海诸师友给予热情的鼓励、指导和帮助。江苏淮海中学王守林、淮阴区历史文化研究会周性铠帮助查找、整理大量乡土文献资料，王守林、丁睿在百忙之中帮助校订书稿。淮阴区政协主席时洪兵认真审阅书稿，并惠赐高见，据此进一步删繁就简，去芜存精，使内容更加全面系统、选文更加准确精当。中共淮阴区委书记王建军为本书作序。本书的出版得到中国文史出版社的大力支持，得到编辑王文运的亲切指导和热情帮助。在本书即将付梓之际，特向给予本书关爱、支持和鼓励的所有领导、所有同志表示衷心的感谢。

《淮阴文征》的编纂，虽然力求跻臻上乘，铸成精品佳作，但由于本人学殖荒疏，见闻浅陋，时间仓促，水平有限，加之这项工作涉及的历史人物多，时间跨度大，资料缺失，本书收录的文章数量固属不少，然必有很多遗漏之珠。在编选过程中可能还会有误录文章、误植作者姓名之处，诚望文史资料工作的同行、专家及各界人士不吝赐教，倘读者能帮助补遗究错，编著者必引领而受教也。

徐业龙

2023 年 7 月